2019中国年度　中篇小说 ㊤

中国作协《小说选刊》　选编

漓江出版社

图书在版编目（CIP）数据

2019中国年度中篇小说 / 中国作协《小说选刊》选编 .-- 桂林：漓江出版社，2020.1

ISBN 978-7-5407-8810-0

Ⅰ. ① 2… Ⅱ. ①中… Ⅲ. ①中篇小说—小说集—中国—当代 Ⅳ. ① I247.5

中国版本图书馆 CIP 数据核字（2019）第 286925 号

2019 ZHONGGUO NIANDU ZHONGPIAN XIAOSHUO［SHANG XIA］

2019中国年度中篇小说［上下］

选编者：中国作协《小说选刊》

出版人：刘迪才

责任编辑：辛丽芳

书籍设计：石绍康

责任监印：张璐

出版发行：漓江出版社有限公司

社址：广西桂林市南环路22号　邮编：541002

发行电话：010-85893190　0773-2583322

传真：010-85890870-814　0773-2582200

邮购热线：0773-2583322

电子信箱：ljcbs@163.com

微信公众号：lijiangpress

印制：香河县闻泰印刷包装有限公司

［河北省廊坊市香河县安平镇二街　邮编：065402］

开本：690 mm × 1000 mm　1/16

印张：54.75　字数：760 千字

版次：2020 年 1 月第 1 版

印次：2020 年 1 月第 1 次印刷

书号：ISBN 978-7-5407-8810-0

定价：88.00 元（全二册）

目 录

contents

（按转载时间排序）

［上］

［下］

杏的眼

李佩甫 *

1

在我们傅夏祁，有一棵老杏树。

这棵老杏树很有一些年头了，没有人知道它的树龄和历史。它不是一般的杏树，它的名字叫“十里香”。

在我们童年的记忆里，这是一棵会飞的树。有时候，在我们的梦中，它像云霞一样，在天上飞。

童年里，我们曾结伙偷杏。在我们结伙偷杏的小伙伴中……有一个人，后来成了我们的骄傲。

他的名字叫祁小元。

2

最初，没人把祁小元当作恩人。

---

* 李佩甫，1953 年生，河南许昌人。中国作家协会全委会委员，河南省作家协会名誉主席。著有长篇小说《生命册》《羊的门》《城的灯》《平原客》等十一部，中篇小说集《黑蜻蜓》《无边无际的早晨》《钢婚》等七部，电视剧剧本《颍河故事》《平平常常的故事》等六部。作品获茅盾文学奖、庄重文文学奖、施耐庵文学奖、《人民文学》奖、“五个一工程”奖、飞天奖、华表奖、中国出版政府奖等。部分作品翻译到美国、日本、韩国等。

那时候，他刚刚从部队复员回来，穿一身绿军装，走路直杠杠的，甩着两只手，好像胳膊不会打弯儿似的。关键是他不会蹲了。当我们蹲在地上的时候，他仍然像旗杆一样立着。一米七八的个头儿，使人不得不仰望他。自然，本地话也不会说了，撇一口京腔。有一段时间，私下里人们都叫他狗啃麦苗——装样（羊）。

“狗啃麦苗”也就罢了。当了几年兵，他竟然还吹嘘说他曾在天安门站过岗。人问他：啥门？他说：天安门。这就有些大了。是不是？天安门能是你站的地方么？！吹吧。

祁小元也不解释。扭过身去，直直地就走了。很骄傲的样子，这一点尤其让村人看不惯。

当然，祁小元是当兵回来后，才让人看不起的。后来，通过邻村跟他一块儿当兵的战友，他的底细慢慢就让人套出来了。是的，他的确在北京当过四年兵，也就是站岗放哨，没干过别的。据说，在北京当兵那四年，他专门买了一个小收音机，每天揣在裤兜里，以听新闻的名义，悄悄地练习说普通话。比如“你好”“同志们好”“红粉墙上画凤凰，凤凰画在红粉墙，红凤凰、粉凤凰”之类。他想干什么呢？没人知道。据说，为了练好这口流利的普通话，他早上四点起床，站在故宫的院子里，大声念“啊呀呜”“勃波莫否”，喉咙喊哑了，“啊”一嘴的血沫子。练到最后，很多人都把他当成了北京人。有人问他：你哪里人？他说：傅夏祁。人问：哪个旗？他仍然说：傅夏祁。北京人不敢再问了，怕自己没学问，到了也不知道他属于什么“旗”。

还据说，当兵期间，他是很努力的。原本想留在北京，如果能提干的话，最好找一个北京姑娘。在北京当兵四年，他给排长洗了四年臭袜子。可最后也只是当了三个月的代理副排长，而后就复员了。这都是传闻。

所以，他刚刚复员回来的时候，就有了这样一个绰号，叫“狗啃麦苗”。

不过，一年零九个月后，就不一样了。

3

那时候，十里已是很远。

十里香就栽在夏家的院门外，它曾是全村人的饭场。

春天里，每当杏树开花的时候，我们的心就动了。我们结伙趴在场院的麦秸垛上，望着远处烟霞一样的杏花，齐声高喊：夏保兰，夏保兰，同桌祁小元！

不久，夏家院子里就会传出一声夏家奶奶的骂声：滚！

是呀，我们是看杏花的。那遒劲老枝上开出的杏花，娇艳粉嫩，花瓣云霞般在阳光下亮着。在有风的日子里，花瓣飞起来，一瓣瓣在空中旋着，像雪，像船，像梦，粉色的。

它离我们很近。

它离我们很远。

4

在我们村，昂着头走路的人，是最让人看不起的。在这里，骄傲不只是骄傲，那是"狂悖"的意思，被称之为"傲造"。

我们的村子很大，是个多姓杂居的庄子。有七个相邻的自然村（也叫村民小组），户籍人口九百八十七户，三千六百口人。据说，这里最早只有三户人家——傅姓、夏姓和祁姓，是明朝洪武年间从山西洪洞县那边迁徙过来的。再早就无从考究了。所以村名就叫：傅夏祁。

在我们傅夏祁，被人称为傲造的，有两个年轻人。一个是祁小元，另一个就是夏保生了。夏保生跟祁小元曾经是中学同学。夏保生个头儿比祁小元略低一些。他学习成绩好，很早就戴上眼镜了，绰号“四眼”。在学校里每每参加考试，他都是前三名。家里人也时常夸他，夸得他平时走路一纵一纵的，就像跳坑似的。头扬得很高，是半个闲人不理的。且口气也大，原本是立志要去北京读大学的。据说，祁小元当兵临走前，两人曾搭手击掌，夸下海口：北京见！

那年高考，夏保生差三分没上线，一气之下，竟离家出走了。有一段时间，县城里的电线杆上，到处都贴着印有他照片的寻人启事。那时村里只有一部电话，在村部。于是常听见大喇叭里喊：夏保生他娘，有线索了！于是，全村人都会围过来，听那“线索”，结果却是“晃信儿”。骗人的。

后来，突然有一天，夏家人不再提这个名字了。也不去找了。有人问起来，夏家人很淡然地说：不找了。让他死去。死外边才好呢。这个“死”当然不是真的盼他死。这是气话，还有点恨铁不成钢的意味。在我们傅夏祁，家人能说出这样的话，可以意会的是，夏保生有消息了。

果然，有传言说，有人在安徽境内看见四眼了。夏天里，他光着脊梁，戴一破草帽，手里拿一把扇子，眼镜腿儿上贴一胶布，蹲在怀远的街头上卖西瓜呢。

接着，又有人说，真真儿地看见他了。四眼么，不是他是谁？在蚌埠的淮河边上，穿一大裤衩子，喂蚊子（给一老板淘沙）呢。

还有的说，那不是他。他在合肥。有人见他左手里拿一抹布，右手提一小水桶，给人擦车呢……

人们见了夏家人，说：有信儿了？

夏家人淡淡地说：有信儿了。

在我们傅夏祁，闲话传到一定的时候，也就不传了。不过，有很长一段时间，这两个年轻人都曾是村里人茶余饭后的笑料。

5

黎明时分，在太阳升起之前，微风中，粉粉的杏花像烟一样在天空中浮动，像是要飞走似的。

在蒙蒙的细雨中，它就落下来了。一瓣瓣、一脉脉带红丝的粉白……残残的，像是烟化了似的。

三月末，杏花败了。杏树上结出了一豆一豆的小果。先还是青的，一点点，一点点，在圆圆的杏叶里藏着。

而后就大了，一脉一脉圆，一天圆一圈。先是黄一肚儿线，接着是一润一润的亮黄。

那是我们仰望它的日子。

它就像是冥冥之中的“信儿”。

6

九个月后，祁小元通过他三舅的关系参加了一场考试，通过考试在县交通队当了一名协警。在人们眼里，协警不是正式的警察，连警服都是自己花钱买的，相当于临时工。只不过站在岗亭上，协助警察指挥指挥交通罢了。

可祁小元当协警跟别人当协警不一样。他先是被分配到七里店岗亭值班。七里店是离县城最远的一个岗亭，也是下了高速公路之后，进县城之前的第一道岗。七里店是个镇子，祁小元常年就站在镇街外边的十字路口值班。

这个地方离县城远不说，离镇街还有一里多地，且车多灰尘大。正式的警察，有点儿关系的，都不大愿意来。来了也是带个班什么的，大多时间溜号了。

而祁小元只是个协警，让他去哪儿他就得去，没有讨价还价的余地，自然不敢溜号。按说，这么一个终日在阳光下吃灰的协警，本来是没人会注意到他的。可有人却注意到他了。

这年夏天，临近中午时分，天降暴雨。雨下得很大，很猛，白壮子。雨像箭头一样，直嗖嗖地从天上泼下来，满地的雨钉……也就是这时候，一辆黑色的奥迪轿车从高速公路的出口开过来。当车开到离七里店岗亭大约有几十米的样子，坐在车里的人发现了站在岗亭上的警察。警察在瓢泼大雨中立着，浑身精湿。再近一些，车上的人发现，这个站在雨中的、浑身往下淌水的警察，右手五指并拢，正在向路过的车辆行礼！更让人惊讶的是，随着车行的方向，他缓缓侧身，仍右手五指并拢，行注目礼。车开过去了，坐在车上的人是前往邻县视察工作的市委书记。

雨太大，车自然开得慢了些，市委书记关相如一下子就记住了雨中的这个人。

此后，关相如每一次路过，都会看到这个向过往车辆行礼的警察。人站得直直正正，礼行得庄严、标准。它会让人想起当兵的日子。

时光荏苒，冬天很快就到了。这年的大年二十九，下来检查灾情的市委书记关相如，又在这个路口的岗亭上看到了这个警察。

天寒地冻，接连下了几天雪，大地白茫茫的。这天是有风的，西北风溜溜的，像刀子一样。岗亭上的警察全身落满了雪，脸冻得像个紫茄子。可他依然在岗亭上站着，依然向路过的车辆行礼。当车开到岗亭前时，他则侧身四十五度，行注目礼……车将要通过十字路口了，关相如突然对司机说：停车。

车停下了。关相如披着大衣从车上走下来。他对站在岗亭上的祁小元说：小同志，冷么？

祁小元两腿一绷，先行礼，而后说：报告，不冷。戴着手套呢。

关相如上前替他拂去帽檐上的雪，说：小同志，告诉我，你叫什么名字？

祁小元说：报告首长，我叫祁小元。

关相如问：哪个“qí”？

祁小元说：祁连山的祁，大小的小，一元钱的元。

关相如点了点头，“噢”了一声，说：辛苦了。

这时，躲在街边小商店抽烟的带班交警老胡跑了过来，一边跑一边喊：啥事？咋尿了？

关相如看都没看他，扭过身去，上车走了。

老胡见那人不理他，骂道：扯鸡巴淡，他谁呀？

祁小元说：不认识。

大年初七，在全市干部大会上，市委书记关相如在讲话中特别提到了“颍水县七里店岗亭的交通民警祁小元”。他说：我给你们讲一个故事，大年二十九，漫天大雪，一个警察在岗亭上立着。那不是繁华的城区，那是一个几乎没多少行人的小岗亭，他的帽檐上落满了雪，他的眉毛上结了冰，他的嘴唇冻紫了，几乎成了一个雪人。可他仍然坚守岗位，向每一台通过的车辆行礼……说着说着，书记激动了，眼里有了泪花。他说：同志们，那个地方，是下高速后的第一个岗亭，每一台途经我市的车辆都会看到他。他就是我们平原市的一张名片！多好的同志呀。我们应该向这样的同志致敬！

会后，颍水的县委书记问公安局局长：谁是祁小元？

公安局局长怔了怔，慌忙说：我还真不知道。

县委书记说：回去查查，查后报我。

公安局局长回到县里，忙把交警队的大队长找来，问：谁是祁小元？

队长摸了摸脖子，想了很长时间，说：噢，想起来了。七里店的一个协警。咋啦？

于是层层上报。三天后，县委书记去市里汇报工作，着重给市委书记汇报了祁小元的情况。最后又补充说：人不错。可惜是个协警，临时的。

市委书记关相如说：协警怎么了？你们不是老说警力不足么？这样的人不用，用谁？

书记的话经过层层落实，一个月后，祁小元成了一名正式的交通警察。

7

五月，麦子黄梢的时候，是果子成熟的日子，也是我们结伙儿偷杏的日子。

十里香黄澄澄地在树枝上挂着。果是椭圆的，又大又酸又甜。我们闻着它的香气，馋得流下了涎水。我们想去偷，我们必须去偷。在我们这里，偷杏不是偷。夜里，我们在夏家的墙头上扒出一个个豁口，站在墙头上偷杏。可只要有一点动静，就会被夏家奶奶发现。她好像整夜不睡似的……在一些年份里，我们谁也没有吃过夏家的十里香。

我们想吃。我们有"内线"。

在我们结伙偷杏的日子里，夏保兰成了我们的"内线"。

上小学时，夏保兰跟祁小元是同桌。这是我们知道的。夏保兰对祁小元好，这也是我们知道的。

在十里香快要成熟的一些个夜晚，我们趴在夏家的院外学猫叫（这是我们的暗号）……而后，就有酸杏从夏家的院子里扔了出来，一个，两个，三个……不过，那是落杏。很酸。

我们知道，那是夏保兰偷偷扔出来的。我们也知道，那杏，是扔给祁小元的。

不过，后来，夏保兰小学毕业后，就不再上学了。再后来，她嫁给了一个瘸子。

8

其实，夏保生是偷偷回来过的。

不过，他没有回村，只是在县城里跟他妹夫见了个面。

夏保生的妹妹是夏保兰。夏保兰的男人是个瘸子，在县城里开摩的。此人叫王宽。王宽小时候得过小儿麻痹，落下了残疾，走路微跛，外号“王瘸子”。王宽虽然腿有点儿瘸，但人机灵，还有城市户口，那年月城市户口还是有吸引力的。保兰长得漂亮，人细高挑儿，俩眼忽灵灵的。两人在卖胡辣汤的铺子里见了个面，给了一万块钱的见面礼。当时保兰还提了个条件，对方也应下了。于是她偷偷地改了年龄，托人先把证领了。嫁个瘸子心里虽然稍稍有些委屈，但为了供哥上学，她认了。可是，阴差阳错的，哥差了三分，没考上大学。那一天，她哭了一夜，哭得很伤心。而后，她擦干眼泪，说：哥，我嫁了。就是这么一句话，让夏保生无地自容。第二天一早，他离家出走了。

夏保兰是在县城的街口上碰见哥哥夏保生的。夏保生蹲在街口，头上戴一破草帽。她从他身边走过去，以为是要饭的，差一点儿没认出来。夏保生低低地叫了一声：兰，保兰。夏保兰回身低头一看，是哥。哥已瘦得脱了形了。她抓住哥的手脖儿，捋开袖子一看，哥一身的红点子，密密麻麻的……她叫一声：哥。眼里的泪便流出来了。

夏保生说：哭啥？我又没死。而后，他说：你哥无耻。不争气。不要脸。拖累你了。

夏保兰一下子泪流满面：哥，你咋这样说？

夏保生说：你去把王宽叫出来。我有话跟他说。

夏保兰求道：这都到家门口了。上家吧。

夏保生说：不去了。净丢你的人。

夏保兰知道哥的脾气，就问：你吃饭了么？

夏保生深吸了一口气，说：吃，吃了。

夏保兰二话不说，硬拽着他进了路边卖煎包的铺子，给他要了一碗胡辣汤，两盘水煎包。夏保生勾下头，吸吸溜溜地喝了一碗，而后说：我再喝一碗。喝了，又说：我再喝一碗……他竟然一连喝了四碗！而后，他对保兰说：你把王宽叫出来，我有话跟他说。

保兰说：哥，回家吧。娘的眼都哭……

夏保生说：等哥把脸拾起来，就回。

兄妹俩就这么在街头上匆匆见了一面，分手了。

此后，夏保兰问王宽：哥让你干啥？

王宽诺诺：老难。怕办不了。

夏保兰说：办不了也得办。

王宽说：办。咱办。

夏保兰说：哥有信儿了。回头，把那些电线杆上的寻人启事揭了吧。

王宽说：揭。我去揭。

王宽一连跑了三天，终归还是把事办了。

晚上，两人躺在被窝里，保兰问：哥让你办的啥事？

王宽说：哥要个“照”。

夏保兰说：花了多少钱？

王宽说：带上“人事儿”，五六千吧。

夏保兰说：哥是啥样的人，你知道吧？

王宽说：知道。

9

有一年，我们终于吃上了十里香。

在一个下暴雨的夜晚，在滚滚的雷声里，我们又一次爬上了夏家的杏树，连摘带拾，几乎偷光夏家的麦黄杏。

我们是躲在场院的麦秸窝儿里分的赃……出来后我们一个个都捂着嘴，杏有酸有甜。酸的能倒了牙。甜的，真甜哪！

第二天，夏家奶奶搬出一个小板凳，一拧一拧地走到村街里（那时，她是村里唯一还活着的小脚女人），坐在村街中央昂声大骂。一骂骂了三天！

而后，我们九个孩子，被村长一根长绳捆在一起，游街示众。人多，捆得不算紧，我们笑着走在村街里……

此后，我们发现，树梢儿上还挂有两个最大的杏，杏长红了，是润红色的。个儿大，饱满，圆润。可惜的是，这两个最大的杏被鸟儿啄了。它高高地挂在那里，远远望去，像两个眼睛。

后来才知道，那两只长在树梢头儿上的杏，是夏家奶奶专门留给鸟的。每年都一样。

那叫“杏的眼”。

那两个长有“眼睛”的杏一直高挂在树的梢头儿上。

它从五月一直挂到七月，当高挂在树梢儿上的杏，一日日萎变成紫色的时候，它就成了一泡酸甜的汁液……我们都很想用嘴接住。

我们傻傻地望着它。

它也看着我们。

10

祁小元正式入警后，抽空回了一趟家。

我们傅夏祁是个东西狭长、片片落落、七星连缀的村落。勺头是小傅村，而后是大傅村。隔一个草帽吴，也叫小吴庄。接着是大夏、薛庄、小夏，最后是祁家店。从方位说，祁家店自然就是勺底了。从勺底往南有条河，叫祁河，是淮水的支流。

说是三姓，但有着几百年的参连和纠结。你家的姑娘嫁他家，他家的儿子赘你家，从老姑奶奶说起，就这么亲戚来亲戚去的，参连久了，无论谁进了村，见了三姓中的任何一个人，论起来，都是要称呼点什么的。所以，这里虽是多姓杂合，人口众多，却又是个藏不住秘密的村子。无论谁家发生点芝麻绿豆大的事儿，很快，全村人都知道了。

从县城回傅夏祁二十四里路，祁小元是借了一辆自行车骑回来的。到了村头，祁小元原本是要一路骑过去的。可远远地，就有人跟他打招呼了。

有村人说：元儿，回来了？

祁小元应一声，说：回来了。而后，他不得不从车上下来，推着自行车走。

祁小元身上的警服是新的，特别是胸前新缀上的警牌在阳光下明晃晃的，刺人的眼。

一路走来，就不断地有人打招呼：哟，元儿回来了。

祁小元说：回来了。

再有人打招呼时，说：咱元儿回来了。

祁小元还是那句话：回来了。

天气很好。话还是那样的话。一个很家常的问候语。可多了一个“咱”，就亲近了许多。

让祁小元惊讶的是，前不久还没人搭理他呢。有次回村，人们看见他装着没看见，背过身还“咳”一声。啥意思？想吧。他也知道，人们背后都叫他“狗啃麦苗”。可这次回来，一路上人们都笑着跟他打招呼，话来话去的，还多了一个“咱”。

进门后，祁小元发现，祁婶喜洽洽地望着他，像不认识似的。他问：咋啦？祁婶说：不咋。他说：你笑啥呢？祁婶说：一早喜鹊就叫喳喳的。而后，她磨过身，从里屋端出一个小笸箩，小笸箩里装着五个黄澄澄的麦黄杏，说：元儿，稀罕物。新摘的。你尝尝。

祁小元问：夏家的？

祁婶说：夏家的。保生他娘送来的。保生他妹夫，保兰她男人不是在城里开摩的么？他听说信儿了。

说到夏保兰时，祁小元看了祁婶一眼，这一眼，把她眼里的泪都看出来了。

祁婶说：元儿，保兰……嫁了。

祁小元淡淡地说：我知道。而后问：啥信儿？

祁婶说：你入编了，是吧？啥是入编，我也不知道。总归是个好事吧。

祁小元“嗯”了一声，说：娘，东西给人家退回去吧。咱不吃人家的东西。

祁婶说：退不回去了。就送来八个杏。你妹小珍拿走了仨。咋退？接着，又解释说：你保生婶也说了，杏树才结果，就这八个熟了。你可别嫌少。话都说到这一步了，咋退？

祁小元知道，夏家的这棵号称“十里香”的杏树，杏结得又大又甜，宝贝着呢。平时夏家人都舍不得吃，摘下来都拿去卖钱了。在夏家，只有夏保生可以吃那些带虫眼儿的果，他是夏家的“重点保护”……怎么就舍得给祁家送来了？

祁小元说：那，咱给他钱。

祁婶说：可不敢。这不打人脸么？

祁小元无话。只说：以后别要人家的东西。

祁婶说：行。我记住了。

吃过午饭，临走时，祁婶给他准备了一兜熟鸡蛋，装在挎包里，挂在车把上，说：不忙了，抽空再回来一趟吧。

祁小元说：什么事？

他这一“什么”，祁婶撇了撇嘴，说：一早上，院里就飞来两只喜鹊，喳喳地叫，可喜庆。不一会儿，你三姑奶就来了，还有傅家的老大媳妇，都是来给你说媒的……

祁小元一口回绝，说：你告诉她们，别操这心，我不在乡下找。

祁婶不吭声了。她在他的话里听出了几分骄傲。

祁小元走后的第二天，村里又传出话来，说祁小元之所以能入编，当上正式警察，是敬礼敬出来的。

传言说，祁小元是个有心计的精明人。他特意记住了本地区领导人的车号，凡有领导路过，他就敬礼……这样一来二去，惊动了省里的大领导，给他特批了一个编制。开始人们还不大相信，说不就是敬个礼么？谁不会呢？怎么就能敬出个警察编制来。全县独一份呀！

再往下，传言逐渐得到了证实。村里夏保生的妹夫，在县城开摩的。残疾人开摩的不用交税，就有一怕，怕交警罚。王瘸子开摩的被老胡罚过几次，而后两人成了朋友。他说，这话是县交警队的老胡亲口告诉他的。那天他请老胡吃饭，老胡在酒桌上喝多了，还骂骂咧咧的：……这姓祁的贼呀。你不知道他有多贼气！他娘那狗娃蛋，凭啥呢？不就会敬个礼么？你说他狗日的算个啥？狗屎不是，入编的指标竟让他给抢走了。我侄子当了七年协警，成天在大街上吃灰，张风喝冷的，给队长送过多少回礼，早就答应下了，到现在还没入上编呢……妹夫说：哥，胡哥，我咋不信呢，敬个礼就能入编？老胡说：他在岗亭上站着，瞅见领导的车就行礼。那可都是些大官，好这一口呗。妹夫说：路上天天跑车，他咋知道车里坐的是大领导？老胡说：你个锤子。这你就不懂了。我告诉你一个秘密：凡县级以上领导的车号，公安局都备着案呢。妹夫说：还有这事？老胡说：日他娘，不说了。说起来也怨我。上头给分队发了一张表格，我给扔抽屉里了。不知哪一天，被这姓祁的鳖儿给翻出来，偷偷背下来了。唉，老没面子呀。我当了十八年交警，七年的分队长，还不如一个生瓜蛋子……说着说着，老胡竟哭起来了。

村里人得到消息后，也只是私下里撇撇嘴，耳朵对耳朵传些闲话罢了。等再见到祁婶时，人们的目光就发生了一些变化。每当祁婶走到村口，就有人说：婶，人物！

祁婶不明白。说：咋啦？

村人纷纷从村口的代销点里跑出来，竖起大拇指，说：婶呀，咱家小元，人物啊！等着享福吧。

在傅夏祁，“人物”，是个有着多重含义的词。它可以有一百种注解。

11

每一年，杏花开的日子，就是我们开始做梦的日子。也是我们结伙准备偷杏的日子。

我们不是偷杏，我们偷的是快乐。我们偷的是梦境。每一个杏花开的日子，也是我们渴望做梦的日子。

晚霞中，十里香就像是一株火树，它像是烧起来了，接着天上的晚红，一粉一粉地飞。荡荡地飞。

梦中，我们骑着一朵朵圆圆的花瓣儿，飞到天空中，那是很远很远的地方，一个我们不知道的地方。

12

我们傅夏祁人是往东走的。

在平原上，这是个特例。

在平原，因为水系不同，人们行走的路线也不同。一般来说，平原人大多是往西走的。那是历朝历代记忆中的逃亡路线。因为历史上黄河连年泛滥，西高东低，一般平原上的人都是往西走，背水而上，这是一种生命记忆中的惯性。这叫“逃黄”。这条线凄苦、漫长，最远的可达新疆的乌鲁木齐。

而我们傅夏祁不然。

我们傅夏祁地处平原偏东南一隅，离淮河近一些。早年，淮河东行，水路可经安徽的蚌埠直通上海，出外求活路的打工一族多与行船人熟识。日后因各种原因，行走的路线惯性就是东南方向了。还有一路是往南走的，那是旱路记忆。那时候离村三十里有一条南北大路，早年赶大车运货的走的就是这条路。就此说，人的生存路径是有惯性的。这叫“活路”。最远的，就漂洋过海，跑南洋去了。凡是能走的，就再也不回来了。

改革开放后，我们傅夏祁人外出谋生走的仍是这两条路线。

近年来，在我们傅夏祁外出打工一族中，夏保生可以说是在外站住脚的第一人。夏保生人是很聪明的，且执拗。高中毕业，原本是傅夏祁最有可能考上大学的，可他差三分没考上，于是，一气之下离家出走了。

十八岁出门，往哪儿去呢？开始他自己也不清楚，只是听说本家有一位三姑奶嫁到了杭城。也只是听说，并没有具体的联络方式。于是他先是到了蚌埠，在蚌埠打了一些日子的零工，积攒了些路费后去了南京。他这一路是半流浪性质的，大约有一年多的时间，他过的是风餐露宿的日子。到了南京后，先是摆摊卖了几个月的水果，开始几日还行，不到一个月就被城管把水果摊给掀了。最困难的时候，他在一个桥洞下蹲了三天，身上爬满了蚊子……此后颠沛流离才到了杭城。在杭城，他凭着二十年前一个旧信封，几经打听，终于找到了三姑奶。

在我们傅夏祁，三姑奶是个符号，她是美丽的象征。每当村里人拿什么打比喻的时候，就说：跟他三姑奶一个样儿。我们都没有见过三姑奶，大约三姑奶长得非常漂亮吧。三姑奶不仅长得漂亮，而且是傅夏祁六十年代唯一考上大学的女子。但她一去不回，只是在“文革”中期，曾经往家写过一封信，期望上边外调的时候（她家富农成分），亲戚们能为她说几句好话。后来这封信就剩下个揉烂了的旧信封了。

夏保生就是通过旧信封上的地址，找到了三姑奶原来的单位，通过原单位，辗转打听到了三姑奶家。刚一见三姑奶的时候，夏保生吃了一惊。传说中三姑奶的美丽已经不复存在了。人似水桶一样，胖胖的。那神情就像是二十年前的旧信封，已是满面春秋。三姑奶对这个冒昧打扰的年轻人并不热情，说：你谁呀？我不认识你。于是，夏保生拿出了那个旧信封。三姑奶接过那个信封看了很久，而后问：你是广家的，还是灿家的孩子？夏保生说：广家的。三姑奶说：

二哥他，好么？夏保生说：我爷爷已经不在了。走时还念叨你呢。三姑奶沉默了一会儿，说：你是来借钱的么？夏保生摇了摇头，说：不是。三姑奶说：那你……夏保生说：我想找个活儿。三姑奶迟疑了一下，说：我已经退休了。等你姑爷回来再说吧。

姑爷回来后，倒显得很热情。姑爷是个官员。他从部队转业到地方后，在杭城的公交公司任职。姑爷问：会开车么？夏保生脑子转了一圈，说：会。姑爷说：那好，我们这边出租车公司正搞改制呢，去开出租吧。姑爷又问：有住的地方么？夏保生说：有。姑爷说：那好。下星期去公司找我吧。

其实夏保生并不会开车，没有驾照，也没有住的地方，可他就这么应承下来了。姑爷说让他下星期上班，这中间还有五天时间。于是夏保生连夜坐车赶回县里，先是找到了妹子保兰，通过保兰找到了妹夫王宽。他说：宽，你得想法给弄个“照”。

说是妹夫，王宽实际年龄比他大五岁。那时王宽正黏着保兰，说啥也得答应。夏保生先是骑着王宽的摩的练了一天，而后又花了一百块钱，让司机带着开一辆破桑塔纳练了一天。时间紧，来不及参加考试了。王宽找交警队的老胡喝了顿酒，花三千元办了一张驾照。就这么着，凭着这本驾照，他在杭城扎下了。

头一天开车，他的眼是直的，手握着方向盘就像是端着机枪一样，浑身所有的神经都绷在两只手上，开着哭着，满脸都是泪……这一天他没挣一分钱，开着车转遍了杭城的大街小巷，一路上只默念两个字：小心！小心！小心！

这是饭碗呀。

13

十里香是夏家的。

后来，夏家为了阻止我们偷杏，在墙头上栽上了蒺藜，树上挂了铃铛。我们改用弹弓射。弓架是我们用树杈做的，皮筋是我们在车胎上剪的，泥蛋儿是我们用胶泥团的……当杏还青的时候，我们就开始射了，我们在墙外偷偷射下的，全是青蛋儿。杏还没长熟，是酸涩的。

每当我们的弹弓射下一个青蛋儿，就会听见夏家奶奶的骂声：遭天谴的！

哄一下，我们就跑了。

于是，我们趴在麦秸垛上，齐声高喊：夏保兰，夏保兰，同桌祁小元！

14

祁小元正式入编一个月后，按轮岗规定，奉命调到了县城南大街的中心岗亭。这里不仅是十字路口，还是全县最繁华的地方。离县政府仅三十米远。

县城的中心岗亭是有遮阳伞的。岗亭上罩着一个巨大的、由铝合金骨架支撑的五彩遮阳伞。路旁还有个供交警休息的椭圆形警亭间，里边安装了空调、电话等设施。在这里值班的交警再也不用淋雨了。

可祁小元毕竟是祁小元。祁小元在中心岗亭值班的第一天，就受到了路人的关注。他往中心岗亭上一站，就不仅仅是值班了，那几乎就是一种舞台上的表演。他在指挥交通的时候，站得笔挺不说，他的每一个动作，都像是用墨线绷出来的，十分标准。他的胳膊伸出来就是一条直线，那戴在手上的白手套在阳光下唰唰地亮着一道道弧形的白光；他的每一次转身，都像是在跳踢踏舞，脚跟会发出“嗒、嗒、嗒”，带有节奏的韵律；他向路过的车辆行注目礼时，那个侧身四十五度的转身动作，加上五指并拢时的行礼姿态，一气呵成，显得十分神圣、庄严、隆重；当他挺直胸脯，一只手平行向前推出（意思是：禁行），另一只手在背后有节奏地扫动（意思是：另一道可以通行）时，那动作简直帅呆了！

在我们县城里，人们还是第一次看到这么标准的交通指挥“礼仪”，路人简直看傻了。三天后，十字路口陡然增加了许多行人。人们像赶会一样，一拨一拨聚在路口，伸着头看祁小元指挥交通。那岗亭像是他一个人的舞台。在这个不足三平方米的舞台上，祁小元穿着新发的警用皮鞋，把一个人的演出发挥到了极致。他戴着白手套的手臂就像天鹅翅膀一样，在空中划出一道道吸引人的亮线。他伸臂和收臂的姿势，他的每一次转身、侧身、回身，都像是正在演奏的进行曲。他的脚步在漆成红白两色的水泥台上，一拍一拍踢踏出富有节奏感的回声。还有，他行礼的时候，全身绷直，五指并拢，右手与帽檐齐，而后侧身四十五度，仿佛在向每一个路人致敬。瞬间，路人们都有了一种莫名的神圣感，继而，会感受到一个人应有的骄傲和尊严。

自从祁小元站上了中心岗亭，这个县城的十字路口，像戏台一样，成了人们赶庙会看热闹的地方。

是呀，看傻眼的不仅仅是路人，连一同值岗的交警都很惊讶地望着他。本来是一人轮岗两个小时的，带班长却面有怨色，说：你继续吧。继续。此后，这个岗亭就没人敢上了。到了轮班时间，其他的交警都在下边指挥交通。

其实，这时候，在交警大队，祁小元是很孤立的。他就像是羊群里跑一骆驼，很不招人待见。特别是老胡，见人就说：鸡巴，你看他傲造的，不就会行个礼嘛。

可老百姓都喜欢他。这件事很快传到了县府大院。连县委马书记路过时，都专门停下车来，看他指挥交通……而后，马书记走下车，来到岗亭前，跟他握了握手，说：小祁吧？好，很好。连关书记都夸你了，说你是咱县的名片。好好干！

然而，四个月不到，一百一十七天后，已当上中心岗亭带班长的祁小元，就再也不能指挥交通了。

祁小元被人撞伤了。

最初，那是一个很普通的交通肇事。那天午后，一个喝醉酒的家伙，摇摇晃晃地从县城西街的一家饭馆里出来，倒车时不小心撞倒了在饭馆门前看车收费的老头。于是有人高喊：停车，轧住人了！可这家伙扭头看了一眼，却在一片惊呼声中开车往南跑了。于是西街值班交警呼叫中心岗亭，要求拦截这辆车号为“3188”的丰田车。

这天，祁小元刚好在岗亭上值班。当那辆车冲过来时，祁小元先是面对肇事车辆打手势要他靠边停车。那醉汉看见路口有人拦车，却没停，径直往前开。这时，祁小元吹响了哨子，令他立即停车。谁知，这“3188”竟不管不顾地冲岗了。

令人想不到的事就发生在这一刻。当“3188”就要冲过岗亭时，只听砰的一声，祁小元居然飞身扑在了车上（也可能是他躲闪不及）。他两手抓住挡风玻璃前的雨刷，厉声喝道：停车！

“3188”完全乱了方寸，醉汉司机踩刹车却踩在了油门上，一脚下去，只听轰的一声，“3188”带着趴在车前身上的祁小元往前又冲出一百多米，重重撞在路边的水泥垃圾箱上。接着，只听咚的一声，祁小元从车上摔下来了。

当几名交警追过来，把那家伙从车里揪出来时，此人却喃喃地说：给我舅打……打电话。我舅是……下边的话还没说出来，他就被按倒了。例行检查时，竟然在他的车里发现了毒品，这事儿大了。

抓住了肇事者，又在车里发现了毒品，在岗交警立即报告指挥中心……当众人去扶祁小元时，却发现他被撞在马路牙子上，站不起来了。于是赶忙叫救护车。救护车一路鸣着笛，把他送进了医院。

让人想不到的是，一个交通肇事，竟演变成了一桩毒品案。且拦车过程被十字路口的路人用手机拍下来了。这是个好事的人。这人平时就喜欢看祁小元指挥交通，这天，他不仅拍下了祁小元飞身拦车的镜头，还把照片发给了市里的《平原早报》。

第二天，《平原早报》在二版重要位置刊登了题为《交警飞身拦毒车》的大幅照片，并配有记者的采访报道。

巧的是，那天《平原早报》头版刊登的是市委书记关相如在一次会议上的重要讲话。自己的“讲话”登出来了，关相如自然是要看一眼的。看了讲话内容后，关相如随手翻开了报纸的第二版，于是就看到了这篇《交警飞身拦毒车》的文章和照片。一般人看了也就看了，可关相如对这个行礼的交警印象很深。看到他受伤住院的消息后，决定去看望一下。

市委书记专程看望，县委书记自然也要作陪，同时跟来的还有市、县公安局的领导，媒体的记者……领导们送上鲜花和慰问品，再三嘱咐他好好养伤。这时候的祁小元在病床上躺着，腿上已打了石膏，高高地吊着，受伤的肋骨和胳膊也已做了医疗固定。祁小元想要行礼，关相如上前握住他的胳膊说：别动。你别动。好好养伤……往下就有了电视台的连续报道。接着，祁小元的事迹又上了省报。

有意思的是，随着这件事的发酵，连带本县一位财政局副局长跟着吃了瓜落儿。那是因为，当公安局局长给关书记汇报肇事经过时，笑话那醉汉被抓时还说“给我舅打电话……”关相如书记随口说了句：太不像话了。查查，谁是孩他舅。

就这样，查的结果，这位“孩他舅”——县财政局副局长被停职了。在颍水县，当祁小元成为全县新闻人物的同时，“孩他舅”也就成了家喻户晓、人人皆知的一句笑料。

被停职的县财政局副局长虽有一肚子的委屈，还是提着礼品到医院看望了祁小元。见了躺在病床上的祁小元，这位资历很老的副局长倒苦水说：小元同志呀，真对不起。我是他舅不假，可他吸毒的事，天地良心，我真不知道呀。车是我女儿借给他的，谁想他会去干这事呢？我干了一辈子，该退休的人了，到了落得里外不是人。你说我冤不冤？我是真冤哪。你看能不能给领导解释一下……

不管怎么说，祁小元算是因祸得福。这一年，他被评为勇擒歹徒的优秀民警，立了三等功，全市通报表彰。在住院期间，他还跟县医院的一个护士好上了。女护士吴月文，文文气气的，特别喜欢祁小元在岗亭指挥交通时的风度。她在上下班的路上看过祁小元指挥交通，本就对他有好感。就这么住着住着，三个月后，两人有了感情。

再往下，祁小元可以说是好事连连。伤基本好了。亲事定下了。不几日，任命也下来了，他被任命为县公安局车管所的副所长。虽然只是个股级，大小也是个官儿了。据说，为安排受伤的祁小元，县公安局领导曾有不同看法，最后报到了县委，由县委马书记一锤定音。

15

有一天夜里，当我们射下青蛋儿的时候，没有听到骂声。

夏家的院子里静悄悄的。我们觉得奇怪，有一种很不妙的感觉。

在这个夜晚，我们一共射下了七个青蛋儿。我们很警觉，那异常的安静，就像是陷阱，我们随时准备逃跑。

整整一个晚上，我们再没有听到骂声。后来，有哭声传出来，说是夏家奶奶走了。

在送夏家奶奶的那些日子里，我们不再偷杏。

那三天，夏家院门大开，村人们川流不息地前往祭拜。

院门外摆了两张方桌，方桌上摆有烟和茶水，还有一托盘的十里香。桌前坐着两班吹响儿的外乡人，有男有女，他们吹奏的是《百鸟朝凤》，还有《上花轿》。夏家奶奶走了，却说是“喜丧”。每一个头上勒着白布条的，都可以自由出入。

于是，我们来到了老杏树下。树已经很老了，树皮像黑铁一样，树枝干老枯皱，树根裸露着。让人诧异的是，它怎么能开出那么艳丽的杏花呢?

三天后，送葬的队伍把夏家奶奶送进了老坟地。那一天，村街里到处撒的都是中间打了方孔的纸钱，我们把纸钱踩在脚下，跟着送葬队伍走。

从此，村街里再也没有了那种昂扬的叫骂声。

我们很失落。

16

开出租说是挣钱，也不容易。

夏保生出车的第一天就被罚了。其实他很小心，却轧了黄线。那时候他还不知道什么是黄线，罚了两百，罚了钱就知道了。第二天很小心很小心，可还是被罚了。这次是左拐，他不认得马路边上的标示。标示上注明，这个地方是不能左拐的。又是两百。第三天，他是万分地小心，可他跑了一上午，憋着泡尿，眼看着就憋不住了，看见有厕所的地方，停下车就往厕所跑，结果车停得不是地方，又被罚了。出了厕所，见交警给车前玻璃上贴了一张条儿，看见条儿，夏保生气得掉了两行泪。于是车上放一大塑料瓶，着急的时候，就拉开裤子尿瓶里……直到十多天后，才慢慢适应了。

半年后，夏保生从杭城汇回了一笔钱，收款人并没有写他妹子夏保兰的名字。写的是王宽。汇款金额是一万二。接到汇款单，保兰对王宽说：知道我哥是啥样人了吧？

三年后，秋凉的一天，有三辆大卡车开进了村子。车上拉的是砖、瓦、水泥、木料。还呼啦啦跳下来一堆人，说话也都是南方口音……这时候人们才知道，夏家要翻盖房子了。

出面招呼这些工匠的是夏保兰和女婿王宽，但人们处处都能看到夏保生的影子，因为来的都是南方的工匠。这些工匠干活儿非常利索。他们在保兰的指挥下先是在院里的空地上搭起一个大帆布篷，而后把所有的东西都搬了出来。

于是扎根脚，打地基……仅仅用了半月时间，就盖起了一座五间起底的三层楼房！这座楼房大红瓦起脊，大门大窗，还带外走廊。不仅层层都有卫生间，连整个外墙都贴上了白亮亮的瓷片，看上去神气极了。

上梁的时候，鞭炮声响过，村里人一拨一拨地围过来看。看后没有人发声，人们像是嘴上贴了封条，一下子震住了。有人背过身子，自言自语地说：我 ×，还有这样盖房的？

保兰站在院子里，瘸子王宽站在她的身后，给每一个匠人递烟，不时地说：歇会儿。歇会儿。

在我们傅夏祁，这是外出打工的人盖起的第一座楼房。这是房子吗？这是气势。这是宣告。人们看到的不是保兰，是夏保生。这就是说，夏保生回来了。他堂堂正正地回村来了。

人们说：人物啊！

17

村里人都认为十里香是一棵神树。

我们也都期望着十里香能给我们带来好运。

杏花开的日子里，我们曾一人捧一蓝边粗瓷大碗，坐在饭场上，渴望着杏花能飘进我们的碗里，那是福气。我们比碗，看谁的碗大。我们等啊等，可杏花却一片片飞走了。

那一年杏花像是长疯了似的，一树绯红……村里人都说，夏保生的成功，验证了十里香的神性。

后来，村人们就开始祭拜了。盼生儿子的，盼娶媳妇的，盼外出发财的……烧过纸钱后，还会在树上拴一红布条儿。

那是一个一个的念想。

18

祁小元结婚了。

虽然他结婚办喜事没有告知村人，甚至还刻意地避开村人，悄悄地搞了个什么“旅行结婚”。开初祁婶不愿，说你这不是打脸么？叫人笑话。祁小元却执意要这样做。据说两个人去了趟北京，跑到天安门广场照了张相……就算结婚了。

可我们傅夏祁是个讲古礼的村子。结婚是大事，礼数还是要讲的。于是，村人们听说信儿后，还是有了表示。那时村人们还都不富裕，傅夏祁三大姓，加上草帽吴、薛庄的亲戚们，他们有的是三家联合，也有五家联合、七家联合、九家联合……共计送床单四十四张，毛毯二十八条，红缎子被面十二幅，带有红喜字的洗脸盆十八个。这些贺礼都用红纸包着，红纸礼单上写有送礼者的名字。

贺礼送到祁家，祁婶搓着两只手，一脸的尴尬。这礼收也不是，不收也不是。收吧，你一没告知，二没摆酒，凭什么收人家东西？不收吧，贺礼已送家来了。老天，咋办呢？

祁婶愁得一夜没睡。赶忙央人给祁小元捎信儿，让他赶快回来一趟。还给捎信儿的下狠话说：你就说我快死了，看他回来不回来。

那时村里人还没用上手机。捎信人把话带给了夏家妹夫，妹夫王宽骑着他的摩的就找祁小元去了。见了祁小元，王宽说：哥，赶紧，祁婶有急事。祁小元问：啥事？王宽说：捎信儿人说，赶紧的，慢了就……祁小元来不及要车，坐上他的摩的就回村了。

回到家，祁小元叫着：娘，娘……慌慌地进了门，就见祁婶好好地在床边上坐着。他怔了一下，说：娘，你没事吧？

祁婶一下掉泪了。祁婶说：不让你“驴”，你非去“驴”。这“驴”也“驴”了，酒席还得摆。你看咋办吧？

祁小元听了，气不打一处来，发火道：娘，不给你说过了嘛，咱不摆酒！婚都结过了，还花那冤枉钱干啥？我再说一遍，我们是“旅行结婚”，不是“驴”！

祁婶嘴一努，说：你看看，你看看吧……咋办？

祁小元扭身一看，村人送的贺礼一份一份地在柜子上摆着，贺礼上还都有礼单，都写着名字呢。他翻看了几份，很冲动地说：这还不好办。谁家的，给谁退回去。

祁婶说：冤家，咋退？有三家的，有五家的，有七八家联手送的……你退给谁？！再说了，一个村住着，你还让你娘出门不？还要脸不要了？

祁小元重又拿起礼单看了看，心乱如麻，说：那，你说？

祁婶说：叫我说，这酒，还得办。不是花钱的事，是脸气。咱收了人家的礼，若是连酒席都不办，以后咋活人呢？！

祁小元急了，说：娘啊，我结婚办事，主要是人家月文家出的钱。住的房是人家娘家的，家里东西大多也都是人家添置的。说句不好听的话，我这算入赘……娘，你算过账吗？咱村几千口子人，就说来一半，也得一百多桌。一百多桌呀？咱哪有那么多钱？！妹子正上高中，我还要给她积攒学费和生活费。将来她还要上大学呢……这样吧，我不怕丢人，这礼我去退。

祁婶说：你让我死呢？你要是退了礼，你娘还有脸在这村里住吗？

在我们傅夏祁，祁小元的价值最先是被本村女婿、瘸子王宽发现的。据王宽说，祁小元能跟县医院的女护士吴月文结婚，是他最先看出“桥”的，也是他把两人撮合在一起的。两人最后能走到一起，他应是头功。究竟是不是呢？没有人知道。不过，王宽眼皮活，对两人的事很上心，这倒是真的。祁小元住医院时，王宽曾多次去看望，进门就说：哥，我是咱傅夏祁的门婿，跟保兰是一家……而后，隔三岔五地去送点什么。他也是第一个见了吴月文就喊“嫂”的。

当事僵到这里的时候，妹夫王宽从院里进来说：婶，你别愁，这也不算个啥事。我看这样吧，我替我哥把这事办了。

祁婶说：你咋办？

王宽说：元儿哥不愿摆酒儿，这酒儿咱不摆。但这个意思咱还得表示。

祁婶摊着两手，说：咋，咋个表示？

王宽说：叫我说，一家送一袋奶糖，是喜糖。就城里那大白兔奶糖，不丑气。大白兔奶糖小店里卖三块钱一斤，我找人弄个批发价，才两块多。顶多几百块，不上一千，就把事办了。这事我去办。喜糖我替我哥去送，可哥得给我句话。

祁小元说：啥话？

王宽说：你现今是县局的车管所所长。往后村里人有啥事，你肯定会帮忙的。只要有这句话就行。

祁小元很决绝地说：这话我不能应承。

王宽说：不就是句话吗，咋不能应承？

祁婶也说：应。咋不能应？

祁小元急了，说：娘，我只是个副所长……再说了，犯法的事，违反原则的事，咱不能干。

王宽说：哥，看你这话说的。谁让你干犯法的事了？不就是个情面嘛。以后遇上啥事，你能办，则办。不能办，也不会勉强你。婶，你说是不是？

祁婶说：是啊，谁还没个三亲六故的。

事情到了这一步，祁小元无话可说。

王宽说：有哥这句话，事儿我去办。

王宽果然很会办事。他在城里搞到了一麻袋批发来的上边印有红双喜字的大白兔奶糖，又搞了不少一斤装的塑料袋，分包装了，说是元儿哥的喜糖，一家家给人送去。而后再申明元儿哥是旅行结婚。而后再递上那句话……村人们自然不好说什么，他毕竟是村里的门婿。等王宽走后，也只是撇撇嘴，相互咬咬耳朵罢了。

过了半个月，等祁小元找王瘸子算账的时候，说：宽，那糖，花了多少钱，算算，我给你。

王宽说：哥，啥钱？我还得给你钱呢。

王宽是个能人。经与祁婶商量，家里收的那些贺礼也经王宽的手，送到城里的商店代卖了一部分。结果，他不但没收祁小元一分钱，还拿出了一千八百元，说是卖那贺礼变现后余下的钱。祁小元皱了皱眉头，不接，说：你给我娘吧。到时，好给人家随礼。

按说，账平了，面子大小不说，也算有了。可那句话，烙在祁小元心里了。

19

我们在慢慢长大。

不再偷杏的日子里，我们曾结伙种下了七个杏仁。我们有七个杏仁，这七个杏仁是我们的希望。杏仁是苦的，我们期望着能长出甜意。

七个杏仁，却只长出了一棵芽儿。很小的芽儿，只有两片芽叶。

我们很失望。但我们也算是有了希望。我们每天去看这棵芽，我们希望它快快长。

我们天天给它浇水……我们也很想给它施点肥。

有人建议用尿浇。可我们不敢，怕烧死了。

那棵小芽终于长出苗了。

一棵很小的苗。

等树苗长到半人高时，慢慢，我们发现，那叶儿不是圆的。

后来，听大人说，那不是树，那是杂棵子，也叫燕屎，是燕儿吃草籽拉下的。

那么，我们种下的十里香呢？

我们还记得，祁小元当兵临走的那天夜里，场院里的麦秸后有两个黑影，两人在那里站了半夜……我们不知道另一个黑影是谁，我们猜是夏保兰。

此后，两人就成了路人。

20

夏保生回来了。

夏保生是开着轿车回来的。不是出租，是他自己买的车。人们说，还是“四个圈”的。

这一次，夏保生回村象征性地转了一圈，给村里爷们一一敬烟问好，一点也不傲造了。人们望着他，只见他不但脸色润展了，也不是“四眼”了。

据说，夏保生不但在杭城扎住了脚，而且在姑爷的帮助下先后承包了二十辆出租车，成了一个小老板了。夏保生这次回来，本来是要带人的，可因为驾照的事，一下被卡住了。村里有五个年轻人，都愿意跟他去开出租，可路考的时候，有四个没有通过。那边急着用人，驾照却没有拿到。夏保生急了，时间不等人，说干脆花钱买吧。谁知黑照又涨价了，原来托托人，三千就可以办下来，现在得五千，村里这几个年轻人一时都拿不出这么多钱。急得夏保生一头火！

大舅哥的事情，王宽不能不管。他说：老胡不能再找了，老胡太黑。再说，他也只是个中间人，托了他，还得挨门磕头……这回，咱换个主儿。夏保生说：那你说找谁？我这是急茬儿。有人抢着承包呢，不能等。王宽说：手头倒是有个人，咱村的，还是个车管所的副所长。夏保生说：谁呀？王宽说：祁小元。夏保生说：不当兵去了么？王宽说：早复员回来了。夏保生说：所长都当上了。咋弄的？我找他去。我跟他是同学！王宽说：那，你试试？夏保生说：他当家不当家？王宽说：虽说是副的，可他毕竟是所长呀。夏保生说：那好，我找他去。王宽说：哥，拿点啥？夏保生说：老同学，我要给他掂东西，不等于打他的脸吗？

夏保生在车管所的办公室里见到了祁小元。两人初一见面，都怔住了。好久，夏保生叫了一声：元儿，还认识我么？祁小元说：是保生啊，回来了。夏保生说：回来了。听说你当所长了，来看看你。祁小元说：副的。是副职。两人就那么相互看着，都曾是很骄傲的人。都曾经傲造过。也曾经失落过。再次见面，只剩下了那一点点矜持。祁小元问：眼镜呢，咋不戴眼镜了？夏保生说：我戴的是隐形眼镜，看不出来。祁小元说：噢，隐形。怪不道。你胖了。夏保生说：胖了么？祁小元说：胖了。夏保生没话找话说：听说，中央又有新精神下来了？祁小元看了他一眼，说：精神？啥精神？这本就是没话找话说，却把两个人都伤着了……夏保生说完就后悔了，恨不得扇自己一耳光。往下，两人沉默了片刻，竟没话说了。过了一会儿，祁小元说：我还有个会。你，有事么？夏保生一时语塞，竟不知该怎么说了。在外流浪时，他求过很多人，可见了老同学祁小元，却不知道如何开口了。脸丢在外边没人知道，可这是家门口呀。他说：也……也……没啥事。祁小元站起身，说：那好。保生，我这会儿忙。过两天，咱再聚。夏保生说：你忙。你忙。

出了车管所，王宽迎上去问：咋样？

夏保生没头没脑地说：一戴上大盖帽，咋就不是他了。

王宽说：看看！你不知道，这人臭孱。不愿给村里人办事。

夏保生问：他抽烟么？

王宽说：不抽。

夏保生问：喝酒么？

王宽说：一滴不沾。

夏保生恼羞成怒，说：我那儿等不及了。那就用钱砸，撂翻他。

王宽想了想说：哥，这样，我脸皮厚，叫我再试试。有门儿，咱就砸。没门儿，咱再想别的办法。

这两年，祁小元一直是躲着村里人的，他已经有很长时间没回村了。王宽这次来，手里提了两桶五斤装的小磨香油，进门来叫一声：哥，不简单哪，坐上办公室了。祁小元抬头看了他一眼，倒还是很客气地说：宽哪，坐，快坐。王宽说：哥呀，也没啥拿，给你掂壶油。祁小元说：有事么？王宽说：也不是个啥事。我哥保生，保兰她哥，回来了。喝酒时，不小心把驾照丢了。他急着走，想补办一个。外边排队太长……祁小元说：就这事呀。我见过保生了。你看，他咋不说呢？王宽说：他脸皮薄，怕你磨不开脸儿。其实，就这事……祁小元很想拔了烙在心里的那根刺儿，这算是有机会了。他说：行。这事不违反规定。我交代一下。给他补个照。可有一样，油掂走。你要不掂，这个忙我就不帮了。王宽说：哥，一壶油？祁小元沉下脸来，说了两个字：掂走。

出了车管所的大门，夏保生正在门外等着呢。他见王宽又提着油一瘸一拐地出来了，很失望地问：没门儿？

王宽却说：有门儿。

当天夜里，王宽骑着他的摩的把祁婶给接来了。一路上，他给祁婶交代了些话，让祁婶照着他的话说。祁婶觉得欠下了他天大一个人情，也很想把人情给还了，就说：姑爷，放心吧，就按你的说。

儿子住的是亲家的房子。祁婶虽是当娘的，却是第一次进儿子的家门，心里还是有些忐忑。王宽在门外等了一个多小时，见里边仍然没有动静，心里急，于是就推门进去了。他进屋后，没话找话说：嫂子没在家？

祁小元闷闷地坐在那里，一声不吭。祁婶呢，半坐在沙发上，正在抹眼泪。见此情景，王宽说：婶，你也别难为我哥了。都是村里爷们儿的事情，办不成就算了。这时，祁小元沉着脸说：宽，是你给我娘出幺蛾子吧？王宽说：哥，这可不是我出的主意。如今找个活路不容易。好不容易有个门道，能帮就帮，不能帮就算了。祁小元解释说：我不是不帮。考驾照的事能是小事吗？出了问题怎么办？王宽说：是。理儿是这个理儿。其实，村里的几个年轻人，也都不是笨人。考试科目大部分都过了，就是个“搬库”。一不小心，压线了。说起来也没多大个事。在城里开个出租，路边走路边停，也……祁小元生硬地说：没过就是没过。哪个科目不过都不行，不管你压线不压线。王宽说：是。论说是。哥，可你是说过话的呀。你说能帮就帮。祁小元气呼呼地说：我咋帮？你叫我咋帮？他一急，竟忘了说普通话了。王宽说：哥，这是个急茬儿。你看这样行不行？不让你出面。你写个条儿，就说，这几个人是我的亲戚，在不违反规定的情况下，请给以关照。下边的事，我去办。办成了，是哥的脸气。办不成，也不丢哥的人。祁小元说：那也不行！这个条儿我不能写。这时候，祁婶抬头望着他，满脸是泪……王宽这时又加了一句：哥，你要是这样说，那就是哥不愿帮了？我怕这话捎回去，祁婶……

此时，屋子里的空气十分沉闷。祁小元望着祁婶，她的嘴瘪着，想说句什么，却没有说，就像是被人踹了一脚的烂柿子，眼里的泪正一滴一滴地往下掉。爹走得早，娘一个人养他兄妹两个……不容易。

终于，祁小元说：下不为例。就这一次。说完他看了看祁婶，祁婶还是不说话。她的头发白了，一张泪脸上布满了皱纹。祁婶是从地里直接赶来的，衣襟上还挂着一小节狗狗秧儿，看上去可怜兮兮的，让人心疼。

祁小元愁着个脸，很勉强地站起身，从抽屉里找出一张信纸，拿出笔来，没好气地问：都谁呀？王宽依次报上名字：祁国定，二婶家的孩子；傅二毛，前院罗锅叔家的；夏清才，四姑家老大；吴运祥，六舅家的；姜玉海，姨家的。都是亲戚。

祁小元提笔前在心里斟酌了一下，特别注明了那句“在不违反规定的情况下，给以办理”。他没写“关照”。他觉得不写“关照”好。

这张条儿在交给王宽之前，他又迟疑了一会儿，从桌子的抽屉里拿出手章，在嘴上哈了一下，郑重地盖上了他的章。而后，再次叮嘱说：只此一次。

王宽说：放一百个心。不给你找麻烦。

谁也没想到，王宽就是凭着这张写有“不违反规定”的条子，一下子办成了五本驾照。当然，他是给经办人送了礼的。

21

五月，又是五月了。

每当我们从夏家院前走过时，我们能看到的，是“杏的眼”。它高高地挂在树梢上，看着我们走过。

不知从什么时候开始，也不知从谁开始。在一个早晨之后，除了祭拜，村子里还有了一个传言，说十里香冒烟了。那烟一直冒了三天，有人亲眼看见，它显灵了。

于是，当我们离开村子的时候，家人会用红丝线穿上一个十里香的杏核，让我们挂在脖子上，它成了我们的“护身佛”。

后来，凡傅夏祁人外出时，脖子里都会挂上这样一个“护身佛”。

22

一万……还多呀！

当那个消息传回来的时候，傅夏祁的村人们一下子炸窝了。在村里种地，背着老日头，春秋两季，种种收收，一年忙到头，一亩地顶多能挣一两千块钱，扣下买种子和化肥、浇地用电，再加上收割机械的费用，剩下的就不多了。可在杭城开个出租车，好的时候一个月竟然能挣一万多！差一点的也能挣七八千。我的天哪，一个月就能挣一万多呀。这是想也不敢想的。差距怎么就这么大呢？还让人活不？

据说，夏家的夏保生，原也是开出租车，如今不仅当上了老板，且已经在杭城买下了房子，办了户口，成了生活在天堂里的人了。这都是千真万确的。于是，傅夏祁人就有了目标和方向。

我们傅夏祁的人还知道，要吃这碗饭，咱得天独厚。因为我们有一个好“连手”。在傅夏祁，“连手”不仅仅是指亲戚，也有关系、攀附、合谋的意味。这当然指的是祁小元了。我们傅夏祁的祁小元，是车管所的所长啊。有了这层关系，还怕什么呢？于是，人们提着礼物蜂拥而来……结果却很失望，他们全都被黑着脸的祁小元怼回去了。

不过，没有不透风的墙。我们傅夏祁的人都是很透的。东方不亮，西方亮。摸清门道后，转头去找村里的门婿王宽。王宽可以说是一手托两家。一个是杭城的大舅哥夏保生，夏总。一个是车管所的祁小元，祁所长。就此，这条路才算走通了。

夏家的门婿，王瘸子，王宽，如今也是个“人物”了。他已经不开摩的了，如今在县郊租了一片场地，在场地上画了几条白线，买了几辆破桑塔纳，雇了两个退休司机，成了驾校的王经理了。王宽对村人们说：爷们儿，不是元哥不帮忙。这个忙他肯定帮。但你们这样不行。一家伙都拥到他家去，拿个仨瓜俩枣，立马三刻要他办，这怎么可能呢？车管所是县公安局的，上有法律，下有规定……不是给咱村开的。你们说是不是？论说，元哥给办个驾照不是问题，得有路径。

王宽自当了驾校经理之后就开始发福了，肚子也挺起来了，脸上汪着一层油。王经理所说的“路径”，其实很简单，就是上他的相生驾校。相生驾校对本村人有优惠。外人四千。本村人三千。至亲只要两千。而且不管考试能不能过，保证能拿到驾照。这么一来，报名上相生驾校的人自然就多了。

上了相生驾校，仍没有考过关的，王宽自有办法。这个办法对外是不说的。只说是祁小元祁所长帮忙办的。王宽是个明白人，他知道不能次次都去找祁所长……他只是遇上了特殊情况，一年半载或是三五个月才去找一回。其余的，都是他自己处理的。自从拿到了祁小元写的那张条子后，王宽就有办法了。他早年患上小儿麻痹后，曾跟一个瘫子学过一段时间刻章技术。后来开摩的就用不上了。现在他又拾起来了。他先是学着模仿祁小元的字体，又仿着章印刻了一个祁小元的章。需要的时候，他就盖上。有一次来不及，他就现用生萝卜刻了一个，居然也蒙过去了。再加上已买通了具体的经办人，办一个“照”给一个“照”的钱。先是一百二百，后来涨到了五百。拿到驾照的人自然高兴，他们都知道，这是祁所长给帮忙办的。虽然他黑着个脸，但傅夏祁的人知道，他那是做给外人看的，心里近。

这个时候，我们傅夏祁又出了一个能人，他叫傅二毛。傅二毛原也是跟着夏保生在杭城开出租的。只因送一个客商去机场，后来到深圳落了脚。听说，那天傅二毛拉的是一个香港的客商。客户下车忘车上一个包，傅二毛一直在原地候着，直到那人心急火燎地找回来，拿到皮包，等打开查验后，那人感动得从皮夹里拿出一沓子港币，递到了他手里，一再说：谢啦！谢谢啦！可他不要。于是，那人问他：你看过包包里东西啦？他说：没有。那人说：这样，小兄弟，你愿意跟我去深圳么？他说：去深圳？那人说：我看你是个实诚人。我在深圳的出租车行业也是有股份的。你去我那儿干吧，咱们交个朋友。于是，傅二毛回去交了车，直奔深圳。傅二毛到深圳后，成了这家出租车公司的二老板，管着一个车队。就此，他给我们傅夏祁人又开辟了一条活路……村里人说，在深圳开出租比杭城的收入还要高。多年之后，在杭城和深圳，仅我们傅夏祁一个村，连亲戚带朋友，开出租的就有五百七十多人。加上各自的家小，出去的足有一两千人之多。

我们傅夏祁外出打工的人走了一批又一批。每批要走的人，大多都要通过相生驾校买上一个“照”。这个驾照不一定都用得上，那是备选的。如果一时找不到更合适的活路，还可以开出租，就像是平白多了一份手艺。所以我们傅夏祁是感恩的。我们的恩人就是祁家的祁小元，祁所长。是他帮助我们在外边站住了脚。各自挣多挣少都有碗饭吃。

这年，入冬的时候，祁小元突然想起，他妹妹，在县高中上学的小珍，自夏天以来，就没找他要过学杂费和生活费。假期里，小珍原说要上英语补习班，后来也不再听她吭声了。是生自己的气了？这么一想，祁小元有点慌。他怪自己忙昏了头，竟然忘记给妹妹送生活费和补课费了。他开车去了城南的县一高。等找到宿舍，他却怔住了。妹妹小珍的床头边，挂着一件很新潮的衣服，标签还没去掉，很醒目。更让他吃惊的是，妹妹竟捧着手机在玩！

祁小元问：珍，谁的手机？

祁小珍头都没抬，说：买的。

祁小元说：你一个学生，买手机干啥？

祁小珍说：哥，人家都有。

祁小元吃了一惊：谁给你的钱？

这时，祁小珍才抬起头说：不是你给的么？

祁小元一怔，说：我啥时给你钱了？

祁小珍说：是宽哥。他说你忙。你让他送来的……后来他给我办了张卡，月月往卡里打钱。

祁小元慌了，问：打了多少？

祁小珍说：我没查，大概有一两万吧。

祁小元说：卡呢？

祁小珍很不情愿地把那张银行卡拿了出来，说：哥，咋啦？

祁小元把卡抓在手里，反身就要去找王宽。临走对小珍说：手机给人家退回去。

祁小元是在县城东郊相生驾校找到王宽的。说是“驾校”，也就是个两三亩大的院子，院子里画了几条白线格子，有两辆破旧的桑塔纳在白线格子里缓缓开动。

多日不见，王宽如今也有自己的办公室了。一个里外套间的房子。外间摆着一圈人造革沙发，沙发边沿处绽开了破口，露出发黄的海绵。里间有办公桌，办公桌上有两部电话，摊开的塑料袋里有油炸花生米、开了瓶的劲酒。王宽穿一身西装，挽着袖子，喝口酒，再丢一粒油炸花生，很滋润的样子。看见祁小元，忙起身说：哥，我的哥，哟嗨，哪阵风把你刮来了？坐，快坐。说着，连拉带拽地把祁小元按坐在他的椅子上。

祁小元十分感慨地说：宽，日子不错嘛。

王宽说：沾哥的光，这都是沾哥的光。哥，我是委员哪，政协委员，县里的。要不是哥，我能当上委员？

祁小元说：噢，是委员了。你胡说啥，沾我啥光？说着，他把那张银行卡从兜里掏了出来，放在了桌上。而后说：这是怎么回事？

王宽说：哥，还没顾上给你说呢。咱办这相生驾校，你是有股份的。这事我跟保生哥商量过。保生出钱多，拿大头，百分之五十。我出力、跑腿儿，出钱少，占百分之四十。哥，你拿干股，百分之十。不多。

祁小元愣了一下，说：我又没出钱，凭啥拿你百分之十？

王宽说：哥，你没少出力呀。有你在那儿站着，咱相生驾校，就有生源了呀。怕你不要，这不，我给咱妹子拿去了。妹子上学，正是花钱的时候。

祁小元说：小珍一共拿了你多少钱？

王宽说：不多。一月五千。年底再算账……

祁小元说：这钱你收回去，我不能要。

王宽说：哥，能听我说句掏心窝子的话么？

祁小元说：你说。

王宽说：哥，我给你找过麻烦么？没有吧。咱这驾校，是堂堂正正的，各种手续一样不缺。违法的事咱也不干。哥呀，你说，要是局长给你打个招呼，让你给谁办个“照”，你能不办么？你不办有人办。你要是真不办，恐怕就得挪挪地方了。你说是不是？再说了，你一直在嫂子家住着，这是常事么？你得有自己的窝了。叫我说，买套房吧，我去过家里两回，咋都觉得窝憋。你说呢？实话给你说吧，哥，这钱就是你不拿，有人拿。就你车管所那经办人老崔，崔国定，是局长他亲侄儿，办一个我给他三百。他可都收了呀！哥呀，我知道，你想当个干净人。可这就是一池子浑水，你干净得了么?

祁小元一怔：你是说，他手里有我写的条儿?

王宽说：可不。不过，你放心，有是有，没几张。

祁小元一拍桌子：王宽!

王宽说：哥，放心吧。你拿的是股金，是驾校的合法收入。你没拿过一分驾照的钱。我再说一句，咱傅夏祁的人都知道你是咱村的恩人！你回去打听打听，没人说一句二话。祁婶在咱村，那是没人敢不敬的……

祁小元站在那里，再一次无话可说。这些年，有些事情，他是知道的。比如局里领导打个电话，那是不能不办的。就像王宽说的，你不办，有人办。而且，在月文家住着，丈母娘的脸色很难看。很多小事，一件件堆着，让人头疼。况且……是啊，连王宽这样的人，都人五人六地坐在办公室里了，小酒儿喝着，桌上还摆着两部电话。

这一刹那间，他有些恍惚。

23

在外打工的人，每一次往家里打电话，都要问一问：十里香还在么?

家里人说：在。

问：开花么?

家里人说：开。

打电话的人说：又梦见它了。树像伞一样，下边是一个一个的粗瓷大碗，它在一个个大碗里盛着……

家里人说：那是庇佑你哪。

24

那天晚上的事情，对于祁小元来说，是一次轰毁。

他喝醉了。是平生第一次醉酒。

进入腊月，祁小元去杭城开了个会，是有关车辆安全方面的会议。按会议规定，他是坐火车去的。会开了三天，可回来时，却买不到火车票了。城市大，会上人多，祁小元不好再麻烦人家。无奈之际，他给夏保生打了个电话。谁知，这一个电话打过去，夏保生不再叫“小元”了，也不再以老同学的口气说话了。开口称“哥”，他说：哥，在哪儿呢？祁小元说：在杭城，开个会。夏保生说：哥，你等着。没等祁小元说完话，甚至连地址都没问，夏保生就把手机挂了。

一小时之后，祁小元的手机响了。夏保生在电话里说：元哥，我在酒店门口，下来吧。

祁小元来到酒店门口时，见夏保生站在门口的一辆奥迪车前，仍拿着手机在打电话……等祁小元走到跟前，夏保生合上手机，说：元哥，你是请都请不到啊。上车，上车吧。

当晚，祁小元就这么稀里糊涂地被夏保生拉到了杭城西湖边上，一家名为“西湖春天”的酒楼里。祁小元也是后来才知道，夏保生把整个西湖春天二楼所有的包间都包下来了。真是腰里有钱胆子壮啊。

进了包间后，夏保生说：哥，你既然来杭城了，有三道菜你一定要尝尝。一个是西湖醋鱼，一个是水晶虾仁，一个是东坡肉。其余说得上的，也就是汤类了，都尝尝……祁小元说：不用这么麻烦吧？我也就是……夏保生说：元哥，车票的事不说了，包在我身上。你既然来了，就听我的吧。他朝外吩咐说：上菜！

不一会儿，就有一拨一拨的出租车司机拥进来，叫道：哥呢？元哥呢？哪屋？而后，人们一个个进来跟他握手，那情形很像是朝拜。人们进了雅间，一个个自我介绍说：哥，傅夏祁的……叔，傅夏祁的……舅，傅夏祁的……爷们儿，傅夏祁的……在这样的情形下，谁都会晕的。酒还没喝，祁小元的头就有些蒙了。到了后来，见雅间里进人太多，乱哄哄的，夏保生说：都回去。各自归位。待会儿再过来给元哥敬酒吧。

等十二桌人全部到齐了，夏保生端着酒，站起身来，说：各位爷们儿，听我说。元哥，也就是咱县车管所的祁所长，可以说是咱傅夏祁全村人的恩人！没有祁所长，就没有咱们的今天。可这么多年来，祁所长从未喝过咱一口酒，吃过咱一顿饭。我知道各位心里都过意不去。这样吧，我代大伙先敬上一杯！先喝为敬，我先干三杯。说着，满满地倒了三杯，一杯杯喝下，而后当众亮底。祁小元赶忙制止说：保生，我不沾酒。夏保生说：哥哥，你听我再说一句。你知道，我夏保生差三分没考上大学，死的心都有了……哥，如今，活到现在，我才觉得我是个人了。不管怎么说，不说有房有车吧，下一辈人，再也不用差三分考不上学了。这边分低呀……说到这里，夏保生眼里湿湿的。他接着说：哥哥，大伙能有今天，乡亲们自然都念你的好。你在别的地方可以不喝。一、你这是来杭城了。不上班了。二、在座的全是老乡。老乡见老乡，今天你必须得喝。你要不喝，大伙过意不去。我看这样吧，你不喝白的，可以喝红的，不喝红的，可以喝啤的。哥，这么多人都是冲你来的，你得喝呀。

祁小元看实在难以推托，只好说：那，我喝点啤酒吧。

夏保生立即吩咐说：上啤酒！

酒至半酣，坐在各个雅间里的老乡，纷纷前来敬酒。这个说：哥，要不是你批的条子，兄弟拿不住"照"呀。你不知道，练车时候，鳖孙教练把我熊得跟三孙子样儿，头都是蒙的。考一次不过，再考，还不过……现在，哼，闭着眼我都能"搬库"。哥，你得喝一个。知道你不喝酒，喝一口也行……那个说：叔，我是雁来家的老二，栓柱呀。你不记得我了？咱可是至亲，我敬叔一杯。叔啊，我儿子也过来了。在这儿上学呢，三年级，都会说那外国话了。别的就不说了，都在酒里……还有的已是半醉，说：老舅，我娘说了，啥时都不能忘了老舅。他的嘴贴在祁小元的耳朵上说：你外甥媳妇也来了，一家都来了。都不少挣啊。不诓你，郊区的房也订下了，都快拿到本了。不说了，喝！你要不喝，这样行不行？我三杯，你一口。这总行吧……祁小元开始还是一口一口地喝，啤酒凉凉的，很舒服。

酒喝到八九分的时候，栓柱又一次从隔壁雅间里端着酒来到了祁小元身边。他喷着满嘴的酒气说：叔，我想再表示一下心情。夏保生接过话头说：那你敬酒啊。再敬。栓柱说：我……我不让叔喝……喝了。我给叔唱……唱个歌！栓柱一拍胸脯：叔，这是我自己写的歌！我，我还想上那个啥，中央电视台呢。你听听。祁小元说：哟，真看不出，栓柱还会写歌呢？栓柱说：夜……夜里睡不着的时候，瞎哼哼的。叔，你别笑话。

这时，众人跟着拍手起哄：唱。唱一个！唱一个！

栓柱就洼着腰，扬着个脖儿，一手托着后脊梁，哑着个喉咙，唱起来：

> 我们是钉。我们是钉。
>
> 水泥钉！水泥钉！（众人齐和）
>
> 只要一个缝儿，只要一个缝儿——就楔下一条命。
>
> 生儿育女！生儿育女！（众人齐和）
>
> 我们是虫。我们是虫。
>
> 毛毛虫！毛毛虫！（众人齐和）
>
> 只要一个缝儿，只要一个缝儿——就楔下一条命。
>
> 生儿育女！生儿育女！
>
> ……

栓柱的歌声哑哑的，有些许苍凉，忧伤。行走的艰难，城市生活的不易，都含在里边了。一时众人都跟着吼唱。吼着吼着，人们全都泪流满面。带几分酒意，不知怎的，连祁小元都被感染了，也跟着掉了泪。爷们儿都不容易呀！

往下，受情绪的感染，敬酒的人越来越多，话也多了，祁小元就半杯半杯地喝……到了最后，他觉得人都飘起来了。真舒服呀！

喝到午夜，祁小元喝趴下了。蒙蒙眬眬地，他觉得有人搀扶着他往外走。这时，他听见夏保生在耳旁说：哥，明天能早点走么？他醉得眼都睁不开了，“嗯”了一声，说：听你的。

第二天一早，五点钟的时候，祁小元醒了。他先是听到了咚咚的敲门声，等他开了门，夏保生说：哥，你要是不舒服，就多待几天？玩玩。祁小元说：走。走。现在就走。

匆匆收拾了东西，下楼坐上夏保生的奥迪。等车开出酒店，上了林荫道，就见马路两旁停满了出租车。出租车一辆接一辆，整整齐齐排成两行长蛇阵，司机们都戴着白手套，各自站在自己的车前，向祁小元行注目礼。当奥迪缓缓开过时，一街两行出租车一齐鸣笛！

这时，坐在前排的夏保生回过头，说：哥，听见了么？这是向你致敬，给你送行呢。

祁小元望着路两边一字排开的出租车，大约有一百多辆。这些开出租的都是他的乡亲。五点钟，他们一早爬起来，赶到这里，就是为了给他送行。祁小元心里一热，不知道说什么好了。他说：这，这，不合适吧？

夏保生说：这有啥？都是自家爷们儿！

祁小元自己知道，其实，他并没做什么。可他心里湿湿的。昨天晚上，一个乡亲的话，至今还在他耳边回响。他说：爷们儿，你这是积德呀！这是积德么？他还真说不清楚。现在想起来，他还是有些恐慌。他记得，没写过几张条子呀，怎么有这么多人都说是他批了条子呢？不管怎么说，此时此刻，除了惶惑和不安，也还是有些感动。

祁小元说：保生，是你让他们来的么？这不好。

夏保生说：不是。哥，都是自愿的。

祁小元说：自愿的？

夏保生说：你是咱傅夏祁的恩人哪。

恩人？他是恩人么？祁小元又一次无话可说。

祁小元回到县城的第二天，刚上班在办公室里坐下，王宽来了。王宽一进他的办公室，就咋咋呼呼地说：哥，元儿哥，听说你去了杭城？咋样啊，这回开眼界了吧？我早就说，洗了吧，按了吧？那杭城的姑娘……

可是，没等他把话说完，不知怎的，祁小元一股无名火蹿上心头，他一拍桌子，厉声喝道：出去！

王宽立时傻眼了。他站在那里，进退不是……过了片刻，他突然脸上堆满笑容，说：明白了。打嘴！祁所，祁所，对不起，祁所……

这时，祁小元也觉得有些过火，就此缓下脸色，说：这大小也是个单位！一进门就咋咋呼呼的，像话吗？

王宽说：祁所，我以后注意。

可奇怪的是，自王宽挨了“熊”之后，他再找祁小元办事，就畅通无阻了。他们谁也没再提银行卡的事。当然，王宽仍然每月往卡里打钱。

25

慢慢，关于十里香，又有了新的传说。

那又是老人们在时间里筛漏出来的一句闲言。

他们说，夏家祖上有一位三姑奶，就是葬在这棵杏树下。她原是想离家出走的，跟一个男人……可最后又回来了。为什么呢？没有人知道。这是夏家的秘密。

但我们傅夏祁的人都知道，那位三姑奶是全村最美丽的姑娘。老人们说，她曾是我们傅夏祁的一张画。据说，当年，她是坐船走的。她走后，十里香三年没有开花。

那么，葬在杏树下的，究竟是哪一代的三姑奶呢？没人知道。人们说，在刮风的日子里，细听，摇摇曳曳的老杏树在说一个字：走走走。

26

这年的大年三十，祁小元开着所里的车回家了一趟。

以前，为了躲避村人的纠缠，他已很久没回村了。现在，说不清为什么，他觉得，他终于有资格回家了。

马上就过年了，村子里开始热闹起来。在外打工的村人大多是开车回来的。村街的路边上已停了许多车辆。特别让祁小元惊讶的是，在村街里停放的各种车辆中，竟然还有奔驰、宝马这样的豪华轿车……当祁小元开车缓慢经过时，却被一辆车挡住了路。倒车的是在杭城开出租的祁栓柱，栓柱说：叔回来了。我这就给你让路。祁小元说：栓柱，真行啊，开上宝马了。栓柱贴近些，小声说：叔，你可别给别人说。车是我借人家的。不瞒你说，咱自己的是辆夏利。一家人都回来了，坐着挤。还要个脸气不是？

祁小元没再说什么，只“噢噢”了两声。

进了家。见小元回来，祁婶自然高兴。忙让小珍给哥打洗脸水。祁婶问：月文呢？她娘俩怎么没回来？祁小元说：月文值班呢。我明天也要值班……祁婶说：没跟你生气吧？祁小元说：没有。生啥气呢。祁婶说：那就好。听小珍说，你那丈母娘，说话死难听……就等你回来下饺子呢。

到了晚上十点，鞭炮声响起来了。一个村街，从东到西，炮声不断。先还是断断续续的、一阵阵的，而后就连成片了。孩子们穿着新衣，提着各样花灯笼，在街里跑来跑去点炮玩。村街当中还有人放烟火，大礼花“咚、咚”响着，冲天而起，五彩缤纷。鞭炮的硝烟、炸年货的油烟弥漫开来，村街一扫平日的冷清，显得十分红火。小元感慨，到底是老家，年味、人情味都要比城里浓。

到了十一点之后，家人都已经睡下了。祁小元家门前，突然响起了鞭炮声，大约是一千头的，噼噼啪啪地响个不停。响过之后，就听有人高声喊：婶，祁所，金生给您拜年了！

过一会儿，又有鞭炮声响起了，大约是两千头的，炸声更响了……接着又有人喊：祁所，秋实给您拜年了！

再往下，三千头的，五千头的，还有冲天的礼花、二踢脚，砰砰叭叭地炸开去。往下，鞭炮声就一直响着……有人高喊：祁所，国有给您拜年了！

……拜年了！

……拜年了！

……拜年了！

那脚步声时时地在院子里响起……祁婶坐在床上，一一告诉祁小元，这是谁家的谁，那又是谁家的谁谁……祁婶是真高兴，说：这是咋回事？那运成家，早年生产队的时候有秧儿，多年都不来往了，今儿咋又上门了？

小珍从床上跳下来，趴在窗户上往外看，兴奋地说：哥，这炮仗可都是冲你来的。你咋恁大面子哪？

祁小元说：胡说。睡你的。

第二天一早，祁小元起床后，开了门，发现院子里铺了一层红红黄黄的炮仗纸屑儿，纸屑儿厚厚地铺满了整个院子，花花绿绿的，就像地毯一样。祁小元刚拿起扫帚，就听祁婶隔着窗户喊道：大初一的，可别扫。那是财！

祁小元在院子里怔怔地站着，忍不住笑了。

不一会儿，一辆豪华版的凯迪拉克停在了门口。从车上下来的是傅家老二，傅二毛。傅二毛披着一件呢子大衣，手里提着大包小包的礼物上门了。

傅二毛说：祁所，过年好！给您，给俺婶子拜年了！

祁小元应道：过年好。家人都好。

傅二毛说：祁所，爷们儿都感你的恩哪。一直想见见你。可你太忙。这回，我可是排第一吧？

祁小元说：二毛，都是乡亲，不用客气。你，咋还开车？

傅二毛说：我昨晚上才回来，是在县城宾馆里住的。那里有暖气不是？在南方待的时间长了。家里太冷，住家不习惯了。

祁小元“噢”了一声。

傅二毛说：祁所，我还没进家门呢。先来你这儿。哥，我知道咱村想请你吃饭的人多。今年，先说好，我排第一号。谁也别跟我争。谁争我也不认。初五之前，时间你定，咱就在县城“第一楼”如何？

祁小元说：心意我领了。饭就不吃了，我还值班呢。警察值班时不能喝酒，这你是知道的。

傅二毛说：知道。那就再定吧。反正初五之前。

祁小元说：好。电话联系。

送走了傅二毛，祁小元折身回来，在院子转了一圈，对祁婶说：娘，我不能在家待了。我得赶紧走。

祁婶看看他，明白他的意思。待会儿拜年的人会越来越多，他是不想欠那么多人情……就说：那你回吧。初五？

祁小元说：我知道。记着呢。

祁家初五是上坟的日子。

如今，祁小元也有手机了。两部手机。一部工作用，得二十四小时开机。另一部才是专门对外的。过年这几天，祁小元那部专门对外的手机一直关机。躲到初五，总算把能躲的饭局给躲掉了。可初五是必须得回的。

祁小元本该一早就回去上坟祭祖的。可初五这天下雪了。雪下得大，夜里高速路出了起大事故，整个交管部门全出动了。祁小元一直忙到中午，匆匆吃了碗面，开上车就往家赶。

路滑，不好走，祁小元到家已经是半下午了。祁家坟地在东坡，远一些。匆匆忙忙给先人上了坟，烧了些纸钱。这时候，祁婶说：知道你不愿见人。可人家都来了，还放了炮。别家不去，几家亲戚，你总得走走吧？

祁小元想，至亲也就三两家，那就走走吧。

串了几家亲戚后，天已擦黑了。走在村街里，祁小元发现，刚刚初五，整个村街就一下子静下来了。本是几千口人的大村子，几乎连个人影都看不见了，静得有些可怕。

这些年，村里的人也算是富了。村里盖了很多新房，都是两层或三层的，墙上贴着瓷片。站在空空荡荡的村街里，展眼望去，很多房子连灯都没有，黑乎乎的，外贴的瓷片发出冰冷的寒光，看上去瘆人。这初五刚过，呼啦啦，人都走完了。在通往村外的雪地上，印着一些杂乱的车辙和脚印，全都是朝东朝南……也许有一天，他们就不会回来了。那会是一种没有了脚印的人生。

祁小元踱到村口，忽见废弃不用的旧磨盘上立着一个桩子。等他走近时，才发现不是桩子，是个人。这人是王宽。他很惊讶地问：宽，你在这儿干啥呢？

王宽说：祁所，我堵你呢。

祁小元笑了：冷呵呵的，你堵我干啥？

王宽说：祁所，我的哥呀，你是真难找啊。打手机你手机不开。去家找，家里没人。我知道你初五上坟。我不在这儿堵你，我上哪儿找？赶快吧。“第一楼”，二毛、我哥，还有村里的老少爷们儿的代表都齐了，就等你了。都在那儿候着呢。

祁小元说：你知道，我不喝酒。

王宽说：不喝也得去。一圈子人等着呢。这回可不是我请，是二毛。二毛发达了，非要表示表示。你可是答应过人家了。

祁小元一想，也确实答应过。无奈地说：那，走吧。

在路上，王宽说：祁所，那姓崔的也太黑了。原来办一“照”二百三百，这都好说。后来涨到五百。五百就五百吧。这会儿他又想涨呢，你能不能侧面说说他，也不能太过分了。你说是不是？

祁小元一怔，说：崔国定？

王宽说：可不。

祁小元脸一沉，什么也没有说。

27

这一年闰三月。就是说，有两个三月。

在第一个三月里，杏花开得格外妖艳。那杏花就像是开爆了似的，一树粉红色的灿烂！远远望去，就像是怒放的红云，一团一团地炸着……人们说：三姑奶显灵了！

先是村人们前去祭拜。而后，十里八乡的人都来祭拜。一时间，树上挂满了红色的布条……

在第二个三月里，刮起了大风。大风一连刮了三天三夜……这一年，十里香没有结果。

28

初五这天晚上，说是不喝，也还是醉了。

这晚人不多，都是如今村里的发了财的大户。客是傅家的傅二毛请的，酒喝的是茅台，还上了大龙虾……开初，在酒宴上，几位乡党说的大多是谁又挣了多少，谁买了什么好车……这些，祁小元没接话，也不太感兴趣。后来傅家老二的几句话，却一下子打动了他。傅二毛说：祁所，你知道我为啥一定要请到你么？我告诉你，是你给了我长度和宽度，给了我自由。有了车，千里万里，都不在话下了。我再说一句，哥哥，你知道我媳妇是干啥的么？在天上飞的，空姐！要不是开出租，一趟趟接送……我会找到这么漂亮的媳妇？可话说回来，我刚拿到“照”，初开车的时候，说句笑话，这车就是只老虎。我每日里就像是骑在虎背上，在路上，谁要叫我，我头都不敢扭啊！现如今，不客气地说，车的宽度，就是我的宽度，车的长度，就是我的长度，无论多窄的路，凭感觉，我就能开过去。这是我的经验一。我的经验二：油门、刹车，不是踩的，是“含”的。大多时间，我的脚不是“含”在刹车上，就是“含”在油门上。“含”是一种感觉……经验三，听声音，车一发动，我听一听声音，就知道车有没有问题，它就像自己的身体一样……我这三条经验，给谁说谁服气。祁小元听了这话，心里像是卸下了千斤重担似的，一下子也激动了。他主动说：二毛，就凭你这几句话，我喝一杯。怪不道你能当老板。傅二毛马上说：祁所，哥哥，其实，茅台不醉人。大过年的，今儿都是自家爷们儿，没有外人。我再敬你一杯。接下去，既然喝了这一杯，众人也都跟着敬起酒来……可什么时候醉的，怎么就喝醉了？祁小元记不清了。

第二天早上醒来，觉得头晕乎乎的，恍惚间就觉得身边有动静。开初他没多在意，意识还在一片混沌中。过一会儿，他扭过身来，忽然发现身边还真躺着个人，竟然是个女的！

他忽一下坐起身来，扭头再看，还真是个女的。看模样还是个姑娘，这姑娘下巴上有颗痣，被子只盖了一半，身上穿着透明的吊带裙，半裸着身子，头发散乱地铺在枕头上，正呼呼地睡着……祁小元四下看了看，这像是县城的一家新开的宾馆，据说还是四星级的。他赶忙找衣服。还好，警服在沙发上扔着……他一下子跳将起来，匆匆穿上衣服，匆匆去卫生间胡乱擦了一把脸，而后蹑手蹑脚地往外走。心里说：赶紧走。赶紧。

当祁小元刚要推门时，就听见身后有人燕声叫道：哥哥，这就走啊。

祁小元回过身来，见那吊带女子半裸着身子坐在床上，两只乳房像跳兔子一样动着……祁小元有些慌乱，垂下眼睑，说：我，我怎么在这儿呢？

那女子说：你不记得了？

祁小元说：不，不记得。谁……谁把我送来的？

那女子说：不是你要的么？你打的电话，要的陪夜。

祁小元一惊：我……我要了陪……陪夜？

那女子说：是啊。我都没想到，还是个警察哥哥。

祁小元慌了，语无伦次地说：不是我要的。真不是我要的。我真没要……

那女子笑眯眯地望着他，说：哥，谁要的不一样么？

祁小元深吸一口气，说：我我我，没那个……啥吧？

那女子直了直身子，说：你说呢？都一样。反正是包夜。你要是现在想，也行。来吧。

祁小元推门就走。那女子在他身后笑着喊道：看你吓的。喂喂，别跑啊。老板替你付过钱了。

进了电梯，祁小元的心还是扑通扑通直跳……电梯到了一楼，祁小元正了正警服，从电梯里走出来，就见王宽在吧台边的沙发上坐着。见他下来了，慌慌地迎上来，说：祁所，睡得还好吧？

祁小元说：还行。

王宽又说：安排得，还行？

祁小元没好气地说：滚蛋。

这时候，王宽却一磨一磨地走上前，苦着脸说：祁所，出了点事。

祁小元心里一紧，说：出啥事了？

王宽说：是……栓柱。昨天夜里，他急着回杭城。在颍平那边高速上……出车祸了。

祁小元问：你怎么不早点叫我？严重么？

王宽说：是怕你……我哥、二毛他们，都赶过去了。

祁小元急了：我问你严重不严重？现在人在哪儿？

王宽说：我哥刚打来电话，说是，在……在殡仪馆呢。

祁小元脑海里轰的一声，说：走。看看去！

上了车，王宽说：我哥在电话里说，交警勘查过了。说是天黑，栓柱错过了一个路口，正往后倒呢，撞了一辆大卡……还是全责。我哥的意思，看你能不能给那边的交警说说……

祁小元沉着脸，一声不吭。

到了颍平的火葬场，进了殡仪馆，只见哭声一片。栓柱两口子，还有他娘跟孩子，一家四口，走时活生生的，现在全进了冰柜了……车也毁了。那车，宝马车，还是借的。他在杭城郊区分期付款买的房，也才交工……老叔雁来，像傻了似的，木呆呆的，在殓房的门口蹲着。

是啊，人没了，还留下了一个天大的窟窿……

祁小元走过来，上前怯怯地叫了一声：叔。

没想到，老叔雁来忽一下蹿将起来，朝祁小元的脸上吐了一口：呸！

众人都围上来了。王宽赶忙上前拦住：雁叔，你疯了？这也不能怨祁所呀。

夏保生他们也都劝道：节哀。雁叔，节哀。咱先处理事……祁所是来帮咱处理后事的。

祁小元的脑海里嗡嗡的，一句话也说不出来了。此时此刻，他突然想起了栓柱自编自唱的歌：

> 我们是钉。我们是钉。
>
> 水泥钉！水泥钉！
>
> 只要一个缝儿，只要一个缝儿——就楔下一条命。
>
> 生儿育女！生儿育女！
>
> 我们是虫。我们是虫。
>
> 毛毛虫！毛毛虫！

只要一个缝儿，只要一个缝儿——就楔下一条命。

生儿育女！生儿育女！

祁小元手捂着脸，哭了。

就此祁家的墓地里，又添了四座新坟。

后来，有传言说，栓柱出车祸时，他身上没戴“护身佛”。

29

如今，村里人越来越少了。

那棵老杏树十里香却成了一株被人常年祭拜的神树。

老树的身子已经被烟火熏得越来越黑了。它身上挂满了红布条儿。在刮风的日子里，一树红布条儿随风摇曳……就像是招魂的幡。

30

大风起于青蘋之末。

夏天的时候，车管所的老崔，崔国定，出事了。

崔国定出事是他老婆告发的。崔国定是车管所直接办理驾照业务的经办人。他这些年给人办“黑照”，手里有了不少钱。人一有钱，胆儿就肥了。他竟然在县城里包养了两个女人。可笑的是，两个女人还住得很近，东大街一个，西大街一个，离崔家只隔一条路，没多久就被他老婆发现了。他老婆是个很泼辣的女人，一天，她把两个人堵在了被窝里……而后她揪着这个女子的头发，让人敲着锣，直接揪到了县委大门口。不久，崔国定被县纪委“双规”了。他被带走前懊丧地说：败家娘儿们！

崔国定"双规"不久，第二个被带走的是王宽。带王宽时，他说：爷们儿，弄错了吧？我是民营企业。是……残疾人，还是政协委员。你不能抓我。人家说：谁犯法也不行。老实点。还朝他屁股上踹了一脚，于是他老老实实地跟着走了。

没过多久，第三个被"请"去的，就是祁小元了。祁小元刚被带进去的时候，纪委的人还比较客气，问：说说吧？祁小元有些茫然：说什么？人问：说什么你不知道？祁小元不语。

到了第二天，纪委的人把条子拿出来了。纪委的人把条子往桌上一拍：自己看！条子厚厚的一摞。大约六七年时间，一共是一千七百二十一张。祁小元一张张看了条子，没想到竟会有这么多！他忽一下子跳起来了，大声吼道：这不是……立时，几个人上去按住他：坐下！

祁小元挣扎了几下，突然像泄了气的皮球一样，一屁股墩儿坐在椅子上。

纪委的人问：不是什么？这些条子不是你签的？

祁小元闷了一会儿，他知道，那些条子有一半是村人的。突然间，他看见了那一百多辆同时鸣笛的出租车，听见了大年三十的鞭炮声，看见了白发苍苍的老母亲。是啊，都到了这一步了……他沉默了。

纪委的人说：我再问一遍，是你签的吗？

祁小元沉默了一会儿，说：算是吧。

纪委的人说：是就是，不是就不是。算是？你只需要回答：是，或不是。

祁小元说：是。

纪委的人说：章也是你盖的吧？

祁小元说：是。

纪委的人再问：再看看，是不是你的签名？

祁小元说：是。

纪委的人问：你有什么要解释的吗？

祁小元说：没有。

纪委的人觉得有些条子的字迹模糊，不像是祁小元签的，提示他说：再看看，是不是你签的。好好想想。想清楚了再回答。

祁小元沉默了一会儿，说：能让我再上一次岗亭么？

这么一来，祁小元的下场很惨。那张银行卡，自然要上交，买房子交的首付，自然也得退回去交公。就这样，算来算去，仍然对不上数……从证据上说，他写了那么多条子，钱却没有那么多，这是怎么回事？再次审问祁小元，他只是不语。不回答就是默认。这就是态度问题了。所以，只能从严处理了。

此后，在半年的时间里，最先被抓进去的崔国定，他因为检举有功，退赔了受贿钱款后，被开除警籍，判二缓三，不久就放出来了。

王宽，王瘸子，因为积极检举揭发，再加上本身是个民营企业家，还是残疾人……也保外就医，给放出来了。

唯有祁小元，因知法犯法、滥用职权、索贿、受贿的罪名被判了七年。祁小元被判刑后，收到的第一份文件是离婚协议书。这份离婚协议书是律师送来的。祁小元什么也没有说，就在上边签了字。

律师问：你还有什么要求？

祁小元摇了摇头，说：没有。

祁小元被判刑后，没有人知道他被带到什么地方去了。这人就像是消失了一样。

王宽出来后，过年的时候，曾经回过傅夏祁。他瘸着腿，见人就说：元哥不是我揭发的。真不是我。我什么都没有说……可是，人们不信。

不过，他的相生驾校仍然在办。可从此，他再也没脸回傅夏祁了。

春去春来，时间过得很快。据说，有一天，夜半时分，在县城的中心岗亭上，有人站在岗亭上指挥交通。据过往的司机说：那个站在岗亭上指挥交通的人，虽没有穿警服，可指挥起交通来，他的手势比交警还要娴熟。那很像是一个人……他的每一个转身、回身，都踢踏有声，而后是敬礼。他向东西南北，四个方向行礼……那行礼的姿势标准极了！

如今，留在村里的人越来越少了。还据说，在我们傅夏祁，每年的五月，村里那棵老杏树下，会有人放上一个小草筐，筐里放着八个麦黄杏。那杏就一直在筐里放着……因为上边有眼。也许是鸟，鸟儿在杏上啄出眼睛来了？

于是，那杏就像凭空长出一双眼睛。长了眼的杏望着偶尔路过的村人……一直到那些长眼的杏慢慢烂掉，没人敢吃。

我说过，我们傅夏祁人是感恩的。祁小元被判刑后，由深、杭两地老板夏保生和傅二毛挑头，村人联合出资，把祁婶和小珍的生活包下来了。祁婶常常一个人在村街里走过，风吹着她的满头白发，嘴里念念有词，说：人物。人物。而后，一天晚上，下雪的时候，她悄无声息地走了。

听到消息后，在外地打工的人基本上全都回来了。在夏保生的主持下，傅夏祁三姓的亲戚们，抬棺的抬棺，打墓的打墓……出殡时，纸钱像雪片一样铺满了出村的路。在前边打幡的是小珍。这时候，祁小珍已大学毕业，据说是在北京找了工作，送走母亲后，她也走了。

夏保生如今已是杭城人了。有车有房有户口，还有钱。一家人都迁走了。过年也不再回来了。

只是，再没有了祁小元的消息。

有人说，他已经死了。还有人说，他还活着。在某个城市里，隐名埋姓，开出租车呢。

如今的傅夏祁，几乎家家户户的房子都翻盖过了。多是两层或三层的楼房，个别有四层的。且多数人家在墙上贴了白色或红色的瓷片，看上去亮堂堂的。家家户户也都有了卫生间……只是，大多是空着的。

最近两年，即使是年关，回来的人也越来越少了。

在下雪的日子里，连麻雀都很寂寞。

双 河

班　宇*

1

半夜十一点，李闯给我打来电话，那边声音很吵，成分复杂，有说话、碰杯的声音，还有隐约的歌声，彼此相距遥远，混成一片空荡的背景，他大概尚未意识到电话已经接通，还在与别人交谈，语气惊叹，但具体在讲什么却听不清，其间又夹着许多刻意的笑声。我接起来后，也没有说话，待到那边声音稍微降低一些，我听见李闯在喊，喂，喂，操，喂。我说，在呢。李闯说，没睡觉吧。我说，没。李闯说，我一合计你就没睡。我说，啥事儿。李闯问，你妈最近身体咋样。我说，在我妹家，其他方面还可以，就是腿脚不太方便，上下楼费劲。这时，那边的声音又小了一些，不再那么嘈杂，他好像从包间里走出来，但信号又变得很差，时断时续，我费了很大力气才听清楚，他是在问我周五有什么安排。我想了想说，继续改改小说，暂无其他事宜。李闯说，还写呢啊。我不知道该怎么回答。然后他马上又接一句，早上跟我去爬山，聚一聚，在山上住一宿。我本能地想要拒绝，说出一句不了吧，但接下来，由于还没想好借口，便卡在这里。李闯说，不啥啊不。我说，啊。李闯说，出去转一转，还有周亮，三人行。我说，周亮也去啊。李闯说，去啊，你也得去，那边我有

* 班宇，1986年生，沈阳人。有作品见于《收获》《上海文学》《作家》《西湖》《鸭绿江》《芒种》等刊，被《小说选刊》《北京文学·中篇小说选刊》《中华文学选刊》等转载。

客户安排。我说，啊。李闯说，到时我开车去接你。我说，我再想想。李闯说，不用想，定准了，我回去继续喝酒。我说，行吧，我需要带啥不。李闯说，啥也不用，你把自己带好就行。

放下电话后，我又继续写了一会儿小说。然后躺在椅子上回忆，我从北京回来之后，基本没上过班，与外界几无交集，所以这些年来，也很少有机会郊游。我之前在北京一家出版公司任职，干编辑，做过几本养生书，市场反响颇佳，但回沈阳就不太行，完全没有这个行业，也去保健品公司写过几天文案，给电台节目宣传用，属于低级行骗，夸大疗效，良心不安，另外报酬也可怜，索性就守在家里写小说，偶尔也接些媒体评论稿件，自己对付着过，好在母亲身体尚可，家里没太大负担。我能想起来的上一次郊游，还是在北京时，跟同事去的怀柔，好山好水，吊桥摇晃，虫鸣如波涛，在天地之间回荡，令人出神；夜间每家饭店都在烤鳟鱼，当地特色，将鱼剖成两半，再铺展开，吃的时候，我总能想起一部美国小说里的描述，说它们接近于一种珍贵而又聪明的金属。

想着想着，就又睡着了，睁开眼睛时，已是半夜两点，外面风声很大，我起身洗漱，准备回床上睡觉。随手翻看手机，发现十二点多的时候，赵昭给我发过信息，让我去看望女儿。我想了想，没有回，事实上，我始终不太愿意面对这个事情，负担较重，我跟女儿已经数年未见，必然有些生疏，再加上生活费最近也没有给过，赵昭虽然不提，但总归有些过意不去，多年以来，我认为自己没有尽到做父亲的责任。

我与前妻赵昭于 2011 年和平分手，当时女儿言言只有五岁。离婚之后，她带着女儿去上海生活，投奔其兄，寄人篱下，刚开始时，过得十分不易，艰辛尝遍；我那阵也竭力相助，内心焦急，掏出全部积蓄，甚至想过卖掉房子，但被赵昭拦住，说再忍一忍，离都离了，总这样也不合适。后来她逐渐步入正轨，工作认真、勤奋（其性格所致），不久后便可独当一面。她在一家外资公司任职，待遇尚可，几年前我去看过她们一次，当时是跟一家影视公司谈剧本改编，结果也没有成。赵昭那时十分忙碌，终日加班，跟我电话沟通，只闻其声，不见其人，但却工作生活两不耽误，开始筹划在苏州买房，以解决言言的上学问题。

如今，言言已经小学毕业，再开学就要读初中，样貌变化也很大，偶尔思索，便不得不慨叹时光流逝之迅疾。离婚后，我有段时间过得胆战心惊，三十几岁的单身生活，再加上旁人危言耸听，夜晚被孤寂重新包围之类，我的确有些恐惧，但几个月后，便放松一些，甚至十分适应，这种不以激情与责任作为向导的生活，仿佛更符合我的观念，不仅不觉时间漫长，反而相当紧促，每日行程安排得十分满（并非刻意，但确实每天都有事情要处理），写作事业谈不上突飞猛进，但也常有新作问世。这时，我逐渐确认，事实上，我是一个非常自律的人，对于许多事情都有规划，也沉得住气，能去推进，日拱一卒，不期速成。最开始发现这点时，我简直不敢相信，但许多年过去后，我真的就这样坚持下来，这让我有时不得不回忆起跟赵昭在一起生活的那段时间，到底是怎么回事呢，一切仿佛都搅在一起，生活混杂无序，几近无解，不可调和，问题出在哪里，是我的还是她的，但又都不像，因为在平日里，我们是朋友们公认的好人，遇事冷静，处理得当，谦卑而理智，所以就更令人费解。至于离婚后赵昭的个人生活，我很少询问，她也从不主动跟我讲，不过通过我们共同的朋友，也就是周亮，我得知她换过几任男友，目前这位相处稳定，是她从前公司的重要客户，上海本地人，比她大近十岁，风度翩翩，条件中上，有过婚史，子女在海外，两人相处已有一年多的时间。我衷心愿她幸福，生活美满，甚至默默许诺，在她得到幸福之前，我是不会先迈出那一步的。

2

没睡几个小时，我便醒来，随着年龄增长，睡眠越来越差，起床之后，我简单吃一口早饭，然后去楼下的市场买菜。这些年来，我逐渐养成自己做饭的习惯，今天准备多买一些，给我妹送去，我母亲退休之后，一直由她照顾，任劳任怨，我心存感激，帮不上太多忙，只能偶尔尽绵薄之力。在摊位前挑排骨的时候，有人碰我的胳膊，我转头一看，刘菲朝着我笑，我有点不好意思，说，也来买菜？刘菲说，嗯。我说，肋扇不错，颜色好，新鲜。刘菲说，现在挺会挑啊你。我说，没办法，与时俱进。刘菲说，你妈身体咋样。一时间我又有点恍惚，不知为何最近好像所有人都在关心我母亲的身体情况，只好又回答一遍，在我妹家，其他方面还可以，就是腿脚不太方便，上下楼费劲。刘菲说，那还行，把你解放出来了。我说，谈不上，一会儿准备过去看看。刘菲说，帮我向老太太问好。我说，行。买好排骨后，我跟着她一起出门，点了支烟，也给她递去一支。她问我，赵昭最近回来没有。我说，很久都没回来了，据说在上海过得不错。刘菲说，混上海滩，浪奔浪流，滔滔江水永不休，有出息。我说，比我肯定是强。刘菲说，这有啥可比的，你还没上班呢。我说，没有，十周年整，没上过班。刘菲笑着看我，说道，也是个劲儿啊。我说，实在没法出去，啥也不会。刘菲说，都说人不能待着，容易待废，但我看你还行啊。我说，是，我能待住，不然呢，没法出去又待不住，那就只有死路一条了。刘菲说，吓唬我呢。我说，没，你儿子回来了啊。刘菲说，没，还在他爸那里。我说，那你买这么多菜。刘菲说，今天请客，在商场上班的朋友都来聚会，我们轮着招待，你也过来呗。我说，不了，不了，你们好好喝。

与刘菲告别之后，我直奔我妹家。敲了几下门，我妈帮我开的，家里只有她一人在，我问妹妹去哪里了。我母亲说，也不知道，很早就出门了。我挽起袖子，将排骨剁好小块，菜也洗净分类，归放在冰箱里。眼看要到中午，我妹还没回来，我妈提议煮面条吃，我便又切菜炝锅，排油烟机不太好使，声音很大，嗡嗡直响，但又吸不走烟，屋内都是炸葱花的味道，很久不散。

吃饭时，我跟我妈说，刚才见到刘菲了，跟你问好呢。我妈说，她怎么样啊。我说，气色不错，还在商场里卖货。我妈说，见出息啊，咋没跳舞去呢。我说，妈，多大岁数了都，早就不跳了吧。我妈说，就看不上她，跟她爸一样，没正形儿。我说，她爸都没多少年了，你还老提啥。我妈说，1990年，她爸第一批，申请停薪留职，说要去开发海南岛，消失两年半，媳妇孩子扔家里，结果呢。我说，结果又咋的了。我妈说，去佳木斯跟人搞破鞋。我说，你别乱讲。我妈说，证据确凿，后来有段时间，还偷摸把刘菲带过去了，她妈急了，喊来俩哥哥，大王二王，配件六厂的，听说前因后果，提着刀连夜去佳木斯，吓得他尿一炕，扔下女儿跳窗户跑掉。听说后来追到三江口，江风浩荡，他纵身一跃，岸上的人都傻了，大王二王无可奈何，掉头返回，但不大一会儿，他又在远处冒出头来，游至对岸，老王八犊子，命还挺大。人品归人品，能力归能力，她爸水性是好，这没得说，家以前住大伙房水库附近。我说，你咋不说他是龙王三太子呢。我妈说，别他妈放屁。我说，都是传言，也没人亲见，提它有啥意思。我妈说，刘菲的命也不好，从小折腾到大，婚姻事业，都让人发愁。我说，你愁啥，跟你有啥关系。我妈说，说到点子上了，我就怕跟我有关系呢，听老院儿的邻居说，她离了之后，你俩还有过一段儿啊。我说，你可别听人胡扯，听啥就是啥，这毛病能不能改一改。我妈说，有则改之，无则加勉。我说，退休多少年了，在家别当干部，行不，再教育我，以后不过来了。我妈顿了一顿，又问，言言最近有消息吗？我低着头说，没有。我妈叹了口气。

饭后，我洗毕碗筷，我妈回屋午睡，我提着自己的菜，下楼往家里走。路上想着我妈说的话，我跟刘菲确实有过比较暧昧的时期，但也是很久之前，刚离婚不久时，有一段接触比较频繁，主要原因是住得比较近，都在变压器厂家属院里，年龄相仿，从小父母就认识，抬头不见低头见。那阵子有人要跟她合伙在学校门口开书店，向我咨询建议，我劝她说，一没经验二没渠道，很难做成，而且这行利薄，押款厉害，见不到钱。刘菲转而投资服装，从那之后，我们偶尔一起吃饭喝酒，她的酒量不错，比我要好，几次酒后我也有过一些冲动，但始终没有更进一步的接触，对于处理这种关系，我并不擅长，甚至还会觉得疲惫，无力应对那些情感纠缠。每每克制住欲望后，我都会暗自庆幸一番，好不容易维持住目前的状态，如非不得已，我是不太愿意打破的。刘菲有一阵子比较上心，还来家里给我做过饭，饭后谈心事，但看我态度冷淡，无意回应，便也作罢。

之后没过多久，我便看见刘菲跟另一位壮年男子出双入对。皮肤黑，比我高大，行动矫健，总骑着摩托车驮她，车身很旧，常年被泥水覆盖，噪声也大，突突突突，像机关枪。他们经常半夜回来，噪声响彻楼宇，邻居们有些非议。我对此倒没什么看法，刘菲有跟任何人交往的自由，我无权干涉，况且我们从未正式在一起，所以也谈不上失去。只是那辆摩托车，我在家里都能听出来，刚打着火时，排气管声音异常，随后发动机温度升高，声音也有不规律的变调，我很想提醒他们，一定要记得去检查气门间隙，这种情况一般是间隙过大，若时间一长，导致气门松动，造成缸顶变形，那就不太好处理了。我爸刚下岗那几年，在家开过摩托车维修店，这方面我还是有一些常识的。但还没来得及说，那位男子便又消失不见了，只剩刘菲独自一人，来来回回，行色匆匆。我知道她在东湖市场有个摊位，售卖童装，生意不错，有一次她还问我女儿多高，想送件衣服，我想了半天，横起手掌，在半空中切割出一个位置，对她说，也许这么高。她撇撇嘴，转身走掉，只剩我一人坐下来，目光平视，望着那个虚拟的高度，感觉过往时间忽至眼前，正在凝成一道未知的深渊。

3

回到家后，我烧水沏茶，躺在椅子上看书，没翻几页，便昏昏沉沉地睡过去。下午三点半，电话铃声将我吵醒，我闭着眼睛接起来，对面是赵昭的声音，干脆，坚定，不带任何情绪，她跟我说，给你发信息，你没回。我说，啊，没看见。赵昭说，明天十一点，去接言言。我说，啥。赵昭说，别装没听见，我要出国，我哥也没在上海，言言正好假期，回沈阳跟你待几天。我一下子精神了，翻身站到地上，说，咋不提前说呢。赵昭说，提前说了，你没回，你有事是咋的，协调一下。我想了想说，倒也没。赵昭说，那你陪好言言，一个多礼拜，到时给我送回来，原封不动。我说，好，好。挂掉电话，我愣在原地数分钟，内心紧张，想准备一下，却不知从何做起。

多年以来，我一直住在父母当年分的宿舍里，套间，五十多平方米，一大一小两间屋子，我平时住在小屋里，大屋用来当书房，比较乱，报刊书籍越堆越多，全部整理一遍，肯定是来不及的。我在心中默默规划，先将小屋的床单、被罩和窗帘等放到洗衣机里，清洗一番，从柜底找到一套全新的，还是卡通图案的，拆开铺好，准备给言言住。又在大屋里辟出一块地方，摆开折叠沙发，放好台灯，从今晚起，我便睡在这里。另外，衣物碗碟等也需整理，我本以为自己过得井井有条，收拾时才发现，到处都是一层灰，死角无数，我累得满头大汗。全部做好后，已经是晚上九点多，饭还没来得及吃，我便打算下楼喝瓶啤酒，另外顺路再去买些零食和生活用品。

刚在饭店坐稳，便听见隔壁包间动静很大，相互劝酒，还有争吵声，我本无意关注，只想赶紧吃完回去休息，但啤酒刚喝一半，忽然看见刘菲从包间里跑出来，一闪而过，进入洗手间，回来时脚步放慢，眯着眼睛向我这边看。我跟她打声招呼，她发现后，一屁股坐到我对面，又起开一瓶啤酒，然后跟我说，几个菜啊，自己喝。我说，随便吃一口，懒得做饭，你们又续一顿。刘菲说，是，家里没酒了，非得出来接着喝。我说，挺有量，第几瓶了。刘菲低着头，没有说话，眼神发直。我说，别喝太多，不好，物极必反。刘菲还是没说话。我接着说，你去劝劝他们，差不多就行了，都早点回去休息。刘菲凝望着我，眼神迷离，开口说道，在家喝了二两白的、四瓶啤的，出来之后，又买一瓶红的，分了半杯，刚才是第三瓶啤酒，现在还没喝完。我说，厉害，海量。刘菲笑着摆摆手，然后忽然抬眼，对我说道，你吃完没，走，不管他们，爱喝喝去吧，你送我先回家。

我将刘菲送到楼下，一路上，她的话很多，但毫无头绪，我听不懂，提到的人也都不认识，没想到，服装市场的人际关系还挺复杂。在楼门口，我咳嗽一声，感应灯亮起来，我看她迈步不成问题，便告别说，明天女儿要回来，得去再买点东西。刘菲很惊讶，说道，白天没听你说啊。我说，我也是下午得到的消息，措手不及。刘菲推了我一把，说，高兴坏了吧。我说，那谈不上，倒是挺紧张，很多年没当过爸了，怕当不好。刘菲又拍拍我说，那有啥当不好的，你看看我儿子他爸，或者我爸，那是咋当咋有理，我看你怎么也比他们强啊。

4

我提前很长时间来到机场，出出进进，心绪不宁，在外面抽去小半盒烟，心里总在推测接下来几天可能出现的种种状况，以及应对方式。言言拖着箱子出现在面前时，我手里的烟还没掐灭，风一吹，弹出去的烟灰又落回到衣服上，有点狼狈。她比我想象之中要高一些，背双肩包，梳着短发，衣服上有浪花的图案，下身则是一条棕色背带裤，脸上挂着一点生硬的笑容，但很快便又收回去。她没说话，静静地等我掸掉灰尘，然后问我，啥时候走。我说，再等一下，于是连忙又去窗口，买回两张机场大巴的车票。车很快就要开动，我替她提着背包，又将她的拉杆箱放到底下，跟她上车并排而坐。这一路上，她一直没说话，我更紧张，手心出汗，不知说啥好。大巴从高速下来后，我的情绪稍微缓和，问她，早上几点出发，那边天气如何，家到机场多久，乘坐何种交通工具前往，是否吃过早饭，旅程共计几个小时，午饭想吃什么。她一一作答，但绝不多说一句。到后来，我又不知该说点什么，便问她，背包是在哪里买的，质量很结实。她转过头来看着我，不解地问，你真的关心这个么。

按照计划，我们先回家放一下东西，晚上去我妹家吃饭。言言到家之后，皱着眉头巡视一圈，指着小屋内的床，跟我说，我是睡这里吗？我不太明白她是什么意思，但还是点了点头。言言说，我今年多大，你还记得吧。我略有迟疑地说，记得。言言说，这床单上有只熊，你知道吧。我说，知道。言言说，那没事了。我退出房间，又倚在门口，说，实在不喜欢，我再给你买一套，或者也可以陪你住宾馆。言言说，我只想确认一下，你知道这件事，仅此而已，没有进一步要求，明白了吗？

我们之间遭遇的第一个问题是称呼，这点我事先有所考虑。让言言管我叫爸，估计很难说出口，我也听不惯，但也不能老以语气词称呼，显得没有礼貌。去我妈家的路上，我主动提出并试图化解掉这个问题，我说，想来想去，觉得你可以管我叫老班。她听我陈述半天缘由，只回应了一个字，哦。

我妈见到言言非常高兴，她一直很想念孙女，但为了照顾我的情绪，平时也很少提。言言一改冷漠态度，与奶奶十分亲近，抱着脖子说话，家长里短，聊了半天，毫无生疏之感。我妈前几年旅游，行至上海时，她们曾见过一次，双方又谈起上次见面时的情景，以及之后的各种变化。我妹在厨房里做饭，我去打下手，煎炒烹炸，忙活半天。晚餐极为丰盛，满桌硬菜，但言言并未吃几口，只是不停地喝饮料，席间，她绘声绘色讲述在学校的一些经历，逗得大家都很开心。饭后，我们聚在一起看电视吃水果，八点左右，我觉得时间差不多了，便带着言言离开。刚一出门，她的脸色立马沉下来，变得很快，与我无话可讲。天气不错，我提议走路回家，言言嘴上没有反驳，但却在行动上体现出来，拒过马路，自己站在路旁打车，我走到路中央，只好又退回来，站在她身边，等待出租车的到来。我们默默站在路边，向前伸出手去，等了几分钟，远远有空车灯在闪，我松了口气，想起以前读过的一首诗的名字：出租车总在绝望时开来。这一次我的体会很深刻。

到家之后，言言没有直接回卧室，而是在书房转了几圈，上下浏览，然后指着沙发问我说，你睡这里啊。我说，对。言言撇撇嘴，没说话，又从书架上抽出两本书，向我举手示意，要带回房间去看，我没看清是什么书，但仍点点头，然后问她，这几天有什么想去的地方吗？言言说，没有。我说，那有什么想吃的吗？言言说，也没有。我还想继续问，言言却说，你就当我不存在，可以吗？不用这么麻烦，我待几天就走。

5

李闯第一遍给我打电话时，我没有接到，正在厨房里忙着给裹好淀粉的茄子过油，满头冒汗，很担心失手。菜端上桌后，言言尝了两口，好像还挺满意，我也放松下来，开了一罐啤酒，边喝边看电视，午间在放一部译制片，机器人当管家，会聊天，还会做家务，长得跟垃圾桶有点像。演到一半时，言言忽然跟我说，刚才好像有个你的电话。我打开手机一看，是李闯打来的，立即给他拨回去，李闯大概在办公室里，说话声音很小，跟我说，明天礼拜五了啊。我一头雾水，回复他说，对啊，今天礼拜四，明天礼拜五。李闯说，没忘吧，早上去接你。我这才想起来他说的事情，连忙说，我不去了，言言回来了。李闯说，谁。我说，我女儿回来了。李闯说，孩子又归你了啊。我说，没有，假期来玩几天。李闯说，那行，正好，明天一起去，欣赏风景。我说，那等我问问她的想法。李闯说，定了，明天早上，七点半到你家楼下，收拾好等我。

挂掉电话后，我问言言，明天一起去爬山，有兴趣吗？言言说，什么山？我说，不知道叫什么山。言言说，不太想去。我说，去吧，好不容易回来一次，不能成天在家待着。我本来没抱很大希望，觉得很难劝动，回来的这两天里，她始终不太愿意跟我沟通，每天不是玩手机，就是躲在屋里看书，除了跟我去过一次超市外，没再出过门。出乎意料的是，她想了想后，竟然答应了，说去也行，省得她妈回去问每天都做啥时，答不上来。我听后很高兴，放下筷子，立刻规划起来，定闹钟，准备出行物品，问她都需要什么，下午我好去买。言言则毫无回应，目不转睛地看电影。我一边收拾东西，一边陪她看，别的印象没有，故事情节好像挺俗，机器人渴望拥有情感，进而成为人类的一员，这点我就十分不解，它到底有什么想不开的呢。

言言起得比我还要早，行李收拾得也很快，动作麻利，我们提前下楼，等了十几分钟，李闯才驾车赶到，车里放着二十年前流行的老歌，他跟着哼唱，爱你越久我越被动，有点跑调，却很投入。周亮坐在副驾驶的位置，我和言言坐在后排，打过招呼后，周亮问我们是否吃过早饭，然后递来点心与牛奶，言言没接，我也不想吃，便放在座椅后面，伴着歌声，我们一行四人向着山峰进发。言言昨晚大概没睡好，在车上补觉，周亮则不住地回头看，边看边低声对我说，她跟赵昭，还是有几分相似啊，眉眼之间。我说，跟我不像么？周亮又回头看一眼，然后摇摇头，说，不太像，比你强。

我们在服务区休整两次，到达山脚下时，已近中午，我们简单吃些快餐，便准备开始登山。虽然这里尚未开发完备，游客却也不少，李闯和周亮走在前面，背着大包，看着相当专业，精神抖擞，步伐有力，我和言言跟在后面，阳光刺眼，新铺的石阶似乎还留有粉末的印迹。在两侧的树荫之下，到处都是合影的人们，林中还有空白的石碑，倒伏在地上，像是要为此景题词。

大概一个多小时后，我们停下来歇息，李闯开始打电话联系朋友，他之前提过，有位客户在山间造了一间庭院，吃喝玩乐，一应俱全，目前是试营业阶段，今天晚上我们将会住在那里。我和言言靠在栏杆上，向山下望，葱绿之间，有一道灰白的印迹，仿佛被雷电劈开的伤痕，那是我们行过的路径，如一段阶梯，开拓盘旋，不断向上；也像一道溪流，倾泻奔腾，不断向下。言言在我身边，我却想起彼时的赵昭。那时我们刚结婚不久，有一次同去海边，风吹万物，浪花北游，其余记忆却是混沌一片，旋绕于墨色的天空，但在这里，一切却十分清晰，山势平缓，如同空白之页，云是凝聚，人像大地或者植被，随风而去，向四方笔直伸展，淹没在所有事物的起点里。

言言拿出相机拍照片，我在她的背后，看着风景一点一点缩进屏幕里，变得不再真切。周亮走过来，搂住我的肩膀，跟言言说，来，给我俩合个影。我有点不自然，想推脱开，周亮却已经摆好姿势，笑容自信。言言转过身来，调整位置，按下快门，然后盯着屏幕，点了点头，像是在宣告这场游戏的终结。李闯挂掉电话，迎着山风，对我们喊，还以为还有多远呢，再往上爬，最多二十分钟，到达目的地。

李闯朋友的庭院相当别致，木质结构，仿古造型，整体格局较为接近古装影视剧里的后院，荷叶占据池塘，环境清幽，只是油漆味道有些重。我们被安排到各不相邻的三间屋内，我与言言住在南面的一间，我们进入室内，发现里面的装饰又很现代，各类电器一应俱全，十分便捷。言言忙着充电，整理照片；我放下东西后，走回院中，连抽两支烟。天空飘起小雨来，风很凉，我有点后悔没有提醒言言多带一件衣服来。

休息过后，已近黄昏，李闯朋友喊我们去吃饭，餐厅已经摆上一桌好菜，我们推门进入时，发现桌边除了李闯的朋友之外，还有三位陌生的女性，呈三角形分列，跟我们挥手打招呼，态度热情。我觉得这种场景很不合适，便拽了一下李闯的胳膊，李闯反应机敏，马上跑到朋友那边，一番耳语过后，两位女性借故离开，只剩一位。李闯的朋友介绍说，这位是苗苗，目前这边的负责人，今天来陪大家喝一杯，欢迎诸位来访，请多提宝贵意见。

李闯对周亮与我进行一番介绍，苗苗忽然对我的职业很感兴趣，我解释说自己没写过什么像样的作品，但她好像根本没听我的话，只是自顾自地说着，她自己也写过一些，诗歌和散文之类，登过校报，有一定反响。我不知道该说什么好，只好敷衍地说，不错，加油，继续努力。我能感受到言言在一边盯着我，但我不敢扭头去看她的表情。

那天的酒喝得很快，一杯又一杯，李闯朋友与苗苗都很会劝，场面话很足，我不太适应，总想借机溜走，却三番五次被拦下来，苗苗仍然就着文学话题不依不饶，不断地向我阐述她看过的某本书，以及对作者的一些主观感受。遗憾的是，她读过的那些书，我都没看过，也不了解，跟我完全不属于一个写作领域，但几杯酒下肚后，评判却是十分轻易的，我越坐越沉稳，精神亢奋，声音激动，开始逐一拆解那些改头换面的文字把戏，并无数次重申自己的文学观点，灯光半明半暗，我甚至觉得自己飞起来一点点，滞在半空，俯视着晚餐以及桌旁的人们。李闯不住地向他的朋友夸赞我，周亮也在一旁附和。苗苗的一句话，重新将我拉回地面，她说，班老师，谈了这么多，能给我们讲讲你的作品吗？

6

所有人都望向我，我定了定神，觉得诧异，不知大家从何时开始如此关注文学。我又喝下一杯酒说，那我就随便讲一讲，目前正在写的这个中篇小说，暂定名为《双河》。苗苗插嘴说，霜冷长河，是不是，余秋雨的一本书，我高中时看过。我说，不是，单双的双。苗苗说，那你直接说两条河不就完了。我不知道该怎么解释。周亮皱起眉头，在一旁说，你先听他讲完。

我说，故事大概分成三个章节，各自分部叙述。第一部分，主角是我自己，姓班，但要年轻一些，故事发生在九十年代末的冬天。开篇是我去接崔大勇出拘留所，崔大勇骑摩托车肇事被拘，此人无家无业，留的是我的联系方式。崔大勇比我大十几岁，是我父亲在工厂里的徒弟，我父亲走后，多年以来，对我家一直帮助很多。其条件并不富裕，也未成家，勉强维持生活，但为人热忱，坦率，实心实意，此前他去外地打工，消失过一段时间，被释后无处可去，我便说可暂住我家里。

次日，刘菲的姑姑忽然来找我，说侄女联系不上，报案只管登记，没有下文，央求我帮着去找一找。我与刘菲是多年同学，家住前后楼，平日关系较好，她对外宣称是在家具城卖货，其实主要靠跳舞为生，在亚洲宾馆的黑灯区，十元两曲。我与崔大勇去其工作场所等地寻找，皆无所获。我忽然想起上一次见到刘菲，是在菜市场里，她买完菜后，又要去旁边的教堂，还邀我一起，我并无兴趣，将其拒绝，刘菲看起来有些失望。圣诞节这天，我与崔大勇来到教堂里，此处正在举办会演，歌曲舞蹈，纷沓而至。我坐在后排，听得极为困倦，直到深夜里的最后一曲，有人弹起风琴，悠扬而伤感，我恍惚看见刘菲戴着毛线帽子，踮着脚，在人群里唱歌。演出结束之后，我和崔大勇出门去追刘菲，见她与弹风琴的中年人并行，打了个出租车离去，我跟崔大勇骑着摩托跟在后面。那天的雪很大，几乎看不清前路。

大概开了半个多小时，我发现他们的终点是火车站，两人下车后迅速进入，并消失在候车室里，我们没买票，进不去站台。我跟崔大勇说，我先去买两张最近的车次，混进去看看，问问刘菲到底什么情况。崔大勇同意。我买票回来后，却没找到崔大勇。我只身进入站台，火车已经驶来，只有刘菲一人在此等候。我上前喊她，她转过头来，扫过一眼，便继续往车上走，火车开动，眼看着一节节车厢逐渐远去，消失在黑暗的前方。我有些失落，从车站走出来，发现崔大勇和摩托车都不在了，只好独自往家走。大雪掩埋掉我的足迹。

众人听得都很认真，屋内安静，我反而有些不适应。我缓了缓，继续讲道，这是第一章的大致内容，当然还会有一些细节，会交代一点背景之类，总体来说，故事线索大致就是这样。苗苗说，感觉其中有很多谜团。我说，对，往后会一点一点解开。苗苗问，刘菲去的是哪里呢？我说，佳木斯。苗苗说，佳木斯有什么故事呢。我说，那是第二章的内容。

我继续往下讲，这一部分，叙述人是刘菲，她不是沈阳人，老家是黑龙江鹤岗，读小学的时候，跟父亲搬来沈阳，投奔姑姑，她的母亲死于某次事故，刚来沈阳后的一段时间，她很不习惯，一切都不熟悉，也总被欺负，少有同学帮助，但我是其中之一，也就是第一章的主角。他们同读一所小学，初中之后，二人分道扬镳，但仍住在同一楼区，变压器厂宿舍。在刘菲姑姑的安排之下，她的父亲刘宁作为技术员，在变压器厂上班，勤劳规矩，为人热忱，口碑相当不错。小学毕业那年，出了一件事情，我的父亲在刘宁家中死去，这件事情对于我和刘菲的打击都很大，当时有一种传言，说是我的母亲与刘宁有情感纠葛，被父亲得知，上门讨问说法，结果被害，但当时警察的判定是自杀，刘宁从此消失。刘菲跟姑姑一起生活，初中毕业后，便进入社会工作，自力更生，不给姑姑增加负担，但又无其他技能，开始在家具城卖货，但性格又比较倔，不太顺利，后来去做舞女。两个月前，她在舞厅遇见消失数年的父亲刘宁，刘宁变化很大，他服刑数年，目前在教堂工作，想要弥补过失，请求刘菲随他离开此处，去往佳木斯，重新开始生活。刘菲犹豫很久，最终决意跟随父亲回归北方。圣诞会演结束后，二人来到车站，准备离开沈阳，其间刘宁说要去上厕所，但一去未归，火车驶来，刘菲独自离开，旅程空空荡荡。她在佳木斯过完整个冬天，不能说过得多好，但也不坏，唯一的遗憾是，佳木斯人不爱跳舞。

我越往后讲，越没有气力，故事往往就是这样，讲起来平淡，写出来反而会好一些。我看见李闯已经在打起哈欠，但又迅速地捂住嘴，起早开车，抵达后又爬山，疲劳程度可想而知。周亮的眉头仍未舒展，面容严峻，仿佛有所思。言言坐在我身边，无比安静，我叙述的某些时刻，甚至感觉不到她的存在。讲完这部分后，我说道，没什么意思，大概就是这么个情节，后面还没有想好。李闯说，挺好，佳木斯我去过两次，很快乐的城市。周亮提了一杯，说，我一听，感觉这故事的背后还有故事啊。我与其干杯，然后说，瞎设计的情节，还没动几笔。苗苗转向我，问道，班老师，讲了半天，你这篇小说也只有一条河啊，不够数，名字不好，前后不对应。我说，那你取个名字。她撩撩头发，然后对我说，可以叫，佳木斯，今夜请将我遗忘。

7

晚上九点，李闯洗了下脸，回来后精神重新振奋起来，话极多，我说时间不早了，先带言言回房休息，周亮也说今天比较疲惫，想早点睡。酒局行将结束，李闯朋友拉着我们去打牌，并让苗苗作陪，我与周亮先后拒绝，唯有李闯不好推托，跟着前往另一间房。我拎着两瓶水，跟言言往房间里走，从饭厅回到住处，需要经过一道长廊，下午到这里时，我并未多加留意，这里大多是人造景观，比较造作，没什么意趣，但夜间从此经过，又是另一番感受。庭院两侧立着许多水缸，仿佛用以承接雨水，青苔掩隐其间，沉潜而悠远。院内潮湿，步行经过，居然有身处水畔的感觉，风将雨的气息吹到半空里，四周幽深，空旷之处有回声荡漾。言言走在前面，我侧身在后，默默观察。这几天我一直在进行回忆与对比，看言言的哪些行为习惯跟我接近，哪些又比较像赵昭，但却一无所获，我几乎不能在她身上看见我们的痕迹，然后我又想将她与同龄者做比，却发现在我的近期生活经验里，与这个年龄层并未有过接触，不知其所思所想，更是无从对比。

言言说，像。我说，什么？言言说，好像左边有一条河，右边也有一条。我说，是吧。言言说，后来呢。我说，什么。言言说，你那个小说不是有三个章节么。我说，第三部分还没想好。言言说，大概讲讲。我说，不讲了，到点儿了，回去睡觉。言言说，能睡着吗？我没有回答。言言说，你的小说都是这样么，没有结局。我有点惊讶，如同反射一般，连忙说道，第一我不想跟你谈故事情节或者结尾，我知道的已经都写出来，没写明白的地方，那就是我也不清楚；第二我也不想跟你谈文学技法，那些术语都是写完再往上套的，生拉硬拽，没什么价值。言言站住，侧着脑袋跟我说，你紧张啥。我松了口气，也觉出自己反应过度，便不再说话。言言抬手指了一下长廊的台阶，跟我说，坐一会儿，好不容易。我虽然不明白她说的不容易确切指的是什么，但仍跟在她身边坐下来，吹着晚风，抬头凝望，我看见天空在向远处展开，仿佛有无尽的寂静呼之欲出，要将我们围拢。

言言说，讲个大概，第三部分。我想了想，问她，你说主角是谁呢。言言说，想不出来，也许是第一章里主角的父母，或者刘菲她爸，叫什么来着，刘宁。我说，你这么一说，我还要再想想，本来这部分的主角是崔大勇，他十八岁入厂，成为父亲的徒弟，车工，手也挺巧，不久便出徒。一九九七年，厂内提倡减员增效，领导说，你们师徒二人，只能留一个，另外一个必须下岗，自己看着办。父亲考虑到崔大勇的家庭条件，有生病卧床的母亲，便主动提出下岗，让厂里将崔大勇留下。

父亲下岗之后，在楼下开一间摩托车修理店，维持生计，也兼配钥匙，干点零活，没有电动机器，父亲便用锉刀一点一点磨，方法原始。崔大勇仍在变压器厂上班，感念恩情，时常来看望师傅。这几年里，父亲性格有所变化，与母亲的关系变得很差，并开始嗜酒，以罐头瓶子打来散白酒，下酒菜是螺蛳，蘸着红梅酱油，一嘬一下午，醉酒成为常态，日日狼狈昏沉，睁不开眼，像在大雨之中。有一次，崔大勇前来看望，父亲从抽屉里拿出几张图纸，让崔大勇去车几个零件，崔大勇看了半天，展开几遍又再合上，吞吞吐吐。父亲见其犹豫，便直说，要做一把钢珠枪，用途不用你管，你不用怕，牵扯不到你，我没求过你什么事情，就这一件，最近务必做好，做不出来，以后也不用来了。崔大勇回家之后，辗转反侧，不能入眠，前思后想，下定决心，利用加班时间，在后半夜里车出数个零件，他将这些零件放在铝饭盒里，驮在自行车后座上带出工厂。几日之后，却传来师傅的死讯，他前来送丧，内心大恸。

崔大勇早先在教堂里，一眼便认出技术员刘宁，路上紧随其后，我去买票时，他缩紧身体，低头混入站台，不断向刘宁靠近。他们等待火车的到来，雪将光线遮蔽，黑夜降临，刘宁半眯着眼，觉出被东西觥住，半侧过身，扫去一眼，不见脸庞，只见一道道呼出的白气，急促而朦胧，又迅速消散。他低声说道，兄弟，不是地方。崔大勇说，跟我走，我有地方。刘宁上前几步，贴着刘菲的耳朵说，去个厕所，忽然想方便一下。刘菲转过身去，见他跟着崔大勇从站台往外走，雪花像帷幕一般，在刘菲的眼前缓缓下降。他们一直走到外面，摩托停在路边，崔大勇拉刘宁上车，在雪里行进半个小时，将他拉到浑河岸边。

几处浮冰在河上，落雪不化，有鸟夜行，一白一黑。二人站在河边，望向对岸。崔大勇说，认识我不。刘宁摇头。崔大勇说，再想想。刘宁说，想不起来，但能猜个大概，我在沈阳，总共就那么点事儿。崔大勇说，给你提个醒，我师傅是在你家死的。刘宁说，你是他徒弟。崔大勇说，对，枪你见过吧，我帮他做的，他要去崩你，本来我要去帮他，但那天慢了一步，这些年每次想起来，都挺后悔。枪当时做了两把，我的藏在修理部仓库，前天我又找出来，今天终于跟你见面，晚了十几年，这都是命，该认就得认。

刘宁说，照着脑袋来，要是瞄不准，我帮你指挥。崔大勇说，嘴挺硬。刘宁说，但话要说清楚，你师傅当天喝醉，过来找我，说话前言不接后语，毫无逻辑，装的，想讹一笔钱，当时他病了，挺重，但家里谁也没有讲。崔大勇说，这我知道，我跟着去医院查的。刘宁说，我反复解释，你师傅后来说，本来也没想要我命，但是我运气好，他运气不好。我说，理解，要钱没有，但酒管够。我下楼买酒，上来跟他一起喝，俩人一斤半，一滴没剩，我说，哥，今天差不多了，回家睡觉，明天早上起来，你要是想不开，我还陪你。他扑通一跪，跟我讲，不愿意醒，就想死，不给任何人增加负担。然后扔过来一串钥匙，跟我说，今天你让我死，那是功德一件，我要是死不了，刘宁，你现在去我的修理部瞅一眼，进门左边角柜，最短的那把，开第二个抽屉，里面都是钥匙，各家各户的，你数数，一共多少把。我没说话，他继续说，谁来配钥匙，其实我都锉出来两把，手心暗藏一把，自己留着，几门几户，都标得清清楚楚，另外我还有别的东西，别忘了我是干啥的，刘宁，你是外来户，这个事情你来做，合适，我的这个病长在脑子里，恶化之后，怕控制不了自己。我跟他说，这忙我帮不了，算是犯罪，你也冷静一下，我出去换两瓶啤酒，咱们漱一漱口，你在这等我。对了，哥，屋里有我自制的颈椎治疗仪，我脖子不好，以前落下的毛病，每天都得用一会儿，调节一下，但最近有时用，不太方便，时松时紧，你手巧，帮我看看，怎么改造为好。

崔大勇说，那你去修理部没有。刘宁说，我出门时，顺手把他扔过来的钥匙揣在兜里，连跑带颠，去了趟修理部，拉开抽屉，情况属实，钥匙一排一排串起来，规整有序，像部队，柄上绑着白胶带，几楼几号，是谁家，记得一清二楚。我推上抽屉，出了门，下午喝酒是真难受，风还大，我坐在道边，有点想吐，抽了几支烟缓缓，清醒一些，又拎着啤酒回家，打开门后，发现他吊死在里屋，治疗仪帮了点忙。我心里有准备，但还是怕，坐在地上，直冒冷汗，自己喝了半瓶酒，然后我翻了翻兜，发现了你做的东西，工艺挺糙，但粗中有细，拎着有点分量，不错，让人觉得可靠。我洗了把脸，清醒清醒，将它夹在一摞衣服里，收好行李揣上钱，连夜坐车回到鹤岗，办点我自己的事情，具体是什么，你不用多问，本来之前我也要回去，但有了这东西，仿佛帮我下了个决心，虽然后来没用上，但也挺好，不然今天还出不来。崔大勇说，故事编得挺好，我差点就要信了。刘宁说，信不信在于你，我不干涉，说多也没用，我就最后几句，后来我在凌源二监打的罪，刚开始受不了，处处委屈，也想过死，后来就不想了，有个同住的狱友，会背《圣经》，从早到晚，都能讲下来半本，头头是道，声若洪钟，开始我很反感，听不进去，后来有时听听，觉得也有几分道理。有一次，我问他，像我们这样的，神还能管么，他说，一管到底，神自有选择，有些事情他让鸽子去做，有时他也差遣乌鸦去做，乌鸦贪婪，叼着食物不放，神就让它去叼回饼和肉，这说明神不仅使用洁净的人，也将使用我们这些不洁净的人。这话以前不懂，但总能梦见自己在河边，飞鸟行过，河水上涨，影子下沉，刚才你骑着摩托载我至此，我下来一看，心里就亮堂了，原来今天就是神使用我的日子。

8

我从卫生间出来后，发现言言仍未入睡，捧本旧书迎着台灯看，光线昏暗，读起来想必也很吃力。我缓缓将书从她的手里抽离，示意让她睡觉，她闭上眼睛，翻了个身背对着我，我将台灯关掉，躺在床上，酒精的作用正逐步衰减，头脑愈发清醒。山间无光，黑暗极为沉重，覆盖在我们的上方。

我的心绪颇为不宁。一方面是因为刚才叙述的这篇小说，其实我已经想了很久，但依照以往经验，我心中大致有数，既然故事讲述得如此清晰，那么往往也就不必再写了，几乎是不可能写好的，我从来都不是一位缜密规划再逐步实施类型的作者，将写作这种玄妙的智力活动当作项目施工进行分解，于我而言，多少会丧失一些趣味，所以整个故事到今晚为止，言言也许是唯一的读者，这没有什么了不起，我也能接受，并不觉遗憾，所有关于它的疑问可以告一段落。我也放松一些，不必为填补其中的一个缺陷，再去完善说辞、牵引线索、编造情节，而这些混搅在一起，盘根错节，相互浸没，又会构成新的缺陷，最终落入往复的黑洞之中。今夜的讲述使我避免了这样的遭遇。

另一方面，在这样一个普通的山中夜晚，我竟然非常想念刘菲，当然，并不是小说里的虚构角色，而是我的那位朋友，不可否认的是，二者的形象在某一时刻是重合的，交错之后，又逐渐分离，互为映象，在时间里游荡，在讲述的过程中，有时我竟也十分恍惚，将对这位虚构角色的情感转移到我的那位朋友身上，这是十分隐秘的经验，难以启齿，也没办法解释，我极力想要将二者分开，但却无济于事。我睡着之后，这种情绪在梦中仍然缠绕着我，如同刚刚洗净的果实，不小心掉落在地上，无人再去拾起，唯有声声叹息，但尘土与水，却会将其抚养，它以光的速度重新生长，并再次来到我的面前。

第二天早上，外面的流水声将我唤醒，言言比我起来得要早，并且已经漱洗完毕，说要出去透口气，在院里等我。我躺在床上，抽了支烟，又将东西收拾好，出去与她会合。周亮正跟言言聊天，我打过招呼，然后问言言，睡得如何。言言说，不怎么好，打雷下雨，早上还有鸟儿叫。我说，我怎么没听见。周亮偷笑着说，你能听见啥啊，从来睡得都很死。我看看言言，言言朝着我点点头，证明情况属实。我更加困惑，不过地面上确实是湿的，缸里的水位仿佛也略有升高。

我与言言、周亮共同吃过早饭，李闯还未起床，他昨天应该睡得比较晚。我提议在山中随便走走，雨后空气清新，言言说没睡好，要继续回房休息，于是我跟周亮二人出门，从后面出去，走上一条小路，继续向上攀登。

不到半个小时，便走到尽头，虽然距山顶还有一段路程，但已无台阶，向上只有一条土路，曲折隐藏在树丛之间，愈发狭窄，一眼望不到深处，淡蓝色的雾气笼罩其间。周亮问我，还走么。我说，去看一看，时间还早。周亮点点头，我们继续向前进发，但没走几步，便又被巨石拦住，我们推测，这些巨石应是后来搬运至此，要做成某个景观。周亮坐在石头上，对我说，时间太快了，很多年就这么过去了。我说，什么意思。周亮说，还记得吗？高中毕业之后，你、我和赵昭，也爬过一次山。我想了想，说，印象不深。周亮说，北镇附近的一座山，当时也没有完全开发好，但奇峰怪石无数，景色不错，山很难爬，相当陡峭，有的地方几乎是直上直下，必须相互携扶，手脚并用。我说，二十多年前的事情，完全记不得了，我们爬上去了吗？周亮停顿了一下，然后对我说，你只爬到一半，在瀑布对面等我们，看管行李，我和赵昭轻装上阵，最终爬到山顶。

这时，我的电话响了起来，是李闯打过来的，问过我们的情况后，他告诉我，自己已经醒来，并且马上要去吃早饭，让我们回去收拾一下，准备下山回家。挂掉电话后，我对周亮说，李闯起床了，喊我们回去呢。周亮站起身来，拍拍裤子，对我说，你真的什么都不记得了吗？

9

郊游归来后，我与言言的相处向前迈进一大步，彼此逐渐熟悉，交流愈发平顺。短暂的几天时间里，我们甚至结成一个小小的同盟，她偶尔会跟我抱怨赵昭对她的管理，从学习到生活，各个层面，无微不至，表面上开明，思想前卫，态度豁达，但也令她时有窒息之感。最开始只是简短几句，听不出情绪，仿佛是在对我进行试探，得知我也持相似态度，并曾深受其苦后，她虽然没有明确表示同情，但与我之间的隔阂却一点一点消失了。

每天饭后（基本是我做饭，她虽在南方长大，但好像更习惯于北方饮食），我们一起去附近散步，从院门出发，向东步行约十五分钟，会到达工人村之腹地，此处曾是一派欣欣向荣的景象，如今略显失色，我给她指着几个昔日的雕塑，两只梅花鹿，其中一只已经非常残破。我说，在你小的时候，我们曾在这里合影，照片我还留着，其中一张是我抱着你，另一张是你骑在鹿的背上，向我招手。言言没有说话，走过去仔细端详那两只鹿，我站在她的身后，看她踏上台阶，趁她不注意，想再拍几张照片。她抚着鹿角，猛然回望，我只好收起手机，若无其事地向旁边走去，买回两根雪糕，在天黑之前，我们迅速将其吃完，手里拎着雪糕棍儿走了很远。

向西步行约十五分钟，便是一道铁路，我跟言言说，从前它是作为分界线存在，每次经过火车，道口放下栏杆，两侧的车都要停下来，等待很久，有时是十几分钟，警报声一直在响，到后来却忽然停止，栏杆重新抬起，并没有火车过去，所有人便都很失望，有首歌里唱过类似情绪，长长的站台，漫长的等待，只有出发的爱，没有我归来的爱。此时，我们贴着侧面的护栏站立，等待火车的经过，已经驶过两趟，非常长，车厢难以计数，天色将晚，壮阔的深蓝光芒投向我们，不断迫近，我提议回家，言言说想要再等一趟。很快，警报声便又响起来。我贴过头去，小声问她，你有男朋友吗？她目视前方，反问我一句，你和我妈为啥离的婚呢，然后顿了一下，转过头来，又补充一句，你是不是也想说，情况很复杂，说来话长啊。我说，你妈是这么说的吧。她说，对。我说，那我不能这么说了。她说，也不是。我说，你想得到什么样的答案呢。她说，其实你也不是非得讲，这些事情我并没有那么关心，就好像刚才你问我的一样，你也没那么关心。我说，那好，就先不讲。她说，我之所以要问，就是怀疑你也根本不知道为啥离的，就像当年也不知道为啥要结婚。我一时语塞，不知如何解释。言言叹了口气，如同安慰一般，又对我说，唉，但是放心吧，我没有要怪你们的意思。

我不知道她或者同龄者，对类似问题到底有何种程度的思考（这几天的接触，将我固有概念完全打破，我发现自己远不能将她作为晚辈来相处，她对待部分事物的态度虽不能算是成熟，但却总在我的意料之外）。从我的角度来讲，我和赵昭之间，要说一点留恋都没有，厌恶透顶，那倒是真不至于，毕竟我们性格都没有那么强硬，但正是这种相互的妥协与软弱，造成这种无法挽回的局面。回想起共同生活的那几年，我如身在泥河，污淖重重，四下无人，晦暗而孤独，外物不能使我有任何亲近之感，妻女也不行。赵昭想必也是如此，尤其是在女儿出生之后。我们很少发生争吵，但彼此冷漠，视若不见，这便更令人绝望，争吵意味着我们还在拼搏，奋力拯救彼此，但那时我们真是无话可说，这种分裂持续了很长时间。有段日子里，我脑子里始终盘旋着格雷厄姆·格林的那句名言，一个人出生以后唯一要考虑的问题就是如何比降临人世更干净、更利落地离开人世。我并非是要践行，而是单纯地对这句话进行推演，在不可知的内心深处沉思，循环往复。直至有天清晨，醒来之后，我们在床上又躺了很长时间，言言在一边哭得很凶，而我们谁都没有去管。我半闭着眼睛，在哭声里，却感受到窗外季节的行进，它掠过灰暗的天空侧翼，发出隆隆巨响，扑面袭来，仿佛要吞噬掉光线、房间与我；远处的河流在融化，浮冰被运至瀑布的尽头，从高处下落，激荡山谷。在噪声与回声之间，我听见赵昭说，我有点事情，想跟你商量。我说，什么都不用讲，什么都不用，不需要的，赵昭，我们不需要的。

10

有必要说一下我和刘菲的事情。我将言言送走之后，生活恢复常态。随后一段时间里，为了摆脱之前的某种想法，我开始与刘菲频繁联系，我认为她或许是突围的关键人物。我邀她共同饮酒，她起先觉得莫名其妙，后来也接纳了，其时，她也来过我家数次，我做了几道不错的菜，吃得相当愉快，关系进展较为顺利。甚至在她去外地进货时，我还在商场帮她守过几天摊位，虽然并不太擅长，市场嘈杂，人流密集，令人厌烦，但我劝说自己，也要去逐渐适应，总要有所付出。

这一段的交往也使我发现，我对刘菲并不十分了解，在我从前的印象里，她颇有几分风情，来者不拒，开朗乐观，不拘小节。但实际接触时，我发现她的内在性格跟外表差别很大，经常会露出小动物一样的警惕眼神，其心思缜密，对他人情感的细枝末节也能照顾得到，反应迅速且得体，她在经营童装生意的同时，还有几项其他投资，对于未来很有规划，这些都令我感到意外，相比之下，我过得简直是浑浑噩噩，一塌糊涂。

我努力向她所期望看到的方向转变，振作精神，每日固定时间写作，颇有规律地进行阅读和锻炼身体。深秋时节，我还带着她去爬过一次山，经过我在夏天时曾住的院落，发现里面好像已经无人打理，山门紧闭，灰尘遍布，如同一座破败的寺庙，日落风起时，我们沿原路返回。

登山过后几日，我正式向刘菲提出，想要开始这段关系，她却将我拒绝，我很不解，追问原因，她也没有说清，大致意思是，要是放在几年之前，也许有机会，是可以在一起的，但现在不行了，那段时间过去了，既无法追回，也不能重现。我对此十分不解，到底是怎么过去的呢？过去的又是些什么呢？到底是什么主宰着我与刘菲之间的关系？想不明白。被拒之后，我非常失落，偶尔街上与刘菲碰见，她对我客气得不像话，像是对待那些来买衣服的顾客，仿佛在我们之间，从未有过那些亲密的时刻。无论是写作还是生活，有很长一段时间，我都处于停滞状态。

一次酒后，冲动之下，我给赵昭打去电话，告诉她说，我想去南方生活一段时间，准备多陪陪言言，以弥补逝去的时光。赵昭在电话那边笑了起来，说道，你是不是还想说，她走之后，你的心里仿佛像漏了一个大洞，呼呼灌着西北风啊。我没有说话。只一瞬间，赵昭便收起她的嘲讽语气，面庞严肃，语调冷淡，对我说，这些事情你没必要跟我讲，自己决定，如果当我是朋友，来咨询意见，那么我的建议是，你不要来。我还是没有说话。赵昭说，对了，言言对你的印象还不错，回来后提过你两次，如果我这么说，你能好过一些的话。

我仍准备动身前往南方，临走之前，约李闯和周亮来为我饯行。我们在一家烧烤店吃到很晚，每个人都喝了十几瓶啤酒（不太寻常，通常是我和李闯喝得较多，周亮对酒极为克制），酒后，李闯提议去洗浴中心，连洗带住宿，享受最后的好时光。于是我们打了一辆出租车，李闯坐在前面指路，我和周亮坐在后排，其间，周亮并没有说话，但将他那一侧的车窗完全摇了下来。风猛烈地灌入，噪声很大，我一下子精神起来，紧抱双臂，挺直身躯。周亮转头望向我，一字一句地对我说，我离婚了。

11

李闯与我是初中好友，他成绩一般，没读高中，毕业后去技校待了两年，然后买了个专科文凭，在社会上摸爬滚打，从事过许多行业，为人义气，能有今日小小成就，全凭昔日友人协助，此外，他也娶到一位家境不错的妻子。周亮则是我介绍给李闯认识的。我与周亮、赵昭是高中同学，他们二人同桌，我坐在后面，平日交谈较多，关系不错，时常一起出行，进而结成同盟。周亮在高中时，对赵昭颇有些好感，举止显著，心思外露。赵昭虽不接受，但也没有拒绝，态度暧昧。我当时对赵昭没有任何想法，但她却很依赖我，大概是由于我的存在是对二者关系的一种制衡。高考时，周亮发挥失常，去南方读书，学习法律，进入另一片天地，而我和赵昭则考入北京院校，从此来往较为密切。

有一年寒假里，周亮来我爸的修理部找我，言辞激烈，如同拷问，想知道我与赵昭的关系进展到什么地步，我不是很愿意讲，因为其实还什么都没做，只是牵手吃饭而已，没有实质性接触。周亮打听出来之后，仿佛吃下一颗定心丸，大度地告诉我，不要着急，这种事情，或早或晚嘛。然后摇晃着离开，志得意满，与来时判若两人，我对这一幕印象很深。

这些年里，周亮总有机会出差去上海，并且常与赵昭见面。要是说我对他与赵昭之间的关系没产生过怀疑，对不起，那是不可能的。多年以来，周亮始终充当知心好友的角色，甚至可以说，他对我们二人的秘密了如指掌，而以我对他的了解，只要有乘虚而入的机会，他也一定是不会放过的。

每隔一段时间，周亮都会向我通报赵昭的境况，我既很想知道她的这些消息（必须要说明的是，我对赵昭已经没有任何感情了，这种关切完全出自一位普通朋友的友爱之心，以及作为小说作者天然的好奇），但同时并不想从周亮的口中听到，所以内心十分矛盾。这次出行后，我得到的信息是，周亮虽然经常与赵昭见面，但言言却不知道这个事情，他与言言也没见过面，从无接触，这仿佛也在印证着另一些事情的存在。

我对周亮的态度也很复杂，一方面来说，结识几十年来，他没有做过任何伤害过我的事情（至少我没有证据去证明），反而关爱有加，嘘寒问暖，在我最需要帮助的时候，也的确伸过手来；另一方面，在这几十年里，我却被他造成的这种温暖的阴影所笼罩，无论在读书时，还是在毕业之后，结婚又离婚，失业或者写作，这种阴影始终逼迫着我，有时我甚至会想要躲起来，却又无处藏身。这点说出来的话，许多人恐怕都不太能理解，但我也没法进一步解释了。

上面提到，我与言言回家之后，相处得比较愉快，在一起也探讨许多事情，彼此竟然产生一些父女之间的亲密感，这让我很意外。她要离开时，我竟十分不舍，决定买张机票，将她护送回去，以便能跟她多待一段时间。我回顾从前，对于她在幼年时的那次离别，我已毫无印象，完全不记得是在何种场景之下将她们送走的。

出发之前，我给言言和赵昭买了一些礼物，同时也有给赵昭男友的，按照我的预想，礼物会经由赵昭之手转交，说是言言帮忙带回来的，这样也许会留下一些好印象。言言盯着行李箱里面成堆的礼物，跟我说，老班，适可而止。我说，啥意思。她说，过犹不及。我说，我发现你这毛病好几天了，四个字儿的话能不能少说一些，显得特别装，不好。言言说，但你小说里的人物都是这么说话的，我是跟你学的啊。听到这里，我忽然鼻子一酸，险些落下眼泪，不知说什么好。恰好此时，飞机开始在跑道上滑行，巨大的轰鸣声代替我进行回应。在几万米的高空里，光芒刺眼，言言坐在靠窗的位置睡着了，我看着她熟睡的脸庞，真切地感受到了这些年里失去的那些时间。

在此时，我本来应该做一个小小的决定，但那个念头只是一闪，便立即被我打消了。取而代之，反复盘旋在我脑中的，则是另一个可怕的想法，刚才也提过一点。那便是，我忽然意识到，多年以来，我所了解的关于赵昭的私人生活，可能完全是周亮编造出来的（我在与言言偶尔聊天时，发现有些事件对不上，她毫不知情，并且也从未听说过母亲结交过男友），换句话说，我怀疑周亮在我的世界里重新塑造出来一个远方的赵昭。而这个形象，与现实中的赵昭，并不完全相符。进而，我联想到的是，这些年来，我个人史上的许多重大时刻，诸如学业、工作或者婚姻等，在关键节点上，好像周亮都有参与，他的声音尖锐、激昂并且坚定，支持也好，反对也罢，总是有办法使我屈从于他的选择。也就是说，我仿佛一直在被周亮挟持着去生活，他或许才是我人生的隐秘驱力，想到这里，我有些不寒而栗，不敢再继续往下想了。

12

当天，我和赵昭从民政局办完离婚手续出来，共进一顿午餐，啤酒冰凉，我喝得畅快，一杯又一杯，看得出来，赵昭的心情也不坏，胃口不错。这顿饭我们吃了很久，仿佛只要不结账，就还不算是彻底分别。喝到后来，我有些醉，问她，当时是哪一个瞬间，让你决定要嫁给我。赵昭反问我，你觉得呢。我说，应该是有一次醉酒，你带我回到住处，半夜口渴，醒来喝水，然后你也一直没睡着，那间屋子没拉窗帘，映着外面的星星，我们做了一次。赵昭说，你说话小声一点。我说，做完之后，我半闭着眼睛，给你背了首我写的诗。赵昭说，事情记得，但不是这个瞬间。我说，那是哪个呢？赵昭想了想，说，记不起来了。我说，也许根本没有那样的一刻。赵昭说，那首诗，怎么说的来着，我还想再听一遍。我把烟掐灭，眼睛望向窗外，午后的阳光如漫溢出来的时间，缓缓流经我们两人，我忽然觉得自由无比，像从前的无数次那样，熟练地背诵出来。

不能失去我

海里的一粒谷

十二柄鲸在餐桌上轮流看守

不能失去我

冰里的一滴火

十二轮象在词典里巡回搜索

不能失去我

比针还细的钥匙

一枚针孔就能闯入一头飓风

不能失去我

有人念起名字

像念着所有语言里唯一的诗

而我不能写诗

心里填满干粮

生活是一场蝗灾

不能失去啊，不能失去我

轻轻钩住天空的

玻璃耳朵

生死恋

王　蒙*

蜂窝煤之恋

所以顿开茅只能从煤球与蜂窝煤并存的那几年说起。也许它们往昔的使用是对大气环境的破坏，雾气重重非一日之烟。此情可待成追忆，只是当时已惘然。按照同院长大的尔葆的“父亲”吕奉德最看好的德国法律，起诉煤球与蜂窝煤已经过了追诉期限。

最近不知道什么原因，顿开茅常常梦见摇煤球。煤球的烟味儿有一些哈喇，似乎还有发面丝糕与肉皮冻气息。蜂窝煤的烟味儿却有几分清香，但是香得虚假廉价。顿开茅，一九四六年二战结束后出生，他爹说他们是正黄旗，满族。或谓他们本姓纳兰，是词人纳兰性德一宗，顿是他爹参加革命时改的姓，避免由于人们对于革命的选择而贻害家在白区的亲属。其实满族无姓，弄个姓是为了对中原文化的认同。

顿开茅对人生对生命的第一个感觉是煤球烟。那时北京市民大多烧煤球，把煤末子与黄土掺和在一起，加水，用大柳条笸箩摇成玩具风格的球儿，大致

---

* 王蒙，1934 年生，河北省南皮县人。中国作协名誉副主席。曾任文化部部长、全国政协文史和学习委员会主任、中国作协书记处书记、《人民文学》主编、中国艺术研究院院长等职。著有长篇小说《青春万岁》等十部，小说集二十余部等，2014 年出版《王蒙文集》45 卷。作品被译为二十余种文字。曾获茅盾文学奖等多种奖项。

路数与如今元宵文化一致。侯宝林说过相声，嘲笑外国专家用各种仪器检验元宵，不得制作元宵放入馅子的门道。善良的中华百姓，他们的科技骄傲是煤球与元宵。这种煤球由于煤末子与黄土不均匀，常常烧不透，那时垃圾堆上爬满穷孩子，他们拿着一种专门的铁爪，敲开烧过的茶色煤球，寻找剩余的仍呈黑色的"煤核"，凑几斤可以卖废品。孩子们爬垃圾堆捡煤核，是中华民国古都北平的一道风景，是堂堂民国气数已尽的刺心征兆。

到人民共和国以后，改善了煤球做法，实现了模具化与一点点机械化，煤球的形状是两个小铁碗互压而成，所有的球球都围腰显出肚圈，少了煤核，少了黄泥烧成的陶块。

烧煤球儿的时代与大杂院、养猫、满天麻雀与乌鸦还有猫头鹰与蜻蜓、萤火虫的记忆混杂在一起。蜻蜓那时叫蜀麟，蜀麟本意是一种小鸟。下完雨北京城到处都是蜀麟低飞。还有槐树上的吊虫、冬天漫天大雪、电石灯下的炸豆腐泡与豆面素丸子汤的记忆浑然一体。顿开茅此生最初闻见的煤球味道，除上述综合丰满的念想还混杂有猫儿屎尿气息，这尤其臊腥得动人，泪眼糊糊，往事非烟，往烟如歌，几十年岁月不再，却是真实百分百。远去淡出，与你告别挥手，与院落墙上的猫的叫春号声一道渐行渐远。

在仍然寒风料峭的早春，春天的生气使猫儿躁动如狂，号叫如受刑，上房顶如功夫特技。猫的爱情与人相近，叫上几次，会见几次，结识几次，试探几遭，两情相悦，叫作缘分。在天愿为比翼鸟，在房愿为互叫猫。却也有互叫三夜，拜拜衣马斯的失恋。然后到了那一天那一晚，已经相识相悦的猫再闹上几小时，一分钟交配，又一声惊天动地的惨叫，雌猫屋顶打滚，完毕。生命的交响与小夜曲就是这样纯真动人而且尴尬可悲可怖。然后一切味道留在煤球的燃烧里。然后现代化集约化的民居没有了猫的惨叫与烧煤球的气息，现代化的兽医科学做好了所有宠物的去势，除了人自己，并留下了后患。

顿开茅退休以后有时怀念过往，惊今叹昔，相信古人孔子与苏格拉底都没有可能半辈子看到那么大的变化。极好的变化，也令人时感生疏与些微的怀旧。

从三进大院出门往左再往右三百米，是一家煤铺，那里的工人阶级个个脸上乌黑。那里的一个孩子，旧社会连续两年想上一家比较好的师范附小，没有被录取。那个孩子教给开茅唱《二进宫》，“你言道，大明朝，有事无事，不用那徐、杨二奸党，赶出朝房，龙国太，自立为王！”顿开茅全身心地向往现代化与美丽中国，但是在他的猫爹（耄耋）之年，想念摇煤球黑头发小。他一直误学误唱，把上述花脸唱段尾句唱成“自立，威武”！

要点在于顿开茅家烧煤球的当儿，他父亲顿永顺服务的吕先生家里烧的是蜂窝煤。后来又率先改液化石油气，改天然气。白净的、戴过好几样眼镜的、最初高高在上的吕奉德先生像是天上的大神。蜂窝煤烧起来没有不良刺激，烧出来仍然保持着原先形状，直接夹出来就行，减少了煤灰。而用烧火棍捅下去的灰白的灰，轻轻细细，碰到一点风就成烟雾，像后来舞台上常用的喷雾剂——二氧化碳干冰。它更高级，好像还有点老练，如果不是阴柔。

吕奉德先生住在大四合院的二进。第一进住顿开茅一家与司机。第三进住厨子、清洁工与园丁。第三进后还有果园，樱桃和枣、梨、柿子、香椿。而最重要的是藤萝，架上紫花串串，香气袭人，摘下花串，放上冰糖，与面粉一起做成藤萝蒸饼，令人雀跃。

蜂窝煤曾经是一种新技术，说它是用无烟煤制成的蜂窝状圆柱形煤体，由原煤、炭化锯木屑、石灰、红（黄）泥、粉等混合基料和硝酸盐、高锰酸钾等组成的易燃助燃木炭剂所组成，有十二个孔。

在煤气、液化石油气特别是天然气已经成为家用主要燃料的当今，在能源早就实现了管道化网络化全民化的二十一世纪，品味着关于蜂窝煤的说法中的物理、化学、能源、技术元素，顿开茅仍然保持着某种敬畏和依恋。

可惜的是记忆中煤的形状不大像蜂窝，倒是像均匀切开的一截一截全等的乌黑的藕，切薄一点，就更是美丽的黑藕片。

吕先生是个人物，无怒而威，无言而博，无姿态而气场深邃无底。吕先生的夫人苏绝尘老师也是那样的非同小可，气质高雅，举止迷人。据说她是在法国马赛留过学的人，回国后没有外出做过事，静静地待在家里。说是她协助吕先生的专业学术与社会生活，无求于家外大世界。她的笑容如莲如菊，清新喜悦，你只在法国小说里的插图上见过这样的笑意。她的笑靥更是黄河以北罕见。他们家有别的家里看不到的自动拨号电话机。当时的城区电话五位数字。据说更早是把电话固定在墙上，拿起电话，有电话局的接线生与客户联络，客户报告说“请接2局（西四、平安里一带）2508”，然后说话，如果2508有人接电话的话。

顿开茅的父亲顿永顺，是组织上派来协助吕先生管理这个院子的，相当于吕奉德先生的管家，但是那时已经不时兴“管家”一词了，顿永顺被称为顿秘书或顿主任。开茅长大以后，怎么看怎么觉得爸爸永顺个子像篮球队员，声音像歌手或广播员，姿态却像旧社会的跟班。更重要的是顿永顺的眼睛，他长着特别迷人的宛转的眼角，雅致而又灵动，鲜活而又痴诚，加上他的浓重眉毛，招引着偶然邂逅的目光。顿秘书常常到吕先生家里请示报告，商量夏季除蚊、深秋弹棉花、冬贮白菜、采购年货、卫生免疫、接种打针种种事务。永顺同志满面含笑，双手中指按着两边的裤缝，礼节绵密，京腔悦耳，举止透着老北京的文明周到。尤其是顿永顺与苏老师说话的时候，他们的相互笑意令人愉快升华，加强了他人的全面自信自爱。

吕先生不上班，但是常常被莫斯科人牌专车送到这里那里某个地方开会说话。然后他回来读书写字。他家客厅正墙上，挂着一个镜框，内有几行德语文字和中文，是他本人译出来的歌德名言：“阳光越是强烈的地方，阴影就越是深邃。”说什么那两行德语文字，是汉堡大学校长给他题写的。他家里有一台日本产留声机，从他们的房间时而传出“百代公司特请梅兰芳老板”演唱的《甘露寺》《霸王别姬》，还有周璇的《花好月圆》。开茅不久就熟悉了“和衣睡稳”与“凤衫翠盖，并蒂莲开”这样的不知其详不知其义的唱词。有时候，还可以听到苏老师对于梅老板、周璇的声与魂的应和跟随。

大约二十世纪中叶，吕先生似乎摊了点事，一天被带走了。永顺秘书同志也被找去谈了一些话。

人们发现，苏绝尘老师的坚强冷静出人意料，她的脸上偶尔现出一点皱眉的表情，此外，若无其事。次年夏天，在意外的变故冲击中岿然不动的吕夫人生了一个儿子。这个孩子非常可爱。

然后有一些悄悄议论。

又过了一年，让苏老师和她的儿子腾出了本大院最好的位于二进的房子，迁至一进，她们变成了顿家的同等级街坊。苏绝尘仍然悄然淡然，稳若青山。

二　宝

姑且假设苏老师的儿子二宝（后正式名尔葆）出生那年顿开茅是十岁，小学三年级，少年先锋队员，红领巾。顿永顺四十六岁。吕奉德五十三岁。苏绝尘三十八岁。别的人，读者可以分析设定他们的年龄。

要点是，儿子三岁时候，不知道爹爹出了什么事的苏二宝戴着一个当时少见的法国帽子，照了一张相片，多年后见过世面的一些“海龟”，告诉土鳖们那是二十世纪法国制帽老板特莱克来特制作的马洛牌防紫外线鸭舌平顶帽。帽顶像西瓜似的切成四部分，两两相对，显现出深浅灰黑色方格图案。娃娃的照片光彩照人，娃娃的帽子迷人。本市最最著名的王府井中国照相馆以奉送一张十二寸涂染彩色照片为条件，取得了二宝妈同意，将一张更大的染上彩色的二宝三岁标准像，在当年六一国际儿童节放在照相馆橱窗里，向世界示好。

永顺对开茅说，人民共和国初期，有一张摄影作品，题为“我们热爱和平”，那个年代苏联与国际共产主义运动，都懂得强调和平与民主，和平运动在全世界开展得有声有色。中国那个与女孩一起各抱一只和平鸽的歪着头的男孩，太可爱了。此外，人们没有看到过这样的小男孩，直到二宝出现在中国照相馆的橱窗里。二宝更小更纯，当然。而那个和平鸽男孩，据报道还由于上了图片，骄傲自满，不守纪律，至少是一度跌进了思想品质不端的泥淖，成为全国少年的一个走弯路然后转变的典型。

甚至招揽了参观者，知道了这个三进院子里有那个在橱窗里微笑的男孩子以后。男孩子为自己、自家、所在的院落带来了光彩，招来了当时还不懂得的一个词儿：粉丝。粉丝本来就不值钱，但是曾经很长时间需要登记购货本儿才可以买到限量的粉丝与芝麻酱等。那时的人非常好说话，都体谅大局。

十多年后老顿退休了，吕奉德出狱回大杂院，他们家早已从二进院子内迁出，腾出了大院最好的一组房室，搬到一进。所有当年的服务人员早陆续走掉了。老熟人只剩下了顿永顺，而吕奉德变成了刑满释放人员。天下没有不散的筵席。吕先生换了一个人，除了吸烟，还是吸烟，他把烟吸到鼻腔口腔，进入五脏六腑，吐出来时烟的颜色发黄。他的头发变得非常稀疏。他显得萎缩、丑陋、低下、寒碜，还加了些挤眼、歪嘴、颤悠腿与干咳等过去没有的毛病。

苏老师据说也犯了两次脑动脉血栓堵塞，都医疗康复过来了。其实他们夫妇体质底子不错。苏老师语言偶有吐字含糊，表情偶有与话语内容脱节，早了半秒或晚了半秒，但仍然保持着原有的风度，特别是她的笑靥姣好依旧。

而顿永顺恰恰在退休后显示了他的文明得体、人脉众多，举止进退恰到好处。即使政治运动啊、阶级斗争啊、背对背揪出一小撮啊，闹得不善，对此位自我感觉良好、翩翩浊世之佳老汉，并没有什么影响。有一位延安老领导对他很好，说是许多坎儿上他都得到了保护，他好比放入了红色保险箱，够幸运。

有一次夜半时分传来吕先生的怪声如狼嗥，然后是苏老师的压抑的哭泣，他们儿子二宝名字也被提及。他们为了二宝的事而争执？他们的儿子叫作二宝，没有大宝为什么叫二宝？后来才知道，孩子叫尔葆。尔葆还是二宝？小名二宝然后学名勉强定为尔葆？他姓苏不姓吕？文雅的名字尔葆被文化层次过低的人们误为二宝？哪个说法比哪个更正确一些呢？

没有人知道，没有人发现，吕先生与吕苏氏这一家发生了什么问题。文明与不文明相距何远！文明的特点是光鲜，不文明的特点是闹腾。文明的特点是收敛，不文明的特点是逆风臭出四十里。

但是开茅听到了那一夜晚的苏家——由于十多年不见，街坊们已经不习惯说他们家是吕家——的惨叫，当他说到这个情况的时候，他的爸爸老顿突然变了脸色，警告儿子："不许议论旁人家的事。"

那天晚上永顺爹爹自己就着酱烧笋豆喝七分钱一两的散白酒，酒辣而且略臭，喝一口，顿永顺张开口嗞嗞哈哈半天，像是患了牙周病。

那天顿开茅也心情恶劣，他突然问父亲："今天我说到苏老师家，你吃那么大的心干什么？你究竟干了什么缺德事害了人家吕奉德与苏绝尘？我问你，你是不是坏人？"

"浑蛋！"顿永顺骂道，他抄起了酒瓶，就要向开茅头上砸去，突然泄了气，坐下来抱住自己的头，摇手，他结结巴巴地说，"不是的……不是……"

十多年来，大院里陆续搬入了新人六家，一家卖煎饼，大门洞里常常放着一辆装有炉火炊具的手推车。饼铛与各种令人垂涎的佐料。但只卖了一年不让卖了。有三家无固定职业。有一家丈夫是医生，夫人是托儿所保育员。还有一家大女儿说是在公共汽车上售票收票。

后来本大院又在后花园里盖起了住房，拆掉了藤萝，再砍挖别的果木。顿开茅心目中，古老的北京从此少藤萝了，院有藤萝的北京人家，从此不再。有时历史就是从自己身边开始与形成的。三加一进院子，后来是十二个家庭，一个蹲坑厕所，一间室内抽水马桶。幸亏胡同里有一个气味极正的公厕，顿开茅一家很少用本院厕所，而是以依靠集体公厕为主。第一进院子里一个水龙头，第二进厨房里另一个龙头。除二进后来的主房医生家外，每家一个水缸、一只水桶，从早到晚，谁一开龙头，第一进就雷声滚滚。

随着岁月消逝，夏天雨季各室漏雨的现象越来越频繁，那时的街道即现名社区的工作还是很不差的，随漏随修，随修随补，随补随渗，随渗随漏。大院里违法建筑与人口越来越多，其他物种如苍蝇蚊子刺猬猫儿狗儿燕子麻雀蝙蝠越来越少。街上收垃圾的车子，放着《学习雷锋好榜样》的唢呐曲调，按时收垃圾。生活稠密，秩序井然，革命人永远是年轻，社员都是向阳花，山连着山，海连着海，各种歌词慷慨激昂，反帝反修反反(动派)，气氛热烈，绝不闷得慌，我们走在大路上，意气风发，斗志昂扬。

后来第一进院子，一个重要女孩儿出场。

山里红

好的，小说人年事虽已渐高，他设计的每个人年龄大体靠谱。小说人长期以来说嘴，夸自己数学成绩高于爬格子同行，直到一天把稿费通知多看了一个零蛋为止。顿开茅二十一岁时发现，虽然表面上看不出来，吕先生的回家带给曾经温文尔雅、佳丽天成的苏绝尘老师是沉重而不是温暖。文明的家庭善于潜藏矛盾，埋伏危机。顿开茅此时刚刚作为“文革”前入学的大学生，被承认了毕业，就任了二宝就读学校的英语教员。苏绝尘老师给他留下的美好印象不可磨灭。他早已猜到，他愈益肯定，苏二宝似乎不是吕先生的儿子，是谁的，他不想也不想想。吕先生回来后，渐渐地，这一家虽亲犹疏，度日维艰。或无声无息，或长吁短叹。

最要命的是二宝。二宝的班主任曾经与开茅谈起这个学生，问顿老师二宝家里出了什么事。班主任告诉顿开茅老师，苏尔葆原来功课极好，循规蹈矩，温文尔雅，被班主任视为最爱。但是苏尔葆近来突然变得一声不吭。班干部反映说他每天从早到晚，从上课到下课，一句话没有，老师点名提问，他站起来，嘴动、舌动、牙花动，不出一点声音，完全成了哑巴。他的这种情况把班上的一位女同学吓哭，令一个老师大怒，令几个老师害怕。班主任找了尔葆到办公室谈话，他自头到尾，没有出一声。她以此为理由要求学校处理，校长查看了尔葆的考试成绩与几个学期操行鉴定，认为尔葆无疑是全校最优秀的学生之一。班主任自费带着尔葆检查身体，孩子对医生的提问，做出了一些回应，是或者不是，有或者没有，出声有三四次，嗯，没事，是，行……最后医生也没有说出什么道道，基本上没有诊断，医嘱是适当吃一点韭菜、豆类与葱姜，还有能治百病的萝卜。

最近情况更加严重，尔葆的数学考试成绩很差。不等说完，顿老师告诉女班主任，苏尔葆的父母上月同时病倒了一回，两个人躺在床上呻吟，十二岁的尔葆照顾他们的吃喝拉撒睡看病吃药。单位那边、街道支部那边都来了人，从钱财上与人力上帮助了他们，他们感激涕零，但是家里真正的台柱子仍然不是街道与单位同事同志，是谁呢？是少年苏尔葆。顿开茅没有说的是，他老爹顿永顺，敲门进入苏家，欲为老邻居老主家老领导帮帮忙，被吕先生哀号着劝拒出来了。顿开茅也曾多次到二宝家里帮忙。那天二老同时呻吟的半夜，他听到了动静，帮助二宝，用借来的改装摊煎饼车，将吕先生与苏老师送到了医院急诊。

在顿开茅断定吕苏这一家三口确实是崴了的时刻，忽然来了一个女孩，是二宝初中二年级甲班同班同学，红小兵小队长，左袖子上别着带一道横杠的官阶标志。她带了四个同学，五个人忙活了一阵，打扫卫生，担水灌满水缸，还帮助二老洗了澡。

后来是小队长自己常来。她名单立红，开茅一听，什么？山里红？人怎么起这样一个麻利快的名字！果然，人如其名，名如其人，就是利索痛快的小大人。

最大特点是小心眼里有活儿。来到苏家，人还没有坐下，已经开始捡地上的碎纸。她扫地擦桌子晾晒被褥拾掇垃圾，她烙饼炒鸡蛋擀面切面炸黄酱调芝麻酱，炖茄子炖吊子炒鱼香肉丝虾皮丝瓜。她听说了开茅半夜帮助尔葆推车送父亲看急诊的事迹以后，竟来约会大哥哥开茅与我们小弟小妹共进晚餐，使开茅对小天使小队长单立红钦佩不已，坚信吕先生苏老师苏尔葆一家吉人天相，命不该绝，天降仙童，修来的福。

随着单立红到来，尔葆略略说一点点话了。比常人少，比先前多。尔葆更多情况下是看着立红，不说话，也有时候心不在焉，不知他想什么，笑一笑，很快失去了表情。

过了一年，两个孩子，都告别了代替当年少年先锋队的红小兵，然后继续常来这里的单立红帮助苏尔葆加入了共产主义青年团。不是完全顺利，在立红成为初三此班的团支部书记以后，又费了一年多的时间，在双双升入高中以后，尔葆才成为中国共产主义青年团团员。

苏家大体正常。危机渐渐沉潜。苏尔葆寡言少语，顿永顺活得“忞儿”而且“赞”，苏绝尘弱质千钧，吕奉德外干中强。吕先生坐在早年购置的大藤椅上，有时一动不动，有时嫣然一笑，苏老师甚至打趣说：“哎哟，您还是‘巧笑倩兮，美目盼兮’呢。”吕先生只是苦笑，一天无话。

吕先生终于成了百分之四十一的偏瘫人，半坐半躺，少用饮食，突然原文背诵一句歌德名言，“阳光越是强烈的地方，阴影就越是深邃”；突然唱一嗓子舒伯特谱写的福格威德古老德语诗句，“菩提树下，你们可以看到我们俩，亲昵地摘草寻芳”，原来菩提树不仅可能在印度荫庇释迦牟尼佛陀修炼与觉悟。然后吕奉德用不同的语种骂一句带有强烈不雅动词的粗话。有时候对立红说一句“谢谢你”，或德语的“菲林，但克”。后来立红有一次告诉开茅，最可怕的是不知什么钟点，吕先生清醒明白、口齿清楚、准确无误、文明礼貌地说一句：“我觉得我已经完全失去了活着的意义，是不是呢？”立红同时说：“我的尔葆同学太坚强了。您说呢？”小小的山里红对二宝的爱慕溢于言表。

立红向开茅老师说起尔葆家事的时候，如果尔葆在一旁，定会皱起眉头，脸色发红，额头现出汗珠，牙关紧咬。开茅甚至想制止立红说这些话，但是立红完全不在意，她从各种意义上，胸怀坦荡，自信自得，无惊无怵，碧空如洗。她以红小兵、共青团、时刻准备着以学习学习再学习的名义，把活计献给尔葆同学与他的父母，并且诚实负责地与顿老师交流沟通。顿老师也确信，尔葆一家，谁谁都离不开能干与善良的山里红小红果了。事实不需要额外的理由，大家信服。

山里红长着一双北方人中很少见到的大眼睛，闪闪透亮。一个前额小锛儿头，显示了智力与倔强。她个子不算太高，全身都是力气与机灵。不但帮助了尔葆家吃上热乎饭，还使两位老人各得其所。她同时常常与苏尔葆一起做功课，他们互相督促交流，令人赞美。而且是她后来为全院各家带来了土暖气与水龙头。她的父亲是自来水公司工会干部，依据自来水服务规划，收了最少的成本费，给各家接上了管子，开初用蜂窝煤的炉火，后来用液化石油气点燃，做成了炊事用火与冬季取暖用热的合体供水与热力系统。原来根本不用多少技术，装进水，在一端烧上了火，热力的循环就会自然妥当进行，道法自然，暖发火焰，气走天然，水流循环。立红是苏家小天使，立红不但是红小兵的原小队长，也是这个三进大院的最受欢迎的小队长与团支部书记。立红自己的家离这里有公交车三站地。人们更多地看到的是立红在这个三进大院里，拿着标准的体育用尼龙绳和孩子们一起跳绳。她带领着十来个少年唱“就是好，就是好好好”，和“啊，朋友再见”。她与同院的孩子们竞赛背诵语录与革命烈士诗。她受到了三进大院男女老少的欢迎，只有二宝的神色平淡一点。在大家眼中，他与立红已经是一家人，已经公认，他们是姐弟，说是山里红比二宝大二十天。要不他们就是，或即将是——一对小夫妻。

稍稍有一点可惜的是立红的牙齿没有长好，不懂得为什么她的牙齿七扭八歪，口形不太规整，她的下巴也看着不太对付。一开头开茅怀疑立红先天性唇腭裂，当然后来做了校正弥补手术，手术是成功的。后来有机会做更切近的观察，顿开茅断然否定了自己原来的判断，立红的嘴唇无懈可击，只是牙齿排队排得不十分规整，她张嘴的时候看着还过得去，闭上嘴不知为什么让人感到一小点别扭。开茅为自己感到羞愧，他不应该胡思乱想，他没有道理挑剔天使，不能不尊重时刻准备着助人为乐的接班人。他想，生活得美满与否，与牙齿不无关系又并非一定有关，世上谁的牙齿是完美无缺的呢？应该做的是管好自己的事，在时代风雨中平安成长。福或者毁灭，这是一个需要智慧与乐观态度，同时绝对不能犹豫与软弱的问题。

纳兰顿永顺

终于轮到了说说顿家奇葩事迹。顿家，不是善茬儿。一九一〇年出生的顿永顺帅哥上几辈养尊处优：影壁墙、假山石、雕梁画栋、荷花缸、金鱼池、肥狗、胖丫头。早起小茶壶对嘴儿，得空儿水烟袋吹气儿如涨潮开锅，咕噜咕隆咕咚咚；变戏法，唱京戏，斗纸牌，手指一摸就知道手里的麻将是七条还是二饼；喂蛐蛐，养蝈蝈，更喜欢的是听鸽哨与收集鼻烟儿壶。后来家道中落，罐里养王八，越养越抽抽，故家不堪回首月明中，到了永顺父亲辈儿已经沦落不堪。永顺的爹小时因患病吸过两口鸦片，从此他不务实事，少吃少喝少穿戴，却又多才多礼多嘻笑。逢人对面称您老，不在场称怹（音 tān），送客（音 qiě）感谢话堆一车，迎客（音 qiě）客气话堆成山。迎接来客他常常拿出茶碗，请人家看自己泡的茶水中茶叶棍（梗）是竖立着的，而茶叶棍立起来，证明的是贵客光临。

尤其是，吸过几口鸦片的永顺他爹，原姓名是南荣锦。他喜读书、作诗，还有给孩子讲古。说南姓来自那拉，也写作纳喇，还可以写为纳兰，更好听也好看一些。是清朝灭亡后，按照读音反切，与汉民融合，改成南姓或那姓的。如果是纳兰呢？他们就是词人纳兰容若的一宗了。但是不一定，纳兰中还要分成四个大支，合久必分，分久必合，而不管是分是合，既然纳兰了，就是词人一支，你愿意说慈禧太后一支，也对。他个人，要将纳兰性德当作先人。

到了永顺这儿，他爹早早把他送到绸布店学徒，力图不再走无业游民的歧路。培养了他的满面春风与垂手聆听的规矩举止。一九三五年十二月九日，二十五岁的顿永顺被全民抗日怒潮席卷，他以店员身份参加学生运动，帮助几个被警察追捕的大学生逃逸，匆匆中见到了美国进步记者斯诺原夫人海伦·斯诺。后来永顺与大学生结伴到了延安。三闹两闹，他成了鲁迅艺术学院学生，娶了媳妇，入了党，写过革命歌词，进入了一个文艺机构。一九四七年他因为“男女作风”问题，其严重性达到破坏军婚地步，险些被处决，他受到开除党籍等一系列清洗处分，老婆也与他离了婚。一九四九年以后，一位老首长帮助他将原来的处分改为“留党察看两年”，就这样恢复了党籍与革命干部的荣耀。

一九四六年，永顺媳妇生下开茅。永顺与妻子分手后，兵荒马乱中可怜的开茅被一位单身老革命赵大姐所喜爱领养，直到十岁，一九五六年革命大姐赵妈妈病逝。二次婚姻后又因自己不“老实”与妻子分居的顿永顺，领回开茅，父子团圆，使开茅进入他们的三进大院。儿子模模糊糊地觉得自己的父亲不是个太好的人，而与老大姐的十年家庭生活，培养了他高大上的眼光与从严要求一切的习惯。他阴沉冷峻地看着父亲，他无法不轻视父亲。而他寻找母亲的结局是，人们告诉他，在他刚满两岁时，一次遭遇敌人偷袭，星夜山路转移过程中，生身母亲不幸失足坠崖身亡。偷袭是国民党的一位司令指挥的，他从共产党身上学到了一些以奇用兵的战术，后来他起义立功，成为新中国的显要。但是顿开茅仍然无以释怀。他摸不着生父的底，他永远失去了生母，他的最亲爱的革命大姐养母去世，他过早地品尝到世事无常与处处可危的滋味。幸好，在三进大院中，他喜欢尔葆家老小，他感觉到吕苏二老保留着某种学问与知识的文明。他尤其莫名地喜欢苏尔葆，二宝。他看着尔葆的眼角与眉毛，有一种特殊的亲切感。听着他说儿童荒诞主义的童谣：“一个小孩写大字，写，写，写不了，了，了，了不起……”看着他长成一个少年，一看就是那样文明自律听话。他想起了一个词儿：克己复礼。批孔的时候他第一次听到“克己复礼”一词，一直到见到了少年苏尔葆，他总算看到了一个克己复礼的活人，一个榜样，一个符合千年理想的样板少年。他觉得克己复礼还是可爱的，比纵己非礼好，同时他看着二宝，觉得怜惜，毕竟复礼的时代早就过去啦。

顿开茅已经多少知道了，女生，是他爹犯错误的根由。对于异性他不无提防。他一次又一次被友人包括领导介绍“对象”，在各个“对象”的情意闪耀与肢体接触的温柔中他闪转腾挪，躲避着当真的情感，更不要身体与器官的丑陋。

一遐想男女的那种关系，他就觉得自己会是摧残伤害污染清纯女孩儿的猛兽。同时每到最后一步他都相信应该有更美更好的女生在下一站等待着他，他越来越为尔葆与立红这对小男小女的情谊而赞叹，却忘记了自己的生活。二十大几了，他还是一个人。

一九七六年，六十六岁的顿永顺患肺部肿瘤，千辛万苦地治疗了三年半，不治。弥留之际他对眼前唯一的亲人儿子说了一些含糊不明的话。他说："我其实是个小人物，赶上了大舞台，我这一辈子过得很值。历史与个人，革命与生活，哪样都没耽误。没有办法，你爹有女人缘儿，一辈子喜欢过我的女人三十七八个，至少，如果放宽尺度，那就不计其数。不要胡思乱想，我说的只是喜欢，我也喜欢她们，如果谁也不在乎谁，又何必辛辛苦苦地走一趟男男女女的阳间呢？你也该……"他说了"成、家"二字，开茅立刻表态接受，并说他正在与一家报纸的记者，上海人，用上海话说叫作轧（gá）朋友，他们已经谈妥，年内结婚。永顺说"纳勒金德，我腾出地方来了……"这是顿家唯一传承下来的满语，nelejindé，是"好"的意思。而纳勒，说到底也是他们的种姓。

然后永顺爹爹哮喘憋气，面孔发紫，他说："对不起，妈……"开茅听不明白，爹为什么说对不起妈，还是说对不起奶奶？他忽然明白，爹是说对不起儿子他妈。开茅泪如雨下。"我一无所长，一无所成，我是个浑蛋，坏蛋。我喜欢过，她们也喜欢过；枪毙了，我也认为理所当然，那是应该的……"最后咽气的时候，爹说了或者可能是什么"照顾你弟弟"几个字，或者不像是"你弟弟"，是"米痢疾"？"已鲫细"？开茅心里好像泼上了汽油，点燃了火，忽地一下子，他两眼发黑了：到底有多少地方还有需要我照顾的人？

然后他清醒过来，他亲了一下父亲的脸，父亲的脸孔显得柔软。"爹。"他叫了一声，很可能，有记忆以来，这是唯一的一次亲近与呼唤。父亲没有回答，父亲的眼皮动了一动。

三个半小时后，父亲的心脏停止跳动，血压线成平直的零。父亲的脸上有一丝笑容，真的。医生护士都发现了这个笑容。

回想一九五一年，父亲结了第二次婚。那时开茅五岁多，与革命大姐一起生活，不知道他爹的这些事儿。等到开茅八岁，继母也离开了家，也是由于永顺爹爹的“作风”问题。父亲与他的后夫人没有离婚，据说父亲有时还会到继母的住所去，但是开茅没有见过继母。父亲的遗体告别，继母原来说来，后来说是病倒在床，没能来。

永顺的去世使开茅失魂落魄好久。二十年了，他们在一起。父亲毕竟是父亲，说起老年间旗人享福的事情令开茅神往。风一更，雪一更，聒碎乡心梦不成，故园无此声，旧梦已成齑粉，乡音已经不传，他们经历的，是一程山，一程水，一更风，一更雪。说起他犯过的错误，他也没什么隐瞒。他说：“我其实很骄傲。这样的事我不能对你说，我是福大命大，招人疼，包括（样）板儿团的角儿，她们喜欢我。我不能说不（他把不字拉长了声音，而且改作阴平第一声，他拼命丑化这个‘不’字）。你要知道，一个男人不能对好女人转过脸去。你可以犯杀头的错误，你也不能让她们失望，而且丢脸。一个女人真的如她所说爱上了一个人——这个人不是别人，就是你，并且，她也是你喜欢的女人——你不能对不起她。我这一辈子活得一点也不冤。”

“少废话。要不我走。”开茅从来没有像那一次那样轻视他的父亲，“你怎么能不想想……”开茅想说的话并没有说出口。永顺父亲的脸上显出了惭愧与失望的表情。开茅轻轻地叹了口气。

“其实，男人也很可怜……等闲变却故人心，却道故人心易变，这也是纳兰先人的词……”

一辈子没怎么见过他读书的顿永顺居然能够背诵先人的诗词，从中医学来说是父亲的心迷、神移、三伤、痰涌造成的。“人啊，人，可怜……”他说话的声音更加轻微了，如果开茅驳斥追究，父亲一定不承认自己说了什么、辩了什么。

后来，女作家戴厚英写了长篇小说，题为《人啊，人》。女作家与诗人闻捷的悲剧与传奇性的爱情，令开茅激动不已。

“人啊，人”，最初还是听永顺爹爹说的呀。

“人是没有出息的，人就这么几十年，没有‘以前’，也没有‘往后’。没有，你难受；有了，你腻歪。”也许只是开茅假设，他爹说了这些话。也可以假设什么都没说。爱嘚嘚的人当然是弱者。

怎么是肺癌呢？父亲经常吹嘘自己健康、吃苦、顽强，“经拉又经拽，经洗又经晒，经铺又经盖，经蹬又经踹”，他用卖布头的推销歌谣比喻自己的身体，侯宝林的相声里说过这样的妙句。父亲在六十大寿的时候还用手捶响自己的胸腔说：“我仍然年轻啊！”然后他告诉开茅：“上月我检查了身体，各个零件，各项指标，都与医书上印出来的国际标准完全一个样。”

怎么会忽然得了癌症呢？

确信自己身患绝症住进医院以后，父亲对儿子说：“这也是报应！”儿子没有回答。父亲的嘴角咧了咧。

父亲死后，儿子才明白，原来死神与报应离自己是那样近。儿子严肃地思考，他的生活还会得到什么样的应验呢？

父亲死后一年里，开茅梦到他五六次，他梦到踯躅的爹爹，是不是人走了以后会有一种无家可归的涩苦？路灯风中摇曳，电石灯闪烁，传来火车机车的咣哧咣哧声音，有汽笛，更有机车轮与杆与铁轨的碰撞。黑影化的父亲愈来愈高大伟岸，也愈来愈衰弱孤单。开茅看过曹禺名剧《雷雨》好几回，他最感动的是火车头的效果。火车头的效果比周朴园与四凤妈妈的见面还令他感动。话剧第三场，半夜鲁家，火车头响动，真切得叫人颤抖落泪。雷、雨、哭、诉、呐喊、咣哧咣哧，这交响构成了他先验的童年的忧思、沉重、悲悯与改变的决心。小时候他多次夜半听到火车机车的鼾响，他们家离西直门火车站近。

后来各种高层建筑渐渐把机车声音封锁，再说蒸汽机车也被电气机车取代，蒸汽机车雷霆喷嚏式的特有音响随即消逝于神州大地，开茅只能在曹禺的话剧里温习声音的记忆。比起四凤、周萍、周冲、蘩漪和鲁妈的台词，夜半响起的遥远而悲怆的、不得休息也不得缓冲的火车头声，让开茅觉得更加失落与悲怆。

梦中的火车头响起蚀骨的老音响，梦里的父亲是真的老了，他摇摇晃晃地走着，好像打着一个纸灯笼。走着走着，倒在了地上，纸灯笼点燃起来，然后，父亲与灯笼飘散无迹。

几次做梦，有一次父亲说了句话，话没出声，但是开茅听见了，爹说的是“没有……什么都没有”，没有什么呢？是出息？是幸福？是意趣？是良心？是事业与功勋？开茅想起了“报应”二字，他顿时惊恐地叫了一声。他在梦醒后暗下决心，必须汲取父亲的经验教训，一辈子不做坏事，不做对不起女人的事。尤其是对你来说，恩爱如胶漆、美丽如花月的女子。他还想起了地地、弟弟、细细、觅觅、唧唧、历历。他下床站立起来，去了一趟洗手间擦脸漱口。

年　表

让我们再捋一下岁月和人：

1898 年戊戌变法——百日维新失败。

1903 年德国学术专家吕奉德出生。

1910 年满族美男子、老革命顿永顺出生。他的父亲是没落贵族南荣锦。

1911 年辛亥革命，推翻满清帝制。

1918 年，著名苏联影片《列宁在 1918》写的就是这一年。吕奉德妻子、在法国留过学的苏绝尘出生。

1935 年二十五岁的顿永顺参加一二・九运动，次年抵延安。

1939 年二十九岁的顿永顺结婚。

1946 年顿永顺的儿子顿开茅出世。

1947 年顿永顺犯破坏军婚错误，开除出党，后与妻子离婚。儿子被“赵大姐”领养。

1948 年顿开茅生母在山路星夜转移中坠崖身亡。

1949 年顿永顺恢复党籍。

1950 年顿永顺就任吕奉德庶务主任助理，亦称秘书，与吕奉德同住大院。

1951 年顿永顺二次结婚。夫人姓名职业不详。

1955 年吕奉德卷入胡风案与一件里通外国案，身陷缧绁，锒铛入狱。顿永顺二任妻子又因顿的“作风”问题与之分居。

1956 年吕奉德入狱约十个月后，苏绝尘的儿子二宝出生，后正式取名苏尔葆。对二宝的出世，有一些不雅的说法。“赵大姐”过世，顿开茅回到父亲身边，住进三进大院。

1964 年顿开茅开始在外国语学院上学。

1965 年吕奉德刑满释放回家。

1969 年顿开茅就任苏尔葆就读小学的教员。

1970 年单立红出现在三进大院。已经停止了四年招生的各高等院校开始招收工农兵学员。开茅调到外语学院，任助教。

1975 年苏尔葆、单立红双双中学毕业，两个人都因为父母患慢性病没有下乡接受再教育，分配到城建局建筑工地做小工。

1976 年六十六岁的顿永顺因病去世。

1977 年新年，顿开茅三十一岁，与上海籍报社记者王明光结婚。

1978 年十二月，十一届三中全会，改革开放新时期开始。尔葆与立红考入大学，1978 年春季入学，算是 1977 届大学生。尔葆学的是中医，立红学的是有机化学。什么叫有机化学？立红解释说：“好比六必居酱园与王致和臭豆腐。”

1979 年组织上为吕奉德平反，推翻了一切“不实之词”。秋天，吕先生住进医院高级病房。同年，苏绝尘被聘请为本市文史馆研究员。她的病情有一些好转。开茅任外语学院讲师。

1982 年吕奉德病逝，享年七十九岁。晚报上发表了一篇悼念吕奉德的文字，指出他是德国学的一代宗师，并在三年解放战争中在许多方面支持了地下党。

1983年，过去只承认是“同学”关系的尔葆、立红，终成佳偶。他俩都是二十七岁。两个人也都大学毕业，有了不错的工作。开茅获得副教授职称。

1984年苏尔葆赴美留学。三进大院住房拆迁，在原址建起了港资豪华会馆，主要给外籍官员巨商提供服务。苏绝尘、顿开茅、单立红迁至南五环外原大兴县地域。

……时间，你什么都不在乎，你什么都自有分定，你永远不改变节奏，你永远胸有成竹，稳稳当当，自行其是。你可以百年一日，去去回回，你可以一日百年，山崩海啸。你的包涵，初见惊艳，镜悲白发，生离死别，朝青暮雪。你怎么都道理充盈，天花乱坠，怎么都左券在握，不费吹灰之力。伟大产生于注目，渺小产生于轻忽，善良产生于开阔，荒谬挤轧于怨怼，爱恋波动于流连，冷淡根源于厌倦。激情是你戏剧性的浪花，平常是你最贴心的归宿。今天常常如昨，照本宣科，明天常常不至，交通塞车。终于雷电轰鸣，天昏地暗，红日东升，艳阳高照。丑恶来自贪婪，美丽出于纯粹。你迅速推移，转眼消逝，欲留无缘，欲追无迹，多说无味，欲罢不能，铭心刻骨，烟消云逝，岑寂也是纪念，沉默也是咏叹。生生灭灭，恍恍惚惚，真真幻幻，沉沉浮浮，实实在在，辛辛苦苦，飘飘悠悠，磨磨蹭蹭。冷冷暖暖，炎炎凉凉，轰轰烈烈，叮叮当当，乒乒乓乓。转眼衰老，转眼成长，说到做到，匆来匆去，记录清晰，诗（史）无达诂，默念默哀，云霞万道。神力无边，神勇无限，百年易了，一刻难挨。骂糊涂易，脱糊涂难。力撼山河，难得明白。什么时候呢，顿开茅塞，清明自由，万里无云，舒畅遨游，秋江明月，海市蜃楼，长风大野，无虑无愁！

一九八三年，粘着商标的盲公镜在中国大陆已经少见，提着一块砖头一样的日本录放机放《太阳岛上》的哥们儿也明显减少。尔葆突然申请自费出国，而且是立红力促他留洋换一种活法。他们俩两小无猜了十几年，先是老大了不急着结婚，然后是结完婚立刻准备离别出国。这让开茅觉得不可思议。他甚至产生了某种疑惑：他们俩之间有什么问题吗？还是没有？

与此同时，他们家找了一个帮工，照顾苏老师。

立红对不解其意的开茅说："我是个简单的人。从那么小，我看中了尔葆，我只想一辈子伺候尔葆，我确实伺候了他们家十五年，我献出了我的童年和少年，初识和永远，我的生活永远简单地成为一加二等于三。直到十一届三中全会以后，知道了世界原来有那么大。我与尔葆，我们送走了爹爹吕先生，甚至于苏妈妈也催促我们走出去看看。我们总算在大学里学了一点点外语，还有你能帮我们恶补，我们应该知道一点世界。虽然爹爹冤枉坐了十几年笆篱子，他从前见过世面啊。虽然妈妈身体摇摇欲坠，她仍然告诉我们，不能放过光阴，不能放过时间，不能放过空间，不能没有勇气去尝试，世界上除了一二三，还有四五六七八九十，而且有零和N。她还告诉我们在哪里学习与做事，其实有时候是一个程序问题，爱国不等于守一辈子家，出去好好看看，总会有更大更多更好的可能。意大利、法兰西、多瑙河、莱茵河、密西西比河，还有那么多地方，赤道与北极，她告诉我们，在南半球，新月的那根弦，是完全放平了的……那么多人，那么大的世界。"

开茅顿开茅塞，他不再劝阻，他知道他们的路线图与时间表，是尔葆先出去一至两年，站稳脚跟，立红跟出去。没有等立红再说，开茅说："好的，明白了。对苏老师，我尽一切力量，照顾她，像我的亲人一样。"

一九八四年八月，苏老师、开茅、立红将尔葆送到飞机场。那个年代，都认为出国是一件祖宗积德积善、坟头冒青烟的喜事。尔葆含泪说着放心放心，苏老师没有多少话，只是点头，再点头，笑笑，直到笑得嘴有点变形，然后恢复原状。开茅则紧握尔葆的手说："我争取不出八个月，到美国去看你。我们学院与美国有项目。"

进入了边防与海关隔离区，送客的止步在区外。直到这时候，开茅看到了苏老师与立红的泪花，还有她们的略略歪扭的嘴唇。尔葆挺好，挥挥手。开茅向远行者摇了摇手。不知道为什么，开茅也觉得有点眼花，他已经三十八岁喽。乐莫乐兮，新相知；哀莫哀兮，生别离。浮云，游子意；落日，故人情。别意，还无已；离忧，自不穷。开茅想，中国诗歌写离别题材的未免太多太多了。开茅还想，既然孔子都说了，“有朋自远方来不亦乐乎”，那么，是不是“有朋从此去远方，吾意岂得不彷徨”呢？

文之原罪

当然，王蒙设计的，顿开茅先生追求的，不是小说的雾里看花、水中捞月的无迹化。老子的重要格言是“善行无迹”，是说学习雷锋做了好事不要留姓名？是说会做事的人做完了不会留下瑕疵——不让别有用心的人抓住辫子？是说一种尚无尚虚静的仙风道骨，藐视那些孜孜求迹的恶心俗丑？我宁愿学习侯宝林的歪批三国，认为李耳是写给两千五百年后的影视编导们的：你写啥啥、咋咋，都行，可千万不要留下取材哪哪的痕迹啊。

也许善行真的能够做到“无迹”，但是文学做不到，文学的原罪在于：白纸黑字，刻迹戳心，爱怨情仇，铁证如山。

写作人，我愈来愈不想自称作家了，嚼嚼吮吮把“作家”二字吞下去，反胃而且便秘。写作人的罪是他们寻迹造迹，求迹留迹，涂迹染迹，迹满乾坤。而同时文学的取材有时确与文学成品相距甚远。只有最最无趣的闲言碎语长舌头小市民才以考证小说原型传谣造谣挑拨是非为能。还有最低级的摇唇鼓舌之辈，舞文弄墨，装腔作势，毒汁喷溅，暗箭伤人，成事不足，败事有余。于是有人对号入座，炒热自身。有人一拼到底，时日曷丧，与汝偕亡。有人民间侦察、人肉搜索、牵强附会。有人坐山观兽，更暴露了自己的无能无趣。

文学里面确定无疑地离不开大的或小小的经验，例如我们可以假设是通过买一瓶供不应求的中药秘方黄金鼻痒散来结构一篇小说的。鼻痒散产生了震动人心的情与仇、生与死、神圣与狰狞。买药的情节只是串连糖葫芦用的一根竹签，用完了就扔，不吃不留不转卖。从营养医学与美食味觉上看，鼻痒散的意义归零，但是没有这根竹签，换成散装、铁签、绳签、胶粘……都会使糖葫芦的爱好者失意失感。作者对这个黄金鼻痒散没有一毛钱的兴趣，没有一分钱的厌恶。但是他被认定与鼻子发痒的一批病人和医士结下了梁子，从而开演了有本土特色的崆峒——空洞山恩仇记。你懂的。

一个写作人写了一个与XX有关的情节，你写了一个与XX有关的风景，你写的那个人的性别、外貌、服装都有某些与X或者小X所说的另一个Y有相似之处，然而，天理良心，你丝毫无意写XX与小X说的他的Y，你停摆了几十年，开始写一篇有自己特色的小说，你进入了虚构，进入文学世界，你受到了XX与小X的某些外在情事面貌的影响，你要写的其实已经是文学的XX×A+BCDE÷ORST-UVW=L。这里加减乘除后的各种符号，全部是取材自他或她自己。

所有的取材，都是第一取材于世界，取材于生活。而每个人的世界有大有小有善有恶有薄有厚有浅有深。第二，都是取材于自己，而自己有真诚有矫情，有卑下有高尚，有尊严有无耻。

如果被取材的是确定的N先生呢？亲爱的N，在你被文学取材以后，你已经升华，你已经变异，你已经扩张与弥漫，你已经吸收了日月之精华、天地之灵秀，成为非N，你已经置换入另一个假作真时真亦假的世界，你已经离开了人类的首肯，离开了大众的心愿，鲲鹏展翅，飞向远方。或者哪怕是神魔起舞，烟浓火烈。这后面的话参考了苏绝尘喜爱的法国诗人兰波的名句。

X认为，X对于你与你对于X是重要的，但是在你的文学作品中，作品中只有一个L，L当然就是L，不是X。那么，L是否以X为原型，是一点也不重要的。原型不是人身，不是文学，不是雕塑，不是版式，不是成分图，不是贵重珍稀不可再生而且在贸易战中加征关税的原材料。原型可能提供了很多，也可能只是提供了一点表皮表象表层，一点点痕迹。称小说中的人物原型如何如何，这本身就活活坑死人。原型也可能是午夜晴空一颗星对你的眨眼，是游轮甲板上与她偶遇时给你的微笑。你必须回应以眼光与微笑。而你痴迷于文学，你的回应成为小说、诗、戏剧，你进入了文学的虚构世界却纠缠于世俗关系难以自拔。你其实并不想泡妞泡成老公、炒股炒成股东、打个嚏喷成了果子狸——“非典”的元凶。想想,L是被人当作文学作品中的人物来阅读与议论的,是你瞳孔中的微笑,你网膜上的闪耀,你的午夜星光,你对于猫儿叫春与蒸汽机车的无可奈何的记忆。并没有谁要嫁给他或娶到她,没有谁要提拔他或者重罚他。没有人给他打电话或者借钱。L至少在十余年或几十年中被几千几万几十万人阅读,星光闪烁,笑容温柔,X、Y为什么自作多情到与L死活不松拥抱,非得保持一块儿投井跳楼同归于尽的一体性呢?

作家是一种什么祸国殃民祸人殃己的玩意儿呢?哪怕是亲爹活祖宗,某一点点端倪,一点点影影与绰绰,一点点兴趣与触动,引发了作家的写作心思,就像一只蟋蟀被竹管毛毛拨生了斗志,好了,这时哪怕有天大的不是,哪怕注定会被愚而诈的小市民们认为是伤天害理,哪怕丢人现眼,丢己丢师丢友丢钱丢命丢德丢仁义,哪怕被猜测被传播被误解被记仇被冤沉海底,他必须写出来,他已经兴起,兴而不写,那就是生不准活,就是生不如死。认为这种情况下可以不写的绝对不是作家而是混混儿。作家作家,为作宁可丢家。

作家重视的是文学攸关,作家自作多情,认为自己的作品有可能长存远走,作品终归比自己这个破人长命、气广,有重要性。他们该总结的教训太多太多,总结好了以后也许不写更好,人应该述而不作,富而好礼,笑而不答,情而不发,允执厥中。文学的信息保存在天幕云中,如手机数据、编码与信号永存,哪怕你设法把手机砸烂烧成灰粉。文学攸关的意义,理当比人缘攸关、物议攸关、友情攸关、利益攸关那些玩意儿重要百万倍。文学有时需要由文学的法庭审判,正如杀人犯、强奸犯,只能由刑事法庭而不是生理肾上腺、教育、小说法庭来定罪。

那么你为什么要写被认为确实可能与某某友人亲人恩人熟人名声攸关,与他们的某些经历、痕迹、相貌、职业、性别、年龄相靠拢的题材呢?你为什么要取材于活人,你为什么不能玩一个虚构百分百、无迹千分千呢?你是不是挑衅、是不是诽谤、是不是欲盖弥彰、是不是暗器伤友,至少是害人精、讨厌鬼？七十年前，讨厌鬼是一个在小丫头们当中如此流行的词儿，小女生们碰到小小子对她贫嘴贱舌，就会骂一句“讨厌鬼！”而被嗔斥为“讨厌鬼”的小男生，就会不无吃豆腐的快感，而狗屁不通地答以“讨厌鬼，喝凉水，砸倒了冰，卖汽水！”

没有办法，天机天意，天网恢恢，疏而不失。天地的创造力，胜过了文学的创造力；把所有的什么贝尔、什么古尔、什么利策、什么布克、什么之介、什么雨果与什么提斯的奖都发给老天爷也对不起上天的作品。好的作品是天造出来，天压下来，天捅入你的心肺，天掏出了你的肝胆，天捏住了你的神经末梢，天烧燃着你的躯体——天命天掌天心天火天剑天风。天的构思，胜过了你渺小的忖度，和你的渺小的微信糊糊群。天的灵感，碾轧过殉文学者一个个的痴心。

然后文学人必须将自己的神、魂、心、血、髓输给天，炮制好、拾掇好、措掳好天赐题材，天赐文运，十年磨一剑，百年竖一碑，传之名山，咏之久远，呼之天外，燃之大千。

天的感动，令你欲仙欲死。好，你可以为天的文学启示而死，却绝对不能不写，叫作宁死不避写。你可以通过神思补天、吟天、登天、扑天、啸天、泣天、绣天、飞天、殉天，还有共工怒触不周山，天柱折损，天塌地陷；但是你不能面对“天文”，背过脸去，你不能是胆小鬼，不能为了友情亲情版税情关系情的攸关，而忘记了天命的攸关、文学的攸关、历史的攸关。不履行天意的作家一律处贻误、怯懦、临阵脱逃、右倾投降至少是渎职罪，刑期六个月至二十五年，我以为。

小说被设计的比设计者小许多岁的顿开茅不得不六年前就做了保证，他不准备透露尔葆的故事。现在他开始写了，他对你与你周围所有的人，无意不惜不敬，更无不好用意，你们都是他的亲人恩人兄弟发小。其实动起笔来他几乎为你一哭，原因是写着写着其实他必然离开了你与你们。你们他们她们，提供给写作的是一点契机、一点由头、一个外壳、一层面膜，最多是一层表皮。当然也是感念与记忆，他爱你，他感谢你们的提供与付出，他不可能忘记与你的心有灵犀一点通。他写的更多的是他自己的灵魂，斑痕与痛苦，祝福与牵挂，遗憾到了吐血。而且恭请明鉴：老弟圣明，写作人如有嘲弄，首先是自嘲；如有揭露，首先是揭开自己的疮疤；如果长叹，首先是长叹自己的无能无奈无方无力文学下萎，尤其是无补；如果丢人，他早就不惜丢两辈子人。

让我们设想一下，如果曹雪芹还活着，如果他的贾府亲戚朋友都活着，曹雪芹能够得到宽容吗？他出卖了贾府，抖搂出了猛料。他对父兄姑姨姐妹下了黑手，他血债累累，他唱衰祖宗亲朋，他狼心狗肺，家庭叛徒。如果按照司法案卷的标准衡量《红楼梦》，我保证他至少有三篇六十五项不实、不避风险、不无失真。我们应该为赵姨娘、马道婆、贾环、尤氏姐妹……乃至王熙凤而诉曹诽谤中伤。林黛玉也不会宽容曹雪芹的，曹在对她的描绘中，明显流露了那么多随性与夸张，才把黛玉写得那么小性与任性。

曹雪芹与他的亲人们能为红学家们，尤其是为曹氏宗亲会所宽容吗？曹某人能不涉嫌成立涉黑集团，企图灭尽红学人的九族各等亲，或者疑似神经兮兮地总觉得自己要被红学家们所消灭、所侦察、所投毒、所讹诈？

其实是曹雪芹为你们刻下了丰碑。如果有林黛玉、贾宝玉、贾府诸君而没有曹雪芹，你们早已经灰飞烟灭，谁会为你们一哭一恸一笑一颦？是曹雪芹延长了你们的生命，扩大了你们的灵光。同时注定是曹雪芹而不是那些二三流小文人永远失去了浑厚质朴的人缘与美名。

洋插队

一年半后，一九八六年一月，开茅用了两倍时间，总算兑现了诺言，做到了到离尔葆打工城市九十公里的圣何塞大学做访问学者，简称“大访”，大是指中国大陆。他考虑到二宝的艰窘，自己坐灰狗大巴到二宝所在地探望，请二宝吃馆子。他看到的二宝像是另一个人，清瘦，长发，嘴角下沉，目光可怜兮兮，神态卑躬屈膝。

二宝说："你告诉立红去吧，反正你明白，来到这儿，我就是一个臭苦力。来以前，这个跟我说那个告诉我，谁谁谁来到加州扎针灸买了房子，谁谁谁在纽约拔罐子娶了影星，做膏药能够发财，太极拳能够迷倒老外，看风水成了大师。全是真事，全都与我无干。轻易的成功，过去没有现在没有将来也没有。不费劲就发财，中国没有外国没有上到火星上也没有。"

"你不是说这儿有熟人有老师和同学吗？"

"有又怎么样？来到这儿我才学到了一句话：'人穷不发三誓，不沾三情'……"

"什么？"

二宝解释了"三誓"是断交、诅咒与目标，穷人既不要怨恨他人也不要晒雄心壮志。"三情"是依养、滥情与便宜。然后说："不到那个份儿上你也就明白不了我的话语。我在餐馆装卸洗涤粗活干了七个月，胳臂腿上起满了疱疹。我学会了开车，给人家送外卖，上机场接送人，非法打工，干了五十天。我还领到了老年护理的护士执照，毕竟我在国内是学医的。我一个人干两个人的活儿，白天送外卖，夜晚去老人院。送完外卖不走，等着人家给小费，遇到不给小费的，我们骂他先人。夜班护理，有探头盯着，许你没事坐会儿，绝对不能打盹儿，打盹儿扣钱解雇。还有一次我太饿了，我到市政广场捡过鸽子们吃剩下的面包屑。"

"天下没有易事。"

"这算什么？一位当年的美女，音乐学院女高音，声乐系高才生，被来华交流的 YCC 大学主管音乐专业的教务长看中了，当面动员她到美国留学，说是这免费那免费，还有一笔奖学金，并且负责给她办一切手续。她已经有男朋友，她英语不行，知道自己托福过不了关。再说她的家底很薄，父母两个人一个月的工薪收入折合二十五美元。她才二十一岁，哪敢出那么远的门儿？她犹犹豫豫，连本系党支部书记都跟她急了，几十个同学说如果她不去请她推荐自己去，男友也催着她答应，还要她想法把男友也弄到 YCC。

“根本兑现不了。她来到美国头一个问题是吃不饱，是饥饿。底下的事我也不相信，信不信由你。姐妹儿她已经是一个传说。传说她饿极了发现了一个窍门，吃冰激凌。甜死人的奶油冰激凌省钱又经饿。一年之后她吃成一个胖子。她得知在这里学了艺术就业很难，她也觉得发胖的结果会使她丢掉台缘，她改戏了，她学财经。她做不到把男朋友接到美国来，她干脆与原来的男友分手了。她见到我热烈拥抱，抱得我喘不过气来。”

“后来呢？”

二宝用白眼珠翻了开茅一下，泄气地说：“她提出来我们可以同居，省钱，解闷，健康……不影响任何人包括我与她的未来与过去。我没有回答……”二宝咳嗽起来，好像是过敏。接着又说：

“一个男生，他原来是科长级干部，是一位书记同志的秘书，他的姨妈在这边，来了，太苦，回去了。不好意思，没有可能再做他的科长，他从朋友那边弄了点外币，又回来了，在法拉盛搞绿卡，花了不少钱，黄了，他破口大骂着又回了国，最后又回这边了。三进三出，为了下死决心，他把护照都撕了……”

“不可能。没有了护照他随时会被逮捕或者驱逐……待不住就回去嘛，不当科长就当科员办事员再不然到私企。当过书记秘书的人还不认识几个能人？”

“我哪里知道，糟糕的是跑了几趟美国的结果是回到祖国不踏实，来到美国待不住。就说我送外卖吧，中国人脑子灵，遇到阴天下雨，遇到我身体不好，不想跑远道，我就用个英语名字自己叫自己的外卖。到了店里取上食品就走，也完成了合同上规定的任务……他们还说，科长还跑到征兵站报名当美国大兵，当完了兵有许多优惠。可惜人家不收他这位中华人民共和国护照持有者。”

“我觉得谁也不必勉强自己，国外学学看看，也好，太困难就回去，何必出这么多洋相……”

“开茅大哥！”二宝突然一声大哥，令开茅一震。

“开茅大哥，站着说话不腰疼。这不是洋相，真正的洋相我没法告诉你。人，男人还有女人，太没有出息了。三十如狼，四十如虎，五十如金钱豹，六十如孟加拉叫驴！”

“谚语里只有前两项狼与虎，哪里有金钱豹和叫驴？”

“后两项是留学生们总结出来的。生活经验，是新语词的源泉。大哥！我们受的罪你哪里知道。专吃冰激凌的胖丫头，我真想她呀！”

二宝哭了。他后来还说了许多不适合高尚风格作品的话，王氏认为，人毕竟是人，虽然孟子也认为人之异于禽兽者几稀……稀乎仍有异也。我们毕竟要为自己留一点颜面。

后来二宝讲得更加惊心动魄。二宝说，他接受了伙伴建议，周日去教堂踩点蹚道，见到了一位被留学生们称为“mother”（嬷嬷）的老妇人。嬷嬷为初来的留学生提供住宿与伙食补助，只需缴纳市价的十分之一，便可基本上食住无虞。二宝住进去了。一位教育方面有地位的人物杜莱夫人来他们公寓视察，一眼看中了二宝，将二宝找到家里充当家庭教师，辅导她的华裔养女学习中文与中医，很快发展为对二宝的情感靠近。二宝不了解也不敢询问杜莱夫人的年龄，他的感觉是她应该有六十岁。当然，她容光焕发，线条完美，高大健壮，三围引人注目。特别是她使用的巴黎香水，能让他发昏章第十一。二宝承认，她绝对有对他的吸引力魅惑力，二宝承认他每次见到她，听到她的声音，看到她的风姿，闻到她的气息，他都有强烈的身心与器官反应。他不止一次梦中与她做爱，他觉得见到此夫人算是没有白来这一趟，没有白白赶上了伟大祖国的改革开放，他也不算白白地活了一遭。当了男人，长了那么一些没有出息也罢，气味不雅也罢，自惭形秽也罢，猪狗不如或者恰如猪狗才好的奇葩、蠢货、神具、小把戏、暗器、毒鞭、图腾与命门，他最后恐怕仍然是白白来了又白白走了，美国和世界。

“那么，那么，你……”开茅感到了一阵闹心、乱心。文绉绉的、不爱说话的、有时候让他觉得未免窝囊的苏尔葆二宝，出国一年，突然发表了这样的狰狞露骨、不忠不孝、不仁不义、不齿不耻却又老老实实、真真率率、不打自招、不攻自破的胡说八道。开茅的声音颤抖起来。

“你不要那样看着我，大哥，我什么都没有做，我是人，我不是猪狗，我拒绝了一个又一个，我不做面首，不是鸡也不是鸭。我只与她们，注意，是她们，不止前面说的两个朋友，我只与她们说三个词，第一个词是‘no’，第二个词是‘no’，第三个词是‘absolutely not’，绝对不。她们笑话我，她们说她们不伤害任何人，不论安琪儿还是魔鬼。我不会做任何对不起我们家的小祖宗小菩萨单立红小队长的事。”二宝说，他改变了声音和容色，他吭吭吭地喘着粗气，他鼻子不是鼻子、眼睛不是眼睛地啜泣起来。

后来他们一起吃了相对便宜一些的中餐馆，有牛肉炒面与酸辣汤，还有一盘宫保鸡丁，最后还要了甜品冰激凌与咖啡，开茅点了三份大号冰激凌。吃的过程中，二宝脸上一直有一种贪婪与自责、饕餮与惭愧。开茅判定二宝其实仍然没有吃痛快吃饱满，喝完咖啡后他干脆激动地再加点了一盘龙虾、一盘阿拉斯加帝王蟹，打了“狗食包”，让二宝带回去。他也没有什么钱，他毕竟不是来洋插队而是来交流的，他有一点补贴。二宝兴奋中又给他讲了不少穷学生找窍门活下去的各种合法的与不合法的手段。例如用一个网状的细线兜住一枚夸特儿（四分之一美元硬币），去打投币公用电话，说上几秒钟没用的话咔嗒一响，夸特儿应该落入币箱，也就是说应该立即投放下一枚夸特儿，通话才能继续，不投，立马断电断话。但是你的线网要在刚一咔嗒时迅速抽出，同时立即再松手放下，于是还能继续通话。对于电话机来说，其感应应该与投放第二枚硬币无区别。毕竟机器不是生龙活虎的艰难学生的对手。

“不要老是说这样的事……”他与二宝一样，且笑且哭，且信且疑。生活啊，生活，发展到眼下了，下一步该怎么办呢？

还说到了一些大人物的子女在国外的传闻，更是哭笑不得，真伪莫辨。

临别，二宝发表感想说：“自由的代价就是孤独，自由是人类生活与精神的真正考验，真正的自由与孤独是不能接受婚姻与家庭的。美国贝贝从一生下来就单独住一个房间，咱们呢，也许是几辈人住一间小屋，几辈人住一个大炕。内蒙古新疆来的中国学生告诉我说，他们的牧民男女老少主客全都睡在一顶帐篷一条毡子上。我有几次真想收兵回北京了，谈何容易？是立红让我坚持下去的。”

半夜，开茅回到自己的居所，他一夜辗转反侧，革命建设，跃进追赶，改革开放，发展与现代化，留洋海外，都是血肉拼搏啊……

阴　影

圣何塞见面仅仅一年多，二宝离家赴美三年以后，一九八七年十月，来了消息，说是已经站稳脚跟了，他要立红赶紧办理护照签证，到美国与他聚齐。他还特别打了电话，希望开茅帮助安排好母亲，他催促立红早到一天是一天，早到一小时是一小时。开茅知道这对于二宝有多么重要，开动全部马力给立红加油。他充满感情地说：“二宝在美国太苦了。从他上初中，因为有你，在国内就没有受过这样的苦。”他与立红仔细商讨了夫妻双双出走美国后，老娘苏绝尘的安排与照顾。一是靠开茅，一是靠保姆。保姆极好，照顾苏老师已经四年，确实靠得住。还有市文史馆方面的关照，叫送温暖，还用上一个词叫“感情投资”；这个词让开茅讨厌。文史馆还给苏绝尘办理了就医优惠的蓝卡，还在理论上为苏老师配备了一名学术助手。只是从配备以后，苏老师与助手，始终谁也没见过谁。

开茅指导帮助立红用了一个月时间开证明、排队、照相片、办公证、复印银行存款记录、进大使馆，千方百计，快要成行了。突然一天立红变了颜色，告知开茅：“我不去了。”

听到传闻，说是二宝在美国有花花事儿，女友不止一个。

开茅真急了，他拍了桌子，他落下了热泪：

“我用人格保证，我用脑袋担保苏尔葆是世界上最纯正、最忠实、最干净、最对得起你单立红的男人！二宝是谁？他是王府井最大的照相馆橱窗里的明珠、明星，中国最帅男孩，他是我至今见到的真正的中国绅士。只有你做得出来，你把自己的三十岁的丈夫赶到外国，你还想给他上上贞操锁贞操带？你知道你让一个三十岁的男人过的什么生活，你知道那有多么可怕！依他的条件靠形象靠魅力靠气质靠性别他也早就发了小财开拓了事业，说不定他能登堂入室蹿高枝！为了你，他两年多当的只是苦力。我都没跟你说，说起来我只能同情他。三年了你就不允许他活泛那么一次吗？没有没有，小姐，他没有。他说你是他们家的活菩萨，他说你是他们全家的救命天使，为了你，他拒绝了歌唱家加金融家的 roommate（室友）建议，为了你，他拒绝了主流人士的召唤。他也有人权，一个饥寒交迫的男人，为了温饱，为了生活，为了发展，为了他的最低最低最原始的要求，他采取了一些变通，又怎么样？问题是他连一点一滴那一类的事都没有做！你应该给他跪下！你应该鼓励他不能活活把自己憋死干死卡死整死！告诉我是什么人在那里嚼舌头？是哪个王八蛋？只有想爬上他的身体可是爬不上去的小婊子才会造这样的谣！只有羡慕他嫉妒他而自己是侏儒丑八怪白痴流氓无赖的臭流氓才会传他的闲话！你要真把我当成你们的大哥，过来过来，让我扇你两个嘴巴子！”

山里红完全怔住了，她没有想到开茅大哥会这样说话，她没有见过这样的开茅兄长。她说：“你真不愧是二宝的亲哥呀！”听了这一席话，她其实是从头到脚地舒服，她听明白了，二宝好人，二宝够意思，如果她当真挨了开茅大哥的嘴巴，那她就是全世界最幸福的女人了。现代社会这样的男人已经凤毛麟角，世界范围这样的男人与恐龙、骇鸟、龙王鲸……一样，根本不可能存在。她完全明白，中国式的贞节牌坊已经轰然倒塌，中国男人个个都有一百一千个理由来闹腾点花花事，所有的女作家都在告诉读者，男人是靠不住的，一切海誓山盟都是过眼烟云，一切的坚持与自苦都一文不值，都是愚蠢年代的产物，而女作家自身要“解放”一下，也绝对能吓死一队队一批批的男人。她完全明白，所谓的白头到老，所谓的始终如一，所谓的“山无陵，江水为竭……天地合，乃敢与君绝”当然感人，但那是歌诗，而且是两千年前留下来的。那玩意儿叫classic，那并不就是现实，如果是现实，就用不着作那种诅咒诗唱那种决心曲儿了。

但她仍然相信，她与二宝与别的夫妻不一样，她十二岁，严格地说是十一岁，第一眼就爱上了尔葆，她毫不犹豫地把自己的少年与青春贡献给了苏家，给了二宝，她认定了自己是二宝的人。当她小小年纪想起自己将是二宝媳妇，而二宝将是立红丈夫时，想到这儿她鼻酸心苦，她想号啕大哭。她从开茅的愤怒中相信了夫君的老实、纯真、坚贞、完完整整、干干净净，从头到脚，从里到外，从心到魂，从疼到爱只属于她。她为二宝心痛，为什么不能让二宝舒服一点？为什么她的舒服要建立在二宝的不舒服上？她哭着哭着笑了，她笑啊笑啊笑出了新的眼泪。她给开茅大哥跪了下来。

开茅刚一说完就后悔得不行，他抱怨自己比二宝大十岁，与之相比，他完全没有二宝的沉静与自控。二宝是真正的绅士，他只是个粗人，他对不起立红、二宝、苏老师、爹爹和先人至少是名人纳兰。他情绪冲动夸张、巧言令色、怪力乱神，这些毛病他这儿都有，二宝那里，却是哪一样也没有。至于立红说的“亲哥”，他该说什么呢？

……如此这般，好事偶磨，一九八八年一月，二宝与他的娇妻山里红会面在美利坚合众国。一年后，一九八九年一月，单立红生下孪生龙凤胎，哥哥叫凯文（Kevin），妹妹叫苏瓒（Susen）。

又一年后，一九九〇年立红当机立断，盘下一个华人店主因急于回国以超低价出售的一家东方杂货店，开始经营刺绣、扇子、梳妆盒、小泥佛、香包、线装书、字画、陶瓷、茶具、酒具、编织品、屏风、草帽、草鞋、珠串等等。没有大进益，但不无小补，也省去了立红找事由安排生活内容的麻烦。他们去过一个西班牙女人开的小店，店主说，不是为了赚钱，而是为了不让自己失去生活内容。二宝发表感想说，自由不仅需要孤独，还需要寂寞与无聊。

立红是颗福星啊！开茅赞叹。

半年后，开茅得知，苏尔葆在立红引导下，考进一家名气不小的高等学院，接受他们的远程职业技术教育。远程云云，意思是不必去学院的教室上课，可以通过函授、网络、电视电话等系统听课，完成作业，跑几趟研讨答问答辩质疑切磋，接受考试，获得学分。最伟大之点，不久在苏尔葆的倡议鼓动下，学院组织学员们到因改革而大红大紫的中国北京做了一次职业技术教育课题调查访问，他当然也趁机看望了母亲，给母亲带去了碧根长寿果、混合干果、带有小颗粒的花生酱、费城牌鲜奶油、多种维他命、钙片、大提子干。其中维他命现在一般称之为维生素了，但是妈妈总改不了维他命的口，尔葆觉得维他命的叫法很生动，便也维了她好多回命。

双双赴美后他们不断地寄钱来，数量越来越多，弥补他们"母在，双双远游"的过失。美国一待，便学会了用金钱弥补一切难以弥补的路数。但虽然"四旧"也好五舅也罢，破了又破，孔夫子讲的"父母在，不远游"的教导，还是屹立在华人心里。在出国后四年，苏老师欢迎完了以参访名义回了一次家的儿子，日益衰老平静呆木，以静坐、微笑、吟诵拉丁语古典文学作品与兰波的《黎明》和《醉舟》等度日，若有若无，若思若忘，若喜若悲。见了开茅，她认识，她落泪，见了别人，她一概无反应。

二〇〇〇年，八十二岁的苏老师突然对开茅说了一句话："我该走了。"开茅大惊，当夜给立红的东方小店打电话。五天后，二宝回来了，两天后苏老师含笑长逝。开茅坚信，苏老师不愿意给下一代增加负担，见儿子为了她专门回来了，她赶紧投向另一个世界。

虽然开茅理解这一切，同情二宝山里红这一对小夫妻，虽然他对他们二人都充满友情、亲情、故人之情，虽然开茅早就体会到了人生常常是充满遗憾的过程，你总要有所舍得，有所付出，硬起心肠，不管不顾，否则一辈子只会是一事无成，他仍然对二宝立红有点意见。他们对自己的母亲，总可以再多做一点，何况他相信，那是一个美好的人、高尚的人、痛苦的人、克己的人，她本来可以有自己的风华和幸福，她本来可以有自己的璀璨和雍容，她本来可以有自己的梦断南柯魂断鹊桥，然而，她什么都没有，什么都没做，什么都没有说。然后，她自己也都没有了。

苏绝尘死后七天，开茅梦见永顺爹爹，爹只剩下了一个空架子，抱着苏老师，他含糊地说了两个字，又是“报应”。然后开茅醒来。妻子王明光被他叫醒了，他说了自己的梦，说是自己心里别扭，妻子摸了一下他的脸，说：“我们面对的事情已经够多，就放任一下梦境管理吧。事实，会隐没在梦中，像冰雪，融化在火里。”又是百分之九十五的兰波，深夜，她笑起来。

后来他们拥抱在一起。后来明光怀孕。次年他们得女，起名忆苏。他们找回了苏老师晚年的保姆，为他们俩看孩子。生命是有一种延续的，女儿的清纯当中，似乎有什么东西让开茅想象与说给自己。

月儿出场

直到苏老师离去，二〇〇〇年五月，尔葆已经四十四岁了，学分终于修够，他有了洋学位。次年，他被一家登记在爱尔兰的跨国医疗器材公司雇用，派他到中国一个工业园去办合资厂。

两年后他的工厂办起来了，他成为厂长，他的工资一下子比过去增加了十九倍，他成了真正的白领。他享受到了此生在国内外从未享受过的尊敬和礼遇。他有一辆供他专用的原装沃尔沃轿车，有一名兼职司机。有时候他更愿意自己开车。他有一名英语比他讲得还好的美女秘书。他的办公桌是半圆形，向左向前向右，都有一大片桌面供厂长使用。而他仍然是一样地小心翼翼，谨小慎微，寡言少语，克勤克俭。中国人无不说他是君子风范，外国人无不称赞他是绅士教养。尔葆也很满意这里的民风，远远不像北京人那样大爷、天津人那样刻薄、东北人那样信口开河。长江流域人认真细致，精巧敬业，少说多做，勤劳本分，温和礼让。他也不知道到底是怎么回事，他从来没有感觉到过自己有什么能力、才干、精明，但是他在这里的工作成绩卓显，受到中外上下的一致好评。

根据他的建议，公司高管同意他选择优秀技术人员与熟练工人骨干，到世界各地参观访问，见识先进，成长自身，精益求精，攀登高峰。对开放不久的中国人来说，这也是难得的开洋荤的精神与事业享受。

他因工作关系带领本厂有关人员去过了都柏林、哥本哈根、利物浦、海德堡、巴塞罗那，也去了肯塔基与西雅图。他每年结合述职回美国的机会有五六次，耶诞节长假他也有半个多月的时间回到美国，回到自己的四口之家，安享天伦之乐。亦中亦西，亦乡亦城，亦农亦工，亦劳亦逸，他的脸上渐渐显出了四十余年来少有的笑容。

在中国的这个开发区工业园里，他当然也认识了拿着各式护照的外籍与本土企业家，和他们你来我往，豪肚油肚，咖啡、龙井、茅台、五粮液、苏格兰威士忌、XO、香槟、朗姆、伏特加、牡蛎、龙虾、牛排、意面、燕窝、鲍鱼、鱼翅、宫保鸡丁，慢慢加上了卡拉 OK、蹦迪、交际舞、高尔夫、网球。

二〇〇四年开茅应邀带上妻女到尔葆在的这个工业园做了一回客，深表称赞夸奖。他们一起到工业园一家富有地方特色的船形餐馆吃饭，要了糟熘白鱼、蜜汁火方、阳澄湖大闸蟹和糯米豆沙做的鹅形甜品，喝了女儿红老酒。说这个酒是在闺女出生后立即预备到坛坛罐罐里，到女儿出嫁时再拿出来贺喜启用的民俗酒。

一边吃东西，一边还有当地名叫丘月儿的弹词演员表演说唱。女演员银装素裹，柳眉凤眼，莺声燕语，糯体柔情。开茅听不懂一个字的吴语，但是为之入迷，目不转睛，嘴都忘了并上。夫人王明光说："你怎么成了《红楼梦》里嘲笑的那只'呆雁'啦！"说得开茅脸红。

好在说唱进入了吴语 Rap 段落了，大量吴语，其次是上海话、宁波话、少量英语，还有普通话，融为一体，洋快板节奏，说得大家笑成一团，掩饰了"呆雁”的尴尬。就在这个时候，突然在客人饭桌当中上演了全武行。

原来是他们的邻桌，坐着与尔葆有一面之交的一位湖南老板与几位男女友人。他带着自己喜爱的圣大保罗名牌公文包来吃饭，单肩斜挎，坐好后将包包放在身边一把椅子上。就在 Rap 令人们笑成一团的一瞬间，一只手伸到了圣大保罗包包上，抓起了包包，开茅的妻子叫了一声：“小偷！”明光不愧是有相当历练的记者，即使眼前有再好的美食美酒美妙演出，她总是耳听六路、眼观八方，随时发现新闻、动态、舆论、突变、奇形、怪状。随即是湖南老板的果断出手，叭的一声，一个十四五岁的男孩子倒在了地上，是的，扇了小捋（小偷）一个大耳光。

接着老板将小家伙一只手提溜起来，第二个第三个耳茄子，全上去了。

想不到的是 Rap 立即停止，演员从表演台上跳了下来，一步抢到小捋与老板面前，喝道：“可以报警，不准打人！”

老板一听，目露凶光，再一看是义正词严的女演员，他一怔，尔葆也赶紧响应，向老板示意：“对的，对的，是的。”

开茅夫人将这个活计揽了过去，她把小捋带到外边，教育了三十分钟；还给了他二十块钱，谆谆嘱咐，放他走了。回桌后，差点被偷窃的湖南老板问：“这位姐，如果他是惯偷，他会认为您是傻子，他拿上您的钱也许立即换场作案，偷盗一个‘梦特娇’，内有钻石白金戒指和大额现金。您怎么办？”

明光说：“我只能做我认为对的好的高尚的事。小家伙他一定要坏，我怎么办？世界这样大，我们只能把事往好了做。您想，就算他最后因为罪行严重，刑场处决，砰，打死了……他也仍然有可能想起今天的事来有一点点后悔吧？他后悔而被枪毙，比在痛恨他人痛恨社会的情绪中被毙掉好。何况他也许有救呀，有千分之一的希望也还值得百分之百的努力。救道德救人心是积德呀。万一他本想改恶从善，反而是咱们这些吃澳大利亚龙虾的人，没有给他机会呢？他的后悔仍然是一种能量，每个人的喜怒哀乐，都有他的蝴蝶效应。不管怎么说，世界上，好人很多，中国这里，好人很多，吃饭听唱的人里头，好人很多。”

她的话博得了首肯与轻轻的鼓掌。

Rap 随后停止。女演员改唱弹词风格的《洪湖赤卫队》，唱得尔葆泪下。

开茅、明光、立红、二宝，有机会两次在美国会面。二宝开车带他们走了东岸，在缅因州吃了加拿大龙虾，在波士顿查理士河边观看了哈佛与牛津大学生的划船比赛，在纽约曼哈顿对面岛上攀登自由女神，在西岸去了旧金山的金门大桥，去了红杉林，去了洛杉矶的好莱坞。他们在密西西比河上了游船，最后还去了华盛顿 D.C. 的琳琅满目的博物馆。也算人生一乐。比起上一代、上两代或更多的代别人物，他们就算够幸运的了。“还想怎么着呢？”他们四个人互相问着，互相满足，互相鼓励，惜福惜乐。

二〇〇五年开茅又结合外语学院的业务交流，到尔葆在美国的家过了复活节，吃了肚子里装满栗子核桃夏威夷果与大提子干的火鸡。吃得苦中苦，方为幸福人。他很有感慨。同时他奇怪为什么二宝开始显得闷闷不乐。他问了两次，“你有什么事儿吗？”“你有心事？”二宝连连摇头摆手傻笑，但是二宝的笑容不知为什么，给开茅以酸苦的感觉。

二〇〇六年的清明节，开茅去父亲的墓地扫墓，他小声告诉父亲，二宝现在日子过得不错，他常常吃龙虾，他希望父亲的在天之灵，保佑二宝，平平安安，幸福体面地过好自己的一生。还说，前不久二宝回来了，给他妈妈选好了墓地。他也去了一趟。

说完了，他又觉得无趣、多余，一天胸口疼痛，饮食无味无香。打了好几次怪嗝儿。

有女怀春，吉士诱之

二〇一〇年，二宝专门在一个周末来到北京。他穿着意大利华伦天奴名牌西装，身上有股应该是吃多了西洋退烧药片才会出现的浓烈汗味儿，他找开茅倾诉心曲。先是谈到，由于他担任厂长的业绩和各方面的良好记录，他与立红已经取得了美国国籍，他说，相当于办上了户口。紧接着是大谈他的房产与汽车家业。他在美国住地与中国工作地点各相中了一套房产，共值二百多万美元，两所都是独幢别墅型，他计划是一次性付清购买。此外他买了一辆崭新的“平字”，中国大陆叫作奔驰，德国原装，刚开了两星期，半夜在住所附近被人用碎玻璃划了个体无完肤，他找了当地公安机关，至今没有破案。他想不通为什么会发生这样的事，他准备再买一辆原装凯迪拉克……

开茅点头称颂，他不内行，提了些不必一次付清吧之类的屁话，然后就称颂二宝是吃得苦中苦，终为人上人。他另外提出二宝不必激动，不必一下子花出去那么多钱，他说他认为中国人喜欢银行储蓄是一个优点。他说他参加过一个经济研讨会，专家们认为中国经济有了长足发展的原因之一是喜欢存钱。一个以色列，一个中国，都因为热衷于存贮而获益。一面说一面怀疑着自己言语的意义，怀疑着今天的有朋自远方来，到底意味着什么。二宝他为什么一面准备大笔出手消费，一方面药汗与新西装交相辉映，二宝怎么了？东一榔头西一棒子，究竟是想说什么呢？他自己也颇觉兴奋，却又困惑。人家娶媳妇，自己傻高兴？人家发了财，自己烧得尥蹶儿？人家置业，横跨太平洋，你也发晕？你们俩，到底是谁更需要吃药或者减药，到底需要吃什么药减什么药呢？

而且在谈话中发现，二宝的两只袜子，不是一对，一只藏蓝，一只蓝黑，一只腰长，一只腰短。二宝是一个细心谨慎的人，他不应该出现这种情况。

然后吃饭。然后小酒。然后明光回自己的小屋做报社的事。然后二宝仍然是哼哼唧唧。“怎么了？”开茅问。“其实，也没有什么……”二宝答。

最后开茅急了，他喊叫起来：“从小，你就是这个毛病，你不急，你活活让别人急死。我的兄弟大人，有话说，有屁放，我明天还要接待哈佛的校长，克林顿时期他当过财政部部长，我这儿还有几十页的英语文档要看，需要恶补的事情一大堆……”忽然，开茅似乎明白了。

天啊，坏了，好个老实到了窝囊程度的苏尔葆，他敢情是陷入了感情的迷狂乱阵泥淖，他面临的是没顶的危险，他找不到自己的存在了。开茅完全傻了眼。他自言自语，他说："不，我不信，你与立红青梅竹马，两小无猜，不，不可能……"

"开茅，你应该明白，如果我与立红还保持着当初的恩爱，我不可能同意一个人回中国来当厂长，每两个月回到立红那边。你怎么会想不到这个？我和立红分居两地已经八年多了，八年多了就是三千天，你不觉得我也是个男人吗？"

完了。二宝的声音像蚊子哼哼一样，二宝的面色如土，身体发抖，二宝在发疟疾。他的话像是含着热茄子说出来的。开茅已经感觉到了问题的严重性。他不知道说什么好，他结结巴巴起来，倒像是他开茅感情生活家庭生活中出现了危机，是他遇到了折磨，是他有了难言之隐。

"我……我……每次我见到你都问这个立红，问那个凯文，还有苏瓒啊……我还建议过把他们接到你们厂子来啊。是你说她喜欢她的东方小店，你说一批用草编织的物件把立红的心吸引住了。你怎么说瞎话呀！"开茅差不多声泪俱下。

尔葆整理了一下自己的衣服，他解开了衬衫的最上头的扣子。他缓缓地说：

"是，就是那个吴语 Rap 演员，她也许不算最漂亮，她仍然好看得让我哭了一夜。而且她的纯洁清爽，她的傲骨侠心……她有头脑，爱学习，你听过她唱的弹词，你没看见过她写的字和她画的画，她上着英语班，她参加过托福模拟考试，已经达到四百五十分。是的，是她看中了我……她追了我五年多，你可能不相信，我们相谈甚欢，我们谈天说地，我天天去有她演出的餐厅吃饭。只是最近，我们才有了男女最亲密的关系。我坚持了六年，适可而止，不及于乱，发乎情，止乎礼，求之不得，辗转反侧。知止而后有定，定而后能静，静而后能安。她说，她说我应该无论如何烧灼这么一次，不论付出多少代价，咱们都只能活一次，骂就骂吧，打就打吧，死就死吧，死也要死一次林黛玉，死也要死一次罗密欧……最后成了灰，也是幸福的……上一个周六……"二宝呜咽了。

“我总算有了一个自己的机会。问题不在于她选中了我，问题在于她选中了我的结果是我哭成了狗！”

“叫什么？她叫丘月儿，当然，这是艺名，她是上了一年大学退学出来唱弹词的。她说，她只想陪陪我，她说寂寞比饥饿还要可怕。她说她是爱情至上主义者。陪陪我。此愿足矣……”

两个人沉默了。二宝补充说：“月儿说，她只想做自己愿意做的事，她觉得唱弹词比上大学好，她就退学卖唱，她后来觉得认识我比唱什么歌词戏词诗词都好，她准备放弃用弹词挣钱。她知道我有妻有家有子有女，但是她愿意见我，与我说话，也可以不说话，只要常常见到我。只要我常常让她见，她什么都不需要了。我已经跟月儿好了，我怎么办呢？”

“可是可是，”开茅不知说什么好了，“你再冷静冷静，咱们毕竟是中国人，咱们得多想一想，过去和将来，妻子和孩子。生活，你知道什么叫生活吗？苏联有一个作家，叫巴甫连柯，现在俄国人说他是一个打小报告的坏人，他害了许多苏维埃作家。我们不了解他。他的小说里写过，‘生活比感情更强’。”

二宝说：“当然，你想着立红，谢谢你，哥！我哪能忘了立红？我成了陈世美，我成了无情无义无耻无德卑鄙绝顶的丑类，我想着凯文与苏瓒有权利端起枪来毙掉我！这究竟是为什么呢？我的一条小狗命，现在要要立红的命，要凯文的命，要苏瓒的命。早晚还得要，你信不信，早晚我会要了丘月儿的命。妈妈的命也是我要的，妈妈早晚会来找我索命的。但是妈妈对我说她喜欢兰波的温柔的疯狂。爹爹，真爹爹假爹爹的命也都丧在我的手里……”

二宝终于大哭失声。开茅厉声制止了他。

“我底下的话可能显得没有良心，对不起，我没有选择过，我没有追求过，我没有失过眠，没有心跳过，我不知道什么叫窈窕淑女，君子好逑。有女怀春，吉士诱之。压根儿不知道求之不得、辗转反侧的滋味。我这一生只知道接受，只知道听喝。是我的家庭和命运决定了一切，是最最有主意能决断的单立红从十一岁就决定了一切。她是个敢想敢做、敢杀伐敢决断的人。她是司令员兼政治委员。杀伐决断这个词出自《红楼梦》，是用来形容王熙凤的。从升入初中，从见到了我，她就选定了我，从此我再没有机会选择。她是菩萨，当然，她是我们家我的母亲苏清恧的救命恩人。也是……”

“什么什么，你管你的母亲叫什么？她不是叫‘绝尘’吗？”

“不。她喜欢的自己的名字是清恧。清是两点水右边一个青字，恧是而且的而，下面加一个心。两个字的意思是惭愧……用不着扯这些啦。我的理论上的父亲，其实是最憎恨与厌恶我的人，是吕奉德。立红更是他的救命恩人。”

“冷静一点……”

尔葆狂笑了，他再不是开茅的安宁的、收敛的小弟弟了，他再不是温文尔雅的君子、轻声慢语的绅士。他说：“立红善良得如铁如钢，坚决得势不可当，她目光远大，有心无二，说到做到，坚持到底，一往无前。而我呢？来路不正，从十一岁，我的世界里只剩下山里红了。我算个啥，我根本没有生的权利，吕奉德不承认我是他的儿子，苏清恧不告诉我谁是我的父亲，她只让我叫你大哥，我无缘父姓，却又是罪犯吕奉德的种子，叫你一声大哥完全不能证明顿永顺叔叔是我亲爹呀！我能去做DNA检测去吗？和谁？和你一道？我难道是嫌自己给父母丢的人还太少太少？我从小知道的是小心小心，树叶掉下来，别人没有什么，我可能因此头破血流，千夫所指！我感谢立红，我喜爱已经二十多岁了的苏瓒与凯文。但是这次，在工业园，我有了我真真爱上的灵鸽仙子，我的月儿，我的心碎了裂了爆了。”

“你……要不你就两边跑吧，咱们中国人并不呆木，自古徽商就是两头大，回老家有一个家，有正夫人尊夫人，做生意地方，不可能没有另一个家，也有太太有老婆有房室……”

“开茅，您这是说什么呀。”明光这时从她的房间出来了，她说，“别听开茅的胡说八道，他以为这还是明清前朝呢。我听到了，我明白我也理解，你只能自己决定，开茅不能替你决定，你的家人不能替你决定，你的情人也不能替你决定。世界上的一切事情都是有舍有得，不用糊弄自己，更不能糊弄立红、凯文、苏瓒，你还必须对月儿负责……你做好准备吧！一个男子汉，要么不要伤害别人，要么干脆冷酷一些，不必给自己找那么多理由，不要用歉意再去侮辱被你伤害的女子！”

“你说什么？用歉意再去污辱被我伤害的女子？”

“这是阿尔蒂尔·兰波的诗。原文没有说是女子，只是说某个人。目前的状况，你舍弃哪一边都是三分之一或者更多的悲伤，三分之二或者少一点的希望；你两边都舍弃不了，那就只能是三的N次方的通通绝望！”

连开茅也为之一震，怎么明光能说出这样严厉、这样坚决又是这样精彩的话来。明光哪儿来这么大的本事，这么强的姿态，这么清晰的判断？男人，啊，你们觉得你们是什么大丈夫，所以你们要考虑影响、舆论、道德评价，可能还有什么意义、后果、理论、倾向，你们的思维与概念，你们的掂量与算计成了你们的伤口，你们的软肋，你们的压顶大山。而女性呢？一个“心”字，概括了一切，我心即我意，即我行，即我情，即我爱，即我天，即我命；也就是我的世界，我的人生，我的太阳！女人啊，你们太伟大了！

第二天凌晨，去飞机场以前，二宝敲响开茅家的门，一见他们，他哭了一场，说是总算明白了，他不能抛弃家室，不能抛弃恩重如山的山里红，不能抛弃神情卓越的凯文，不能背叛小精灵苏瓒，他确定了，要与月儿开诚布公地谈清楚，恨不相逢未娶时，他做不出狼心狗肺的事情来。他笑了起来，说是一旦下定决心，只觉心明眼亮，条分缕析，幸福安康，长治久安，全赖兄嫂。他带着笑声，与他们告别，邀请他们秋天去工业园骑马，吃内蒙古风格的烤肉与老绥远名牌烧卖。

摊　牌

先添上年表的新增部分：

1988 年立红到美国与尔葆团聚。

1989 年立红孪生龙凤，凯文与苏瓒。

2000 年苏绝尘（改称清愿）病逝。

2001 年顿开茅与王明光的女儿忆苏出生。

进入二十一世纪又过了十一年以后，腾讯公司于二〇一一年一月二十一日推出了一个为智能终端提供即时通信服务的程序，做出了一个改变国人生活方式的叫作微信的玩意儿。网上的咖咖们说，最厉害的不是核弹巡航导弹，不是航母也不是超音速战斗机，是微信。微信打败了电视，打败了电脑，打败了信用卡，打败了各国货币，打败了电话，打败了邮政，打败了盛宴与会见，打败了零售店与专门店，打败了隐私权与名誉权，干脆说是打败了人权与学位制度，打败了文化，每天孜孜于读微信的人远远超过了读经典名著的人。

有了微信，二宝与立红、开茅与二宝相距不再遥远，地球村的说法似乎也不勉强。二宝发了几张他与月儿的照片给开茅。他们一起在公园。他们一起在水乡散步。他们去看望住在那里的一个名作家。还有一张他俩的逆光照，注明是夏季的夕阳下。

明光问："怎么回事？"

开茅答："那还不明白，就这么回事。"

"那他临走时说的……"

"他自言自语的时候也许说得更多……"

"二宝在网上传这个，他不怕立红与孩子们看到吗？"

"不用咱们操心。按二宝的性格，他一定要告诉立红和孩子的，否则，二宝不成了前几年电视剧《潜伏》里的余则成了吗？"

开茅与明光看完孙红雷与姚晨主演的电视剧《潜伏》，感动了半天，感动的不是特工故事、特工忠勇、特工奇葩，而是主人公需要潜伏、潜伏然后还是潜伏。抗日，潜伏，日本投降了，继续潜伏。为了新中国，潜伏，新中国胜利了，继续潜伏(到台湾去)。而且在台湾要另行组织家庭，就是说在家里也必须潜伏，不然，不是等于自首叛变了吗？永远潜伏？潜伏一生？而且有人行家里手地说，死后还要继续潜伏，免得影响了未死的特工同志！

转眼就是二〇一二年，开茅六十六岁，二宝五十六岁。春季，开茅夫妇应邀到工业园看望二宝，月儿已经以个人雇用的管家兼秘书名义与苏尔葆同居了两年。二宝的说法，月儿早已不在餐馆“卖唱”，她为他料理一切，包括帮助处理商务。月儿参加了英语中级班，进步神速。

二宝邀请开茅夫妇到这里骑一次马。他们在五月份来了。他们在一个周六开着豪车走了一个多小时，来到月亮岛跑马场。一路上汽车音响里播放着腾格尔与德德玛的歌唱:《父亲的草原母亲的河》《美丽的草原我的家》《天堂》。明光对开茅说:“兰波的诗说，生活在别处;高晓松说，不是只有眼前的苟且，还有诗与远方。”

开茅说:“佛讲的是‘活在当下’。有趣的是这又是美国最大的会计师事务所董事长的名言。还有人说‘诗与远方’是毒瘤……”开茅夫妇笑了，二宝、月儿没有笑。

听腾格尔的《天堂》的时候月儿泪如雨下。二宝问:“这是怎么了？”

月儿说:“你听不见？我的天堂，我的家！”

二宝没有出声。

他们过了一个非常美好的下午。开茅与明光，各自上了伊犁马，缓缓地走了几圈，闻到了青草与马汗的气味，身子一颠一颠，有点紧张，更是十分欢愉。骑马毕竟是一个值得自豪乃至吹嘘的事，是他们此生的新经验，在本土，涉嫌豪华，做梦也想不到，他们此生也豪华了一回。“时人不识余心乐，将谓偷闲学少年”。再过几年，也许他们会上游艇，上太空飞船，他们会像穆天子一样地去瑶池会王母娘娘，还要逛赤道逛两极?

“关键是身体的重心与马背起伏保持一致，你上我也上，你前我也前，你落我也落，你扭我也扭。”二宝大声地宣讲骑马的要领。他与过去是多么不一样了啊！

他们二人下马以后，二宝与月儿骑马跑起来。显然他们已经是老手，马场这里有他们存放的骑马专用背心、头盔、紧腿系扣子的马裤与黑马靴，他们一跃一跃，跑到了马儿前腿双跃接着后腿双跃的腾跃级别，马半跑半飞，半地上半空中，如驾云而飞。飞腾的感觉使二宝也是腾云驾雾，开茅与明光为他们鼓掌。尤其是开茅，他看到二宝这样的从未见过的舒展快乐，他忘记了一切。

就在这个时候二宝对月儿大喊了一声："红红，加油！"

什么意思？二宝想起了立红？面对月儿，二宝口误将月儿说成了红红？

月儿在马上一晃，众人惊呼了一声，还好，月儿总算又直起了腰，她停住了马。

骑完马，他们一起吃了马场酒店的烤肉。就是北京烤肉宛、烤肉季做的那种葱花与肉片混合翻滚的烤肉，原来这来自蒙古民族，应称作蒙古烤肉。开茅说起可爱的多民族的北京，普通话的形成中，汉族、满族、蒙古族、回族、女真、鲜卑、契丹咸有荣焉。

老绥远的烧卖，更是令四人赞不绝口。关键是肉要用手工切成小块，绝对不能绞成肉糜。粤式早茶里每只包一块大虾仁的烧卖也与蒙古族之正宗烧卖相距甚远。人们在江南的工业园体验内蒙古，人们享受着生活的开拓之乐。何况在吃烧卖的时候，四个人都觉得自己岂止小康，是不是快要大康了呢？

在回程快要结束的时候，忽然，坐在副驾驶位子上的月儿一字一字地说："二宝，我觉得终于是时候了，我们两人要到民政局去登记结婚。"她的说话口音与方式，令人想起吴语弹词。

二宝带着哭音说："你这是想起哪一出来了呀！"二宝似是叫苦。

与吴语的蚀骨相比，二宝的北京话显得有一点点油滑。

"站住！"月儿声嘶力竭，她哭出来了。全车人都吓了一跳。

二宝踩了急刹车。月儿推开车门，下车走了。车上三人愕然，一时谁也没看谁。寂静中二宝似乎诉说："我已经许多次，叫她红红了。"而已经下车走远了的月儿的声音是:“八年了。别提它!”她说得痛心疾首,使你想起样板戏《智取威虎山》。明光的样子似有不满,她如果说话,会说二宝“是时候了!”而开茅能说什么呢?也许他要说:“天哪!”

生生死死

上次骑马后回京,明光突感身体不适,检查后怀疑是白血症前兆。开茅一心帮助明光治病,别的事都顾不上。二宝几次邀约与开茅见面,在工业园,在北京,在其他地方,开茅实在不便,他只是一次一次地讲着“对不起”“请原谅”“过几天”……开茅与明光去了台湾,说是那里的几个留美医师正在推行一种相对有效的方法治疗血癌,叫作CAR-T疗法,大体是使用病人体内的健康细胞,经过培植繁育,成为更强大的健康力量,再用回到病人身上,去战胜恶细胞毒细胞。大陆上也有这样的医疗探索,还都在临床实践与积累数据的协和医院里。

一年过去了,明光有起色,接受治疗,明光能忍受一切考验也完全合作。至于二宝,微信中告诉开茅,他与立红已经在美国办理了离婚手续:他把三份房产(后来买的与原来与家人共有的)全部转给了立红,他把银行里的存款,也全部汇兑了立红,他现在已经是“无产者”了。他用这种自我扫地出门的方法,表达他对立红的负疚感。他说作为一个年已半百的老伙计,他是疯了,他是丧失理智了,他什么都不顾了。他没有自己的家世、国家、家庭、使命、记忆、感恩和渴望了,他没有父母、童年、少年、记忆、志向、愿望了。他现在只剩下了一个已经整整一年未见过面、未通过信、连春节期间微信表情都没有互发过一次的月儿了。月儿其实也不是神仙,不是天使,不是绝代佳人,不是维纳斯,月儿也是一个普通的人,但是他毕竟只剩下为月儿疯狂这一件心事。他终于可以把月儿明媒正娶,合法夫妻,从头生活,从头奋斗,人生从五十岁开始。他终于不必再躲躲闪闪，含含糊糊，无言以对，蛮不讲理加要赖皮了。他已经发疯，已经害人害己害家害妻，害子害女，害了立红一生，害了月儿九年，害了友人大哥大嫂。他第二天就要回中国工业园了，他将向月儿报告，他毕竟为月儿做了一件事，他不是玩弄女人的拆白党，他不是不负责任的坏蛋。

他问候明光，为明光祈祷。他甚至说明光的病他也是有责任的。“我与月儿找你们一起来骑马，我这边名不正言不顺。恰恰在你们在场的情况下，月儿提出了婚姻的要求，而我的反应自私自利，毫无心肝。明光无法忍受我这样的朋友，你无法忍受我这样的朋友，回京后明光就病了……”

“这是胡说些什么呀？”明光回复道。

开茅摇摇头，他对二宝的心理状况担忧。对二宝所说的与月儿已经告别经年，也觉得匪夷所思。

他们立刻给二宝打电话，二宝关机，他们认为是二宝登上了越洋飞机。他们次日又打了多次电话。他们在网上搜查了所有二宝可能乘坐的航班包括经港澳台、夏威夷、新加坡、韩国、日本转机的航班。他们在网上又搜查近两天全球发生的空难。无。第三天，电话通了，这证明，二宝已经下机登陆，除非是手机被盗，现在拿在他人手中，他们马上就能与二宝联系上了。但是二宝不接电话。再打一次，再一次，再两次、三次，手机里发出了软件的声音：“您拨叫的电话，暂时无人接听，请稍后再拨。”到第五天，开茅忽然紧张起来，他觉得太不对劲，立即订购飞工业园的机票，并且给二宝发出语音与文字信息，说他将在次日十一时抵达二宝厂区。

二十分钟后，二宝传来了有气无力、半死不活的音频信息：“月儿上个月嫁人了。”

开茅顿足，更要赶快见到二宝，按原日程，次日午前他一人到达了二宝的厂区，他背着一个大口袋，活像从前自北京使馆区秀水街趸货的洋倒爷。他看到了一个被吸干了血、被抽走了灵魂、被打了药针一样的二宝。他只盼着二宝抱住他嗷嗷嗷地痛哭号叫一场。他希望二宝抓头发、跺脚板、摔玻璃杯，至少自己打自己一顿嘴巴，窝囊，文明，礼貌，七讲八美，急眼了打打自己总是可以的吧？然而二宝不响不吭。

他把自己陪明光去台北治病时买的台湾土特产金门高粱酒、新东阳凤梨酥与盐渍金橘、冰糖柚子皮，还有大溪豆干、珍珠奶茶、号称比散黄金还昂贵的冻顶乌龙，都带到二宝这里来了。

他带来了一幅镜框书法，是启功的《心经》全文抄录。“五蕴皆空，渡一切苦厄”。看了一会儿，又觉得字不一定是启功的真迹，倒更像潘家园出售的赝品。不过，请看，既然色与受、想、行、识皆不异空，真启功假启功又有什么计较？真情假情，真家室、假家室、无家室，又有什么分别？他顺便教授给二宝，般若进智慧，而“般”在这里必须读“饽”。他教导二宝，许多“运生不测”者，是读通了《般若波罗蜜多心经》后得到健康、欢乐、金刚不坏之身的。

开茅披心沥胆地给二宝讲了几个小时，二宝无表情。

当天晚上，开茅陪着二宝，同睡一张大床，他也觉得可悲可笑，他就是把整个台北华西街的食品与佛教用品全部搬过来，他即使与二宝同床共枕三个月，他也不可能取代月儿的角色。月儿前个月已经嫁给了一个经营乡村俱乐部——高尔夫球场的二老板，她已经怀孕了。离完婚前来报告的二宝，根本没有见到月儿，月儿只是给他发了微信：“既有今日，何必当初？冷言冷语，冰凉彻骨。月没那福，宝没那路。缘断情绝，读罢删除。”二宝乖乖地删掉了月儿的回音，同时将月儿的话背得滚瓜烂熟。

开茅受了月儿启发，也是为了哄二宝一笑，说是他从网上看到了用东北方言翻译的普希金的诗《假如生活欺骗了你》。此版本说：“要是姐们儿糊弄了你，败急眼，败上火，败吭声，败蛄蛹，你就是一个大绿虫子，一边儿忍去，你把自个儿缩到茧子里，几天以后，咕隆，你咬破茧子飞出来了，你成了个花里胡哨的大蝴蝶。”

“不是姐们儿，”二宝说，“是生活欺骗了你。”敢情二宝也知道这个自普希金发展到中国东北网民的段子。二宝的嘴角儿上显出了一点笑容。呜呼，还是东北大馇子管点用。

第二天早晨，对方的时间是晚上，二宝给闺女苏瓒打了电话，多部分是北京话，少部分是西岸味道的土美语，他们谈了半天，开茅看到与闺女说话的父亲泪流满面。

三天后，开茅离开工业园回北京，二宝送他到机场，告诉开茅："我的那张造孽的童年照片，从美国家里的墙上取下来，快递到厂子这边来了。"

一个月后，二宝建立了微信公众号，天天发表狗屁不通的诗。他篡改古今中外著名诗句。李白的《静夜思》改成："红红一个大月亮，掉到地上变成霜，抬头不见昨天（的）你，低头想你断肥肠。"改了王维的诗："己个儿坐在竹林中，张着大嘴喝北风。四面不见人鬼影，只有月儿不吱声。"后面注上原文："独坐幽篁里，弹琴复长啸。深林人不知，明月来相照。"还有李清照的《声声慢》，"寻寻觅觅，冷冷清清，凄凄惨惨戚戚……守着窗儿，独自怎生得黑？"二宝写成："找了半天上哪儿找，冷得（你）冻手又冻脚，长得黢黑谁人喜，卖单窗口没人要！"二宝在后记上说，这里说的"卖单"与埋单买单结账开票无关，是老北京话，是说一个女性呆坐，等于卖色相给众人看。另外他认为李清照长得不白净，她的词写得再好，也会有感情上的苦闷。后面跟帖一大堆讽刺，尤其是将"怎么能熬到黑天"的"独自怎生得黑"，说成长得面皮黑，更是荣膺"狗屎乱屙奖"。居然还有人对这种歪曲经典文化的公众号主人进行人肉搜索，公布说，这些不通的诗是一个买办奸商瘪三无赖大坏蛋阴谋制造的，别有用心，是挑战中华诗词大会，亵渎古典诗词，人神共愤，国人共诛之，好人共讨之可也。

二宝还写了一首新诗：

上　班

每天都要吃饭，

每天都要上班。

上完班需要吃饭，

吃完饭需要上班。

不上班也要吃饭，

不吃饭不能上班。

我每天都吃饭，

我每周上五天班，

天天吃饭，

天天上班，

直到有一天忘记吃饭，

直到有一天忘记上班。

开茅倒是略感幽默，山穷水尽，四面楚歌，写出点不通之作，勇于勤于晒给大众，穷极无聊也总要无聊出个样儿来。倒也不算大恶大噩大疴大讹。开茅甚至认为，二宝的新诗比旧诗更有希望。再说，他又到了与明光赴台治病的节点上了，“生得黑”问题已经有人指教了，连英语的译文“Oh! How could I endure at dusk! ”也给二宝标上了。二宝只要自己想上进，中文英文，语言文学诗学，通的与其实不通的非诗，总会有所长进。开茅又有个把月疏于与二宝联系了。

人生长恨水长东。与革命前辈相比较，二宝那点事算什么？爹爹教过开茅一个解放前蒋管区城市学生运动中爱唱的歌：

“跌倒算什么，我们骨头硬。爬起来再前进……”

顿永顺还喜欢唱：“我们的青春像火焰般鲜红，燃烧在充满荆棘的原野，我们的青春像海燕般英勇，飞翔在暴风雨四布的天空。”

青春，你怎么可能低眉顺眼？即使青春已经远去，即使青春已经鼻青脸肿，头破血流，除了顶住，你还能怎么样呢？

爱与死

二〇一六年四月十日周日零点，也就是周六午夜，开茅收到二宝发的微信照片，是苏老师早年写下的兰波的诗句：

我罚下地狱，被天上彩虹，
幸福已经是我的灾难，也是
我的忏悔和我的蛆虫……

下面是二宝的一行字：

灭亡为爱作证，挚爱也会成为虚空。

不好，开茅暗暗叫苦，他打电话、发微信，得不到任何回应。

三十四小时后，二〇一六年四月十一日星期一上午十时，顿开茅接到工业园二宝工厂急电，告诉他，苏尔葆厂长去世，估计是四月九日周六晚八时左右辞世的。他的尸体是刚刚，也就是死后三十八小时后发现的。尸体的样子更像是自杀，公安部门正在查验。死者与妻子已经离异，前妻与子女都在境外，四十八小时内他们没有谁能来到工业园，死者一方再无亲属，他们从会客资料上知道苏厂长与顿开茅是好朋友。他们希望开茅来一下，协同处理一下苏尔葆的丧事。

“但是十日凌晨，我收到了苏尔葆厂长的微信啊。”开茅与厂方人员叫起来。对方没有回应。

当天晚上十一点半，开茅与病中的明光到达工业园。厂子的人告诉他们，周一上午本来有厂长主持的例行办公会议，过时间半个小时，厂长未到。厂里人也发现厂长一段时间以来状态不好，不放心。厂办派了人去厂长家迎接。敲门无人回应，与物业联系后，破门而入。发现厂长跪在床头，床头立柱上套着已经扣死的皮腰带圈环，是厂长常用的万宝龙牌腰带做成的，他的脖子放在腰带环上，靠头脸与身体的重量，勒住脖颈身亡。公安部门检查鉴定，无其他人入室痕迹，无生前搏斗痕迹，除脖颈勒伤外身体无其他伤害痕迹。为了防止尸体腐化，公安部门摄下大量照片，并获得厂方同意后已将遗体送往医院太平间。也与外方驻华领事部门取得了联系。

开茅夫妇进入他们并不陌生的二宝卧室，又仔细听取了实地讲解说明，并留下他们对于二宝生活状况与感情波动的证词笔录。

至于苏厂长在估计的自杀时间之后发来微信照片的事，警方认为未有异兆，可能验尸人员对死者辞世时间估计有某些误差，他不是九日晚八时而是十日零点以后才自杀的，也可能是死者使用了推迟发出时间的手机功能，到了他指定的时间点才发出的。这几句诗句的照片，警方在死者的手机中已经发现与读到，除了心情的抑郁外，未显示有其他方面含义。

第三天，立红与两个孩子来到。开茅与明光一惊，他们认不出精精神神而又凝重痛惜的单立红来了。立红等又补充了有关情况：四月九日晚八时，美国当地时间晨五时，尔葆给立红打电话，立红未接。立红说二宝在与月儿婚事泡汤之后，多次与立红通电话通微信视频音频，把月儿已经结婚、不久将生子的情形全无隐瞒地告诉了立红，并要求与立红复婚。“我无言以对。”立红对开茅说，“后来他的电话我有时接一下，有时告诉他我没有空闲，真的没有空闲，两边时间又配合协调不好。星期六早晨五点来电话，这是谁也不能接受的……”立红没有再说下去。

“我也是在这边给我电话说明了他已经离世以后，才收到了他的音频。他说的是：‘红红，我不配活在这个世界上。’”立红的眼睛眯成了一条线，她的嘴唇咬得更紧了。

“死后？”开茅喝道。

“死后我才打开了他发的微信。”

总而言之，那个北京时间周五的夜晚，尔葆给立红电话，得到的是晨五时立红的内心抗议与实际拒接。给凯文电话，凯文按下了两小时内拒接的功能键。给苏瓒电话，苏瓒说：“爸爸您先让我睡觉好不好，待会儿我还要去上滑翔机培训班……”她想着的是鸟儿般地飞翔，在高山与大海间。没等她爸爸再说话就把电话按死了。苏瓒回忆起来很悲伤，她说她没有想到这个结果。年来她爸爸给她打了不少电话，心神不定，也不知道他到底要说什么。

开茅夫妇与立红、凯文、苏瓒共同看了现场照片。开茅注视着穿白衬衫和内裤的尔葆，身上披着一部分被褥，衬衫上端解开了三粒扣子，半闭眼睛，张着嘴，嘴角与鼻孔下边都有血迹。立红躲避着对于照片的正视，看照片前她问工厂专聘律师，她以什么身份来处理这件不幸的案件？她已经与苏尔葆先生离异，尔葆死后，他们已经没有可能复婚了，她什么都不是，她不能代表尔葆的家属。律师说作为死者的原妻子、生前好友，尤其是死者子女的亲生母亲，她完全可以也应该参与丧事料理。她仍然铁青着脸，面对开茅也毫无表情。子女惊慌失措，不敢看照片也不敢不看。

他们看了一批遗物，其中有立红自美国快递来的他的幼童标准玉照，他根本没有打开包装。开茅与明光想起上次前来，二宝说那是他“造孽”的照片。看来，他觉得美好的记忆，已经无处容身。

开茅提出了一些问题，首先指出，尔葆的身体并没有完全吊起来，他怎么会死的？法医说，第一，可能他在把自己的脖颈放到皮腰带上以后，一度下了必死的狠心把体重放到了脖子上，一度在脖子上压上了百斤以上的力量，随即气管食管动脉勒紧窒息，几近断裂，然后又显示了跪垫的式样，跪下以后，颈冲压力有所减小，但后来这样的姿势，并不意味着脖颈处吃力的微小。他的心情波动与活动会极大增加脖颈压力。第二，在身体没有离开床褥的情况下，也能吊死自己，这样的先例，过去政法机构也见到过，不是没有。

然后开茅指出，按照尔葆按部就班、注意细节的性格，是不是可能他并没有下定决心自杀，而是只想试试？如果他当真要实行自杀，按常理他会穿得整整齐齐、干干净净，不会像现在这样轻易。对此大家认为开茅的看法有一定道理，但生活经验证明，也有另外的不按常理做某些事情的可能。再说决心已定也罢，未定也罢，现在还能说些什么呢？

开茅并没有什么认真的看法，只是不希望自己的老相识、自己的准弟弟之死处理得太简单、太草率、太方便。除了苏瓒与明光以外，没有谁眼睛里有泪水涌出，这也使开茅心有不甘。现在随便一个电视的装腔作势的节目都要搞出嘉宾、群众、观众的泪水，还有个专门名称，叫作泪点。搞出泪点，才有收视率，有收视率才有广告与利润。怎么连亲人的死亡都搞不出泪点来了？而且是一个如此善良文明的人！

而后他把不快发泄到从都柏林赶来的公司高管身上。他指出公司管理层竟然让尔葆离家十年到万里之外服务，这是不人道的，是侵害了尔葆个人幸福与健康的，应该依法追究公司方面的责任。说到这里，前妻与子女哭出了些微声音，算是有了点动静。

洋高管马上抓住机会解释说明。他找出记录文件，说是十年来，他们三次询问尔葆的意见，还有一次是在美国问过立红的意见，他们都不要求返美夫妻团聚，苏尔葆希望继续在华的工作，单立红希望苏先生到中国挣更多的钱。他们甚至告诉高管，中国人与欧美人不一样，不是离开了经常性的性生活就受不了。

"这样的事情合适不合适，你们应该有判断的责任与能力，不能完全由当事人负责，例如，你们是否给他安排了与家人在一起的更合适的职位与待遇……"开茅有力地驳斥说。

他们还看到了一批文档，是二宝胡涂乱抹的纸头，一张纸上写了无数"我爱你，我害你，你害我，你爱我，你我爱，你我害，害我你，爱我你，爱死你，害死你，你爱死，你害死……"另一张纸头上写着八个大字："天理恢恢，自取灭亡。”开茅钻心撕肺，站立不稳。

都柏林来的高管提出了公司给凯文与苏瓒的抚恤方案。

当天下午，签署了一批文件，从法律上结束了此事。子女没有异议，前妻没有异议，开茅不快，包括并不满意他们的抚恤，但也没有再提异议。该说的话他都说了，夫复如何？当地的公安民政外事部门要求所有的参与者包括立红、开茅、明光签名留取证言，只消证明子女与生前好友认可有关处理安排，他们都签了。

四月十五日，经各方同意，在殡仪馆举行了苏尔葆遗体告别仪式。厂里的人来了不少，都说也只限于说：“人家苏厂长，可真是个好人呀！”开茅看到了告别仪式开始的时候，快递公司送来一个别致的小花圈，全部紫黑色荷兰郁金香，中间有一个用白色钟乳花做的署名：乐鹇。事后，开茅想起乐鹇也许是月儿的另一种写法。他与明光谈了，明光不在意，只是不满意地说，她至少应该过来告个别。

如果说这样一个草草的告别仪式上总算有差强人意的点滴，那就是正中悬挂着的苏尔葆先生遗像。这是厂子里的一位青年职工用手机给厂长照的，他正在上楼梯，他的心情是那样明朗，他的一只手在轻击额头，这个姿势甚至不无高雅，他的左眼睛略略比右眼睛小了一点点，他似乎在调整焦距，他要看准与看清一个对象。他还充满着活力。

开茅与立红有所沟通，他知道立红的意思是告别后即刻在当地火化，他们已经购下了骨灰罐，然后他们回北京，把尔葆的骨灰送到西山附近一个墓地。立红还宣布，要在苏尔葆的墓碑上，印上他童年戴着法国男童帽的照片。

“如果没有人反对，我死后希望能与尔葆埋在一起。”立红对开茅说。开茅似乎已经成为二宝的法定代理人了。

“当然，再没有别的人了。”他与明光做出了一副宣誓的姿态。立红终于减少了一点尴尬。然后拿出二宝给她的要求复婚的二十一条微信给他们看。他们看到了二宝的血书照片：“我没有想害你，可我害了你。”立红还告诉开茅，二宝临离开他们在美国的家的时候交代过："我的事，找开茅哥。"

她说："他说他害了我，最后是我害了他。我不管两国的法律，我会向中美两地亲友宣布，我要以最正规的方式宣布我与二宝复婚！"

山里红，毕竟是山里红啊！如二宝所说，她是杀伐决断的司令兼政委。开茅想向她伸出大拇指。

而且，延迟到现在小说人才顾得上一提：此次在二宝的丧事中见到的山里红焕然一新，她做了口颌整形手术，她一下子变得多么漂亮了啊。

又过了些日子，开茅得知，立红的美容手术是在她与二宝离婚后，专程到韩国做的。

了解了这一点以后，明光说："天知，地知，你知，我知，他知，她知。我们都不愿意说。这个话题太渺小，谁都不愿意暴露自己的渺小。即使将二宝与立红的故事写成一篇小说，也没有人会说破这最渺小之点。"

明光叹道："我们女人哪！"

重　码

此后一两个月，这件生离死别的事件成为开茅与明光的一个主要话题。明光恨得跺脚，认为二宝太不坦荡磊落。明光甚至引用鲁迅，从国民性的角度叹息：为什么不敢爱也不敢恨，不敢说也不敢做，不敢乐也不敢哭！在月儿提出了要求以后，二宝一开始没有思想准备，他的回答冷血而且颟顸自负。后来呢？一年时间，他下了那么大决心，做了那么大动作，他不与月儿沟通，他是在特工潜伏吗？潜伏恋爱？潜伏婚姻？他已经搞得立红与她的儿女天翻地覆，他已经颠覆了自己的家庭与人生，为什么却要向最要求最盼望最关切最痛心的月儿保密？这不是发疯吗？这不是浑蛋吗？这不是死人吗？这不是废人吗？坏人害人死，好人害死人！害死人首先是害了自己！他为什么不在一年前就说清楚他要去离婚？他甚至于应该光明正大地去问月儿，她能不能再等他几个月。他背着月儿做一切为月儿做的事，他背着月儿去为了月儿，他牺牲原有的一切！这是什么逻辑？他吃了什么蒙汗药丸儿？他凭什么认为月儿在愤而中途下车走掉之后，会为他守节守志，会也像特工一样潜伏起来，一直当尼姑当修女立贞节牌坊，等着他猴年马月再来偷偷找她调情？

“也许这是天意。归里包堆，二宝的媳妇还是山里红！”开茅说。

“可能。那他有权更有义务摸清摸准这个天意。如果天意是另类呢，比如，二宝应该与月儿再过十年，然后月儿患上我现在的病！”

开茅捂住了明光的嘴，“瞎说！你的病好了，人类已经战胜了癌细胞。海峡那边的三位医生很棒，北京也已经开展了这种治疗实验。据说日本医生也在研究治疗癌症的新套路。何况再过十几年！”

开茅说，二宝为什么不惜一切代价破釜沉舟办离婚手续，却整整一年与月儿隔绝信息，并无任何难解。他告诉明光，二宝的难处太多了，说实话，不仅二宝太难了，连姓顿的他自己也一直是吞吞吐吐、黏黏糊糊，一句痛快人话没有说过的呀！

开茅说：“你想想，在与立红办完离婚手续以前，二宝能认定自己当真会与立红离婚吗？他能下定下死真正的不要良心不要亲情不要妻小的狠心吗？他只能走着瞧，试试再说。他能像兰波的诗那样地不感歉意不感亏心地大步往前践踏自己的前半生、自己的最最亲近的亲属吗？他当真舍得立红，舍得儿女，舍得凯文，舍得苏瓒吗？现在我不好多问，但是我敢断定，这次离婚也是最后由立红下的决心！你信不？二宝不是一个杀伐决断之人哟！他能断定自己会这样办事？如果他与月儿一同计议商量他的离婚计谋，他还算是个人吗？”

明光一百个摇头。她认为，当真出现了不可开交的情势，就必须男子汉大丈夫，好汉做事好汉当：“人有好也有坏，人有施恩也有欠情，但是人应该坚决些。施恩与欠情，都不要回避躲藏，都要敢亮出来。否则，害了所有的人。不下决心就是虚伪，就是不敢负责，就是哈姆雷特，就会害一个再一个。他不想弄脏自己的手，他自己放不出一个响屁，你顿开茅当然也就吞吞吐吐、迟迟疑疑了！开茅，我们都不喜欢凶恶的小人，但是，前怕狼后怕虎的君子绅士有多恨人！走了一个好人，留下永远的悲伤和遗憾……”明光声泪俱下。

“他从小……”开茅说。

“从小怎么啦？”明光说，“从小就不能鬼鬼祟祟、哆哆嗦嗦！”

“你应该了解，出事的时候是四月，天还凉，但是白天已经变得很长，下班的时候夕阳照在墙上。四月的黄昏太漫长，四月的黄昏不好过，孤家寡人，独自怎生得黑！尤其是周末，双周末，形影相吊，天怒人怨。境外的心理学家与精神病学家，乃至公共安全学者，都有注意灰黑四月的论述。”

“倒真像是欧美学者的话。他们喜欢鸡毛蒜皮的微观实证，我们喜欢大而无当的高屋建瓴。但是，人生岂止四月天？完了还有五月，还有闷热的八月，还有那冬天的漫漫长夜，夜夜刮着西北风。每天还有许多空闲，每周还有那么多时间……说不定几年后要实行每周四天工作制了。你会越来越受不了孤独，你至少得对自己负责，对自己最爱的人负责。”

“再说，”明光突然激动了，“你想想，如果月儿有心机有算计，二宝的三套房产根本不可能全归了立红……月儿是好人啊。”

“我头一次见到山里红的时候，她只有十几岁，她像一支火炬、一盏灯，一下子把二宝的家照亮了。”开茅听出了明光对于月儿的同情来了，他必须讲讲立红的好处，二宝的一切难处他们两口子也都感觉到了，他们需要保持某种平衡。

……总算把对于二宝的不满全都说出口，明光最后哭出了声。她呜咽着说：“二宝真是好人啊。好人恨死人啊！”她又说：“在男男女女的事情上，我们是怎么搞的！从五四运动我们就够启蒙、够先进的了，直到现在，也没整明白。多了几个二郎八蛋，多了几个花言巧语与假招子，多了几个精神病，现时又多了许多下流网络小说。看看电视政法社会节目吧，不是因为认定对方变心下毒手杀了情人，就是伪造身份骗到人民币，不是掐人毁尸，就是将情人的尸体装到后备厢里星夜转移。说到男女关系，开口闭口都是‘背叛’‘阴谋’‘出轨’‘绿帽子’‘冤枉’‘包二奶’‘小三’‘情商低下’‘人财两空’‘鱼死网破’‘冤冤相报’之类的字眼，你想了解我们的爱情、婚姻、家庭、伦理吗？你去找刑侦部门的年度资料汇编去吧……”

“没有这么严重吧？不要胡说啊！”开茅努力止住明光的激动。

“你想想，在刑侦案件中，情杀情骗男女之间的事故占了百分之多少；再想想，在爱情与婚姻中刑事犯罪又占有了百分之几十几的比例呢？”

“真是想不到啊，二宝就这样没了。”两个人又是一阵叹息。他们知道，他们会这样叹息一生。

“我最近常想，当然有可能，一个人死后仍然会给你发微信，发兰波的诗、纳兰的词，还有自己痛苦的心声，只要用对了程序与功能。我们后死者，就应该好好等着听着，会不会先我们而去的他，十年乃至二三十年后，发来那时候才想告诉我们的一些悄悄话……人是不会死去的，他们的心里话，还在天幕云里蕴藏着与氧化着，成为糖，成为酒，成为余响与新韵。”

“你讲得真好啊。”但愿上苍保佑明光平安。开茅心里默默祝祷，想着他们这个普通渺小的家庭的幸福。他说，“生命应该珍惜啊。”

“生命应该善待。”明光总结说。他们俩同时流出了泪。

然后开茅背诵了纳兰性德：“……年来苦乐，与谁相倚……待结个、他生知己。”

人去以后，又能与谁共享喜怒哀乐？来生呢？谁与谁结为知己？他解释说，不是他生另寻知己，纳兰的诗句应该解释为，不仅此生是知己，他生仍然必须是知己。不是有情人终成眷属，结成眷属甚至也不是最最必须的，人类需要爱情。想想吕奉德、苏清恶、顿永顺、顿永顺的妻子与情人，包括二宝与他的前任妻子与后任未成的女友……再想想开茅、明光他们俩有多幸福吧。

十五岁的女儿忆苏自网上搜出了北京纳兰性德园，他们带上女儿，根据网上提供的资料去了海淀区上庄湿地。不错的房子，当年的纳兰墓，墓没了，新建了园。词人园子门口挂着一块黑板，粉笔写着：“蘑菇炖小鸡，烧排骨，手擀面，家常饼，炒土鸡蛋，香椿鱼，野菜玉米团子，煎河虾……”标注了各菜品的价格。根据一些政协名流的提议修起的纳兰性德园，修好后无物可展，无人来看，园主将它干脆改造成了农家乐旅游点。女儿明知故问：“纳兰性德，是厨子吧？你看，别的地方都说东北人要吃小鸡炖蘑菇，纳兰老师说的是蘑菇炖小鸡！”

爱情成为刑侦学的课题，纳兰性德的美词接上了蘑菇与香椿的地气。我们有那么好的词人和词，却少了什么呢？

春节到了，开茅收到立红贺年微信，有几个花花绿绿的表情图片，别致喜人。她发来了客室里挂着二宝的幼童照的照片。没有谈别的，只是说了子女的学习与体育成绩，还有俩人参加文艺演出的情况。她还给开茅家寄来两件外穿的加厚纯棉线衣。她说，她那里人们对于纯棉织品的喜爱超过了毛织品。

开茅与明光给他们寄去了中英对照的《唐诗三百首》，还寄去了一批中成药，他们知道，立红喜欢六味地黄、桂附理中，加上香砂养胃。

又过了半年，开茅收到乐鸸的微信，告诉他们她一直感谢大哥大嫂。她还提到，她的孩子成长得很好，她本人次年将到新西兰惠灵顿大学读英语文学。她现在正在家乡参加说唱曲艺研讨会。

开茅用他与明光二人的名义给月儿回微信：“月儿，收到，谢谢，想念，祝福，我们活着的人要过得好，这是怀念，也是感激。明光、开茅。”

开茅将应该是在尔葆自杀后，他们才收到的有兰波诗与二宝的狠话的微信照片转发给了月儿，并说明了有关情况。与立红与月儿的微信来往，安慰了、填补了二宝溘然离去留下的空白。长远地说着他，想着他，哪怕是怨着他，这正是他们极其愿意的，为二宝的真实存在而作证。存在的证明是爱情，爱情的证明是难忘的悲痛。

两天以后，开茅看自己的手机，突然发现，给月儿的两封回信的上款写的不是月儿，而是“豺狼”。他发出的微信是：“豺狼，收到……我们活着的人要过得好……明光、开茅。”还有“豺狼，请看尔葆死后发来的微信……”

他大惊，不能相信眼睛，不能相信精彩绝伦的五笔字型输入法。他试了二十次，证明“月儿”一词与“豺狼”重码。他连忙再发信，再再发信，再再再发信，没有回音。他发现，一个词“相信”，在五笔字型里已经与“相依”“想念”“相仿”“相邻”重码。

月儿不回答，是不是月儿拉黑了他的微信？他想着的是等明光再好好，他们一起去一趟新西兰惠灵顿。他们一定要找到月儿——乐鸸，他们祝福她和她的家人。听说惠灵顿海风极大。听说诗人顾城，就是在那边发了疯，杀妻以后自杀的。

……直到写完小说，这里谈谈汉字奇迹。我的主人公顿开茅与王蒙有着奇异的先验关系。请你在这个大约十五年前的五笔字型外挂版框架里敲键 GGAP，四字母连打出来词组：第一个词组是“顿开茅塞”，第二个是“王蒙”。

后来，已经很少见到这样的外挂五笔版本了。五笔字型的重码是完全偶然的巧合吗？我不知道。LLBY，“男孩”，同时是“慷慨陈词”。Adlt，是英语“日常生活活动试验”的缩写，是五笔的“巧克力”，还是“苦力”，还是“恐龙图”，还是“苍龙转生”。

还有延迟，与“延迟”重码的是“处以”与“自尽”。“足球”同时是“蹭球”。“海龟”同时是“活象”。“小三”同时是“小厂”。“逻辑”同时是“鸭架”。而“怪力乱神”同时还是“发回重审”！英明噢！

“月儿”就是“豺狼”？当然荒谬，简直混账。顿开茅与王明光在这里向月儿乐鸸喊话，豺狼是软件的误伤误撞，与咱们的友谊互信毫不相干。

月儿你好！请回信！

立红你好！改革开放很好！

不忘好人！生活，前进！

最近的《新闻联播》里，播送了工业园与苏厂长供职过的厂子的正能量消息。

尾　声

二〇一八年四月五日，星期四，清明节，开茅与明光到八宝山烈士陵园为赵妈妈，到房山静安墓园与昌平万佛园为吕、苏二位老师与顿永顺爹爹扫了墓，献了盆花与祭果。又到海淀区香山南路，正黄旗十八号金山陵园祭奠了二宝。这一天，通向墓园的道路车水马龙，人山人海，他们早上八点出门，连午饭都没有吃，晚上七点多才到达了金山。

墓园的发展太迅速了，当年苏尔葆入葬的时候，是新开辟的长思园的第三个安息者，周边敞敞亮亮，见山见水见田。现在，长思园内的逝者墓碑已经好几百，密密麻麻，几乎是拥挤与火热。生命如烈火燃烧，死亡如海潮涨涌，墓园的人住飞速覆盖。暮色中开茅以手机做电筒帮助照明，费了十几分钟，才找到苏尔葆的姓名。青山，松柏，白云，逐渐深藏到暮色然后是夜色里，肃穆的扫墓者们大部分已经退离，一鞠躬，二鞠躬，三鞠躬，使人悲凄也使人平静。果然，一切生的苦恼纷扰渴求与手忙脚乱都结束了，安宁了，同时仍然被惦念着与回想着，叹息着与抚摸着。

开茅与明光都体会到了那宁馨的交谈，那无言的眷恋，那永远激荡着悲苦着与爱恋着的虚空，他们俩的手拉得更紧了，手拉手的时日由于有限而更加珍爱。

开茅用手机闪光拍下了放上了盆花的苏尔葆之墓，他不理睬不宜在墓地拍照的说法，将照片发给了立红。最令人感动的是碑石上方，通过瓷艺技术，在白色瓷砖上打印了一个法国男童马洛帽的彩色——其实也只是蓝灰与灰黑色的照片。建墓时单立红定下的碑石与瓷艺照片标准，立红离京后两个多月，碑石与瓷艺做好，经开茅首肯，竖好了墓碑，摄影，发去了照片。

回家路上吃了烧卖，清明返程一直延续到晚十点以后。开茅发现丢掉了手机。他给金山墓园接待室打电话，没有人接。

当天夜晚，开茅睡着睡着听到了手机的信号声，是他特别设立的专属二宝的彩铃，是腾格尔的《天堂》歌声。他一惊，他略有感觉与思忖，莫非是自己没有将手机丢掉，手机他一进门就自然而然地放到抽屉里了？他曾经多次将手机放到抽屉里，为的是妥为保护，结果是自己看不到着急。他想起来察看一下，又实在瞌睡，迷迷糊糊地与明光拉着手飘进一个屋室，并且听到了声音：

“哥哥，哥哥……”

他突然明白，是二宝在呼叫。

他从床上立起身，他拉开不知是哪一个抽屉，拿出手机，飘出卧室。他在自己的书房，打开了手机，手机顶部显出了二宝头像标志与音频的符号。

……他听到了二宝的声音。微弱、起伏、衰减、增强，然而清晰，他说：“都好，都好。只是要勇敢些。幸福并不是我的苦痛。”

开茅有点晕，像喝多了酒。他摇摇摆摆回到自己床上，日益瘦弱的明光身边。明光咕哝了一声，他没有搭茬儿。

第二天醒后，他到处寻找手机，仍然是哪里都没有，打电话，从金山墓园的接待室，几经周折找到了手机的下落，说是今天凌晨，清洁工人从苏尔葆墓碑底座处，捡到了手机，他们已经向在接待册上登记的旅美联系人单立红女士发出了信息。

后来，费了老大劲，取回来了。清明假日，去墓园的人太多了，车根本开不动。

“还在？”明光问。

开茅点点头，他拿着手机说：“我上月才刚网购的华为 nova3，在二宝那里宿了一宵。它已经向可怜的弟弟传达了我们的问候。无论如何，是二宝再次给我发出了音频微信，他的声音，云里云外，飘来飘去，我都听得出来，他仍然是温文尔雅的呢。”

上官之眼

老　藤*

上官春退休了！这消息在蒲河市绝对是当日头条。

上官春是谁啊？蒲河市最有名的学者、蒲南大学经济学院院长、蒲河市专家咨询委员会主任！本来，依上官春一级教授的职称完全可以不退，但他认为十三层宝塔自己已经置身塔顶，再坐下去别人就上不来，因此他选择在六十五岁退休。校长老陆找他谈话，说上官教授啊，你是蒲南大学一杆大旗，你一退，蒲南大学没标杆啦！老陆是搞文学的，说话喜欢比喻。上官春的退休的确是蒲南大学的损失，上官在，项目就在，上官一退，蒲南大学就没了压舱石，在市里少了话语权，这一点并非虚构，很多人都知道现任省长马三运——蒲河市的老书记在离任蒲河前讲过一句话：我在蒲河工作八年，最应该感谢的是上官春，有难题，找上官，成了我在蒲河任职的座右铭。此话传到坊间，便衍生出各种版本，上官春也被传得有点神。确切地讲，马三运仕途能一帆高悬，上官春功不可没，马三运在任期间的几大工程，不仅论证出自上官春，而且在统一各界口径、平息杂音噪音上也腾挪闪转，倾力而为。上官春揉了揉眼窝说："适可而止，换一种活法吧。"老陆叹了口气，道："上官啊，你搞得我措手不及。"

上官春有一双让人过目不忘的眼睛，是相书上所说的重瞳，与这样一双眼

---

* 老藤，本名滕贞甫，1963 年生于山东即墨，中国作家协会全委会委员，辽宁省作家协会主席。作品多次被《小说选刊》《中篇小说选刊》《长篇小说选刊》《新华文摘》等转载，入选多种选本，获得多种奖项。

睛对视，会让人产生眩晕感，学术研讨会上的辩论者一旦与上官春对视，便会触电般躲开，在精神上缴械认输。重瞳乃圣人之相，舜帝、仓颉、西楚霸王都是重瞳，上官春嘴上不说，内心也为自己天赋异禀而自鸣得意。上官春治学上颇有建树，举重如拈轻，不是官员胜似官员，颇有苏秦之风，他常常教育学生说:高度决定眼界，气度决定格局，做事做学问要有“会当凌绝顶，一览众山小”的气魄。上官春这种宏大气魄甚至传导到了他喝咖啡、喝酒这种生活琐事上，别人喝咖啡喜欢少加糖或不加糖，他却一放就是方糖三枚，胰岛功能如此强大，让畏糖如虎的教授们惊愕不已。别人饮红酒都是小杯慢酌，他却喜欢往大号高脚杯咕咚咚一倒就是半瓶，虽然倒上后并不速饮，但如此豪气对陪酒者无疑是排山倒海一样的压力。

退了，总要有点事做。上官春桃李满天下，尤其在蒲河政坛，有头有脸的大都出自蒲南大学，最著名的要数“上官三杰”，也就是上官春带出的三位博士：一位是现任市长宋理，一位是现任组织部部长彭博，都是蒲河政坛领军人物；还有一位是才华长相都十分出色的文京，市环保局局长，蒲河市凤毛麟角的女局长。上官春从不以学生闻达自居，有人当面提起上官三杰，他会谦虚地回一句：三杰可叫，上官不能加。言外之意学生有成绩是他们自己的造化。听说老师退休，市长宋理首先登门，希望老师能到市政府经济研究中心挂个名，不用坐班，间或到办公室露个面即可，帮政府的重大决策把把脉。上官春婉拒了，说名不虚立，既然已经退下来，就要有个退下来的样子，再参与决策好说不好听。彭博是组织部部长，善于揣摩干部心理，虽说老师有一双高深莫测的重瞳，但他还是揣摩出老师会对什么感兴趣。他登门建议说，老师去打球吧，乒乓球、门球、高尔夫球，我们老年大学样样都有，专业教练包教包会。上官春说我一辈子没摸过球，骨头都酥了还打什么球？与两位男杰无功而返不同，文京登门三分钟不到就把老师拿下了，文京靠什么？靠一部崭新的莱卡 S007 相机。文京说老师您做我们环保局特约监督员吧，为环境保护做点贡献，不过学生把话说在前面，这可是纯公益，没有报酬。文京这么说等于把上官春逼到了死角，不答应好像是嫌没报酬。他问，需要我怎么做？文京说很简单，您带着相机到处走走，发现有环保问题可随时抓拍发给我们，我们会受理并反馈处理意见。上官春说这个活儿好，环境保护，人人有责，我找不出拒绝的理由。上官春接过相机，摆弄一番，问："我收下相机不是受贿吧？"文京笑着说："放心，老师只有使用权，没有产权，这是国有资产。"上官教授揉了揉眼窝说："看来我要学一门新技术了。"

1

担任特约监督员第二天，上官春给彭博打电话，让他在老年大学物色个摄影老师。彭博很纳闷，说老师挺会赶时髦，市里退下来的领导都在学摄影，有的还办了影展。上官春说我学摄影和他们不同，他们是消遣，我是工作，给文京当监督员。彭博说这个师妹，真会钻空子！老年大学归彭博管，很快，彭博物色了蒲南市摄影家协会主席苏北风给上官春当老师。苏北风长腿长颈，凹目高鼻，头发配置严重两极分化，中部谢顶，鬓角和脑后却厚如蓬草，他喜欢穿米色高领毛衣，外面套一件数不清有多少口袋的马甲，无论冬夏脚上总是穿一双高帮翻毛登山皮鞋，在蒲河市摄影界赫赫有名。一开始，苏北风不情愿接这个差事，但彭部长说话很在理，他无法回绝，彭博说苏主席若是怕上官教授将来顶替你的位置，你就别收这个学生。苏北风想，自己办的摄影班不搞武大郎开店，学生们有退下来的副市长、局长、处长一大堆，还在乎一个教授？就这样他同意了接收上官春。见面那天，他扫一眼这位学者范十足的高龄弟子，冷冷地说："上官教授乃蒲河名流，拜我为师岂不屈尊？"上官春态度诚恳："隔行如隔山，经济学方面我还知晓一二，论摄影我只是个小学生，苏先生是拿过金像奖的大师，希望苏先生不吝赐教。"苏北风以拍摄野生鸟类见长，他爱鸟如命，曾经在步云山上和架网捕鸟的偷猎者动过刀子，而且将偷猎者扭到了派出所，蒲河摄影界为此给他起了个“鸟侠”的绰号。苏北风获金像奖可谓实至名归，为了拍摄一组蛇吞鸟的照片，他孤身一人登上蛇岛，在一座生长着成千上万条黑眉蝮蛇的无人小岛一趴就是三天三夜，第四天渔船去接他，过了约定时间不见他下岛，以为他出了意外，正欲报案，见瘦鹤一般的苏北风扛着三脚架摇摇晃晃从岛上下来，见到大家第一句话就说：成了！苏北风此言不虚，第二年他果然就拿了金像奖。

苏北风说自己教摄影只做一件事，就是点评作品，至于用光、景深、取景、构图这些基本常识他一概不管，他这样做也有道理，相机智能化程度越来越高，傻瓜都能拍，再讲这些技术要领没有必要。关于摄影，苏北风说了两句话：一句话是“镜头即良心”，上官春对这句话摸不着头脑，又不好多问，便存疑在心，想等与苏北风熟悉后再讨教。苏北风的第二句话是“焦点要朝下”，这句话似乎不难懂，应该是接地气的意思。

“听说你喜欢喝咖啡？”苏北风问了个与摄影无关的问题。得到确认后，他从冰箱里拿出一听茶叶递给上官春，“喝点绿茶吧，别喝那添躁烦心的洋玩意儿。”上官春接过茶叶，是上好的君山银针，他谢过苏北风，心想，退休是该有个退休的节奏，用不着咖啡提神了。

上官春没有想到，他第一组甚为得意的摄影作品，被苏北风嗤之以鼻。

五百里蒲河是这座城市名副其实的母亲河，这条并不宽阔的河流从滚马岭流出，蜿蜒南下，在下游冲积出一块数百平方公里的三角洲，古人称之香洲，因水域边多生香蒲而得名。蒲河市就建在这块平坦肥沃的香洲上。当年，为了让舒缓流淌的蒲河水能够发电，时任蒲河市市长马三运产生了在蒲河上建一座大坝的想法，马三运建大坝理由有三：一可发电，二能蓄水，三会拉升经济，可谓一举三得。但这样一个花费天价的工程马三运不敢拍板，何况有利必然有弊，弊处一是举债，二是移民，三是影响生态。马三运思来想去，想到了专家咨询委员会主任上官春这张牌，他把上官春请来，两人喝着蓝山咖啡促膝长谈了小半天，马三运说服了上官春并赢得支持，政府决策时，上官春在论证会上引经据典、力排众议，最终促成项目如期上马。建成后，六十米高的混凝土大坝给人一种壁立千仞的感觉，成为蒲河电视台开播前十年不变的片花。

上官春初学摄影，首先想到的就是去拍蒲河大坝。

蒲河大坝横亘小关门山和大关门山之间，加上溢洪道长约一百五十米，要想完整拍下这座庞然大物，必须爬上海拔六百米的大关门山。大关门山、小关门山其实是被蒲河隔开的两条山脉，在飞机上看，犹如两条蜿蜒的绿龙从陆地探向海洋，大关门山这一条要粗壮一些，小关门山这一条则略显纤细，古人便给起了个“父子龙山”的绰号，这个绰号近年没人叫了，孩子们很少知晓，因为地图上标注的是大关门山、小关门山。

大关门山根本无路可登，山上长满了黑松和橡树，只能援树而上。上官春第一次出门拍照，颇有些兴奋，他大汗淋漓登上山顶，俯瞰自己的得意之作，如同老将军检阅自己的部队，很想大声发几声口令：多么雄伟的大坝！啧啧，烟雨莽苍苍，龟蛇锁大江啊！他自言自语，当年，如果不是他出面论证并多方呼吁，马三运这个梦想不会变成现实，梦想固然重要，关键是如何让美梦成真，可以毫不夸张地说，自己是马三运名副其实的圆梦人。

居高临下俯瞰蒲河大坝，上官春并非第一次，大坝竣工那天，他陪马三运登上过小关门山，望着气势不凡的蒲河大坝，马三运若有所思地说：都说谋事在人，成事在天，我看谋事在人成事也在人。上官春闻此言甚感马三运气场非凡，前途无量，果然，没多久马三运就被提拔当了书记，接着又荣升省长，成了名副其实的封疆大吏。

被大坝截住的蒲河水平静如镜，呈现出少有的靛蓝色，两侧青山和天上白云映衬在水中，仿佛水天倒置了一般。上官春变换角度开始拍照，兴致勃勃地拍了一个上午，才依依不舍地下山驾车回家。

上官春精选出一组蒲河大坝的作品拿给苏北风看，苏北风在电脑前翻看了一遍，嘴一撇，道：“水棺材！”上官春愣了一下，他不知道水棺材何意，看苏北风那副神态又不便再问，讪讪地坐在一旁，不知说什么好。“断头铡！”苏北风又吐出一个概念。说完，他推开鼠标，从写字台前站起身，从书架上抽出一本书递给上官春，“看看这本书吧，对你或许有帮助。”他点燃一支烟慢慢吸着，那双凹陷的眼睛被青烟遮挡起来，犹如深邃的猫耳洞。上官春接过书，这是一本《水知道答案》。苏北风将烟蒂在烟灰缸里拧灭，捏着下巴说：“有人说这是伪科学，可是我从伪科学中也会读出真道理，视角不同，真伪有异，就像鬼旋风，气象学家有气象学家的认识，农民有农民的说法。”

上官春瞪大了眼睛，这是他第一次听到鬼旋风的说法。后来他查阅了相关资料，知道鬼旋风这东西的确好没来由，田间、街角、墓地、寺庙，有时在静静的农家小院也会魔幻般出现，它们或大或小、或明或暗、或急或缓，神秘莫测，来去无踪，人们因此赋予它许多传说。

“镜头不要对着没有灵性的东西。”苏北风的话有刀刃般的质感，很显然，他对拍摄混凝土大坝不感兴趣。“镜头即良心，”他接着说，“要把镜头多对准原生态。”

上官春夹着那本《水知道答案》离开了苏北风工作室，他觉得苏北风尽管摄影水平高，但其偏执令人不敢恭维，工业文明也是文明，怎么就没了灵性？苏北风毕竟是教摄影，而不是经济学，上官春心想，不能用政治经济学的认识标准来要求艺术家，既然原生态的作品上档次，自己就该去试试，拍摄原生态有何难？无非是多跑一点路而已。回到家里，上官春俯在地图上琢磨了好一会儿，用铅笔在蒲河上游一个叫金家村的地方画了个圈儿。就这儿了，他对自己说，地图上的虚线说明这里遍布沼泽，沼泽是最典型的原生态，各种水禽，盛开的鸢尾花、马兰花，还有香蒲、鬼蜡烛，随便按下快门都是原生态美图！

次日，上官春带上摄影器材，驾车沿着水库边的公路开往蒲河上游。天气不错，无风，白云像睡着一样纹丝不动。水库边的公路是砂石路，不足丈宽，因为没有重型卡车碾压，路况较平整，但弯多路窄，无法快开，沿着公路可以抵达蒲河上游的金家村，那里是上官春在地图上锁定的地方，再往上走就没路了。路越走越窄，路边的芦苇有时会噼里啪啦抽打车身，路上不时有风干的牛粪马粪，这些干粪和砂石路很靠色，如果有汽车跑，这些干粪早就被碾飞了。上官春心想，看来金家村还处在牛马车时代，自己来找原生态算是找对了地方。

开出大概百余公里，这条鸡肠般的公路化解在一个半山坡的村子里，语音导航告诉上官春，已经到达目的地。上官春下车仔细观察了一番，村子大概有五十栋房子，红砖铁皮瓦，玻璃门窗，每一户人家都有前后院子，碎石垒成的围墙，让人担心石头缝隙里是不是藏着蝎子，围墙上爬满了豆角秧，紫色的豆角花若隐若现地开着，显得有些羞涩。上官春遇到一个荷锄出村的老者，上前询问这附近是不是有沼泽地。老者头戴草帽，衔着短烟袋，好奇地打量了他一眼，道："以前有，现在都淹了。"上官春心想坏了，自己看的地图一定是蒲河大坝蓄水前的地图。他又问老者："村主任家在哪儿？"老者先是看了他一眼，再眨眨眼又仔细看了看，才说："最前面那趟，院子里有杏树的人家就是。"老人走出几步，又回头看了看上官春，上官春下意识地打量了一下自己的穿戴，夹克衫，水洗布裤，运动鞋，没像苏北风满身口袋那么夸张，老者看什么呢？依照老者所指，上官春来到村主任的院子。与众不同的是，这一家盖了个很阔气的门楼，包着白铁皮的两扇大门敞开着，窗前一棵结满青杏的杏树格外显眼，院子西南角拴着一头高大的黑骡子，正在专心吃石槽里的青饲料。他迈进大门，黑骡很友好，倒是几只大白鹅高声叫起来，其中一只额头高凸的大公鹅竟然脖颈贴着地面向上官春发起攻击。上官春急忙退出院子，却不忘将相机对准这只看家护院的大鹅。大鹅看到上官春退出院子，也不穷追到底，转身大摇大摆开始归队。这时，一个高颧骨的中年汉子迎出来，微笑着问："城里来的？"上官春点点头，道："你家大鹅能看家护院了。"汉子笑了笑："大鹅嘛，虚张声势而已，不像狗，会伤人。"上官春心想，要是被大鹅啄一口也够受的，据说偷吃鸡鸭的黄鼬最怕大鹅。汉子接着问："要打尖吧？"这一问，上官春才意识到时间已近晌午，一百多公里山路走了三个多小时。上官春说自己是来寻找湿地摄影的，赶上饭时就叨扰吃点农家饭，自己会按价付钱。汉子爽快地说："什么钱不钱的，不就是一顿家常饭嘛。"他介绍自己叫金琦，是村委会主任，来金家村办事的县乡公务人员都在他家吃饭，他媳妇娟子有风湿，去村里诊所扎干针，等娟子回来就烧火做饭。他还说别看娟子腿脚不利索，但烙筋饼又薄又好吃，很多吃过筋饼的城里人都说好。金琦将上官春请进屋，像刚才那位老者一样仔细打量了上官春一番，脸上的微笑突然海葵一样缩回去了：“你是上官专家？”上官春愣了一下，点点头。“我识得你，在电视上，特能讲，大道理一套一套的。”上官春想，自己经常上电视报纸，城乡百姓认识自己不奇怪。金琦说：“能上电视的都是有头有脸的，平头百姓没那个待遇。”这时，娟子回来了，人很瘦，一套陆军迷彩装穿在身上松松爽爽，脸庞上有些辣椒红。金琦告诉她：“这是大名鼎鼎的上官专家，麻溜烙筋饼吧，我去水库起底钩，要是钓到鱼我们中午炖鱼吃。”娟子目光很冷，一句话没说就去和面烙饼。金琦说：“上官专家你歇着，我去水库起底钩。”上官春不想错过看起底钩的机会，就跟他一起去水库。金琦背着一个满是污渍的黄书包，手拎红色塑料桶在前面走，上官春跟在后面。两人来到水库边，金琦倚着一棵大柳树坐下来，望着水面沉默了一会儿，从耳朵上取下一支烟，点燃慢慢抽起来。下底钩是一种独特的钓法，就是把鱼钩挂上鱼饵后在傍晚抛到水里，次日清早起钩，这种钓法往往会钓到晚上觅食的大鲇鱼。金琦迟迟不起钩，因为下钩间隔太短，现在起钩时间不够，很可能钓不到鱼。上官春举着相机给金琦拍了几张侧影，金琦这种姿态似乎不像个村民，很像个正在思考的哲学家。上官春问：“从地图上看，这里应该有大片沼泽。”金琦点点头：“那是过去，有大片芦苇荡和稻田，现在都淹了。”

一支烟抽完，金琦起身来到水边，在三块石头围起的一处简易火灶前停下来，这是一个被烟火燎黑的简易石灶，里面还有残留的香头、黄纸片。金琦蹲下身，打开黄书包，从包里取出厚厚一沓冥币，小心翼翼地点燃了这些冥币。冥币都是大面额的，上面除了有阎王爷的头像外，还印有丰都银行的字样。上官春不禁为丰都县那些金融机构抱不平，随便一个乡镇作坊都能发行这种冥币，如果丰都县银行把它垄断起来，产值利润一定可观。上官春的镜头嚓嚓嚓响个不停，也许他认为这种起钩前烧纸的做法应该是某种仪式，如同伐木前要祭祀树神，猎人进山前要祭祀山神，三百六十行，行行有行规，这是纯而又纯的原生态。上官春感觉自己真是好运气，这些原生态作品得来全不费工夫。

如果上官教授不提问，也许一切都会按原有的逻辑推进，但学者的职业习惯，使上官春很容易提问。他说：“我只知道渔民信奉妈祖和龙王，但金主任在蒲河水库边烧纸，应该不是指向这两位大神吧？”在金琦烧过冥币后上官春问。

“神仙？”金琦头也不回地说，“我是在给水下的父母送点零花钱。”

上官春停下拍照，他被金琦的话吓了一跳，难道说金琦的父母溺水而亡于此？

“这是怎么回事？”上官春问。

金琦站起身指指不远处的水面：“你看那里。”上官春顺着指向看去，一些水葫芦在水中漂动，显示那里有个隐藏的漩涡。

“我父母和娟子父母都在那儿，水下三丈深的地方，不仅我俩的父母，我上数五代祖坟都在那儿，那里是全村金姓人家的祖坟。”金琦声音有些颤抖，接着说，“蒲河大坝一筑，全泡汤了。”

上官春心里明白了，金家村原来是个整体搬迁村。他有些不解，问：“大坝建成后蓄水时间有一年半，完全来得及迁坟啊。”金琦说：“是要迁的，我们先顾活人后顾死人，全村五十四户要搬到水线上二十米的坡地，我们刚把活人的事做完，水库就发水了。”上官春依然不解：“怎么会是这样？迁坟用不了几天吧。”金琦摇摇头，道：“折腾老祖宗的事岂能马马虎虎？我提议等第二年清明迁坟，反正大坝蓄水要到雨季，谁想大坝建成当年遭遇一场连阴大雨，水位猛涨，水库又不泄洪，一夜工夫就把祖坟给淹了，为这事我去市里上访过，希望水库能放水，我们把祖坟迁出来，但市里不同意，说怎么能为了几盔坟白白放掉上亿方水，损失谁来承担？”

上官春似乎想起来了，蒲河大坝的确是提前蓄水，水无常势，当时情况特殊。他把相机镜头盖上，问金琦的父母何时亡故的，金琦说：“大坝建成那一年，两个老人舍不得祖上传下的老宅子，见到老宅被扒掉，一股火上来，双双病倒了，还没搬进新房就一前一后去世了。父亲去世前留下话，说自己死后哪里也不去，就埋在老祖宗留下的坟茔地里陪着列祖列宗，父亲当过兵，上过朝鲜前线，不迷信，但对老祖宗从来不差事儿。”

上官春没有再说什么，金琦开始起钩，十二排底钩收获寥寥，只钓到两条一斤左右的鲇鱼。金琦说：“够了，回去炖茄子。”上官春见收获不多，问：“你打鱼怎么不用网呢？下底钩是很原始的捕鱼方法啊。”金琦将底钩挂上鱼饵抛回水中，叹了口气说：“哪里敢下网？水库有汽艇巡逻，见到挂网就没收，金家村这几年被没收的挂网少说有几十张了，我当村干部的不能知法犯法。”

午饭，上官春胃口不佳，鲇鱼炖茄子几乎没动筷，卷起一张筋饼干嚼。金琦拿出一瓶金州大曲，上官春不沾酒，说下午还要开车，谢绝了金琦的好意。金琦并不劝酒，自己倒了半碗，有滋有味喝了一口说：“以前我也不喝酒，知道为啥开始喝酒？”上官春摇摇头，反刍一样嚼着筋饼，这不是他关心的问题。金琦抿了抿嘴唇说：“因为我要下水，不喝点酒，就会像娟子一样落下风湿。”上官春问：“打鱼非要下水吗？买条船不就解决问题了？”金琦摇摇头，说：“不是打鱼，我每年阴历七月十五要做一件必须做的事，带上本子家家户户去走一遭，问问有啥话捎给祖宗，收集好了我会潜到水里，把这些话捎到坟前去，十二年啦，传话记满一本子。”话到这儿他停顿了一下，忽然降低了声调说，“当年，祖坟被淹村民围着我不让啊，我就做了承诺，说我水性好，每年七月十五我潜到水下替你们上坟，谁让我是村主任呢，潜水上坟算是将功补过吧。”

这真是一件闻所未闻的事情，上官春无论如何也想不到蒲河大坝后面还有这样的故事，那些选择海葬的人，最多就是清明时节往大海里献一束鲜花，酹一杯黄酒，哪个跳进大海里去祭拜过？他掏出手帕擦擦手，好奇地问：“能看看你的本子吗？”金琦很好说话，“当然可以，”他说，“有个记者来采访过，问了一大堆问题，酒也没少喝，就是回去了没动静。”他让娟子去炕琴里拿出一个绿色塑料皮笔记本递给上官春。上官春双手接过笔记本，一页页翻看，看得仔细，眼睛一眨不眨。本子上字迹工整，依次记着姓名、时间、留言，人名皆为金姓，每个名字后写着长短不一的留言，有保佑晚辈平安的，有保佑风调雨顺的，还有保佑孩子金榜题名、早日嫁娶的，其中一个叫金三的名字后写着保佑他胃癌早日痊愈，这个请求应该是给祖宗出了个大难题。“我当村干部的要说话算数，每次都把家家户户传给祖宗的话背下来，然后潜水下去传话。有一年大旱，村民受灾，因为传话多，我下水十八次。”上官春打了个冷战，三丈深，十米多，上下十八次，这绝对不是个轻松差事！

“我属猪，今年四十三，再过几年就下不去了，那时这传话的营生谁来做呢？儿子在城里念书，打死不会回来，就是回来他也不会水。”金琦眼圈有些发红，大口咬下一段葱白，低头慢慢咀嚼。

上官春不知怎么劝他，好在山里人阴晴转换快，吃完大葱，金琦搓搓手说：“娟子想出个法子，让我把这十多年村民的话都写出来，放到空酒瓶里，然后再灌满细沙，用蜡封好，今年七月十五下水把酒瓶一个个摆在坟前，就一劳永逸不用下水了。”上官春眼睛一亮，用赞赏的目光看了看低头默默吃饭的娟子，娟子吃饭很慢，生怕惊动了两个说话的男人，咀嚼轻柔。金琦喝了一口酒，端端正正放好酒碗，道：“这法子也未必灵，人糊弄不得，鬼就能糊弄吗？我心里不托底，就像底线脱了钩，拽一把轻飘飘的。”酒后的金琦话语渐多，他说：“为啥鬼不能糊弄呢？有一年我潜水传话，因为多喝了几盅，忘了在岸上烧纸上香，脱了衣服就下去了，那天水不凉，似乎有一群小鱼儿吃我背上的死皮，痒痒的好舒服，谁知冷不丁就被水草缠住了，好像有两个小鬼锁住我两腿往深处拽。你看到了，那个地方根本不生水草，水面有漩涡的地方能生水草吗？这水草怎么会平白无故冒出来？我当时就想是不是哪里得罪了列祖列宗，马上就想起下水忘了发纸，我在心里祷告，列祖列宗啊让我上去发纸、让我上去发纸、让我上去发纸，祷告三遍，水草松开了，我胆战心惊上岸烧了纸和香，你说怪不怪，再下水时半棵水草也不见了。”

上官春解释说：“有些水草是漂浮的，大坝管理处每年夏天都要安排专人打捞漂下来的水草，防止水草破坏轮机。”金琦摇摇头：“早不缠晚不缠，为啥偏偏我糊弄了老祖宗这一年来缠？”上官春被问住了，“也许是巧合吧。”他说。

吃过午饭，上官春从钱包里拿出两张百元现钞递给娟子，娟子犹豫了一下，接过钱说：“换了别人就不要了，你的钱该收。”上官春愣了，娟子要么不说话，一说话怎么这么冲。“我们当年是信了你的话才搬到坡上来的。”娟子的话不假，当年电视台找自己做了一期节目，话题是水库移民，他说移民是脱贫的好契机，这话现在说也没毛病。他不能和娟子争辩，移民恋旧地，这一点他理解。他跟金琦说想进村拍照，金琦劝道：“别往村里走了，很多老年人都识得你，怕有麻烦。”上官春又愣了一下，问：“啥麻烦？”金琦放低了声音道：“当年你说水库建成后用电少花钱，淡水养殖能致富，年轻人还能招工，今天看这话都成了鬼旋风。”上官春顿时僵住了，脑子一片空白，他忘记了自己何时有过这种承诺。金琦却显得很大度：“他们怪你我不怪，我知道你就是戏台上那个诸葛亮，怎么唱由不得你，村里老少爷们不懂官场中事。”

“我……我怎么就成了戏台上的诸葛亮？”上官春有点口吃，这个金琦也够滑稽的，一个村委会主任，谈什么官场中事，还真把自己当干部了。金琦说：“看戏的谁见过诸葛亮真人，记住的还不都是唱戏的角儿。”上官春哭笑不得，脑子里似乎真的刮起鬼旋风，裹进去许多落叶杂草。金琦脸上飘满酒红，解释说：“我是打个比方，山里人，说话喜欢见形见影。”

回城路上，上官春心事重重，他努力回忆当时在电视上都说了些什么。记不得了，真的记不得了，他想，毕竟十二年过去了，十二年，人的大脑会过滤多少事？怎么能想起水库移民前自己说过哪些话？他依稀记得一件事，当年蒲河大坝是否利用雨季提前一年蓄水，马三运征求过他的意见，他算了一笔账，然后答复说：只要大坝质量没问题，早蓄早见效。

轿车拐过一个水湾，突然路边草地上刮起一股旋风，旋风卷起黄土，形成一条扭曲的小黄龙，这就是鬼旋风。他停下车，提着相机想拍几张，这鬼旋风却忽然不见了。他来到水库边，这片水域很浅，应该是被淹没的湿地或稻田了，前方不远处有一棵芦苇伸出水面，苇梢上落着一只水鸟，他举起相机拍了几张，放大后细看，却不知道是什么鸟。

第二天去见苏北风，这位鸟侠盯着上官春所拍的小鸟看了许久，说："斑背大尾莺，你好运气！"

几天后，上官春又驱车去了趟金家村，给金琦送去一套潜水设备，这是上官春亲自到专卖店买的，进口货。

2

斑背大尾莺作品得到鸟侠首肯，让上官春增添了摄影的信心，他想去拍自己在蒲河的另一杰作——金渤小区。上次去金家村上官春心里有些别扭，蒲河大坝，泽被后世的一项大工程，却赢不了金家村百姓的理解，村民那点诉求与蒲河大坝的功用相比，不可同日而语嘛！但换位想想，金家村毕竟因为芦苇荡和稻田淹了，祖坟淹了，期望的电价、招工、淡水养殖等等也没个着落，村民有情绪在理儿，可是这些事情哪一件是他这个教授该去解决的问题呢？

相信金渤小区的居民不会像金家村村民那样牢骚满腹，上官春想，金渤小区是向海要地，没有损害谁的利益，一个地标性高档小区在蛤蜊窝拔地而起，无论怎么讲都是一个杰作！

金渤小区的来龙去脉上官春能如数家珍。

金渤小区所在的地方过去是一片叫蛤蜊窝的滩涂，涨潮时海水会漫过滩涂形成一片浅海，退潮时露出纵深达千米的滩涂，滩涂上各种蛤蜊、精灵的鬼蟹和以泥为食的蛏子很多，退潮时赶海人羊群一般涌动。说实话，这片一眼望不到边的滩涂并不美，因为不是沙滩，满眼是黑灰色细软的海泥，与浪漫的白沙滩、蓝色的海浪根本不搭界，很多人感慨，如果蛤蜊窝也是细软的沙滩，那么蒲河一定是北戴河第二。蛤蜊窝虽不美，但蛤蜊窝岸边的九座小山却风水极佳，当地把这九座小山叫"九尊莲花岛"，之所以叫岛，据说这九座山过去长在海里，后来海岸线萎缩，海水退去，便把这些山遗落岸上，但岛的名字没有变。九座错落有致的小山围着蛤蜊窝呈半圆形分布，山上长满了天女木兰花，许多到蛤蜊窝春游的人至此后不下滩，喜欢在山上铺块雨布，围成一圈吃香肠喝啤酒，凭海临风，欣赏天女木兰，文人雅士将九莲观海列为蒲河八景之一，这在蒲河县志里有据可查。八年前，房地产市场火爆起来，城市开发土地指标供不应求，马三运便瞄上了蛤蜊窝，想把它填起来，变成一块价值不菲的城市开发用地。几个市级领导提出不同意见，有的说填海会改变海洋环流，有的说填海建楼容易地基沉陷，还有的说建成小区遇到台风怎么办？大家莫衷一是，面对来自各方阻力，善于用脑子的马三运说，我们定不了的事就请专家来说话，有难题找上官嘛！他深知只要上官春发声，那就是一鸟入林、百鸟噤声，填平蛤蜊窝应该不成问题。

马三运亲自登门来找上官春，上官春有些犹豫，他去过九尊莲花岛，对蛤蜊窝也有印象，但填海造地这样的事非同小可，他不得不慎重发声。上官春将论证报告留下，还要了最近几年的政府工作报告，然后让马三运回去听信儿。马三运说，上官啊，我在蒲河工作不会太久了，蛤蜊窝填海工程也许就是我在蒲河工作的一个句号，这个句号能不能画圆就靠您了。过了几天，上官春给马三运打电话，说自己可以在适当场合讲讲蛤蜊窝的事。马三运顿时心花怒放，马上召开常委扩大会，请上官春来讲讲蛤蜊窝填海的事。常委扩大会与会者都是蒲河要员，上官春没有讲大道理，只是算了几笔账，他说大家都知道蒲河财政并不宽裕，几年之内也不会有大的改观，但政府刚性支出却像标枪在身后顶着，教育双高普九需要钱吧？农村脱贫需要钱吧？新建机场需要钱吧？五年内计划修地铁需要钱吧？一大批国企改制职工下岗分流需要钱吧？还有……上官春一口气列出十几项需要财政花钱的项目，与会者都被压得喘不过气来，仔细想想看，蒲河下一步日子该怎么过？会场里几十号人鸦雀无声，谁也想不出钱从哪里来。上官春把目光投向坐在前排的财政局局长，局长是个矮胖子，戴一副圆眼镜，很像《小兵张嘎》里那个吃西瓜的翻译官。他头冒冷汗说："上官教授，就是把我卖了也拿不出这么多钱呀！”上官春微微笑了笑，说：“我想到一个解决问题的办法，就怕大家思想不统一。”看大家将低垂沮丧的目光重新聚焦在自己脸上，上官春又给大家算了一笔账，说蛤蜊窝滩涂有七十五公顷，如果填起来出让会怎么样？填海的成本每亩十一万，填起来卖地可以卖到每亩一百万，一亩净赚八十九万，大家算算会有多少盈余？有了这些钱，刚才说的问题还是问题吗？上官春一番话，蛤蜊窝填海项目便杂音顿失，不久，九尊莲花岛变成了一个热火朝天的大工地。后来，金渤小区如期建成，蒲河市最为豪华的富人区如新鲜面包一样出炉，形成了一股抢购风，很多京津高官显贵都望风而来。上官春一直以金渤小区为骄傲，后来他对宋理说了实话，马三运这个句号他必须帮着画圆，当时找个什么样的角度来统一大家认识，他一晚上喝了五杯咖啡，黎明时分还眼睛发亮。

拜苏北风为师后，上官春萌生了一个念头，就是想丰富一下苏北风的摄影选题，让他关注一下工业文明。原生态固然好，人文创造同样也不缺少美，欧洲那些老建筑不就很说明问题吗？他想把金渤小区拍得唯美一些，最好能让苏北风眼前一亮。

来到曾经的蛤蜊窝，上官春发现九尊莲花岛不见了，好像被谁藏了起来。九尊莲花岛呢？他问自己，金渤小区胃口再大，也不至于把九座山都给吞了吧？但又一想，不挖山，拿什么填海？九尊莲花岛已经变成金渤小区的莲花座了，也算是适得其所。不应该都挖净，他想，当时留两座就好了，可以建成观海公园嘛，但历史不能回头，唯有留下遗憾。

金渤小区清一色西班牙建筑，小区内名木葱茏，草坪花坛修剪精致，不愧蒲河地标小区之美誉，上官春心里很清楚，对于他这个造访者来说，现实中自己是客，梦中自己还是客，这里没有哪个窗子属于他，但他并不感到失落，从某种意义上讲这也是自己的作品，哪个设计了飞机的工程师会自己去开飞机？

上官春虽说促成了这个项目，但他只是在设计效果图上了解这个小区，这是第一次来。小区大门设计绝对先声夺人，是等比例的巴黎凯旋门，大门两旁各有几棵合抱粗的白皮松，不知从哪里移植而来，门口有一处铺着红毯的圆形哨位，身着笔挺制服的保安立正姿势站岗，让这岗哨身份陡增的是他墨绿色的制服，在左肩处挂着一条金黄色的绶带，很有仪仗色彩。想进入小区的上官春被保安拦住了，无论上官春如何解释，表情木然的保安就是不许进，保安的话很简洁，要么拿证，要么里面业主来电话确认访客，其他一律免谈。被拒之门外的上官春有些恼火，一个小区，至于像军事禁区那样戒备森严吗？他想给宋理打个电话，想了想又放下了，拍照的兴致被保安败了去，他只好驾车沿着小区外围去兜个圈。小区花岗岩砌成的围墙很高，上面架着电网，他感到有点添堵，为什么要设计这么高的围墙呢？如果是通透的铁栅栏，再种上茂密的蔷薇不是更好一些？那样的话路上行人就会透视到小区的美了，看来当初的设计缺少共享理念。

沿着小区外围兜了大半圈，上官春感到惊诧的是蛤蜊窝填海十分彻底，连所谓的边边角角都没剩下。他似乎记得在东南角预留了块建游艇码头的滩涂，便驱车来到小区东南角，果然看到了一处窄窄的排水沟，小区经过简单处理的生活污水沿着这条水沟排进大海，水沟里黑色泥水散发着腥味，连只觅食的水鸟都没有，他有些失望，正要上车离开，却发现不远处有个黑影从浅水里走过来。该不是一只黑脸琵鹭吧？他听苏北风说过，蛤蜊窝原本是黑脸琵鹭的栖息地，自从填海建楼后，这种珍稀鸟类就不知所终，再也没人拍到过黑脸琵鹭。上官春不相信一个小区的建设会导致黑脸琵鹭迁徙改道，如果这次能拍到一只黑脸琵鹭来证明自己的看法，那对于苏北风来说将是莫大的惊喜。上官春显然走眼了，黑影是个赶海的男人，拎着网兜和挠钩，大象一样的步伐走在泥水里，缓慢而沉重。发现一个赶海人让上官春很兴奋，能赶海，说明此地生态不错。

赶海人是个五十多岁的汉子，厚唇，粗眉，浑身沾满了海泥，脚上的胶靴因为灌了海水，走起来吱吱响，好像里面藏着几只蛤蟆。见到岸上有人他有些腼腆，似乎担心别人嘲笑他来赶海，把拎着的网兜有意识往身后掖。“都赶了些什么海鲜呀，师傅？”上官春问。汉子知道回避不了，道：“赶个鬼。”原来网兜里空空如也。汉子上了岸，坐在路基上把胶靴脱下来往外倒水，他眼圈发红，头发蓬乱，粗声喘息着。上官春和他拉话，汉子说他是莲花村跑海的，来这里是为了赶蛤蜊。“怎么没赶到？”上官春问。汉子扭头用挠钩般的目光剜了一眼对面的小区，愤愤地说：“填海、填海，好端端的和尚头绝根儿了。”上官春心里一震，问：“这话怎么讲？”汉子往地上吐了口唾沫，扫了眼下面的水沟说：“怎么讲？这里原来叫蛤蜊窝啊，各种蛤蜊成窝，是有名的蚬库，随便挠几下就是一捧！这滩上有一种叫和尚头的蛤蜊你听说过没？我就来赶和尚头的。”上官春没听说过什么和尚头蛤蜊，一脸茫然。汉子咽了口唾沫，接着说：“看你这表情，就肯定没吃过和尚头。和尚头又叫老母猪眼，是一种有名的蛤蜊，别看名字不中听，味道却能鲜到痒痒肉上，什么味素鸡精跟它没法比，煮面条只要放一捧和尚头下去，那汤赛过下锅烂！”上官春虽然不知道和尚头，但对下锅烂却很清楚，那是一种碧绿的海藻，是上等的汤料。汉子讲了个故事，说早年有一个说评书的瞎子到莲花村说《岳飞传》，他娘下了一锅和尚头面汤招待瞎子，这个肥头大耳的瞎子一连吃了五大碗，结果仰了食，说书时刚刚开口说了句“话说金兀术”，就一口面汤喷在对面几个洗耳恭听的听众身上，瞎子说三老四少千万莫怪我，这和尚头面汤太好吃了，五大碗啊，连金兀术都扛不住。上官春有些不明白：“这里没有，你可以到别的滩涂赶呀。”汉子摇摇头，道：“我问过明白人，全中国就蛤蜊窝有和尚头，蛤蜊窝和尚头一绝根儿，这种蚬子就灭绝了。”上官春吃了一惊，难道说金渤小区的建设导致一种蚬子灭绝？这太可怕了，他问汉子：“你为啥非要赶和尚头？”这一问，让汉子目光变软了，痛苦地道出了事情的原委。原来，汉子的母亲重病在床，连续多日水米未进，眼看就要不行了，昨天一早忽然说自己想吃一碗和尚头面汤，说她闻到了和尚头的鲜亮味，喝上一碗黄泉路上不会头昏眼花。汉子跑遍了蒲河所有的海鲜市场，哪里有和尚头的影子？无奈之下，一大早来蛤蜊窝碰碰运气。哪怕能赶上一小把就行，老母亲不能饿着肚子走啊！汉子眼里噙着泪花。

上官春被汉子的话打动了，孝子之心，天地可鉴，老母亲若是知道儿子为了一捧和尚头如此奔波，想必也就满足了。

汉子起身要走，上官春说自己也正要回去，就捎你一程吧。汉子说我一身泥水，别脏了车。上官春说海泥有什么脏的？车上，上官春告诉汉子自己虽然不是官员，但参与了蛤蜊窝项目的论证，当时不知道有一种叫和尚头的蛤蜊需要保护。汉子问："你就是那个叫上官的专家？"上官春点点头："当时环评工作不到位，这是教训。"汉子声音变得很粗，道："你们为啥要欺负海呢？总有一天，海会报仇的。"汉子这话让上官春心里一紧，脚下的油门顿时变得有些反应迟钝。"我使船，知道海的性子，海要发起脾气来，这小区的房子就是一捧沙子！"汉子激动地说。上官春没有接话，一时也不知该怎样接话。

驾车来到莲花村，从跨度很小的石头瓦房就可以断定这是一个年代久远的村子，只不过这个村庄过于暴露，幢幢房屋像晾晒场上的堆堆荞麦，可以想象冬日起北风的时候会是一种什么状况。汽车在一个建有起脊门楼的院子前停下，汉子说到了，跳下车，上官春也下了车，望着院子里两棵枯死的梧桐树问："这树招虫了？"汉子说："叫海风抽死了，莲花村过去梧桐、水杉、皂角树挺多的，村委会院子里还有生产队时期栽的几蓬竹子，谁知九尊莲花岛被铲平后，海风像鞭子一样抽进来，许多树都被抽死了，那几蓬竹子也死了，这些还好说，最怕的是过台风，过台风的时候屋顶瓦片乱飞，叫人提心吊胆。"上官春把镜头对准了两棵死树，拍了几张照片，谢绝了汉子进屋的邀请，开车离开了。离开莲花村不远，上官春忽然想应该去趟村委会，拍拍那些枯竹。于是，向路人问了路，调转车头来到村委会。村委会是六间红砖平房，青石围墙，铁质院门敞开着，院子围墙里侧果然有几丛枯死的竹子，数了数，有六丛，上官春拍了几张，感到还算满意。他从开着的窗子看到，屋内有人在忙碌，不一会儿，三个人急急忙忙走出来，其中一人举着一艘纸船，糨糊粘连处还是湿的，另两人抱着香、黄烧纸等物，三人径直朝门外走，上官春问："几位老乡这是去哪儿？"其中一个年纪略大一点的村民说："船老大的娘老了。"

上官春停下拍照，出门发动汽车，鬼使神差地跟在三人身后，丧葬仪礼应该是原生态的民间文化，比如报庙、挂旌、路祭等等，这些遗风在城市已经绝迹，唯有乡下还能见到，船老大的母亲过世，这些风俗一定不会少。令他没有想到的是，三人径直进了刚才赶海汉子的家，院子里传出呜呜的哭声，两棵死树上几只乌鸦似乎在等待什么。去世老人原来是赶海汉子的娘亲！上官春刹住车，不知自己该怎样做，赶海汉子老娘一定是带着遗憾走的，因为她想喝一碗和尚头面汤的愿望没有实现，这本来不是难办的事，如果蛤蜊窝还在的话。和尚头？他问自己，和尚头到底是一种什么样的蛤蜊？上官春感到心里突然像灌了铅，一颗突突跳着的心似乎要顺着肠子坠出去，他开车匆匆离开了莲花村。

回家后上官春就给文京打电话，很不客气地训斥了文京一通，这是文京第一次挨老师批评。上官春问她和尚头是咋回事，你这个环保局局长怎么当的？一个珍稀物种灭绝都麻木不仁。文京说老师啊，这个世界上每小时就会有一个物种灭绝，你伤心不过来的。上官春放下电话对自己说，无论怎么讲，我上官春不该是这种事情的推手。

3

上官春把几幅关于死树和枯竹的作品打开给苏北风看，苏北风认真看了许久，转身端详着上官春的脸庞，似乎在找什么。

“您看什么呢？”上官春不解。

苏北风那双深陷在眼窝里的眼睛如同显微镜一样聚焦，用肯定的语气说：“你视力有问题，”苏北风特意加重了语气重复了一遍，“肯定有问题！”上官春笑了，很多同事说过他眼睛很独特，因为自己毕竟是重瞳，但没有人说有问题，视力有没有问题自己最清楚，一直到现在，他眼不花也不近视，这样的视力问题在哪儿？他说：“我在蒲南大学附属医院检查过，视力基本正常。”“视力也许正常，但聚焦有问题，你还是去看看医生。”苏北风不再多说，打点行装准备跟一艘科考船去国外。

世上有些事很奇怪，你不说，它无事，一旦说了，果真就成了事。可以说苏北风揭开了蒙在上官春重瞳上的面纱。

苏北风说过后，上官春思来想去还是去了趟金利医院，金利医院五官科很有名气，去查查也放心。就算一次例行体检吧，他想，没必要兴师动众，就一个人去了医院，挂号、排队、诊视，他没怎么当回事。坐诊医生是个中年女性，姓白，戴着白框眼镜，穿白色大褂，给人一种白玉兰的感觉。她先是问了上官春自己感觉眼睛有什么问题，上官春说没什么大的感觉，自己这双眼睛是传说中的重瞳，史书上有记载的。白医生没有和他讨论重瞳，西医体系培养出的医生对传统的东西一向不多言，这并不奇怪。白医生用仪器开始测光检验，结果是左右两眼有视差，苏北风说中了。白医生说话似乎带着一种冷幽默，她说："没想到你有这么大的视差，你来三院做过报告，报告内容不说，有两点我印象深刻：一是口才，舌尖上的功夫；一是视力，瞳孔里的本事。"上官春听出话里有弦外之音，他知道当年金利医院职工对医院改制有疑虑，为此他应政府邀请来给全院职工做过一次报告，目的是说服大家支持改制，白医生应该是那一次见过自己。他说："在三院做报告好像面对一片茫茫雪地讲话，礼堂里全是白大褂。"那次报告他很受刺激，因为台下冷冰冰的，眼神冷，衣服冷，连礼堂灯光也清冷，好像在偌大一个太平间做报告。他不想再回忆那个场景，问："对了，我想知道有视差会导致什么？"上官春一直以为自己视力很好，突然冒出个视差毛病，心里有些忐忑。白医生说："聚焦不准，看东西失真走形。"上官春明白了，为什么苏北风会从他拍摄的死树枯竹中得出这样一种结论。"当然，视差不影响生命，对此不必恐慌。"白医生不忘安慰他。

"可是，我正在学习摄影，需要双眼聚焦。"

"那就手术，"白医生道，"除此之外别无选择。"

上官春有些拿不定主意，他一向喜欢帮别人做决策，轮到决策自己的眼睛手术，却有些迟疑了。看一眼白医生，白医生正在门诊手册上写诊断结果，没有与他交流目光。他感到某种无助忽然涌上来，这是一种被忽视的感觉，一个走到哪里都被别人仰慕的学者，在医生面前忽然还原成了普通人，尽管自己从来没有想搞特殊，或接受特诊什么的，那些东西对自己来说没有什么吸引力，但在被查出眼睛有病的这一刻，他渴望得到关心，至少不要被冷落。

“这不是一件小事，”他说，“容我回去想想再做决定。”

白医生将门诊手册递过来，说：“别忘了下次来带着它。”

上官春回去思考了一个晚上，忍不住就给宋理打电话，说了自己眼睛需要手术的问题。宋理说老师你别急，我马上就落实。放下电话，他沏了杯绿茶，盯着茶杯出神，杯中茶叶麦苗一样立着，他有些怀疑自己的眼睛，一定是视差问题，什么样的茶叶会这样根根直立？他闭上眼睛，心里一幕幕过电影，视差毛病始自何时？难道是退休衍生症？以前怎么就没察觉出来呢？眼睛不能欺骗自己，见朱成碧只能出于相思，生活中万万不可青红不分，睁眼再看茶杯，那些刚才还直立的茶叶有些已经倒伏了。

市卫生局局长打来电话，说已经落实好市长指示，明天即可到本市条件最好的金利医院住院手术，选了医术最好的一位眼科专家主刀。局长说请这个专家不是件容易的事，去年一位副省级领导做白内障手术硬是没求动她，她说鸡刀锋利，焉用牛刀？白内障手术一般眼科医生完全能胜任，这次专家肯接活儿，主要是上官教授名气大。

次日手术，上官春没想到卫生局局长请的专家竟然是前天坐诊的白医生。白医生伸出手来，道：“给我。”

上官春不解地问：“什么？”

“门诊手册。”白医生吐字清晰，那只保养很好的手依然没有收回。

上官春忽然想起前天白医生说的话，脸有些发烧，不好意思地说：“对不起，我忘带了，这就回去拿。”

白医生眉头蹙了蹙，道：“难道记忆力与名气成反比吗？”上官春不知道如何回答，前天告别时人家确实嘱咐了，是自己没有上心，也根本没想到局长找的专家就是白医生。见上官春很尴尬，白医生摆摆手："算了，好在我的记忆还没有退化，记得当时写了什么。"接下来她吩咐护士做准备，下午一点手术。她甚至没有征求患者意见就做出了决定，只做左眼。上官春心里有点不舒服，破皮见血的事，至少应该礼节性地和当事人说几句吧？

手术比想象的要顺利，上官春感到白医生做手术就像一个金石大师在精雕细刻一枚印章，呼吸均匀，动作娴熟，滴液麻醉没有影响他的感觉，他甚至能闻到白大褂中透出的一丝香甜。不到一个小时手术结束，上官春在护士搀扶下自己走进卫生局给预订的 215 病房，这是金利医院改制后专门装修的高档病房，如同星级宾馆的套间。

从住进病房开始探视者就络绎不绝，每个探视者都抱着花束、拎着果篮，215 病房俨然成了鲜花水果店。上官春用一只右眼与大家交流，戏称自己成了加勒比海盗。左眼一旦不发挥作用，右眼所看到的人与物都会有些变形，扁的会偏圆，圆的变椭圆，还有对色彩的辨识也会发生变化，比如说文京那一头长发，过去看是黑的，现在竟然变成了栗色。

宋理在卫生局局长陪同下来探视，一向神采奕奕的宋理面有倦色，脸色发暗，上唇暴皮。上官春记得宋理当年博士论文答辩就是这个样子，他很了解这个弟子，总是从嘴角走火，关切地问："遇到难题了？"

"难缠之事。"宋理苦笑了一下，欲言又止，亲自给上官春剥开个蜜橘，递过来低声说，"这个难题，等老师痊愈后再汇报。"上官春很清楚官场之道，既然宋理不想说，他也不便再问，催促宋理赶快回去忙工作。宋理告辞时，恰好白医生来查房，卫生局局长向宋理介绍了白医生，宋理握着白医生手说："白医生，蒲河市的发展离不开上官教授这双慧眼，就拜托您了。"白医生神情自然，没有丝毫的受宠若惊，很谦虚地说："一个普通手术而已。"

住院期间，给他换药的女护士是个能把白大褂撑得十分饱满的女人，很愿意说话，她也听过上官春的报告，每次到病房换药总喜欢请教几个问题。女护士提问毫无领域概念，完全是出于一种好奇，但有的问题三言两语很难说清楚，比如博士就一定比硕士学问大，比如教授和局长哪个更有权力，还比如专家这个职务由谁来封，等等。看似简单，但着实很难回答，就像专家由谁来封的问题，有些电视嘉宾以专家自居，但哪一个机构认定他是专家了？女护士的健谈也让上官春了解到白医生一些情况。白医生虽然是本院眼科最有名的医生，但从来不出专家诊，每天像普通医生一样坐诊，具体什么原因不知道，金利集团董事长找过她她也没同意。金利医院前身是市第三人民医院，白医生曾代表三院参加过援非医疗队，回来后恰逢三院改制，三院被著名民企金利集团买了去，白医生从此变得沉默寡言，除了看病做手术，得闲时就看外文书。有人猜她皈依了基督，还有人说她成了吃斋念佛的居士，这些都不足信。女护士说，白医生只是变得神秘起来，非洲之行，让她开了天目。“白医生是个不食人间烟火的圣女。”女护士给她下了结论。

女护士的话引起了上官春的兴趣，神秘人物好比一道生活中的方程式，总会调动起人们求解的欲望，上官春也不能免俗，他想找机会和白医生聊聊天。

眼科手术的好处是无须卧床不影响散步，没有探视者来访的时候，上官春会在走廊里踱步。走廊很宽，墙上没有挂任何图片标语，医生办公室的门没有关，阳光从室内照出来，让水磨石地面镜子一般明亮。上官春走过去，白医生正在看书，见他站在门口，示意他进来，问他有什么不适。他说没有，随便散散步见门开着就过来了。白医生的目光又回到书上，这是一本厚厚的英文书，有彩色插图，应该是眼科专业书。

“听说白医生从来不出专家诊，是吗？”上官春问。

白医生点点头，依旧在看书，一缕头发从耳畔垂下来，脸庞一侧出现了个笔画很细的问号。

“可是，您是公认的专家呀。”上官春不解地问。

白医生抬起头，看了看上官春的右眼，道：“你说的公认根据在哪里？我和我的同事们一样，就是个眼科医生，额外的头衔我从不认领，尤其当这些头衔被用来赚取利益或荣誉的时候。”

上官春马上联想到了自己，自己的诸多头衔是不是也被用来赚取利益和荣誉了呢？闪念间，他对白医生有些刮目相看了，这位冷冰冰的女医生不仅有精湛的医术，而且还有着深刻的思想。“可是，”上官春又用了一个“可是”，“知识和专长应该有其价值。”

白医生轻笑了一下，浅浅的，不动声色。“知识和专长当然应该有价值，否则，您也不会动用卫生局局长来找我。”她语气不重，对于上官春来说却字字冷硬，刺激耳膜，“其实，我并不是给什么卫生局局长面子，那天碰巧是周三，轮到我值班。”

上官春感到室内的阳光不那么强烈了，左眼出现了片刻的麻木感。“我没想搞特殊，尽管我和你们董事长很熟。”他想让白医生知道自己若真要动用关系，也用不着找卫生局局长。

“我知道你们很熟，是你替他游说各方买下了这所医院。”白医生忽然提到了三院改制问题。

“我不敢贪天功为己有，只是为政府决策提供点建议而已。”上官春有些尴尬，如果知道走进这间医生办公室会这样话不投机，他宁可不进来。

“有一件事我想问，医院不同于企业，你为什么力挺三院改制？”

上官春这才清楚白医生对他如此冷漠的原因，根子原来在三院改制上。几年前，市第三人民医院改制给著名的金利集团，当时走的是公开竞标程序，市政府做出这个决定是因为三院面临进三甲，而三甲医院需要投资改善医疗条件，考虑到财政困难，宋理便想到了改制，为了稳妥起见，宋理请他组织论证，他带人到外地调研一番，又全面考察了金利集团，很慎重地拿出一个关于三院改制的可行性报告，市政府靠这份报告说服各方，克服阻力，终于将三院改制成功。金利集团就是开发金渤小区那家民营房地产集团，实力非凡，接手后投入巨资改善医院条件，使医院顺利进入三甲，这应该是一个改制成功的案例，没想到白医生却对此心存芥蒂。

“改制难道不好吗？”上官春问。

"好坏且不说，三院上千职工，你听过他们的想法吗？你报告里哪一条是他们说的？涉及上千人生路的事，你这个专家就给定了，你眼里有他们吗？"白医生的语气简直是在质问了。上官春知道三院有些职工对改制在感情上过不去，这种阵痛是改革中不可避免的，白医生只是个医生，不会去研究大政方针，有些想法很正常。他解释说："改革不像你做手术，靶向清楚，几刀就切掉了病灶，经济和社会问题有个消化周期，再说了，谋可寡而不可众，三院改制不可能在决策前搞得沸沸扬扬，会影响人心。"为了说服白医生，上官春又补充了一句："国外私立医院非常多，而且高档医院一般都是私立的。"

白医生合上书，眯着眼问："你知道作为医生最担心的事情是什么吗？"

上官春被问住了，一时不知如何回答。

"是误诊，"白医生说，"恕我直言，我认为你对三院的诊断就是误诊，你调研了外围，恰恰忽略了三院职工的感受，你的误诊消费了所有医护人员引以为荣的归属感。"

上官春没想到白医生会这样看待三院改制，他一直以为三院改制后发展十分顺利，医疗设备高大上，引进专家一大群，心脑血管治疗一床难求，为什么白医生还会产生这种想法？他感到左眼刀口处有点疼，抬手轻轻按了按。"可是，改制后三院成了全市条件最好的医院了啊。"

"那是为了赚钱。"白医生转身望着窗外，几棵老槐树黑黢黢的枝干很有画面感，一群麻雀在树上跳来跳去。"你知道你住的215病房一天多少钱吗？是保洁大姐整整一个月的工资！当然你不会在意这些，我不希望医院多病人，渴望医院挤破门的是我们董事长。"白医生站起身，上官春发现白医生很高，没穿高跟鞋还和自己比肩。白医生说："我不会以专家自诩，在网络上专家已经成了贬义词。"她看了看上官春左眼上的纱布，道："该换药了，但愿出院后你能告别视差。"白医生离开了办公室，没有锁门，她修长的背影很美，体态有致，腋下夹着那本厚厚的外文书如同夹着一款时尚的坤包。

上官春感到脊柱一阵发凉，似有一碗凉水从后脖颈处浇下来。

4

上官春出院那天特别想见到白医生，一连三天，白医生没有出现在办公室，他以为是医生值班串休，便没有多问，直到出院手续办完，他去医生办公室告别，那个丰腴的女护士才告诉他白医生调走了，去了蒲南大学。上官春很吃惊，白医生去蒲南大学怎么一点消息也没透露？他望着女护士那张夸张的脸看了半天，十多天来，他一直以为这张满月般的脸光洁如玉，摘掉纱布后他才发现，这张脸上长满了褐色的雀斑，雀斑并不难看，倒添了几分俏皮，要比白光光一张脸更耐看。他给老陆打了个电话，消息得到证实，白医生的确去蒲南大学医学院当了教授。上官春放下电话，心里有点酸楚，自己就是蒲南大学的人，白医生去蒲南大学一事肯定动议很久，却对他只字没提，能看出来白医生对他并不看重，要不然肯定会咨询一些学校的事情。蒲南大学医学院有附属医院，白医生过去后对那里的五官科是一种提升，他不理解金利集团为什么留不下这种专家型人才。

在家休息几天，上官春给在国外的苏北风发了短信，说眼科检查的确发现有视差，已经手术解决，以后摄影聚焦不成问题。苏北风回了一条短信：聚焦在于正心诚意，心不在焉，视而不见。上官春读着这条短信心里感到好笑，这个鸟侠哪里是教他摄影，这是在教小学生做人，古人这段话他也常用，今天却被鸟侠用在了他身上。

自从戒掉咖啡改为喝茶后，上官春只喝绿茶，他喜欢看水晶玻璃杯中碧绿的汤色。他泡了一杯明前龙井，却发现汤色很黄，便怀疑这是不是隔年陈茶。这听明前龙井是文京送他的，应该是新茶，可是新茶汤色怎么会这样？以前泡的龙井都碧绿一杯，看上去养眼怡神。他忍不住给文京打了个电话问这茶的来路，并说了汤色问题。文京说老师啊，这种变化应该不是茶叶问题，而是您手术后视力变得更好了，对光与色的感觉有了变化，这是好事，说明手术特别成功！文京还说，越是当年新茶，越有这种黄绿色，格外发绿的倒值得怀疑，您就放心饮用吧。

上官春盯着茶杯发愣，怎么？过去一直把黄绿看成碧绿？这是一杯茶，要是别的物体，会闹出多大的笑话！自己年年体检，五官科那些见面毕恭毕敬的年轻人怎么就没有提醒过自己左右眼有视差？倒是让苏北风做了回皇帝新装里的小男孩。

他拿起相机，驱车再次回到莲花村，想重新拍摄一组死树枯竹的作品。找到船老大家，他发现院子里上次那两棵死梧桐树不见了，院门也上了锁，船老大一家人不在。他又去村委会，想拍那几丛枯竹，没想到那些竹子已经被火燎光，剩下一些黑黢黢的竹茬。他有些遗憾，怪死树和枯竹没给自己一次聚焦拍摄的机会。这时，一个系着红头巾的妇女来开证明，见屋门上锁便坐在台阶上等候。上官春见她围着的红头巾很鲜艳，这是海边妇女习惯性装束，便想拍张照片，拍人物应该得到人家同意，否则易起争端。他说了自己的想法，妇女很爽快，道："又不是小丫头片子，随便照，反正明个儿我也不在莲花村了。"上官春问她为何不在莲花村了，她粗门大嗓地说："受不了风，一年刮一次，一次刮大半年，连老鸹都不在莲花村树上落了，人还留着喝西北风？"女人是埋怨九尊莲花岛被铲平后，一年三季有海风灌进村，弄得村子没法居住。女人要开的证明是户籍迁出证明，她全家要搬到城里生活。

上官春变换着角度给这位村姑拍了几张照片，倒片放大一看，女人一脸凝重，眉头紧蹙，表情与鲜艳的红头巾很不协调，像个婚姻不幸的怨妇。上官春说你高兴一点，不要冷着脸，又举起相机对准调焦，让女人笑一笑，没想到女人嘴一撇吐出句脏话："笑个鸡子笑，俺只想哭。"上官春按动了快门，把一个发着牢骚的村姑形象定格在镜头里。这时，村委会几个人回来了，船老大也在其中，船老大认出了上官春，问他来做什么，上官春说随便走走看看，没啥目的，刚才给这位女同志拍了几张照片。女人正要跟进去，船老大指着上官春道：

“田嫂啊，你能进城享福要感谢这位大专家，挖九尊莲花岛填蛤蜊窝就是他的主意，他叫上官。”被称为田嫂的女人先是愣了一下，接下来就像点燃的爆竹般刺啦一下炸了，一把扯下头巾，抡圆了朝上官春抽过来，船老大急忙拦住，呵斥了她几句，她才止住了狂舞的胳膊，嘴上却骂个不停：“你是啥狗屁专家，怎么专和莲花村过不去，蒲河山头那么多你不去挖，偏偏挖我们九尊莲花岛，石砬子海岸那么长你不去填，偏偏填掉我们蛤蜊窝，莲花村人抱你孩子跳井啦咋的?！”田嫂撒起泼来，一头短发狮鬃一样竖起来，上官春哪里见过这等吵架场面，僵在那里不知怎么办好。船老大拂拂手，示意他赶快走，他这才觉着如果和一个村妇争吵起来有失身份，便转身离开，临上车，他还听到田嫂在大喊大叫：“都怪这个老东西，三间房子只卖一网虾钱！”看来田嫂在莲花村的老宅没卖上好价，这才是她发火的原因。车开到村口，前面无缘无故刮起一股鬼旋风，尘土、树叶被旋起两丈高，沙子打在风挡上啪啪直响，上官春下意识闭上眼睛，他听说过置于鬼旋风中央多有不祥，心里不免紧张，待呼呼的风声一停，一脚油门逃离了莲花村。

上官春感冒了，嗓子火烧火燎，左眼有点充血，他担心刀口感染，便想请白医生给复查一下，便亲自给白医生打电话预约，白医生正在家里备课，蒲南大学医学院教授都是教学与临床兼顾，白医生也不例外。白医生说你别到学校去了，我出诊上门吧。上官春感到很意外，冷傲的白医生肯出诊登门，怎么像换了一个人？他想婉拒，但白医生那头挂了电话。一个钟头后，白医生来了，挎着一个白色皮质医用背包，进门没有寒暄，戴上医用手套，拿出一个小镜子就开始检查。仔细检查过，她松了口气，道：“没事。”

上官春听说没事后一颗悬着的心放下了，亲自为白医生沏了杯龙井，长舒一口气道：“我感冒了，担心诱发感染。”

“夏天感冒必有原因。”白医生收拾好物品，没有急着走，坐下来环视了一眼室内摆设，上官春家是客厅兼书房，除了沙发和写字台，其他全是书。上官春说：“去了趟郊区莲花村，被海风抽了，加上遇到点不愉快，就感冒了。”

白医生不关心他遇到了什么不愉快，转换话题说：“您家好简朴，与您蒲河市首席专家地位似乎有些不匹配。”上官春说：“豪宅华庭与我无关，因为我不是暴发户。”白医生点点头，目光停留在书柜上方一幅装帧考究的书法上，上面写着“发托卖相”四个篆体字。白医生说：“这四个字好费解。”

上官春道：“这是一句双簧术语，一位著名相声大师写的，如今这位大师已经作古，挂着它是个纪念。”

白医生收回目光，“我今天登门除了复查您的眼睛，还想告诉您，那天中午也许我错怪您了。”说完，轻轻笑了一下，腮上出现了浅浅的酒窝。

上官春注意到白医生对他的称呼已经由“你”改成“您”了，这种变化让他有一种春风拂面之感。女人的态度关联男人的自尊，这一点，六十五岁的上官春切实感受到了。

“其实，我不该埋怨您，三院改制的事您不是决策者，人家只是向您借雨灭火，您即使不支持，三院也会改。”白医生忽然变得大度起来。

“您为什么对三院改制耿耿于怀呢？”上官春仍不理解。

“不是耿耿于怀，您愿意听的话，我可以给您讲一个我在非洲经历的故事。”

上官春很专注地倾听她的讲述。

“中国援非医疗队在非洲治疗病人都是免费的，是尽国际义务，我们的花费由国家承担，国家还给我们很高的补助。可是，我在那里认识了摩迪，一个高大魁梧的北欧人，摩迪是个优秀的传染病防治专家，独自一人在那里行医，也是义务行医。你知道在炎热的非洲肠道疾病频发，如果得不到救助很容易死人，摩迪治愈了很多病人，他自己却生活简单，有时连牛奶都喝不上。缺少药品的时候，他会到我们医疗队求助，我们也尽可能解囊相助。熟悉后我问他，没有国家和世界卫生组织委派，你一个人在这里行医如此艰苦，又没有收入，这是为什么？你知道摩迪怎样说？他说我在这里可以愉快地和自己的灵魂对话。这句话对我触动很大，回国后我总在想，我们是不是可以心中无愧地和自己的灵魂对话？如果行医是为了赚钱，仁心又在哪里？人能对自己的灵魂说谎吗？我想我不能只是为了利益去行医，也不想成为别人赚钱的工具，我应该让自己的灵魂得到安宁，就像摩迪一样，任何时候都可以愉快地和自己的灵魂对话。”

“摩迪后来怎样了？”上官春一向关注结果。

“后来摩迪死了，死于他所防治的非洲疟疾。你想不到摩迪的葬礼有多么隆重，那是我所见过的自发参加者人数最多的一次葬礼，有多少人没法儿统计，漫山遍野都是，摩迪的墓很简单，墓碑是一块未经加工的花岗岩，上面用英文和丹麦文刻着这样一句话：这里埋葬着一个可以和自己的灵魂愉快对话的人。赤脚的土著居民从墓前依次走过，每人手里都拿着一束相同或不同的野花，摩迪的坟墓被野花覆盖，成了一座花冢。”白医生说到这里，眼圈有些发红，她摘下白边眼镜，掏出手帕擦了擦眼角，接着说，“说实话，给金利集团打工，我无法与灵魂对话，所以我选择了离开。”

上官春没有说话，他脑子一直在回响白医生的话：与灵魂对话，与灵魂对话。好一会儿，他才从短路状态中恢复过来，说：“我明白了，你认为医院应当公益为上，所以无法理解三院改制。”

“摩迪对我的启发是触动灵魂的，他让我从另一个角度思考人生，那就是我是谁？我该为谁行医？我要抵达一个什么样的人生目标？也是因为这样思考，我选择了您工作过的蒲南大学。”白医生歉意地笑了笑，“请原谅我没有告诉您我来蒲南大学的消息，我想我该走了，”她站起身，有些腼腆地说，“真不好意思，一进蒲南大学，话开始多了。”

上官春起身相送，走到门口，他忽然问：“您和摩迪的家人有联系吗？”

白医生摇摇头：“您为什么问这个？”

“如果可能，”上官春犹豫了一下接着说，“如果他的家人需要，比如他上学的孩子、等待赡养的老人需要的话，我想资助他们。”

白医生说：“我想他们肯定不需要，摩迪的家乡并不贫困。”

“那么，你可以为他建一个网上纪念馆，我会去献一束花。”

“这是个好主意。”白医生笑了，笑得很开心。上官春发现，白医生开心的笑容如同一朵盛开的芍药，极富神韵。

5

上官春明显感觉自己观察事物的习惯在发生变化，过去，他喜欢看大局，不关注细节，他认为视野宏大才是学者胸襟；现在，他热衷于观察细节，尤其喜欢用镜头来定格那些细小的呈现，然后放大来欣赏和品读，他很清楚这是视力矫正后所发生的变化。

上官春想把过去的摄影作品从电脑文件夹中找出来重新审视一番，不想，却打开了另一个文件夹，这个文件夹中存有三个论证报告，他在标题中标了“要件”二字。上官春清楚，能标上这二字的文件都是他最看重的文本，需要永久保存。他逐一打开文件，是蒲河大坝、蛤蜊窝填海和三院改制三份可行性论证报告，不用夸张，这三份报告可谓字字心血，留着这三份报告，是因为这三份报告比三枚勋章还要沉重。认真浏览了三份文件，他眼前却浮现出三张面孔：娟子、田嫂和白医生，三张女人面孔如同刚从冰水中浸过一样，纸一般白，无半丝血色，让他心里有些惶惶然。

他发短信请教苏北风，自己该去拍摄哪一类题材？苏北风回短信说，微生物。他问什么微生物，苏北风回了以前重复过的三个字：原生态。

他似乎明白了苏北风的意思，是让他用镜头多记录些这座城市的细节，不要只拍那些高楼大厦。他干脆背起相机，骑一辆共享单车像小贩一样去走街串巷，专门往进不去汽车的旮旯胡同钻。一个星期下来，人黑了不少，两个 U 盘却储满了照片，什么老旧门楼、图案各异的瓦当、斑驳陆离的砖雕木雕，晚上打开电脑一页页翻看，蛮有成就感。他觉得苏北风真的不简单，在摄影选材上绝对有一套。在欣赏自己的创作中，他被一张无意中拍摄的作品震撼了，甚至有点不相信这是自己所拍，因为拍摄的时候并没有多想。这是一幅构图有些后现代的作品，图景是一个门楼，青砖青瓦，门簷上失了牌匾，给人留下想象余地，猜测曾经的房主究竟是何人。两扇黑漆斑驳的木门露出暗红底色，一对狮头黄铜辅首包浆匀称，冷冷地对着寂寞的街巷，磨损严重的门槛一侧，在抱鼓石门墩后面，一棵苦菜探出长长的茎，把一朵小白花绽放在黑色的背景里，这简直是一幅油画！他把这幅作品通过电子邮件发给了苏北风，苏北风给的评价是两个字：靠谱。谁都知道苏北风轻易不表扬学生，赞美的话对于这个鸟侠来说像守财奴口袋里的金币，吝啬得要命。苏北风对上官春作品的评价，让其他学摄影的老干部很是羡慕嫉妒，有人就说风凉话：鸟侠也看人说人话，见神说神话，上官教授要不是蒲河名流，凭几张旧物照片就会得出“靠谱”的评价？上官春听后并不在意，别看这些同学都是退下来的局长处长，嫉妒之心却不会因年龄增长而消减，有时会表现得更离谱，这一点不奇怪。

苏北风的鼓励让他坚定了将镜头进一步对准城市细节的信心，他想，作为环保监督员监督的不该只局限于环保，随着城市改造鼓点的紧密，老街老宅的命运同样应该关注，不要再留下和尚头那样的遗憾。苏北风说的“微生物”一词他琢磨了很久，很显然这不是指生物学，他忽然有了某种灵感：如果把自己生活的这座城市比喻成一个巨人，那么微生物最多的应该是胃肠啊，那些没有改造的老街老巷不就是城市的胃肠吗？自己应该继续深入到这些胃肠中去捕捉创作灵感，他想，这一定就是苏北风想让他做的。

上官春给文京打电话，问蒲河市保存最古老的街区在哪里，他想去拍照。文京说东关街啊，海州区的，就是彭博部长当过区委书记的那个区，不过你还是别去了，那里脏乱差，蒲河城市建设的脚步在那个街区似乎停滞了。上官春又给彭博打电话，说自己想去东关街考察一段时间，能否找个懂民俗的人给介绍介绍情况。彭博很警惕，问老师为什么要去东关街。上官春说想拍点城市原生态的照片。彭博松了口气，说东关街是自己的一块心病，他主政海州时一直想改造，总是条件不成熟，那是块没肉的硬骨头，开发商嫌是鸡肋，老百姓却当宝地，政府也无计可施，彭博说他离开海州五年了，这块骨头还卡在喉咙里吐不出咽不下。话虽这么说，彭博还是给老师找了海州区文化馆的老董来当导游，彭博说，老董这人是半仙儿，满肚子都是东关街的故事，他陪你保你满意。

老董眼袋低垂，双眉倒竖，年龄五十有九，在区文化馆馆长的岗位上干了十八年，是全市闻名的民俗专家。他喜欢收藏留声机、唱片，在东关街开了个小型私人留声机博物馆并且免费开放，参观者络绎不绝，夜半三更时分，常常有二十世纪三十年代上海滩的流行音乐声从破旧的窗子传出来，咿咿呀呀，让人听起来恍若隔世一般。老董对东关街极富感情，用他的话说自己生于斯、长于斯，还要挂于斯，为什么叫挂于斯？因为东关街西北角有一个董氏祠堂，是当年董氏先祖从山东阳谷来蒲河创业初期所建，族谱中规定董氏后人过世，只要不犯族规国法，名字皆可入谱并悬挂祠中，这个族规中断多年，十几年前老董召集族人又把它恢复起来。见到上官春，老董两道上翘的眉毛忽然拉平了，笑眯眯地说：“上官专家一来，东关街有救啦！”一句话把上官春弄得丈二和尚摸不着头脑，问：“什么有救？”老董说：“您不知道啊，上官教授，东关街已经十年不维修了，街道千疮百孔，上水不清、下水不通，旱厕无人抽粪，电线拉成蛛网，典型的贫民窟哇！”上官春听彭博说过东关街改造的事，既然要改造，再投入维修也没有必要，他说：“我现在不是专家，只是个摄影爱好者。”他还表明自己只拍照，不调研，此行与东关修缮无关。老董说谁不知道宋市长是您老弟子，您一句话比东关街一千八百户去跪访还管用。上官春有自己的处事原则，无论公私他从不给学生出难题，老董这忙他还真帮不上。

上官春在东关街拍照三天。

第一天，老董带他来到鹤舞楼，一座几近坍塌的民国时期的戏楼。“东关街一街九巷，鹤舞楼是最高建筑，五层楼，砖木结构，当年是蒲河城最火的地方，梅兰芳都在这里唱过戏，”老董说，“别看它破旧，我请人检查过，没有白蚁，只是年头久远，修缮一下能长期保留。”上官春发现这座戏楼从正面看很像京城的大前门，可惜廊柱斑驳，瓦当脱落，屋顶裸露的椽子参差不齐。他举起相机拍了几张，感受到一种凝重的暮气。“戏楼还用吗？”他问。老董说有时候还用，暑假时社区会让窦四来演皮影戏，窦四的皮影被列入非遗名录，每年要演几场，文化局有补贴。上官春一听皮影戏，心里立马就想到“原生态”三个字，便让老董领他去窦四家，看看皮影戏那套行当。窦四算是东关街土著，在东关街住了四代，祖上从辽西塔子沟来，以唱皮影为生，后来进了区文化馆，电视普及后，皮影渐渐淡出舞台，掐嗓唱影的行当几乎被人遗忘了。窦四家很小，和八户居民共用一个天井，天井中有四立四横八根青石柱支起的架子，上面爬满缠蟒一样的老藤，形成一个绿色凉亭。被称为窦四的老人就在凉亭下的藤椅上打盹。老董唤了声窦班主，问他怎么上午就打盹？窦四坐起来，揉了揉眼睛，说昨晚刻影了，一张驴皮全拿下。这个窦四一看就是戏子，五官几乎挤在一块儿，整个脑袋就像一个大土豆上被随意戳了几个窟窿。老董说明来意，窦四一双蒙眬的小眼睛顿时有了神采，道：“看皮影，您算找对人喽。”他起身到屋里搬出蒙着厚厚灰尘的影箱，用衣袖来回一擦，影箱现出“窦家班”三个阴刻绿字。“这影箱可是宝贝，”他说，“普通人难得一见。”窦四这话既夸了自己，又抬高了来访者，可见老人家会说话。上官春问窦家班是什么时候有的？窦四说是从他太爷那辈开始组建的，光绪二十一年。窦四说话拿腔拿调，听起来却不做作，挺入耳。他让老董和上官春坐下，自己打开影箱一边将插好的影偶一张张小心翼翼抽出来，一边讲解这些影偶的来历。让上官春惊讶的是，窦家班不仅唱传统影戏，还自己创作戏本、刻影偶，东关街是当年商贩集聚的地方，就像北京城的天桥，总有些奇闻逸事发生，他的父辈们就写戏本、刻皮影，年年推出新戏，最后一部戏是为抗美援朝写的，窦四说当年演出引起轰动，观众几乎挤破了鹤舞楼的大门。上官春对每一组影偶都拍了照，最后，还给靠着老藤树的窦四拍了几张特写，窦四土豆般的脑袋很上相，活脱脱藤树上结的大木瓜。拍照后，窦四在藤架下摆了个小方桌，用大号白瓷缸沏上茉莉花茶，三个人开始天南海北地聊天。中午，老董出去买了炒焖子、煮海虹和几个肉包子，又买了两瓶即墨老酒，凑合了一顿午餐，接着聊东关街从古到今发生的故事。傍晚，院子住户陆续回家，意犹未尽的上官春不得不告辞。他记住了窦四说的一句话：

东关街，是这座城的肚脐眼儿。他回去琢磨了半宿，越琢磨越觉得这话总结得好。

次日，老董带他来到关帝庙前的旧物市场。

说是旧物市场，其实是一种隐藏在老街区里的小庙会，或者干脆叫破烂地摊。与国外跳蚤市场不同，这里的景象嘈杂活跃，叫卖声、高声播放的民歌，还有讨价还价的争吵，在狭窄的街道里形成独特的混响，似乎要撼动几乎摇摇欲坠的关帝庙。关帝庙是清中期建筑，因为缺乏修缮，破败之相毕露，一尊关公紫面雕像隐约从敞开的庙门露出来，冷视着门外熙熙攘攘的俗世。上官春跟在老董身后，被人流裹挟着前行，他注意到地摊上都是些旧的日用品，针头线脑、坛坛罐罐、邮票字画，什么离奇古怪的东西都有。老董说这里虽然不起眼，但有时能淘到好物件，他就在这儿淘到一只白铜水烟袋和一个贝勒爷用过的鼻烟壶。老董说因为这个旧物市场有碍观瞻，区政府几次下令取缔，但老百姓不让，很多没固定收入的居民就靠这个地场活着，取缔了它，就断了好多人的生路。上官春说取缔一个无证市场，怎么就断了好多人的生路？老董说上官教授这个你就不知道了，底层有底层的生活逻辑，旧物市场在，东关街人气就旺，人气旺，什么包子铺、小酒馆、剃头的、杂耍的、卖梨膏干果的三教九流就有了生意做，城市再怎么高大上，总要给这些人留一条出路，就像关帝庙里的财神，上有一张红脸，下有一个肛门，这样才能行气贯通，东关街就好比蒲河市的肛门，不好看但不能缺。上官春被老董的幽默逗笑了，城市的肛门，真是个滑稽的说法，话糙理不糙，有点道理。

走出旧物叫卖区，两人来到小吃集中的街段，这里的摊位大都是一部手推车，车上安了玻璃罩，摊主在里面摊蛋卷、炒焖子、炸油条，还有的卖炸鱼、麻辣烫、烤肉串，北方街头小吃不管卖什么，味道闻起来还不错，不像南方某些地方，那股臭豆腐、臭鳜鱼的味道，能迎风臭满街。走到一处炒焖子摊位前，举着相机拍照的上官春在镜头里发现了一张熟悉的面孔，真是冤家路窄，走走走，他拽了一把老董，转身要离开。老董不知上官春看到了什么，正要和炒焖子的摊主搭话，被上官春拽了个趔趄，那个摊主却说话了："那位大兄弟，来吃碗焖子吧。"上官春无法逃脱，只好回头致意，摆摆手，还不到中午，吃什么焖子呢？摊主是莲花村的田嫂，扎着白围裙，在黑色铁锅前一边翻炒焖子一边对他说话："你别怕大兄弟，我不会再撅你了，我在这卖炒焖子生意挺好的。"蒲河百姓骂人不叫骂，叫撅，这个说法源于何处无从查考，这个"撅"字却比"骂"字更有味道。上官春本能地往后退，他见识过田嫂撒泼的样子，红头巾皮鞭一般抽过来的冷风，似乎还在耳后，他要与这个体格健硕的村妇保持安全距离。田嫂盛满一碗焖子，拄着锅铲道："大兄弟别怕，我不恨你啦，我现在恨城管。"上官春举起相机，抓拍了一张田嫂拄着锅铲说话的照片，说等洗出来会让老董送她。离开关帝庙旧物市场，老董说你认识的这个女人炒焖子特地道，用虾油、芝麻酱、蒜汁，东关街都叫她焖子西施，时间不长，已经成了东关街的招牌小吃。上官春打了个冷战，心想，还焖子西施呢，你们是没见过她发飙，发起飙来活脱脱一个孙二娘。

第三天，老董带他来到东关街最古老的四合院十三门。十三门是东关街曲艺人士居住的地方，四栋二层楼围成一个院子，坐北朝南那一栋窗下有个砖砌的台子，据说新中国成立前院子的艺人就在那里说相声、演双簧、唱二人转，当时十三门不收门票，听着过瘾了，会有人端着盘子下来收点赏钱。如今十三门的院子里已被杂物堆满，戏台虽在，却被改成了花坛，里面种着土豆花、红姑娘和几株无花果，花坛边缘拉着晾衣绳，谁家的蓝花被正挂在那里晾晒。上官春举着相机拍了一圈，他发现这里家家户户的窗子都没有安装防盗铁栅栏，这是个奇怪现象，别说在这个没有物业的老旧十三门，就是最高档的金渤小区，低层住户也都安装了防盗网，看来这里治安状况不错。

老董领他来拜访十三门最老的住户张单弦。张单弦是双簧表演艺术家，传说祖上是相声鼻祖管儿张，当然这是张单弦自己说的，民间曲艺人喜欢抱大树，攀高枝，以此抬身价，有时候假作真时真亦假，弄得人们云遮雾罩，反正也没人去考证核实。老董说："张单弦老人八十有九，是十三门的活化石，能多拍就多拍点，说不准哪天这老爷子就挂啦，毕竟到了瓜熟蒂落的年纪。”张单弦和外孙住一起，外孙不搞曲艺，开了一家房屋中介，收入可观，张单弦家里厅是厅、室是室，整洁利索。老人在客厅沙发上坐着，头剃得光溜溜的，眉须皆白，面前实木茶几上置一把提梁紫砂壶，一只仿建窑茶盏，地上一把铁皮暖壶，有趣的是茶几上还有个草编蝈蝈笼子，笼子呈螺旋状，下粗上细，里面有只蝈蝈，正在清脆地鸣叫。老董做了介绍，老人盯住上官春看了半天，道：“识得，识得。”他指指沙发算是让座，上官春知道这座城市很多人都识得自己，因为自己是电视上的常客。老董让老人说说十三门的来历，老人的满脸褶子变得有些舒展，很愉快地答应了，上官春心想，老人肯定接待过不少来访者，说话像背台词：“想了解十三门儿，要先明白十三门儿是啥意思，东关街面上有人以为十三门儿是说这个大院有十三户人家，这就拧啦。”老人喝了口茶，上官春注意到他端茶盏的手势很讲究，只用三个手指捏起茶盏，无名指和小指高高跷起来，典型的兰花指。“十三门儿，是指捧哏、柳活、贯口、口技等十三门儿本事，说白了，这十三门儿就是曲艺功夫之家。”老人表达如此清楚令上官春心生敬佩，十三门果然不简单！接下来老人从他的祖先管儿张张三禄开始，祖宗八代从头捋起，每一代都有抖不完的包袱，上官春暗暗吃惊，这个叫十三门的破旧院子，竟然是这座城市的一部活史书。张单弦老人记忆非凡，很多事情人名地名脱口就来，很多曲目唱词也能大段背出，他为老人拍了几张照片，老人很懂如何应对拍照，当上官春举起相机对准他时，他会顷刻间提气凝神，双目充电，摆出一种明星范。

老人一直讲到傍晌，在老董提醒下才打住，他又一次重复刚见面时说过的话，“我识得你，你不是姓上官吗？”老人这样说。上官春觉得似乎在哪里见过面，但一时想不起来，老人是双簧演员，自己从来没看过双簧，他望着老人那张核桃一样的脸努力在大脑中检索。“你家里是不是有一幅字，写着‘发托卖相’四个字？”上官春心里一惊：“您老怎么知道？”老人笑了：“那是我师父写的。”上官春更惊讶了，给自己写这幅字的是国内一位著名相声表演艺术家，当年应邀来参加蒲河大坝竣工典礼演出，在宴会前听说他是论证大坝上马的首席专家，便写了一幅书法赠给自己，令多人羡慕不已。“当天晚上，我师父来十三门了，说到给一个姓上官的专家题字的事，我问他为啥题了一句双簧术语，师父说人生如戏，名角专家也不例外，很多时候都在发托卖相。”

上官春忽然间明白了这四个字的深层含义，耳朵里好像灌进一阵响锣，回音不断，他感到挂在脖子上的相机变得砖头一样沉，匆匆谢过张单弦，有些步履蹒跚地穿过堆满杂物的天井，走出十三门幽暗的廊门，廊道里放了几辆锈迹斑斑的自行车，轮胎早已瘪掉，廊道凸凹不平的地面上，有个窨井盖上往外渗着污水。老董说：“小心。”上官春想一步跨过去，却还是踩在了污水里。走出十三门，路口忽然出现了小股鬼旋风，上官春愣了一下，问老董：“你知道鬼旋风吗？”老董说：“鬼旋风像蛇信子，它从脚底下冒出，飘忽不定，说不准哪一股就会变成毁树掀屋的龙卷风！”上官春又问：“那么，遇到鬼旋风该怎么办？”老董胸有成竹：“民间说呸呸呸吐三口就把它灭了，其实不那么简单，最好的办法是别让它从脚下冒出来。”

6

彭博替宋理来求老师出山，帮助政府解决东关街改造难题。

东关街改造年年上人大提案，回回有始无终，已经影响了蒲河参评下一轮国家文明城市，必须想方设法推进改造，问题是动迁新政一出台，东关街一千八百户居民更吃了定心丸，想走的要价高，不想走的给什么优惠也不走，领头儿的钉子户就是十三门的张单弦。动迁公司已经举了白旗，难题逐级上交，最后摆在了宋市长案头。宋理把彭博叫来，说你在海州区当过主官，这事你有责任，去求求上官老师吧，老省长不是说过有难题找上官吗？彭博说你我都是上官老师的弟子，你市长出面不比我这个组织部部长更好使？宋理说不见得，上官老师退休时说过不再参与政府项目论证，你知道老师说话算话，我去说不准会碰钉子，而你就不一样了，你从海州当政的遗留问题需要解决这个角度去求情，老师不忍心驳你面子。彭博只好从命，但心里也没底，便给苏北风发了个短信，问上官教授学摄影学得怎样，苏北风回了他两个字：还行。

彭博每次上门，上官春都为他冲一杯速溶咖啡，这一次，招待他的是杯绿茶。彭博环视了一下老师的书房，一切还是老样子，只有书柜上方那幅名家书法不见了，换成一幅放大的景物照，就是苏北风夸奖靠谱的那一张。彭博说："这幅照片是老师的作品？"上官春点点头："习作。"彭博仔细欣赏着照片，问："这小白花是什么花呢？"上官春道："苦菜。"彭博"哦"了一声，慢慢移开目光："老师就是老师，摄影出手不凡。"上官春打开电脑，让彭博坐到写字台前翻看他最新的摄影作品。彭博对摄影不感兴趣，也没有心思看这些鸡零狗碎的照片，勉强翻看了几分钟，笼统地评价一番后，直说了这次登门的目的。彭博说得很可怜："上官老师，您成全了蒲河大坝，成全了金渤小区，还成全了第三人民医院，您就成全学生一回，把东关街这块硬骨头啃下来，这样我对宋师兄也有个交代。"

上官春问："宋理怎么不来？"

彭博实话实说："他上次去医院看您，说遇到了难题等您痊愈后再向您汇报，这个难题就是东关街改造。"

上官春背着手踱步到窗前，望着窗外沉默不语，屋内空气凝固了一样，彭博几乎能听到手表秒针移动的声音。足足三分钟，上官春转过身来说："你和宋理说，在一定范围召集个会，我去讲讲东关街。"

彭博喜出望外，连声道谢，又说今年自己和宋理都面临转岗，因为年末要换届，宋理可能当书记，自己已经干了五年部长，属于岗位交流对象，如果转岗，他想到政府工作，东关街这个难题如能解决掉，他转岗就会少一点障碍。上官春对这些官场中事已经不感兴趣，学生的话没怎么听进去，他发现眼前这个学生已经明显见老，鬓角有了几根白发，很扎眼。

第二天，彭博打来电话，说市政府为了摆脱塔西佗陷阱，特意把这次东关街老城区改造论证会定在蒲南大学国际报告厅，参加者除了政府组成人员外，还请了不少人大代表、政协委员、各界有影响的专家，以及东关街居民代表。会议由一位副市长介绍项目，由城建局局长解读改造政策，由文化局局长讲文物异地安置，最后由上官教授做主题发言。

会议这天，宋理亲自来接上官春，宋理形象如同西哈努克，做事四平八稳，充满亲和力。他恭敬地请老师上车，上官春没有拒绝，与宋理同车来到会场。

会议主持人是宋理本人，这种安排不合常规，作为最高职务的人不该主持会议，应该做最后讲话，但这种安排是宋理本人坚持的，他的理由是上官教授讲话比他这个市长讲话更有作用。

大会设了主席台，上官春被安排在主席台中间位置。坐好后，上官春仔细看了看黑压压的台下，发现了几张熟悉的面孔，一个是脑袋像个大土豆的窦四，一个是脸上褶皱如核桃的张单弦，会议怎么把两位老爷子给拉来了？他问身旁管城建的副市长，副市长说人家听说你要做报告，是主动来的。后面一排还有一张熟悉的面孔，那就是白衣白裙白眼镜框的白医生，蒲南大学报告厅是开放的，只要容得下，本校教师均可旁听。上官春心中颇多感慨，眼睛没做手术以前他做报告，台下朦胧一片，分不出个数来，今天就不一样了，他甚至看到白医生盘起的头发上架着一副茶色太阳镜。报告厅墙壁上的立柱形壁灯灯光白得刺眼，以往，这壁灯像烛光，十分柔和，眼光一变，世界果真就不同了，他忽然想起了哲学家培根所说的“剧场假象”，他打了个冷战，怎么走神儿了？他提醒自己。

大会按议程依次进行。

每个人讲完后，台下都很沉寂，如同一潭静水，会议如同一个谜，虽然谜面在一层层揭开，但谜底就应该在上官教授的压轴戏里。宋理不愧是市长，他敏锐地预测到了这种局面的出现，所以他选择了主持，他清楚，即使自己讲得再好，也不会赢得掌声，多年市长经验让他感觉到，东关街就是一只活刺猬，谁伸手来接都不会舒服。宋理宣布进行会议最后一项议程，请上官教授讲话，台下也没有掌声，倒是出现了一阵嗡嗡的议论声，出现议论也不奇怪，因为上官教授退休的事很多人都知道，退休了又重返主席台中央，本身就说明此事蹊跷。

上官春的讲话不同于以往任何一次发言，他说："我今年六十五了，孔圣人讲六十而耳顺，七十从心所欲不逾矩，我今天就从心所欲说几句。"他用湿巾擦了擦眼眶接着说："你们知道人为什么会有肚脐，即使到老肚脐也长不死、长不平？因为肚脐是在时刻提醒我们是怎么来的，是靠什么长大的。我们这座城市是从哪里长大的？是东关街，是东关街一街九巷，有位老人说，东关街对于蒲河这座城市，就是深凹的肚脐眼儿，这当然是指过去，这座城市还是胎儿的时候，靠着这根脐带一点点长大，脐带剪断后，留下了这个肚脐眼。那么现在呢？这座城市长大了，成了巨人，东关街又成了巨人的肛门，肛门谁都知道不雅，有碍观瞻，难以示人，可是大家想一想，谁能没有肛门呢？人不是貔貅，就是西天王母娘娘也必须有啊，没有谁只需要脸面不需要肛门吧。"主席台左右两侧的领导都把目光聚焦到上官春脸上，上官春的话令他们错愕不已。"毋庸讳言，东关街是个很破旧的地方，但正是这个破旧的地方让很多蚁族得以生存，那是一种低成本的生存，很多高收入的人对此不屑一顾，但对于蚁族来说，这是他们的寄居之所。他们如同草芥依附在缺少维护的一街九巷中，欢乐着他们的欢乐，痛苦着他们的痛苦，他们也有梦想，尽管他们的梦想像一朵苦菜花那么渺小，色彩单一，花期短暂，但那是他们不容剥夺的权利和幸福！"说到这儿，上官春站起身，扭头看了看宋理后，将热忱的目光投向台下："我的结论是，东关街不能拆，不仅不能拆，政府还要保护、维修和使用！我的话完了。"台下响起潮水般的掌声。上官春坐下来，看到坐在后排的白医生起身离开了。

其他领导低着头离开了，上官春坐在那里没有动，呆呆地望着台下，老董和张单弦站在那里，张单弦把手里一个纸卷几下撕掉了。老董走过来，道："张老来之前写了俩字，想在报告会结束时打出来出示给媒体的，现在用不着了，就撕了。”上官春问：“张老写了两个什么字？”老董说：“卖相。”

宋理也没急着走，走过来说：“您给我上了一课，老师。”上官春眼里盈上泪花，道：“不要怪老师，我不能欺骗自己的灵魂。”

走出报告厅的大门，白医生迎上来，手里捧着一束火红的康乃馨。

幻想故事集

张　柠*

身　世

安达对这家南方最大的图书馆了如指掌。多年来，每逢周五下午，他都在文学阅览室的书架前徘徊，读着书脊上的书名。偶尔也翻阅一下目录，或读一些有趣的章节。经常与新书的书脊相对凝视，跟故事里的人物眉来眼去。小说人物的抒情和叙事之音，压倒了图书馆外嘈杂的市声。幻想的时光缓缓地流逝，安达的心充实而宁静。

他的目光忽然停在一本旧书的书脊上。这本被人翻破了的书，名字竟然叫《安达平淡无味的身世》。安达大吃一惊，连忙抽出这本书，拂去上面的灰尘，急切地翻阅起来。书的第一段是这么写的："安达 1965 年 8 月 26 日子夜，生于 H 省 D 县一家乡村医院。父母皆为医生。出生时难产。剖宫手术由他父亲操刀。"凭着职业敏感，安达知道这是一种典型的新闻体叙述。短短的一段话，具备了时间、地点、人物、事件、结局这新闻五要素。不像是文学虚构故事。这个安达是我吗？他带着疑惑嘀咕了一句，接着往下读。

---

* 张柠，作家，学者。北京师范大学教授，博士生导师，中国当代文学与文化研究中心主任，文学创作研究所所长。著有长篇小说《三城记》，长篇童话《神脚镇的秘密》，小说集《幻想故事集》等。学术著作有《土地的黄昏》、《文学与快乐》、《民国作家的观念与艺术》、《感伤时代的文学》、《白垩纪文学备忘录》、《枯萎的语言之花》、《叙事的智慧》、《中国当代文学编年史》（合著）等。

“安达的母亲作为一名妇产科医生，长年累月奔波在乡间，为农村妇女治病。晚上还要参加各种批斗会和学习班。所以，只好把九个月的安达寄放在乡下奶奶家。这年秋天，他患上了小儿麻疹。奶奶将他关在一间密不透风的房间里，不停地给他喂糖开水。从此，给他留下了一个哮喘病的后遗症，以至于他终身服药。……九岁时，安达离开了奶奶，开始与父母和比他小两岁的妹妹在一起生活。与妹妹的争吵直到他离开家去上大学时才算告一段落。”

读到这里，安达脸色苍白，两腿发软。他来到阅览大厅最后一排的角落坐下，端着这本书愣住了。小三十二开本，原装封面和封底早已破落。现在的封皮是图书馆的人用牛皮纸重新制作的。书后的版权页也不完全。作者和出版社的名字也不见了，只有几行阿拉伯数字，其中可见“1959 年 8 月第一次印刷”的字样。安达来到服务台，要求工作人员帮他查询这本书的作者和出版社的有关信息。值班的女孩懒洋洋地在电脑上敲了一阵，屏幕上出现的是一片空白。她说，这是前不久清理书库时发现的旧书，原书登记卡不见了。现在的登记卡是新编的，所以无法查到从前登记的有关资料。

安达无可奈何地回到座位上，神情恍惚地翻阅着这本奇怪的书。全书共三十三章。标题依次叫:《一岁的安达》《两岁的安达》《三岁的安达》……所记之事，都是一些鸡毛蒜皮、平淡无味的琐事。连那只小松鼠的事情都记录在案。

遥远的场景从安达的记忆深层缓缓地流出:从二楼安达的卧室窗口，可以看到镇医院门前那棵巨大的银杏树，枝叶遮天蔽日。平时，银杏树枝叶葱郁苍翠，每到中秋节前后，成熟的银杏果实便开始由青绿变成金黄，果皮开始腐烂而散发出诱人的臭味，秋风一吹，柔软金黄的果实掉落在树底下的茅草和荆棘丛中。这时候才是安达和小伙伴们，还有黄鼠狼和松鼠最活跃的时候。银杏树上有很多雀巢、啄木鸟窝，树底下还有蛇洞、黄鼠狼和松鼠的巢穴。一根长长的枝丫伸到了安达的窗台。那只十分漂亮的灰色小松鼠，沿着那根枝丫跑进了安达的卧室。安达采取了“关门打狗”“瓮中捉鳖”的战术，逮住了松鼠，把它关在一只装盘尼西林针剂的硬纸箱里养着。小家伙日子过得清淡，每天只喝些冷水，吃点饼干。那天黄昏，安达正在饭桌上听父亲吹牛，只听见卧室里咣当一声，是装水碟子掉在地板上的声音。等安达赶到的时候，医院那只大黑猫赶紧逃跑，小松鼠趴在地板上，背脊上一排牙印……

在《九岁的安达》一章中是这样写的："安达一边哭，一边把小松鼠装进一只药盒子里，把它埋在医院门前那棵大银杏树底下，也就是小松鼠的家边上。……由于伤心得不想吃饭，他遭到了父亲的严厉斥责。"

安达一下子就沉浸到对童年往事的回忆之中去了。他暂时忘记了最初的惊悸和恐惧，也不去想作者是谁的问题了。在《十岁的安达》一章中，记述了小华的死："住在银杏树下的伙房里的小华病死了。他是医院厨师的小女儿。前几天，她还答应过安达，等到除夕夜，带安达去看银杏树开花。现在她提前死了。安达撩起窗帘的一角，盯着厨房里忽明忽暗的灯。小华的妈妈从乡下赶来，一边忙着将小华搬放在一张竹床上，一边急剧地啜泣。后来，哭声渐渐地消失在通往乡下的小路上。"在《十二岁的安达》一章里，记述了他第一次学抽烟的经历。的确，那是在一个高年级同学的鼓励下，晚上躲在学校的厕所里干的。从此，他开始经常从父亲的烟盒里偷香烟。事情的败露是因为妹妹在他的口袋角里发现烟屑。父亲罚他跪了两个小时。

最令安达感到耻辱的，从来都没有向别人提起过的两件事，竟然清清楚楚地写进了《十五岁的安达》一章中。第一件事是这样记述的："那天家里来了客人。安达只能将移动行军床支在客厅里。半夜醒来，他发现内裤上一片黏湿。安达在性梦里的激动渐渐消失之后，感到一种深深的罪恶，一种刻骨铭心的恐惧和焦虑。"第二件事的叙述："在学校里，每天都与他形影不离的彭小虎突然不理他了。开始几天，出于一种傲慢，他尽力克制自己，装作满不在乎。三天后的一个晚上，他才终于克制不住了，便走到隔壁宿舍里彭小虎的铺前，来回地走着，一边用眼睛瞟彭小虎，一边还口中念念有词。更可怕的是，他发现彭小虎的目光中充满着鄙视的神情。尽管如此，在一个礼拜天的下午，他还是找到了个借口，去了彭小虎的村子一趟，为的是想见彭小虎一面。安达心中的这一隐痛，直到他考入大学，有了异性朋友之后才慢慢消失。”

读到这里，安达倒抽了一口冷气，同时，心中十分愤怒。他认为，这种全知全能的叙述视角，在文学手法中简直是幼稚，这种新闻叙述方法，西方十九世纪中叶就开始丢弃。并且，作者有什么理由猜测到主人公内心的隐秘呢？安达心中被一种十分复杂的情绪笼罩着：恐惧、愤怒、惊讶、羞耻……在把书页翻得哗哗作响的同时，安达还不停地扭动着屁股、咽口水、挠头、用拳头轻轻地捶桌子。直到对面一位女读者抛来责备的目光，他才被迫安静下来。对于描写大学生活的那几章，安达还是比较满意的。但美中不足的是，作者大量的笔墨没有放到对他现在的女友的描述上，而是详尽地叙述了那次神不知鬼不觉的失恋经历。安达认为这种做法是给他的心灵施加压力，给他今后的道路上投下了阴影。他决心再一次忘掉它。参加工作后的那几年，是安达最不愿意回忆的。而书中恰恰又在不厌其烦地披露。比如，去几所大学求职遭到拒绝的经历。比如，换了几个单位，依然是清贫如洗。比如，事业不如意，论文无处发表，晋级遇到了阻力，完稿的一本书找不到出版社自己又无钱出。比如，做发财梦，将自己仅有的两万块钱存款投进股市，结果赔了……

人们都说，对往事的回忆，是困苦中的人赖以生存下去的一种力量。有个外国学者，名字叫马尔库塞，他说回忆是一种解放的力量。奥地利人弗洛伊德认为，回忆可以治好精神病。安达不这样看。安达认为自己的往事都是一些苦涩的回忆。他不愿意回忆。如果说这些年来他在生活中有了什么收获的话，那就是他培养了一种很强的对抗回忆的能力。他喜欢遗忘，他认为遗忘才是生存下去的力量。在这一点上，安达是德国哲学家尼采的同道。因此，他对《安达平淡无味的身世》这本书，还有这本书的作者，开始深恶痛绝。因为这本书不但勾起了他苦涩的回忆，还破坏了他与新书脊相互凝视的宁静，以及在书架中游走的陶醉。

安达恶作剧般地将书翻到《三十二岁的安达》这一章，为的是想马上证明这本书的错误和荒谬。但是，他马上读到了这样的叙述：“安达在他三十二岁生日的第二天下午，坐在南方图书馆的文学阅览室里，读《安达平淡无味的身世》。他在惊奇和愤怒中，忘记了他在此刻应该干的事情。”安达抬腕看表，时间是五点整。昨天晚上女友为他举办了小型烛光生日晚会。两人一起吃了蛋糕。临别的时候，女友嘱咐他，今天下午四点在华歌影院门口见面，电影是最新香港打斗片《毒窟奇遇》。尽管安达对这一类片子不感兴趣，但女友说要轻松轻松，他也没反对。女友是低他三届的校友。难得的是，在这个铜臭味十足的社会里，她并不曾对安达过于清贫的生活有过多的埋怨，但对他这种静如止水的生活方式是极为不满的。

此时此刻，安达知道，在他的反复无常、充满险情的爱情道路上，又多了一道栅栏。安达捧着《安达平淡无味的身世》这本破旧发黄的奇书，不知所措。他也没有勇气继续往下读了。尤其是后面一章。谁也不能预料自己往后的命运。可是一旦有人在预言你的未来，就像瞎子算命测字一样，那的确是一件令人吃惊又惶恐的事。所以，安达还是忍不住好奇地往下读。

最后一章是《三十三岁的安达》，叙述语言似乎发生了明显的变化，一改前面那些力求客观的叙事风格，语句中充满了一种悲怆的气氛，读得安达气都接不上来。该书最后一段是这样写的：“自从两年前图书馆那次失约以后，女友对安达的态度冷淡了许多。她似乎对他们俩之间了无生趣的爱情，不抱太多希望。但她到底还是没有离开他。每当她下决心离开他时，就想起了他那双在大学里陪伴了她一年多的眼睛。那是一双像小狗的眼睛一样湿润的眼睛，尽管没有什么力度，但却充满了诗意的温柔和同情，甚至还带有一点儿神秘。她知道，在这个现实里，这种能给她慰藉的眼睛是不多的。”读到这里，安达的那双小眼睛更加湿润了。

安达揉了揉眼睛继续往下读：“冬天，他们一起到北方去度蜜月。佳木斯远郊有一座森林公园。冬天进入旅游旺季。安达和女友乘坐一辆由八条西伯利亚拉橇狗拖着的大雪橇，从山顶上飞速地往下冲。在半山腰拐弯的地方，一条公狗将一条母狗惹火了，在半山坡上咬作一团。后来，雪橇连狗带人一起滚到了

右边那条深深的峡谷。”（全书到此结束）

这真是笑话。安达想。苏州杭州、桂林肇庆、张家界九寨沟，哪里不好旅游？我干吗非要去北方呢？干吗要去那个什么佳木斯呢？不可能！我不可能去北方度蜜月。南方气候宜人，交通便利，我干吗要去北方呢？不可能！不，不……女友的舅舅不是在北方工作吗？安达不禁打了一个寒战。千万不能让她去北方！一定要想方设法打消她这个念头！安达回过神来，发现自己好端端地坐在图书馆阅览厅的椅子上，不由得心中一阵欣慰。

安达突然萌生了新的想法：出书、炒股、晋级……都见鬼去吧。从此小心生活。第一不能去北方（可恶的西伯利亚拉橇狗）；第二是走路时多加小心；第三没事就来翻翻《安达平淡无味的身世》这本书。安达站起来，把《安达平淡无味的身世》这本几十年前第一次印刷的，如今颜色深黄纸质老化的书放回书架的原处，对值班的小姐点了下头，急步走出图书馆大门，找他的女友去了。

鸟　语

为撰写《词语的奥秘——对鸟语的诗学解读》一文，安达吃了不少苦头，也得到了许多乐趣。小时候读童话，对那些能与鸟儿絮絮叨叨地私语闲聊的小姑娘，安达是心神往之。自己为什么对鸟语一无所知？这个疑问曾经长时间纠缠着他。长大以后忙于俗务，就渐渐淡忘了这件事。大学中文系毕业之后，他成了省社科院文学所的一位青年学者。他把“鸟语诗学”作为自己近期的主攻方向。史料告诉他，懂鸟语不是妄想，历史上懂鸟语者也不在少数，中国历史上的名人就有孔子的弟子公冶长，还有汉代高僧安世高。安达坚信，鸟语作为一种符号，它的声音系统与意义系统之间，一定有可以识读的关系。为此，他日思夜想，殚精竭虑。

那天深夜，安达起床在日记本上写下了两行诗句：“凶残的失眠将我从忘却

中拖出 / 黑暗世界孤独而又焦虑的旁观者啊！”然后重新躺倒床上，在忘却与记忆的边界上，躺成一个半梦半醒的姿势。突然，他听到一种陌生而又亲切的声音，但记不得是否听过这种声音，也分不清声音是梦中的还是房间某个角落里传来的。惊醒之后，他发现鸟笼里那只小画眉，像平常一样在啾啾叫唤，还生气地踢翻了那个装食的小碟子。安达走近鸟笼，将小碟子摆正，加入了一小撮粟米，再往小水罐里添了一些凉水。当他重新进入半梦半醒的状态的时候，即他的头颅与脚踵处于同一水平线上，并且，脑子里产生了一种似乎是失重的感觉时，那陌生的声音又飘然而至。安达突然感到自己置身于一种从未有过的欢喜之中。

安达断定，这正是那只画眉鸟发出的声音。他猛地翻身跃起，将书架上所有的百科全书和辞书摆在地板上，查阅“鸟语”条目。辞书上说：“有一部分人在某些特定的状态下，是可能听懂鸟语的。”辞书中对这种“特定状态”的解释是：一、身体虚弱或咳嗽时；二、半梦半醒的失眠状态时；三、倒立或做金鸡独立状时，其中特别强调了“可能性”的问题。辞书中还指出，一旦脱离了这些“特定状态”，你就可能忘掉你听懂的东西。有一些倾听和解读能力很强的人，往往适用“意念控制法”来保持记忆。这种“意念控制法”的一项基本要求，就是将事物看成是倒过来的。比如，把树叶和树枝看成是向下的，树干看成是向上生长的，就像倒立的人所见的世界一样。

安达知道，鸟语是不能一句一句地单独翻译的。它是一个隐喻的系统。必须将它用符号记录下来，进行系统的整理，才能有一些眉目。为了记录，安达决定选择第三项要求：倒立或金鸡独立（其他的两种状态下是无法记录的）。在此后的日子里，安达一有空就在鸟笼前面倒立着，两只脚的脚尖靠在墙上，一只手匆匆地在笔记本上记录。在倒立的过程中，安达想起了一句瑜伽格言：“头足倒立是保证灵魂重新归于平静的道路。”

所以，尽管每天的倒立折磨得他头晕脑涨，但安达感到，他的心情十分宁静，两只耳朵的通道也出奇的空旷。他那长期悬在空中的百会穴，此刻正贴近地面在聆听；而长期被阻塞在地面的涌泉穴，此刻正悬在空中。鸟语的信息正潮水般地涌向涌泉穴，经他的手又记在了纸上。在迫不得已时（比如太累的时候），安达也间或采用婴儿躺在摇篮里的姿势：两条腿高高举在半空中。

在这一过程中，安达遇到两个最大的困难。第一是对鸟语聆听者个人生活方面极度严格的要求。其中特别提到了个人卫生的问题。比如，对脚的清洁的要求。因为在这里，最低处的脚取代了头的位置，“低脚”变成了“高足”。安达被迫每天三次用热水净脚。在这以前，他是很少做的，即使是每天一次也难保证。第二个困难是，当结束记录而站立之后，为了保持对鸟语的记忆，往往要求用“意念控制法”来思考或行为，但经常被隔壁史学所的陈坤和经济所的赵明搅了。陈坤要找他讨论今天的各种事件，将来进入历史时如何记录的问题。赵明要找他谈股票行情，还不时地嘲笑安达那次亏本的炒股旧事。安达心里十分着急。他认为陈坤和赵明的行为，是在诱惑他将那调节涌泉和百会两个穴位的丹田之气，集中到嘴唇等外表器官上。所以，每次与赵明和陈坤长谈之后，安达总是不能集中注意力，弄得心慌意乱，两耳闭塞。他决定，每天下班之后，先到陈坤和赵明的房间里小聊一阵，消耗掉他们聊天的欲望，然后再回房间闭门不出。

还有一些小麻烦是安达自己造成的，根本原因是他缺乏足够的定力，太容易激动。在一次文学所内部的学术交流例会上，安达急切地表达了他最新研究成果的主要观点，他还狂妄地大声宣称，自己听懂了鸟语。结果，会议室里响起了几分钟的哄笑声。安达以为同事们听出了他研究中的破绽，心中暗暗自责。应该把几处疑问解决之后再公之于众！他为自己的草率冲动而窘迫不安，解嘲地笑了一下就沉默不语了。散会之后，他独自一人，在省社科院的林荫道上缓步走着，所长远远地喊住了他，关切地询问他的身体状况，并反复叮嘱要劳逸结合，不要把身体弄垮了。安达正想与所长寒暄几句，远远地看见所里几位女同事，正在对其他研究所的人说些什么，还用手指往这边指点。一阵笑声结束，安达急忙对所长说了声再见，就抽身走了。

面对厚厚的三大本观摩笔记，尤其是几处用红笔标了疑问号的地方，安达陷入了深深的沉思。他原以为找到了一种核心的东西，能将这些零星材料串起来。可是有几个地方是解释不通的。安达一边继续观察和记录，一边到南方图书馆查阅生物学、动物学、神学、哲学和文艺学资料。他深切地感受到这些工作与聆听鸟语时的感觉相比，真是苦不堪言。但他似乎不愿独自享用他的成果。他还妄想最终编写一本《鸟语词典》，供那些耳根阻塞的人查阅。每每想到这些，他那激动的脸上，泛起一片红晕，喉咙中还伴有一种咕咕的响声。

更令安达激动的是，最近他的意念控制能力达到了前所未有的强度。他秘密走访了一位住在远郊的瑜伽高师。老头子仔细观察了安达的双脚之后，满意地点了点头说："我们不一定要到印度哲学中去寻找瑜伽的根基，中国也有。知道'泰'卦（䷊）的卦象吗？上坤下乾，上阴下阳，像一只倒挂在屋梁上的蝙蝠，也就是你天天倒立训练、脚上头下的姿势。这是人真正应该具有的姿势。人类那愚蠢无明的头颅，如今谦卑地降到了地面，而卑微的双足被洗净，抬到了空中。明白了吗？继续练吧。"

安达说："请问先生，那玄之又玄的道怎么理解？"老头子说："你看，你的头又倒回来了。受了一些几何学和逻辑学教育，就爱刨根问底。道为体，德为用。谈道只能谈玄，谈德才落到了实处。我刚才对你谈了许多关于德的知识，你不停地点头，其实你并没有明白。德就是道的走法，也就是足的位置，是心对道的全部经验。倒立或者沉思的时候，不要太执着事物本身，还要让心走到正道上来。使你的头颅的弱点、缺陷暴露无遗。摆正你的姿态吧。"老头子说完，便闭目无语。

自从那次学术交流会之后，安达成了文学所众人关注的中心，经常有些同事借故来找他聊天，并在他的房间里四处窥视。但这些探秘和窥视，已经不能搅乱安达的意念了。安达对窥探采取了十分宽容的态度。别人掀起窗帘的一角窥探他时，他不也在掀起鸟笼罩布窥视那只小鸟吗？安达认为，在对他物的窥视中，人们可能会不断地发现自己的存在。当然，窥视的姿态和心态是不能不讲究的。

陈坤躲在窗口窥探安达时，发现安达正在面对鸟笼倒立着，便忍不住笑出了声音。安达开门问陈坤，发生了什么事。陈坤支支吾吾地说是来送东西，顺手给了安达一个装满材料的大信封，说是资料馆的人托他转交的，接着，便侧身挤进了安达的房间，在鸟笼前停了下来。陈坤说："安达，这会儿小画眉在说什么？"安达十分耐心地解释说："鸟的每一个叫声，一般都不可能单独翻译。每一个叫声，如果翻译成世俗的功能语言，那就是一部巨大的诗学著作。但是，如果你认真地聆听和观察就可以发现，它每叫一声，就配有一个独特的姿势。这样，它就是从各个不同的角度，用不同的声音和姿势，对同一件事情进行言说……"陈坤两眼茫然，只好干笑几声就走了。

安达打开陈坤送来的信封，里面是自己不久前花了两个晚上填写的一份材料。有一些还是他通过电脑操作整理出来的。这份资料都是供"信息高速公路"办公室使用的。市政府的文件上说，"信息高速公路"入网，也要优先考虑知识分子。所以，科研单位和高校工作人员就成了第一批入网对象。所长说，每个人都要按表格上的要求认真填写。比如个人爱好、购物习惯、血压和脉搏状况。思维模式和情感方式那些软指标栏目，大家也要认真对待，尽量不要让假信息进入了信息网络。现在，安达精心填写的这份资料退了回来，上面还注明了理由："电脑拒绝接受本资料的任何信息。"据说全院上交的三百份资料中，安达是唯一被退的。安达突然感到一阵晕眩，进而感到迷惘。在稠人广众之中，安达突然意识到自己十分孤单。他长长地舒了一口气，然后沉浸到啾啾鸟语中去了。

陈坤对安达说："入了网真不错啊，我想买什么东西，正在犹豫，就有人送上门来了。前些天，我还收到了一份通知，要我注意两个问题：一是说我的胃近日可能会有病变，要我赶快去医院检查；二是说我目前正在着手的一个研究课题，并不是当前史学界研究趋势中的最佳选题，要我注意研究方案的修正。……进了网真不错啊……"陈坤还劝安达进网，说可能会对他的鸟语研究有帮助。

安达的注意力并没有集中到陈坤喋喋不休的声音上，而是注意到他的双脚和他走路的姿势上。安达惊奇地发现，陈坤一边得意忘形地谈着，一边走着一种奇怪的步子。只见他右脚往左踩，左脚往右踩。随着这种步子，他行走的路线，与林荫道路面由水泥匠镶嵌的白色瓷砖图案完全吻合。陈坤每踏一步，安达心里就一阵抽紧……

又是一个长长的失眠之夜，小画眉用金鸡独立的姿势站立在鸟笼里打盹。安达起床在笔记本上记下自己刚刚想起的诗句：

百舌鸟和猫头鹰和祥的啼鸣
是空旷的耳朵飞翔的翅膀。
骨骼间抒情的气息
穿梭在飘浮的云彩间。

蓝眼睛

南方一家热衷于爆炸性新闻的小报，最近几天频繁地登载关于“扫黄打非”的消息。前几天，头版的右下角又刊登了这样一条新闻：“5月7日下午，兼营不正当业务的红蚱蜢美容厅遭到了警方的查封。作为犯罪嫌疑人，老板和几名女服务员当场被收审。警方同时拘留了几位正在从事不正当消费的人士，其中有某机关的处长谭某，个体户刘某某，作家安某……”

对这种司空见惯的消息，我一向不大留心，只是“安某”的出现，才引起了我的注意。我想，“安某”一定是我的朋友、小说家安达了。令我狐疑的是，生活态度严谨迂执、很少出门的安达，怎么会出现在这种场合呢？

那天晚上，电话响个不停。朋友圈里都在传播和议论这件事。据青年画家程树青说，扫黄稽查队里有一位警察，是诗歌爱好者，与作家圈的交往比较多。他认出了安达。他站在安达身边，故意大声喊叫：“看热闹的，过路的，赶快离开，不要影响我们执行公务！”安达却无动于衷。他只好走到安达面前说：“你是过路的吗？”安达说：“不不不。我是来洗发的。”那位警察有点哭笑不得。本来干警察这一行，也帮不上作家朋友们什么忙，这个机会也不能轻易放掉呀。他又说：“你是第一次来吧？”安达说：“不不不。我经常来，是包月的。”气得那位警察拽住他的衣领就往警车上扔。

这些传闻尽管绘声绘色，我依然是将信将疑。因为文学界的人说话总是爱“典型化”，语气动听而夸张。他们喜欢将发生在好几个人身上的事情集中到一个人身上，将不同时间的几件事情当成一件事情说，假的都变成真的了。但作为好友，我总得当面问问他才踏实。

半个月之后，我去看安达。他住在文人画家音乐家集中的文昌路。那条被绿荫笼罩着的幽静的街道，从前是不让机动车行走的，只准步行，生怕响声打断了作家和艺术家们的思路。如今，商人的叫卖声掩盖了文人的吟唱声，整条街都变成了世界名画赝品、假古董的天下，人声鼎沸，生气勃勃，商机无限。难怪安达的小说越写越少了。他被叫卖声打断了思路。

那是一栋陈旧的法式老楼，据说新中国成立前是欧美同学会的房产，刚落成不久就解放了。八十年代初，政府在报纸上登过一则启事，叫他们派代表带房契来领回这栋楼房。据说，那些留学回来的老头子开会商议过几次，但没有一个人敢出这个头，最后不了了之。怪不得经常有一些拄着拐杖的老人在附近转悠。

安达住在二楼一个小单元里。尽管十分拥挤，书籍都堆到了走廊上，但房子的高度比现在的火柴盒似的单元要高得多。正南面还有一个巨大的半圆形落地玻璃窗。安达的书桌就摆在玻璃窗下面。窗外是省立图书馆的假山、草地和水池。

安达一见到我，就递过一沓稿纸，说：“我知道你来干什么。不用多问了。

你看看这篇小说吧。我现在不写什么实验小说了。这篇小说带有纪实性，它能回答你想知道的问题。我并不想用这篇小说来澄清或辩解什么。这篇东西实际上是一篇祈祷文、忏悔词，或者说一个梦。”

我想了一大堆安慰他的话：“忏悔什么？你不过是偶尔为之罢了。何况上帝说过：谁心里动了淫邪的念头，谁就犯了淫邪的罪。因此，谁也没有审判别人的资格。所以，你也就用不着忏悔了。我不是来打听什么，只是随便坐坐。”这些话到了嘴边又咽了回来。我只好坐到沙发上读他的小说。

在安静的居室里，我总能从乱麻一样的往事中，抽出一个又一个完整的故事。但是，只要一出门，我的身体就遗失在喧嚣的尘世之中。在这座混乱嘈杂的大都市里，我的记忆力坏得出奇。我永远记不住朋友家的方位、楼层、门牌。每次登门造访，我都是凭着身体在空气中的感觉，下意识地走进了朋友的家。可是，那些朋友从来就没有因我准确无误地走进他的家门而高兴过，总是对我的到来一惊一乍，好像我到他们家去坐坐，要像国王出访一样事先安排日程似的。后来，一些朋友搬进了新居。我发现，没有准确无误的科学头脑，是找不到他们狐狸洞一样的新居的，光凭经验和感觉已经不行了。

比如，要去朋友温南的家，我必须在两道电子防盗门上：一道是小区的大门，一道是小区内部他们单位那栋楼的门，输入他家的栋号、楼层号和单元号，等待他给出开门信号，我才能走进去。还有，我实在受不了他家那只老母猫的亲热劲儿，在你腿上情人一样磨蹭。由于温南夫妇爱它胜过爱我，因此，我还不能对那只老母猫的亲热有什么明显的厌恶表情。后来，朋友见面的地点不是在茶楼就是在我家。慢慢地，我也就越来越懒得出门了。只有附近那家红蚱蜢美容厅，我是经常要光顾的。美容厅的老板成了我的朋友，给我包月，八折优惠。除了距离近、价格便宜，还因为那里的理发小姐都年轻漂亮，服务态度也很周全。

最近一段时间，我变得更加多愁善感、优柔寡断、心神不宁。这一点遭到了朋友中几位青年思想家的批评和嘲笑。他们说我心中永远只是在想着自己的“小我”，对包括人民在内的“大我”，对社会分配的不公，对苦难，对启蒙和拯救漠不关心。这种冷漠的态度，只能证明我的多愁善感是假的。我好几次都试图张嘴申辩，我想说他们的批判和拯救的激情是假的，但“话语”就是出不来。我只好采取最后一招：疏远他们。

我从前就有多愁善感、遇事不能决断、爱脸红的毛病，这并不是成了小说家以后的事。有一次，一位著名的评论家对我说：“不是写小说导致了你的‘性格缺陷’，而是这种‘性格缺陷’成就了你的小说。”他用手掌挡住嘴巴悄悄地对我说：“这样很好。不要轻信别人。要坚持住！”

中学的时候，同学们就明里暗里都叫我“娘娘”。成年之后，我在大家的帮助下也改了一些，但始终没有根治。我在“多愁善感”前面添加了“更加”这个词。那是因为这个毛病最近表现得更加明显了。我心里很不安。我不想要这种能成就小说的“性格缺陷”。我想，应该向冯阳周求助，便特地约到珠江边的向日葵酒吧喝酒。他的专业是人格心理学，但他不喜欢我叫他心理学家，说那种称呼太狭隘。他正在运用自己的专业知识，从事当代思潮研究和社会批评，还写过一些文学批评文章。

每一个人首先应该成为一个知识分子，冯阳周用手抹掉嘴角的啤酒泡沫说，你们作家也一样，否则你就不是一位真正的作家。

像我这种高中还差一年毕业的人也能成为知识分子吗？我问。

这跟受教育的年数和学历没有什么关系。如今，最像知识分子的人，就是工人阶级。这是一个立场问题。

那么，我应该忠实于自己的感觉，还是表达自己的立场呢？我问。

冯阳周自信地说：感觉固然重要，但不要停留在一些表面的感觉和经验的碎片上，要找到问题的本质和根源。……

我害怕“本质”“根源”这种宏大的词。我最关心的，是与我此时此刻的生存和命运相关的“本质”和“根源”，此外我一点兴趣也没有。我不知道自己最近碰上了什么倒霉的本质和根源。我最近连续十几天，都在想同一个女人。三十多年来，我第一次被“女人”这个意念控制住了。从前弥漫着发霉的书籍味、香烟味和脚臭味的小房子，如今被虚幻的女人气息和洗头水味道占据了。我最崇拜的一位伟大作家巴史拉乌说过：“任何一个连续十分钟想同一个女人的人，绝不是一个男子汉！”

但有什么办法呢？“娘娘”的名声倒无所谓，习惯了。我是说，我有什么办法能够摆脱她呢？红蚱蜢美容厅那个新来的蓝眼红唇翘屁股的小妞，整天在我眼前飘来飘去。

第一次见到她，我就看出她是一个刚进城不久的乡下姑娘。而且，她的化妆暴露了她是一个很过火的乡下姑娘：过浓的颜料，将眼睑染得蓝幽幽，上面躺着两条粗黑的、蚕虫一样的眉毛，使眼睛成了一个蓝色的洞穴；嘴唇涂成了桃红色，像吃过带血的食物一样。对这一切我并不太在意，只要她好好洗头就行。在给我洗头的时候，她故意让我注意她的超短裙，还一边洗头一边用大腿蹭我。我一阵哆嗦，兴奋和惧怕交织在一起。平常洗完头之后，我还会躺下来享受掏耳和按摩脸部的快乐。这一次，我急着要溜号。蓝眼睛却盯住我不放。她追到门口，用一种很有把握的口气悄悄地对我说：“今天晚上八点钟，在东郊公园左边的老榕树下见。”说完又去给另一位男人洗头去了。

与一位干不正当业务的人像情人一样幽会，就像给一条杂种沙皮狗穿上真丝连衣裙一样滑稽。她当时的那种口气令我十分反感，好像老熟客似的。再说，谁知道她是不是设下了什么圈套呢！不久前的一个夜晚，在流花公园里，一位轻信的男子就被小姐的老乡抢了。我决心不去赴约。那天晚上，我的心情十分浮躁，不能静心读书写作。蓝眼睛像一只肥鸟的翅膀在我眼前扑腾。

对于一个单身男子来说，女人就像一面镜子，照出了他形影相吊的可怜的肉体。接连好几天我都沉浸在对蓝眼睛的遐想之中。在虚幻的想象中，我一次又一次跟蓝眼睛幽会。蓝眼睛则显得特别顺从，说起话来还轻声细语。叫她干啥就干啥，我想象自己一点也不优柔寡断，一点也不“娘娘”，相反，就像君王，像凯旋的战士。

好奇心促使我对蓝眼睛展开了侦察工作。有几次，我躲在红蚱蜢美容厅对面街边的大树背后，远远地监视蓝眼睛。当我看到她在给别的男人洗发过程中，又试图重演我第一次遇上她时的把戏的时候，我咬牙切齿、怒火中烧。回到家里，我花了整整两晚的时间，设计了一个有三种行动方案的惩罚计划。经过反复修改，这些方案依然不够完美，其中有一个还漏洞百出。我深深地感到，一个人的能力是那么有限！我把这份惩罚计划装进卷宗袋里，准备先让黄石川审查一下。他是我的文友，公安专科学校的刑侦学讲师。

折腾了好些日子，我渐渐地对这件事有点厌恶了，就好像一件梦寐以求的新衬衫，在想象中我日日穿，夜夜穿，穿旧了，穿破了，以至于我再也没有买它的兴趣了。从根本上看，想象能刺激语言，但不能刺激身体；你想象越丰富多彩，肉体枯萎的速度就越快。一种疲惫而又无聊的情绪向我疯狂地袭来。我甚至相信冥冥中伸出了一只手，在向我索要想象中无偿占有所必须付出的代价。我心里惊恐不安，有一种莫名其妙的危机感。

这就是我为什么请很久不来往的冯阳周喝酒的原因。说实话，我对那次与冯阳周的约会十分失望。本来想找他咨询一些心理学的问题，尤其是克服心理障碍的方法。但他对我这个坐在他面前的大活人一点兴趣也没有，就像我对他那些僵死的理论没有兴趣一样。我把内心的惊恐和不安，原封不动地带回家了。

出门的时候，我再也没有从前那种悠闲劲儿了。我甚至不敢从红蚱蜢门前经过，而是不惜穿过两座又长又高的立交桥绕道而行。真是冤家路窄。那一次在立交桥下，我偏偏就碰上了蓝眼睛。她好像是特地站在那里等我似的。我的心狂跳起来。躲开已经来不及了，只好硬着头皮迎上去。我想告诉她，我是作家，好让她知道应该对我保持足够的尊重。

“不用解释了。这些天你一定想好了许多借口。今天晚上八点，在东郊公园左边的老榕树下见。”说完，她转身就走了。

她为什么缠住我？难道我显出了有钱人的样子？难道她独眼识慧地发现了我身上的男子汉气质？我已经预感到，这个人是很难摆脱的。难道我完全丧失了表达不同意见的勇气？我只能像罪人一样任凭她发落？说不定她已经知道我在家里都干了些什么。俗话说得好哇：要想人不知，除非己莫为。算了，就把这次赴约，当作前些日子针对她的无耻想象的代价吧。

小路两旁的灌木在昏黄的灯光下摇曳。一对对情侣像鬼影一样移动。我为人不能控制自己的梦境而感到悲哀。不知道是环境的影响，还是我的准时赴约，使她的情绪高涨起来。她像情侣一样挨近我坐下，接着就自动进入了一种回忆的状态。她清了一下嗓子说：

从前，我在乡下的时候……

我一听就知道这是一个故事的开头。大部分人都这样，说话像讲故事，不是直截了当，而是远远道来，每一件事都要从盘古时代开始讲。据说这是农业文明的后遗症。我打断她说：

我的职业就是编故事。所以，我不喜欢听别人讲那种远远道来的冗长故事。希望你能尽快进入主题，不要把我逼走了。她被我弄得有点尴尬。急忙接住我的话头说：

这些天你在家里干什么？

我在家里练瑜伽。我顺口就撒了个谎。

瑜伽？就是电视里每天上午体育节目中播的那种？

不一样。我这种瑜伽主要是调节人体内部的阴阳不调。

接着，我就开始胡说八道了，什么人体奥秘、身体潜能、第二空间等等，气氛顿时活跃起来了。她听得十分认真，就像文学青年在听我做“如何编故事”的报告一样。这种场面我见得多了。此刻，我忘了她是红蚱蜢美容厅的服务员，我在想象中把她当成一位狂热的文学爱好者，高中毕业没考上大学，正在偷偷写诗的那种。我站起来，在她面前一边说一边踱步。

我胡诌出来的一串串语言，像是一部配有五百马力机器的汽车，高速行驶起来，完全把我控制住了。我干瘦矮小的躯体在空气中颤抖不已。我突然变成了一位威力无比的勇士，语言就是我的长矛。我的语言像一个老奸巨猾的色鬼，一个凶残的罪犯，巫师喷出的烟雾，魔术师的催眠术，菜园子张青的蒙汗药，在蓝眼睛的身边布下了一个巨大的八卦阵。而她的躯体就像一只小麻雀，正在钻进一张无形的大网。

我刚停下来想歇口气，蓝眼睛就用一种温柔而又强硬的口吻对我说：我要去看看你练那种瑜伽。如果可以的话，我也练练。

我很爽快就答应了她，并把我的住址也告诉了她。我的话和我的回答意味着什么，我没有多想。我还沉浸在演说的激情之中。语言的马达在高速地旋转，躯体成了语言的随从。我的语言还在空中虚晃着招数。我不知道我自己，已经离开了赴约的初衷。我不知道是自己正在引诱蓝眼睛，还是正在被蓝眼睛一步一步引向深渊。

几天之后的一个傍晚，蓝眼睛真的来了。她的行为，表现出一种农民式的心血来潮和盲目自信：事先没有约定，也不打个电话，径直就来了。好像我天天在家等她似的。她在楼梯上就叫喊起来。我打开门，叫她别咋呼，赶紧进来。我说：你事先也不打个招呼，如果我出门去了呢？她穿着一件很短的紧身上衣，肚脐眼露在外面，下身是一条弹力牛仔裤，眼睛当然还是蓝的。她对我的问题不予回答，扭动着屁股，老熟人一样走进了我的房间，在沙发上坐下来。我想弄点情调，比如放点音乐，冲杯咖啡。蓝眼睛说：不必麻烦了，我又不是来做客的，你开始练功吧。

我早就预感到自己胡编的瑜伽功有施展身手的时候。几天前，我到南方图书馆泡了整整一上午，在一本叫《大悲空智金刚王经》的书上，查到了一种密宗功法的基本步骤。我想，不懂没关系，糊弄人还是够的。但到了见真功夫的时候，我又磨蹭起来，房间里充满了尴尬。

那天晚上你说得那么好，不是骗我吧？蓝眼睛有点不耐烦了。

一股热血往脑子里一涌。我突然盘腿坐到地板上，脱掉衣服，露出了瘦骨嶙峋的鸡胸和干巴的大腿。蓝眼睛见了哈哈大笑起来。“笑什么！要练就赶快，跟着我一起。”我大声呵斥起来。她竟然飞快地脱去了衣服，盘腿坐在了我的对面。我叮嘱她，先将两眼微闭，但要看得见，然后进入一种迷糊的梦境状态，还必须完全重复我的话和动作。我将双手合十，她也将双手合十。我开始念练功口诀，她也跟着念：

唵嘛呢叭咪吽

唵嘛呢叭咪吽

我是瑜伽男你是瑜伽女

我是瑜伽女你是瑜伽男

（她还知道改词！像二重唱演员一样。）

来什么吃什么不用费思量

来什么吃什么不用费思量

我是金刚大士曼陀罗、是菩提心

我是金刚大士曼陀罗、是菩提心

轮子、刀子、骷髅

轮子、刀子、骷髅

拥抱我的瑜伽女和大欢乐

拥抱我的瑜伽男和大欢乐

想象世界与现实世界的区别，就在于有没有行动。如果每一个词，每一个念头，都化作行动，那是很可怕的。经文说，这个瑜伽的要点在于通过语言来默察一个人的内心，用隐喻的语言对"道"进行描述。后面的解释越来越玄乎。此刻，我不顾功法要求，睁开微闭的双眼来看蓝眼睛。只见她满脸是汗，双唇微张，两眼冒火，呼吸短促。"道"是什么我不大明白，"默察内心"这种说法倒是很准确。此刻我内心已经是旌旗摇曳……

我在一种柔韧的液体中颤抖、挣扎。我在一种轻盈的气体中飘动、飞扬。我从深渊升向天堂。我从天堂坠入深渊。痛苦和欢乐在我的血液里汹涌地交织着。一股寒流突然袭来，我沿着一条幽暗的隧道惊慌地逃窜，带着不祥的预感。在这个欢愉和罪恶的夜晚，我耳鸣症又发作了。

我不准备对我们之间后来的交往进行详细的讲述。反正她是隔三岔五地到我这里来练功，练得眼睛越发蓝了。有一点必须交代的是，我一直用一种含混的语调在讲述我与蓝眼睛之间的故事。这并不是有意为之。因为我至今弄不明白，究竟是我在一步一步地勾引她，还是她在勾引我。或许有一种超出我的理解的诱惑力在主宰着我们。

问题在于，那些充满情色描述的经文在反复强调，这是一种语言和想象行为，是一种禅定的思维方式，而不应沉溺到操作之中。可是经文中又说，最高的福乐，是以身体为基础的，要记住那瞬间的福乐感受，要把它转移到一切有情众生身上。这种矛盾修辞的方式，真的超出了我的理解力。我越想越糊涂。但我的身体却异常清楚。它时时记住“拥抱瑜伽女”。有时它又提醒我：离开她！于是，我就对她大叫大吼，暴跳如雷，甚至将她驱逐出门。

有一次，蓝眼睛突然拦在我从办公室回家的中途，哭丧着脸对我说：

我梦见满天星星。星星像鬼眼一样闪光。到处都是香火的味道。你的身体像烧过的纸灰一样，被风吹得一片一片向天上飘。我在墙角落里找纸灰的碎片，一点一点收起来，放进我的口袋里……说着，她的眼睛像鬼火一样在黑暗中眨巴。我一阵恐慌，大声斥责她，并命令她赶紧睡觉，不准做梦。

我终于发现自己尿液浑浊，下身奇痒，那地方出现了一片红色的小斑点，有的地方还冒出了黄色的小水疱。我咬牙切齿地想：她的梦就是一个恶毒的咒语！一个可怕的预言！“满天星星”，就是指这些小红斑、小水疱。还有“烧过的纸灰”，就是指她要将我毁了。“在墙角落里找纸灰的碎片”，不就是指她蓄意勾引我吗？“放进口袋”？哼，这就是暗示我赶紧离开她！

我再也不想见到她了！我准备到青岛一位老同学那里去住些日子，他也是单身汉，他的哥哥还是疾控中心的主任。没有比这更好的去处了。收拾好简单的行李之后，我想起应该到药店去买一些药品。路过红蚱蜢的时候，我还是顺便走了进去。我把她叫到一边，恶狠狠地对她说：“他妈的，你害苦我了！”“你这鸡胸猴，我才被你害苦了呢。”她反唇相讥，毫不相让，判若两人。我们的争执声越来越大。后来公安稽查队来了。那是5月7号，一个星期天的下午。

读完安达的这篇小说，尽管增加了已知故事的诸多细节，但这并不意味着我更加理解了这个故事。甚至让我对自以为了解的朋友安达，产生了陌生感。我觉得他是一个可怜的神秘的人。

故　事

三个月来，安达每天都在写一篇小说的开头。当他脑子里同时涌现出好几个句子时，他拿不定主意选用哪一句。因为，作为小说的开头，每一个结构相似的句子，都能够左右故事的叙事走向不同的结局。所以，这篇小说一直没有写下去，仿佛一个没有尽头的梦。安达几乎要怀疑自己讲故事的能力了。后来，他把怨气从马尔克斯身上，转到了自己的奶奶和外婆身上。尽管两位老人几年前就离开了人世。

马尔克斯竟然说，对他的创作生涯影响最大的人，首先是他那位酷爱占卜打卦、算命抽签的老外婆。他对记者说，他的外婆给他讲过许多令人毛骨悚然的故事，讲得绘声绘色，沉着冷静，真实可信，仿佛亲眼看到似的。马尔克斯还说，他就是用了他外婆讲故事的方法，创作了《百年孤独》。紧接着，你就可以发现，马尔克斯是自相矛盾的。因为他说过，他写《百年孤独》想了十五年，写《家长的没落》花了十六年，《一桩事先张扬的凶杀案》那个著名的中篇，则想了三十年。安达纳闷的是：马尔克斯写小说，到底是外婆教的还是自己想出来的？如果是外婆教的，你为什么要想几十年呢？

但不管怎么说，外婆和奶奶从来就没有教过安达讲故事的技巧和方法。安达的奶奶是一位善良而又沉默的实用主义者，又是一位编外基督教徒。几十年前去世的爷爷，曾经在一位教士的劝说下受过洗，奶奶并没有受过洗，但她总以耶稣教徒自居，她觉得这是英年早逝的丈夫的两项重要遗产之一，另一项是一个生药铺。每逢节日，村里人端着猪头和果子，到先祖祠里去供祖宗时，奶奶都露出不屑的神情，还叫安达不要去闹哄哄的宗祠凑热闹。奶奶临终时，可以说是一无所有。她留给安达的遗产，是虔诚和爱心。奶奶对安达说得最多的是两句话，或者说是两个词，也是两个巨大的疑问：饿吗？冷吗？是啊，人为什么会饿呢？为什么会冷呢？这是奶奶一生最担心的问题，也是一生都没有弄明白的问题。奶奶和家族的影响，决定了安达的第一次职业选择：中医。

安达的外婆，是一位破落资本家的遗孀兼业余时事批评家。新中国成立后一直住在小城市的“贫民窟”里。每当她想起从前辉煌的日子，就忍不住要对现实大加鞭挞。尤其是对那些发达了的穷人说话的声音和走路的姿势，她更是经常加以酷评。有一次，外婆带安达去参观了一家酒厂的厂房，说这些厂房就是她的房子。里面有大小四十多个房间，每个房间都配有全套精致的红木家具。当时，外公正濒临破产，准备以二十两黄金的价格卖给另外一个商人，但部队提前进城了。如今，房契找不到，政策无法落实，只好眼睁睁看着自己的院子里，每天都流出一桶桶劣质酒。外婆鄙弃地说：“那种酒只有厨房里的用人才喝。”外婆一生都显得十分忙碌。除了管家以外，她还同时进行三种宗教活动：星期天到城郊的小教堂做弥撒，星期三晚上去参加“一贯道”的秘密仪式，平常在家里供菩萨，还隔三岔五地吃花斋，假装把人类的前世今生都装在肚子里似的。实际上，她最热衷的还是时事评论。那三种活动只不过是累了时的消遣。外婆的影响，决定了安达的第二次职业选择：文学理论研究者。

对这两次职业选择，安达都不满。安达认为，中医只是一门混饭吃的技术。但它在科学上的缺陷，使得它更接近诗学，与其那样，不如直接去研究诗学。更有甚者，一些悟性低下的庸医，把中医弄成了巫术。而文学理论语言对明晰性的要求，又使它太缺少神秘色彩。安达梦想一种介于高度理性与高度情感之间的语言，或者说用一种严密的逻辑语言，去表达某种神秘的不可知的事物和思想。当安达清楚地知道自己该选择什么时，他已近而立之年了。多年来，这些疑惑、失望、焦虑、遗憾，常常变成一个个梦一般的故事在他脑子里乱窜。

他多次想把这些故事表达出来，都感到力不从心。但是，如果说一个人讲故事的能力，是来自奶奶或者外婆的教育，安达无论如何也不甘心的。他暗暗地发誓，一定要用自己的脑子，想出或者发明出一种讲故事的方法，并让自己从奶奶和外婆那种古老故事的阴影中逃离出来，即使花费十年二十年也在所不辞。

安达终于写出了他的第一个短篇故事，发表在《南回归线》月刊一九九四年第六期上，名字叫《信的故事》，全文是用第一人称的视角叙述。故事发表之后，引来了几位专职文学批评家的批评，有的说讲述方法太陈旧，有的说缺少审美升华。对此，安达置之不理，甚至还有些得意。下面就是短篇小说《信的故事》的全文：

经常到那间小黑屋子里去走走，是我每天必修的功课。高挂在房顶的那只昏黄的灯泡日夜亮着。潮湿的霉味在灯泡四周游移。靠墙立着两排高大的柜子，摆成丁字形。柜子分成若干个小格，每一格除了锁上一把小锁外，还贴着一张白色的纸条。纸条上写着黑色的名字。我的名字横坐标是九，纵坐标是三。守门的老头子那双眼睛，粗看上去像是青光眼。但我敢断言，青光眼不可能射出那种令人不寒而栗的光。我朝他点头、微笑，然后快速闪进小黑屋，开锁、拿信。自然，我经常只能拿到来自本市几位朋友的信。这些信大多像电报一样简洁明了，但也常常试着变换各种语调来问候我。不过，信的结尾总忘不了劝我，赶快装电话。

我不装电话的原因很简单。首先，我对那种被电流转化了的声音感到陌生，甚至惧怕。另外，没有电话，我就可以定期给我的朋友们写去长长的书信。当然，他们也会应差般地回一封短信。这些短信就好比两个人相遇时的一声招呼，一丝笑容。如果能写六页，甚至六页半的长信，就像两个人围着炉火彻夜长谈一样，那就再好不过了。但我已经不敢有更高的奢求，信再短，也比电话里那种奇怪的腔调好吧。每天，我从守门老头身边走过，开锁、拿信、拆信、读信，闻信笺上的墨水味，这使我心安。

这一次，我收到了一封十分奇怪的信。它的厚度是我所收到的信件中少有的。

漂亮的信封是一只一九九四年三月十八日发行的“鲟鱼首日封”。信封的右下角写着“内详”，邮政编码是写了的，但信封的左上角好像浸过水，把那几个阿拉伯数字弄得模糊不清。好在圆形的黑色邮戳上清楚地现出“浙江普陀”字样。信有整整八页。字迹十分娟秀。我断定，这出自一位女性之手。但写信的语调时而老练沉着，时而幼稚任性，使你很难猜出作者的实际年龄。信的开头是这样写的：

安达先生：

你收到的这封信，大概是我有生以来所写的极少几封信之一。因为我讨厌写信。人们为什么喜欢写信这种把戏？为什么要用干巴巴的几张纸，用一些干巴巴的文字，来代替自己活生生的口、眼、手、足的行为呢？我并不怀疑好的文字中也有灵气，也有魂魄在乱窜。所以，我偶尔也写一封信，或读读好的小说。

从前，我迷上了北京一位姓张的作家，并错误地认为他是“中国最有前途的小说家”。后来，有两件事惹火了我。第一，他的小说语言越来越做作，使我浑身不舒服，而且他的标点也用得很蹩脚，故意写很长的句子，读得我喘不过气来，差一点窒息。第二，他不但鼓动我给他写信，他自己也经常给我写信，而且还打听我的电话号码，说想听听我的声音。这种荒唐的念头，我无论如何不能容忍。我决定抛弃他，并且把“中国最有前途的小说家”称号从他身上剥夺，而转到你身上来。

自从读了《南回归线》上那篇《信的故事》之后，我认为你可能成为中国最有前途的小说家。你的叙述语言中那种虔敬和畏惧的情愫，令我感动。不过，我还得再观察一阵，再考察一段时间，不能再上当了……

D.W.

接着谈了一通我不太懂的诗歌语言问题。信的结尾没有留地址，也没有留姓名，只写了两个不知是英文还是汉语拼音的字母：D. W.。我不知道这是表示丁婉，还是董雯，或者是店王、达威、段蔚、大卫……其实，知道了姓名又怎么样呢？连地址也没有。有了地址又怎么样呢？我难道也像那位姓张的作家一样，天天给他

（她）写信吗？最令我头疼的是，这封信勾起了我写长信的欲望，但因没有地址，我又无法给他（她）写信。很长一段时间里，这件事一直梦魇般地在我心里折腾。一个月之后，我又收到了同样的一封信。信中这样写道：

安达先生：

这或许是我给你写的最后一封信。因为我不能再违背心愿地干这种写信的勾当了。你知道你那篇小说《信的故事》的语言，为什么显得苍白无力吗？我认为是缺少故事。在这样一个只有事故而没有故事的时代里，小说就可以像你那样胡乱写写吗？但我不希望你这样胡乱写下去了。我必须提醒你，灵魂出窍的胡乱行动，跟龟缩起来的不行动，都是我们时代缺少故事的根本原因。作为一个对作者负责的读者，我为你安排了一次行动：单独来与我会面。我自己也有面对面与你长谈一次的愿望。你可以乘海轮到普陀，然后再搭一只小舢板到朱家尖镇。两天后的下午五点钟，有一位穿红色连衣裙的女孩在码头等你。那是我妹妹。见到她后，你只要通报你自己的姓名就行了。接下来的行动，她会为你安排好。万一我有事离开了，你一定要耐心等待。我不会让你久等。

D.W.

在往后的两天里，我一直为这次的行动激动不安。你想想，陌生的旅途、神秘的小岛、孑然一身去见一位素不相识的姑娘、小舢板、红衣少女……能不激动吗？后来我突然想起了《水浒传》里的孙二娘和菜园子张青的故事，心里又不由得害怕起来。在我平静的生活中，很少有这样令人激动的事情。同时，我又感到疑惑。难道激动人心的事情背后，一定会伴有一点不安全的因素吗？我悄悄地与一位同事谈起这件事。他激烈地鼓动我去。但我看出来，他目光中泄露出了一种奇怪的光亮，像是迫不及待地想看我的笑话。当我试探地要求他陪我同行时，他借口有事推辞了。当时，我的心情复杂极了。我不想对此做冗长的心理描写。反正我希望这样的结局出现：既去了，又没去。对，就像一次梦游一样。无论我在梦中遇到什么凶残的事情都无所谓，只要醒来后我还能安然无恙地躺在床上就行。事情就这样一而再再而三地拖延、犹豫不决、强行遗忘，使我终于没有成行。而且接连两个晚上，尽管我睡得很晚，都是一觉睡到大天亮，一点儿梦都没有做。

第三天上午，我刚洗漱完毕，就听到敲门声。我打开门，看见一位穿红色连衣裙的少女面无表情地站在门口。她谈不上很美丽，但却显得文静端庄。目光单纯得令我发怵。

“你是……？”我一边问，一边猜测。

“我叫朵娃，就是D.W.。”说完，还没有等我邀请，她就挤进了房间，坐在沙发上。我支支吾吾地找了许多借口，来解释为什么没有赴约，并为她白等了很久表示抱歉。在交谈的时候，她自始至终都正对着我，一双眼睛好像一直盯在我的鼻梁上。我不敢正视她的脸，有时也斜看她一眼，目光躲来躲去，浑身不自在，背上冒冷汗。当时，我窘迫的样子一定是滑稽可笑的。

“你也很爱好文学吧？”我想打破沉默就随便问了一句，但话一出口就后悔不及了。

“你很喜欢写长信吧。”她并不回答我的话。

“对，我不喜欢打电话。电话里的声音怪怪的。我跟你一样喜欢写信。”我说。

“我最讨厌写信，更不喜欢打电话。写信有时的确可以代替一次长长的交谈。但有些东西就遗漏了。比如，我要不见到你，就不知道你的表情、真正的声音、手势和姿态，尤其是你的眼神。干巴巴的文字把活生生的东西全部遮盖了，往往还造成以假乱真的效果。你之所以迷恋于写信，就是想掩饰你的表情、眼神和不自信的声音。你在幻想中完成了一个个优美的形象设计，并以此为乐……

“安达，我今天远道而来，是想对你说几句话：你不可能成为优秀的小说家，你的语言太苍白无力，字也写得太丑。我对你的失望，比对北京那个姓张的作家的失望还要大。”

说完，她就走了。

修梦法

我做了一个梦，梦见自己坐在一架巨大的飞机上。飞机的坐垫、窗帘、地上铺的墙上挂的全是黑色。当时，飞机发出微微的轰鸣声。我的双耳有一点胀痛。但我不好意思表露出来。因为两位年轻的空姐在我身边走来走去，还不时地问我喝点什么，我微笑着对空姐说，请来一杯清茶。突然，后舱传来了一阵喧哗。我回头一看，发现一位身材高大的黑衣蒙面人，一只手扭着一位空姐的胳膊出现在舱门口，另一只手中有一把铮亮的尖刀。还有一位黑衣蒙面人背朝我们，像是在警戒。空姐的脸色苍白，不停地发抖。蒙面人对她说：有话就对他们说。快说。大声地说。

空姐用颤抖的声音说：各位乘客，你们每人可以写一份遗嘱交给我。我将转交给你们的家人。在遗嘱中可以简短地交代一下你们的后事。别忘了，你们的保险金是二十万元。它将分给谁，你们可以在遗嘱上注明。

蒙面人说：不要太啰唆，少写一点。我已经不耐烦了。

只听见一片哗哗哗的声音。乘客都在找纸。有些积极分子早就写好了。一个满脸疙瘩、留大分头的矮个儿，第一个将字条递送到空姐手上，然后得意地回到了座位上。大家都纷纷地交了字条，像学生交考卷一样。只有我连写都没写。我很茫然。在这世界上，我孤单一人，我没有收信人，写不写都无所谓。我很想叫那位空姐过来，对她说：除了包里的几份手稿以外，我一无所有，只有那还没到手的二十万元保险金，留给你买化妆品吧。

但是，我迟迟不敢开口。那蒙面人一副剑拔弩张的样子使我害怕。蒙面人见没有动静又大声说：快！不要太啰唆。少写点。我已经不耐烦了。

蒙面人叫唤着，手里的尖刀在不停地抖动。突然，我发现空姐那双美丽的大眼睛，朝我眨着。她的睫毛很长，长得前面都翘了起来。我感到那双眼睛像在暗示什么，但是又拿不准。我灵机一动：肯定是她在这么多人当中选中了我，并暗示我去救她。我心中一阵狂跳，猛地站起来，朝黑衣蒙面人直冲过去。蒙面人举起尖刀，对准我的胸部直刺过来……

我大叫了一声从梦中惊醒，发现一本精装的硬封皮书正戳在我干瘦的胸口上。我是被书的硬封皮戳醒的。当时我正在睡午觉，临睡前，我仰卧在床上，端着一本英国作家乔叟的《坎特伯雷故事集》在读。《骑士的故事》还没读完，我就开始迷糊，在半梦半醒的时候，我正读到下面这一段："夏天过去了，漫漫的长夜倍增了情人与囚徒的痛苦。……派拉蒙已经注定了永久牢狱，死于铁链桎梏；而阿赛脱则被逐，永远不得回来，否则即被处死，因而，再也见不到他心爱的人。"后来的事我一点儿也不记得了。

我想，那个噩梦都是由于书的封皮戳在我的胸口这一瞬间的动作引起的，否则，不可能有被杀的结局，也不可能有前面飞机上发生的事件出现。我心里十分沮丧。为什么有的人在梦里做官，醒来后还有黄粱米饭吃？为什么有的人一杯清茶还没喝完，就招来杀身之祸呢？我想起了一个流传甚广的关于做梦的故事：

有一个仆人，每天晚上都梦见自己在当老爷。而他的老爷则相反，每天晚上都梦见自己在做仆人。一天晚上，老爷在梦里当仆人，正在扫地、浇花，突然看到他的仆人穿着自己的衣服从后门走出来，正要找自己的妻子搭讪。他大声叫道："你大胆！为什么穿我的衣服？"仆人摆出一副老爷的姿态和他说："快做工，少说话。"老爷只好忍气吞声，一边做工，一边盘算着如何整治这个仆人。第二天清晨，老爷早早地起床，他把仆人叫过来问："昨天晚上你干什么去了？"仆人说："我很累，早早地睡了。我在梦里做了老爷。"老爷愤怒地对其他家奴吼道："狠狠地打他的屁股，打肿了也没有关系。"仆人说："不要打我，昨天晚上我对你很客气。如果你这样待我，我都不知道今天晚上怎样待你了。"

每次想起这个美妙的故事，我就希望自己跟那位仆人一样，忘掉醒着的一半时光，沉浸在做美梦的另一半时光。当然，我还可以不奢望有那位仆人一样的，有做老爷的好运气，但也不要像刚才的梦里那样，一刀就被捅死。

打开电视，地方台正在用方言播送午间新闻。我一边看电视，一边搬来一些与释梦有关的书。弗洛伊德的那一套我不怎么相信。我的梦中尽管也出现了女人，而且不止一个，但不能算是性梦。从前我也做过性梦，比这个梦要惬意得多。关键在于我为什么被杀了！这个结局令我不安。《黄帝内经》和佛经上有一些关于梦的解释，但都似乎不太靠谱。什么想梦、忆梦、曾更梦、引起梦之类，分得很细，像学术书一样，好像都与我的梦没有多大关系。

播音员正在播的一条新闻，引起了我极大的兴趣。一九九五年三月十七日中午，文昌路棠下街一位女士，午睡的时候忽然大声惊呼起来，醒来后发现一根又粗又长的毛竹自天而降，刺穿了房顶和蚊帐，停在她上方不到一米高的地方。播音员解释说，这根毛竹是平房附近一幢正施工的大楼的民工失手丢下来的。播音员还强调，希望城市建筑中的安全问题，能引起有关方面的重视。镜头在那位女士的脸部摇来摇去。几位记者围着她。画面上只有手势和说话的动作，没有女士的声音。她的动作配上了播音员的解说。

我决定秘密走访这位女士。

在一幢即将竣工的高楼下的老平房里，我见到了那位女士。她见我进屋后，脸上露出不耐烦的神情说：记者先生，我知道的都对你们说了。我没有什么新闻了。有些事情跟你们电视台也没有多大关系。

她三十岁左右，清瘦的脸上有一双很大、有些迷茫空洞的眼睛。我对她说：我不是记者。我也不采访。我只想与你随便聊聊。我是一个……怎么对你说呢？……我是一个经常从噩梦中惊醒的人。

对。从噩梦中惊醒。她接过我的话头，并带着信任的口吻向我诉说：

昨天中午，我正在睡觉。……我那位采购员丈夫突然回家了。……你知道，我这个屋子太小，孩子住的地方是用布帘子隔着的。……大白天的……他强要我……我心里害怕，就开始使劲地推他。他从腰里拔出一把尖刀，就向我的喉咙刺来……我从梦中醒来后，马上就被邻居们围住了。过了不久，许多带话筒的记者，还有背机器的人都来了。照相机、闪光灯、长长的话筒。他们众口一词地过问那根毛竹的事。而我对那根毛竹一无所知，鬼知道它是从哪里来的。当时，我没有办法，只是着急，就哭了起来，心里想着那个忘恩负义的家伙。当天晚上，我就上了电视。

我详细地向那位女士阐述了我的梦，她一边点头表示理解，一边猜测我的职业。她说我一定是一个工作清闲的人，还有时间专程跑来听她说梦。她说丈夫很忙，没时间听。我们彼此交流了一些做梦的心得后，我开始为我们的命运愤愤不平。我咒骂那个黑衣蒙面人和这位女士的丈夫。可是，她却对我说：我丈夫是个好人，他出差在外经常给我打长途电话，每次回来还给我带些小礼物。这些梦都不能怪他，怪我自己。我从小神经衰弱，常做噩梦。身体太差了。

身体太差了！是的。我们睁大眼睛盯着这个世界，却很少审视自己的身体。想一想，如果我的胸肌结实得像一堵墙一样，一本精装书掉下来，还不像一根鸡毛飘在胸口一样吗？怎么会刺激我做那个噩梦呢？怎么会把我惊醒呢？如果这位女士身体强壮，怎么会被一根毛竹刺穿屋顶的声音吓哭呢？唉，身体太差了！我对那位女士说，要多保重身体，就告辞了。

回到家里，我还在想做梦这件事。我想到书上找一些对付噩梦的办法。佛经上说“醒梦一如”，醒着和梦中都一个样。如果人的意志和肉体无法对“醒和梦”同时加以控制，它们就变成散乱和昏沉的状态。所以，不但要在醒时能控制自己，在做梦的时候也能控制自己，才能做到“醒梦一如”。佛教还发明了一种“修梦成就法”。这种法门修到了家，就能控制梦。要做就做，不做就不做。要梦水就梦水，而且还能将水梦成莲花，将火梦成琉璃。但是，这种“修梦成就法”理论十分玄奥，实践上要求也过高。比如，对个人的清洁卫生的严格要求。每天必须用三次热水净脚，牙齿也必须经常用粗盐猛擦，等等。中国的方法比较简单。先贤说：至人无梦。至人就是神人、仙人，他们可以不死，还怕什么梦、什么凶杀？即使半夜鬼敲门也无动于衷啊。如果你总是噩梦不断，你就不是至人，因为你的身体太差。假如你的躯壳总是三病四疼的，你的魂魄住得也不舒服，它们就会经常出去散步，甚至远行去旅行。于是，别的精气便乘虚而入。于是，你每天晚上噩梦不断。于是，你每天就神经兮兮的，十分敏感。有人还说这是自我意识强的表现。

我爬到阁楼上搬下来一捆又旧又破的中医书。这是死去的父亲留下来的唯一遗产。其中有一本是与梦和兵有关的。我就抄出了一段挂在桌前。它们表明了梦与健康状态的关系：

血液不清而湿盛者梦水

生理发炎而火盛者梦火

血液循环太速而风气盛者梦飞翔

高血压者梦冲岸

低血压者梦下坠

肝病梦色青

心病梦色红紫

脾病梦色黄

肺病梦色白

神经官能症患者梦彩色

肾虚者梦色黑乃至恐怖惊悸而梦恶

根据这本医书，我可能同时患有血液循环速度太快和严重肾虚两种疾病。当我对一位老中医说，我想买一对猪腰子吃时，他哈哈大笑起来，并用半教训半嘲弄的语气对我说：中医里的肾不是指腰子，而是指分泌腺、性神经、丹田以下部位的各种机能。你总不能买半只猪吃吧。头疼治头、脚疼治脚是毫无用处的。你要多活动活动头部和手臂。吃什么不要太讲究，清淡一点就行。但有一点必须注意：不能吃得太撑。

每天清晨，我都到白鹭公园的松树林里去倒立或者打太极拳。遵医嘱，我尽量少活动腿部，动手的时候就想脚，往左的时候就想右。松树林前面的草坪上，一个熟悉的身影在缓缓地移动。她就是那位经常从噩梦中惊醒的女士。

以上是安达的一份手稿。我一字不改地抄录在这里，供那些经常被噩梦困扰，尤其是爱做白日梦的人参考。

遗　产

说到遗产，我想起了父亲临死时的一些往事。我从南方这座嘈杂的城市赶往父亲的病榻边时，他已经奄奄一息了。父亲是一位医术颇高的乡村医生，精通《内经》《灵枢经》。对经络学了然于心，几根银针使得十分神奇。他不但作为医疗代表队中的针灸专家，在坦桑尼亚和赞比亚的手术床上使外国人目瞪口呆，还让我外婆不得不承认她这位乡下女婿，并不比另外两位城里女婿差。父亲在外婆心目中地位的改变，花了整整二十年的时间。

外婆的风湿性关节炎发作得最厉害的那一次，正是我父亲作为新女婿登门的时候。当外婆坚持要去市立医院时，父亲从提包里拿出一个竹筒，从中倒出了几根银针说："不用去医院，我来试试。"外婆露出不屑的神情。在母亲的极力劝说下，她也不好意思再拒绝了。在一个月的疗程中，外婆经常说："现在是不疼，但你总不能让这几根针长期刺在我的关节上吧。"父亲沉默不语。他一边用拇指和食指捻动银针，往穴位的深处刺进，一边看着外婆的表情。当他发现外婆歪着嘴说太酸太胀时，便停住再换一根。后来，外婆一直在等待她的关节炎发作。但是，整整二十年过去了，她竟然安然无恙。如今，她正在忙着为她的女婿送终。

父亲见到我时，情绪非常亢奋。他嘴角常有的一丝傲慢，还有那严厉的表情不见了。我看着他浮肿的脸，知道那几根神奇的银针是救不了他自己的，心里十分难过。我与父亲在两个世界的边缘上亲切地交谈起来。彼此心中都充满了柔情。

你的哮喘病还经常发作吧？父亲问我。

很多年没有发了。到那个城市参加工作之后经常发作。我说。

我料到了。这就是我劝你不要到那里工作的原因。其实，你的病不是哮喘病，而是先天性呼吸节奏特别慢引起的。小时候我给你吃的药都是干酵母。吃不吃都一样。因为我知道你那种病是没有适当的药可治的，只有等你慢慢地习惯了环境，习惯了你生活的那个地方花草树木的呼吸节奏，自然就会好了。

我对父亲所说的树木花草的呼吸节奏感到费解，但又不好多问。父亲却越说越来劲。他说，《内经》上说，一吸走脉三寸。一呼走脉三寸。一吸一呼为一息。人一昼夜二十四个小时，呼吸一万三千五百息。这是《内经》那本书写作时代的呼吸状况。到你出生的时候，人一昼夜的呼吸已经是一万五千四百息了。而你那时只有一万三千息。……前些日子，有几位城里人来找我看病，我发现他们的脉搏急促而紊乱，我推算，他们的呼吸可能近两万息了。但他们并不感到呼吸困难，因为那个城市的呼吸节奏，本来就是那么急促的。人与环境正好合拍。而你就不行。你与他们相比，呼吸还是很慢的，每昼每夜最多一万六千息。加上你生性好静，适应能力很差。我料到你的哮喘病要发作了。

你不用担心。我对父亲说。我的工作很清闲，又很少出门。并且我还经常到公园里打太极拳。

打太极拳好像是能调节你的呼吸，父亲说。实际上你是在用你微弱的呼吸，与一个大都市急促的呼吸相对抗。要知道，整个城市几百万人呼吸形成的气压，与你一个人的呼吸形成的气压相比，你就太难了。你总不能一天到晚打太极拳吧。再说，新闻里报道过，公园是城市的肺部。这个肺部今天也在不断地被污染。也就是说它也在不断地发生变化，变得与城市的呼吸节奏一样急促。你到哪里去打太极拳呢？

父亲的确言中了我的要害。几年来我一直感到自己在穷于应付。生活过得十分被动。但此刻，我总不能过多地表露这种情绪，给不久于人世的父亲施加压力吧？我想对他说些安慰的话，免得他到另一个世界里去了还要为我操心。但他举手制止了我，接着往下说：

你只有两条道路可以选择。第一，你离开那座城市，到乡下来。我教你几招粗浅的但能混饭吃的功夫。凭着我的声誉，你不会过得太差的。跟城市里的生存节奏相比，你不会太忙碌，有兴趣还可以写作。第二，你必须改变你那好静的性格，活动起来，强迫自己与你那个城市的呼吸节奏合拍。开始一段时间，你的肺部压力可能很大。但你必须熬过去。时间长一点，你的肺活量就会大起来。记得小时候你老是躲在房间里不出门，是我打着赶你到外面去玩。直到八岁时，你才慢慢开始适应，呼吸道的病也自然消失了。你记住了我的话吗？

记住了。我装出一副很依顺的样子，嘴里说好的，心里却在想：你教我几招？那还是免了吧，儿孙自有儿孙福，我自有办法对付生活的，你不必太牵挂了。

父亲知道我的脾气。再说，他也没有精力来逼我选择。所以，他并不急于等我的回答。他说：我没有什么东西留给你，书架上那些医书对你也没有多大用处。我想你不会有多大兴趣去翻它的。只是做个纪念。看到它，你就想起你父亲是个医生，曾经救治过许多快要死的人。那时，我逼你背《伤寒论》和《汤头歌诀》。可是，我前面走，你后面溜，我就用绳子抽你。……我只有两样东西留给你。一是教你几招针灸的死功夫。就是几个固定的穴位对应几种小病，很简单。记住口诀：

肚腹三里求，面口合谷收。

头项寻列缺，腰背委中留。

昏厥掐人中，酸疼阿是游。

这几个穴位都很好找。但要注意，找穴位要准确，下针时要轻柔但又有暗劲。书架上那些银针你带走吧。

父亲说完，便抓着我的手，教我找到那几个常用穴位。他很愧疚地对我说：

有些穴位我不能教给你。尽管你学的是文科，但你的骨子里还是物理学和几何学。你很难把握那些险穴的功用，弄不好会出事的。中医讲究头痛医脚。有时，几个穴位得配合，下针也非常危险，不得多进一毫。这全凭感觉和神会，没有什么逻辑上的道理。这种感觉与神会准确不准确，真是个人的造化。中医理论与古代文化融会贯通，并不会比你那些小诗、小散文缺少诗意。可惜，我无法教给你。另外，涌泉穴这个部位看似不起眼，实际上是一个很重要又神妙的地方。我没有办法对你多做解释。希望你经常保持它的畅通清洁。

我默默地背诵了几遍口诀。对这个口诀的功用我并不十分关注，倒是它所押的韵律吸引了我：求、留、收、游，很顺口，押“由求辙”。很有一点唐人风韵。我想起了韦应物的一首古风：

别离在今晨，见尔当何秋。
居闲当自遣，临感忽难收。
归来视幼女，零泪缘缨流。

父亲见我走神了，便摇摇头说：

你别走神，待我交代完了，再去胡思乱想吧。父亲从枕头底下摸出一个小绸布包，从里面拿出一块东西交给我。它既不像金属，也不像石头，土黄色，有点像硫黄，半块香皂那么大，父亲对我说：

这块藤黄是你爷爷临死前交给我的，它奇毒无比，见血封喉，对毒瘤也有奇效。当时你爷爷把它交给我，并不只是叫我用它治病，而是让我用它以防万一。生活中总有许多意想不到的苦难。当你忍受不了的时候，的确想自杀。那些年代游行、挨斗、受辱时，几次想舔它一点。但我没有这样做。至于为什么，我也说不清。只有你自己今后年纪大了才会明白。

父亲终于死了。我选了几本心爱的书，还有一筒银针，一起放进了他的棺材。现在父亲教给我的针灸口诀，我还记得很清楚。那块藤黄，也一直收藏在我的桌子里。我没有按照父亲的遗愿行事，我既不愿意到乡下去，也不愿意去适应大都市急促的呼吸节奏。我一直在大城市急促的呼吸与我缓慢的呼吸的强烈反差中哮喘。

我惊奇地发现，哮喘就是我的写作，写作就是我的哮喘。我抒情的节奏与哮喘的节奏奇妙地合拍。有那么一天我不哮喘了，或者说我不写作了，我不知道会怎么样。但我想，我找不到服用藤黄的理由。

一直沉浸在对安达的故事的讲述之中，如今，我已经分不清我所讲的，到底是安达还是我自己。为此，我曾经有整整三个夜晚不能下笔。我这才明白一位司机朋友对我说的话。他说，他在汽车的噪音、马达、车轮的控制下，最后分不清自己和汽车了。他还说：如果我开的车子在四百马力以上，我就成了车子的奴隶，不是我开车，而是车开我。

猪嗷嗷叫

李司平 *

1

猪走路的时候一点都不好看，尤其下坡的时候，像醉汉划拳。

身负重任，猪从北方的养殖场一路扭着屁股来到了南方高原的村庄。为什么我要说它扭着屁股呢？因为它是头母猪，托付终身于村民发顺，负责繁衍。这里的繁衍包含着另外一层意思，坚决杜绝好吃懒做之人在脱贫和返贫二者之间不停地循环。这是一个修补短板难以突破的怪圈，一贯如此的事在人为，无论好事与坏事。

年久失修的土坯墙上搭着同样岌岌可危的房梁和破瓦，房檐之下是发顺乱糟糟的家。客台的一侧拢着火塘，火塘中杵着几根尚未干透的柴火棒子，不见明火，冒着浓烟熏着吊在火塘上面无物可装的几个编织袋。每个可视的角落都结着蜘蛛网，蜘蛛网一层层堆积起来，挂满了火塘升起的烟尘以及蚊虫的尸体。这是一个破败的农家，或者它就不曾兴盛过。

自古破檐之下鲜有自视清洁之人，所以刚从宿醉中挺过来的发顺以及他邀

---

* 李司平，傣族。1996 年生于云南普洱，现大学本科在读。青年作家，诗人。发表诗歌散文若干，曾获第五届野草文学奖散文一等奖、第六届野草文学奖散文一等奖、第四届广西网络文学大赛散文一等奖、第九届包商杯全国高校征文小说一等奖等文学奖项，入围第十三届中国大学生年度人物，荣获云南省第十三届大学生十大年度人物。

来的酒友惺忪着眼，老岩打着哈欠，二黑朝着院子远远啐出一口痰，被狗吃掉。三人乃臭味相投同病相怜从而惺惺相惜的好友，唯一不同的是发顺在前些年忽悠回来一个少言寡语的媳妇，叫玉旺。少言寡语一定程度上我们习惯将其归类为痴傻，发顺喊："憨婆娘！"别人也跟着喊："发顺家的！"一样的后缀："憨婆娘！"

至少发顺还有一个女人可供他呼来喝去，所以发顺更加神气一些。有理的，无理的，他都要呼来喝去。甚至于，昨夜三人大醉之后，发顺揪醒睡梦中的玉旺，为老岩和二黑表演打婆娘这个节目。绝非周瑜与黄盖，玉旺的一贯示弱和一贯隐忍，不断加重着发顺的这股男子本位的戾气。

"我婆娘！水腌菜好了没有？"发顺在客台上喝着，前一句喝给二黑和老岩听，是炫耀；后一句喝给村里人听，所以声音很大，因为村子很小。发顺的唯一长处是，贫穷得善于自欺欺人并苦中作乐，基于一无所有，这算是一种乐观。

"好！"玉旺的声音从偏房传出来。玉旺的眼角还余留着昨夜发顺"表演节目"的青痕，此时玉旺正伸手朝着一个缺边少角的坛子深处抠。劣质的坛子里盛着大部分发霉的腌菜，所以希望在深处。

当然，今天发顺家有点人样的还有被请来杀猪的黑顺。黑顺是个小老头，焦瘦，干巴。因为没有一处是大的，黑顺在火塘边咕噜噜抽水烟筒的时候，三分之二的脸皮要用来蒙住烟筒口。公认的，黑顺是个没有原则的杀猪匠，将杀猪视为他的一种复仇。黑顺号称方圆十里唯一的也是最精巧的杀猪匠。

以村庄为中心的方圆十里，都是山。

2

猪还小，长了架子还没开始结膘。

猪圈失修漏雨，猪圈在雨季积蓄的泥塘入冬还未干涸。猪喜群居，落单的猪娃不好喂养。简易而又枯腐的猪圈栏才打开过半，里头的单猪便迫不及待地冲出，从人的胯下钻出，从另外一个人的胯下钻出。还未结膘的猪最灵活，紧实的皮子下没有多余的脂肪累赘。前蹄短粗有力，后腿细长有力。这是起初自然给予猪觅食和逃生的造化，这只落单还未肥化的猪最大程度保持了本能，这是优势。

磨刀霍霍，还要猪活着，这是故事安排。

当然，为了敬神，准备了香纸，啧啧，充满了仪式感地宰杀一头猪。这里，是万物有灵的南方高原。另外，还准备了茶叶、糯米和酒水。玉旺寡言但不呆巴，不忘习俗，要为一头猪超度亡魂。杀猪的人要下地，死了的猪要升天。

虎视眈眈，这里的虎视眈眈是相对的。发顺一干人虎视眈眈盯着出圈的猪，院里的猪也虎视眈眈盯着围着它的一干人。人与猪的对峙，人为了吃肉，以便下酒，猪也察觉到不怀好意的人。人走近，猪退。人走近，猪后退。猪屁股擦到墙根的时候已退无可退，所以猪哼哼，从低沉转向慌张的激昂。单枪匹马的猪，人多势众的人，局势足够明朗。

杀心已定的糙汉眼中的猪，只不过是暂时会挣扎几下的肉。

发顺张着蛇皮袋，准备套住猪头。

二黑备着结好扣子的绳索。

老岩在大醉中夸下海口，从黑顺手中夺权。持着尖刀，今天他做凶手。

被夺权之后的黑顺站在一边，口授着杀猪的经验。不过，似乎现在没人听他的。

所以猪哼哼，有时候猪哼哼比人哼哼好听。比如现在，猪哼哼得就比较有内涵。说明一个重要的问题，此猪非彼猪，因为它还未见刀眼却先红。红眼之兽并非善类，绝非漫不经心听天由命之辈。当然，这句话是从人那儿得来的经验，人本兽类，人如此，猪亦如此。

所以猪哼哼，低着头寻着地，两只前蹄刨着光滑的水泥地。发顺张好蛇皮口袋顺势往猪头套去，猪一惊，后撤两步。发顺首套猪头的动作落空，收不住力的发顺往地面上摔了个嘴啃泥："奶奶个奶嘴！"顺便吮了吮嘴唇擦破流出的血，往墙角远远地啐出一口带血的痰，爬起来往掌心啐两口唾沫，搓了搓拍拍屁股。后退两步的猪摇摇晃晃的屁股抵近二黑，二黑顺势一把揪住猪的尾巴，往上提。猪尾巴往上提，后腿悬空使不上力气，所以猪嗷嗷，前蹄往前刨，二黑跟着猪屁股后边提着猪尾巴跑："快点来帮忙，别看猪小，特别有力道！"

老岩放下尖刀，揪住猪耳朵。

发顺顺势捉住猪的右前蹄，想用绳索将右蹄和左蹄捆牢。

黑顺站在案桌上吆喝："推过来，推猪过来，我抓住猪鬃把它提上来！"黑顺口中所谓的"提"不过是基于他半生屠猪所积攒下来的一刀毙命人人皆知的口风。也正因为这样，没人质疑，包括揪耳和提尾巴往上拽的。

这是一场人多势众的必胜之仗，所以猪嗷嗷，声音有些嘶哑和绝望。人往案桌攘，猪往案桌边上靠。

推至案桌下的猪嗷嗷，众人齐心协力："一……二……"

绝不是黑顺的功劳，猪被抬上一米多高的案桌之上侧躺着，二黑放下紧揪的猪尾，双手钳住猪朝上的右腿，用力别着。黑顺向下一压，用身子按住猪的腹背："老岩，你掐准猪大腿的酸筋，让它使不上力气。发顺，你别提猪耳朵了，快去拿绳子来捆住猪嘴。"被众人控制在案板上的猪还在案板上嗷嗷乱叫，头悬空在案板之外激烈地摇晃，咧着沾满腥气白沫子的猪嘴嘶嚎。每一声悠长嘶嚎声的起来到落下，都伴着以身压猪的黑顺在猪腹背处上下起伏："老岩你快拿刀……发顺赶紧捆住猪嘴，然后提着猪耳朵！"

所以猪的嘶嚎没有持续多长时间就变成了憋而不通畅的呜呜声，因为它的嘴很快就被发顺捆牢扎紧。

完全受制待宰的猪此时唯一能用作防卫的部位只剩下眼睛，它侧躺着，朝上的眼睛恶狠狠地看着在它身上忙得团团转的人。从猪的视角里，最先看见捆嘴巴的发顺这会儿紧紧扯着它的耳朵，手指紧紧地扣着耳朵上钉着的蓝色号牌，余光向后方扫见伏在它身上焦瘦的黑顺。它还感觉到后腿受制，无奈猪脖子上只有一条筋，无法大幅度转过头来看见别住猪后腿的二黑。

你见过绝望吗？关于一头猪。

案桌上的猪突然停止了激烈的挣扎，鼻子出声，呜呜着。

黑顺："都好好摁紧啰！这畜生开始蓄力了！"

黑顺："尖刀已经够锋利了，老岩你快点……"

如果这会儿再从猪的视角看，那个持着尖刀走近的猥琐男人就是老岩。老岩终得偿所愿，昨夜醉酒之后夸下杀猪的海口今日得以实现。没酒壮胆，酒醒的老岩可没有那么勇敢，颤颤巍巍持着尖刀，无从下手。

黑顺："狗鸡巴日呢！愣着干吗！快点过来捅，我们摁不住了。"

老岩："要从哪里杀进去嘛？没杀过。"

随着案桌上的猪又开始发力，别着猪后腿的二黑有些别不住了："没有杀过猪，昨晚上灌了几口麻栗果（自烤酒）你吹什么牛 × ！快点来杀进去！"

老岩："……"

趴在猪腹背的黑顺在猪的喘息声中起伏："从脖子往左下方深深地戳进去，干穿它的心。狗鸡巴日呢，干穿它的心！"

战战兢兢持着尖刀的老岩右手放低刀尖，伸出左手试探性地指了指猪脖子的部位："要从这里扎进去？"

"是嘞！是嘞！猪嗓进，扎猪心。要扎猪心，要从猪嗓进！"

"使点大劲，千万杀准一点，不然血喷你一脸。"黑顺匍匐在猪身上传授着有关杀猪的经验，猪又开始挣扎，他有些不耐烦。

找准了一刀致命的部位，老岩右手握紧刀把，蓄力准备往里面捅。发顺揪紧耳朵好让老岩的左手端起猪头。发顺媳妇也端着接猪血的盆，盆里放了少许的水和盐巴。尖刀在猪脖子处比画寻找最佳的下刀口，最终抵在猪正嗓处。"那我就杀进去了！"老岩在地上搓了搓破拖鞋的底，双脚踩实，握紧刀把，抵进。

猪也感受到了尖刀一点点地正往肉里扎，它开始奋命挣扎。呜呜呜，嘴被捆牢，头端在老岩左手上。"那我杀进去了！"托在手上的猪头挣扎得越来越厉害。

“废话多！你倒是快杀呀，按不住了！”二黑别住猪后腿的手有些疲软。猪在发力做最后的奋命一搏。

发顺：“杀准点，我家没存款。”（南方高原的传统，有经验的杀猪匠能一次性放空猪心室的血。而心室的血放不空，吉利的说法，腹心血越多，主人的存款越多。）

“等等，先用刀背敲三下前蹄再杀进去。”黑顺急忙阻止着，还有工序没做完。

蓄势待杀的老岩收回力气，照做。黑顺的话是不可违抗的权威，至少在杀猪上，是这样的。案桌上的猪挣扎得越来越激烈，这是垂死的挣扎。焦瘦的黑顺几乎全身的重量都压在猪的身上。

老岩第一敲，猪看见尖利的屠刀，挣扎。

老岩第二敲，猪看见老岩紧握的刀把，是放血槽，全力挣扎。

老岩的第三敲，还没来得及落下，猪还在奋命挣扎。

是的，最终第三下没落下，因为腐朽失修的案桌率先散架。案板和猪，以及伏在猪上的黑顺的重量率先落在二黑的脚背上。

的确有些意料之外。“嘭……啊……”这是案板落在二黑脚背上以及二黑吃痛的声音，前者带着腐气，后者带着劣气。

二黑受痛而放开别住的猪后腿。这是猪的机会，猪健壮有力的后腿接地从而受力弹地而起。“嗷嗷嗷！啊啊啊！”猪在嗷，人在啊，惊慌失措，人比猪还要惊慌。因为压在猪背上的黑顺跟着案板落下，又被惊慌的猪驮起。黑顺在猪背上，越惊慌，他反而越抓紧猪鬃。因身载负荷，猪急切想要甩脱，所以猪嗷嗷，挣断了前蹄的捆绑，弹地而起后又跃身疾行。疾行的距离很短，止于院墙。猪急停，黑顺这把老骨头在惯性和重力的双重作用下，摔在地上。嘭！尘土飞扬，像极了一口痰落在尘土上。

猪嗷嗷，红着眼，在院墙下梗着脖子，呼呼喘气刨着蹄。

“哎哟哟，哎哟哟！”蜷在地上的黑顺揉搓着纤细干巴的小脚杆，“哎哟哟，手疼！”转而又拍了拍头顶上的尘土，“哎哟哟，好像是屁股疼，不，腰杆也疼。”

黑顺的这种疼法多少有些不够具体，锈迹斑斑的老部件坠落而抖落下来的些许锈迹，只不过锈迹之中包裹的是一副老骨头。或者这种疼法在于一个精于一刀毙命的老屠夫在案桌上放跑了一头猪，这种疼法叫作失魄，也可以叫作一个屠夫的晚节不保。

“哎哟哟，哎哟哟！”黑顺仍旧蜷在地上，想等人来将他搀扶起来。他将这个视作台阶，杀猪匠最后的稻草。尽管他完全可以自己起来，尽管不会有人去扶他。

受伤最严重的是二黑，百斤的重量砸在脚背上。不过他的疼痛不像黑顺那样广泛，就是单纯的脚受伤了，脚疼，特别疼。抱着开始发肿的脚一点点挪坐在客台上，两只手紧紧捏住脚杆子，不让血液往患处淌。这种砸伤，起初的疼痛在于麻木，疼过极限以后的一种自我保护。发顺一言不发，咬着牙。发顺媳妇想去管他，又不敢。

自家杀猪，不但猪没杀死，还伤了人。发顺自然火冒三丈：“老子今天一斧头劈死你个畜生！”疾步进屋寻找斧头。可是家里没有斧头，转而找榔头，可是也没有榔头。匹夫之怒是最为廉价的，发顺即匹夫，对现实最无力的那种，所以他掀翻了屋内的桌子。

发顺媳妇走进去收拾残局，发顺骂骂咧咧又走出屋来。

“黑顺大爹你有经验，接下来咋整嘛？猪都放脱了。”发顺阿谀。

此时的猪在院墙角，喘息着红着眼瞪着人，一并还有鸡飞，狗吠。是在跟人示威，或者这头猪在想亡命之法，反正红眼的猪即是兽类，不再是家畜。

“现在可不好办了，案桌散了，按猪的人也受伤了。”被玉旺搀扶起来的黑顺坐在客台上嘟囔。

“都怪老岩，都说要用刀背敲三下猪蹄才可以杀进去。年轻的后生啊，气盛！”这是黑顺即时总结出来的失败原因，第一是推卸，第二还是推卸。他是方圆十里最好的杀猪匠。

老岩蹲着一言不发。他没想到一头猪求生的时候所爆发出来的力量是那么猛烈。一言不发，蹲着，像个过失杀人的悔罪者。尽管他杀的是猪，尽管他杀的猪现在还活蹦乱跳的。

发顺急速升起的怒气也急速地退去，显然，他不具备积蓄怒气转化为勇气的能力。不得不再走到黑顺跟前阿谀：“黑顺大爹，你经验丰富，你肯定有办法把这畜生杀掉！”

“办法也不是没有，就是腰杆有些疼！”黑顺唏嘘着，用有点疼的手掌扶着全无大碍的瘦腰杆。

“黑顺大爹，这样吧！先把猪杀了，你提着猪腰子回去补一补腰杆。”发顺赔着笑脸。

“杀是可以杀，就是没人按猪。匹子猪架子大，瘦肉多，力气最大。”黑顺关于猪腰子的目的达成，但是还另有盘算。

“猪下水你提着回去吧！我家不吃那臭玩意儿！”发顺再说。

“要不，在村里再请几个人帮忙按猪吧？”玉旺怯怯说道。

“边去，男人的事女人别插嘴。”发顺瞪了玉旺一眼，“多请一个人来按猪，就得多一张嘴。”唯有玉旺还悸于发顺的余威，退去。发顺的盘算丝毫不顾及一旁的二黑和老岩这两张他盘算在内的嘴。二黑和老岩心不在焉，反正认了真理，今天待在发顺家有肉吃。

“要不直接用榔头砸吧！就像杀牛一样，先砸晕了再杀。”老岩回过神来。

“或者，干脆在猪身上泼水，然后拉电线电死它。”坐在客台上的二黑稍有恢复，“对，用电，直接电死这狗日的畜生。”二黑欲报砸脚之仇。

虽然同样地要猪的命，不过现在讨论出来的方式已变成了几个人对一头猪的行刑。一旁默不作声的玉旺悄悄收起准备好的香纸和茶米。

“那就直接电吧！省事。”黑顺决定。

“那就直接电吧！电死它。”发顺附和着黑顺。实际上，发顺家也找不出一把斧头或者榔头。

杀猪的过程中歇了半个小时，现在又继续。二黑的脚受伤了，没法参加杀猪了。疼得没有人样，因而没有坐相地瘫在客台上。脚背发肿不过没有伤及骨头，等玉旺打来半盏劣质白酒之后，自顾自地开始揉脚。老岩打趣：“二黑，不杀猪你还待在这儿干吗？回去吧！”

二黑咧着嘴：“我要等着吃肉。”再补充：“我要吃猪鸡巴！”

发顺：“杀母猪，吃个鸡巴！”

这次是黑顺拿刀，老岩提溜着水桶握着瓢准备往猪身上浇水。发顺扯来电线，零火分开各自拴在长杆子上。

院墙角的猪继续与人对峙，从案板上侥幸逃生的猪草木皆兵。三人走近，猪先是后退然后向前冲向三人。猪向前冲，人往一侧避让。老岩瓢里的水泼过来，猪向前一跃。水再泼来，猪嗷嗷着再次朝着人这边冲过来。一桶水泼完，战意十足的猪也被全身浇湿。

“发顺，快电它，快电死狗日的！”挥着空瓢的老岩喊。

老岩喊：“发顺电。”发顺持着两根拴了电线的杆子朝满是防备的猪身边试探：“那我电了！黑顺大爹准备杀！”

左手零线，右手火线，杆子朝着湿漉漉的猪身上一次一次地试探。猪还在跃跑，最终被三人围在角落。接下来就是零线和火线相碰产生的电流在猪的身上贯穿，猪就晕了。黑顺的尖刀再杀进去，猪就死透了。当然，这只是预想。

即使猪再一次身处绝境，但猪还得活着。这也是故事的安排。据村子的扶贫干部李发康回忆，这一年村子杀猪，真的有一头猪在零线火线之下顺利完成逃亡。所以，我讲的，还真的是真事。

零线和火线即将在湿漉漉的猪身上相碰的时候，门口来人了。来人正是扶贫驻村干部李发康，发顺家是他的重点挂钩对象。“砰砰砰！”李发康的敲门声急促，一边敲门还一边叫喊。不过猪嗷嗷，听不清李发康的叫喊。

“玉旺你聋了？还不快去开门！憨婆娘！”发顺举起长杆对玉旺喊，然后又放低杆子往猪身上伸。零线碰到猪的时候猪又冲向人，火线放空。

玉旺打开大门的时候，三人还继续在狭小的院子里赶着饱含斗志的猪。大门彻底打开的时候，三人还没能把猪电翻。不过大门打开倒是一个亡命的大好时机，猪又开始奋命冲锋。首先朝着黑顺的方向，这次猪奔得更快，黑顺来不及避让，疾奔的猪钻胯而过。黑顺这把老骨头再次被驮在猪背上，再次被带出，砰！又摔下。

人咿咿呀呀，猪嗷嗷哇哇，冲过黑顺裆的猪往敞开的大门冲去。猪来势汹汹，李发康还在门中。“书记吆住它！”话还没说全，猪便从李发康的胯下钻过，跑出发顺家。李发康个子高大，所以猪没有将他带翻。猪从李发康的背后跑出，李发康继续往发顺家院子里走：“发顺你这是干啥呢？这猪还杀不得啊！杀不得。”李发康来的本意就是阻止发顺杀猪的，此时猪已跑远。

“我的年猪啊！跑了。”发顺一怔，将手中拴着电线的杆子撂在湿漉漉的地上，往门口跑，追猪，冷下准备对他严厉说教的李发康在院子里黑着脸。发顺撂下杆子跑没问题，可是穿着一双破拖鞋在泼水的老岩却中了招。噼噼啪啪在湿漉漉的地上触电战栗，晕厥。所幸电路短路电闸自动关闭，捡回一命。老岩触电晕厥的过程很短，在李发康回过神儿之前就已经结束。李发康愕然，发顺家的院子乱作一团。这里的乱包括瘫在客台上抱脚的二黑，被猪掀翻在地还没爬起来的黑顺，在地上触电昏厥的老岩和一地弯曲打结的电线，以及早些时候散落一地的案板和桌子腿。这里比乱还乱的场景，已经上升为一个程度，是一种心境。

以辣居多的五味杂陈在此刻被打翻一地，火从即刻起，李发康却也无处发：“狗日的发顺，发顺！”这是李发康参加扶贫工作首次对贫困户骂狗日的，虽然也可以将这个狗日的看作无实义的语气词。不过李发康有这个权利骂发顺，李发康是发顺的堂家亲哥。

“发顺，发顺，狗日的发顺！”李发康在找狗日的发顺，可是发顺此时不在院子里。无人回应。此乱的始作俑者和助推者——发顺和猪，已经跑出家去。猪嗷嗷亡命，发顺突突跟在后边追。

3

村子很小，猪跑起来的样子一点都不好看。

可两种情形加在一起，就成了全村的一道风景。像是一场闹剧，哦，不，是一场啼笑皆非的喜剧。

“看，奔跑中的猪和发顺是多么滑稽可笑。”作为观众的村民中有人道出实情。

可不会有人向发顺伸出援手，绝不会有。发顺十几岁开始至今，不知从何处学来的好吃懒做以及小偷小摸早已耗尽了村里人乡情的最后的耐性。偷东家的鸡鸭、摸西家的鱼塘、欺负北家的孩子、放火烧南家的菜园子、药死这家的狗、掐死那家的猫。勿以恶小而为之，发顺用了三十多年时间将这种小恶做绝，做到极致，所以发顺是将众怒惹犯到极致的人。帮他很容易，不帮他也很容易，人之常情。村子很小，村民也很少，这种团结一致的一致对外，很显然，发顺被见外了。

猪跑起来的时候，四只三寸金莲的蹄子前跃后刨，其间伴随着一个抖动的过程。肥猪抖膘，而瘦猪抖着松垮垮的肚皮和耳朵。从发顺家死里逃生的猪贯穿村庄土道，嗷嗷嗷向西亡命，发顺跟在后边气喘吁吁地追。亡命的路径途经村庄绝大部分人家的门口，村民纷纷掩住大门，顺着门缝往外瞧。猪在前面跑，跟在后面的发顺有些跌跌撞撞，边追边喷着唾沫星子：“杂种！杂种！”

骂猪，也像在骂人。可是猪不回头，嗷嗷嗷向前跑。

发顺力不从心地追，边跑边嚷：“杂种，憨杂种！”

村民的门缝中有人哂笑：“哈哈，发顺家的猪疯了！”不过发顺听不到。此时这条村庄土道上充斥着猪的嗷嗷叫，发顺的叫骂，以及大多数亡命的过程中所卷起的尘土，还有少量的猪粪。

不一会儿，猪亡命奔西的路跑到了尽头。村西边是个截断的土崖，懂得逃生的猪不笨，所以它掉头往回跑，可往回跑的路被朝后追来的发顺截住。

人与猪在土道上对峙。“哟哟哟！你倒是再跑啊！你个杂种。”截住猪的发顺嚷嚷着，灰头土脸，气喘吁吁。猪嗷嗷，向着土道的侧边往回冲，被发顺一脚蹬在拱嘴上堵回。猪嗷嗷，后退一截与发顺保持安全距离，前蹄刨地：“嗷嗷嗷！”挑战发顺最后一点耐性。还是唾沫星子飞溅着，发顺臭骂的语言和唾沫星子一样散乱以及不卫生。发顺沉不住气了，弯腰抓起路边的石头和土块朝着猪所在的方向砸：“杂种，老子今天把你砸死在这里！”大石头搬不动，小石头砸不准，土块一扔就碎，发顺徒劳无功累得够呛。作为一个人，在一头猪这儿屡屡挫败，用气急败坏形容发顺的现状再好不过。现在的情形似乎比自家院里还要糟糕，一人一猪的狭路相逢，猪是无畏的勇者。“莫非，这猪成精了？还是疯了？”发顺打量，胆怯起来的时候，发顺想求得支援。

“老岩、二黑、玉旺，都死哪儿去了！还不快来跟我一起把这杂种撵回去！”村子不大，但是发顺的叫喊声很大，往外喷着沫子。即使发顺不叫，玉旺、黑顺以及李发康也正在赶来的路上。

“这几个杂种怎么还不来帮我！”发顺再一次叫骂，在叫骂声传出的同时发顺手中的一块石头冲向猪。叫骂声传进了猪耳，石头在猪的一侧空空落下。事与愿违，这反而又使得原本紧张的猪再次受到了惊吓。所以猪再次梗起头来朝着发顺截住的方向冲锋，受惊的猪此时多了一股子莽撞，像炮弹一样向着发顺射过来，无畏于前方有什么阻挡。

“啊！”吃痛声先于叫骂声脱口而出。发顺被射过来的猪迎头一撞，再被猪拱嘴向上一挑。砰！没有任何悬念，发顺被掀翻在地上。

“猪真的疯了，疯了！”发顺痛喊。撞翻发顺的猪没有停留，径直往回跑。发顺也迅速爬起，顾不上拍一拍身上的尘土，竭力跟在猪后边追。得快点结束这一场人与猪的追逐啦，这场闹剧吸引了几乎全村人成为观众。隔岸观火的快感在于能看到发顺灰头土脸。

“猪疯了！肯定是。”人们议论。“还没有见过猪疯了呢！”“那你今天好好看看。”人们议论。猪还在前头嗷嗷疯跑，发顺跟着追。

“猪疯了？不会吧！”正在赶来的玉旺、黑顺和李发康一行人听到发顺的叫喊，加快脚步。

嗷嗷亡命的猪再次奔回村中央，这里是个十字路口，猪停了片刻。南边玉旺一行人已经赶来堵上，西边有气急败坏的发顺追上来。猪要立即做出逃亡方向的决断，因为李发康和黑顺正悄悄往另外两个放空的路口上堵过去。

南边路口只剩玉旺一人，玉旺结结巴巴吆猪：“哟哟，啰啰，来来！啰啰，哟哟，来来来！”这种百试百灵的吆猪号子在今天宣布失效。地上无食，人慌张，这头猪在生死边缘安装了逃亡之心。

猪扭头，朝着北边的路口又开始奔袭。

堵在北边路口的人正是已经被猪掀翻两次的黑顺，黑顺自然清楚此猪的厉害，不敢再靠近像炮弹般射过来的猪。李发康喊：“堵住它，堵住它！”黑顺战战兢兢靠在一侧的墙上：“让它跑，让它跑，跑死它！”追猪的发顺也赶到这里：“喂！狗日的黑顺，堵住他！”再次强力补充：“喂！狗日的堵住它，那边是林子，猪窜进去了就难撵了。”

形势所迫，发顺无奈，伸手追向刚擦肩而过向北奔出两三米的猪。之后，是黑顺揪住了猪尾巴，然后猪再次将干巴的黑顺在地上拖行。尾巴负载黑顺的猪奔跑受限，停了下来。猪掉过头来看向揪着尾巴的黑顺，黑顺也看着猪。又是人与猪的对峙，黑顺率先败下阵来，松开手里揪住的尾巴，双腿微软向下屈：“这猪的眼神怎么那么像一个红眼愤怒的人？”黑顺这么想的时候，猪嗷嗷张大拱嘴向着黑顺扑过来。“啊啊啊，妈呀！”黑顺即将成为历史上第一个葬身猪口之人，而且黑顺是个杀猪匠。可是没这样，扑上来的猪嘴并没有在黑顺身上咬合。嗷嗷扑过来的猪喷了黑顺一头一脸的腥臭沫子，黑顺蔫了，猪继续向北亡命。

李发康赶来，拉起黑顺："猪，猪呢？"

黑顺心有余悸："成精了，跑了。"李发康紧追上去。

发顺也到达："狗日的，我的猪呢？"

黑顺拉了个呻吟的长调："成精了！"

发顺紧跟着李发康追了上去。心有余悸的黑顺继续留在路口，两条干巴纤细的小腿打着旋儿，瘫坐着嘟囔："再也不碰这猪了！给十副腰子也不干。"玉旺欲要扶起瘫坐地上的黑顺，黑顺有气无力："让我缓一缓！"

"你家那猪成精了，你信吗？"黑顺自言自语或者问玉旺。

"信！"玉旺回答。

"听过牛马成灵，麂子马鹿成仙，大象狗熊成圣，猫狗成神，就从没听过猪也成精的！"黑顺疑惑或者自言自语。

"猪仙人！"玉旺自言自语。

村子北边是森林，森林的最外围是退耕还林后村民栽下的松树林，往深处走，就是自然林。植被茂盛的自然林在缴枪禁猎禁伐之后，村民也只有在雨季采集山货的时候才会涉足这里。此时猪已经逃出村子窜进了树林。李发康这个不擅运动的干部在松林里跑岔了气，叉着腰呼呼大喘。发顺很快就在松树林中追上李发康，发顺丧气，灰头土脸，二人在林中呼呼大喘。喘得差不多了，憋着的话从嘴里涌出来。发顺："书记，你说这叫花子猪咋这么能跑啊？太野了，杀都杀不了，按不住。"

李发康仍大口喘着："匹子猪嘛！架子又大，皮肉又紧。"

李发康回过神来："不是，你要杀猪？狗日的，你要杀猪？谁给你的胆子，你要杀猪？"

李发康厉声，发顺即软，怯懦唯唯："这不是马上就要过年了吗！杀头猪吃肉解馋，下下酒什么的。"

李发康怒："什么？狗日的，我问你为什么要杀猪？你为什么要杀了它当年猪？”

李发康再怒：“狗日的发顺，老子辛辛苦苦申请来的扶贫项目，给你们建档立卡户发母猪种，是让你们养母猪生猪崽过好日子的！狗日的，还想杀年猪，母猪种什么价格你没个 × 数吗？”

“公猪母猪还有什么种猪都还不是一样，都是猪嘛。”发顺唯唯诺诺地辩驳。

李发康怒不可遏地将发顺一把推倒，又毫无间隙地揪着发顺脏兮兮的衣领提起来。口对着口，喷着唾沫：“狗日的，不要说话，听我说！”李发康叫停发顺的反驳，喘息还没有缓过来。

林外有人言：“发顺今天给李发康吃火药了。”林外有人，可谁也不敢进林中，林中是一摊浑水。

谁也记不清林中传出多少句狗日的，而狗日的均出自于李发康之口。当狗日的不再传出来，就无趣，林外的人各自散去。林中，在怒火三丈的李发康臭骂之下的发顺本来就灰头土脸，而现在灰溜溜地夹着尾巴。待到二人差不多都平息下来之后：“李书记，那要咋办啊！猪都进林子了。”李发康在发顺一激之下，火又起来：“咋办？凉拌啊！趁这几天杀年猪，把你狗日的油炸了！”

“进林子去把猪找到，撵回来！”李发康平复怒气后。他好像又习惯了发顺这种无赖式的漫不经心。

猪穿过松林的痕迹还在，二人顺着痕迹穿过松林，往更加茂密的自然林深处钻。植被茂密的自然林里，二人很快就失去了猪亡命的痕迹。南方高原的原始森林里，头上是遮天蔽日的巨大树冠，底下是低矮而茂盛的灌木。无迹可寻后，找猪的二人自然也无处可找，无计可施。

起伏的群山和茂密的森林，二人此时所在的位置是山谷，山谷擅回音。

发顺耳朵最尖：“李书记你听，有猪嗷嗷叫！”李发康细听，果然有猪在嗷嗷叫。

“猪在哪里嗷嗷叫？”

“我也不知道猪在哪里嗷嗷叫！”

“猪真的在嗷嗷叫。”

“我也知道猪在嗷嗷叫！”

闻其声，而不见其影，这是一个有方向而没有去向的僵局。

猪确定是在嗷嗷叫，可是二人不知道往哪个方向去找。猪真的在嗷嗷叫，回声良好的山谷，猪嗷嗷的叫声来自四面八方。

4

猪嗷嗷叫的声音真的一点都不好听。尤其在无人迹的寂静山中，你能听到自己的心怦怦跳，嗷嗷的猪叫仿佛在为你的心跳敲着锣打着鼓。

在林中找猪的二人目标漫无地游走，听得见猪叫，但二人都知道觅音寻猪这个办法不可靠。二人很少说话，无从下手无计可施的李发康在前面走，此时灰溜溜的发顺是他的随从。不断传来的嗷嗷叫声加重着二人各自的烦躁，就丢猪这一事件而言，二人各有烦恼。发顺短浅，但也知道自家丢了一头猪，不是死了，是跑丢了。李发康深远，他更加知道此猪对于扶贫攻坚工作的重要，丢猪事小，领导下来视察的时候没有猪，事大。他早有听闻，县里的领导过不了多久就要下来实地考察验收扶贫工作的进展和成果。

上天予人饥馑，我们有教育、政策和国家。李发康看看身后灰溜溜的发顺，心中存疑，是不是有些揠苗助长了？想了想，即刻否定。发顺是短板，短得像一艘随时可以沉没的破船，不过终还是要将其补回来，顿生同情，李发康觉得自己和发顺同病相怜。一个是破船，一个是补船的，二者兼备，破船也能扬帆。

山里的天黑得早，找猪的二人决定返回村庄，再从长计议。

“唉！”二人长叹，从林中往回赶。

返程，发顺和李发康相互确认不是虚幻，林子深处嗷嗷的猪叫声又传来，不过二人已经听得厌烦。他们并不指望从声音中分析出什么，比如，窜进森林深处的猪，上半天还是案板上待宰的家畜，下半天就在林中率领着一整个野猪群嗷嗷叫。

暮色在山中笼罩迅速，基本上等同于太阳从山尖埋头山根的速度。势单力薄的人们不敢在山中逗留，那些昼伏夜出的生物的任何响动都会被人误以为鬼在风中叫。

入夜，发顺家中，火塘旁。虽猪已亡命山野，肉荤也没能碰上，老岩和二黑依然赖在发顺家中不肯走。这里的赖，指的是老岩和二黑这两个一人吃饱全家不饿的孤家寡人，要把晚饭的希望寄托在玉旺这个善良无二的女人身上。一天中被同一个猪掀翻三次的杀猪匠黑顺也没走，本着出门不走空的原则，他等着吃顿饭。一张瘦小干巴的老脸蒙在水烟筒口咕噜噜地抽着。

发顺心中有火，但也得强压着。李发康和他一并坐在火塘边上，相互冷着脸。二十五瓦的白炽灯昏黄，沾满了黑乎乎的苍蝇粪便更加昏黄，灯头以上的电线挂满了残破的蜘蛛网。火塘里偶尔冒出的浓烟熏得睁不开眼。灯黄火亮，每一个人的脸都很黑。来者即是客，况且还有李发康。发顺理所应当表现出主人的热情与担当，却冷冷地有气无力：“婆娘，整点饭吃嘛！都干巴巴地坐着，饿着。”

李发康冷着脸，不过仍故作客套：“不用了，不用了！我坐会儿，回家吃去。”在山中追了半天猪，李发康饿了。

黑黢黢的铁锅架在同样黑黢黢的铁三脚架上，玉旺往锅里加水。发顺抱着二郎腿组织着希望对答如流的语言，因为他知道今晚必有一顿李发康的所谓说服与教育。尽管李发康数次的说服与教育都没能将他说服。发顺不是顽固分子，只不过是劣质的狗皮膏药，越扯越黏，发不出任何功效。不过一旁的李发康却组织不出来任何用来教育发顺的语言，苦口婆心的说服嘱咐是吆猪的号子。脱贫攻坚的口号喊大了，发顺听腻了。政策讲细了，又有些烦琐晦涩了。发顺这个重点扶贫挂钩对象早已耗尽了李发康的耐心。爱谁谁了！烂泥扶不上墙，但要扶的对象是个人，烂泥一样散漫的人。说不扶，但不可不扶，他是驻村干部。只希望发顺这块狗皮膏药在越扯越黏的时候，再给他一股劲，粘在墙上。

“发顺，猪跑了，咋办啊？你说说你怎么打算的？”李发康放下紧绷着的脸。

发顺：“不知道！发康哥，我也不知道咋办！”

李发康：“停停停，别叫我哥。我担待不起。”

发顺：“跑了，就跑了罢！那畜生没准过几天就死在山上了！”

发顺绝对是李发康的冤家，再一次精准地激到李发康，李发康强压怒火：“去找找吧！明天去山上找找吧！找到了就撵回来继续养。”

发顺：“书记，说真的，别找了！丢了就丢了，我不心疼。”

李发康又怒了：“狗日的，你不心疼，我心疼！老子千辛万苦找来的扶贫项目，你们说杀就杀？谁给的胆子？”

发顺：“猪是国家的，哥……不……书记，你别生气，气大伤身。”

李发康大怒，前呼后仰，差点没一头栽火塘上。右手高高抬起，却无桌子可拍，往下啪一声拍在左手上：“狗日的发顺，明天去把猪给我找回来，过些天县委领导要下来检查工作，别给老子出岔子。”

发顺蔫了下去不敢再搭话，李发康把矛头对准了黑顺、老岩和二黑：“你们仨明天也跟着去找。”

黑顺一听便不干了，水烟筒里伸出嘴巴：“凭啥呀？他家的猪跑了凭啥我也要去找啊！我只是个杀猪的。”

“你不来杀，猪会跑了吗？明天去找猪，不然明年的低保别想要了！”李发康严词驳斥，加以低保这个并不存在的威胁。低保是黑顺的命根。

老岩和二黑倒是漫不经心的，他们此时只关心锅里已经滚开的面条，不断往火塘里添柴火。今天院里杀猪，明天山上找猪，日子对于二人而言今天和明天只不过是换种方式虚度。老岩和二黑也是建档立卡户，只不过考虑二人都是孤家寡人，所以没给他俩发母猪种。

有人统计，在这个世上，坏消息的传播速度和广度是好消息的一百倍。议论纷纷是一种乐趣，隔岸观火也是。丢猪的次日，那只亡命于山野之猪被重新定义名字——“建档立卡猪”。猪只是一个广泛的概念，而加了建档立卡这个前缀后，一头猪的身份就有了精确的辨识。方圆十里朝着方圆十里之外集体讶然：“昨天有胆大的人杀建档立卡猪啦！”“发顺家把建档立卡猪杀了！”以讹传讹：“建档立卡猪把人杀了！”关于这只建档立卡猪的事件四处皆闻，众人议论纷纷的时候，发顺和李发康一行找猪的人已经在山中。他们还不知道乡野之间从芝麻到西瓜的议论，在山中寻摸着到达猪最后失去踪迹的位置。

“这么大的山里找一头猪，怎么找啊！”才走了小半天的山路，黑顺这个小老头累得不行。

“怎么找？用眼睛、鼻子、耳朵、嘴巴找！”喘得最厉害的李发康上气不接下气驳道，尽管他也没有任何办法。上山之前又接到县委的电话，县委领导下来检查工作的日子提前了很多天，绝不能出任何岔子，这是死命令。

“你去这边，你去那边，他去那边。”气喘吁吁的李发康不耐烦地挥手随意指点了几个方向，几人分头行动。

还是那千篇一律百试百灵的吆猪号子：“哟哟，啰啰，来来！啰啰，哟哟，来来来！”尽管这号子已对此猪不奏效，几人仍旧噘着嘴撇着声朝着各个方向走开。

一天下来还是寻不见猪的踪迹，几人累得够呛。第一天潦草返程，路上，身后的丛林深处又传出嗷嗷的猪叫。

发顺：“你们听见猪叫了吗？”

李发康：“记下位置，明天再找。”

黑顺：“不对，你们听，不止一头猪在叫。”

接下来的几日，几人顺着声音继续往深处找。唯一的发现就是在路上不停地发现地上有猪遗留下来的粪便，可以肯定，不止一头猪。不过仍没有寻见猪的身影。

黑顺有扰乱军心之嫌："别找啦！都是野猪的粪，可能那头家猪已经被野猪咬死了！"李发康狠瞪了他一眼，黑顺不敢再言，尽管李发康也这么认为。

几人已经受够了找猪的生活，生活绝不止找猪这件事，可是目前找猪是重中之重的大事。李发康的烦恼是其他人不能理解的，这是他的认为。领导下来的日子越来越近，可是这猪迟迟不见踪影。这时李发康又接到县委的电话，通知："县委领导以及部分市委领导将于三天后到村实地检查扶贫攻坚工作的进展和成果。"放下电话的李发康心急火燎，领导要来了，可是重点挂钩扶贫对象的猪却跑了。对于他这种扎根基层的干部而言，这绝对是一件大事。事关他在领导眼中的形象，而这猪，就是他的工作态度。可再看看几个一同找猪的人，发顺倚在树根上没个正形，黑顺瘫坐在地上抽烟。老岩和二黑略好，在前头开路，不过心不在焉。

气不打一处来，虽然李发康也毫无办法。气不打一处来，李发康再次把火撒向几人："你们四个狗日的，如果你们不杀猪，今天老子也不会在这里找猪！狗日的！"李发康真不该骂狗日的，他是干部。不过自从建档立卡猪亡命山野后，狗日的就成了他的口头禅。发顺、老岩、二黑和黑顺真是狗日的，所以李发康骂狗日的，目的在于将自己和他们区别开来。

越找，几人越垂头丧气。越是垂头丧气的时候，林中就有嗷嗷的猪叫声传出来。这是对于几个将败之人的挑衅，李发康骂着狗日的，指挥："顺着声音分头找，找到以后包抄。"这是既定的一成不变的战术，每听到猪嗷嗷叫，几人就循着声音往林中深处奔跑，每一次都徒劳放空。如此这般，打了鸡血奔跑的人，被失望之棒当头一喝。重复性徒劳无功的劳动掏空的是心力。闻其声不见其影，是心力的煎熬。宁信山中有鬼，不信林中有猪，终耗尽几人找猪的最后一丝愿望。累死啦！包括李发康在内。

歇一会儿吧！都找了好几天了。几人没有坐姿，没有睡姿，瘫在地上。李发康也这样，找猪的几人都一样，一样的愁眉不展，一样的气喘吁吁，一样的灰头土脸。

黑顺这个小老头最先受不住了："李书记！我真的受不了了！再折腾的话，我这把老骨头就要扔在山上了。"黑顺说的是实话，老，是经不住消耗的。"书记，低保我不要了，猪我也不找了！"这是黑顺最后的妥协。

李发康气喘吁吁，不想搭话。

老岩和二黑异口同声："不找了，不找了，爱怎样就怎样吧！"二人也受不了了，宣布罢工不干。

李发康长叹："其实最不想找的是我，只是这建档立卡猪丢不得啊！过几天领导就要下来检查工作了，猪丢了应付不了！"李发康对几人讲出心声。

几人讶然，沉默。

三分钟后，发顺："书记，原来是这样啊！不找猪了，应付检查的事情重新想办法……"发顺在李发康耳边私语。

似乎有了台阶，李发康妥协："那好吧！你负责这事，我回去取钱给你！"

李发康："不找了，不找了，猪都丢了好几天了，没准饿死在山上了！"

再返程，身后的林子深处仍然有嗷嗷的猪叫声传出来。几人累了，烦了，恼了，他们就听不见了。

5

猪是没有表情的，千篇一律的耳朵和拱嘴，熟悉到陌生的老嘴老脸，使得普通人观念里所有的猪都只有一个共同的名字，还是猪。

物竞天择是一种富有进步性的规律。人于猪而言，人的能动性略强于猪，所以猪就成了被人驯养的家畜。一贯如此的漫不经心和自我满足的怡然自得是一种要命的毛病。猪嗷嗷叫的原因不外乎饿了、发情了、又饿了、要死了这几种。因而，不到饭点村庄响起来的嗷嗷猪叫声属于外来户。发顺赶着一头猪回来的时候，距离他上次追着猪贯穿村庄已经过去数日。

再次回到最开始对猪的描述：猪不大，长了架子还没有结膘。猪走路的时候一点都不好看，尤其下坡的时候，像醉汉划拳……猪在前面走，发顺挥着一根紫茎泽兰的秆秆跟在后面，嫁鸡随鸡的玉旺跟在发顺后面。像鬼子进村，前头的猪是太君。更像溃军过境，发顺家两口子一次比一次更加灰头土脸。此猪显然已经被驯服过度，和后边跟着的人一样，气喘咻咻。

穿村而过的土道上，发顺欲弄出一些响动来，所以他挥下一鞭抽在猪屁股上。

猪嗷嗷，向前一段小跑。发顺再抽，猪嗷嗷。

“够啦！”玉旺阻止。发顺再抽，猪再嗷嗷。

显然，让猪嗷嗷叫着穿过村子是发顺想要达到的效果，因为李发康骑着摩托车在后边跟着，这也是李发康想要的效果。

村子中央，老岩、二黑和黑顺三人在懒洋洋晒着太阳。远远看到发顺赶着猪回来，三人远远地就想撤走。几日前发顺的猪对于三人而言是肉荤，现在就是祸水。对发顺和他的猪敬而远之，是最明智之举，也才像三人应有的做法。

“你们仨别走，给老子站着！”发顺远远地喊住三人，赶着嗷嗷叫的猪过来。

黑顺：“回家收衣服，要下雨了！”晴空万里，构不成逃开的理由，发顺和他的猪已经来到跟前。

发顺：“猪已经找到了！”找到猪的消息并不是讲给三人听的，所以发顺大声阔嗓地将消息在村中炸开。

老岩和二黑异口同声：“哇呀呀！在哪里找到这畜生的？”

发顺：“在后山的野芭蕉林里面找到这畜生的！”声音继续炸。

老岩：“过几天再杀的时候，一定要多请几个人来。”

发顺拍了一下老岩的头：“杀个屁！建档立卡猪是留着怀崽下猪的，建档立卡猪是国家为了扶持建档立卡户脱贫的重要举措……”发顺的声音继续在村中炸开，像复读机，不，像村中宣扬政策的高音喇叭。是发顺突然觉悟了吗？李发康跟在后头。

黑顺："莫扯卵子！白猪进了一趟山就变成花腰猪了？"黑顺看出端倪，黑顺是杀猪的。

发顺："莫废话！老子撵猪过去再掀翻你！"黑顺不会质疑发顺真会这么做，欲言又止，闭口逃开。

亡命山野的猪找回来的消息传达完毕，发顺和玉旺赶着猪回家。留下三人懒洋洋地继续晒太阳继续懒洋洋地侃："黑顺，这猪真的不是跑进林子里的那只？""肯定不是嘛！品种都不同！""那发顺哪来的钱买猪？他这是要干啥？"

李发康骑着摩托从三人身边疾驰而过，给三人扑了一脸尘土，三人议论止于中途，低声谩骂："妈的！骑个摩托了不起！"李发康骑着摩托车拐了个弯进了发顺家。

发顺家再次传出猪嗷嗷叫声，发顺揪着猪耳朵，李发康拿着打孔器，二人在院子里又跟猪搅作一团。此猪换彼猪的主意出自发顺，而真自李发康，假戏做成真戏。借来的打孔器要在赶回来的猪耳朵上打孔戴上建档立卡猪特有的标识耳牌。而这标识耳牌是杀建档立卡猪的时候发顺从猪耳朵上扯下来扔在院子里的。打孔戴牌比杀猪容易，二人很快就在猪耳朵叶上装上标识牌，把猪放回猪圈里。

李发康嘱咐："明天领导下来检查工作你知道怎么说的，不要大口马牙地乱嚼。"

李发康威逼或是利诱："这次检查应付了，这猪你继续养，给你了。出了岔子谁都不好受！"

失而复得的发顺自然高兴，龇着牙咧着嘴："李书记你放心吧！你交代的话我都快背得了！支持扶贫干部工作是贫困户的义务和责任，坚决摘掉贫困帽子是每个建档立卡户应持有的想法和态度……"

"莫要在这给我耍贫嘴，明天去领导面前耍。"说完，李发康骑上摩托车离开，为明天迎检做其他准备。此猪换彼猪的确是个好办法，李发康悬着的心得以放下。

绝无鸠占鹊巢之嫌，此猪本就是为了填补空窝而来。猪圈里刚进新家的猪卸下一路奔走的躁动后，在猪圈一角挪了一个窝躺下。耳朵叶子上刚打下的孔流血不止，耳朵叶没过多的神经，微疼。只不过耳朵叶上带了一块身份标识牌，扑棱扇呼着耳朵。猪有灵敏的嗅觉，毕竟标识牌是别猪的，还有别猪的气味。

看着李发康走远，发顺把视线转向玉旺身上来。猪失而复得确实能让发顺欣喜。发顺拉过玉旺的手，久违的，玉旺猛地缩回，发顺继续拉过来：“媳妇啊！特困户的帽子好啊！上头照顾咱照顾得这么周到。”发顺点了根烟叼着，摇晃着小脑袋盘算着：“这顶帽子可千万别被摘掉。”

玉旺并不懂发顺口中所谓的帽子，咿呀着从发顺手中挣逃。又有猪可喂了，玉旺要去砍芭蕉。喂猪。

6

大概很少有人会观察，猪嘴优美的举止是进食。

拱嘴寻着地，呼哧呼哧大口进食。无论是在猪食槽中还是就地而食，猪都能保证吃个精光。灵活有力的舌头伸出，舌苔上众多的凸起不放过任何食物的残渣，一一舔舐干净。这里的美，指示一点都不浪费，也指示猪圆滚滚的肚皮是一种美。

迎检当天清晨，发顺想起李发康的嘱咐：“多喂猪一些芭蕉，少喂谷糠！”最大程度地呈现猪圆滚滚的肚皮，也是一种政绩。

发顺向喂猪的玉旺歧义转达：“多喂些芭蕉，多喂些谷糠。”

玉旺弱弱地嘟囔：“谷糠吃多了撑。”不过嘟囔不是话。

发顺无暇细听：“废话多，破事多！李书记叫怎么做，我们就怎么做！”

玉旺低下头继续咔咔剁芭蕉。

村子远，山路弯。零落不整的石块和星罗棋布的坑坑洼洼，以及大面积积蓄的尘土。轿车行驶在山路上的样子像猪走路，犹犹豫豫，前呼后仰，左摇右摆。前一辆车卷起尘土，后一辆钻进尘土，最后一辆被覆满尘土。

可算是即将抵达，车在山路上蹦跶。蹦跶最高的是李发康，他骑摩托车在前头带路。跟在后边蹦跶的是轿车，村民没有级别概念，车上坐着的都是大官。

随着咣当一声，首车停在村口，咣当两声后，两辆跟车停在路边。路面上同一块凸起的石头三车无一幸免。村子，已经到达。先头赶到的李发康把摩托车停在路边，挥手示意停车。车子所到扬起的尘土，有的已经落下，有的正在落下，路面是一层厚厚的尘土。车门打开，几双油光锃亮的皮鞋插进尘土中。走一步吧！尘土即覆住皮鞋的光泽。

李发康和村民小组长刘四咧着嘴挥手相迎，一旁散落着的还有老岩、二黑、黑顺和发顺，五个人的迎接队伍是李发康能组织和拿得出手的最高迎接礼遇。尽管政令一再重申不搞排场，不过这也算不上排场，顶多是人气。

三辆车共下来六人，不包括车上的司机。走在最前面黑瘦干练的干部是县扶贫办主任唐松，唐松两侧各拥一人，左边的是副县长王东，右边的是乡长兰正义。王东挺着肚子背着手，兰正义弓着身子跟唐松介绍情况。还有其余三人，李发康没见过。县里的？市里的？管他哪里的。

兰正义："主任，到了，这个村子就是我县我乡最偏远的贫困村了！"

唐松有着从任何角度切入工作的本领："一路上见识了！挺远挺偏的。不过越是这样的村庄越是不能放松我们的工作。"

"是是是，主任说得对！"通常而言，这是主任每一句话结束之后异口同声的回音。

兰正义引荐一旁随从的李发康："唐主任，这就是这个村子的扶贫驻村干部李发康。"

唐松伸手向李发康，李发康欣喜相迎，结结巴巴："主任好，主任好！"

唐松点点头表示会意："辛苦你了，小李。"

李发康："不辛苦，不辛苦，都是在为老百姓做事情，服务。"

唐松很受用，仔细再瞅李发康几眼："我想起来了，五月份有一批用来给贫困户脱贫的母猪种就是你找我签发的！"

"对对对！主任那么忙还记得这种小事。"李发康继续阿谀，激动万分。

唐松："母猪种都给贫困户发下去了没？今天咱们就去看看这些猪的长势如何？"

李发康："发下去了，长得挺好的，贫困户们也很高兴。"

"那个什么，王县长你带着兰正义到村子里四处转转，记得访问各个农户都缺什么，需要什么，政府能做什么。让小李给我们四个介绍情况就行。"唐松亲自点将。

唐松："小李，你今天就带着我和这三位市里的专家四处看看！"

"好好好！"李发康回应着。原来其余三位李发康不认识的人是市里来的专家，李发康心里一个激灵。善于糊弄的是专家，善于不被糊弄的也是专家，这是一次带着照妖镜的检查。

村子很小，很适合检查工作。有什么突出的工作成果很容易看见，有什么工作中的不足和缺憾也会暴露无遗。为了避免后者的出现，李发康还在临检之前跟各家各户打过招呼，甚至给发顺家重新买了猪来李代桃僵。现在还把发顺、老岩、黑顺几个扶贫工作的重难点作为随从带在身边，一方面为了防止几人乱说话，另一方面就是几人始终还是李发康心头的患中之重。走访各家各户是工作方式，进村入户访问谈心是工作方法。李发康的准备工作做得充实，所以一路上带着唐松入户调查之时，唐松看到的是他想看到的，听到的是他想听到的。看到的和听到的都是唐松希望李发康交上的令他满意的答卷。

唐松勉励："小李，做得很好！就需要你这样能吃苦能做事的干部，很好，给你一个口头表扬，继续努力。"

李发康官套："唐主任过奖了，我只是做了自己应该做的！"

唐松："刚刚还说到五月份我给你签发过一批母猪种的，转悠了一圈都没看到。你带着我们去看看。”

李发康继续：“主任真的有心了，心系下属和老百姓，我就带你去看看。这批猪分给了八户困难户，都养得挺好的，老百姓用心，猪长势都不错，再过几个月就发情可以配种怀崽了。”村中共八户发母猪种的农户，七户集中在村东边，和发顺家隔得远远的。李发康引着唐松一行往村东边走，尽最大可能避开发顺家这个隐患。发顺、老岩和二黑几人蓬头垢面地跟在一行人的最后边。唐松疑惑，指了指几人：“小李，这几个老乡不必跟着，让他们回去吧！”李发康自有官套好听的解释：“主任，这是发顺，这是老岩，他们都是村里脱贫攻坚的重点挂钩对象，让他们跟着学习学习，接受教育。”

发顺收到李发康的眼色：“是的，是的，我们是跟着学习的。”

唐松拍了拍李发康的肩膀以示器重：“哈哈！这村有你这样的驻村干部是福分，我县有你这样的干部我放心。”李发康激动万分：“还得跟唐主任学习，看齐！”唐松：“相互学习，我多向你学习！”

见此，发顺揪了揪一旁的二黑和老岩的衣角：“向领导们学习！”几个参差不齐的口号在李发康又一个眼色中响起。排场让唐松有些激动，挥手叫停：“不搞形式主义，不搞这些虚的。相互学习，领导干部多向人民群众学习，为人民服务。”

继续走，到农户家中去，各家各户都提前做好了热烈欢迎的准备——糖果瓜子和茶水。“领导您到家里坐会儿！”同时也准备好了对答如流的台词：“米饭管饱，不存在饥荒。猪肉吃腻，偶尔杀鸡。屋子修整，不漏雨也不进风。”再汇报猪的长势：“母猪种好养，不挑食，长肉快。”最后是感谢：“感谢党和国家的政策，市上县上乡上，然后是李发康……”如此对答如流而大同小异的客套寒暄，首先让市里三位畜牧专家听腻了：“那就带着我们去看看猪吧！再把猪拉出来，遛一遛，看一看。”

好吧，猪被从猪圈里放了出来，在院子里嗷嗷叫。三位畜牧专家掏出手机：“猪耳朵揪过来，扫一扫。”建档立卡猪耳朵上戴着的标识牌上有条码，扫一扫，猪源、品种、用途一应俱全。

先后进了七户农户家，重复的访问和重复性地得到大同小异的回答，这绝对不是此行想要的，不过是想要听到的。也重复性地扫了七头猪耳朵上的条码，数据规范记录上表。三位专家也及时做出反馈："养得好，喂得也好，不过要注意配种受孕的时候不能喂得太胖。"见专家都连连称好，唐松再拍拍李发康的肩连连称赞："好，好，小李干得不错。"顺便给予鼓励性质的暗示："等扶贫工作结束，人事不再冻结，县里会考虑给你换一个大舞台！""谢谢主任，谢谢！"李发康心中狂喜。唐松幽默："别谢我，你要谢就谢这些猪，养得多好啊！"

李发康见检查总算是比较圆满地对付过去了，暗自庆幸。可三位畜牧专家却说："那个主任，记录上显示这村有八头建档立卡猪，再看完最后一头，今天的工作就圆满结束了！"

唐松："哦，还有一头。那小李再带我们去看看。"

提起最后一头猪，暗自庆幸中的李发康汗毛又起，此猪已亡命山野。带着三个畜牧专家去看一头赝品，李发康心发慌，底气全无，想法拖延："主任，那个，那个现在都快到饭点了，要不咱们先吃饭吧！"

唐松："饭就不在村里吃了，有规定。看完最后一头猪我们就回乡上吃工作餐。"

李发康仍在想方设法："哦！是啊！都到饭点了，你们都还饿着。要不我把那家的户主给你喊来当面汇报。"慌乱中故作镇定："来来，发顺！你来跟主任说说你家猪的长势咋样。"

又该发顺表演了，结结巴巴地把台词背上："我家的猪吃得好，睡得好，长得也好，关键是政府发的猪品种好。感谢政府，感谢政策……"

唐松打断："那个小李，你再带我们去他家看看，大家都辛苦了。再辛苦也要把工作落到实处。"

发顺还在背，虽然没人听。李发康揪了揪发顺的衣角："快别汇报了，去你家。"李发康睖了发顺一眼，心又悬了起来，希望可以糊弄过去吧——除非专家眼瞎了。

唐松看出李发康不对劲："怎么，小李，有什么困难吗？"

李发康现在已是惊弓之鸟："没没没，只是发顺家有些远。"

一行人往发顺家赶，这次是发顺在前，他是户主，在前带路，村道中穿行。还未到发顺家，先听到有哭声，一行人脚步加快。一贯没心没肺的老岩和二黑赶上前头的发顺："怎么了？你婆娘哭哇哇的，你家死人了？"发顺黑着脸反驳："你家才死人了，你全家都死了！"

李发康也冷着脸："别废话，回去就知道了。"转回头冷脸转热："唐主任，就到了，就到。"

发顺家，为了迎检而拾掇一番后，破败之中能见一丝整洁。院子里悬晒着床黑黢黢的棉絮，棉絮下边是一农家妇女抱头瘫地而悲泣，呜呜然，咿咿呀，此人正是发顺婆娘玉旺。有客登门，而家中有人在哭号，发顺自然不开心。发顺黑着脸上前伸出脚尖碰了碰瘫在地上哭号的玉旺："咋个了嘛？你哭什么？"发顺语气加重，喝令："咋个了嘛？不准哭！"弯腰钳起玉旺。

玉旺露出哭脸，抽噎着："猪，猪……那猪……不动了……死了……"

"啊！死婆娘，好好的猪怎么就死了。"发顺气愤，用力摇晃着抽泣的玉旺。

玉旺继续抽噎，有些颤抖："不动了……就……死了……"

发顺愤而挥手欲打："死婆娘，喂个猪都干不好。"手挥在半空被李发康制止："发顺，你要干什么？再犯浑！"

作为旁观的唐松几人在边上看着院里搅作一团，唐松厉声："小李，怎么回事？"

李发康吞吞吐吐："她说，她家的猪……死了？"

唐松的脸转黑："什么时候？怎么死的？猪在哪儿？让专家看看怎么死的！"唐松示意一旁的专家去看看情况。

几人径直走向猪圈，留着发顺和玉旺两口子坐在客台上，发顺挠着头，玉旺继续抽噎。比房屋还要破败的猪圈里，猪躺在角落里。畜牧专家进猪圈当机立断：“这猪还没死嘛！”专家用手捅了捅猪，猪哼哼。“猪还没死嘛！”躺在地上的猪无视一旁的人，顶着圆滚滚的肚皮，睡着，不动，像死了。专家转身看向猪圈内干干净净的猪食槽：“今天都给猪喂了什么？”发顺在院子里有气无力地回答：“就是芭蕉和谷糠嘛！”“那应该没事，就是这猪吃撑了！”“早上喂了多少猪食？”发顺回答：“喂了不少呢，这猪能吃得很。”

猪没死，只是吃撑了不想动。猪圈外的李发康长舒一口气，教育发顺：“以后一定要注意了，引以为戒，科学饲养。”

畜牧专家继续在猪身上比画打量：“不对，这猪有问题。”

李发康：“有什么不对的，你扫一扫耳朵上的标识牌嘛，会有什么问题嘛！”

猪圈里的畜牧专家被李发康一驳：“标识牌是对的，可这猪不对。品种不对，而且这头小母猪被劁过，根本不是母猪种。”

李发康勉力装出一副宁死不屈的模样：“怎么可能嘛！会不会是……搞错了？”

专家有据有理：“劁猪的刀口都还在，况且这猪是小耳种，跟建档立卡猪不是一个品种。”

被专家当场戳穿，李发康支支吾吾，无语应答。一直在旁观的唐松感觉被糊弄了，而且是不能罔视的糊弄，厉声喝道：“李发康，你给我过来。”

“怎么回事？”

“就是这猪，不是那个猪。”李发康前言不搭后语。

“到底这猪是什么猪？”

“唐主任，就是这猪，它不是原来的猪。”

“那原来的猪呢？”

“原来的猪原来也在这圈里……后来不在了……这猪才来了。”

“原来的猪哪儿去了？”

“原来的猪丢了，找不到了。”助攻，发顺瘫在客台上说。

“好好的猪怎么就丢了呢！”

“就是我们杀猪，猪挣脱，猪跑我们追，我们追猪跑，然后就丢了。”再助攻，发顺瘫在客台上。

“啊，你们杀猪，你们竟然杀这猪？”唐松吃惊，“那猪呢，猪在哪里？”

“猪在山上。”

“猪怎么会在山上呢？”

“因为猪跑到了山上。”

唐松和李发康院中的对话，再加之发顺的助攻，一场杀猪、追猪、此猪换彼猪的闹剧呈现在人们面前。此时另一行人马，副县长王东和乡长兰正义闻声赶来。进门，唐松对李发康的批评教育立即转向了一脸疑惑的乡长兰正义：“小兰，这种弄虚作假的面子工程一定要严厉批评及时处理，该处分的处分，不能手软。”一脸疑惑的乡长兰正义受到迎头呵责更加疑惑：“唐主任，怎么了？出什么问题了吗？”唐松冷着脸厉声：“怎么回事？你问问这个好干部李发康吧！”李发康在一旁低着头。

唐松转身对低着头灰溜溜的李发康拍拍肩：“李发康同志，好自为之。”

“王县长，看来这个脱贫攻坚的工作形势严峻得很啊！走，回县里。”

村口的车子再次启动，在山路上蹦跶而回。乡长兰正义的车还留守，兰正义还要留下处理问题，问题即李发康。

还是发顺家中的院子，发顺冷着脸，李发康黑着脸，兰正义的脸更黑。王旺不再抽泣，因为所有的人都黑着脸。老岩和二黑潜伏在门外，对于他们而言，门内任何事都是热闹。

兰正义：“发康，说说吧！怎么回事？”

李发康：“乡长，我也没办法啊！建档立卡猪丢了，为了迎检我才换猪的。”

兰正义：“好端端的猪怎么就丢了呢？”

李发康：“发顺他们杀猪，猪挣脱了跑进了山里。”

发顺抬起头：“这个我可以证明，猪是我们杀的，跟发康没有关系。”

兰正义勃然大怒：“闭嘴，没问你！”

发顺吃瘪，低下头继续挠头发，灰溜溜夹着尾巴。

兰正义："发康，那说说接下来你打算怎么办啊！"

李发康支支吾吾地憋出："我也不知道。"

兰正义："你这也算情有可原，关键是这事情露出马脚了。不处理你是不行了，惊动唐主任了。这样，处理你的事过几天再说，先把猪找回来。"

李发康委屈巴巴："这猪贼得很，找过了，找不到。"

兰正义："猪找回来，是工作的失误；猪找不回来，就是工作的错误。你自己看着办。"

停在村口的最后一辆车也蹒跚着开走了，村子恢复如常。换个方式形容吧：刚刚打完一场必败之仗的溃兵收获更大的败果，进而使得自身陷入更加窘迫的局面。李发康和发顺坐在院子石头上，现在的李发康跟发顺一样了，一样的灰头土脸，一样的右手挠着头，左手掐着烟屁股。

猪还没死就意味着玉旺又有事可做了，在院角咔咔剁着芭蕉。

老岩和二黑适时摸了进来。绝大部分时候，发顺、老岩和二黑是一体的，都是热闹的一部分。

猪回来，是失误；猪不回来，是错误。这句话是两个极端的结合，朝着李发康重压而下。李发康深知失误和错误的最终定性，有什么本质的差别。

"要不，明天我们再去山上找找那猪？"李发康说，语气略软，带着恳求。

"找什么找，猪不是在猪圈里吗？"丢了一头猪又重新得到一头猪，发顺自然没有什么损失，他盘算着，发硬地拒绝着。

尽管气大伤身不好，不过发顺总能屡次成功挑起李发康的火。不要试图去点燃任何人心中的火把，引火自焚的人不在少数。李发康迅速被激起怒气，朝着发顺咆哮："憨杂种，要不是你们造作，会有现在这么多事吗？"发顺被李发康揪着衣领提起来，再推倒在地。李发康继续咆哮："憨杂种，一群憨杂种！社会好，政策好，好好过日子还不好？"

遇硬则软，发顺被推倒在地后就索性不起来，这是他的自保方式。任由李发康燃着怒火咆哮发泄。而一旁附和的老岩和二黑显得更为明智，躲着，不敢上前沾染怒火。不料李发康放过赖在地上的发顺，转而捏着拳头走向二人。二人赔着笑脸："李书记别这样，别这样！"二人砢碜地后退："别这样，这样不好，不好。"李发康继续逼近，二人退到墙根再无退处的时候妥协："好好好，我们错了，错了！明天继续上山找猪，找猪！"

李发康得到想要的回答，随之软了下来："不好意思，不该跟你们动粗的。"

"没有，没有。"二人继续赔着笑脸，顺便拉起赖在地上的发顺。一对三的男人之间的对局以李发康完胜宣告结束，玉旺还在院角剁芭蕉，咔咔咔的。

7

入夜，发顺家的人各自散去。

一天之中逐级传递的怒气还没有消除，从县扶贫办主任唐松到乡长兰正义，从兰正义到驻村干部李发康，再从李发康到发顺。这种逐级传递的怒气在传递过程中不断得到积累和加重，发顺承受着这股巨大的怒气。不过发顺并不是开阔之人，他消受不了。

所以，玉旺成为这股怒气的最终承受者。

两个人的落魄家庭，发顺充当着暴君。暴君必有暴行，首先发顺得先喝点酒，酒劲上头就趁着酒兴挑玉旺的毛病，以便为想要实施的暴行寻找合理的依据。一曰批评教育和指正，二曰拳头之下长记性。而玉旺最大的毛病在于一贯的示弱和一贯的隐忍，所以整日咔咔剁芭蕉喂猪成了发顺挑出的毛病。

"憨婆娘，大事不做，整日只会剁芭蕉喂猪！"发顺挑起。

剁芭蕉的玉旺受骂，无言之杠，往下剁的力度加大："嗒嗒嗒。"今夜，发顺家又不得安宁。

最先传出发顺酒后没有条理污浊的叫骂声，叫骂声一直持续，越来越大声。其间伴随着锅碗瓢盆落地、玻璃器皿破碎的声音，玉旺隐忍不回应，发顺独角戏唱罢。紧接着就是拳头击打肉体的闷声，头颅撞击门板的砰砰声，且越来越大声，越来越凶狠。

邻里以及全村今夜又跟着不得安宁："发顺又发酒疯打婆娘了！""发顺疯了，打得这么厉害，会不会打死人？"暴行愈演愈烈，从未有过的激烈，因为能清楚地听到玉旺绝望的惨叫和求饶声："不要打了……啊……不要打了……"邻里乃至全村不由得为玉旺揪心："去看看吧！劝劝，不然发顺这畜生真把媳妇打死。"也有异议："别人家的家事别去掺和，别去粘到发顺。"

坐等，观望，持续的惨叫和求饶。

"嘭！……啊！……砰！"驻村未离开的李发康闻声而来，暴行止于李发康破门而入。嘭！一脚踢开门。啊！一脚踢在发顺屁股上。砰！发顺在地上狗啃泥。发顺借着酒劲弹地而起欲反击，再次被李发康一脚蹬倒，在地上借酒耍起赖："管得真宽，管教自己婆娘也要掺和。"砰，又成功获取李发康一脚："你婆娘不是人啊！怎么经得住这么打！"李发康朝着地上的发顺咆哮："老子是干部，但也是你哥！"

李发康屈蹲一把揪起发顺的头发，厉声斥责："你看看，你婆娘被你打成什么样子了，狗杂种！"

房间角落，玉旺倚着墙柱，脸肿着，眼青着，流着鼻血用袖子揩着。哭失了声，瑟瑟发抖抽噎着。地上散落着实施暴行的衣架、扫把和柴火棒子。

李发康指着墙角的玉旺："打女人，一个大男人。滚过来！道歉。"

发顺赖在地上："怎么可能跟一个女人道歉！"不容置疑，发顺话还没说完又再次获得李发康以暴制暴的一击。李发康揪着发顺的头发在地上拖行，拖到玉旺跟前，厉令："道歉！"

发顺不得不屈服，嘴角流血，面部狰狞，朝着玉旺大声喊："对不起，以后我不打你了！"这不算道歉，抽噎中的玉旺再次被狰狞的发顺刺激，浑身战栗，双手无力地向前挥舞："啊……啊……别过来，别打我……"

清官难断家务事，而现在李发康管了，最直接，以暴制暴的方式。平息好这场别人家的暴乱以后，李发康还要去村民小组组长家，明天要组织全村的劳力上山找猪。

“发顺，你再打婆娘，我把你手脚卸下来。”李发康临走之前警告。发顺失了神，蔫在一边抽着烟不做回应，算是一种妥协。玉旺在另一边继续抽泣，李发康的眼睛扫过来，她干巴地咧嘴表示感谢。

“玉旺，这狗杂种以后还打你，你告诉我，过不下去就离婚！”听到李发康建议离婚，发顺瞪了李发康一眼。

绝不试图去赞美，只需要真实的描述。单纯地描述一个场景，从发顺家出来李发康接着奔赴下一家，从一件事奔赴另一件与上一件毫无关联的事。着重于时间，深夜，狗都不吠的深夜。基层干部扮演着一个类似于父母的角色，喋喋不休，殚精竭虑，苦口婆心以换来民众早就该具备的觉悟。基层干部的工作类似于在琐碎的河流中浮沉，这种琐碎的处理，要么细致入微，要么身败名裂。

次日，天还未亮。发顺的疯叫声又将整个村子喊得不得安宁。这种疯喊还不同以往，是沿着村道疯跑的疯喊。仔细一听发顺疯喊的内容：

“哇呀呀！李发康，我婆娘跑啦！不见啦！

“哇呀呀，李发康，你个狗杂种，你促我婆娘跟我离婚！

“李发康，你个憨杂种！”

发顺的疯喊一直持续到天亮，重复性地奔走叫喊以至于全村的人起来知道的第一件事情是这样的：驻村干部李发康建议玉旺和发顺离婚，从而导致了玉旺现在不知所终。

宁拆十座庙，不毁一桩婚的传统真理面前，村民一致认为发顺打婆娘是自家的小事小恶，而李发康此举则是大恶。这是大多数人的认为，可暂且成为正确。

疯喊到天明的发顺终在喊累的时候静了下来，木讷，两眼无神。现在他终于是一个人了，他从未想过会一个人。不过还想推脱责任或者博取更多的同情，有气无力地嘟囔着："狗日的李发康！"

老岩劝解："发顺，怎么了？"

发顺捏着烟屁股："狗日的李发康促玉旺和我离婚，玉旺就跑丢了。"

老岩："那你婆娘到底跑哪里了？"

发顺："昨晚那疯婆娘揩干净鼻血就往外跑，跑进了林子里，跑得太疯，我追不上她。"

二黑附和："嗯，真的狗日的李发康。"

再次将行动轨迹倒叙到起初找猪的林子来，还是一样的场景描写：村北边是森林，最外围是退耕还林后村民种下的松林，往深处走，是人迹罕至的原始森林。为什么要旧景重提呢？因为据发顺的描述，昨晚玉旺就是趁着月色跑向这个方向的，并最终音讯全无。

外围的松林中，大规模的人群聚集。昨夜发顺家的叫喊，成为今早众人的谈资。议论纷纷的众人最终统一意见：玉旺失踪的原因可归结为，李发康这个外人擅自插手发顺的家事。

乡长兰正义一大早便闻讯赶来，贫困村特困户丢了，这是天大的事。此时兰正义正训斥着奔忙一夜的李发康："猪的问题还没解决好，现在你又弄出个丢人！太丢人了！"

李发康："发顺都快把他婆娘打死了，所以我就……"

兰正义："自己的事情都还没处理好，还有心思管别人的家事。"

旁观李发康被训斥的发顺这会儿又有了力气，恨恨地："兰乡长，就是他要管我教育我自己的婆娘，我婆娘才丢的。他还促我婆娘跟我离婚……"

兰正义："发顺，你给老子闭嘴！"

太阳出来，林子中的浓雾散开。村庄里的能动劳力组成的搜索队伍进入森林，本来是要找猪，现在还要找人。因为要找人，惊动了兰正义，兰正义带来了乡派出所的全体警员和消防人员。当然，还有一只警犬，以及若干只村民家中品种不纯的撵山犬。

“找猪和找人两件事碰在一起，开干！”兰正义一声令下。

山大了，再多的人也自然就少了。本来计划的地毯式搜索不奏效，所有参与此次搜寻的人员在林中铺撒开来，往森林深处找。边走边喊，这边的人喊着玉旺，那边的人学着猪叫。

“玉旺这个小女子怎么这么能跑呢！这么多人找都还找不到。”

“都快找了一天了，怎么还找不到？”

发顺、老岩和二黑又聚在一起，跟在队伍的最后面，他们三人又一样了，漫不经心。

“发顺，婆娘跑丢了，你怎么一点都不心焦？”

发顺：“死了最好，这疯婆娘！”

“发顺，我劝你还是好好找找，没了婆娘怎么过日子。”

发顺：“那疯婆娘是李发康弄丢的，他要负责。”发顺将责任推脱得一干二净。此时李发康正带着人在林子深处找，听不到。

“发顺，你是个畜生。”

进山搜寻的队伍在山中一直搜寻到傍晚依旧是毫无头绪，唯一的收获便只是越往深处走，地上散落的猪粪越多。村民跟兰正义打趣：“兰乡长，派出所该发枪了，不然这野猪又要下山祸害人了。”兰正义：“莫要扯卵，找人要紧。”“不过要说玉旺这小女子进山也应该走不了多远，怎么就找不到呢？”警犬在嗅了玉旺的衣服气味汪汪汪撒出数里后也在山中丧失了气味的方向，众人不禁为玉旺的安危担忧起来。

村民甲：“林子里有豺狗和豹子！”

村民乙：“林子里有吃人的狗熊！”

村民丙：“林子里还有大黑野猪，也吃人！”

村民甲乙丙代表群众的声音，代表群众的猜测，玉旺的死因。因为找了一天了，丝毫不见玉旺的踪迹。

兰正义中断众议论：“干部留下连夜找，村民回家，今晚找不到，明天接着找。”

村民回村，山中入夜。兰正义、李发康等一众干部继续留守山中，人命关天。消防和民警打着大电筒在前，兰正义和李发康打着小手电跟在后面。山中的夜里幽冷，林中的每一丝响动都会被放大得诡异。

“嗷嗷嗷！”猪叫声在夜里响起。

“你们听，猪在嗷嗷叫！”

“果然有猪在嗷嗷叫！”

众人闻声，手电筒齐刷刷朝着嗷嗷叫声的地方照，众人朝着手电筒照到的地方奔跑。约莫半小时后，离嗷嗷的叫声越来越近。手电筒所照的灌木丛中因为反射亮起数十双小灯泡：“是野猪，很多的野猪！”有人惊喊。嗯，是的！灌木丛中亮起的小灯泡正是野猪群的眼睛反射着手电筒。与野猪在夜里不期而遇，众人愕然。野猪在夜里被强光所照，怔住三秒。待野猪回过神来嗷嗷往漆黑中逃的时候，众人还在愕然中。

“还愣着干吗？追上去。”李发康喊，众人打着手电筒追上去。

森林，尤其是夜里的森林，那绝对是属于野物的领地。野猪群往山顶上窜，众人跟在后头追。野猪群至山顶，野猪群向下翻下了山梁子后不见了踪影。兰正义和李发康跟在最后，气喘吁吁跟上来。

兰正义：“大半夜的跟着野猪瞎追什么？万一野猪转过头来咬人怎么整！”

李发康喘着粗气：“你看见了没，野猪群里夹着一头白猪？”

兰正义：“乱逼麻麻的！谁顾得上去看黑的白的。”

李发康喊住一个民警问：“那你看见了没，有一头白猪？”

民警：“没有，光看猪眼睛了！”

“你……唉……”李发康问不出个结果。

“野猪群里夹进了家猪，家猪还不得被咬死！”

李发康把手电夹在腋下，双手揉了揉眼睛：“应该没看错啊！我就看见一头白猪夹在黑野猪中间。”李发康再揉揉眼睛，一拍脑门：“我敢肯定有一头白猪夹在里面！”李发康自我拍板，确定看见一头白猪，此猪极有可能就是发顺家跑丢的那头建档立卡猪。

“那猪呢？”兰正义打断李发康。其实众人与野猪群只不过在慌乱中照过一面而已。

山中搜寻人员在林中夜遇野猪群的消息成为第二天早上人们的谈资，议论纷纷的一致结论：发顺跑丢的媳妇玉旺有极大的可能已经死在了山上，根据玉旺踪迹全无以及野猪成群的事实可以正面得出悲惨的推测，玉旺死了，肉已经被野猪吃了，骨头也被嚼碎。同时也得出一致的同情和愤慨：把发顺这个畜生也丢到山上让野猪嚼碎，李发康这个多管闲事的间接杀人犯也丢到山里。

发顺在玉旺走丢次日，又伙同着老岩二黑，呼呼大醉。仿佛丢了的不是他的媳妇。呼呼大醉时坚持的醉话：“玉旺，是李发康弄丢的！必须由李发康负责。”

李发康领着人在山中继续找，他走在最前面，背后是千夫所指。

一天一夜的山中引吭，留守山中一天一夜的搜寻人员累得够呛。乡长兰正义糊弄个理由一大早就回了乡上，其余搜寻人员散在地上，横着，倚着，侧躺着。玉旺山中走失，谁都没法安宁。

随着玉旺走丢的时间拖长，这支搜寻队伍的规模不断扩大。第二天，相邻的几个村的劳力加入进来。第三天，县上派来一支专业的消防队。地毯式的搜寻在玉旺走失后第三天正式形成，林中已撒出去千余人。可是在千余双眼睛之下，丝毫不见任何有关玉旺的踪迹。县上每天的指示大同小异——设法减小这事的影响。但是这事没法不大，这种类似于人间蒸发的音讯全无让这场千余人找一人的事件无边扩大，一直寂静冷清的山林在大规模的人群介入之后变得热闹又沸腾。

不断加长的失踪时间消耗着李发康的耐性，在山中坚持三天三夜的李发康灰心丧气，心里打着突，脑子发着木。眼前一黑，累晕之前仍然不屈从：“活要见人，死要见尸！”如果搜寻的第一天是人和猪一起找，第二天就是单纯找人，第三天第四天就是活要见人死要见尸，而第五天，千余人期望着在林中张大鼻孔单纯地寻找一具发臭的遗体，以告结这件费时费力的搜寻。可是没有，什么都没有。

当人们认为的玉旺的死讯满天飞的时候，发顺不得不接受玉旺已死的现实。酒越喝越发酸，接受死讯就意味着不得不悲伤，发顺不敢再扯着嗓子喊一个死人疯婆娘了。

所以发顺从村子一路哭喊着上山去："狗日的李发康，你还我玉旺。"

发顺的这种哭喊来得快，去得也快。就像是刻意走走过场，在散落着千余人的林中哭号一气后，被老岩和二黑钳下山去。把悲伤哭喊出来不一定有缓释功能，不过能博取同情，这是发顺的目的。晕倒被抬走的李发康自然而然成为发顺这个可怜之人可怜的可恨制造者，这是一致认为，不可说服。

无所谓始，也无所谓终。发顺、老岩、二黑三人又继续成为一体，喝上了酒。

老岩："给玉旺立个牌位供一下吧？"

发顺又开始醉话："不弄，浪费香火。明天去告狗日的李发康。"

二黑："嗯嗯，人命，赔死狗日的李发康。"

8

玉旺走丢的第十天。

县扶贫办主任唐松的办公室热闹非凡，名为接待失踪者家属，实则是发顺率领着老岩和二黑在这里赖作一团。发顺的小盘算，以一条人命为筹码，肯定能在这里吃到一些甜头。唐松冷着脸，寻找着解决之法。办公室的皮沙发上，二黑穿着脏兮兮的袜子蹲在上面，老岩靠着。抽烟，吐痰。发顺跷着二郎腿，假装丧妻之痛。对，是假装。

发顺："唐主任，都是李发康弄的鬼，我要一个说法，我家媳妇死得不明不白。"

唐松冷着脸："你媳妇不都没死吗？"

发顺："那么多人找了十天都找不到，跟死了有什么区别。"

发顺继续一脸哭相："唐主任，建档立卡猪是李发康发到我家的，换猪迎检的猪也是李发康买的，我那可怜的媳妇也是因为李发康才弄丢的……"

二黑和老岩附和："是啊，是啊，我们可以做证，都是因为狗日的李发康。"

唐松好言细语："我们县里会仔细研究这个事情，尽快给你们一个满意的答复。"

发顺无赖："我们好不容易来一次县里，今天必须要一个说法，不然就不走了！"

唐松无奈，也只得继续见证三人的无耻："那说说吧！你们的意见。"

发顺愤愤："李发康促我媳妇和我离婚，我媳妇才跑丢的，一定要处理他。而且李发康买到我家迎接检查的猪，我希望政府可以帮我变成钱……以后……政府再有什么发猪崽发鸡儿的，直接帮我变成钱发给我……还有就是……我媳妇死了，政府方面多少给点赔偿……"

唐松一听发顺一口气说出一系列无理的要求，冷着的脸转黑。"啪！"一拍桌子："死了婆娘还狂了小鬼？李发康的事情我们县里会处理，你们的意见我们也会开会讨论。现在，请你们出去，我们要开会了！"唐松对三人下逐客令，不过三人丝毫不见要走的意思。唐松无奈，打通乡长兰正义的电话愤愤地说："兰乡长，快来把发顺他们带回去。"转而对坐在沙发上的三人说道："你们喜欢待就待着吧！我要开会去了。"

"唐主任，唐主任！"三人看着唐松的背影。

还是唐松办公室内，二黑："发顺，你狗日的不会说话！"

发顺："要怎么说？我说的都是实话嘛！"

老岩："本来可以弄点补偿款的，现在完蛋了。"

三人又开始百无聊赖没有结果的内斗。

玉旺走丢后的搜寻工作在搜寻十二天无果后宣告结束，玉旺成为失踪人口。李发康是躺在病床上被当作问题处理的，扶贫的母猪丢了，是工作的错误。处理基层问题的时候用不当的手段造成严重的后果，这是严重的工作错误。数错加在一起，李发康成为特别严重的，可以作为其他干部引以为戒的反面典型。革去公职——当李发康听到县上给自己的处理意见的时候，瞬间释然。“唉！”长舒一口气，“就这样吧！”其间，发顺率领老岩和二黑的三人无赖队伍从乡上到县上再到市上，闹遍了所有他们认为可以管到这件事情的部门。以至于从乡上到县上再到市上的各个部门都一致认为——此人，无赖，避之不及。

卸去公职之后的李发康倍感轻松，他要离开这个地方。插手别人的家事从而导致别人媳妇跑丢了，他已背负着千夫所指的罪名。解释不清，不可说服。当李发康身无一物坐上离开的客车的时候，那个消失数月音讯全无的玉旺从山里回来了。

嗯，没说错！那个跑进山林里失踪数月的玉旺，那个千余人搜寻而不见的玉旺回来了。一同和玉旺回来的还有那头所谓的建档立卡母猪以及母猪身后跟着的一群小猪崽。母猪嗷嗷嗷，小猪呀呀呀，被玉旺赶着穿村而过。这一天，村里的人打开大门，玉旺和猪回来，像战士凯旋。

“玉旺不是死在山上了吗？怎么回来了？”

“怎么还赶着猪回来了？还有一群小猪崽子。”

“那群小猪崽是小野猪呢！”

“肯定是小野猪，大概是那母猪跑到山上跟野公猪配的种！”

“不是，玉旺不是死了吗？怎么又回来了？”问题又回到原点。

玉旺和猪继续在村中穿行，一路走，背后跟着的人越来越多，都想看一看这个失踪在林中数月的女人。

玉旺赶着猪回到家中的时候，发顺刚打包好行李，他准备到省里去上访。大门开，见玉旺进门，发顺一愣，接着一惊：“啊！你他妈不是死了吗？”赶进院子里的猪嗷嗷，见玉旺不回话，发顺大声吼道："你他妈不是死了吗？怎么回来了，没死成？"玉旺的嘴嘟囔了几下，发声："李……李发康……在哪儿？"见玉旺回来的第一句话就是问李发康，发顺愤愤："李发康都他妈差点把你害死了，你还跟我提他？"发顺挥手欲打玉旺。

不过这次发顺失算了。"啪！"玉旺响亮的一耳光抽在发顺脸上。挨了一巴掌的发顺发着蒙捂着脸向后退却："这疯婆娘，真的疯了！"天旋地转，天旋地转，这里的天旋地转指的是发顺在捂着脸的瞬间看到门外哂笑的人群。这当然很让人没面子，发顺在此时酸软，瘫在地上。世界仿佛倒置，然后变了个色。

"李……发康……"

从山中归来的玉旺变得强硬，但是依旧痴傻。不过人们改变了说法，玉旺这是纯朴的无害。玉旺吆喝着从山中带回来的猪群，沿着山路走，最终被林海淹没。

列车向东走，驶出南方高原，革去职务的李发康在车上。换个环境也许是种逃离，而逃离偶尔是飞升。列车向东走，李发康的电话响，接通，乡长兰正义的声音："发康啊！误会啊！误会！发顺家媳妇回来了，建档立卡猪也回来了！"

李发康并不惊讶："回来就好，回来就好！"

兰正义："我们乡里和县上已经更正了对你的处理，你可以回来了！"

"……"

电话那头李发康不作声，兰正义接着说："发顺媳妇回来，带回来建档立卡猪，还领回来一窝野猪的杂交崽子。乡上准备在村里建立一个野猪杂交的示范基地。"

"……"

兰正义接着说："回来吧！村里的工作需要你！"

"嘟……嘟……嘟……"电话忙音，李发康挂断电话，列车驶出高原。

“唉，累了！结束了！”李发康自言自语，倚着车窗，睡去。

9

现在，我经常在电话里喊李发康：“嘿，倒霉蛋！”

他回：“滚球！说人话！”

我：“爸！”

他现在在沿海的某个城市的建筑工地，有时候扎钢筋，多数时候扛水泥。

我：“爸，村里的野猪养殖场弄起来了！村里的人都顺利脱贫了。”

我爸李发康：“那就好，现在国家政策那么好，好好过日子比什么都强！”

我接着：“玉旺养殖场的每一头猪，都是我爸！”

玉旺管养殖场的每一头猪，都叫李发康。

点唱机

郑在欢[*]

街机室里烟雾弥漫，人们的喊叫淹没了机器发出的声音。哑巴正在操作八神对抗火舞，一个男孩在他身后不停地大叫："出拳，出腿，发绝招。"哑巴不为所动，仍旧固执地被虐，八神在空中痛苦地飞来飞去，让人心疼。我不知道第一次来街机室的哑巴为什么非要选八神，看着帅气的拳王无助地在屏幕上移动，如同心仪的女孩被人凌辱一样痛苦。我狠狠地骂了哑巴几句，那个男孩恨铁不成钢地看着他——男孩不知道他是个哑巴。

哑巴活在自己的世界里。

三国志里的曹操总也打不死。我又到老板娘那里买了一块钱的游戏币，她弯腰开锁时领口扩大的内容让我着迷，为了多次看到这种景象我特意把十块钱的游戏币分成了十次来买。

哑巴仍在被虐，他玩得不亦乐乎。我对他比画着要走，他摇摇头指着手里的游戏币表示还要玩。为了等他，我决定再买一块钱的币。台前不知何时换成了一个和我年龄相仿的家伙，他应该是老板娘的儿子，或是侄子？谁知道呢，反正是有钱人的孩子。我随口向他打听了一下老板娘的去向。

"她在洗澡呢。"他摆弄着手里的纸币说。

我走进厕所，隔壁浴室传来哗哗的水流声。我把想象发挥到极致，脑中的

---

* 郑在欢，1990 年生于河南驻马店，现居北京。作品见《人民文学》《大家》《芙蓉》《青年作家》《小说界》等刊。著有短篇作品集《驻马店伤心故事集》。

画面仍是一片模糊。敲了敲坚硬的砖墙，我放弃了在上面打一个洞的想法。

隔壁的台球室有人打架。出去时一只“黑8”砸在我大腿上，我看了看那个肇事的黄发青年，他也在看我。看他没有道歉的意思，我揉着腿走出去。

外面阳光明媚，太阳的周围闪烁着无数星星，让人难以分辨这是白天还是黑夜。我走进白水公园，嘈杂的歌声瞬间充斥耳朵。那些唱歌的家伙唱得忘乎所以，他们拿着麦克风，看着电视上的字幕，神情专注，陶醉其中。这样的露天KTV公园里有很多，一个大点的电视和一套音响设备就能用来招徕顾客。唱歌的人排成长队，他们的生意总是那么好。那些劣质的大喇叭很少静下来，歌声一浪高过一浪，谁家的喇叭声音大聚的人就多。

人们总是希望盖过别人的声音。

这个公园已经完全被歌声侵占了，当然，还有一种说法叫“被噪音填满了”，采用这种说法的通常是一些老人。因为歌声太吵，他们很少到公园来了。小镇上只有这一个公园，这么说来，他们是完全失去了公园。想要散步的话，他们只有到城外的公路上去。那里没有歌声，汽笛声也不小。

我没有目的地走，走几步耳边的歌声就变一变。刚进门时是《老鼠爱大米》，几个男青年摇头晃脑地唱着，捡到钱一样兴奋。他们的头发普遍染成了红色，还有一个是黄，屎一样。走几步之后《老鼠爱大米》的歌声逐渐被《两只蝴蝶》掩盖，再往前面，是刀郎的歌曲，我站在原地听了一会儿。那个男青年在唱《2002年的第一场雪》，他身旁站着一个穿短裤的女孩，正含情脉脉地看着他。我猜想他们也许是男女朋友，看着那个女孩裸露的双腿，我不知为何突然感到失落。

我来到小圆的摊位前，一个男人正在她这里唱《离别》。小圆冲我笑了笑，说：“他还有一首《月亮之上》。”我说：“没关系，我等等。”她今天穿一条牛仔短裤，黑色的紧身T恤上印着一个外国人的头像——后来她告诉我，这人叫列侬。我对外国人没什么概念，只是隐隐感觉此人也许和列宁有什么亲戚关系。

她的头发仍旧披散在肩头，在我看来这种装扮显得如此别致。我所认识的女孩几乎千人一面，每个人脑后都扎着一个马尾。在我们那儿，披散着头发给人的感觉是不太正经，所以她们只能把头发扎起来。她们的样子让人厌倦，工作时我总是尽力不去看她们，避之不及的时候我也只看看她们的脚。相对于头来说，脚还算有些新意，有时会看到不同式样的袜子，这真让人欣喜。

那个男的开始唱《月亮之上》了，最近这歌很火，我听电台时总会听到。我喜欢听电台，上班下班都听，在这里电台几乎是我的全部爱好。我听评书，单田芳说《乱世枭雄》，张作霖真是个英雄，他不怕日本人。我听相声，马三立太好玩了，他要是我爷爷该多好。我听最流行的歌曲，我学得很快，听两三次就能唱给大家听。张泉说："因为没有电视你才喜欢电台。"我因此和他吵了半天，这家伙说话总是喜欢戳人痛处。男人终于唱完了这首歌，小圆收下他的钱，放在身上的挂包里，问我今天唱什么。

我已经是她的常客了，每次来公园我都会到她这里唱一首——当然，有时候也会唱两首，这要看她的客人多不多。我唱歌她是不收钱的。"我就喜欢听你唱。"她说，"这就是理由。"我并不认同她给出的理由，当然，我也不反对。一个月四百块的工资并不是很高，我一般都是能省就省。

"唱一首《从头再来》。"我说。我喜欢这种正气的，忧国忧民的，在女孩面前更要唱这样的歌。

"《从头再来》，我看看……没有。白水公园没人唱这首歌，我没下载。你换首别的吧。"她说。

"那就来一首《精忠报国》。"我只能拿出自己的拿手曲目。我在书上看过，一代名将岳飞，小时候被他母亲摁在澡盆里，在后背刺下"精忠报国"四个字，长大后戎马一生，为国捐躯。多么悲壮而又有意义的一生啊。可惜我妈没什么文化，没法跟我说那么多，好在我读了些书，我知道好男儿要志在四方，这样才能让女孩看得起。

"怎么又是这个，你就不能唱点别的吗？"

"别的，《男儿当自强》行吗？"

“算了，你还是《精忠报国》吧。”

我开始唱的时候，她在我身旁坐了下来。她身上有一种不知名的香，她的手臂时不时碰到我，带来一阵细腻的触觉。我突然觉得无所适从，拿着麦的手不由得颤抖。这真让人羞愧。她就在我的身旁，吐气如兰，我却不敢扭过头看她一眼。我只能把所有力气放在唱歌上，慷慨激昂，尽显男儿本色。

马蹄南去人北望

人北望草青黄尘飞扬

我愿守土复开疆

堂堂中国要让四方

来贺

我唱得声嘶力竭，青筋暴起。小圆在旁边傻呵呵地笑，给我打着拍子。

一曲终了，她站起来，说：“为什么你每次唱都那么激情澎湃，感觉你就是岳飞本人。”她说着就笑起来，我摸不准她是在夸我还是调侃我，但我不太接受她这种玩笑的态度，这首歌多神圣啊，怎么能笑呢？可我又喜欢看她笑，她一笑，我就开心得不行。

“因为，这是首好歌啊。”在又开心又生气的情况下我尽量让自己严肃起来，“唱这样的歌，就要全身心投入。”

“是是是，你说得对。”她依旧笑着，“再唱一首吧，以前没怎么留意听这首歌，听你老这么唱，没想到还别有一番味道。”

“是呀，我特别喜欢。”

“多听听吧，”小圆说，“将来还会有更多你喜欢的。”

她的话总是让我无从回答。这时候来了几个黄发青年，他们的屁股瞬间覆盖了所有椅子，屎一样的头发正对着我，我一阵恍惚，以为此刻正置身于某个公共厕所。还好小圆的声音及时传来，把我从脏乱的环境打捞出来，她指着我说："他还有一首歌呢！"

我说："算了，让他们唱吧。"

一个青年转过头，对我说声谢谢。他的口音很怪，我判断不出是哪个地方的。我只知道两个地方的方言——河南与河北。他不是河南的，也不是河北的，那我就不知道他是哪里的了。看他裤子上沾染的布料颜色，我可以断定，他和我一样，也是做包的。白水的年轻人只有两种，一种是做包的，另一种是房东的儿子。

小圆问："你们唱什么歌？"

一个男青年问："唱一首歌多少钱？"

小圆答："两块。"

另一个男青年问："那情歌对唱是多少钱？"

小圆说："看你唱什么歌了，唱到我喜欢的可以不要钱。"

男青年说："唱《甜蜜蜜》呢？"

小圆说："十块。"

男青年惊道："那么贵！《水晶之恋》呢？"

小圆说："十五。"

男青年又是一惊，这也许是他这次放假碰到的最奢侈的消费了。他说："这个怎么还贵些，你说的那个不要钱的是什么歌？"

小圆说："那是我心目中的歌，怎么能说给你听？"

男青年想了一会儿，说："《纤夫的爱》。"

"五十。"

男青年也许惊到了极限，他张大了嘴巴，不甘心地问："为什么？"

"不为什么。"

他们商量了一会儿，最后决定唱《甜蜜蜜》。小圆选好曲子，拿着麦坐到他们之间。看着小圆与那几个满脸青春痘的青年一唱一和，我一阵莫名难受。小圆唱歌的声音有一些沙哑，她不太适合唱这样的歌曲。男青年唱得兴起一脸深情地望着小圆，他看到的只不过是一个后脑勺而已。小圆出神地看着屏幕，说不出是麻木还是厌倦。我把目光移向别处，在不远的地方有一个书摊，书摊旁站着一个小女孩，她正在挖自己的鼻孔。看着她把挖出来的东西一一填进嘴巴，我忍不住走过去对她说："小妹妹，这个是不能吃的。"她狐疑地看了我一眼，转身跑掉了。她可能是怕我抢她那些好不容易挖出来的东西。

书摊上摆着武侠书和言情小说。我看了好久，哪本我都想要，最后买了一本叫《神拳》的小说——我只是单纯喜欢这个书名。

老板要十块，我给了八块。在这里，我已经养成了爱讲价的好习惯。

拿着书往回走的时候，我看到了张泉，他站在路边的小摊上吃酸辣粉。我走过去，问他："你怎么现在才吃东西？"

"萌萌这会儿忙了，她让我先出来。"

萌萌是张泉听电台时认识的一个姑娘。在一串交友信息里，我们听到女主持人念了萌萌的一条，那条信息写道：我是萌萌，最爱我的哥哥去世了，我想找一个爱我的哥哥。在众多找男女朋友的信息里听到一个找哥哥的，张泉很好奇。他往主持人播报的号码里发了一条情真意切的短信，成功顶替了一个死人的位置，成了一个陌生女孩的哥哥。那段时间，工作之余，他的全部时间都用来和萌萌发信息。他们还互相发了照片，在手机屏幕里萌萌是一个还算漂亮的女孩，只是看起来她更像张泉的姐姐。张泉在照相那天特地洗了头。为了有一个好的背景，我们走遍了车间内外，最后走到露天旱厕的后面。这堵墙是绿色的，张泉站在墙壁前，在他脚下是满坑的粪便。我按下快门，他被永远定格在了这个看似美好的地方。在一次放假时，张泉和萌萌见了面。那天晚上在我为他照相的厕所里，他兴冲冲地告诉我，他再也不是处男了。为此，我第一次妒忌了他。

张泉吃完东西，说："你们先回去吧，不用等我了。"

"你还要去找萌萌？"

"是呀，一个月才放一天假，见一回容易吗？"

我说："是呀是呀，你去吧。"

他答应着朝花街走去。看着花街前的男人们，我不禁替他那单薄的小身板担忧，他经得住一天两次的折腾吗？

这是个问题。

小圆坐在她的摊位前看一本书。电脑里仍在播放着歌曲的伴奏带。看到我回来，她问："你怎么还没有走？"

我指指门外的游乐厅，说："我还有一个伙伴在那里。"

"哦。"她问道，"你们只有放假才来镇上吗？"

"是呀，平常都没有时间，上班要上到夜里十一点半。下班之后倒是有时间，但早上七点钟又要上班了。"

她点了点头，说："是呀，都是这样。你们不能请假吗？"

"可以，但我没有请过。"

她看到了我手里的书，问："你买的什么书？"

我递给她，"我也不知道，在书摊上看到的。"

她翻了翻，"你平常都喜欢看什么书？"

"都是在书摊上看到的，一般都是买武侠，我们那儿的人都看这个。"

"除了武侠呢，还喜欢什么作家，比如说海明威……"

"什么？"我不由得问她，"海明威不是唱《老人与海》的那个吗？他还写过书？"

她笑笑，说："不是这个，是美国的那个。喏，一个老头。"

我说："这个不知道，美国人我就知道有一个叫小布什的。"

她又笑了起来，"中国的作家你总该知道吧，贾平凹，看过吗？"

她的笑容让我感觉像是嘲笑，还好，这个贾平凹我知道。我还在地摊上买过他的书呢。

"什么书？"她问。

"《野狼滩的女人》。"

她又笑了。我终于忍不住对她说:“什么事那么好笑，你能别笑吗？”

她用手遮住嘴巴，说:“不好意思，你实在太可爱了。“野狼滩”不是贾平凹写的，是本伪书，别人冒名写的，不过写得还不错，你觉得呢？”

哦，原来她笑是因为我太可爱的缘故。我顿时高兴起来，以至于忘记回答她的问题，她又重复了一遍，我才含糊地说:“是呀，很不错。”关于这本书的交谈让我心虚，有一段时间我常常看着书中的部分段落自慰，直到张泉手机里多了一些视频之后，我才舍得把这本书当厕纸。

哑巴终于从游乐厅出来了，在远处他就冲我快乐地招手。小圆说:“这就是你朋友呀？”我说:“我们在一起上班。”小圆问:“他都喜欢唱什么歌？”我说:“他不能唱歌，他是个哑巴。”小圆说:“哦，抱歉。”

哑巴走近了，他用双手快速地比画着一些什么，我没有看懂，最后他仰起头大笑了一通。我才知道他在说自己玩得很高兴。然后他又把双手放在胸前，弓着手揪起衬衫——我不知道他是在说游戏里的火舞还是刚刚遇到的哪个女人，他的手势总是让人一知半解。我们很少能正确理解他所表达的全部意思。我理解他得不到理解的痛苦，但我无从安慰他。

他走到我们身边，笑着和小圆打了个招呼。小圆摆摆手，也笑着说“嗨”。我能看出哑巴眼里闪烁的淫光，也许回到车间他会用刚刚那个手势向大家介绍小圆，好在通过他那个手势只能看出他要说的是一个女人，至于是个什么女人，大家只能根据自己的需要想象了。

哑巴的手势把小圆逗笑了，小圆打着手势回他，哑巴第一次遇到会跟他打手势的人，更加兴奋地打回去。两个人竟然用手势热火朝天地聊起来。我在一边也看不懂，只能傻呵呵地跟着他们一起笑。

一个瘦高的男青年走过来，他长得很帅，穿得也不错，脚下一双很时尚的Nike鞋。看他这个气质，不像是我们在地摊上买的那种十五块钱一双的假货。

“你现在长能耐了，哑巴的生意都能做了。”男青年走过来，抓住小圆的手。

小圆看到他，脸上的笑意立刻不见了，想要挣开他的手，男青年抓得很紧，小圆挣不开，男青年拽住小圆腰间的包，去拿里面的钱。我和哑巴都愣住了，以为是抢钱的，我想到的是收保护费的，我想要上去英雄救美，可是脚不听使唤，站在原地动不了。

“你干什么？”小圆说，“早上刚给你一百就花完了？”

“我做任务呢，”男青年笑嘻嘻地说，“不能断，再给五十，明天我就还你。”

“我信你才怪。”小圆任他把钱从包里拿走，没有过多阻拦。

男青年兴冲冲地跑了，留下我们三个面面相觑。

“他是谁？”我忍不住问小圆。

“一个朋友。”小圆淡淡地说。

太阳悬在公园西面的高墙上，只剩下半边脸，我们必须向今天的它告别了，想要下一次在这里见到它，我们还要等一个月。和小圆说再见的时候，她向我要手机号码。我窘迫地表示自己还没有手机，只能给她留了张泉的号码。

小圆说：“你应该买一个。”

“嗯，下个月放假我就去买。”

“为什么非要等到下个月？”

“只能等到下个月。”我说。

坐在哑巴讲好六块钱把我们拉回去的三轮车上，我向暮色中的城镇告别。在我身边，坐着两个扎马尾的姑娘，她们正在计算今天一共花了多少钱。天色越来越暗，离我们赖以生存的车间也越来越近，此刻我突然好想从车上跳下去，再也不回那里去。可我也知道，除了那儿，我还能去哪儿呢？

钱超坐在车间的桌案上和大家开会，他是我们的老板，我和张泉就是被他带到这里来的。那是我第一次坐火车，在车上这个人的言谈让我对即将到达的地方充满向往。他问我为什么不上学了，我没法跟他解释那么多，只能效仿大家潇洒地说，上学没用，什么也学不到。他看了我一会儿说，好，好见识。现在，他坐在我们面前，晃着他的大长腿，对我们开着不知所谓的会。这是他第六次开这样的会了，在以往的五次会议里，其中有三次是为了加班，一次要取消假期，还有一次是让我们为他即将出世的女儿起名字。我们聚集在一起想了好久，最后他采纳了我想的名字——当然，也没有完全采纳，他只是保留了前两个字，而我的意思是，那个还在娘胎里的小妞可以叫钱塘江。

为此，钱超额外给我放了一天假。那是我第一次一个人上街，就在那一天，我在小圆那里唱了三遍《精忠报国》，她乐得不行，最后没有收我的钱。

这次没那么幸运，钱超的女儿已经出生了，不会再有起名字那么好的差事。这次他要说的是加班。这意味着在一段时间内我们每天晚上十一点半的下班时间将不复存在。钱超拿着一个样板稍显激动地说："这个活很重要，你们都知道，白水那么多做包的，人比活儿多，我接的这个单子很大，就是急了一点，一个星期交货，我们只有十个人，不加班完不成任务。大家都辛苦一点，熬过这个星期，我请大家到北京旅游。"

"大家有意见吗？"钱超补充道。

没有人说话。我们从来不知道该怎么拒绝，尽管私下里已经拒绝过无数次。

"好，那就开工吧。"

电动缝纫机的声音一如既往地响起来，在每个晚饭过后的夜里。隔壁车间里，张泉和踩缝纫机的姑娘们大声说笑，钱超走进去，他的声音戛然而止。钱超走出来，车间变得一潭死水一样寂静，只剩下缝纫机的声音，时长时短，像荒野里的风声。

我独自坐在质检室里，我的工作就是检查做好的箱包是否合格。在我工作的台子上放着我的收音机，为了让它出现在这里，我和钱超费了不少口舌。钱超觉得听收音机影响工作效率，我表示没有收音机我就没法工作。在工作的时候，我就听着它，否则我无法安静下来——我的意思是，没有收音机，我就会不由自主地唱歌。我的歌声已经不止一次吵醒钱超的女儿钱棠了，这个不识好歹的小家伙竟然不知道她的名字是我给起的。

"关于这一点，"张泉说，"她也许永远不会知道。"

晚上八点，我调了下收音机的频率，单田芳开始讲张作霖当土匪时的故事了。

张泉在隔壁喊道：“把声音调大点。”

单田芳的声音越来越大，最终透过缝纫机的声音传到大家耳中。当然，哑巴是听不见的，他心无旁骛，一心工作。他脚下的缝纫机从不停歇，论做包，他是高手中的高手。在哑巴的带动下，缝纫机的声音此起彼伏，大家都知道，想要少加点班，就得拼命地干。

我们的夜晚开始了。

哑巴是这里资历最老的工人，他已经干了五年。从十七岁开始他就在这里，只有每年春节他才会回家几天。他的父母把他托付给钱超，希望钱超能给哑巴找一个媳妇。钱超为此做了不少努力，我们这儿每来一个残疾的姑娘他就游说人家嫁给哑巴，但都没能如愿。哑巴的人缘太差了，或者说，哑巴的自尊心太强了。人们大声说笑的时候，哑巴总以为在取笑他，为此他还和我打过一架。姑娘们都觉得他脾气很差，谁愿意和这么一个不好相处的人结婚呢？现在我只对他微笑，这样他就会认为你很尊重他，哪怕你骂他，也要微笑地看着他，他会对你报以同样的笑容。

这里每年都会有人走，有人来。在我们这批新人里，张泉最大，十八岁；杨歌最小，只有十四岁，个头一米四出点头。每次来了检查人员钱超都谎称杨歌是自己儿子，杨歌这时候总是一脸惬意地坐在那里看着我们干活。他多想把自己当作钱超的儿子啊，而事实是，他爸爸在他刚出世时就死了，他妈妈因为太爱他一直没有再嫁。他因此没有机会叫任何人一声爸爸。说到这儿，我真有点羡慕他。

介绍完这些人之后，我想用一句总结性的话来做个结束：在钱超租来的大院子里，有六个房间，三间被用来做车间；在车间里工作的一共有十个人，四个男人、六个女人、三个残疾人、六个未成年人、一个堪称完美的女人（至少从外表上看是这样）、两个单亲家庭的人、一个没有双亲的人——如果你觉得多出了许多人，恕我不再多做解释。

在白水，钱超所开的这种小作坊多如牛毛，作坊里的人员组成，可以根据上述条件展开联想。钱超还有一个表弟，也在这个村子里开一个相同的作坊。他的生意总不如钱超，原因是他从不让自己的工人做工到夜里一点，也很少让他们加班，还时常给工人们包包饺子什么的。在我们日夜赶工做钱超接下的那批货时，他曾带着他的工人来帮过我们。他家清一色都是女孩，并且个个身材高挑，虽然其中也有一两个像冬梅那样的瘸子，但并不妨碍她们整体的美。有一个叫燕子的女孩因为太笨所以被分到我这边做质检，看到她的时候，我终于确定了传说中所谓“胸大无脑”的说法。那些天，我熬得通红的眼睛一看到她就精神焕发，于是，我的性幻想对象就又多了一个。

在每天两个小时的休息时间里，我和张泉热切地谈论燕子。某天晚上，杨歌听到后一脸鄙夷地说：“就那个燕子呀，浑身疙疙瘩瘩的，有什么好看的？”

我和张泉大笑不止，张泉摸着他的头说：“想当年，哥也和你一样清纯。”

哈哈哈哈。想不到我们还能笑出来。而雨花——钱超的妹妹，在第五个加班的夜里，忍不住大声哭泣。钱超走到车间，允许她去休息一会儿。她一走，我们就再也坚持不住了。当我拿着一只包睡意蒙眬的时候，钱超叫醒了我。我真想把那只包摔在他脸上，吼一声“老子不干了”，但我没有动，我只是用力地眨了眨睁不开的眼睛，带着哭腔说“我想回家”。那一刻我一定是忘了我的混蛋老爹。钱超笑着说：“再坚持坚持，还有两天就完事了，要不你们先休息一会儿？”

我没有说话。

他走到大车间说：“大家休息一个小时。”

一个小时，仅此而已。

这就是我们争取到的。

张泉已经没有时间给萌萌发信息了，他只有在上厕所的时候才能干这件事。

我从来没有见过一个人那么渴望上厕所，车间的那张白纸上其中有一句是这么写的：禁止长时间逗留在厕所里。那段时间，张泉如愿以偿地患上了便秘。我由衷地祝福他。

有一天张泉对我说，他收到了一条署名小圆的短信。我急切地想要看看，他告诉我，他以为是人发错了，就删掉了。

“那信息里说些什么？”我问。

“问我最近在干什么。”

“你怎么回的？”

“我怎么回？我都不知道我该说什么，我怎么回？”

我们终于熬过那七天，睡了一个五小时的整觉。把我们的战斗成果一包一包抬上货车的时候，我突然觉得我存在的意义与我没有什么关系。在给那些包挂上合格证的时候，我常常做一件蠢事，把一些事先写好的纸条塞进包里。如果是学生包，纸条上通常会这样写：小家伙们，你们一定要好好学习天天向上，不能像我一样；如果是皮包或者旅行包，我一般会这么写：如果你是记者，请你来白水看看。我不厌其烦地干着这些蠢事，从来没有得到过回音。后来我才知道，这些包都是出口的，卖到尼泊尔或者印度。张泉说：“那里的孩子很多都不上学。”我不服气：“那他们要学生包干什么？”

钱超履行了他的承诺，决定带我们到北京看看。出发前一天，他给了我们一天假期，让我们到镇上买一身好点的衣服。

“给首都人民一个好印象。”他说。

我向他支取了一千块钱工资，我决定买一部手机。把一千块钱揣进口袋，我的心狂跳不止，好像这钱是偷来的一样。第一次拥有处置这么多钱的权利，这真让人害怕。

买一部手机，对我们来说绝对是一件大事，所以大家都跟着我，想要看看我会买一部怎样的手机。我们一行人浩浩荡荡走进镇上的一家手机专卖店，机灵的店员显然看多了这样的大部队，她问道：“请问你们哪位要买手机？”

我笨拙地走上前，说：“我。”

她又问：“你想买一个什么价位的呢？”

我说：“买个一千块钱的。”

她继续问道：“你是想要滑盖的还是平板的？”

“能玩游戏能拍照能下载歌曲的。”

我一口气说出自己的要求，她拿出来一款，开始向我介绍。跟我同来的姑娘们四散开来，对着玻璃柜里的东西指指点点。售货员详细介绍完之后，问我可不可以，我问她：“这个手机都有什么游戏？有没有赛车的？”她帮我调到游戏频道，说：“没有赛车的，只有连连看和连连变。”

“什么是连连变？”我从来没有听说过这个游戏。

“你看。”她有点神秘地把我拉到跟前，调出那个游戏说，“你摇一摇，它就变一变。”她轻轻摇了一下手机，屏幕上的美女少了一件衣服。我备感新奇，拿过手机说：“我看看。”我连摇了几下，屏幕上的女人只剩下一件内裤了。我准备再摇一下的时候售货员抓住我的手不好意思地说：“这个游戏你回家再慢慢研究吧。”

“哦，那就要这个了吧。”我想我绝对是冲着这款游戏买下的手机。

阿玲说：“这么快就买了，一千块钱怎么花得这么快，不说多看几家。”她今天认真修饰过，额前的长发正好遮住她那只瞎了的眼睛。

我懒得跟她解释，我的钱我做主。我最烦她们那种左挑右拣犹豫不决的样子，花个钱还让人看不起。

“好了，买完手机了，你去找老张下载歌曲吧。”张泉说。

“又去找萌萌呀你？”

“知道了还问。”

张泉迫不及待地与我们分道扬镳。我和哑巴还有小杨歌去公园附近的小巷子找老张。老张在那里有一间小门脸，卖一些手机的相关用品，另外给不会玩电脑的人下载东西。张泉每次放假都会来这里更新手机里的音乐。老张看见我，竟然认得出来，他热情地打招呼：“怎么样，张老板没来？”

“他有事。”

“下歌曲？”

“嗯。”

“哟，新买的呀？”

“是啊。”

“下什么歌？”

“什么价钱呀？”

“老价钱，下满五块，自己挑歌十块。”

我说：“我不挑歌，我就挑歌手行吗？”

他犹豫了一下，说：“这个呀，没人这么干过呀，不过你是熟人，你挑吧。”

“我想下屠洪刚的全部歌曲，还有刘欢、刀郎的歌。”

他抬起头，说：“品位很独特啊，现在很少有年轻人听刘欢了，多么凛然正气的一个艺术家，没人欣赏得来。”接下来的时间他一直呈亢奋状态，喋喋不休地说着如何如何喜欢刘欢这个好汉。

我不耐烦地问他：“内存卡满了吗？”

他说：“还没有，再下点吧，凤凰传奇的要吗？《香水有毒》你有了吗？”

“不要。”

“庞龙的呢？”

“不要。”

我突然想起什么，“列侬的，你给我下列侬。”

“列侬是什么？”

“是个人，外国人，唱歌的。”

“哦，那我得搜搜。”老张在网上把列侬的名字转换成英文，在播放器里一搜，出来一大溜歌曲。

“这个外国人太能唱了，你内存恐怕不够。”老张说。

“那你随便挑点下吧。”

“我也看不懂啊，都是外国字。”老张说，“这样吧，我给你下前面的十首歌，前面的都是热门歌，好听的。”

“下十五首吧。”我说。

歌曲下完之后，他说：“还有一点空间，你还想下点什么？”

我想了想，“没什么要下的了。”

他说：“电影呢，要下几部好看的吗？”

“有什么特别好看的吗？”在电脑屏幕的反射中，我看见我的脸红了。

“有呀，给你下点吧，动画版的，很好看。”

“有不是动画的吗？”

“动画的很好看呀，你看看——”他打开一个视频，狭小的屋子里立刻充满了莺声燕语。小杨歌不好意思地走出门去，哑巴仍在欣赏墙上的半裸挂历，不为所动。

“还是下真人电影吧，动画片没意思。”

他好像有些失望，若有所失地“哦”了一声。

来到公园时小圆依旧在忙，看到我她有一点惊愕。“好像还没过一个月吧？”她说。

“是呀，出了一点意外。”

“什么意外，你们老板破产了？”

“恰恰相反，他大赚了一笔。”

“哦，那他还算仁慈。”

“仁慈什么，他的钱还不都是我们帮他赚。”

“别这么说。”小圆打断我，“属于谁就是谁的钱。”

“是呀。”我努力让自己笑起来，“你说得对。我买手机了。”

“那你就可以给我打电话了，看到我给你发的信息了吗？”

“没有，被我朋友不小心删掉了。”

“哦，你上次要唱的《从头再来》我找到了，现在要唱吗？”

“好哇。”

我坐在小圆身旁，看着漆黑的屏幕（这首歌没有 MV），拿起麦克风。

唱到一半时，小圆伸出手和着我的歌声打起了拍子。哑巴看着我们突然邪恶地笑了起来，我不知道他看见了什么，在我们四周只有声音而已。

我告诉小圆明天要去北京，她没有我想象中的惊讶，只是让我从香山给她带一片枫叶回来。

“要一片枫叶干什么？”我问她。

“我想看看它有没有变红。”她说。

“好吧，我会给你带回来的。”说出口之后我才发现我的回答有点郑重其事。

“你再唱一首歌吧，现在没有人。”小圆提议道。

唱什么呢，我想了很久也没想出来，我对小圆说：“这样吧，你把我当作你的点唱机，随便点一首歌，看我脑海里有没有储存。”

小圆说：“我要听的估计你没有。”

我说：“你说说看，万一我有呢。”

小圆说：“梁静茹的《燕尾蝶》你有吗？”

我说：“没有，听都没听过。”

她笑了，说：“那我唱给你听吧。”

小圆开始唱了，这歌听起来很时髦，很跳跃，歌词就像她含在嘴里的跳跳糖，一个一个俏皮地往外蹦。副歌的高潮来得毫无预兆，一个突然的休止停顿，小圆潇洒地拉远了麦克，接着气势如虹的伴奏再度响起，小圆的歌声仿佛具有了灭世的力量。“你是火，你是风，你是织网的恶魔。”我不太懂歌词，一会儿是火，一会儿是风，一会儿是织网的恶魔，难道说的是毒蜘蛛？后面一句马上打破了我的疑问，“破碎的燕尾蝶”，原来讲的是一种我没见过的蝴蝶，它破碎了，“还做最后的美梦”。我突然感到一股巨大的悲怆，小圆唱得那么投入，忽而平静如春水，忽而悲鸣如秋虫，大概她把自己当作那种她正在歌唱的蝴蝶了吧。她想自己是风，是火，无拘无束。她愿自己是恶魔——为了不被伤害先伤害自己。她不知为何破碎了，不能再飞了，还要把最后一个美梦做完。我没有想过，看起来那么完美的小圆似乎也有伤心事。我的伤心事更多了，数都数不完。此时此刻，听她唱歌，我为自己的无知而伤心，我都不知道燕尾蝶是什么。她已经在唱了，我不懂她口中玄妙的歌词，也唱不出那么时髦的旋律。我能感到她的伤心，却无能为力，甚至都不知道她的伤心来自何处。我看着她，感觉自己越来越渺小，她最终变成云彩里的神仙，我唯有仰视——云彩稀薄时——才能隐约见她。

“你怎么了？”小圆柔声问我。

“没有，没什么。”

“你怎么流泪了？”

“风，风太大了吧。”

钱超包了一辆旅游车，我们在天亮之前到达北京。

雾气浓重的天安门广场聚集了一群看升旗的人。多年以前，我在小学课堂上朗诵“我爱北京天安门”，心里充满向往。这是个多么神奇的地方啊，即使从未见过也都在口口声声说爱它。

我们进了端门，走过午门。我第一次看到外国人，普遍身材高大，脖子上挂着相机。一个外国老太太体态臃肿，脚脖子却很细，看着她稳稳当当站在地上，我暗自惊叹于他们神奇的身体构造。外国人，外省人，老人，小孩汇聚成新的人流，走在这皇帝曾经的居所。皇帝都是坏人，他们曾剥削劳动人民，可是走在这里，我仍不敢随地吐痰。我只是一个小人物，走在这样的大地方，不免有些害怕。姑娘们倒是很活泼，她们全无敬畏之心，到处拍照，这就是女人比男人勇敢的地方吧，心安理得地接受各种变化。我们走走停停，在需要门票的故宫前停下脚步，钱超去前面问了问，回来后说："走，我带你们去别处逛逛。"我们来到曲池子大街，在那里看到了许多好车，钱超双眼发亮，啧啧称赞。后来我们干脆坐在路边，对过往的车辆指指点点，互相显摆谁认识的车多。

在这过程中我也变成了哑巴，对于车，我只认识东风拖拉机。整个上午，我没有看见一辆。

下午我们去了动物园，我对动物没有什么兴趣，只是觉得气味难闻，他们还在逛，我先出来了。我宁愿在大门口等着。在路边卖麻辣烫的小店，我看见了一个吃麻辣烫的女孩，她穿一条杏黄色的热裤，长发披肩，交叉着双腿坐在热气升腾的柜台前。吃一串拿一串，她辣得直吸气，用纸巾擦掉嘴唇上层层的红油，又拿起一串。她悠然自得地吃着，好像这条街就是她的家，好像整个北京都属于她。作为一个外来客，我偷偷看着她，起先只是流连她曼妙的身材和裸露的腿，看着看着，我有些心虚，她的样子让我想起小圆，同时，也想起小圆的嘱托。

我问钱超："我们什么时候去香山呀？"

钱超趴在狮虎山的水泥围栏上，看着下面那只体态臃肿的大熊，说："下一次再来北京的时候，今天不行了。"

我说："那怎么行呢，我还想看看枫叶呢。"

钱超说："看枫叶干什么？"

我说："我想看看它是不是红的。"

钱超指着远处墙上的爬山虎说："那不就是红的吗，就是那样的。"

爬山虎的叶子被小圆认出来了，在她家里，她让我看了她收藏的枫叶，那是她从香山带回来的。

"你有了为什么还要我给你带？"我说。

"是啊，"她说，"所以你给我的爬山虎，才成了意外的惊喜。"

"Surprise。"她说。

从北京回来，张泉终于说话了。他说得咬牙切齿，仿佛还没说出口，他已经把那个女人咬碎了。

“不会吧？”我难以置信，“不谈恋爱还能偷偷摸摸在一起？”

“是真的。”张泉痛哭流涕。

我没有见过他这么难过的样子。我试图安慰他，“你没有认识萌萌之前不是一直想找个女人体验一下吗？现在找到了，还不要钱，多好。”

“滚。”张泉大声骂我，“你什么都不懂。”

我问：“那你想怎么样呢？”

张泉抹干眼泪，半晌，说：“我要和萌萌分手。”

我和张泉请了一天假，张泉去花街对萌萌说分手，我到小圆那里等他回来。小圆对我说：“你终于敢请假了。”

我说：“因为我的伙伴，他要和他的女朋友分手。”

小圆说：“那你是来给他加油助威的了？”

我说：“我是来保证他的安全的，我怕他因为爱情寻短见。”

小圆说：“如果是这样的话他一定不会分手。”

我没有告诉小圆张泉有了新的女友，我为知道这件事而苦恼不已，这不是一件可以轻易说出口的事情，对张泉来说也是这样。

小圆让我唱一首歌，我没有兴致，但还是唱了。《一埋朕》，列侬的歌，我学了好久才会唱。我不懂英文。每天下班，等大家都睡了，我趴在床上，点一根蜡烛，戴上耳机反复听他唱出的每一个音节，在本子上用汉语写下来。我对照着汉语跟着手机一句一句地学，这让我觉得自己很笨，却很有成就感。等到能完整唱下来，我搜索了这首歌的介绍，大概是讲这个歌手的想象，他想象出一个世界，没有天堂也没有地狱，每个人都一样简单，每个人都快乐地生活着。“一埋朕”的英文就是想象的意思，这确实符合想象，埋了皇帝，人人平等。刚开始，我不太同意，甚至可以说是愤怒，如果不为做英雄而活，活着还有什么劲头，快乐又有什么用。后来我想到小圆，她衣服上印着这位歌手的头像，想必她是同意的。我从各个角度去想，想让自己同意，可越想越不同意，越想越痛苦，感觉只有和小圆绝交才能免除这种痛苦。但是，不做英雄，和小圆快乐地生活在一起我会不愿意吗？况且，我只是想做英雄，也许永远都做不了。这么一想，我豁然开朗，马上同意了列侬的想象，我愿意和小圆在这样的想象中快乐生活，可想象是止不住的，紧接着我又想到小圆愿意和我快乐生活吗？如果她不愿意，我在这想象中还会快乐吗？

忍不住的胡思乱想让我心乱如麻，奇怪的是，一唱起这歌，我又平静下来，原来只是想象就已经如此迷人。

一埋朕贼儿思挠海蚊

一忒思一贼义父由踹

见我真的能唱出来，小圆惊奇又欣喜，她拿起另一支话筒和我一起唱。和她唱着这首陌生的歌，好像在新奇的风景中探险。在我们那儿，管南方人都叫蛮子，更别说外国人了，我只知道他们组成的八国联军，是野蛮的强盗。和小圆的目光无意中交会，我们互相不好意思地一笑，我心都要化了，一种无以言表的幸福感笼罩下来。曲终，如梦醒，我想要抓住还未消散殆尽的碎梦，请求她再唱一曲。她问我唱什么，我不知道，“你想唱什么就唱什么。”她被我愚钝的急切逗笑了。“好，以前都是别人点什么我唱什么，现在我想唱什么就唱什么。”

一整个下午，我都在听小圆唱歌。她做回点歌台的主人，不做一单生意，只为我唱歌，只为自己唱歌。大多是我没听过的歌。她像一个法力无边的女巫，把一个一个新奇的世界捧到我面前。我听傻了，入神到听不清她在唱什么，脑中似乎只剩下一段隽永的旋律在循环播放。我静静看着她，由衷地希望这旋律永远不要停下。

直到天黑，张泉也没有回来。我开始担心他是不是被萌萌杀人灭口了，或者他杀了萌萌然后自杀，或者他们两个相约一起自杀……我突然意识到爱情的严重性。靠着不是很好的记性，我在花街找到了他们。他们面对面坐在床上，眼睛通红，看得出来两个人哭了很长时间。张泉对我说："你先回去吧，告诉钱超我明天再回去。"

我点头，转身走出去又走回来，已经抱在一起的两人又赶紧分开。我说："你们有事好好商量，可不要想不开。"

"什么想不开，你说的什么鬼话，"张泉骂道，"你赶紧滚。"

从花街走出来，我满心欢喜。我不知道在为谁而高兴，我从没有为别人高兴过，相反，别人高兴的时候我总是充满嫉恨。这一次，我是真的高兴。

我找到小圆，告诉她："如你所说，他们没有分手。"

我跟随小圆来到她家。她住在镇上一个居民小区里。在我浅薄的认识里，住楼上的都是有钱人，天生和我是两类人，就像是两组平行线，没有交叉的可能。我上了楼，感觉自己那条线被硬生生扯断。我进了门，生平第一次换上拖鞋。那条线已经断成无数截，恐怕再也连不上了。

小圆住的是一个九十多平方米的两居室，家具齐全。她告诉我这是她租的，我并不关心，我只是好奇，露天 KTV 真的能挣那么多钱吗？

屋子有些乱，客厅有舒服的沙发，沙发上有两把吉他，地上电线杂乱，桌子上的烟灰缸里塞满了烟头。"你抽烟？"小圆把烟灰倒进垃圾桶，没有说话。她带我参观了她的卧室和阳台，卧室的墙上挂满了她的照片，各种各样的表情和风景。除此之外，我还发现了一台电脑，不是她用来连接点歌机的那台，是一台崭新的台式机。

"你真有钱。"我冒昧地说。

"这不是我想要的。"小圆说。

"那你为什么在白水公园摆摊？那么辛苦。"

"为了赚钱呗，"她说，"也为了收集声音。"

“收集声音？什么意思？声音能卖钱吗？”

小圆说：“你的关注点能不能不要一直放在钱上？”

她点击鼠标，打开一个声音文件说：“你听听。”

激昂的歌声四散开来，一个男声在唱：“马蹄南去人北望……”

“听出来是谁在唱吗？”小圆问道。

“不会是我吧？”

“就是你。”小圆说，“那天你把这首歌连唱三遍，我就知道值得收藏。这是我在白水收集的第一组声音。你再听听这两个，看看有什么不同。”

她播放了两段声音，第一段是一个妇人在唱《九九艳阳天》，第二段是一个老头在唱同一首歌曲。

“听出来有什么不同吗？”

“没什么不同呀，都是同一首歌，都没有跑调。”

小圆说：“怎么会没有不同呢？一段是男的唱的一段是女人唱的，这是最大的不同。”

原来如此。我有一种被戏弄的感觉。

小圆说：“这两段一个是在北京录的，一个是在太原录的。北京只有老太太才唱这首歌，在太原，男的更喜欢唱。”

“哦，这样呀。”我说，“你怎么去过那么多地方？”

小圆没有说话，被另一段响起的歌声吸引了，一个青年声嘶力竭地唱《一无所有》。小圆的表情黯淡下来，我有些慌张，感觉她要哭出来，我不知道她为何伤心，这让我更慌张。

“你怎么了？”

“没什么。”她回过神来，迅速关掉了声音文件。

“是这个歌声让你难过了吗？”我说，“你收集这些声音干什么呢，恐怕不好的回忆也收进来了。”

“小时候，我就喜欢听人唱歌。”小圆说，“再普通的人，唱歌也有动听的时候。我妈妈唱歌很难听，她只有在厨房做饭的时候才唱，有时候我偷偷听，她能把一两句歌词唱得很有味道，和别人都不一样。就像做饭，每个人都有独特的味道，我想搜集到不同的声音，留下每个人闪光的时候。”

“你想做歌手吗？”我问她。这心情就像问一个人，你想做皇帝吗？如果是肯定的回答，我就要跪下来，从此只能仰望她。

“这是我的梦想，”小圆说，“我在攒钱。”

“干什么？”

“去留学。”小圆说。

我不光跪下，还磕了个头。

“你呢，你想干什么？”小圆说。

我不知如何回答，我没想过这个问题，如果这个问题是指小学时候写的作文，那我倒是想过，我想干的很多，科学家——因为这个词听起来比较悦耳，感觉上能耐也大；作家——感觉也很厉害，具体是干什么的也没想过……当然在这样的谈话中这些全做不得数，小圆说的梦想是具体的可实现的，我的只是一些空想，甚至是乱想。

“我也不知道，”我说，“我不知道自己能干什么。”

“你总得有些爱好吧，”小圆说，“特长，生活中你有什么比较拿手的事情，你为之骄傲的。”

我更努力地想，生活中我没什么出挑的地方，大家干活我也干活，大家听收音机我也听收音机，大家看武侠小说我也看武侠小说，因为一个月只出来一次，大家的武侠小说很快就会看完，我自告奋勇写了一个叫《龙门剑客》的小说给大家看，现在还在连载阶段。似乎写小说算是我的一个特长。我还会写顺口溜送给大家，把每个人的特点编成顺口溜，像童谣一样唱出来。我的套路一般是这样，前半部分调侃，后半部分抒情，调侃让人不高兴，抒情可以转而将之感动。

“我写武侠小说，算吗？”

“算呀，那你想不想当作家？”小圆突然眼睛发亮地看着我。

“我小时候就想，但是不知道怎么才能当。”

“你写作，就是作家啊。”小圆说，“你写的好不好看？手机里有没有？给我看看。”

手机里还真的有，每写完一回，我就拍照分享给大家。我把手机给小圆，小圆从厨房里端出一杯咖啡给我喝，她坐在对面看我写的武侠小说。我喝了一口咖啡，又香又浓，略带苦涩，我知道，这是外国人喝的东西。他们不喝中药喝这个，可见人们的生活多多少少需要一点苦涩。小圆捧着手机很认真地看，时不时咯咯地笑。

“你笑什么？是不是写得很烂？”我忍不住问她。

“不烂，很幽默。”小圆说，“你的武侠小说很现代。怪不得你老去买书，你对文字很敏感，你就这样多看书，写下去，一定是个受欢迎的大作家。”

“真的吗？”

“真的！作家都是对人类有益的，比歌手还厉害，人们会研究你的思想，学习你的著作，到那时候，你可就是大明星了。”小圆愉快地畅想下去，说得眉飞色舞，我们一起笑个不停，好像她说的不是胡话，而是现实。笑着笑着，我们停下来，然后是突如其来的沉默。我们对视，彼此都有些尴尬。她拿着我的手机，也没有要还我的意思。我让自己不去看她，东张西望想找些话说，我看到沙发上的两把吉他。

我问她：“你会弹这个吗？”

小圆说：“当然了，想要我给你弹一段？”她把琴抱在怀中，说：“《阿尔罕布拉宫的回忆》。”

流水般的旋律缓缓响起，她纤细的手指快速地撩拨琴弦，圆润的三连音绵绵不绝地流淌出来。我想起一句诗中说，嘈嘈切切错杂弹，大珠小珠落玉盘。

我问她：“这把琴能边弹边唱吗？”

小圆说：“这是一把古典吉他，不过也可以弹唱。”她拨动琴弦，唱起一首陌生的歌："应该去想一想/一只鸟的走向/应该去想一想/一群狗的彷徨/应该去想一想/妈妈的厨房/应该去想一想/未来的模样……"

我问她："这首歌叫什么名字？"

小圆说："没有名字，我瞎唱的。"

沉默再度降临，我放弃了找点话说的努力。我坐在沙发上，浑身僵硬，像木头一样盯着墙上的钟表，九点了。

良久，小圆放下吉他，站起来伸伸懒腰，她露出的肚脐吓得我赶紧低下头。她收掉空了的咖啡杯，走进厨房。我抬起头去偷偷看她的背影，她突然从厨房探出头来，说："对了，你喜欢看电影吗？我电脑里有很多电影，可以拷到你手机里。"

我吓了一跳，说："好呀，我可以下班之后看。"

我取出手机的内存卡，小圆把它插在电脑上，说："清理清理还可以下两部电影，你有什么不要的东西吗？这个是什么电影，还要吗？还有这个，你不要的话就删掉。"

她边说边打开那个视频，我来不及去阻止她。那个黑人女郎狂野的叫声响彻房间，我的脸跟烙铁一样又红又烫。我努力做出解释，想和屏幕里的男女撇清关系，我对她说："我从没有见过他们，一定是我的伙伴张泉弄的这些。"

小圆淡然地关掉窗口，又打开一个视频说："别紧张，你看，我也有。"

看着屏幕里蠕动的同类，我无话可说。

小圆继续问道："你还要吗？我也可以拷点这个给你。"

我连忙说："不，不要了。"

就在这时，外面传来开门声，一个高大的青年背着吉他走进来，我认出了他，就是那天在公园找小圆要钱的那个。我们看到对方都有些错愕，尤其是电脑里还播放着小圆收藏的视频，让场面更加尴尬。

小圆倒是很淡定，或者说是冷淡，她没有看他，说："不是说走了就不回来了吗？"

“他是谁？”青年倒是没发火，声音也不大，但话说得很阴沉。

“把钥匙留下，你可以走了。”小圆依旧淡淡地说。

“他是谁？”青年把目光投向我。我不敢和他对视，去看别处，电脑里视频还在放着，在两个剑拔弩张的人面前看这个视频似乎不太合适，看小圆感觉也不对，低着头就更不对了，好像我怕了他。转了一圈，我决定和他对视，最起码这样像个男人。

“你是谁？”青年紧走两步到我面前，我只得站起来，个头差了不少，气场也是。但我知道，气势绝对不能输，我不能乖乖回答他的问题，最好的反击就是问回去。“我是她男朋友，你是谁？”没想到他这么干脆就回答了，又迅速把问题抛回来，我慌了神，“我，我是唱歌的。”说出来之后我也觉得可笑。青年先是一愣，继而大笑起来，他弯下腰对小圆说：“这是什么玩意儿，你们是来搞笑的吗？就算是我们吵了架你寂寞空虚，也不用找个傻子来侮辱我吧。”

“你管不着。”小圆说，“这是我朋友，你放尊重点。”

“我管不着？你朋友？你就和朋友看这个？”青年突然大怒，抓起一只杯子砸向电脑屏幕。

杯子碎了，屏幕暗了，我和小圆都吓了一跳。我冲上前护在小圆面前，大声质问他：“你想干什么？”

“没你的事。”青年只是轻轻一拨，我也没看出他用了多大劲儿，我就摔倒在一边了。小圆去扶我，为了表现男子气概我赶紧爬起来，作势要去打他。小圆连忙拉住我，我让她拉住，站在原地。

青年在屋子里来回走动，怒气未消，“我是你男朋友我管不着，你带陌生人来家里看这个我管不着是吗？这还是我下载的呢，你要脸吗？”

“从今天起你不是了。”小圆说，“我要和你分手。”

“分手？”青年笑了，“你说过多少次了，哪次不是你求着我回来？”

“这次不会了，你走吧，我再也不想见到你。”

“好好好好好”，青年点着头，困兽般来回走动，嘴里一直嘟囔着“好”这个字，后来干脆不说话了，只是走动。半晌，他站住，冷静地说："你把钱给我，我走。"

"我不欠你的。"小圆说。

"你讲讲道理好不好，"青年说，"设备是我买的，生意是我教你做的，你所有的钱都有我的一半。"

"你的钱早被你花完了。"小圆说，"我不想和你算这种账，除了要钱，你去过一次吗？"

"不是你跟我说不让我去那种地方吗？"青年说，"我怎么能忍受一帮白痴在我面前唱垃圾歌曲，不是你口口声声说要支持我的梦想？"

"你的梦想就是去网吧打游戏吧？"小圆打断他，"算了，不说了，你走吧。"

"你说了不算。"青年说，"拿不到我的钱我哪儿都不去。"

青年在门口坐下来，点了根烟。

三个人之间的沉默比两个人要来得可怕，青年抽着烟，显得更笃定一些，我和小圆木然站着，像两个犯错的孩子。最终还是小圆打破了僵局，她从墙角的包里拿出钱包，扔给他。"钱是吧，"小圆说，"都给你，希望你能走得远一点。"

"不能给！"我不知道自己什么时候变得如此迅捷，突然蹿出来从空中接住钱包。我紧紧握住钱包，对小圆说："不能给他，这都是你的辛苦钱。"

"小子，没你的事，滚远点。"男青年站起来，不知道是要来打我还是抢我手里的钱包。

"要想拿到钱，先弄死我再说。"我不由得后退，我自知打不过他，一边后退一边寻找武器，我捡起水杯的玻璃碎片，冲着他才发现这碎片太小，似乎对他构不成威胁。我把碎片比在自己脖子上，一手举着钱包。

"你知道小圆挣这些钱多不容易吗？不管刮风下雨她都守在公园，笑脸相迎每个人，别人点什么她就唱什么，她唱歌也很好听啊。你知道她要拿这钱干什么吗？她想攒钱去留学，去学音乐，那样她就可以唱自己的歌了。你说，你凭什么要她的钱？”

我一口气说完这些，因为紧张，我说得不太顺，大致是这个意思。小圆打断了我，让我不要再说了。我看到她流泪了，但看起来依然坚决，她说：“给他吧，用钱看清一个人太值了。”

青年呆立在原地，良久没有说话。我倒是希望他快点拿个主意，一手举着钱包一手拿碎玻璃比着脖子，保持这个姿势太累了，可是他不动，我也不敢轻举妄动。最终，青年转过了身，重新背起他的吉他。他柔声对小圆说：“希望这次你不要再后悔了，本来我回来就是告别的，我也觉得我们应该分开，每次我要走，想到你哭的样子我都不忍心。我很失败，不能给你幸福，还把自己过得像鬼一样，也许分开对我们都好。钱我不要了，我可不是被这个傻子吓倒的，本来我也没想要你的钱。相反，是我欠你的。欠你的，我以后会还。我走了，保重。”

青年抱了抱小圆，转身离开。听到外面响起关门声，我才放松下来。小圆坐在地上，脸埋进双膝，肩膀抖动着。我当然懂，谁分手都会伤心，我无从安慰，终于理解了奶奶常说的那句话，哭出来就好了。我怕地上的碎玻璃伤着她，一片一片捡干净，擦干净桌上的水渍，电脑是没法拾掇了，看起来已经报废，我忍不住一阵心疼。

“好饿啊。”小圆不知何时站在了身后，她抓起我拿着抹布的手，“别收拾了，走，我们吃饭去。”

半夜里，小圆带我来到一家灯火辉煌的餐厅。她点了一大桌菜，狼吞虎咽吃了好多。我一直担心她是不是还在伤心，然而她看起来一如往常，甚至比往常还要高兴些，最终我也受到她的感染敞开吃起来。买单的时候我原本想抢着付钱，幸亏服务员及时地报价避免了尴尬。我口袋里的钱根本解决不了这顿消夜，这是我第一次到这种地方吃饭，在这之前，我都是去拉面馆。

吃完饭，我们来到白水公园。相比白天，白水公园安静如谜。我和小圆并肩走在荷塘边的小路上，月光下的影子缓慢游动。走到那个茂密的小树林前，我习惯性地停下脚步。这个树林是恋人的圣地，我和张泉多次见到那些男女在这里搂搂抱抱，卿卿我我。每当这时，张泉总会说："我们冲进去，把男的打跑，女的放倒。"当然只是说说而已，我们没有进去过，这树林不属于我们。很多时候我们只是坐在树林外，看着那些男人对他们的女人上下其手，左啃右咬。有一次我们把一个男人看毛了，他丢下那个女人来打我们，我们像兔子一样跑了。这些事情发生在张泉认识萌萌之前，有了萌萌之后他就不用站在外面眼戏那些人了，他也变成了其中的一员。在这之前，我们对男女之事充满好奇，我甚至扒在墙头偷看钱超的妹妹上厕所，由于角度不对，我只看到了她的头顶。现在想来，幸亏只是看到头顶，不然这种龌龊事得让我后悔一辈子。

我站在树林外，小圆问我："你怎么不进来？"

我说："这里面都是谈恋爱的，踩到他们怎么办？"

小圆说："那你就看着点脚下。"

我们进了树林，月光顿时被切割得零零碎碎。地上满是落叶，走在上面柔软而蓬松，"咦！"我大叫一声，以为自己踩到了人，回头看时，才发现是一双鞋。我看了看四周，没有找到鞋的主人。

小圆说："看你大惊小怪的，我们坐下吧，免得你真的踩到人。"

我们在一个斜坡上坐下来，世界好像从没这么安静，四周只有昆虫的叫声。月亮悬在我们头顶，和小时候的月亮一样，洁白神圣。沉默片刻之后，我还是忍不住问起今天的事，小圆清清淡淡地告诉了我。那个青年叫李骏，他们在高中的琴房认识，两个人都喜欢音乐，都长得漂亮，互相喜欢也是很自然的事。后来他们谈恋爱被老师发现，请来了家长，李骏被家里强行转了学。小圆因为早恋总被老师拿来说事，忍不住顶撞了老师，赌气退学在家。后来有一天李骏来找她，让她陪自己去外地参加一个选秀节目。刚开始李骏成绩很好，进了前五十名，还在电视上露了脸，直到李骏被淘汰，小圆准备回家，才发现回不去了。李骏是跑出来的，他偷了家里的钱，不愿意再回去，又利用上电视骗了家里更多钱，更没脸回去了。小圆只好陪着李骏，辗转各地，为了音乐梦想拼搏。拼搏了两年，李骏越来越倦怠，每天泡在网吧打游戏，脾气也越来越差，两个人的生活也越来越难堪。

“所以有了你刚刚看到的一幕。”小圆说，“你呢，这么小，怎么也不上学了？”

我犹豫了一下，还是决定正面回答她这个问题，这意味着我要把我那个混账老爹的事情全部说出来，这让人难以启齿，但我无法拒绝她的问题。

小圆说：“你爸怎么了，他有暴力倾向吗？”

我说：“没有。”

小圆说：“他和你妈妈离婚了？”

我说：“我倒是希望这样，他只是打我妈，打死也不愿离婚。”

小圆说：“你妈就让他打吗？”

我咬了咬嘴唇，说：“我妈太软弱了，她的缺点就是太能忍了，我也没办法。我爸好吃懒做，爱赌钱，他不让我上学了，说反正也上不出个好歹，不如挣点钱等以后好盖房子娶媳妇。”

小圆说：“你知道他不对，可以找他聊聊，不能他让你干吗就干吗。”

我说：“我才不要娶媳妇，我发过誓，难道以后也要像他一样打媳妇吗？”

小圆笑了，“我不是说这个，你不能因为你爸的错惩罚自己，娶媳妇本身又没有错。”

我说：“女人太软弱了，男女就不应该在一起，一点好处都没有。”说完我才意识到小圆也是女人。

小圆说：“你觉得我软弱吗？”

我说：“不，不，我不是说你。”

小圆说：“你觉得这样不好吗？”

我说：“怎么样？”

小圆抱住了我。她细腻的双臂绕过我的脖子，柔软的胸脯贴过来，我感到血在一瞬间都涌向了头部，我甚至听见了自己的心跳。我伸出双手，将她抱紧。月亮挂在树梢，好像随时会掉下来。小圆觉察到我发抖的双手，把我抱得更紧了。“这样。”她在我耳边轻轻说。

次日的晚上，我把这事告诉了张泉。张泉真诚地向我道贺。哑巴站在旁边看着欣喜若狂的我们，也跟着一起高兴。

从镇上回来，钱超又开了一个会。会议主题不是加班也不是放假，而是我和张泉。钱超郑重其事地告诉大家，我和张泉的行为是不对的，我们不应该夜不归宿。“这次就算了，下次再出现这种情况我可就要严惩了。”

“怎么严惩呀？”张泉接过话茬问道。

钱超脸憋得通红，却说不出话来。他一定想像别的老板一样说“开除你们”这种话，但又不敢这么说。

北方的冬天总是来得很突然，没有任何过渡。我坐在清冷的车间里，把合格证挂在一个个旅行包上。电动机器的声音枯燥乏味又绵绵不绝，我的收音机就放在对面，它已经没有电了。

我看着窗外的枯树，期待着一个假期。有一个月没有见到小圆了，我急切地想要再见到她，再听她弹琴唱歌，如果可以的话，再和她去一次小树林。

不幸的是钱超又开了一个会，他要取消假期。我和张泉气愤不已。我们没有请假就擅自去了镇上。白水公园里歌声依旧，我找遍整个公园都没有看到小圆。她的摊位已经被一个卖烤串的新疆人占领。我找到她家，开门的是一对中年夫妻。他们告诉我，这是他们租的房子，至于之前的租户是谁，去了哪里，他们无可奉告。门被关上之前，我往屋里看了一眼，那里的墙上，已经没了小圆的照片。我这才意识到那天早上她为什么不给我她的电话号码，“你每次放假都能见到我，把积攒了一个月的话和新鲜事告诉我，不是很浪漫吗？”也许那时候她就拿定主意要走了，除了她收集的歌声，她没打算带走任何事。

小圆就这么消失了，只留给我一段不太真切的记忆。我突然就想不起她确切的样子。我用力挤压大脑，逼迫自己记起关于她的事情，可怕的是，越用力，往事就越模糊。

我在萌萌家找到张泉，对他说："我要走了。"

"走？到哪里去？"张泉坐在萌萌身边，像依偎在母亲怀里一样安详。

"我也不知道，"我说，"也许我会去见一见我爸爸。"

张泉说："见你爸爸！别扯了，你不是决定恨他一辈子吗？"

我说："我准备找他谈谈，再决定恨不恨他。"

走出花街，白水公园的歌声一浪浪传来，在人们跑调的歌声中，我离开了这个地方。

也许我再也不会回来了。

去过康巴诺尔吗

胡学文*

1

我们一家三口走进自助餐厅，尚未坐定，表妹打来电话，摁了二十次门铃也没开，不会搬家了吧？我说在外吃饭，责备她不早联系。她笑嘻嘻地说这也不晚，告我地点，这就过去。妻子和女儿已拿了盘子，女儿径直走向西餐区，妻子照例吃中餐，她顺便帮我拿了盘子。我说你们先吃，真真要过来。妻子“啊”一声，只剩三张票了呀。我没接她的茬儿，说去门口迎迎她。有些事是要征求妻子意见的，有些事绝不和她商量，拍了板再说，比如现在。

妻子是教师，家长送这送那的，这家餐厅的餐券也是家长送的，确实只剩三张了。正好女儿从寄宿学校回来，我们决定把最后的晚餐券消灭。我到前台买了一张，一百八十八元。妻子吃惊，并不是心疼钱，而是别的，这我清楚，但妻子的神气和语调仍令我不快。当然，不安也是有的，毕竟这不是表妹第一次造访了。她和我在同一座城市，是家里的常客。用妻子的话说，她比自己家还自己家。我其实挺怕表妹登门的，她每次来总有事情发生。但头皮长出再厚

---

* 胡学文，1967 年 9 月生，河北省作协副主席。著有长篇小说《私人档案》等四部，中篇小说集《麦子的盖头》《命案高悬》等十三部。曾获鲁迅文学奖,《小说选刊》奖,《小说月报》第十二届、十三届、十四届、十五届、十六届百花奖,《十月》文学奖,《北京文学·中篇小说月报》奖,《中篇小说选刊》奖,《中国作家》首届鄂尔多斯文学奖，青年文学创作奖，孙犁文学奖，鲁彦周文学奖,《钟山》文学奖等。

的茧子，也不能拒之门外，谁让我是她表兄呢？

约莫半小时，表妹拖着拉杆箱立在我面前，我明白她又没地儿去了。她辞了老板，或老板辞了她。每遇此，她会从租住的地方搬出来，要彻底切断和“过去”的关系。我劝过她，但没用。所以表妹的拉杆箱是特大号的，几乎和修长的她比肩。那里面装着她的全部家当，行李、衣服、鞋袜、洗漱用品和睡觉、撒气兼用的狗熊枕。

妻子在用牙签吃甜点，她的用餐已进入尾声。而女儿似乎刚刚开始，一个盘里是三文鱼，一个盘里是生牛肉片，她喜欢一切生的食物。妻子边吃边监督，想让女儿多吃，又担心女儿吃多。

表妹哇了一声，语义混杂，喜怒哀乐怎么理解都没错。换言之，这惊叫其实是空白，没有任何意义。她将高出椅背的拉杆箱竖在长桌边，便去寻盘子。我夹了些食物回来，表妹已经吃上了。打小她就比我利落，现在依然。她没我吃得那么复杂，鱼一块肉一片菜一根的，她清一色麻辣小龙虾。“我像热爱××一样热爱小龙虾。”某次在大排档，她喝痛快了，冒出这样的豪言壮语。

那一盘很快被表妹消灭干净，第二次她端了两盘回来，每一盘都像喜马拉雅山一样高耸，女儿小巫见大巫，瞪大眼睛，像表妹那样哇了一声。为什么不一盘一盘端？女儿终是不解。表妹说，傻瓜，等你吃完，可能没有了。妻子皱了皱眉，虽然表妹语气亲昵。好……吃？女儿又问，在她心目中三文鱼才是天下第一美味。表妹说，不只好吃，关键是补脑，我那个年代要是天天吃小龙虾，现在起码也是博士、海归，怎能到处受气？她剥了一只给女儿，你正用脑，多吃多补。女儿看妻子，妻子说，你吃得够多了。表妹充耳不闻，这么一点点，不占地方的。女儿接了，咬了两口，点点头。表妹道，夹一盘，慢慢吃！妻子问女儿作业多不多，表妹插话，没个做完的时候。我让妻子带女儿先回，妻子立即起身，抚抚女儿的肩，女儿揉着肚子撒娇，我都动不了了。妻子斥她，那你还吃？作别时，妻子没看表妹，像是对地板说的，你慢吃！

嫂子没生气吧？表妹压低声音，仿佛这是个很私密的问题。我说，为什么要生气？你吃小龙虾，又没吃她！表妹将小龙虾的腿拽下来，重重地丢到桌上，生气我也不怕，不跟你生气就行。随后语气一转，生气又能怎样？还敢跟你离婚啊？我沉下脸，她不是那种人，对你也不错，背后不能说她坏话！表妹瞟我，瞧你这个护短劲儿，我就随口说说。

我问她干得好好的，怎么又不干了。表妹没有马上回答，她擦擦嘴，起身拎了两瓶啤酒两个杯子回来。我摇头，表妹径直倒了：陪我！陪我喝行吗？前一句是命令式的，后一句是央求口吻。从小就这样，她软硬兼施，我虽然长她几岁，但常常被她降服。

版本不同，但辞职的缘由基本接近，受不了气。她刚刚干的这个是推销网课，学校放假前的半个月最忙碌。一切要在这个时间段搞定。连加了数日班，本来次日放假一天，深夜老板通知，明早八点准时到岗。令表妹生气的并不是老板出尔反尔或朝令夕改，而是早上，就这个早上，她们八个姐妹七点五十赶到公司，老板却没到。九点，老板仍未露面，电话又打不通，不知老板忘记了，还是出了什么状况，离去又不敢。一干人就那么傻等着，在等待的煎熬中，猜测老板晾她们的可能原因。突发心脏病，车祸，或考验她们是否服从命令。表妹说只有她敢说出来，她们都不敢。老板是中午到的，他没有丝毫歉意，没有向她们做任何解释，进屋就分派任务。表妹没憋住，问老板怎么现在才来。老板轻描淡写：昨晚喝大了，睡过了头。这分明是不把员工当人啊。表妹没有立即发作，不过声音有些冷，你该给我们道歉的。老板被她弄愣了，给你们道歉？就为这个破事？让我给你们道歉？他目光如炬，一一扫过，七张面孔都耷拉下去，突然枯萎了似的，唯有表妹没有退缩，她语气铿锵，你不尊重人，必须道歉！一个姐妹拽表妹，被表妹甩开。老板冷笑，我要不道歉呢？表妹毫不示弱，我从窗户跳下去！老板显然没想到，他咧了嘴，不是被表妹的威胁压住，而是觉得表妹夸张得可笑，然后，他用嘲讽的语气问，你认为我会吓尿？表妹操起椅子，一步步走向窗前，奋力一砸。哗啦，玻璃碎裂开。又砸了两下，表妹扔掉椅子，在她跃身之际，一个姐妹猛地抱住她，号叫着别干傻事。然后，又有员工拖拽住她。老板终于害怕了，向表妹妥协。老板当然咽不下这口气，致歉的同时把表妹辞退。而表妹本来就不打算干了。所以，这次她和老板是互相辞退。

怎么样？你妹子没给你丢人吧？表妹豪饮一杯。我说你太任性了，老板终究是老板，又不是什么深仇大恨，道什么歉呢？表妹愤愤的，我咽不下这口气。我说，人活一世，哪能不受气？表妹哼一声，活着就是为了受气，那还活个什么意思？我不敢和她讨论生死，转而道，现在找一份合适的工作太难了。表妹满不在乎，饿不死的！而后笑嘻嘻地冲着我：你也不会让我饿死对不？我制止她，少喝点儿吧。表妹说，还早着呢，急着回去干什么？我想也是，回去干什么呢？她怎么也得住个半月二十天的，除非中途找上新工作。让她少在妻子面前晃荡，或许是我唯一能做的。

我和表妹拖拽着拉杆箱回去时，妻子正在看电视。表妹径直走进我的书房，那里将是她的天下。片刻，她换了衣服出来，嫂子，我先冲一下澡哦。她和妻子商量，但更像是告知，妻子无须回应。她也不会回应，只是微皱一下眉。妻子自然是不痛快，但再怎么不痛快，她也不会说出什么难听话。她隐忍的程度和能力，有时候我真是挺服的。可我不能装哑，总得说什么，扎到沙发的瞬间，我没话找话，新一轮货币宽松开始了。

2

表妹原名吴珍珍，她嫌土气，改成吴真真。她就这样，只要不对脾不顺气，就要扳过来。顺遂自己心愿，打小就这样。

舅舅是村里的一把手，从三十三干到六十二，近三十年的土皇帝，相当了得。他原打算干到七十三，但六十二已是极限，镇里不同意他再参选。说他了得并非虚言，关于舅舅的那些故事，一抓一大把。千把口人，任你是流氓无赖还是泼妇恶夫，他都有招对付，都治得乖乖帖帖老老实实。

舅舅三个子女，两个儿子也很听话，他唯一制服不了的就是女儿吴真真。吴真真不服管，十一岁那年因为涂口红被舅舅用柳条猛抽，只要她说一句不再涂舅舅就会住手，但她就是不说。舅舅的权威哪容她如此蔑视？他发狠地说非抽死她不可。舅母拉了两次，被舅舅踢了四脚，抽了一柳条。舅母哭叫着满大街喊人，但没一个人能阻止舅舅，包括我的父母。后来不知谁报了警，舅舅终于住手了。吴真真气息奄奄，住了七天医院，依然没服软。都说舅舅和表妹是前世的仇敌，而舅舅更不止一次骂，×××，这闺女白生了。骂归骂，舅舅其实很疼表妹的。如他所言，因为疼才抽打表妹，十一岁就涂脂抹粉，长大会是什么货色？

表妹和我，比和她的两个哥哥合得来，她愿意跟着我玩，也常常从家里带吃的给我。我家条件原本就不好，在父亲砸坏腰后就更加困窘。虽有舅舅接济和照顾，但还是清贫。我能长一米七五，与表妹塞给我那些吃的大有关系。年龄渐长，表妹仍喜欢缠我，让我给她补课什么的。表妹学习挺用功的，她的目标是我曾经就读的大学。那是省内最好的大学。但没发挥好，读了三本。学费贵了点，但对舅舅，那不是什么问题。舅舅才不管什么几本，大学就是大学，能上就好。两个儿子一个初中一个技校，只有表妹给他争气。他早就忽略或默认了表妹的反叛，视她如珍宝。舅舅摆了几十桌酒宴为表妹庆贺，那天舅舅喝了三斤半白酒，说了二百遍痛快。那时，舅舅绝没料到让他痛快的宝贝女儿、步入大学殿堂的女儿最终成为他最大的伤痛和心病。

大学四年表妹还算安分，除了和宿管阿姨吵过一次，没和任何人发生过争执。距毕业还有半个月，男友提出分手，表妹割腕自杀。幸亏抢救及时捡回了命。但她目光呆滞，一言不发，如同聋哑人。舅舅急坏了，向我求救。我赶到医院已是第三天了，表妹脸色依然煞白。她是在楼顶自杀的，据说血流了满地。夸张了些，若是那样，华佗也救不了表妹。但失血已至极限，这是无疑的。舅舅的救兵还算有用，看见我，表妹的眼珠转动了，微弱地叫了声哥。三天里，她唯一吐出的音。我留下来陪她，直至出院。

性命无碍，但舅舅担心表妹被失恋击垮，和我商量，试图联系表妹的负心男，若他回心转意，舅舅同样会给他在县电力公司谋份差。在他看来，只要愿意割肉，没有办不成的事。我自然不会背着表妹游说负心男，只是委婉地问她，他有多重要。表妹说原先他就是她的一切，现在他屁都不是了。那一刀割断了表妹的过往，反让她更加开朗，不把一切放在心上，包括舅舅给她谋得的职位。

几个月后，表妹到省城投奔我。她尚在火车上，舅舅就打来电话，先是痛骂表妹，说她念坏了脑子，早知今日，当初拼死也不让她读那个破大学。表妹不知天高地厚，竟然瞧不上电力公司，他可是吃奶的本事都用上了，还花了八九万。他不可能再要回来，彻底打水漂了。我暗暗吃惊，舅舅还真下了血本，难怪气急败坏。随后他语气一转，说表妹交到我手上了，她上天入地就看我的了。她不能比你差，不然你甭回来见我！我从小听惯舅舅的命令，熟悉他的口吻和语气，硬着头皮向他保证。且不说当年他对我家的照顾，我上大学的费用有三分之一是舅舅给的，就冲我和表妹特殊的感情，我岂能不尽心尽力？

但是，有心不代表有力。我不过是个普通记者，一个苟活的码字工，既无权力又无资源，想帮表妹谈何容易。所以，表妹说不急着找工作，先转几天找找感觉时，我大大松了口气。

表妹第一份工作是我替她找的，老年协会，钱不多，但好歹有个活干，也不怎么累。与电力公司的收入当然天壤之别，就这，还拐弯抹角托了许多关系，她的面试也就走个过场。不到两个月表妹就辞了。协会要求严，一天三签到，她受不了，感觉卖身一样。最让她恶心的是，她的主管色眯眯的，下巴总是吊着一绺涎水。表妹原想主管大她许多，冷脸不理，由他臆想。但有一天她从卫生间回来，上司正舔她喝水的杯子。他那样跟狗没什么区别，就差长条尾巴了。表妹勃然大怒，将水杯狠狠砸到墙上。我没有责备她，若再干下去，主管的脑袋或许就残了。

第二份工作是她自己找的，私立学校。不用上课，在办公室，负责接待打印，零零碎碎，别的科室有杂务也喊她帮忙。她就是帮后勤干活时发现了那些她称之为天杀的“秘密”。食堂常常收一些病猪死猪，和好肉掺起来给学生吃。好肉是整扇买回来的，肉上盖着蓝戳。病猪死猪拉回来也要检验“合格”，才开膛破肚。在食堂一角有间库房，专门褪猪用的。那时，社会上时常曝出黑心馒头、黑心粉条的新闻，表妹没想到在她工作的地方就制造黑心肉。食堂是承包出去的，肯定连校长也骗过去了。表妹自觉力薄，向校长做了报告。校长大吃一惊，大骂这是犯罪。他嘱咐她先不要声张，他要派人搜集证据，还夸她立了大功。但数日后，那间库房变成了真正的库房，表妹也因为不适合学校工作被辞退。直到此时，表妹方明白校长就是元凶之一。她打电话举报，但因为没有证据，校方咬定她泄私愤，她差点儿把自己陷进去。我怪她不和我商量，当然我有未能言说的私心。她委屈而气愤，我怎么能想到呢？我哪想到校长也黑了心呢？

我入职就到了报社，再未变动，而表妹三天两头地换，导购、收银员、房产中介、售票员、健康顾问、理财顾问等，用妻子的话说，没有表妹干不了的，但没有表妹能干久的。某些时候确实是表妹的原因，但更多时候不怪表妹。她不肯示弱，不肯忍让，不肯屈服，未必是她的错。可话说回来，她算什么呢？既不是英雄也不是斗士，为什么就不肯改改脾性呢？哪怕她从身体里抽出一根肋骨，也不至于三十五六了连个稳定睡觉的地方都没有。

表妹最久的工作也就干了一年，五星级宾馆的办公室秘书。表妹虽非美人，但面貌清秀，身材又好，她应聘秘书迎宾之类的角色，一砸就中。是干得久，才和老板相恋，还是因为和老板相恋才干久的？我说不好，当表妹说这个月在迪拜数星星，下个月在普吉岛看大海，我便感到不安，要么喜从天降，要么灾祸临头。我和她谈了一次，她没有隐瞒，果然是她的老板。他已是两个孩子的父亲，但答应离婚娶她。这样的故事太多太滥，角色不同，结局几乎一样。我忧心忡忡，并不只是怕她没有好的结局，而是为她的脾性，不顾一切，鱼死网破。舅舅骂过我几次了，表妹再遭遇意外，我没法向舅舅交代。但阻拦表妹是不可能的，我只能嘱她慎重，多几个心眼。老板答应一年之内离婚，第三百六十六天，表妹站到了五星级宾馆的顶楼。老板吓坏了，立即报了警。

那天是元宵节，宾馆又处在繁华地段，表妹立了不到十分钟，便引来一大众围观者。表妹的情绪并不激动，她很冷静。她的条件只有一个，老板的离婚证书，限时六十分钟。老板就是偷也来不及的。谈判专家出马，和表妹谈了二十分钟，表妹改变条件，要二十万现金。这对老板是小事一桩，只要能用钱解决的，都不是问题。警车开道，工夫不大，二十万现金送至楼顶。警察按表妹的要求用竹竿将二十万人民币推至她跟前。表妹让他们退后，再退后，然后抓起一捆钱，撕开封条，抛撒下去。警察未能制止住她。在她再次威胁下，只得选择站在原地，目睹她的疯狂举动。表妹撒了十九捆，第二十捆撕开后，没有往下抛，而是撒向警察和谈判专家，还笑着说，你们也别白忙活了。

表妹被拘了三日，她抛撒的人民币制造了混乱，几乎造成踩踏事故。没闯下大祸，但六个人因捡钱受伤住院，这罪名也不小了。我和老板接她出来，表妹扇他两个耳光，平静地说，两清了。

妻子说表妹傻蠢透顶，既然分手，损失费起码也得要上百万，表妹倒好，要二十万，还都送了人。我说她出气了。妻子反驳，气能当饭吃？

我自然不敢和表妹谈这个，她没跳下去实是万幸。我责备她，几乎被她吓个半死。她冲我挤眉弄眼的，声言割腕她是真想死的，但跳楼是装的，不过吓唬吓唬他。为他去死？妈的，除非我疯了！我愕然，吓唬他有什么意义？表妹说，痛快啊，难道不值么？我说，不值，太不值了！万一……表妹打断我，没有万一，我不想死，谁也不能让我死！我语气软下来，求她别再用性命做赌注，表妹顽皮地说，好吧，那你请我吃小龙虾。

3

表妹借住的第二天，我跑到坝上康巴诺尔看遗鸥了。

我承认有躲避表妹的意思。并不是烦她，恰恰相反。那几日，我被某个重大问题困扰着，特意请了几天假，想躲在家里整理出个头绪。但表妹霸占书房，我不再有整理的可能。她会让我的脑子更加混乱。倒不至于故意捣乱，可只要她在眼前晃荡，我就无法专注。还有她的坏毛病，动不动就揪我的耳垂。从小就这样，高兴了揪，不高兴也揪，仿佛我的耳垂有什么魔力。童年或许可当作游戏，作为成人就不合适了。但表妹一如从前，无视他人在场，某次竟当着妻子揪我，还显摆地说我这对大耳生生是她揪长的，妻子该谢她，耳大才有福。我生怕妻子发作，抢在她前面开口，说你讲反了，说谢的人该是我，靠了这对大耳垂，才有幸娶上你嫂子。还揽了揽妻子，不然，她怎么会看上我？妻子撇撇嘴，没说什么。我明白不是我的话有效力，而是她自己控制了。入睡前，妻子将隐忍已久的话吐到我脸上。我打着哈哈，不接她的茬儿。橡皮子弹，再疼也不要命。三十五六岁了，还装少女，难怪嫁不出去。妻子又射击一梭。表妹一来，我和妻子都很紧张。我发现，若我不在场，妻子和表妹反倒相安无事，热不到哪里也冷不到哪里，就像两条平行的铁轨，近在咫尺却无交会。另外，我躲出去，表妹找工作就会积极许多，而有我相伴，她自然就懒散了。我催她，她就耍赖，反正有你这个后盾，我才不着急呢，或者装可怜相，你就让我过几天人过的日子呗。她软一会儿硬一会儿，我拿她没有任何办法。除非自觉无聊，她才浏览招聘网。变相地逼她，也是无奈。

康巴诺尔湖我来过多次了，除了第一次是采访，之后都是为了看遗鸥。从张家口坐车，两个小时就到湖边。海边我常去，这个滩那个滩的，我踩过也躺过，也在轮船上喂过海鸥，还有过中途夭折的艳遇，但我的心从未被偷走过，完整地去完整地回。康巴诺尔湖水域丰阔，可与苍茫的大海还是不能比的，奇异的是，就这么一面高原湖水，却有摄魂夺魄的魔力。每一次来，魂就丢了。后来我意识到，偷走我心的不是湖水，而是遗鸥。是因为遗鸥濒临灭绝，还是遗鸥夸张的外形，又或是遗鸥如利箭离弦般矫健的身姿？真的说不上来，我只能说，这些精灵是有魔法的。

以往湖边只有三三两两的人，极其安静，那天停了两辆大巴，近百号人，拍照，喂食，冲天空尖叫，几对男女竟跳起霹雳舞，旁若无人。我讨厌这样的人，似乎人生处处是舞台。但我没说什么，更未制止。康巴诺尔不属于我，遗鸥也非我独有。我躲到南岸，在草丛坐下，仰视着射来射去的利箭。遗鸥算中型水禽，体长四十厘米。长相鲜艳，嘴巴和双足是红色，头部则是纯黑色，而双翅是白色，但飞起来翅膀尖端呈黑色。有个叫胡学文的作家写过一篇文章，说遗鸥像极了喜剧演员，我不大赞同。遗鸥的长相像化了妆，未必心里也是色彩斑斓。就冲遗鸥恪守一片水域，何尝不是孤傲悲情的主儿？

临近中午，嘈杂渐弱。不知大巴什么时候开走的，跳舞的几个人也消失了。遗鸥仍在翻飞，它们才是真正的舞蹈家。并非表演，天生如此。湖中心有个岛，在阳光映照下白花花的。那是栖歇的遗鸥和遗鸥产下的蛋。遍地都是，宣传部的干事曾这样形容。有两个游客想捡鸟蛋，尚未游到湖心便淹死了，之后再没人光顾小岛。干事还给我讲了另外一个故事，不无神秘和传奇。明月悬空的夜晚，一对男女到康巴诺尔湖殉情，手拉着手走向湖水。岸边泥土本应松软，但那个晚上石头一般硬。更诡异的是，当两人踏入月光下银灰色的湖水，双足没有陷没，就像走在镜子上。两人跌倒，爬起，仍是如此。他们不知怎么回事，好像冬天来临，湖水结冰了。可两人半袖，短裤，长裙，却没有一丝寒冷的感觉。再次摔倒之后，两人索性躺下去。他们抚着身底，判断不出是镜是冰。惊骇，忧伤，兴奋，难过，两人无法描述彼时的心情，衷肠已诉过多次，但明月作证，两人又诉了一次。后来，疲乏袭来，进入梦乡，直到被阳光刺痛。醒来方发现双双躺在湖岸。干事再三强调是真的，因为男主角就是他的同学，若不信，他可以喊来同学。我没让他喊，故事嘛，信则真不信则假。而且，我愿意相信。

昨晚坐夜车，买的火腿面包还没吃完，打算在草地上填填肚子，顺便眯一觉，但阳光太盛，躺了一会儿便如烙饼了。登记宾馆时，服务员问我住几日，我说也许两天也许五天。未来是不确定的，是不是？服务员长相不俗，一定听惯了各种各样的搭讪，没有接茬，公事公办地，您的身份证！一个人出门就这点好处，随时随地说胡话扯废话而不必顾忌。我没和干事联系，除了第一次，我没再和他联系过。

傍晚，我在老地方餐馆坐定，点了一个炒口蘑，老板向我推荐炒黄花，说再不吃就吃不上了。我是吃过的，立即点头。然后问老板吃不上是什么意思。老板说一年比一年少，可不就快吃不上了？我问干旱还是挖的人太多？老板摇头，他说不出子丑寅卯，只知这一夏买黄花困难了，跑到村里也未必能买上。

吃到一半，我发了两条短信，一条给妻子，一条给表妹。她俩掐不起来，我心里有数。但远在坝上，总是有那么一点不踏实。几分钟后，表妹的电话便追过来。背景声音嘈杂，我听到了，还是问她在哪儿。表妹让我猜。我习惯性地沉下脸，不好好在家待着，乱跑什么？邻桌爆笑突起，表妹听到了，反问，你呢？不也在鬼混吗？我压低声音，别胡说，当地领导在旁边呢！表妹嘻一声，和他们在一起，能证明什么？我见过的不比你少。我嘱咐她早些回家之类，匆匆挂了。她令我紧张，即便千里之外，我说不出何故。妻子的短信来了，与我猜测的没有差别，但正是我想要的。

从餐馆出来，红灯笼已高高悬起，小县城特有的霓虹灯造型，喜气洋洋的。行走在街上，有入洞房的感觉。不过喝了半斤草原白，我便头重脚轻，步态不稳。我当然没有喝醉，用主任的话说，我的酒量深不可测，半斤酒不过小意思。他是我的顶头上司，虽不是朝夕相处，但对我的了解超过了我妻子，许多方面都是。想起主任，我隐隐有刺痛感，像在推开洞房的时候，听到了不该听到的声音。起风了，红灯笼摇摆、撞击，令我眼眩。

出租车不多，等了足有一刻才过来一辆。去湖边！司机侧侧脑袋，似乎没听清。我提高声音，字正腔圆，康巴诺尔湖！现在吗？司机问。靠！我差点笑出来，明天去我现在打车干什么？我说，如果你不认识路，我可以当向导。司机哎一声，那你坐好了。又说，五十年没挪过窝，这疙瘩我闭着眼都摸得着。我没理他，这有什么可显摆的？出了县城，周遭漆黑，出租车立刻被吞噬掉，弯弯曲曲，灯光扒开的缝隙像极了血红的食道。车原本就不快，此时更慢了，似乎要拖延进入肠胃的时间。司机紧张了，我能感觉出来，他不住地从后视镜偷窥。照理我不该多嘴的，他终于忍不住了，只是——我问，有什么问题吗？他说，这么晚了，你去那地方干什么？我顿了顿说，去看看。司机刨根究底，看什么？湖水，还是遗鸥？我可不想被人放到显微镜下细瞅，尤其在陌生的地方。我说，不看什么。司机干笑一声，你这话好奇怪，不看什么，跑到——我喂一声，看着点儿路！司机哑了，仍不时窥探着我。在路边停住，他指指左侧，那里就是。又问我几时回去，他可以在这里等我。我头也不抬，你不用等我了。

出租车掉头，消失在黑暗中。

我从公路下去，朝夜色中的康巴诺尔湖慢移。月残如刀，繁星满天，但不一会儿，四周便朦朦胧胧地亮了，我看到湖的轮廓，岛的昏影。没看到遗鸥，虽然我清楚遗鸥都栖息在岛上。我没有回答出租车司机，因为答不上。完全是突发奇想。看遗鸥，或许是，但不完全是。在灰白的湖边立定，我试着探了探脚。水汽弥漫，没有结冰。凝望一会儿，我坐下来。也只是坐坐而已。此时此刻，我想，如果身边有一位女子……

突然间，数道光柱擦过草地和湖水，像切割机。夜空残碎，惊慌的遗鸥飞起。啼鸣、翅膀与身体撞击的声音如硕大的雨点砸落，我头皮一阵涩麻，不无惊恐与恼怒。偷猎！我想到这个词，只是手无寸铁，我不知自己能做些什么。仓促间，我手呈喇叭状，用力嘶喊。

直到光柱近身，并被抓住胳膊，我才醒悟过来，来的是当地警察，还有拉我来湖边的司机。虽然我一再解释，警察还是把我推上车，让我回去说。一左一右，似乎怕我跳车逃掉。

在警务室，我不得不亮出证件。说只是为了体验夜观遗鸥的感觉，绝无轻生念头。警察把记者证翻看几遍，仿佛担心被假证糊弄。再三解释后，警察终于相信了。上个月，有个外地女子想在康巴诺尔湖轻生，被他们救下，他们也是吓怕了。这么好的湖水，在这里自杀要挨骂的，不知那些人怎么想的，非得在这个地方结束自己。送我回宾馆的路上，那个参加工作不满一年的小警察向我抱怨，说我既然是记者，就该呼吁呼吁。我不让他送，他说领导有令。我进了房间，他站在门口，强调，就靠你了啊。

洗澡时，我突然笑了，这么戏剧的事情竟然发生在我身上。像我这种俗人，怎么可能自杀？哪怕是变成格里高尔那样的甲虫，也不会的。呼吁？怎么呼吁呢？别处自杀可以，康巴诺尔湖不行，那是遗鸥的天堂？分寸把握不好，就不如不写。想起小警察恳切的眼神，我想，或许该试试的。自然，这样的稿子要事先找主任沟通，不然很可能白写。又是一阵刺痛，像是水雾陡然变成利箭。我关掉喷头，闭目静站了一会儿。电话响起，我几乎滑倒。我说不出彼时的感觉，那是我等待的电话，也是我害怕的电话。

4

从哪里说起呢？似乎哪里都很困难，都难以启齿。但既然不得不说，那就从容易的地方谈起吧，比如名字。

作家有笔名，演员有艺名，情报人员有化名，每个名字背后都有故事，光鲜或黑暗。作为记者，我也有个发稿时的名字：老秃。笔名？不合适，化名？也不准确。我不知道这算什么，反正这个名字代表另一个我。

报社工资不高，但我的收入还可以。基本工资也就仨瓜俩枣，我靠的是其他收入，写稿是一部分，另外一部分见不得光，是我收入的大半。主任冠以非常时髦的称呼：创新奖。如果有人——对不起，我不得不略去他们的名字——提供线索，我就去。偷偷排放污水的化工厂，或给学生吃变质食品的学校。总之，是有病的地方。我不是治病的，是把病看得更清楚更仔细一些，然后写篇稿子交给主任。我的任务到此为止，接下的工作由主任完成。具体过程我不清楚。我的稿子多半是发不出来的，那么，这就意味着，我的卡上会收到数目不等的创新奖。主任的创新奖不会比我少，毫无疑问。当然，不是每次跟踪采访都有收入，那么，我的稿子就会在某个版面以醒目的标题出现。稿子末尾自然有两个不那么醒目的字：老秃。主任曾问过我寓意，我说少年时喜欢光头。小时候常剃光头是真的，但这个名字另有他意：秃鹫。我就是一只秃鹫，飞翔在天空，却盯着大地的疮疤和腐烂的食物，随时准备俯冲下去。我深深厌恶，却又无比喜好。我责备表妹没把死病猪肉的事告诉我，原因在此。主任是秃鹫之王，我不过是他麾下一个勤务兵。我听命于他，自然和他的关系非比寻常，但这种钢铁一般的关系在某个神鬼难测的下午突然崩裂，没有任何征兆。

两个月前，主任的老娘住院了，他前往陪护，同时给我布置一项采访任务。他强调了此次采访的重要，暗示这个月创新奖将会翻番，但也很危险，“安全第一”，他反复叮嘱。我没夸海口，只说见机行事。部里一个记者暗访时被发现，轰撵之后依然不甘，尾随记者至偏僻处殴打，生生打断三根肋骨。虽然明知何人所为，却没有证据，成了悬案。主任担心自有他的道理，若不是“咽不下这口气”，他不会让我冒着生命危险再披战袍。

我暗访的地方在河北与山东的交界，是一家化工厂。厌恶却又喜好，我说过，喜好并不只是为了创新奖，还有冒险的刺激。每年都有登山爱好者死于珠穆朗玛峰，但后来者从未止步，没有危险也就没了诱惑。虽然目标是腐肉，但冒险吃更有成就感。成——就——感。是不是很讽刺？秃鹫是不配有的，但我不想假装，成功暗访，逃出的那一刻，那些“东西”——姑且这么称呼吧，油然而生，挡都挡不住。

那一次暗访波谲云诡，但成绩不错。我是有杀器的，不然何谓老秃？计划一周时间，结果只用三天。过程写一部中篇小说绝没问题，兴奋令大脑发飘，本来要买回程票的，但转念一想，既然邻近山东，何不去青岛玩一遭？任务完成，没必要急着回去，主任又不在，给自己放个假吧。

到青岛已是晚上，我就近找了家连锁酒店住下，次日一早打车到海底世界，然后是栈桥。据说栈桥的艳遇指数甚高，我向往已久。怎料时运不济，愿望落空，却与主任不期而遇。彼时，一少妇挽着主任的胳膊，正往主任嘴里塞她咬了一口的食物。我没想到，主任也没想到，两人相距三四米，表情呆硬，像大白天撞了鬼，魂吓丢了。还是主任反应快，他哈一声，问什么风把你吹来了。我惊醒过来，说听到了大虾吃人，顺便瞅瞅。主任问起他交办的任务，我说已经完成，晚上就可将稿子传他。我竭力不看少妇，这需要毅力，天晓得我怎么做到的。主任点点头，问我什么时候回去。我立即道，晚上就走。主任说，别急嘛，既然来了就好好玩玩，我说票已经买好了。主任说，你这个家伙。亲昵、自然，然后就走了。在和我说话时，少妇松开了他，离去时又蛇一样缠住他的胳膊。显然，主任撒了谎，老娘没住院，他不过是为偷情找借口。撒谎不是问题，谁没撒过谎呢，他能坐上主任的宝座，自然深谙此道；偷情也不是问题，我不也屡生贼心么？问题在于不该被我撞见。但已然相遇，已然窥见主任的秘密，无论什么样的软件也无法删除。这不大好，我忐忑不安。

几日后，主任上班了，春风和面，别人问起老娘的病情，他说没有大碍，已经出院了。他似乎忘记了我和他的不期而遇，一个字也没提，而我也假装什么都没发生，两人一如从前。不，这是假象。我很快就觉出来。主任对我亲热了许多，在电梯相遇，他会拍拍我的肩，我汇报完工作，他竟起身送我，似乎我是尊贵的客人。但他的眼底却多了几分冰冷，虽然被热气腾腾的雾、夸张的笑意掩盖，我还是能察觉到。说透彻点儿，他表面对我亲近，但实际上有意冷淡疏远我。我想起了《小公务员之死》，当然我不会死掉，但在死亡边缘的感觉更不好受。过失可以弥补，错误可以改正，可那意外的相遇并不是我的过失，也非我的错误，我既不能弥补也没法改正。我不知怎么办，只知照这样下去，我的职业生涯或许就走到尽头了。主任分派我的任务逐渐减少，我的稿子他常以这样那样的理由压下来，比如某某打了招呼，或那是某某的出生地。那些名字如雷贯耳，我不可能见到，见到也不可能证实，如悬案一样成了谜。收入自不必说，缩水到令人心惊。就这样熬了两个月，我和主任表面依然亲密无间，但实际距崩盘不远了。我想挽救——秃鹫终归还是需要果腹吧，却又束手无策。

不得已，我请了一周假，想静一静，也许能琢磨出办法。表妹上门，我只能躲出来，跑到康巴诺尔湖。其实，我还想测试一下，主任会不会给我打电话。如若不打，怕是再没有挽救的可能，或许我该另谋他路。我不是表妹，没有辞职的决心和勇气，而且想到换职业我就害怕。没错，在遥远的坝上，我期待的既不是妻子的，也不是表妹的电话，而是秃鹫之王的。在那个深夜，他竟然打来了。

他说明天要开全体职工会。就算变成遗鸥，我怕也飞不回去。我直言在外地，完后突然灵光闪现，说和朋友看看海。主任随口问我男友还是女友。我嘿嘿笑，极为暧昧。主任说，明白了，你小子悠着点，别搞坏身体，好多活儿等你干呢。

5

危机出人意料地化解了。无疑，顺口扯谎成了我的投名状。上班当天，我就接到一项任务，主任笑眯眯的，还掐掐我的腰，似乎检查我是否累坏身体。是的，我是懦夫，只能是懦夫。我对自己更加厌恶，但神经却松弛许多。月供是没问题了，女儿出国的资金库也不会断炊——那是我和妻子共同建造的。我不是表妹，一人吃饱全家不饿，肩有重担，所以膝盖骨说碎就碎。

采访路上，我接到舅舅电话。去年冬天他中了风，命保住了，但留下后遗症，嘴歪眼斜，舌头也硬了。医生让他多说话，不然语言功能会越来越退化。病前舅舅三天两头给我打电话，现在有了医生的叮嘱，更加理直气壮。他的电话多半与表妹有关，询问表妹有没有受欺负，又换了什么工作，和什么人相亲了。就靠你了！舅舅的每个字都带着毛边，他说得艰难，我听得吃力。唯有这四个字：就靠你了。清晰、沉稳、有力，铁锤一样。表妹投奔我时，舅舅就用这把锤子敲击过我。十多年过去，他没换花样，依然干脆直接，带着风声，挟着凶狠。舅舅的电话令我发怵，我不知怎么回应，但不能不接。

表妹的恋爱磕磕绊绊，伴随着悲壮。第一次割腕结束，第二次跳楼告终，自那之后整整两年，表妹没处过对象。当然，她没有绝望或伤透了心什么的，至少她的生活和情绪没受什么影响，更从未宣称要独身。舅舅不停地催，我也逮机会就劝。表妹总是笑嘻嘻的，好吧，明儿就找，公交车上的色狼多了去了，我争取给哥带一个回来。我叫她正经点儿，她装出苦相，没有合适的，我只有这么办啊。我说她再不找，舅舅说不定会杀上门来。表妹说，那又怎样，将我斩首示众还是捆绑游行？噎得我直咽唾沫。我常请她吃小龙虾，彼时，她嘴里没刀没剑，任我数落。她忙着吃，偶尔嗯一声，或点点头，要不就是简单回应：听你的。但态度虽好，迟迟不见行动。我绷了脸，令她下次务必带一个人来，不然就别登门了。她果然就带了一个来，是女伴，比她还豪爽，喝啤酒不用杯，连灌十瓶。我气坏了，整个晚上没说几句话。表妹自是看出来，拽拽我的耳垂，别生气哦，你逼我的，我能怎么办？要么你和嫂子离婚，我嫁你算了。我冷了脸，喝令她不要胡说。表妹挤挤眼，知道我的厉害就好，别再给我吹耳边风，逼急了，我什么事都干得出来。我深知她的秉性，虽有千言万语，却不再轻易碰那个话题。舅舅来电，我敷衍他正谈着。再问，我就说散了。舅舅质问我怎么回事，我说姻缘天定，没结果就是没碰到有缘的。我没有新鲜的理由。舅舅烦了，说别扯那些没用的，什么缘分，都是胡扯。舅舅只能给我打电话，表妹先是不接他的电话，后来干脆列入黑名单。我从舅舅的帮凶变成表妹的同谋，并非认同表妹，实在是对她没辙。

元旦前夕，表妹意外地带了一个男人上门。他叫张猛，矮表妹一头，脸颊深陷，瘦削又苍老，和表妹站在一起，实在不搭。那一阵，表妹在干房产中介，张猛是她同事。我交往过的中介，嘴甜如蜜，看谁都像取款机，而这个张猛呆板、拘谨，不停地搓着手掌。别怕，咱表哥比亲哥还亲，表妹很自然地揽揽张猛的肩，让他放开些。但张猛没放开，喝水要表妹端，吃饭表妹不停地给他夹菜。我胸口堵了石头，呼吸都不顺畅了。终于逮住单独和表妹说话的机会，她对我的问题极为愕然，我男友啊，难道你看不出来？我岂能看不出来？只是我不敢相信。证实后，我更加吃惊了，她还不是剩女，怎么就破罐子破摔了。脑里想着，竟然说出来。表妹来了气，谁是破罐子？摔了又怎么样？我连忙致歉，说一时心急，但觉得张猛配不上她。表妹鄙夷地，亏你还当记者，脑子落后一百年了。那你说，谁配得上我？她咄咄逼人。我不知谁配得上她，但这个张猛是不配的。我问她看上张猛什么了。表妹沉了脸，你别管，这是我的事，我来不是让你参谋把关的。

改天，我单独约表妹出来，虽然拦不住她。她认定的，没有谁拦得住。但我想弄明白她和张猛是如何处在一起的。表妹绝不是饥不择食——我愤怒地驳斥了妻子的成见。她一定有她的理由。或者，张猛的事打动了她。表妹感叹，她和张猛发展成男女朋友，自己都没想到。

张猛比表妹入职晚，他念了个假专科，当然学费是真的，待拿到毕业证才知道上了当。入职时，张猛照实说了。他的诚实却成为笑料。本科文凭都不值钱了，何况专科，还是假专科，国家都不承认，那和垃圾没什么区别。世上的骗局虽多，但上这样小儿科的当实在不应该，张猛居然撞上。表妹没嘲笑张猛，但也没有多么关注他。一个月前，张猛带客户看房，被业主家的狗咬破了脚趾。业主说他家的狗打了疫苗，让张猛放心。张猛急于促成交易，没说别的，拐着走回来。表妹看见，顺口问了一句，结果怒从心起，她说天下哪有这样的道理，狗咬了人，不道歉不赔偿，只用“放心”就打发了。表妹当下就扯了张猛找业主，让业主出钱给张猛打疫苗。必须打疫苗，不然有可能得狂犬病。你想和疯狗一样到处咬人吗？表妹叱喝。张猛被表妹吓住，随表妹去了业主家。业主态度强硬，但表妹更强硬，几番争执，业主同意出疫苗钱，还补偿张猛二百元误工费。就是这二百元误工费让表妹身陷其中。张猛非要请表妹吃饭。其间，张猛讲了自己的身世和经历，表妹双眼潮湿。她不停地问，后来呢后来呢。一顿饭吃了三个半小时，从饭馆出来，表妹突然就爱上了张猛。

以表妹的经历，居然轻易掉进童话故事里。虽非陷阱，但绝对是一口井。张猛没骗她，是她自己骗了自己。我让她醒醒，她喜欢的是张猛的遭遇，而不是张猛这个人，她被虚幻的凄惨景象感动，与被黑布蒙住双眼没什么区别。她不是侠客，没有拯救谁的义务，她要找的是过日子的男人。无奈表妹意志坚定，我说什么她反驳什么。后来，她直截了当地噎住我，就是火坑我也跳了！

那个春节，表妹随张猛回了他的老家行唐。那里有张猛的继父继母，还有继父继母领养的弟弟妹妹。除夕，我躲到卫生间给表妹打电话，她声音欢愉，说忙着包饺子。她融入速度真够快的。照这个节奏，不出三个月就该谈婚论嫁了。她把张猛带到舅舅面前，舅舅该是什么反应？

初十，表妹一个人回来，满脸落寞。我猜她和张猛出现了故障，我很好奇，并伴有阴暗的喜悦，但不敢问她。她寡言少语，饭不吃水不喝，木偶一样坐在沙发一角。坐了多半天，她说要回住处，我送她下楼，问她想不想吃小龙虾，她摇头。我说没什么大不了的，别放在心上。她突然转身抱住我，号啕大哭。我没推她也没揽她，很尴尬。几分钟后，她说没事了，然后就走了。隔了些日子表妹才告诉我经过，那时，她已经从低落的情绪中走出来。张猛不再到省城了，要留在行唐照顾继父继母，表妹苦口婆心，试图说服他，待她和他攒够钱，可以把他父母及弟弟妹妹接到省城，但张猛不肯。表妹虽然爱他，但是绝对不会留在行唐。张猛不敢爱她，他的继父继母也都怕她。我该做的都做了，他们为什么怕我？和我说话紧张得气都不敢出？我难道是妖怪？表妹盯着我，好像我脸上有她想要的答案。他是懦夫，表妹没有怨恨，只有失望，他不过是逃避，我不会和懦夫一起生活。我附和，是啊是啊。心下却想，张猛和她在一起有压力，和她分手，何尝不是解脱呢？

三个月后，表妹又处了一个，妻子介绍的，她学校的同事江夏。江夏业余写诗，出版过一本诗集。江夏也没表妹高，但年龄与表妹相仿，重要的是谈吐不俗，历史文学政治，似乎都懂，既能往大方向扯，也能往实用方面归。他唯一让人不适的是长发披肩。据说校方多次找他谈话，让他剪短。他抛出的话是，就算开除也不会剪的。江夏课上得不错，也没有其他陋习，校方就忍痛默认了。

我们四人吃了一顿饭，江夏与表妹互有好感，之后便渐渐来往了。表妹不在乎江夏头发长或短，认为那不是缺点，是特点。她也曾是文学爱好者，席慕蓉的诗抄了一大本，至今留着。表妹的字遒劲、大气，江夏一番惊叹，说她的字有黄庭坚之风。席慕蓉的诗也就那样，但表妹的字远超他的想象。他当下求赠，表妹说不过是一个笔记本，喜欢就拿去。江夏也有让表妹惊喜的嗜好，和她一样爱吃麻辣小龙虾。江夏还告诉表妹，小龙虾是他的灵感之源，他几乎所有的诗都是吃了小龙虾之后写出来的。简直就是天生一对，某天夜晚，表妹给我发短信。

五一，两人出游去西安，计划在大雁塔上朗诵江夏的诗。出了火车站，天降细雨。他们折到附近的商铺，江夏在门口抽烟，表妹进去买伞。店主要价十一，表妹也没还价，临时用一下，天晴就扔掉了。表妹付款，店主却变成五十一，两人争执起来。店主很凶，不知从哪儿摸出一把菜刀，表妹若不交钱，休想走出店门。江夏一支烟尚未吸完，他问清原委，扯表妹一把，叫她不要计较，并掏出一张百元钞拍在柜台上。表妹抢过来，几下撕得粉碎。不要说店主拿一把刀，就是拿两把刀，表妹也不会被吓住。表妹推开江夏，江夏再拽，她狠狠踹他一脚，江夏小猫一样缩在角落，不吱声了。表妹伸过脖子让店主砍，不砍就不是你妈生的。表妹在乡村长大，骂起脏话也有一套。店主也是满口粗话野话，举着的刀却迟迟不敢落下。表妹数过三下，店主的胳膊已经抖了。表妹说你不砍，我就不客气了。操起雨伞狠狠一抽。店主鼻血狂涌，捂着脸蹲下去。表妹跳到柜台上，没有方向没有章法地一顿乱砸。警察进来，表妹还在抽打，店主像江夏一样抱头缩在角落。江夏报的警，他担心表妹闹出什么事来。

表妹在派出所待了一夜，次日上午才出来。出了楼道口表妹和江夏就吵上了，准确地说，是表妹在嚷，江夏不过是辩解。江夏认为表妹不该和店主争吵，对这种地痞流氓最好的办法就是躲，破财免灾，万一有什么意外那就不划算了。狗咬了你，你还非要咬狗一口才算出气？而表妹认为店主这样的无赖就是被江夏这样没志气的软骨头惯坏的。店主不知讹诈过多少人，所以才这么嚣张蛮横，若不给他点教训，还将继续讹下去。江夏说那不是表妹的责任，她又不是警察。

表妹冷笑，这就是你当缩头乌龟的理由？争执到这儿，两人都发现了对方的另一面，但谁也不愿意服输。表妹笔头不如江夏，嘴巴却比江夏厉害。彼时，两人已经登上大雁塔。西风拂面，表妹斜视着江夏，将最致命的一句话抛向他，你成天说些拯救人类的大话套话，谁料一个混混就把你吓尿了！你不配写诗！掏出他的诗集，撕成两半，从塔顶丢落。表妹抛撒过二十万现金，一本诗集真不算什么。

表妹和江夏的关系在大雁塔终结。据妻子讲，从西安回来，江夏就剃了光头，不再写诗，一心一意上课。妻子说好端端一个诗人被表妹毁了。不过校长倒是乐滋滋的，计划假期带老师们去大雁塔旅游呢。

6

去过康巴诺尔湖吗？

某天，快下班时，主任把我从格子间叫进他的办公室，这样问。我愣住，显然主任不是随意问的。我没有贸然回答，因为揣摩不透他的用意。我装出熟悉却又想不起来的样子，是西藏吗？主任大笑起来，想得太远了，在坝上呢。我恍然大悟，哎呀，不久前在电视上看过，那里有许多鸟，漂亮极了。主任点头，没错，那叫遗鸥，快灭绝了。有任务？我小心翼翼的。主任笑着摇头，别总想着干活，该放松就放松，想去吗？我斟酌着，想倒是想——主任打断我，我们去度个周末，怎样？我装出向往的表情，那好啊。主任说，周五晚上走，我带上朋友，你也带上。我突然结巴，带……上……？主任的眼睛稍眯了眯，似笑非笑，你小子跟我就别装了，半斤八两，咱俩谁不知道谁？四个人，说话打牌都方便。虽然是八月天，背上却阵阵寒意。递交投名状还不行，主任是要坐实。我迟疑着，就是不知她这周是否有空。主任目光凌厉，不就请个假吗，如有困难，我帮她请。我赶忙笑笑，哪能劳您大驾。主任说，那就这么定了，晚上你把你俩的身份证号发我……他制止了我插话，我那位擅长这个，让她订就可以。

从主任办公室出来，我的脑袋麻包一样，几乎压折脖子。原以为扯个谎就糊弄过去了，没料主任还有这么一招，真够狠的。我不能说实话，说了主任也不会相信，而且我和他刚刚弥合的关系就会重新产生裂痕。说不定就彻底崩塌了。想到此，我五脏翻腾，像烧沸了。只有顺着他，将这出戏演下去。我演不要紧，重要的是另一个角色，时间这么紧，去哪儿找呢？就是雇也来不及了。妻子是不可能的，主任见过她，而且她不会帮我演。那么……没错，我想到了表妹。其实，在主任说这么定了那一刻，我就想到表妹，但很快否掉了。现在，再一次想到表妹。没有人选，只有表妹。我有难——有点儿厚颜无耻了，表妹绝不会袖手。但这样的事，如何启齿？而表妹一旦知道她的表兄老秃以这样的方式讨好上司，鄙视就不用说了，没准还能搞出大乱子。可时间紧迫，没有他途，只能冒险。

我告知妻子不回去吃饭了，又给表妹发短信，叫她到煤机街与槐安路交口。无须多言，表妹回复“OK”。那里新开了一家麻辣龙虾店，我和表妹去过。

我到那儿，表妹已经占了座，并点了菜。我说你动作够麻利的。表妹哼一声，你直接说爱吃就得了呗，非要绕个圈子。我说爱吃不是缺点，是特点。表妹笑出声，少来这套，爱吃就是爱吃，我不装！我说，那是，骂人你也理直气壮的。表妹说，我不乱骂，只骂该骂的人。我问白的啤的？表妹说啤的，这大热天，谁喝白的?！我瞄瞄她，据说女同志不宜多喝啤酒，对身材不好。表妹又哼一声，该长肉不吃也长，不该长肉吃也不长。在这点上，表妹是自信的，与初到省城时相比，她的腰几乎没有变化。我说你这话杀人呢。表妹问，怎么突然关心起我的身材了？我心里发慌，猛灌几口水，说，年龄不饶人，该注意的就注意。表妹板了脸，少提这个，你还让人吃不吃了。我忙说，好好，不提了。

麻辣小龙虾上桌，表妹双目飞光，哈了一声，忍着烫将一只虾拽起，放到碟子里。我皱眉，别烫着。表妹说，中午没吃饭，饿了。我说你一个人在家，连饭也懒得做吗？表妹摇摇头。出去了？我立即问，应聘去了？表妹不再看我，一心一意对付小龙虾，间或简短回应，去了，或没意思。我心怀鬼胎，没表妹吃得那么放肆，酒倒是灌下挺多。盘里的小龙虾被消灭掉大半后，表妹终于抬起头。我递了张纸巾给她，她揩掉嘴角的油渍。你今天不对劲，她盯住我。我暗暗心惊，故意朗笑，没什么啊。表妹问，你怎么贼兮兮的？我打着哈哈，被你的吃相吓着了，要是哪个男人……表妹说，我又不是妖怪，你也不是第一次见，有什么可怕的？我说，你不是小姑娘，以后端着点儿。表妹问，给谁看？我扫扫四周，哪怕给自己看呢。表妹说，我才不在乎，你今天喊我出来就为了给我上课？我说，我是你哥，我的话你得听。表妹嬉笑道，我爸的话我都懒得听。我被她噎得半死，冷了脸。表妹挤挤眼，小妹无礼，别生气哦。探过身扯扯我的耳朵，让我笑一个。我察觉到邻桌的目光，别扭地咧咧嘴。表妹说，我就知道哥最听我的话了。我无奈地叹口气，让我说你什么好呢？表妹正色道，别藏着了，说出你的目的来吧，我就知道没有免费的晚餐，是给我介绍工作还是介绍男友？我摇摇头，说不再给她压力，顺其自然吧。表妹不相信，你真这么想？我说，不这么想，还能怎么办呢？表妹雀跃，你想开就好，为我掉头发不值得。我举举杯，那些话卡在喉咙，上不来下不去。可你看上去不怎么痛快呢，表妹说。我突然问，你去过康巴诺尔湖吗？表妹懵懂着，在哪里？云南还是四川？我说，坝上。然后讲了遗鸥，还有那个传说，问她想不想去。表妹问，你带我去？我灌了杯啤酒，说如果你想去。表妹追问，不带嫂子？我说，不带。表妹往前探探，哥，你不会图谋不轨吧？我叱她别胡说，表妹哈哈大笑，瞧你那胆儿，我不过开个玩笑，吓得脸都变了，什么时候去？我说，周末，不过，不止你和我，我们部主任也要带女伴去。女伴？表妹眼珠滑动几下，点头，我明白了，你挺仗义的。表妹悟性高，一点就透，这正是我要的。我说，那就说定了！表妹嗯一声，我说你怎么贼兮兮的！我没理她，正好手机响了，是主任，叫我把身份证信息发他。我发给主任，然后对表妹说，周五我直接从单位到车站，你自己打车去。表妹目光虚飘，我记住了，哥，你不会带我私奔吧。我说，和主任同行，可能你会受点委屈，你得忍着点儿啊。表妹不耐烦，知道了，不就是巴结人么？我小时候就会，只是不愿意，可为了哥的前程，我豁出去了，哪怕上刀山下油锅，怎么样？妹子我合不合格？我说，吃吧，凉透了。表妹扫兴道，没劲！夹起——终于夹了——一只小龙虾。

周五从上午开始，不，从那个晚上开始，我就热蚁一般。虽然表妹应了，但我没有确切把握。她是什么性情，我很清楚，她不会事事听我的。还有，我和她将同居一室，不然就演砸了，于此我心里并没底。我和她在同一个大炕睡过，那是孩童时代，家里来了客人，我都是到舅舅家借住。而现在……当然，这不是大问题，我有预案，就怕突发事件。常年写新闻稿，我满脑子贫乏的事故词汇。

表妹仍是比我先到，我叮嘱过了，她没拖拉杆箱，拎一个小的方形箱，粉艳如唇。她告诉我上午特意买的，并抢先挡住我的嘴，这钱我不能出，哥得给我报了。我只好说，这没问题，所有的开销归我。她欢喜道，太好了，可惜时间太短，要是住个一年半载那就好了。我没应，看看表，目光扫扫左边，又扫扫右边。约定的时间到了，主任仍没影儿。表妹倒没有不耐烦，学我扫掠一圈，问我主任长什么样，她眼力好，一眼就能认出来。我简要描述了，表妹呀一声，怎么你的主任像个马猴？我呵斥她，不要胡说……却暗暗吃惊，她这比喻还真有几分相似。

一刻钟后，主任与女伴到了，我和主任各做了介绍。女伴姓刘，明眸皓齿，带了几分羞涩，似乎刚刚迈出校门。她比主任小二三十岁。上次我没敢多看，印象不深，所以不确定这一个与上一个是不是同一人。当然，是与不是于我是一样的，只是心里滋生出难以名状的东西。

离上车尚有二十分钟，主任喊我到卫生间门口抽烟。主任的烟瘾不比我大，我猜他是有什么话不好当着两个女性问。表妹？这两个字随蓝烟吐出主任嘴巴。我笑笑，淡定的，她从小就与我好。主任愣怔了几分，突然暧昧地笑了，靠，你小子牛，竟然和表妹……！我脸有不安，不敢和主任比，还是你有魅力。主任捣我一拳，骂骂咧咧的，妈的，人活一世，不就图个痛快么？没必要装！我附和，那是。主任问多久了，我嘿嘿几声。主任会神道，没想到，你小子还是根老油条！油条？我心里想，不过是一根猪大肠！

火车清早到张家口，主任的朋友接了我们，吃过早餐便上路了。从高速下来，国道上的大货车一辆接一辆，考斯特夹在中间，缓慢蠕动。主任有些急躁，又骂上了。主任的朋友解释，一到七八月这条路就肠梗阻了，尽是拉菜车。我没吭声，数日前来时并没有这么堵。结果到康保县城十一点多了，登记完房间就去吃饭。主任问什么时候看遗鸥好，朋友说当然是下午。主任说赶早不如赶巧，又问我，没问题吧。他目光如刀叉，要刺穿我的样子。我说当然没问题。他或许是察觉到我的不安。饭后回到房间，表妹问我拉不拉窗帘，我知道她白天睡觉也要拉窗帘，说随你便。表妹便拉了，但留了一条缝。光亮薄薄的，如斜插的刀片。表妹把自己扔到床上，漫不经心地，哥晚上也和我住在一起么？我脸臊臊的，忙说，夜里我会另开房间。表妹嘻一声，紧张什么？我说夜里没睡好，睡会儿吧。表妹问，要是你主任知道你半夜另开了房间，会怎么想？我双腿发软，嘴巴却硬，那又怎样？表妹已经完全看穿我的把戏，我不能再有一丝隐瞒，说大不了辞职不干。半晌无语。过了一会儿，表妹说，既然演，就演得像点儿。我不知如何回应，点点头。

午后三点，主任的朋友把我们带到康巴诺尔湖的观望台，木板伸进湖面数米，脚下即是清澈的湖水。在草滩上观望感觉更好，但我不能说。我必须装出第一次到康巴诺尔湖。主任横扫一圈，失望地说，不是有几千只吗？不像啊。朋友指着湖中的小岛说，这是遗鸥的繁殖期，多数忙着孵化小鸟呢。大约是繁殖勾起主任的兴致，他的脸活络了许多，问遗鸥怎么配对，是一夫一妻还是逮谁和谁。朋友哈哈大笑，说自己不是鸟类专家，不懂这个，不过鸟是自由的，在配对上也该随便吧，反正长得都一样。主任和朋友就遗鸥是一夫一妻还是一夫多妻讨论起来。小刘笑盈盈的，她未必感兴趣，但也没有厌烦，她的笑与话题无关。我猜。可表妹皱了几次眉头。我多次使眼色，她看见了，又好像没看见。

或许是觉得话题太单调，主任的朋友突然说，晚上烤羊肉串，现杀的羊。

主任嗯一声，你看着安排……遗鸥什么味儿？他思维跳转太快，朋友愣了愣说，没吃过，不清楚，这可是国家一级保护鸟类，谁敢吃！主任大笑起来，大约是觉得朋友的不安可笑吧，我可没说吃遗鸥。朋友立即道，是啊，也未必好吃。主任说，你没吃过，不能说不好吃，我看不亚于鸽子。朋友说，或许吧。主任问朋友吃过鸽子没，朋友摇摇头，说本地人只喜欢烤羊肉。主任说羊肉虽好，和鸽子不是一个味儿。主任偏过头问我，我也摇头。主任又问小刘和表妹，小刘笑着摇头，表妹说，我不吃飞的东西。主任问，为什么？表妹说，不为什么，就是不吃。主任看看我，这是老秃的问题，其实鸽子很好吃的，特别是烤了吃。表妹突然说，换个话题好不好？真是煞风景！

场面顿时僵了。主任抛过一个眼神，我立即补救，一说烤，她就过敏。显然这句话没有说服力，主任看破了，但他很大度地笑了笑，我等是俗物，不说就不说。朋友也转移话题，提议看荞麦，十万亩，非常壮观。主任问，荞麦上空有鸟吗？朋友说，没遗鸥，但有麻雀。主任说，其实麻雀也很好吃的，别看小，壮阳。朋友嘿嘿笑了几声。主任说，老秃也喜欢吃的对不对？没待我张嘴，表妹叫，怎么没完没了？我心跳加速，踩踩她的脚，表妹推开我，别踩我！我尴尬并歉意地看着主任，我俩先回宾馆。主任呵呵一笑，目光如针，这是干什么？我不过说说，又没有真烤！难道说也不能说了？表妹叫，不能说！主任问，那我要说了呢？主任较真了。我被火燎了一般，求救地望着小刘。小刘仍是那副表情，与己无关的样子。表妹大叫，不能说，就是不能说！我试图揽她，被她甩开。主任问，那我就要说呢？你还把我扔湖里？我连连叫苦。他不该挑衅表妹，这世上没有表妹不敢干的。我挡着表妹，不让她靠近主任，但挡不住她的声音，你说一个试试？主任哈一声，靠，今天就烤了！

扑通一声，湖面碎裂，遗鸥射向天空。落水的不是主任，而是表妹。

手臂上的蓝玫瑰

马晓丽[*]

1

起先我还挺克制，说我就不要你赔了，但你得把那六百块钱退给我。这小丫头蛋子真不觉警，不赶紧给我退钱不说，还冲着我叭叭叭叭讲个没完。我一下耐不住烦了，说你把我的眉毛切成这样没让你赔我眉毛就不错了，再给我瞎掰掰信不信我一屁股坐死你？小丫头蛋子惊得睁大了眼，上下打量我一番，估摸是被我这副大身板子和巨无霸大腚给镇住了，这才闭上了嘴。可气的是嘴虽然闭上了，但仍不肯乖乖地给我退钱，丧着个脸子摆出一副死猪不怕开水烫的熊样。看来今天我不拿出点真功夫，不让她见识见识我大华的本事，这钱是坐地要不回来了。

改锥说，大华你就是个彪子，好么样的你切什么眉？就算切眉也得找个正儿八经的店呀，就那小胡同里的黑店你也敢进？这下傻了吧？让人把眉毛整个切掉了吧？我可告诉你啊，以后出门千万别说你是我老婆，我跟你丢不起这人！

我承认，我这人是有点缺心眼儿，用咱大连话讲就是有点彪。可我不也是为了省钱吗？我也知道正规的大美容院手艺好，可我得有进那个门的钱吧！这

---

* 马晓丽，女，一级作家，主要作品有长篇小说《楚河汉界》、长篇纪实散文《阅读父亲》、中篇小说《云端》、短篇小说《俄罗斯陆军腰带》等。曾获第六届鲁迅文学奖、第二届中国女性文学奖、第六届曹雪芹长篇小说奖、小说选刊双年奖。

钱改锥能给我吗？啊呸！就他那副钢镚子都能攥出水的抠搜样，指着他给我拿钱？门都没有！

不过改锥说得也对，我错就错在太爱美又太爱捡便宜了，一听正规的大美容院要好几千，小店才要六百，我就动心了。我哪知道小丫头蛋子没经过培训没有资质呀？我哪知道她从来就没做过手术，是想拿我练手呀？她那个小嘴叭叭叭的可会讲了，说我眉毛长得太粗太乱太野了，等切完眉再给我好好文一文，我就会拥有一副秀气的眉毛，整个人就会提升气质焕然一新更加漂亮了。讲得我心里痒巴巴的，不知怎么就稀里糊涂地把钱掏给她了。结果，等一切完眉我就蒙圈了，原来长眉毛的地方变成了两条赖巴巴的刀口。谁能想到她竟然把我的眉毛一遭都切掉了，一根毛也没给我剩下！

后来还是舒姐告诉我，说切眉不是把眉毛切掉，是沿着眉毛的上缘或下缘切掉部分松弛的皮肤，这样就能提升下垂的眼睑，减少眼周和前额的皱纹，同时也可以适当修整眉型。舒姐问我是怎么想的，怎么突然就决定去切眉了？我说，小丫头蛋子忽悠我，给我拿了不少图片看，说我喜欢什么样的眉毛，她就可以给我切成什么样的，我就挑了图片上那种细弯高挑的眉毛。我没好意思跟舒姐说实话，其实我是照着舒姐的眉毛挑的。我的眉毛又粗又短，所以我特别羡慕舒姐那对又细又长的眉毛。我觉得吧，舒姐那样的眉毛挺抬举人的，如果我换上那样的眉毛，是不是也能显得文化点、气质点？

我看见舒姐在微笑着看我，心里就有点发虚，说舒姐我都这样了你咋还笑话我。舒姐赶紧向我解释，说不，不是，我不是笑你，我是想起了一句话。我问是句什么话。舒姐看了一眼我的眉毛说，“倾国宜通体，谁来独赏眉”。我没听明白，想了半天也没弄明白这句话是啥意思，就问舒姐，这是谁呀，说话听着这么费劲？舒姐说，这是李商隐的一句诗。我说原来是诗呀，怪不得我听不懂。我没再往下问，舒姐也没再说什么。我知道舒姐有涵养从不乱说话，也知道舒姐心里其实是瞧不起我的，这都无所谓，我心里明镜似的，反正我跟舒姐压根就不是一个阶级的。

我二姐看见我时的表情最夸张，先是把两个眼珠子瞪得都快掉地上了，然后就笑得直不起腰，指着我的眉毛说，你看，你看像……像什么……我看像……像两条大肉虫子。我说，你少放屁，我这还没文呢，等文了眉就好了。我二姐笑得更凶了，说人家文眉是在原来的眉毛上找型，你这一根眉毛都没有了，文出来也是没毛的假眉！

我真是要气死了，一想到瞎了六百块钱不说，还活活被弄成了人前的笑话，立刻浑身燥热一股火直冲头顶。我指着小丫头蛋子的鼻子，扯开嗓门就开骂。我说你胆子也太肥了，竟敢骗到我大华头上了！我让你退钱是给你脸你懂不懂？你给脸不要脸跟我耍臭无赖是不是？你个丫蛋子黄嘴丫子还没褪净就学会骗人了，我还告诉你，现在光退钱我还不干了，我要你赔眉毛，赔我那副原装的妈生爹养的眉毛，一根也不能少！你要是不赔信不信我天天来骚扰你，让你这个店门开不了关不上，让你白天不敢睁眼，晚上不敢合眼，出门就……

我没料到小丫头蛋子这么不经骂。我这满肚子的骂词刚刚扯出个头正骂在兴头上，还没等我把在这方面的特殊才能充分展示出来呢，她的脸色突然就变了，见了鬼似的直勾勾地盯着我在她眼前挥舞的那只胳膊，嘴里一迭声地说，好好，我给你退钱，我给你退钱，这就退，这就退，我给你，给你，给你还不行吗……

我悲愤地揣着祸害了我一副好眉毛的六百块钱，把脚跺得一路山响，气呼呼地走出了好几条街之后，才把这事捋出了点头绪：小丫头蛋子指定是在我撸胳膊挽袖子由着性子张狂的时候，看见我的文身了，她是被我的文身吓着了才把钱退给我的！

文身！没错，一定是文身！

我忍不住当街撩起袖子，心怀感激地看着我的文身。阳光哗啦一下淌得满胳膊都是，上面文着的那些花立马活泛起来，闪着瓦蓝瓦蓝的光，贼耀眼，贼好看！

不是吹的，我这人就是有眼光。当时文身师给我拿来一大堆图案让我挑，我一眼就看中了这束蓝色的玫瑰。我从没见过这种颜色的玫瑰，是那种很深的蓝色。我问文身师，真有这种蓝色的玫瑰吗？文身师说有，这种颜色的玫瑰还有一个好听的名字，叫蓝色妖姬。开始我没听懂，以为他说的是幺鸡，就乐得不行，问谁给这花起的名？还幺鸡？咋不叫二饼呢。文身师都被我整乐了，问我，姐，你是不是爱打麻将？我说，是啊。文身师说，怪不得，姐，你看是这两个字"妖姬"，不是麻将牌那两个字"幺鸡"。

我这才知道，蓝色……妖姬。蓝色妖姬？天啊，这花名也太好听了！虽然我不知道蓝色妖姬是什么意思，但觉得有一种神秘感，好像特别贵气，特别浪似的。我问文身师，文这个蓝色妖姬，能把我胳膊上的这道疤遮住吗？文身师说没问题。我说你看好了，我这疤可挺长挺深呀。文身师说，姐你放心，正好顺着疤痕造型，文完保证看不出来了。我立刻说，我就要这个蓝色妖姬了！文身师问，姐你确定？我说，我太确定了，没见我眼睛一沾上就挪不开了！文身师立刻朝我竖起大拇指，说姐你真有眼光，这蓝色妖姬是我们推出来的新款，是市面上刚开始流行的最新潮的一款呢。

文完之后我回家给改锥显摆，改锥看了直咂巴嘴，说这玩意儿真牛，那条疤瘌真是一点都看不出来了，好看！但我一说连文身师都佩服我的眼光，改锥就撇嘴，说你看上个屎橛子文身师都会夸你有眼光，要不他上哪挣钱去？改锥就这德行，不打击我能死似的，不过那天我心情好没踹他。我就是有眼光，我文的这个蓝色妖姬不仅漂亮，关键时刻还能帮我要回钱呢。我忍不住叭地在文身上使劲儿地亲了一口。

2

赶到舒姐家时已经过了约定的钟点，晚了一个多小时了。

我这人最大的毛病，就是没有时间观念，一整就忘了钟点，啥破事都能把我绊住，所以经常赶不上趟。我知道舒姐对我这方面肯定是有看法的，只不过舒姐为人含蓄，从来不直说。有时我来得太晚了，舒姐会委婉地问我是不是遇到什么事情了。我就随便找个理由，路上堵车了或是上一家的活儿耽误了什么的，反正借口有的是。我摸准了舒姐面子矮，不会给人下不来台，换个厉害的雇主我也会多少收敛着点。干钟点工这活儿，什么样的人都得能对付。人家硬，我就软着点，人家软，我就支棱点。至于舒姐，我心里有数，她给的钱不多，我少干个一会儿半会儿的她也说不出啥。再说我也不会亏欠舒姐的，处了这么些年，我和舒姐已经处出感情了。我会记着时不时地照顾一下舒姐的感受，根据情况在她家多干一会儿或是干点额外的活儿，把欠下的时间往回找补找补。不过今天没事，今天再来晚点也没关系，因为舒姐知道我今天是铆足了劲儿要钱去了，以她对我的关心，一定不会计较的。

果然，一开门舒姐就问，钱要回来了吗？

我说，必须要回来了呀！也不看看我是谁！

舒姐抿嘴一笑说，好好，要回来就好。

舒姐是文化人，性子柔，说话从来都是客客气气的。安排我干活儿也总是用商量的口气，大华，请你帮我把这里收拾一下好吗？我就痛痛快快地应声说，好啊，没问题！我有的是力气，干活儿从来不惜力，就是受不得屈。舒姐就从来不数落人，不挑剔人，有没干好的地方也只是提醒下回别忘了。不像那些被钱顶爆了头的人家，这辈子可算是当上人上人了，可算是逮着机会踩在别人的脑瓜顶上了，那副使唤人、挑剔人、瞧不起人的刻薄样，一点也不比咱小时候忆苦思甜故事里的那些地主老财资本家差。

我有个秘密，每次到舒姐家干活儿，我都得穿长袖衣戴套袖，生怕舒姐看见我的文身。说来也奇怪，在别人面前我可从来没这样遮掩过。

有一次一个新雇主约我上门打扫卫生，一进门女主人就把脸绷得像个冻酸梨似的，又冷又酸地说，哎哟，你怎么还文身？我一看这个人这么不对撇子，心里先就烦了，干脆就故意觍着笑脸冲向她说，是啊，你看好看不？女主人惊得退后一步，狠狠地瞪了我一眼，扭身就进屋跟她男人嘀咕去了。我被晾在门口进也不是退也不是，索性朝着屋里大喊了一声，放心，这玩意不耽误干活儿！当然了，这趟活儿肯定是黄了，就算她不黄我也得黄。

我就不明白了，我文身怎么了？我文身碍着谁了？怎么文眉就美女出世横竖都行，文身就黑社会就坏人了？我咋这么不信这事呢！

舒姐是真挺关心我，真挺帮我的。她知道我需要干活儿挣钱，前前后后给我介绍过不少活儿。舒姐介绍的都不是一般人家，都挺有层次的，我愿意在有层次的人家干活儿，所以我也很上心。其中有一个是她朋友的父母家，老头老太太都是老干部。这家的老太太特别愿意给人上课，第一次见面就一本正经地教育我，说大华同志，组织上派你到我家来工作，这是对你的信任，你一定要努力做好本职工作，不要辜负了组织上对你的期望。我听得心里这个乐呀，当时真想说，大姨，你把情况搞清楚好不好，我可不是组织上派来的，我是你姑娘花钱雇来的。但我忍住了没说，一般舒姐给我介绍的活儿，我都会给舒姐留面子的，不会由着性子乱说。

这家老太太对人要求特别严格，我每次进门干活儿之前，老太太都要先把上次的情况总结一番，哪哪哪打扫得干净，哪哪哪还存在问题，每次都能一二三四五地说出好几条。这一手真把我弄得哭笑不得，下岗前在工厂干活儿的时候，我也没这样被人管过呀。一开始，我总惦着快点抓紧干活儿，没耐性听老太太一二三四五地讲老半天。结果被老太太感觉出来我着急不耐烦了，这就不高兴了，马上严厉地批评我说，大华同志，你要端正态度，要认真总结经验，你不善于总结经验，我帮你总结，这是对你最大的帮助，你怎么还不认真听呢？这样你怎么能进步呢！我赶紧承认错误，说大姨我端正，我保证认真听，刚才说的那几条我都记住了，不信我给你背一遍。这才好歹把老太太给糊弄过去了。

大概是干了两三个月之后吧，有一天晚上我都躺下了，老太太突然给我打电话，说大华同志，我请你现在到我家来一趟。

我问，大姨，这么晚了您能告诉我是什么事吗？

老太太说这事不能在电话里说，只能见面说。

我说现在公共汽车已经停了，我明天一大早赶第一班车去您家行不？

老太太很干脆地说，不行，这个事不落实，我今天晚上不能睡觉。你打车过来吧，车钱我给你拿。

没办法，我只好从被窝里爬起来，半夜三更地往她家赶。到了她家一看，老太太正端坐在客厅里等我呢。我问老太太到底是什么急事。老太太让我先坐下，然后就开始循循善诱地说起来，大华同志，组织上把你派到我家工作以来，我一直对你十分信任是不是？

我说，是啊，怎么了？

老太太说，那你想一想，你有没有什么地方辜负了我对你的信任，辜负了组织上对你的信任？

我说，没有啊，怎么了？

老太太说，大华同志，你不要这么轻率地回答，你最好先仔细想一想再回答我。

我说，大姨，到底咋回事您就痛快告诉我吧，这大半夜的你别让我费劲儿猜闷儿行不？再说我这人脑子本来就不好。

老太太这才说，大华同志，我把你叫来是想问你一件事，你可要如实回答。

我说，大姨您快问吧，只要我知道，保证如实回答。

老太太眼睛直勾勾地盯住我说，那好，大华同志我问你，我床头柜上有个信封，里面装了一万块钱，那是为参加一个孙辈的婚礼准备的，你打扫卫生的时候看见了吗？

一听是钱的事，我脑袋就轰地一下炸了。原来是丢钱了，一万块钱呀！这可怎么是好？干钟点工最怕碰见这种事了，说不清道不明死无对证的。我赶忙说，大姨我没看见呀！没看见床头柜上有信封，没看见钱，真的没看见，您不会是记错了，放别处了吧？

老太太毫不犹豫地说，我不会记错的，我就是放在床头柜上了。

我说大姨，一万块钱不是小数，我大华可担不起呀，您再好好想想行不？

老太太坚决地说，我已经想得很清楚了，我从银行取回来就把钱放在床头柜上没再动过。

我哇的一声就哭出来了，老天爷，这可怎么办呀！我说，大姨我求求您再找找行不？

老太太见我哭了，多少软下来了点，犹豫了一下说，大华同志，我听说你正在攒钱准备给你父母买墓地，有这回事吗？

我哭着说，是，我是缺钱用，我是在攒钱给父母买墓地，可我再缺钱也不会拿别人的钱呀。我大华这辈子从来都没拿过别人的东西！大姨，您不能这样没根没据地就怀疑我。我求求您再想想再找找行不？就算我求您了还不行吗？

老太太这才有些动摇了，想了想说，好吧，那就再找找，我们两个一起找。

我连眼泪都顾不上抹一把，立刻跑进老太太的卧室，翻天覆地地找了起来。那会儿我可真是什么也顾不上了，就想着把那一万块钱找到，把自己的清白找回来。我到处摸，到处找，老太太就跟在我屁股后面看着。我刚翻这边，老太太就说这地方我找过了，我再翻那边，老太太又说那地方我也找过了。我要掀开床垫子，老太太说没用，我不可能把钱放到床垫子底下。我没听她的，硬是把床垫子掀起来了。结果我刚掀起来，就从床垫和床头之间，明晃晃地掉出来了一个鼓鼓囊囊的信封。

至今我也没想明白，老太太怎么会把钱塞到那个地方。我把信封递给老太太时，老太太的表情十分尴尬，嘴里咿咿呀呀了半天，也没说出一句整装话。我默默地看着老太太数完那一万块钱，一句话都没说扭头就走了。

第二天，舒姐给我打电话，说老太太托她给我道歉，希望我还能回去继续在她家干，还说要给我补偿，要给我加工钱。我说，舒姐你不用费心了，我不会再去她家干活儿了。舒姐劝我说，大华，我知道你受委屈了，但她是老人，咱们别跟老人计较好不好？我说，舒姐，我不想跟别人计较，但我得跟自己计较，我大华干活儿为挣钱不假，但挣钱也不能糟践自己。

改锥那个见钱眼开的货，一听人家要给我加工钱，就鼓捣我回去干。被我没鼻子没脸地臭骂了一顿，这才不放声了。我真受不了改锥这点，每回我被人家辞了，或是我辞了人家的活儿了，他比我都在乎。一整就急赤白脸地数落我，说我不会处人，老说我是“走一路，败一路”的货。没错，我换活儿是勤了点，我没说自己没毛病，但说了归齐，我炒雇主和雇主炒我的情况总归是各占一半吧，这是不是也能说明我的毛病和别人的毛病也是各占一半呢？

3

我一边动手抓紧干活儿，一边给舒姐讲我去要钱的经过。当然了，我不可能什么都讲给舒姐听，我会掂量着剪裁了再讲。我只告诉舒姐我今天发火了，我还说了要一屁股坐死小丫头蛋子让她开不了门啥的那些狠话，但没告诉舒姐我还骂了好些难听的脏话，更没说小丫头蛋子最后是被我的文身给吓住的。别看我表面上粗咧咧的，其实心里还是知道分寸的。

我感觉吧，舒姐挺喜欢听我给她讲点啥的。无论我讲什么，舒姐都会认认真真地听，眼睛一直看着我，听到伤心的地方她眼圈会红，听到逗乐的地方她会笑，还会时不时地向我提些问题，让我特别有成就感，特别有往下讲的兴致。所以我就总惦着搜肠刮肚地想我身边的那些人和事，恨不能都掏出来讲给舒姐听。说句老实话吧，这辈子还从来没人像舒姐这么愿意听我讲话，这么把我当回事呢，连改锥都不行。

兴许因为改锥那句“走一路，败一路”的话，一直堵在我心口上吧，所以我特别在意舒姐家的活儿。舒姐家的活儿我都干了五六年了，从上手就没放下过，是我干得最长久的一份活儿，也是我用来堵改锥口的最好使的依据。每回改锥数落我，我都会拿舒姐说事，说你不信就去问问舒姐我咋样，谁说我不会处人？关键是得看啥人，关键是得看是不是有层次的人。

久了，连改锥都觉得纳闷，总憋着问我舒姐到底是啥样人，咋就把你给拿住了。

我说放屁，你咋不说是我干活儿好把舒姐给拿住了呢？

改锥说，别扯犊子了，你干活儿还算凑合，可脑子有病呀。

我说，你说谁脑子有病？

改锥哧哧笑着说，你呀，你脑子开过瓢嘛。我一下就火了，我脑子的确开过瓢，因为里面长了个脑垂体瘤。我跟改锥之所以一直没怀上孩子，就是被那个脑垂体瘤给害的。偏我又是个最喜欢孩子的人，这块地方是我的心病，不能碰，一碰就疼得受不了。所以，还没等改锥话音落地，我嗷的一声就扑上去了，跟改锥扭打在一起，好一顿撕扒，直到他告饶我才罢手。

细想想，我能在舒姐家干这么些年，并不单是为了跟改锥杠。我这种不上数的人，就算是走一路败一路能咋地？反正我也没胜过，多大点事呀，我大华根本就不在乎。摸着心说话，我一是喜欢跟舒姐沾点层次，二也是有点离不开舒姐了。按说，舒姐家的活儿并不好，一周才一次，一次才四个钟点，活儿太稀不说，工钱给的还低。工钱低这事倒是怨不着舒姐，是刚来干活儿那会儿定的，那时市场上钟点工就这价，后来才涨上来的。换了别人我肯定会张口要，给涨钱就继续干，不涨就辞了。但舒姐不行，我跟舒姐处出感情了，张不开口了。这些年下来，我已经不知不觉地把舒姐当成了亲人。每周一次到舒姐家干活儿成了我的盼头儿，就盼着这一天能来见见舒姐，把攒了一周的好事坏事，一肚子的好话坏话痛痛快快地说给舒姐听。经舒姐给理一理、断一断，我这心里就敞亮了，就舒服了。有一次，舒姐外出一个多月才回来，我没着没落的差点憋疯了，见到舒姐那当口高兴得眼泪都快掉下来了。弄得舒姐莫名其妙，还以为我出啥事了呢。

其实吧，有时候我心里也会犯嘀咕，我在舒姐家都干了这么些年了，她咋就不知道打听打听外面的行情呢？我倒不是图舒姐给我涨工钱，只是想让舒姐知道我一直没跟她提过涨工钱的事，一直是亏着自己给她干活儿的，让她明白我对她的这份心。

门铃忽然响了，舒姐说她今天要接受个采访，应该是采访她的记者来了。

我说舒姐你别动，我去开门。等我屁颠屁颠地跑去把门打开后，一下子就傻在原地不能动弹了——来采访的记者竟然……竟然是那个……冻酸梨！就是那回嫌弃我有文身的雇主！

我不知道冻酸梨认没认出我，我俩对上眼儿的时候，我看到她眼珠子似乎定了一下，但只一忽就满脸带笑地问我，请问这是舒老师家吧？我递给她拖鞋的时候，她又文文明明地对我说了声谢谢。弄得我直发蒙，这跟我见过的那个冻酸梨整个对不上茬子嘛，既不冷也不酸。也许她暂时还没认出我，我想，保不准多看几眼就会想起来的。我很担心她会认出我，万一她哪一眼认出了我，把我有文身的事抖搂给舒姐，再添油加醋告诉舒姐我在她家怎么撒泼，那就毁了。这么想着，我不禁冒出了一脑瓜子的冷汗。

好在舒姐很快就迎出来了。不知道是不是我多心，我觉得舒姐跟平时也不一样了。平时舒姐总是说话轻轻的，笑起来也淡淡的，这会儿突然笑开了，声音也放大了。看着舒姐格外热情地跟冻酸梨打招呼，热热络络地牵着她的手往屋里让，我心里还真有点不是滋味。那感觉怎么说呢，就好像……就好像我一直以为自己跟舒姐是一伙的，直到这会儿才发现冻酸梨跟舒姐才是一伙的，心里当然挺失落的。尽管我心里明白，虽然我跟舒姐处的时间比冻酸梨长，但她毕竟跟舒姐是一个阶层的，凭这一样，她轻轻松松就能后来先到占了我的先。

舒姐边招呼着把冻酸梨往书房里让，边对我说，大华，你今天不用打扫书房卫生了，我们要在书房谈话。

我赶紧抖了个机灵，抢上一句说，好，那你把书房门带上吧，别让我干活儿吵了你们。其实我是不想让冻酸梨看到我，我更不想看到她。结果我白机灵了一回，舒姐回头冲我微微一笑说，没事，不用关门，不碍事的。我立马就没辙了，心里说你倒是没事，可我有事呀。

有时候吧，我觉得挺猜不透舒姐的，她脸上的微笑一忽让你觉得很近，一忽又让你觉得很远。比如现在，她明明是在向我表达她不把我当外人，说话不想背着我的意思。但不知道是不是因为笑得太用心了，反倒让人觉得里面还有另外一层意思，那就是，开着书房门可以随时看到我，知道我在哪，在干什么。当然了，这么揣度舒姐有点不厚道，我也不知道自己这会儿是怎么了，大概是被冻酸梨把心给弄乱了吧。

平心而论，舒姐对我挺真心的，我能感觉出来她总想让我感到她和我是平等的，这点她跟一般雇主都不太一样。刚来舒姐家干活儿那会儿，只要是赶上饭点儿，舒姐就要留我吃饭。我们干钟点工的一般都不在雇主家吃饭，挣着人家的钱，就不能再给人家添那份麻烦了。再说了，对我们来说根本就不存在饭点儿这回事，有时间就吃没时间就饿着，肚皮都练出来了，跟猴皮筋似的能伸能缩。舒姐心眼儿好，非让我吃饭，我看她的确不是跟我来虚的，拗不过就吃了两次。那饭吃的，别提多别扭了。不是我玄乎，舒姐家的饭碗也就比挖耳勺大不点。我这人饭量大，在家改锥都吃不过我。捧着那么个小碗，你说我添不添饭，添几次饭？还有菜，一个炖菜都没有，全是一小盘一小盘的炒菜，也不知道费那个劲儿干啥，搁一起炖一大锅多好。说实话，上了那个饭桌，我就更知道自己跟人家不是一个阶级的，搅和不到一块堆儿了。

我就纳了闷了，这点事舒姐咋就不明白呢？她是装傻呀还是真傻呀，总想跟我搞平等？她咋就不明白我俩根本就不可能平等呢？明摆着，我跟她起根就没站在一个台阶上。所以她越想跟我讲平等，我就越能感受到不平等。这就好比一个站在上面台阶上的人，蹲下身子跟下面台阶上的人说，你看我跟你一样高。你说假不假？多假呀！其实能说出这话本身，就是因为她知道自己优越，知道自己比你高，她这是优越着还想让你领她的好。谁都不是傻子，谁都看得出来她是故意蹲下身子将就你，谁都知道只要她愿意，她随时都可以直起身子，立刻就会高过你，还不止一头！

看出来了吧，我是不是没有表面上看上去那么缺心眼儿？我不过就是脑子慢点，但慢慢琢磨着，也能把人和事揣摩个八九不离十。

4

冻酸梨的声音可真难听，挤出来的声音劈着叉，听得身上直起鸡皮疙瘩。不过她的小嘴儿倒是挺会甜乎人的，说她一直是舒老师的粉丝，说她特别喜欢舒老师刚刚获奖的那篇小说。

我这才知道舒姐中奖了，中的是什么奖不知道，看冻酸梨那意思应该是挺大的奖。我心想怪不得，以前我一直觉得舒姐干的这活儿挺没意思的，整天把眼睛挂在电脑上写呀写的，也不知道写个什么劲儿，原来是奔着中奖奔着赚奖金去的，这还差不多。估计舒姐这下子应该是中了头彩了，跟买彩票中大奖差不多，奖金指定是少不了，要不记者怎么会追上门来采访她呢。舒姐也真是，这么好的事也不赶紧跟我说一声，让我也替她高兴高兴呀。

我手里一边干着活，一边惦着舒姐中奖金的事，忍不住老在心里琢磨着，舒姐到底中了多少钱呢？耳朵不由自主地就朝书房那边竖过去了，可惜听了老半天也没听出个四五六，到了也没弄明白到底是多少钱。

舒姐她俩净唠些没用的嗑，什么人物形象呀，思想性呀，现实意义呀……全是些够不着天挨不着地的玄乎词。正没滋没味的时候，就听见冻酸梨问了一句，舒老师，您怎么会想到写一个邪恶的母亲呢？

什么？我顿时就惊住了。

邪恶的母亲？这好像有点不对劲儿吧？舒姐怎么能把“邪恶”这么难听的词用在母亲身上呢？母亲怎么会是邪恶的呢？母亲应该是美好的呀。从小到大我们不是一直都在歌颂母亲、赞美母亲，一直都是把最好的词用在母亲的身上吗？谁不知道母亲是伟大的，母爱是无私的，当然我妈得除外。

话既然说到这儿了，我就再说清楚点，得把我妈除外，不能拿我妈比，因为我妈不好，不值得赞美。我得先在心里把这个劲儿顺过来，先把我妈排除掉。

我不知道该怎么说我妈，从小我就知道我妈招风。其实我妈长得并不漂亮，就是丰乳肥臀。人家都说女人只要胸大腚大就招男人，我不信这话。我妈把她的大胸大腚一点不差地都遗传到我身上了，但我就不招男人。我二姐倒是哪也不大，但一点也没耽误她见天在外面跑疯。所以照我说，这事关键还是得看自己个儿。外人都说我长得最像我妈，但我和我妈心里都清楚，除了外面这层人壳子，我俩没有一丁点像的地方。如果硬要说像，就是我会骂人这点像我妈。我虽然没我妈骂得那么邪乎，但还是得了些我妈的真传的。

我妈骂人是专业水平，她这辈子主要负责骂我爸，有事没事都骂，有理没理都骂。天寒地冻骂我爸，暑热难熬骂我爸，连刮风下雨打雷闪电也骂我爸。我自小学习不好，每回考试成绩出来，我妈都会把我和我爸一起痛骂。我爸很少回嘴，他知道自己不是我妈的对手，回嘴只能招来更多的骂，所以就尽可能地躲着我妈，见天往外面跑，能不着家就不着家。我猜想我妈骂人的本事，就是常年骂我爸给练出来的。我在我妈的叫骂声中长大，耳朵眼儿里天天灌进去的都是各种各样的骂词，就算脑子再笨，也被我妈给培养出来了。

我爸窝囊，用我妈的话讲就是一锥子攮不出个血，三脚踹不出个屁。小时候我们家生活那么困难，作为一个养家男人，我爸真是一点能水儿都没有。实在没招了，就知道往海边跑，撅着腚在海滩上刨点蚬子、蛎子，捞点海菜什么的，抓挠点吃食回来就算是补贴家用了。也难怪我妈斜半拉眼儿都看不上他。我妈嫌弃我爸，说不让他上床就不让上。我不止一次亲眼看见，我爸半夜回来悄悄爬上床，被我妈一脚踹到地上半天都爬不起来。

我曾经替我爸抱屈过，躲在被窝里为我爸哭过不知多少回。直到有一天，我在外面玩，憋了泡尿跑回家，从门缝里看见我爸面目扭曲，大手在正酣睡的我大姐口鼻上使劲捂着……

那一刻，整个世界在我面前翻了个个儿，大白天变得墨黑墨黑的。我站在门外，就像是被鬼掐住了脖子似的，发不出声也喘不上气，脑瓜仁儿里同时跑过无数的火车，轰轰隆隆地把我整个人震了个稀巴烂，那泡尿不知怎么就顺着大腿根儿全淌出来了。

那天我没回家，我不知道该怎么办。我恨我爸，就算我大姐先天痴呆不懂事，我爸也不该这么对待我大姐，那可是他自己的亲生女儿呀。但我不敢把这事告诉我妈，我怕我妈骂我，怕我妈知道这事后，会把我爸给撕碎了，踹烂了。

我给舒姐讲这件事的时候，一定是把她给吓着了。当时舒姐脸都不是色儿了，眼睛瞪得大大的看着我，半天都说不出话。我就哭了，我说舒姐这是我家的家丑，我知道家丑不可外扬，所以这事我从来都没敢跟任何人说过。舒姐你可千万别笑话我，别给我说出去呀。舒姐这才缓过神儿来说，大华你放心，你这么信任我，我不会说出去的。我说，舒姐我真得感谢你。这事在我心里憋得年头太久了，都发霉发臭长毒蘑菇了，再不抖搂出来，早晚得活活把我自己给毒死了。

至今我也想不明白，我怎么会把这丑事当着舒姐讲出来。我总觉得舒姐身上好像有一种特殊的魔力，在她面前我就控制不住自己，就像是被拍了花子似的，不知不觉地就能把心里的东西一股脑都抖搂出来。

手机响了，我瞥了一眼是二姐来电话就没稀得接。我二姐来电话从来没好事，除了要钱就是要钱，也不知道我上辈子究竟欠了她多少钱，这辈子追命鬼似的跟在屁股后面要个没完。见铃声响个不停，我怕吵到了舒姐她们，只好接起来了。

果然，我一接起电话，就听二姐在那头说，大华我住院了。

我没好气地说，你住院关我啥事？

二姐说，我手头没钱了，你能给我拿点不？

我说，凭啥？你怎么不跟你相好的要？你养汉这么些年总不能白养吧？

二姐说，大华你说话别这么难听。

我说，想听好听的别找我呀，你又不是不知道我没那个功能。

二姐叹了口气说，他手头也不宽裕。

我说，那么我就宽裕吗？

二姐说，你不是还有活干，每天都有进项，而且也没孩子的负担嘛……

好哇，又往我没孩子这个腰眼上捅！我说，你给我听好了，我大华是没孩子没负担，但也没义务接济你，我天天起早贪黑累死累活挣钱，可不是为了填你那个烂坑！

二姐声音低下来说，大华，我可能真是得了要命的病了。

我说，那好啊，那你就去死吧！说完立刻就把电话挂掉了。

5

那天早上贼冷。其实没多大雪，主要是风硬。海风抄起雪粒子往脸上身上生扑，小刀子似的扎得骨头生疼。路面结了冰，我牵着外甥的小手，一步一刺溜急三火四地赶到北岗桥时，警察早就等得不耐烦了。

一照面，警察就没好气地问我，你是他老婆？

我说不，我不是，我是他……小姨子。

警察眼睛立刻竖起来了，说不是告诉你们必须直系亲属来认领吗？

我赶紧把躲在身后的外甥拽到前面说，直系亲属在这儿，这是他儿子。

他老婆呢？警察有些吃惊。

我说，太急了没找到人。

没找到人？警察一脸怀疑地打量了我俩一番，问，为什么？

外甥突然就哭了起来，说警察叔叔，我妈昨晚不知道去哪了，一宿都没回家……

谁也不知道我二姐夫是怎么跑到北岗桥来的，谁也不知道他为什么会死在街头。不是车祸，也没有外伤，二姐夫只穿了一身单衣裤，孤零零地躺在冰冷的马路牙子上，手里还攥着一个空酒瓶子。旁人说什么的都有，有人说他是喝酒喝死的，有人说他是喝醉了冻死的，只有我心里明镜似的，我知道二姐夫是被我二姐害死的。

发送我二姐夫时，我二姐一滴眼泪也没掉，跟当年我妈发送我爸的那副死样分毫不差。我算是服了她们娘俩了，她俩可真是一丘之那什么东西呀！

我们姊妹仨里，我妈单就喜欢我二姐一个，从小到大什么尖儿都可着我二姐一个人摘。在我们这个破家里头，我二姐就是个公主。我爸是踮起脚尖也够不着我二姐的，我妈都不让我爸碰我二姐，我二姐也根本不睬我爸。

有一次我爸喝醉了，指着我二姐问我妈，她是谁？

我妈说，瞅你那点出息，灌这么几口马尿就分不出个儿了？那不是你二闺女吗？

我爸凑上前仔细盯着我二姐的脸，看了半天说，不对吧，这闺女哪有一点像我呀，我怎么看她越长越像那个谁……

我妈啪的一个大嘴巴，坐地就把我爸扇没动静了。

我二姐被我妈宠得没边，在家里横草不拿竖草不捏是活儿不干，家里所有的活儿都在我身上。我没办法，我躲不掉，大姐傻，二姐精，我不能跟她们任何一个攀比。反正我也爱干活儿，我自小就干净，见不得灰，整天手里拎着块抹布到处擦。那时，我家最好的家具就是一对刷着红漆的大木箱子。我最喜欢擦那对箱子了，一天几遍地擦，结果擦得红漆都露白茬了。让我妈逮住劈头盖脑骂了我好几个钟头。

我讲这事给改锥听时，改锥竟扑哧一声乐了。我问你乐啥？改锥把大拇指伸到我面前，假模假式地夸赞我说，人才呀，敢情你打小就是个家政人才呀！我一脚踹过去，说滚犊子吧你！

舒姐家的家具都挺高档的。擦高档家具得有讲究，抹布不能太湿，也不能太干，太湿了水汽太伤木质，太干了摩擦重伤漆，半干半湿潮乎乎的感觉最好。我把抹布的干湿度调整到最佳状态，边擦客厅家具，边听见舒姐的声音飘了过来——

母性崇拜是我们的原始文化，但也是我们文化中的一个陷阱……

舒姐的声音真好听，像我早上吃的那碗豆腐脑一样，温温软软的。

……其实母爱只是一种本能。本能是什么？本能是人与生俱来的能力或行为倾向……

她们这些有文化的人就是能整词，母爱就母爱嘛，挺简单一事弄那么复杂干啥。虽然我没得过多少母爱，但我也知道母爱是啥。就是我妈对我二姐那样呗，宠着、惯着、啥都依着，我觉着那就是母爱了。我是没孩子，要是有孩子我肯定比我妈还惯，往死里惯。我外甥有孩子之后，我天天跑去看，一去就抱在怀里不撒手。怀里有个孩子的感觉真好，软乎乎的一坨小肉，碰一下心都能化成水了。

……不，我不这么看，我们太习惯不假思索地接受固有观念了。其实稍加思索就会发现，我们歌颂的母爱只是一种本能，是人本身所固有的，不用学就具备的，相当于人体膝跳反射一样的本能……问题是，本能真值得我们这样去歌颂吗……

不不，我觉得舒姐说的不对，什么人本身所固有的，不用学就具备的本能？那我二姐呢？我二姐咋没有这个本能？我二姐是怎么对我外甥的就不用说了，她是孩子的亲奶奶，反倒千方百计地躲着不给我外甥看孩子，一让她看孩子就哪哪都疼。我是真想不明白，我妈把母爱都给她一个人了，她身上咋一点都没存储下呢？家具该保养了，光泽度差了不少，都有点发乌了。我得记着下次用家具养护油把所有的实木家具都保养一遍。

……拉迪克的母性思考的确对我有很大的影响。拉迪克揭示出了母爱的矛盾性，她说我们乐于称之为“母爱”的东西，是与仇恨、痛苦、厌倦、悔恨和失望交织在一起的……

等等，等等，舒姐说的这个拉什么克是啥人？那些词：仇恨、痛苦、厌倦、悔恨、失望，就像一个个臭鸡蛋突然摔在我面前，散发出一种令人窒息的熟悉味道，让我一下子就想起了我妈。天啊，难道这些不好的词真能跟母亲、母爱扯上关系？

我妈死的时候，只有我守在旁边。最后的那段日子里，我妈把恨、悔、痛苦、失望这些词用牙齿咬住，一遍又一遍地在嘴里嚼，直嚼得满嘴溃烂流脓，整个人都脱了相了。我从没见过哪个人像我妈这样仇恨这个世界，仇恨包括她自己在内的所有人。我妈说她这辈子从来就没如意过，为此她诅咒一切，说自己下辈子誓不为人，宁愿做个不知道有冬天的三季虫。

我二姐从我妈病重之后就不太露面了。开始我妈还总念叨，问我二姐来没，后来就不放声不再提我二姐了。我打电话叫我二姐来，她老推三阻四的，一会儿说自己感冒了怕传染我妈，一会儿又说腰椎间盘病犯了动弹不了。我知道她是找借口，虽然我心里挺生气的，但也知道我二姐就这德行。她倒不是对我妈没感情不愿意来，她是娇贵惯了，打怵干伺候病人的活儿。说老实话，她那熊样也真就干不了这活儿，连我这大身板子干着都吃力。我妈胖，身子太重，翻个身都能累死个人。每次给我妈翻身，我都得跪在床上连拖带抱地折腾出一身大汗。只是没想到我这么卖力地伺候着，到头来我妈还是压出了褥疮。褥疮那东西长上就不爱好，一天比一天烂得深，眼看都烂到骨头了，把我急得直哭。我妈嫌弃我在她跟前哭，说，你给我滚出去，滚远点！我说，你千万别赶我，赶走我可就没人伺候你了。我妈冷笑说，你伺候我有啥用？我早就把房子和钱一遭都过给你二姐了。我说，谁稀罕你房子，我和改锥有房子住。我妈说，大华你是不是彪呀？我现在两手空空，你伺候我一分钱也得不到，你图个啥？我说，我就是彪嘛，爹不疼妈不爱的，我也不知道图个啥。

改锥也拿这话问过我，我说，那是我妈呀。

改锥说，是你妈不假，可她从头到尾哪有个妈样？

我说，有没有妈样我也是从她肚子里钻出来的，这没有假吧？

改锥说，你也就是借她肚子生成个人吧。

我说，那就行，怎么我也借过她肚子用，我就得还。

想到这，我跟我妈说，好赖你生我肚子疼了一回，就算为这我图个回报吧。

我妈直勾勾地瞪了我好半天，恨恨地呸了我一口说，我怎么养出你这么个彪子？真是彪到家了！

6

收拾窗边那个鸡翅木茶桌时，我照例加上了十二分的小心。这个茶桌是舒姐的最爱。我第一次来干活儿那天，舒姐先就把我领到茶桌前，好一顿叮嘱，让我一定要多加小心，千万别碰坏了茶桌上的那些东西。后来每次打扫到这个地方，我都提着个心吊着个胆。这茶桌上的瓶瓶罐罐小东小西太多，一不小心就容易磕了碰了，而每一件又都是舒姐的宝贝。

舒姐唯一一次跟我撂脸子，就是为了这茶桌上的宝贝。记得是在我刚来舒姐家干不久的时候，有一次舒姐说有个紫砂壶找不到了，问我是不是刷洗完随手放到别处了。

我心里一惊，问啥紫砂壶？

舒姐说，就是一个枣红色的小扁壶，泡茶用的。还说那把壶是名家手工制作的，叫石瓢，十分名贵。

我一听说是名贵东西，脑子就有点发蒙，忙问原来放在哪了。

舒姐说，就放在这个茶桌上，你没看见吗？

我说，没看见啊。

舒姐就盯住我的眼睛说，大华你仔细想想，茶桌上的壶和杯子不是你一起端去洗的吗？

我说是啊，可是我没看到你说的那个小扁壶。

舒姐的脸子当时就撂下来了，也不说话，就那样一直盯着我，盯得我后脊梁杆子直冒汗。过了好半天，舒姐的脸才松动了一点，但仍冷冰冰的，说那好吧，那你打扫卫生时，帮我各处看着点，发现在哪立刻告诉我好吗？说这些话时，舒姐的声音虽然不大，但每个字都像敲在我的耳膜骨上了似的，敲得我心怦怦乱跳。

我赶紧应声说，好好我一定注意找找。

从这件事上我就发现，别看舒姐表面上挺软乎挺面乎，看着好像是挺好答对的，但内里其实也是个厉害角色。只不过舒姐有素质，轻易不会生气，不会难为别人罢了。

动手收拾茶桌之前，我先给外甥打了个电话。我问外甥，你妈到底是咋了，又闹什么妖？

外甥说，三姨，我妈兴许长癌了。

我问，长在哪？

外甥说在肚子里，医生分析应该是宫颈癌，而且可能已经到了晚期了。

我说，这就对了，你妈就该得这烂病，她不得这病才怪！

外甥说，三姨，我妈都这样了，你就别这么说她了。

我说，这是她自己作的，这叫报应你懂不懂，你忘了你爸是怎么死的了？

外甥半天才吭哧出一句说，三姨，再怎么她也是我妈。

我不知不觉就用了改锥的口气说，是你妈不假，可她从头到尾哪有个妈样？

身边这一圈人里，我最心疼的就是我这个外甥了。二姐夫死那年外甥才十二岁。二姐夫一死，我二姐就更加肆无忌惮了，整天在外面跑疯。我去看外甥，见我二姐把外甥扔在家里，买了一大摞方便面，让他自己在家啃方便面做作业。我实在气不过，跑去找我二姐打仗。

二姐正跟她相好的在一起黏糊呢，大概是在难解难分时被我撞了门，人立马就疯魔了，衣服都没穿戴齐整就冲出来喊，我有追求幸福的权利！我说，对，你是有追求幸福的权利，可你追求大了，把你男人都追求死了。我二姐说，你是管闲事有瘾还是就见不得我好？我说，都让你说着了，我是既管闲事有瘾又见不得你好。我二姐说，告诉你大华，我的事你以后少管。我说，你以为我愿意管呀，我是心疼我外甥。我二姐说，你别在这儿装好人，我儿子用不着你心疼。我说，我倒是想不心疼呀，可他爸被他妈害死了，他妈又自己找幸福去了，我不心疼谁心疼？我二姐说，你就是嫉妒我，故意跑这来破坏我的幸福。我说，好，我不破坏了，你赶紧去幸福吧。我只求你一件事，拜托你自己幸福泛滥受不了的时候，想着匀出来点给你儿子好不好？

舒姐出来添水，我赶紧把外甥的电话给挂掉了。舒姐问我是不是家里又有什么事了，我就把二姐住院的事说了。舒姐听了叹了口气说，你那个外甥也真够命苦的。我说，可不是嘛，咱家条件差，外甥好不容易娶了个媳妇，这边刚把孩子生出来，正是用钱的时候，他那个倒霉妈就病了。我说，舒姐，我真想不明白，我二姐到底是什么鬼托生的，她这辈子托生来世上，是不是专门就是为了来祸害我们这家人的？舒姐说，你二姐真要是确诊下来是癌症，得花不少钱呢。我说，谁说不是呢，我二姐天生爱赶时髦，这下好了，人家有钱人都得不起这个癌，她个穷鬼倒巴巴地把这个时髦给赶上了。舒姐想了想问我，你是不是还在背着改锥给你外甥存钱？我说，是。舒姐神情忧虑地看着我说，大华你想没想过，这事万一要是让改锥知道了，会有什么后果？舒姐这话就像往我胸口塞了块抹布，心里立刻堵得不行。

给外甥存钱这事，我确实是瞒着改锥做的。我在外面给外甥立了个户头，钱再紧每个月都偷偷给他往里存点。这事我只跟舒姐商量过，但舒姐一直不赞成我这样做。我说，我又没个孩子，就拿外甥当自己孩子了，以后老了干不动了的时候，我不是还有个指望吗？舒姐说，大华我劝你千万别指望孩子，自己生养的孩子都未必能指望得上，何况他只是你的外甥。我明白舒姐为什么会这么说。舒姐的儿子跟她生疏，在国外定居了，据说是不打算回来了，所以舒姐根据自己的切身体会，就说今后指望不上孩子。让舒姐这么一说，我心里顿时拔凉拔凉的。我说，舒姐，照你这么说，我这辈子不就没指望了吗？舒姐定定地看着我说，大华，我看改锥这人不错，你还是得指望改锥。

当时我眼泪就下来了，我说，舒姐，你以为改锥是好指望的吗？我不敢指望呀！你是知道我有胆囊炎的。胆囊炎这病不发作时啥事都不耽误，但一犯病就疼得要命，那股子疼劲儿顶上来的时候，连死的心都有。有一天后半夜里我胆囊炎发作了，五脏六腑抽在一起搅着劲儿疼，疼得我浑身哆嗦满头冒汗。改锥倒是急三火四地把我给弄到医院看急诊了，但说出来都没人相信，当时我疼得身子缩成一团话都说不出来，都病到这个份上了，改锥也舍不得拿自己的钱给我挂号取药。他真就好意思站在我旁边伸出手，硬等着我这个病人掏钱，你说他还是人不是人！当时我心里疼得呀，比胆囊炎都疼。我啥也不顾了在那儿号啕大哭，旁人都以为我是疼得扛不住了，其实我三分是疼七分是伤心呀！我太伤心了！这还不说，打死你都想不到，改锥用我的钱交完款后，只把找回来的一把钱在我眼前晃了一下，说剩下这些钱就不给你了，我拿着回去打车用，说完就揣他自己兜里了。要不是我实在疼得说不出话，实在是一点力气也没有了，我真想跳着脚骂他几个钟头，骂他个劈头盖脸狗血喷头。舒姐你倒是说说，冲改锥这副要钱不要脸的德行，我敢指望他？

冻酸梨从书房里探出头，往这边张望了一下。我这才想起家里还有个外人呢，赶紧说，算了舒姐，我没事你快进去吧，人家等着你呢。

舒姐都走到书房门口了，又停下脚步思量了一下，回头对我说，大华，你攒那点钱都拿出来也治不了你二姐的病。

我说，舒姐你放心，我不会拿钱给她填没底的窟窿，我还得抓紧攒钱给我爸妈买墓地呢！

我心里挺感动的，舒姐是真心替我着想，她知道我攒钱不易，知道我攒的买墓地的钱还差着不少呢，所以担心我一时冲动把钱都拿出去给我二姐治病。其实我不能，这事我心里有数，我拼命攒钱买墓地，是在替我二姐还她欠我爸妈的债，我怎么可能让这钱再落到她手里呢。

等舒姐进了书房，我才反过味儿，后悔刚才怎么就忘了冻酸梨还在，怎么就秃噜嘴把自己家那点破事讲出来了？舒姐倒是没啥，我家情况她都清楚，她听了还能帮我掂量掂量出个主意什么的。我是忌讳那个冻酸梨，她听进耳朵里了，背后还不定怎么笑话我呢。

7

我妈临死前嘱咐我，说她要入土为安，让我一定要在龙山公墓给她买块墓地，然后把我爸迁来跟她一起安葬。

我戗我妈说，你不是厌烦我爸吗？

我妈说，但凡有丁点办法我也不想跟他弄一块堆儿去，我这不是没招了嘛，我不是不想做孤鬼嘛。

我妈告诉我，买墓地的钱她早就预备下了，放在我二姐手里，她已经跟二姐交代过了，让我跟二姐商量着办。

我妈走后，我就去找二姐商量这事。没想到我二姐张口就说钱没了。我问钱哪去了？二姐开始死活不说。后来让我逼得实在没招了，才吞吞吐吐地说，钱都拿去帮她相好的买经济适用房了。我做梦都没想到我二姐会干出这种二货事。我说，你马上去把钱给我要回来，那可是咱爸妈的安魂钱！我二姐吭吭哧哧地说，他现在手里也没钱，再说就算有钱也不能往回要，我还得在他那住着，跟他一起过呢。我咬牙切齿地骂道，你养汉都养出国际水平了，搭上自己不说，还要倒贴上我妈的钱。我二姐说，你不懂，我俩那是感情。我说，我是不懂，那我问你，有感情你俩勾搭这么些年了，他为啥至今也不肯给你个说法，不肯跟你领结婚证？我二姐说，证不证的不重要，只要我俩感情在……我赶紧打断我二姐说，得了得了，千万别跟我说你那个感情，不就是你硬往人家身上贴吗？这些年人家把你赶出门多少回了？是谁动不动大半夜站大马路上打电话跟我哭？你以为倒贴房钱，你那感情就牢靠了？告诉你吧，没有用，人家那房本上没你的名！我二姐没话说了，立刻就拿出了她的看家本领，开哭。

我二姐的哭功那是天下第一，鼻涕眼泪随叫随到不说，还取之不尽用之不竭。从小到大，哭，一直是我二姐克敌制胜的法宝。无论遇到什么事，她都会用哭来应对，不能说是百战百胜吧，基本上也是攻无不克。我能拿她怎么办？我一点办法也没有。就是打那以后，我才下决心干钟点工的。这些年我一天接好几个活儿，早上五点起床顶着黑就往外跑，白天干好几个家政，晚上还去饭馆刷碗，哪天都是大半夜才回家。我这么拼命赚钱，就是为了早点完成我妈的心愿，在龙山买块墓地，让我爸妈尽早入土为安。

舒姐最知道我的心思，她曾经特地托熟人帮我打听过龙山公墓的情况，结果得知这几年公墓的价格一涨再涨，发现我攒的钱总是不够。舒姐说她都替我愁得慌，不过我倒是不愁，我有的是力气，我相信只要有活儿干有钱挣，买墓地还不是早晚的事。

说起来，我坚持要干钟点工攒这份钱，也是导致我和改锥俩人经济上分开，弄成现在这样各花各钱的主要原因。

我和改锥的感情其实还行，说还行的意思就是还过得去。改锥这人心眼儿也挺好的，没太大毛病。但千好万好，单这一个“抠”字，就把啥好都给抹平了。我跟改锥谈恋爱的时候，俩人一起去逛公园，走渴了去买水喝，改锥就能买回来一瓶水让我喝，他自己忍着回家去喝。我缺心眼儿，当时心里还挺美呢，以为这就是对我好。结婚以后才发现根本就不是那么回事，我没属于他时他只抠自己，等我跟他到一起了，他就连我一起抠了。

问题是他抠都不往我这边抠，我说这话是有根据的。我跟改锥结婚时，我婆婆给了我一个压箱底的金戒指，是老货。我喜欢得要死，赶紧戴在手上。结果还没等焐热乎呢，改锥就哄劝我，这么金贵的东西别戴丢了，得放起来。还没等我醒过神儿呢，改锥就把金戒指从我手上撸下去，拿走收起来了。起先是真的收起来了，但后来不知什么时候就不见了。我发现金戒指不见了之后，跟改锥往死里闹了一回。开始改锥死活也不告诉我金戒指哪去了，我就撒泼，天上地下地闹腾。改锥实在扛不住了，才跟我说了实话。原来他弟弟娶媳妇时，他妈手里实在拿不出像样东西了，改锥见他妈为难，就偷偷把金戒指拿回去，让他妈送给新媳妇了。那天我哭得昏天黑地，我不是哭那个金戒指，我是哭改锥太不把我当回事了，连抠都不往我这边使劲，我可是他媳妇呀。

我心里明白这事也不能全怨改锥，根子还在他家。他们家之所以能做出这种事，说到底还是瞧不起我家，连带着也轻贱我。改锥他家虽然也不咋的，但比我家还是高出了一个台阶。毕竟他家里父母都在，人也都是全乎的。不像我家死的死，傻的傻，连一个囫囵个儿像样的人都没有。他弟媳妇家比起他家，就又高出了一个台阶。弟媳妇她爸从前在厂子里当过宣传科长，弟媳妇大学毕业，又是在银行网点上班，从各方面讲当然都比我金贵，当然更配得上那个金戒指了。

我婆婆势利眼得很，改锥弟媳妇生孩子，婆婆竟然让我去伺候月子。我也是发贱，要说别的事我肯定不会答应的，一听是孩子就屁颠屁颠地去了。他弟媳妇谱摆得还挺大，给我写了好几大篇注意事项不说，还让我看月子书和育儿书，说是什么都得按照书上写的来。干活儿我不打怵，看书可就太难为我了。我老实告诉弟媳妇，干什么活儿怎么干你告诉我就行了，千万别让我看书，我从来都不看书，看不进去也看不懂。见弟媳妇一副半信半疑的样子，我干脆就豁上了。我说，你是从有文化的家里出来的，可能想象不出我家是个什么样。我这么跟你说吧，你就是把我家翻掉底，也找不到一张带字的纸。我家那些人有一个算一个，哪个在房梁上倒挂三天，也控不出一滴墨水。结果把弟媳妇给说乐了，一想起来就乐得不行，足足乐了好几天。

后来我把这段话学给舒姐听，舒姐也乐得不行，直夸我有语言天赋。这话我爱听，我挺在意舒姐怎么看我的。看来在我妈的骂声中长大也不全是坏事，我身上也算是有一门童子功呢。

弟媳妇一出月子我就不干了，婆婆鼓捣改锥来劝我再帮两个月，我问改锥，谁给我发工钱？一句话就把改锥给堵回去了。我不是不愿意帮，我尽力了，就算我比人家地位低，也不能没完没了地让人白使唤吧，我还急着出去挣钱呢。

刚开始我出去干钟点工的时候，改锥总惦记我挣的钱，总盯着问我挣了多少钱。改锥那意思我明白，就是我挣多少钱都得拿回家，都是我俩共有的。我看这样下去不行，我太了解改锥了，这货是属貔貅的，只吃不拉，只进不出，钱到了他手里就甭想再要出来了。我就趁早把话挑明了，告诉改锥说我挣钱是为了给我爸妈买墓地，叫他就别再惦记了，从此以后我自己挣钱自己花，也不再跟他手里往外要钱了。那时我刚干挣得少，改锥不太在意就答应了，花钱时也不怎么跟我计较。后来我挣得渐渐多了，改锥就跟我分得越来越清楚，能让我掏钱的地方他决不出手，所以他在医院就能干出那样的损事。男人计较到了这个地步，在女人眼里就没有品相了。见改锥把男人都做到了这个份上，我对他的心思也就越来越淡，越来越瞧不起他了。

8

心不静，总想着冻酸梨是不是认出我了，总担心她要是已经认出了我，就会告诉舒姐我身上有文身。所以，舒姐和冻酸梨只要在那边一说话，我这边立刻就管不住自己的耳朵了，俩耳朵恨不得从脑袋上跳下来，跑书房里去听个仔细。我也知道偷听人家讲话不好，但耳朵忍不住，说了归齐还是被那个倒霉的冻酸梨给闹着了。

听了不一会儿我就发现，舒姐她俩这嗑是越唠越玄，越唠越离谱了。

冻酸梨说，舒老师您小说里两个女儿的形象很有意思，一个性意识极强，一个有性心理障碍，您好像特别关注女性的身体感受。

舒姐说，是的，从某种意义上说，女性认识世界是从自身身体出发的，而性是女性身体的钥匙……

老天！她们这是说些啥？我真受不了她们这些文化人，说那事就像说鼻子眼睛嘴似的，一点忌讳都没有。舒姐看起来文文明明的，我说话不小心带出个

"操"字，她听见都满脸不自在。可有一次我问舒姐，我咋就不明白，我二姐为啥死不要脸地非赖着跟那个人相好呢？舒姐文文静静慢条斯理地说，可能还是性体验的原因吧，他俩应该很和谐。一句话就把我给整傻蔫了，我万万没想到舒姐竟能说出这么臊人的话。接着舒姐又说，原来我听你讲过一些你二姐的情况，她给我的印象是个性要求比较强烈的人，很可能跟那个人在一起，你二姐更能获得性满足吧……我的个妈呀！我这脸都臊得没地方搁了，舒姐咋就那么好意思呢？她咋能把性要求、性满足这么难听的话说出口呢？而且还说得那么自然，那么不知道羞臊。所以我觉得吧，别看他们文化人表面上像是挺文明的，其实也就那么回事，说起裤腰带下面那点事更邪乎，也就是跟咱用词不一样呗。

不是我自吹自擂，我在生活作风这方面就特别正派。我对那事从来都不怎么感兴趣。刚结婚那几年，我还配合改锥忙活忙活，后来就懒得配合了。瞎忙活啥呀，也忙活不出来个孩子。自打我脑袋手术之后，我俩就很少做那事了，近些年干脆就没那个想法了。不做就不做吧，没那事挺好，反正我本来也没啥兴致。其实吧，从前每次配合改锥我都挺勉强的，我从来没觉得做那事有啥意思，总觉得那是件脏事，不干净。而且也不知道怎么搞的，一到关键时候我就憋不住尿，我一跑去撒尿，改锥好不容易拱起来的那点兴头就都泄没了。

这些事我跟舒姐叨咕过，我叨咕的意思是显示我有多好。但舒姐的反应却令我很意外，她不表扬我生活作风正派倒也罢了，竟然说我有问题。还说我的问题改锥也有责任，是改锥没把我开发出来，没让我体验到快感。当时我是真听不下去了，还快感，这种话亏舒姐真说得出口。

不过说老实话，改锥也不行，他那玩意儿本来就不行。这件事只有我知道，连他妈我婆婆都不知道。我得脑垂体瘤之前，因为一直没怀上孩子，俩人曾经一起去医院做过检查。当时医生就说是他的原因，说他是隐睾，所以精子成活率低。其实，后来我得脑垂体瘤倒是把改锥给救了。明面上我俩不生孩子的责任一下子都弄到了我头上，他反倒是解脱了。有一阵子他全家人都冲着我来劲，公公婆婆鼻子不是鼻子脸不是脸的，恨不得马上让改锥把我给休了。我是有口难辩，心灰意懒也无心辩。

不过该咋说咋说，改锥表现还行，还挺照顾我心情的。改锥劝我说，没孩子就没孩子吧，咱省得操那份心了，你不是总想赶时髦吗，咱这不也赶上时髦整“丁克”了吗？

我说丁你个屁克！我就是被你克的，被你克绝户，克成轱辘棒子了！

反正我俩这事的前因后果改锥心里最清楚，所以在外面不管别人怎么说，改锥从来都不说我啥，对不生育没怨言没牢骚。最后的结果就是，满世界都知道改锥对我这个不能生养的老婆不离不弃，他踏踏实实地落下了个好名声。你说我上哪说理去？

我正满脑子胡思乱想呢，忽然听见了“钟点工”三个字，心里陡然一惊，耳朵立刻就立起来了。可惜听不太清楚，她俩像是把声音压低了，我只能隐隐约约地听到一星半点。舒姐好像说了句，还说得过去吧。冻酸梨就叽里咕噜地说了半天。我的心一下就提到了嗓子眼，感觉冻酸梨就是在说我，是在说我去她家的事，是在告诉舒姐我身上有文身。但仔细听听又感觉不太像，冻酸梨似乎还是在那恭维舒姐，我听见了“善良”“宽容”什么的。

我往前凑了凑，声音果然清楚点了。我听见舒姐说……其实也没什么，再说我也需要。冻酸梨说，我可没您那么包容。舒姐就说……做事挺毛躁的，开始我也不太满意……我的心一下紧张起来，冻酸梨又说了些什么就没听清。然后，我就听见舒姐说……毕竟作为我的观察对象，作为我了解底层社会的一个窗口，还是很难得的，这样一想就能包容了，不会太计较了。冻酸梨就感慨起来，说，还是舒老师有文学的敏感性，有主动观察生活的意识……我脑袋有点转不过来了，不知道该怎么把我听到的这些话弄到一块堆儿。她们到底在说啥？在说谁？是说我吗？有那么点像，但又不完全像。

虽然我一时还理不清楚，但心里有了一种不好的预感，感觉舒姐可能并不像我想象的那么认可我，并不像表面上对我那么好。这么一想，我的心就有点乱了，散了黄的鸡蛋似的，稀里咣当乱得不行。

别看我一直在改锥面前吹牛，说舒姐对我印象怎么怎么好，舒姐对我如何如何满意，舒姐对我多么多么好。其实真要是较起真儿来，我也不敢咬硬。我也不知道舒姐到底怎么看我，怎么评价我。我也不知道舒姐是真心对我好，还是表面上对我好。反正不管我怎么吹，改锥就是不信。为舒姐，改锥曾经跟我掰扯过好几次。

改锥说，大华你别以为舒姐真对你好，她就是看你能干活儿想用住你。

我说没错呀，我干活儿好，舒姐待我好，我俩不就两好轧一好了呗。

改锥说，你个彪样，啥叫对你好？给你两句好话就是对你好了？那玩意儿有啥用？能吃还是能喝？想用住你就得对你好，对你好就得给你涨工钱，这么简单的道理你都不懂。你都在舒姐家都干了多少年了？她咋能一直不给你涨工钱呢？就拿嘴糊弄你呀？

我说，那不关舒姐的事，是我一直没提涨工钱的事，舒姐也不知道现在工钱都涨了。

改锥说，拉倒吧，这两年人工钱涨这么邪乎，我不信舒姐不知道，装傻吧她。

我说，告诉你改锥，就算是舒姐提出来涨工钱，我也不会要。我们姊妹俩处得好，我就愿意给她干，我心甘情愿。我跟舒姐说好了，我就在她家干，不许她辞我，辞我我也不走。我要在她家干一辈子，到她老了我就伺候她！

改锥说，我操，你以为这样人家就待见你了？就把你当姊妹了？做梦吧你！我看你妈说的一点没错，你就是个彪子，彪到家了！

虽然我嘴上跟改锥咬得登硬，但心里也常犯嘀咕。有好几次我都想跟舒姐侧面提一提涨工钱的事，可不知为啥，一到舒姐面前我就张不开口了。改锥坚决地认为舒姐给我下药了，把我给彻底弄迷瞪了。改锥说的也不是没有道理，他说作家都会揣摩人，舒姐早就把你看得透透的，她太知道怎么能把你拿住了。不过我还是不咋信，我不信舒姐是那样的人。

舒姐对我好，所以总会时不常想着送我点东西，有时是衣服，有时是吃的用的。每次我拿回家来显摆，改锥都没什么好话，说又是人家淘汰的吧？我说，就算淘汰人家也得给你呀，这么好的东西人家淘汰给谁不行？改锥说，看把你嘚瑟的，人家充其量也就把你当成个穷亲戚，甩给你点破烂还当宝了。我说，改锥你说这话可太没良心了，人家舒姐好心好意给咱东西，你不领情也不能说是破烂吧。结果这话说了没过多久，就让改锥给逮住短处了。

那次舒姐给了我一大盒人参冲剂，让我拿回去给改锥吃，说是能补气。我问咋不留着给姐夫吃，舒姐说姐夫血压高不能吃，我就高高兴兴地拿回家了。当时改锥也挺高兴，马上就要冲一包，一边摆弄一边还说看包装就是好东西。没想到话音没落，改锥的脸色突然又变了，一下把那盒人参冲剂摔到我面前说，你看看你看看。我问怎么了？改锥说，过期了！我捡起来仔细看看，还真是过期了，而且都过期半年多了。改锥这下子可算是抓住把柄了，没完没了地说，我说舒姐怎么能把这么好的东西送给你呢，原来是过期了，人家不敢吃了。人家的命多金贵呀，哪能吃过期的东西，扔了吧又可惜了，所以就想到了你这个彪子。我告诉你大华，在他们眼里咱这样的人命贱，没资格跟他们一样讲究保质期！

当时我心里虽然挺别扭的，但还是不相信舒姐是有意这样做的。我想核实一下，兴许是舒姐疏忽了呢。所以再到舒姐家干活儿时，我就直截了当地告诉舒姐，你给我的那盒人参冲剂过期了。我希望舒姐听到后非常惊讶，说是吗？哎呀，我没注意。然后又很难为情地向我道歉，说太对不起了，真不好意思！这样我回家就可以理直气壮地告诉改锥，舒姐不是故意的，她没发现过期了，听说过期了她可不好意思了，直让我替她向你道歉呢。

但是，我想象的这一切并没有发生。

我告诉舒姐之后，舒姐只平静地看了我一眼，说，哦。想了想又说，那类补品只要包装好没受潮，过期一点也没关系的。我看得出舒姐是有些尴尬的，也看得出她在刻意掩饰不自然的表情。但很快，舒姐就又微笑了。舒姐微笑着抬起头对我说，大华，你要是实在不放心就把那些都扔掉吧，没关系的。

面对舒姐的微笑，我当时真想哭。

9

书房门不知什么时候从里面悄悄地关上了。

我愣在那里，呆呆地看着关上的门。我就是再缺心眼儿，也知道这门是为我关的。嗓子眼儿里突然很痒，像塞了一把茅草似的，很想大声咳，但又咳不出来，噎得我浑身难受。我知道我控制不住自己了。我这人本来就没有舒姐那样的修养，我最怕别人背着我，越背着我，我就越想知道是咋回事。跟我没关系的事背着我，我心里都跟长了桃毛似的痒得受不了，何况跟我有关的事。不由自主地，我的脚就挪了过去，耳朵也从脑袋顶上跑下来，贴到书房门上了。

我先是听见了舒姐的声音——是的，她很信任我，什么都跟我说……对，我写这篇小说就是受了她的启发，很多故事都是她讲给我的。冻酸梨问，那些难堪的让人无法面对的情节，难道也是？舒姐说，是，这里的大部分故事都是真实的，有些情节几乎不用任何加工直接就写进去了。冻酸梨说，如果不是您说，我真不敢相信会有这样的家庭，会有这种完全没有道德底线的父母。舒姐就说，是啊，底层的生活状况远远超出我们的想象，如果不是听她自己讲的，我也不敢相信。冻酸梨说，舒老师我很想知道，那个母亲是被强奸后，才不得不嫁给强奸她的男人，两人生活了一辈子恨了一辈子，这个情节是真实的还是您虚构的？舒姐犹豫了一下说，是真实的，是她亲口对我讲的……

我的脑袋嗡的一声，顿时感觉天塌地陷了。

那天我把二姐夫的尸体领回来送到殡仪馆之后，就跑回家去找我二姐。推门见我妈一个人在外间躺着，就问我妈知不知道我二姐去哪了。

我妈白我一眼说，找你二姐干啥？

我说，出事了，我二姐夫……

我妈一下打断我，喊什么喊？什么大不了的事大喊大叫的？

我说，我二姐夫死了！

我妈愣了一下说，死就死了呗。

我说，妈你怎么能这样？你就是再不中意我二姐夫，他也是你女婿是我二姐的男人呀！

我妈说，行了行了别叫唤了……这会儿工夫我二姐从里屋出来了，问谁死了？

我说，你男人死了！

我二姐说，别瞎扯了，那个死鬼昨天还好好的呢，他要是死了我还少份心思。

昨天？我问，你昨天去哪了？你昨天晚上为什么没回家？

你管得着吗？我二姐说，我愿意上哪上哪！我……

我是管不着你，我说，可你男人死了，派出所找不着直系亲属，是我一大早跑去替你领的尸！

我妈和我二姐这才信了。我二姐脸僵了一会儿，嘟囔着说，他这是自己作的，酒蒙子一个，早晚的事……

我一下就火了，我说，人都死了你还这么说？你是人不是人呀？要不是你整天在外面跑疯，我二姐夫能成天跟酒较劲？能一个人死在大街上……

啪的一声，我二姐狠狠地扇了我个大耳光子说，你给我闭嘴！你跟他什么关系？这么向着他说话？

当时我简直气疯了，我顺手操起一把菜刀就朝我二姐冲过去，却被我妈从后面死死地抱住了。我妈抱住我朝我二姐直喊，快走快走，这二杆子啥事都能干出来，你赶快走吧！直到我二姐跑没影了，我妈才撒手放开我。

我跳着脚朝着我妈大喊，你到底是人还是鬼呀？你欺负我爸把我爸气死了，现在又帮着我二姐害死了我二姐夫，你的心到底是啥做的？你……你知不知道我有多恨你？你要不是我妈，我真想一刀砍了你！

砍呗，我妈干脆把脖子伸过来，说想砍就砍吧，你手上不是有刀吗？

我浑身哆嗦着举起菜刀，一刀下去，砍在了自己的胳膊上……

我看见刀像切豆腐似的切进了胳膊，没觉得疼，肉一下翻了出来，也像豆腐一样白花花的，竟然没有血。但只一瞬间，鲜红的血就涌了出来，呼呼地直往外冒，这时我才觉出了疼。真疼呀，先是胳膊疼得直抖，紧接着全身都跟着筛起糠了。随着咣当一声刀落在地上，我捧着血刺呼啦的胳膊，响天动地地号哭起来……

我妈抓了一把烟灰按在伤口上，又用根破布条子把伤口缠住，然后就塞进我嘴里一片止疼片，不耐烦地呵斥我道，别号了，我就知道不见点血光你今天就过不去！

我住了声，捧着胳膊恶狠狠地看着我妈。

我妈不看我，一直在抽烟，一根接一根地抽，过了好久，我妈把一个烟头在鞋底上使劲儿地摁了又摁，说，你个没事找事的丧门鬼，我本来不想提从前那些混账事，你偏要三番五次地惹乎我，好吧，那你就给我听好了：我告诉你，我恨你爸，当年我就是被你爸这个王八蛋给强奸了，怀上了你大姐，才不得已嫁给他的！

看见我咕咚一声跌坐下去，我妈脸逼近我说，知道你大姐为什么是傻子吗？那是报应！是老天替我报复他！本来我已经有了中意的男人，我们俩都开始谈婚论嫁了，是你爸把这一切都毁了，是你爸把我这辈子彻底给毁了，我跟他从来都没有感情！你不是说是我把他气死的吗？我还告诉你，气死他在他是好死，依着我恨不得把他杀死！

像有无数个马蜂钻进了我的脑袋瓜子里，嗡嗡嗡叫得我头都要炸了，我声嘶力竭地朝着我妈大喊，你骗人！你糟践我爸！

我妈狠狠地吸了一口烟，说，是那个王八蛋糟践了我！你爱信不信！

我说，不可能，我爸那么老实个人不可能！

我妈冷笑道，老实？他才不老实呢，蔫巴人蛊毒心，老实能对你大姐下手？

我立刻蒙了，原来我妈知道！我哆哆嗦嗦地问我妈，你知道？你知道为什么不管？你知道为什么还由着他欺负我大姐？

我是倒退着逃出家门的，一出了门就头也不回地疯跑，不知跑向哪里，也不知跑了多久，直到实在跑不动了，筋疲力尽地瘫倒在海滩上。那感觉就像是去地狱里走了一遭，就像是活活地死了一回。

记得当时给舒姐讲这段烂事时，我哭得稀里哗啦的。我哭着问舒姐，你说我上辈子到底造了什么孽，为啥非把我生在这么个破家里，非让我看这么些个破事呢？舒姐安慰我，大华你别这么想，其实这世上谁都有苦处，谁的日子都不美满。我说，舒姐，我看你的日子就挺美满的。舒姐半天没吭声，眼圈突然就红了。我看见泪光在舒姐的眼里打转，正纳闷咋就惹了舒姐了，就发现舒姐眼里的泪转着转着竟转没了。舒姐只轻轻地叹了口气，说了句什么。我太紧张了没听清，忙问舒姐说的是啥？这时舒姐的脸已经缓过来了，挺正常地对我说，没什么。然后又想了想，很真心地看着我的眼睛说，大华，其实你挺了不起的。你在这么混乱的家庭环境中长大，还能不受影响，始终保持善良正直的品性，真是挺不容易挺不简单的。我听了心里一下子感动得不行，泪眼巴嚓地说，舒姐，你这么说我真是太高兴了。说老实话，长这么大从来没有人这么高看过我，何况还是舒姐你这样有素质的人。我大华谢谢你了，有了你这句话，我就觉得我大华活得还有点价值，还得坚持好好活下去呢。

那会儿，我真庆幸这辈子能交上舒姐这样的人。我得有多信任舒姐，才能把自己家里的丑事、脏事毫无保留地说给她，那可都是我藏在内心深处，从来不敢拿出来见光的东西呀。可我万万没想到，舒姐不仅给写到书里张扬出去了，还红口白牙地告诉冻酸梨，这些都是我家的真事……

这真是我认识的那个舒姐吗？我真的认识这个舒姐吗？

也许是我错了，我想，人这东西心本来就是隔着的，离得再近也没法贴到一起。心贴心那种话压根就是扯淡。何况我和舒姐之间差距又那么大。舒姐就是再有心将就我，也不会真把我这样的人当回事的。可是，舒姐怎么也不该这样对待我，不该这样伤害我呀。我掏心掏肺地把该说的不该说的一股脑地都说给了她，她怎么能这样？心口窝忽然拧着劲儿地疼了起来，疼得我浑身哆嗦，双腿发软。我实在站不住了，倚着门框出溜下来，一下子跌坐在了地上。

舒姐闻声开门，看见我瘫在门口，赶紧问，大华你这是怎么了？

我说，舒姐，我今天干不了活了。

舒姐问，你脸色怎么这么难看？

我说，我胆囊炎犯了，肚子疼得厉害。

舒姐说，大华你别急，我给你叫车去医院。

我说不用了舒姐，我给改锥打电话了，他马上就来接我。

10

走出舒姐的家门，我一直忍着没回头。

就算是不回头，我也能感觉到后背上背着舒姐和冻酸梨的眼睛。那满眼的猜忌热辣辣地烙着我的后背，火烧火燎烫得生疼。

其实我心里明镜似的，知道我根本就糊弄不了她们，她们早就看出了我没犯啥胆囊炎，早就猜出我是偷听了她俩的谈话。我都能想象出来，只要我一从她们的眼前消失，冻酸梨立刻就会在舒姐面前给我下蛆，还不定瞎掰扯些啥呢。但我拿不准舒姐会怎么说。要是在从前，我铁定了相信舒姐不会说我坏话的，但现在我不敢说了。刚才捂着肚子装病等改锥来接我那会儿，我就看出舒姐看我的眼神挺复杂，里面关切和焦急当然是有的，但不安和怀疑也是有的，这我还能理解。让我无法理解的是，我居然在舒姐的目光中看到了一些警惕的冷意。那可是我以前从来都没看到过的，就像是突然亮出的一把闪着寒光的刀子一样，叫人瞅着心惊。我心里立刻就有点发虚了，心想，我没做过对不起舒姐的事呀，这么些年了舒姐应该知道我的，我对舒姐可一直都是真心实意的，从来都没……别，等等……除了那把紫砂壶……

那把紫砂壶的确是我给打碎的。那会儿我到舒姐家干活儿不久，手忙脚乱的不熟悉，刷洗茶具时一个不小心滑了手，单单就把那个紫砂壶给打碎了。当时我吓蒙了，就怕舒姐看见，赶紧划拉划拉把那些碎片揣兜里，趁出去倒垃圾时给扔了。说老实话，我不是个愿意欺瞒人的人，只是那会儿我头一回碰到舒姐这样有层次的主顾，特别愿意在她家长干。一看把她最喜欢的东西打了，害怕她一气之下把我辞掉了，就把实情生生卡在嗓子眼里愣是没敢吐出来。后来舒姐询问我的时候，我也想干脆承认算了，该赔多少就赔多少，省得这事总窝在心里不得清净。但一听舒姐说这壶是个名贵东西，我就又被吓住不敢承认了。其实我也明白不管我承认不承认，舒姐都会猜到这把壶是毁在我手里了。我死咬着不承认，也是看准了舒姐这样的人不会轻易说破。说了归齐，整件事从头到尾都是我不好，啥时想起啥时我这心里都觉得愧得慌。

改锥问我，回家吗？

我说，不回家，去医院。

改锥问，去医院干啥，你不是说你胆囊炎没犯，这么说是为了糊弄舒姐吗？

我说，我胆囊炎是没犯，但那个破鞋又住院了，我得给她送点钱去。

改锥就有点不高兴了，怎么又给二姐钱？前些天你不是刚给了她五百块吗？

我说，你放心，给不了几次了，这回老天长眼，让她得上要命的病了。

改锥说，不会是长癌了吧？

我说，八九不离十，听说还是晚期。

改锥半天没放声，闷了一会儿说，那你就多给二姐拿点钱吧。说完又使了个大劲儿，问我，你带的钱够吗？不够我身上还有。改锥上上下下地把兜掏了个遍，说我身上就这些了，都给你吧。刚放到我手里，又舍不得了，悄悄地抽回去了一张。

看着改锥这个样子，我就想起了舒姐的话，我看改锥人不错，你今后还是得依靠改锥。是啊，我只有改锥，靠得住靠不住我也只能靠改锥了。我就对改锥说，改锥，我这人命孤，命里只有你一个，我认命了。舒姐说得对，赶到老了我就得依靠你了。说着说着我的眼圈就红了，我红眼巴嚓地问，改锥，你以后会对我好吧？

改锥看我这样就慌了，赶紧把抽回去的那张钱又塞回到我手里，说，大华你这是干啥呀，嫌这些钱不够，咱现在就回家拿去。舒姐这话说得对，你就得靠我，不靠我靠谁呀。你说咋整？要不咱现在就往家走？

我说，我想先去趟花店。

改锥惊得瞪大眼睛说，干啥？你不会是想给二姐买花吧？咱给钱还不行吗？别整那些没用的……行行行，好好，去，去花店。

花店里果然有蓝色妖姬。这还是我第一次看见真正的蓝色妖姬呢，以前看的都是图片和我身上文的。蓝色妖姬虽然长得像玫瑰花，但一看就比玫瑰花金贵，很稀罕的一种蓝色，有点像小时候用过的纯蓝墨水，但颜色比那更鲜艳些。

我下意识地撩起袖子，亮出胳膊上的蓝色妖姬，跟真花放一起比较。没想到一下子吸引了好几个人围看，边看边一惊一乍地夸这花文得真好。我心里虽然得意但也挺遗憾的，遗憾夸我的人不是舒姐。其实，我最想得到的是舒姐的夸赞。我一直有个愿望，就是把我的文身告诉舒姐，把我的蓝色妖姬亮给舒姐看。我曾经无数次地设想舒姐看到后的反应——

舒姐会像冻酸梨那样一惊一乍吗？不会，舒姐当然不会那么没素质，这个设想一下就被我否定了。

舒姐会害怕，会紧张吗？可能会，但舒姐是有教养的人，一定不会表现得那么明显。舒姐会尽量控制自己，待情绪稳定之后，再故意露出微笑。我觉得这个设想应该是最有可能的。

还有一种可能，就是冻酸梨已经把我有文身的事告诉舒姐了，舒姐心里有数了，面上就不会做出任何反应了。这两种设想的结果都是一样的——如果舒姐排斥文身，就会找个理由辞掉我；如果舒姐不排斥，就会装作不知道，只要我自己不说出来，她就一定不会说出去，这个结果不能算是不好。

但我最希望看到的结果其实是这样的：当我露出文身时，舒姐惊讶地睁大眼睛，说，天啊！然后伸出手抚摸着那些蓝色的花朵，啧啧赞叹着说，这是蓝色妖姬吧？太漂亮了，这文身太漂亮了！那该是一种多么令人期待的情景呀。但我知道这种情况基本不可能出现。我其实并不要求舒姐喜欢我的文身，只要不抵触能接受，我就非常满足了。

我总得赌一把，哪怕是让自己死了这份心。我一咬牙拨通了舒姐的电话。里面立刻传出了舒姐急切的声音，大华吗？你现在情况怎么样？腹痛缓解了吗？

舒姐的声音真好听，让我立刻感受到了一种暖暖的亲情。我赶紧说，舒姐我好了，没事了，你放心吧。

舒姐说，那就好，你现在在医院里吗？

我说，不，我在花店。

舒姐哦了一声，没再说话。

我忽然问，舒姐，你听说过蓝色妖姬吗？

舒姐在那边停顿了一下才说，我知道，是一种蓝色的花。

原来舒姐知道！这让我不由得内心充满了期待。我赶紧问，你喜欢蓝色妖姬吗？我相信舒姐会说喜欢的，她是个爱花之人。我想赌一把，只要舒姐一说出“喜欢”这俩字，我立刻就把文身的事情告诉她。

舒姐并没有立刻回答，她似乎犹豫了一下，过了一会儿才说，不太喜欢。

我的脑子里一时有点反应不过来，不知道该怎么往下接了。

然后我就听见舒姐说，我觉得蓝色妖姬太假了。

我有点蒙，假？为……为什么假？

舒姐问，你不觉得那种蓝色一点也不自然吗？蓝色妖姬其实是一种加工花卉，据说是荷兰用月季和蔷薇杂交出来的，不过很少有自然生长出来的，一般都是人工染色的。

我说，是……是吗？这会儿我的声音都有点发抖了。

舒姐说，是的，虽然蓝色妖姬被赋予了很多美好的含义，但在我看来蓝色妖姬只是一种虚假的，含有欺骗意味的花。我不喜欢欺骗……

我知道结束了，一切都结束了，我在舒姐那里完了，舒姐在我这里也完了。

放下电话之后，我又仔细地打量了一番蓝色妖姬。真奇怪，刚才看着还是满心满眼的美，怎么这会儿真就看出假来了。

我扭头问改锥，你看这花好看不？

改锥说，那得看多少钱。

我生气地说，我是问你好看不！

改锥说，好看是好看，不过……

我说，你放心我不买。

改锥立刻就说，好看！真好看！

可是舒姐说这花太假，我说，让舒姐这么一说，我也觉得这花好像是染出来的，挺假的。

改锥说，我操，假怎么了？好看就行呗，假的照样好看，比真的还好看呢！

我说，舒姐说蓝色妖姬是一种虚假的花，含有欺骗意味。

改锥不屑地说，扯，现在什么不是虚假的？满大街不都是假眉毛假眼，假鼻子假脸，假奶子假腚吗？她不假？我看她比谁都假。要说欺骗，满世界都是欺骗。

我问改锥，那我的文身是不是更假，这算不算是欺骗？

改锥说，你彪呀？那叫艺术！你不能拿真花跟你的文身比。

我说，可是我怎么忽然觉得这蓝色妖姬的文身不好看了呢？

改锥说，你那是被舒姐拍花子拍晕了。

我呆呆地看着手臂上的文身，突然低头在蓝色妖姬上狠狠地咬了一口。

疼，真疼，疼得我真想放声号哭，但我生生地给忍住了。哭有个屁用，我还偏就不哭了呢。我转身就冲着改锥去了，先是狠狠地踹了他一脚，接着就可着嗓子开骂了。我说，改锥你就是个浑蛋！你个乌鸦嘴，见天地咒我，老说我是走一路败一路，到底让你把我给数落败了，这下你称心了吧？得意了吧？我败了，我又败了，我大华是走一路败一路，走一路败一路呀……

我再也憋不住了，不顾一切地当街号啕大哭起来。

前程似锦

陶　纯*

去年八月底到九月初，我应邀参加了新世纪影业公司举办的“全国著名编剧走湘西”采风活动，到凤凰、吉首、张家界一带游历一周左右。按照计划，我们一行约二十人，第一站先从北京飞贵州的铜仁，落地后租用当地旅行社大巴，驱车几十公里，赶往凤凰县城。

这一带属于湘黔交界，天上白云朵朵，地上风景如画，河里清水见底，加之彼时气候宜人，清风拂面，时不时有一枚或一群美女闯入眼中。我们这些所谓的编剧界大咖个个都兴致勃勃，途中无人沉默，大家争着抢着说湘菜，谈湘女，个别浑不懔的家伙，甚至连吹带蒙聊起自己的风流韵事。

谈笑间到了凤凰，车子即将驶下高速时，我无意中看到一个路牌，上面标着：清流 45km。

一车人除了我，没人注意到这个东西。

当晚宿凤凰城中心一家条件还不错的小宾馆，按计划我们一行要在凤凰滞留两日。夜里洗洗正要上床，被途中结识“感觉有话说”的著名编剧老齐硬拽到沱江边的大排档，于格外的喧哗中灌下好几瓶啤酒，吃下一堆烧烤。夜已深

---

* 陶纯，本名姚泽春，山东省东阿县人，1964 年生。先后就读于解放军艺术学院文学系、鲁迅文学院首届高研班。著有长篇小说《一座营盘》《浪漫沧桑》等五部，小说集《天佑》《秋莲》《子弹穿过头颅》等多部。曾获全国“五个一工程”奖、中国人民解放军文艺奖，以及《人民文学》《解放军文艺》《中国作家》等刊物优秀作品奖等奖项。现为解放军某部文艺创作室专业作家。

沉，沱江边上仍是灯火通明，人声嘈杂。老齐不时瞄一眼邻座一个花枝招展的女孩，大嚼着食物，呜里呜噜地说，出来旅游，有时就是为了艳遇，而凤凰是个容易产生艳遇的地方。停了停，他又说，影视剧里，很多情感戏不就是从艳遇开始的嘛！

我有点恍惚，眼前又闪现出路上看到的那个蓝色路牌：清流 45km。

回到房间，躺在床上，翻来覆去怎么也睡不着，脑子里一会儿是那个路牌，一会儿是她的容颜。记得她说过，她家乡名叫清流，离凤凰很近，那是个美丽而宁静的湘西小镇，她希望我能有机会去那里走走看看……迷迷糊糊睡了一小会儿，却又被一个梦惊醒，便再也睡不着，索性爬起来，出了宾馆门，不问东西南北，随意地行走。

天刚刚放亮，古城就喧哗起来，一辆辆旅游车横冲直撞。这个偏远的小地方名气居然那么大，常年游客如织，不知是不是沾了沈从文、黄永玉的光。

一辆破旧的中巴缓缓开过来，司机从车窗里伸出脑袋大声招徕顾客，我看到前挡风玻璃下面露出“清流”两个字，就向司机打听。司机说，清流就是清流镇，没错。

吃早餐的时候，我向带队的公司副总韩秋燕女士提出，我想脱一下团，到附近看望一个朋友。韩副总有些为难，说：“陶老师，您可是答应我们，中途不开小差的。”我坚持要走，并且承诺，明天中午之前一定归队。韩副总只得同意。回到房间收拾好东西，顺便向老齐告别，老齐一个劲地冲我挤巴眼睛——我明白他的意思：我有艳遇了，这是要去享受了。

我居然脸红了，慌乱地下楼，到路边拦下一辆出租，不问价格一头钻进了车里。

大约十二年前，我突然对写小说失去了兴趣，不想再撑着薄脸皮当一名穷作家。有朋友适时介绍我给一家影视公司写剧本，我兴奋而又惴惴不安地答应了，先写了一个五千字提纲，对方挺满意，遂签了合同，拿了订金，然后南下深圳、广州采访。采访结束，我从广州返京，那时还没通高铁，我坐普通列车。后半夜，我从软卧包厢里爬起来，迷迷瞪瞪到两节车厢连接处吸烟。

到了连接处，突然看到一个女孩的背影——我也算阅人不少，一眼看出是个美女坯子，恍惚的灯影下，轮廓分明，凹凸有致，长发垂落，亭亭玉立——令我不由得浑身一震，顿时清醒。我点上烟，女孩侧过身子看我一眼，我友好而抱歉地冲她点一下头。她冲我微微一笑——这一笑让我想起倾国倾城、国色天香那些老俗词，以前认为那种比喻太过夸张，现在则觉得再恰当不过。旅途寂寞无聊，身旁再无他人，我鼓起勇气向她打招呼，她落落大方地回应我，一点都不忸怩。我问她："你去上大学？"

她略带惊讶地扬起细眉反问我："哎，你怎么知道？"

她的普通话蛮标准，略带一点湖南口音，显得别有韵味。我故作神秘道："我的感觉可是很敏锐呀，现在正是大学生报到时间嘛，你八成是到北京。"

她再次露出惊讶的丰富表情，抬手一撩秀发："哎，你怎么知道我去北京呀？"

见对方很乐意交流，我正求之不得呢，赶紧道："像你这样的美少女，就应该来北京嘛，小地方哪里盛得下你。"

她很开心地微微一笑："谢谢。"

火车继续向前开去，哐当哐当哐当，像给我们伴奏。她告诉我，她是从长沙转车上来的，行李搁在后面的硬座车厢，没有座位，过道人多很拥挤，她就穿过餐厅，跑这边来了。我夸奖说："你蛮聪明的。"然后问她："你家是湖南啥地方？"

她自豪地说："湘西！"

湘西名头很响，过去是兔子不拉屎的贫穷蛮荒之地，而今名声可比什么鲁西、豫西、鄂西、闽西、冀西、川西都大得多，除了山水，也是因为那里还出产大名人。

我点点头："知道，我去过凤凰。"

她咯咯一笑："我家离凤凰很近哟。"

"哦。你到北京哪个学校？"

"中艺！"似乎怕我不懂，又补充道，"中央艺术学院。"

我愣了愣："什么专业？"

"戏剧表演呀！"

我吃惊不小。深山出俊鸟，其实我早看出来了，她是个学表演的材料。我问她是不是艺术世家，她摇头，说父母都是普通职员，与艺术八竿子打不着，她从小就对电影电视剧着迷，经常对着镜子模仿演员背台词，她能背下很多名片里面的大段台词，她住的房间，墙上糊满了她崇拜的国内国外大明星的剧照。由于痴迷表演，她学习成绩一般，考大学肯定没戏，她想到了报考中艺，父母反对，认为她不靠谱不着调，小鸡娃想学大鸟飞上天，那是痴心妄想。上个春节前，她从网上报名，又背着父母跑到北京，踏进了中艺的考场，居然顺利通过艺考。后来文化考试也过了关，这不就正式录取了嘛！

她说得很轻巧，我颇有些不相信——以前早有耳闻，中艺、电影学院表演专业竞争很厉害，多少人争一个名额，录取率极低，百里挑一。她一个湘西小地方的穷孩子，没根没底，没门没路，这么顺利地拿到中艺头牌专业的入学通知书，可能吗？

于是我问她："这之前，学校你一个人也不认识？"

"不认识呀！到现在也不认识哪个。"

"艺考之前，你没有花钱请个老师给辅导一下？"

"没有呀！"

"没人帮忙，就靠自己？"

"是呀！"

我的意思是，演艺界是有潜规则的，招生、拍戏，都少不了，要么拿钱，要么献身，这个地球人都知道。可她什么都没付出，居然就达到了目的——但我此刻相信她的话，因为她看上去那么单纯，没受到任何一点污染的样子。

她说，招考老师对她的评语是，浑身上下有一种朴素、清新、自然、羞涩的美，而这正是当下的小苗子中所欠缺的。这让我突然对中艺的领导和老师产生了由衷的敬佩之情。紧接着，我郑重其事、严肃认真地告诉她：

“我是编剧，正在创作一部电视连续剧。”

轮到她吃惊了，她猛地张大了嘴巴。我不由得一阵沾沾自喜，心跳加速。以前在文学圈子里混，想遇到个漂亮点的女作家，都是那么的难，而今刚刚跨入编剧行业，还只能算个准编剧，一不留神就遇到一个如此靓丽的女演员——虽然她现在仅仅算是个准演员，但我相信，她成为小明星，甚至是大明星，那都是有可能的！

我了解到，她是从凤凰坐长途汽车到长沙，又换乘这趟车的，已经十几个小时没休息，看上去很有些疲惫，便提出让她到我的包厢铺位上小眯一会儿。也许因为我是个编剧，而且我们聊得比较投机，使她产生了信任感，她只是略略客套几句，便同意了。我悄悄带她进入包厢，指指我的铺位，然后带上门出来，坐在过道靠窗的小矮凳上，一边胡思乱想，一边消磨时间。

约莫过了三个小时，天光放亮，包厢门一响，她出来，一脸歉意地冲我笑笑，小声道：“我好了，老师，太谢谢了。”

这一刻我终于看清了她的容貌——大眼睛长睫毛，双眼皮薄嘴唇，小嘴巴高鼻梁，五官精致，身材高挑，细腰翘臀，上身穿一件紫色的短衫，下身牛仔裤，脚蹬一双半高跟紫色露趾皮凉鞋，既显得朴素自然，又不显土气。真可谓明眸皓齿，肤白貌美，往俗了说，的确是个尤物；往雅了说，颇有明星相。我感到脸发烫，心扑扑跳，不敢直视她……

她要回到自己车厢去，我恋恋不舍陪她往后面车厢走，想顺便打听一下她的名字和联系方式——如果我不厚着脸皮主动点，人家小姑娘哪好意思主动告知？如果不留下联系方式，我这一晚上的活雷锋，算是白做了。我和老婆关系长期不睦，一年有大半年处于冷战状态，早就不在一张床上睡觉，这也成为我偶尔拈个花惹个草的理由，而且没有负罪感。

“……哎哎，姑娘，还不知道你叫啥呢。”

“啊，我姓苑。北京不是有个南苑机场吗？就是那个苑。”

“苑，苑什么？”

“苑紫衣。叫我小苑吧，老师。”

“好的，小苑，咱们这就算认识了，认识就是缘分，到了北京以后有啥事，别忘了联系我。”

她说声谢谢。我赶紧把名字和电话说出来，要求她记下，并且特意叮嘱：“你到百度上搜一下我名字，那上面有我很多资料。”我的意思是，我不是骗子，同时也想借机炫耀一把。她拿出手机存下来，还很懂事地拨打了一下——我要的就是这个结果。

我啰里啰唆道：“小苑，你条件不错，前程似锦，希望以后在屏幕上见到你，祝你将来成为大明星，还希望你能有机会成为我剧本中的女一号，咱们合作一把！”

她羞涩地笑笑，一副受宠若惊状：“谢谢陶老师。”然后冲我扬一扬白皙的手臂，像一道光影，穿过一节车厢，不见了。

这算作艳遇吗？

出城之后，我突然又有点后悔——此行我去干啥？

我向司机打听清流的情况，问他是不是听说过，清流出了一个女演员，姓苑，演过好几个电视剧。他愣了愣说，有点印象，有点印象。我听出来了，他是应付我，言不由衷。有一刻我甚至想掉头回去，又想这次如果半途而废，这辈子恐怕再也没机会踏上清流的土地，便断了返回的念头，硬着头皮前行。

很快到了清流，车子在靠近镇子的路口停下，司机收下钱，掉头而去。我定了定神，放眼望去，镇子建在一个山坳里，一条还算平整的柏油路直通进去，建筑约有一半是两层灰色或者红色的小楼，错落有致，其余的是平房，三面环山，山不太高，略有起伏，往远了看，镇子像是坐在一把巨大的圈椅里，这在风水先生眼里，应该算旺地。在镇子的东面，有一条溪流顺坡而下，汇流到我脚下的路边，然后傍着马路，向着西南方向蜿蜒而去。溪水极为清澈，像是刚从泉眼里冒出来的泉水。河边野花点点，水草青青，蜜蜂、蝴蝶盘旋其间。头顶是湛蓝无比的天空，白云飘荡，不时传来阵阵清脆的鸟鸣……

这里简直是童话般的梦幻之地。

那一刻，我似乎忘记了自己此行的目的。

是的，也许只有这么美丽的地方，才能孕育像她那么清纯的姑娘吧？我想。

吸完两支烟，我提起皮箱，顺着那条柏油路，硬着头皮往镇子里面走去。遇到两个路人，我想打听一下她的家，她父母居住的地方，可是张了张嘴，没有说出口，我担心别人问我：你是她什么人？我还真的不好回答。

没人注意到我这个外地人，这使我感到放松了些。路过一个十字路口，我看到路口的东北角，有一座三层高的旧建筑，门口上方竖着一块绿漆斑驳的大招牌，上写“悦来大酒店”五个大字，我决定先住下再说。进入悦来大酒店的门厅，迎面是一个半人多高的板台，板台后面有个四十多岁模样的妇女，见我进来，热情地站起身迎客。她介绍说，如果想在清流住宿，她这儿条件是最好的，价格也合理，连吃带住，每人每天二百六十元，住是单间，吃是四菜一汤，两荤两素。

登记的时候，她看到我的身份证是北京的，态度更加热情，说：“真是稀客呀，我这儿一年到头，也见不到几个北京客人。”

我笑笑：“以后会越来越多的，你们这儿风景好。”

她快人快语：“是呀是呀，我们这儿没雾霾，听说北京老有雾霾，老人小孩都不敢出门。你是来旅游？”

我犹豫一下，没说是，也没说不是。她又问：“那是来探亲访友？还是来谈生意？”

我真不知该怎么回答她。她也没再追问，顾自唠叨说，这几年政府封山育林，山上的树木不让砍，木材商都不来了，镇上年轻人大都外出打工，剩下的老人没钱消费，她家酒店的生意越来越淡，雇不起服务员，她只好既当老板又当服务员。又说，这儿游客也很少，客人都让凤凰给抢去了，人家那地方出名人嘛。

帮我登过记，我交上三百元押金，她拿上一串钥匙，提上一瓶开水，送我上二楼。我问："老板娘，怎么称呼您？"她笑笑说："我姓陈，叫陈芳，镇上人都叫我芳姐。如果你不嫌弃，也叫我芳姐吧。"

我点点头，那句憋在我心头的话终于忍不住——我想问她：知道苑紫衣吗？她是个演员——可是话到嘴边，就变成了：

"芳姐，你们镇上，姓苑的多吗？"

"不多，在后街，只有几户。怎么了，你找姓苑的有事？"

自打火车上的"艳遇"过后，我和她整整三年没有联系。说实在的，我早把她给忘了。按说，我完全可以主动打她电话，请她吃顿饭，或者到三里屯泡个吧，我相信她不会拒绝。她在北京举目无亲，我作为一个编剧老师请她出来，是给她长脸，是高看她。但是我没有。一来我有个毛病——八分钟热度，过了那个村，就不再想那个店；二来整天陷在剧本里不能自拔，深感这个行业和写小说相比，挣钱是不少，但像吃屎一样，挣钱挣得恶心难受。就我这种状态，哪还有心思泡妞呢？所以我忘记她，再正常不过。

某一天，一个陌生电话打进来，我没接，以为是广告推销，或者是诈骗。过一会儿，电话又响。我的经验是，这种连续打进来的电话，一般情况下是认识我的人打来的，于是接起。

一个清脆的女声："老师好！我是紫衣。"

一瞬间我有点发蒙，以为是推销衣服的，愣了一下，直到对方撒娇般补充道："陶老师，我是中艺苑紫衣呀！您忘啦？火车上认识的。"我这才想起是她，竟然有恍若隔世的感觉，她又解释道："那年一到北京就换了号，忘了通知老师，真对不起。"

这等于是说，即便我这之前想联系她，也联系不上，不由得在心里暗骂一句。她很敏感，马上意识到我不高兴，进一步用清脆悦耳的声音解释说，她之所以几年不跟我联系，就是想等到自己有点成绩的时候再找我，而现在是时候了，她已经读完大三，到了大四，学生们可以外出接活拍戏。按教学计划，他们班的学生排练了话剧《日出》，作为毕业作品，这周在学校剧场汇报演出。登台演出的同学可以组织亲友团前去助阵，她在北京没有亲人，父母又不可能大老远跑来，所以她特别想邀请我过去给她捧个场。

“校外我没有邀别人，只请您。”她的声音特别温柔。

她的容貌在我面前渐渐清晰，我心里痒痒的，马上就答应了她。

“您猜猜，我演哪个角色？”

我以前没看过《日出》，只知道女主角是陈白露，就说：“希望你演陈白露。”

她咯咯地笑，颤声道：“真叫您猜对了，我演女一，我就是陈白露！”

按照约定的时间，我坐地铁赶到了中艺大门口。不少俊男靓女在我面前晃来晃去，一眼就看出是中艺的学生。在北京，也只有中艺和电影学院的学生有这么高的颜值，真羡慕在这儿工作的男人们，他娘的，这些人没白活。

刚抽完一支烟，就见一个穿着戏装的女生跑过来，那样子活脱脱是 20 世纪 30 年代十里洋场的交际花，那一刻我竟然有了穿越感，仿佛回到解放前。她跑到我面前，一股香风瞬间席卷了我。她把一张票塞给我，顾不上说别的，只甩下一句“我得赶紧去化装，散了场您等我”，转身跑远了。

演出七点半正式开始，我抛弃了所有杂念，专心看戏。说实话，我虽然写本子，但我以前很少到剧场看剧，总觉得舞台剧表演太夸张，装腔作势不自然，让人起鸡皮疙瘩。但是这一晚，由于带着感情看戏，效果就是不一样，我完全入了戏，苑紫衣扮演的陈白露逐渐打动了我。她的表演明显稚嫩，有些地方抠得不细，某些片段不像旧时代放浪形骸的交际花，倒像是自甘堕落的小家碧玉，纯洁有余，浪荡不足，气场不够大，放不开，可能与她初次登台有关吧。另外我感觉，也与和她配戏的男演员有关，他们年龄阅历不够，奶油味儿十足，太娘，演潘月亭、金八爷之类的大亨、恶霸，明显不对味儿。好在苑紫衣的台词功底还是蛮不错的，估计这与她小时候刻意进行模仿训练有关，她说过，她小时候最喜欢做的事情就是模仿演员背台词。

戏渐渐进入高潮，陈白露一边厌恶上流社会钩心斗角、尔虞我诈、醉生梦死的糜烂生活，但又无法抵御这种生活对她的腐蚀。她玩世不恭，自甘堕落，她对生活的要求越来越高，表白道："我出门要坐汽车，应酬要穿些好衣服，我要玩，我要跳舞……"她的旧时恋人方达生劝她跟他走，离开这个乌烟瘴气的十里洋场，她不干："回去？回到哪儿去？"她直言，她已经回不去，只能待在这里。她非常清楚自己的处境，她只有等待，等待着有一天幸运之神来叩她的门……然而也许有一天她所等待的叩门声突然在深夜响了，她走过去打开门，发现来客是那穿着黑衣服的死神，不作一声地走进来，召唤她，她也许会毫无留恋地和他同去……

戏到最后，包养她的银行家破产，面对巨额债务，陈白露绝望了，选择在日出之前服毒自杀，她喃喃道："太阳出来了，天就要亮了，可是我却看不到了……"

此时，我的眼泪不知不觉下来了。我感觉我就是当代的陈白露，男陈白露，我身边有不少各种各样的陈白露，在生活的大酱缸中不断地消沉，虽然不会自戕肉体，但是灵魂正在慢慢死亡。

演出结束，大幕合上又开启，演员们谢幕。台下的亲友团喧哗骚动，大声喝彩，有人迫不及待跳上台，为自己所"捧"的人献花、拍照，勾肩搭背，一团乱麻。苑紫衣是绝对的主角，这台戏的成功，主要来自她，但由于她没有亲友团助威，没人给她献花。

我是个缺乏情调的男人，压根儿就没想到带一束花来，我老婆死烦我这一点。面对站在台上显得孤单的苑紫衣，我只能站起来冲她招招手，又竖起大拇指比画一阵。手机一响，我看到她给我发来一条短信：陶老师，请您到校门口斜对面的上岛等我。

出了校门，一个卖花的小女孩迎面兜售鲜花，我赶紧掏三十块钱，买了三枝玫瑰花。在上岛等了快一个小时，点的咖啡都凉了，她才款款而来，解释说，卸装洗澡换衣服，多耽搁了一会儿。她在我对面落座，我把花递给她，她举到鼻端嗅了嗅，微笑着谢了我。

与上次见她相比，她成熟老练多了，也洋气多了，柔和的灯光下，略施粉黛的她，真是又美又仙。我克制住内心的蠢蠢欲动，装模作样摆出一副长者兼老师的姿态，向她表示祝贺，并恭维道："能够担纲一号，说明你很出色呀！中艺人才济济，得有多少人盯着这个角色？三年前我就看好你了，紫衣，你一定会红的，加油！"

她微微摇一下头。我以为她谦虚，没想到她突然道："您不知道，妈的，风头都让古玉菡抢去了。"

我愣了——古玉菡是谁？

她告诉我，古玉菡是她的同班同学，她们还是室友，自打入学之后，二人就是竞争对手，明里暗里，互不相让，谁看谁都不顺眼。本来这次排《日出》，起先内定她演A角，古玉菡演B角，给她当替补，可是排练时，角色突然置换，古玉菡成了A，她变成了B！

"您知道为什么吗？"她放下咖啡杯，脑袋靠近我一点。

我已经猜出个七八分，但不好明说，便道："她是不是更适合陈白露这个角色？"

她大幅度地摇摇头，左右瞅瞅，从牙缝里冒出一句："她跟指导老师上床了……"

我苦笑一下："不瞒你说，我已经想到了。唉，这种事情，到处都有，不算新闻。"

她伸手到我面前的烟盒里抽出一支烟，我赶紧给她点上。她不太老练地吸一口，马上放下了，用手掌扇了两下面前的烟雾，继续道，前面姓古的连演三场，学院、系里领导都看过了，还请了一些影视公司的老板、导演过来，她可是一炮打响，听说今天就有家公司跟她签约，要在一部古装剧里出演女二号。今晚这场演出，是最后一场，不过是为了照顾他们几个 B 角的情绪，没有重要人物到场，现场连个录像的都没安排。

她非常感谢我百忙中过来给她捧场。

我提出我的疑虑："怎么没见你的同学到场？你同宿舍的女同学，她们怎么不来？"

她叹口气说："唉，我是小地方来的，她们一开始瞧不起我，后来又妒忌我。女人堆里是非多，真没办法。"

她的情绪似乎不高。我劝她看开点，只要真正有实力，是演戏的好料，以后机会还不有的是，出名是早晚的事，就说那个姓古的女孩，现在跑你前头，谁能保证她后面不掉队。她终于开口笑了，放下杯子，握紧拳头："老师说得对，我一定会咬牙超过她，超过所有同学，五年后，十年后，三十年后，五十年后，看谁还活在舞台上！"

我冲她伸出手来，她微微一怔，随即伸出柔嫩修长的小手。两只手猛地握到一起。这是我第一次和她有肉体上的接触——如果手也算肉体的话。我听到自己激动地说："苑紫衣，记住——你前程似锦！"

这是我第二次说类似鼓励她的话。

天下所有的艺人都梦想自己一炮走红。而若想一炮而红，要么遇到一位大导演，譬如巩俐、章子怡当年被张艺谋毒眼相中，一部作品就被捧红，从而红遍天下，当然这需要命中注定的大运气，属于祖坟上冒青烟。还有一种情况，参演的某一部剧，本来不被看好，谁知却像抽筋似的，突然爆冷门大火，譬如《武林外传》里面的姚晨、阎妮等人，男演员譬如《士兵突击》里面的王宝强，一下子就被观众记住。

大四那年，苑紫衣参演了两部电视剧，当然都是打酱油的小配角。头一次进剧组，她很兴奋，确实是认真地对待角色，尽力揣摩演好每一场戏，没她的戏，她也坚持到片场，用心观摩别人演戏。到了第二部，还是二三十场戏，有一些场次连句台词都没有，只是露一下面，导演摄像连个特写都不舍得给，她就有些不甘心。演女一的那个人，就不点名了，连个二线演员都够不上，片酬却高得离谱。她认为她演技实在不怎么样，生硬呆板不自然，还经常忘台词，就这样还端架子耍大牌，坐豪车住豪华套房，两个助理侍候着，见了紫衣他们这些小演员，连眼皮都懒得抬一下。而紫衣他们这些小配角，跟剧组打杂的人一起吃盒饭，住脏兮兮的三人间。

她打电话向我抱怨说："她凭什么？"

又说："剧组里都在传，她跟制片人有一腿，跟导演也不干不净。"

我劝她，人家熬到这个份上了，你也别眼红，大多数演员都是从跑龙套吃盒饭做起的，你得耐心等机会。她同意我的话，但又说，出名要趁早，她半年进了两个剧组，头一部戏，挣了五千，第二部拿了一万，这样子下去别说出名，连养活自己都不能。她妈妈三天两头打电话，说清流的父老乡亲都等着看她上电视呢，都指望她当大明星，让清流也跟着出名……

末了，她说："可是这么熬下去，只怕把我熬老了，也未必出名。"

我早看出来，她太急功近利。演艺圈的人，都急功近利。我写东西，也急功近利。做生意、当官的人，都这德行。当下就这风气，就像跑步，谁也不想落人后头。但是你得面对现实呀！急也没用，先得打好基础，机会来的时候，才能抓住。我耐着性子做她的思想工作，拿话哄她，说："命里有时终须有，命里无时莫强求。而我认为你有明星相，你要相信我的判断，只要坚持下去，一定会脱颖而出的！"

她咯咯笑了。小女孩嘛，还是蛮好哄的。

有一阵子，我们见面比较频繁，一般都是外地来了作家朋友，我请客时，拉她过来陪酒。只要她在京，有请必到，这是她特可爱的地方。她不再叫我老师，改口叫陶哥。她的酒量倒是见长，在饭桌上也放得开，给我挣足了面子。作家们拿她跟女作家、文学女青年什么的一比——简直没法比！生活因女人而精彩，美好的生活离不开女人，由于她的配合，我的前同行们对我只有羡慕嫉妒恨的份儿。有一回云南作家潘不灵过来，自然由我安排吃饭，约了几个文友，他点名要小苑作陪。我打了一个电话给她，她正在郊外拍戏，我以为她来不了，结果她还是赶到了，脸上的妆都没卸干净，看上去更有一种风尘之艳美。潘不灵眼珠子都快掉下来，几次悄悄冲我竖大拇指，不知是夸她美，还是夸我有本事。席间，潘不灵提出，应该好好培养一下小苑，让她写小说，她如果当作家，分分钟就能把文坛搅翻。有人接话说，全中国头号美女作家，非小苑莫属！

她笑意盈盈地说："还是得了吧！我们湘西出了个名作家，出了个名画家，出了个名歌星，就缺一个名演员了。"

那晚大伙喝得嗨，酒多把不住嘴，有人说起演艺界潜规则的话题，对那些以戏谋色的人大加痛斥。潘不灵醉醺醺戏谑道："小苑，你怎么看？"那意思分明想说，你是不是被人潜了？我赶紧制止道："打住打住！"

她不但不避讳，反而语出惊人："一个巴掌拍不响，你们别以为被潜的人吃亏，有人盼着被潜呢！"

"你真这么想？"潘不灵不依不饶。

"明人不说暗话，本姑娘真希望让哪个大导演、大制片人潜一下。"

我感到她喝多了。

聊起她当下参演的这部戏，她说她在里面演一个妃子，演皇后娘娘的是个名角，可她怎么看那人都不顺眼，做梦都想取而代之。我也有点过量，胸脯一拍夸下海口："一定为小苑量身定做写部好戏，就让小苑出演女一号！"有人跟着起哄道："小苑，还不谢谢陶哥。"

就见她出人意料地站起来，上前一把搂住我脖子，猛地在我脸颊上亲了一口。众人都乐开了怀，潘不灵屁股下的椅子倒了，摔了个仰八叉，把场面推向高潮。

那晚她果然喝多了，散场时，扶着我摇摇晃晃下楼，我帮她叫了一辆出租，塞给司机一百块钱，望着她离开。人都走了，潘不灵晃着我的肩膀让我交代：“老陶，你小子说实话，是不是上过她了？”

我还真不好回答——否定吧，显得我㞞；承认吧，又不是那么回事。只好卷着舌头模棱两可道：“他妈的，老子就不告诉你！赶紧的，回去睡觉！”

我以一个旅游者的身份和心境，在清流的街巷里随便溜达。清流主要由一条主干道和几条背街的偏巷组成，沿着主干道从镇子入口走到山根下的街尾，不过七八百米。她在这个小地方生活了十八年吧？如果她不出去会怎么样呢？像芳姐那样，像街巷上遇到的妇女们那样，在这里终老一生，到底算好，还是不好？

我打算中午的时候，把我的来意原原本本说给芳姐，请她帮忙介绍我见一下小苑的父母，我还想到她家里走走看看，听人们讲讲她小时候的事情。

到了饭点，我回悦来大酒店。芳姐说，饭已备好。不一会儿，她端着一个托盘上来，果真是四菜一汤，说是她男人做的，男人是酒店大厨兼洗碗工，手艺还行。半小时后，她上来收盘子，见我只动了一点点，带着歉意道：“老板，饭菜不合口？”我笑笑说：“菜做得很好，我只是不大饿，早饭吃太饱了。”

她犹豫着收拾碗盘，大概是舍不得倒掉，我也不想浪费，指着几乎没动的两样荤菜说：“这俩给我留着吧，晚上热热我吃。”她立即道：“这哪行啊！让我男人吃，他喜欢吃剩的，从小吃惯了。”

这话让我有点心酸。我终于一咬牙，问道：“芳姐，知道苑紫衣吗？她在北京，是个演员……”

她愣在那里，嘴张了张，表情僵硬，没说话。

“怎么，您不认识？她家就是清流的……难道这附近还有一个清流镇？”我真有点糊涂了。

她摇摇头，叹口气：“我是看着紫衣长大的，多好的孩子呀，可惜啦……”

她告诉我，上午我问她这里有没有姓苑的，又从北京来，她就猜到我十有八九是为紫衣而来。

“她父母……还好吗？”

“她妈妈特要强，她出事后，可能是觉得抬不起头来，两口子上几个月搬走了，听说去长沙了，也有说去广州的，搞不清。家里房子也卖了，卖给一个外地来做生意的，她家那房子，是镇上最好的。”

这实在有点出乎我的预料。我一时不知该怎么办。

“你是她……什么人？”她眼圈红红的，狐疑地盯着我看。

“我嘛，算是她老师……也是朋友。亦师亦友吧。”

我信誓旦旦承诺专为她写一个本子，不过是说说而已。即使我真的拿出本子，即使角色真的适合她，女一号也绝对轮不到她，因为制片方考虑的是收视率，她在影视圈尚没什么名气，没人愿意为她冒险。除非我是大腕级导演，敢于起用新人，或者是甘愿为她砸钱玩的金主。

有一阵子，我们见面少了，我一般不再请她陪酒，因为我无法兑现我的承诺，好在她一次也没有催问过。她很少主动给我打电话，可是一天夜里，我突然接到她电话，她很着急的样子，张口向我借钱，说家里出了点事，急需用钱。我有点蒙。

她居然向我借钱了，这是我从未料到过的。按说资助她一点钱，在我不是什么难事，问题在于，那时我刚刚离婚，钱基本让老婆卷光，我名下只剩一套房子。我想向她解释一下，等过些日子我若拿到稿费，随便她用。我犹豫着怎么开口，她急巴巴道：“陶哥如果有困难就算了。”

“别急嘛！”我安慰道，“家里到底出了什么事？有人生病？”

“不是。我妈妈和人冲突，失手伤了人，挺厉害的。家里不想闹大，想私了，急需一笔钱摆平。”

“需要……多少？”我的汗珠子下来了。

“我手里有一点，还差五万。”

我沉默，脑子里迅速盘算了一下——我银行卡里的钱，也就五万的样子。

“算了……再见……”

我感觉她似乎要哭了，赶紧像个男人一样挺起腰杆说：“看你，沉不住气。你把卡号发我吧，明天我想想办法。”

“谢谢陶哥……等我下部戏拿到钱马上还……”

挂电话没一会儿，卡号发过来了。我捧着手机，后背发凉。躺在床上折腾一宿睡不着，天没亮就爬起来，披上大衣到小区外面的银行 ATM 机上查了查，我的卡里还有五万零七十元三角六分。抽掉两支烟，我狠狠心打出去五万。这下子反而轻松了。

我曾经问过她，父母干啥的。她说妈妈以前在镇上商店工作，后来自己做点小买卖，爸爸开车跑运输，家里虽没什么钱，但小日子还算可以。

过后我才知道，她妈妈以前是镇上商店生肉柜台的服务员，后来自己在街头摆摊卖猪肉；她爸老苑则开一辆旧金杯面包车跑运输，从镇上到县城来回拉客。有一天，一个买肉的男人因猪肉肥瘦问题，与老范——也就是她妈妈发生口角，继而两人动手，老范一气之下，挥刀捅了那男人肚子一刀，虽不致命，但是构成了案件，老范进了派出所。都是乡里乡亲的，经好心人撮合，派出所同意，两家私了，医疗费加上各种赔偿，还要打点公安局的人，需要十多万。万般无奈之下，她张口向我借钱。

把钱借给她之后，我更不敢联系她了，怕她误认为我提醒她还钱。那时似乎还没有微信，我偶尔能收到她一条短信，告知我她又参演了某一部戏，或者是某一部戏要在某个台播出，里面有她，她扮演某某某。我回复说，一定欣赏。

大约半年多后，她跟我要卡号，说要打钱给我。我客气了一番，说，不要了，真不要了，就当赞助你了。这时候我的经济状况已有好转，有没有这五万块都无所谓。她坚决不干，电话里急了，说：“陶哥，您真想帮我，至少拿五百万来。”我知道她这是故意激我，乖乖把卡号发给了她。

再次见到她，又是一个秋天。我编的一部戏《雷霆万钧》在大连一个影视基地拍摄，应导演之邀，我到剧组探班。本来我对探班之类的勾当不感兴趣，本子写好交给公司，编剧就不再有发言权，也不想再掺和，爱怎么拍就怎么拍。这次我之所以愿意去，一是因为剧组还欠我一笔尾款，导演提出请我过去帮忙修改几场戏，只要去一趟，他们所拖欠的稿费就可以结清；二是此去还有一个重要原因——小苑在剧组里。

她在我这部抗日剧里，扮演女二号角色——一个出身大户人家的女学生，因为所爱的人参加了抗联，她也偷偷跑出来，几经磨难，逐渐成长为一名英勇顽强的抗日女战士，最后壮烈牺牲。她能得到这个角色，与我力荐有关，我不惜拉下身段，请负责选演员的副导演喝茅台，好话说了一大堆。但是整个运作过程，她并不知道，我一直对她保密。开机之后，我曾收到她一条短信："亲爱的陶哥！今天刚听导演说，您是《雷霆万钧》的编剧，太惊讶！能够扮演您笔下的苏婉贞，真是三生有幸！咱们总算合作了一把，小妹累死累活也要演好，争取借这个戏走红。"

我回复道："辛苦了，我找机会去探班慰问。"

她回复："盼盼盼，盼盼盼。"

我一个人坐飞机到了大连，先到片场，观看了几场室内戏的拍摄。那天没她的戏，她不在现场。我亲眼所见的那几场戏，都是导演临时加上的，我感觉驴唇不对马嘴，很别扭，要命的是，导演还自夸加得好。演男一和女一的演员，名气不小，以前给人感觉演技不错，但是那天在我眼里，他们演戏太过随意，气质不像是 20 世纪 30 年代的人，而像是现代的城市男女。原本很有内容的、沉甸甸的台词，轻飘飘就从嘴里冒出来。

我的心凉了半截。

正琢磨联系一下她，想晚上请她吃个饭犒劳一下，她电话先打进来了，未说话先娇笑："好你个陶哥，来了也不说一声，晚上罚酒。"

我解释几句，与她约好了晚上见面的时间地点。我没有和剧组住一块儿，剧组单独安排我住在市区一家四星级宾馆，无形中给我们创造了安全见面的机会。她熟悉这地方，提出就在酒店一楼餐厅见面。

那天她穿一件紫色的连衣裙，紫色的高跟皮鞋，因为剧情需要，剪短了头发，用一根紫色的发带拢在脑后，格外地有味道。她带起一缕香风款款向我走来时，吸引了大堂所有人的目光。

那晚她的情绪极高，我们躲在角落里的一张卡座上，喝光了三瓶红酒，说了很多的话。我没记错的话，这是我们俩第一次单独喝酒，喝得开心，聊得随意。我结合自己此次探班的感受，提醒她，以后有了名气，有资格挑选角色的时候，一定先挑导演，只要是好导演，哪怕戏份轻点，也要上，烂导演只会把好演员用坏，好导演却可以让好演员变得更好，这就好比你在单位摊上个好领导，你想不进步都难。她说："全中国就那么几个好导演，想摊上一个，跟天上掉馅饼差不多，我能有那样的福分吗？"

我说："泰戈尔说过，不要着急，最好的总会在不经意的时候出现。"

她说："陶哥总是鼓励我。"

我说："也许下一部戏，你就能担纲女一。紫衣你进步蛮大的，在你同班同学里面，你蹿得够猛了。"

她摇头："还记得古玉菡吗？"

我点点头。古玉菡已经红得发紫，成了一家著名电器品牌的形象代言人，打开电视，不出半小时，就能看到她在搔首弄姿。

"她的身价到了每集三十万。我呢？不怕陶哥笑话，虽说这部戏我演女二，但打包价总共才三十万。我辛苦三个月，不顶她三天。我还听同学说，她要上大银幕，导演是……"

她说出了一个如雷贯耳的名字，然后愤愤然，几乎是咬牙切齿地说："我想不通，她哪点比我强？"

停了停，又说："她不过就是比我骚！"

我无言，端起杯子和她碰杯，示意她冷静，仰脖灌下，这才道："你那些女同学，到最后演出名堂的，不到十分之一，对吧？大多数女孩嫁个大款了事。你呀，不要总和姓古的比，你比比那些不如你的，不就想通了吗？”

她把杯子一蹾：“您错了，我就要和最好的比，我就是想当大明星，出大名，挣大钱，为家乡人争光争气！也只有这样，我才能不断进步！”

她的心气确实是太高了，我感到有些担心——一些不切实际的幻想往往会毁灭一个人。但此刻我宁愿相信是由于酒精的作用，她说的是酒话，所以那种担心一闪即逝。

时候不早了，餐厅里已经没有食客，我提议散伙。我们微微摇晃着穿过大堂，走到电梯门口。我没说道别的话，也没有提出请她跟我走，她也没有道别的意思，我们就这么默默无语地钻进电梯，默默无语地一直上到十七层，默默无语地来到我房间。

等我酒劲缓过来的时候，她已经洗过澡，披着浴衣站在我面前，犹如出水芙蓉。一股子沁人肺腑的香味，彻底把我搞晕。离婚之后，虽然我断断续续有过几任女友，但没有一个能和她比，完全不是一个等级。说实话，自从认识她之后，我是打过她主意的，但也仅仅是意淫而已。可是当机会真正到来的时候，我似乎又缺乏心理准备。

我们到了床上，我吻她。床上事不过就是软与硬的结合。我感觉她的身体渐渐软下去，越来越软；而我的身体渐渐硬起来，越来越硬，仿佛能把地球戳穿。可是刀子太锋利，又容易割伤自己——此时的我，不需要冷静和清醒。偏偏要命的是，我发现房间居然没有放置安全套，这宾馆太操蛋了！她似乎看出什么，提醒我她现在安全。而我这时候想到的不是她的安全，而是我的安全——就在不久前，我的一个朋友在佑安医院查出了艾滋，我不合时宜地想到了他的惊恐和痛苦……和女戏子有染，是危险的，因为这些人私生活太乱……

结局可想而知，我熄火了，下面软下来，像根面条。她睁开雪亮的眼睛，不解地瞪着我。我羞愧无力地掩饰道：“紫衣我们还是不做这个了吧，以后咱俩做干干净净的朋友，一辈子干干净净……”

这时我脑子里涌出了歌德的一句名言，歌德说："所有罪恶的念头我都有过，只是我没去做。"

她娇喘着，突然伸嘴咬我一口。我的胸脯上瞬间生出两排牙印，看上去像两条紫红色的小串珠。

那个夜晚，我为自己感到骄傲——痛苦的骄傲，害臊的骄傲。

我是个介于真君子与伪君子之间的二逼君子。

由于昨夜失眠，我十分困倦，脑子昏沉得厉害，中午睡了一觉。这个午觉睡得质量挺高，醒来时已近四点。迷迷瞪瞪睁开眼，一时竟忘记自己身在何处。

突然想到小苑的父母已不在清流，联想到我此行的使命，急忙坐起来。可是急也没用，除了老板芳姐，我在这里不认识任何人。

如果不想白跑一趟，恐怕也只有请芳姐帮忙了。小苑父母走了，她还有别的直系亲属吗？能不能请芳姐帮我介绍一下？还有，我记得小苑有个很要好的闺蜜，名叫袁梅，印象中她是个小学老师——她是在清流的小学教书吗？能不能帮我搞到她的联系方式？

我见过袁梅一面。

得有五六年了吧？那时候，小苑已经混出一点名气，成为一颗冉冉升起的小星，前途应该说是比较光明的。但若想成为巨星，可能性几乎没有，除非老天开眼，毕竟巨星就那么几个，是各种因素促成的。想混成一个大众脸熟的二三流演员，只要再熬几年，基本是可以做到的。

我又适时帮了她一个忙——找人在《中国电视》杂志上帮她上了个封面。

收到杂志的那天是她生日，她兴冲冲打电话给我，说这是她收到的最好的生日礼物。然后，她有点神秘兮兮地压低声音道："陶哥，我也想送件礼物给您，过几天就到。"

"得了吧，不需要。"

"您一定会喜欢的——是我家乡的'土特产'。"

几天后,"土特产"果然到了——不过不是一般的土特产,而是一个大活人!

她发微信约我吃饭。美女请吃饭我当然不会拒绝,赶到她指定的一个饭馆,就在四元桥附近。小包间里除了她,还有一个姑娘,一看就是小地方来的,很纯朴的样子。我有点发蒙。她介绍道:"陶哥,她是我在家乡最好的闺蜜,从小一块儿长大。她姓袁,不是我这个苑,袁世凯的袁——袁梅。"

我与袁梅握手,她的小手滑溜溜的,有点凉。如果单看袁梅,也应该算个小美女,但是与小苑一比,就好比拿野百合与白玉兰比,差别立马放大。我收回思绪,轻松自如地陪两位姑娘吃饭。小苑告诉我,袁梅是家乡的小学老师,教语文,文笔很好,以前上学时写的作文经常受老师表扬,现在还爱写写画画的,去年还有篇散文在《中国教育报》上发表。小苑希望我收下袁梅这个徒弟,教她写剧本。

我满口答应,又提出疑问:"袁梅在湘西老家工作,离那么远,这个徒弟怎么带呀?"

小苑说:"我动员她辞职下海,来北京闯。一辈子待在小地方,能有什么出息呀?不光耽误自己,连后代都耽误。对不对?"

袁梅低头不语。我问她:"袁梅,你下决心了?"

她点点头,又摇摇头,小声道:"紫衣劝我好久了……还没最后下决心……"

"喊你来北京玩,就是想让陶哥帮我一起劝劝你。你可得想好,过这个村没这个店了,这可是你一辈子最好的机会。"

第二天,我和小苑陪袁梅逛十三陵和八达岭长城。我亲自开车去的,小苑还没有买车,一是没摇上号,二是按她的话说,要么不买,要买就买宝马奔驰,低于一百万不考虑。游览期间,小苑问我对袁梅印象如何。我说实话:"只要不和你站一起,她就是个清秀的、干净的、未遭受污染的清纯姑娘。"

她伸手掐我一把,斥责道:"呸!难道我是个不干净的、受到污染的女人?"

我意识到说错了话,赶紧解释:"哥不是那个意思,哥只是想说,她和你不一个类型，你是现代派，她是个古典派。”

她不再怪我，莞尔一笑：“她就是个‘土特产’嘛……哎，哥喜欢吗？”

我一愣：“你啥意思？”

她只好实话实说——想把袁梅介绍给我。离婚后我一直单身未娶，不是缺少女人，而是缺乏爱情，不特别满意，我是不会再娶的。见我呆愣在那里，她又掐我一下：“你说话呀！”

“我没想那么多。不过，袁梅出来闯闯，倒不是一件坏事，年轻人嘛，就得见见大世面……”我有些软弱无力地说。

第三天，我和小苑带袁梅逛颐和园和圆明园。一路上我都在掂量，感觉如果养一个这样的姑娘，我是没有任何压力的，她也不会有非分之想，只要我对她好一点，对她家人好一点，她自会死心塌地跟着我。年龄上差距大一点，但现在这都不算啥了。越想越有信心，看她的眼神也变了。小苑察觉到了，狠狠掐我一把，既高兴又不满地剜我一眼，小声道：“男人没一个好东西……看您口水都快掉下来了。”

我摸摸下巴，当然是干干净净的，便嘿嘿一笑。

她直言道，如果真的喜欢袁梅，就把她弄到北京来。我表示会认真考虑。她又说，袁梅家里条件不太好，当初上师范，就是为了能减免学费，她写过承诺书，保证在教师岗位上工作多少多少年，如果半道辞职离开，得补交一笔违约金。我当即满口答应，这个全部由我负责。

晚饭我安排在全聚德吃北京烤鸭。走出餐馆，小苑暗示我，今晚可以带袁梅走。我一阵兴奋，又犹豫不决。毕竟还没为她做任何一件事情，就这样把人家姑娘带走过夜，这么做太过仓促，对小苑也显得不太尊重。犹豫片刻之后，我摆摆手，意思是今晚算了。小苑又转向袁梅道：“梅梅呀，明天我有个明星与观众互动，不能陪你了，就让陶哥带你转转好吗？”

袁梅像含羞草一样低下头。小苑拍板说：“就这么定了！我是不管你了，以后就让陶哥管你。”

次日整整一天，我带她逛了天安门广场、故宫、景山公园。上午她情绪蛮高，下午就沉默了许多，感觉她在进行激烈的思想斗争。晚上，我请她吃老北京涮火锅，一边吃一边聊，帮她下辞职的决心，承诺如果她来北京，住处我负责找，工作我也可以介绍，不想工作，在家跟我学写剧本也成。她很少发言，静静地听我讲。同时，我也进行了一番激烈的思想斗争——是带她走，还是送她回住处？她跟小苑住一起，小苑在北四环惠新东桥附近租住了一套大房子。

她温顺得像一头小鹿。我掂量一阵，还是不忍心，劝自己，这次就算了，看样子她以后就是你的人啦，等她正式来北京，她能住哪儿？还不得天天跟你睡一张床，你想咋样就咋样嘛……

我像个正人君子那样，彬彬有礼地把她送到小苑住的地方，看着她上楼。

这是我最后一次望见她的背影。

第二天下午，我收到她一条长长的短信——

“陶大哥您好！我已经在回去的火车上了。小梅万分感谢您几天来无微不至的照顾，以及对我未来生活的关心。但小梅觉得，北京太大了，害怕迷了路，更害怕迷失了自我。小梅不适合在这里生活，所以要回去。西方有句谚语：上帝为每只笨鸟都准备了一根矮树枝。闭塞落后的生活，只要我喜欢，有什么不好呢？大哥，您是个好人，小梅盼望您以后来我和紫衣的家乡做客。再见了大哥！袁梅敬上。”

端着手机，我呆愣了好半天，心里说不出什么滋味。

我回了一条短信：“一路平安。”

当年春节，收到她一条拜年的短信，以后再无联系。小苑也从未再提起过她，仿佛世上压根儿就没有袁梅这个人。

小苑出事以后，我猛然想起她来，想通过她打听一下小苑家里的情况。拨过几次电话，每次都是空号，显然她换号了。

晚饭照旧是芳姐亲自送上来。我没有食欲，不想吃，只想跟她聊聊。没等我挽留，她倒是不客气地坐下了，主动说起紫衣。原来她想打听紫衣在北京的情况。镇上人都知道老苑家的姑娘在北京出了大名，发了大财，但并不知其中细节，尤其不清楚她为什么出事，怎么出的事。

我当然不能瞎讲，只是说，在北京和她见面很少，只是一般的朋友关系，所以她的具体情况，也不太清楚。我借机抛出盘桓在脑子里的两个问题，她告诉我，苑紫衣的爷爷奶奶早就不在了，她只有一个亲叔，叫苑焕国，开货车跑运输；听说苑家哥俩关系不好，两家不怎么来往。如果想见他，她倒是可以帮忙。袁梅确实是镇上小学的老师，从小和苑紫衣一块儿长大，以前老有人拿她跟紫衣比，说人跟人没法比，货比货气死人。

“芳姐，麻烦您把袁老师电话帮我搞到好吗？谢谢。”

“我没她电话。不过这个不难，在我这儿做保洁的柴小菊她娃儿，好像就在袁梅那个班。我让小菊帮你找找看。”

一天，正埋头撅屁股写剧本的我接到一条微信，是某影视公司的熟人发来的一个链接。我工作的时候最烦别人打扰，尤其是一些链接之类的东西，基本不看。但是这一次，我点开了。

脑袋嗡的一声。

屏幕上有一组照片，我一眼认出是小苑，放大了看，她严重走光——上衣太薄，隐隐露出了乳头、乳晕，裙底也大开，仔细辨别，竟然露出了少许阴毛……

天哪！她被娱记狗仔队给偷拍了！上了各网站的娱乐版，并且微信刷屏。

我立即给她打电话，痛骂偷拍者无德，责怪她太不注意太粗心，给坏人可乘之机。她也很生气，解释说昨天应邀去参加一个片子的首发仪式，因为没有经验，穿衣打扮随意了些，结果就让人盯上了。我提出赶紧想想办法，请公安部门管网监的人给删一下，如果让她家乡人看到，那还得了！她淡淡地说，算了吧，删是删不尽的，好在家乡偏僻，上网的人少。

她似乎受到刺激，心情不佳。

不过这么一霸屏，倒让更多的人知道了她。

那一阵子，网上关于她的绯闻接二连三，有点应接不暇。有人在天涯、豆瓣等论坛把她和中央某部委的一位大领导苑江怀挂上钩，报料说“苑紫衣父亲是苑江怀”“苑江怀动用权力资源，违规让女儿苑紫衣上中艺”等等。竟然还有人报料说“苑紫衣是苑江怀的私生女”“老苑当年下乡时与小苑的母亲有一腿，小苑母亲当年是山中一枝花”云云。

小苑的后台是谁，一时成为某些网站的八卦话题。

我上论坛浏览过，鼻子都气歪了，真是胡编乱造，满嘴喷粪！

不久，又有人在网站报料说，小苑是大名鼎鼎的 ×× 集团胡总的情人，是“×× 小妈”。老胡创造了 ×× 财富帝国，长期霸占福布斯华人富豪榜，和小苑勾搭上之后，成为她的幕后金主，在望京一带为她秘密购买了豪宅，还送她奔驰跑车。

小苑确实在望京买了大四居的房子，二百多平，不久前她也确实开上了新车，网上报料的那辆奔驰跑车，的确就是她的，我还坐过一回呢。

对于这条报料，我真有点拿不准。多少女人都想傍老胡，我相信这是客观存在。但是他就那么轻易能傍上吗？我上网查了查，老胡以前很少有这类绯闻，他一直给人不近女色的感觉，他会选一个不断有网上绯闻的小苑做情人吗？他是不是吃错药了？

所以分析来分析去，说她傍上老胡，我认为不太靠谱。

我电联她，直接问她关于网上绯闻的事：“把你和什么部长胡扯上，你为什么不辟谣？”

她咯咯笑：“我为什么要辟谣？把我和美国总统扯上才好呢！”

我有点急：“你脑子出问题了！明明是胡编的，你都不出面辟谣，屎盆子扣身上，你就舒服了？”

她笑得更浪：“哥你写东西都写傻了。这不正是我想要的吗？还有比这种免费广告更好的吗？”

我突然意识到，网站上那些虚假报料，包括那一次她的严重走光刷屏，会不会都是她有意搞的？会不会她就是幕后推手？

这真是太可怕了！

见我不吭声，她收住笑，严肃认真道：“哎哎，哥你可别瞎想啊，我可是受害者呀。我以后会找机会辟谣的。”

“关于你和老胡那些小道消息，也一定是假的。”

她忍住笑，神秘道：“说我傍老胡，不靠谱。不过呢，也不全是不靠谱，还是有点那个那个的……”

“你把我给绕糊涂了。”

她似乎下了决心，脆生生道：“哥您是我亲人，小妹不想瞒您，从实招了吧——小妹最近没闲着，确实和老胡——交朋友啦！”

她所说的老胡，不是那个老胡，而是这个老胡——山西临汾的煤老板胡传红。

我第一次见胡传红，是在她望京的大房子里。老胡五十多岁，从面相到穿戴，非常朴实，根本不像亿万富翁，他站我面前，就像个普通小康之家的中年农民。

老胡原本就是临汾下面一个县的农民，二十多年前承包了两个小煤窑，后来又利用贷款扩大规模，没几年就有了上亿身家。他是小苑上一部戏的投资方之一，剧组安排小苑陪他吃饭，二人便熟悉了。

我和老胡相熟之后，一次小苑不在场，他借着酒劲跟我说了实话。说他拼死拼活干了大半辈子，不抽烟不打牌，茅台酒顶多喝二两，吃饭穿衣也不讲究，有碗莜面角角吃就顶一顿，更不爱出国旅游。他只有一个小爱好，就是喜欢跟女娃子玩。以前不舍得花大钱，路边店里摁倒一个就凑合了。眼见老了，留那么多票子有啥用？不能太亏待自己嘛！这几年影视热，热钱纷纷涌进来，有来洗钱的，有来玩票的。老胡属于玩票的。他投资影视，不图赚钱，只要不赔或者少赔点就行，每部戏他也就投个几百万，不超过一千万，即使全赔了，他也不伤筋骨。

他只想借此机会结识女戏子。

“那不一样！”他说，“女演员跟普通女人就是不一样！你不上床不知道！”老胡瞪起小三角眼说，唾沫星子喷到我脸上。

我明白了小苑这套房子是怎么来的了，还有她的跑车，全他妈来路不正。

过后不久，小苑单独约我。我本不想去，架不住她百般撒娇，乖乖去了她家。

她收起风尘相，瞬间变成一个良家女子，款款道，她看上了一个电视剧本，是浙江一位编剧写的，谍战剧，大女主（意思是女一号在剧中占有绝对地位）。剧本很成熟，她已经付了订金，打算亲自操刀这部戏。她指着茶几上的一沓打印稿，兴奋起来：“我当制片人兼女一号，请一个好导演，重金请一个偶像级男演员与我配戏，再请几个老戏骨搭戏。只要拍出来，我相信超过《暗算》《潜伏》！”

“那就拍呗！剧本有了，你让老胡拿钱就是。”

“我至少需要一个亿。老胡这个小气鬼，终于答应独家赞助。”

我咂出味道来了——她和老胡混，不仅仅是为了房子、车子，而是有更大目标，她说过，她等不及，不想死熬，想早出大名，横空出世。同时我暗暗吃惊——她和老胡都没有独立做剧的经验，搞不好打了水漂，那可是一个亿呀！但我不能泼她冷水，便道：“需要我做什么？”

她告诉我，拍摄档期已基本确定，三个月后开工，只能给我一个月时间，请我帮忙润色一遍剧本，改动不会大，也就是过一遍，把一些小问题解决掉。先给我打五十万，交稿之后再付五十万。

我摇头，说自己不取报酬，就算帮她一个忙吧。她不干，跟我急眼：“又不是我的钱，你不要，我还不想欠你人情呢！”

我只好表示，先翻一下剧本再说报酬的事，如果我不适合改这个本子，别怪我不帮忙。我不感兴趣的东西，硬做是做不来的。她同意。

我用三天时间看了一遍剧本，感觉精彩的地方是有不少，一个女地下工作者，深入虎穴为我党搞情报，九死一生，屡建奇功，但剧本中“雷”的地方也有不少，主要是编造得过头，过于猎奇。考虑了一下，我电联她，说了我的想法：“要让我改，改动会比较大，没三个月不成，影响你的档期，不如请编剧本人再修一遍，你只要多付他二十万，他会干的。我可以把详细修改意见提交过去。这样你既省了时间，还省了八十万。”

她很感动，对着话筒啵地亲了一下，说：“陶哥，世上的男人，你对我最好。”

对她多好谈不上，我只是不想坑她，同时也不想和她有经济上的瓜葛，朋友之间，一牵涉到钱，到后面往往是不欢而散。

那一阵，小苑把全部精力都投到这部戏的拍摄上。男一号倒是不错，是个大众偶像，只是娘儿们气较重，阴柔有余，阳刚不足，和剧本里面的角色有点出入。

小苑带我见过一次男一号，因为他是大牌明星，不便直呼其名，这里我叫他B。B四十岁左右，属于上一辈的小鲜肉，只是那时还没有这个说法，那时叫奶油小生。为了把B拉进来，小苑“三顾茅庐”（我甚至怀疑她被他给潜规则了），给出巨额片酬——整部戏投一个亿，B一人就拿走四千万；档期只留给两个半月，多一天都不行。

小苑的目的是想借这个戏，让B和几个老戏骨捧红自己，再苛刻的条件她都能接受。

老胡开始不同意给B这么多，说B一个人顶一座煤矿，老子辛辛苦苦挖煤，一年的利润才有多少？他这跟抢钱差不多。小苑说，你不给，有人愿意给，想请他的人排着长队呢！因为电视台就认明星，有了明星就能保证收视率，有了收视率就能保证广告源，有了广告源电视台就能赚钱。

老胡在一个会所安排了一场聚会，B和导演以及其他主创都到场，小苑把我隆重介绍给他们，随口给我安了个“剧本策划”的虚头衔。酒桌上，人们众口一词，起劲地夸这个戏前景多么看好，一定盖过以前所有的谍战剧，保证大卖。B手抚心口窝，小眉头一皱，女里女气地说：“为了这部戏，我快得忧郁症啦。”B的意思是，他投入角色已经很深。这是他的口头禅，圈里人都知道。在座都是演戏的，逢场作戏是他们的本领，当然这一切都是小苑安排好的，不过是为了宽老胡的心，让他放心砸钱。

席间，我提出一个问题：这不像一般的剧，因为这个戏涉及历史上的某些重大事件，以及几位地下工作战线上的高级领导人，属于重大题材，所以剧本需要送审，怕就怕审查上出问题。小苑急忙冲我使眼色，不让我往深里说。为了配合她，更是为了帮她，我换个表情，轻松自如道：“不过嘛，剧本送审，我可以帮忙找找人。找对了人，就不是问题。”

小苑抚摸着老胡肩膀，娇滴滴道：“胡总，这事就交给陶老师办，好不好？有陶老师出马，就不是问题！”

老胡喝了二两酒，胆气壮了些，拍着胸脯说：“老陶，要多少钱，你尽管开口！”

那段时间，小苑主要精力用来建组，进行拍摄前的一应准备，无比烦琐，无比操心，加之她头一回当制片人，缺乏经验，因此更加忙乱。好在她情绪高涨，像打了鸡血一样，经常二十四小时不睡，而且不叫苦不叫累，用她的话说，累并快乐着，为了这部戏，累死也心甘！

她把剧本送审的任务全盘委托给我，请我务必帮她过关。

开机之后，有好几个月，我没见过小苑。

这部戏在北京和大连两地拍摄，在大连主要拍外景，在北京主要拍室内戏。我一般通过她的微信朋友圈了解拍摄进展情况，还有她的生活状况。为了配得上她作为制片人兼女一号的头衔，她一下子聘了三个助理，租了一辆房车，派头摆得足足的，用她的话说，“不能比古玉菡差”。

中间有两个小插曲，值得一说。一是有一天在北京拍戏，男女主角演一场重头戏，剧组请一群娱记前来探班采风。活动结束，不期然，突然蹿出一个小苑的男粉丝，据说是“十分暗恋”她，非要见小苑，谁也拦不住。小苑在房车里吓得不敢出来。他上前拦她的车，后来干脆躺在车前，声称“被苑紫衣轧死也心甘情愿”。没办法，小苑只好下车。那人一骨碌爬起来，竟然飞身上前一个熊抱，搞得小苑花容失色。

在场的记者抢拍下一组镜头，发到网上，引发微信刷屏，弄得沸沸扬扬。

第二个小插曲是，小苑从大连回北京，在首都机场，一群粉丝不知从哪儿得到消息，突然冒出来接机，送花、求合影、求签名，令大批旅客侧目。到最后，疯狂的粉丝团追着她尖叫，甚至有人激动得晕倒，有人流泪，还有人高喊：“紫衣我爱死你！”场面几近失控，最后安保人员出动，护送小苑钻进车里，狼狈逃走……

网上少不了又一顿热炒。

一切迹象表明，苑紫衣要大红大紫。

拍摄接近尾声的时候，问题开始显现。

老胡在临汾的矿业集团，接二连三出了几个较大的事故，连赔带罚，让他肉疼。屋漏偏逢连夜雨，他又卷进一大堆官司，所有账号被法院查封。还牵扯到巨额偷漏税，以及因造成重大环境污染面临巨额罚款，老胡终于吃不住劲了。尤其是全国自上而下整治环境污染，控制燃煤使用，煤价因此而大跌，更是把他推向深渊。

而这时候，这部戏刚刚杀青，即将转入后期制作。前期老胡投了七千多万，后期至少还需要三千万。然而老胡明确告诉小苑，他没钱了。

突然的变故让她有点不知所措。

她心急火燎地找我商量怎么办好，几个月不见，她“沧桑”了，嗓子哑哑的，明显没有上次见她时水灵。我帮她分析说，只有两个办法，一是停下来，啥时候有钱，啥时候接着再做；二是另拉赞助，寻找新的合作方。

她找我的目的，就是希望我帮她介绍几个投资人，毕竟我在这个行当里面混的时间长些，资源多一些。

“紫衣，我得问问看，这事不能太急，太急了，反而让人家怀疑你拉他的钱填窟窿，会把人吓跑。”

“要多久？”

“不好说，有可能一个月，也有可能半年。”

“我不想等。”

她走了。

过后我听说，她打算把房子卖掉，筹钱做后期。得此消息后，我赶紧给她打电话，劝她不要做傻事。我说：“你卖了房子，如果片子卖不掉，钱回不来，你在北京连个落脚之地都没有。现在没钱做片子，完全可以等资金，绝对不能卖房子！”

“不卖房，我拿房子做抵押，到银行贷款，总可以吧？”

“也不行！借钱容易还钱难，你以为银行的钱那么好花？”

我甚至对她说，即使片子不往下做，彻底废掉，花的都是老胡的钱，他来钱容易。你呢？好不容易在北京有一套房，你如果再卖掉，这风险就大了，谁知道你过多久才能再有一套房？她一听急了：“怎么能废掉？我要靠它出名呢！别说房子，就是豁上老命，我也得做出来！”

最终她还是不听我劝，几天内卖了房子，又添上自己的积蓄，勉强凑够了三千万。

她真是豁出去了。

她在798艺术区租了工作室，在那儿做后期。三个月后，她请我去看剪辑完成的片子。看完后我的感受是，这部剧有些粗糙。编、演、导、摄、服装化妆、道具烟火等等，都有明显的短板，顶多也就是个中等水平的剧。这是小苑第一次担纲女主角，虽然戏份很重，但是出彩的地方并不多，不温不火，表演上有很多不到位的地方。我认为除了与导演有关——导演没有把她的潜能激发出来，也与她本人有关。由于阅历不够，舞台经验欠缺，以她现在的实力，还不太适合扮演这种在刀锋上行走的角色。她显得僵硬呆板，不自然，撑不起这样一部原本应该让观众惊心动魄的大戏。她出演青春偶像剧，戏剧效果可能更好。另外，B 的表演也很一般，看上去他没太上心，稀里糊涂演戏，激情不足，懒散有余，拿那么高的片酬，原本指望借他捧红苑紫衣，现在看来选错了人。

总之，即使这部剧挤进一线卫视播出，卖价也不会太高，能够回本就算烧高香。而小苑想凭借此剧轰动一下，可能性不大。

她问我感觉怎么样?

我说了实话。她情绪颇有点低落，毕竟她投入太多，正所谓希望越大，失望越大吧。我安慰她，第一部剧不要考虑赚钱，只要能播出，不赔钱，就算成功，你就当赚一个作品，获取做剧的经验，攒一份资历，毕竟，你担任过女一号，下部戏的身价会涨。

她淡淡地笑了。

下一步，就是想办法把片子卖出去，尽量卖个高价，尽量选两家人气旺、影响大的省级卫视，尽量早点播出，这才算万事大吉。当然能够独家卖给湖南卫视播出最好，芒果台那时节正红火，湖南又是小苑的老家，我鼓励她，先攻湖南台。

我问小苑老胡的情况，担心老胡惹上官司或者卷入司法，牵扯到她。她说除了这部戏，她与老胡的矿业集团没有任何瓜葛，不会有事。关于这部戏，他们有私下协议：片子赔了钱，全算老胡的；挣了钱，他一分不要，只要本金。她怪老胡太小气，为什么不早早把全款打给剧组，害得她卖房，现在只能租房住，一夜回到解放前。

我给她打气："卖了片子，你再买个大别墅，岂不更牛 ×。"

然而，卖片子的节骨眼上，突发一件事情，击碎了苑紫衣的梦想。

经"朝阳群众"举报，警方在某高档小区一举抓获几个聚众吸毒者，著名演员 B 是涉案人之一。这则消息一经网络传播，半日之内，世人皆知。

我是蹲在马桶上看到这个消息的，大吃一惊，顾不上擦屁股，马上给小苑打电话。她也是刚刚从手机上看到，慌了神，电话里居然哭起来，央求我帮她想办法，从公安局找找熟人，能不能把 B 捞出来。

我直截了当："休想！过去没有网络，事儿还好捂，现在信息这么发达，天下人都知道了，谁吃了豹子胆敢私放一个吸毒者？"

"陶哥，那怎么办啊？我的片子……片子……"她几乎哀号了。

"没任何办法，只能认倒霉！"

B 是剧中的男一号，他又是公众人物，这件事情一出，小苑的片子百分百卖不掉了。电视剧播不出，就是一张普通光盘，半毛钱不值。而此时，我只能安慰她，先观察一阵，过个一两年、两三年再说，人们忘了这件事情的时候，或许还能有电视台愿意收购，你可以便宜一点卖掉。

她继续哭："等那么久，黄花菜都凉了……他妈的 B，你个王八蛋！把老娘给坑了……"

我到东四环外的十里堡看望小苑，她在那附近租了一套一室一厅的小房子，在一个很破败的老式小区里，我绕来绕去，好不容易找到她住的那栋楼。她那辆奔驰跑车停在楼下，与周围的环境格格不入。B 出事之后，片子卖不掉，她辞掉了所有员工，关闭了工作室，就留下这辆车，算是她最后的脸面。

我老是担心她想不开，几次提出过来看看她。她不让，也许是虚荣心作怪吧，怕我看到她当下的窘境。这一次费了不少口舌，她终于同意我前来"采风"。

这是一栋老旧的六层居民楼，没有电梯，她住四楼。我沿着黑乎乎的楼道往上爬，差点踩到一只猫，吓我一大跳。她听到了我的脚步声，早早把门打开一条缝。见了面，我们都没吭声，互相点一下头，我默默随她进入，坐在一张塌陷了的破沙发上。她递给我一瓶矿泉水，我拧开，喝了一大口。

我抽烟，递给她一支，她接了。我们默默地抽烟，一支烟燃完，我们同时扑哧一下笑出来。

笑毕，我说："紫衣呀，对你来说，革命处于低潮。但只要坚持下去，前途依然光明。"

她表情极为庄重："我会东山再起的，相信小妹。就当革命晚胜利几年吧！"

说罢，我们又笑。我感觉像在背台词。我继续给她打气，说她有那么多的铁杆粉丝，比如片场扑她的那位，还有机场接机时疯狂的粉丝团，一切都说明，她人气旺，已算是明星级人物，只要耐心等待，必然会有好导演带给她重要角色。

她苦笑，摇一摇小脑袋："哥您别笑话我了，我顶多算个三四流演员。"

关于那些粉丝搞出的闹剧，她向我吐露了实情：那都是她让老胡花钱请粉丝一条龙服务公司策划的，全是一些假粉丝。组织一场"追星造势"活动，小场面的，要花一万；大场面的像机场接机那种，兴师动众，起码要付三万。粉丝尖叫、喊老公（老婆）、晕倒、流泪、摔倒等等出格动作，都是明码实价。这种事情在圈里已不是秘密。

以前我曾经怀疑过其中有诈，现在终于信了。娱乐圈本身就是个名利场、是非地，古今中外都这样，概莫能外。但是，清者自清，浊者自浊，要想走得远，没有一点定力不行。战胜自我，获得独立的人格，才叫明星风范。我希望苑紫衣能够脚踏实地，最终靠自己真正的演技和品质，成为一个令人信服的明星。

栽过一回跟头，你总该清醒了吧？

小苑在十里堡的居所，我只去过一次。后来，因忙于写作，不想被打扰，我一度关闭了手机微信功能，关于她的消息，越来越少。当然，我还会时常惦记她，为她的前途担忧。

我甚至希望她，趁着姿色好，赶紧找个有钱人嫁掉算了，生两个孩子，好好过日子，一辈子衣食无忧，她的女同学女校友里面，不少人走的这条路。不要一天到晚老想着当什么大明星，明星梦对大多数人而言，只是一个肥皂泡，破灭是早晚的事，不如早一点觉醒。在影视圈里陷得太久太深，染一身臭毛病，人老珠黄时，再想嫁个好人家，就难了。

有一回她来电话，我忍不住把这个意思说了。她愣了好久，幽幽地叹口气说："哥，你不要打击我。我从小就有这个梦想，梦想快成了的时候，我怎么会轻易退出呢？梦想在，我的命就在；梦想没了，我还要命干什么呢？"

我吓了一跳！认为她这个想法太过危险，这明显是偏执，是神经病的表现，于是我抬高嗓门说："苑紫衣你什么时候清醒一下呢？我小时候还梦想做曹雪芹、鲁迅呢，可能吗？这事想多了，就是大傻子！"

"您的意思，我不是那个料？"

"不是！我希望你稍微冷静一下、清醒一下，做好两手准备，不要撞到南墙才回头。你都二十八了吧？该考虑一下婚姻问题了。老话说得好，女人干得好，不如嫁得好！你看人家那谁，不是嫁了个有钱人，马上就息影了吗？在家养孩子，养宠物，养尊处优，多好！"

"您别讽刺我。哥，咱们最近不联系了，好吗？我要筹划一件事情，挺重要的。哥，您多保重！"

这副腔调就像永别似的，真让人受不了。我想再开几句玩笑，发现她已经收了电话。

有大半年时间，我们没再联系。我感觉，我们的友谊，可能到头了。我和她毕竟年龄相差十好几岁，缺乏共同语言和文化基础，人生观世界观不同，有代沟，这样的友谊，能保持十年，已经很不错了。

她的微信朋友圈，已经有半年没有更新。关于她的消息，我已经听不到了。

可是这天晚上，我和几个不常见面的编剧同行碰到一块儿喝酒，喝到差不多时，有个专门写电影剧本的年轻编剧（这里我叫他小D）过来给我敬酒，小D说："陶老师，您认识苑紫衣吧？她可是经常提起您。"

我一愣："你和她熟？"

"对。我们在合作一个项目。"

四周很嘈杂，我看这里不是说话的地方，就对小D说："兄弟，等一会儿散场，我们两个再在这附近找个地方喝点啤酒，多聊会儿，好不好？"

那一晚，小D向我透露说，他写了一个电影剧本，喜剧，搞笑的，被苑紫衣看上了，她打算重金请徐峥、王宝强、黄渤三人中的一位出演男一，她本人亲自出演女一。总投资一点五亿，目前正在前期运作中。

我听得一愣一愣的，以为小D说的是另一个苑紫衣。直到小D拿出手机，给我看他们的合影，我才不得不信，就是这个苑紫衣！

"投一点五亿？"我还是感到惊愕，脑子一时转不过弯。

"至少。如果再请个大牌导演，估计得奔两个亿去。"

"她做制片人吗？"

"对呀！"

"她哪来的钱？"

"她一点没给您透露过？"小D有点不相信的样子。

"我闭关写作，手机不开，微信不上，至少半年没怎么跟外界联系了。"我半真半假地说。

小D借着酒意，向我透露了一点内情：苑紫衣前些日子认识了一位某省的大领导，她拍片的钱，大领导负责筹措，保证靠谱。

小苑再次出现在我面前时，又是另一种形象——她一扫上回见面时的沮丧和灰暗，浑身上下洋溢着抑制不住的喜悦与奔放。可见，她不但爬出坑来，而且活得更滋润了。

是我主动给她打的电话，说好久没见了，挺想念的，大明星能不能赏光见个面？我想讨个签名呢！她咯咯笑，笑声悠然动听，说，早就该给我“汇报一下”了，有啥不能的？

她派来的车按时到达我家楼下。司机很陌生，我上车，车子载着我一路向北，沿京藏高速奔昌平方向。我纳闷，这是去哪里？问司机，司机口风很紧，一路上闭口不言，我问了两遍，他才淡淡地说：“您别急，一会儿就到。”

车子上了六环，七折八拐，到达一个依山傍水的别墅区，直接开进了一栋楼的地下车库。我注意到里面停着一辆红色的宝马跑车，好像是宝马 i8，价格应该在二百万左右，前车挡风玻璃下面隐约有一个黄色的毛绒娃娃，那东西以前放在小苑的奔驰跑车里。

司机开了两道安全门，带我走进别墅院子——感觉像是地下党前来接头。

秋日阳光下，小苑化了浓妆，站在一个花坛边上迎接我，院子四周似乎都是名贵的花草树木。此刻，她在我眼中的样子，变得陌生了，她像一个贵妇人，又像是 20 世纪 30 年代上海滩的名伶，有一种说不出的气息笼罩了我。现在我相信小 D 的话了，不是酒话，不是八卦。

我心里发紧，感觉无话可说，没话找话道：“换车了？”

她微笑着点点头，轻嗯一声：“老感觉以前那辆车晦气，B 坐过一回。换一辆，就把晦气去掉了嘛。”

“换个人，也是同理吧？”

她嗔怪地剜我一眼，又伸手掐我一把：“嘴巴不饶人，作家编剧的臭毛病。”

我随她进入别墅。这真是一个豪华的居所，一楼大厅金碧辉煌，旋转楼梯直通三楼，扶手都是镀金的，脚下的地毯踩上去，感觉像踩在云彩上，无比舒服。

我还是纳闷，一年前她还蜗居在东四环外十里堡的破落小区里，似乎眨眼之间，她成了这样一座豪华别墅的主人，一个地下一个天上，奇迹是怎么发生的？

她引着我步入二楼一间宽敞的书房，墙上挂的，都是她的剧照，扮相靓丽可人，魅力超群。不由得让我想起她说过的，在她湘西的老家，她那一屋子的明星照。她还不是明星，但在我眼里，她与明星无异，只是上帝还没有给她明星的名分。人的成功——我是说成大功，除了努力，更重要的是命运，是命和运，缺一不可。就好比古往今来，天下的绝色女子很多，当上皇后的，又有几人？

她是越陷越深了。

坐下后，我不客气，直截了当地说："你投一亿五，票房至少过五亿，你才能回本，眼下谁敢说，他拍的片子票房一准过五亿？那些十亿、二十亿，甚至三十亿票房的片子，上映之前，其实他们心里都没底！票房大卖，很多时候看运气，每年院线公映的片子，百分之九十是炮灰，百分之五赚钱，百分之五持平就不错了。你冒过一次险了，还要再冒一次吗？"

她咯咯一笑："我不在乎票房，亏了也不是我的。您瞎操心什么？"

"这回谁当冤大头？"

"别那么刻薄好不好？"

"你想对我保密，那我现在就走。"

她一阵浪笑。笑毕，娇喘着说："那是有人愿意！您别说了好不好？"

我沉默，大口吸烟。

"我马上奔三十，女艺人到这个年纪再不出名，这辈子就没机会了。我不想错过任何机会。"

"谁说的？我认为，好演员是用一辈子来做的，这和做人一样的道理。像斯琴高娃，不靠青春，就靠演技，好莱坞更有斯特里普那样的。"

她哈哈大笑，然后拿话堵我："好作家有鲁迅那样的，好编剧有曹禺那样的，您能做吗？"

我哑然。

我不由得想起鲁迅先生的话，他老人家说，人生最痛苦的是，梦醒了，却无路可走。

而我觉得，人生最糟糕的是，明明有路可走，却还在耽于做梦。

我决定以后不再来这个地方。

清流小学在镇子的西北角，和镇政府挨得很近，这地方更靠近青山，满眼是绿。小学的建筑比较旧，有一座两层高的红砖楼，算是主体建筑了。

下午三点多，我一个人来到小学。我挎着相机，穿着登山鞋，戴着遮阳帽和墨镜，把自己打扮成旅游者的样子。据芳姐说，镇上人对外地来的游客都很客气，想去哪儿，都没人拦。来到小学我才发现，跟城里的学校不同，这里没有如临大敌般的保安，门口没有传达室，甚至没有大铁门，四周也没有像样的围墙，可以随便出入。

从各个教室里传出琅琅读书声。我已经了解过，袁老师负责教一至三年级的语文，今天她来给三年级的学生上课，这是她生小孩之前的最后一课。

三年级教室在一楼最东侧，门口上方钉着一块木牌。透过窗玻璃，我隐约看到袁梅正在给学生讲一首唐诗，她隆起的肚子格外显眼。离上次见她，得有四五年了吧？也许还要多，如果在路上相遇，我是认不出她来的。

一辆小汽车悄悄开进校园，停在离三年级教室门口不远的地方，车门打开，下来一个青年男子，个头不高，但很帅气。如果我没猜错的话，他来接袁梅的，这是她老公。我打听过了，袁梅老公在县政府机关工作。

等待下课的时间感觉很漫长。好不容易听到下课铃声，教室门打开，孩子们从各间教室里跑出来，校园里顿时热闹起来。我看到袁梅挺着大肚子出了教室，一群孩子围着她，边走边跟她道别。她一脸的幸福和满足。她走到我身边，我摘下墨镜和遮阳帽，望着她，希望她能认出我来。但是她的目光只在我脸上停留一个瞬间，便向她的丈夫走去。

她已经认不出我了。她再一次与我擦肩而过。人生总是处处擦肩而过，我想。我克制住和她打招呼的想法——你还有必要打扰她吗？

网上公布了一批贪官被调查的消息，这在十八大之后成为常态，某省的大领导也在其中。

我一个惊愣！马上联想到小苑的那栋豪华别墅，还有她近期大张旗鼓筹拍的电影。想必她已经知道了，不需要我通知她。但我还是忍不住拨打她的手机，语音提示已停机。

难道——她也给卷进去了？

这天，一个陌生号码打过来，我马上接了。果然是她。她的声音低沉、喑哑、焦急："陶哥，您下来一趟好吗？"

我赶紧下楼，来到小区门口。不远处一辆破旧的面包车拉开一条缝，一个戴墨镜和大口罩的女人冲我招手。我认出是她，跑过去，快速钻进车里。那感觉真像特务接头一样。

路上，我们几乎没有说话，她紧紧抓住我的手，像抓住一根救命稻草。我注意到她衣着朴素，穿一双平底鞋，身上也没有喷香水。车子驶到中关村附近，她吩咐司机把车开进一个大型停车场，之后，司机出去了。她前后左右往外瞅瞅，然后才放心地摘了墨镜、口罩。素颜的她让我想起当年在火车上第一次见到她的样子，那时候她满满的胶原蛋白，现在突然感觉她已是满面沧桑……

她告诉我，一个多月前那个大领导就失联了，她预感到大事不妙，悄悄搬离昌平的别墅，在北五环外一个小区租了套公寓，正筹拍的片子也只能打住，停用了原手机，不和外界任何人联系。她度日如年，担心老家伙咬出自己，同时又心存侥幸，认为老家伙在省里出事，跟北京隔着千山万水，不会牵涉到她。可是昨天她突然发现，公司账号被冻结，钱取不出来了。她傻了眼，一夜无眠，嘴上起了水疱，实在找不到人商量，只有找我，因为我是她在北京最亲近的人。她一大早溜出来，害怕被人跟踪，先是坐公交，途中又打了个出租到我家附近的地铁站，再换了这辆黑车拉上我来这儿。

"哥，你得帮我出出主意呀。"她说话带着哭腔，如丧考妣。

我连连叹气，也有些慌张，闷头吸烟，心想，我能帮你出什么主意？摊上事，只有三条路，要么逃，要么藏，要么自首，就看你的选择了。见我不吭声，她说："我想出国，你说能走掉吗？"

我曾经写过一个公安戏，深入采访过，知道司法部门的手段，如果真被盯上，想逃到国外，正常途径是走不掉的，除非是冒险偷渡。可是我总不能建议她偷渡出境吧？

"哥你说话呀！"她脑袋靠在我肩膀上，眼睛通红，默默流泪。

"你从老家伙那里，搞了多少钱？"我想先了解一下情况。

"……那栋别墅是他送我的。"

"钱呢？"

"……他答应拿一个亿给我拍电影，他出事之前，一共打过来三千万。"

"就这么多？"

她吞吞吐吐，欲言又止。

我不高兴了，推开她："你都不跟我说实话，我怎么帮你？"

"……一个亿拍电影，实在不够，我背着老家伙，又收了一个他们省商人五千万，然后我找老家伙说情，给那个商人批了块地，还有一个桥梁工程。"

"老家伙知道你收钱吗？"

"他应该会知道一点，具体数字可能不清楚。"

"那些钱呢？"

"他给的三千万，花出去一千多万，剩下的冻结了。那五千万我没动，转存到我爸妈的三个卡上了，卡在我手里。"

粗通法律的我深感事情重大，久久沉默着。她不停地流泪。

"你后悔吗？"我问她。

她愣了好久，摇摇头说："不后悔。为了出名，为了成为家乡的骄傲，我只能选择走捷径。赶上事，都是我命不好。"

停了停，她又说："我从湘西出来，就没打算回去，名气越大，越是回不去。越是回不去，越是得往前走，不能让家乡人笑话。"

我痛惜地摇头。都这时候了，她还是难以自拔。

我实在想不出什么好办法帮她，咬咬牙劝道：“既然跑不掉，不如豁出去……”

“怎么个豁出去？”她急问。

“主动投案自首，争取从轻处理。”

她呆呆地望着我，眼泪又流出来：“还没到山穷水尽呢，我怎么能走这条路呀……”

晚上七点多钟，芳姐敲开我的门，我看到她身后站着一位干瘦的男人。芳姐介绍说，这就是苑焕国，主动跑来看我。

我急忙把他让进屋。芳姐找个借口离开了。他问我想知道什么，我让他随便聊。他谈起和哥哥家的关系，认为两家关系不睦，主要怪紫衣的妈妈老范，那女人太要强，心比天高，不论干什么都要争抢，非要压人一头。紫衣特别像她妈，也是太要强，心比天高。

他说，以前，全镇人都为紫衣骄傲，她出事后，镇上人古道热肠，没人瞧不起她爸妈，更没有说闲话的，人们对她出事都讳莫如深，从不乱传。但是老范自感无脸见人，连个招呼都不打，夫妇二人就走掉，至今不和他这个当弟弟的联系。走前偷偷贱卖了房子——既然要卖，为什么不卖给自家人呢？他真是想不通。

最后我提出来，到紫衣小时候住过的老屋去看一眼。我们摸黑走进那个杂物遍布的小院子，他指着最西面的一间说，这就是。他从裤带上解下一串钥匙，打开锁，轻轻一推，门吱呀一声开了，一股发霉的呛味扑面而来。借着我手机的光亮，他摸到了门后面的灯绳，轻轻一拉，咔嗒一声，一盏小小的老式灯泡点着了。屋内陈设简单，一张小桌、一把破椅子、一张小床、一只小柜子，最醒目的是那传说中的三面墙，墙上糊满了中外电影明星的照片，女影星居多。我久久地打量着，从外国的凯瑟琳·赫本、贝蒂·戴维斯、奥黛丽·赫本到中国的阮玲玉、胡蝶、刘晓庆、陈冲、张曼玉、巩俐、章子怡……应有尽有，大小不一，都是从画报上、报纸上、宣传画上、年历上剪下来的，大多数已经发黄变脆，似乎一阵风就能吹跑。

我久久地凝望着三面老墙，这里承载、记录了一个小镇女孩的梦想，它令我震撼，也令我震颤……

苑焕国在我身后咕哝道，上一次孩子回来，特意叮嘱，不要拆这个老屋，将来她出了名，等她老了的时候，就在这个旧居上建一个纪念馆，让游客来参观。他之所以把钥匙随时带身上，就是担心他婆娘趁他不在，把这些明星照给毁了。

我感激地回望他一眼。

我想，苑紫衣生前最大的梦想，就是成为一个明星，像墙上这些明星那样，永远熠熠闪亮。她一定希望有一天，在这面墙上粘上她自己的一幅剧照。

我打开随身带来的皮包，抽出一张照片——这是我手机里仅存的一张她的剧照，那年她在我编剧的《雷霆万钧》中扮演一名清纯的女大学生——中午我专门打车跑到四十公里外的小县城洗印的。

我拿出胶水，仔细涂在照片背面，在墙的下端找到一个位置，把她的剧照粘上去。然后，我点上三支烟，放在墙角，又拿出两个苹果，放在地砖上。

青烟袅袅升起……

我来清流，一个最大的愿望就是想到她的坟头上祭奠一下。可是所有人都告诉我，她家祖坟上根本没有她的坟头，谁也搞不清她父母把她的骨灰葬在了何处。

没有坟墓，那就在这里祭奠一下她吧。

离开老屋，在胡同里，我拿出两万块钱塞给苑焕国。我要求他尽量保护好这所老房子，这是紫衣留在世上唯一的遗产，能多保留一天是一天。他答应了我。

今年春节过后，我作为中国编剧代表团成员，到美国访问。参观好莱坞那天的中午，我接到小苑打来的电话。她告诉我，办案人员找到她了，让她不要离京，随时准备接受调查。这在我意料之中。我提醒她，越是这样，越要冷静，不要再做傻事。她像背台词一样，声音低沉，莫名其妙说道：“从来只闻新人笑，有谁听到旧人哭？人生是个大舞台，良家妇女请离场……”

“你什么意思？”

她说：“我找律师问过，像我这种情况，至少十年……而且还要送回老家监狱服刑。”

“先别想那么多。”

“以前我想呀，想呀，想过多少次，我一定要以一个大明星的身份，衣锦还乡……可是，我却要以罪犯的身份回去了……我的脸，我父母的脸，没地方搁了……”

她抽泣起来。

我无力地劝道：“你能不能不想这些？你个大傻帽，怎么不听哥劝……”

她顾自往下说：“我已经回不去，只能待在这里。我非常清楚自己的处境，我只有等待，等待着有一天幸运之神来叩我的门……然而也许有一天我所等待的叩门声突然在深夜响了，我走过去打开门，发现那来客，是那穿着黑衣服的死神，不作一声地走进来，召唤我，我也许会毫无留恋地和他同去……”

我想起来了，她在背《日出》的台词。我感到毛骨悚然，后背都湿透了。

她继续道：“太阳出来了，天就要亮了，可是我却看不到了……”

我已经记不清她说的最后一句话，是再见，还是永别。

收了电话，我很慌乱，过了好久才清醒过来，赶紧拨打国内的110报警，但我说不清她住所的位置，只知道是北五环外的一个高档小区。我又拨打她的电话，语音提示已关机。

我预感到，我已经救不下她了。

同时我又心存侥幸，认为是办案人员控制了她，所以和她的电话联络才突然中断。

五天后回到北京，我把从各个渠道搜集来的信息整合，得出下面的结论——

她是在昌平别墅服安眠药自尽的，倒卧在一大堆她的剧照里面。她父母从老家赶来认尸，很快就火化，然后带着她的骨灰走了。

她的生命定格在三十岁。

香消玉殒。

我本来打算当晚赶到吉首与采风团会合，但是三更半夜的，不想走了。我太疲惫，往床上一倒就睡着了。

次日吃过早餐，我离开清流。和芳姐道别时，我把她叫到一边，给了她两千块钱，请她转交小菊。我说，她儿子、女儿都上学，让她给孩子们买个好一点的书包吧。

芳姐代她向我鞠一躬，算是重谢了我。

芳姐眼里有了泪。我害怕自己流泪，赶紧离开了悦来大酒店，离开了清流。

坐在车上，我想，到了这个年纪才发现，那些毕生追求的东西，已经不那么重要了。

我没有加入采风团余下的行程，而是从清流奔凤凰，再换乘长途车赶到长沙，乘坐当天最后一班高铁回北京。车票紧张，我只买到一张二等座。车一开，我就迷迷糊糊睡着了。

经过岳阳东站时，我被吵醒，睁开眼，看到一对母女刚上车，坐我对面。女儿非常清纯美艳，简直不可方物——我以为是幻觉，恍惚回到十二年前，第一次见到苑紫衣的时光……她沿着我今天的行程从清流赶来，车子经过岳阳的时候，我在两节车厢的连接处，与她相遇了。

时光仿佛倒转。

我定定神，望着对面的姑娘。她落落大方，一点都不忸怩，并不躲避我的目光。我冲她笑笑，说："是去大学报到吧？"

"对呀。"她的声音非常甜美、圆润。

"如果我没猜错，你是去北京上学。"

她眼睛一亮："对呀！"

"如果我没猜错，你是去中艺或者电影学院报到。"

她的眼睛又是一亮，灼灼逼人："呀！您好厉害。我去中艺。"

"如果我没猜错，你学的表演专业。"

她像一只受惊的小白鸽，用惊讶不已的目光望着我，似乎我真是个神人。

我得意地笑了。

当她得知我是个编剧时，拖长声调哇了一声，用崇拜的眼神，久久地望着我，随后主动要求加我的微信。

途中的六个小时是愉快的。

她说："老师，我叫夏佳佳——夏天的夏，佳人的佳。"

她问我的名字，我笑而不答，只报了几部我作品的片名。她很聪明，立马到百度上搜。片刻，她调皮而甜美地一笑，露出两排洁白如玉的牙齿。

"老师您大名陶一帆！"

我竖起右手大拇指，冲她晃了晃。

深夜，车到北京，我们在西客站北广场道别，我握住她柔若无骨的小手，深情地说："夏佳佳，我祝愿你——前程似锦！"

2019 年选系列封面绘图画家介绍

杨锋 1960 年出生于浙江嵊州。1984 年毕业于西安美术学院版画系。中国美协版画艺术委员会委员，陕西美协版画艺术委员会主任。现任西安美术学院版画系主任、教授、博士研究生导师。

2000 年，荣获授予 20 世纪 80—90 年代优秀版画家的“鲁迅版画奖”；在国内外多次举办个人画展；作品被中国美术馆、上海美术馆、江苏美术馆、大英图书馆等收藏。

出版有《综合材料版画技法》《杨锋作品集》等。

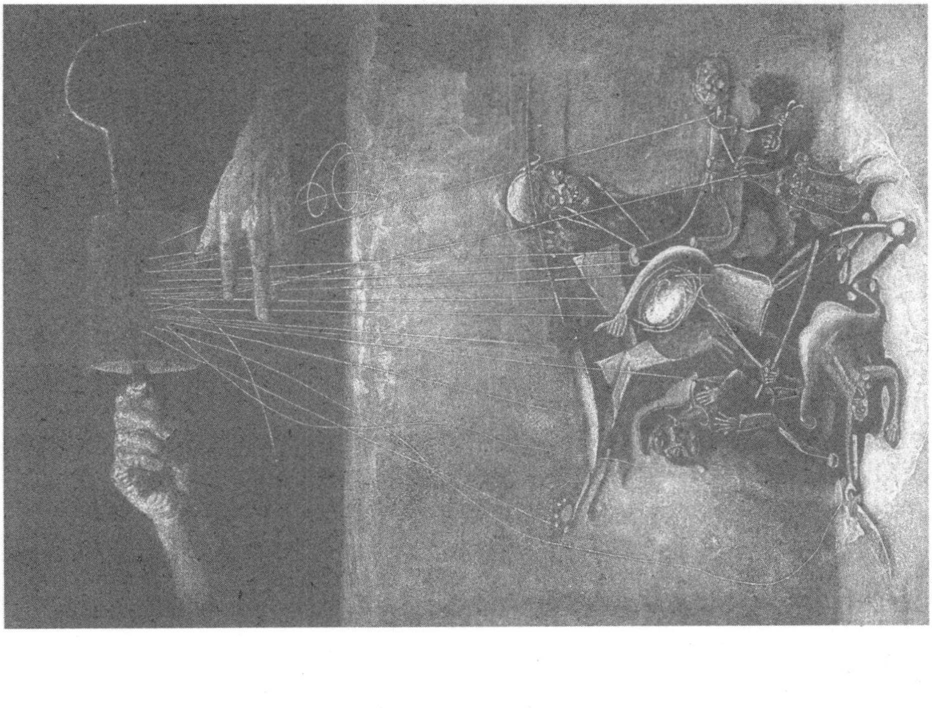

《玩偶之二》综合版 杨锋 77cm×52cm 2011年

杨锋版画短评

对于杨锋来说，胶砂、木板、实物印痕等物质材料，在他的作品中就像是油彩、水墨一样的存在，他不断驯服材料，不断探索版画表现的边界。那些工业化的物料，经过版画的印痕，便优雅地符合了绘画的规范秩序，体现出绘画性的存在。他的版画，非常恰切地使材料的特性发挥到了极致，其语言以一种中国画笔墨风格般的个性特质归属于杨锋，使他的追随者成为他个人版画成就的注脚。他的木刻版画同样也具有这种尽显个性特征的视觉风范，语言也具有浓烈的、从属于个人化的性格特质。杨锋的版画在复数性的版画特质下，总是具有“亲笔书写”的特质。他的版画以物质印痕的不确定性、绘画的思想性、语言的个性化使产生绘画的原境得以在作品中留存，为机械复制时代的版画拓展了新的边界。

——刘坚《原境、模仿、物性、符号、语词——论杨锋的版画》

2019中国年度 中篇小说 （下）

中国作协《小说选刊》 选编

漓江出版社

后遗症生活

樊健军[*]

1

安一城在本城最热闹的时候开始巡视他的管辖区。他的职业给了他充分的自由，抛头露面的同时也令他紧张不安。他对自己职业的认识好像存在着分裂，有时觉得很适合自己，有时又恰恰相反，觉得自己不够格，或者是被它钉死在这儿，让他感到焦虑和窒息。每天爬上面包车都是这种心情，这成了困扰他的职业病。

不远处的红灯像熬过夜的眼睛。天色阴沉，半空里像有雾霾，抹也抹不开。

帅帅呱会跑到哪儿去呢？他在猜测中搜寻，同前一天相比，他的焦虑又增加了一重。

一个身材如海象似的女人从车前挤过，她的大块头让驾驶室瞬间被幽暗淹没。有人摁了声喇叭，提出了抗议。老城区的街道就像细细窄窄的羊肠，每天都在重复着肠梗阻，但这是他必经的路线。

帅帅呱是他女儿安吉乐的宠物，她的狗自然由她命名，作为父母不能剥夺

* 樊健军，江西修水人，中国作家协会会员，小说见于《小说选刊》《人民文学》《收获》《当代》等刊，著有长篇小说《诛金记》《桃花痒》，小说集《穿白衬衫的抹香鲸》《空房子》等，曾获首届汪曾祺华语小说奖、江西省优秀长篇小说奖、第二届《飞天》十年文学奖、第二届林语堂文学奖（小说）、首届《星火》优秀小说奖，有作品入选加拿大列治文公共图书馆最受欢迎的中文小说名单（繁体）。

她的命名权。当初，汤荔红的母亲说要送条宠物狗给安吉乐时，安一城就反对，理由很简单，玩物丧志，况且不能让女儿对宠物养成某种心理依赖。他见不得那类牵着宠物狗，或者抱着宠物猫，穿条超短裙，头发染成一绺儿红或一绺儿绿的，在街头丢人现眼的女孩。那类女孩本身就是宠物，是某些老男人豢养的宠物。这后面的意思他是藏着的，没敢对汤荔红说。汤荔红之前就养过猫，一只俄罗斯蓝猫，身体细长，尖耳朵，脚掌小，走起路来像是踮着脚尖。一身银蓝色的短毛。汤荔红说它是贵族猫，可在他眼里显得有些鬼魅，好像来自外星球的不明生物。他曾产生过要谋害它的念头，但未敢付诸行动。让他放弃残暴念头的原因有二：第一，害怕汤荔红会发觉；第二，他是个有怜悯之心的男人。他在内心希望它快一点消失，后来真的如他所愿，不过结局却有着让人不敢直视的悲凉。有一天，那个来自号称北极熊国度的小家伙不知怎么偷跑出去了，当汤荔红在一簇映山红的枝丫下找到它时，它已成了一具冰冷的尸体，甚至半个耳朵都不知被什么动物咬去了。

安一城不能把反对的态度放肆地表现出来，毕竟俄罗斯蓝猫惨遭不测的阴影还没有完全消散，曾经一度影响了汤荔红的欲望，好像她的荷尔蒙分泌系统连接着俄罗斯蓝猫，猫死了，她的系统也因此出现了故障，不能正常分泌。果真，汤荔红的反应很激烈，这叫什么理由？谁依赖谁了？他没有坚持，赶忙举起双手，做投降状。往深里追究，汤荔红的母亲之所以提出送宠物狗给安吉乐，并不是单纯地表达对外孙女的疼爱，更多是出于内心的愧疚，想极力弥补什么。安一城的阻挠无疑有些残忍，似乎不愿意原谅老人无意犯下的过错。由此递推，有可能会对安吉乐再度造成伤害。

征得女儿和女婿的同意之后，汤荔红的母亲给安吉乐送来了一条阿拉斯加雪橇犬。后来，安一城才意识到，老人选择阿拉斯加雪橇犬给外孙女做宠物，这本身就是个错误。她不该选择这种狗。刚送来时，阿拉斯加雪橇犬还不大，毛茸茸的一团，很招人喜爱。随之慢慢长大，狗越来越魁梧，越来越帅气，却是个胆小鬼，遛狗时遇到一条凶巴巴的小狗也能被吓坏。安吉乐的胆子本来就小，让这么个胆小鬼陪伴她，安一城觉得越发没有安全感。当初就应该坚决一点，拒绝汤荔红的母亲把狗送给安吉乐。后来，他的战友易志文第一次见到帅帅呱时就说，这狗有个绰号，听说过吗？安一城问，啥绰号？易志文说，招手没。他没听明白，问，啥叫招手没？易志文说，你傻呀，这也不懂，谁招手它就跟谁走，谁有吃的它就跟谁走。安一城瞪圆了眼睛，嗔怒说，你找死呀。我说的可是实话。易志文耸了耸肩膀，做了个怪无辜的表情。

果然被易志文的乌鸦嘴言中了。前天周末，他们夫妻俩陪同女儿在本城中心公园游玩时，安一城刚刚找了个借口，独自去买了几张体育彩票，返回同她们母女会合时帅帅呱就不见了。他以为狗留在了她们母女身边，而她们以为它跟随他走了。他们几个在公园找遍了，询问了许多人，查看了几处摄像头，都没有见到狗的踪影。安一城后来开车围绕公园转了好几圈，也没有找到与狗有关的线索。已经三岁的雪橇犬好像长了翅膀，从他们的眼皮底下悄然飞走了。

是让人拐跑了，还是狗贪玩迷路了？没有人给出答案。

安一城被车流裹挟着，一步一挪。他的目光忍不住溜向街道两侧，总希望有突然的发现。人行道上都是赶早的人，脚步匆匆，没有谁愿意停留。一个中年男人弓着背推着一辆三轮车，车厢里小山似的废塑料瓶将人行道挡去了一大截。安一城偏过脑袋，想要查看被三轮车遮挡的那部分，但始终有那么一块他的视线所不能及。街边有占道经营的早餐店，那种可折叠的四方小桌摆在了人行道的中央。这不在他的责任范围，放在以往，他会停下车，让店主将早餐桌收起来。早餐店也很配合，只要发现城管的车驶过来，就会赶紧撤去摆在人行道上的餐桌，不过第二天又会一切照旧，彼此心照不宣，重复类似猫捉老鼠的游戏。

这种游戏曾让安一城产生过些许优越感，但今天他仅仅扫视了那里一眼，无意多管闲事。走走停停，停停走走，耗去了比平常多一倍的时间才驶出老城区。之后，他驱车直奔辖区，例行公事式地在大街小巷转了一圈，碰见乱摆乱放的摊点，象征性地按几下喇叭。这一圈倒是看见两条流浪犬，腌腌臜臜的，像在垃圾堆里滚爬过，没一块干净的毛色。一条贵宾犬，一条狮毛犬，同帅帅呱不是一个品种。这种分辨能力是他在网上恶补一晚上犬类知识的结果。

这两条流浪犬的状况让安一城在内心哆嗦了一下，如果让安吉乐看见，不知会做怎样的联想。或许帅帅呱已经堕落成了这副模样，这让他更为纠结和愧疚。狗失踪的当天，他从女儿的眼神中就读到了她对他的质疑和谴责，当时他跑去哪儿了，好像是他把狗弄丢了。他不能对女儿说去买彩票了，那是他的幻想，总盼着能中笔巨款，说不定就能摆脱现在这种生活了。他掂量得出帅帅呱在女儿心中的分量，从某个角度来理解，狗的存在似乎比他这个做父亲的重要得多。汤荔红的母亲也许早就预感到自己时日无多，才有送宠物狗给外孙女的想法。帅帅呱一岁八个月时，汤荔红的母亲病倒了，住院检查后诊断为癌症晚期，不到三个月就离开了人世。帅帅呱的存在无疑象征外婆的存在，这是汤荔红的母亲留给安吉乐仅有的念想。

安一城被一种负罪感攫住了，不知该去哪儿。犹豫过后，他离开了辖区，往公园的方向走，好像除了那里也没有别的地方可去。他将公园的角角落落重新找了一遍，又围绕公园转了一圈，没有找到任何线索。当他重新回到公园入口时，彻底茫然了，到底该去哪儿找寻帅帅呱呢。抽过一支烟后，他给易志文打了个电话，把狗失踪的事告诉了他，让他快点过来帮忙。

我也在找个东西呢。易志文喘着粗气说，你傻呀，把狗的照片发给你的同事，让他们留意一下。

安一城如梦初醒，要挂电话给同事发照片，但又被易志文叫住了。

易志文说，你干吗不去宠物医院、宠物收养中心，还有啊……屠宰场，去这些地方找找?

2

汤荔红的母亲去世后，汤荔红给安一城讲过帅帅呱的来历，它之前的主人是个女孩儿，女孩儿在南方打工，年底回家时带回一条狗，就是帅帅呱。汤荔红的母亲居住在距离本城五十公里外的小镇上，女孩儿是她邻居家的女儿。帅帅呱是条被人丢弃的流浪犬，被女孩儿收养了，年后女孩儿复出打工时将它留在了家里。邻居嫌侍候狗烦，想把它扔了又怕女儿过问，也有些舍不得，听人说值好几百元呢。真要卖给人吧，又没人舍得掏腰包。后来，汤荔红的母亲给了邻居三百元，将狗买下了，并且向邻居保证不会亏待它。

安一城听说这故事后内心咯噔了一下，像是掉进去一个什么东西。暗地里也埋怨过，汤荔红的母亲居然把这样一条狗送给外孙女，老人家真是糊涂，但最后是他的怜悯心占了上风，毕竟狗是无辜的，何况它已是他家里重要的一员。可是，现在，狗被弄丢了，有可能再次沦为流浪狗。

得尽快把它找回来，他给自己下了命令。

但他没有立刻按照易志文的建议去做，而是在大街上兜着圈子，希望有意外的收获。他觉得那样一条狗不可能会去宠物医院，更不可能被送进宠物收养中心。至于屠宰场，他不敢朝那方面去想。他将车速放得很慢，跟在他车后的司机因此很不满，要么按喇叭，要么从他身边飙过时扔给他几声咒骂。他忍受了这些，却没有得到想要的回报，遇到不少人在遛狗，也有独自嗅嗅走走的家伙，都不是帅帅呱。

安一城带着沮丧去往宠物医院。本城面积不是很宽阔，宠物医院也只有三家，一家在老城区，另两家在新城区，都不在他的辖区内。他根据同事们的指点找到了一家，就两间临街的铺面，一间摆放药品器械，一间做治疗室。铺面的纵深比较长，后面的部分被间隔成康复室，不少猫啊狗啊被它们的主人寄养在这里。接待他的是个穿白大褂的中年女人，安一城说明来意后女人没做过多询问，打开康复室让他自己去查看。他自然没有找到帅帅呱。他不死心，将手机里的照片翻给女人看。好帅的家伙！中年女人赞叹了一声就没话了。他给女人留下电话，恳求她如果看到帅帅呱给他打个电话。谁愿意给别人家的狗花钱啊？中年女人答应了，但很不屑地瞥了他一眼，以为他哪儿有问题。

过后，他又找到了另两家宠物医院，见到的场景同第一家没什么区别。在第三家，他倒是看见了一条阿拉斯加雪橇犬，同帅帅呱长得极为相似。他不得不翻开手机里的照片做一番比对，才发觉狗身上的花纹同帅帅呱明显不同。

找到没有？从宠物医院出来时汤荔红打来了电话。

还在找。他回答。

找不到别回来！汤荔红尖着嗓子下达了死命令。

他将最后的希望转移到了宠物收养中心。宠物收养中心的位置很偏僻，他走错了好几次，最后才在一个没来得及拆迁的角落里找到。那儿原是化肥仓库，早已闲置不用。宠物收养中心是对年轻的夫妻开设的，资金大多自掏腰包，也接受社会的捐赠。他们这么干的原因据说出于感恩，这对夫妻在洗鸳鸯浴时发生煤气中毒，是他们养的狗救了他们。他们租下一间仓库，将它改造成猫舍狗舍。年轻的女主人还自学成了兽医，给那些家伙看病，安慰它们失宠的心灵。安一城进入仓库时，年轻的女主人正在给收养的宠物分配食物，每只碟子里一小勺，谁也不多谁也不少。仓库内有限的空间全被占领了，收养的宠物之多超过了局外人的想象。安一城说明来意后，年轻的女主人浅浅地笑了笑，然后做了个手势让他自己随便查看。他突然有些惶恐，一间间狗舍看过去，不是瘸腿的，就是瞎眼的，还有缺了耳朵的，身体上疤痕累累的，几乎没有一条健康的狗。后来，女主人的解释恰好印证了本城的流言，那些恢复了自信的宠物会让人有偿领养，所得用来填补资金缺口。没人领养的动物便留在宠物收养中心，成了甩不掉的包袱。总之，安一城没在那里找到帅帅呱，只见到一条阿拉斯加雪橇犬，那个可怜的家伙虽然断了条腿，但仍旧如帅帅呱一般魁梧雄壮。

返回的路上，安一城被两个迫在眉睫的问题困扰着：该怎么回复汤荔红，又该怎么安慰安吉乐。事实上，他还没来得及仔细考虑，就被单位上的电话给叫走了，有人举报他的辖区内有人在规划区外张贴广告。事发地点在一个小区门口。那里聚集了一大群人，呈扇形包围着什么。人群的正对面是堵墙，墙上有个广告栏，但现在广告栏旁边的空白处好大一块被张贴的纸张覆盖了。安一城才打开车门，就猜到那被包围的肇事者是谁，因为刚刚有人吼叫了一声，你这个老妖婆，还不快点滚蛋！人群散开一道口子，给安一城让出道路。果然是个老婆婆，正张开双手护着身后刚刚张贴上墙的那一大块。她经常挎在肩膀上的黑色布袋落在她的脚边，一只编织袋歪倒在她的右侧。

安城管，你来得正好，瞧瞧这老太婆张贴的什么呀。小区的保安朝安一城嚷嚷着说，你念念，多么晦气的东西。

张开双臂的老婆婆就像只张开翅膀的孤鸟，倔强地仰着脸，眼睛里丝毫没有惧色。安一城称她为彩虹婆婆，这名字是他第一次遇见她时给取的。后来多次遇见她，也没再问过她的姓名，她似乎默认了他给她取的名字。那一次，他从一条巷子里经过，刚巧发现她正踮着脚往墙上张贴广告，那种 A4 大的复印纸有几张上墙了。刚开始，彩虹婆婆也像现在一样很警惕，他去揭她贴上墙的纸张时，她老鹰一般扑过来，抓伤了他的手臂，将他的脖子挠出几道血痕。围观的人掏出了手机，准备抓拍他粗暴的镜头。他有几分窝火，但很快抑制了自己的情绪，不让自己有失态的表现。这也是单位经常派他处理一些突发事件的原因。后来，彩虹婆婆有可能被她自己的冲动吓着了，僵持了好一会儿，但最后还是听从他的劝说，将纸张一一揭了下来。安一城在广告栏的一角划定一块地方，让她张贴到指定位置。处理完这一切后，天空突然下了阵细雨，雨过后本城的上空竟然奇迹似的出现了一道彩虹。安一城因此将眼前的老婆婆称作彩虹婆婆了。但彩虹婆婆的记性似乎不怎么好，时不时仍像原来那样，把那些 A4 纸在广告栏外像糊墙那样糊上半堵墙。每遇到这种情况，他也无可奈何，只好通知清洁工把它清洗掉。

后来遇见的几次，他还帮忙张贴过彩虹婆婆随身携带的那些报纸复印件。那些复印件的效果不怎么清晰，黑一团白一团，他也没仔细看过复印件的内容，好像同一次沉船事故有关。有两次彩虹婆婆在街边坐着时，他搀扶她上了车，将她送回了家。几次接触之后，安一城确认了彩虹婆婆的精神有点问题，只是不清楚她的问题出在哪儿。

彩虹婆婆见到安一城时像见了救星，眼睛突然光亮了一下，神情也没有了刚才的紧张。过来！过来！我有话对你说。她露出讨好的笑容，招手让他到她身边去，我没贴错地方吧？你看，多齐整，多漂亮！他摇了摇头，表示不赞同她的说法。他想向她解释，但又感觉解释不清楚，就直接从墙上揭下一张纸说，我帮您转移到广告栏去。他暗暗警惕着彩虹婆婆，怕被她突然袭击，但她只是讪讪地笑着，呆立在原地。围观的人群可能觉得无趣，不少人散去了，也有个别人好奇心重，凑到广告栏前一看究竟，甚至大声朗读起来：韩国客轮沉没事故……

还有呢？他没有搭理那个多事者，转身询问彩虹婆婆。

她弯腰拾起黑布袋说，在这儿。

安一城接过黑布袋，将它挎在肩膀上，然后拎起那只不知被什么撑得有些臃肿的编织袋，对彩虹婆婆说，上车吧。

3

帅帅呱失踪的当天晚上，安吉乐一个晚上没合眼，不哭也不闹，就安安静静地流泪。汤荔红不停地用纸巾给她拭擦眼泪，拭干净了，很快又流了出来。她的泪腺好像成了自来水管，泪水哗啦哗啦往外流。流到后面，汤荔红也止不住了，娘儿俩就抱在一起，两个人的眼泪流到了一块儿。第二天，安吉乐没吃早饭，也没有去上学，汤荔红让她躺在床上，她就躺在床上，眼睛睁得圆溜溜的，好像要把眼球都睁出来。汤荔红被女儿的神情吓坏了，可又不敢在她跟前有所表示，将满腔的愤怒都发泄到了安一城身上。她疯狗似的抱住他又撕又咬，他的手臂、胸口、脖子上，好几个地方都挂了彩。汤荔红掐断了一枚指甲，指头都抠出了血。这让她更为恼火，脱掉脚上的拖鞋朝他掷了过来。后来，也许是闹腾得累了，她才收住手，只把一双喷火的眼睛向着他。再往后，她眼睛里的火焰慢慢暗淡了，像花朵一般枯萎了。咋办呢？她泪眼婆娑地问。他无言以答，找不到帅帅呱真不知该咋办。要不要送她去医院？汤荔红抹了一把眼泪，压低嗓子问，送她去看心理医生？安一城的内心像被什么野蛮的动物刨了一爪，有一种被撕裂的疼痛。他没有迎接汤荔红的目光，而是将脸转向了别处，转向某个幽暗的角落。

安吉乐曾经看过一次心理医生，那次事出有因。从一岁开始，安吉乐就被交给她外婆照管，汤荔红开了家美甲店，夫妻俩都没时间照顾孩子。安吉乐四岁时发生过一次意外，某天下午汤荔红的母亲突然打电话给汤荔红，说安吉乐不见了。安一城的第一反应就是报警，事实证明，幸好第一时间报警了。他们夫妻俩，加上帮忙的亲戚朋友，以及同学同事，找遍了小镇上的每个角落，都没有找到安吉乐。当天晚上，本城的警察在对宾馆酒店及一些人口流动相对密集的场所排查时，接到一个举报电话，说有两个可疑男人带着一个小女孩住在一家小旅馆里。警方在第一时间赶到了现场，那个女孩就是失踪的安吉乐。

那两个男人被绳之以法。可安吉乐受过惊吓之后好像患了自闭症，不愿意同人说话，整天待在屋子里，哪儿也不愿意去。那段时间汤荔红将美甲店委托给同事管理，专门守在家陪伴女儿。但安吉乐的情况不见好转，后来夫妻俩陪同女儿去省城看了心理医生，经过短暂的治疗后安吉乐才慢慢好转，到上小学时那种阴影才完全从她身上消除。安吉乐复原为一个活泼可爱的女孩。汤荔红的母亲之所以将阿拉斯加雪橇犬送给外孙女，多半是为了弥补自己的过失，安一城没有坚持反对也是出于相同的原因。在这个问题上，他同汤荔红的母亲一样都没有尽到自己的责任。

或许他们低估了安吉乐对伤害的自我修复能力。第三天，安吉乐很早就起床了，坐在客厅里等候安一城送她去学校。汤荔红可能太疲倦了，虽然整晚守着女儿，但丝毫没有察觉，还蜷缩在睡梦中。安一城溜一眼女儿，发觉她很平静，脸上没有任何异样的表情。一家人上街吃了早点，出发去学校时汤荔红找了个借口也挤上了车。我一定会把狗狗找回来的。安一城在校门口对安吉乐表态说。他努力想将自己的许诺装扮得像誓言那样郑重其事，但终究内心有些发虚，他的承诺有可能最终会沦为安慰女儿的一句谎言。

不是狗狗，是帅帅呱。安吉乐回头纠正他的说法。

对，不是狗狗，是帅帅呱。他重复着女儿的话。

但汤荔红还是不放心，待女儿进去后，也跟着进了校园。她偷偷找到女儿的班主任，把帅帅呱丢失的事情和对女儿的影响实情相告，请班主任多关照一下安吉乐。

汤荔红的做法并非多此一举，其实安一城比她更为紧张，但又不能随便表露出来，至少在她们母女跟前必须保持镇定。该咋办啊？汤荔红盯着安一城问。还能咋办，继续找啊。他习惯性地按了一下喇叭，启动了车辆。如果找不到呢？她问。他没回话，只拿眼睛盯着她看。她突然意识到自己说了不该说的话，呸呸呸！你这乌鸦嘴！呸过之后她朝自己的嘴巴扇了一巴掌，声音响亮得像有什么东西爆裂了。

安一城不再说话，将汤荔红送去了美甲店。离开时，汤荔红把他叫住了，等等，打印些寻狗启事去张贴吧。他觉得没必要，也不会有什么作用，但还是沉下心来琢磨寻狗启事该怎么写。汤荔红倒比他有主见，不假思索就写上了：

寻狗启事

求助！寻找爱犬！本月3号在中心公园走失。狗狗名叫帅帅呱，三岁，阿拉斯加雪橇犬，公犬。帅帅呱对我真的很重要，它已成为我家庭中重要的一员。如有捡到的或有它消息的，恳请帮忙与我联系。

必有重谢！！！

联系电话：×××××××××××

汤女士

看过汤荔红写的草稿后安一城觉得没什么不妥，如果换成他来写，恐怕不会这么煽情，而且还绕开了安吉乐。拿去打印时，在启事的下面附上了帅帅呱的照片。在打印数量上他们的意见不一，汤荔红要求打印五百份，他认为一百份足够了，最后折中打印了两百份。她将寻狗启事交给他，但转手又索回去一摞，两个人分头去张贴。

安一城从没想过自己会张贴寻狗启事什么的，对广告栏里的东西也没有关注过。他觉得自己在这方面有些冷漠，对别人张贴的广告，也只是履行一个管理者的职责，别让他们制造牛皮癣，破坏城市的美观，只要他们遵规守矩，至于张贴的内容就没必要了解那么多。当他站在广告栏前时才发觉，张贴的东西实在太多了，多到让他张贴一份寻狗启事的空隙都没有。寻人启事、寻狗启事、寻猫启事、出租房屋、空铺转让、一个患有老年痴呆症的老头走失了、塑料衣模转让、熏制腊肉、讣告、演唱会、海报、给宠物找对象……千奇百怪，什么内容都有。他有那么一会儿呆住了，不知该怎么办。广告栏里的东西都像是刚才张贴上去的，好像哪一个对它的主人来说都很重要。如果这些东西张贴在广告栏外，按照他以往的做法，早把它们清理得一干二净了。就这么张贴上去，还是撕掉哪个开扇天窗出来？他扫视了一圈四周，看看有没有人注意他。他最终相中了那个牺牲品——一份超市周年庆典打特价的海报，手忙脚乱把它干掉了，然后迅速用寻狗启事填补了空出来的位置。干完这一切，他赶紧离开了，生怕有人察觉他的举动，由此而指责他。

第一份寻狗启事张贴出去后，他重新上了车，一路巡视，驶往下一个目的地。街道两侧同往常的日子没有什么两样，工作时间除了极少数急匆匆赶路的人，大多数都是懒散的女人，步履蹒跚的老人。一个女孩拽着一辆宠物车，车上站着一条毛色洁白的贵宾犬；一个秃顶的老男人在一条导盲犬的引导下横穿马路；一个胳膊上文了蝎子的男孩儿牵着一条高加索犬，它的出现让很多人避而远之。看不见帅帅呱。哪儿都没有帅帅呱的影子。在大街上找到帅帅呱的希望正在一点点淡去，他的信心正在被消耗，也许用不了多久就会放弃这种纯粹浪费时间的寻找。

他第二次站到广告栏前时就没那么紧张了，但还是有些心虚地瞧了瞧四周。当他打算动手时，发现广告栏有好大一块被彩虹婆婆张贴的报纸复印件给占据了。他绕开了它们，拿一份房屋出租的广告开刀了，三下两下撕扯干净，然后把寻狗启事张贴上去，广告栏又回到了之前的模样，不剩任何空隙。第三次，他没有挑选什么内容的广告，随手就将广告栏扫荡出了一块空间。第四次，他不再在意有没有人看着，撕扯和张贴都很理直气壮。他不在乎别人寻找什么，只想着要尽快把寻狗启事脱手。

安一城跑了一大圈之后，寻狗启事已经不多了，内心却莫名其妙空落了。就剩下几张了，再转一个小圈子就完成汤荔红交代的任务了。接下来该去干些什么，是继续在大街上转悠还是回单位去上班？他不能若无其事闲着，否则怎么都说不过去。这发呆的瞬息，有同事发了张照片给他，是条阿拉斯加雪橇犬，正目不转睛看着他。像吗？同事问。他仔细端详了一番，同帅帅呱很相像，几乎就要确认是帅帅呱。他将照片转发给汤荔红，却招来了她的白眼，什么眼神？！看看它的腿！他再看看照片，果真那狗的腿上多了一绺花纹，同帅帅呱的照片一比对，可不是，真多了那么一小绺花纹。

不是。他回复了同事一个难过的表情。

再看看同事们所在的微信群，七嘴八舌的，有可惜的，安慰的，也有拿自己现身说法的。有个同事说他家养的一条沙皮狗丢了好几个月，后来又找了回来。另一个同事说丢了就丢了，再也找不回来了，他家的蝴蝶犬就再也没能找回来。第三个同事的说法叫安一城很不安，那个同事幸灾乐祸地说，这么肥？不会被偷狗的给宰了吧？前天刚好吃了顿狗肉火锅，莫不就是安队家的狗狗？话语后打了一长串阴险加坏笑的表情符号。

正无限沮丧时，易志文打来了电话，问安一城在哪儿。他嗯啊了几声，没说自己在哪儿。你先别管那狗狗好不好？我这事十万火急，你一定要帮忙把东西找到。易志文风急火燎地在电话里吼叫。安一城不知对方出了什么状况，忙问，啥事？易志文说，一封情书，我老婆写给我的一封情书。情书？你老婆写给你的情书？安一城摸不着头脑。易志文接着嘟嘟噜噜说了好一阵子，才说明白。原来易志文同他老婆谈恋爱时，他老婆写过十几封情书给他，前几天他老婆心血来潮突然将易志文收藏的情书翻找出来，硬说他弄丢了一封情书，逼着他赶紧拿出来，不然就离婚。刚开始易志文没把情书的事当回事，不想他老婆动真格的了，给易志文两条路，要么拿出情书，要么去民政局办理离婚手续。他老婆的理由很简单，连情书都弄丢了，说不定哪天把她也给弄丢了。易志文这才慌张了，翻箱倒柜，可是上哪里找情书去。易志文没辙了，才想起谈恋爱那会儿他正好同安一城合租，说不定情书落在了安一城那里，如果那封情书真的存在的话。

安一城听后哑然失笑了，易志文的老婆也太奇葩，孩子都上六年级了，还在找什么情书，当揩屁股纸都嫌粗糙了。找不到不更好么？正好符合了你的心愿。安一城开玩笑说。我不怕离婚，就怕折腾。易志文好像很疲倦，声音带着哭腔。这让他于心不忍，勉强答应说，我去找找看，不一定能找到啊。电话那端在千恩万谢，安一城皱起了眉头，威胁说，你先过来帮我把狗找到，要不然找到了情书也不给你。易志文说，求求你，别这样！安一城的口气越发坚硬，咬着腮帮子说，没得商量！别讨价还价！

4

安一城编了个理由搪塞汤荔红，说晚上有人请客，不回家吃饭。都什么人啊，挑这种时候请客。汤荔红嘀咕着，继而扬声叮嘱说，吃完饭早点回来。安一城偏就不想回去太早，帅帅呱没找到，没法面对女儿。接连几天，只要他出现在女儿跟前，她的眼睛就死死地盯着他。她不说话，她的眼睛中像有把刀子，又不像刀子，反正足以把他杀死，或者将他捅出无数个窟窿来。这一招不知是谁教会她的，用眼睛说话，鬼见了都会胆寒。好像经历那件事情之后她就变成这样了。

他在中心公园附近找了家小餐馆，点了几个小菜，准备喝上一杯。可又觉得一个人喝着无味，就给易志文挂了个电话，让他快点赶过来。易志文推托说走不开，安一城不知从哪里冒出来的怒火，近乎咆哮着说，来不来？不来我把情书给烧了！易志文着了慌，一个劲地说，你别吓唬我，马上到！马上到！又问，真找到了？不会诓我吧？安一城就说了一句，爱来不来，然后挂了电话。

果真，不过十几分钟，易志文就赶到了，见面第一句话就问，情书呢？安一城说，先喝酒。易志文知道受骗了，又不能退回去。两个人边喝边聊，安一城说的是狗，易志文回答的是情书。易志文说，我那死女人是不是神经了？安一城回答，不好说。易志文又说，我还就信了她，头破血流地满世界去找情书。安一城扑哧一声笑了说，她没神经，是你神经了。易志文一愣，沉默了好半天才说，对，是我神经了，找他妈的什么情书啊。安一城的内心忽然紧缩了一下，不由自主想到了安吉乐，如果帅帅呱当真找不见了，不知她会怎样。她的头顶始终有块阴影在盘旋，说不定哪天就落下来把她淹没了。

酒后，两个人进了中心公园。昏黄的灯光，暗黑的树影，两个人的脸一忽儿光亮，一忽儿暗淡。走了好长一会儿，都无话，可能酒桌上说得太多了，再说也是重复。

上哪儿找狗去？安一城像是问自己。

不就一条狗么？找得到与找不到有什么关系？易志文不理解他的忧心忡忡。

去你妈的蛋！安一城爆出了粗口，抛下易志文，转身出了公园。

安一城回到家时安吉乐已经睡了，屋子里静悄悄的。摁亮玄关处的吊灯，汤荔红居然一动不动坐在沙发上。他以为她会发火，她却没有丁点动作，只是默然看着他。待他洗完澡进了卧室，两个人躺到了床上，她突然发问，帅帅呱真要是找不见了，该咋办啊？他明白她担心的不是狗，而是安吉乐。这也正是他担忧的问题，让他束手无策。

给她买条狗吧。汤荔红似乎鼓足了勇气才提出这个建议。

她会接受么？他反问。

汤荔红的想法很简单，偷梁换柱，如果买条新狗，说不定安吉乐的注意力就会转移到新的宠物身上。这是个冒险的主意，万一安吉乐不接受呢，到时又多出了一条狗的麻烦。依照汤荔红的设想，女儿不接受不要紧，只要不排斥，天长日久，最终总会接受的。如何名正言顺把狗领进门，不至于让女儿反感，这才是要动脑筋的地方，也可算是生活的艺术。

就说捡的。汤荔红灵机一动说，流浪狗。

你不长脑子啊？他瞪了她一眼。

她才意识到自己出了馊主意，静寂了一下说，就说在宠物收养中心领养的。

这有区别么？他不想搭理她了。

就说我闺蜜出去旅游，暂时寄养在我们家的。她总算找到了一个可行的办法，拿手去扳他的肩膀，但没有扳动他。

先找找吧。他叹了口气说，找不着了再说，睡觉吧。

安一城做了个梦，梦见了彩虹婆婆。彩虹婆婆对他说，你家的狗狗丢了吧？我带你去找它。彩虹婆婆在前面走，他在后面跟着，她不时回头看看，好像怕他跟丢了。她像往常那样挎着黑布袋，身材仿佛高大了一些，走路比平常快了许多。他跟着她在大街小巷绕来转去，拐弯，又拐弯。有几次她忽然不见了，等他追过去，她就在另一条街道的入口处等着。不知转了多少条街道，她终于收住脚步说，就这儿。他看了看四周，不像在街道上，没有灯光，只能凭借稀薄的天光看个大概。有几棵叶子稀疏的树，好多个小土包，土包上长了茂盛的草，好像是个荒芜的坟场。彩虹婆婆说，奇怪，它明明在这儿，我看见的，怎么不见了呢。然后，他就醒了。

安一城醒来时安吉乐就站在他的床边，正安安静静地注视着他。他向她微笑，她不笑。他伸过手去揽她的腰，她闪了一下身子避开了。等他从床上坐起来时，她就向房间外跑去，到门边时回头看了他一眼，她的眼神是陌生的，是不信任他的。她同他之间好像隔了一条河，而且河面越来越宽，河水越来越深，越来越难以渡过。

是那条该死的狗让她变成这样的。他恨恨地想。

早餐之后，他们夫妻俩一同送安吉乐去学校，汤荔红不放心又要跟进去，被安一城阻止了。他们不能太过紧张，否则会适得其反，对女儿造成的心理压力会更大。他没把这内里的原因说给汤荔红，送她去美甲店后就离开了。

他照例去辖区巡视了一圈，同时也顺带查看一下广告栏，寻狗启事大多都看不见了，被覆盖的速度令人咂舌。有两张还是被彩虹婆婆张贴的报纸复印件给遮蔽的。他无可奈何地笑了笑，这老婆子也许没日没夜地在张贴她的那些东西。他对寻狗启事没寄予什么希望，但还是把剩下的几张补贴上墙了。他漫无目的地转悠着，广告栏没必要再看了，也没有了多余的寻狗启事。他去了两处农贸市场，有卖狗肉的摊贩，但没见卖活狗的。有个地方没有去，就是屠宰场。有人会把狗送去那里吗？他觉得不可能，即便送去了，也会立刻给宰了，清理了，不会留下蛛丝马迹。狗变成了狗肉，只有上帝才能把它们分清楚，换成人谁有那个本事？

进屠宰场之后他才发现自己错了。屠宰场分为两块，一块屠猪的，建成了封闭的车间，杀狗宰羊的在另一块，铁皮苫盖的大棚，羊被关在栏圈，狗被锁在铁笼子里。他一只一只笼子看过去，都是些土狗，或者是外地运来的用饲料喂养的肉食狗。他早知道不会有什么结果，之所以来这儿，是为了消灭一块空白，不能让这块地方空着，或许日后它会成为他愧疚和自责的源头。他会因此而看不起自己。当查看过所有的铁笼子之后，他觉得自己有可能犯了致命的错误——他来晚了，这种念头只是一刹那的事情。

5

几天过去，帅帅呱仍旧没有任何消息，朋友同事反馈过来的照片经过比对，同帅帅呱总有或多或少的差别，根本就不是帅帅呱。倒是有卖宠物的商店嗅觉灵敏，接二连三打电话给汤荔红，询问要不要买条宠物狗，把他们在售的宠物狗天花乱坠地夸了一顿。买你妹。汤荔红脸都绿了，把手机对着墙掷出去，手机落在地上摔成了好几块。安一城虽然每天仍旧兜上几圈，但对找到帅帅呱已经不抱希望了。本城看着空间有限，但找条狗无异于大海捞针，何况帅帅呱生死不明，说不定像那个同事说的，已经被炖了狗肉火锅也未可知。他这种绝望的想法不能说破，也不能让汤荔红察觉，更不能叫安吉乐知道。他早上依旧带着信心出门，让她们以为他会带着狗回来。他不得不因此而逃避，尽可能晚一些回去。汤荔红比他要坚定许多，每天在微信群朋友圈不停地发照片，有帅帅呱单独的，也有女儿同帅帅呱在一起玩耍的。她再次打印了一大摞寻狗启事，一半交给安一城，一半留给她自己。她几乎每天都要去查看那些启事在不在，如果被遮盖了，就赶紧补贴上去。反复几次之后，她冲安一城发牢骚说，你不是城管么？连个广告栏都管不了？安一城不知道她同彩虹婆婆较上劲了，不解地看着她。你去看看，刚刚张贴上去的，眨眼就被……就被那个……遮掉了。她的情绪有向上冲的趋势，一只手朝窗外比画着，仿佛正瞄准了某个广告栏。什么那个？他想知道她没说出来的内容。那个……好像是哪儿沉船了，死了好多人。她勾了一下脑袋，回想好像让她感觉很吃力。他才猜测到她说的有可能就是彩虹婆婆张贴的那些报纸复印件。你就让着她，毕竟死人了么。他劝说她。人都死了，张贴那些还有什么意义！她说过之后就默不作声了，有可能联想到了什么。

汤荔红的话似乎有几分道理，估计不少人抱有这种虚无的态度，可是甭管消极不消极，也甭管有没有意义，安一城听到这话总觉得有些刺耳，有些不是滋味。他和汤荔红何尝不是做着同彩虹婆婆一样的事情？在别人看来，肯定也会像汤荔红说的那样，狗有可能早就死掉了，他们还傻瓜似的到处张贴寻狗启事。

安一城将车速放得很慢，边走边左顾右盼，这是这些天不知不觉染上的习惯，其实什么都没注意，别说那条叫帅帅呱的阿拉斯加雪橇犬。这种心不在焉的状态让他漠视了彩虹婆婆的存在，她就在街边坐着，他走过去好远后才意识到看见了谁，便找个地方将车停住了。他下了车，朝与车辆行驶相反的方向走，果真是彩虹婆婆，她身边膨胀的编织袋差点将她遮没了。

年轻人，要赶我走吗？我累了，就想歇一会儿。彩虹婆婆用无辜的眼神看了他一眼，她的脸上蒙着很厚的尘垢，似乎用什么东西就能刮下一层。

您要去哪儿呢？安一城问。

我不去哪儿。她摇了摇头，眼神很空洞。

来吧，我送您回去。他一手提起编织袋，另一只手去搀扶彩虹婆婆。此前他送过她一回，知道她的家在哪里。

我不回去，我的事情还没干完呢。她拍打了两下背着的黑布袋嚷嚷着说，虽然她竭力想让声音提高一点儿，但还是被过往的汽车声给盖住了。

交给我吧。他向她讨要那些将要张贴的纸张。

她眯缝着眼睛看了他一眼，从黑布袋里摸出几张复印纸交给了他。但她丝毫没有要走的意思，仍旧坐在原地。走吧。他催促说。她犹豫了一会儿才站起来，蹒跚地跟在他的身后。他将编织袋扔上车，再搀扶她上了车。当他在驾驶室坐下时，脑子里突然冒出个想法，彩虹婆婆成天在大街上逛来逛去，极有可能遇见过帅帅呱呢。他拿了张寻狗启事给彩虹婆婆，她一脸疑惑地接过启事，盯着纸页看了好半天才说，好靓的家伙，你家的？走丢了？安一城点了点头说，你见过么？她凝视着他，她的眼睛有些混浊，目光不怎么清晰。我老眼昏花的，看见了也认不出来。她叹口气，好像在责怪自己的眼睛不争气，之后带着不容置疑的语气说，能跑到哪儿去?！会回来的！他回复她一个感激的笑容，她的坚定似乎助长了他的信心，让他的内心增添了某种踏实感。但他很清醒，不能指望她帮忙找到帅帅呱。

彩虹婆婆住在老城区的一栋旧水泥房的四楼。那栋房子的外墙斑驳不堪，楼顶上长了几簇茂盛的芒草。从车里钻出来时，安一城看见一位短头发的中年女人站在楼道的入口处，正朝这边看着。他朝她笑了笑，她咧了一下嘴算是回应。他以为她会过来帮忙，结果她只是站在那里冷眼旁观，仿佛一个监视者。他将编织袋拿到车外，又照顾彩虹婆婆下了车。原本打算就送到这儿，可那个编织袋有些重量，彩虹婆婆的力气似乎不够把它弄上楼。他将编织袋扛上肩，让彩虹婆婆走在前头。彩虹婆婆的屋子有些凌乱，客厅的大半空间被硬纸板、塑料废品占领了，两张单人硬木沙发被挤到了一个角落。另一个角落刚好容纳一只旧橱柜，橱柜顶上摆着两个相框，一个相框里是个叼着烟斗的老男人，另一个相框里是个穿韩版修身 T 恤的年轻人。安一城将编织袋紧靠那摞硬纸板放着，彩虹婆婆问他要不要喝水，他谢绝了。

安一城下到楼道口时，被那个短头发的中年女人叫住了，估计她一直站在那里守候他。

你是她什么人？短头发的中年女人直勾勾地盯着问。

我不是她什么人。他回答。

哦，我还以为你是她什么人，如果是，你们也太不把她当回事了。中年女人倒是心直口快，转而又肯定说，如果不是她什么人，你肯定是个好人，积阴德了。

他皱了皱眉头，不知她什么意思。中年女人堵住了他的去路，好像还有话要对他说。这让他有些尴尬，可又不能离去，况且还有些好奇，一个中年女人堵着一个陌生男人到底想说什么。

中年女人后来的话都是围绕着彩虹婆婆说的。说彩虹婆婆是个孤老婆子，好像没什么亲戚，也没什么人同她来往。居委会向民政部门给她申请了城市低保，要送她去福利中心，可她不愿去，情愿这样猫死猫活地过着。她之前有个老伴，还有个儿子。听说儿子好像在哪儿，坐船去哪儿，后来船沉了，她儿子也失踪了，据说尸首都没有找到。她同她老伴去处理后事，保险公司的赔偿都没要，空着双手回来了，什么也没带回来。儿子失踪后，老伴没过两年去世了，就留下她一个人。本来去福利中心多好啊，衣来伸手饭来张口，街坊邻居都劝说过，可谁的话她也不听，非得每天拿着个蛇皮袋，大街小巷地捡垃圾，不知道真相的还不知怎么想呢。

刚开始，中年女人说话还很利索，说到后面就绕来拐去，有些话重复了三四次。安一城听她说到沉船的事，就联想起彩虹婆婆张贴的那些报纸复印件。他编了个委婉的理由，告别了短头发的中年女人。回到车上，他从彩虹婆婆给他的那些纸页中抽出一张，是张报纸的复印件，不过只有一小块版面，字迹并不怎么清晰，但阅读没有多大障碍。

当地时间××××年×月×日上午10时23分许，一艘载有382人的客轮在韩国西南海域发生浸水事故而下沉。船上有127名中学生，9名教师，30名船务人员，以及216名其他乘客。此外还载有156辆汽车和1200多吨货物。中国大使馆证实船上有7名（5男2女）中国乘客。据海岸警察厅的说法，一名船上学生的家长直接向警察厅报告称渡轮于10时23分开始下沉。截至第三日，客轮事发时搭载的382人中，258人获救，113人确认遇难，尚有11人下落不明……

报道的时间距离现在都快十年了，安一城猜想彩虹婆婆的儿子就在这艘沉没的客轮上，要不然没理由解释她为什么张贴这些东西。他不能把这些复印件当废纸扔了，必须把它们张贴出去，不管有没有意义，有多大意义。他很快就按照自己的意愿行动了起来。

6

安一城觉得自己好像掉进了一个旋涡里，被动地旋转着，身不由己，看不到终止的迹象，更没有力量支持他挣脱出来。他被一种无力感缚住了，对帅帅呱的找寻让他慢慢生出了厌倦。他照旧早出晚归，有意回避着一些什么。他的回避又是无效的，他不愿意知道的那些空白汤荔红会主动给他填补。她会把她所能得到的有关帅帅呱的任何风吹草动，不放过任何细节，在他耳边将它们再现。他从中听到的，不是她对于失去帅帅呱的悲伤，相反，她好像完全沉醉于无限讲述的乐趣中，反复，抑扬顿挫，呈现演讲的艺术。她会把安吉乐每天放学后的情景全盘复制，从安吉乐要求步行回家，到她们母女在大街小巷的迂回、转折，到暮色降临，华灯初上，一身疲惫回到家里。在汤荔红的讲述中，安吉乐没有特别的举动，汤荔红给她买冰激凌，她不要，给她买米迪熊，她也不接受。安吉乐除了情绪比往日稍微有些低沉外，其他方面好像都回到了正常的轨道。

有天晚上，他回来得早一些，进门时汤荔红正在给安吉乐讲述一个宠物狗的故事。汤荔红说她的一个客人养了只波兰低地牧羊犬，不知怎么走失了，找了好长时间都没找到。大概过了一年多时间，她的那个客人去省城出差，居然在一个地铁站口遇见了那只走失的狗。那个小家伙颠儿颠儿向她扑过来，当时还把她吓到了。

后来，安一城同易志文通电话时，把汤荔红给安吉乐讲的故事复述了一遍。有这么戏剧吗？该入选十大奇迹了。易志文的口吻带着戏谑和嘲弄。安一城清楚汤荔红讲述那个故事的原因，她很紧张地揣度安吉乐，想用一个虚幻的希望来安慰女儿，或者阻止女儿朝帅帅呱遭受惨遇的方向去臆想。但他没把他的想法告诉易志文，只是淡淡地说，没找到什么鬼情书，你上别的地方去找找吧。他的确没有欺骗易志文，结婚之前的东西有一部分至今还收藏着，装成几个纸箱堆放在储物间。他将纸箱一一拆开了，把收藏的东西全部清理了一遍，除了几本日记，此外也没有什么吸引他眼球的东西。

你找仔细没有?！要不我上你家去找找吧！易志文着了慌，好像把找到情书的筹码全都押在了安一城这边。

来吧，你来把我家房子给拆了。安一城挑衅似的掐断了对方的希望。

易志文不吭声，估计被他的话噎住了。他的沉默唤醒了安一城的恻隐之心，他假咳了两声，然后说，你仿照你老婆的笔迹随便编写几句，不就万事大吉了？不想却招来了易志文愤怒的反击，你干吗不给你女儿重新买条狗?！安一城随嘴答应，要买的！说过之后才觉得太冲动了，想要解释，易志文早已挂了电话。

安一城的主意并非什么好主意，更多像是戏谑和玩世不恭。易志文如果复制了那样一封情书，就算蒙过了他老婆的眼睛，那也不是她要找到的情书。以此类推，如果没找到帅帅呱，无论买条什么狗，都不可能是帅帅呱，也无法消除安吉乐心中的那块阴影。对于彩虹婆婆更是如此，不可能找个人来替代她的儿子。想到这儿，安一城的脑海里有东西闪了闪，马航事件突然就蹦了出来。他仿佛看见那架 MH370 客机，原本在碧水蓝天间飞翔着，眨眼间就被诡谲的云朵吞没了。航班上的旅客好像被外星人掳了去，都不见了影踪。马航事件的背后有多少个彩虹婆婆，这不是任由他想象的事情。

好一阵子，安一城都平静不下来，一些奇怪的场景像断片那样杂乱无序地闪现，大段的黑暗和不可聆听的嘈杂，挤占了他脑部的空间。一艘船的残骸被沙石掩埋了一大半，露出来的部分被海底植物覆盖，深海鱼和不明的发光体在残骸的缝隙中穿梭，游弋。有条狗向他吠叫，可是听不到它的声音。飞机的残片像是漂浮在海面上的巨型的藻类，残片浸泡在海水中的部分吸附着寄居生物。一只鞋和一条变了色的纱巾在随波逐流。这些闪现的事物始终无法拼凑成一个整体，让他辨别不了它们的全貌。他的内心被它们分割了，随便哪块都暗黑无边。

汤荔红就是这时候打电话过来的。她崩溃的声音就像爆炸的巨响震醒了他。安吉乐不见了！汤荔红在竭力迸发出自身的悲鸣。安一城想让她冷静一些把话说清楚，却是徒劳的，她的号啕就像倾盆的雨水一时无法终止。他第一时间赶往学校，校方已经报警了，他到达时两名警察正在查看监控录像，另两名警察在向安吉乐的班主任了解相关情况。听安吉乐的班主任说，上第二节课时，安吉乐还在教室里，到第四节课才有人注意到她不见了，问班上的同学，都不知道她的去向。之后找遍了整个校园，也没有发现安吉乐的身影。警察们很快就发现了线索，原来安吉乐趁保安接待一个快递小哥的空当，躲过他们的视线溜出校园。安吉乐到底去了哪里，安一城比警察先一步找到答案。他直接驱车去了中心公园，如果没猜错的话，她一定是去了那里。

果真，安一城在中心公园的银杏林里找到了安吉乐，她倚靠一棵银杏树站着，好像迷路的人茫然无去处。他没有责备她，陪同她静立了一会儿，才向她伸出手。她的眼眶内有泪光闪烁，仍旧乖乖地让他握住她的手。父女俩就这样手牵着手出了公园。回家的路上，安一城偷偷给汤荔红发了个微信，让她控制情绪，不要在女儿跟前失态。但汤荔红抱住安吉乐的那一刻还是无法自控，眼泪止不住夺眶而出。

安吉乐开的小差着实让安一城夫妇受惊不小，女儿虽然恢复了平静，但在他们看来已如一件玻璃器皿，生怕哪天突然就碎裂了。宝贝儿，别着急，妈妈一定会找到帅帅呱的。汤荔红再三向女儿保证。安一城也安慰女儿说，总有一天会找到的，就这么个小地方，能跑到哪儿去呢。而现实却让他们尴尬无比，日子一天天过去，找到帅帅呱的希望越来越渺茫。汤荔红像彩虹婆婆那样坚持每天去张贴寻狗启事，安一城也从未停止在大街小巷寻找。有一天，安一城在大街上巡视时居然同张贴寻狗启事的汤荔红碰到了一起，惊愕的瞬间，他们从对方的眼神中读到的只有死灰般的绝望。除非真有奇迹发生，否则上哪里去找到帅帅呱？只是他们没有把各自的想法告诉对方，而是把一抹佯装的信心摆在了脸上。

但是，安一城伪装的信心并没能维持多久，就被彩虹婆婆像摘除假面具那样给摘除了。某天，应该是帅帅呱失踪半个月后，安一城照例在本城车辆可行的地段巡视，此时的巡视已经沦为了百无聊赖的闲逛，为的是晚归后向汤荔红汇报一天找寻的行踪时有内容可说，甚至能添加一些旁逸斜出的细节。他期望汤荔红能被那些无关紧要的细节吸引，而不至于对狗的下落穷追不舍。对找到帅帅呱他不抱幻想了，气温居高不下，即使没人加害于它，热也把它给热死了。

安一城将车停在一棵茂盛的金桂树下，下车透口气，意外遇见了彩虹婆婆。他左顾右盼的当儿，她也看见了他，一瘸一拐走了过来。几天不见，她的腿部好像受伤了，脸上还有擦伤的痕迹，有可能摔过跤。

哎哎，我正要找你呢。彩虹婆婆老远就抬起手来招呼，生怕他没看见她。

他狐疑地看着她，不知找他会有什么事。待她近前，他先接过她手中的编织袋，放到了车上。彩虹婆婆如释重负，长长地吐了口气，才慢慢将气息喘匀了。

我带你去看个地方。她指着一个方向，示意他开车去。

他依言将她扶上了车，朝她指示的方向——正西方向开去。本城的新开发区就在西边，刚刚拉起了路网，许多地方还是泥泞一片。也有在盖楼房的地方，竖着吊机，起重臂伸得老长。在一个岔道口，彩虹婆婆让他将车往河边开，然后沿河溯流前行。经过一个冲积洲时，她让他停下了车。路边有两只丢弃的矿泉水瓶，一只还装了半瓶水，她先捡拾了两只瓶子，将瓶子里的剩水倒干净了，放进了编织袋。她重新回到路边时才指着冲积洲对他说，就在那儿，就在那儿。

他朝冲积洲看过去，冲积洲三面临水，一面紧接着河岸，洲上长满了草，草很茂盛，压得过人。草丛中有人踩出了一条路，弯弯曲曲通向冲积洲。此外，好像没有别的发现。

他扭头看了她一眼，眼睛里装着疑问。

你上去看看，看看就知道了。她朝路的那边靠了过去。

他听信了她的话，不管草洲上有什么都该上去看看。那条小路是踩出来的，杂草被踏入了泥坑里，路面泥泞不堪，一小洼一小洼的积水，一不小心就弄湿了脚。草洲比在河岸上预想的要宽阔许多，上了一小截坡道，脚底下就干爽了。绕过两株倒卧的河柳，就有一股被烧焦的皮毛的味道从河面那边飘过来。他的眼前现出一块平坦的地面，像被火烧出来的一样，到处都是燃烧后留下的痕迹和无数杂乱的脚印。他在场地上转了一圈，终于有所发现，场地周边没被烧着的植物上粘有动物的毛发，黑的，白的，土黄的，各种颜色的都有，长短不一。

他在一株野刺莓的枝丫上找到一绺洁白的毛发，很像帅帅呱身上的，但又不敢确认，也无法确认。他将那绺毛发攥在手心，转了一圈之后，又摊开手掌，让风把它吹走了。后来，他有了别的发现，也找到了更多证据，一堆蚂蚁正在啃食什么，用树枝将东西拨出来后竟是一只被利器砍断的长仅盈寸的狗爪，狗爪下的肉垫子已经被蚂蚁啃得坑坑洼洼。在草洲临水的那边，他还发现了丢弃的没被水冲走的动物内脏。由此，他确认了这地方是个隐蔽的屠宰场，帅帅呱有可能就葬身在这里。

走下草洲时他忍不住向那些躲藏在暗处的刽子手咒骂。

7

送回彩虹婆婆后，安一城找个地方将车停了，一个人像只没头苍蝇似的在街边走着。他憋了一肚子怒火无处发泄，身体好像随时会炸裂开来。看什么都不顺眼，街边的景观树、垃圾箱、花坛，都恨不得踢它们几脚，让它们都滚远点，别妨碍人。彩虹婆婆絮絮叨叨的，说她看见有人在草洲上宰狗，也不先把狗杀了，就用一把长长的铁钳夹住狗的脖子，活活将狗烧死。草洲就像地狱，狗的惨叫就像鬼哭狼嚎，彩虹婆婆说好些天都睡不着觉，刚躺下那种末日似的呼号声就排山倒海地朝她压了过来。都是些什么人，也不怕遭报应啊。她的嗓子发哑，无法用更高的语调来清晰地表达她的愤怒。

安一城不辨西东地走了大半天，内心稍微平静了点才回去。他不知要不要把彩虹婆婆的发现告诉汤荔红，但她并没有盘问这一天来的寻狗经过，而是忧心忡忡地同他说起了女儿的学习状况。最近月考的成绩出来了，安吉乐在本班的排名后退了十几名，全年级排名后退了一百多名。安吉乐的班主任在电话里只是如实相告，汤荔红觉得她的话语太过冷淡，好像外交辞令。如果这样下去……到时上高中咋办？她揪心地瞅了安一城一眼，好像她正捧着一颗浑身长满利刺的仙人球。还早着呢。他瓮声瓮气地回答。你就这态度！她不满地白了他一眼。他假装没看见，不再理睬。

汤荔红却没有完，沉默一会儿后又说起了另外一件事情。她帮女儿收拾房间时，顺带想把帅帅呱的一些用具收藏起来，那些东西摆在那里很容易勾起女儿的联想。有张垫子就铺在安吉乐的床前，帅帅呱在的日子，安吉乐睡床上，帅帅呱就睡在垫子上守着她。那会儿安吉乐端坐在书桌前，汤荔红的手碰到狗垫子时她只是看了她一眼，没有别的反应，当垫子卷到一半时，安吉乐突然尖叫一声扑了过来，抱住汤荔红的手臂猛咬了一口。你瞧瞧。汤荔红的手臂上留着两排深深的牙印，那些牙印刚好构成一个完整的椭圆。汤荔红撤了狗垫子，安吉乐没事人似的回到书桌前，对她刚才的鲁莽和暴力没有任何道歉的表示。

安吉乐好像有些神经质了。这是汤荔红没有说出来的意思，安一城想，如果继续发展下去，女儿会不会真的精神出问题？当汤荔红放下袖子遮住牙印的时候，他做出了决定，那些在草洲上宰狗的人如果真是偷狗贼，绝不能放过他们，要让他们受到应有的惩罚。

安一城本想拉上几个同事，想想又作罢，毕竟是件私事，不应大事声张，后来就打电话给易志文，让他过来帮忙。易志文先是拒绝着，但听过安一城诉说的真相之后低声咒骂了一句，这些狗日的。傍晚时分，他们俩带上必要的防身工具，找个地点提前埋伏了。半夜过去，草洲上都安安静静的，只有潮水声若有若无地传过来。第一夜，就这么过去了。第二夜，也没守到什么人。我那婆娘还在冷战呢。第三夜，易志文沉不下心了，想溜号，但安一城没有撤退的意思。凌晨时分，远处终于射来了几道光亮，草洲很快被照亮了，两辆摩托车和一辆三轮车停在了河岸边。有人从三轮车上抬起铁笼子往草洲上走，也有人扛着编织袋，落在后面的人打着手电，肩头还挑着宰狗的用具。安一城抓起防身的木棍就要冲出去，被易志文拽住了。对方人多势众，如果真的是偷狗贼，他们俩不是他们的对手。黑暗里，易志文摸到远处打了个报警电话，然后反身偕同安一城一起监视着草洲上的动静。

果真是一伙偷狗贼。警察们逮到了其中的三个，有一个跳进河里逃跑了。他们是帮狡猾的家伙，面对警察的讯问，矢口否认是惯犯，坚持声称他们是第一次。问及狗的来源，先是说在乡下买来的，在警察的一再追问下，才供认是在乡下诱捕的。至于草洲上之前发生的事情，与他们无关，他们也是第一次上这儿来。安一城想过让彩虹婆婆来对质，又担心这些盗狗贼日后会对她报复，再说她也不一定看清楚了他们的相貌。其中有个眼熟，好像在哪儿见过，有可能是菜市场的狗肉摊贩。安一城翻出手机里的照片，让警察拿给那几个人看，他们的反应很漠然，好像那不是条活生生的狗，而是一堆司空见惯的狗肉。安一城终于沉不住气，冲过去，朝其中一个人的脸上扇了一巴掌，这一掌有点狠，对方的嘴角被扇出了血。那个人要还手，但被警察拦住了，安一城也被拉到了一旁。

三个偷狗贼被警察带走了。安一城也舒畅了一些，好像身体内某个郁结的地方被打通了。他只是发泄了一口恶气，仍旧没有得到同帅帅呱有关的信息。那些偷狗贼绝对是惯犯，他看得出，警察更应该看得出，可他们对这类案子并不怎么上心。在草洲那儿，他把帅帅呱的来历包括安吉乐之前被拐未遂的遭遇，同领头的那个警察说了。警察很同情，但又摊开手表示爱莫能助，偷狗贼不招认，他们也没有办法。如果有什么线索，或者什么证据，他可以提供给他们。

偷狗贼不承认，安一城也不能将帅帅呱的失踪强安到他们头上。这些家伙的确可恶，可不一定帅帅呱就是在他们手上遇害的。安一城没把这件事告诉汤荔红，让易志文也不要说漏了嘴。安一城回到家，同汤荔红商量要不要给安吉乐再弄条狗来。这原本是汤荔红的主意，可经他的嘴说出来，她反倒没主意了。你觉得可行么？她好像疑虑重重。有啥不行的？他反问。乐乐会接受么？她说出了她的担忧。试试吧，不试试怎能知道？他也不敢肯定女儿的态度。夫妻俩商量后决定，由安一城到宠物收养中心领养狗，再由汤荔红谎称是她的客户外出旅游，让她帮忙照顾。这理由并不显得唐突，估计安吉乐也能接受，万一发现她有排斥的倾向，也能及时将狗送走，总之可进可退，不至于不好收场。

安一城第二次去了宠物收养中心，接待他的仍旧是那个年轻的女主人。他把领养的想法说出来后，年轻的女主人不失时机地褒扬他说，要是多几个像您这样的爱心人士该有多好！在她的引领下，他在仓库的一个角落见到了几条小狗，一条吉娃娃，两条贵宾犬，还有两条他叫不出名字。在贵宾犬和吉娃娃之间他犹豫了一下，吉娃娃同安吉乐的名字有个共同的“吉”字，可他不喜欢吉娃娃的大眼睛，最终选择了一条贵宾犬。付过领养费后，年轻的女主人问他需不需要狗具什么的，他又买了狗碗、狗窝、胸背带、牵引绳等。

汤荔红将贵宾犬取名小公主，狗窝就安置在客厅的一角。小公主很乖巧，一双眼睛晶亮晶亮的，比水晶还纯净，很是招人喜欢。汤荔红将它梳妆打扮了一番，编了狗发，给它戴上两朵小花儿，小家伙越发像个小公主了。汤荔红将安吉乐接回家时，故意让她走在前头，没想到小公主居然就守在门边。安吉乐怔住了，有一会儿站着没动。汤荔红慌忙解释说，朋友家的，他们出去旅游了，让我照顾一段时间。安吉乐也没答话，从狗的身边绕过去，径直进了自己卧室，砰的一声把门从里关上了。小公主看看安吉乐的背影，又看看汤荔红，似乎不明白她们是怎么回事。

8

草洲的发现和偷狗贼的被抓，拉近了安一城同彩虹婆婆的距离。到底拉近了多少，他说不清，只是觉得他同她有了某些共同之处，有了一条通道，从内心更愿意接近她，更想了解她多一些，或许还能帮得上她什么忙。他搜索了一遍那个沉船事件，网络上也没有更详细的记录，只有简单的经过。事发一个月后，施救方停止了搜寻和打捞，那十一个失踪者永远下落不明了。彩虹婆婆的儿子肯定是失踪者之一。安一城从女儿卧室搬出地球仪，查看沉船的位置，但地球仪的比例尺太大了，只能大概判断船只失事的方位。他突然意识到了彩虹婆婆的荒诞，沉船事故发生在韩国西南海域，而她却在本城张贴那些登有船只出事消息的报纸复印件。他转动了一下地球仪，那架 MH370 航班又飞向了哪儿呢。这都是无解的谜团，在地球仪上找不到答案。他渴望自己有种神奇的力量来纠正其中的错位，可这种愿望是妄想，是多么苍白无力。

后来的一天，安一城送彩虹婆婆回家时，她挽留他坐下来喝杯水，他就在一张单人沙发上落座了。他要自己去倒水，她不肯，在屋子里蹒跚着来回了两趟才给他端来了一杯水。之后又给他端来了干果盘，一撮花生、一把瓜子、几粒红枣，还有几块小包装的饼干。你喝酒吗？她问。他摇了摇头，装作讨厌喝酒的样子。我也没酒给你喝，自从把老头子留下的半瓶酒喝完后就没再买酒了。她好像有些羞愧，但看着他的目光是真诚的。我不能依赖酒来进入睡眠，她解释说。我开车，不能喝酒。他再次强调不喝酒的原因。那就吃点干果吧。果盘摆在小杌子上，她移动小杌子，让果盘靠他更近一些。

您一个人住么？他觉得自己问了个愚蠢的问题。

她好像被打开了一道闸门，不是激流汹涌，她的话就像缓慢的流水，波澜不惊地朝他漫过来。她是在一家食品厂认识她老公的，他比她长了将近十岁，结婚后她多年未孕，去医院检查没有结果，换过一家医院检查，医生说她怀不了孕。她老公没有因此遗弃她。四十岁那年，她突然怀孕了，生下来是个儿子。夫妻俩很疼爱他，儿子也很争气，学业非常优秀，考上了理想的大学。大学毕业后留在了上海工作。那一次，他说出国去旅游，听他说找了个韩国的女朋友……就那一次，他再也没有回来。

她的声音里像含有一种暗物质，这种暗物质慢慢沉积，让他有了沉重的负重感，压得他喘不过气来。他不能叫她停止，只能任由她随着原有的速度慢慢流淌。

接到电话，我和老头子立刻动身去了那里……他们要我相信，可什么也没有，除了海水还是海水……我不相信他在那艘船上，有他上船的信息能证明什么，有可能他临时改变了想法，下船去了别的地方。这种事不是没有可能。我坚信他在别的地方，哪怕在一个荒岛上，那里只有他一个人。我相信他会回来的，就算世上所有人都不相信，可我不能不信，就算所有人都放弃了寻找，可我不能放弃。我坚信有一天，他突然回来了，站在我面前，向我笑，叫我妈，还带着他的媳妇，带着他的儿子。

安一城听得出来，这后面的话像是对他一个人说的，不能放弃寻找，就算所有人都放弃，唯独他不能。假如真有上帝，这个上帝没有将放弃寻找的权利交给他。虽然它只是一条狗，同样有被找到的权利。他对于它，有着不放弃的责任和义务。即使它不是汤荔红的母亲送给安吉乐的，即使安吉乐没有那次特殊的经历，它也应该获得被找寻的待遇和尊重。

但有另一个声音在抵制他的这种想法，无论彩虹婆婆怎么坚持，她的儿子都不会再回来。他能把这个残忍的真相告诉她吗？让一个充盈着母爱而又年迈的老太婆去直面儿子的死亡？他回想起看过的一部叫《隧道》的韩国电影，如果不是那个叫金大庆的搜救队长一再坚持，被隧道崩塌阻隔在地下的男主角李正洙还能重见天日吗？而现在，彩虹婆婆面对的那条隧道是那片浩瀚的海域，安一城面对的是本城这条辽阔而深远的隧道，他和她都得从各自的隧道中走出来。

安一城很后悔接近彩虹婆婆，这种相悖而又无法得到确切答案的想法让他痛苦不堪。有一次，他对易志文说，我得帮帮她。但立刻招致了易志文的反对，易志文瞪圆了眼睛质问他，你帮她？咋帮她？是帮她把儿子找回来，还是告诉她——她儿子已经死了？安一城像条死鱼那样张开嘴，被易志文的反问逼迫得无言以对。醒醒吧，你什么也帮不了，还是管好你自己的事情吧。易志文没给他留任何情面。是啊，他能帮她什么呢？最多帮她张贴几张报纸复印件，她累的时候送她一程。安一城想从易志文这里得到明确答案，或者找到出路的幻想完全被粉碎了。

打个比方，你都看到的，我那死女人要死要活的，就要那封情书，我上哪里去找那样一封情书给她？！我就不搭理她，由着她吵，由着她闹，她还能折腾一辈子?！鬼知道有没有那封情书，找不到情书世界又不会崩塌了，谁能保证苦撑一辈子世界他妈的就不会累?！不能说世界早晚得崩塌，咱们就不过日子了吧?！咱们还是得努力活着!

易志文的话听着像有几分道理，但经不住仔细琢磨，一封情书怎能同彩虹婆婆的儿子相提并论？又怎能同安吉乐的帅帅呱相提并论？

我该怎么同乐乐说？安一城自言自语。

该怎么说就怎么说。易志文回答，最终还是要让她相信事实的。

我给她买了条贵宾犬。安一城接着说，叫小公主。

你们也太……操之过急了吧？易志文诧异地瞅了他一眼，好像不相信他说的事实。

安一城没有解释是怎么把狗领进门的，但想到了一个解决问题的办法，必要时把彩虹婆婆请到家里去，让她同安吉乐见上一面。总之要试一试，这或许有些残酷，但说不定对安吉乐能有些帮助。

9

汤荔红的担心变成了事实，安吉乐没有接纳小公主的迹象。小公主进门的第二天，早餐时分，安吉乐突然发问，什么时候能找到帅帅呱啊？她的声音哽咽着，嘴唇都变了颜色，泪水在眼眶里打转。正在找呢。安一城没敢对视女儿的眼睛，嘴巴里咀嚼着食物，混沌着说。安吉乐没有听到肯定的答复，眼泪就奔涌了出来，吧嗒吧嗒坠在盛面包片的瓷盘里。汤荔红赶忙撕了餐巾纸，要替她擦眼泪，但安吉乐别过脸，不让她妈碰她。小公主倒是很乖觉，跑得远远的，不给他们添乱子。

汤荔红朝安一城挤了下眼睛，但他在专心吃早餐，什么也没回应。或许正像易志文说的，他们操之过急了，欲速则不达，可是小公主已经进门了，不能轻易退回去。最重要的是，不能让安吉乐察觉他们有意想让小公主来替代帅帅呱。为此，他们不得不做出种种伪装，汤荔红继续打印寻狗启事，交给安一城去张贴。安一城依旧早出晚归，佯装尽职尽责的样子，如果碰巧发现了帅帅呱的蛛丝马迹，或者找到了它，那是再好不过的事情。汤荔红甚至有意当着女儿的面盘问找寻的情况，好像在监督安一城谨防他偷懒，他也很配合，一五一十把去过哪些地方，找过哪些人，都一丝不漏地回告她。他们暗暗留意女儿的举动，她好像在听，又好像不在听，脸上见不到任何波澜。经过几次这种场面后，安吉乐有些反感了，只要他们再在她面前谈及帅帅呱，她就会丢下手中正在做的任何事情，躲进她的卧室。

安一城觉得没必要再伪装了，干脆告诉女儿，小公主不是朋友寄养的，而是从宠物收养中心领回来的。

就你会生事！汤荔红的眉毛竖了起来，做了个要狠狠削他的手势。

他缄口了，直接告诉女儿无法预料她会怎样，让汤荔红做个缓冲地带也许更稳妥一些。那么赤裸裸地宣告似乎太残忍了，有可能会引发安吉乐的多种联想，如果当初他们夫妻没有及时找到她，会不会领养一个孩子来取代她的位置？这个冷酷而大胆的想法将他吓了一大跳。

小公主的到来无形中给这个家庭带来了新的麻烦。帅帅呱没有找到，安吉乐的情绪明显还没有转过来，以往帅帅呱在时，都是安吉乐去遛它的。而现在，汤荔红的事情一下子增多了，要看店，要提防女儿的情绪变化，要照顾小公主。每天放学时，还得陪着女儿在大街小巷辗转一大圈。汤荔红觉得自己像是一头栽进了一片沼泽中，越挣扎身体越沉重，越挣扎越往下陷，随时面临着灭顶之灾的威胁。

转眼间，小公主领回来一周了。这段时间，安吉乐从不主动靠近小公主，始终同它保持一定距离。她对它抱有警惕。小公主却不理会她的眼神，要么站在门口迎接她，要么追着她的脚后跟跑，甚至同她面对面相视，可怜巴巴地讨好她。有一次，她伸出手去摩挲它的头发，你这可怜的小家伙。她发觉这个动作被汤荔红注意到时，迅速撤回了手，又紧张地朝她的卧室张望了一眼。汤荔红判断，安吉乐有接纳小公主的迹象了。忙不过来的时候，汤荔红会试探着吩咐女儿，给狗放点食。或者说，乐乐，给小公主梳一下头发，它的头发都乱成什么样了。大多数时候，安吉乐都会照办，从她的动作中能看到当时她照看帅帅呱的影子，但她只是默然做着这些事情，没有过分亲近的表现。适当的时候要让她独自去遛遛小公主，汤荔红暗暗盘算。

周末出了个小意外，汤荔红怀疑自己是不是判断错了。那天早上她去买菜，安一城照常出去转悠，家里就剩下安吉乐和小公主。当汤荔红回来时，竟然发现小公主独自站在楼梯的拐角处，眼巴巴地盯着自家那道门。很显然它被驱逐了。开门时，安吉乐就一声不吭地站在门背后，不能确定她脸上的表情是不是有些古怪，但多少让汤荔红对女儿产生了怀疑。

最终有一次，汤荔红让安吉乐去遛狗时，把小公主给丢了。汤荔红追问小公主去哪儿了，安吉乐拗着脸，沉默以对。后来，汤荔红在小区的保安那才了解到事情的经过，安吉乐拽着小公主出了小区，没过多久就一个人回来了。随后，保安发现了被丢弃的小公主，小公主可能是自己找回来的，又不敢贸然进入小区，就在入口处兜来绕去。

安一城弄清楚小公主丢失的经过后，先前萌生的那个念头不由自主又蹦了出来。他同汤荔红商量要把彩虹婆婆请到家里来，汤荔红很诧异，不明白他同她有什么关系，何以走得这么近。他本想把彩虹婆婆的遭遇和发现草洲的事情和盘托出，但话到嘴边又咽回去了。她把我当儿子看。他诓她说，你就好好做顿饭，让她吃得欢喜就行。汤荔红不好再有什么异议，可又觉得事情不像这么简单。

彩虹婆婆却不答应，说什么也不愿意上他们家来。你瞧瞧我这孤老婆子，邋里邋遢的，像个出门做客的人吗？还不丢死人了！彩虹婆婆推辞说，但说着说着，一边就拿手去抹眼泪。后来，在安一城的一再坚持下，她才勉强答应了，并且打听安吉乐的喜好，说要给她买个小礼物。他不想让她破费，又觉得如果不让她买点什么，或许她内心会不安稳。您就给她买个小蛋糕吧，可不能惯着她。他笑着说，但后一句话的语气明显加重了。你不惯着她惯着谁？彩虹婆婆嗔怪说。他也不辩解，报以呵呵的笑声。

约定的那天，安一城早早开了车守候在彩虹婆婆住的那幢楼前。彩虹婆婆同往日的穿戴不一样，看得出很郑重其事。进门时，汤荔红领着安吉乐在门口迎接，安吉乐很懂事地叫了声奶奶，可能汤荔红背地里叮嘱过。安一城去接彩虹婆婆手中的礼物袋，却被她挡开了，不是给你的，是给咱们公主的。安吉乐接过了袋子，但还是忍不住噘了一下嘴，八成不喜欢叫她公主。彩虹婆婆进门后，汤荔红去了厨房忙活，安一城端茶倒水，留下安吉乐陪着说话。小公主逮到了机会，仰着头，站在一边听她们说话。

你的狗狗可真漂亮。彩虹婆婆夸赞小公主，小公主的眼睛亮闪闪的，卖弄似的扭动了一下身子。

安吉乐抿着嘴没说话。

它叫什么名字呀？彩虹婆婆追着问。

它叫……它叫小公主。安吉乐挺不情愿地回答。

彩虹婆婆拿手去逗小公主，小公主受了鼓舞，立马就蹦了过来，差点就蹦到了她怀里。

这不是我家的狗。安吉乐从沙发上弹了起来，指着她的卧室说，我家的狗狗在那儿呢。

彩虹婆婆被安吉乐拽去了她的卧室，卧室的墙壁上张贴着一张帅帅呱的照片，照片上的帅帅呱身材魁梧，憨态可掬。

啊！真是个帅小子！彩虹婆婆赞叹说，但就此掐住了话头，没再追问别的什么。

汤荔红料理的饭菜很丰盛，大碗小碟摆了一桌子。安一城开了瓶红酒，给彩虹婆婆斟上了半杯。汤荔红不停地给彩虹婆婆夹菜，将她面前的盘子都堆满了。安吉乐也学着她妈，给彩虹婆婆添菜。都堆到鼻子尖上了，你们让老婆子咋吃呀？彩虹婆婆的声音挟带了些许哽咽，眼眶里又有了泪光。

10

两个多月过去了，没有找到帅帅呱的任何线索，或许它已经遇害了，或许被迫离开了本城。如果它还在本城，不可能一次都不会遇见。这是安一城的猜想，他不会随便把这种想法说出嘴，汤荔红更不会，至于安吉乐会不会朝这方面想，没法从表面上看出来。小公主被丢弃过一次后，汤荔红不再单独让女儿去遛狗，要么她亲自陪同，要么让安一城来陪同。站在安吉乐那边来看，这种陪同就有了监视的意味。彩虹婆婆做客的那次，安一城有过极端的想法，但当时的氛围阻止了他那么做。犹豫再三之后，他终于明白自己要干什么。来吧，爸爸有事情要告诉你。他把女儿叫到跟前。安吉乐被他脸上凝重的表情吓着了，乖乖地站到了他面前。汤荔红也觉察了他的异样，流露出了紧张的神色，不知他要干什么。你先看看这个吧。他把彩虹婆婆交给他的报纸复印件转交安吉乐，后者接过后就以立正的姿势站在原地，一动不动把报纸上的那则消息读完了。她看了他一眼，眼神懵懵懂懂的，不明白为何要让她看这个。

还记得那个奶奶么？她的儿子就在这艘船上。他尽量让自己的声音保持水平状态。

我张贴寻狗启事时……就是她？汤荔红睁大了眼睛，好像不敢相信。

安一城把所知道的有关彩虹婆婆的事情，从她的婚姻开始，到婚后不孕，中年得子，到她儿子出事及出事后她的精神状态，包括张贴那些文字的东西，点点滴滴，毫无保留地告诉了她们母女俩。他完成讲述后的好长一段时间，汤荔红和安吉乐都没有说话，安吉乐咬着嘴唇，眼圈红红的，很显然她幼小的心灵承载不了这种悲伤。汤荔红叹口气，将女儿揽过来拥在了怀里。安吉乐也不挣扎，任由她抱着。

三个人散开时，安吉乐像有话要对安一城说，但最后什么也没有说，翕动了一下嘴唇，又低头走开了。第二天早餐时，安吉乐似乎鼓足了勇气对她爸说，咱们不能帮帮她么？她的语气同安一城一模一样，安一城同易志文说话时也是这种口吻。咋帮她？他问。安吉乐放下筷子，腾出一只手来托着腮，思考一阵过后才说，把她接到咱们家来住，或者咱们经常去看看她。他瞧着女儿认真的模样，内心忽然有了某种安慰，对一个不谙世事的女孩儿来说，她的想法足够单纯，但也足够真诚。

咱们试试。他点了点头。

事情从另天早上开始就有了微妙的变化，在他们不注意的时候，安吉乐将铺在床前的那张狗垫子洗刷干净，晾干后折叠起来，收藏在她的衣柜里。之后又将小公主的窝挪进她的卧室，安放在床头下的地板上。帅帅呱的那张照片原本是裸贴在墙上的，安吉乐让她妈做了个相框，将照片装进相框里，依旧悬挂在原来的位置。

安一城以为帅帅呱丢失的危机就这么过去了，但事实上远没有结束。某天，他陪同女儿去遛狗，碰巧遇着个人，牵着条阿拉斯加雪橇犬迎面走来。那条狗的模样同帅帅呱极为相似，但肯定不是帅帅呱。安吉乐抿着嘴，眼睛一眨不眨地盯着那条狗，差点就冲过去了。遛狗的人同他们擦肩而过，安吉乐也转过身，直到人和狗都消失了，才怏怏而回。回家后，安吉乐一言不发，径自进了她的卧室，紧接着卧室里就传来压抑的哭泣声。汤荔红不知发生了什么事，要进女儿房间去，安一城把她拦住了。

安一城在女儿床前站了许久，安吉乐的哭泣一直没有停止。他也没有劝慰她，就由着她哭泣。慢慢地，她的哭泣声变轻了，最后完全消失。安吉乐从床上爬起来，脸上泪痕斑斑，眼皮都有些浮肿了。他伸出手来要替她擦拭泪水，她偏了一下脑袋躲开了。她仰起那张淌满泪水的脸，冲安一城说，是你把船凿沉了！

是你把船凿沉了！

是你把船凿沉了！

他无数次咀嚼过女儿的这句话，可每一次都找不到理由来辩解。他也不能辩解，辩解意味着推卸责任，意味着替自己开脱，那是在给自己抹黑。他知道，从今往后的岁月，不管走到哪里，他都得背着女儿的这句话。它的重量让他不敢有所懈怠，因为那不仅仅是一条狗的重量。

后来的一天，安一城再次在街头遇见了彩虹婆婆，是晚上，她正踮着脚，想尽可能把手头那张纸张贴到高一些的位置。彩虹婆婆像只年迈的企鹅，笨拙地贴紧墙壁，努力把自己的身体抻长。她够得着的高度非常有限，是他帮助了她，将那张报纸复印件上升到了广告栏的中央。事情完成后，他像往常那样提出要送她一程，她拒绝了。

不要，我还没干完呢。她拍了拍黑布袋说，再说这是我的事。

她沿着人行道慢慢往前走，摇摇晃晃的，仿佛随时有可能跌倒。她的身影一会儿被黑暗淹没，一会儿又被灯光照亮。安一城伫立在广告栏前目送她远去，晦暗与光明交替变幻，彩虹婆婆的身影慢慢模糊，慢慢变小，最终完全被黑暗吞噬。他的眼前仅剩灯火璀璨光怪陆离的夜色。

我就不相信找不到你

李治邦 *

1

快中秋节了，天气还是闷热，像是扣上了一口大铁锅。

李一丹到达这座城市的时间已是晚上八点多钟，他是乘坐一列旧式绿皮火车来的。很有意思的是这列绿皮火车是被淘汰前的最后一班，他乘坐完了也就没有了。这列绿皮火车没有坐多少人，因为从始发站到这座城市需要九个小时，现在的人已经对这个节奏不耐烦了。乘坐的人有一小部分是为了纪念来的，觉得最后一次乘坐有历史意义。李一丹不是的，他就是想让自己的性子慢下来，他觉得自己的血这一阵子憋得快流出来。

这列车厢人不多，李一丹坐在后面的一个靠窗户的位置上，没有人检票，车厢里很臭。很久没有人打扫了，李一丹上来就没有看见乘务员。只是偶尔看见一个乘警慢悠悠地走过，很胖，打着哈欠。车在爬着一座山，很费力，好像中途要停下来，甚至要滑下去。李一丹在一个车站买了一份盒饭，没吃几口就扔下了，都是白肉，像是死人的。车上乡下人居多，所有小站都停。那些小站

---

* 李治邦，男，1953 年 5 月生于天津，河北省安平县人。中国作协会员。1970 年入伍，1978 年转业到天津市群众艺术馆工作。出版长篇小说六部，散文随笔集四部，创作中短篇小说各一百多篇，作品多次被《小说选刊》《新华文摘》《中篇小说选刊》《作家文摘》等选载，曾三次获得中宣部“五个一工程”奖。

也都是平常时间一晃而过的地方。上来的都是扛着包裹进城打工的人，或者是看亲戚的，穿着一看就知道是农村人。很快，行李架上就塞满了大大小小的包裹。到了站头，包裹拿走了一部分，很快就会被另一部分填充。李一丹有些犯困，已经有两天没有好好睡觉了，发生那件事后一直就在亢奋中。他躺下，因为乘客比较少，都是能躺着的。他觉得眼皮有些重。突然，有个慈善的老人向他招招手，让挤出个地方给他。李一丹起身，他看见不知道在哪个小站又上来不少乘客，车厢里几乎满了。他坐起来让了座，老人客气了几句便一屁股坐那儿，就再也没说话，低头打着瞌睡。

火车在夜色中行驶，车窗外偶尔划过一两道光的弧线。李一丹犯迷糊，他知道自己又要想那件事，他坚持不想。就开始想曾经在部队特务连的日子，他天天练格斗，就一直想真打一次。后来，连长看出他的意思，就说你跟我打，真的打。李一丹不好意思，连长就跟他到了操场，两个人打起来，没几下就被连长揍趴下了。连长说，就你这屃样，出去要是碰上什么事情就得跑。李一丹不服气地说，凭什么呀，我不会跑的。连长回到连部拿了一把刺刀回来对李一丹说，我要是拿这个，你徒手，敢跟我打吗？连长话音未落，李一丹就扑过来，连长吃惊地躲闪。李一丹喊着，你刺我呀，你刺我呀。连长挥刀过来一闪，李一丹的上衣就被刺刀划了一个大口子，像是风筝在那儿飘。连长笑着，没想到李一丹过来一甩手就把连长拧在地上。连长生气了，说你小子真打呀。李一丹站在那儿呼呼喘着气，说不出话。连长说，你小子以后回到地方千万别打架，你不知道哪一下就能把人打成重伤，人真的很脆弱。他这时很想念连长，一个贵州平坝的农民，特别爱吃辣椒。想着，李一丹睡着了，看见连长正在摸他的脸。他很诧异，因为连长在一次执行任务中为保护他从悬崖上摔下来，几乎面目全非。

凌晨一点钟了，列车在几座山中间爬着，吐出一股股的白烟。车速很慢，李一丹睁开眼睛，看见车厢外边黑乎乎的，一点儿灯光也没有。他还想睡一会儿，因为自从出事以后就没有闪过睡觉的念头。熬了这么几天，确实熬不住了，眼皮在打架。他又看见连长在摸他的脸不住地说话，也不知道他说了什么。从部队复员回来是因为一个很秀气的姑娘，按说他还可以在特务连再待两年。连长说他没有出息，他只憨笑，不解释。那个秀气的姑娘是比他小一届的高中同学。让他去当兵的原因就是那个姑娘说了一句话，要让我喜欢你，你就去当兵几年，我喜欢穿军装的你。他复员也是因为姑娘一句话，你回来吧，没有你我真的不行。他觉得奇怪，自己在梦里怎么总见到连长，而不是后来成为他妻子的姑娘。他从部队复员回来就当了押运员，后来成了车长。两年了，可能最不能让他忘记的就是连长，因为连长看得起他。那次连长为救他摔下来，是他疯狂地跑到悬崖下边去寻找连长，先是找到了连长的胳膊，然后是连长那张脸，被岩石已经磨损得没有了五官。也就是出事的前一个礼拜，李一丹带着妻子去了贵州平坝连长的老家，在坟上烧了三个多小时的香。妻子在旁边喃喃着，我让你复员是怕你神经了，我到部队看你一副疯疯癫癫的样子。李一丹说，我知道，我知道你是为了我好才这么说的。说着紧紧搂住了妻子，他的妻子叫念念。他觉得连长走了，世界上就剩下念念了。

后半夜了，车厢一头一尾冒出几个彪形大汉，脸上都罩着黑布，只露出两个凶狠的眼珠子。每个人手里都有家伙，火枪匕首斧头什么的。乘客们在沉睡中惊醒，被眼前的情景吓傻了，没有人上前抵抗。尤其是几个先前正襟危坐斯斯文文的人，现在如同筛糠一般。为首的是高个暴徒，细细的如电线杆子。他抱拳说，马上就要过中秋节了，很简单，我们就是要点儿零花钱，不要你们的命。可谁要是不老实，我们也没办法。杀一个也是杀，杀两个也是杀。于是，暴徒们开始地毯式地敛钱。

高个暴徒走到一位干部装扮的乘客面前，戏弄地问，你是不是个当官的？他马上小声回答，小官，是小官，要是大官我就能坐软卧了。说完，他主动掏出钱包递到暴徒手里，殷勤地说，留着您买烟抽吧。高个暴徒接过钱包，高高举过头顶喊着，大伙儿要向这位小官学习啊！这位小官竟然朝乘客们谦虚地点点头。有一个穿着很邋遢的男人不太愿意拿出钱来，被一个粗壮的暴徒用匕首划破脸皮，血流满面。暴徒说，你不是要钱又要脸吗，我就让你这两个全破喽！这时候，再有暴徒朝旁边的人伸手，没人敢吭声。一个天真的小女孩不愿意把身上仅有的二十块钱拿出来，她可怜巴巴地说着，这是妈妈刚给我的，让我买《安徒生童话集》的。高个暴徒说，你不给我就把你扔出车窗。小女孩儿陡地大声而坚决地说，你扔我，我也不给你这二十块钱。高个暴徒走过来，一把就揪起了小女孩儿。一个中年妇女实在看不下去，小声说，你们已经拿到这么多钱，还在乎孩子这二十块钱，饶过她吧。高个暴徒冷笑道，饶过她，我也是坏蛋，不饶过她，我还是坏蛋。说着，他把小女孩儿拽到车窗边，向大家说，谁要再敢不给钱，我也这么把他放到车外边过过风。说着，手一松，留下孩子撕破夜空的呼救声。所有的父母都紧紧抱住自己的孩子，没人敢出来呵斥。暴徒们在车厢里行凶了半个多小时，该出来的人不知道躲到哪里去了。上百乘客目睹着暴徒们肆无忌惮抢夺每一个乘客的财物，侮辱着每一个乘客的人格。

李一丹依然在打着瞌睡，甚至发出轻微的鼾声。出事以来，他这是第一次入睡，而且睡得那么乱七八糟。连长走后，就是父亲。他跟父亲不是很亲，是因为母亲走了以后，父亲又找了一个年轻漂亮的。他很反感，念念曾经劝过他，那毕竟是你父亲。他和念念结婚的时候没想请父亲，是念念主动去请来的。在婚礼上，念念敬了父亲一杯茶，喊了一声爸爸。当时父亲满脸是泪，李一丹的心被揪了一下。父亲是在他婚后一个月被一辆装石头的大卡车撞死的，据说司机一直在按喇叭。在梦里，父亲那一头白发在空中飞舞着，然后一张雕刻的脸贴在他眼前，都是伤疤。他喊着，看见父亲跟连长在喝酒，两个人都没有脸。李一丹睡觉的时候，一些乘客先猜测李一丹跟暴徒们是一伙的，因为暴徒进来后就没有惊动过他的睡觉，几次在他跟前过来过去，连看都不看。这时，李一丹旁边的老人霍地站起来，满脸通红，用颤抖的指头指着为首的高个暴徒，你们有种就把面罩摘下来，让我们全车厢的人认认你们！高个暴徒慢悠悠地过来，逼近老人，我要是不摘呢？老人厉声，那你就没男人的胆子，你就白披了张人皮！高个暴徒一摆手说，把这老东西的衣服扒光了，让他害臊害臊！几个暴徒瞬间持着家伙拥了过来。李一丹忽然睁开眼，不动声色地问了一句，你们是逼我出来说话吗？我就琢磨不透，你们欺负一个老人算什么男人！高个暴徒一愣，笑笑，你小子想管闲事？李一丹没说话。高个暴徒说，看你那张鸡巴脸，脏得跟牛屎蛋子似的。暴徒们一阵狂笑，李一丹下意识地搓了搓手，然后使劲儿咽了咽唾沫。出事后，他就强忍着，他记得连长跟他说过，遇到大事了要稳住，有一点儿慌乱都会误你大事。他之所以不选择坐动车甚至乘飞机到那座城市，就是想收敛自己的性子。如果他一步走错了，那就前功尽弃。李一丹不说话就这么看着，但他的血本能地在朝上拱，肌肉在迅速凝结着。

暴徒们七手八脚地扒着老人的衣服，老人挣扎着，很快就只剩下一条裤衩。乘客们都赶紧闭上眼睛，老人的眼里除了愤怒，没有半点儿羞涩。谁都没想到，李一丹此刻猛地蹦起来，从一个暴徒手里利落地抢过火枪，连发三枪，三个暴徒就捂着肚子倒在地上。高个暴徒挥着斧头扑上来，动作很快。李一丹根本没有去理会，好像没有看见他扑过来，抬手朝他左腿上就是一枪。高个暴徒咕咚一声跪在地上。暴徒们顿时被李一丹的快手慑服，有一个不服的从李一丹背后蹿过来。李一丹没有回头，就用胳膊挡了一挡，那个不服的立即被摔出了好远。高个暴徒惊恐地嚷道，好汉，请手下留命，给我们留个名字！李一丹瞪大眼睛，吼道，懂不懂规矩？在这条道上混有一个规矩，不能欺负老实人，不能欺负老人和孩子，不能拿你妈妈年龄的女人开涮！懂吗！李一丹话没说完，朝高个暴徒的右腿又补了一枪，说，我让你们记住这句话！这时候，车厢里响起排山倒海的掌声。高个暴徒捂着腿上流血的伤口，不甘心地说，山不转水转，早晚我们还能碰到你，你小子等着！李一丹恍惚间看见念念搀扶着父亲走过来，父亲步履蹒跚，浑身是血。他走过去，高个暴徒从地上拾起一把匕首刺了过去。李一丹没有注意，车厢里的人都惊叫着。李一丹侧身一让，走过去顺了一脚，把那个暴徒的匕首就剁在了车厢的行李架上。

2

李一丹从火车站走出来，他没有马上找住处，而是乘上一辆出租车。先前那伙暴徒从火车上迅速逃跑以后，他就走到车厢的后面，找了一个空座。他知道会有乘警找他说事，就换了一身衣服，拿了条毛巾盖住脸。胖乘警带着几个公安干警来回走了好几次，他听见胖乘警嘟囔着，那个人一准是在哪个站下车了。有公安干警问，就找不到他买的那张车票，在哪儿下车？胖乘警说，这都是小站，在哪儿下在哪儿上都没法查。又有公安干警问，这伙子人是哪儿的呢？以前在这个车上干过票吗？胖乘警说，不知道，以前也没有遇到过呀。李一丹这么躲避就是不想坏了自己的计划，这个计划是不能疏忽的。他有些懊悔不该这个时候出手，弄得有人到处找自己。他问出租车司机，这个城市哪儿住的人穷？司机看了看他，说，下马座啊。李一丹问，下马座是什么地方？司机笑了笑，上马座是有钱人住的，下马座就是几条胡同，过去都是纺织厂工人住的，现在厂子没有了，这些工人干什么的都有，就是口袋里没有多少钱。李一丹说，好，那你就去下马座吧。司机扭头嘿嘿笑着，问，你是记者？李一丹摇头。司机又问，是不是下马座的工人到政府闹事，你是派来私访的？李一丹阴沉着脸说，你问这么多干什么。

司机不说话了，出租车在夜色里挺进着。夜深了，出租车闪过了鳞次栉比的楼房和曲曲弯弯的立交桥，进入了一条狭窄的小马路。李一丹看到冒出来的一片片杂乱的平房，好几条胡同口露在眼前。司机说，你在下马座哪儿下呀？李一丹看了一条胡同说，在这儿停吧。司机把李一丹拿出来的钞票反复看，狐疑地问，不是我的嘴不好，我拉到这儿的常给我的是假钞。李一丹也不生气，他用手捏着钞票发出响动告诉司机，假钞是捏不出来这动静的。李一丹下车，司机叮嘱他，下马座的人乱，都是纺织厂工人，厂子黄了，人也乱了，你小心点儿！

胡同里的灯大都不亮，能射出光的也都不鲜亮。李一丹深一脚浅一脚地走着，迎面跑过来一个小女孩，十来岁，瓜子脸，细细的眉毛，黑得像是画上去的，两只大眼睛忽闪忽闪的，眼睫毛如蝴蝶的翅膀一抖一抖。李一丹问她，这个地方有空房子租吗？小女孩吃惊地打量着李一丹，胸脯一起一伏，延续着刚才跑的情绪。李一丹等着她平静下来，又问，有空房吗？小女孩点点头，李一丹问，能带我去吗？小女孩转身朝回走，李一丹跟着她。他发现小女孩腿脚很快，如果跟不上就可能让小女孩的身影消失在某条胡同的拐弯处。七拐八绕地进入了一个小杂院，里边种着一棵硕大的香椿树。它没有什么光鲜的外表，粗糙的树皮，斑斑驳驳，叶子也不好看，普通得很。李一丹记得小时就住在种有香椿树的大院子里。母亲说，你看落下的叶子，像不像哭泣的眼睛。他想着就从地上拾起一枚叶子，突然眼圈开始潮湿。他很惊诧，因为很多年没有动感情了。他认为自己是想起去世的母亲了，于是他抚摸着香椿树落叶的叶脉，呼吸它的气味。起初，他是不喜欢香椿树叶子的，总觉得气味儿怪怪的。后来，母亲总是拿香椿树叶炒鸡蛋，于是就觉得香起来。他后来上学，同桌的人说他嘴臭。他哭着回来跟母亲诉苦。母亲说，香椿树的叶子是香的，是你同学鼻子出了毛病。他跑去跟同桌讲，同桌的母亲气坏了，跑来跟母亲争辩，说，香椿树就是臭的，你看看，夏天连个知了都不爬，蜂呀蝶呀的更不来亲近，连虫子都嫌臭，你们还说香吗？同桌的母亲领着同桌理直气壮地走了，剩下母亲和他就在树下这么站着。风吹过来，他对母亲说，确实臭。母亲狠狠给了他一个嘴巴，然后红着眼睛进了屋。母亲去世就在那个院子里，是因为脑出血，很快，等李一丹赶到的时候，母亲的身上已经蒙了一张白单子。有邻居告诉他说你父亲要是早一点把你母亲送医院，你母亲或许不会死。这句话刺激了他，他那时就开始记恨起父亲。下葬的那天，李一丹就站在香椿树下，那时的香椿树已经很高大。他觉得香椿树的根很扎实，抓着土地紧紧不放，然后安静地看着蓝天，守候着母亲这么多年。

李一丹一抬头，看见月亮，那么圆，像是一个玉盘。

当晚，李一丹就住在小屋里。是那个女孩子带他进来的。他仔细地转了转，看出这房子已经破烂不堪了，墙皮大部分脱落，露出里边的石灰。石灰随着年月的轮转已经发黑，散发着霉烂。小屋里摆放着一张老式床，大大硬硬的，上面刻着牡丹花，花蕊茂盛。旁边还戳着一个梳妆台，虽然很破旧，但很干净，尤其是那块半明半暗的玻璃。李一丹看见自己那张青灰的脸，胡子密密匝匝像是用残墨染的，头发长了些，已经遮掩住耳朵，镶着金边的眼镜还算明亮，透着一种斯文。女孩子的母亲走进来，端着一盆清水，说，洗把脸吧。女孩子的母亲端详着李一丹，嗫嚅说，你是一个文化人吧？李一丹一愣，问，你咋看出我是文化人？女孩子的母亲笑了，说，你戴着眼镜呢。李一丹也笑了，说，不是戴眼镜的都是文化人。女孩子始终在旁边看着他，拉着母亲走了。走时女人对李一丹说，下马座的天冷，橱子里有被子。女孩子和母亲走了。李一丹听到女孩子一直在和母亲说，他不是坏人，真的。母亲说，你个小孩子，懂什么。女孩子的声音很远了，但在寂静的夜色中依旧很清灵，我什么都懂，他不是坏人。

李一丹从摇摇晃晃的壁橱里找出一床被子，是绣花的被子，显然是新的。他想出去好好烫个澡，有两个月身子没沾水了。屋子里很静，他下意识地想打开手机，可马上忍住了。打开手机就会有很多人找他，麻烦的事情就会立马上身。他穿好衣服出去，刚出门就看见小女孩站在跟前。夜色里的小女孩很清爽，脸跟水洗似的，特别是那双眸子很干净，一丁点儿杂质也没掺里边。李一丹问，有事？小女孩吭哧半天才说，我叫喜子，喜就是喜欢的喜。李一丹点点头。喜子说，我父亲问你，你是干什么的？是不是遇到什么难了？李一丹的心突然暖了一下，冷了许久被暖了一下有些不适应，显得酸酸的。他笑了，没有，就是母亲走失了，估计是跑你们这个城市了，我过来找。喜子眨巴着眼睛问，你咋知道是跑到我们下马座了呢？李一丹被问怔了，说，我母亲以前就是这儿的人。喜子说，也是纺织厂的？李一丹没有说话，喜子嫣然一笑说，知道了。她转身跑了，李一丹看见夜风瞬间刮过来，一片香椿树叶就随着风飘下来。

3

中秋节过去了，天凉起来。

李一丹住了两天，知道喜子的父亲是哑巴。喜子的父亲以修理自行车为生，天天早出晚归。喜子的母亲在家料理家务，偶尔也带着喜子出去卖米花糖来补贴家用。在生活富足的都市孩子心里，米花糖已没什么诱惑了，所以她们母女的生意不是很景气。李一丹租用的房间原先是喜子住的，后来因为经济窘迫，就想让喜子跟他们挤一挤，把那间租出去挣点钱，却一直没招到租客。喜子每天晚上都出去，就是想碰碰运气看有没有租房子的，结果就碰到了李一丹。李一丹谈房价的时候完全是和喜子的父亲在比画，最后喜子的父亲比画出一个手势，李一丹看不懂。喜子说，我父亲说是三百五十块，不能再少了。李一丹点头，说，好，就这么多吧。李一丹很奇怪，为什么喜子的母亲在一边不说话，就这么直愣愣地看着。李一丹看了看喜子母亲。喜子母亲说，我可以给你做晚饭，不收钱。但你得自己去买菜和肉，我只管做。李一丹想了想，说，那我就多给五十块，凑个四百块吧。喜子母亲跟丈夫比画着哑语。喜子父亲很高兴，搓着手笑着，笑得很纯朴。喜子的眼眉像是火焰一般一蹿一蹿的，她拉着母亲和父亲走了。李一丹送出来，看见喜子的母亲又走过来，支支吾吾，有些前言不搭后语。李一丹不明白，喜子低头，不好意思地恳求道，我妈笨，一沾求人的事情就磕巴。她说想请你教我识字，起码让我出门别走错了厕所。李一丹诧异地问喜子，你没上学？喜子说，我们一家子都是从农村来的，我才上了一年就跟他们出来了。李一丹说，你可以在城里继续上啊。喜子没接话。李一丹看见她母亲眼圈红了，扭过脸。喜子一跺脚转身走了，他听见喜子喊着母亲说还不走啊，谁来了都说这个，没说几句就哭。

李一丹又住了两天，白天他出去做自己的事，晚上回来先去菜市场。每次他都多买些菜和肉，他看出喜子这家人日子确实过得不富裕，十块钱的票子就是大钞了。喜子没有钱上不了学，即便有了钱也上不了学，户口不在这里，没有学校收她。晚上，李一丹自己吃饭，都是喜子颠颠地给端过来。喜子母亲做菜手艺很一般，舍不得搁油，肉也不懂怎么煎出味儿来。李一丹吃惯了馆子，这种粗糙的菜咽下去都很难。但每次喜子看他吃饭的时候，他都装作吃得很香，狼吞虎咽的，乐得喜子抿嘴笑。喜子走了，李一丹就把剩菜和剩饭都端到香椿树下，挖个深坑给埋喽。晚上，李一丹憋不住，还是打开了手机，发现网上都是他在那列绿皮火车里的几个侧影，几十万人在点赞。他有些恐慌，闹不明白是谁拍的，怎么会发到网上去的。好在侧影不很清楚，只是一个轮廓，但认识他的人能看出来。接着，就看到很多找他的微信，还有 N 个未接电话。他赶紧关掉手机，他不能还没有行动就让对方知道了自己的行踪。他要封锁一切消息，特别是他到这座城市的事儿。一旦传出去，他的计划就会泡汤。喜子很懂事，每天晚上都是敲门进来，端着一盆清水站到墙前，用毛巾裹着小手指头，蘸着水在墙上认真地写字，给李一丹看。第一天晚上，就写了一个喜字，虽然是倒插笔，可她执着的神态却让李一丹感动。连续两天，李一丹教给喜子三十多个字，喜子居然都记住了。李一丹告诉喜子，你每记住一个字，我就奖励你一块钱。喜子激动不已，问，你说话算话？李一丹说，我从来都是讲信誉的人。喜子说，我记住三十个字就是三十块，家里就能吃肉啦，母亲就能给我买一双新鞋了。我要是记住三百个字，就是三百块，我就能上学了。李一丹没有告诉喜子，他到附近的小学问了问，像喜子这样的上不了学。没有户籍，连一个身份证都没有，学校怎么能随便让上呢？李一丹还是点点头，喜子蹦蹦跳跳地走了。李一丹闻到空气中有一股香，忍不住使劲儿嗅了嗅。很快，喜子回转来，悄声告诉他，是邻院一个小伙伴给她擦的香香，她求了半天才给她擦了一拇指，觉得特别好闻。

晚上他开始做梦。这两个月他始终在梦里跟念念见面。念念满头是汗，在一个大锅炉跟前烤着，而且双手被绑着。每一次他都跑过去要给她解开，可每次都解不开。他看见旁边站着父亲，就使劲喊，你为什么不帮助我解开？父亲就在那儿傻傻地站着，一句话也没有。这天晚上，他梦见连长来了，给念念解开绳子。他抱住了念念，看见念念已经没有气了，大锅炉变成了大冰窖。他问连长是怎么回事。连长说，你来晚了。李一丹是半夜醒的，他打开手机，看见未接电话最多的是他的领导。他给领导打了一个电话，领导接了就急切地问，你在哪儿呢？李一丹没有回答，只是说了一句，我过几天就回去了。领导说，我知道你家出了大事，放你几天假倒是没有什么，我就是担心你挺不过去。李一丹听着领导这么说也不好再说什么，就说了一句，我没有什么，就是散散心。领导断断续续地说，那天你家里出事也怪我，我给你安排的活儿太多了，弄得你天天紧紧张张，也没有好好陪陪你老婆，我对不起她。李一丹挂断了电话，出事后，他听领导说了好多次了。他没有告诉任何人自己去了哪儿，打算做什么。他觉得自己现在做的一切是对的，决心继续按照计划一步一步去做。

4

李一丹发现喜子这一家日子过得有规律，不管生意好坏，喜子的母亲总是在做晚饭之前立马收摊，为丈夫烧好洗浴的热水，然后再做饭。他时常看见夫妻俩在院子里用手指交谈着什么，眼中流露着爱和关切。每当看到这场景，李一丹就心慌，他很矛盾，想多看看，又不想再看。母亲和父亲当初也是这样，李一丹想起父亲在外面忙碌了一天，灰头土脸地回来，母亲都是细心地照顾他的饮食起居。遇到天冷的时候，父亲身体弱，都是母亲躺到被窝里给父亲焐，焐热了再让父亲钻进去。父亲在外边遇到了不顺心的事情，有时候回来就跟母亲吵架，摔桌子打板凳。母亲就这么看着，也不跟父亲着急。父亲就是一个在邮局负责打包的，脾气好，遇到心情不好的客人也会跟他喊。李一丹以优异的成绩上完军校，本来是可以上大学的，谁都看好他。可就在当时，母亲脑出血刚刚去世，父亲得了忧郁症，天天晚上抱着母亲的遗像哭，一直把眼睛哭出了毛病，看什么都是双的，于是总喊着出现了两个月亮，两个太阳。父亲焦急地挥舞双手想去掉一个，但无济于事。李一丹只好当兵走了，不仅仅是念念那句话。他知道自己当兵后，是念念照顾父亲。父亲突然找了后老伴儿，念念对李一丹说，你父亲说我再好也不如夫妻亲呀。

李一丹复员的时候，特务连的人集合站队欢送他，每一个人手里都举着一张连长的照片。李一丹和每一个战友握手，向他们敬礼。那天是特务连实弹打靶，每一个人都悄悄给他一发子弹。李一丹一口气打了六十多发，几乎靶靶都中在红心上。他是要打给连长看的，也是打给自己看的。因为连长说了一句，如果你能六十发子弹全打在红心里，我就把连长的位子给你，转业回老家跟我老婆团聚。我有个儿子，我就想再要一个闺女。李一丹复员回来，就被保安公司录取，成为银行的押运员。念念说，你这不是跟当兵一样吗？李一丹笑着对念念说，这样我总能想起连长。他每天押送运钞车，每一个绿皮箱就是两百万元，天天上亿的钱在他手里经过。没有半年，李一丹就成了车长。车长是考核上来的，薪金比较高。运钞车每天都行走固定的路线，但一定是高度紧张。绿皮箱很重，别人都是两个手拎着，只有他是一只手拎着，而且另一只手里还有枪。他的枪是 97-2 式的防暴枪，每天配备五颗子弹。别人的子弹不能上膛，李一丹的子弹肯定是上膛的，这他瞒着领导。李一丹的逻辑很简单，不上膛的子弹有什么用，遇上事空枪跟烧火棍无异。那次的押运员实弹打靶，李一丹十发子弹十环，成了保安公司的一个大新闻。后来，领导问他怎么打的。李一丹皱着眉头说，有一颗子弹偏了一点儿，对我来说就是最大的耻辱。领导半天没有说出话，他觉得李一丹有些神经。那天进行实弹打靶，念念去了，看的时候手舞足蹈。当着很多人的面亲吻了他，弄得他很狼狈。他后来对念念说，你怎么那么疯狂？念念说，我真不知道你小子还有这么大的能耐！也就在打靶后的半个月，李一丹的车被劫匪劫了，对方很有心计，就在李一丹让手下人把绿皮箱都装上车，准备关上门的一刹那，三个劫匪过来堵住了门。这个银行比较偏，路口很逼仄，周边都是商店和摆摊的。三个人怎么过来的都不知道，后来才知道是藏在旁边的一家便利店。李一丹发现后退走，另外两个手下人被三个劫匪当场打蒙。很快，三个劫匪就从车厢里搬下来三只绿皮箱，都在手里拎着，另一辆接应车已经到了。也就是一秒钟，李一丹扣动扳机，三个劫匪应声倒地。李一丹继续走，接应车下来的两个人都举着枪朝他射击。李一丹陡地中了一枪，他穿着防弹衣，只觉得胸口被什么狠狠撞击了一下。李一丹再开两枪，接应车的两个人在惊愕中倒在地上，击中的都是腹部。李一丹的五发子弹都没有落空，他就站在那儿看着趴下的五个劫匪，然后从容地将五个劫匪的枪都收上来，慢悠悠地说，你们也是倒霉，怎么遇到我了呢？事后，保安公司责问李一丹，你子弹怎么能上膛呢？李一丹说，不上膛怎么能保证不被抢呢？李一丹挨了一个处分，也获得了一次奖励。那次事件，没有被报道，悄无声息。但李一丹在道上被疯传成英雄，在几秒钟之内接连击中五个劫匪，确实匪夷所思。念念担心地说，我天天做噩梦，都是你被人家打得血淋淋的，我实在受不了。李一丹看着念念，也不好受，就埋着脑袋。念念就哭，说，我死了就不担心你了。李一丹捂住念念的嘴，念念忽然哭出声，一发不可收。

李一丹观察到哑巴夫妇虽不像他父母有说有笑的，但贫贱夫妻之间那份相濡以沫令他眼热。想来，用语言还是用手语表达其实并没有什么分别。他闲着的时候，很喜欢享受隔壁这个无声家庭的温馨。有一次，李一丹在院子里看书时听见她家的水开了，故意没吱声，他想看看喜子如何把这个信息传递给聋哑的父亲。当时她母亲正在屋外洗衣服，喜子匆匆跑到她父亲面前用小手在空中画了一个弧，然后做了个吹气的动作。她父亲立即心领神会，跑进屋里沏水去了。

五天的时间，李一丹已经把这个城市跑遍了。他在寻找一个人。他曾经在街头碰见过那个人，就是一瞬间，李一丹疯了般地追过去。他和那个人见面时间很短，但他却清晰地记住了那个人的长相，包括那个人嘴角的一个黑痣。那个人已经下了地铁，等李一丹赶到下边，地铁已经开动了。看见那人仿佛瞥了他一眼，或者是没看见他，因为那人身边有个漂亮的女人在与他亲热地说话。面对着飞去的地铁，李一丹大喊了一嗓子，吓得周围人赶紧躲起来。晚上，他没有马上回到喜子的院子，而是在那个地铁站里徘徊。他十分懊悔没有追踪到，那个人就近在咫尺，伸手就能抓住。他想着那人与漂亮女人亲热地说话，热血就在胸腔里沸腾，一直等到最后一班地铁驶出，他一摸眼眶发现全是泪水。就是这个人劫持了他的生活，让他无法正常上班回家，让他改变了对生活的憧憬。

他从地下走出地面，看见繁星闪烁，到处都是霓虹灯眨巴着嘲弄他的眼睛。他找到一个小酒馆，不顾自己来到这个城市后的郑重许诺，喝了半瓶高度烧酒。他踉踉跄跄回到喜子的院子，看见喜子和她的父母都站在香椿树下等他回来。喜子见到他几乎哭出来，紧紧抱住他问，你干什么去了？李一丹对这般温暖愕然，太陌生了！这都是他几年来梦里梦见的场景。念念答应给他生个闺女，说，你一直喜欢闺女，我就给你生一个。可偏偏李一丹去医院检查发现他的精子活力不够，于是就开始天天吃药。不到一年，念念怀孕了，到医院检查胎儿正常，通过关系知道是个闺女。念念告诉了李一丹，那天晚上李一丹激动地流下了泪，跟念念一起又抱头痛哭。其实，他想要闺女是想以后跟连长结亲家。他没有敢告诉念念，他曾经到贵州的平坝找到连长的妻子说，他曾经跟连长说，我要是有个闺女就跟你儿子成亲，咱俩结亲家。连长当时就高兴得在连部转圈，说，咱俩结亲家就是让咱俩的感情传下去。

李一丹跟喜子解释，说去会一个朋友。喜子的父母都在比画着，样子很焦急，喜子问，你的母亲找到没有？李一丹愣了愣，说，没有。喜子把李一丹领到了她家的房间，里边是一个杂乱的大房间，堆着自行车的各种车胎和零件。喜子的母亲端来一碗热气腾腾的面条，青瓷碗上面摆放着一个荷包蛋。李一丹也不客气，坐下来就吃。喜子的父亲使劲比画着。喜子说，我父亲说你不像找母亲的。李一丹诧异地抬起头，喜子说，我父亲说你是来找仇人的。李一丹放下碗，一脸疑惑在弥漫，说，什么意思？喜子没说话，喜子的母亲端来一笸箩米花糖，示意李一丹吃。李一丹觉得酒力在朝上涌，他脑袋里嗡嗡乱响。喜子抿着小嘴说，我父亲说你是好人，如果需要他帮助找仇人，你尽管说话。这句话让李一丹眼热了，周围这么多朋友没人敢跟他说这话。他当着朋友面说了要找到这个人报仇，甚至说出来要杀死他。朋友们面面相觑，都劝他不要再找了，会有公安局的人解决这事的。他去公安局问消息，得到的回答是需要时间。这个人在社会上蒸发了一样，泥牛入海。公安局的人说到这个人也拿不出更好的解释，因为这个人的脸部在摄像头里不清楚，就是一个侧脸，还被其他东西遮挡着。念念就是被这么一个模糊的人撞死的，稀里糊涂就死了。他要寻找那个模糊的人，必须让他清晰地站在他跟前，他要给念念讨个公道。李一丹想，要是连长还在，还需要他说出找仇人的话吗？他相信连长若知道这事，一定会主动出面帮着他找，那个人会在连长面前跪下求饶。他的领导是这么劝他的，不要找了，你要自己好好活着。他跟领导第一次发火就是在这个时候，他冲领导怒吼，都不找，都觉得这件事就算了，那我的念念呢？领导说，你妻子死了，你还可以再找一个嘛。李一丹被领导这句话惊呆了，他浑身如筛糠一般。回到家，他扑通跪下，面前是念念的遗像。他哽咽着发誓，我就是以后再找，我也要给死去的你讨一个公道！

她不能就这么在我眼前白白死了，而且死前那眼神是渴求我什么的。渴求我什么？那就是替她报仇！

李一丹想到这儿，扑簌簌地流下泪，摇着头走了。喜子在后边追了几步喊着，我父亲说你不要杀人，你要学会报警。

5

晚上，喜子照常去敲门，还是端着水去学写字。她想学“善良”的“善”字。李一丹没教她，而是教她一个“战”字。他告诉喜子，“战”字是怎么分解的，左边这个“占”是战场，右边这个“戈”字就是武器。你不拿武器是赢不了对方的，有了武器就能在战场上驰骋。喜子天真地问，我没有武器，你不是也喜欢我吗？李一丹望着喜子无邪的目光不知所措，他心很痛，他很久没遇到这么纯洁的表情了。喜子走了，临走前把他的被子也抱走了，说，我妈给你特意做了一套新的，待会儿给你拿来。李一丹在喜子的背后喊着，你从我这儿认识多少字了？喜子转过脸，美滋滋地说，你得给我三百四十块钱了，你是大人，不能反悔噢。半夜，李一丹惊醒，他看见被自己追的那人在用刀割着一个女人的乳房慢慢地吃，那女人很模糊，浑身都是血。但他知道，那是他的老婆。他哆嗦着打开灯，发现喜子抱来的新被子是红色的，散发着新摘的棉花味道。他想了想，是红被子惹的。他坐起来，在破旧的化妆台背后撬出一个油纸包，数了数还有两千块。手机里捆绑的银行卡上有两万多，但他不想动。因为手机一动钱，就会被什么人捕捉到。他不想让外人寻到他的任何蛛丝马迹。他知道，他在寻找那个人的行踪，那个人估计也在费尽心机地找他。公安局的人跟他隐约说过，对方是一个隐藏得比较深的人物。你找他困难，他找你容易。而且，他已经在网上放出狠话，你如果执意再找他，别怪他对你不客气了。李一丹跟公安局的人红着眼睛说，现在的是非黑白都倒过来了，他是嫌疑犯，杀害我妻子的凶手，是肇事逃逸者，你们抓他天经地义，我找他也是理所当然。怎么他倒吓唬我了？公安局的人说，这个人在网上变幻莫测，你怎么找他？你是什么样子，他可是一清二楚。李一丹生气地说，那你们就从网上找他呀。公安局的人说，网上就是一片大海，一条鲨鱼在那儿游，你也未必马上能抓到它。

他看到日历已经翻了七张，无论如何不能再拖了，无论如何在剩余的四天中要找到那人。不然就得回去，跟保安公司领导请假就是一个礼拜。现在押运员不多，每天银行开门闭门都需要押运员跟着。他是车长，他不在就没有人能接替。现在超过几个亿资金的银行都点名让他跟车押送，因为南方有几家银行都有被劫的事情发生。李一丹断定那人就在这座城市，而那人选择坐地铁，说明他常出没那个地方。能碰到那人一次，就有可能逮到他第二次。可让他迷惑的是，那个人既然犯了这么大的事，公安局在到处通缉他，他怎么会公开坐地铁呢？他肯定会开车呀，李一丹纠结着，因为那天那个人就是开车撞死的念念。是不是因为这个，他就不开车了？那辆撞死念念的车并不是什么豪车，追到最后也没有发现什么线索。因为那辆车是被盗车，车主去了加拿大，没有别的线索可查。李一丹不理解，这么一个在光天化日下出的人命，怎么就找不到凶手呢？他就是大海捞针，也要捞到这个人！

转天一早，喜子的母亲端来一碗热豆浆，还有两根炸得金黄的油条。李一丹刚刚起床，手触摸到红被子，有些心惊肉跳。豆浆很浓，一看就不是用水兑出来的。李一丹接过豆浆，看见喜子的母亲没有走，而是静静地看着他。他意识到这是让他喝，可他从来都是刷牙洗脸以后才吃饭。无奈，他端起豆浆嘬了一口，豆浆很烫，李一丹吐了吐舌头。喜子的母亲笑了，转身悄然走了。李一丹随口说了声谢谢，喜子的母亲回头摇摇头，慢吞吞地说，我不会说话，跟我丈夫时间久了，我都忘了怎么跟人说话了。我丈夫一早跟我说过，让你一定不要冲动，什么大不了的事情都能挺过去。李一丹笑笑，喜子的母亲走了。那一刹那，李一丹觉得自己是在跟母亲说话，那神态，那语气，那眼神，活脱就是母亲站在自己身边。母亲在世时，一次春节，他跟父亲犯了口角，那是父亲没有经过他同意动了他的钱，七千多块。父亲不服，说你是我儿子，我用你的钱，你犯什么矫情。他跟父亲拍桌子。母亲正在擀饺子皮，抄起擀面杖就打了他的屁股，嘴里骂着，你敢跟你父亲拍桌子，想当初你父亲为了你上军校，跑去求情，还给你们首长跪下。当时李一丹就愣住了，他真不知道这件事。他低下头。母亲就像连长那样说，你的脾气这么火爆，要是遇到什么事情就点着了，那不就得爆炸了。我要是死在你父亲前头，你这么个狗屎脾气，让我在地底下也合不上眼呀。那次，母亲说着说着就哭了，拿擀面杖敲打自己的脑袋。李一丹抱住母亲说，我下次不敢了。

喜子的父亲借给李一丹一辆自行车，虽然旧点，但擦洗得铮亮。他比画着。李一丹看出来，是说他骑车找人方便。李一丹原本已经坚硬的心肠开始复苏，渐渐有了知觉。他口袋里的钱越来越少，而寻找那人似乎变得日益艰难。李一丹觉得这座城市太大了，人太多了，自己就像一条小鱼扔进波涛汹涌的大海，而随时都可能被比他大的鱼类吞噬。他又骑到上次跟丢人的地铁站跟前，把车支起来。他觉得自己就是在守株待兔，但这也是唯一的选择。他拼命回忆，那人进入这个地铁站，看样子很熟悉，几乎没有辨别周围地方的动作。而与那个女人见面肯定是在地铁站里边，尽管他没看见。他看着太阳从东方慢慢升起，又逐渐感觉头顶上有了温暖。没有那人的踪迹，只有阳光的抚慰。

他突然听到有人在喊他。他很是吃惊，因为这座城市他没有一个熟人。他恍惚间看到喜子在马路对面，他歪过头茫然地望了喜子一眼，却不能判定喜子是不是在喊他。远来的风中夹着一首凉凉的歌，那声音清晰地渗入他的心里，在阳光中的他打了个寒战。那凉凉的歌是这么唱的：米花糖，甜又香，嚼在嘴里想起娘。买一块，带给她，你的寿命万年长。歌声那么柔弱，又那么甜美。李一丹看见喜子在前面唱着，后面是她母亲推着小车，小车上面写着“米花糖”。他的心在融化，不由自主地走了过去。“米花糖”这三个字歪歪斜斜，他记得曾经教过喜子写这三个字。喜子看见他异常兴奋，蹦蹦跳跳地拉住他的手。喜子的母亲也在旁边哧哧笑，把一块米花糖递给他。喜子说，母亲说看你满头是汗的，给你吃米花糖，降降温。李一丹吃着米花糖，其实他不喜欢吃甜食，小时候让母亲给他吃顶了，但今天吃起来唇齿之间竟觉脆美余香。他指了指“米花糖”三个字问喜子，你写的？喜子点头，不好意思地说，不如你写得好看。李一丹问，你们不是有固定的地方卖米花糖吗，怎么今天推出来了？喜子顽皮地说，母亲怕你一个人在马路上找人孤单，就说陪一陪，在哪儿都能卖。李一丹听罢笑了笑，以为喜子在开玩笑并没在意。喜子一眼看出李一丹的心思，突然认真地大声说，这是真的。李一丹看了看喜子的母亲，连忙拱手说，我知道是真的，就是真的。

忽然，喜子指着马路对面喊道，那是我的车！说着，不顾一切地跑过去。李一丹转身看见一个小偷推着自行车就跑，喜子已经敏捷地跟了上去。小偷飞快地骑上车，喜子也不甘示弱跟着他拼命跑。但是车快，小偷骑着车转眼间就消失在杂乱的人群里。喜子沮丧地慢慢走回来，李一丹看见喜子的眼睛里都是泪水。李一丹说，怨我，我刚才忘了锁车。喜子哽咽着，那车是我父亲最喜欢的一辆，他每天都修，擦得铮亮，平常他都舍不得骑。李一丹十分愧疚。喜子跺脚，抱怨说，你怎么对别人的东西那么不珍惜？我父亲知道了该多难过。喜子的母亲拽她，可喜子依旧大眼瞪着李一丹。李一丹只得说，我赔你父亲一辆好吗？喜子生气道，这不是钱的事。

6

李一丹看着喜子和她母亲推车走了，心情有些沉重，看着那些来来往往的人群也很是漠然，全然没有了感觉。这种情绪不是一次了，当念念被那人撞了以后就始终伴随着他。那天刚从医院检查完了出来。大夫告诉念念和他，孩子一切都好，能看出模样来了。两个人从医院走出来，李一丹牵着念念的手不愿意松开。这天是念念的生日。念念要买一双皮鞋，她已经看好了，无非是拉着李一丹去商场印证。哪次都是这样安排的，念念从来不单独买东西。两个人拉着手，结婚四年多没有拉过手，是念念太腼腆，她不想在大街上这么招摇。念念的单纯到了极致。和念念确定恋爱关系后，李一丹就预谋要和念念上床做爱，可念念始终不接茬。于是李一丹设计接吻。那是在一个初春的傍晚，他觉得气氛和时机都到了该接吻的时候了，就半强迫地与她接吻，舌头很费劲地撬开了念念的嘴，然后伸进去碰到了柔软的舌苔，湿漉漉甜津津的。可念念很快就使劲儿推开他。还没等李一丹醒过味儿来，念念已经甩袖而走。李一丹很纳闷，觉得没什么错呀。转天，念念找到他，很认真地对他说，我已经怀孕了，这都是你的错！李一丹没听明白，诧异地问，咱们之间什么也没做，你怎么能怀孕呢？念念理直气壮地说，你和我都嘴对嘴接吻了，我还不怀孕吗？李一丹哭笑不得，没想到念念竟然认为接了吻就会怀孕。后来，他跟念念解释半天男女之间的事，她才勉强明白，接吻是不可能怀孕的。念念满脸通红，始终低着头，咬着自己的嘴唇，以至于咬出了鲜血。后来，他在公司说给年轻人听，所有人嘴上不说，私下都会认为他是在胡编。李一丹清楚地记得那天两个人发热的手刚粘到一起，一辆车就突然闯了过来，念念本能地一推他，他朝后面一闪。一瞬间，念念就被这辆车顶了起来，扔得老高，然后又重重地被摔在马路上。那一瞬间，李一丹脑子一片空白，当空白还没消失的时候，他已经把念念抱了起来，朝附近的医院疯般飞跑。抱起念念时，他回头看了一眼，看见从那辆车上下来的那个人也在看着他。李一丹喊着，你个王八蛋！那个人打着电话，笑了笑，回身上了车就走了。一辆出租车开过来，李一丹不敢多想，抱着念念赶快钻进出租车里。他冲着昏迷的念念撕心裂肺地喊着，念念，念念，你挺住！出租车开到医院，李一丹抱着念念玩命地朝里边跑。路上，他听见念念断断续续地说，你能不能让我把闺女生下来，我死了让她陪伴你……几分钟后，念念死在抢救台上，手一直紧紧地攥着他的手，最后是护士给硬掰开的。后来交警跟他谈事故调查结果，说那辆车在郊区的地沟里找到了，是一辆被盗车。那条街上的摄像头坏了，没有留下什么痕迹。只是在另一条街的摄像头里看见他半拉脸，还被一团树枝缠绕着。李一丹在网上发了帖子，要找到这个人。后来有一个人发了一条微博，说，你找不到我，我都不知道自己在哪儿。一个月后，有一条给他的微博说，这个人在这座城市，他是谁不能告诉你，反正我是好心帮助你了。

回忆是痛苦的。李一丹的回忆被雨滴打破了，太阳没有被乌云遮拦，依然在西边顽强地挂着。马路上的人都着急往家走，只有李一丹慢慢往回走着。雨打在水面上溅起一层层的浪花，白白的，像是无数条鱼在湖面上跳跃，甚是好看。他感觉脑袋发胀，想着念念躺在抢救台上的那个场面，他的心跳就骤然加速。他问过大夫，我的闺女还在念念的肚子里，能不能抢救出来？大夫摇摇头，说，你妻子死了，你的孩子也就跟着死了，她太小了。

雨说停就停了。李一丹眯缝着眼睛，看着夕阳已经跌到天际最边缘，坠落西山一刹那后很快就失去亮色。

到了下马座的大杂院，李一丹看见喜子的母亲在给喜子梳头，旁边放着一盆清水。喜子的母亲拿着一把长长的木梳子，梳一会儿就用清水蘸一蘸，然后再梳，显得喜子的长发十分光滑滋润。喜子的父亲老远跑过来，使劲比画着，还时不时用手指指着喜子。喜子也不翻译，但李一丹知道是喜子的父亲数叨她不懂事，不该责怪李一丹。喜子的父亲比画着，怕李一丹还不明白是什么意思，又推来一辆自行车给李一丹。李一丹慌忙推辞，他觉得已经丢了人家一辆车了，怎么好意思再借一辆。两个人就这么推来塞去的，还是喜子过来对李一丹说，我父亲说他是修自行车的，不愁没车。李一丹只得硬着头皮接过来，闷头走了。晚上吃饭，喜子的母亲端来一碗三鲜打卤面，还有一小盘剥得白嫩嫩的蒜。李一丹问，喜子怎么没来？喜子的母亲摇摇头走了。李一丹饿了，整整一天没吃饭，其实他站的地铁站的后面就是一个永和豆浆坊。他怕自己进去这一会儿，那人正好走过来。上次在地铁站碰见那人就是在吃饭的当口。

晚上，下马座的胡同静悄悄的。

李一丹转了转，看见了胡同的墙上都写了不少“拆”字。已经有人搬走了，看见地面上丢了很多的垃圾，一条小狗在跑，很孤独地看着他。他站在那儿恍惚看见了念念走过来，冲着他在微笑。念念是他的学妹，但两个人在学校没有交往。念念在邮局柜台工作，是他父亲做的大媒。他为了看念念长什么样，故意跑到邮局的柜台去缴电话费。念念白白净净，冲他嫣然笑了笑。那一笑，让李一丹神魂颠倒。他就喜欢这么简单的女人，这么没有心眼的女人。结婚两个月，李一丹每次下班回来都要问，今晚吃什么？念念总说，你喜欢吃什么我就做什么。李一丹每次都说，我还喜欢做，你喜欢吗？念念就羞涩地摇头……

李一丹发现真的从胡同那边走过来一个女人，身段很像念念。她走过来怔怔看着李一丹，警惕地问，你想干什么？

7

他为了寻找那个人，跟交警争辩了多次。后来交警见了他就说，真的蹊跷了，摄像头坏了，他又是开的盗车，盗车又没有留下什么痕迹。李一丹把微博的截图给交警看，说这是发给我的，你们到那座城市去找啊。交警很为难，说，找一个人很难的，你跟我说怎么找。李一丹说，那我去找。交警不解地说，我们都找不到，你能找到？李一丹点点头走了。交警在后面喊他，我们不是不管，你得给我们时间啊。李一丹跟公司领导请假，说要去找那个王八蛋！领导批了，说了一句，不要瞎费劲。他回忆着与那人接触的一切细节，想着那人看他时的微笑，而且每一个表情都记住了。交警后来告诉他，从街头另一个摄像头能看得见这个人坐在驾驶位置上的表情，打着电话，还笑着。后来跟踪到另一个十字路口就不见了，最后在郊区发现了这辆车。再后来就在一条地沟里发现了这辆车，车里边什么都没有，包括指纹什么的。李一丹看了那个人开车的画面，打着电话，笑得很惬意。他不知道他在跟谁打电话，出了这么大的事情竟然不慌乱，还谈笑风生。他让交警查查这座城市的黑社会或者犯罪团伙，有没有这个人的线索。交警说，你想到的我们也想到了，你的事情已经惊动市局。市局在这座城市寻找了很久，没有他的任何消息。李一丹很生气，说，怎么会呢？这么一个人出了事情会泥牛入海吗？而且还是盗车的。那就是惯犯，怎么就找不到呢？你把这张照片发在网上，不会没有人认出来。交警安抚他说，不是什么人的照片我们都可以放在网上，要是打草惊蛇就坏了。李一丹一拍桌子，打什么草？交警看着他没有说话，送他出来时说了一句，其实我们都知道你，你一个人能打中五个劫匪，在我们眼里你就是英雄。李一丹惊讶地问，你怎么知道的？交警笑了笑，你的事情大家都知道。什么是英雄？就是普通人在生死面前能坦然自若，能挽救困局，这就是英雄。李一丹离开后脸有些热，他不是为交警说英雄这句话，是觉得自己狗屁不是。念念被那个人活活撞死，自己爹着手却找不到他的踪迹。其实，李一丹先买的是动车票。在火车站，他接到交警的短信：上边有火车站他的放大照片。交警告诉他，这是从网上发给他的，肯定就是那个人知道你要去找他，而且知道你坐的是哪趟动车。李一丹喊着，他这是挑衅！交警说，不管怎么说，你要防着他，我们怕他对你下毒手。所以李一丹换了那列绿皮慢车去，而且想到了不住酒店，直接找个不显眼的地方住。

喜子没有来他房间学认字，李一丹很别扭。他很喜欢喜子，他甚至幻想过自己的闺女要是长起来，也会像喜子这么可爱。喜子不来使他怅然，于是他主动去找喜子。喜子的父亲正在攒车，喜子的母亲也在娴熟地做着米花糖。喜子在一旁练写字，不搭理他。李一丹就站在旁边饶有兴趣地看如何制作米花糖。说来就是用糯米和白糖进行混合。先是把蒸熟的糯米晾干，然后用晾干的糯米和白糖使劲儿地搅拌，在大铁锅内焙制。这时，喜子的母亲呀呀地喊着，喜子心领神会地把制好的米倒入糖浆里，撒上花生仁儿在锅内慢慢拌匀，搁在案板上捏成一个大方块，再用刀切成一块块小方块儿。顿时，屋子里弥漫着米花糖的香味，呛得李一丹直咳嗽。喜子的父亲看出李一丹心里边的事，把喜子揪起来拽到李一丹跟前。喜子冲着李一丹笑了，扮着鬼脸。李一丹不知怎的很想哭。他知道自己的泪水已经没了，可心里还是酸酸的。李一丹从身后抻出来一张纸，上边工工整整地写了“米花糖”三个字。喜子接过来说，是比我写得好。说完就哈哈笑着，笑完了对李一丹说，我已经认了三百多个字，你得给我三百多块。李一丹拍拍脑袋说，我忘了，一定一定。喜子的父母都扯她的衣服袖子，不让闺女使性子。喜子执着地说，这是他事先说好的，不能改变。没一会儿，李一丹给喜子送来三百块新票，他手里只剩下四百了，他要留出来回去的盘缠。

晚上外边下起了雨，淅淅沥沥。李一丹打开手机，看见大家都在给他发微信，问他在哪儿，怎么就人间蒸发了。他看见连长妻子的一条短信，说，你答应连长的三年忌日来上坟，等了你几天都没有见你。随后，发来一组照片。李一丹看见连长的墓前杂草丛生，心里不是滋味儿。领导给他打来电话，让他早点回来，休假该结束了，不要再找了。李一丹说，我不能放弃。念念的母亲打来电话，说，撞死我闺女的那个人给我打来电话，说要是你不放弃他就陪着你玩儿，一直玩到你死。老人家说着就抽泣起来。李一丹觉得自打念念被撞死，她母亲就在哭，而且好几天都不吃饭。那天他临出来的时候去看了老人家，老人家说，闺女就这么死了，她哪天也跟闺女一样死了算啦。李一丹快要挂上电话时，老人家说，你不要再找那个人了，是我的闺女命不好才这么走的，你再找一个合适的吧，要不你永远都不消停。李一丹没有说话。老人家说，我以前吃两片舒乐安定，现在我吃四片了，还是睡不着。我梦里总见念念在流血。李一丹说，您再等我两天。老人家说，你找到了又能怎么样，他被判刑了，你在外边能安生？你知道他在电话里还跟我说什么……李一丹说，我不想听。老人家喊着，你不想听也得听，他说他是千手观音，你是单枪匹马。李一丹骂着，他妈的王八蛋，我剁了他的一千只手！

早晨，李一丹从梦里醒过来。他梦见念念就坐在他身边，面色苍白地告诉他，撞她那人就在这里，你今天就能看到他。我恨他，你替我扇他拧他，是他让我生不如死。李一丹觉得身子有些冷，他发现自己没有盖被子，就这么穿着衣服躺在床上。他不想动，渴望着阳光会像会魔法的人穿墙而过，扑在自己身上，像是厚厚的暄暄的被子，甚至比被子更加鼓胀和饱满。他坐起来，透过窗玻璃，看见喜子和她的母亲推车准备出去。车上换上了他写的米花糖的牌子，用红笔描得很醒目。喜子很高兴，蹦蹦跳跳地在前边，母亲推车在后边。过大院门槛的时候，喜子的父亲跑过去很灵巧地把车搬了过去。李一丹不想看了，他觉得念念走后自己就散架了。与其说是在寻找那个人，不如说是在找已经走了的念念。那次他跟劫匪较量后，回家没有告诉念念。只是念念发现他脖子那儿有血迹，然后恐慌地扑过来，紧张得说不出话。李一丹想撒谎，可说出来就是惊天动地。念念跪下哭了，她闹不清楚李一丹怎么就能躲过那一劫，而且能开枪击中五个人。念念问他，血怎么喷上来的？李一丹笑了笑，说，不知道。念念说，你想过吗，你要是死了，我怎么能活？李一丹随口说，你要是死了，我怎么能活？念念摇着头，我要是死了，你就马上找一个。你身边不能没有女人照顾你的生活。记得在出事前的晚上，念念枕着他的右臂膀，脖颈套在他闭合的臂弯里，他用左臂紧抱住念念的腰肋。两个人商量着转天的生日宴会都请谁，在哪儿吃饭。念念说，你请我吃牛扒，我要到国际酒店三十层的那家。他剜心地说，那得花一千多块呢。念念拥抱着他魁梧的身躯，两个身躯无间地贴在一起，相向侧躺在温暖的棉被里，露在被子外面的两个头腮贴着腮。念念说，我疼爱了你四年，你还心疼那一千多块呀。

李一丹觉得自己一直在回忆，不断回放着自己和念念的故事，然后父亲和连长在反复插入。

8

李一丹推车出来，他已经买好了明天返程的火车票。骑到拐弯处，见喜子的父亲正在修理自行车。他闷头骑过去，被喜子的父亲拽住，指着车胎着急地比画着。李一丹看出来是车胎气不足了。李一丹要打气，喜子的父亲一把抢过来，一边打着一边比画。李一丹看不出来，但能辨别是嘱咐的话。李一丹说，我明天就走了，多谢了。喜子的父亲没有反应，李一丹反应过来他是没有听力的。出了胡同，李一丹又骑到了那个人跳下地铁的门口，他抬头看见喜子和她的母亲在对面卖米花糖。他听见喜子在使劲儿地唱："米花糖，甜又香，嚼在嘴里想起娘。买一块，带给她，你的寿命万年长。"喜子唱了很多遍，李一丹感觉喜子是专门给他唱的。于是李一丹冲喜子来回招手。就那一刹那，在地铁口他陡然又看见了那个人。那个人驻足着，仿佛也在欣赏喜子唱歌。李一丹浑身骤然冰凉。他慢慢地朝那人移动。喜子像发现了什么，突然不唱了。那人顺着喜子的目光回过头去，就看见了李一丹。那人飞快地朝地铁下边跑。李一丹一个箭步冲过去，几乎已经靠近那人，而且揪住了那人的袖子。那人肩头一滑，把衣服顺势扒了下来，只穿着里边的汗衫，两步就下了地铁的台阶。李一丹大喊着，抓小偷呀。喊声落下，只收到周围好奇的目光，没有人靠近。李一丹连滚带爬跟过去。那人很快就混进了密密匝匝的人群。李一丹的眼睛没有离开那人的背影，因为那人的汗衫后边有个鬼脸的标志。然而几分钟后，那人忽然不见了。李一丹知道如果这次抓不住他，那人就会永远消失了。他仍旧四处寻找着鬼脸。他好像看见念念也在旁边帮着他。正想着，他看见喜子跟那人在地铁另一端撕打起来。喜子死拽着那人的裤脚，被那人按在地上，身后的鬼脸很醒目。李一丹疯了，腾身扑了过去，压在那人身上。他听见那人在喊，你压死我我就压死这孩子。李一丹看见喜子在那人身下窒息着，于是他抬起身。他刚一闪身，那人立即泥鳅似的滚开，起身要跑。刚跑了几步，迎面喜子的母亲把一锅刚出锅的米花糖糊在那人脸上。那人惨叫着，使劲儿踹喜子的母亲。喜子的母亲应声倒下。李一丹赶到，从后边掐住了那人的脖子，越掐越紧，越紧越掐。旁边有人不住地高喊着，你还不放手，你掐死他了也得坐牢啊。李一丹什么也听不见，他看见有两个警察跑过来，有一个把他的手用力掰开。

夜深透了，月亮躲进厚厚的云层里边。

李一丹守在喜子母亲的病床前，他看见输液瓶里的液体一滴一滴缓缓注入她的身体。恍惚中，那一滴一滴的，成了玲珑剔透的珍珠，又变成一颗一颗鲜活鲜活的心。心是那么滚烫，竟灼伤了他的眼睛。李一丹揉了揉发疼的眼睛，才看清一轮硕大的晨阳已映进病房，而且把阳光倾泻在他脸上，灿灿烂烂的。喜子和她父亲走进病房。那么巧，喜子的母亲也睁开了眼。喜子趴在母亲的身上不住地微笑着，突然她想起了什么似的往外跑。喜子的父亲呀呀了几声，示意李一丹出去追喜子回来，李一丹不知怎么回事，只得跟在喜子后面跑。喜子在楼外面的草坪上转圈跑着，李一丹也在后面跑。喜子越跑越快，那姿势很好看，两条小腿来回摆动着，像是蹦跳的小鹿，李一丹觉得跑着是那么惬意，浑身的肌肉都在颤抖，所有的烦恼都在跑步中消失掉了。他猛然间回忆起小时候有一次下大雨，母亲接他放学回家，路过一个水坑，母亲不顾他在旁边哭，把他旁边另一个小女孩背过了水坑。回来再背他时，母亲瞪着他说，人家是女孩子，你是男孩子，善良一点儿行不行？跑着跑着，李一丹觉得自己怎么像是个神经病，跟着喜子跑什么呀，可两腿就是不听他使唤，跑得浊气下降，清气上升。李一丹觉得跑步也不错嘛，怎么当初没想到这点呢？医院大楼的窗户里都是好奇的眼睛，看着这两个不知道为什么疯跑的人。喜子终于停下来，眨巴着眼睛问李一丹，你跟着我跑什么？李一丹喘着粗气回答，你跑什么？喜子说，我高兴了就跑。李一丹问，你为什么高兴？喜子不高兴了，说，你找的坏蛋抓住了，你不高兴？李一丹点头，高兴呀。喜子咧嘴笑了，你高兴我就高兴。李一丹的喉咙一热，差点儿流出泪来。

前方一百米

吴　君*

1

蜜月还没有度完，陈俊生便接到了深圳的电话。当时齐彩霞正穿着一件吊带的睡衣拉着穿戴整齐的陈俊生到了窗前，像是第一次见到窗花那样，她指着其中最凌乱的一处，歪了头问陈俊生像什么。这样的东西，陈俊生从小到大看得不爱再看，农村人齐彩霞也一样，可是他还是不想扫齐彩霞的兴，说，树，松树吧。齐彩霞摇头。陈俊生反问，那你说像什么吧。

齐彩霞答非所问起来，如果我讲出来，您能理解吗?

电话是这个时候打进来的，有一瞬间，陈俊生觉得是种解脱，他至少不用去面对齐彩霞那些幼稚的问题了。

想不到，电话是罗阿芳打来的。她像一般朋友那样，客气了两句就说庄培业要跟你讲，随后便把电话交到了身边的庄培业手上，吓得电话这边的陈俊生魂都要掉了出来。他感觉自己不像是接电话，而是接电线，脚尖和牙齿都在打着战。

---

* 吴君，女，1969 年生。现居深圳。在《人民文学》《北京文学》《十月》等杂志发表小说近三百万字。著有《我们不是一个人类》《亲爱的深圳》《皇后大道》等专著八部。曾获《北京文学》奖、广东省鲁迅文艺奖等。多部小说被改编为影视作品。部分作品被译成英、俄、匈等国文字出版。

放下手机，陈俊生像是从半空中被人解救下来，身上的每块肌肉都无比自在，他感慨这真是一个绝处逢生的早晨。陈俊生眼睛放着奇光，似乎从牢里放出来的不是庄培业，而是他自己。压在心里的大石头拿掉了，之前的担心都将不复存在。这一刻，陈俊生开心得想要跳起来了。他听得出庄培业说的不是假话，如罗阿芳所讲，庄培业从来都是这么感性，天真地相信一切，像个孩子，多愁善感，甚至不像个广东人，感动的时候痛哭流涕，这些都是罗阿芳告诉他的。罗阿芳说，她就是因为这个才跟的庄培业，她可怜他。要知道这样的男人，在广东还是很少很少。

接下来，陈俊生一扫之前的阴霾，走路也变得有了神气，他故意让皮鞋的后跟先着地，使其在石板上摩擦出嚓嚓的声响，惹得外屋的妹妹停下手里的事情，开始暗中观察他。陈俊生眼里已经没有了别人，他回味着庄培业电话里的内容，每一句都是他要的。陈俊生甚至觉得与他有肌肤之亲的不是罗阿芳，而是庄培业。他是那么懂得自己的需求。如果庄培业此刻在他的面前，陈俊生最想抱住这个男人，亲上一口。电话来得太及时了，正是陈俊生难受的时候。

都已经十点了，他看了两次表。坐在椅子上发了一小会儿呆，他还是觉得不真实，不真实。陈俊生竟然狠狠地掐了下自己的手背，可不仅不痛，还有那种酥麻的快感。是的，太好了。陈俊生高涨的情绪已经灌满了整个肺腑，连呼吸都觉得困难重重。于是他又认真地去看了看外面的柴垛和黑乎乎的院子，希望大风可以吹醒自己。而风只是让陈俊生更加眩晕，不能平静。

他见到自己门前堆着一些旧物时，也没有生气，那是被临时清理出来的杂物，显然过一阵是要放回原地的。此刻的陈俊生觉得真是无所谓，那又怎样呢？反正自己也没有打算过长住，家里人这么想可以理解。他记得庄培业在电话里有些哽咽，说，这两年店里给你这么少的工资，换作别人已经跑了，罗阿芳跟我说过，如果没有你，我们这个店早没有了。

这边的陈俊生虽然也激动得出现了耳鸣和颤抖，可他还是尽量控制着声音和语速，您客气了您客气了，这是应该的应该的。

庄培业听了很着急，发起火来，兄弟，我不想听你说这些场面上的话，你给我听好，我不仅要给你补发工资，还要重重地奖励，只要你回来，我们就可以转型做培训，你出力，我出钱。

陈俊生以为可以拖两天再说，他想把这种兴奋的感觉放在心里，让自己变得有城府一些，可他还是忍不住了，在地上转了两圈后，见齐彩霞在看他，于是他干脆停下，把椅子拖到床前，让重新回到被子里的齐彩霞起来，说有事要讲。齐彩霞伸出手，想拉陈俊生。陈俊生不说话，指了指自己的衣服和门。齐彩霞只好爬起来。陈俊生帮着对方披上一件衣服后，便郑重其事地说到了回深圳的事。全部说完，他发现齐彩霞没有接一句话。陈俊生本以为齐彩霞也会像他一样开心，比如紧紧抱着他、吻他。想不到，刚才还一脸笑容的齐彩霞脸僵在原处，然后又慢慢地冷了下来。实在太意外了，陈俊生根本没有想到会这样。接下来，他和齐彩霞都显得有些尴尬，站、坐都不是，仿佛前些天他们从未说过情话，甚至连这间屋子都不是自己的。

陈俊生站起来，走到窗口处，掏出烟抽了起来，脸对着外面的雪地。他清楚身后的齐彩霞正在看着他，直到把他的双肩和后背都看得越发冰冷酸痛。

作为齐彩霞曾经的老师，陈俊生没有想过齐彩霞这个态度，有种被闪了一下的感觉，甚至他认为这是罗阿芳之后，他再次受到的捉弄。

从小到大陈俊生都算得上是个聪明人，吹拉弹唱无师自通，方圆百里没有人不认识。不仅如此，陈俊生的身段还特别柔软，可以像女人那样下腰，他的一双手细腻白嫩，可以自由地弯来弯去，连男人都忍不住会多看两眼。陈俊生说话的时候，喜欢带上手势，不同于村里人，用当下的话说就是娘娘腔。塔河的老人们教育孩子时会说，这就是游手好闲、好吃懒做的二流子嘛，哪个农村人不会种地啊。老人们提醒女孩子要远离这样的男人。当然，这些话都是背后说的，陈俊生只能凭感觉，明白村里人的态度。可是又有什么所谓呢，就是一帮农村人。陈俊生被塔河人说来说去很多年，直到他考进师专，又到县里的职业艺校当老师，村里人才算是闭了嘴，不好再讲究陈俊生。因为有了这样的一个身份，陈俊生的地位一下子不同了，村里人老师老师地叫着，不仅是他有面子，家里人也跟着体面，妹妹的婚事也都有了眉目。陈俊生的父母人前装作不在乎，可做梦都会笑出声。陈俊生的母亲尤其喜欢显摆，她的方式比较特别，她总是故作谦虚，从小到大，也学不会种地，连木工瓦工啥的也不会，一天到晚读书，没办法，只能当个教书匠，别的本事都没有。

村里人再笨也听得出来这话分明是用于气人的，从鼻子里哼了声，翻着白眼扭过脸，他们懒得再看这爱嘚瑟的一家人。当然，不搭理归不搭理，塔河人的审美的确有些特别，他们从心里羡慕那些读过书、家里有人在单位上班的人家。

可是，好日子没过上几天，这个职业艺校便开始拖欠工资，再后来就直接发不出钱了，学校各种途径劝老师下海，自主择业，有些人脑子好使，没有等到这一天，便早早给自己找好了退路。只有陈俊生傻，拖到了学校关门大吉。陈俊生先是按着不说，后来瞒不下去了，只好回到村里，把自己关在屋里不出门。家里人先是唉声叹气，不愿意和他说话，再后来就给他脸色看。陈俊生尤其不想见到母亲的眼睛，总是一副受了天大委屈随时流泪的样子。陈俊生在家里待了没几天，实在受不了，跟着熟人去了深圳。临走的时候，还在赌气，他觉得不混出个样子，不会再回来的，即使回，也要开着宝马或奔驰，让十里八乡都知道他陈俊生是谁。

这些年，塔河人最爱去的地方除了韩国就是海南和深圳。在深圳，有几个地方，比如清水河边上，布心小区、白石洲、蔡屋围都是塔河的据点，出来进去，总能见到满嘴东北话、大摇大摆把大街当成自己炕头、不修边幅的塔河人。出租车、小店老板，服务行业里，到处都有塔河人的身影。虽然陈俊生和其他塔河人一样，也是到深圳，可是作为一个曾经的中专老师，他不会干那些活儿，即使会，他也不可能干，所以他从来不与塔河帮联系。有一次他在电话里对母亲说，找他们干吗，让他们跟我借钱啊？

我是担心你没人照顾。母亲说。

陈俊生说，不被他们牵连就是好的，那些人天天绑在一起惹事，都快成犯罪团伙了。

陈俊生母亲担忧了，那你可得当心点，你要学好。

陈俊生心里有些怪母亲，说，您怎么看我呢，我不是学好，我是一直在教别人学好。他也正是在教别人学好期间认识了罗阿芳。他相信如果不是因为庄培业从牢里出来，他会与罗阿芳继续好下去，也不会离开深圳。他感觉深圳比海南的塔河村好，毕竟塔河村只是三亚旁边的一个小县城里的小社区，而深圳是一个大都会，大到可以与北上广相提并论。他从深圳逃回塔河只有一个原因，那就是害怕庄培业找他算账，因为他在庄培业进去的时候，睡了人家的老婆。

眼下，他要再次回到深圳的原因很简单，庄培业想让他回，这说明之前陈俊生和罗阿芳的事情对方并不知情，或者因为感激而无所谓了。其实陈俊生也觉得无所谓，男人还是应该事业为重，谁会为了一个小插曲放弃事业呢。庄培业说陈俊生就是能助他干大事的人。由于听电话的时候太过紧张，天旋地转，他脑子总是嗡嗡地响，很多话都是后来想起来。庄培业最重要的一句是，他知道陈俊生的能力，他说工厂和酒店今后是不会搞了，风险太大，形势也不合适，没有前途，陈俊生如果同意，他也想搞培训，做文化产业。

2

虽然回到塔河已经有两个月了，人也结了婚，可陈俊生清楚自己早晚有一天还是会离开的，只是没有想到这么快。这看似安稳的日子还没有过上几天，便因为庄培业的邀请，陈俊生和齐彩霞生起了闷气，内容是关于回不回深圳这件事。这是陈俊生回到老家后最紧张的一个下午。这样一来，陈俊生和齐彩霞订好的去辽宁锦州亲戚家，权当度蜜月的计划便被打乱了。接下来的几天，陈俊生和齐彩霞两个人眼神自觉回避，身体偶尔碰到也像是触电，一经接触，便迅速闪开，显然都不愿意面对这个话题。

比陈俊生意料的严重，齐彩霞坚决反对，尤其是陈俊生说自己将得到一大笔补偿时，齐彩霞拉住了陈俊生的衣角说，不要拿他们这种人的钱，不干净，没有天上掉馅饼的好事。

不是天上掉，而是我应该得到的，我是高管，应该多拿的，只给了一个生活费。陈俊生说，是他们欠我的，我为什么不要呢？

齐彩霞说，钱不是最重要的。

陈俊生听了，眼睛盯着齐彩霞头顶上褐色的发夹，恍惚得很，这样的话，过去是自己最爱说的，学校里的老师同学都知道，在塔河村都成了笑话。当年从学校回到家里，他的口头禅便是金钱如粪土之类。听的人干脆直接嘲笑他，他们不会任着陈俊生矫情了，毕竟他已经不是什么老师了。眼下，陈俊生从心底里讨厌这句话，尤其听到齐彩霞也这么说，他在心里是不愿意回忆当初的，除了觉得自己幼稚，他甚至把自己都否定了。陈俊生对着齐彩霞的脸想，你还真是我的学生，可是这都什么年代了，我迂腐你也学啊。再说了，眼下你有什么资格说这句话啊，我们村里又有谁有权说呢，我们省差不多排全国倒数第三，还敢这么无知。

像是没心没肺，看不出陈俊生的脸色不好，齐彩霞又冒出了一句“我现在已经很幸福”时，陈俊生忍不住了，说，幸福也是有前提的。

齐彩霞声音里有撒娇的成分，那也不一定非要有钱。

陈俊生说，没钱，你喝西北风呀？他的声音有点被拉长，连自己都被最后这句吓到。这是他第一次和齐彩霞这么说话，齐彩霞也从没有见陈俊生这样凶，齐彩霞总是记得课堂上，陈俊生一副不食人间烟火、高傲的神情。现在，村里人再次把他当笑话来说了，比如说陈俊生一米七六的身高，却像个女人那样走路，腰和屁股都动弹，扭扭捏捏，说话的时候哼哼唧唧。总之，村里人在无限丑化他。还说他把各种好事都占了去，别人在农村的时候，他跑到城里去吃了商品粮，有了城里户口，到县里当上老师；后来老师当不成了，他又跑到深圳混去了；估计深圳没赚到钱，他又回来娶了好看又有钱的齐彩霞。

再说的时候，有人忍不住了，冷不丁冒出一句，有钱？也不知道那钱是怎么来的。

听的人不再说话，掩了嘴笑。

他和塔河人没话，和家里人也越来越不知道说什么，现在轮到他和齐彩霞没话了。

看着眼前的齐彩霞，陈俊生觉得自己像是做梦，前不久他还躺在罗阿芳的温柔乡，这么快，就回到了老家，和多年未见的齐彩霞结了婚。当年，齐彩霞和他一直都没有联系，而是去了南方打工。虽然陈俊生曾经发过誓，打光棍也不回到塔河找老婆，理由是村里人太土也太俗，没见识。可是这个人如果是齐彩霞，就不同了，她算是陈俊生喜欢的那种女孩儿，漂亮、内向。

塔河人嘴里的陈俊生不男不女，凭着一点小聪明活着，根本不是个正经人，他们差不多忘记了陈俊生做老师时，他们想搭话的情景。这些话被家里人七转八转传到陈俊生耳朵，说的时候明显有怪他的意思，可他没有办法对家里人解释为什么留长发，说话做事为什么要与人不同。于是他发了狠，他就是要在深圳生根，不再回到这个破农村。

陈俊生再次听到齐彩霞这个名字的时候，他正与深圳女人罗阿芳激情四溢地在床上折腾。外面有很好的阳光，窗前偶尔有鸟飞过。电话是老家打来的，是让陈俊生回去相亲。电话这边儿的陈俊生想到妹妹鼓起腮帮子说话的样子，站在旁边的应该是母亲。她的意思是陈俊生作为大哥已经影响了家里，早点成家也算给家里一个交代，免得被人说三道四，当成不正经的人家，被问来问去，让做父母的很自卑，毕竟父母也不能骗他们说已经结了。也就是这次，妹妹对陈俊生提到了齐彩霞，妹妹说齐彩霞这两年一直找你，说只要是陈俊生，彩礼可以不要。陈俊生至今还记得那个下午的情景。

那时候的陈俊生正梦想着和罗阿芳结婚，他在这个女人身上实在付出了太多，为了她的生意，他什么都愿意做。对于他们两个人能否在一起，罗阿芳总是没有明确态度，每次说到结婚，罗阿芳都是一脸委屈，要哭的样子，陈俊生就只好打住，不忍心再说下去，觉得有点乘人之危的意思了。这一次他故意提高了声音问：这么好的事呀，谁家的女孩子，又漂亮，又不爱财。连陈俊生自己也听出了夸张。

妹妹连忙介绍：叫齐彩霞，原来是我们村的，还做过你的学生，后来他们家搬走了，这个女孩跑到外面打工，现在都三十多岁了还没嫁人呢。

陈俊生笑了起来说，太好了！还有这么好的事等着我，我以为自己这辈子要打光棍了呢。陈俊生觉出妹妹话里的刻薄，当年她也想去打工，只是受不了辛苦，另外还有陈俊生在外面的接济，才没让她受苦。这个妹妹总是希望陈俊生不要再回塔河了，被村里人说三道四，除了影响家里人的心情，还影响她的婚事。放下电话，陈俊生脑子里不断闪过齐彩霞的名字，这女孩是他的学生，平时就特别内向，几乎没怎么听到她说话。她与父母到南方很多年，一直都没有再见过。他记得齐彩霞走之前还跑到学校见他，不说话，只是低着头哭，搞得陈俊生也有些莫名其妙，后来明白过来是齐彩霞对他有那个意思，希望陈俊生能挽留她。可那个时候的陈俊生心高气傲，能看上谁呀，心思也根本没在这儿，再说了，他用什么挽留对方啊。

不过，他记住了这个特别的女生，有几次还想起她。

眼下在对钱的看法上，齐彩霞听陈俊生这么说她，也不反驳，只是两手交叉在一起，远远地看着陈俊生。在陈俊生面前，她永远是一副学生的样子。

对于一起去深圳的事，陈俊生说尽了好话，和齐彩霞对峙了两天，还是没有结果。陈俊生觉得有些不可思议，似乎连商量的余地都没有。这样一来，陈俊生也生了气，觉得齐彩霞确实性格有些古怪。或许年纪大了的原因，如果不是媒人说过，齐彩霞崇拜他，觉得陈俊生浑身上下都是优点，因为心里有了这个模式，其他人她都看不上，陈俊生也未必会这么快同意。当媒人告诉她那个男人是陈俊生时，齐彩霞睁大了眼睛，惊得脸都变了色，像是担心稍有犹豫，陈俊生便会跑了，齐彩霞连思考都没有便答应了。

眼下，陈俊生觉得齐彩霞喜欢他的那些话都是假的，表情也是假的，不过是急于嫁人罢了，与罗阿芳当时的情况相似，只是想利用他。想到这里，陈俊生决定不再迁就对方。庄培业如此热情，陈俊生可不想为谁放弃这种好机会。

见陈俊生真的生气，齐彩霞的身子似乎矮掉了半寸，她突然歪着身子从裤袋里掏出一个皱巴巴的红包，递到陈俊生眼前，说，这个我不用，你拿去吧。其实我这些年还是存了点钱的，够我们用一阵。

陈俊生没接，也不看齐彩霞，心想，我说的是钱吗，而是以后的生活，再说了，一阵子是多久。陈俊生觉得奇怪，哪个女孩子不希望去深圳，让自己的生活好一些呢，无论是气候还是人的素质。

即使结了婚，齐彩霞还是没有改口，仍然叫他老师，这让陈俊生很温暖，现在只有齐彩霞这么对待他。陈俊生这次回来，明显感到了村里人的势利，对他极度漠视，多数人连招呼都不打。对于陈俊生当年那些光环，没人再感兴趣，除了有的人过来话带讽刺地说，哎呀都不知道怎么称呼你了，叫老师吧，你也不是了；叫老板呢，好像也不太像。对方浑身上下打量着陈俊生，好像可以看出什么破绽一样。还有人更加直截了当，到底你在深圳做什么买卖啊，是不是做了大老板，要不要来我们这个小农村投资呀？年轻人根本就不认识他，只有一些十多岁的留守孩子，在不远处盯着他，他们的父母有的去了韩国，有的在深圳或是海南打工。要知道当年村里人哪个不羡慕他陈俊生吹拉弹唱样样精通啊，可现在陈俊生混到了哪个地步，他们想得到的，不然谁无缘无故地回家长住啊。现在陈俊生不仅理解了最近家里人对他的态度，也下了决心，必须走，至于去哪里，他还不知道，总之塔河无论如何都不是久留之地。陈俊生认为既然帮不了家里，如果能给父母妹妹在村里留下一个好名声，让他们人前人后可以抬起头，可以炫耀，就是立了功的。

他没有想到，橄榄枝这么快就来了，而且还是庄培业递过来的。

回到塔河的每一天，陈俊生都在想，无论去哪里，都比塔河好。连陈俊生自己也没有想到，离开深圳还不到两个月，接下来他就要给那座城市说好话了，而两个月前，陈俊生比谁都恨深圳。

想不到自己这么快就食言，好在他骂深圳的那些话，除了自己没有人听见，包括罗阿芳。当时深圳在搞灯光秀，很多人正拥向离他不远的这条街，过节一样热闹，气氛与陈俊生那一刻的心情很不匹配。

庄培业在电话里的态度很真诚，说要给陈俊生补发工资，他说必须兑现陈俊生的高薪，为他守护公司的员工必须重奖。这些话一遍遍在他的脑子里回响。

想到这里陈俊生再也坐不住，打定了主意，即使齐彩霞不同意，他也要收拾行李回深圳，尤其见到家里人对他越发冷淡，甚至有几次饭都不做了，说到亲戚家里串门。陈俊生想起在电话中，庄培业让陈俊生带着老婆一起回，或许他是担心陈俊生拿回老家做借口，不安心工作。陈俊生也清楚，带上家属，对于他们来说，除了好牵制，也可以让企业安心。不过庄培业话里话外还有什么意思，陈俊生不太愿意去想，可那又怎么样呢，怎么样都比现在好。

齐彩霞不同意去深圳的理由是，这么老，不想折腾了。

陈俊生说，三十岁就说自己老了，我比你大那么多都没说什么，又不是让你去流水线，谁让你折腾了，可以随便找个活儿，如果不愿意也可以什么都不做。换了其他女人巴不得快点出去呢。陈俊生一股脑说了很多话。

陈俊生已经试着发过几次脾气，当然是故意的，他想看看齐彩霞的反应，却发现齐彩霞并不生气，还与平时一样。这么一来，陈俊生的胆子越发大了起来。之前他是不会这么说话的。齐彩霞在陈俊生面前是听话的，她对家里人说，自己就是喜欢读过书的，穷怎么了，我喜欢知书达理的男人。齐彩霞平时除了对陈俊生言听计从，连有人说两句陈俊生她都不高兴。眼下她这个态度，陈俊生觉得还是对女人不够了解，毕竟他真正接触的女人除了齐彩霞，也只有罗阿芳。

想到这里，陈俊生脑子里瞬间浮现出罗阿芳的脸，他已经有一阵子没想她，这是他强迫自己做的事。虽然两个女人都在村里长大，可罗阿芳是深圳里面的那个村，十几岁便见过各种时髦的玩意儿，洋气得很；而齐彩霞的村子前后左右都是农村，除了泥沙和各种苦哈哈的脸，什么也看不到。如果不是因为听见有人议论陈俊生的身体有问题，害得母亲跑到庙里为他祷告，希望他早点回心转意，不要再给祖宗丢人这些话，陈俊生可能也不会那么快就同意办手续，至少两个人要再接触一段时间。

陈俊生和齐彩霞从见面到结婚，除了眼下去深圳这件事，两个人没有红过脸，主要是齐彩霞什么事情都让着陈俊生。像是知道自己的话说得有点过，陈俊生昂着头，眼睛看向门外。远处是矮矮的黑土墙，传说这是祖宗们留下来的宝贝，仅凭这个，塔河人便会富得流油。这样的话说了多年，很多人已经从外面打工回来又离开，黑土墙还是黑土墙，仍然没有变出人民币和黄金，甚至比之前更破了，刮风的时候，扬起的尘土总是飞进人们的眼里。村口开了几家店铺，柜台上多了些假货。陈俊生刚想说可以用这个土墙做点文章，没等开口，齐彩霞便说：够吃够用就行了，我们真的别再走那么远了，实在不行，我们去锦州也行啊，我亲戚在那里，找个事做也不难，反正不会饿着。齐彩霞小声说，昧着良心的钱咱不能要。

听到这句，陈俊生又忘了前面对齐彩霞的内疚，心里笑，这是哪儿跟哪儿，良心，都是些什么词啊，太可笑了。陈俊生曾经用这些话骗过自己很多年，直到当了励志老师，他才不再相信这些。没有在深圳的这段经历，他可能还会继续扮演清高，他相信扮演清高这件事，自己比谁都在行，他可是艺术学校的老师，玩的就是清高。陈俊生是突然想明白的，他坚持了这么多年，情况还是越来越差，他的那些所谓理想，让他成了一个怪人和前朝遗老，他再也不能等了，再这样下去，什么机会都失去了。在劝齐彩霞的过程中，陈俊生先说服了自己。他说，给我的红包我可以不要，可是他们应该给我的那些工资呢，还有，这些年被深圳耽误的青春，我应该拿回来吧。陈俊生笑着对齐彩霞说，现在看来，他们这是在帮你攒钱啊。

对于陈俊生的幽默，齐彩霞并不领情，紧张地说，那也不用回去，钱要回来就好了。还有，我这里的钱，都可以在镇上供个小房子了，我们可以安安静静地过日子。

陈俊生说，可是我在深圳才有前途啊，深圳是一线城市，那里的机会才是机会，在我们这儿除了穷和破旧还有什么？过个小日子就完了，这是你的理想，可不是我的。陈俊生已经明白，当初妹妹给他打电话，是为了激怒他，就让他不要再回来了。陈俊生对齐彩霞说，你看看我们这个村，除了天天晒太阳、讲闲话，每个人都在做什么，就这样混吃等死，这就是你所谓的日子？你告诉我，在这里我们有什么机会，家里人这次叫我回来，也是个激将法。讲到这儿，陈俊生觉得特别没意思，他后悔相亲，然后又匆忙结婚，他觉得齐彩霞到底还是一个农村女人，头发长，见识短，说什么都没用，让他眼下进退两难。

齐彩霞沉思了一会儿，看着陈俊生的脸说，那你去吧，我留在家里帮你照顾老人。

陈俊生愣了下，说，这个婚房是家里临时让我们住的，我如果走了，他们会想办法让你走的，谁稀罕你照顾。

齐彩霞说，我们可以在村里买个房子，我都问过了，七万块就可以，还有个院子。

陈俊生觉得对方真的不是开玩笑，便说：我们在一起才几天啊，就分开住，让村里人怎么骂我呢，又怎么看待你？跟你说，我这次去深圳就不再回来了。

齐彩霞问，为什么不回来？

陈俊生说，你没有发现么，如果我没有赚到钱回来，家里人会难受，觉得我给他们丢人了。

说完，陈俊生越发感觉到与齐彩霞结婚这个事太欠考虑，两个人想法差得太远，完全没有办法沟通。很久之后，陈俊生还在想，自己到底还是虚荣，来来回回都是因为这个面子。媒人说，齐彩霞从小就喜欢有文化的，搬了几次家也没忘。陈俊生没等母亲反应过来，便说同意同意。母亲一听着急了，说：这么老了还没嫁那肯定有问题。陈俊生听后，也来了气说：正好正好，我和她很配，都是年过三十还没着落的怪人，再说了，您不是说只要女的就行吗？

虽然在一起的时间不长，可齐彩霞把陈俊生当神来供的，她不允许陈俊生做一点家务，说自己喜欢干活，陈俊生的一双手是用来写字和演戏的，要保护好。除了陈俊生，齐彩霞似乎眼里没有别人，她跟谁说话都是用我们家老师我们家老师。

陈俊生以为在群里发了红包就不用见了，还是有些人过来串门，有的拿着自家做的馒头或者菜包子过来聊天，无非就是打听陈俊生什么时候回。陈俊生也不知道怎么答，再次感觉到生分，寒暄了几句之后，这些人便开始聊些国家大事了，分明是把陈俊生当成一个客人，随时要离开的。最后连媒人也忍不住来聊天了，问齐彩霞什么时候回。

齐彩霞冷着脸说，我没有说回啊。

媒人说，深圳可是特区，大城市，女人哪个不向往啊。有人劝齐彩霞应该去深圳，不要留在这个没什么希望的地方。村里的人除了那些在镇上有单位的，每家每户都有人在外面打工。

齐彩霞脸已经黑了，以为是陈俊生找来的说客。她说，这是我们的家，老师哪儿也不去了。齐彩霞说，凭老师的能力如果不去深圳，可能早在县里当了大官。

陈俊生不说话，他没有想到亲人们是拒绝他们回到村里的。他无奈地摇了下头，对齐彩霞说，我就是不想待在这个村这个县，说白了，我讨厌老家，讨厌村里那些爱嚼舌头的家伙。

说话的人碰了钉子，觉得齐彩霞不知天高地厚，一转身就骂：还老师，不过是个又穷又酸没用的读书人，那是你的，可不是我们的。媒人自认身份特殊，也不担心齐彩霞。齐彩霞急得说不出话，她没有想到村里人这么看待陈俊生。在他们眼里，陈俊生就是一个好吃懒做的废物，什么年代了，还搞那些没用的。

陈俊生远远看着躲在不远处的父母还有妹妹，显然这是他们的意思。原来这么多年过去了，他还是被嫌弃的。

陈俊生越想越难受，躺在床上翻来覆去睡不着。如果齐彩霞不答应，他还是不太方便，主要难解释，今后与罗阿芳接触起来会尴尬，明眼人都会看得出，庄培业当然也不会一直傻下去，万一知道了，后果也是不敢想。这样一来，陈俊生后悔与罗阿芳的关系，太难受了。当然，他也后悔这么快就结了婚。

已经费了很多口舌还是说服不了齐彩霞。陈俊生想，如果齐彩霞坚决不同意他去深圳，他该怎么办呢，他还有理由硬闯么？答案是肯定的，他除了会更加坚定闯世界的信心，什么都不会有。陈俊生会对齐彩霞说，只是要回工资，那太小看我了吧，要知道深圳也是我的。如果我这次不回到村里，在深圳可能还会赞美塔河老家，可现在，我明白了，我是深圳人，即便没人请我，我也要回去。想到这里，陈俊生发现自己在这样一个夜晚，他想念深圳，刻骨地想念，至少深圳没有赶过他走。陈俊生觉得似乎有悲壮的音乐给自己伴奏，像是配合着那种高亢情绪，他的嘴唇噘着，狠狠地憋着一口气。不知道是不是用了太多的力，很快他便疲软得不能动弹，只能任自己沉沉地睡了过去，然后进入到另外一个没有任何烦恼的世界。

这时他突然听见一个女人的哭声，是齐彩霞，她断断续续地说着话，在外面看不出什么，就是墙被烟熏黑了，里面的姐妹都不见了，连一张照片都没有留下，如果重新来过，她要和她们在一起，永远都不分开。陈俊生在梦里听到这些话，吓得坐起来，他看见一旁的齐彩霞睡得很沉，显然是对方在说梦话。

3

在深圳的时候，陈俊生最爱对学员说的一句话是天道酬勤，有志者事竟成，而给罗阿芳的心灵鸡汤是挺住意味着一切。没事的时候，陈俊生喜欢背诵各种名言名句，用于激励别人，当然也是激励自己，他觉得不混出个人样，是不会回塔河的。陈俊生的鸡汤对罗阿芳显然有用，她不仅挺了过来，还把老公盼回了家。作为心灵导师陈俊生最后悔就是，把这句话送给了迷茫中的罗阿芳。

当然，罗阿芳并不知道陈俊生的想法，有很长一段时间，两个人不再交流一些无聊话题，也不说鸡汤了。毕竟那是两个人最初取悦对方的伎俩。陈俊生记得罗阿芳曾经对他说自己喜欢张信哲，他的声音好深情。显然他们早过了那个时期，眼下，罗阿芳说自己喜欢刀郎，那才是一个男人的声音。陈俊生无奈地摇头，他只得服从罗阿芳的审美。在陈俊生各种心灵鸡汤的滋补之下，罗阿芳熬过了最难的时间，也把陈俊生挤出了自己的生活。

正是这个原因，陈俊生回到了塔河老家，迅速与齐彩霞结婚，并准备安心过日子。他认为此刻可以用“能忍常人不能忍之忍，必定是不凡之人”这样一句名言，至于是谁说的，他认为都不重要。

陈俊生是在二区文化馆戏曲与表演的培训班上认识的罗阿芳。课堂上，陈俊生除了讲些戏曲和表演的皮毛常识，多数时间是贩卖各种心灵鸡汤。前面讲要敢于自主创业，实现自我，后面则教人淡泊名利，名利如浮云之类，各类经典语句掺杂其间。过来学习的多数是三四十岁的女性，也有个别的很年轻，属于“90后”，完全不听课，上来就是吃零食和睡觉，陈俊生不知道这些人是怎么回事。有次见一个女孩儿把脚搭在桌子上吃零食，陈俊生来了气，罚这个女孩起立，让她要么放下脚好好听，要么出去。

女孩子听完，笑着道，喂，你还真把自己当回事了呀，你信不信我爸可以把这栋楼买下来，包括你。女孩对他挑衅。

陈俊生被人当众这么说，手指气得发抖，扔下几十号人转身走了。

一直以来，陈俊生过得还算是体面，他认为丢掉什么都可以，尊严不能丢，所以，他是接受了这个女生的道歉，被文化馆的几个同学请回来的。作为励志老师，他的身价不菲，原因就是他从不平易近人，尤其是对女人。陈俊生经常出没在各类培训机构的课堂上，对女人的习性大致都有些了解，他认为喜欢附庸风雅的女人们多是受了半吊子教育，想在人前显摆一下；而爱出风头的那些，多半在家里受了冷落，或是心高气盛的女人。

罗阿芳年龄偏大，扮相上也不太适合唱戏，一开口就是客家口音，记不住唱词，手势也跟不上，有时到前面做动作的时候，经常顺拐，惹得其他学员偷笑或是挤眉弄眼。陈俊生看在眼里并不说破，在心底里却对这类学员很是不屑，他觉得这些有钱的师奶实在无聊，纯粹在浪费时间和金钱，一把年纪，学什么戏曲啊，扮相和嗓子都不行了还要逞能，为何不好好在家相夫教子呢？转念一想，他又笑自己太傻，这些都是他的财源和金主啊。想到这儿，他看人的眼神温柔了许多，动作上也有了变化，比如帮女士们开门、倒茶，说话的语调变低。其他人倒还好，理解为绅士风度，只有罗阿芳表现出受宠若惊的样子。陈俊生在心里想，很好啊，这样便可以捞得大把的钱进口袋，然后拿出一部分汇到老家。那个时候，整个村子里的人都知道他寄钱回家了，陈俊生就是要让村里人知道，他离开学校过得也不错，是金子总是会闪光的，千里马跑到哪里哪里就是疆场。

他的这种教学方式和气质很特别，很受女学员欢迎。陈俊生知道多数学员是小区附近的女人，有的是白领，有的是家庭妇女，多数人是想提升个人魅力或者多个秘密武器，用来吸引异性的关注，而罗阿芳是她们中间的一位。

从始至终，罗阿芳丝毫都没有流露出有钱的迹象，她不像其他女性，拎各种名牌包包，天天换新衣服和挂件，或本来住得很近还开着靓车过来，简单的一个倒车，也要拉开架势，故意惹得很多人站在三楼抚着窗台向下观望。罗阿芳没有来这套，反倒像个普通的上班族妇女，穿着打扮普通，拿着笔和本，一丝不苟地向陈俊生请教各种问题，倒也看不出有其他想法。

直到有次搞联欢，也是培训快结束的时候，有些人已经能甩着水袖表演一段，罗阿芳还是不得要领。罗阿芳平时从来不敢正视陈俊生，每次陈俊生看她，她都快速地把目光移开，等陈俊生不看她的时候，她又转过来盯陈俊生。这让陈俊生开始关注这个躲躲闪闪的女人。很快就要轮到罗阿芳上场时，陈俊生看见罗阿芳在远处正可怜巴巴地用眼神发出求助。陈俊生见了，心生怪罪，今天你可以不来的呀，唱坏了算谁的，我这牌子就被你砸了。陈俊生的课在附近一带已经有了些名气，讲课的价格也不算太差，他还是比较在意的。当然，他开始拒绝那些美容院的课了，他不想骗人，再说了把佛学和美容勾兑在一起讲，他是不会的。

见罗阿芳一直在看他，陈俊生只得施以援手。在一个女士刚唱完，另一个正准备表演《雷雨》里面的台词时，陈俊生说了话：我们不如换个方式，不要总表演我讲过的内容，等这位学员表演结束，我想请罗阿芳同学给大家表演一段《帝女花》。陈俊生说自己到了广东这么多年，还从来没有正经听过呢，都是这一句那一句，很零散。这样一来，学员们竟然开始同情起陈俊生了，似乎他受了太多不公平的待遇。罗阿芳听了，高兴得红了脸，结结巴巴说《分飞燕》自己更熟。

在一帮外省女性面前，粤语歌是罗阿芳的强项，也算从小唱到大的。当然，等到唱的时候，她还是跑调严重。一侧的陈俊生用钢琴帮她伴奏，其实是想帮她掩饰，可是罗阿芳的音走得太远，似乎谁也拦不住。

尽管如此，罗阿芳还是找回了自信，接下来的几天里，她一会儿请大家吃甜品，一会儿说唱 K。学戏的几个女人开始还愿意一起，很快就烦她了，觉得之前她那个低调和害羞都是装的，其实是个心机婊，认为罗阿芳跑到培训班不是为了学戏，而是别有用心，很快每个人都不理她。这样一来，罗阿芳又被孤立起来。

至于是什么用心，没有人说，但有人用眼睛扫瞄陈俊生，她们清楚陈俊生还是个单身，虽然没什么钱，可是有知识，会说话。在这类培训班上，还是有些女人为他较劲，如小茶几上买重复的早餐，桌子底下的金嗓子喉宝和感冒灵。女人们为他争风吃醋，陈俊生一律装作没看见，他觉得这些女人的心都很深，猜不透，彼此间从来没有什么友谊，如果掌握不好分寸，将会影响大局。可有的时候，陈俊生又很矛盾，坐在文化大楼的花坛前，看着车来车往的大街，感觉这样的日子也非常无聊，看不到前途，他觉得无论是谁在这时来领他走，他都愿意。

罗阿芳的厂房开在五区市场左侧，是个破落的小楼，灰蒙蒙的，与周围的建筑反差很大。常常是半掩着门，偶尔有人进出，没有半点生气。有次陈俊生就这样漫无边际走路时，看见从里面走出来的罗阿芳。罗阿芳表现得很是亲热，拉着他进去喝杯茶，向里面的一个阿婆介绍说这是自己的老师。

陈俊生听罗阿芳这样介绍他，有些不好意思，自己赚了人家的钱还被如此尊敬，真是心里有愧。与此同时，陈俊生发现罗阿芳变了，不再是培训时那个害羞笨拙的人，里外似乎都被调换了，灵活而且有魅力，说话的时候，广东人特有的大眼睛里放着光，性感的上下嘴唇叠在一起，总是让陈俊生忍不住浮想联翩。

陈俊生说，我看你不是想学戏，也不是没事干过来打发时间，而是来勾引我的吧？两个人好上以后，陈俊生躺在床上，侧着身子，用一根手指在罗阿芳的手臂上划出了一道白线的时候笑着问。罗阿芳刚和陈俊生又亲热了一番，有些累了，她不说话只是笑，她搂着陈俊生的手臂，把头贴在上面，她说喜欢陈俊生身上的味道，闻到这个味道人就会困。有段时间，罗阿芳控制不住想和陈俊生黏在一起，每天盼着天黑，天黑了，她就会跑到陈俊生的出租屋，两个人躺在床上说话。陈俊生跟罗阿芳说，想去外面走走，晒晒太阳，而不要总是闷在房里。他说，想去海边看看，来了这么长时间，大梅沙、小梅沙、红树林在哪儿自己都还不知道呢。罗阿芳听了，有些不高兴，说，你有那么多的学员怎么不让她们带你去？

陈俊生一听，有苦难言，的确有女学员为他争风吃醋，可也仅限于在培训课堂上，离开了那个课堂，大家并没有什么交集，想必罗阿芳心里也是清楚的。陈俊生不知道怎么和罗阿芳说这个话题，于是再不提出去的事了。罗阿芳不愿意提庄培业，也不说公司，于是两个人只好各自回忆童年。两个人约了去开发一个岛屿或是到哪里种菜，生上一堆孩子，过世外桃源的生活，远离尘世和各种烦恼。说这话的时候，彼此坚定地看着对方，似乎谁也没有怀疑过。陈俊生想，看起来深圳的女人也是能追的，不是自己想的那样，眼里只有钱而没有其他。想到培训班里有几个单身的女孩子，长得也不错，可自己还没来得及考虑，便糊里糊涂与罗阿芳好上了。后来，罗阿芳就到陈俊生的出租屋帮他收拾行李，请他到店里帮自己的忙。她走在前面，着急地把行李箱放进自己的后备厢里，生怕陈俊生突然改变主意说不去。这么近的路，哪里需要开车，可是罗阿芳说需要，因为你是我的老师，我不能让你累着。罗阿芳说话的时候像是小女孩，表情还有些害羞。到了这个年龄这种身份，却要看着陈俊生的脸色说话做事，陈俊生觉得这个女人有意思，当然也很受用。罗阿芳说陈俊生和别的男人不同。陈俊生听了自然舒服，虽然凭着罗阿芳的文化不可能再把这个话题延伸下去，可对陈俊生来说已经足够。他对士大夫这样的形象一直神往，穿着长衫，一卷书在手，踱着方步，月光下，吟着诗文，不远处的花丛中是一个美貌的女子。最后，那女子开始像聊斋故事那样与他交往了。

罗阿芳求他帮忙的理由是，店子需要简单装修过才能开业，至少要把那些墙壁重新粉刷一次，再把消防这关过了，所有手续办好才行，可是她不知道怎么做，怎么和那些人打交道。罗阿芳说，我好害怕啊。说话的时候，天已经凉了，正好是黄昏，风吹到了罗阿芳的头发和裙角上，这女人在此刻显得孤单而动人。

这有什么怕的，他们又不是鬼，就是鬼也不用怕。陈俊生说这话时心里涌起暖流，并顺着四肢散出，到了腿根的时候，停住了。他不知道接下来该怎么办，直到罗阿芳把整个身体挂在陈俊生的脖子上，肉肉的嘴唇粘住陈俊生，头顶着陈俊生的下巴，把一句谁说没有呢，放在舌头上强行推进了陈俊生发烫的嘴里。

天亮时，罗阿芳话说得吞吞吐吐，欲言又止，可陈俊生还是明白了，不久前，因为停电，女工宿舍里的蜡烛被风吹倒，点着了蚊帐，火势虽然不算大，可是几个女工没有逃出来，作为老板，罗阿芳的老公被关了进去，扔下一个可能要被查封的烂摊子给她，还欠了很多的债务。

在此之前，陈俊生没有想到会遇到这种事，眼下，他已经不知道怎么拒绝了。陈俊生除了不能趁火打劫，更不能落井下石，连工资也不好意思谈了，毕竟自己和其他人的情况不同。更主要的是夸陈俊生的话被罗阿芳挂在嘴上，她总说你是老天赐给我，来拯救我脱离苦难的，认识你之前，我的人生都没有希望了。

4

一切计划皆因罗阿芳的老公庄培业回来而泡汤。罗阿芳眼泪汪汪地等庄培业回来的样子，让陈俊生清楚自己的努力白费了。原来他只是这个旅店特殊时期的一只看门守院的狗，甚至连宠物狗都不算，被利用完，该走了。陈俊生想起来有几次在床上做那事，激情时刻，罗阿芳喊的是庄培业的名字，当时，陈俊生装作听不见，以为对方只是习惯而已，原来都是真的，罗阿芳心里只有庄培业，而他陈俊生，一个过渡人员，这个家族和旅店的外姓人。陈俊生心酸地想，别人肯定猜不到他的才华全部都用在了这种地方。

罗阿芳住的地方属于高档小区，陈俊生曾经远远地眺望过，那里很大、很空，到处落满了灰土，连个鸟都不愿意去。小区门口安了多个监控，保安不仅盯得仔细，每次都还需要登记。陈俊生常常选在天黑了才过去，那个时候人人忙着下班买菜接孩子，没多少心思关注别人。

陈俊生总是很急，我都这么老了，家里人催得紧，他不断问她你是怎么打算的。

罗阿芳扭过脸，眼睛也不看陈俊生，能怎样，过一天算一天呗，我能做什么吗？罗阿芳的脸表现出了不在乎，她什么都不想做，她懒得去想接下来该怎么办，直到她听了陈俊生的挺住意味着一切。

陈俊生是在刮台风那天向罗阿芳求婚的，罗阿芳当时说最怕听到那种吓人的风声，感觉要把城市连根拔起，什么都留不下。

你不是说你们分开了吗？

罗阿芳委屈地说，是他担心有人来向我追债才分的。

陈俊生希望这份感情有个结果，总是这么吊着，太耽误自己了，让他什么都做不成，他的理想可没有这么小，他还是想要把自己的位置明确下来，他害怕店里人那种眼光。

庄培业回来的前几个月，罗阿芳的态度终于发生了天翻地覆的变化。开张的花都旅店似乎都知道庄培业要回来了，而这位所谓的顾问，却还蒙在鼓里。后来陈俊生觉得是有人故意不告诉他，等着看他的好戏。旅店里有很多人清楚陈俊生和罗阿芳的事，只是没有人点破。谁敢惹这个麻烦，也不知庄培业喜欢不喜欢听，说不准是人家默许的呢，这年头还是少惹麻烦的好。

庄培业回来之前，陈俊生的所谓才能突然变得一文不值，言行举止也显得可笑，还遭到了罗阿芳的讽刺，什么文化不文化的，都是狗屎。

陈俊生愣住了，还以为是听错了，见到罗阿芳的脸，才明白是真的。这哪里还是那个温顺善良的客家女性，简直是一个泼妇。陈俊生一时间缓不过神，他在短时间内接受不了这样的罗阿芳，感觉自己除了被欺骗，好像一直在做梦。不久前，这个女人还在他怀里哭哭啼啼讨主意呢，现在旅店装修好了，开始恢复营业，她便开始过河拆桥，推翻了之前他做的一切。陈俊生的脑子里总是浮现出课堂上的中年女人罗阿芳。当时他侃侃而谈，偶尔给大家做个示范，有时在黑板上面写上几个字，放上一段录音，然后延伸出几个字，比如传统、继承、改良、发展等。他当然看到了那个拿着笔记本，偷偷望着他的中年女性。罗阿芳模样中等，与那些喜欢表现的女性比起来，她太不适合学习戏曲了，手脚、腰身很不灵活，她连说话和眼神也显得比其他人笨拙许多，自我介绍时用词也显得陈旧，有时还有着与年龄不相符的害羞，每次陈俊生看她，罗阿芳都会低下头，眼睛看着地面。

现在听到罗阿芳这样对他讲话，陈俊生气得说不出话，他觉得罗阿芳的本来面目还是暴露了。陈俊生恨自己不该与罗阿芳好上，失去了在文化馆继续工作的机会。如果不是因为罗阿芳，陈俊生还会继续做培训。当年艺校解散，是他心里的痛，要知道当年很多同事下海发财，他都没有动心，最后却落得这个下场。好在还能讲点课让他没有饿着。琴棋书画，他都能教一些，用同行的话说这就是全科老师。只有在文化馆这样的机构上班，才会让他产生回到学校的幻觉。想不到最后连尊严也没有保住，很多学员都知道他跟着罗阿芳做老板去了。后来，花都旅店的员工多数都是讨回工钱便选择了离开，而陈俊生不好意思，他害怕看见罗阿芳无助的眼神，也害怕罗阿芳把他当成势利小人。毕竟他曾经以老师的身份自居过，要有点老师的样子，他觉得做人不能太无情。

陈俊生坐在罗阿芳的不远处显得有些尴尬，尤其是他那双自以为是、文艺范十足的高筒皮靴，整个街道没有一双同款的，尤其是在烈日炎炎的夏天，显得特别而又夸张。陈俊生就这么穿着，走在街上，从六区到二区，然后经过一小段花圃，再经过四层台阶进入文化大楼，这个时候，他觉得整个世界的女人男人都在看他，而他身子绷得很紧，目视着前方，像是在舞台上，他太喜欢这种感觉了。可眼下，它被放在不远处竟然显得格外刺眼和可笑。陈俊生明显感觉到罗阿芳的眼神里露出了嘲讽。变了心的罗阿芳连形象也变了，她的头发染成了红色，眉毛、眼线都有些蓝色。她不仅自己变了，还看不惯陈俊生，甚至于连眼皮都没抬，便说，你还是把头发修修吧，不要搞得像个女人，还有那个唐装不要再穿了，让人觉得奇怪。

陈俊生心有不快，却没有表现出来，他笑着说，你不总是鼓励我这么穿戴么，还说这种款式适合我的气质。

罗阿芳说，什么气质呀，你们这些人真是好搞笑。说到这里，罗阿芳停了下，抬眼看了下不远处陈俊生的鞋说，还有，你把那个也换了吧，太怪异，不正常。

陈俊生不说话，黑了脸，这句还是陈俊生课堂上说的，竟被对方用在这儿，对付上了他。培训班上，罗阿芳不仅跟不上节奏，也跟不上他授课的速度，笔记本上面东一句西一句，画得乱七八糟，有时上面还画着小人，也不知道她的心思放在哪儿了。陈俊生心想，她罗阿芳凭什么啊，有什么资格和他这么说话。陈俊生眼睛看着别处说，我又没惹着谁，管别人干什么？陈俊生梗着脖子，他觉得整个身体都在发烧。罗阿芳拉长了语调，你当然可以不用管别人，那我问你，如果你现在离开这里，你能干什么，是能进厂搞技术还是能做管理？见陈俊生不说话，罗阿芳又说，所以你还是需要看别人脸色的，不要把自己说得那么清高。陈俊生听了以后不知道怎么回答，他没想到罗阿芳会说出这种话。心想，还问我怎么活，我如果不是跟你好，也不会出现这种事。可是，这些话说不出口，他觉得自己活该，谁也不能怨。此刻，陈俊生弯下腰，拾起被罗阿芳生气时甩在地上的衣服。睡裤是母亲在家的时候给他做的，这让他瞬间想家了，也瞬间想起妹妹电话里说的齐彩霞，人家可是等了很久，母亲劝他过年回家把事办了吧。

陈俊生心里压着火，竟能堆起满脸的笑，对着盛气凌人的罗阿芳，试着给自己解围，你怎么就不善良一些呢，你要是不利用人，脸也会好看，省了好多化妆的钱。他以为自己这么开个玩笑便可以化解。

罗阿芳愣了下，似乎没想到陈俊生变成这样，什么意思？我可是为失学的孩子建过学校的，谁敢说我心不好？罗阿芳瞪着一双圆溜溜的眼睛质问陈俊生。

陈俊生心里有气，那些事情还是在他的指导下做的，旅店重新开业后的宣传策划、定位，他做了太多没有报酬的事情。陈俊生冷冷地看着罗阿芳，从鼻子里轻轻地哼了下，在心里骂了句死八婆。这个女人不仅相貌发生了变化，还变了心，她也许就是为了等庄培业吧，她似乎连气质也不同了。陈俊生故作轻松地说，那么远的人你都帮了，怎么不看看眼前，比如说我。陈俊生故意调侃，你如果对我好点，将来才不会后悔。他已经到了嘴边的那句，至少你应该赔偿我些钱吧，还是没有说出口。关于钱，他无论如何都说不出口。

怎么好呢？罗阿芳微笑着，沉着气。

陈俊生说，学学华伦夫人嘛。他后悔说出了这个名字，这是他的缪斯女神。

罗阿芳愣了下，心虚地问，什么夫人？罗阿芳曾经特别迷恋陈俊生嘴里的各种人物和名词，每次陈俊生说到一个她不知道的事情，她眼神都会钦佩得一塌糊涂。此刻，罗阿芳顶着一头火红的头发，连手里的烟灰也忘记了弹，任其跌落在自己光滑的鞋面上。公司被人查封的那段时间，罗阿芳不仅剪短了头发，还学会了抽烟。

陈俊生眼见对方中招，得意起来，他故意放慢了语速，就是想让罗阿芳那种无知的眼神停在自己的脸上。他说，华伦夫人是个了不起的女性，有非凡的远见，曾经帮助过年轻人渡过一道道生活难关，从而走向事业的巅峰。

罗阿芳冷冷地说，还一道道，那我问你，这位外国女人最后怎么样了？

陈俊生看见对方听进去了，高兴地捏紧了拳头说，她现在真是名垂千古的女人，因为，她有着最具远见卓识的头脑。

罗阿芳憋了很久，以至于脸已经发黑发紫，她瞪着一对圆眼睛，对陈俊生骂了句，呸！谁要那玩意儿，说了这话你就该走，拿好你的东西，不要漏掉什么在我这里。

陈俊生想不到，对方转折得如此之快，连铺垫都不需要，完全不在乎他的感受。果然没文化，看起来那套把戏全是装的。此刻，陈俊生终于明白，罗阿芳到底是个生意人，做任何事情都有目的。最最重要的是，罗阿芳的老公庄培业将要回来，罗阿芳正愁找不到理由把陈俊生赶走，想不到陈俊生送上门一个华伦夫人。陈俊生明白罗阿芳对他的崇拜不过是表演，她已经熬过了最艰难的时期。

陈俊生知道自己必须回到自己的住地了。他已经有半个月没回来，上次，是他心情不好，郁闷；而这次，分明是罗阿芳逼他，有意下了套。他庆幸这个窝没有在冲动的时候退掉，那是他偷听了罗阿芳与庄培业的一次通话，说庄培业快回来了。罗阿芳总是买东西给庄培业带进去，有时还会让陈俊生陪她一起去探监。每次出来，罗阿芳都特别激动，很失控的样子，一下子扑到陈俊生的怀里哭个不停。本来陈俊生心里就不舒服，反过头还得安慰对方。接下来，罗阿芳似乎是放出来的鸟，不再是庄培业的老婆，而是他的小女儿，逃开了家长的监督，开心地拉着手，在庄培业被关押的南雄两个人手拉着手，自由自在地奔跑。而这样的时候毕竟很少，甚至有许多时候，陈俊生竟然很希望陪着罗阿芳去看庄培业。

陈俊生是临时决定这个房暂时不退，不然不知道会涨到多少，眼下至少可以这么赖着不增加，反正签过协议的。

陈俊生在房里磨蹭了半天，还是没有等到罗阿芳回心转意，陈俊生只好垂头丧气回到百米以外的地方。看见整条街破破烂烂的老样子，连流浪猫都还是原来那几只，去年贴在墙上的拆拆拆也还在那里，包括超市上歪歪扭扭写着的跳楼价只剩下了跳楼两个字。如果是从前，陈俊生会在心里调侃一番，他喜欢在心里吟诵两句打油诗，附上一段唱词。而此刻，他觉得那种荒凉的感觉很亲切，非常符合他的心境，这里就像是一个县城，而他的心属于县城，而不是巷子外面繁华的街道。进门前，陈俊生经过房东开着的窗户，对方见了他，像是见了鬼，脸色都变了，屁股瞬间从椅子上弹下来，来到地面，像是怕陈俊生跑了一样，一把扯住陈俊生身上的袋子说，给你打电话怎么不接？如果再不回来，我就要把你那些东西收拾收拾扔进垃圾桶了，你这个月的租金可还没有转过来呢。

陈俊生堆着满脸的笑，说，哎呀急什么，我这不是回来亲自交么。

回到房间，陈俊生便感到身体就快要冻僵了，两只手指互相碰一下都不敢，除了有电，还会像冰一样，碰得生痛。这已经是年底了，虽然是深圳，可哪里都冷得要命，风好像钻进了他的骨头缝。他想明白了，为什么房东的租金没涨，那是因为这两个月如果他不租，就没人来住了。合同必须在十二月份截止，整个小区已经卖给了万科国际。陈俊生没有洗脸，也不想脱衣服，他只把鞋甩了出去，便钻进冰冷潮湿的被子里。两秒钟之后，他突然感觉脚下面有些不对劲儿，有什么东西刺进了自己的袜子，并扎痛了他的肉，随后是一团东西正抚过来。陈俊生吓得像女人那样大叫了一声，掀翻了被子。竟是一只细长的老鼠，它背对着陈俊生站在床上，眼神和背影像人一样。它并没有那么快地离开，而是回过头愣了片刻，认真地看了眼陈俊生以后，淡定地跳到冰冷的水泥地上，犹豫了一下，才跑进洗手间，顺着粗大的水管，离开了陈俊生所在的出租屋。这所有的一切，让陈俊生浑身变得冰冷，如同死了般，他觉得这只老鼠分明也在鄙视他，它刚才完全是一副傲慢的表情。他知道如果这个房间里有镜子，里面的人一定有张比鬼还可怕的脸。陈俊生深吸了一口气，抡起枕头对着老鼠刚才跳下去的地方狠砸了过去，用的是京剧里的那个“啊”字。这么一折腾，他似乎用完了全身力气，再也动弹不得，哪怕再来一只什么东西，他也只能随它去了。他感觉自己像女人那样，身体和声音同时抽搐了一下，随后轻轻地倒在了床上，他用了在舞台上表演的动作，这也是他在培训课教女人们的。他认为自己刚才打的不是老鼠而是罗阿芳那个婊子。她实在太让人受不了，你凭什么把我害成这样，还假装低调，不知赚了多少昧心钱。陈俊生在心里骂着恨着，我们被你们剥削得还不够吗？你总是想着给你那位为富不仁的老公留着，你知不知道这样做太傻，你太不了解男人，你真应该被男人抛弃无数次。陈俊生呜呜地哭了。他可怜起了自己，白白给那女人欺诈两年，受尽各种羞辱。有几次罗阿芳躺在床上讲她和庄培业的故事，从两个人认识，到一起打工，赚了钱做生意。陈俊生装作没听见，他知道罗阿芳已经省去了庄培业出轨变心的情节，知道对方的想法正在改变。他跑回房里，躺在床上回想自己眼下的处境。这两年他忍来忍去，到头来却什么也没得到。本以为可以有个结果，哪怕一起吃苦也行，像当年她和庄培业一样。

不知道睡了多久，陈俊生听见楼下有说话的声音，是睡够的女人们在他楼下房间支起了麻将桌。那是一些身体劳动者，她们通常天亮前才睡觉，就这样连早饭午饭也都省了，到了下午两点愉快地起床，开始她们一天的生活。有时候，陈俊生甚至梦想自己成为一个女人，可以得到人间很多便利。甚至有几次他梦里变成了女人，细着声音说话，水汪汪的眼睛对着某个心仪的男人，那男人强大、有力，像个铁塔一样，傲然地立在那里，任凭他的身体靠上去。他不仅从此衣食无忧，还可以享受各种抚慰。想到这里，他连手脚也温柔起来，向着对方的身体靠将过去。他不知是什么时候醒过来的，应该是女人们修饰过的浪笑蹿了上来，他还以为是自己的呢，脸上也跟着娇媚起来，甚至连身体也不禁有了些暖润。

原来不是真的，他被自己粗大的手指和身体吓到了，心又凉了半截。原来那些只是梦幻，自己还是个男人，还是要那么苦着的。想到这儿，陈俊生不禁可怜起自己，他觉得真是太苦了，即便是和女人睡觉，他都没有享受的感觉，每次都觉得悲壮。有两次被罗阿芳发现了，问他，你怎么了，每次都好像受罪，难道见到我不开心？罗阿芳总是喜欢用手去抚平陈俊生眉毛中间竖着的两道皱纹。陈俊生看着罗阿芳，说，你不也是么，我们两个都很苦似的。

罗阿芳急忙辩解，我很好啊。

我也没有。说完，陈俊生重新闭上眼睛做出幸福状，可他心里觉得苦死了。

在陈俊生心里，他恨透了这些女人，你们什么都有了，还不肯罢休，还要骗我，捉弄我，你们应该想想那些在大山里的姐妹，还有工厂里的女工，她们花样年华，却只能困在流水线上，受着你们的压榨，你们想过她们吗？想到这里，他开始恨得发抖，他发现自己第一次想到这么多。他恨这个世界，恨那些富人，可是他没有机会去改变。很多时候他不知道怎么办，回到塔河吗，还是就这样耗下去，看不到希望地活着？他每天睁开眼睛就在想这个问题，难道就这样浪费下去吗？他的眼睛望着远处，看阳光一点一点在草地上爬行。天上的云也慢慢地由一群肥羊变得什么也不剩，然后就转向灰暗色了。他想起罗阿芳，对，那个坏女人，欺骗他的感情，拉着他熬过了她最难的两年，除了少量的工资，她什么也没有付给他。有一次陈俊生有意想到向她借钱，刚刚说了半句，就被她挡了回去，说这种事不要提。陈俊生在心里骂，你还有点同情心没有，如果不是因为我们这些廉价的劳动力，你们这些老板会那么富吗？我们这些外省人被你们榨干了，最后竟然沦落到如此。他不好意思说自己是个文化人，否则会更加难受。他在心里骂，社会贫富差距拉得这么大，就是因为你们这样的人太多了，包括你的老公庄培业，他为什么要把你留在这里，而不离婚，占有着女人、闲置的房产还有其他资源。陈俊生怪自己不够强悍，他要把这些个富人打倒，顺便也把罗阿芳这样的女人撕碎，占领他们的家，让她跪着求自己。而那时的自己将带着那些年轻的异性，住进罗阿芳的家里，先是在卧室做爱，然后到客厅，最后是阳台。

陈俊生是在自己的大笑声中再次醒过来的，他知道自己刚刚做了个梦，梦里的自己，发生了巨大的变化，再也不是那个说到钱就会脸红的男人，而是一边数钱一边笑出眼泪的新人。屋子里面漆黑一片，陈俊生感到被子里的冷和外面的冷都裹在了身上，骨头缝似乎都已经结了冰碴。正是下班的高峰期，楼下是各家炒菜和小孩子们放学说话的声音。高一声低一声，南腔北调搅拌在一起，陈俊生觉得恍惚，他想起村里放电影的时候就是这样。他记得塔河人说过当年他们来深圳满街听见的都是粤语，转眼又过去了多少年。陈俊生听见了肚子响亮地咕了一声，那声音大得似乎楼道内都能听到。陈俊生忍不住偷看了下四周，好在没有人注意他，他低头看了眼不远处的摄像头，这是不久前管理处派人过来安的。他的身边既没有食物也没有女人，只有不远处一对亮晶晶的眼睛正在专注地看着自己，陈俊生很清楚是刚才那只逃走的老鼠回来睡觉了。陈俊生已经没有了害怕，他和它只对视不足两分钟，便把目光挪开了，不知道为什么，陈俊生显得有些慌张和害羞，而对方像是看出了他的懦弱，继续放肆地盯着他看。陈俊生心里嘀咕，它是不是觉得陈俊生倒还占了它的地盘呢？陈俊生想起进门时见到窗台上自己那个饭盆里的异物，对，应该就是这家伙的便便。顿时，陈俊生竟连愤怒都没有了，他羡慕起对方，它活得可真是潇洒，什么都不怕，洒脱和自在。

陈俊生突然不再生气了，他仿佛听见皮肤带着冰霜被抖落的声音，是的，他的身上脱了一层皮，变成了焕然一新的陈俊生。这样的新人与眼前这只恶作剧的老鼠来了一次对视。他喜欢这种想法，不死板善于变通的同伴。真是太恣意了，它把他陈俊生的地盘据为己有，还大摇大摆，连点内疚都没有。此刻，陈俊生竟然生出了佩服，同时也生出了暖意，年关临近，好在它也在这里，算是有个伴，他感觉到自己真的没有那么冷了。眼下，他觉得需要出去找点吃的，再迟些，他可能连路也走不动了，他真的已经整整一天没有见到食物。过去，他通常会被旅店一阵扑鼻的食物香气熏醒。可眼下，他应有的食物被几句争吵和可笑的华伦夫人搞没了。

不，应该是被即将归来的庄培业抢走了。

饥肠辘辘的陈俊生扶着墙，从自己的408房移步到楼梯拐角，然后再扶着脱皮的墙，慢慢走到楼下，他发现天已经黑透了，甚至别人的晚饭已经吃完了很久。出门时，他被自己房前的一条树枝狠狠地划了一下。还是上次回来时，陈俊生从外面捡回的一棵树，当时可是旺盛的样子，现在已经成了一根树枝，像棵干柴，没有任何油分和水分，它拼了所有力气直接刺痛了陈俊生，最后自己也从中间断裂了。陈俊生觉得那脆弱干枯的样子像极了他眼下的样子。

前进路上的汽车也显得不像之前那么急吼吼了，只有远处传来那些飞车党的发动机声，除此以外，整个街上变得安静了许多。陈俊生脑子里想着白天发生的一切。这样的夜晚，陈俊生对北方的想念全部被勾出来，使他重新恢复了体力，又向前冲去。似乎有着某种使命让他变得倔强起来，一股悲壮之气荡在了心间。他知道是身体里那种不可名状的东西正胀满了他的胃和其他部位，就连下身也被愤怒害得膨胀并延伸出来。很快，他便看见了吸引他的风景，是平时总能看到的而他特别嫌弃的站街小姐们。此刻的路灯像是一串串昏黄的鬼火，在她们的脸上闪烁着，时而晃动着树杈和树叶的影子。陈俊生发现天上下起了小雨，街道上人来人往，路面被浸湿了许多，原来路面上那种显旧的灰白，终于变成了藏青色。有一滴掉进了陈俊生的脖子里，他愣了一下，很快便知道要做什么，他跳过了前边几个年轻的轻佻的，而偏偏停在了一个神情有些凝重、年龄稍大些的女人面前。那女人留着过时发型，粗短的脖子上竖着旗袍的领口。像是有感应，她瞥了眼陈俊生，似乎还犹豫了一下，再用眼尾扫了下四周之后，笑着迎了过来。

陈俊生不知道为什么，似乎要热泪双流了，他哽咽着问对方，你好！应该是新到的吧？

女人似乎愣了下，很快便恢复到了正常，她露出甜甜的笑容，故意挺起了胸，扭动着屁股，向陈俊生走来。直到走近，才看清她左侧的法令纹有些重，里面还藏着一粒黑痣，使得她的样子像是刚刚才哭过。她从喉咙里怯怯地问了句，大哥，想做生意吗？

她这样的相貌使得陈俊生有了某种使命感一样，他上下打量了对方一番之后，盯着对方的眼睛问，你到南方多久了？他在心里特别想亲切地称呼对方一句妹子，可又担心这么做会显得太冒失。

女人想了下才从嘴里吐出两个字：六年。女人似乎是第一次遇见这样的问题，她平时遇到的客人不会是这个样子，他们通常是边系着裤子边说话，主要是为了打发那个过渡时间，免得太过尴尬，女人知道他们根本不是提问，所以都是胡乱地回答。

陈俊生感觉自己已经动容了，他急急地问，六年？也就是说那个时候你还很小，还是个孩子呢，你难道不想家吗？天已经这么冷了。

那女人笑了，想啊，谁不想呢，怎么了？她停了一下再说，大哥你到底做不做？我住的地方很近，不到一百米，就能看到我房间的窗帘，墨绿色的。女人指着不远处那个窗口，竟是陈俊生所在的那一栋。那里常常会有一些合租的女工，她们白天在工厂或酒楼上班，晚上出来赚点小钱，偶尔也会带着男人回去过夜。陈俊生听房东讲过。

像是偏执了一般，陈俊生已经管不了自己，他问，你现在真的不小了，有父母、老公和孩子吗？

像是被枪对着，女人僵在原地，她眼神空洞地看着眼前这个古怪的男人，摇晃着手里敞开的雨伞，并不说话。

在这湿冷的南方寒夜里，陈俊生被自己提的问题感动，这使他的胆子更大了，甚至他显得异常兴奋，他喘着粗气再问，这样的夜晚，你考虑过他们吗？他们可能在家里等着你，天天盼着你回去。

女人似乎缓过劲儿来，可她表现得还是没有底气，问，大哥，你什么意思？很快，这女人便想起了什么，气呼呼地说，我为什么要想他们，我为什么要想他们，你到底要干吗，做还是不做？不要浪费我的时间，你是不是想调戏我，耍我，捉弄我，然后来证明自己是个好人，是个正经人？

像是忘记了自己是要做什么，陈俊生变得沮丧、愤怒，被各种情绪挟持着，他提高了嗓门，像是在舞台上那样说话，让我告诉你作为女人应该怎样吧，要有自尊地活着，而不要堕落，否则你会让自己的父母为你蒙羞，让你的后代无法做人！

女人也暴跳起来，你他妈的有病啊！你以为是我愿意的吗，我能回去吗？现在连他们也嫌弃我，不要我了，现在谁还理我，请你告诉我，我回哪里，我应该回哪里？女人的眉毛已经扭成一团，她后退了一步，并跳了起来。像是一个话剧演员在舞台上那样。

陈俊生指着黑暗处女人闪亮的鼻子，是你不学好，还要怪别人，你没有尊严。女人冷笑一声，太他妈的滑稽了，那你来找我干什么呢，虚伪！

陈俊生愣了下，血直向脑子里涌，这一刻他被激怒了，对罗阿芳，对艺校，对塔河，对以往那些各种不如意，他想要吼上一嗓子，于是学着广东人的骂法，你个死鸡婆，臭八婆，不知廉耻的寄生虫！

骂完了这句，他看见女人愣了下，随后像是从空中降下来的一声尖叫。那声音迎着雨，砸向地面，又冲向了黑漆漆的天空，仿佛一只黑色的鸟。随后，女人抬起了自己的右手，准备把伞向着陈俊生的方向扔过来，却被风阻挡着摇晃几下动弹不得，女人此刻真的如同疯了一般，抓乱了自己的头发，又弯腰脱下一只黑色的高跟鞋，向着陈俊生的脑门狠狠地掷了过来。

5

再见到罗阿芳的时候，陈俊生的身边已经有了齐彩霞。只是齐彩霞还有些不适应，总是心不在焉，神情恍惚，走在路上的时候，有意与陈俊生拉开距离。陈俊生想带着齐彩霞四处走走，齐彩霞嫌累说不用不用。陈俊生也发现离开一段时间整个街道都被改了，楼房和楼房、街和街都差不多，全是新的，市场和公园好似连锁店，仿佛被复制出来，令人难以分清。

罗阿芳似乎忘记了之前两个人曾经说过狠话，陈俊生只好当作什么都没有发生，在庄培业的面前，从始至终他连罗阿芳的眼神都不去触碰。

罗阿芳对陈俊生说庄培业有很急的事情需要帮忙，拖不得。

像是昨天还在见面的老朋友那样，罗阿芳告诉陈俊生说，这个地方只有做公益事业才可能保下来，不然会被强拆的，那样的话，他们几十年就白辛苦了，这可是命根子。她告诉陈俊生，庄培业这次是正式回来，再也不会走了，是他请陈俊生过来帮忙的，工资非常高的。陈俊生听完，不知道怎么接话。罗阿芳又低了声说，担心他多想，我只有先说，告诉他作为旅店的员工，你为这里立下汗马功劳，否则这个小店早关了。到了这里，陈俊生才算彻底放下心来，他明白了庄培业的热情显然事出有因，也是有求于他，所以并没有出现陈俊生隐隐还担心的事儿，如有戴着墨镜穿着黑社会衣服的一排壮汉突然出现之类。庄培业待陈俊生老朋友一般，说陈俊生帮他守住了摊子保住了旅馆，是他们家的救命恩人，不然的话这块地早被什么人占了，开店的人最清楚，勒索无处不在。庄培业说话的时候总是忍不住想用手抚摸陈俊生。陈俊生刚开始不习惯，后来明白这是庄培业的表达方式，因为他不擅说话。陈俊生刚开始心惊胆战，陪着庄培业喝下了三杯酒后，总算是把心落到肚里。庄培业凑到陈俊生身边，拍着陈俊生的肩膀说，以后我们是兄弟了，你看见没有，这里有这么大，不能空置太久，这可是整个关外最好的龙头地段，连那些香港人都说这里绝对是块风水宝地，我们可以好好使用它。陈俊生在文化馆期间受到了最大的尊重，这一次，庄培业说要给他更高的待遇，高管的工资，副总兼董事。

有时陈俊生也觉得恍惚，庄培业是早年开加工厂，搞“三来一补”那个老板吗？后来被改为酒店，重新开业时被陈俊生改了名字，花都旅店，意为怀旧。

陈俊生也不明白，怎么起了这样的名字，他从来没有想过纪念女工之类，虽然正是她们把庄培业、罗阿芳变成了有钱的富人。庄培业眯着眼睛，骄傲地说，整个村里谁不羡慕我、巴结我，1993 年 3 月 17 日特区报用整版来宣传我是“三来一补”的带头人，我把全村的剩余劳动力全部招进来做事，有的当采购员，有的当保安，有的当会计。我们做的玩具全部出口到西欧、东南亚，你想象不到吧，如果不是后来政策变了，腾笼换鸟，搞科技创新，我早发达到自己都不认识自己喽。庄培业继续回忆当年的风光，他说，你知道不，第四届电影年会我赞助过的，那些演员就住在我这个店里，秦怡你认识吗？带着她的儿子住在904。女演员我见了好多，《西游记》女儿国国王朱琳最漂亮。庄培业眼里闪着光，说：反正我那个时候走路是飘着的，连镇里的书记都要巴结我，说我是港商，其实我不算，我只是骗他们，反正也没有人查，我户口没过去，如果办到香港，我就后悔喽，我不可能去那种地方，人多物价高，我把香港人都招进店里帮我管理，我不需要入香港籍的呀。

陈俊生觉得再听庄培业说已经没意思，显然对方忘记他们眼下的处境，再次出现了幻觉。陈俊生说，想圈地的人真是不少，养老院、艺术村、青少年活动馆也是手法之一，我都听过，聪明人的确意识到了，可惜你下手晚了。听完陈俊生的话，庄培业急得双眼通红，我这块地几十年了，一直是属于我的。陈俊生笑着说，是你的也对，可你这是违建啊。说完，陈俊生端起杯，吹开上面的茶叶，猛喝了几口之后说，现在我知道你把那些工人用过的锅碗瓢盆、衣服草帽、舍不得丢的 BP 机全部收购回来的目的了。

感谢你这么懂我，我太太说得果然没有错，你太有头脑了，我就是想打这个牌子，让他们谁也夺不走。这样的话地也保住了，还可以帮你扬名，文化人嘛，图的不就是这个吗？庄培业说了这句之后，已经后悔，因为罗阿芳正在不断给他递眼色。庄培业继续对陈俊生说，如果有人过来了解情况，你负责陪好他们，这些人最喜欢漫无边际地说什么情怀，不懂也不要讲，让他们去想好了。他继续交代，到时我还要申请资助经费。接下来，我们不能死守摊子，我们还要拍电影，上电视，搞各种演出，分别做，成立一个文化公司，做一个工作室，用几个账户就可以把钱要回来，你是文化人，这个由你来负责。

当庄培业说到要在这个地方搞个舞台，表演一些当年女工们喜欢的节目，吸引游客时，坐在一旁的齐彩霞突然站起身，离开了座位，快速走出门去。来到深圳之后，齐彩霞的情绪一直不太稳定。看着齐彩霞细长的腰和小小的身子，陈俊生感觉像是做梦一样，虽然齐彩霞随着他来到了深圳，可两个人的关系已经别扭、生分。原本齐彩霞对他的崇拜也不见了踪影，连话也不说了。齐彩霞细长的眼睛里飘出的东西，让他有些琢磨不定。总之，陈俊生觉得眼前的女人不是当初认识的那个，连思维似乎也有了变化。这样想的时候，陈俊生忍不住心虚，突然怀疑起齐彩霞是不是在老家还有别人，才不愿意来的，或是受了哪位高人的点化。可除了自己，方圆百里齐彩霞崇拜过谁啊。陈俊生思来想去，也找不出答案，感觉像个谜一样，他实在不明白，之前那个对他好的女人去了哪里。

陈俊生打断了对方说，你扔下老婆那么多年，她一个人是怎么过的，你知道吗？陈俊生喝了酒，胆子越发大了起来。

庄培业说，兄弟啊，公司出了这么大的事，我如果不离，全部的房子家财都要赔进去的，还能有今天吗？更不要说能有你我兄弟今天的好日子了。庄培业话锋一转说，只是苦到老婆喽，我知道她这些年太不容易，跟着我受累了。说完，庄培业站起身，给自己斟满了杯，他用手拉着罗阿芳说，老婆，这杯我要敬你，以后，你说啥我都听，感谢你等着我回来。庄培业继续说：我再也不会胡闹，在里面的时候，我总是梦见小鬼四处找我，要把我抓进阴曹地府。以后什么事儿我都听老婆的。这时的罗阿芳边擦眼泪边深情地看着庄培业。陈俊生知道庄培业不仅搞大过女工的肚子，还养过一个叫张爱秋的歌手，后来被这个歌手卷去了大半个家产。这些都是罗阿芳喝醉了酒哭着告诉陈俊生的，她说幸好自己存了私房钱放在娘家，最难的时候才算度过来，不仅可以保证儿子在国外读书不受影响，同时还可以东山再起。最后，庄培业说，这两年真的委屈了你，你做过什么我都会理解，今后也会理解。说完了这句，庄培业突然把身子转过来，对陈俊生说，现在我听你安排，只要你的心在我这里，在公司。他甚至没有发现陈俊生的脸色已经变了，还在继续说，房子很多随你住。汽车，你也应该不会拒绝了吧，是个男人就想要吧，院子里的这几台随便你挑，如果要换新的，你可以自己去选。

陈俊生想起自己做过一个梦，梦里见到了向他扔鞋子的女人，她住的竟然那么近，不是一百米，而是同一个房间。陈俊生把自己吓醒了。天竟然还是黑的，可是他已经睡不着了。于是他去看身边的齐彩霞，吓了一跳，对方睁着眼睛，看着天花板。

转眼便到了夏天，凤凰树上的花全开了，107 国道两边的花朵连在了一起。已经成为高科技创新城市的深圳，“三来一补”、边防证早已成为历史，“90 后”的孩子们多数不知道那是什么物件，就连最代表深圳的二线关也撤了。想要了解这些，只能到档案馆去查了。陈俊生本来想好了要拍些照片留念，还没有来得及，便被铲土机推平了。一夜间，连砖瓦也消失得无影无踪，广场上干净得像是被水洗过一样，整个关外已经变成了一座崭新的城市。陈俊生觉得最近发生的事情很多，包括认识的人，有的白发苍苍变成了老人，有的连个招呼都没有，便踪影全无，手机也成了空号。过去的事儿没有多少人再记起，即使再新的事情，过两天也没人会再提。

庄培业和罗阿芳回想起事情的来龙去脉时，时间过去了大半年，花都旅店门前已经停放了两台黄色的推土机。从深圳市区去向关外的路上，谁都可以看见这座矮小的建筑物正在被拆除。有些人记得当年这里的糯米鸡、莲蓉包最好吃，到了夜晚出来的站街女、打工妹，还有卖炒河粉的小贩们。有些年纪大些的老人们还能回忆起，原来这里的老板娘是个女的，芳名罗阿芳，还有些更老的人回忆，这罗阿芳当年也是个好妹仔，只是后来越来越不像小时候了。

陈俊生一觉醒来，觉得这个世界其实不大，那些有缘分的人活动范围都不会超过百里。想到这些的时候，他正看着自己，镜子里的陈俊生额头的左上角冒出了一些短短的白发，他试图拔掉，却发现那些白发生长得很牢，不像是长着玩的，而是要长期驻扎下来。陈俊生眼下的工作，如他所愿，成为文化小镇项目的一名临聘人员，业余时间还可以兼职做一些培训。

陈俊生觉得自己此生是被人信任过的，是那位得了他衣钵的学生齐彩霞。她已经被陈俊生接回了他们的廉租房里。那一次发作，齐彩霞的手不断指向天空，说她的姐妹都在上面。那个夜晚，因为在外面，她才躲过了那场灾难。知道齐彩霞怕黑，那是姐妹们为她留下的一支蜡烛。说话的时候，齐彩霞的手四处游移，无法确定自己当时的厂在哪条街、哪个区，到底是珠三角的哪个城市。好在只是暂时性的症状，经过治疗，病情已经好转。只是很多事情都已经被她忘记，包括在塔河的那个早晨，她想要对他说出来的一切。

中午时大街小巷到处还可以听到知了的声音，还有各种鸟也落在了不远处的树上叫个不停，到了黄昏，竟然安静得像是什么都没有来过。陈俊生崭新的摩托车刷着路两侧的树叶一路前行，有苦香味飘进来，他深深地吸了一口，努力让这凉爽的空气在体内徘徊了很久。随后他抬头看到了飞机正携带着镶了金边的云彩，漫过他的头顶。

陈俊生已经不再纠结，既然齐彩霞敢随他重新回来，作为男人他便不能失信，陪伴齐彩霞和他们即将出生的孩子，是接下来陈俊生最重要的事情。

来访者

蔡　东*

1

我记得江恺第一次坐在我对面时脸上的表情。我熟悉这样的表情，练过瑜伽了，修过佛打过坐了，老庄和张德芬都看过一遍了，还是不行。

江恺坐在对面，阳光透过玻璃和一层薄薄的纱帘，落在他脸上。发型挺时髦的，头两侧只有短短的发楂，头顶的头发留长却没有塌下来，也没有一撮撮粘在一起，看样子是手指蘸点发泥往上抓的，抓得很蓬松，略微凌乱地立起来，说不出的恰到好处。再看衣着，条纹针织镶边的棒球服，天蓝牛仔裤，浅褐色亚光皮质的德比鞋。一打眼就能估摸出来，他受过教育，有份体面的工作，审美也合格，看上去是个活得不错的人。

他让我觉得很不安。初次来访的防御、不信任、试试看、半信半疑，他统统没有，越是这样我心里越沉重。他看起来正常，实际上已经不知道怎样往下活了，只是还没到完全绝望的程度。完全绝望的人不会尝试改变，他坐在我对面表示他对人生仍怀着渴望，或许把我当成了最后的希望。我呢，只是选择这份职业的一个普通人，既不睿智，也不神奇。

这几年每接洽一个新来访者，想到反反复复、缠绵难愈的过程，心就累了，

---

* 蔡东，女，1980 年生，小说家，山东人，现居深圳，执教于深圳职业技术学院。出版《我想要的一天》等三部小说集，曾获得十月文学奖、郁达夫小说奖等。

我提不起兴致来了解和琢磨一个全新的对象。每个人都是一座博物馆，也是一座垃圾山。而来访者不是来展览生命中的功业并邀请我鉴赏的，他们会在职业化的导引下，在一个个失去戒备的松弛时刻，任由心底的一条条浊流暗河泄洪般地冲出来，而我在一片狼藉中仔细辨查，捡拾起有用的材料，耐心地抽丝剥茧。这是跟人相关的工作，跟人相关的工作只能耐住性子，一层一层，一步一步，还未必总是向前，时不时绕一圈就回到了原地。

前几次咨询我说得很少，鼓励江恺多说，放开说。江恺需要说话，需要尽可能地倾倒，他就是对着树洞说上几个小时也是有效果的。跟我一起听他说话的，是一盆菖蒲、两株琴叶榕和几只毛绒玩偶：龙猫、哆啦A梦、小兔本杰明。

房间里光线柔和座椅舒适，江恺说话的时候频繁做手势频繁喝水，基本不和我对视。工作出了问题，婚姻濒于破裂，母子关系也不睦。江恺的故事并不特别，但他说话时脸上闪过的那种年轻人才会有的迷茫神色，让我心里很不是滋味。我想帮帮他。他说起自己的出生年份，是再熟悉不过的四个数字，我儿子也是那一年出生的。

接下来的几次，回溯童年，梳理记忆，细细翻看密密麻麻的褶层。久远的场景和事件苏醒过来，初时，江恺像个局外人一样在描述，说着说着开始可怜自己了，开始动怒了，攥紧拳头，脸涨得通红，音调升高，身体却瑟缩起来。我没有介入，放任他在痛苦中待一会儿，再待一会儿，差不多了才让他自由联想，继而邀请他一起分析。我也会在恰当的时刻揭示出表象背后隐藏的心理机制，让他有豁然开朗的惊喜感。相对于其他咨询来说，我基本算不上使用技巧，也尽量避免让对话进入到既定的程式中，更没有为了获取信任而卖弄经验和学识。回想跟江恺面对面的十几个小时，是新异的体验，不像在工作，也没有什么目标的预期，平实，随性，自然而然。

直到一个锋利的声音抓破了这个下午。我的手机号不留给来访者，江恺打固话找到咨询助理，他的请求是被转述过来的，隔了一个人，迂回了一下，我还是能想象出电话里的声音，惊恐无助，尖尖的高音，刀刮玻璃，麦克风骤然啸叫。这声音灌进耳道，牙根一下子就酸了。

他想见你，来不及提前预约，问能不能临时安排一次。

在咨询室坐定，我还在后悔，后悔不该开这个口子的。房间里的一切都经过精心布置，生命力强的绿植，灰蓝的地毯，暖光落地灯，原木圆桌，米色布艺沙发椅，红茶，糖果，蜜饯，这些不经意间抚慰着来访者的小设计，此刻也在安抚着我。刚坐进转椅，耳边咚咚地响起江恺快步走来的脚步声，过了一会儿，声音消失了。

真安静。透过窗户打开的一道窄缝儿往下望，地面上人和车的移动似乎变得慢吞吞的，草坪树木的颜色亦是黯淡的，像个远古的场景，不仅是距离的迢遥，还有时间上的渺远感，远到迷迷蒙蒙，影影绰绰，睁大眼睛也看不真切。耳朵里也听不见什么声响，像身处真空，也像来到一个空荡荡的梦境。嘈杂的市声往高处走着走着就走不动了，扑腾着往下掉。

敲门声响了两下。他的手举着还是放下了？我定定神，说“请进”。

江恺还算镇定，也许赶来的路上已经尽可能调节了。

我笑了笑，表示他丝毫没有打扰我，我把转椅朝他挪一挪，身体往前探，鼓励他开口讲。

他说，我打了主任。

虽然有所准备，听了他的话我还是一愣怔。最近这两个月，每个周末都跟他会面，他的成长、求学、婚姻及工作情况已了解个大概。我知道他表面上的温顺是很不稳定的，他的人际交往存在很大问题，他不是一个容易相处的人，但这种不好相处更多的是指向世俗层面上的不圆滑和情绪化，也不至于打上司呀。

我首先担心咨询中有什么误导，曾建议他体会心底的真实情感，不管这情感是正面的还是负面的都不要抗拒，也许这就释放出了他的攻击性。我紧张起来，让他详细说一说。

不公平，他说，已经不是第一次了。

大抵是单位里推诿扯皮的那类事，不新鲜。听他讲完，我长舒一口气，问他，是什么程度的，嗯，肢体接触?

推主任一下，用了很大力气，他往后退几步，坐地上了，我又蹲下去用手臂锁住他的脖子。他比画着。

我既不摇头也不叹气，不动声色地看着他的擒拿动作。

同事赶过来把我拉开，主任跟喘不过气来一样瘫坐着，他胖。没等他被人扶起来，我转身跑了。

我点点头，然后就是联系咨询助理，来到我这里。来的过程并不顺畅，他说路上手一直抖，握不紧方向盘，勉强开了一段，把车停在路边，打的士过来的。

突发事件劈面砸来，我也需要消化，在我这儿事件最后定格为一个画面，这个看起来很强硬的男孩匆匆逃走，留给人们一个张皇失措的背影。

这会儿，劝解、指导、提出后续处理办法都是不合适的，也别用术语去分析，他需要先松懈下来，不再发抖，不再害怕。

剥开一颗椰蓉软糖，递给他。他捏住糖，还在愣神，细雪一样的椰蓉缓缓飘下来，悄无声息地铺落在地毯上。

我指着茶叶罐问他想喝什么茶，紫罐里是大吉岭，栗色铁罐里是伯爵银针，锡兰红茶放在木盒子里。他说喝什么都行，这才想起把软糖放进嘴里，含住了。

我坚持让他选，说，江恺，你来做主。他指了指栗色的罐子。

水开了，冒着热气的水流注入玻璃壶，混合着蓝色矢车菊、橙色金盏花的银针茶渐渐展开蜷紧的叶片，柠檬油的香味往外挥发，香气在空气里悠悠荡荡，沉下去又浮起来。

江恺双手环住茶杯，啜一小口。我也不说话，看向窗外。天色暗下来了，这屋里的沉默再纯粹不过了，是没有方向的沉默，也不含着责备，更没有蕴蓄涌动着下一波的焦躁。我们安静地坐着，时间平滑地淌过去，好像从来就没有遭逢过火烧眉毛，也没有一蓬蓬荆棘阻断了去路。

他始终不问“怎么办”，他累了，大概就想挨着一个可以亲近和信赖的人，陪他坐一会儿吧。

茶冲了几泡，香味一淡，房间里显得更清静了。时候已不早，下面还有预约的咨询，至少要留出半小时空当让我独自待着，攒攒精神，准备进入到下一位来访者的世界里。

谢谢您，我先走吧。他把剩余的茶水喝完，站起来往门口走，临出门了转过身来冲我笑笑，小心地掩上门。他脸上时常露出小学生的神气来，不是孩子的而是小学生的，我能辨别出两者间的微妙区别。嚼软糖的时候他也是小口小口的，手捂着嘴，低垂着眼睑，像个怕光的小动物。

完成当天的咨询已是夜里十点多。对面的高楼，一大截子消失在黑沉沉的夜雾里，只剩下点点灯光若隐若现，江恺的脸庞也渐渐模糊起来。下午他来访，没说多少话，主要为平定情绪，刻意不细说，我却隐隐觉出来，之前的那些回，他看似迫切的倾吐也是经过精心选择的。咨询有一段时间了，也许我们还是在表皮儿浮着，渗不下去。想想也正常，人心底某些犄角旮旯自己都不愿去，自己都不愿看得太清楚，更别说让旁人进去看了。这从来都不是一件轻巧的事情。

2

南方的冬天走走停停的，冷了几次也冷不下来，约略有个意思罢了。树叶陆续地掉，不似北方迅疾严厉，一下子全掉光裸出枝枝杈杈，枝丫上总还笼着一层绿意，只是绿得薄了，不像夏天那样累累的。

临近年末，期末考试的缘故，青少年来访者多了，婚姻咨询也多起来，好像婚姻也要经历年终大考一样。这个月江恺没有出现，看看下星期的预约表，依然没有他的名字。

周六下午的咨询排得满，我过了饭点儿才下楼。拐进茶餐厅，靠窗坐下，捧着餐单看半天，还是点了云吞面，饮料呢，鸳鸯、热鲜奶、阿华田、好立克、柑橘蜜、红豆冰、可乐煲姜……一行行看下来，最后我在杏仁霜后面打了个钩。

茶匙一下下搅动杏仁霜，白色的小漩涡旋转着，甩出来清冽微苦的杏仁味。附近写字楼加班的人三三两两地进出，大都挂着胸牌，坐定话不多，埋头填饱肚子。餐厅里很静，用餐区跟切配间只用玻璃隔着，玻璃后面一根银色横杆，悬着一排挂钩，钩着油鸡、烧肉、卤鹅、青蒜，射灯打下来，青蒜碧绿如洗，烧肉的皮色是枣红枣红的。

抬头看见一个颀长的背影，等他转头，转过头来却不是。这些天，看到高个子男孩就忍不住想起江恺来。

出电梯，沿着走廊往办公室走，我远远看见一个人在门口来回踱着步。走近了，发现是个面生的年轻女人，冲着我点头。目光越过她，望向前台，值班的姑娘不在。拉开包的拉链，摸到里面的强光手电筒和高分贝报警器，心里踏实了些。

我不往前走，女人也不动，互相对视几秒。她说，您是庄玉茹老师吧，我见过您的照片。

我紧攥住手电筒，心想随时备着的东西竟然真要用上了。

庄老师，我是江恺的妻子，我叫于小雪。

手还是没从包里拿出来。走廊的灯光偏暗，于小雪走近几步，我才看清她的脸。看清了，攥着手电筒的手指不由得松开了。当时形容不出来，后来回忆起跟于小雪唯一的这次见面，回忆起她的脸，一个词才浮现出来：弧度。生硬、苦愁、凌厉的脸上是见不到优美弧度的。于小雪呢，眉毛从中间开始弯，眉尾恰当地收住，不至于耷拉下去，双眼皮儿不深不浅，两道秀气纤巧的虹，嘴角向上翘，横躺着的月牙儿，从耳垂到下巴颏儿也是一条流畅的弧线。很喜相的一张脸，无论笑不笑，笑意是满的，要溢出来的样子。成年人的面相泄露的信息太多了，无关乎天生的五官美丑，面相里往往隐匿着一个人的心理和生活状态。

走廊另外一头的保安朝这边走来，我取出钥匙打开门，犹豫地看着于小雪。她迎着说，能占用您一点时间吗？我拿不定主意，身体却侧过来让一下，她赶快走几步跟在我后面进了屋。

她坐进江恺常坐的沙发椅，环视房间，视线最后落在书架上。我以为都是专业书籍呢，原来不是，她喃喃念出声，《通俗天文学：和大师一起与宇宙对话》《中国首饰史话》《李白传》《夜航船》，这是，呀，还有这么多绘本和漫画。

不清楚她的来意，我礼貌地笑笑作为回应。

家里现在有很多心理学书籍，《释梦》《荣格文集》《行为主义》《自卑与超越》《论人的成长》，都是江恺买的，我有时也翻一翻。

心里忐忑，等着她切入正题。我这个职业在来访者家属那里名声并不好，有的目之以传销、灵修、邪恶催眠一路，有的不以为然觉得不过是伪科学、读心魔术，有的时刻提防着，怕咨询久了依赖上，跟亲人反而疏远了。最习见的是把我们看成江湖骗子糊弄人，新时代骗术，闲聊天儿居然按分钟收费，还那么贵，简直是敲诈。

庄老师，你会保密吧？她问。我以为她要跟我聊聊江恺，没想到说的是她自己。

声音圆润好听，珠子一般滴溜溜地滚动着过来。

就是一刹那，我看他一眼，偏巧他也看我，那一霎可真长啊，什么都没发生，什么都发生过了。之后又见过几次，都是一帮人一起的，听见他跟人打听我，我装作不知道，其实心里挺高兴。今天，他跟我，两个人，在咖啡馆待了一下午，把不多的几种饮料试了个遍，好意思又不好意思地坐着，都不说告别的话。直到咖啡馆灯亮了，我心里乱，告辞出来，在公园里晃了晃，实在没头绪，才来这里碰运气，看看您在不在。

她又详细说起两人怎么在草木染工作坊共事，我边听边细细地捋。于小雪是纺织面料设计师，这个我早听江恺提起过，也由此想通了他为何穿着打扮颇为讲究，从他表现出来的对自己的认同度这方面来说，本不该这么讲究的，想来都是于小雪对他的积极影响。

因职业之便，我对男女间的事了解甚多，深知那全不由人的疯魔劲儿，就像一把火，除非烧完燃尽，不然过不去。我担心江恺，一时默然，对着眼前的于小雪，更多的却是理解。我知道婚姻有多难，知道跟江恺在一起生活有多累，也猜到于小雪对“草木染男士”的好感，恐怕是因为在痛苦中浸泡太久，想露出头来透口气，未必是动真情。

何况，她为什么来找我呢，肯定不是为了说这些。

她接着说，庄老师，你是专业人士，你帮帮江恺吧，我想不到别的办法了，信心也快磨没了，早租了房子说搬出去，又舍不下小家，你不知道我有多看重这个小家，一想到跟他过不下去了，光是想想就忍不住掉眼泪。

这代人是爱过才结婚的。我暗自庆幸。

她说，最近这几年不知道怎么熬过来的，遇见烦心事他情绪低落，一低落就好些日子，毫无理由地他也会突然不满意，好像他本身需要痛苦，好像心绪恶劣倒变成享受一样。外面阳光那么好，扭头看见他，他头顶上压着一大团乌云，我一哆嗦，全身冷透了。他有时待在房间里会忽然大叫一声，接着传来猛砸键盘的声音，好像自己跟自己说起话来，跟念咒一样。渐渐地，各据一室我也安不下心来，飘飘摇摇地等着，干等着他大叫一声，叫完了反而安心了，好像跌进看不见底的洞，掉着掉着总算着地的感觉。

她的声音绷紧了，眼眶里滚着泪珠，眼尾的睫毛湿湿的。

一次次重复，就跟进了闭路循环一样，看不到头。前一阵子他跟单位又闹起来了，这个，他跟您说了吧？

那天下午临时加了咨询。我仔细咂摸这个“又”字，心里明白了几分。

她趁我不注意擦擦眼睛，说庄老师千万别对他有成见，他是一点儿坏心眼儿也没有的人，他多单纯啊，上大学那会儿他脸上就写着三个字：好男孩。

她谈及大二那年去找高中老同学玩，认识了江恺。她随口提到的大学名字让我心里一震，江恺只跟我聊过他的专业，从没跟我提起过他毕业于全国数一数二的学校，我有些吃惊。

提到大学时代她高兴起来，跟我讲他们相处的一些画面，讲得很细致，不愿意漏掉往事一丝一毫的好，脸上始终是小女孩的欢喜劲儿，眉眼更弯了。

我忽然觉得大有希望，很明显她比江恺健全，她是可以从经历中获取养料并被平淡生活秘密滋养着的一类人，这对江恺来说太重要了。

好男孩，怎么就变成这样了呢？末了，她说，说完垂下头盯着地面。

她相信别人，她主动来找我，刚才还说起，江恺提出来看心理咨询，她没有质疑没有冷嘲热讽，帮着在网站上选咨询师，浏览简介和照片，说选这位吧，慈眉善目，看着很亲切。

我的年纪，大概跟他们的母亲差不多。

怎么会对他有成见呢，他是我的来访者，我会帮助他发现一些问题，帮助他的过程也是在帮助自己。每个来访者的心都像冻了几十米的冰层，不能急，慢慢来吧，小雪。我轻声喊出她的名字，她抬起头看着我。

我接着说，心理咨询可以从幼年入手从过往经历入手，家庭，父母，成长历程，沿着这个方向去找线索，这是流行的手法，这种手法因为很少触及现实、相对安全而被广泛采用。但不要忘了一句话，我是一切存在过、一切业已完成的事物的总和。人是什么？人是所有经历的总和而不仅仅是童年的经历。你呢，你曾经是，现在也仍然是江恺的经历。

她的声音抖得很厉害。我看到他在受苦却帮不了他，也没能让他感到快乐。夜里他经常做噩梦，喉咙里发出特别惊恐的叫声，双手在黑暗中乱抓，我想让他醒过来，又怕中断一个梦不好。白天的时候偷偷看着他，既想耐下心来安慰他，又想扭过身去躲得远远的。

我明白她的处境，她正渐渐丧失跟丈夫共同生活的兴趣。江恺的烦躁、怨恨、不高兴像病菌一样四处滋长，高频率的爆发让她身处家中而难获安宁，在爆发和等待爆发中熬时辰，家庭的场，家庭的氛围，吃人不吐骨头。

我把叹息压下去，对她说，我知道你厌倦了，再坚持一下，别放弃。你是江恺的生活伴侣，也是一个良好的客体，跟你相处的美好体验会改变他内在的心理机能，这样他就有希望重新建立起跟环境、跟他人的健康的客体关系。

最后我告诉她，我最喜欢的心理学家是阿尔弗雷德·阿德勒。他认为儿童在五岁左右形成了生活风格，也就是构建起了人生原型，但阿德勒不看重过去，他还说过一句话，生命总会设法延续下去。

她眼睛亮晶晶的，用力点点头，生命总会设法延续下去，相信你，庄老师，我也不会轻易放弃的。

送走于小雪，我先推开窗户让风吹进来，又关掉吸顶灯只留一盏低瓦数的台灯，最后把自己放妥在躺椅里。眯了一会儿，坐起来准备回家，抓起手机放进挎包，手指又触到了包里的防身用具。几年前一次咨询的时候，坐在我对面的人总盯着花瓶看，透明玻璃花瓶，注水到瓶身的一半，一束鹅黄色的小苍兰亭亭地站在清水里。咨询完了，我手捂胸口调息了半天，心跳才渐渐慢下来。从此，房间里没有了玻璃花瓶也没有了瓷瓶和陶瓶，植物栽种在塑料花盆里，干花们——鼠尾草、地中海蓟、满天星、珊瑚红豆、莲蓬，住进了各种形状的藤编、竹编或柳编的花器里。

来访者是个十几岁的初中生，也许他只是喜欢那束花。

3

每年三月份，我会离开深圳去别的地方住一阵子。各地的景区风光迥异，扰攘是一样的，我受完罪就离开了，景区还在没黑没白地受罪。有一年夜宿河畔的古镇，深夜躺在床上，窗外的人声像涨潮一样漫上来，渐渐盖过了水声。月洞门雕花木床挨着窗户，窗户下面是窄窄的河，打开窗户，红灯笼映着粼粼的流水，对面临水的街上站着人，拱桥上也挤满了人。古镇像个揉着眼睛缺觉的孩子，哪天能睡个囫囵觉就好了。也去过传说中适宜隐居的偏僻地方，发现隐士真多，已经热闹起来，难见荒烟蔓草，跟外头的气息差不多。后来就悄悄回老家住，市郊的宾馆，水库边上的度假屋，临行前或跟亲友见个面，更多的时候直接拉起行李走。坐上出租车，在座位上转头往后看，熟悉又陌生的小城越退越远，渐渐模糊了，是山水画虚虚蒙蒙的远景轮廓，像一场似有还无的残梦，遥遥挂在卷轴的一角。

很少跟亲友谈起我的职业，有人问起来，能含糊过去就含糊过去。这份工作神秘而高危，枯燥又刺激，似乎藏纳了数不清的秘密，但更多的时候我了解的不是个体独特的痛苦，而是公共性质的痛苦，洞悉的也非个体隐秘，不过是对世俗价值的反复体认，对永恒的贪嗔痴慢疑的来回温习。我的房间里噼啪闪烁着心灵幽深处迸裂的暗蓝色火花，同时也堆积了世事人心最表面的一层泡沫，浑浊而固执，强风吹过来都一动不动。

钻研过几本心理学方面的书，还是揣摩不透上级的心意，有时候用过劲儿，有时候又不够主动，经历几任领导，这方面没少下功夫，好像一直没找对感觉，领导对我也不太重视。

做销售三年了，业绩一直不理想，好几次差点被淘汰，量上不去，不被淘汰自己干着也没意思，没有愿景啊。每年固定培训也学了些招式，说穿了卖东西就是讲故事，讲故事的技巧我已经掌握了，但心理不够强大不够坚定，对人家脸上的表情会特别在意，抹不开脸面去磨客户，也不知道用什么办法能轻松混成哥们儿，很苦恼，想请你在这方面帮我提升一下。

我有个高中同学，是我在深圳唯一的朋友。本来我们经济条件差不多，都是一套房一辆家庭型轿车，后来他跳槽去了一家金融公司，每年年底奖金下来了都发笔横财，换了豪华车，现在又准备换房改善生活品质。我呢，后悔大学时没学个好专业，现在还领着死工资。每次跟他见面，回来我都特别，怎么说，就是那个词，焦虑。但他毕竟是我在深圳唯一的朋友，人都需要友谊，其他社会上认识的不敢交心呀。我短期和长期都看不到赚大钱的希望，心里急，睡不着觉，可能快抑郁了。

这些本该跪在菩萨跟前默默念叨的话，说给我听了，菩萨不用回应，我得回应，厌恶和倦怠会一起袭来。来访者们境遇各异，有一点是相同的：每个人都气鼓鼓地觉得自己的人生很失败。我经常会有捂紧耳朵的冲动。他们的脸孔年轻而老气，更是令我不忍细看。好在这类人士所受的是滚滚红尘的浅表伤害，没有真正的问题要解决，会很快脱落。再加上自助心理学这么流行，分支细，锁定精准，营销心理学、交际心理学、恋爱心理学，通俗易懂，实用性强，实在不需要专门花钱面询。

四月初回到咨询中心，桌上放着这一星期的安排表，江恺的名字又出现了，预约的是一个工作日的晚上，我仔细看了几遍，确定是江恺。

晚上，我提前到咨询室，开窗换气，再把窗子关上。掸干净茶几，调好灯光，倚在沙发上等。江恺提前了几分钟到，说上个月就想预约，助理说你休假去了。

我请他坐下，聊了几句闲话。江恺主动提起单位的事，我问他最后怎么处理的，他说，写检查，会上公开道歉，之后饭堂里见面也互相打个招呼。才不过几个月，他说起来像是很遥远的事情了，也许那天他的慌乱和绝望，不仅仅出于对上司的畏惧、对前途的担忧，我感觉他可能不在乎这些，让他害怕的，可能是另外的东西。

反正我又搞砸了。他扶着额头，准备从头说说。

4

毕业那年参加了研究所的应聘考试，几百人竞争的职位，我笔试面试都是第一。入职头一年工作很认真，跟同事关系也融洽，大家对我评价不错。接下来也不知怎么回事，就跟兜不住一样，跟同事吵跟领导也对着干，人缘越来越差，一去单位就觉得空气紧张，待在那里也是讪讪的，只好去找别的出路，看看选调什么的，选调也要通过考试，我擅长这个，试了几次就考上调走了。

在新单位工作上手很快，一切都很顺利。谁知道过了一段时间，就跟鬼上身一样，又把挺好的局面破坏掉了。我很容易跟人结仇，事事都想反抗，不是成心的也没什么坏心思，不知道为什么，形容不出来的感觉。

中间还有，不详细说了。现在这个单位是去年夏天刚换的，刚到单位的时候特别高兴，我渴望加入陌生的群体中，我就是个新人了，是另外一个人了，没人知道我的底细，可以重新再来一遍！谁知道那天跟中了邪一样还是搞砸了，就好像有另外一个人在暗中指挥我，在秘密规定着我生活的走向，不管我怎么做，都是往那一步里迈。

听着江恺的叙说，我眼前不断出现一幅画面，画面里藏着深深的悲哀，叫人看一眼就不由得心情黯然。一个年轻人清晨醒来时是怀着希望的，洗脸刷牙，穿上干净的衣服，默默给自己鼓劲儿开始新的一天，尝试着友善对待周围的一切，然而在某种神秘力量的驱使下，希望和美好总是迅速溃散，无论他多么努力都走不出这个轮回。

这些年一直不太顺。江恺总结道。

我问，你主动挑起冲突的人有什么共性吗？

他想了一会儿说，仔细想想，都是品性很不错的人，但会在某一个瞬间让我感觉受到了约束。

约束？还有没有更多的词语可以描述？

压迫，剥夺。服从别人让我感觉很难受，像一座山压过来，把我压成薄薄的纸片，也像一大把管子插在我身上，生命一滴滴被吸走了。他很肯定地说。

越来越清晰了，我准备开始梳理。看起来，他是个自由的成年人了，不管家庭和父母以前如何，他早已挣脱而出。然而，过去并未走远，像个诱惑，向他招手，一扇扇门次第洞开，长长的通道显露出来，熟悉的口令响起，他毫不迟疑，扭头往回走，召唤他的到底是什么？

觉察和认知是最重要的，只要能认知到是什么在操纵他，就可以用相应的方法来治疗。

回想起来，不过是些微不足道的事情，但让我有受束缚的感觉，为了摆脱这种感觉我总是尽快原形毕露，尽快让人知道我不好惹不能沾，是个怪人是块滚刀肉，别给我分派任务，别给我交代事情，别打扰我，离我越远越好。扭曲的是，我又多么希望跟每个人的关系都是正常的。没救了，你理解那种感觉吗？好不容易焕然一新，然后稀里糊涂又是老路，意识到自己又回来的一刹那，一下子就灰心了，一点儿心劲儿也没有了。日子太长，我想把阳寿分给小雪，分给你，分给医院里得了绝症的那些人。他郁郁地说。

我忽然改主意了。

我儿子跟你同一年出生。我说。

也在深圳吗？他肯定比我好得多，我的意思是比我快乐得多。

不在深圳。

那就在国外了。

他死于脐带绕颈，抱出来的时候已经凉了硬了，除了在我肚子里活动、呼吸、生长，一秒钟也没在世上活过。

我们面对面坐着，一切都静止了下来，恍若漫漫长夏，热气凝滞不动，世界也被粘在了原地。

又过了几年我跟丈夫也分开了。

接着呢？再婚了吧？

我不再往下继续，岔开话题说，我之前在老家是做财会工作的。

都过去了，都过去了。江恺安慰着我，好像我是他的来访者。我看着江恺的脸，一时恍惚起来。最近这几年，长成青年人的儿子频频造访我的梦境，他有浓黑的眼眸和上扬的眉毛，个子高高的，喜欢穿天蓝色牛仔裤。白天走在街上，碰见男孩子从我身边经过，我会停下脚步转身看着他们，直到他们的背影消失在拐角的地方或汇进人流看不真切了，我才继续往前走。

江恺的眼睛忽然一亮，说，庄老师，你看圣斗士吗？我最喜欢的圣斗士是凤凰座一辉，工作后挣了钱，收藏了很多一辉的模型，有一座是他穿着金色的神圣衣，身后垂下长长的凤凰翎羽。一辉总是死去再复活，而且凤凰座的神圣衣也是有生命的，毁坏了可以自愈。

他讲述起凤凰座的几场著名战事，战斗的激扬，涅槃的灿烂，太阳仿佛伴随着精彩的故事冉冉升起，带着隆隆的巨响声升起，迸射出道道金光，辉映着他年轻的脸。他说自己不该被生下来，抱怨活着真没意思，但是他又多想好好享受生命，好好享受来人间的这一趟啊。阳光，星空，连绵的青山，雨后的草地，诗一般的公式，友情，体育运动，书，电影，花朵，热乎乎的家常菜，各种各样的好东西。

我告诉他，别灰心，千万别灰心，这不是什么绝症，也没有严重到要从心理领域转到精神卫生领域，已有的理论足够帮你认知了。

到底是为什么？他问。

我尽量不给他定性，假我，俄狄浦斯情结，人格障碍，部分社会功能的缺失，这些标签于他无益。人是多么复杂和差异化的存在，不是几个概念几种分类就能说清的，我尝试着用他能听懂的语言，跟他一起分析和逐步发现。

你感觉有个神秘人在指挥你，你是被迫进入到情境中的？

非我本心所愿，我想在平和友善的环境中工作啊。

仔细回想一下，事情失控之前你一般处在何种状态中？

不知道，就是感觉难以忍受，局面、氛围都不对。

轻松的气氛，良好的人际关系，为什么难以忍受？

他皱起眉头，是呀，为什么？

也许，这些会令你感到不适，因为不适你才想改变。

改变舒适的环境？他瞪大眼睛。

你不断创造条件，让自己置身于对抗性的境地中。

我创造的？但处在这类境地中并不愉快，很压抑。

并不愉快，可是你熟悉，你熟悉这种恐惧：敌人在身边，让你不得安宁。你盼望回去，让自己沉入业已熟悉的恐惧中。

业已熟悉的恐惧？

是的，与其等待不可知的恐惧，不如先期沉入熟悉的恐惧中，这样就有一种虚幻的掌控感。如果说有个神秘人的话，这个神秘人，就是你的恐惧。

他说，那业已熟悉的恐惧是什么？敌人又是谁？

一种症状的背后必然勾连着一大段过往，熟睡的个人生活史，需要慢慢叫醒它。我说。

他那么聪慧，我觉得他已经意识到了什么，他回避着我的眼睛，说，这一层要慢慢体会。

我点点头，不用急，今天也差不多了，回去好好休息吧。

5

江恺离开后，我在诊疗室躺了一会儿才回家。回到家，走进卧室，打开衣柜门，感应灯随即亮了，敛藏的光在小小的空间里伸展开来，大衣、毛衣、衬衫，挤挤挨挨拥过来。我从抽屉里拿出一块洋布，蓝底白花，颜色旧旧的。不是用旧的，是不曾流走的时间一层层蒙在上面，让它变得晦暗也变得沉重。

那是我唯一的一次昏厥。原来苏醒不是一瞬间的事，而是一节节、一格格的。先是有耳朵了，听见喊我的名字，声音像从很远的地方传过来，传到耳边已经衰弱，回声荡悠悠地响起，在空旷处经久不散，丝丝缕缕地飘着，声音的细丝被一根根抽长，渐渐断了，风一吹，没了。接着，我感觉到身体的存在，不是实心的，是玻璃球，能看见里面树枝一样的脉管，悬浮流动着的血液。再往后，有触觉了，指甲盖划过的地方凉凉的，是铁架子床。最后，有什么东西重重扑在身体上，我猛地坐起来。

孩子的脸是青紫色的，双目紧闭，他还没来得及看我一眼，看人间一眼，眼睛就合上了。人们在床前箍成一个半圆，纷纷劝说着，要把他抱走。我扯过被子盖上他，只露出拳头那么大的头，说让我抱着他吧，就一个晚上也行。熄灯后我靠着一个枕头，在黑暗中注视他。相邻床位的人背过身去，叹息声比披散下来的头发还长。我摸索着下床，绕过弯曲的楼梯，走到有路灯的地方端详他的脸，我想记住他的模样。那做母亲的一夜很短很短，一丛丛黑黝黝的冬青树很快从晨曦中显现出来，顶着初生般的湿漉漉的绿。夜里多个疯狂的想法，比如说把他做成木乃伊，把他浸泡在某种溶液里，把他冷冻起来等待医学的飞跃，像晨雾一样升起又消散了。最后我手里攥住的是一块裹他的棉布，我凑过去闻，大口吸气，好像这样他的气息就能在我的身体里往复循环了。后来过了很久很久，我已经可以叙述和谈论这件事情时，别人听了觉得可怖，对我来说却是一辈子最温柔的夜晚，我跟我的孩子在一块儿，胸膛贴着胸膛，静静地等着天明。

江恺提到过他的母亲，洛阳人，恢复高考后考入邻省的院校，毕业后回老家分配进科协工作，然后结婚生子，日出日落，清晨暮晚，在办公室和自己的小家之间来回往返，像生活在小城市的无数女人一样，大半辈子的经历都很简单。

6

今天的咨询，我试着问询江恺一些问题。谈及过往的经历，谈及母亲，一鳞半爪的，他仍未提供太多细节，费力想一会儿，摇摇头，好像实在没有什么重大的事情可说。他解释着，就那样，每个人都是那么过来的，没什么特别的。

他对母亲的感情尤其复杂，也许有足够的材料可供解析，却不愿别人触碰。虽然他支支吾吾的，我也大体上能估测出他的成长环境，画出一个大致的轮廓，并可以预见到那些并不特别的日常背后隐藏了些什么。

他说，上次咨询完回到家，关于“熟悉的恐惧”，思来想去有点明白了。

最重要的是自己的觉察，觉察到就够了。我不想勉强他全部说出来。

那晚把想到的都写出来了，写完一看，线条很清晰。

我并未表示赞同，说，人精神上的迷惑和混乱，成因往往很复杂，我们可能只是找到一部分原因，甚至找到一个因也没有那么重要，主要是在找的过程中确认了自己想要改变和新生的信念。

他附和着，当然，拎出来线条只是第一步，难的是怎样不走回老路。

我建议道，有些情况下一旦发觉自己正往熟悉的情境里滑行，意识马上接管过来，强行中止，多试几次，一次奏效有了正面的体验，以后就容易应对了。

我记下了，等着试试这个方法。对了，庄老师，我再请教一个问题，像我这种情况，焦虑变成常态了，每天总感觉很累，工作不忙的时候也又困又乏，有什么办法改善一下吗？

我了解他的情况，对他来说焦虑不是那个谁都能随意说出的流行词，而是实实在在的折磨。手头没有事，身体坐下来了，周围也没有别人，却还是感觉闹哄哄的，为什么？因为思维太可怕了，它不停止你就没法得到真正的休息，为了片刻的宁静，人们想过多少办法呀。

该怎么描述呢，这样说吧，我每一秒都活在下一秒，脑子里一个念头挤开另一个念头，成千上万不停翻涌，太累了。还有一些时候会突然全身发抖，心脏猛烈地跳，好像要跳出喉咙离开身体，跟快要死了一样。他补充道。

焦虑是表象，是次生情绪，关键要认识到引发焦虑的源头。另外，焦虑漫上来的时候，你会看到什么画面或听见什么声音吗？我问。

有声音，是秒针咔嗒咔嗒的声音，这声音一响好像就永远不会停。我完全静不下来，坐也不是，站也不是。

我点点头，说，感觉自己精力好脑子清楚的时候，分析一下为什么会听到这个声音。至于方法上，瑜伽的冥想，道家佛家的打坐，都会有帮助，心理学上的正念练习也成为很受重视的治疗方法。有个常用的小办法，数呼吸，有的心理学家认为数呼吸和焦虑不可能同时发生。你找找这方面的书，按步骤来练习练习。

可以练习是吧？

试一试，正念练习不是包治百病的特效药，每个生命都是独特的，人和人太不一样了，调节的办法因人而异，慢慢摸索吧。我犹豫着，要不，我分享一下个人体验？

他坐直了身子。

我说，旅行的时候，有些美景来得出其不意，它撞进生命的那个瞬间，我活着却忘了自己活着，既融合又出离，既迟钝又不可思议地敏锐，出神和忘我之后是大自在，是真休息，感觉特别满足，感觉还有太多未知的好处等着我去发现和喜爱，继续生活的兴致就很高昂。

他说，太神秘了。

我有些沮丧，嘴里却鼓励着，江恺，有一天你也会体验到的。

心理学上对人的这种状态有很多研究，我刻意不援引理论，更不想启用多巴胺、皮质醇等名词，从神经机制的角度来说明背后可能的原理。那些美妙的瞬间，不能求取也无须解释。风，阳光，景物，乐曲，一段文字，生活中的一个偶然，都有可能把我们带到那个安静的地方，从那里走出来的人，身上会焕发着异样的光彩。

既不玄妙也不灵异，只是需要一些机缘。

7

接下来的一次咨询还是一小时。

这次刚上来他就有点不在状态，眼神游移，说话总重复。我不逼问他什么，只是暗中放缓了节奏。后面他寻着个空当说，过两天要回趟老家，请假手续已经办好了。

家里有事吗？我问。

有事。外婆心衰住院，住院的时候没通知我，现在好转些，出院搬到我姨家了，我妈才告诉我。

那就回去看看吧。

怪怪的。最近这些年回家都是因为有人生病，前年我爸喝酒摔伤了胯骨，还有一次是奶奶感冒转成肺炎，在医院里住了些日子，我陪床陪了几天。我跟我妈很久没打电话了，她一打电话，我接通之前就在想，是不是又有人住院了。

很少打电话？

不知道该聊什么，更怵头回家，很怕见到他们，很怕当面跟他们说话。

我说，洛阳是个让人神往的地方，我还没去过呢。说完了，我察觉到自己竟然期待地看着他，心里的想法就此清晰起来。

他说，并不是想象中的样子，大概地下还属于古代吧，地上满街连锁，就连仿古也跟别处无异，工艺是差不多的。

龙门石窟该去看看。我说。他看看我，似乎想接句话，张张嘴又合上了。

为了避免在停车场再碰见来访者，我一般会迟些下去。发动好车子，要开出停车位的时候，远远地，两道车灯打过来，接着一辆宝石红的车子驶近，车窗降下一半，江恺露出头来，要不，我给你当个导游，庄老师？

我打开车门，走下来说，谢谢你，江恺。

开出停车场，很快驶上一条沿着海湾修建的快速路，道路两边的灯被一盏盏抛在后面，仪表盘上的数字跳动着，我发现自己越开越快。脚离开一点儿油门，车速慢下来，心里依然很乱。洛阳之行我将以何种身份出现呢？心理咨询师不是神仙不是救星也不是导师或朋友，我无法预见多重关系会为治疗带来什么，这让我觉得危机四伏。也不是头一回了，接访江恺的过程中一次又一次破例，也许在职业生涯的末期，我不想再自欺再使用最省劲儿的办法，一个熟极而流的套路化和市场化的诊疗程序，这样只是可以较快地显现效果，并确保咨询师在惯性中舒适滑行。变换一种方式，来访者可能会有更大改善，很多心理学家的治疗不是完全靠一个模子，而是尊重随机和偶然，也并不避讳跟其亲友的接触交流。这种治疗方法古典从容，跟谋生无关，跟今天通行的职业规范也是抵牾的，却是倾尽了努力让一个生命最大程度地自如地活下去。心理学学派众多，任何一个天才的心理学家都有能力开创几种分析诊疗的方法，杰出的心理医生则会为每位病人制定独特的治疗方案。为了让来到世间的生命少一点成长的伤痛，让父母们养育孩子时少一点蒙昧，温尼科特耗费毕生精力研究上万名婴儿，细致观察母婴之间的相互作用。科胡特、克莱因、贝克、马斯洛、霍妮，他们终日面对着遗忘、防卫、不诚实的对象，在不可知论的压力下试着了解人类解脱人类，想着想着，我心里有了支撑，力量慢慢回来了。

8

几天后，我跟江恺在高铁站会面。上了车，我们第一次并排而坐。江恺低头看看车票，说想起来了，刚结婚时我跟小雪也是坐这趟车回老家的。

我记得于小雪说租了房子准备搬出去，不知道现在怎么样了。忽然想到另一个女人，一个中年将尽的来访者，在即将步入暮年的时候她坐在我对面，总结自己的婚姻：二十多岁时离开原来的家庭组建了另外一个家庭，以为新生活要开始了，那时不知道这是人世间最难的事情之一，一晃几十年，经历了成千上万次争吵，到头来，说到底，是被一个非亲非故的人平白折磨了这么多年。

于小雪会不会也这样走入暮年，想到这里，我看了江恺一眼，他正望着车窗外面。

起先高速列车在多山的地方行进，穿过一个个高大的山洞，接着地势平缓了，只剩几座线条圆润的小山娇憨地站立着，溪流缓慢婉转地流向远处。时值仲春，水田和菜畦笼着轻烟般的绿，水墨的风韵，不像盛夏时绿得那样实，那样有筋骨。

中午吃完盒饭，江恺闭上眼睛休息，我也歪在座位上打盹儿，半睡半醒间，我听见耳边的呼吸声急促起来，转过头去，正好迎上他睁大的眼睛。

怎么了，哪里不舒服？我问他。

他把手掌覆在额头上，半天才调匀呼吸。他凑近我，低声说，越往北走越害怕，之前看过的恐怖片都浮现出来了。一闭眼就看到《断头谷》里的场景，到处是浓雾，树林里跑出来一匹马，闪电划过，一下子看清骑马的人没有头，无头人全身铠甲，手里拿着长柄利斧，他在追杀我，我跑到一棵树下，看见一颗颗头颅从树根下滚出来，脖颈处的断碴还滴着血，血珠慢慢渗进泥土，地也变红了。电闪雷鸣的，暴雨落下来，雨水混合着血，汪起一个个血红色的水洼。

太真切了，跑得喘不上气来。他摇着头又摸摸袖子，那么大的雨，衣服居然没有湿。

我本想问个究竟，看到他虚脱的样子，加上此时又在疾驰的密闭列车里，只得按捺下来，起身帮他接了一杯热水。他疲惫地望着窗外，河流，田野，远处的民居，不停地往后掠。我知道他不在这里，不在这节车厢里，他又奋不顾身地沉浸到某个特定的情境里，置身于他竭力想忘记的一段过往中。我想起他在一次咨询中问过的问题：怎样才能获得他人的爱？我没有正面回答，只是告诉他，从你生下来到现在这一刻，肯定有很多人爱过你或正在爱着你。其实我想说的是，真正的爱无法获得或赢取，我还有一个猜测，他话里的“他人”也许可以换成另外的词：母亲。

快进洛阳站了，他站起来取行李，行李箱很重，我帮他接了一下。取下行李，他呼出一口气，好像终于下定决心，说，我没告诉他们，我爸妈，没告诉他们今天回来。之前拿不定主意，没想好这次回来见不见面，刚才经历了一次追杀，我决定了，看完外婆就走。

一时不知道该怎么接话，他提议在龙门石窟附近找家酒店住下，我说都听你安排，问他什么时候去探望，回答说明天上午。

到了酒店，天色尚早，他说，庄老师累不累，安顿好可以去石窟转转，走几步路就到了。我点点头，说去转转吧。其实他刚经历了梦境中的一次猎杀，肯定比我疲惫多了，他只是撑着一口气想早些带我游览。

9

站在石窟门口望过去，成千上万的石刻佛像沿着伊河东岸逶迤而来。

光滑的崖面往里掏，掏出来凹形的佛龛，凿锤对着大块的岩石，凿下不是佛像的部分，佛，就出现了。巨大的佛像跟山体似断还连只能仰望，低处的岩石上，数不清的小造像依着山势密密排列着，小佛像只有几厘米那么高，却依然让人觉得壮丽。

江恺一路介绍着，哪一尊是精品，什么年代，有何特色。他说记不清来过多少回了，又走了几十步路，他指指前面，快到了，龙门最大的一尊佛。

我们来到卢舍那大佛面前。此处游人最多，导游被扩音装备放大的声音此起彼伏，几个历史人物的名字不断被提及。我没有细听传说，仰头看去，看到大佛融进了山石中，她是菩萨，她也仍然是半座山。我被她的神情迷住了，忘记了她是石头，奇异的感觉涌上来，好像我无论移动到哪个位置，她的目光都像暖煦的风一样吹拂过来。还记得有一年去西安散心，见到秦陵深埋在地下的永生军团，一个个高大的陶俑，斜斜地扎着发髻，没有眼珠和瞳仁，永远无法与之对视，看着看着一股凉意顺着脊背爬上了后脑勺，大夏天的，我打了个大大的冷战。

不是为了旅行而来，此时游兴却真上来了，问江恺能不能再去白马寺，他看看表，说赶过去试一试吧。

来到白马寺，寺门关着，已经闭门谢客。我们沿着赭红色的围墙走了走，暮色渐渐围上来。灯光疏疏落落地亮起，不远处是一家小酒馆。

郊野之地，路上车辆很少，行人也零零星星，天黑下来，是荒村一般的寥落清寂。进到小酒馆里，我们商量着点菜，芹菜炝花生米，小酥肉，焦炸丸子，蒸槐花，主食要了半打锅贴。菜单翻过来看到有糯米酒，我问他，喝点酒吗？他笑笑，度数不高可以。

很快，店家温了一壶酒上来，酒壶旁是一个小瓷碟，放着干桂花。我先把酒倒在杯子里，再洒上厚厚一层桂花。乳白色叠着金黄色，米酒的酒香托着桂花的甜香，在不大的屋子里漫溢着。

热酒入口顺滑，跟酥肉、丸子和闲聊也相宜，我们又要了一壶。北方初春的夜晚还有些清寒，喝了几杯酒身体才暖和起来。我拈着酒杯，想起大佛的面容，嘴角浮现出笑意。

笑什么呢？江恺问。

我说，江恺，你去过很多次石窟了，给我说说，你在大佛脸上看到了什么？

很庄重，庄重里还有点亲切。他说。

嗯，庄重，亲切，还有吗？想想她的衣服。

衣服，衣服是袈裟，石头的袈裟。江恺有些出神。

对，石头袈裟，是石头吗？

不是。他仰头喝下一杯酒，手拿着酒杯在桌子上画圈，说，是石头也不是石头。

我回忆着雕像的每一个细节，心里不住地赞叹，大佛的通肩袈裟像随手捋起水的波纹，披在身上，衣纹悬垂着，一道道绵软自然的弧线，看不到任何峻急紧张的转折。

石头凝固下来的是什么？说说你的感觉。我继续跟他探讨。

他说，垂感。

会不会还有一个词可以替代？我说。

他捏住眉心，让我想想。

石头凝固下来的，是松弛。他说。

对，那是石佛最好的状态，也是人最好的状态。玻璃门上起了一层雾气，隔开了小酒馆和外面茫茫的夜。我看见，他耸着的双肩渐渐沉下去，脖子出来了，变长了。

他低下头，盯着自己的脚，惊讶地张大嘴，说你看，脚在使劲儿，我的脚居然在使劲儿，明明喝着酒说着话呀，使劲儿干吗呢？我循着他的视线见到桌下的一只脚，只有前脚掌着地，隔着鞋子仿佛也能看到：他的足弓绷紧，脚趾在用力抠地。

脚慢慢放平了。

原来我是这样存在着的，像剑拔出来，弓拉得满满的。江恺不敢相信。

过了一会儿，他说，下雨了。我用手抹抹玻璃上的雾气，向外看去，只看到一小框黑夜。

他吸吸鼻子，下了，我闻见雨味了。

杯中米酒，安安静静地待着，慢慢地，上面澄出一层透明的青汁。半晌，雨点才稀稀疏疏地落下来，闷声打在地上，似乎数得清，渐渐地，雨点小了也密了，像簌簌落下无数粟米般的小花蕾。

刚才好像去了一个地方，从没去过的地方，那里太寂静了。他的神情恍恍惚惚的。我不去打搅他，等待他彻底回过神来。又过了一会儿，他说，不知道该怎么描述那种心安的感觉，很陌生，也很美妙。

我点点头。好长一段时间了，故去的儿子没有再出现在梦境里，他好像走了，真的走远了。

咱们接着聊吧，庄老师。

又加上一份牛肉汤，就着热腾腾的汤，我继续跟他闲聊。文章、书法、琴曲都能看到背后的人，至少看到人某个时期的状态，他是焦灼的还是安详的，生硬的还是柔软的，甚至于能感觉到他的气，他呼吸的长短和轻重。比如说有的文字整篇读下来，能感觉到作者气短气促，因为文章也在呼哧呼哧大喘气。还有的文字一惊一乍，吸引，当然吸引，就像字里行间伸出一只手，强拉着你走。再说说女人的美，有的女孩子认为优雅是凹出来的、拧出来的，是对抗出来的，其实自然放松的时候才可能谈得上好看，骨架舒展，脊柱曲度正常，挺胸抬头不但不累，反而是最舒适的。

人的体态以及面庞的纹路走向里，几乎储存刻印着过往所有的情绪和心理习惯，那些恐惧和焦灼并没有倏忽而逝，而是以另一种方式日久天长地凝结了下来。

走出小酒馆时，我才意识到刚刚是一次艺术治疗，没有感觉到它的开始也没有感觉到它的进行，概念和知识隐去，点、节奏、设计、目标皆不明晰，即兴而偶然。

我也很久没这么松弛了。

躺在酒店的白色大床上，江恺的话还在耳边回荡。细雨潇潇，一灯如豆，木桌木椅，酒菜温热，门外传来鸟儿振翅飞过的声响，过后天地俱寂，更是悠然神远。他环顾四周，说，我这些年，就是这样的时刻太少了，太少了。

10

酒店的餐厅供应自助早餐，我端着盘子一圈走下来，盘子里有了白煮蛋、香肠、青菜和切成小块的油条。放好盘子，想起粥还没盛，去盛了一碗小米粥，顺手接一杯豆浆，往回走的时候，江恺进来了，他看见我，示意我先找位置坐下。

上午他计划看望外婆，我是跟着去还是自己游览洛阳，昨天没有商议，也是怕他拒绝，我故意没有提及。他取餐坐下，我想着既然吃早饭遇见，正好也就一起去了。

为了表弟上学近，我姨没往楼上搬，住的还是平房小院。老人家心里恋着住平房，出院才同意过去的。我家住在高楼层，外婆才不肯来呢。江恺一路说着，很快出租车在一个胡同前停下来。

胡同很深，往里走了几十米，江恺仔细看看大门，辨认一下，说是这里。

开门的是一个有点年纪的女人，短发，体胖，毛衣在身上箍出来一个圈一个圈的。她袖子挽着，手上沾满白沫，好像正在洗东西。江恺愣一下，叫声阿姨，女人看看他，摇头表示不认识，江恺说，王莉是我小姨。女人哦了一声，把门完全打开来，说都上班去了，就我跟老太太在家，我姓徐。

徐阿姨，我从外地赶回来看看我外婆，江恺边说边往里走，我跟在他身后。

院子方方正正，中间垦出一块松软的菜地，蔓着菜苗，搭着黄瓜架和扁豆架，一大一小两只狸猫在院子一角的香椿树下躺着。女人把我们引到东头的房间，转身离开了。江恺快步走进去，我跟着迈步，随即又缩回腿来，就站在门口往里看。

老人坐在床沿儿上。毕竟是八十岁的老人了，认出外孙，话跟不上，吃力地咳出几个音节。江恺跟她说话，她也听不清。我试着根据她的脸想象江恺妈妈的模样，然而这张脸已没有清晰的轮廓，眉毛掉光只剩下浅浅的白印子，眼皮垂下来几乎覆盖住眼珠。透过眼皮没遮住的不规则的两条缝儿，她定定地看着江恺。

江恺坐在她身边，说歇着吧，外婆，咱不说话了。阳光铺在床上，老人眯上了眼睛。江恺轻轻站起来，从背包里往外拿东西，一一放在桌子上，奶粉，蛋白粉，钙片，蜂胶，花旗参，一套保暖内衣，还有一只智能手表，这种手表可以测血压、呼救，我在商场见过。他拿着手表回到床沿儿，戴在外婆手腕上，她还是没有醒，他就握着她的手，不言不语地看着她。老人猛地醒过来，两人又开始说话，翻来覆去那几句，她听不清，他也听不清。

老人指指屋角，一个简易马桶放在那里。她站起来，江恺赶紧扶着，她挪一步，江恺挪一步。她并不胖，坐下去时身子却显得很沉，重重地砸在马桶圈上。她解完小手，继续坐着，好像解小手就用光了力气，只能在马桶上坐着攒劲儿。好大一会儿她表示可以站起来了，江恺两手放在她的腋下，几乎是把她叉起来的，她喘息片刻，抓着江恺的胳膊往回走，更慢了，一顿一挫地挪着。我看看手机，在这房间里一来一回居然耗去二十多分钟。

日光一点点移动着，月季花的影子印在窗玻璃上，老人的头缓缓垂到胸前。

他蹑手蹑脚地走出来，我们一起来到院子中央。江恺不住地摇头，说前年还不是这样的，能打牌能上街买菜，老人老起来太快了。

徐阿姨在偏房里忙活，见到我们就推开偏房的小窗户，探着身子说，中午陪你外婆吃饭吧？我多收拾几个菜。

不了。他高声说，又转头低声向我耳语，一会儿我姨我姨夫该下班了，咱先走吧。

女人说着怎么不吃饭呀，追出来送。看她掩上门，我们才往外走。

在胡同里走了一小段，江恺忽然停下来，往后退了几步。胡同口迎面走来两个人，一前一后，都推着电动车。江恺转身看看大门，已经关上，又往胡同另一头看，堵死的，他双手抓着背包的肩带，一下子紧张起来。我把手轻轻搭在他的背上，怎么了，江恺？

我看着他，很明显他想飞走却少生了一对翅膀，他出了一身大汗。

那两个人走近了，走在前面的是个女人，嘴里叫着江恺的名字。

你们怎么来了？江恺沉着脸。

你姨叫我们过来一起吃饭。女人看到江恺的脸色，有些畏惧的样子，说，她不知道，不，顿了顿，你不是还没买上票吗？你姨不知道，我们不知道你回来。

我倒是听明白了，也猜到他们是谁了。料想是保姆通知主家有客来，主家再往下张罗，就把他俩张罗上了。江恺好像受到很大挫伤，说，谁要吃饭，走了。

女人嘴里说这孩子，不停地拿眼觑看江恺，畏畏缩缩的。他厌烦地别过头去，闭上眼睛又睁开，忽然迈开步子从两辆电动车之间走过去。

江恺。

女人的声音怯怯的，尾音儿细弱得可能只有她自己听得见。

江恺停住步子，肩膀一耸一耸地大口呼吸，忽地回过头来，我们都吓了一跳。他脸涨得通红，嘴唇哆嗦着，我不知道他要说什么，我只能等着。

他咬着牙说，爸，你这辈子真亏了。

音量不大，一字一顿，硬，刺耳，没头没脑，却又直奔靶心。我没想到是这句话，接着才注意到推另外一辆电动车的男人，男人穿着三粒扣羊毛背心和深色西裤，普通的长相，头发黑白掺杂，北方中年男人差不多就是这个样子的。

这话是不能单独出现的，前头必然有很多很多句，这句话开裂的地方，不尽之意汩汩往外冒。

江恺嘴里说着你别逼我了，跌跌撞撞地走出胡同。我看着他的背影，又看看他泥塑般呆立的父母，辛酸一波波淹上来，怎么也压不下去。胡同夹道里，不知谁家的一棵玉兰树，长长的枝条伸出院墙在半空中一颤一颤的，顶上的花开了，花瓣像莹润的白玉片子，底下花苞鼓鼓的也快绽开了。

你是？不知过了多久，她问起来。

江恺的同事，办公室挨着，我姓庄，碰巧来洛阳出差。我撒了个谎。刚才我注意到，江恺看见她时倒退几步，她也一样在认清楚江恺时，往后退了两步，踌躇一下才继续往前走。

她点点头，尴尬地笑笑，说，真是怕了他了。话头随即一转，来家里坐坐吗？

这次来洛阳是想借机见见江恺的父母，甚至以为我能一力促成双方的和解，昨天江恺说不回家时我还有点失望，没想到今天在这种情况下见面，一时劲头儿也不大了。

挣扎片刻，我说方便的话就去家里，随便聊聊。

11

两人一路引着我来到小区，小区的建筑物很疏朗，花园开阔，种着些合欢、夹竹桃、石榴、垂丝海棠，地上除了草坪还有大片的毛杜鹃和矮牵牛。水系景观也愉人眼目，防腐木的平台，曲水游廊连起几座小巧的六角凉亭，岸边随意散落着几块景观石，流水潺潺，红红白白的锦鲤在硬币大小的绿萍间游弋。江恺妈妈还未从打击中恢复过来，放好了电动车，上楼的时候走错楼道，丈夫喊她也没听见，自己觉出来才慌忙往后退。

她邀请我倒不是随口客套，是巴不得跟熟悉儿子的人聊聊天，掌握些情况，求个安心。

我坐在沙发上，左右看看，好像哪里有点不对劲儿。我装作很感兴趣的样子，说参观一下装修吧，江妈站起来，说哪里装修了，能住人就行。先来到江恺的房间，她说搬过家，这里的布置还跟江恺小时候差不多。一个老式的写字台挨着窗户，写字台桌面和两侧粘满贴画，我凑近了看，贴画不是年深日久磨出来的那种斑驳，看上去像被人大力撕过，彩色图案和白色粘胶一条一条交错着，隐约还能看出一点变形金刚和足球小将的图案。单人床上的被褥卷着，露出下面的床板，床旁边是书橱，透过书橱玻璃能看到一排排题典。我拉开玻璃仔细看，除了题典还码放着一厚本一厚本的模拟试题，都是土黄色的书脊。衣柜贴墙放着，也许柜门后面就存放着江恺的各种小物件？珍藏着童年记忆、散发出私人气息的小物件。趁江妈背对着我往外走，我打开一扇柜门往里看，见柜子一角放着塑料绳捆扎在一起的书，匆匆一瞥，最上面一本《圣斗士星矢》的封面是一片一片的，被透明胶布粘起来，还是可以看出碎裂的样子。

跟着江妈往外走，忍不住回头再看一眼，窗帘半掩着，屋里有些暗。

接下来我说参观房子的格局就行，只在房间门口张望张望。陈设都差不多，东西很少，一点儿杂物也看不见，每个房间都有钟表，卧室里最多似乎有三个。

再回到客厅，江爸不见了，想是趁机逃脱躲进了房间。江妈坐下来，叹口气说，别人家的儿女越长越成熟，江恺快三十的人，越来越孩子气。这孩子变了，不敢认了。

孩子气也不是什么坏事。我说。

他在单位怎么样?

挺优秀的。我有意使用这个词。

江妈脸上有喜色，说，从小就是小大人，坚强，懂事，学习好，从不弄鬼掉猴的。我年轻时气性大爱着急，有一回趴在床上生闷气，他呜呜哭着给我端来搪瓷杯，妈你吃点方便面吧。我接过杯子，一摸杯子壁是凉的，原来他用凉水泡的面，我一下就笑了。

我笑不出来，仿佛看到了那时的江恺，一个安慰母亲的小男孩，一个照顾大人情绪的小男孩。

知道邻居们怎么夸他吗？到现在我还记着，说这是个英雄孩子。

小英雄江恺。我环顾客厅，想找到一张江恺儿时的照片，白墙上什么都没有挂，电视柜上只有一个关着的机顶盒，指示灯没有亮。

江恺小时候可不像现在这么木讷，聪明机灵着呢，那时候说起神童来，江恺也算一个。

我露出一丝苦笑。多年的咨询经历让我有机会看清背后的底细，很多所谓的聪明小孩，不过是因为成长环境恶劣、时刻准备着应变而不得不警醒聪明，一个孩子哪里需要这么多聪明，孩子要是像个孩子，该有多好。

她继续说，一直到他考上大学，没操过心也没感觉到什么叛逆期，平平顺顺过来了，那些年过得真快。她喜欢回忆，说起来就停不住，她想使劲儿拉着我，在那段日子里多转悠一会儿，那段日子里，江恺身兼金童、尖子生、小天使数职。

阳台上的衣架被风吹得砰砰乱晃，我心里隐隐的感觉变得更加清晰。我说，这么大个阳台，前面又没遮挡光照充足，怎么不养点花呀？

她愣一下，嘴里含混地说小区有花，很快扭回正轨，说，江恺呀，那些年真是争气。

后来呢？

后来，后来不知怎么回事就大变样了，我对他的希望不像以前那样容易实现了。

你对他能有什么希望，就是母亲对儿子的希望吧？我说。

我希望也没用，他这些年不太顺。小学、初中、高中都挺顺的，接下来在大学、在社会上反而磕磕绊绊的，他说自己没什么朋友，也看不到什么希望，一个年轻人怎么能说这样的丧气话呢。他的眼神也变了，小时候眼睛里晃着两个小太阳，一看就是个热诚孩子，现在冷冰冰的，让人见了就想躲开。

她忽然想到什么，说，跟真事一样，前一阵子给我写信，打印出来寄给我，说一打电话就吵架，说不透。有什么好说的，他就是不孝顺，他就是烦我，我喘气儿都有错。

信上怎么说？

神神道道的，看心理咨询什么的，我打听了，什么咨询，是哄着他说小时候的事，全赖在父母身上。他这么大个人，对自己就没有责任吗？简直走火入魔了，就会埋怨我，说我没有灵魂，活得不真实，好像我是那种很坏的女人，冤呀，没处说呀，到现在我都不知道哪些地方做错了，想破脑袋都不知道。我这辈子什么也没做就培养了一个孩子，孩子竟然说我猎杀他，你看这用词，我不过稍微严厉些，管得紧一些，当妈的不都这样，也没见人家的孩子活不成。

她看着我，寻求支持，你说是不是？孩子来了，说来就来，谁天生会做母亲的？

我小心地看她一眼，她周身似乎没有多少热乎气儿，看上去又扁扁的，没有长宽高，像个小黑点在茫茫的水面上晃荡漂浮。我听懂了江恺的那句话，并非指向男男女女那方面的，他另有所指，她根本没听懂地臊红了脸。刚才一进门我就感觉冷感觉不舒服，对这样一个家庭来说，屋里少了点什么，这个少，并不牵连着钱的困窘。屋里干干净净却没有一盆花草，哪怕一盆仙人掌或一盆枯死的花，也无装饰品，或好看一些的生活用具，色彩也单调，望上去一片灰扑扑的。跟朴素无关，是荒芜的气息，草草的，不知道在往前赶着什么。因为莫名的惶急，一切刚好够用就行，准确得吓人，闲置在这里是不被忍受的，热情、快乐，也嫌多余。

在这个叫作家的地方，发生过很多无人在意的小事，它们伏脉千里地决定着成年江恺的一举一动。注意到我在打量四周，她说，我从年轻就喜欢素净。

她是能说会道的女人，颇善敷衍，也会做戏，眼角眉梢藏不住的却是冷淡，对此刻活着的冷淡。她坐在我旁边，但感觉上她并不在这里。她的积极和机警不过是浮泛的一层壳，里头空空的。她的动作表情里藏着作为一个生命体的深深的懒怠和疲倦，岑寂的绝望如穹顶般低低地笼罩着。我仿佛能看见她独坐在漫长的光阴里，像在默默忍受某种酷刑。

我向她推荐通俗一点的心理学书籍，她笑笑说，咱这把年纪别上这个当了。我说，也可以翻翻《金刚经》。她说，小区里现在入教的不少。

我再次问起信的内容，她不愿多提，说好几次想回封信，又觉得不过是换一种方式吵嘴，没有新鲜的话要说，还是算了。

她失神地望着窗外，说，那些年，不用问不用多说话，我只要看他一眼，就一眼，他就知道哪些该做，哪些不该做。我也不怎么动手打他，不用动手，我只要不高兴，不理他，他自己就慌得跟没魂儿一样。

一只小飞虫从窗户飞进来，很快不见了踪影，过了一会儿，屋子里面光线暗的地方，出现一个绿莹莹的光点，晃动着，忽地，绿色光点一闪而过，消失在了明亮的地方。

我坐在她身边，虽然她并不认为自己需要陪伴，我还是想陪她坐一会儿，就像陪着那些深渊里挣扎渴望得救的来访者一样，他们总是坐在我对面，有的不会哭也不会笑，有的天黑下来就如大难临头，好不容易熬过去一晚第二天还必须一切如常地上班，有的一闲下来就觉得心慌，不停地干事，不停地制造高潮，目标达成之后却一片虚空，更加难受。

她背着光坐在椅子上，双手从两腿间垂下去。半天，她抬起一张凄苦黯淡的脸，叹口气说，变了，世道变了，让我赶上了。

会好起来的，日子总会好起来的。我宽慰着她。这会儿我不想跟她争辩，更不想指点或责备她，想着这辈子大概只能见这一面，我就想把身上的暖意尽可能分给她，把信心也传递给她。我是真有信心，她儿子多善良呀，咨询的时候也有意无意地替她打了那么多掩护。

她霍地站起来，吓了我一跳。她死死盯着墙上的表，惊叫着怎么一晃就十二点多了。她很慢很慢地重新坐下去，低声说，又该做饭吃饭了，这日子过着，真是麻烦呀。

锦鲤游得很快，摆动的尾巴像一抹抹大红颜料在水里化开了。跟江妈道完别，我在水池边坐下来。水清且浅，阳光透下去，池子里晃晃荡荡的满是光。池中央有一棵睡莲，从茎中伸出来的长长的根，在水中一条条清楚分明。两朵莲花挺出水面，一朵年轻，一朵不太年轻了，一朵是蓝色的，一朵是紫色的，几只小乌龟趴在睡莲叶子上，一动不动地晒太阳。鱼在水里游弋，乌龟在叶子上晒太阳，天空和云彩也映在池中。我仰起脸来透过树枝的缝隙望着天空，北方的天空总显得更高远一些，我这才长呼出一口气。

出现在街头巷尾的江妈是一个看不出任何异常的妈妈，就是这个正常让我憋闷得透不过气来。一个多么常见的家庭，粗粗一看还是个好家庭，夫妻俩都有安稳体面的工作，几十年没病没灾过下来了，孩子学习好有出息，在大城市安顿住了，这看似完满的一切却让我感到深深的惋惜。江妈上面，我看到一条粗大的脉络从遥远的地方延续下来，江妈只是其中的一环，江妈背后，深厚久远的传统巍然而立，押着她，押着许许多多的生命。

她送我时说了最后一句话，江恺迟早要后悔的，后悔对我大吼大叫，等我死了他会扑在棺材上大哭，后悔我活着的时候对我不够好。

12

洛阳春天的牡丹不可辜负，看到真牡丹便觉得这些年受了国画的骗。阳光下的欧碧如薄薄的绿玻璃一轮轮叠着，一串由轻到重的铃声，清新鲜灵得让人忘了它其实也是富丽的。自然年年都开，见到的一刹那却恍惚觉得这是它的第一次开放。

在牡丹园里接到江恺的电话，他说又没控制住，真抱歉。我告诉他，不用控制，不用道歉。他当日就离开了，这会儿通话已是两天后。我说起信件，他才知道那天我去了他家，他问你们聊什么了，我不知该从哪里谈起，直到挂了电话，他也没再提起信件的事情。

回到酒店，看到前台站着一个人在跟接待员说着什么，是江恺的父亲。我以为他来找我的，正想上前，见接待员从存放柜里拿出几样东西放在台面上，一样一样都很熟悉，探望外婆时带的礼物，江恺给父母也备了一份，不同的是，父母这边还多送了几本书。接待员把东西一股脑儿放在酒店的袋子里，递给江恺父亲，我退几步躲到旁边的旅游纪念品商店里，看着他拎着袋子匆匆离开了。

回程的高铁上接到江恺的短信，问我什么时候回去，想预约下一次咨询，我又谈起信件并给了他邮箱，他回复，庄老师，我需要时间想想。

到家已是深夜，一进门发现窗边的虎尾兰跟走的时候不一样了，整体好像长高了些，新的叶片从土里钻出来，叶子微微卷成一个小筒，还没有完全舒张开。接着我朝沙发看过去，毛绒动物们坐在宽大松软的沙发背上，白色鬃毛的马驹，大眼睛的小狮子，火红的狐狸，套着毛背心的绵羊，两只手牵着手的柴犬，猴子呢，它向一边歪倒了，我走过去，把歪倒的猴子扶坐起来，把它的黑色呢帽也正了正。我在客厅里陪着所有物件坐了一会儿才转到卧室里，临睡前看看邮箱，一堆未读邮件，却没有我等的那一封。

休息过来也没去单位，隔壁的刘先生知道我回来了，拉着我爬山、打壁球、逛茶叶展会。他开着一家中药店，有些年份了，进货的时候自己忙一阵子，平时有人看店，他只是偶尔去转转。我们先是当邻居不知不觉又成了玩伴，经常一起爬山也一起认识植物。刚知道我的职业时，他露出惊愕和担忧的表情，下一次见面他对我说，以后我们要多游泳。我说你今天怎么没头没脑的，他说，你天天泡在别人的苦水里，全是些避之不及的人和事，多大的折磨。我这才领会到他的意思，收下了这份关心并告诉他，我有督导师和自我体验师，他们是我的守护神。我想起咨询中心网站上对我的几行介绍，姓名，资历，受训背景以及咨询范围：压力和情绪调节，神经症，自我探索和个人成长，急性心理创伤。我差点儿忍不住告诉刘先生，挂在网站上面的名字并不是我的真名。

江恺预约的是周日晚上。我早早来到咨询室，把洛阳买的牡丹绢花插在藤筐里。花朵绣球般大，颜色是渐变的粉，只有一瓣显得各色，近于深红，像湿了的胭脂，红色冷不丁一大步跳到粉白，倒是一点儿也不呆。摁下音响开关，一阵雁鸣声响起，远远地从云霄里传过来的鸣叫声，在长空中一梯一梯地往下走。CD 里是七首古琴曲，看来上回听到《平沙落雁》了。音乐声中顺手打开电脑，一看邮箱，江恺的邮件躺在里头，两天前就发过来了。

愣怔一会儿，才点进去看。

妈，有一次给你打电话，没说几句气氛就变得冷而怪，你好像收藏了很多冷话和怪话，跃跃欲试地就等着找个机会说给我听。挂了电话我顺手拿起手边能拿到的东西，猛砸书桌一通，也是那天晚上我发现，桌子靠墙的一边儿光滑平整，靠我的一边儿全是大大小小的疤痕，一个小坑一个大坑的。

我坐在桌边回想这些年。大学的前几年浑浑噩噩，本以为考上大学就可以“做自己”，可问题是我根本不知道自己是个啥，最后一年躲不过了，拼命学习补亏空，我知道我会考试，也通过考试找到了工作。工作后每天做着差不多的事情，往前一看，前头没有选拔性考试等着我，也没有传奇功业等着我去建立，一切都很平淡，我就提不起劲儿来了。零零碎碎的工作压迫着我，我情绪变得很差，就摆出一副很不好说话的样子，别人都怕跟我打交道。我盼着生病，这样就不用来上班了，过了不久，早晨醒来一下床，趴在了地板上，我真生病了，发高烧连续烧了几天，病好后我就换了工作。

新工作的最初我拼命表现，希望身边的人喜欢我欣赏我，表现了一阵又烦了。

空气里遍布铁钳，箍得我喘不上气来，很轻松的工作也会让我暴怒，稍有波折我就会很担心，我顶撞所有跟我商量事情的人，说别逼我了，别逼我了，他们都尽量少跟我打交道。我发脾气的样子很像你，就像你在替我生活。

接着，又到一个新单位。几个月后熟悉无比的感觉回来了，我既渴望被肯定，又讨厌别人指挥我命令我，很怕跟别人接触，好像任何小小的接触对我的生活都是一种打扰。我像一根绳子，被两个想法拔来拔去。我不知道该怎么办，感觉又要跟别人争吵，感觉又将大祸临头，我在本子上写道："江恺，记住，当心头升起一股烦躁时，不要再用习惯的方式去发泄和对抗。"合上本子再翻开，妈你知道我看见什么了吗？我看见几段长得差不多的话，分布在本子的不同页码上，原来这些话，早就一遍遍写过了。我没法逃避了，各种困境一股脑儿围过来，我游魂一样在屋里走，小雪看着我，她的眼神让我的心沉下去了，单位的人也是这么看我的。

你是谁？你怎么会变成这样呢？他们的眼神透露出这样的疑问。

我怎么会变成这样呢？那晚之后我开始看心理咨询，咨询师让我认知到，原来黑夜如此漫长，走了二十多年仍在原地转圈，原来成年后自以为自主生成的众多行为，都不过是对过去的沿袭和模仿。我总是回到我们家的老房子，爸在家里待不住，屋里就我们两个人。我坐在书桌前，紧张地用指甲划过桌面。你的目光落在我后背，像一块大石头。你好像浑身有用不完的劲儿，牙咬得紧紧的，双目灼灼地盯着我，表情无比坚毅。目标就在前头，我压抑着所有的愿望往前奔（我多想跟着几个小流氓在溜冰场边学跳太空步啊），让自己时刻处在极不自然的亢奋中，激荡的日子几年一个跃进，一个突破接着一个突破，我只有完成了才能得到你的爱，我只有成为一个完美的好孩子才能得到你的爱，我也随时准备迎接你的尖叫和哭泣，可即使这样，你还是觉得慢，觉得不够好，你督促我尽快忘记怎么一步步地走，路，跳着过就行了。大部分时候你不说话，只是沉默着，我也沉默着，沉默过后我躺在床上却感觉像刚刚经历了一场恶战。有时候我情愿你狠揍我一顿，也不要冷冷地不理我。否定，否定，否定，成块成块地投掷过来。忽冷忽热，冷和热都是过度的、激烈的、戏剧化的，极致的冷和极致的热。空气紧张得绷直了，我也绷直了，并就此逐渐失去了健全地活着所必须具备的弹性。

我终于离开你了。

我从未离开你。

有些东西，深藏在我的体内，用我觉察不到的方式决定我的命运。幽灵跟我寸步不离，牵引着我一次次回到熟悉的情境，我以为妈妈还在背后，鞭策着我干大事，一件接一件。再看看自己，长大了强壮了，能不依靠妈妈就活下去了，于是我把往日的怒火喷向现在。此时此刻压迫者并不存在，我这半生都在跟想象中的压迫者做斗争，这个百变的压迫者易容乔装，化身为工作制度和生活秩序，化身为某领导，化身为一个弱关系的朋友，也时常化身为某位萍水相逢的服务业人士。我跟他们斗争过后，那种熟悉的压抑感也回来了，我又不舒服了，我需要让自己不舒服。

还要多久才能穿过黑夜？我不知道但我一直没停住脚步。在电话里跟你谈过多次，你只有一种反应：不屑一顾。我说婴儿时期的母婴关系有可能决定一个人的终生命运，你说瞎编乱造，婴儿能懂什么记得什么；我说家庭生活中细如针尖的伤害代代相传且无人称之为伤害，也没有人愿意深究情绪剧烈波动的母亲对敏感的孩子来说意味着什么，你说家家难免的勺子碰锅沿怎么就成了伤害；我说想跳出旧有的模式换一种方式生活，你理解为“娶了媳妇，有了自己的家”，你至今认为我们关系恶化是因为于小雪的挑唆。事实上，于小雪让我知道活着不是一件不幸的事情，她鼓励我，鼓励我打扮打扮自己，用心挑件衣服，找好一点的理发师设计发型，以前总觉得我不配、我不行，现在我已经可以享受这个部分了。从认识小雪她就整天笑嘻嘻的，我喜欢她的笑，她的笑跟太阳光一样宝贵，有一阵子她不笑了，我知道为什么，当我感觉一切都没有希望时，我用沉默惩罚自己，也惩罚她。

妈，你也可以多笑笑，印象中你总是不高兴的，听到好消息也只是勉强笑一下，笑容很快消失，好像从来没见过你咧开嘴大笑。梦见你的时候，你孤身站在沙漠中，五官是往下走的，像受到格外强大的地心引力，简直是要往下流了。

你可能不理解我写下的这些话，没关系，不是为了让你承认些什么，更不是为了埋怨、懊悔和仇恨。这么多年来，你跟我一样疲惫，你跟我一样经受着说不出来的隐秘折磨，我们被困在一个共同的炼狱里。我经常在你脸上看到嫌弃的表情，我以为你是嫌弃我，后来才发现，你更多的是在嫌弃活着的自己。也许，我们可以一起尝试着认识层层包裹下真实的自己，一起尝试着分析为何我们浪费宝贵的生命一遍遍重演着相同的剧情，我盼望，不管在什么境况下咱俩都始终怀有努力生活和寻找快乐的意愿。

在大人们认为我什么都不懂的年纪里，我也清楚地知道，跟妈妈在一起很难受。但我多么想亲近你，你是我在这世上唯一能亲近的人。现在，我仍然想亲近你，闻闻你身上的气味，即使我五六十岁头发都白了，我还是想让你搂着我，白头发的你搂着白头发的我，我老了，但我还是有妈的人。多少次了，恨意突然涌上来，我再也不想服从和满足你，再也不想为了你迷茫中慌乱抓住的精神支柱而奋斗，这一切多么虚假。我像清除病毒一样大力删掉你，过不了多久又偷偷加上，也屏蔽过你，又忍不住想看看你的动态，再把你放出来，算不清楚，不知道重复过多少回了。一想到你流泪我心里就难受，爸说你大白天一个人躺在床上，脸对着房顶，不出声地流眼泪，我当时就像孩子一样哇哇大哭起来，我想马上回到老家，为你擦眼泪，帮你做一碗甜酒煮鸡蛋。想到有一天你会死，会被烧成灰埋在地下，我的心就像被剜出一个大洞。我妈呢？世界上再也没有我妈了，大洞越变越大，直到整个人都空了。我也不见了。人只要还有妈，就有底气有胆子，就有恃无恐随时变成小孩子，没有妈，大概就会感受到彻彻底底的孤独吧。

母子关系会影响孩子的所有关系，会影响我看待世界的心态和目光，会影响我的生活信念。但最重要的永远都是现在，我知道任何关系都无法强行修复，我能做的是先对自己负责，学会敬畏日常，让生活成为能量的不竭源泉，再把从心底生出的活力和爱分享给别人，并在不久的将来分享给我的孩子。

看来是时候了，我为我的来访者感到高兴。

13

江恺走进来，右手捧着一束鲜花，左手拎着袋子，里头是两杯果汁。他问，庄老师，你喝火龙果汁还是苹果汁？

见到他手里的花我心里就明白了，看来想到一块儿去了。屋里没有花瓶，我说谢谢你的花，先放着，一会儿我带回家。选什么果汁呢？他问。我选了一杯火龙果汁。

最近在忙什么？

他说，平时上班，周末打游戏散步晒太阳，学着做几道新菜，还报了一个舞蹈班学跳太空舞。

能跳跳吗？

他打着响指轻轻摇晃身体好像在找感觉，然后嘴里说着月球漫步，开始滑步，手顺势抬起来搭住虚拟的帽檐儿并往下压了压，一副怡然自得的样子。

我为他鼓掌。

他微笑着坐下来，说，现在你知道了吧，庄老师，不是什么极端的成长环境，没有发生过特别可怕的事情，家里没有杀人犯也不是虐待和赤贫，只不过是家庭中一些习以为常的甚至被当作美谈的做法，还有一些无形却细密的罗网，再加上我个人的脆弱。

我说不是你的问题，往上追溯源头时我们会为事件本身的细小和随意感到惊讶，但孩子就是这样被细细碎碎地塑造成今天的模样。

接下来，他慢悠悠地谈起自己，后来过了很久我依然记得他平和的语气和坦然的眼神。

我是个特别守时的人。有一次在外面玩忘记回家吃饭，不记得我妈是怎么管教的了，只记得我从六岁起就养成守时的习惯，只要妈让五点前回家，我肯定会在四点五十七到五点之间出现在她面前。我至今保持着这个习惯，跟人约好时间，哪怕穿越大半个城市，无论坐地铁还是开车，我都能提前三分钟到达，这是我妈给我的“天赋”。回想小时候在外面玩，玩得什么都不记得了，只记得我隔几分钟就会问附近戴表的人现在是几点。

我是个缩手缩脚的人，好像周围的一切都很危险，我什么都不敢动。有一年暑假在奶奶家住了几天，发现茶几、柜子可以随便碰触，所有的抽屉都可以拉开，我不敢相信，隔了几天才确信这是真的。我尽情地把抽屉拉到最开，仔细摆弄里面的每件物品再关上，像探索完奇幻新世界一样满足。我想喊就喊、想跑就跑、想躺就躺，还有一群表弟表妹跟我一起疯。而在我家，抽屉是不许拉开的，茶几上的杯子是不许乱动的，沙发和床也不能随便躺。有一回放学的路上，下水道里跑出来一只老鼠，我看见老鼠忽然觉得很亲切，我跟它的神情是一模一样的。

我很小的时候就学会了察言观色和讲笑话。妈妈总是一脸不高兴，大部分时候我不知道原因，我想让她多笑一笑，我要成为家里那个活跃气氛的人，我要经常有好消息报告给她。她一沉着脸，我就羞愧我就恨自己。后来我累了，也习惯了家里的气氛，照镜子的时候，我的阴沉跟周围的阴沉是融在一起的。

有一段日子我特别矛盾，小学语文课上第一次学“敌人”这个词，老师解释完含义，我第一个想到的人是妈妈。接着就开始谴责自己，谴责自己是个道德品质败坏的孩子，妈妈给我生命，把我养活大，督促我上进，怎么能有这种想法呢？这念头一冒出来，我就扇自己耳光。

我从来不觉得自己能活长，好像随时会被抛到野外，一个人死去。后来我发现，乖、学习好、当模范、被叔叔阿姨夸似乎能够保住我的命，再后来保命又如何呢？睁开眼睛的一刻，不知道自己存在的理由是什么，不知道属于自己的生趣在哪里，不知道接下来漫长的一天该怎么熬。我每天都比前一天多死一点。

现在呢？我问他。

我敢进厨房了敢摸炉灶了，我会提前腌上牛肉，腌一天一夜，第二天大火煮开再文火慢慢地煨，我愿意等着，为几口就能吃完的一道菜等着，等候的过程让我很心安。对了，庄老师，见过我妈了吧？她还有希望吗？我是说，她还有快乐起来的希望吗？

想起江妈来，我有些恍惚，这世上真有一个她吗？我看不清她的面目。她存在吗？真正喜欢些什么吗？她未经选择地笃信了一些价值，并错认为那就是苦心找寻到的意义，跟从那些价值已耗尽她的精力，还能为自己喜欢点什么呢？无论喜欢上什么都意味着源源不绝的付出，那需要蓬勃旺盛的真正的生命力。

我说见到了，现在心里还记挂着她，她始终在苦海里漂荡，日子太难过了，她受不了一天一天地过，想抢在时间前头做点什么，却把现在也弄没了。

他点点头，如果有个快进键，我妈会一键按下去让这一辈子赶紧过完，我也一样。中考的时候特别希望睡一觉半年过去了，已经在高中了，高二时我又盼着睡一觉，一睁眼知道自己上了哪个大学，知道一个结果就行了。

江恺，你不是任何人的翻版，你一定要有信心。人活一世都爱询问意义，我觉得活着的意义是接受自己的缺陷但从不放弃自我完善，对咨询师来说终身成长更是职业需要。你妈妈的精神发育可能停顿在了某个时刻，再也没有觉察、更新和蜕变，奴役她的东西却不断强化，越来越膨胀，强大到吞噬了一个活泼泼的生命。

我有信心，痛苦了这么多年才明白，我要去生活，一天一天地过日子，越平淡的日子越值得认真过。人这辈子也没有一个万能的确定性的保证：我做到了什么一切就都好了，反而我什么也做不到，什么也不是，我依然存在，依然会有人爱我珍视我。

那么，我看着他，希望他来说。

咨询可以暂时告一段落了。他说。

读完江恺的信我就长舒一口气，我为我的来访者感到高兴：他不再需要我了。卡伦·霍妮说解决心理问题好比翻大山，理想的情况是分析师只充当向导，指出最佳路线，现在江恺已经可以独自翻山了，不管这之后他还要经受多少次大同小异的反复的折磨，不管那个声音还会不会响起，调遣他，愚弄他，毕竟他敏锐地觉知到了生之困扰并决意袒露和改变，他怀有强烈的认识自己的愿望，他的生命会越来越清明通透。再说，还有一个爱他的生活伴侣呢，想起这对年轻人来我心里就暖暖的，眼神也变得温柔起来，眼前经常会出现一个画面，他们像童话中的两个孩子，一起穿过有巫婆和猛兽但也有很多美丽风景的大森林。

庄老师，能说说你最成功的一次治疗吗？

不能用成功来形容，说说最难忘的来访者吧。

大概五六年前她跟母亲一起来的，不，母亲扶着她来的。南方的暖冬穿毛衣足够了，她缩在大棉袄里勉强露出头来，脸上一点活人的生气和神采都没有。她母亲告诉我，女婿心梗说没就没了，结婚才三年，蜜一样的，没过够。她不吃不喝，有点力气就拿头撞墙，别人建议把她送进康宁医院，她母亲不同意，说先来看咨询，不行再送院。

你是怎么做的？

我什么也不能做，常规方法在突发和剧烈的精神刺激面前显得很拙劣，也很虚伪，她哭，我陪着她哭，能疏导一点算一点。私下跟她母亲说，打安定让她睡觉。

接着，她一个人来，我还是由着她一遍遍倾诉，在纸上一遍遍写出来。亲人，好朋友，该说的都说了，别人毕竟有自己的生活，生死也挡不住太阳每天出来，我能做什么呢？就是听她重复地说，陪她哭一场再哭一场，鼓励她向前看、往下过，一秒一秒地往下过。

有一个时期她很认真地跟我谈起丈夫的去向，有时候说他封闭培训了，有时候说他去上海出差了，下周回家，还给她买了裙子、化妆品和几盒蟹壳黄。我认真听着，说真好真好，顺势跟她讨论美丽的衣服、好吃的东西、这个季节的树和花，她说她想起来了，出门时看见小区里的扶桑开了满树的花。我太高兴了，你知道这对她来说有多难吗？

后来，我在不引导宗教信仰的前提下跟她一起念大悲咒，你不用觉得奇怪，佛教和心理学殊途同归，都是安慰人、解脱人的，遇到过不去的大坎儿的时候宗教的作用更容易体现出来。

前后咨询了半年时间，她不再出现了。

为什么难忘？

没想到还会再遇见她。前不久我跟几个朋友打羽毛球，打完拐进体育馆旁边的超市里买水，一进超市我就看见她推着一辆购物车，车子里放得满满的，豆腐，饼干，巧克力，酱菜，卷纸，儿童拼图。她的耳环很显眼，明亮的金色大圈，真洋气，我远远看着她，江恺你知道那一刻我的心情吗？

我被她感动了。

是你救了她。

我摇摇头，救她的是流逝的时间，是男欢女爱一日三餐，是贪生和恋世的好品质。日复一日的生活是最有魔力的。

沉默一会儿，江恺说，我妈可怜就可怜在这里，我们这些人，该怎么形容呢？被架空了，靠激素和补药勉强撑着，红着眼睛很用力却什么也看不到什么也感受不到。下一次见到我妈，我不想再逃跑，我想坐下来跟她说说心里话，如果可以选，我希望小时候调皮不听话，上一般的学校，考普通的大学，一辈子没有巅峰，茶茶饭饭过实心的生活，知道什么是真实的，健全到能爱身边的很多东西。我会跟她讲，这是我的理想，等到闭眼的一刻我会把这当成一辈子最大的成就。

我继续跟他分享那些闪耀着光彩的案例，讲述人的荣光与胜利，赞叹人的灵性和潜能，而另外的部分我自己知道就行了，我不会让江恺知晓这个部分。比如说，两年时间里我跟一个来访者聊了上百个小时，共同经历了一些决定性的时刻，不断地坚定信心，最后一次咨询时他问我，其实一切都没有改变，对吗？比如说，一个十七岁、一百九十斤的少女，坐飞机到处追星，回到家就躲进房间拉紧窗帘，吃饭只吃炸鸡外卖，被父母送过来后，门刚关上她就拿出写好的遗书，一页一页念给我听。比如说，在目前的环境里，咨询中心要生存我要执业，就必须采用某种类似美容场所的令我感到羞耻的营销办法，预充值、买十个小时送一个小时等等。

我们没有按照规定的时间结束，古琴曲从《渔樵问答》到《忆故人》转了几个来回，雁鸣声又响起时，江恺讲起从洛阳回来后的奇遇，讲得很细致，脸上始终带着笑容，我被他感染了，一幅幅场景如在眼前。几个月以后，我依然记得这些场景，仿佛我也身处其间就站在旁边静静地看着。很多很多的亮光涌向我，有的是天上来的，有的是相爱的人身上散发的，还有一种光，是属于苇草般柔弱又强韧的生灵的。

14

于小雪带江恺来到她租的房子里。

一个单间，面积很小，因为阳台朝南才下决心租的。她说。

江恺站在阳台上，满眼都是植物，番红花，蓼蓝，栀子，槐米，菊花，蒲公英。接着香气环绕过来，番红花跑在最前面，紧跟着栀子香，菊花香细长细长的，在外圈轻轻一拢。最后他才看到大片的颜色，日光下朗朗的，绯红，靛蓝，青黛，杏黄……草木在布料里继续生长，形态、味道、颜色甚至魂魄都还在，风刮过来，摇摇曳曳的一片田野。

于小雪说，我有个提议，咱们俩谁想单独待一待就来这里。墙角放了一把椅子一张小圆桌，可以坐下来泡杯茶，等到茶凉温可以入口时，人也就安宁了。

江恺点点头，抬起手来摩挲布料，什么时候染的？

多亏你。她钩过一片布披在他肩上。太浓烈的情绪会在空气里凝成一个个小水珠，把屋子里的人都打湿了。我湿淋淋地躲到这里来，立志远离你，发誓不再猜测你黑着脸的原因，谁知道染染布料再做做饭就没那么生气了，想着还是回家好。小时候一刮风下雨，我妈就借机张罗着做好吃的，包饺子烙盒子炖排骨，兴头那么足也不怕费工夫，我看着外面大风大雨的，再瞅瞅屋里忙活的她，不知为何反而心里特别踏实。

他想起那些细蛛网般回忆粘牢他的恶劣心绪，想起他一手为自己创造的绝境，深深叹了口气，转头看看肩上的布，白而轻，感觉像是披了一小片皎然的月光。

我准备结束咨询。

为什么？

咨询师始终没给我明确诊断，她知道标签一个人很容易，诊断是容易的咨询是一时的，那个层面能解决的已经解决，剩下的要交给生活。

交给咱们俩。

很难很难，改善一丁点儿都很难，还时不时会回到老地方，或者这样说吧，有些病不会痊愈，可能要一直跟着我。

别怕，有什么好怕的，要说起病来谁又没有病？不管怎样我们先吃顿好的，刚才看见路口的菜摊上摆着嫩绿嫩绿的茴香苗，我们下去买一把？

两人一起动手，和面，洗茴香苗，切肉，调馅儿，擀皮儿。饺子包好，于小雪下锅煮，江恺从橱柜里拿出小白碟子，倒上醋，又见到架子上有一瓶小磨香油，便取过来在醋上点了几滴。

吃完饺子，两人把海绵垫子放在地上，在这间可爱的小屋里并肩而坐，偶尔相视一笑时，在对方脸上看到了快乐，这快乐是孩童式的、似乎怀着些小秘密的，唯有他俩可以意会和共享，这快乐还暗含着些小风波过去后的庆幸和知足。

玻璃窗下日光闪烁，花影缓缓地在地砖上走，仿佛时间缓缓地流动。

最后一缕斜射进来的光线也消逝了，准备回家时，于小雪神神秘秘地说，等会儿等会儿，你先闭上眼睛，我说可以啦你再睁开。

于小雪拉着他的手走几步，说可以啦。江恺睁开眼睛，眼前异样的光亮。哪里来的光？过一会儿他仰起头，这才看到玄关顶上装满各种各样的灯。

进门时，他并没有注意到狭窄幽暗的玄关上方有什么。星星灯挨着月亮灯，猴子灯旁边是橙黄色的南瓜灯，银色圆盘坠下几列高低错落的玻璃球灯，是一场流星雨，布艺灯的灯罩上印着几竿竹子，灯光投下竹影，最大的一盏灯上头聚拢着烛焰状的灯头，下面垂着蓝色八角珠串起的长流苏。

小时候最喜欢去灯饰店，一通电，首饰匣子打开了，光照在身上是有声音的，无数珠子一齐往下落。这几个月每接到一张订单就奖励自己买一盏灯。这里是我的好去处，也是你的，慢慢地，你心里那间老房子就塌了，不见了。

那是小时候生活的地方，是个家，还是别让它塌掉，我变了它也会跟着变，我变好了它也会跟着变好。

我一边想象着这些画面，一边在公园里闲逛。

几个票友在湖边唱曲儿，正唱到《牡丹亭》的皂罗袍，慢悠悠的清唱，青烟袅袅而上，风后面拖曳着细细的柳丝，溪水潺湲流过光洁的石头。我凝神听一会儿眼睛就湿润了，五十多岁了，活了这么久，还能喜欢《牡丹亭》，这让我觉得幸福极了。

晴朗的好天气，天空蓝得澄净透明，荔枝林鸟声不绝，水边的蕨类植物丛中传出虫叫的声音。老人们在树荫里活动身体，年轻的情侣、穿校服的学生在草坪上或坐或躺，父母们铺开橡胶垫，扶着孩子学步。我看着他们，但愿这平静安乐在生活里源源不绝地出现，但愿父母永远不要让孩子置身于孤注一掷的境地里，哪里需要什么孤注一掷，但愿孩子永远不会听到这样一句话：你再不努力就晚了。他们保持住了柔韧，明白身处生存的丛林必然损耗一部分生命，而另一部分依然可以自在地舒展，在最高的层面上接受万物本空，具体的生活中却眷恋人间烟火并深知这就是最珍贵的养分，他们携带着先天和后天、身与心的缺陷，经历和体会这一世，日出日落，悲喜掺杂。

草地的尽头有一棵老樟树，树下长椅上坐着一位头发花白的老太太，我走近时看清楚了她的脸。一张普通的衰老的脸，此刻毫无表情，却依然让我感到惊心和震撼。不知多少磨难灾祸的锻打，以及无常的作弄，柔软的血肉仿佛具有了铁一般的质地，连纹路也像刻上去的，看着这张脸，就看到拼着命才活到这个年纪的漫漫的来路，也看到了生的壮阔。她歪着头闭起眼睛，像是睡着了，阳光从树叶的缝隙间漏下来，受难的面庞定格的最后一个表情，是安详。

风把笛子的声音送过来，小狗沿着台阶蹦蹦跳跳。卖菠萝的一对夫妻在一棵洋红风铃木下出摊儿，丈夫削皮切块，妻子收钱，把串好的菠萝递出去，不时有风铃花辞别枝条落在她肩头，还有的花调皮，在她身上蹭一下才蹁跹飘落。路边的亭子售卖小饰品，网格货架上挂满五颜六色的头绳，一道道发箍，顶上停着薄纱蝴蝶、蜻蜓、瓢虫，儿童戒指的指托上面图案丰富，冰雪公主、表情各异的猫和小熊，不过是塑料质地，却让人感到沉实丰裕的欢乐。一个小女孩拿起镶珠小皇冠插进头发里，又把银色发卡别在两边，照照镜子，满意极了。水钻，树脂，玻璃珠子，射灯照着，琳琳琅琅，漫天的星斗光彩流溢，梦幻王国在等着她，她脸上不断露出惊喜之色。游乐区里，几个男孩吃完橘子开始撕手里的橘皮，嗞嗞，嗞嗞，扬起细细的轻尘般的雾，浓烈的橘子香弥漫在周围的空气里，人们经过时染上了一身的橘子味儿。

公园旁边，靠近居民区的地方，停着平价蔬菜售卖车。灯笼椒砌成一座小塔，白花芥蓝上面有蜜蜂嗡嗡地飞，玉米们头戴着缨穗横七竖八躺着，小黄姜，鲜百合，生栗子，蒜头，绿豆，花生，一小堆一小堆，这样摆着就感觉喜气洋洋的，一种年代久远的可靠的殷实气息，叫人觉得善，叫人觉得安心。蹲下去，拣青菜，挑土豆，站起来，钩子上取下一溜儿猪前腿肉，我知道，这些才是我跟世界真切、深刻而强韧的联结。

今天早饭吃的黑芝麻杏仁糊和炸馒头片，我把馒头片在打散的鸡蛋液里过一遍，用大火和热油把表皮炸酥，出锅沥完油，咬开焦黄的边儿，内瓤儿雪白松软，发面细小的孔洞里冒出热气来。这样回想着，喉头突然涌上来一股熟悉的味道，是咸味儿，盐的味道，是搅打蛋液前放下去的一小撮盐，这古老的味道让我鼻子一酸，眼睛里潮乎乎的。

明天吃什么，小米南瓜粥配鸡蛋葱花饼吧，想着明天的早餐我幸福极了。风吹着后背，好像我往后一倒，它就会伸手抱住我。

这世界真好，生而为人真好。

失 联

周 鸣*

1

拖着疲惫的身子穿过幽深的通道回到房间，衣红豆一头倒在床铺上。白晃晃的灯光刺目，啪的一声按下开关，房间顿时陷入一片黑暗。从枕头下摸出手机开机，屏幕在漆黑的背景下很亮，却没有一丁点儿信号，时间显示是中午十二时四十五分。她生气地把手机扔到一边。在资讯如此发达的当今社会，除了发生意外，怕只有特殊群体在特殊环境从事特殊工作才会与外界失联。比如军人。

战备坑道蜿蜒曲折，呈螺旋式下降，从伪装口进去，穿过道道厚重的屏障，下到最深最底处才能到达工作地点。进入的过程就像土行孙遁地，进去后就与外界失联了。人们都把到坑道执行任务叫作进洞。衣红豆多次进洞，早已适应洞内的与世隔绝，唯有这次她是那么渴望与外界相通——在法律上已经不由她抚养的儿子壮壮令她放心不下。

离婚是衣红豆提出来的，前夫家抓住这点不放，要求她放弃孩子的抚养权。

* 周鸣，女，1969 年生，四川会理人，毕业于成都信息工程大学，现供职于海军某部。著有长篇小说《天语》、儿童长篇科幻小说《可可西里惊魂》《厄尔尼诺诅咒》、中短篇小说《晴天暴》《航母故事》《穿越浓云雨雾》《孕雪》《明月千里》《台风眼》《风雨情缘》《同一片心海》等。曾获浙江省优秀文学作品奖。

她咽不下这口气，办完手续后就没跟前夫家的任何人联系过。当然，壮壮除外，但他们只通过手机和网络。衣红豆的前公公是舰队航空兵原副司令员，有资格选择退休安置地点，住进了东港市海军干休所。东港是大城市，教育条件好，名牌大学多，本地生源有优势，壮壮小学毕业，前夫家就以此为由将孩子带到了东港。婚倒是协议离的，前夫家也没限制她到东港探视孩子，但离婚后，那个家就不再是她的家了，不方便。衣红豆的部队驻地在明州。东港距明州两个小时高铁车程，不算远。壮壮上高一了，个子比她还高，出门已用不着大人陪伴，她跟壮壮商量，每个月到明州跟她过一个周末。壮壮答应了，但半年只来过三次，衣红豆已经两个月没见到孩子了。上个月壮壮还推说功课忙，这个月干脆明说不想来，也不主动跟她联系，有时候电话打过去还不接。衣红豆感觉血肉相连的儿子正一天天疏离，心里没着没落的。进洞的事不能跟壮壮明说，她怕失联后壮壮找不到她误会，打算把任务推了，临了却又开不了口——等儿子每月两天、还有可能等不来的相聚，实在不能成为一名军人留守后方的理由。

这次实兵实弹对抗演练规模大、层次高，战区内所有军兵种，包括民兵预备役部队全兵员、全要素参加。实战化演训要求，导演部从部队大院搬到了战备坑道。旧时打仗，兵马未动，粮草先行；现代战争，兵马未动，信息先行。联合气象水文保障专家组先期进驻，研判演练期间的战场气象海洋环境，为导演部首长提供决策依据。衣红豆出发前一天上午，派她进洞的机关业务处处长接到通知，说司令员半小时后到气象值班室，给衣红豆高工壮行。都明白，说是壮行，其实是提要求。他立即通知气象台台长，召集相关人员行动起来，大家截图的截图、打字的打字，二十分钟，图文并茂的多媒体汇报材料就做好了。处长让衣红豆做准备，由她来讲解。所有人坐到会议桌前，挺直身板，静等首长莅临。

战区海军航空兵司令员在参谋长的陪同下进来。处长喊起立，双手握拳，提至腰际，跑步至司令员面前，立正敬礼，朗声报告，司令员同志，气象台正在会商演练期间的天气，请指示！

司令员回礼，继续进行。

处长答，是！

坐下，都坐下。司令员哈哈笑道，看来你们提前进入状态了，好！

谢谢首长鼓励！处长带头鼓掌，值班室掌声一片。

你们接下来的任务很艰巨，我今天来呢，一是看望大家；二是给衣高工送行。他把视线转向衣红豆，衣高工，你的任务更艰巨。

明白！衣红豆站起来，我会努力的！

处长说，司令、参谋长，我们的会商结论基本形成了，下面由衣高工给两位首长汇报一下吧。

司令员说，好啊，我正想听听。

衣红豆对着整面墙的大屏幕，讲解演练期间影响任务机场、航路、空域的主要天气系统，影响程度的预判，航空气象保障的重点难点，趋利避害的措施建议，等等。司令员听完，问了几个影响兵力行动的问题，有些忧心地说，天气不怎么样啊，海上还有台风活动。他顿了一下，不过，刚才听了衣高工的讲解，我还是充满信心的。衣高工已经成竹在胸了嘛，她一定能完成好这次任务的。

处长说，这些年的重大任务，只要上级有要求，我们都是派衣高工上前线。

嗯。司令员赞许地点点头，对衣红豆说，空中战场环境对航空兵兵力行动影响大，你是我们派去的航空气象专家，到了导演部，要和其他军兵种的专家一起把天气搞透了，确保航空兵安全高效地完成演练任务。

参谋长补充，衣高工，司令的意思，必须想办法为航空兵撑起一片蓝天！

明白！衣红豆感觉一股无形的压力袭来，身子不由得往后挫了挫。

家里都安排好了？司令员关切地问。

衣红豆点头。

工作上的生活上的，有什么困难就打电话回来。他点处长和台长的名，方方面面，你们处里，你们台里，都要全力以赴支持衣高工。

处长、台长双双站起来，郑重回答，是！

……

晚上，衣红豆给壮壮发了一条微信，说等她出完差回来就去东港看他。壮壮没回，衣红豆忐忑不安。等了一夜，还是没回，衣红豆的心悬了起来。不到周末，壮壮的手机也许被爷爷奶奶收起来了吧？她自欺欺人地想。爷爷奶奶溺爱，从来就控制不住壮壮的手机，但不这么想又如何安抚自己呢？下午出发，还有些资料需要准备了带到洞中。保密要求，手机不得带入指挥楼。衣红豆上班后先到南大院气象台宿舍换军装，把手机放在便衣兜里，再到北大院指挥楼气象值班室准备资料。

梅雨期还剩个尾巴，窗外，若有若无的雨丝儿一直在飘，天地间仿佛立着一张网，远处的楼房、近处的树木、营院中央的升旗台都被罩住了，朦朦胧胧看不真切。壮壮不时闯入衣红豆的脑海。孩子大了，不再是那个一眼能望穿的小男孩了，又正处于逆反期，也许不该在这时候跟他爸爸分开。

衣红豆心里惦记着壮壮有没有来消息，资料准备好就急着往宿舍赶，出了指挥楼才发现雨下大了。顾不上回值班室拿伞，衣红豆一头钻进雨幕，几乎是跑着回到宿舍，从便衣兜里取出手机，哆嗦着输入密码，点开微信，长舒一口气——壮壮头像上那个可爱的小红点被她盼来了。

先是一条长文，充满怨气，大意是他万万没想到衣红豆会不要他，所以不打算认她这个妈了。文字后面紧跟着一个少年卡通微信表情，少年火焰般飘扬的红发间竖起一对金色的犄角，嘴角挂着嘲讽的笑，朝她摆手，边上是张牙舞爪的两个变形汉字“再见”。好不容易盼来的消息像把刀，刺中了一位母亲的心。她赶紧给壮壮打电话，通的，却不接。看表，十点二十分，正上课时间。壮壮一定设静音了，或者根本就没敢将手机带入教室，学校有这方面的要求，虽然壮壮从来没有遵守过，总是偷偷地带进去。好不容易挨到中午，赶紧打，这回总算是接了。衣红豆在电话里对壮壮说她看到微信了，理解他的感受，嘱咐他乖乖跟爷爷奶奶在一起，她出差回来就去东港跟他谈。壮壮哼道没必要，就把电话挂了。又打，不接。再打，关机。“您拨打的电话已关机”，听着这句没有任何感情色彩的语音提示，衣红豆泪如泉涌，抹去一层又涌出一层。

不行，必须立即去东港跟壮壮沟通，否则不只是在法律上把儿子弄丢了，情感上也找不回来了。

再回北大院办公楼找处长请假，一路疾行，泪眼模糊。这个样子去见处长，非把他吓着不可。南北大院隔着一条双向六车道的大马路，由一条地下通道连接。通道内，衣红豆停下脚步，擦干眼泪，稳住心神，上到地面时，情绪才没那么激动了。

处长比衣红豆小三岁，军衔也比她低，她大校，处长上校。作为专业技术大校，高级工程师衣红豆没有行政职务，很多事情她得听这位上校处长的。当然，由于业务上的优势，处长对她非常尊重，见衣红豆进来，连忙招呼她坐。

呀，怎么没打伞，都淋湿了。处长递过一沓纸巾，快擦擦干。

没事，有帽子挡着。衣红豆摘掉迷彩帽，用纸巾吸干脸上、鬓角上的雨水。

喝点热的。处长给衣红豆沏了杯红茶，看衣红豆衣服上挂了一层水珠，忙说，把外衣脱了吧，小心感冒。

衣红豆听话地脱下迷彩外衣，抖抖，搭在椅背上，心里想着怎么把撂挑子的话说出口。进出指挥楼的作战勤务人员着迷彩服，机关干部着常服，处长穿的是一身白的短袖夏常服，他从办公室衣柜里把自己的迷彩上衣找出来，说，披上吧，海魂衫怕是顶不住。

还真有点凉，衣红豆又听话地披上处长的外衣，撂挑子的话到了嘴边却换成这样，伞忘在值班室了，回来取，顺便过来跟你坐坐。首长的要求好高啊，压力挺大的。

所以，只能派你去，红豆姐，帮兄弟一把吧。处长的身子朝衣红豆倾了倾，家里有事尽管开口，我帮你搞定。

她的家事千头万绪，自己都搞不定，还能指望单位领导？衣红豆摇摇头，表示会尽最大的努力。

壮壮的手机一直关着，衣红豆就这样揪着一颗心出发了。

2

衣红豆进洞，和其他军兵种派出的专家一起收集整理作战区域气候背景资料，滚动制作航空天气预报和陆地、海洋水文预报。这个季节天气系统活跃，偌大的演练区域，这么多的参演部队，不可能都满足条件。演练原定于下周实施，经初步研判，专家组给导演部首长汇报，全兵员全要素参演的目标肯定实现不了，建议推迟到下下周。下下周，演练区出梅，台风的影响也结束了。首长说实际使用武器需要多方协调，不可能往后推，指示尽可能找一个兵力出动最多的演练窗口，因天气原因实在出动不了的兵力不动实兵，用模拟目标替代。

演练时间不可更改，意味着某些兵力将失去上战场的机会。荣誉是军人的第二生命，谁不想在战场上露脸争雄呢？其他军兵种专家和衣红豆一样，都是背负着自己首长的重托来的，都想争取到有利于自己军兵种行动的天气，大家表面和和气气，其实心里都在较劲。导演部要求专家组尽快把演练气象窗口确定下来，以便下达预先号令。今天上午的会商会议，火药味儿就上来了。按照会议议程，先由各位专家分别讲解天气形势、影响任务实施的气象水文要素、预报结论和据此提出的作战日期和作战时间建议，再综合考虑，最后确定一个能最大限度满足任务实施条件的演练窗口，由专家组组长拍板决断，上报导演部。意见不统一，专家组组长宣布休会，下午再议。

能不能在演练中为航空兵撑起一片蓝天，下午的会商至关重要。眼见午休时间已过半，衣红豆不敢再想壮壮的事，闭上眼睛，强制自己进入睡眠。

睡梦中，衣红豆回到了家乡。

云贵高原阳光明媚，却不热辣，朗朗地照进大山深处的一座小坝子。坝，并非拦水之坝。家乡山多，有平地的地方就叫坝子。坝子有大小，大的成百上千平方公里，小的一平方公里都不到。小坝子方圆只有半平方公里，藏在横断山脉东北部川滇交界四川一侧的山旮旯里。不仅小，还偏，离最近的县城一百二十公里。坝子周边全是群山峭壁，至今不通公路。又小又偏的坝子能留住人，缘于西山顶上的一座堰塞湖，当地人叫海子。湖水从山顶流下，穿过坝心，形成一条终年不涸的河。祖辈们依西山山势挖地筑埂，造就出一大片梯田，种植水稻。梯田引海子流灌溉，就算最差的年景，也能养活居住在河两岸的山民。早先，坝子被密密匝匝的云南松和各种灌木环抱，是绿色的，留下个极美的名字——绿林坝。坝子里所有美好的存在都被冠以“绿林”称谓，海子叫绿林海，小河叫绿林河。绿林坝山高水远，极少有外人进出，山民们过着自给自足的生活。家乡太闭塞了，衣红豆小时候总梦想着有朝一日能走出绿林坝，走出大山。后来真的就走出来了，一直走到了大海边。走出大山的衣红豆见识过山外的各种繁华，却时常梦回故里，梦中见到的都是绿林坝世外桃源般的美好。

梦中，她还经常见到将她送到山外大世界的祖父母。

衣，很少见的姓氏，如村名一样美。村里没有读书人，娃娃生下来取名字是件头痛的事，实在想不出，就按顺序随便加个尾字来取。西山脚下绿林河东头家的三娃子，惊蛰天炸雷声中落草，于是就叫衣三雷。“老大傻，老二奸，家家有个坏老三”，听村里的老人讲，小时候的三雷顽皮得像只猴，长大后劣性不改，总想往山外蹦。十六岁上，家里正张罗着给他定亲呢，他却顺绿林河一路向南远走高飞了。二十岁时骑一匹云南矮马，穿一件羊皮褂回到绿林坝，村民们不用问就知道他这些年在马帮里混。马帮，就是按民间约定俗成的方式组织起来的一群赶马人的称呼，在没有现代交通工具的年代，骡马驮运是大西南地区特有的一种运输方式。古代南方丝绸之路从县境南北贯通，跑马帮是成年男子的主要营生。马帮线路，自然环境都异常危险艰苦，风霜雨雪，大山大川，野兽毒虫，瘟疫疾病，随时随地都能置马帮于死地。不知有多少赶马人就这样弃尸荒野，死于异国他乡，有时甚至连收尸的人都没有。所以，生计无着的人才会跑马帮。绿林坝依山傍水，只要手脚勤快，温饱没问题。村民们把三雷跑马帮归罪于出生时的炸雷——他的脑子被雷劈坏了。

三雷回来，除了云南矮马和羊皮褂，还带回来些洋玩意儿，男人用的打火机、女人用的搽脸油，以及村民们无从想象的奇闻怪事。绿林坝太偏僻，女人不肯嫁进来，娶亲不易。二十岁的男人早该独立门户了，家里人来不及听他这些年在外头的经历，忙着给他张罗媳妇。外面的女人嫁不进来，村里的媳妇差不多都是衣姓女子，媒人和长辈把关，出了三服即可嫁娶。世世代代生息繁衍下来，基因相克的厄运时不时就被某户倒霉人家撞上，生出个痴呆傻儿，称作瓜娃子。二十岁的三雷已经老了，只能娶个瓜娃子媳妇。比来比去，媒婆帮他挑了个相对不瓜、会做饭的女子。见过世面的三雷不肯认命，定亲当天又跑了。过了五年，村民们都以为他跑马帮死在外头的时候，他居然活着回来了。这回没骑马，没穿羊皮褂，但肩膀上扛着一杆枪。凭这，村民们就猜到他这几年没在马帮里混。山民没有不打猎的，打猎的山民都有枪，但三雷扛的不是绿林坝人打猎用的火铳，而是打人用的洋枪。这只猴一定是当兵去了。三雷往外跑的那些年，兵荒马乱，生计无着的男人除了跑马帮，还有一条当兵的路。也有马帮被土匪打劫，被迫入伙当了匪的。家乡话把“生计”叫作“活路”，“谋生”就叫作“做活路”。在村民们眼里，兵匪一家，做的都是打家劫舍的活路。

三雷这次回来，除了那杆不同寻常的枪，还带回来个女人。村民们对女人的兴趣远远大过枪，管他三雷当的是兵还是匪呢，管这个女人是他劫来的还是捡来的呢，能带回个女人就是本事。家里人更是兴奋。在绿林坝，二十五岁的衣三雷已经很老了，老得连瓜娃子都娶不上了。家里人顾不上追究女人的身世，高高兴兴地把她迎进门。

这个女人就是衣红豆的祖母。

据村里的老人说，祖母年轻时很美，绿林坝的女人没一个有她好看。不仅美，还识文断字有见识，绿林坝的女人没有一个有她聪明。不仅美丽聪明，还会生养，嫁给三雷后，一口气生下四男三女。三雷的这些儿女都比村里衣姓男女结合生出的娃儿机灵，村里人都说他家祖坟冒烟了。这样的女人肯嫁到山里来，一定是有原因的。女人说话能听懂，但不是本地口音。若说是三雷当兵当匪从外地抢来的女学生，不可能跟一个大字不识的山里人踏踏实实过日子。那么多半是家里突然遭灾被迫嫁到有钱人家做妾，或者不得已落到窑子里为娼，逃出来无路可走，被三雷这只猴捡了便宜。不管村里人怎么眼红三雷，把女人的命运猜得多惨，都不妨碍三雷和三雷嫂——绿林坝人也不关心女人姓甚名谁，按习惯称她三雷嫂——把日子过得红红火火。

到了孙辈，这家人开枝散叶发展成几十口子的大家庭。儿女辈在绿林坝长大，没能逃脱衣姓相互嫁娶的命运，生下的子女大多数资质平平，但毕竟父母有一方品种优良，孙辈中也有几个聪明的男娃女娃，衣红豆就是聪慧过人的一个。她是三儿家的二女儿，出生时漫山遍野的豆金娘红得正艳，三雷嫂抱着初生的婴儿放声大哭，哭完后说，这女娃就叫红豆吧，我跟她有缘。孙辈出生，三雷嫂从没这么激动过。三雷在家人疑惑的眼光中接过襁褓，看了又看，然后抚着三雷嫂的肩，深深地叹口气。三雷嫂的情绪慢慢平复下来，和三雷对望一眼，什么也不说。红豆跟祖母有什么缘分，家里人不知道，只知道两位老人对红豆格外好，给予她超越所有孙辈的护佑。

豆金娘春天开花秋天结果，熟透的果子颜色深红，扁圆如豆，可食用。困难时期，绿林坝人家家都要采些来晒干了度春荒。粮食够吃后，也有人家晒，给娃儿们当零食。忘不了儿时的味道，衣红豆长大后专门到图书馆查绿林坝人叫作豆金娘的植物，才知道它的学名叫火棘。它还有段故事：相传诸葛亮领兵曾因缺粮被困山中，后发现山野间有一片片低矮植物，上结成簇成簇红彤彤的圆粒状果，经尝试，无毒，可供果腹。于是大量采集供食用，终使军队度过艰危，转败为胜，事后便将它称为救军粮。衣红豆想，豆金娘应该是救军粮的谐音吧。

祖母是第一个走进绿林坝的女人，衣红豆是第一个走出绿林坝的女人，相隔了六十年，整整一个甲子。小时候，祖母的身世一直是个谜。祖父衣三雷不说，祖母更不说。关于他俩的传奇，衣红豆都是从村里老人那里听来的，真假莫辨。每每听来一星半点，她就回家向他们求证。他们不说是，也不说不是，问急了就拿“你娃儿不懂”一句话遮掩过去。

没有老师肯来大山里任教，绿林坝办不起学校，娃儿要读书得翻越八十里山路到山脚下的平坝村上学。二十世纪七十年代，小学义务教育还没普及，村民们也没认识到读书和不读书的区别有多大，没有哪家肯花人力财力把娃儿送下山读书。红豆是个例外，到了该上学的年龄，祖父把她扶上马，赶着马上路了。这匹马是祖父第一次回绿林坝时骑回来的云南矮马经过数代杂交后的后代，比它的祖上高大许多。祖父把红豆送到平坝村小学，寄养在一位老师家，让她好好跟着老师读书，长大了也像祖母一样识文断字。

小学毕业，衣红豆以全校第一名的成绩考上县重点中学。家里供她读完小学已是不易，到县城上中学是万万供不起的。祖母说了句，你娃儿是个会读书的人，闷在山里头屈才了，我来想办法。然后，祖母就出了趟远门。衣红豆清楚地记得，一个雷鸣电闪的雨夜，从山外回来的祖母坐在火塘边的草墩上，跟她讲她的前世今生。也许是怕吓着她吧，祖母是搂着她讲的。祖母讲得波澜不惊，火苗将她的脸映照成酡红色，慈祥而美丽。隐瞒了半个世纪的身世之谜从祖母的嘴里娓娓道来，如山里的炸雷一样，把衣红豆惊得目瞪口呆。祖父三雷也在火塘边，嘴里含根长烟杆，时不时咂上一口，鼻孔里喷出两股烟。祖母讲完，他把烟灰往鞋底上一磕，起身去给马添草料。

第二天，祖母给衣红豆做了一碗鸡汤火腿丝饵块，那是家乡最美味的食物，过年才能享用。吃完饵块，祖父把她和祖母扶上自家的高头大马，在村里人惊羡的目光中又一次赶着它走出大山。祖父把祖孙二人送到县城。祖母带着衣红豆乘汽车换火车一路北上，把衣红豆送到省城，交给她故事里的一个人，说了句，从今往后，你娃儿的路靠你自己走，我回绿林坝了。

衣红豆自己走，走到了今天。

祖母只上过私塾。在祖母的时代，读书的女人少之又少；衣红豆上过大学。在衣红豆的时代，上过大学的女人仍旧少之又少。衣红豆总觉得她和祖母气韵相通，今生相遇是前世注定的缘。如若不是，她人生的每一个关口怎么都和祖母相关呢？祖父母长眠山中后，衣红豆遇到纠结的事，在梦中依然能见到她那有着谜一般身世的祖母，和一心想走出大山而不成功的祖父，得到两位老人的些许暗示。

半年前，衣红豆的婚姻解体了。对于她和前夫来说，是一种解脱，可是对于十六岁的儿子壮壮来说，却像是遭受了晴天霹雳。壮壮以他十六岁少年特有的叛逆个性报复他的父母，令他们不堪承受。

还是那张慈祥的脸，还是坐在火塘边，不同的是，梦中她是和祖母并排坐在火塘边的草墩上——成年的她坐不进祖母的怀里了。祖父依然在火塘边，嘴里含根长烟杆，时不时咂上一口。她给两位老人讲壮壮的事，向他们讨要主意。他们静静地听，听完后祖母说，娃儿小，不懂事，他会慢慢长大的，你放宽心。祖父不说话，把烟灰往鞋底上一磕，衣红豆明白，这是他表示同意祖母观点的意思。

衣红豆于是就放宽心了，就醒来了。

还有点时间，她临时起意，从床上一跃而起，到洗漱间洗把脸，回房间化上淡淡的妆，重新盘了发；把迷彩上衣内腰带往紧里抽了抽，不让它看上去松垮；把上午穿的迷彩胶鞋换成高帮作战靴，再把裤脚仔仔细细塞进靴帮里；最后戴上迷彩帽，用黑色发夹把鬓角的碎发一丝不苟地夹好，这才满意了。

收拾清爽，做个深呼吸，衣红豆出门开会，路过生活区尽头的整容镜，停下来整理着装。这块整容镜还是她提意见后才装上去的。开始，负责生活保障的部门嫌麻烦，敷衍她，说洞里没那么讲究，好些男同志一身迷彩裹到任务结束，忙的时候脸都顾不上洗，还有心照镜子？高工您爱美，专门给您带块大点的化妆镜进来好不好？衣红豆说，不好。衣红豆不服气，又去找某领导。领导说，你这意见提得好，军人的仪式感很重要，任何场合都应该保持军容风纪。领导把那负责人叫来批了一顿，说，洞里的一切按战时标准要求，但毕竟炮弹还没落到眼皮底下嘛，还没到缺胳膊断腿流血牺牲的时候嘛，连形象都顾不上了？这批进来的好几个，邋里邋遢，跟吃了败仗似的，一点精气神都没有！领导发话，部门落实，整容镜很快装妥。效果是潜在的，至少那些个邋里邋遢的人收敛了不少。衣红豆在她争取来的整容镜前驻足观望，镜子里的女军人状态不错，很有些英姿飒爽的样子呢，自信心不由添了几分。

衣红豆抖擞精神上会场，率先发言，有理有据地陈述理由。舰艇和陆军部队专家轮番发言批驳她的观点，火药味比上午更浓。舰艇部队专家为了确保所有参演舰艇都能出动，一再强调台风的影响，寸步不让。陆军部队的专家附议，并透露特战旅没做机降和伞降的备份方案，出发前领导给他下了死命令，必须抢到登陆舰投送的好天气。远程导弹的发射阵地在内陆腹地，下周天气很好，七天都是发射窗口，降水只是影响末端落区的射击精度。下雨打不准算是客观原因，只要导弹发出去就算参演，争取不到好天气家里首长也不会过于怪罪。火箭军部队专家慑于舰艇和陆军部队专家咄咄逼人的气势，态度模棱两可。这时候，专家组组长的意见就很关键了。

上午的会商，专家组组长申亮站在裁判员的位置上，没表态。下午的会商是要下结论的，他不得不选边站队。申亮是战区气象海洋领域最具权威的高工，出身海洋水文气象，衣红豆想，他一定会偏向有利于舰艇行动的天气，心下已经认输。没想到申高工却说，如果气象窗口选择不当，导致空中力量缺失，或者只是部分缺失，我们这些人都难辞其咎。他的视线从专家们脸上一一扫过，我们科技人员最可贵的品质就是讲科学说真话。再给大家一天时间，希望各位从整个战役出发，而不是基于本军兵种，把天气分析透彻了，客观公正地得出预报结论，提出合理化的保障建议。

衣红豆钦佩地看了申高工一眼，重新燃起“为航空兵撑起一片蓝天”的希望。

3

明立山戎马一生，退休后却被家事困扰。二十世纪六十年代，他从航校毕业分下部队，飞行员、大队长、团长、师长一路走来，走到舰航副司令员的位置上退休。明立山对飞行事业无比热爱，然而到了今天，各项建设步入正轨，明立山却到了停飞年龄。好在他唯一的儿子明天昊已从航校毕业，和他一样成为一名战斗机飞行员。明立山将希望寄托在儿子身上，期待他将来比自己飞得更高更远。没承想，儿子在飞行的黄金年龄身体出了问题，停飞离开部队，到地方公司做了一名直升机飞行员，令他失望透顶。

明天昊是在一次飞行事故跳伞后身体出问题的。专业航空医学体检的结果，生理上没问题，可他总说头晕，医生判断为心理问题，所谓的跳伞后遗症。半年的心理康复治疗，他仍旧躺床板喊头晕，不见一丝好转，医生只好给他下停飞的医学证明。明立山知道儿子没得什么跳伞后遗症，他是不想在部队飞了。儿子的飞行生涯赶上海军转型发展，战机陆续更新换代，作为一名职业军人，还有比这更幸运的吗？眼看就有希望飞上三代机了，他却选择放弃。明立山想不通啊！他苦口婆心做工作，说部队存在这样那样的毛病不假，但战斗力的提升也是实实在在的呀。明天昊摇头，说他就想到地方上闯荡一番。明立山就骂他思想蜕变了，眼红地方上那些有钱人了，也想过灯红酒绿的生活了。父子俩吵得不可开交。老伴杨金凤劝明立山，说天昊怨咱们，你就随他去吧，拉不回来的。明立山哑口无言。在明天昊的婚姻问题上，他欠儿子一大笔债。

明天昊有一个青梅竹马的女友叫艾丽雅，其父艾之枫从飞行大队教导员起，就和明立山搭档。江南水乡明州，市内河网密布，众多内河汇聚成江一路东流向大海。这条名叫桃溪的江在东北郊绕了个弯，弯出一大块平展展的土地，老百姓在这块肥沃的土地上种植瓜果蔬菜，生活富庶，给它取了个好听的名字：

天堂湾。抗战胜利，天堂湾被蒋介石看中，迁走菜农，在菜地上建成一座军用机场，明州解放后被我军接管使用。抗美援朝结束，参战的空军某部转隶海军航空兵，挥师南下参与解放沿海诸岛战斗，几经换防最后在天堂湾机场常驻下来。艾丽雅有个龙凤胎弟弟叫艾立平，两家人是邻居，明天昊和艾家姐弟同岁，明天昊和艾丽雅的同桌经历可以追溯到天堂湾机场保育院。

二十世纪七十年代，没有电脑、网络，学习压力也不大，孩子们成天在外面疯玩。天堂湾机场家属区靠桃溪江，男孩子喜欢下江摸鱼打水仗。江对岸是老百姓的瓜田菜地。那会儿家家经济都不宽裕，军人家庭也不例外。正是长身体的半大孩子，嘴巴馋得要命，男孩子下江后常游到对岸摘两个西瓜、掰几根玉米装在鱼篓子里游回来。女孩子就在江边放哨看衣服，收获的战利品一起分享。这游戏紧张刺激，有吃有玩又有趣，桃溪江对孩子们的吸引力不亚于后来的电子游戏厅。他们九岁那年，艾立平到对岸掰玉米归来时，一猛子扎在江中一块尖石头上，变成了植物人。姐弟俩的妈妈受打击，郁郁成疾，没几年就病逝了。艾之枫独自带着一双儿女艰难度日。这场变故让艾丽雅变得十分懂事，艾之枫工作忙脱不开身时，艾立平就由姐姐照顾，艾丽雅照顾不过来只好找杨金凤帮忙。艾丽雅频繁进出明家，差不多就是明家的另一个孩子。

尽管明立山夫妇都很喜欢懂事的艾丽雅，但要接纳她为家庭成员却得另当别论，毕竟她弟弟拖累太重。特别是明天昊考上航校后，艾丽雅这样的情况太不适合做一名飞行员妻子了。明立山夫妇反对明天昊和艾丽雅谈恋爱，可是他们越反对两人越好。老鳏夫艾之枫家庭不幸，事业倒是蛮顺的，一路干到师政委。东港是大城市，医疗条件全国一流，当上师政委的艾之枫把儿子送到东港最好的康复医院。艾丽雅从军医大学毕业分到天堂湾机场卫生队，是天堂湾最美的一朵花。明天昊航校毕业，两人准备结婚。反对无效，明立山夫妇也就认了。就在两家紧锣密鼓筹办婚事的时候，艾之枫出事了。

那会儿正值部队经商鼎盛期，各级都成立有生产经营办公室，大大小小经营办各显神通广开财路搞创收。经艾之枫同意，师里将一笔装备经费借给地方老板到境外投资以获取高额利息，老板卷款逃跑才发现上当受骗。经查，竟是一桩窝案，牵扯出全师上下十多名干部。这与艾之枫的纵容不无关系。再查，艾之枫居然是最大的贪官，收受过地方老板多笔贿赂，数额不小。这些钱都被他用来给他那可怜的儿子治病了，但法不容情，艾之枫被双开入狱。彼时，明立山已调任舰航参谋长，师里发生的腐败案与他无关。他痛心于艾之枫给老部队带来的耻辱，坚决不与腐败分子做亲家，私下找丽雅商量，希望她为天昊的前途着想，主动退出。

艾丽雅很快嫁人。明天昊受打击，与父亲叫板，那会儿就闹过一次躺床板罢飞。到底还是舍不得身上的铁翅膀，在艾丽雅的劝解下重上蓝天，却不谈恋爱不结婚。后来总算娶了刚分到天堂湾机场气象台的大学生衣红豆。两人婚后一直过不好，半年前办理了离婚手续。

离婚必然涉及孩子抚养权问题。衣红豆不放弃，坚持要把儿子明壮壮带回明州。壮壮是爷爷奶奶一手带大的，他们舍不得，与衣红豆展开了一场夺孩子大战。在法理上，作为母亲，衣红豆胜算大；在情理上，明立山夫妇平日里为孙子付出极大辛劳是不争的事实。起初，衣红豆不怕，大不了闹上法庭。明天昊在这场争夺孩子大战中仿佛是个局外人，远远躲开了。明立山夫妇问他的意见，他说我对不起红豆，随她吧。老两口只好亲自出面跟衣红豆谈。

明立山说，红豆，你的工作性质我了解，就凭你动不动就失联，有能力抚养壮壮吗？

这话把衣红豆问住了。她的失联不只钻到地下，还有漂在海上，最长的一次是前年随舰艇编队赴亚丁湾、索马里海域执行护航任务。护航结束后，编队又顺道访问了一些航线沿岸国家，加起来有大半年。最近的一次是去年，随舰到某海域执行一个月的战备巡逻任务。衣红豆就是那次出海归来后突然提出离婚的。还有日常指挥所的战备值班，二十四小时全时在位。地下和海上没有手机信号，指挥楼不允许带手机，也跟失联差不多。

衣红豆默想了一会儿，抬头望定明立山，说，壮壮大了，我会锻炼他独立生活能力的。我不在的时候，让他自己照顾自己。

明立山气道，孩子调皮你又不是不知道，我们守着他，他还能到处惹是生非，自己管自己，不定闯出什么大祸来呢！

衣红豆说，孩子光守着不行，得教。我有信心把他教好。

你是说我们没把他教好？孩子从小到大，我和你爸把他当心肝宝贝疼，捧在手上怕掉了，含在嘴里怕化了……杨金凤委屈得眼泪都要掉下来了，到头来，怪我们没把孩子教好！

衣红豆叹口气，你们对他太溺爱了。

你不溺爱，你有本事教好，你倒是早点回来爱他教他呀！杨金凤数落道，你爸虽然退休了，人脉还在。他当初想把你调到东港，你不愿意，说东港这边是机场气象台，平台小。他又想找人把你调到东港平级的单位，你说不是你的专业，怕干不好。差不多熬到可以转业进东港了吧，你又评上高工不打算转了……

别说了！明立山熊老伴，我耳朵都听出茧子了！他转头对衣红豆说，红豆，我再问你一遍，这婚你离定了？

衣红豆点头。

我知道，天昊对你不咸不淡的，这些年让你受了不少委屈。壮壮的教育，你和我们观念不一致，也让你受了不少委屈。我不明白的是，十八年都过来了，为什么不再等两年呢？再等两年，壮壮高中就毕业了，不管考上什么层次的大学，哪怕是职业学校，也算有个交代。明立山看衣红豆的样子，像是听进去了，又说，你们现在分开对孩子肯定有影响。十六岁，说大不大，说小不小，影响到底有多大，还真不好说。

是啊是啊，杨金凤附和道，影响肯定很大，壮壮这孩子性子烈，可别干出什么出格的事来啊！你不记得了，他四岁那年……

又来了！明立山瞪一眼杨金凤，扯那些陈谷子烂芝麻的事干吗？

杨金凤闭嘴。

是妥协还是坚持？脑袋里仿佛有一千只手在撕扯打架，逼她做出选择。衣红豆痛苦地低下头，沉默不语。红豆，这婚能不能暂时不离，等孩子懂事点再说？耳畔响起明立山恳切的声音。衣红豆又沉默良久，抬起头来，眼里已蓄满了泪。她摇头，任泪水飞溅，轻轻地说，对不起，不能。

杨金凤愤怒了，站起来指着衣红豆，你，你怎么这么狠心！

坐下！明立山吼道。

三人静坐，相对无言，各自沉浸在自己的思维里。

明立山一生处理过无数公务，无论是繁杂的还是危急的，他都能应对自如。唯有家事，从阻止天昊跟丽雅成婚开始就没处理好。正应了那句话，清官难断家务事。眼下这事，他先问自己，劝和，对不对？想想，是对的。再问自己，不让衣红豆把壮壮带走，对不对？想想，还是对的。于是，他强压火气，语重心长地说，红豆，既然你一定要离开这个家，我们也留不住你，但现在你和天昊的手续没办，你还是我们明家的媳妇，对不对？

衣红豆点头。

在你面前，我还可以自称一声爸爸，对不对？

衣红豆点头，内心波涛汹涌。

爸爸刚才的表述有问题，你不是没有能力抚养壮壮，而是没有条件。红豆，你是个好孩子，坚强、执着、有事业心。不容易啊！大山里走出来的小女子，在男人的世界里打拼，拼成行业专家，拼得一块大校肩牌。天昊不如你。明立山挥挥手，唉，不说他了。红豆，爸爸打心眼儿里欣赏你，为有你这样的儿媳感到骄傲。爸爸想把你调回东港，不是不支持你干事业，而是不忍心看你和天昊两地分居感情越来越淡。爸爸心里清楚，天昊对你不上心，不是你的错，也不是他的错，而是爸爸的错，爸爸当年不该……

他爷爷，不说了，都过去多少年了。

好好好，不说了不说了。不知不觉，明立山已是老泪纵横，他深吸一口气，红豆，爸爸对不住你，我们明家对不住你。

爸，妈，衣红豆也动了感情，泪如雨下，谢谢二老十八年来对红豆的关爱！

三人各自抹了泪，情绪慢慢恢复平静。明立山接着说，红豆，事已至此，爸爸尊重你的选择。尽可能把这事对壮壮的影响降到最低吧，怎么样对孩子有利咱们怎么办。你听我分析，我们当初把他带到东港，主要考虑在东港参加高考的优势，如果现在转回明州不就前功尽弃了？两边的课程也不一样，据说明州抓得比东港紧，壮壮的学习成绩本来就不好，过去不一定能够适应得了。这还只是学习上的。生活上的刚才已经讨论过了，即便他能学会自己照顾自己，一下也照顾不了那么仔细，冻着了饿着了大家都心疼。思想上的更是无法掌控，万一学坏，后悔可就来不及了。

是啊是啊，杨金凤佩服地看了老伴一眼，说，红豆，你爸分析得有道理，咱们不能感情用事，耽误了孩子。

红豆，能不能再让我们尽一份力？时间不长，就两年。明立山的要求没有实质变化，但话这么说就好听多了。

杨金凤趁热打铁，壮壮血管里流着你和天昊的血，是你们共同的孩子，不存在归谁不归谁的问题。他跟谁在一起生活，都是你衣红豆的孩子，我们只是替你照顾他两年。

衣红豆终于点头，说，请二老给我个承诺。

明立山和杨金凤齐声道，你说。

衣红豆说，我有随时探视孩子的自由。

明立山立即表态，红豆你放心，这个家的大门永远向你敞开。

可是，自从那天走出明家的大门，衣红豆就再也没有回去过。

4

壮壮对父母离异的反应之激烈，超出大人们的想象。听爷爷奶奶说婚是衣红豆要离的，他怪母亲，不愿跟母亲见面，指责她抛夫弃子，令衣红豆始料不及。明天昊服务的海洋直升机公司在东港，他答应衣红豆多回家陪陪孩子，帮壮壮尽快度过这段心理危机。壮壮对父亲也有怨言，怨他没把母亲留住，成天无事生非找碴儿跟父亲作对。明天昊烦不胜烦，索性跟公司提出到北极工作，一走了之。母亲不想见，父亲见不上，壮壮转而折腾爷爷奶奶，他把自己变成问题少年，故意气他们。

孩子是明立山夫妇想方设法要来的，只能打碎牙往肚里吞，不敢跟衣红豆说。近段时间，壮壮的行为越来越过分，老两口预感到要出事，战战兢兢，小心提防。这哪防得住啊！那天，天黑了还不见壮壮踪影。明立山打电话问学校老师，说正常时间离校的。挨个问他几个要好的同学，都说没在一起。老两口急了，把壮壮的房间翻了个底朝天，从枕头底下翻出一张字条，才知道他已离家出走。手机不通，网络关闭，照现在时兴的说法：失联了。

后来，衣红豆才知道，正是自己出发前一天给壮壮发的那条出完差回来就去东港看他的微信，激发了壮壮的灵感。话虽没说透，壮壮也能猜到母亲又要失联了。你失联，我也失联，这游戏好玩！第二天中午跟母亲通了最后一个电话，他就真的失联了。

晚上，明立山夫妇找到壮壮留下的字条，急得团团转。他们抱着一线希望，想壮壮是不是到明州找他妈了。明立山给衣红豆打电话，手机不通，座机无人接听，又请总机转接指挥所气象值班室。值班员看是陌生电话，回他说衣高工外出执行任务了，去哪儿不便相告。红豆不可能带孩子到不便相告的地方执行任务，壮壮肯定没跟他妈在一起。

儿子北极工作的地点也没手机信号，平时都是他给家里打卫星电话，家里没法联系他，相当于半失联。第二天一大早，明立山就跑到直升机公司给明天昊打卫星电话。听说壮壮不见了，明天昊赶紧跟领导请假回国找孩子。领导替他着急，派直升机送他到有公共交通工具的地方。即便如此，赶到挪威首都奥斯陆时，已过去两天。跟家里联系，壮壮仍旧杳无音讯。乘上奥斯陆飞往上海的航班，这个疲惫而焦灼的男人陷入深深的自责。

漫长的航程，足够明天昊咀嚼回味人生。也许只有他自己知道，从一名技术精湛的海军航空兵战斗机飞行员，沦为替老板打工挣钱的民营公司直升机飞行员；从一名英俊帅气有条件任意挑选姑娘成家的高干子弟，落到今天妻离子散的地步，所有的一切始于当年那个血色黄昏。

小时候的明天昊调皮捣蛋，天不怕地不怕，是天堂湾机场家属区孩子王。那时候的部队都兴养猪种菜搞农副业生产，紧邻家属区是机场自办的农场，种植业养殖业双管齐下，办得红红火火。当然也种瓜果蔬菜，品种质量比对岸老百姓的好多了。这么便利的条件，孩子们为什么不到农场干坏事？照明天昊的话说，兔子还不吃窝边草呢。其实是吃“窝边草”容易被抓，抓住后被家长知道后果严重。挨打受骂也就罢了，还有更严厉的，比如像艾家姐弟那样，被他爸关长禁闭，那就太不划算了。

有天，明天昊临时提议钻农场葡萄园，被农场兵逮住，押送到农场场长跟前。一个家属区住着，不用审，谁是谁家的孩子，场长一看就清楚。他也没难为孩子们，批评两句就放他们走了，临了还让兵们摘几串熟透的葡萄让他们带回家。艾丽雅接过葡萄对场长说，谢谢叔叔！场长笑道，乖！回过头对逮他们的那两个农场兵说，她爸是飞行团一大队教导员，知识分子！有学问的人教出来的孩子就是不一样啊，有礼貌。假惺惺，背后使绊子，太坏了！这是艾家姐弟被他们爸关禁闭后，明天昊偷偷去看他们时，艾丽雅隔着禁闭室窗户说的话。明天昊接过艾丽雅的话头说，对，这人比美蒋特务还坏！人民内部矛盾，至于吗？艾立平说，咱们以后别去招惹他，要玩就到对面玩。艾丽雅瞥她弟一眼，说，你以为咱俩还有机会跟天昊出去玩呀？

艾立平身材纤细，面目清秀，乍看像个小姑娘。他身子弱，胆量小，打打杀杀的游戏上不了阵，桃溪江水稍大一点就害怕，更不敢游到对岸干坏事。艾立平被机场男孩子们嫌弃，若不是明天昊罩着，没人愿意带他玩。明天昊不嫌弃艾立平，因为艾立平和他姐一样，长了一双水汪汪的大眼睛。水汪汪的大眼睛长在男孩子脸上，有一种说不出的味道，但凡有事相求，艾立平只要拿他那双水汪汪的大眼睛望着明天昊，明天昊的心就化了，就只能答应他了。听姐姐这么说，艾立平垂下眼帘，继而抬起头来，大眼骨碌地望着明天昊。明天昊明白，那是求助的意思，忙点头道，有机会，有的是机会，等你爸的气消了……就在这时，一声咳嗽传来，艾丽雅大惊，说天昊你快走，我爸进来了。站在禁闭室外踮着脚尖跟姐弟俩说话的明天昊赶紧溜墙根儿闪人。

艾之枫从不打骂孩子，他跟孩子讲道理，他讲道理的方式比打骂更令姐弟俩害怕。明天昊不明白丽雅立平为什么害怕。被农场兵逮住那天，孩子们捧着场长送的葡萄高高兴兴回家了，谁也没想到场长居然会告状，而且是告到他们父亲的上级那里。父亲们挨了批评，还有他们的好果子吃吗？

其实，摘几串葡萄，睁只眼闭只眼也就罢了，可是偏偏被两个新兵撞见，新兵不知道他们是机场的孩子，逮着送到跟前来总得有个说法吧。农场场长看干坏事的几个孩子都是飞行团的，就给团政委打电话，请政委跟家长们说说，让他们管管孩子，毕竟不是什么好习惯。说不上批评，政委只是挨个打电话告诫。一大队大队长明立山没当回事，在他老家乡下，哪个男孩子没干过偷瓜摘果的事？农场归场站管，明立山对政委说，换成场站的孩子，他会较这个真吗？屁大点事儿，居然闹到你这儿来了！政委说场长也是好心，趁孩子的三只手还没长出来好教，等长出来再砍就来不及了。明立山嫌“三只手”难听，回家把儿子揍一顿。明天昊委屈，说他们没想去摘农场的葡萄，只是路过，都怪农场没把葡萄架子搭好，让藤子长到路边上，伸手就能摘着。明立山说，小兔崽子，你还有理了！那钻园子又是咋回事呢？明天昊说，路边的葡萄把馋虫勾出来了，还能不钻园子吗？明立山嗔道，滚！摘葡萄事件在明家就算结了。

教导员艾之枫的态度和明立山完全不一样，他把摘葡萄事件定性为盗窃。儿女的盗窃行径令艾之枫无比羞耻，他向政委保证，放心吧，政委，这种事一定不会再在我家孩子身上发生了。艾之枫回家，苦口婆心地给丽雅立平灌输“小时偷针长大偷金”的道理，然后让姐弟俩保证，不再跟明天昊他们同流合污。

明立山教育孩子用棍子，艾之枫用语言，语言也是有力道的，不狠斩不断俩孩子的三只手——他认为儿女的三只手已经长出来了。艾之枫虎下脸威胁，如果你俩执迷不悟，继续跟他们来往，他瞪着艾立平，我就跟你断绝父子关系，然后又瞪着艾丽雅，跟你断绝父女关系。那年，俩孩子刚满九岁，还听不懂当时在成人世界里流行的“断绝关系”是什么意思。艾立平大着胆子问父亲。艾之枫一本正经地解释，如果我和你断绝父子关系，我就不再是你爸爸，你也不再是我儿子，我没有供养你的责任，将来我老了，你也没有赡养我的义务，从此我们就是两个互不认识的陌生人。艾之枫之所以用文绉绉的官方语言跟九岁大的儿子说话，出于一种本能的情感保护。他爱极了他的一双儿女，似乎用官方语言就不是他本人说出来的话，借他人之力来打击自己的骨肉，心才不会那么痛。艾之枫把脸转向艾丽雅，话还没出口，艾丽雅哇的一声哭道，爸爸我不要跟您断绝父女关系，不要，不要……艾之枫一把将女儿搂进怀里，说丽雅是听话的好孩子，爸爸永远不会跟你断绝父女关系。边上的艾立平嗫嚅道，爸爸，我也不要跟您断绝父子关系。艾之枫又一把将儿子搂进怀里，说立平也是听话的好孩子。两个孩子像两只雏鸟伏在父亲宽大的羽翼下哭泣，艾之枫拥着他们，温柔地说，你俩都是听话的好孩子，国家不可能一直乱下去，爸爸已经看到光明了，将来还是读书人的天下。你们跟天昊他们不一样，你们是读书人家的孩子，听爸爸的话，好好读书才是正道。丽雅立平含着眼泪答应了，从那天起姐弟俩就被艾之枫圈养在家里，只能每天趴在厨房兼饭厅的窗户前，眼巴巴地看着隔壁的明天昊像出笼的鸟儿一样飞过。然后，收起羡慕的目光，坐在饭桌前写父亲额外布置的作业，读父亲要求定期读完的堆得像山一般高的课外书，向快乐无忧的少年时光作别。

也是明天昊安的名，他对小伙伴们说丽雅立平被他们爸关禁闭了，而且是遥遥无期的长禁闭。还有什么比失去自由更难受的呢？明天昊同情姐弟俩，像鸟儿一样飞过时偶尔也会停下来问候一声，于是就有了刚才的那一幕。

大事频发的年月，部队动不动就进入一级战备，家属区近在咫尺，艾之枫十天半月都回不了一趟家。他家属是明州师范学校的美术老师，那阵子正好被抽调到市委写标语布置各种会场，也是成天不落屋。关禁闭得有人看管，艾之枫把他那一摊子工作甩给明立山，跟政委请假，于百忙之中抽出十天回家管孩子。政委居然准了。明立山愤愤不平，哼道，屁大点事，也值当！

机场绝大多数人家和明立山一样，农民出身，对子女的教育简单粗暴。艾之枫看不上明立山们的放养模式，明立山们则对他的精雕细琢之风不以为然——把孩子当成温室里的花来养，将来凭什么接过父辈手中的枪？明州地界兴喝黄酒，俗称老酒，明立山入乡随俗，放弃北方老家的高粱酒，也好上了这一口。杨金凤随军后一心一意照顾明立山父子，没出去工作，是那个时代飞行员家属的楷模。家属们相互打听，但凡听到丈夫回家的消息，杨金凤就备好一桌菜，把在外疯玩的明天昊叫回来等着。明立山进家门，杨金凤兑好一盆不冷不热的洗脸水端过来，伺候他净面揩手。明天昊则遵母亲的嘱咐在厨房照看灶上的老酒，待腾腾的热气上来时打个鸡蛋进去，用筷子搅散，一壶蛋花老酒就成了。提壶上桌，给父亲满上，一家三口坐定。明立山问杨金凤天昊乖不乖。乖，赏一杯老酒吃；不乖，则被撵下桌子。杨金凤溺爱她的独生子，明天昊总在外面惹事，照杨金凤的标准，没人告上家门就算乖。所以，从杨金凤嘴里说出来的明天昊都是乖的。明天昊的不乖，明立山都是从其他途径获知的，比如摘葡萄事件。钻农场葡萄园子虽不是什么大不了的事，但总不是乖孩子干的事，又被政委“三只手”的说辞膈应。明立山气咻咻地回家，按惯例把天昊撵下桌子揍一顿。犯事让老爸知道挨打活该，只恨那场长当面一套背后一套害人。明天昊主动把屁股送上让明立山揍。杨金凤奓着两只手站在边上不敢劝，心疼得直掉眼泪。明立山打是打了，却没打出效果，睡一觉起来明天昊就忘了屁股疼。明立山一走，他立马飞出家门，飞向他们玩乐的天堂，领着一帮野孩子胡天胡地瞎折腾。

对于明天昊的胆大妄为，明立山认为没必要管，也没工夫管；杨金凤舍不得管，也管不住。两口子任由儿子像匹脱缰的野马，在男孩子成长的逆反期任性驰骋。那年为确保北京万人庆祝粉碎“四人帮”大会安全顺利举行，部队进入一级战备状态，艾之枫的假休到第七天时接到通知，所有探亲休假人员立即归队。他家属的事儿还没完，丽雅立平成了没人看管的孩子。杨金凤说交给我好了，你们安心工作。以前，家里大人不在没吃喝，不用喊，丽雅立平自己就会往明家跑。摘葡萄事件后，艾之枫不许姐弟俩跟明天昊来往，怎么可能把他们交给杨金凤呢？又不好直说，就以不好意思麻烦为由婉拒。杨金凤说，两双筷子的事，客气啥！艾之枫坚持，不麻烦嫂子，我们自己解决。杨金凤就不好再说什么了，打电话给明立山，问他是不是跟艾之枫闹意见了。明立山说，我在队里忙得像陀螺，让他回家看孩子，他还好意思闹意见？知识分子，酸呗！于是，就都没往深处想。事后，两口子自责，如果当时多想想，艾之枫为什么不让孩子到家里来，杨金凤也许就不会上赶着去叫了。不上赶着叫丽雅立平过来吃那顿饭，也许就不会发生后来的事了。

艾之枫走之前给丽雅立平烙了一摞面饼，让他们保证，隔壁的菜炒得再香也只能闻闻，不许往明家跑。只要坚持吃两天饼，他们的妈妈就回家了。俩孩子头点得像鸡啄米，生怕父亲嘴里再吐出“断绝关系”四个可怕的字来。艾之枫一走，明天昊立马跑到艾家找丽雅立平出来玩，庆祝他们的长禁闭自动解除。姐弟俩脸都吓白了，说不行不行，我爸不许。你们是不是被关傻了呀，你爸你妈都不在，没人管你们。姐弟俩还是一个劲儿摇头，天昊只好作罢。他实在想不通，人居然会被四个字吓得关自己的禁闭。我倒要看看，你们的骨头有多硬。每顿饭，他都端着饭碗到禁闭室窗户下吃给丽雅立平看。诱人的饭菜香味飘进屋，严重动摇姐弟俩的意志，他们只坚持了一天就不想再碰那又干又硬的面饼子了。明天昊回家添油加醋地说给杨金凤听，他说丽雅立平吃不下饼子，快饿死了。救人要紧，哪还顾得上艾之枫的“酸”！杨金凤赶紧做了一桌子好菜去艾家把姐弟俩叫过来吃饭。丽雅立平的意志已经被明天昊击垮，杨金凤一叫就到，一到就放开肚皮吃。三个孩子边吃边聊。关了七天的禁闭，错过了多少快乐时光啊，小伙伴们都上哪儿玩了，得了什么宝贝，打完架不说话的谁和谁又和好了，刚成熟的玉米又甜又嫩真好吃呀……聊的话题多得不得了。明天昊嫌他妈这盏大灯泡照着聊不痛快，让杨金凤忙自个儿的事去，不用管他们。家属区地盘大，场站平整出一大块菜地分给每家每户，艾家没工夫种，杨金凤把两家的自留地拢在一起，每天忙完家里忙地里，这会儿正惦记着上菜地浇水呢，就忙活去了。

杨金凤走后，明天昊提议把他爸的老酒倒点来喝，庆祝姐弟俩得解放。艾丽雅担心偷喝大人的酒挨揍。艾立平说只喝一点点明伯伯发现不了。明天昊说放心吧，打倒“四人帮”，人民喜洋洋，我爸心情好，发现了也不会揍我。说完就去厨房做他拿手的蛋花老酒。

明天昊提壶上桌，给丽雅立平满上，三个小伙伴学大人的样子举杯相碰，喝得畅快。黄酒后劲大，喝的时候不觉得，“只喝一点点”被他们抛在脑后，一壶下去，意犹未尽。不过瘾，明天昊又要去厨房做。艾丽雅说你们喝吧，我去做。明天昊大大咧咧地说，女人温酒给男人喝，行啊！两个九岁大的男人又喝了两壶，半坛子老酒不知不觉就倒光了。喝了酒，浑身燥热，明天昊提议到江边吹吹风。都说好。三只鸟儿扑啦啦飞到桃溪江边，栖在江边防波堤上。

太阳落山，晚霞五彩斑斓，好像妈妈画画的颜料不小心打翻在了天边：蓝的、褐的、黄的、灰的、紫的、橙的、红的……美不胜收，把丽雅立平看痴了。明天昊没有艾家姐弟的雅兴，他看到的云彩像各种动物打架，推来搡去打得又不精彩，看了一会儿就没了兴致。酒劲上来，明天昊感觉心里有一团火在烧，脱了鞋袜把一对光脚丫子伸到江水里泡。时令已入秋，居然没觉得冷，凉意顺脚心上游，说不出的惬意。他想喊，想把心中的惬意喊出来，就站到堤上，对着江水嗷嗷叫。受明天昊的感染，艾立平也站起来哇哇叫。艾丽雅嘿嘿乐，说你俩是不是喝醉了？

是喝醉了，醉得还不轻，明天昊只觉得心中的那团火熊熊燃烧，整个身子快要被它烧化了，必须采取什么措施把它灭掉！脚下的江水凉幽幽，灭火器就在眼前，何不跳进去游他个痛快？艾立平喝得也不少，心中同样有一团火在烧。

酒壮㞞人胆，艾立平表示赞同，脱了裤褂，跟在明天昊身后扑通一声跳进桃溪江。果然痛快，两人往江心游去，艾丽雅双手拢住嘴巴喊，天快黑了，别游太远。男孩们听不到，或装作听不到，继续往对岸游。桃溪江本来就不宽，又是枯水季，不一会儿就游到了对岸。岸上秋玉米挂着红缨子，很是诱人。明天昊说我们掰几个回去烧了吃吧。艾立平言听计从。两个男孩猫腰钻进玉米地，每人掰了四五个青玉米棒子。机场的男孩子穿的裤衩都是父亲们的军用大裤衩改的，母亲们为了让他们多穿两年，改过依然很大。两人把玉米棒子塞到大裤衩里，用裤腰带系紧两头，吊在脖子上，像得胜的将军似的光着屁股正要往回走，听到有哗哗哗的声音传来。明天昊凭经验判断，他们的行踪被看秋的老百姓发现了，哗哗哗的声音是看秋人拨动玉米叶子的声音。哗哗哗的声音越来越大，看秋人正往他们所在的方向搜寻过来。快跑！明天昊撒丫子往江边跑，艾立平紧紧跟上。看秋人追过来了，哗哗哗的声音仿佛就在身后。明天昊拼命往玉米地外跑，跳进江里往回游，游到江心确信安全了才顾上回头看。艾立平刚跑出玉米地，等他跑到江边时，看秋人已追过来了，是位身手敏捷的大叔。明天昊大喊，立平快跳！后面有人追，前面有人喊，艾立平慌不择路，看也没看就往江里扎，扎到一块凸起却没凸出江面的尖石头上。明天昊先是看到江水洇上来一圈红，后来才看到艾立平横着漂起来，赶紧反身游过去。远远看见看秋大叔跳到江里，把艾立平拖上岸，便知闯了大祸。游近了，看见艾立平一动不动地躺在看秋大叔怀里，明天昊心里又惊又怕。上岸，鼓足勇气走过去。看秋大叔盯了他一眼，把艾立平放到地上，说你守着我去找人来救他。

天边残阳如血。明天昊腿软，趺趺撞撞走到艾立平身边。艾立平一动不动地躺在江滩上，头和脸血糊糊的。明天昊扑通一声跪下。轰隆一声，太阳就落到了山后头。明天昊的眼前一片漆黑。

艾立平在医院里躺了小半年，人是活过来了，却成了植物人。也能吃也能喝，就是不能动弹。明天昊和艾丽雅长大，他也长大，脑子却永远停留在九岁。永远停留在九岁的还有他那双单纯无辜的大眼睛。明天昊每次去看他，他都会大眼骨碌地望着明天昊，望得明天昊不得不把眼睛挪开，不敢与他对视。在别人的眼里，那双眼睛毫无内容，但在明天昊看来，那双望向他的眼睛却锐利如桃溪江里的那块尖石头，能将他的心刺出血来。

在万米高空上，人到中年的明天昊回忆至此，依然能感觉到心的刺痛。九岁起，他所有的努力似乎都是为了驱散心头的阴云，这块阴云却始终如影随形。

九岁时犯下的错是明天昊心头的伤痛，他发誓将来一定要出人头地，管艾立平一辈子。他还把伤痛化成对艾丽雅的爱，高中时两人就成了公开的恋人。然而，作为军人的明天昊，围绕爱情和事业的梦想相继落空。先是艾丽雅成了别人的新娘，后是个性与当时部队环境相左，仕途升迁无望。

明天昊不愿回忆阴云笼罩的岁月，强行将自己从遥远的思绪中拉回现实。现实最迫切的是把儿子壮壮找回来。在奥斯陆候机时，父亲明立山将壮壮留下的字条拍成图片微信传他。图片上歪歪扭扭的一行字：你们都想过自己的生活，我也想过我自己的生活，别来找我！这行字给了他些许安慰——壮壮暂时没有生命危险。

5

壮壮离家出走，前夫回东港找孩子，洞里的衣红豆一无所知。衣红豆百般忧虑，千般猜测，却怎么也料不到壮壮竟然会跟她玩“失联”的游戏。她只是对壮壮那条“不想认你这个妈”的微信耿耿于怀。衣红豆不敢让自己空闲下来。一旦空闲下来，那个犄角红发的卡通少年就会从脑海里跳出来跟她说再见。

申亮要求大家晚上加班，一起把天气再认真分析研究一遍。吃完晚饭，衣红豆看表，距集中的时间还有两个小时。这个年龄段的女人，不注意锻炼很容易发福，中年女人一发福大妈相就出来了。衣红豆不允许自己发福成大妈，平时吃完饭她都会到户外快走加慢跑，运动个把小时。洞里没条件，只能回房间休息。不只运动场所，洞里方方面面的生活条件都不如地面。不过专家组就一名女同志，倒让衣红豆享受了单间的待遇，给了她一个相对私密的空间，空闲时是睡是醒还是瞪眼想心事都是她的自由。

躺在房间小铁床上休息，犄角少年又从脑海里跳出来了。衣红豆下意识地从枕头下摸出手机，点开相册。地底下当土行孙，保存在手机里的照片是她赖以生存的阳光。这些照片，从壮壮咿呀学语到叛逆少年，一张张记录着岁月的痕迹。小时候的几张是她的最爱，要么壮壮偎在她怀里，要么她牵着壮壮的小手，孩子对母亲那种百分之百的信赖，能让她的心田开出花儿来。倒数第二张她也很喜欢。照片上，阳光帅气的美少年站在高高的岩石上，眺望远方初升的太阳。在爷爷奶奶的精心喂养下，壮壮从小就处于营养过剩的状态，幸好他外向好动，去年开始变嗓发育，个子一下蹿了十厘米，多余的脂肪变成肌肉，从肥胖儿童成功转型为高大壮实的美少年。这张照片就是去年暑假，她带他到普陀山游玩时照的。那时，母子二人相处还算和谐。衣红豆盯着美少年照片看了又看，舍不得往下滑，害怕往下滑。再往下滑就滑到底了，衣红豆不愿意承认滑到底的那张照片是壮壮留下的影像。那张照片被衣红豆删除了又恢复，几次三番还是保留了下来——照片是她亲手拍的，再抵触也得承认，那个吊儿郎当的"杀马特"是她的亲生儿子明壮壮。

两个月前，壮壮最后一次来明州过周末。衣红豆在明州的住房条件不错，小高层，一梯两户的师干经济适用房。难得的相聚，她盼了又盼，早早地倚在家门口等他，脑子里全是阳光帅气的美少年形象。从九楼电梯间出来的大男孩穿了件缀满铜钉的牛仔衣，头发是刺猬般奓开的朋克造型，左耳上戴着亮闪闪的耳钉，怎么可能是壮壮呢？耳钉男孩径直走过来，把她拨到一边进屋，一屁股坐在沙发上。衣红豆跟进来，歪头辨认沙发上的大男孩。大男孩睨她一眼，不认识啦？

是壮壮的声音。外表变，声音不会变。这个陌生的大男孩确实是壮壮。衣红豆气道，壮壮，你怎么把自己弄成个"杀马特"？

“杀马特”？嗬，你也知道“杀马特”。壮壮看着她，嘴角挂着一丝挑衅的笑意，我就当“杀马特”了，当给你看。

衣红豆被激怒了，吼道，壮壮，你太过分了！妈妈对你一再忍让，不是不想管教你，是不想破坏咱俩在一起的气氛。

想管教我？你没资格！你都不是我妈了，有什么资格管教我？

衣红豆气得发抖，说，我没资格是吧？你爸爸有资格。敢不敢让我拍张照片发给他，让他来管教你？

壮壮站起来，转圈，转到衣红豆跟前，耸肩摊手，说，悉听尊便。说完故意摆造型让衣红豆拍。

“杀马特”照片就是这样留下的。

拍完照壮壮才说，我爸到北极挣钱去了，那地方没有手机信号，收不到你的照片。你不是高级工程师吗？最好能想办法让他看到这张照片。他看到后，也许会良心发现，回来管教我。我没有了妈，总不能再没有爸吧。

壮壮最后那句话把衣红豆眼圈说红了，她哽了一下，说，壮壮，你听妈妈说，我们大人的事……

壮壮嚷道，我不想听，你们两个一个比一个自私！壮壮冲进他的房间，反锁房门，一晚上都没出来。

“杀马特”这个网络热词是实习学员告诉衣红豆的。她单位是某院校实习基地，每年都有学员过来实习，带实习学员是衣红豆的工作之一。她喜欢带他们，即将毕业的军校学员朝气蓬勃，跟他们在一起仿佛自己也年轻了。今年的实习期满，学员们请她看巨幕电影，在影院碰到几个身穿奇装异服的男女青年。衣红豆不大去这种年轻人聚集的公共场所，还是第一次见到这么个装扮的新新人类。男女青年描眼线化浓妆，挂铁链戴耳钉，染成五颜六色的头发像被电击中似的奓开。衣红豆看得咋舌，说，什么人哪！家里也不管管。一位学员说，老师，这种人叫“杀马特”，流行着呢！衣红豆说，听上去瘆得慌，相当于小流氓？学员想了想，说，还不大一样，“杀马特”代表非主流，是一种视觉系文化。“视觉系”在日本流行很多年，一传到中国就受到青少年的追捧。衣红豆又朝那几个年轻人看了看，说，好孩子才不会追捧呢，我看跟小流氓没啥区别。学员说，“杀马特”其实是英文单词 smart 的音译。衣红豆说，smart 是聪明的意思，这种人跟聪明有何关联？学员说，恰恰相反，跟脑残能画上等号，网络上经常用反义词。衣红豆撇嘴道，好好的中文都被这些网络词破坏了，国家得出台相应的政策，禁止使用。

……

衣红豆真希望壮壮的“杀马特”形象仅仅是学员解释的视觉模仿，而不是她理解的小流氓。

电话铃响，衣红豆猜是处长打来的。处长一直跟她保持热线，除了工作上的探讨，更多的是嘘寒问暖道辛苦。这是一种变相的施压，像一根棒子不时敲打一下，提醒她只许成功不许失败，令她反感。每次，处长都问衣红豆有没有需要他帮忙解决的困难。当然有，能帮她侧面打听一下壮壮的情况也好啊！每次，衣红豆都说没有——明明知道她的境况却仍然把她往洞里派，处长的关心在衣红豆听来难免虚伪——她在心里跟处长较着劲。

中午，处长就来电话问过一次演练窗口定下来没有，说司令员很关心。参谋长那句“必须为航空兵撑起一片蓝天”在耳边回响，衣红豆压力陡增。最终结果没出来，她不想制造紧张空气，忍住没细说上午会商会议上的火爆情形，只道我会尽力的。即便如此，处长已经感觉到情况不妙了，说下午的会商太重要了，衣高工你还需要什么资料，我们马上准备好通过指挥专网给你传过去。衣红豆心烦意乱，说不需要，就挂了。

这个电话，处长是来问下午会商结果的，一听衣红豆的意见处于劣势，顿时急了，说，怎么可能？这不是明摆着不让我们航空兵露脸吗？高工你是不是没把天气跟他们讲明白？

衣红豆没好气地说，讲了。再说，都是这行当里的老司机，不讲也明白。

处长说，那也得好好讲。他们是气象专家，但他们都不是航空气象专家。

衣红豆耐着性子把申亮说的那番话转述给处长听，说申高工虽然不是航空气象专家，但有他主持公道，我们不一定输。

处长担忧地说，申高工是舰艇部队出来的，不可能胳膊肘往外拐，替我们航空兵说话吧？他是组长，得站在客观公正的立场上，他这么说，无非是表明一种态度。

处长你想多了，我相信申高工。再说了，为什么叫专家过来，就是因为专家更多的是从天气出发，而不是凭首长意志。不然，让你们业务领导来好了，谁官大谁说了算。

衣红豆还从来没有跟处长说过这么重的话。她的心情太糟了，还没从失败母亲的情绪中拔出来，就接到处长这个问责电话。

处长听她生气了，赶紧说了一堆宽慰的话。衣红豆简单应付几句，说我们马上就要集中研究了，有什么事晚一点再打来吧。电话挂断两分钟，处长又打来了。不待他开口，衣红豆就说，你要是不放心，另外派个人来吧。处长说，红豆姐你误会了。本来不想告诉你的，老首长叮嘱过，想想还是跟你说一下吧。衣红豆的心咯噔一跳，忙问什么事。

衣红豆也是后来才知道的，明立山夫妇等不来儿子，像热锅上的蚂蚁，杨金凤实在忍不住，怂恿老伴给衣红豆单位领导打电话，把衣红豆叫回东港找孩子。明立山骂她糊涂，说这会给红豆造成很坏的影响。杨金凤说，都什么时候了还顾得上影响？不让她知道，万一壮壮有个三长两短，看你怎么向她交代！明立山想想也是，就把电话打到处长办公室。

处长一五一十地对衣红豆说，老首长打来电话，先自报家门，我一听是他老人家，忙问老首长有什么指示。老首长说都退休多少年了，还能有啥指示？向你打听一件事，你们气象台的衣红豆高工是不是出海了，跟她联系不上。我说老首长您别担心，衣高工没出海，有什么要紧的事我可以替您转达。老首长说没事没事，就是壮壮想他妈了，跟我和他奶奶发脾气，让我替他打听一下他妈多久能回来。承蒙老首长理解，我还没想好怎么回答他呢，他抢先说你别犯难，不用告诉我。老首长最后叮嘱我千万别告诉你他来过电话，免得你担心。我问他家里有没有什么困难。他说没有，壮壮跟着爷爷奶奶，一切都好。红豆姐，我想壮壮一切都好，还是给你报个平安吧。

壮壮一切都好，还想她了，衣红豆心下大慰，说，谢谢你告诉我，孩子调皮，真还有些担心呢，这下好了。

处长抱歉地说，红豆姐，你的情况别人不清楚，我是清楚的。也想过另外派人，但这次任务天气太复杂了，我担心别的人拿不下来。

军人办理离婚手续需要单位证明，衣红豆不想搞得天下皆知，请处长找机关的熟人开的证明。所以，整个单位只有处长知道衣红豆独身的事实。处长还知道，衣红豆这婚离得并不潇洒，前夫获得了儿子的抚养权，令她无法释怀。导演部抽调专家的通知下来时，他是动过另外派人的念头，想来想去总感觉不保险。别的人能力素质还行，但资历不够、经验不足。那是个没有硝烟的战场，资历浅压不住阵脚，缺经验有理也抢不到好天，各军兵种派去的都是经验丰富的资深专家。

听处长这么解释，衣红豆反而不好意思了。处长考虑到她的困难了，只不过没有合适的人替代，不该在心里跟他较劲的。于是说，谢谢处长信任，再努把力，应该能争取到我们想要的天。

放下电话，衣红豆回味处长刚才的话，才发觉不大对劲。这半年，壮壮大闹天宫似的折腾，把大家折腾得苦不堪言，相互间便有了嫌隙。在衣红豆看来，那天老两口与她的谈话仿佛是经过精心筹划的阴谋，目的是让她放弃抚养权。可她偏偏上当了，儿子最终被明家巧取豪夺抢走。而明立山夫妇呢，他们把壮壮的种种折腾都归罪于衣红豆。如果不是她执意要离这个婚，孩子何至于变成这样！嫌隙的结果是互不来往，包括通电话。壮壮一切都好，明立山怎么可能打电话找她呢？找不到还把电话打到领导那里。壮壮说想她了更是假话，他都不打算认她这个妈了，怎么还会说想她，吵着让明立山打听她的消息呢？

壮壮一定出事了！

衣红豆琢磨着是不是跟申高工请假回去一趟。或者跟处长说，请他派人来替她。琢磨来琢磨去，实在是开不了口。最多明天，演习窗口就得定下来，这个关口撂挑子走人无疑是临阵脱逃。

前舰航副司令员的家里装有军线电话，明立山不知道衣红豆洞里的电话，衣红豆是知道明立山家中电话的，电话机就在桌上，动动手指就能直拨过去。她都把话筒拿起来好几次了，终又放下。倒不是因为心中的嫌隙，而是考虑到她这个电话打过去，万一壮壮闯下滔天大祸，明立山夫妇叫她回去怎么办？万一壮壮出了生死大事，她会不会被噩耗击垮？是福不是祸，是祸躲不过，就让灾祸来得更晚一些吧！先把这个巨大的疑团藏在心底，等明天这关过了再说。

6

九岁时犯的错在明天昊心里埋下的信念从来没有改变过，就算妻离子散又怎样？还是得坚守下去。远走北极倒不是完全为了躲避壮壮的纠缠，他想冷静冷静，重新规划一下自己的人生。

脱军装并非心血来潮。“出人头地，管立平一辈子”不一定非得走仕途。明天昊有一个航校时的战友，从战斗机飞行员序列中淘汰后改飞民航，后又被东港一家新成立的海洋直升机公司挖去做了副总，没几年就住进别墅，开上豪车，还换了老婆。副总的公司缺飞行员，向明天昊抛来橄榄枝。以战斗机飞行员的素质，经培训改飞直升机，技术上没问题，有问题的是心理。在战斗机飞行员眼里，直升机好比儿童玩具。低下战斗机飞行员高昂的头颅去玩儿童玩具，明天昊过不了心理上的这个坎。最后，副总以三倍薪酬的诱惑帮助他克服心理障碍，利用飞行事故跳伞的机会离开了部队。离开部队的明天昊是不甘心一直玩儿童玩具的。三倍薪酬又怎样，与“出人头地，管立平一辈子”目标相距甚远。

父亲入狱后，弟弟的康复费用成了大问题，但要把他接回明州，艾丽雅又舍不得放弃恢复自理能力的一线希望。明天昊帮她出主意——想办法调到东港，把艾立平从康复医院接出来，治疗上可继续，费用却节省了一大半。艾丽雅同意，在明立山的帮助下调到东港市海军干休所门诊部。

艾立平的康复进程止于坐在轮椅上流着眼泪口齿不清地叫声姐姐，不见大的起色。也许医生说的希望根本就是个吸金陷阱，艾丽雅只好把弟弟接回家。十年后，艾之枫刑满释放。为了减轻女儿的负担，出狱后的艾之枫在远郊一家工厂找了个看大门的营生，把儿子带在身边。

身上贴着大贪官的耻辱标签，出狱后的艾之枫不受人待见，只有明天昊还把他当长辈，经常去看他和艾立平。出发去北极前，明天昊带着两万块钱去郊区工厂看艾家父子。艾立平还是那样，只会用他那双永远停留在九岁的单纯无辜的大眼睛望着明天昊，望得明天昊不得不把眼睛挪开，不敢与他对视。艾之枫把装有两万块钱的大信封还给明天昊，说天昊，立平的事过去多少年了，别总是放不下。明天昊不接。艾之枫说收起来吧，让丽雅知道又该说我了。明天昊还是不接。艾之枫说，给成刚留点面子。高成刚是艾之枫的女婿，艾丽雅的丈夫。明天昊这才收下。

当年，艾之枫沦为阶下囚，艾丽雅从天堂湾机场第一公主沦为人人在背后指指戳戳的过街老鼠，未婚夫明天昊是她唯一的支撑。明天昊那时候的理想还是在部队好好飞，像父亲一样成为一名飞将军。他技术好，又有父亲的背景，被确定为第一批新机改装对象。院校理论培训两个月，明天昊唯一放心不下的就是未婚妻艾丽雅。艾丽雅鼓励他，说改装大事不能耽误，她会照顾好自己和立平的。明天昊说，回来咱们就办婚礼。艾丽雅说，好！我等着你。两个月后，明天昊回到天堂湾机场，兴冲冲地到艾丽雅家敲门，开门的却是同期战友高成刚。他起初以为高成刚是来做客的，待看清墙上的大红囍字和囍字下相框里高成刚和艾丽雅两人的结婚照才反应过来是怎么回事。明天昊像一头豹子似的扑向高成刚，把他按在地上狠揍。高成刚不还手，任他又踢又打。艾丽雅冲过来，死死地抱住高成刚，说天昊你打我吧，是我要嫁给他的。明天昊就只有打自己了，他狠狠地扇了自己几耳光，离开艾家。

明天昊跑回自己家，责问明立山夫妇为什么不把艾丽雅看牢，让她被别的男人拐走。明立山夫妇看他那能把人吃了的样子，不敢吭气。过了很长时间，明天昊才把事情的整个经过弄明白。

明立山坚决不跟腐败分子做亲家，杨金凤不想让儿子摊上艾立平这个累赘，夫妻俩结成统一战线，向艾丽雅展开强大的心理攻势，说服她主动放弃。

明立山说，丽雅，飞行员不同于普通人，政治上要求高。天昊要是娶了你，你爸爸这个情况会成为他成长进步的绊脚石。伯伯知道，你和天昊的感情深，你总不希望看到他飞翔的翅膀折断吧？

杨金凤说，丽雅，做飞行员家属不容易，你看我，把所有的心思精力都花在你伯伯身上，才有你伯伯的今天。你有工作，还要管立平，跟天昊在一起不合适。你是个懂事的好姑娘，伯母知道你会为天昊着想的。

明立山说，丽雅，天昊有飞行天赋，他不是你的，也不是我和你伯母的，他是国家的，我们都有责任为他创造一个好的飞行条件。

杨金凤说，丽雅，你那么漂亮，又是女军官，选择面广，放过天昊吧。有什么要求尽管提，只要我和你伯伯能办到的。

艾丽雅听他们你一句我一句地说完，只回了一句，我想听听天昊的意见。

明天昊不能原谅父母的是，为拆散他和艾丽雅，明立山竟然动用了手中职权。那时候没有手机和网络，打电话需要总机接转，明立山把通信处处长叫到办公室交代了一番。通信处处长说，明白了，首长，我知道怎么做，放心吧。

艾丽雅打电话找明天昊，总机班的女兵告诉她，说刚接到命令，改装飞行员理论集训期实行封闭式管理，外人不得打电话找他们。艾丽雅说，我不是外人，我是他女朋友啊！女兵说，女朋友也不行。明天昊打电话找艾丽雅，总机说找不到人。明天昊打电话问家里，杨金凤告诉他丽雅请假去东港管立平去了。明天昊心里犯嘀咕，丽雅怎么不来电话说一声呢？但想她目前境况，怕是顾不上他这一头。他们写给对方的信也都被扣了。两个月时间不长，加上集训紧张，明天昊就没往深处想，只盼着早点回去跟艾丽雅讨说法。

杨金凤审时度势，又找艾丽雅，说这事是他们一家三口商量好的，天昊不好说才让他们出面做恶人的。艾丽雅震惊。杨金凤说，不然，天昊怎么不给你打电话也不给你写信呢？艾丽雅就信了。

高成刚是唐山地震孤儿，又黑又瘦，一直暗恋艾丽雅。艾丽雅在明立山夫妇的步步紧逼下，恨不得立即把自己嫁掉。她主动找到高成刚，请求他娶她。明天昊回来的前一个礼拜，他们在飞行团和卫生队战友们的见证下把婚礼办了。

自从做出娶艾丽雅的决定，高成刚就懂得往后的人生一定是负重前行的。艾立平的花销是个无底洞，艾之枫的收入只能管父子二人的温饱，全靠他们补贴，高成刚和艾丽雅的日子一直过得紧巴。对此，高成刚无怨无悔。他本来就是一个努力上进的飞行员，娶了艾丽雅，更不敢懈怠。他知道，唯有自己不懈努力，才能担负起家庭责任。明天昊脱军装时是团参谋长，高成刚是副团长，两人平级。明天昊到地方的这些年，高成刚一步一个脚印，由团长到副师长再到师长，势头直奔飞将军。尽管航空兵师改旅，高成刚由师长变成旅长，但他驾驶着最先进的三代战机，指挥着几千人的部队，飞将军仍然是可以期待的。明天昊呢，还在玩儿童玩具，给老板打工。凭这，他明天昊都必须振奋精神，给自己的人生一个交代。

躺床上，光吃不动，立平的智力没长进，体重倒是长进了不少，都快两百斤了。艾之枫说，天昊你来得正好，帮我给立平洗个澡。我现在弄不动他了，丽雅又不方便。

塑料大澡盆里兑好热水，两人合力把一身馊臭的立平搬进去，边洗边说话。

丽雅常来吗？明天昊问。

艾之枫说，来，不来不行啊，我现在只能抵半个人用。

成刚来吗？

来，这个家没有他，早垮了。

叔，成刚现在条件好了，对立平有没有什么好的安排？

他是说过把立平送到康复医院去，我没同意。别看成刚当个旅长，工资也就那么点。他还有家，有女儿要养呢，我不能太自私了。暂时维持现状吧，好歹我还能动。

史上最强军改，真把我军中高级干部改得只靠工资过日子了？明天昊揶揄道，我在的那会儿，他这样的，收入好像不能全按工资来计的。

还是现在的风气好。艾之枫叹了一口气，要是换成现在，我也不至于摔那么大个跟头。如果我不摔那个大跟头，你和丽雅也……

叔，你别说了。要论因果关系，还得怪我。要是我当年不鼓动立平去掰老百姓的玉米，立平也不至于……

天昊，你也别说了，这都是命！

叔，你放心，等我开公司挣到钱就把立平安排好，让您老轻轻松松享受晚年。

艾之枫笑道，那敢情好！天昊，开公司，没那么简单吧？

明天昊说，也没那么复杂，我都调研得差不多了。先从小的干起，慢慢来。

艾之枫说，有思路就好，叔预祝你的公司开成功！

开公司的想法由来已久。这些年，国家低空空域环境开放度越来越高，类似海洋直升机公司这样的民营通用航空公司发展势头很猛，明天昊脱军装就是奔着干通航去的。他到地方的这些年人脉、经验积累了不少，缺的是启动资金。比战斗机飞行员高出三倍的薪酬攒下些，但与开航空公司的起步价比起来缺口还很大。有几个当老板发财的老部队战友愿意入股，他那天回明州跟他们谈，不巧被衣红豆看到了那一幕。那一幕成了压垮他们婚姻的最后一根稻草。眼看着公司就要开张了，明天昊不想让后院起火，可是衣红豆非得要离，理亏的又是自己，就只有离了。

父母闹，孩子作，伤筋动骨，中国式离婚的种种麻烦都让明天昊给碰上了。好不容易办完手续，壮壮却不消停。也罢，先缓缓，到北极去清净一段时间。北极条件艰苦，补贴高，至少还能多攒下点钱。哪知壮壮仍不放过他，作到离家出走的地步，把他硬生生地拽了回来。

这小子，他到底想干啥？

7

洞里除了工作场所没地方可去，工作之余也没什么消遣方式，只能聚到一起聊天，最多打个扑克牌。为避嫌，男同志不会到衣红豆房间来做客，她也不好意思去别的房间串门，只能一个人待着。衣红豆习惯独处，但此独处非彼独处。平常的独处是主动的，想感受人情冷暖，体验人潮熙攘；想感知天地灵气，吸纳日月精华，只要走出去就是了。走到有人的地方去，走到大自然当中去，分分钟都能办到。这里不一样啊，一个人待在房间里，像是被人类抛弃在太空中的一粒尘埃，飘飘荡荡无依无靠。不见日月，没有晨昏，很容易陷入一眼望不到头的绝望。

尤其是今天，心里藏着“壮壮到底出了什么事”的巨大疑团，集中研究完天气，衣红豆不敢回房间，她怕一个人待在房间里胡思乱想。大家都散了，她还不走，说是等下一个时次的天气图出来看看。申亮说衣高工你压力别太大，还是早点回房间休息吧。衣红豆就只好听他的话，回房间躺床上胡思乱想。

婚姻是前世注定的。碰到什么人，幸福不幸福，能不能走到头，都是一个人的命。这是衣红豆回绿林坝跟老祖母诉说她的不幸婚姻时，老祖母的原话。

在绿林坝人看来，祖父祖母的婚姻称得上完美，两人儿孙满堂，白头偕老。衣三雷活到八十八岁，坐在火塘边，嘴里含着长烟杆，安然谢世。三年后，三雷嫂一觉睡去就再也没醒过来，享年九十岁。二老合墓，葬在绿林坝的青山秀水间，留给后人一段神仙眷侣般的佳话。只有衣红豆知道，他们的婚姻也并不完美。祖母一生念想的都是另外一个男人。

三雷嫂在三雷之前有过两段婚姻。第一段是家里包办的，成婚不久她就从夫家逃出来了。红军队伍里像她这样逃婚出来参加革命的女人不少，她们都读过书，对爱情充满幻想。三雷嫂在队伍里很快找到了她理想中的爱人，一位文武双全的红军团长。命运的转折点在长征路上，三雷嫂带着几个女兵离开队伍找粮食，找到一大片缀满红艳艳果实的豆金娘，就在她们欣喜若狂地采摘救军粮时，被一小队国民党军发现了。她们奋起迎敌，终因寡不敌众，或牺牲或被俘。三雷嫂被俘，敌军小头目看她长得美，准备把她押到县城献给长官。途中夜宿一乡村民房，看守她的兵开锁放她，把她带到大山深处的绿林坝。这个兵就是衣红豆的祖父衣三雷。衣三雷才是真正的逃兵，国民党队伍里的逃兵。三雷嫂跟三雷在绿林坝生儿育女，心中的丈夫却是红军团长。多年后，三雷嫂在收音机里听到红军团长的名字，他已经在省城当了大官。

祖母把衣红豆带到省城红军团长家中时，红军团长也已是白发苍苍、儿孙满堂的老人了。两位老人四目相对，无语凝噎。祖母把衣红豆留在红军团长家中，自己回到绿林坝，接着和衣三雷一起生活，从此再也没有走出过大山。

红军团长家的孙辈们，衣红豆叫他们哥哥姐姐，有的当兵提干，有的考上军校，都是部队军官。作为一种补偿，红军团长给了衣红豆足够的关爱，她在这个家里读完中学，也考上了军校，毕业后分到天堂湾机场，和哥哥姐姐们一样成了一名军官。所有的一切都遂了祖母的愿，她在心底里感激着她的红军团长，对孙女说，红豆，接下来你该考虑婚姻了。选一个好人家，选一个好男人，不要随随便便就把自己嫁了。

红军团长的家庭条件是衣红豆好人家的参照标准，红军团长家的哥哥们是衣红豆好男人的参考对象。所以，当卫生队军医艾丽雅把她介绍给明天昊时，她痛快地答应了。长相英俊的高干子弟，完全就是给她量身定做的，有什么理由不答应呢？

衣红豆二十出头分到天堂湾机场，气象台就她一个女同志，生活上的不便倒也能克服，精神上的孤寂成了她军旅路上的第一块绊脚石。红军团长家的姐姐们都在大机关，没这方面的体验，没人跟她描述过基层部队女军人的生存状况，这块绊脚石的出现猝不及防，衣红豆差点被它绊倒。

是艾丽雅帮她把这块绊脚石搬掉的。

飞行时，卫生队医生也要到场，衣红豆和艾丽雅最早相识于外场。机场女干部没几个，跑外场的更是少之又少。第一次在外场见到艾丽雅，衣红豆像见到亲人一般，跑过去主动介绍自己。之后，只要与艾丽雅对上班，衣红豆总想去找艾丽雅说说话——她太孤单了。衣红豆的岗位在塔台，艾丽雅的岗位在救护车里，天气不好待命、飞行课目转换、餐后休息时光……总能逮到空闲，一旦逮到空闲衣红豆就钻进救护车，和艾丽雅腻在一起，享受同性相处的美好时光。

艾丽雅和高成刚结婚后，明天昊一直单着，给她构成极大的心理压力；艾立平昂贵的康复费用又给她造成极大的经济压力。在情感和家庭两座大山的压迫下，艾丽雅郁郁寡欢，衣红豆的热情和单纯像一股清流冲淡了她的烦恼。跟这位妹妹在一起，艾丽雅能感受到短暂的快乐。两人很快成为好朋友，好的程度完全可以用现在的闺蜜来形容。艾丽雅把衣红豆带到卫生队，介绍给女医生女护士们。上街购物，和高成刚外出看风景也都把她叫上，给她创造机会了解本地风土人情。渐渐地，衣红豆才不那么孤单了。

那个时候的衣红豆，亲热地把艾丽雅叫作姐姐，对艾丽雅百分之百地信任，什么话都跟她讲，包括家世和择偶标准。艾丽雅不由得心动——天昊不正是红豆想找的对象吗？红豆除了皮肤黑一点，哪儿都不输自己，天昊娶她一点不冤，他俩在一起再合适不过了！

动了这个心思，艾丽雅问，红豆，你想找天上的还是地上的呀？衣红豆说，只要条件好，天上的地上的都行。艾丽雅问，飞行员待遇好，但风险大，嫁给飞行员就得过担惊受怕的日子，你不怕？衣红豆说，姐姐都不怕我有什么好怕的。艾丽雅说，那好，姐姐给你介绍一个，你要不要？衣红豆说，姐姐介绍的错不了。艾丽雅这才说，明天昊，有没有印象？

岂止是有印象，印象太深刻了！

机场来个女气象预报员，多新鲜呀！衣红豆跟班实习，第一次在飞行员队伍前讲天气，就像接受注目礼，被飞行员们专注的目光包围。只有头排队首的飞行员例外，他的目光是向上的，不看她的脸。耳朵支棱着，也不知道听了没有。是对她这个人不屑一顾，还是对她讲的天气不屑一听？衣红豆犯上了心病。听带班师父说，天堂湾机场前些年分下来一个预报员，胆小嘴笨，一站在飞行员队伍前讲天气就两腿打战话不成句，活活被飞行员们从外场轰了回来，最后不得不改行。衣红豆没满师，很在意飞行员们的意见，她请带班师父找机会问问排在队首的飞行员，是不是她的天气讲得不好？哪里不好她一定改进。带班师父告诉她，你的天气讲得很好，飞行员们都夸你呢。至于明大公子嘛，团长对他都客气着呢，还能把你个小姑娘放在眼里？听带班师父介绍，她才知道这位飞行员叫明天昊，父亲是舰航副司令员。人家可不是公子哥儿，飞行技术好着呢。带班师父说，飞行员上天前没有不在意天气的，听他肯定是在听，至于他是看着你听呢还是看着天听，你就别琢磨了。

自此，衣红豆留意上了这位不把她放在眼里的飞行员，把他和红军团长家的哥哥们比较。边比较边在心里想，他的妻子该有多美啊！她的日子该有多幸福啊！一定和红军团长家的嫂嫂们一样。

有印象吗？就是那个排在第一个，高高壮壮的飞行员。艾丽雅追问。衣红豆的心莫名地慌了一下，点头道，听我们单位的人讲，他是高干子弟。艾丽雅说，对，我们家的老邻居。衣红豆说，我以为他早结婚了呢。艾丽雅说，也就比你大三岁，不是问题吧？他条件那么好，个人问题应该好解决呀。衣红豆说这话时神情忸怩，眸子闪亮，艾丽雅看有门儿，临时编了一段，说他有个女朋友，谈了很多年，女朋友却嫁给了别人，就耽搁下了。确切地说，艾丽雅这不算编，说的都是事实，只是没承认自己就是那女朋友。后来，面对衣红豆的质问，艾丽雅的解释是她太想成就这桩姻缘了，把自己的前男友介绍给好朋友，怕好朋友的自尊心受不了。

为什么？衣红豆当时很好奇，我是说他女朋友为什么嫁给别人呢？艾丽雅叹口气，说，他父母不同意。为什么？衣红豆又问了一句。艾丽雅再叹口气，说，两家本来门当户对，女方家后来落魄了，他父母就嫌弃了。哦，是这样……丽雅姐姐，曾经门当户对他父母都要反对，我这样彻头彻尾门不当户不对的，他父母能同意？艾丽雅忙把话往回圆，说他父母早后悔了，托我帮忙介绍，条件不论，只要他喜欢。

艾丽雅说的是实话。起初，她和明天昊一样，怨恨明立山夫妇棒打鸳鸯。高成刚对她无微不至的关爱，对她这个破碎家庭倾尽全力的付出慢慢感化了她。艾丽雅意识到她嫁高成刚嫁对了，高成刚比明天昊实惠得多。爱情对她来说太奢侈，实惠才是她的生存之道。也许还得感谢明立山夫妇手中的大棒呢，他们劝她的那些话句句透着生活的真谛。她只是心疼明天昊孤身一人，希望他早日成个家，让她安心。艾丽雅又频繁进出明家了，陪明立山夫妇说话，和他们一起操心明天昊的婚事，令明立山夫妇感动。他们想，解铃还须系铃人，说服儿子娶妻还得靠丽雅。于是，明立山夫妇跟艾丽雅商量，请她帮忙介绍。到了这份儿上，他们哪还敢提要求啊，只要娶进门，就认。

红豆，怎么样？你同意，我就去跟他提。衣红豆脑海里闪过明天昊“不把她放在眼里”的模样，没信心说“同意”二字。艾丽雅急了，点头“yes”摇头“no”，你倒是给个痛快话呀！衣红豆点头，羞红了脸。

衣红豆点头后第一次在飞行员队伍前讲天气，明天昊看她了，看得很仔细，看得她满脸通红，天气讲得磕磕巴巴。周末，艾丽雅塞给她一张电影票，说明天昊请她看电影。电影院在市里，衣红豆赶公交车早早到了，转悠到临开演才进去，远远看见那个熟悉而又陌生的背影，一颗心怦怦乱跳。她嘴里说着“对不起”，挤过一溜的人腿，刚落座，场灯就关了。怎么才来？黑暗中明天昊的声音传来。衣红豆说，出门晚了，末了又补一句，对不起。明天昊说，下次注意点，当兵的，要守时。衣红豆像个听话的小兵，说，知道了。电影演些什么她一点都不知道，光后悔卡点儿进场了。还好，明天昊一门心思看电影，没再提这茬。

明天昊是骑自行车来的，回去时他问衣红豆愿不愿意让他带她，不愿意的话她还坐公交车。坐他的自行车，就有那么点谈恋爱的意思了，衣红豆当然愿意。那时候的乡村还是乡村，城市还是城市，城里的柏油路平整，衣红豆侧坐，还算稳当，出了城便是土路，夹杂着碎石，就不稳了。她紧抓后座，还是不稳，却又不敢声张，咬牙坚持着。路遇一土坑，颠得她失声惊叫，差点从自行车上摔下来。明天昊这才停下，问，颠吗？衣红豆委屈得说不出话，只点了点头。明天昊教她跨坐，让她双手搂着他的腰，说这样就不怕摔了。衣红豆轻轻地搭上就羞得不行，只好虚搂着，继续忍受颠颤的痛苦。明天昊骑了一段停下，长腿点地，双手伸向后背抓住她的手。衣红豆忙把手抽回来。明天昊再抓。来回几下衣红豆才让他抓实了，不由分说地往腰上扣。

自行车继续前行，土路两边是大块稻田，稻花芬芳，蛙鸣虫叫，恍若置身故乡绿林坝的梯田间，很不真实。是个明月夜，皎洁的月光下，男人弓背骑行，她搂着他的腰，他腰上的肌肉强韧有力，随着蹬踏的步幅上下拉抻，又是那么地真实。不由自主地，她就靠上了男人坚实的后背。闭上眼，一只耳朵里是男人咚咚的心跳声，另一只耳朵里是大自然的合奏，她倾听着，一种甜蜜的情愫在心头漾开。刚出城时，她巴不得快点走完土石路，好从痛苦的颠颤中解脱出来。这会儿，却希望这路永远没尽头，就这么甜蜜下去。

嗨，下来吧。是男人的声音。衣红豆睁开眼，才发现又上了柏油路。这条路是部队修的，直接通往机场，很短。快到机场了，咱俩这样，遇到熟人，别把人给吓着了。衣红豆大窘，赶紧跳下。明天昊推车，两人并肩前行。小衣预报员，你要没意见，咱俩尽快把婚事办了吧。算是求婚吗？也太快了吧。衣红豆吃惊驻足，抬头看着明天昊。明天昊挠挠头，不好意思，吓着你了，家里父母催得急。

你以后叫我红豆好了。说完，她都不敢再看明天昊一眼，就跑开了。衣红豆跑回机场气象台宿舍，砰的一声关上房门，靠在门后，让慌乱的心慢慢平复。

除了明天昊解释的父母催得急，衣红豆还把明天昊闪电般的求婚理解为雷厉风行的军人作风，又有艾丽雅敲边鼓——说明天昊和他父母对她十分满意，就痛痛快快把自己嫁了。

两个月领证，三个月结婚，其间明天昊还外出执行过一个半月的任务，算起来只看过两次电影，爬过一次山，见过一回男方父母。潜意识里，衣红豆是怕错过了这桩美好姻缘，不自觉地迎合了男方意愿。

新婚之夜，衣红豆独守空房，明天昊没有任何解释，第二天就到外地驻训去了。衣红豆发觉她嫁错了人，去问艾丽雅。艾丽雅让她给明天昊一些时间，她会做他工作的。半年后，也许是艾丽雅的工作做通了，也许是明天昊自己想通了，他们有了壮壮。后来，衣红豆断断续续地听说了明天昊和艾丽雅的故事，这才明白她嫁明天昊犯了原罪。衣红豆是无辜的，她不认命，做过种种努力，都没用。明天昊对她的努力视而不见，他始终处在一种焦灼的状态，与她、与父母、与周围战友、与部队环境格格不入，衣红豆走不进他的内心。

8

同样的高干家庭，红军团长家和明家完全是两种不同的风格，体现在孩子教养上，衣红豆和明立山夫妇摩擦不断。儿子的性格脾气，做母亲的还能不知晓？幼儿向大人要糖果玩具、提无理要求，大人不答应，哭、闹、耍赖，都不答应，要么妥协，要么采取更极端的做法。小时候的壮壮是不会妥协的。记得有一次幼儿园春游，壮壮感冒了，她不让他去，他哭闹着非要去，衣红豆就是不答应，想借机纠一纠壮壮被爷爷奶奶惯出来的毛病。

那会儿，他们一家三口和明立山夫妇同住。房子是天堂湾机场家属院一套师干房，明立山名下分的。彼时，明立山的职务是舰航副司令员，副军职少将。舰航机关首长院有一套现成的军职房，二层小楼，等着他去住，他却放弃了，原因是杨金凤丢不下她种了半辈子的菜地，不愿搬到城里去。大平房住惯了，凡事自作主张的明立山在搬家这件事上依了杨金凤，一家人仍旧住在机场家属区。家属区距舰航机关不远，明立山有专车接送，上下班也还方便。明立山自愿放弃军职房的原因在今天的人看来可谓天方夜谭，就算当时的衣红豆都不理解，但她那时是名副其实的小媳妇，没有发言权，只能在心里感慨，同样是军嫂，同样是军嫂中的小众群体——空勤家属，她和婆婆的思想意识差异之大，已构成一条不可逾越的鸿沟。

这条鸿沟表现在日常生活的方方面面。壮壮出生后杨金凤定下家规，只要明天昊在家壮壮就必须跟爷爷奶奶睡，以免孩子夜里吵闹影响明天昊的睡眠。作为空勤家属，把丈夫伺候成一名将军，杨金凤很有成就感，她最大的体会是把丈夫的飞行看得比天大，家庭生活中但凡可能影响到丈夫飞行安全的因素，不管是心理上的还是生理上的都必须杜绝。心理上的，不跟丈夫争吵，不惹丈夫生气，不让丈夫带情绪上天；生理上的，不劳累丈夫做家务，给丈夫创造一个舒适的休息环境，不让丈夫疲劳上天。杨金凤把她的这些体会一点一滴灌输给衣红豆，有些衣红豆理解并接受，比如“给丈夫创造一个舒适的休息环境”，她因此接受了“只要天昊在家壮壮就必须跟爷爷奶奶睡”的家规。有些理解但不能接受，比如“不惹丈夫生气”。夫妻相处哪有不磕磕绊绊的？有磕绊哪有不生气的？婆婆说你让着他，他的气就生不起来。衣红豆试过，一味地忍让，让到无底线，她的丈夫还是要生气。适用于父亲的经验到了儿子身上不灵了，杨金凤不从儿子身上找原因，只怪儿媳没忍让够，直至衣红豆觉醒，不再接受她的这一宝贵经验。有些不理解也不能接受，还是“不惹丈夫生气”。起初，婆婆没说透，衣红豆以为属于心理范畴，后来才明白还属于生理范畴。杨金凤这条跨心理和生理的体会是指夫妻生活，这怎么好意思说透，只能暗示。婆婆反复暗示衣红豆，在夫妻生活上，要将丈夫的需求放在第一位，不要摆架子耍脾气。天哪！这不成封建女性了吗？就算是故乡绿林坝那些从未走出大山的女人都不至于落后至此，让她如何理解，又怎能接受！

那时候的明天昊还是想在部队走仕途，像他父亲一样成为一名飞将军的，他是团里的飞行骨干，外出驻训、执行任务的时候多；加上次日有飞行，飞行员不得回家过夜的规定，在家睡觉的时间并不多。衣红豆希望他在家时能尽可能多地跟壮壮在一起培养父子亲情，就借口怕壮壮影响爷爷休息，不让婆婆把儿子抱走。她知道，在杨金凤心里，明立山是神一样的存在，以为这个借口能捏住婆婆的命脉。衣红豆低估了杨金凤的牺牲精神。明立山在杨金凤心里是神一样的存在，儿子、孙子在杨金凤心里同样是神一样的存在，明家三代男人她都会自觉自愿地当神一样供奉，她认为这是她和儿媳的责任。听衣红豆这么一说，杨金凤先表扬儿媳有孝心，说他爷爷虽然停飞不上天了，但当那么大个领导，工作繁重，也得有个好睡眠。她想了想，武断地说，他爷爷单独睡，我带壮壮睡。这样，天昊和他爸爷俩都能睡好。衣红豆无话可说。杨金凤笑道，就这么定了，男人在外做事不容易。杨金凤说这话时完全忽略了衣红豆也是在外做事的人。

家里房间多，跟丈夫同床共枕半辈子的杨金凤与明立山分居，给自己布置了一间小卧室带孙子睡。杨金凤对孙子极尽溺爱，衣红豆要对孩子立规矩，壮壮当然愿意跟奶奶睡。说好的爸爸不在家跟妈妈睡，壮壮总是以各种理由赖在奶奶床上。衣红豆感觉她做母亲的权利被剥夺，与杨金凤的矛盾由争孩子陪睡权开始，渐渐升级。她开始抗争，但总是落败，因为杨金凤身后还站着个强大的明立山。就像那次幼儿园春游，衣红豆占尽理由，最终还是败了。

那天，明天昊次日有飞行没回家，衣红豆争到陪睡权。她半夜醒来一摸身边孩子不见了，赶紧爬起来找。衣红豆把所有房间、前院后院，能找的地方都找遍了，没找见。不得已，只好去敲杨金凤的门。她寄希望于壮壮找奶奶睡去了。也不在。一家人吓坏了，打着手电满机场家属区找，最后在江边把壮壮找到。四岁大的孩子，跟母亲斗气，居然跑到桃溪江畔，坐石阶上吹冷风。春寒料峭，只穿背心短裤，小嘴冻得乌青，把杨金凤心疼坏了，搂着她的宝贝孙子骂衣红豆心狠，不就想去春游吗？看把孩子逼的，都离家出走了！有奶奶撑腰，壮壮说他明天就是要去春游，妈妈不同意他就不回家。衣红豆心想，要是答应下来，她恐怕再也管不住这孩子了，说不回家是吧，那你就坐这儿，坐到天亮，坐到明天小朋友们春游回来。壮壮使出撒手锏，哇哇大哭，边哭边咳嗽打喷嚏，眼泪鼻涕齐流，看上去要多可怜有多可怜。杨金凤不答应了，让明立山表态，他爷爷你瞧瞧，有这么心狠的妈吗？明立山叹道，这孩子，跟他老子一个德行。行吧，去。壮壮一听，破涕为笑，从杨金凤怀里出溜下来，连蹦带跳地回家，直接钻到奶奶床上。夜里受凉，感冒加重，第二天发烧，连路都走不稳，他还吵着要去，最后是由家里的勤务员背着、一名卫生队护士跟着去春游的。

从那以后，衣红豆跟壮壮的斗争就没赢过。

斗不赢，衣红豆只能顺应明立山夫妇。对明天昊更是一味忍让，头都低到尘埃里了，还是开不出花来。觉醒，是在明天昊离开部队以后，算起来，他们已做了十二年夫妻。

没有了军装的约束，明天昊很快结交上一帮酒肉朋友；加上给地方老板打工与脱军装的预期相去甚远，心情苦闷，吃饭喝酒出入歌舞厅夜总会成了他的生活常态。明立山夫妇管不了，希望衣红豆管管。身在明州的衣红豆听闻，反倒轻松，感觉像是解脱了一般。

某个周末，衣红豆回东港，到周日都没能照上丈夫的面，杨金凤让她给儿子打个电话，回家吃饭。她对婆婆说要打你打，我不打。杨金凤说晚上的车，吃完饭就得走，你就不想见他一面？她说天昊心里没我，我又何必黏着他。杨金凤说你怎么知道他心里没你？她说我回来的消息你肯定已经告诉他了，他都不回来一趟，这还用说吗？杨金凤说你是他老婆呀，就不怕他跟别的女人跑了？她说腿长在他身上，他要跑我也拦不住。红豆，男人心野，得管，杨金凤苦口婆心地对衣红豆说，回来吧，回东港把你男人看住。衣红豆摇摇头说，妈，没用的，我们的事我心里有数。杨金凤惊道，你们不会离婚吧？衣红豆说，如果天昊想跟我离，我没意见。

此话一出，杨金凤当真了，马上去跟明立山汇报。吃完饭，衣红豆没走成。明立山亲自给儿子打电话，命令他立即回家开家庭会议。

明天昊从酒桌上回来，老两口把儿子儿媳叫进书房，大道理、小道理轮番讲。明立山命令，杨金凤哀求，不许他们离婚，折腾到半夜才罢休。回到他们的卧室，明天昊冲衣红豆发火，男人在外应酬，多大个事，犯得着拿离婚吓唬老人吗？

天昊，你觉得我们这样的婚姻有意思吗？衣红豆认真地看着明天昊，你就没想过分开？

分开？明天昊说，为什么要分开？明天昊确实没想过分开，自从错失艾丽雅，男女情感爱情婚姻在他心里就已经死了。破釜沉舟获得自由身，明天昊只求家中太平，不要干扰他的创业大计。他安抚道，红豆，对不起，地方跟部队不一样，我得尽快适应。他们很少做爱，到地方后应酬多，他几乎不碰老婆了。女人也有需求不是？他想衣红豆是不是有意见了，该尽的义务还得尽，毕竟还是人家的丈夫嘛！于是，亲昵地把衣红豆拉入怀中，捏捏她的脸蛋，坏笑道，等等哈。

一股浓重的酒秽浊气扑鼻，衣红豆厌恶地扭过头。

明天昊到卫生间匆匆冲洗了一下，回卧室向衣红豆求欢，被衣红豆拒绝。他以为衣红豆使性子，强行把她按到身下。衣红豆挣不脱，情急之下竟然抽手扇了他一耳光。

小女子什么时候变成烈女子了呢？那个眸子里闪着灼灼亮光仰视着他的、对他父母俯首帖耳百依百顺的、在床上任他摆布的山里姑娘上哪儿去了呢？像喝酒断片儿似的，明天昊怎么也想不起来了。

烈女子冷冷地说，明天昊，请你放尊重点！

从愣怔中醒过神来，明天昊从衣红豆身上翻下，扯过被子蒙头睡觉，很快鼾声就起来了。

两颗硕大的泪珠顺眼角滑落，衣红豆感到从未有过的屈辱，她从衣柜里抱了床被子，半铺半盖，睡到地板上。第二天醒得很早，她轻轻把被子叠好放回衣柜，蹑手蹑脚地走出卧室，推开壮壮的房门。

壮壮睡得香甜，他的五官很漂亮，大大的眼睛像她，挺直的鼻梁和轮廓分明的嘴巴像明天昊。那年，他才十岁，醒着的时候是一个顽皮少年，总像风一样奔跑，不给母亲安静欣赏的机会。衣红豆没想到睡着的时候，儿子的脸竟是如此可爱。也许是昨晚太困，壮壮连窗帘都没拉，熹微的晨光无遮拦地透过窗玻璃照在他的脸上，十岁的男孩儿还没发育，略带婴儿肥的面孔在晨光中呈半透明状，脸上的绒毛纤毫毕现，小鼻翼随呼吸一张一合，又安静又生动。衣红豆在床前驻足良久，叹了一口气，掐灭离婚的念头。她俯下身子，轻轻在壮壮额头印上一吻，告别儿子返回部队。

不到叛逆期的壮壮也任性，但还不是那么极端，衣红豆很后悔，如果当时下决心把婚离了，就没有他后来的大闹天宫了。

明天昊很忙，衣红豆节假日回东港看儿子，难得碰到他有空在家。在家也多是从酒桌上下来，或者从歌厅里回来，有时兴奋有时沮丧，情绪总是处在一种不正常的状态。沮丧的时候一言不发，视衣红豆为路人；兴奋的时候，跟衣红豆说个没完，说他出去应酬无非是在找机会。明天昊兴致勃勃地描述各种各样的机会，仿佛只要逮住其中任何一个，他就能飞黄腾达。衣红豆没从明天昊的语气里听出他对她的愧疚，跟她有关联的仅在于他开出的空头支票。明天昊承诺，一旦他发达了就把壮壮送到国外读书，就让衣红豆脱军装回家做全职太太。国内都读不好，到国外就能读好？衣红豆对明天昊把壮壮送国外读书的规划不感冒，对做全职太太没兴趣，对他所说的那些机会不了解，跟他对不上话。明天昊不在乎她是否能对上话，只管自己说，过完嘴瘾倒头便睡。衣红豆从不爱听到反感，到后来只要他有开口说话的意思，就找借口躲开。

明天昊脱军装的方式可谓悲壮决绝，部队的事情，衣红豆在他面前是不能说的，特别是好的方面，一说他就不高兴。脱军装后混得不如意听了更不高兴，衣红豆自然不会去碰他这根敏感的神经，两人在一起渐渐变得无话可说。语言的交流都没了，何况身体，夫妻关系名存实亡。

幸好还有事业。不像祖母，错嫁山里人只能做村妇。衣红豆不止一次想过纠错，终是怕影响孩子，打算等壮壮大些再说。

衣红豆不再苦苦追求明立山夫妇的认同，不再在明天昊面前一味低头，她把精力全用在工作上，工作之余喝茶读书享受精致生活，变成了一个身心独立的女人。

衣红豆在部队过着清心寡欲的日子，明天昊的身体却没闲着，他信奉所谓“家里红旗不倒，外面彩旗飘飘”的原则，身边女人不断。像他这样颜值和薪金都高，老婆又不在身边，不用找，贴上来的女人实在不少。衣红豆不是没察觉，而是学做鸵鸟，把头埋在沙子里，假装没察觉罢了，直到彩旗舞到了眼前，才不得不面对。那是面想取代红旗的彩旗，背着明天昊到明州找衣红豆逼宫。女人只有二十来岁，确切地说还是个女孩，恋上了明天昊这个中年大叔。影视剧里的经典桥段，让自己碰上了，如果女孩的气焰不是那么嚣张，衣红豆也许就成全她了。女孩咄咄逼人，讥讽衣红豆老了，已经没有留住丈夫的资本了。衣红豆冷笑道，我和我丈夫关系很好，他从来没有跟我提起过你，你走吧。

话是这么说，心里却是委屈难当，这次是被一个不谙世事的女孩羞辱，下次又会遭遇什么样的难堪呢？衣红豆掂量，真要离开，明家想留也留不住，关键是儿子能否接受。一天，她试探着问壮壮，如果爸爸妈妈分开他愿意跟谁。壮壮当时就放下狠话，说他谁都不跟，当野孩子去。壮壮这孩子，说到绝对能做到，衣红豆又一次打消了离婚的念头，决定再熬两年，等儿子高中毕业再说。

如果不是撞上那不堪的一幕，再熬两年没问题。

去年下半年，衣红豆随舰载直升机分队一起到某海域执行战备巡逻任务，其间接到上级命令，机动到另一海域参加一个小演习，完成后靠港补给，休整两天再赴战巡海域。海上漂久了的人，一踏上坚实的陆地，都迫不及待地往家里赶。衣红豆归家的心不迫切，明天昊很少来明州，知道她在海上，更不会来。

大巴把分队人员从军港码头拉回市里，天已黑透。小区下车，朝自家楼上望去，整幢楼就她家的窗户黑着。“愿每一个晚归家的人，都有一盏等待的暖灯为你点亮”，这句被她认为矫情做作的鸡汤文浮现在脑海里，竟发现自己是那么渴望家里有一盏暖灯亮着！可是没有，她知道的。

乘电梯上楼，开门，酒味扑鼻，卧室里似有响动，难道是天昊回来了？推开卧室门，按下电灯开关。雪亮的灯光下，她的床上，躺着一对男女。衣红豆的第一反应是走错了，这不是她的家，转身往外跑时似乎还说了句“对不起”。家门是她亲手用钥匙打开的，不会走错，跑到大街上的衣红豆一屁股坐在马路牙子上，脑子里乱糟糟的。明天昊找来，说回去吧，回去听我解释。衣红豆不动。明天昊说，你一身迷彩地坐在这里，不是回事嘛。衣红豆这才站起来，自顾自地往回走。

床上的女人已经不见了。明天昊说他今天来明州跟几个地方老板谈入股的事，喝多了，那个女人是谁，为什么会在他床上他一概不知。衣红豆冷笑道，说那么多废话干吗！尽快把离婚手续办了，我不会把今天晚上见到的跟任何人讲，给你、给你父母、给你儿子留个面子。

衣红豆说到做到，无论明立山夫妇如何怪她，无论壮壮如何怨她，她都守口如瓶。壮壮闹腾得厉害，她也想过把这一幕说给他听。但那样，父亲在儿子心中的形象就全毁了。还是算了吧。

衣红豆就这么胡思乱想着，心里五味杂陈，迷迷糊糊进入梦乡。半夜，她做了个梦，梦见房间的门锁坏了，怎么使劲都拧不开；电话断了，对外联系不上；电也停了，伸手不见五指。她就这样被困在这间足以抵御钻地导弹的、道道厚重屏障之内的小黑屋里，叫天天不应，叫地地不灵。整个人被深深的恐惧攫住，她拼命呼喊，啊——衣红豆从梦中惊坐起来，按下床头电灯开关。

梦魇被雪亮的灯光赶跑，浑身已被冷汗浸透，衣红豆脑子里只有一个念头：找人，到有人的地方去。

穿衣，下床，套上鞋，逃离小黑屋。深夜，长长的地下通道悄无声息，衣红豆在通道内奔跑，脚步声脆响。或者说，她把注意力集中在脚下，让自己的脚步声听起来脆响，才不至于被巨大的恐慌击倒。终于，跑到有人昼夜值班的指挥大厅。推门，大厅内灯火通明，各类参谋人员在台位前专注地做着自己的事，没人注意到她。啊，这么多的人，这些人都是她的战友，他们忙碌的背影是那样的亲切。

瞬间，衣红豆泪流满面。

在战区海军航空兵指挥所，她就是他们中的一员，这个昼夜不息运转着的神经中枢就是她工作的地方。在她眼里，它和农民的土地区别不大，她像农民一样用心侍弄它，在它上面精耕细作。春华秋实，它报以她饱满的麦穗、金黄的稻谷、飘香的瓜果。她和它相互依存，相互馈赠，相互成就，感情深厚。

衣红豆很想像电影里那样，走过去和亲爱的战友们一一握手，然后坐到气象保障席位前，把各类信息从电脑里调出来研究一番。但是不能，这样做会把战友们吓坏的。她就这么站在大厅门边暗处，流着热泪看着眼前再熟悉不过的场景。良久，心绪才算平静下来，轻轻掩门离去。

同一条路，已是如虹的归途。长长的地下通道，仿佛故乡云贵高原大山深处绿林坝通往外部世界的崎岖山路，仿佛大学校园的林荫道，仿佛天堂湾机场的一号公路，仿佛机关南北大院间的繁华街道。

走在故乡崎岖山路上，空山鸟语，草木馨香。祖父牵着马在前方探路，祖母牵着她的手紧随其后，祖孙三人一马艰难跋涉。小小年纪的她在心里默默发誓，一定要走出大山！

走在大学校园的林荫道上，路边的栀子花开得正好，洁白如玉的花瓣上露珠晶莹，女伴忍不住摘一朵插在她的鬓角。这一幕正好被廊下晨读的一位俊朗男生看见，朝她们吹了一声口哨。两位姑娘害羞地跑开，留下一串银铃般的笑声。青春的记忆，如歌的岁月，浓缩在那个美好的清晨。

走在天堂湾机场的一号公路上，两旁法国梧桐浓荫如盖，朝阳透过梧桐叶洒下斑驳的光影。一号公路是气象台通往外场的必经之路。那时候，她刚取得上外场指挥塔台保障的资格，初生牛犊不怕虎，还没有被危险天气吓到过，心里满满的都是自信。她腋下夹着天气图，手里握着外场保障本，走路连蹦带跳，小鹿似的轻盈。斑驳的光影随着她跳跃的身姿点点前移，流金一般闪烁。有保障车辆经过，司机摁喇叭，从驾驶楼探出脑袋，问需不需要捎一程。她摇头笑道，谢谢，不用。

走在南北大院间的繁华街道上，双向六车道的马路两边高楼林立，马路中间车流滚滚，她和那些每天顶着压力脚步匆匆的上班族同行，和他们中相当一部分职业女性一样，妆容适度，衣着得体。行至机关大院前，她径直朝庄严的营门走去，同行的人们才觉出她的不同，有好奇者甚至会驻足观望。大校以上的军官能数得出来，女性更是凤毛麟角，卫兵都认识她。无论她着军装还是穿便衣，经过时，两侧门岗挺立的卫兵都会给她行持枪礼。按理说，二十多年的老兵，心已长出老茧，不会在意这种每天重复的仪式了。她不一样，每次卫兵给她行礼，都会让她感动。着军装时她会回以标准的举手礼，着便装时她会停下来朝他们点头微笑，遇到上岗不久的新兵，她还会加一句，辛苦了。

类似进出营门的感动贯穿衣红豆的整个军旅生涯，第一次深切的体验是在天堂湾机场。那天是她的第一个外场班。气象预报员到场后需与飞行员列队到达指定位置，给飞行员讲解天气，听指挥员下达任务。比普通男人身体强健的飞行员们身穿皮衣皮裤皮靴子，头戴飞行头盔，步履铿锵。她与他们同行，他们那訇訇的脚步声如战鼓一样敲击着她的心房，他们浑身散发出来的阳刚之气裹挟着她，令她不由自主地生发出一股豪迈气概。想到这些男子汉将要听她一个小姑娘的讲解去完成任务，她的身心被强烈的自豪感占据，感动就在这时如潮水般袭来，汹涌澎湃。第二次深切的体验就在刚才，她站在地指大厅门边暗处，流着热泪看着眼前再熟悉不过的场景，无数个辛勤耕耘的日子匆匆而过。这一头一尾的大感动将她的人生固定在既定的轨道上，二十多年的岁月就这么过来了。

衣红豆走过长长的地下通道，走过军旅生涯的千山万水，回到小黑屋时，已是另一番心境。她从容地开门开灯，从容地脱衣上床，从容地按下床头开关，房间顿陷黑暗，但她的心却是光明的。然后她从容地闭上眼，孤独恐惧的感觉荡然无存，不一会儿便沉沉睡去。

9

北方冷空气如期而至，与西太平洋台风输送上来的充沛水汽结合在一起，导致演练区出现这个季节罕见的连续性降水。恶劣天气给导演部首长们一种错觉，仿佛战斗还未打响，这支合成化的部队就已经注定要散架似的——这样的天，不知有多少兵力受影响而上不了战场。

第二天一早，申亮接到通知，说演练总指挥员要听取气象汇报。总指挥问得急，申亮来不及准备材料。来电通知的参谋说不用，口头汇报就行了，总指挥在小会议室等他，让他赶快去。天气对航空兵影响最大，申亮担心总指挥问细了自己答不上来，让衣红豆陪着去。

会议室里坐着一位两鬓斑白的陆军中将，见他们进来，放下手中正看着的文件，笑呵呵地站起来说，快来，都等你们好半天了。

专家组前几次的汇报都是由组长申亮出马，衣红豆还是第一次见到总指挥，不免紧张。她跟在申亮身后，呈二人纵队，齐步行进至总指挥面前。申亮左跨一步，立正敬礼。总指挥回礼，申亮侧身把衣红豆介绍给他。衣红豆脚跟一碰，右手还没举起来，总指挥的手已经伸过来了，衣红豆敬礼的手只好半途改道，与他握了。总指挥笑道，嗬，女将出马，一个顶俩。女同志心细，适合干气象。总指挥和蔼可亲，衣红豆放松下来，说，谢谢首长，我喜欢干气象。

你们俩谁来说说天气？

申亮说，天气趋势是转好的，演练展开后只有航空兵部队出动困难较大，其他军兵种不受影响。

首长沉吟了一下，问，既然天气趋势转好，演练能不能再等等，等到航空兵有把握出动了再进行？

申亮摇摇头，西太平洋上的台风已达菲律宾吕宋岛，未来继续向西北方向移动，演练海区风浪逐渐增大，等下去有可能超出登陆舰最大抗风能力。

衣红豆补充道，提前，受强降水影响，空中兵力动不了；推后，受大风浪影响，特战兵力送不上去，这是一对不可调和的矛盾。

申亮说，今年出梅晚，刚出梅又碰上台风，气象窗口很难确定，从现有资料分析来看，下周三相对较好。

我知道，你们已尽了最大的努力。总指挥思忖片刻，抬头看定衣红豆，你是航空气象专家，实事求是地告诉我，下周三的天气对航空兵影响的程度到底有多大？

衣红豆迅速组织语言，朗声道，位演练区北部的各型预警机、无人机、轰炸机满足条件，歼击机处于条件边缘；位演练区南部的所有机型都不满足条件；舰载直升机除三号海域海况较高起降困难外，其他海域均满足条件。

哦，看来作战部门参考了你们的气象预报，总指挥扬扬他正看着的文件说，这是他们刚送来给我看的，最新修订的演练作战方案，歼击机和位南部机场的兵力都做两套方案，一套是能起来的主方案；一套是起不来，用电子目标模拟的备份方案。

衣红豆说，是的，首长，我们一直在跟其他战位协同，提醒他们根据天气变化调整方案预案。

总指挥赞许地点点头，说，南部机场部署的兵力不多，如果你们对天气的把握没有大的出入，航空兵能出动的兵力基本上够了。但是有一点，我们在沿海搞这么大规模的实兵对抗，境外飞机一定会过来抵近侦察，担负战备任务的歼击机如果起不来，那问题就大了。你们能不能再给我明确一下，歼击机执行战斗起飞任务的把握有几分，我心里也好有个底？

衣红豆回答，周三冷空气南下，天气由北至南逐渐转好，位于演练区北部的海、空军战备机场应该是雨止转阴的天气，基本满足战斗起飞条件。她斟酌了一下，就天气的角度来说，至少有八分的把握吧。

八分把握，首长面色忧虑，不托底啊！

衣红豆说，我有个建议，不知当提不当提？

提，大胆地提。总指挥鼓励道。

衣红豆说，能不能把位演练区南部的兵力往北边调，至少调一到两支歼击机部队，加强战备力量？

可以考虑。首长表扬道，紧贴作战任务研究天气，不错！

受到鼓舞，申亮说，我也提个建议，考虑到风浪对小型登陆舰的影响，特战兵力能不能改用机降或伞降？

也可以考虑啊！这样吧，我参加你们下午的气象会商，相关职能部门的负责人列席，共同确定演练窗口，根据天气情况调整兵力部署。

太好了！申亮兴奋地说，有您坐镇，我们提建议心里就有底气了。

申亮把握时机，问，首长，您还有什么指示？

指示谈不上，提点要求吧。申亮和衣红豆正色，专注地看着总指挥。总指挥敛起笑容，说，虽说未来战争，敌人不会专拣好天来犯，但这毕竟是多军兵种的联合演练，是需要巨额军费保障的大练兵，目的是全方位检验部队的作战能力。只有部分兵力能够参演，演练就失去了意义，军费花得就不值。你们气象虽说是个小专业，在现代战争中的作用却是很大的，责任也是很大的。你们提出的建议关乎战友生命，关乎国家财产，关乎部队战斗力建设，一定要有全局观念，要有责任担当。你们选择的气象窗口要尽可能让所有的参演部队都得到历练，让演练获得最大的军事效益。

另外，演练窗口一旦确定，我们就要向社会公开发布实际使用武器通告，划设禁飞禁航区。沿海经济发达，你们想想，在这么大的空域海域内划设禁飞禁航区，有多少国际国内航班商船得绕飞绕航？有多少渔业活动船只不得出海作业？得动用多少军地力量扫海警戒以杜绝安全事故的发生？再有，禁飞禁航通告一经发布，势必引起国际社会的广泛关注，境外不怀好意的飞机舰船间谍卫星都会闻风而动，千方百计窥探我军演练情况，揣测我军演练意图，评判我军作战能力。假如你们的演练窗口选择不当，那就不仅仅是军事效益的问题了，轻则社会效益受影响，重则导致国家的政治外交陷入被动。

穿了大半辈子的军装，保障过的类似演练多了去了，这些问题和后果申亮和衣红豆都清楚，但从总指挥的嘴里说出来，却如重锤敲打。总指挥的话音一落，两人不由自主像弹簧般站了起来，庄重地向总指挥敬礼。

申亮表态：首长，我们一定积极保障，找一个最佳的气象窗口，提出建设性的保障建议！

好吧，你们也不要有太大的压力，天气复杂，完成任务的同时必须保证人员和装备的安全！

是！两人齐声回答。

既要让演练取得最大的军事效益，又不能因天气原因出现安全问题，这其实就是军事气象工作者追求的最高境界。这样的境界只有在最复杂的天气背景下、碰到这么大规模的演练、发挥出最高的专业水平才有可能达到。从小会议室出来，两人像被注入了一针强心剂，很是振奋。回到他们的办公地点，申亮立即召集专家组全体人员根据最新的气象资料分析天气，梳理保障建议，为下午的会商做准备。

下午的气象会商会议相当于现场办公会，气象提建议，各战位负责人协调，总指挥拍板，演练窗口很快就定下来了。为确保全兵员全要素参加演练，特战兵力投送改用伞降，参演部队由陆军特战旅换成海军陆战队；增加一支空军运输机部队负责空运伞降兵力；将部署在南部演练区的一支歼击机部队调往北部机场；考虑到海区风力较大，根据无人机抗风能力弱但续航时间长的特点，将部署在某海岛上的一支无人机部队调往内陆……衣红豆终于为航空兵撑起了一片蓝天。

演练窗口确定，导演部下达战役想定，海、空、岸导、陆上兵力各作战群指挥中心迅即下发战备等级转进预先号令，构建战时指挥体系，展开临战筹划。联合气象水文保障专家组完成使命，专家们撤回原部队。

10

从洞里出来，衣红豆马上给壮壮打电话。她做好了壮壮不接她电话的思想准备，却没想到壮壮的电话号码换了，根本就打不通。她说服自己打到东港那个曾经的婆家，也没人接听。衣红豆不由得紧张起来，种种可怕的设想接踵而至，令她不再有片刻的犹豫，拨了明天昊的电话。拨出去才想起来，明天昊北极工作的地点手机没信号。

红豆，是红豆吗？竟然是通的。

天昊，壮壮不接电话，你……爸妈也不在家，我……好怕！衣红豆说。

你知道了？明天昊问。

知道什么？我刚出来，什么也不知道。

我从北极赶回来了，会处理好的。我现在在厦门鼓浪屿。爸妈，哦不，我爸妈也在，就等你了。

等我，等我干什么？衣红豆丈二和尚摸不着头脑。壮壮呢？是不是……衣红豆哭喊道。

红豆你别着急，壮壮人在。你尽快赶到厦门，我去车站接你。见面再说，一时半会儿说不清。

衣红豆老远就看见那个熟悉的身影。飞行员底子，体魄比常人健硕，深色衬衣的下摆扎在浅色西裤里，很有型的样子。近了才发现，他的面目苍老了许多，头发蓬乱，胡子拉碴。也就半年不见，衣红豆颇为惊讶。想是对方也有同感吧，二人对望，同时怔住。少顷，又同时醒悟，伍子胥一夜白头，虽说没那么夸张，壮壮的事也够他们受的了，哪还顾得上形象！

在共同的灾难面前，他们像夫妻一样免去不必要的客套，男人接过女人的行李箱头里走，女人默契地跟在男人身后，一起坐上去鼓浪屿的渡船。在渡船上，明天昊简要地把情况给衣红豆讲了。

明天昊一回到东港，壮壮就来电话了，公用电话打到他手机上的。壮壮在电话里嬉笑道，欢迎老爸从天边归来。明天昊怒不可遏，说壮壮你搞什么名堂！壮壮说，我不搞点名堂出来，你能从北极赶回来吗？明天昊噎了一下，说，你现在在哪里？赶紧回家！壮壮说他在厦门鼓浪屿一家叫星星点灯的咖啡屋打工，送外卖。老爸，我自食其力了，厉害吧？欢迎你和我妈到鼓浪屿玩，我请你们喝咖啡。说完就挂了。

我和他爷爷奶奶赶到鼓浪屿，确实有家叫星星点灯的咖啡屋，老板说明壮壮刚辞工，去哪儿不知道。我们只好在鼓浪屿等，等他联系我们。今天早上，壮壮来电话了，还是公用电话打给我的，问你来了没有。我说你在外面执行任务，处于失联状态。他说你们有办法联系她，告诉她不来就再也见不到她儿子了，看她来不来。我和他爷爷正在商量要不要给你们单位领导提要求呢，你就从里边出来了。

壮壮，壮壮居然拿命要挟我！衣红豆泣道。

红豆，你别急，我们一起想办法。

孩子都被你弄丢了，我能不急！衣红豆甩过去一句。

怎么是被我弄丢的？

你不好好看着他，跑那么远的地方去，难道不是被你弄丢的？

那你呢，跟失踪了似的，就没责任？

这话像导火索，把衣红豆郁结在心的委屈引爆了，她陡然抬高音量，怒道，壮壮要是跟了我，绝无丢的可能！

好吧好吧，是被我弄丢的，我这不是回来了吗？明天昊说，你放心，人已经联系上了，只是不知道这小子想干啥。

怪明天昊把孩子弄丢，衣红豆底气是不足的。壮壮不愿到明州来看她，把自己弄成个“杀马特”，回她一条怨气冲天的长短信，不接她电话，步步紧逼，分明是逼她。她知道壮壮想要什么，却揣着明白装糊涂——壮壮想要什么她都可能给，这个不行，她只能装糊涂。

进洞前衣红豆就有预感，壮壮不会罢休的，一定还会玩出什么花样来。她想过把任务推掉，又没开得了口。进洞后壮壮若是联系不上她，一定会误解，以为她没把他的步步紧逼当回事，进而采取更激进的做法。所以，当明天昊告诉她壮壮离家出走时，她一点儿都不惊讶。以离家出走来要挟她，这熊孩子四岁时就干过。她着急的是壮壮下一步会采取什么行动，会不会伤害到他自己？

就在这时，壮壮来电话了，打给衣红豆的。哈，电话通了！祝贺老妈重返人间！怎么样，仗打胜了吗？

壮壮，你给我滚出来！衣红豆吼道。

有话好好说嘛，这么凶！我现在在青峰岭，网上一查就能查到。你们到这里来找我吧，你和我爸一起来，不然我不见。要爬山的，爷爷奶奶年纪大了，他们来不来无所谓。

在宾馆里与明立山夫妇见面。孩子是从明家出走的，明立山夫妇有愧，先开口。明立山说，红豆，你来了。杨金凤接过话头，红豆，你可来了，你不来壮壮不肯现身。衣红豆嘴角挤出一丝苦笑，二老辛苦了！

明天昊租了辆越野车，连夜往浙闽交界处的青峰岭旅游区开。越野车开进旅游区，壮壮就来电话了，这回用的是手机。他利用攀岩绳索爬到一个叫擎天一柱的山峰峰顶，然后给他的父母打电话，要求他们复婚，给他一个完整的家。如果父母不答应，他就从山顶上飞下去。

这就是壮壮大闹天宫想要的结果，衣红豆早就猜到了，但她没想到他会以这种方式来逼她。脑子里那不堪的一幕浮现出来，衣红豆痛苦地说，壮壮，你别逼妈妈。壮壮说，你也别逼我。擎天一柱两头粗中间细，看上去像个棒槌，直插云霄。站在峰底往上看，棒槌顶端上的壮壮只是一个小黑点。小黑点往前动了动，吓得一家人齐声惊叫。

明立山说，红豆，赶紧答应他吧！

杨金凤说，红豆，我求你了！

衣红豆只好说，壮壮，妈妈答应你。

手机里传来壮壮的欢呼声，紧接着又听到他沮丧地说，不好了，绳子掉下去了。

没有攀岩工具，擎天一柱上得去下不来。明天昊打 110 报警。警方架云梯不行，够不着。消防车开来也不行，开不到山峰下。只能从空中施救，县城公安不具备空中施救条件，向部队求援。

战区海军航空兵指挥所紧急开设，司令员亲自指挥，救援擎天一柱遇险群众。天气复杂，气象台台长上岗，处长听说也赶来了，但他们谁都不知道遇险群众是衣红豆的儿子。

直升机团驻明州天堂湾机场，参加过很多地方救援任务，被老百姓称为空中担架队。天气阴沉，乌云低垂，救援直升机从天堂湾机场飞到事发地点需要穿越山区，云蔽山影响飞行安全，气象不同意放飞。

汶川大地震摔的那架米 -171 就是因为云蔽山，五名机组人员全部遇难。司令员不敢冒险。

入夜，低云影响更大，处长建议天亮再看，天气趋势是转好的，天亮云应该能抬升到安全高度。事发前方打来电话，说峰顶夜凉风大，遇险群众没吃没喝，身体虚弱，恐怕支持不到天亮，希望直升机能早点过去。司令员指示气象部门仔细分析天气，云一旦抬升到安全高度，立即起飞。

山峰下，衣红豆一直在跟壮壮通话，让他坚持。电话里，壮壮的声音越来越弱，衣红豆失声痛哭。明天昊夺过手机喊壮壮，壮壮叫了声爸爸就没声了。那边，明立山老两口已瘫坐在地。明天昊强作镇定，说手机没电了，壮壮还好。

明天昊请现场救援指挥员请示军方，能不能让他连夜赶到天堂湾机场驾机救儿子，他有直升机驾驶执照，技术没有问题。指挥员说不可能，部队的飞机怎么能让你开呢？明天昊说他曾经是部队飞行员，老部队以前就驻天堂湾，这条航路他飞过无数遍，而且飞的是战斗机。指挥员让他冷静，无论过去多辉煌，现在是老百姓，就没权使用部队的装备了。

明天昊又要求衣红豆给气象台打电话，告诉他们遇险群众是她儿子，让气象放飞。

衣红豆说，不能这样，云蔽山，超条件，万一飞机摔了怎么办？

明天昊朝她吼，都什么时候了，还死咬着条件不放！航路上不可能实际测量云高，还不是你们气象预报员嘴巴说了算？就不能打电话找你们台长，找你们处长说说，把云报高一点？

正因为是本单位，我才不能打，让单位的人为难。你是飞行员你应该知道，夜间复杂气象山地飞行危险性有多大！

可是你儿子就要死了呀！

明立山长声叹气，杨金凤扑通一声跪在衣红豆面前。

一边是亲生儿子，一边是职业操守，衣红豆心乱如麻。就在这时，天边传来直升机突突突的发动机轰鸣声，夜空中闪烁的航行灯给濒临崩溃的一家人带来希望……

壮壮获救，人已虚脱，直升机直接把他送往医院。

明天昊和衣红豆到医院看壮壮，说他们已办妥复婚手续，希望他身体恢复后安心回校念书。一家三口拥在一起，衣红豆请护士帮忙拍了张全家福。她拍全家福的目的是想发给壮壮，以证明她和明天昊已破镜重圆。照片上的三个人都笑着，壮壮笑得最开心。

张飞老师

林那北*

1

杜奇看到于大童的微博，是一张照片：一个穿黑衣黑裤黑鞋、头上绑条皂巾、脸上涂成黑色的大块头男人正低头看手机。照片是手机拍的，像素不太高，并且因头低着，看不出他的长相和年纪。不过杜奇还是一眼就认了出来，照片中的人就是自己。

图片配文这样写着："碰到张飞老师，他卖猪肉脯中。"

一点不假，当时杜奇确实正坐在店门口的石鼓上，店名就叫张飞猪肉脯。他猛地抬起头，把脸从与手机屏幕面对面中拉开，头左右转动，眼睁大，却没看出什么端倪。翡翠街是镇上重点打造的仿古一条街，两旁夹道建着密集店铺，中间是一条青石铺出的路，有十五六米宽，看着却窄得像根笔直的肠子。每天上午这里是冷清的，"肠子"像刚被药灌洗过一样，一般过了午游客才渐渐多起来，最热闹的是天黑下来后，黑乎乎塞满人头，整条街就便秘般淤滞，流动缓慢。而现在才下午三点多，踩在青石板上的脚还非常有限。杜奇盯着每个经过的人脸上看，不知哪个是于大童。

---

* 林那北，女，1961年生，《中篇小说选刊》主编。已出版《林那北文集》、长篇小说《剑问》《锦衣玉食》、长篇散文《宣传队运动队》等三十多部著作，曾获"中骏杯"《小说选刊》中篇小说奖等奖项。

按微博认证的资料，于大童是写官场小说的作家，开了微店，卖些茶叶、茶罐之类的清雅货，生意不大，他好像做得也不太认真，隔三岔五地才会在微博上推送一次，也没用上什么煽动性的广告语，一副爱买不买的劲头。对于那些微博加V的人在淘宝、微店上卖东西，杜奇并不反感，有时候甚至希望他们生意做大，财源广进，这样他们有利可图，才不至于离开微博。有他们在很好啊，国际国内大事可以随时批阅，即使是一些小事，比如明星吸毒或公开恋情，再就是哪里强拆死人，哪里雾霾笼罩或大雪封路，等等，都可以从各个角落及时发布出来，反正就是足不出户天下尽览了。

读中学时杜奇打过一阵篮球，还进过校田径队练跳高跳远。一开始老师都很激动，盯着他的个子两眼放光，但最终都不了了之，连县运动会都没参加过。他是平足，移动慢，缺弹跳力和爆发力，跑动起来整个脚板笨重地啪嗒啪嗒拍打地面，老师连连摇着头说可惜了这个身高啊。一米九四，算镇上个子最高的一个，但派不上用场，个子再高也不过是一堆废柴。离开学校后他再没有参加过任何运动，尤其是来卖猪肉脯后，每天从家里骑电动车匆匆来去，连走路都不多，但他对国际国内各种体育比赛反而了如指掌，很多体育明星和与体育有关的微博他都关注了。不花力气，不流汗，不用吃半点苦，却爽爽地啥比赛都没落下，这还是挺有意思的。只要手指点一下，那些完全不认识的名人，就一下子收入囊中，每天看他们发各种消息，吃什么，去哪里玩，做什么事，为什么高兴或者愤怒，慢慢地就觉得都成了熟人，他们的事也都跟自己多少有点关系了。

他开微博已经两年多，是到这家肉脯店上班后老板常天兵逼他开的。“今天上了一批猪肉脯”，“今天又上了一批猪肉脯”，猪肉脯又不是他的，他无非当个小伙计而已，但常天兵逼他发，至少得转发，发一条给一元钱，不过设了上限，每个月五十元封顶。苍蝇肉也是肉，五十元当然是钱，他的微博就被猪肉脯所充填。至于其他，就很少发了，没什么可发。从早上十点到晚上十点，他都在店里，周末休息一天。所谓的休息，在他就是睡觉，可以从前一晚到第二天中午一口气睡上十几个小时，起来后吃个饭再打打游戏，然后就又到了可以睡觉的时候了，所以真没什么可发的。

看一下主页面，他关注的人有三千六百五十一人，但关注他的却只有六十三人，其中大部分还是做淘宝、卖假名牌包或者海淘代购之类的人。这一点杜奇倒不着急，着急的人是常天兵。靠发或者转发猪肉脯微博，杜奇每月多收入五十元，却未必能多卖五十元猪肉脯，常天兵恼火的就在这里。上个月常天兵拿来一套黑衣黑裤，又带来一盒黑泥状的什么膏，说不能再这样下去了，要出奇制胜。杜奇半晌才明白过来，常天兵说的出奇制胜是让他打扮成张飞。张飞黑脸吗？杜奇在手机上搜了一下："豹头环眼，燕颔虎须，声若巨雷，势如奔马。"并不是黑脸，黑脸的是包公。

常天兵瞪了他一眼说："这店注册时就叫张飞猪肉脯，改包公猪肉脯？重新注册你帮我做推广炒名气啊？"

杜奇说："我不是这意思……"

常天兵打断他："意思个屁，从今天起你就必须这么来着。你就是张飞了。让你当正面人物啊，别给脸不要脸。就这么定了，废话少说！"

杜奇那一刻动了辞职的念头，老子不干了还不行？他真辞了，第二天就不来，但第三天却重新出现在店里，一身的黑衣黑裤，脸也老老实实抹上黑。

在家闲待的一天时间里，他像过了一整年，坐也不是站也不是，哪儿哪儿都转不过身来。家里其实一点都不小，六年前父亲把木构祖屋拆了，原址上建起三层楼，每层一百二十平方米左右，这无论放在北京还是南京，应该都可以算豪宅了，可他走来走去，还是心堵，快喘不上气来了。

猪肉脯店在翡翠街，翡翠街是全镇最热闹的地方，关键是热闹。原来热闹这么吸引人。

常天兵很高兴他重回店里上班，见他进门，马上哈哈笑着走过来，连拍几下他肩膀，"你看你看，还是这里好是吧？你是我小舅子哩，怎么能不来？"

杜奇当然不是常天兵的小舅子，但常天兵一直这么喊他。爱喊就喊呗，反正无所谓。店里之前全是女店员，女店员就是抹黑脸也当不成张飞，所以杜奇回来，常天兵很高兴，说："我是为你好哩小舅子，哪天要是红了，得感谢我十八代祖宗！"常天兵的意思是，一个卖猪肉脯的张飞是很有意思的事，要利用这种有意思炒作一下。这年头网红都是从天而降的，说降就降，怎么保证哪天不会轮到杜奇？

他当时硬硬地顶了一句："狗才后悔哩。"报应就是，已经有好几年了，他都是狗。果然，他的照片突然就出现在于大童的微博上了。

2

有一次南京出了场车祸，红灯亮时，一个女孩沿斑马线过马路，被一辆疾速驶来的皮卡车撞飞了，血肉模糊。于大童是南京人，当时刚好在现场，便拍下伤者照片发微博，被很多人转发。杜奇从来没去过南京，但他姐姐杜薇在那边。被撞的人从身高到发型都很像杜薇，他捏一把汗，马上打电话给杜薇。杜薇在那头接起，说什么事呀我正忙着哩。杜奇喘一口气结束通话，顺便就把于大童微博关注了。

因为不看小说，镇上又到处是又便宜又地道的好茶，于大童的微博本来吸引不了杜奇太久。很多大V关注一阵，没意思了他就会删掉。这感觉挺奇怪的，就好像提着一个篮筐去超市，任意挑挑拣拣，有些东西已经放进筐了，回头再看，不顺眼，又一把弃掉，既不留恋，也不惋惜，缘分不够而已，转身丢到脑后去。不过于大童并不是坐在家里当作家，他经常出去开会、采风，今天到这里明天去那里，个人照片、一群人合影以及各地风光轮番晒到微博上。正是后面这一点吸引了杜奇。以前进田径和篮球队时，平足归平足，他练得还是非常卖力的。倒不是为了得名次，有比得冠军更吸引他的，就是出远门。到县里比赛可以去县城一趟，到市里比赛可以进城一次，但进篮球队没多久，刚学会运球、传球、三步上篮，还根本来不及练到可以出去比赛，他就被清出去了。田径队也一样，连高抬腿这么基本的动作都练得吃力，钉鞋根本没法穿，没脚弓前掌就废了，不能像别人那样身子前倾发力。老师对他失望地摇头时，他心里对自己有胜过老师一千万倍的失望。退出篮球队或田径队，意味着他失去外出的机会。他不想退，但这事由不得他。老师说，没办法，你跑不快啊，没有速度练也白练，还是趁早放弃。

脱下队衣后，杜奇抱着自己的脚板看了很久，恨不得拿个刀子，像挖西瓜瓤似的在脚腰那里挖出一个深深的凹陷。

桃花镇其实是个岛，四面环水，十几年前才修起一座钢筋水泥桥，不宽，但可以通车。桥没出现前，出行只能靠船，都是窄窄的小木船，反正多少代都没有急着往外跑的人，种点田，捕点鱼，织点布，天灾没有，兵患也少，日子就安安稳稳地过下来了，连婚嫁也习惯东家西家就近解决。变化是这些年才有的，大多是出去打工，个别则是考上大学。杜薇是后者。

杜薇比杜奇大十岁，也是在镇上读的小学和中学。包括体育老师在内，这里从来没出现过像样的老师，大家都习惯认几个字混张毕业证书了事，杜薇却倏地考上了南京大学中文系，毕业后就留在那里，在一家私企当文秘，然后出嫁，丈夫是市直机关的公务员。同一个爹妈生的，但杜薇走路一蹦一跳的很轻盈，杜薇不是平足。

小时候有可能离开桃花镇到远方的人明明是杜奇而不是杜薇，但杜奇不仅运动能力不行，书读得更不行，上到初二那年就辍了学。倒不是家里多需要他帮个手，是他对自己成绩单上各科红色分数很烦躁，背英语单词和数学运算确实比跟在父母身后去市场卖鱼干让他不顺心。杜薇曾反对，说了一些很难听的话羞辱他。他无所谓，反正各科老师给他的羞耻早就比河水还多了，而且每次都当着那么多同学的面，他的脸皮已经练得又厚又韧。杜薇最后说："那随你便，一辈子都只能待在这个破地方，以后别后悔啊！"

以前鱼干是父母一起卖，既然杜奇不想上学，家里多出一个人可以帮忙，恰好有熟人在厦门开家贸易公司，把父亲喊去看仓库。父亲当时才五十岁，家里因为盖房子欠下亲戚一些钱，能出去多挣点当然好，就去了。结果人还没到厦门，离五缘湾大桥还有四五公里，客车就跟一辆货车迎面撞上，全车死了两个，父亲是其中之一。本来说好父亲先去，过几年母亲再去，如果能挣到钱，就在厦门买房子，然后杜奇也去那里找份工作，好歹能改变身份成为城里人。但人算不如天算，父亲死在去厦门的路上，母亲一番哭天抢地，恨死了那地方，自然就不会再前往，更不会让杜奇也去。杜奇干脆哪里都别去，就守在镇上，守着她，或者是她天天把他放在眼皮底下守着，每天一起去市场，卖了一天鱼干，再一起回家。

母亲哭了几年后，泪干了，身上的肉也哭没了，瘦削得像根竹子。她越瘦越担心杜奇会离开家，比防贼还警觉——贼是不许进门，他则是不许出远门，方向不一，但用力是一样的。理论上如果杜奇不辍学，没有人帮忙卖鱼干，父亲就不会离家去厦门，不去厦门父亲就不会死。所以杜奇怎么办？他真的哪里都不能去。母亲说：“除非也考上大学，你才能走。”这话把他一口气堵死了，别说大学，连高中他都考不上。

杜薇大学四年只回来两次，工作后也只在结婚时带着丈夫回来过一次。桃花镇这些年其实跟从前大不一样了，主要是镇领导被高人点拨，说旅游是无烟工业，客源一开，财源就广进。有了钱做什么不好？修路建学校都是有目共睹的政绩。

宋末元初，很多从临安南迁的赵氏皇族和一些不愿归降的旧臣曾在此汇聚，修起结实的壕沟，建起冶炼刀剑的大炉；明朝嘉靖年间，为防倭寇来袭，镇上又建起绵延两三公里的一人多高青石墙；到了明末清初，郑成功也曾率部驻扎在这里，兵营的青石础柱和几个长条形的战马饮水石槽犹存……遗迹就是宝啊，针尖大的一点遗迹都可以扩展成山那么大的概念，把远近城市里的有钱人钓过来，至少来吸吸好空气，吃一口无污染的青菜也值得啊，镇子于是就热闹了。

三年前杜薇回来结婚时，杜奇跟她说自己想出去打工，意思是让她帮忙劝劝母亲，杜薇却马上翻了几个白眼给他。杜薇说："前几年镇上静得像个死人，你都那么受用，现在又何必？"杜奇不想承认以前自己傻，他说："以前我小，对外面没兴趣，现在不一样了嘛。"杜薇不耐烦地说："现在哪里都一样，没什么好兴趣的！"

正是这次回家，杜薇见到了常天兵，他们是中学同学。镇中学一直拿杜薇贴金，把她的照片挂在杰出校友栏上。杜薇对中学却没有同等喜欢，连带着对中学同学也提不起劲。以前她回来总是悄无声息，这次是结婚，动静好歹有。婚礼后她出去参加了一次同学会，回家就让杜奇去张飞猪肉脯店上班。常天兵的店开在翡翠街，是游客去明城墙的必经之路，晚上游客如果住下，新修起来的所谓特色农家酒店都聚集在那条街上，霓虹灯一路亮到底，夸张的红光刺得人眼都睁不大。常天兵这几年挣了不少钱，这是杜薇听到的，至少同学会几十号人吃喝就是他做的东，好酒好肉，散去时还每人两盒猪肉脯当礼物。

镇上人的姓据说宋朝以前一直很单一，每家户主都姓杜，族谱上说是西晋时中原一个叫杜源的人，为避战乱带着一家老小南渡到这里，发现岛上土地肥沃，四季安详，就歇下不走了，然后开枝散叶繁衍下来，女可以外嫁，男可以外娶，只要生在岛上的子女姓杜就行。后来战乱频繁，避过来的人多了，才渐渐出现杂姓。常家应该是民国中后期逃难到这里的，种点地，没波没浪地老实谋生，总之几十年都无声无息。如果不是前几年常天兵开了张飞猪肉脯店，反复宣传说自己祖父当年是避日本兵患从南洋逃回来，带回新加坡的秘制肉脯配方，三代秘不外传云云，岛上早就没人想起他们的来处了。也许真是从南洋来的，可谁在乎呢？至于所有的肉脯是不是像他家广告上说的，是用农家土猪后腿精肉做的，配上特级白糖和鱼露，以及新鲜土鸡蛋等十多种佐料特殊调理，并且放在特制的筛匾上烘烤出来的，镇上之前也没人相信，反正都是用来骗旅游的人，吹吧吹吧，牛皮别吹破就行。

常天兵的店是高中毕业第二年开起来的，已经风光了十来年，但母亲之前从来没吃过他家的猪肉脯。杜薇从同学会上带回两盒，她这才尝了尝，咸中带甜，越嚼越香。哎呀，确实不错啊。母亲就夸起常天兵，说没想到转眼间人家就那么有钱了。杜薇鼻孔哼了一声，眼皮又一耷拉。“土包子！”她说。

接着她又说：“我跟他说了，让阿奇到他店里上班。一辈子在那个小摊上卖鱼干能有什么出息？不如去学做生意吧。”

母亲很意外：“啊？人家那么大的老板会同意？”

杜薇嘴一抿，淡淡地说：“当然，他还能不同意？”

杜奇说：“那不行，鱼干也是生意，进货出货需要人手。”

母亲马上说：“算了，鱼干跟猪肉脯怎么比？挣的钱只够付摊位租金哩。下个月就把摊位退了。”

这样，杜奇就离开鱼干摊卖起了猪肉脯。一开始只是普通店员，后来才成了张飞。

3

原先店里雇有三个女孩，加上杜奇，四个人八只手，还常常忙得厕所都没空上。那时生意非常好，来买东西都像白抢不用钱似的。常天兵平时在加工厂那边忙着，片肉、拌料、摊筛、脱水、烘烤、压平、修剪，做肉脯的每一道工序都瞪大眼守着，料的配制更是自己动手调，调时别人都得回避，连在旁边看着都不行。秘方嘛，无论是不是真的，反正就要弄得玄乎一些，做得跟真的一样。有时店里实在太忙了，常天兵也赶过来帮忙。翡翠街被政府设为步行街，常天兵虽然很多年前就买了汽车，但开不进来，只能跟杜奇一样骑着电动车，在店里也跟杜奇一样忙进忙出，一边累得额上溢出汗，一边笑得嘴咧到耳根。但从去年起游客开始少了，店就慢慢冷清下来，来的人少了，买的人更少。生意不好，营业额下降，常天兵嘴上虽然还是很牛 × 的样子，心里大约未必。老板嘛，店租、税收、人头工资就摆在眼前，入即使仍然比出的多，但跟以前一比，还是差一大截。常天兵先是把店员辞掉一个，接着又有人跳槽走了，店里最后就剩下杜奇和店长雅玲了。

雅玲说：“我们要把网店开起来。”

常天兵说：“开吧。”

雅玲就开了淘宝和微店。

雅玲说：“我们宣传不够。”

常天兵说：“宣吧。”

雅玲就给店里弄个公众号，叫“张飞哥哥”，整天东拼西凑些软文，夸猪肉脯的营养价值或者吹常家祖上在新加坡的传奇轶事。接着自己又开了抖音，用美颜相机拍小视频上传，视频里她永远又白又嫩又娇媚地在吃猪肉脯，嘴里叼着一块，头歪左边，又歪右边，唱着歌，扭着屁股，又美又仙。

雅玲家也在镇上，但杜奇原先并不认识她。店长这个职位，在店里是一人之下，但常天兵并没有给她多开工资。底薪每个人每个月都是一千三，其余的就看各自的销售抽成了。以前雅玲卖的总是最多，拿最多提成是理所应该的，但她自己好像有点不好意思。店的后面附有一个卫生间和一个六平方米左右的小办公室，除了电脑，还放着一台烤箱，那是雅玲的用武之地，今天烤牛排，明天烘焙饼干，总之就是给大家分福利。店员越来越少，只剩下杜奇了，雅玲仍然手不停，直至她进医院生儿子。

儿子是常天兵的。常天兵是老板，雅玲是店长；常天兵是单身，雅玲也是单身。两人的故事不知什么时候开始的，她二十二岁，比常天兵小八岁，个子不高，骨架很小，看上去像还没发育的中学生，总之两人根本不搭，简直难以置信。平时到店里，常天兵并没给雅玲好脸色，当着大家的面也常呵斥雅玲。雅玲鼻子一皱弄个鬼脸就过去了，或者笑嘻嘻地把身子往常天兵身上贴，细白的脸上连红晕都不会泛起。暧昧信息都是她自己透出来的：她和常天兵睡了，她和常天兵又睡了。睡了之后，怀孕就是迟早的事，再接下去，婚礼还没办就分娩了。

常天兵家很大，三层楼的自建别墅，面积不下四百平方米，但常天兵嫌婴儿吵，雅玲就在自己娘家坐月子。店里这些天因此只剩下杜奇了。常天兵一直说再去雇个人，却又一天天拖着没去雇。其实也无所谓，雅玲坐着月子，似乎什么都没耽误，公众号继续推，淘宝和微店的客服也在手机上做着，杜奇只要按地址叫快递发个货就行，反正量不大。只要不碰到长假，来旅游的人都很少，越来越少，最冷清时，整整一天进店的客人都不会超过二十个，肯花钱买猪肉脯的还只有一半多点。所以杜奇一个人现在也应付得过来，钱来货去，微信和支付宝收款都直接关联到常天兵的银行卡上，不用费什么周折。等闲下来了，他就坐到门口的石鼓上，微博微信轮番刷。店里没装电视，他也没有看书的习惯，至于办公室里的那台电脑，上着锁哩，密码雅玲管着，他从来没有碰过。如果能玩玩 PSP，也就是掌上游戏机，时间倒是好过些，他家里就有一台，但上班是铁定不允许玩的，就是带在身上也不敢拿出来玩。幸亏有手机，手机真是好东西啊。

结果他就在手机里看到于大童的“张飞老师”了。

他马上把这条微博截屏转发给常天兵，邀功得赏钱还在其次，关键是此时他挺兴奋的，需要跟人分享一下。所谓分享无非就是想让更多的人看到，还不等常天兵回复，杜奇又转发到“张飞猪肉”群里了。

“张飞猪肉”微信群的群主就是常天兵。除了新旧店员外，群里还有加工厂的十几号人。杜奇去加工厂取过几次货，但厂里人上班时都白围裙、白帽子、白口罩，他匆匆转一圈，装了货转身就走，所以真正认识的并不多，却也不陌生，平时在群里抢抢红包斗斗嘴，或评一评转发的段子，彼此早就是熟人了，他们每个人都与“张飞猪肉”有关，杜奇上了网，也等于他们上网。果然群里很快就热闹起来，第一个冒出来的人是雅玲，她“艾特”了群里所有人，然后说：“大家马上转发这条微博！”几乎同时，常天兵也冒泡了，常天兵“艾特”了杜奇，说：“快让于大童到店里坐坐！”

杜奇这才想起，刚才自己只匆匆留下一句评论，就立即转到微信里瞎掰这么久，却忘了转发微博。他重新回到微博页面时，眼眶一下子瞪大了。手机屏幕下方信封状的“消息”那里，小红圈现着“680”的字样。点开了，回复一百二十条，点赞三百二十个，新增关注两百四十人。

他当时的评论是这样写的：“我就是张飞啊。”

没有人会怀疑这句话，他的头像就是涂成黑脸后常天兵让他自拍上传的，虽抿着嘴，皱着眉，但五官摆在那里，还有醒目的黑头巾。如果再点开他微博，肉脯、肉脯、肉脯，还是肉脯。卖猪肉脯的张飞老师毫无疑问就是他。

于大童的那条微博已经有八百六十七次转发。杜奇仰起头长吸一口气，这事太突如其来了，他活到二十岁才第一次碰到。他先再留个评论：“欢迎于老师来店里坐坐。”然后点了转发键。如有神助，他写下了一句至关重要的话：“我家猪肉脯吃过就知道好。”

在店里卖了三年猪肉脯，三年，一千多个日子了，转了那么多微博，跟自己有关的却是第一条。他也是第一次跟陌生人在网上互动，而且，这个人还是桃花镇以外的大V。

他举起巴掌想在脸上抹一下，马上又收住了。装张飞的第一天起，常天兵就吩咐过他，上妆后不能碰，一碰妆就花了。抹到脸上的到底是什么东西啊？膏状的，装在一个口有巴掌大的塑料罐里，隐约飘着股花生油的香味。是常天兵拿来的，常天兵说：“它叫张飞霜。”第一天是常天兵帮他抹上的，之后他每天上班第一件事就是先到卫生间换上黑衣黑裤黑鞋，再对着镜子把自己的脸抹黑，一直到夜里下班前，才能用洗面奶清洗掉。

心跳非常快。紧张？不知道。激动？也不知道。在店里他一直脸部平板。常天兵嫌他太晦气了，对他说：“笑啊，小舅子你他妈整天吊着一张臭脸干吗？老子欠你了吗？”没有，谁也没欠他，他是自己越来越笑不起来。没什么好笑的，涂黑脸变成张飞后，更没有笑的必要了吧？

他重重吁一口气，抬头往街上打量着。于大童会不会真的来店里？店里来陌生人是常事，越陌生越好，熟人来往往只是因为嘴痒想试吃肉脯，试一百遍也不见得能买一回。但于大童不是一般的陌生人，杜奇每天看他在微博上晒到这里去那里，吃什么菜、睡哪家宾馆，甚至开什么车、加哪号汽油等，熟悉得像一家人，却隔着一块屏幕，他在明处，杜奇在暗处。杜奇知道他，他却不知道杜奇。

终于一张照片，一条微博，两人竟撞到一起，像一场奇怪的梦。

杜奇拿起手机。这时候于大童该看到评论，然后回复了吧？

转发、点赞、评论又增加了几百条，却没有哪条出自于大童。于大童还没看到他的评论？

于大童这时候在哪里？

4

上午十点上班，晚上十点下班，偶尔碰到客人多，打烊的时间会往后拖一拖，但那是以前生意好的时候，如今吃过晚饭后店里就一点点冷清下来。挨到十点，杜奇往往开始换掉衣服，清洗脸上油彩，然后独自悻悻关门走人。

但今天不一样，天色灰下来后，杜奇正打算叫外卖，外面一辆电动车驶来，停下，是常天兵。常天兵来杜奇不意外，没料到电动车后竟载着仍在坐月子的雅玲。常天兵还在停车，雅玲就先走进来了。她胖了一圈，素颜，脸泛着一层油光，胸口那里鼓鼓囊囊的，走一步晃几下，身上的味道也变了，都是奶香。

雅玲不是空手的，她手里提着两个白色塑料袋，走到杜奇跟前，把袋子往前一递，说："奇奇，给，吃吧。"杜奇看了看，袋子里有三样东西，一盒炒白粿，一只卤鸭腿，一袋雪花酥。

很奇怪，来店里第一天起，雅玲就对杜奇特别好，做了烘焙也拼命让他吃下。"人家奇奇最小嘛"，她总是这么说。没有其他人叫他奇奇，这个称呼是雅玲自作主张取的。他一开始听着别扭，久了也习惯了。作为店长，雅玲以前想着他，给他弄吃的似还情有可原，但现在她是一个坐月子的女人，居然还动手下厨房，这让他多少还是有点不好意思。他说："哎呀，这……"

常天兵停好电动车也进来了，扬着手说："吃吧吃吧，小舅子今天辛苦了！"

常天兵个子也不矮，接近一米八，后背格外阔大，肚子也往前拱，都横七竖八堆着肉，但两条腿却是纤细的，也就是说他其实未必是个胖子，只是没把身上的肉匀称铺好，肉不听使唤地都往上挤，使他看上去头重脚轻，上下脱节，腿像两根小螺丝，被不明不白地安在一个硕大的机器上。主要是按比例螺丝还偏短了，这没办法，人种问题，大部分亚洲人腿都不长，包括杜奇，杜奇个子再高也没高在两条腿上。站在常天兵面前，杜奇每次都下意识紧起肚子，把身子往下压一压。他比常天兵高，但腰包没常天兵鼓。常天兵有钱雅玲才会死乞白赖地往上赶，但如果真有个女人也像雅玲一样开足马力扑过来，杜奇第一个反应肯定是逃。常天兵似乎也逃了，只是没逃成，连儿子都生下来了，杜奇认为这就是钱惹的祸。猪肉脯店刚开时，开店办厂的钱据说是银行贷的款，那时常天兵还穷，但没几年就很快牛 × 起来了，被夸成年轻有为的企业家，买了宝马，建了别墅，动不动就上镇里的报纸。一个又有钱又不老的男人，上下身再不匀称，有雅玲这样的女孩死命往上黏又算得了什么？

杜奇从雅玲手里接过袋子，搁到柜台上。不饿，吃不吃无所谓。常天兵突然来店里，把坐月子的雅玲一起带来，绝不单单为了给他送点吃的。他不能接过就吃。

常天兵肯定也没觉得吃饭多重要，他探过身子，头抵向杜奇的胸前。

杜奇一怔，很快又明白了过来。常天兵不是要用脑袋蹭他胸，而是手已经伸向他的巴掌，他的手机正握在巴掌里。常天兵说："那个什么童的微博让我看看。"话音未落，手机已经到常天兵手中。手机没有加密，常天兵食指在屏幕上快速地划动着，又侧过头看着杜奇。杜奇就把手机取回，往下拉，找到于大童的微博，递给常天兵。

常天兵视力不太好，初中时他跟杜薇就是同班，高中还是，所以杜奇看到，杜薇初中和高中全班毕业合影里，常天兵都戴着厚厚的黑框眼镜。那一届全校只有杜薇一个考上正规大学，另有三五个考上花钱读的民办大学，而常天兵离最低录取线还有一大截的距离。这不算什么，一届共有两班，两班有九十六人，常天兵不过是绝大部分与大学无缘的人之一，大家都觉得正常，他却呆滞着眼，嘴里囔囔着走来走去，接着就失踪了几天，再出现时脸上突然变得光秃秃的，两眼和鼻梁都从镜片后面走出来，眼皮不免显得苍白浮肿，像在水里长时间浸泡过的。有人觉得这样的常天兵不像以前的常天兵，就好奇问起。常天兵应该很不乐意被人问，嘴一撇，重重地说："戴眼镜装 × ？装 × 被雷劈。"

他不戴眼镜，看东西却不受影响，大家猜可能是戴了隐形眼镜。

这会儿他捧着手机，低着头，边看手指头边划动屏幕。雅玲也凑近了，想一起看，被常天兵胳膊一推挡开了。几分钟后，常天兵又把手机递给雅玲，可见刚才他不是不愿意雅玲看，只是不想雅玲与他一起看。雅玲个子太矮了，为了她能看清，手机得往下放，那常天兵也许就没法看清了。常天兵要看的其实不是于大童的微博，于大童与猪肉脯店有关的微博仅仅只有一条，匆匆几个字，但这条微博下面不是还有几百条评论吗？嬉闹也罢，讽刺也罢，反正所有的评论都围绕着张飞和猪肉脯。涂个黑脸竟这么多人觉得有意思吗？真是难以置信。

常天兵脸朝向店门外的大街，抿紧嘴，很久不开口。他脸圆圆的，腮帮鼓起，细眼，塌鼻梁，眉是微微八字形的。是因为胖，脸颊上的肉向下坠，把眉梢也一并带下去了，看着反正有几分喜感。终于等着雅玲把那些评论都浏览过了，常天兵才收回眼光，扭头看着雅玲。雅玲也仰起脸看他，两人都不说话，就这样沉默地看来看去。杜奇吸吸鼻子，发出哧的一声轻响。他不是鄙视这两人，只是对他们突然恩爱得仿佛情深入骨不习惯。他往旁走两步。食欲突然有了，既然雅玲拿来吃的，他就不必客气了。

但常天兵叫住他。常天兵说："你给他微博发个私信。"

杜奇站住，回头看他。

常天兵说："或者你也发一条微博，然后'艾特'他。"

“发什么？”杜奇不得不问，他确实没弄明白。

常天兵看了雅玲一眼，雅玲马上走过来。她手里还抓着杜奇的手机，用这手机她先冲着杜奇拍几张照，然后把白粿、卤鸭腿和雪花酥逐一放到靠近门口的玻璃柜台上，摆好，左右动一动挪一挪，后退两步看了看，又挪动几下，仿佛那都是艺术品。然后她冲着杜奇两眼一眯，妩媚一笑。她说：“吃呀。”

杜奇不敢吃了。这是要干什么？

常天兵巴掌按在他背上推一下，说：“有好吃的还装骚啊，快吃！”

杜奇冷不防被推得前冲几步，就站到柜台前了。常天兵说：“吃。”他想，吃就吃吧，先抓起筷子，把白粿往嘴里扒，然后拎起鸭腿啃，咬得啪嗞啪嗞响。镇上的女人都有把食物弄得又香又美的能力，这可能是姓杜的家族从西晋开始一直流传下来的。一家大小带着细软从中原一路逃到这里，再没什么功名利禄可期待，闲着也闲着，功夫就下在吃的方面了。男人想吃好的，女人就变着法子喂养。杜薇可能是镇上唯一讨厌厨房的女人，她考上大学，有了讨厌的资格，雅玲却没有，她甚至乐在其中。她去生儿子，烤牛排停了，烘焙停了，杜奇的胃都有点不适应了。突然还在坐月子的雅玲又提来东西给他吃，他其实心里还是有点小波澜的。吞下白粿和鸭腿，他把雪花酥也很快吃光。真的好吃，他不能否认这个。

这个过程，雅玲一直拿着他手机一会儿左边一会儿右边反复拍照，拍的都是他。然后雅玲低着头在手机屏幕上写着什么。把手机还过来时，雅玲还是笑眯眯盯着他，柔声说：“我帮你发了一条微博。”

他打了一个嗝，突然回过神来，连忙点开微博。

“张飞老师是个吃货。”这一行文字后面“艾特”了于大童，下面则是九宫格，全是他的照片：他的正面照、侧面照；他吃惊的表情、发呆的表情；他在吃白粿，吃鸭腿，吃雪花酥。小小的白粿和雪花酥把一张黑脸反衬得格外硕大醒目。

他的脸原来这么难看，比卤鸭腿还油腻不堪。

5

母亲还没睡。镇上兴起广场舞已经好几年，杜薇前两年逼母亲参加，好歹活动一下筋骨嘛。母亲拖拖拉拉一阵，去现场看过几回，觉得不行，音乐不懂，手脚也不听使唤。后来杜薇说："你没个好身体，到时候怎么帮我带孩子？"这句话终于把母亲推了一下。她音乐仍然不懂，手脚仍然不听使唤，但每天晚上都会去蹦跶几下，不是为了跳舞，是准备下一副好身体，等着给杜薇带孩子。

其实结婚这么久，杜薇一直没有怀过孕。一年年不怀孕，母亲却一年年老去，母亲因此觉得更有锻炼的必要，由每周去三次上升到每天晚上都去，一般十九点到二十一点半，然后到家洗漱一下，这时候杜奇差不多也从店里回来了。

今天与往常不一样的是，母亲站在门外等着。四月，闽南的天气还处于潮气四溢中，雨说来就来，转眼又晴。母亲穿一件碎花衬衫，外面套一件灰色马甲，都是杜薇从淘宝上买了、写着家里地址直接寄来的。类似的事杜薇这几年逢"双十一""双十二"都会做一次，除了衣服还会买些吃的，糯玉米、干山楂之类，也花不了几个钱。快递一次次上门，就代表杜薇一次次回家，母亲不嫌东西贱，她只是心疼杜薇的钱。在南京那个大城市多不容易啊，连个房子都没有。一直攒钱，房价一直涨，攒得不如涨得快。几年前汽车公司付的父亲死亡赔偿只有八万块，与建房子的欠款恰好相当，一还，没了。鱼干摊收了后，母亲最多打点零工，手头始终紧着，就是想帮杜薇，也帮不上。

杜奇远远看到母亲正倚在门柱上。母亲五十六岁，女明星在这个年纪还穿着露出很多肉的晚礼服，动过刀打过针的脸上泛着闪闪发亮的人工油光，一点皱纹都没有，唇红齿白，妖风阵阵，如果站在母亲旁边，估计都跟母女似的。虽然到广场上跳了两年，已经把《革命人永远是年轻》《相逢是首歌》这样简单的舞手忙脚乱学下来，但母亲身子仍然松松垮垮的，要腰没腰，要脸没脸，连头发都是自己随随便便拿剪刀铰的。其实论眉眼她不算差，鼻子尤其好，凌空高挺。一个人的鼻子很像一座房子的梁柱，硬朗地往那一戳，整个架子就扛起来了。杜薇长得像父亲，父亲整张脸都是扁平的，杜奇却像母亲，也有一个挺直的鼻子。单论长相，杜奇比杜薇好，但脑子却差十万八千里。母亲为什么年纪还不太大，就已经早早老去？单单把杜薇买的衣服穿起，显然还不够。究竟哪里不够，杜奇没弄明白。如果父亲还活着，这事应该归父亲管，母亲是他老婆，不是杜奇的老婆。

杜奇到家门口刹住车，脚再一点地人就立住了，别过腿，从车上下来。“妈。”他叫了一句。

母亲马上抓住他电动车的把手。母亲说：“今天怎么这么迟才回来？”

杜奇想了想，是迟了点，但也没迟太多，无非是常天兵和雅玲来了，聊了会儿，又看了会儿微博，因此耽误了一小会儿。他发现母亲脸上并没有责怪的表情，反而在屋里透出来的微弱灯光中少见地泛着光泽，唇齿开裂，嘴角向上。有什么喜事？

母亲说：“你姐姐刚才发微信来说，她怀孕了，怀上了啊。”

杜奇脑子转一圈，终于回过神来。果然是喜事。

杜薇一结婚就打算当妈，这事杜奇亲耳听她对母亲说过，说得还挺迫切的。杜薇的意思是，反正得生，不如趁早，有一胎是一胎，有两胎是两胎，拖下去年纪越来越大，不利于优生优育。杜薇的丈夫站在一旁也微微点头，表示很同意尽快当爹，但杜薇的肚子始终没动静。杜薇这几年很少回来，似乎跟这有点关系，一有假期她就去这家医院检查，或者找哪个中医调理，查来查去双方都没什么问题，但就是怀不上。母亲有次自言自语说：“我当年打个喷嚏就怀孕了，怎么这本事不能往下传呢？”她从手机上看到一些新闻后，就骂起转基因。年轻人现在普遍怀孕难，所以不孕不育的医院开得到处都是，她觉得都是转基因食品给害的。镇上种的东西也不见得都实打实安全，但一定比南京那边可靠。考上大学很给家里长脸，要是在南京工作，却能吃着自己家里种的菜，那该多好。母亲甚至把这事扩大化，反复弹击到杜奇身上，意思是桃花镇多好，吃得放心，不会危及生孩子。

生孩子对杜奇来说和去月球一样远。雅玲怀孕时，常天兵对他说："小舅子啊，你要升级当舅舅了。"那是假舅舅，他没有任何感觉。杜薇毕竟不一样，母亲一说，杜奇心里马上有一股热热的东西涌动一下。他果真要当上正儿八经的舅舅了。本来他每天回来，都会跟母亲聊几句店里的事，东拉西扯，谁怎么了，谁又怎么了。但今天杜薇的肚子一下子占据了全部话题，主要是母亲说。看来母亲刚跟杜薇通过电话，问出不少情况，这些情况都让她在捏一把汗的同时，又兴奋得比自己怀孕还欣喜。

杜奇正琢磨着自己是不是应该给杜薇发一条微信祝贺下，手机就响了，是常天兵打来的。"小舅子，快，快看微博。于作家转发你微博了！你赶紧留个言，让他明天到店里坐坐。"

挂断电话，杜奇真的点开微博。倒不是他多听话，他只是好奇。

严格地说，于大童转发的并不是他发的微博，而是雅玲替他发的那条。于大童什么也没说，只是转了一下，连带着他的正面照、侧面照，他吃白粿、吃鸭腿、吃雪花酥的样子也被放大了。下面评论仍然很多，还是混杂着夸他萌和骂他贱。他不知说什么好，他还什么都没说，就看到于大童在一条说他为了钱无下限的评论下面回复了一条："人生不易啊。"

不易吗？他才二十岁，好像还行。和杜薇比，他每个月有工资，吃不需要几个钱，住的又是家里的房子，安安稳稳，真没什么缺的。杜薇却不一样，嫁个拿死工资的丈夫，虽饿不死但也富不起来，婆家又在农村，父母得养，上大学的妹妹得供，还能剩下多少钱？买不起房、生不出孩子，杜薇才真正不易。终于两个不易总算解决了一个，至于买房，还遥遥无期哩。

其实家里三层楼的房子，母亲住一楼，杜奇住三楼，二楼是留给杜薇的。无论如何还是南京好，否则房子明明空着，杜薇为什么死活赖在南京不肯回来？不易有不易的好，他太易了，每天都是前一天的重复，有什么意思？肉脯、肉脯、肉脯，店里到处垒着一包包从猪尸体上切割下来的东西，到处都弥散着甜腻和油脂味。算一算因此有多少猪被杀，肉被剁碎，然后拌入多少白糖、鱼露、生抽、白胡椒粉、盐、鸡精、花雕酒，摊到锡纸上，烘烤过，切出方方正正的一片又一片，再装入包装袋，卖给那些跑到这里看所谓古迹和吃农家有机菜的城市人。他们走马灯似的从各处来，然后又风一般走掉，杜奇却走不了，一直在镇上，在翡翠街，在张飞猪肉脯店。就是说连猪的生活都有变化，他却没有，唯一变的是脸，脸从微黄到被抹黑，面目全非。

他忽然一怔。这些日子他的笑越来越少，是不是因为这些啊？

晚上于大童一共发了三条微博，除了转发杜奇的这一条，另外还发了一条关于桃花镇明朝青石墙的照片，照片共九张，前四张墙被霞光不同角度火辣辣地笼罩，每一块石头都闪闪发光；后四张是暮色降临后的各种剪影，墙上的青石像一只只幽深神秘的眼睛，而第五张居正中央，是张文字图片，蓝底白字写着“最美乡村等着你”一行字，这样就组成完整的九宫格，色彩五花八门。

墙从明朝起就立在桃花镇了，但在别人眼里和在于大童眼里却如此不一样，至少和杜奇不一样。墙离他家不远，从小这些墙就在他眼前晃来晃去，进进出出总能打几个照面，可是他根本就没多看几眼，即使看了也没看出它们有什么特别之处，哪想到居然这么美。

墙的照片证明于大童并未离开，他还在镇上。

杜奇点开私信，他写道：“于老师您好，我是张飞，我有急事想见一见您，明天您方便来店里一趟吗？”

几秒钟后，于大童的私信回复出现了，只有一个字：“好。”

6

杜奇从来不知道失眠是什么滋味，身子一横下去，只要他愿意，不用两三秒钟，整个人就直接丢到梦里去了。这是天生的，小时候上课睡过去，看书睡过去，做作业又睡过去，眼皮上仿佛安装着拉链，嗖的一下拉上，所有的一切马上都退远了。不能说是遗传，母亲对睡没太大兴趣，以前父亲也一样，每天都早早起来。另外，不是还有杜薇吗？杜薇当学生时，读书到半夜从来不困，工作后又天天熬到半夜也睡不着，五味子、脑白金、褪黑素、舒乐安定之类都没少吃，直到结婚后为了备孕才戒掉。药戒了，失眠却戒不掉。母亲发微信问：昨晚睡得怎么样？杜薇不是说“不好”，就是回个大哭的表情。所以母亲三天两头叹着气，大概对自己一个肚子居然生出两个完全不同的怪物非常不解和气恼。有一次母亲拍着杜奇的脑袋说：“整天就知道睡，你就是这样睡成傻大个的。”

杜奇没有反驳。也许是真的哩。他从网上还看到一个数据，说小孩入睡时，生长速度是醒时的四倍，他就是睡着睡着，睡成一米九四的？

于大童明天要到店里来。居然能见到于大童了。这能影响杜奇入睡吗？杜奇有一瞬脑中也闪过这样的疑问，觉得肯定会，但事实上不会，一点都没有。洗了洗，他躺下，还特地给手机上了明晨七点的闹钟，放在床头柜上，让它早早把自己喊起。结果第二天手机准点响起来时，他并没有回过神来，迷迷糊糊伸手摁掉手机，翻个身又睡过去了。这一睡，睡到九点零六分。

昨晚收到于大童回复时，杜奇原本打算告诉常天兵，恰好尿急，去了趟卫生间，然后就忘了。想着于大童并不知道猪肉脯店开门的时间，若是一大早就去，吃了闭门羹，必然会气得掉头就走，从此绝迹，他差点抽自己的嘴巴。母亲照例会在锅里给他温着一碗小米粥和一枚鸡蛋，哪来得及吃？滚下床，趿上球鞋，推出电动车就飞驰而去。

翡翠街各家店门这会儿大都还关着，远远望去，张飞猪肉脯店面前也是空的。杜奇放好电动车，打开门，掏出手机看了看。九点三十一分，离平时开门时间还有半小时，但于大童会不会在这之前来过了呢？他戳开微信，又打开常天兵的对话框，刚要发语音，按在上面的拇指又松开了。他突然不想把于大童要来店里的事告诉常天兵了，不清楚为什么，至少这时候他还不清楚。他退出微信，换到微博页面。常天兵也已关注了于大童微博，微博下面的评论常天兵都看得到，但私信却看不到。杜奇给于大童又发了条私信：“于老师，我是张飞，您什么时候能来我店里？”

没有回话，也没看到于大童发新博。

微信倒是响了，是常天兵发来的：“你让他到店里来，对，到我们店里。”杜奇回他一个微笑的表情，不说好，也不说不好。常天兵大概有点急了，马上打来语音电话：“小舅子，怎么样了？”

杜奇说：“没怎么样啊。”

常天兵说：“你让他来呀，快点！”

杜奇说：“来干吗？”

常天兵声音一下子大起来：“小舅子你是不是傻呀。他刚被镇里聘为旅游形象大使，你不知道？”

杜奇一怔，老老实实答道：“不知道。”

常天兵说：“镇里出钱，让他组织一个全国著名作家到桃花镇采风活动，就是写文章，吹捧吹捧，你不知道？”

杜奇顿了两三秒，才说：“不知道。”

常天兵嚷起来：“你他妈什么都不知道，你不是一直看他微博吗？”

杜奇说：“他微博上没说这个……”

常天兵打断他：“微博上没说就等于没有吗？告诉你，我是听镇政府里的人说的，千真万确。快点，你让他来我们店里，先喝喝茶、吃吃猪肉脯……你到底听明白了没有？”

杜奇说：“明白了。”

常天兵声音提得更高了：“明白还不快点？”

杜奇说了声“好”，就把手机收起来了。原来于大童是形象大使，不仅他一个人拍古城墙，还要招一大帮作家来拍来写。一大帮啊！问题是这跟常天兵又有什么关系呢？他没有再往下想，转个身跨进店门。店里摆有一张茶台，台面是整块的巴西花梨木，近十公分厚，上了一层亮晶晶的土红色漆，长一米八，宽也有九十几公分。这是前几年置下的，那时生意好，摆在那里充气派，客人来了烧水、泡茶，倒出一盏盏让人喝，显得比其他店有档次。换了现在，常天兵未必舍得花这个额外的钱。杜奇在茶台前坐下，按下开关，放水入壶，电源吱吱地响起来。平时无论有没客人，杜奇都少不了泡茶。镇上的人反正都一样，从小就养成宁可不吃饭也不能不喝茶的习惯，何况这么像样的茶台闲着也是闲着，不利用起来说不过去。

今天这个茶，他心里隐约觉得不仅仅是在为自己泡，或者说他希望不光是为自己，眨眼间于大童说不定就来了哩，得先备着。

水烧得很慢，突然就慢了，吱吱吱没完没了地响着，老是开不了。是电出故障了吗？杜奇定神想了想，问题不在电，在自己心里。于大童来过了吗？于大童到底会不会来？这两个问题跟锤子似的，在他胸口那里左右擂着。

还没有一个客人来，但门外一有人走过，他都会瞥去一眼。

手机就摆放在茶台上，屏保特地关闭掉，屏幕一直亮着。点开的是微博界面，亮度调得很高，比电磁炉还耀眼，但一直非常安静。昨天突然那么多人留言评论或者点赞，今天一下子就翻过去了，好像什么都没发生过。网络真是一个奇怪的东西。

眼角暗了一下，他下意识抬起头，看到有个人正走进店，是常天兵。

常天兵边走边把包从肩上取下，走近茶台时放下包，拿起杜奇的手机，手指头在屏幕上戳着，划拉着，然后眼一斜，看着他，“他昨晚就同意来店里了？”

杜奇没有答。

常天兵又说：“他说今天来，来了吗？”

杜奇摇了摇头。

常天兵盯着屏幕手指头快速地动几下，然后盯着手机看一会儿，又把手机往杜奇胸口一伸，说：“盯着，看他怎么回复！”

杜奇没有接过手机，他本来低下去的头这会儿已经抬起，既不看手机也不看常天兵，而是直直地看着张飞猪肉脯店敞开的大门。门外正站着一个人，这个人五十岁出头，个子不高，哪怕跟常天兵比都算矮，而且瘦削，颧骨凸起，已经有点稀疏的头发凌乱地刺起，穿着也普通，里头一件蓝色厚T恤，外面一件土黄色夹克衫。这是个晴天，太阳已经很大，翡翠街上强烈的光线聚集在这个人的身后，使他脸部幽暗模糊。杜奇第一个反应是此人不是来买猪肉脯的客人，这是他在店里训练出来的职业性眼光；第二个反应是很眼熟，非常眼熟……不是在电影电视上见过的人，是在手机上，在微博上，去哪里开会了，又去哪里采风了……

“于大童老师……”他唇微启，不敢肯定，小声嘟噜一句。

站在旁边仍拿着手机的常天兵猛地身子一转，也看向门外，“于老师？于大童老师？”

门外那人点点头：“我是于大童。”

常天兵一下子像被通了电，向门外急跑几步，走近于大童，一脸都是笑，他说：“哎呀于老师您来了，太好了，快进来坐坐。来！来！”

于大童似乎迟疑了一下才缓缓向前走。门把外面的阳光框出一块长方形的白色，光亮刺眼，宛若一个硕大的手机屏幕，于大童像从手机里走了出来。

杜奇站着不动，他还没回过神来。他没想到于大童这么瘦小普通，微博照片上不是这样的，明明大一圈、高一截，有一层光。

7

正是在于大童走进店里的那一刻，杜奇手机响了。往屏幕上瞥一眼，是母亲打来的，他没接起。水开了，他先用茶则从茶罐里取出茶叶，放入紫砂壶，然后提起水壶，洗茶，泡茶，置上过滤网，把茶水倒入公道杯。盛茶杯消毒的锅也烧开了，用竹夹摄起杯子，放茶托上，倒入茶，分别用双手递到于大童和常天兵面前。

这一切他做得又快又麻利。

手机又响了，还是母亲。他再次摁掉。

常天兵突然记起来，说："换个好茶！我带着哩。"他从背包里取出两包茶递给杜奇，又手一挥说："去，拿点猪肉脯来。"

杜奇先去取来一沓猪肉脯，放到盘子上，又重新泡了茶。隔着一张茶桌，他坐这边，于大童和常天兵并排坐对面。常天兵一直在说话，从镇的历史，到猪肉脯的历史，再到自己创业的过程，东拉西扯，混乱无序。一个很熟悉的人竟会在突然之间变得古怪和陌生，这是杜奇当时的感觉。到店里上班这么久，听常天兵说的话全合起来，应该都没有这么多。但他真的对常天兵很熟悉吗？也不见得。如果不是面对面听着，杜奇根本不会想到常天兵这么能吹和敢吹。比如居然告诉于大童，自己祖上是如何冒死在日本人的刺刀下，九死一生把猪肉脯秘方从新加坡带到中国，一家人差点被灭门；又说自己在一岁不到时第一次吃到猪肉脯，就立志长大要当猪肉脯大王，为此放弃上大学和参军，一直坚守在镇上；怕家庭会拖累精力，所以牺牲很多，至今保持单身，不近女色，多少诱惑都正眼不看。

于大童边听边不时点个头，或者含义不明地小声"嗯"一句。

杜奇没插嘴，轮不到他说话。一泡茶淡了，他再换一泡；一壶水凉了，他再烧一壶。中间进来过几个顾客，有的转一圈就走，有的倒是买了猪肉脯，但量都不多，一包两包而已。客人一走，杜奇又坐到茶台旁。

常天兵为什么要这么吹牛呢？杜奇觉得于大童对茶的兴趣，远远超过对常天兵所说的那些话。走南闯北的作家，什么人没见过？什么事瞒得过他？杜奇弄不懂常天兵为什么要花这么大力气给自己贴金。

后来于大童站起要走。他站起时杜奇也马上站起，于大童似乎直到这时才突然发现他的存在，"你……就是张飞？"

杜奇还没答，常天兵就抢着说："是啊，他就是张飞。您看这人高马大的，威武得一点都不输张飞。我们店一直注重传统文化的弘扬……”

于大童打断他，还是盯着杜奇，说：“今天脸不黑了？”

杜奇手在脸上抹了一下，巴掌是干净的。

于大童又说：“也不穿古装了？”

杜奇低头瞄了自己一眼，球鞋、牛仔裤、长袖 T 恤。以前来店后，第一件事就是抹涂换装，今天竟忘了。

常天兵说：“我们是镇上最有特色的一家店了，张飞卖猪肉脯，多有创意！”

于大童没有理他，头夸张地仰起，上下打量一遍杜奇，笑了笑，就往外走。

常天兵说：“于老师再坐一会儿吧。”

于大童说：“还有事哩。”

常天兵跟在他旁边说：“晚上想请于老师吃饭，能不能赏个光？”

于大童说：“不啦，不用客气，每天你们镇领导都把饭局排得满满的了。”

两人这时已经走出店门外了，杜奇也跟着，落在两三步之外。于大童停住，扭过头看着杜奇说：“张飞，你不是说有事找我吗？什么事？”

杜奇支吾一下，摇头。

常天兵急起来，说：“于老师等等，让他抹个脸，换上张飞的衣服，您跟他合个影发微博好不好？”

不等于大童回答，常天兵又冲杜奇说：“快去！”

杜奇还没转身走，于大童就摆了摆手说：“算了，我已经跟人约了时间，有事，走了。”

常天兵还要再说话，于大童却没给他机会，冲杜奇笑笑，大步走了。常天兵追了几步大声喊：“于老师您住哪里啊？”

于大童头也没回。

常天兵在原地立了一会儿，才回到店里。杜奇已经在收拾茶杯了，动手之前他先看了看手机。刚才母亲打过两个电话他没接，后来母亲发来微信，他也没顾上看，这会儿看了，原来是一条关于杜薇的消息：你姐明天回家。

杜薇三年前结婚后就没有回过家，怀孕了却突然回来。女人做事的方式他不了解，即使是姐姐，他也不了解。他看到常天兵黑着脸走到茶台前，皱起眉头盯着他看。他心里紧了一下，知道常天兵要骂人了，但他不知道自己哪里有错。

常天兵说：“你为什么要摇头？”

杜奇手里还抓着茶杯，腰慢慢直起来，看着常天兵。摇头是什么意思？

常天兵说：“刚才于老师问你找他什么事，你为什么摇头？”

杜奇想了想，回过神来了。他在微博里私信于大童，说有急事，请于大童到店里来。于大童真来了，问他什么事，他当时确实摇了摇头。没什么意思呀，或者说他根本来不及想是什么意思。常天兵让他喊于大童来，他也愿意于大童来。网上名人那么多，多得像满天星空又繁华又遥不可及，终于其中一个叫于大童的作家，可以到店里，活生生站在面前，让他亲眼见到了。他觉得世界一下子变小了一点，不再那么茫然无边，要说意思，就是这个意思。这算事吗？即使是，他也没法三言两语说出来，只好摇头。他记得自己摇头时笑了笑，那是他真实的表情。无论如何，见到于大童，他是高兴的，非常高兴。

常天兵瞪大眼说：“笨死了，你不会问一问他猪肉脯好不好吃？——哎呀对了，怎么忘了送他两盒我们的猪肉脯？我忘了你也不会提醒我！回头再给他发私信，让他把作家带到我们店里采风。”

“采风？”杜奇这个弯没转过来。

常天兵嘴一歪，说：“就是让他把那些作家喊到店里，写一写我们。”

杜奇看着常天兵，他还是没明白。

常天兵声音一下子大起来：“我们店不值得写吗？我不值得写吗？我就问一问你，让他们写一写有什么不好？那是最好的软广告啊懂不懂？知道我们的人越多，猪肉脯不就卖得越多吗？来镇上的人到我们店里，不来的也可以上淘宝上微店买呀。唉，你真是笨啊小舅子，比你姐差一百个太平洋都不止。”

杜奇头低下来。杜薇比他强，这早就是明明白白的事实，他从未打算不服。

意外的是常天兵竟然想借于大童的笔，帮店里做广告。说的确实也没错，开店谁不想多卖货？但常天兵好像以前不是这样，至少杜奇刚来时他不是这样。后来变了，越来越急，都不择手段了，让杜奇抹黑充张飞也是一个例子。

这时常天兵手在大腿上一拍，恼怒地喊起："你为什么今天一来不把脸抹黑了？你看看这么好的合影机会，丢了！而且，你他妈在一旁闲着，也不会拿手机拍几张于作家？他到我们店，好不容易来一趟了，跟我坐在一起喝茶聊天，居然没留下照片。有照片我们可以放大了贴在店里，也可以放到淘宝和微店上啊……气死了！"

他是真气，呼呼喘着，左右快速走几步，一扭身，提起包就往外迈出大步。

杜奇多少感到抱歉，他本来确实可以边泡茶边拿手机拍几张照片啊。这辈子他不见得还有第二个机会见到作家，可他居然傻傻地一张都没拍。是他不对，他觉得无论如何得安慰一下常天兵。想起母亲刚才发的微信，他说："老板，我姐明天回来。"

杜薇是常天兵的中学同学，当年就传说常天兵曾给杜薇写信，杜薇根本不理。常天兵从来没生过气，仍左一口右一口喊杜奇小舅子。杜奇想，把杜薇回家来的消息告诉常天兵，至少会让常天兵高兴一下。

但常天兵头也不回，硬硬地说："我知道。"然后在门外，推过电动车，径自离去。

他知道？杜奇的思维停在这句话上。常天兵进店后，把背在肩上的包往旁一放，就拿起杜奇的手机，然后于大童就来了。自始至终他都没往自己的手机瞥上一眼，居然已经知道杜薇要回来了？

杜奇把茶杯拿到卫生间里冲洗好，收起。手是湿的，他抽出一张纸巾擦干，丢掉，手在脸上抹了一下。顿了顿，他又重重抹了一下，然后盯着手掌怔怔看着。刚被水冲过的巴掌粉嫩洁净，像刚洗过的两节新藕。他索性将两个巴掌都捂到脸颊，上上下下使劲搓揉。

已经很久，他的手都没有这么痛快地在自己脸上动来动去了。

8

常天兵身影刚消失，雅玲就来了，穿一件湖蓝色衬衫，领口敞得很大，露出粗了一大圈的脖子，细白水润。再肥胖的鸭子，脖子啃起来仍然没肉，人原来跟鸭子还是有区别的。坐月子的女人老穿这么单薄往外跑是不好的，风吹会头痛，太累会腰酸，杜奇虽然不懂，多少也听人说过一些。但雅玲看上去一点事都没有，她也是骑电动车来，停好车取下一个红色塑料袋蹦跳着进来，虽然全身是肉，胸口那里颠得厉害，整个人却还是少女状。走到杜奇面前，把塑料袋递过来，她说："蔓越梅饼干，刚做的，快吃。"

确实是刚做的，塑料袋还是微热的，一股奶油香往外涌。

杜奇没有马上吃，他不想吃。刚好有四个外地人模样的老年妇女进来，穿得花花绿绿，挂着很艳的围巾，妆也化得浓，看上去家境不错，腰包很鼓。杜奇连忙过去，把柜子里和架子上各种口味的猪肉脯拿出来向她们介绍，无非土猪肉多地道，工艺多纯正，制作多环保，口味多美妙之类的套话，已经说得很职业化了，所有的句子早就备好，烂熟于心，像一碗配好调料的快餐面，只要浇上一壶开水即可食用，而杜奇的开水，就是他脸上似是而非的笑。

柜面上一个塑料盘子里还放着一块块切成指甲大小的碎猪肉脯，上面插着一根根牙签。雅玲走过来，利索地端起盘子递到客人面前。四个妇女拿起牙签，各戳一块猪肉脯放进嘴，还想再戳另一块时，雅玲笑嘻嘻地把盘子闪到一旁。让你试吃不是让你不要脸地狂吃，怎么掌握分寸，既吊起人的胃口，又不至于被他们占去太多便宜，这个技巧以前都是雅玲教大家的，她自己当然做得最好。

那四个妇女咂着嘴，不太尽兴的样子，每一刻都在打算买和不想买之间摇摆。最终她们扭着腰走了，一包猪肉脯都没带走。这其实没什么，跟浪一波波扑上岸，又呼啦一下全退走一样，杜奇已经无所谓了。雅玲小声骂了一句什么，杜奇没听清，反正不会是好话。生意越来越不好做，她在现场领教下，至少能明白这些日子收入少不是因为杜奇偷懒。

雅玲把盘子放好，双肘支在柜台上，扭过头看着杜奇。“奇奇，”她喊道，“把这些天的账给我看看。”

杜奇一怔。雅玲以前每天片子快进般忙忙碌碌当着店长时，店里的钱来货往当然她可以管，连常天兵估计都相信她会管得比自己好，但雅玲生儿子坐月子去了，店长工作至少暂时翻篇，天也没塌，该做的杜奇不是都做了吗？其实很简单，从加工厂那边进货多少，售出多少，账对齐就行，一笔笔记到本子上。至于收回来的钱，每晚下班前现金拢到保险柜，微信、支付宝关联的是常天兵的银行卡，把每笔列个清单，拍照发常天兵，让他核对确认下就行。女人生孩子是多大的事啊，都说是去鬼门关走一遭，可这也才过去十几天，雅玲却还是放心不下，把儿子丢一边，又回来管账了。

杜奇犹豫了一下，但还是把账本递过去。常天兵儿子的亲妈，即使没办结婚证，人家也是老板娘。

雅玲趴在柜台上翻开账本，一页页很快瞄过，对她来说这个熟门熟路。怎么记账是她教杜奇的，所以也可以理解为她想查一查，到底杜奇有没有按她定的规矩把账记好。看她脸色，没什么异样。她直起身子，木着脸在柜台上靠了一会儿，然后嘴一咧，轻笑起来。“奇奇，”她说，“今天怎么不化妆？”

杜奇手又在脸上抹了抹，知道雅玲指的是他还没把脸弄黑。他转开头不看她，也不想答。

雅玲走过来，在他腰上拍了拍，“张飞老师啊，呵呵！”她笑得有点奇怪，尾音拖得很长，而且向上陡峭扬起，像一只松鼠从屋里窜过。算起来，雅玲不过比他大两岁，但杜奇经常觉得两人至少有二十年的代沟。女人早熟，是不是这个原因？他不知道。一想到天下女人可能都是这么高深莫测一眼看不到底，他就脑壳疼。

杜奇的手机还放在茶台上，雅玲拿起，转到杜奇对面拍几张，退后又拍几张，然后低头盯着屏幕快速戳着手指头。

“你又干吗？”杜奇伸手去抢手机。其实他是猜到了，雅玲肯定又帮他发了一条微博。以前无所谓，现在突然有点烦。他不想有个代言人。

雅玲身子往旁侧一下。她做什么事都快，反应也快，但避过杜奇的手后，她又主动把手机递还给了他。“哎，”她说，“那个作家刚才来过？”

“是。”杜奇低头点开微博，他想知道雅玲又在上面发了什么。

雅玲说：“我一个上午打电话给兵哥，他到现在都没回。”

杜奇头猛地抬起。刚才常天兵是到店里才意外碰到于大童，而雅玲一上午没打通常天兵电话，那她怎么知道于大童来过店里？他看雅玲的眼神可能有太多诧异了，雅玲笑起来，说：“不是什么事都要他告诉我，我才能知道。”

杜奇问：“你怎么知道？”

雅玲转身拿起扫帚，俯身扫地。“跟你说过多少次了，店里一定要干干净净的。这是卖猪肉脯的地方，不是猪栏。”

杜奇急走几步，跟到了她身子后面。雅玲俯下去时，领口被胸口那两坨又肥又大的乳房坠得张大，要想看的话，什么都看得很清楚。但杜奇不想看，也不敢看，他必须闪到雅玲后面，整个人像她尾巴似的向左向右摆来摆去。雅玲的屁股也大了一圈，像两块粘在一起的大面包，肥厚地摊在杜奇眼皮底下。杜奇把眼往上抬，他还是放不下刚才的疑问，他说：“你怎么知道于大童老师来过店里了？”

雅玲没理他，头都不抬，边扫边说：“去，给我泡杯茶，口渴。”

杜奇说：“你先说，怎么知道于大童来过店里？”

雅玲直起身子，转过头，撇了一下嘴，“你是不是有点傻啊，奇奇？”

杜奇定定地站着，勾着下巴盯住她。每个人都认为他脑子不好使，不好使的脑袋难道就不能有好奇？另外，以后找女朋友，个子这么矮的绝对不可以，落差太大了，连对个眼神都这么吃力。

雅玲说：“你呀，我在店里装了一个监控你不知道？”

监控？杜奇脑袋转了转，他确实不知道店里有监控。

"那！"雅玲手往上一指，柜台后面的屋角上，悬空挂着一个白色的圆球状东西，只有拳头大小——不是他的拳头，他的拳头大，是雅玲那样的小拳头——中央一块眼珠子似的黑色玻璃，上面隐约有个米粒大小的蓝色光点。

杜奇半晌回不过神来。"什么时候装的？"他问得很小声。

雅玲说："就前些天啊。"

杜奇视线从监视器上收回，看着她，问："前些天？到底前多少天？"

雅玲说："没多久，就是我生宝宝的前几天嘛。怎么了？"

杜奇晃了晃头，意思是没什么。其实是有什么的，心里像有很多器皿被风刮倒，乒乒乓乓响。墙是白色的，监控器也是白色的，它们融为一体不易觉察，这只是摆不上台面的推脱理由。监控器挂得高，可他个子也高，抬个眼皮就该看到，可他竟一无所知。

雅玲应该感觉到他的不舒服，从裤袋里掏出手机，点了几下，把手机横着递过来。"看，"她说，"你看看，现在科技有多牛。1080P，超高清的，我每天躺在床上，都看得清店里的一举一动。"

杜奇垂下眼，看到茶台、柜台、猪肉脯……他左右动了动，手机屏幕里的人马上也动了。雅玲把拇指和食指在屏幕上推了推，画面变了，场面退去，剩下两个人，一个高的一个矮的，一个男人一个女人。还有声音，虽有点失真，但每一句都清清楚楚。

这是杜奇第一次在手机里看到自己，居然这么清晰，连色彩都没怎么走样。十七八天前的傍晚，还上着班，雅玲突然肚子疼了，然后从店里直接送去医院。在这之前，雅玲在他眼皮底下，买了监控器，安装了监控器，可他一点都不知道。然后，雅玲在医院和家里喝着鸡汤、奶着儿子，就可以把店里的每一个角落放大了，一览无余。"你是监控我？"这个他必须问。

雅玲手一挥，大声笑起来，"想哪里去了？监控你值得花几百块钱去买它？又傻了吧！本来早就要安装了，现在开个店谁不弄个安防系统啊？这个就是最基本款了，功能不多，但万一有什么事，回看一下，调个录像都很方便。是不是安全了很多？有意思吧？”

杜奇抿了抿嘴，他心里仍然是别扭的。他说：“装了就装了，可你怎么不跟我说一下？”

“咦？”这下轮到雅玲有点意外了，“我去生孩子，店里就剩你一个人，我怕你顾不过来，就在网上买了。本来是让你安装的，我个儿这么矮嘛。可那天早上快递送货来时，你还没到店里，我就自己拿个梯子上去了，电锤打两个洞，安上螺丝，连上 WiFi，很简单啊。这有什么？连常天兵后来我都忘了说。”

这似乎也说得过去。杜奇又看了监控器一眼，他其实更恼火的是自己，这么多天居然没发现，他确实太笨了，难怪老是让人嘲笑。想起刚才雅玲曾动过他手机，他低头点开微博。果然，又发了一条，是杜奇站在茶台边的近景和远景照，并写了一句话：“卸了装，张飞老师多么小鲜肉啊。”居然仍不忘“艾特”于大童。

照片用了美颜，所以不丑，肯定比本人强。但杜奇不会因为好看就高兴起来，他皱着眉吸一口气，正常的情况下他只好忍，这会儿却不想忍了，把脖子一甩，他说：“你以后能不能别这么玩我了？”

“怎么了？”雅玲笑眯眯地仰起脸。这是她的长项，以前常天兵无论怎么恶言恶语，她都是以笑来应对，笑是她的万能武器。笑过，她身子又靠过来，用胳膊在杜奇腰上顶了顶，“奇奇以后红了，可别忘了我啊。”

话音一落，她马上又话题一转，她说：“哎，你姐姐要回来了——噢对了，你已经知道。我在监控里听到你刚才告诉兵哥了。这其实是多余的，你兵哥还能不知道她要回来？”

杜奇一怔，他觉得雅玲话里有话。

9

雅玲离开店后，杜奇给杜薇发了微信：“明天回？”

杜薇好半天才给他回了一个坏笑的表情包。没有反驳，那就是确切无误了。还是觉得有点奇怪，不上不下的，杜薇为什么突然回？

杜奇又问：“坐飞机还是动车？”

杜薇回了他一个字：“飞。”

“两个人吗？”杜奇继续问。

杜薇答：“一。”

“余良生呢？”余良生就是杜微的丈夫。其实杜奇只是在上次办婚礼时跟这个姐夫见过一面，根本没说上几句话，至今连微信都没加，完全谈不上熟悉。他关心的并不是余良生来不来镇上，而是觉得一个人下了飞机，还要独自坐那么久的大巴，作为孕妇不知是不是合适。

杜薇没有再回复他，或者她正忙，或者她根本不忙，只是像以前一样懒得理他。

杜奇就不再说什么。他哪里是个细心周到的人？但因为这个人是杜薇，他忽然就有些放心不下。活了二十年，他还只对一个女人不放心，这个人就是杜薇。同一个子宫出来的，他却比杜薇差这么多，顿时拉低了杜家子女的平均质量，他觉得挺给杜薇抹黑的。至于杜薇怎么看他，他无所谓。对调一下，如果他是杜薇，应该也一样，根本不会把智商不在线的弟弟放在眼里。让聪明人对一个愚钝的人充满耐心，肯定是困难的。

从微信退出来，他转到微博。被雅玲拍照发上网，不喜欢的其实只是不经他同意，就强行做了这件事，至于照片，没什么大不了的，他又不是明星，还讲个肖像权什么的。

雅玲上传时特地“艾特”了于大童，但于大童没有再转这条微博，甚至也没有评论。看一下右上角的阅读量，很少，只有“25”。他又点开于大童的微博，昨晚发过城墙九宫格之后，并没有再更新。刚才坐在茶台边，于大童说他会一直在镇上住到其他作家来了、采过风再走，前后加起来会有十来天，那这会儿他在忙什么？

晚上回家，进门走到二楼，看见母亲正蹲着擦地板，床也新铺了床单枕套。杜奇靠在门框上站了一会儿，母亲扭过头一见他，嘴就咧开笑了，“你姐明天中午的飞机。”

杜奇伸出舌尖舔舔唇，还是觉得从机场到家的路程不是太让人放心。他说：“要不我明天请个假去机场接她？”

母亲声音一下子高起来：“哎呀不用啊，你店里的老板常天兵会开车去接她哩。”

杜奇小声“噢”了一句，没再往下问。他转过身慢慢上楼，开了灯，洗漱过，然后躺下，抓过手机，玩会儿王者荣耀。那个隐约的疑惑一直在心里上下浮动着：为什么常天兵会去接她？上次杜薇回来，是常天兵去接的吗？上次是回来结婚，余良生也一起回，两人在机场打个车，被黑的士宰了，到家后杜薇诅咒了好一阵，可见常天兵没去。那再上一次？再再上一次呢？杜奇想不起来，那时他还没到店里，跟常天兵不熟，不清楚那时常天兵是否已买车。

既然想不明白，他也就不想了。杜薇肚子里带着一粒小胚胎回家，母亲高兴，杜奇也高兴。他在高兴中很快睡去，什么梦都没有，睁开眼时，天已经亮了。不待下床，他抓过放在床头柜上的手机，先给常天兵发了条微信：“你会去接我姐？”

常天兵答：“是，怎么了？”

杜奇又发了一条：“那就好。你要是没去，我就去。”

常天兵说：“我去。”

杜奇就没什么可担忧的了。人家好歹是中学同学，一个怀孕了，一个恰好有车，接一接很正常。

这一天上班时间就过得特别慢。

“登机了吗？”

“到达了吗？”

“接到了吗？”

“快到了吗？”

这是他分别给杜薇和常天兵发的微信。发和没发其实没多大区别，两人都没回复。杜薇一向不怎么回复，他习惯了；常天兵可能正开车中，不回本来也正常。没客人来，杜奇给自己泡了一壶茶喝掉，然后坐到门外石鼓上。今天仍然抹了黑脸，穿上一身黑衣。今天他依旧是张飞。

他拿出手机刷微博。于大童还是没更新，很奇怪，之前不是每天都更得很勤吗？一天通常至少三五条。

他手指头点开私信。“于老师您好，有空再来店里坐坐啊。”

其实有点犹豫。来店里干什么？人家不是已经来过坐过了吗？明明坐了那么久，可他却只顾着埋头泡茶。若是真的再来，他有什么话可说？应该说什么？他想了想，不知道，可就是觉得心里乱七八糟堵着很多话。

于大童没回复他。全世界仿佛都约好了不理他。

他直起背靠到门板上，这样他整张脸都对着翡翠街。街上人不多，似乎一天比一天稀少。经过时，抬眼打量一下他，似乎都不怎么惊讶。这么大的个子，抹了这么黑的脸，却已经越来越没用了。没用他为什么还要每天跟自己的脸这么过不去？

手机终于响了起来，是母亲发来的微信：“你姐到家了。”

很快微信又响了，母亲发来一段语音：“你不用急着回来。晚上你姐不在家吃饭，你老板请她去酒楼吃。”

杜奇探过身子往店内上方监控器看了一眼。雅玲也会去吧？

就在这一瞬，手机又响了，这会儿是电话。他往屏幕瞥一眼，显示的正是雅玲。接起，雅玲说：“奇奇，你姐回来，今天要不要早点下班？”

杜奇说：“不用。”

雅玲说：“要不你还是先回吧，店我过去看着。”

杜奇话到舌尖了又咽住。常天兵请杜薇到酒楼吃饭，雅玲没有陪同。雅玲跟杜薇不是同学，甚至不认识，并且正在坐月子，要哺乳，不去也就不去吧，却要来店里替换他，不是更不合理？他说："不要了，我下了班再走。"

雅玲没再说话，杜奇以为这事过去了。不料十几分钟后，一部电动车驶来，停到店外，雅玲还是来了。"你把脸洗了，回吧。"雅玲说，脸上都是笑。

杜奇坐着也不比雅玲站着矮，他懒得从石鼓上站起。他说："算了，回家我也没事。"

雅玲说："去凤凰酒楼呀，你姐在那边。"

凤凰酒楼就在翡翠街上，是镇上最豪华的。杜奇每天回家都经过，但从未进去过，他自己没钱进去，也没人请过他，现在突然雅玲让他去，他不能去呀，常天兵又没请他。

雅玲推了推他，说："大鱼大肉哩，全是好吃的。你这馋鬼，还不快去？去，快去！"

话还没说完，雅玲已经从随身带的包里取出一包餐巾纸。杜奇以为她自己要擦嘴，不料她却一把伸过来，伸到杜奇脸上。杜奇头下意识地往旁一侧，雅玲的手还是先抵达了，左一下右一下，她没有任何犹豫，非常决断，仿佛已经做了几十年的准备，就是要把杜奇脸上的黑色油彩擦掉。

白色的纸在眼皮底下晃来晃去，纸后面，雅玲脸仍是吃了蜜一样笑着。杜奇猛地站起，脚再稍稍一踮，这样雅玲的手终于够不着他脸了。但雅玲并没有到此为止，双手都按到他背上，用力把他往店里推，一直推到卫生间门口。

"把衣服换了！"雅玲说。

"把脸洗了！"雅玲又说。

杜奇心里有股说不出来的古怪滋味。雅玲一向对他好，但也不至于好成这样。换下衣服洗净脸从卫生间出来，他双脚仍然戳在店里。不明不白让坐月子的老板娘替他上班，于情于理都有点说不过去。又不是真有急事，他能有什么急事？他没事，一点都没有，他不想走。

想让他走的人是雅玲。雅玲说："去吧，去吃个痛快。"

杜奇低头看着她，雅玲脸上没有异常。他说："我不去。"

雅玲说：“不行，去！”

杜奇说：“人家一堆同学吃饭……”

雅玲打断他：“哪有一堆同学，就他们两个。点了一桌菜两个人怎么吃得完？你胃那么大，去多装点，免得浪费了。”

杜奇没有再坚持，他出了店门，推了电动车，骑上。但他没有去凤凰酒楼，而是径自回了家。

10

杜薇到镇里后，其实已经先回过家了。是常天兵开车把她从机场直接送到家，卸下行李，然后车又启动，去了凤凰酒楼。母亲不知道究竟哪个酒楼，杜薇提都不提，如果雅玲不说，杜奇也不知道。

杜奇走进家门时，杜薇那个小巧的玫红色新秀丽行李箱还立在一楼大厅里，外面行李带仍紧紧扎着没解开。他吸吸鼻子，屋里荡着酒肉混杂在一起的浓郁香味。早上他上班时，母亲已经从市场回来，买了一只活土鸡，还买了活海蟹和野生鲫鱼，都是杜薇爱吃的，但东西买回，煮好，杜薇却去酒楼了。母亲正坐在沙发上低头看手机，杜奇进来，她头抬一下，脸无表情，马上又低下去继续关注手机。

杜薇比手机重要，手机又比杜奇重要，至少今天是如此吧？

杜奇在另一张椅子坐下，也拿出了手机。现在手机终于一致成为家里最重要的东西了。他翻到微博，于大童仍然没有回复他私信，也仍然没有更新。他突然想起一件事，抬头问：“妈，姐回来住几天？”

母亲摇了摇头，“不知道，她没说。”

杜奇又问：“她回来有事吗？”

母亲有点不高兴了，声调提高道：“家难道还要有事才回？什么话！”

杜奇重重吸吸鼻子，然后站起。饿了哩，杜薇已经在酒楼里吃了，剩下的人总不能不吃吧。他说：“吃饭。”

这顿饭，菜比平时多两盘，但摆到桌上的没有土鸡，也没有海蟹。

杜奇咽了咽口水，定定地看着母亲。

母亲不解，问：“什么事？”

杜奇扭头望向厨房，说：“鸡肉呢？”

“噢，忘了！”母亲这才想起，起身去端来一碗鸡肉，又用盘子托着一只煮得红通通的蟹放到他面前。

杜奇吃掉蟹，又吃掉鸡肉，头一直低着，嘴嚼得飞快。

母亲拍拍他胳膊说：“慢点慢点，你老是这么贪吃。最近是不是又胖了？”

杜奇眨眨眼，不想说什么了。即使肉和蟹没有堵住他的嘴，他也不想说。母亲刚才轻轻松松一句“忘了”，他其实也没怀疑，应该是真的，真忘了。只是为什么会忘？他没杜薇聪明，也不会怀孕，但这都不等于他就不需要吃好东西。他把蟹壳吐掉，咳了一声。居然吃杜薇醋了？他又咳两声，然后放下筷子，伸了个长长的懒腰。蟹很鲜，肉很香，他情绪这会儿已经正常了。杜薇是他姐姐，脑子比他好使几万倍的姐姐，这个从小他就服服帖帖地认了。以前父亲对别人家重男轻女很不屑，等到杜薇接到大学录取通知书，父亲的态度更明确了。“傻帽啊，”父亲说，“男呀女呀又怎么样？就看有没出息，没出息的儿子生一百个就是一百次打脸。”这话也不能说都没道理。以后杜奇自己有了子女，无论男女，肯定也会把这些想法和做法继承过来。据说连猴子、老虎之类的动物都一样，对聪明的后代更倾注疼爱，这是本能。

从上桌吃饭起，母亲的手机响了，又响了，一共响了四次。每次接起，母亲声音都跟平时不太一样，平时说话低缓平和，对着手机她音高却一下子提高，脸上是笑，声音也在笑。她说：“哎呀今天不去了，我女儿回来了哩。你们跳你们跳。”

听明白了，母亲每天广场舞跳着跳着，已经跳出一个朋友圈了，晚上因为杜薇回来她不去，在圈里也成了件事，马上就有人来关心了。

好像每个人日子都过得比他有意思。杜奇上楼，打会儿游戏，这是他唯一的消遣了。一直过了十一点，楼下才传来杜薇的声音。其实是母亲先喊起来的，母亲叫道："阿奇下来，你姐回来了。"

杜奇趿着拖鞋噼噼啪啪小跑下楼。母亲和杜薇并排站在楼梯口，旁边立着玫红色的行李箱。杜奇知道，这是在等他来提箱子。他往杜薇肚子上瞄一眼，杜薇穿 T 恤和牛仔裤，腹部平平的，没有任何变化。确实还有点早。

杜奇提着行李箱上楼的时候，杜薇和母亲也跟了上来。放下箱子杜奇正要说什么，杜薇已经先开口了："好了，就这样吧。"

母亲扬扬手说："阿奇先去睡……"

杜薇打断她："你也去吧，我有点累了。"

母亲本来可能打算留下来，和杜薇说一说话。但作为孕妇，杜薇的累就不是小事。母亲愣一下，最后还是点点头说："那你早点睡吧，有什么事我们明天再说。"

"明天……"杜薇迟疑了一下，"明天我就要走。"

"走？"母亲吃惊地瞪大眼。

杜薇说："现在单位不好请假，要请也得把假攒着，等分娩后再用。"

母亲可能还没回过神，怔怔地看着杜薇，又转过脸看着杜奇，有几分求救，让杜奇劝一劝杜薇的意思。杜奇连忙垂下眼睑。他有什么办法？杜薇这么久没回家了，今天突然回，明天又要突然走，他的惊讶程度一点都不逊于母亲。但他哪里劝得了杜薇？从小到大，杜薇都不是别人轻易劝得了的，杜薇就是杜薇。

"噢，对了！"母亲突然叫起来，"你有几年清明节都没回来，现在四月还没过，多留几天，去给你爸扫扫墓吧？"

杜薇沉默了一阵，低下头往自己肚子上看。

杜奇先反应过来。父亲死后，烧了，骨灰取回，葬在后山上的祖坟里。山不高，但毕竟是山，让孕妇走山路总归不太好。他说："也不在乎今年吧，今年不方便，还是别去了。”

“去！”杜薇突然说。

母亲很高兴，问：“那明天你不走了？”

杜薇说：“机票是明天上午的，改签下，下午走。”

杜奇觉得既然这样，自己就得陪着去。他说：“那明天我去请个假。”

杜薇说：“不用了，我和妈去就行。明天上午店里有事，你走不开。”

杜奇一怔，问：“有事？什么事？”

杜薇没答，她慢慢蹲下身子打开行李箱。这时杜奇裤袋里的手机恰好响了，是常天兵打来的，常天兵说：“明天你早点上班。”

杜奇说：“干吗？”

常天兵说：“明天有客人。你把店里卫生再做一遍，泡好茶等着。”

杜奇问：“谁呀？”

常天兵说：“明天你就知道了。”

杜奇放下手机时，连母亲也好奇起来，伸过头问：“明天怎么了？”

杜奇没有答，他也不知道啊。

母亲又问杜薇：“你怎么知道明天他们店里有事？”

杜薇已经从行李箱里拿出睡衣、浴巾和牙刷之类的。上大学后，她每次回来都带足这些东西。女孩子爱干净不是毛病，即使有洁癖也在可容忍的范围内。“跑了一天路，我要洗洗睡了。”边说她边径自向卫生间走去。

杜奇明白自己再站下去很不合适，他轻轻推了推母亲，然后就往三楼走去。在楼梯上他已经拿出手机，“明天要多早到店里？”他给常天兵发了微信。这个问题刚才他忘了问。常天兵没有回。他又给雅玲发了微信，问了同样的问题。雅玲倒是很快回复了，她整天眼睛都黏在手机屏幕上，回复一般都不会慢的。她说：“得问你老板。”

这话也没错，雅玲正坐月子，她不可能对店里所有事都一清二楚。

若是平时，杜奇肯定无所谓，反正常天兵没有具体的指令，明天他能多早就多早，迟了也不是他的事。但今天不一样，他心里紧着，觉得必须问一问。既然他明天不请假，不陪杜薇去山上，那么店里一定有足够重要的理由留住他，究竟多重要呢？问号沉甸甸地挂在那里。他捧着手机坐在椅子上，脚搁到桌子，歪着身子盯着屏幕。那句问话他复制了，每隔一小会儿就给常天兵粘贴再发送一遍：“明天要多早到店里？”

半个小时后，常天兵终于回话了，他说：“能七点就七点，能八点就八点，越早越好。”

等常天兵回复的时间里，杜奇登录了微博。于大童更博了，是六张照片，在酒桌上，灯光很好，菜很多，桌旁的人都是笑脸。杜奇看到常天兵，看到杜薇，看到于大童，还看到其他七八个不认识的人。照片里这些人都很欢乐，其中有一张是杜薇和于大童的合影，两人靠得很近，于大童一只手搭在杜薇肩上。杜薇笑起来的样子真好看。原来晚上在凤凰酒楼，并不是常天兵和杜薇单独吃饭，雅玲信息有误。

杜薇居然也见过于大童了。

11

第二天杜奇九点二十分到店里，比平时只早了半个多小时。远远看到店门大开，门外左右两旁还分别立着花花绿绿的易拉宝，走近一看，上面一边写着“热烈欢迎全国著名作家莅临张飞猪肉脯店参观指导”，另一边写着“热烈欢迎全国著名作家前来品尝名扬中外的张飞猪肉脯”。

噢，作家要来吃猪肉脯？

原来常天兵已先到店里，罕见地穿一身藏青色西装，皮鞋锃亮，正俯着身子拖地板，西装后背因此被绷紧，光滑得如同鼓面。这个活他肯定不常做，动作显得别扭，看到杜奇进来，他立起，拄着拖把柄面有不悦。但他估计很快忍住了，唇动了动，又抿住了，俯下身继续拖地。

“需要涂脸、换衣服吗？”杜奇问。

常天兵头也不抬地说：“当然。快点换了涂了，然后把最好的猪肉脯撕几包放盘子上摆好，再烧水准备泡茶。”

杜奇回头看一眼立在门外的易拉宝。著名作家？究竟多著名呢？有得诺贝尔奖的莫言吗？有张艺谋电影《大红灯笼高高挂》的原著作者苏童吗？杜奇对作家的认识基本到此为止，其他人写的文章他可能偶然也看过或听说过，但人名记不住。无论如何，敢称著名，应该都有点来头。他们来店里，无论吃还是参观或者指导，当然都算件大事。

没想到他们居然肯来。另外，张飞猪肉脯一夜之间竟名扬中外了？

“有多少人来啊？”杜奇突然想到这个问题。来一两个意义不大，昨天于大童不是已经来过？来几十个人店里又容纳不下，他一个人茶也泡不过来。

常天兵说：“十个作家，镇长和副镇长都陪着。”

杜奇把店里迅速扫视一圈，十几个人挤了点，但也不成问题。一泡茶一圈喝下来也勉强够。

常天兵提起拖把桶到门外倒水，然后把拖扫支好，说：“快点，他们参观的时间掐得很紧，十点一过就到我们这里，不要怠慢了。”

店门外一阵响动，三辆电动车驶来、停住，后座上都坐着人。是猪肉脯加工厂的，后座上的人手里都抱着一捆东西，下了车，走进店里，把抱着的东西搁柜台上，解开绳子，原来是关于张飞猪肉脯图文并茂的图册，封面正中央印着雅玲弄的那个微店二维码。常天兵指指点点着让来人把他名片用回形针夹到图册上，然后像扑克牌一样整齐铺开，叮嘱作家来时，怎么分发图册，怎么把猪肉脯托在盘子里递过去，以及怎么拍照片和视频。

至于黑脸黑衣的杜奇，坐在那里老老实实泡茶，成为拍照拍视频的背景就行。

十点多一点，翡翠街猛然涌动起来。常天兵已经在门外站了一阵了，拉长脖子眺望。这时他巴掌重重一拍，喊道："快，他们来啦！"

店里的七八个人，包括杜奇在内，立即蚂蚁般散开。很快店里就挤满了人，吃猪肉脯的声音嗞嗞嗞地响着，杜奇泡出的茶却没人在意。杜奇把茶从公道杯里倒进小盏，小盏放入托盘。他托着盘站起，走到于大童面前，又走到其他作家面前。这些人原来就是昨晚酒桌上那几个陌生面孔。"哇，这么高啊！"有个中年女作家惊讶地叫了一声。常天兵大声说："他就是张飞啊。来，合影一张。"女作家个子不高，鞋跟已经有七八公分了，仍然仅到杜奇胸口那里。

常天兵又说："要不老师们都来拍吧。"

他的意思是大家合个影，但镇长眉头微微一皱说："好了，可以了，我们走吧。"

常天兵微弓着身子凑近镇长耳旁，还没等开口，镇长就头一侧闪开了。常天兵身子没直起，低声又说了一句什么。镇长摆摆手，看都不看他，笑起来，对作家说："老师们走吧，请。"

镇长第一个向店外走去，副镇长马上伸出手，笑眯眯地对作家做出"请"的手势。作家陆续就跟上了，包括于大童，他嘴还在动，仍嚼着猪肉脯。从杜奇面前走过时，于大童没有停下，只是抬眼瞥了一眼。杜奇想他或许要说什么，结果什么都没说。一股味道从于大童脸上飘过来，是猪肉脯被咬碎后与口水混杂一起，然后从牙齿缝隙和两唇之间漏出，既香又臭，或者不像香也不像臭。第一次，杜奇觉得这股气味居然这么恶心。

常天兵送他们到门口，看他们走远，一直挂在脸上的笑才幕布般落下来。他转身回到店内，在茶台旁坐下，抓起茶壶给自己倒了一杯茶，端起，头一仰，茶水一下全倒进嘴里。放下杯子时，他脸仍然木着。

加工厂的几个人过来，小声问："老板，那我们可以回厂了吧？"

常天兵巴掌晃了晃。加工厂的人明白了，互相看一眼，就往门外走去，上了电动车，一溜烟不见了。店里剩下常天兵和杜奇，一下子变得格外空旷安静。杜奇重新在茶台旁坐下，往水壶里灌进水。他也没其他事可做，姑且再给常天兵泡个茶吧，却被常天兵制止了。常天兵说：“算了，别泡了。你让他们把今天拍的照片和视频马上处理，再让雅玲尽快发公众号。”边说着，他已经站起来往外走。走到门旁，又扭过头说：“刚才你听到他们说下一站去哪里了吗？”

杜奇摇头。

常天兵说：“杜胜宁这个狗屁！我跟着作家一起走走又怎么了？居然不肯。他妈的他一年吃掉我多少猪肉脯啊，什么玩意儿。”

杜奇看着常天兵，不知该说什么好。杜胜宁是镇长的名字，镇长平时确实动不动就打电话让常天兵送点猪肉脯去招待客人或者送哪个外来的领导。常天兵当时看上去挺兴奋的，屁颠屁颠就亲自送去，原来憋了一肚子火。

常天兵说：“我去找找，反正他们就在镇上。”

杜奇走到店门外，坐到石鼓上。胖的人不适合穿西装，穿了西装更不适合跑动，常天兵还是一路小跑，大约急着赶上作家，身子晃来晃去的。以前从没听常天兵说起过作家，他又不看书，小说、散文之类根本与猪肉脯不沾边，常天兵哪里会感兴趣？突然感兴趣了，而且兴趣至此，为什么？

杜奇掏出手机，点开张飞猪肉脯微信群，把常天兵刚才的吩咐转达了。所谓马上处理照片，是指两件事：第一是，各自发到微博微信上；第二是，所有照片都汇总给雅玲用来发公众号。刚发完，觉得眼前黑了一下，抬起头，原来是雅玲站在面前了。

杜奇连忙站起。

雅玲进店，杜奇跟上。雅玲在茶台旁坐下，杜奇也坐下。

这不是往常那个雅玲，杜奇刚才一抬头就意识到这个问题了。其他人不笑很正常，雅玲不笑，脸绷着，就不寻常了。

刚才为作家们泡的茶还沉在壶里，外地人大多对此无所谓，在这里却不行。沸水入壶几分、在壶里又浸多久，都是有讲究的。茶沉太久味就涩了，入了口唇齿都不爽。杜奇提起壶，先倒掉茶水，再用茶夹把壶内的旧茶叶清理掉。正要重新烧水，雅玲开口了，她说：“不用，我不喝。”

顿一下，她嘴一咧，突然又笑了。“奇奇，”她说，“奇奇你觉得我是不是很傻？”

杜奇本来还是要烧水泡茶，雅玲不喝，他自己想喝，现在雅玲这么一说，他手一下子停住了，怔怔看着她。以前雅玲一直说他傻，所有人都这么说，这会儿雅玲却说自己傻，他不知究竟指什么。

雅玲把手肘支到茶台上，身子前倾，看着杜奇，仍是笑着，只是笑得很浅，似有似无，“有没人说过，你和你姐长得一点都不像？”

杜奇点点头。确实不像，不用别人说他自己也清楚。他鼻子比杜薇挺，脑子却比杜薇差。问题不在长相上，他心跳加快，觉得有什么事要发生。

雅玲不说话了，低下头，手指头在自己手机上动来动去。然后杜奇的手机很快就响了，屏幕上显示雅玲给他发了十张图片。点开，他用食指在屏幕上一下一下划着，都是视频高清截图，地点都在店里，人物只有两个，一个是常天兵，一个是杜薇。

杜奇侧过头，瞄了一眼监控器。

雅玲说：“奇奇对不起，都怪我装了摄像头。”

杜奇不敢看她，又低着头，盯着手机屏幕发呆。

雅玲说：“装也就装了，却连兵哥都忘了说一声。唉！”

杜奇长吸一口气，又悄悄吐掉。

手机微信提示音又响了，杜奇一看，还是雅玲发的，这回是视频。

雅玲又说：“这个监视器真好，居然有回看和录像功能。你看看吧。”

杜奇头连忙摆动两下。他不看，不想看。

雅玲说：“看吧，有声音哩。不听一听他们说什么多可惜。”

杜奇还是摇头。

雅玲笑了笑，手在茶台上很欢快地一拍，然后站起来。“我得回去给儿子喂奶了。这几张照片你随便怎么着吧，给兵哥看、给你姐看都行，给你姐夫看也行。如果想发上微博……哈，当然也可以啊。如果我截出十五秒视频发抖音，你说我会不会红？啊，奇奇，你说会不会红？”

杜奇头更低了，他抿住唇，重重地抿。

12

雅玲从店里离去后，杜奇给杜薇发了条微信：“你在哪儿？”

一分钟后他又发一条：“你在家吗？”

杜薇没有回复。

杜奇拨了语音电话，铃声刚响，他又猛地掐掉了。突然之间他有点怕听到杜薇的声音。如果面对面见到呢？也怕，是的，怕。

雅玲走后，他其实把那段视频看了，视频里的杜薇那么陌生。他觉得自己也陌生了，眼睛虚着，手脚不知放哪里，站也不是坐也不是。

半小时后他走进卫生间，擦掉黑泥，洗了脸，换上自己的衣服。出来时有两个中年女人已经走进店里，正趴在柜台玻璃上，指着下面的猪肉脯问能不能优惠点。他手一挥，急促地说：“不卖。”两个女人对看一眼，马上转身，疾步向外走。他跟上，取过铁钩把铝合金防盗门拉下，锁上。

还不到中午十二点，也就是说一天的班他还没上三分之一。回家吗？家里杜薇可能还在，她答应给父亲扫墓，所以把上午的机票改签到下午，那么有可能还没动身，正吃着饭。母亲又会煮很多钙质丰富的海产品往杜薇碗里夹，让她多吃、快吃。杜薇很配合地为腹中的胎儿竭力猛吃。杜薇不是原先那个杜薇了。他居然也会有看不起杜薇的一天，真是没想到啊。

电动车驶得很快，忽然间它就有脑子似的，向左向右，东拐西拐，等到停下时，杜奇抬头一看，是雅玲的家。这是一幢粗粗搭起的两层楼红砖房，砖缝没有勾黑水泥，露出拌了众多沙子的粗粝水泥。镇上有这种房子的人家，都属于财产稍有，又远没有充足起来的地步，内部装修也根本谈不上，总之是先把地占下，搭起楼房的架子，等以后钱凑齐了再论下一步。

之前杜奇仅来过一次，是帮怀孕中的雅玲送什么东西，具体时间已经忘了，路居然没忘。他支好车，走上前。门关着，他拍几下。很快有个个子矮小的老妇人打开门，手里还抱着一个婴儿。雅玲的母亲，杜奇以前见过。雅玲的儿子，杜奇倒是第一次看到，但他没有好奇心，至少现在没有。他说："我找雅玲姐。"

婴儿正在哭，老妇人手颠着，嘴里发出"嗯嗯嗯"的声音哄着。

杜奇要往里走，老妇人才说："雅玲不在。"

杜奇说："她刚才告诉我回家喂奶。"

老妇人说："还没回哩，你看，这不饿得直哭吗？气死我了。"

杜奇问："她去哪儿了？"

老妇人口气越来越难听了，她说："谁知道，电话都不接……"说到这儿，她突然停住，眼光绕过杜奇的身子看向远处。杜奇也回过头看，果然是雅玲骑着电动车急匆匆地驶来。

进门，雅玲从老妇人手里接过儿子，坐到沙发上，撩起衣服，把奶头塞进儿子嘴里。这一切她做得又流畅又自然又快，快得杜奇眼睛都来不及闪开。

"有事吗？"雅玲一点都没有不自在，仍是笑眯眯的。垂下来的衣襟已经把她的奶遮住，但是婴儿啧啧啧的吸奶声，还是把雅玲拥有一对巨乳的事实放大。

杜奇拖过一张椅子坐下，低着头，想着她问的问题：有事吗？肯定有事，但他好像还没理清究竟算什么事。

雅玲说："哎呀慢点慢点，慢慢吃呀宝贝，别呛了。"这话她肯定是对婴儿说的。马上她又说："奇奇你看看我儿子，长得是不是很像他爹？"

杜奇没有抬头。这个问题跟他一点关系都没有。

雅玲说："店关了？哈，关了也好。"

雅玲又说："视频看了吧？我就知道你不会不看，难道你没有八卦之心？鬼才信噢。不看怎么能知道他们昨晚上在店里做了什么说了什么，是不是啊奇奇？"

杜奇抬头看了看，雅玲的母亲不在，已经去厨房忙着了。他吁一口气，把头重新低下去。为什么雅玲说的似乎是件跟她不沾边的事？这是他不明白的。已经有儿子，儿子的父亲就是常天兵，雅玲是真无所谓还是假无所谓？他慢慢开始明白自己为什么要来找雅玲了，无论如何他毕竟是杜薇的弟弟。嘴唇很沉，但他必须得把它们掰开。

他说："求你一件事，视频和照片不要外传，行吗？"

雅玲嘴里"嘘嘘嘘"几声，说："再吃吧吃吧，馋鬼。"此时她的脸肯定又朝着儿子。天底下只有母亲才会对自己的婴儿用这种腔调说话。

然后雅玲咳嗽一声，说："奇奇，你这话怎么跟兵哥说的一模一样？"

杜奇抬起脸看了她一眼。常天兵也这么说？那就是说常天兵已经知道有视频了？常天兵知道，等于杜薇也知道。其实他并不愿意让杜薇知道。他说："雅玲姐，杜薇怀孕了哩。"

雅玲说："我知道啊。你不是也看了视频吗？如果不是怀孕，他们昨晚不会搞上。还大学生哩，哈哈，奇奇，你姐还真没比我高尚到哪里去啊，为了钱，兵哥一喊，她就从南京跑回来。是不是很意外？其实我一点都不意外。以前我就知道兵哥给她钱。他呀，他长那样还装什么情圣，居然从高中起一直迷你姐迷到现在。本来也知道自己是癞蛤蟆，这辈子都别想吃到天鹅肉，都快死心了，哪想到钱这东西还能起作用。以前他找各种借口转一万两万当红包给你姐，我也就睁一眼闭一眼算了。现在生意不好，他还充什么胖子？你姐要分娩了，要请保姆了，要在南京买房了，手一伸，二十万。呵呵，奇奇你说我要在抖音里傻乎乎地演多少遍吃猪肉脯，才能卖出二十万？"

杜奇站起来，他听到雅玲说着说着，虽然还强行夹着几声哈哈，似乎在笑，但声音已经变调，拖出隐约的哽咽。二十二岁的雅玲，替常天兵生下儿子了，却还没嫁给他，常天兵一直爱着的人，是一边从鼻孔不屑哼出"土包子"一边却收下人家钱的杜薇。这么多年，常天兵居然心心念念想着杜薇，如果不是亲耳听他在视频里当面对杜薇说，谁敢信？

杜奇向门外走去，作为杜薇的弟弟，他觉得对不起雅玲。

雅玲喊："等等！"

杜奇站住了。雅玲走到他面前，喂奶已经停止，她的衣襟恢复原状，吃饱喝足的婴儿此时神色安然，相当欢愉。圆脸，腮帮鼓起，细眼，塌鼻，倒八字眉，看着就有几分喜感。果然跟常天兵是一个模子出来的。

雅玲脸上已经平静，又是什么都没发生过一样。她把婴儿颠了颠，说："放心，我有儿子了，不会乱来。刚才我去找兵哥，把视频给他看了。哈，一个人不与时俱进真不行，他连监视器都是第一次听说哩。你说他是不是后悔死了？昨晚吃过饭，把你姐单独带哪里不好，偏偏带店里，啧啧。你知道他说的第一句话是什么？对，就是跟你说的一模一样，求我删了，不要外传。外传会怎么样？他一个开店的当然没什么大不了的，但你姐在南京，她老公又是公务员。你看，还是跟你一样心疼你姐。这会儿他正开车送你姐去机场，要是没视频，分别时他不再偷偷抱着你姐亲几口算我输。现在嘛，我觉得就不一定了。你说呢，奇奇？"

杜奇从口袋里取出店里的钥匙，本来想递给雅玲，手已经伸出去了，中途拐了一个弯，移到旁边的玻璃桌上方。桌上杂乱堆着碗、面霜、水壶、塑料铃铛、一次性尿布等等，现在又添上一把钥匙。这时候雅玲似乎应该问为什么，但她没问，只是看着，看钥匙落在玻璃上叮的一声，又看着杜奇走出门，骑上电动车。

杜奇想，也许雅玲很高兴他辞职吧？临出门前，他曾停下来问雅玲："以后呢？"是啊，以后会怎么样呢？

雅玲笑起来，头一歪，说："以后结婚呗，这下子兵哥非结不可了。"

杜奇吸吸鼻子，尽管猜到了，但雅玲这么轻松说出来，他心里还是一疼，像有道硬器吱地划过。

回到家，家门上着锁，这说明母亲不在，杜薇也真的走了。他拿出手机，先删掉微博，又退出张飞猪肉脯微信群，然后开始收拾行李。外面真的好吗？

不一定。杜薇都已经在南京了，为了钱，还带着身孕专程回趟家，放下行李就去酒楼陪吃饭，吃过饭又跟着常天兵到店里。常天兵抱住她，她半推半就；常天兵摸她乳房，她嘻嘻哈哈。而整天东游西逛走过那么多地方的著名作家于大童又怎么样呢？于大童本来不想写张飞猪肉脯，却还是同意写了。杜薇以前就认识于大童，她供职的公司曾花钱请于大童写过报告文学，这次杜薇飞回来，把常天兵的一万块钱私下递给于大童，让于大童或者其他作家写写张飞猪肉脯，就是这样。

之前没有出行过，也没有出行的可能，所以杜奇没有备下旅行箱。他把几件这个季节换洗的衣服装进一个蛇皮袋，拉好拉链，然后在卫生间镜子前站了一会儿。这一个多月上班总要涂抹一层所谓的张飞霜，他的脸因此变白，几乎缺乏血色，干净得像一张 A4 纸。从此再也不用涂涂抹抹，再也不是张飞老师了。

他给母亲发了一条微信：妈妈，等我。

想想觉得没说明白，就又发了一条：等我中年以后再回来。

他的意思不是几十年不归，平时如果有时间，他还是会回来看看母亲，再给父亲扫扫墓，但他的根须已经从这个小镇斩断了。不知道要去哪里，飘吧，飘到中年，等到重新回到镇上生活时，他想试试看自己整个人是否也能像一张 A4 纸，白得一点杂质都没有。

暗自颤抖

杨少衡 *

1

午夜一点十分，电话铃响，詹一骥惊醒。

他心知不好。这个时段的电话绝无好事，要不是哪里起火了，就是谁死了。

打电话的是赵光储，从省城打来。赵光储的话音里透着紧张，有丝丝气喘。这人一紧张便口吃，他报告的情况果然具有爆炸性："陈克跑……跑路了。"

"你不是下午还见过他？"詹一骥诧异。

几小时前，傍晚时分，赵光储曾来过一个电话，报称已经与陈克见面，陈答应明日一早与赵一起前来本县。该报告属实，并未弄虚作假，电话是赵在陈克的公司里打的。当时赵光储前去登门拜访，陈在开会，会中抽空跑出来，到了他的总裁办公室，与赵光储匆匆一见。赵光储代表詹一骥向陈克致意，邀请陈光临本县，参加第三届"兰花博览会"开幕式暨相关招商活动。陈克爽快应允，称感谢詹书记盛情，前些时詹已经通过电话相邀，他本人非常愿意借此之机跟詹见一面。詹一骥走马上任，他自当前去拜会，日后项目上的事情，还要

---

* 杨少衡，男，1953 年生于福建省漳州市。1969 年"上山下乡"当知青，1977 年起，分别在乡镇、县、市和省直部门工作。西北大学中文系毕业。现为福建省文联副主席、作家协会名誉主席。出版有长篇小说《海峡之痛》《党校同学》《地下党》《风口浪尖》《铿然有声》《新世界》，中篇小说集《秘书长》《林老板的枪》《县长故事》《你没事吧》等。

仰仗詹多关照。只因为近期公司遇到一些事，他一时脱不开身。现在事情基本料理清楚了，明天恰好有个空当，那就兵贵神速，先去跟詹见个面，后天参加博览会开幕式，把几个意向书一并签下。赵光储闻之大喜，与他商定了动身时间，相约届时到陈的公司会合出发，而后即打电话报告了詹一骥。晚饭后，赵光储从自己所居宾馆给陈克再打电话，想商量一下日程安排的几个细节，不料电话怎么也挂不通，总是“您所呼叫的用户已关机”。赵光储打电话到陈公司里问，一位自称总裁办公室的人员称，他们总裁在开会，命不许干扰，只能待会儿联络。赵光储从晚八时一直等到晚十一时，陈克一直在开会，电话始终挂不通。晚十一点过后，公司总办的电话也没人接了。赵光储感觉不对，赶紧四处打听，通过各个途径追问陈克下落，一直追到午夜才得到一条消息：陈克已经离开省城，搭乘晚七点航班前往香港。赵光储大惊，即通过内部关系查对了机场相关信息，确认陈克果真已经匆匆而去。从陈克所乘航班时间看，他几乎是在与赵光储见面之后即动身前往机场。难得陈总裁在准备拎个包启程跑路的仓促之际还装得一脸无辜，煞有介事做欣然应邀前来姿态，撒个大谎把赵光储稳住。

“情况比较紧急，这么晚了还是得赶紧向您报……报告。”赵光储说。

詹一骥叹气道：“你是只夜半乌鸦。”

赵光储没听明白：“詹书记什么意思？”

詹一骥说：“我说咱们运气好。”

他命赵光储继续核对情况，务必搞清楚。陈克真的跑路了，或者只是临时出游？以现有情况看，后者的可能性不大，却也需要准确确定。所谓跑得了和尚跑不了庙，陈总裁跑了，他那些人呢？那个总裁办公室呢？难道那张大办公桌和他的总裁椅也都打包搬上飞机，跟他跑了吗？无论如何得找到一个谁来说说怎么回事。总会有人知道陈克去了哪里，怎么联系，必须把那个人找到。

当晚再也无法入睡。詹一骥早早起床，早早来到办公室，那时天还是黑的，整个县委大楼只有值班室亮着灯。詹一骥进办公室后一直坐在办公桌后边那张椅子上，两手搭在椅子扶手上。他看着自己的手指头，能感觉到它们在打战、发抖，止都止不住。

这是恐惧。藏得很深，说到就到。

第二天上午九时，赵光储发来一条短信，确认无误，陈克已经失踪且无从联络。

当时詹一骥在市宾馆会议中心参加会议，坐在大会场台下第一排。当天上午市里召开大会传达上级会议精神，詹一骥奉命前来参加。他在会场给赵光储回了一条短信，命赵立刻返回县城，下午两点半到县委小会议室开碰头会。短信发走后，詹一骥特意再加发一句："最新动态暂不外传，目前保密。"

赵光储回称："明白。"

会议结束已是中午，詹一骥在宾馆餐厅草草吃点东西，赶紧上车返回县城。轿车驶上高速后，他靠在轿车后座上睡着了。醒来时轿车已经下了高速，沿县道急奔县城。詹一骥伸手往口袋里掏，并非拿手机什么的，是下意识动作。他一边看车窗外闪过的山岭、林木，一边情不自禁掏身上口袋，夹克口袋、裤子口袋，逐一掏，左掏右掏都是无用功，什么都没掏出来。

下午碰头会参加者为县里几个主要人物，书记、县长、副书记，加上县委办主任赵光储。赵向大家报告了陈克跑路的情况，众人面面相觑，无不表情沉重。

詹一骥说："咱们得赶紧研究，不要弄出大事。"

县里事务千头万绪，风平浪静还好，最怕发生大的意外。陈克虽是从省城跑路，却一定会牵动本县，引发诸多麻烦，必须作为本县一个突发事件重点关注，加强风险防范。会上即商量了几条，比较急迫的是明日博览会与陈克有关的几个项目合作意向书签约先撤下来，同时紧急修订会议材料，把涉及陈克的文字全部删除，不要在任何地方体现，以免引起不必要的注意。

詹一骥说："强调一条，目前严格保密。"

陈克失联消息未经证实，情况还可能生变。万一这边沸沸扬扬到处传说陈克跑路，人家忽然又飞回来，挂着个降落伞自天而下，欣然光临本县兰博会，那怎么办？这种可能性微乎其微，却也不能完全排除。现在格外需要防范的是恐慌。在情况明朗之前，人为扩散陈克失联消息，可能会造成不必要的恐慌，导致人心崩溃。

大家认识完全一致，此刻该消息非常敏感，必须谨防失控。

“有什么妙计？”詹一骥问，“谁来给点阳光？”

阳光可以扫除阴霾，但是此刻却苦无妙计，并非大家没主意，是应对办法确实很有限。不能指望完全封锁消息，眼下是信息时代，如果陈克真是跑了，过几天肯定众所周知，暂时封锁消息只为了争取时间做防范准备，不是根本办法。讨论中定的一二三四几条，都算暂时应急而已。事情会如何发展很难全部预知，可以料想的只有很麻烦，甚至惊心。最坏的情况就好比多米诺骨牌，推倒第一块，砸倒第二块，接二连三，顷刻间全盘倒。陈克跑路，第一块已经倒了，谁是第二块？然后还有谁要被砸倒？有什么办法阻止其连锁反应，避免一地狼藉？

詹一骥说：“咱们得有个办法。”

碰头会匆匆结束。詹一骥离开小会议室，沿着楼道走廊回自己的办公室。途经电梯间边的值班室，忽见一位客人在值班室的沙发上正襟危坐。此人个头不高，一头白发，看上去非常醒目。一见詹一骥露面，那人晃着头站起身叫唤：“詹书记！詹书记！”

“本家老师啊。”詹一骥打招呼。

“不敢当。”对方说，“小姓张。”

詹一骥嘿嘿。不管是张是詹，总之读音差不多，一笔写不出两个。

“找我有事？”他问。

对方称有特别重要的事情要报告。

詹一骥打趣：“咱们本家老师没有哪件事情不重要。”

他没让对方去办公室，自己抬腿走进值班室听对方报告。詹一骥特地说明，此刻有急事要处理，请张老师讲得扼要一点。

此人叫张胜，六十四五模样，已退休，此前曾任县博物馆负责人，在本地小有名气。这个人长相有特点，一头白发根根雪白，乱蓬蓬顶在头上，像一个巨大的白鸟窝。据说他是少白头，从三十来岁起就白发苍苍了。他很瘦，一张脸皮包骨头，两个眼睛陷在大眼窝里，猛一看好比骷髅回魂，像是刚从墓地里走出来。这位张老师曾经拿若干件"特别重要"的事情叨扰过詹一骥，每一件都与其退休前的供职单位相关，其中最别致的一项是县博物馆围墙上的玻璃刺。据他说，当年那些玻璃刺是他亲手种植于墙头，以防小偷越墙而入。数十年后，玻璃刺已破损大半，不再能有效吓阻盗贼，成为重大隐患。他请求詹一骥重视此事，免得博物馆珍贵馆藏文物被洗劫一空。这个人特别能说，几根玻璃刺的来龙去脉能说个半天，詹一骥耐心听了许久，不得不打断他，当场拿手机给县文化局局长打电话，把事情交代给该局长。送客时他开玩笑称对方为"本家老师"，一笔写不出两个。事后他悄悄交代办公室工作人员，日后这位白发先生来访，要先挡驾，把他的重要问题先问明白，记录下来。如果又是保护玻璃刺什么的，别让他守株待兔，可以让他先回去，事情直接交代有关部门处理并报知詹一骥。

今天他没给劝回，或许真的特别重要？

张胜一张嘴，竟说出詹一骥此刻最担心的事情："听说陈克跑路了。"

詹一骥吃惊道："谁说的？"

"外边都在传。"

外界确实早有猜测，张胜听到的应该是那些猜测。问题是此刻猜测却已成真。

詹一骥问："他为什么跑？莫非张老师知道？"

"听说资金链断了。"

"张老师对资金链也有研究？"

"不敢。略知一二而已。"

詹一骥不了解张胜为什么对陈克如此关心。难道张胜除了馆藏文物，也还鼓捣店面炒卖？张胜顿时眼睛大睁，一头白鸟窝晃动不止。

"詹书记忘记我们那个事了？"他诘问。

"珍品馆？"

他放心了："噢，记得呢。"

张胜称，他对炒卖店面没有兴趣，他关注陈克，只是因为他们那件事才弄个开头。本来陈克已经答应来签个意向书，现在却突然跑路了，可怎么办呢？詹一骥答应过的，这事只能指望詹一骥了。

"本家老师是块双面胶，强力牌。"詹一骥调侃。

他感谢张胜，称张反映的情况非常重要。如果张所听属实，那么情况很严重。开发商答应捐献一大笔钱，转眼一跑了之，怎么可以这么糊弄人？如果陈克真的跑了，牵涉的可不光是若干张书画藏品，还会伤害很多人。眼下詹一骥得赶紧去把情况核实清楚，因此不能听张胜多谈。

"请詹书记务必继续关心我们这件事。"张胜道。

"行。"詹一骥干脆回答。

他让值班员立刻送张胜下楼，自己也起身，把客人送到电梯边。进电梯前张胜伸出手想跟詹一骥握别，詹一骥笑笑，举手摆摆，避开了。

他知道自己的手心里全是汗，手指发抖，情不自禁，或可称暗自颤抖。

几分钟后告急电话到达：陈克跑路消息已经不胫而走，县城北部中央商业圈售楼处开始有人聚集吵闹，还有更多人正在从县城各角落赶往该处。

所谓"天要下雨，娘要嫁人"，类似消息确实无法封锁，非人力所能为。试图通过控制消息争取一点处置时间已属徒劳，第二块骨牌已经给砸倒。

詹一骥说："咱们运气就是这么好。"

他命立刻行动，按刚才碰头会布置，迅速调兵遣将，把局面控制住。

2

在成为所谓中央商务圈之前，那地方被称之为大石坑，它确实就是一大片乱石坑。那里原本有几座石头山，满山都是坚硬的花岗岩，早年间有打石匠在那里打石头，用的是传统工艺，在巨石上找出纹理，拿铁凿子顺纹理在岩石表面凿出一排石眼，再用大铁锤把铁楔子硬砸进石眼，让巨石顺石眼排列位置开裂，一段段剥离下来，再打出所需的条石、块石。这种采石法沿用了不知多少个世纪，直到近几十年才被机器采石取代。大规模机器采石促成几座石头山迅速采空消失，在那一带制造出高高低低一串大石坑。后来由于环保要求日渐严格，采石场渐渐被废弃，大石坑成为被遗弃的工地，满目疮痍躺在那里晒太阳，等待时来运转。

数年前，有一条新高铁线路规划被媒体披露，本县赫然为该线途经地，且规划有一个火车站，站址就选在大石坑附近。采石场遗址隆重入选，原因除了考虑高铁线路走向和地理因素，也考虑了未来的县城变化。本县已经规划将行政中心北迁，带动县城北部开发与发展，高铁站建在大石坑附近，可以助推新县城中心的形成。时下高铁是交通大动脉，行政中心是权力集中处，二者相逢于城北，于那个方向是重大利好，人员、设施、产业、服务、机会都会向那边汇聚，好比摇钱树掉下的钱噼里啪啦全都掉到一个聚宝盆里。因此高铁规划被媒体披露后，有众多开发商和资金拥向大石坑，汹涌澎湃迅速将那些坑坑洼洼淹没，有如台风登陆暴雨成灾。陈克的中央商务圈为其中一大手笔。

陈克是省城开发商，有一份民间排行榜将其公司列进本省前五，其开发印迹遍布省内外，所开发住宅兼商务区域多以中央商务圈命名。这一名称倒不是陈克图谋不轨，企图另立中央，只是一个商业符号、广告语汇。据他自己解释，凡城市必有商业区，而商业区亦有中心与边缘之分，他建设的各中央商务圈都将成为所在城市的新商业中心，类似于北京的王府井，象征着繁华与财富。在一次招商活动中，陈克被请到本县考察，他看中了大石坑，认为极具前景。经过一系列运作，陈克拿下了与拟议中的高铁火车站相邻的大片土地，正式宣布兴建本县中央商务圈。陈克公司以规划和营销见长，其规划方案想象力丰富，画出的效果图堪比日本东京银座。其产品宣传铺天盖地，到处有声音，名满省内外。得益于地方领导的支持，准其特事特办，陈克这个项目一路绿灯，动工不久就开始预售，卖楼花，中央商务圈还只见一圈围墙之际，图纸上的门面和住宅已经预售一空。满世界的人扑通扑通一群一群往大石坑里跳，连省城那边的人也组织炒房团跑来买房买店面。本县倚仗地利、人和之便，组成了陈克的最大客户群体，有人开玩笑称，那段日子里无论城乡，口袋里有几个钱的都去填坑了，趋之若鹜。那几年恰好环境宽松，用专家的说法叫“流动性”充裕，银行里有钱，各家银行鼓励大家贷款，开发商从银行拿钱盖房，业主从银行拿钱买房，大家都缺项目，唯独不差钱。拿来的钱除了买房买车，还可以高消费，可以加杠杆炒股，暗中还可以豪赌，搞那些可疑的快速赚钱金融把戏。

然后有一天突然起风了，环境开始变化，银根收紧，大家忽然发现转瞬间那些钱都消失得无影无踪，需要偿还的巨额债务却都在那里，一个都不能少。借新还旧已经不再那么容易，资金链说断就断。这时能怎么办？实在不行就跑路吧，该商务脱身运动早已不是什么新鲜勾当，陈克老板不是第一个跑的，更不是最后一个。但是别的老板跑路，或许只因为短期资金周转不了，暂避以求缓解，陈克不一样，他的事情要麻烦得多。陈克长于抢抓商机，其项目大都有热门概念依托，这些依托同样也会因情况变化生变，例如途经本县的那条新高铁线路，在热热闹闹谈论了若干年之后，因形势变化审批转严未能最终获准，被列为暂缓。大石坑中央商务圈经极力放大并提前消费的来日商机顿时疑问丛生。

早年间有一首流行歌曲唱得很无奈：“把我的悲伤留给自己，你的美丽让你带走。”詹一骥大约相当于那个悲伤者。本县中央商务圈热浪滚滚那些日子里，詹一骥还不是地方官，他在市直单位任职，为市发改委主任，不掌握大权，责任亦没有那么大，不需要挖空心思去填哪个大石坑，也不担心时候一到把自己填进坑里。不料事情顷刻生变，本县前任书记被提拔到省直部门任职，詹一骥被挑选为继任者派到本县。两人果然运气有别：前任领导在时，“流动性”充裕，遍地黄金，新高铁线路新鲜出炉，大手笔招商气势如虹。陈克来来去去，前呼后拥，会见、宴请，高朋满座，场面灿烂，采石场遗址都给做成了中央商务圈。骄人政绩五光十色，一朝提拔华丽转身，带走无尽美丽。轮到詹一骥就不行了，新高铁线建设说缓就缓，资金链说断就断，请陈克来见一面，人家嘴上应承，转身一拍屁股跑路，中央商务圈又成了大石坑，所有问题和悲伤一并丢给了詹一骥。

几个月前，詹一骥初到任时，远处天边隐隐约约已经有雷声滚过，有传闻称陈克战线拉得太长，快撑不住了，靠几张图纸从本县大石坑捞走的大批资金已消失得无影无踪。这一传闻让相关业主颇受惊。眼见得中央商务圈工程并未按计划如期进行，大石坑周边，除了抢建起来、装修豪华有如西洋皇宫的售楼处，并没有哪一幢商厦拔地而起。已经缴纳不菲预售金，甚至以诱人优惠价交足全部房款的业主们感觉不安，一些业主找开发方交涉，要一个说法。开发方一再表示尽管放心，中央商务圈还是中央商务圈，前途依旧美好。工程拖延只是因为设计方案调整，新方案肯定要比旧方案更加高大上，新方案一旦确定就会抓紧开建，保证按合同规定交房。表态很好听，毕竟都是口水，业主们的忐忑之心无处安放，他们找来找去，找到新任县委书记詹一骥。詹书记原本与他们跳坑无涉，但是现在是他来本县管事，当然就要找他，要求他把他们从坑里打捞上岸。

詹一骥表态："这个事我会重视。"

那时候他就情不自禁暗自颤抖，心里隐隐约约有一种感觉，他管那叫作恐惧。

当时有个人真名实姓写了一封信，分别向省委和市委主要领导告了本县领导一状。告状者为退休干部张胜，所告事项很寻常：本县博物馆设施欠账多，馆藏文物有重大隐患，本人写信反映、上门求见，多方努力，始终未得县领导过问，事情无从解决，因此冒昧上书。这封信从上头层层下转，到了詹一骥手里。查看一下告状信写作时间，是在詹到任之前。这封信并未指名道姓告哪位具体领导，詹一骥本人刚到任，与所涉及事项还扯不上，上级领导也未在信上批示，因而不算重大信访件，“阅处阅处”而已。时下一个县里，并非只是博物馆设施不足，学校、医院、图书馆、道路、桥梁、供电、供水等，哪个设施充足了，不需要重视了？因此这件事詹一骥不管也罢，最多转批给分管领导去处理就可以了。詹一骥却命办公室给张胜打了个电话，约他到办公室来谈了一次话，两位“本家”由此结识。

张胜说：“詹书记一看就跟前边那位书记不一样。”

詹一骥笑：“张老师这头白发跟人最不一样。”

双方第一次见面，张胜除了给詹一骥带来一头白发，还带来一个小玻璃盒，里边装着一只小虫子，那是什么虫子？书蛀虫，亦称蠹鱼，已经死亡。张胜告诉詹一骥，这只书虫是他本人亲手从本县博物馆所藏一幅清代画作的蛀眼下捕获，关进玻璃盒里。他曾把它提供给各级若干位领导考察，以证明自己所言不虚，本馆重要藏品正在遭难。想要制止这类虫子破坏，樟脑丸解决不了问题，必须修一个珍品收藏馆，采购安装相关设备，让该馆处于恒温恒湿状态，那么虫子就没有了，藏品就安全了。

詹一骥打听张胜都给哪些人展览过这只虫子。张胜介绍了其过程：他先是找了博物馆现任馆长，要馆长向上级反映问题。馆长说盖个珍品馆得多少钱？恒温恒湿一年得耗多少电？经费哪里来？馆里根本没法解决。如果可以解决，张胜自己当博物馆负责人为什么没弄成？不要没事找事，算了吧。张胜得不到馆长支持，只能自己折腾，带着那只虫子逐级投诉，到处展示给领导们，先后找了文化局分管副局长、局长，分管副县长、县长，却没有人能够解决问题。他曾千方百计找前任书记反映，请求一见，人家根本不理睬，只是让人通知他去找有关部门反映，甚至让他到信访局去，似乎他是在为自己讨要什么。无奈之下，他才给省、市领导去了信。

詹一骥说：“张老师还真是屡败屡战。”

他问张胜为什么如此执着，不是已经退休几年了吗？张胜回答是因为心里放不下。本馆藏有一批明清字画，是市里一位民间收藏家捐献的。这位收藏家痴迷收藏多年，手中有不少东西，他的两个儿子不长进，总是惦记老爹那些宝贝。收藏家心知自己一死，辛辛苦苦收藏的物品转眼会被两个儿子瓜分、甩卖，一辈子心血将付之东流，为此感到烦恼。由于一些收藏品鉴定，收藏家找过张胜，彼此相识。收藏家向张胜讲了自己的烦恼，张即建议他把藏品捐献给博物馆，博物馆可以保管这些藏品，可以定期展出，收藏家的名字会因此被人们记住。收藏家同意了，但是其家人反对，两个儿子曾跑到博物馆暴打过张胜，为此上过法院。几经周折，最终收藏家在去世之前把部分字画藏品捐献给了县博物馆。由于本馆设施简陋，好不容易征集来的藏品现在正在被书虫啃食，如果不及时采取措施，不要多少年就将蛀成一堆碎片。那样的话，张胜来日何以去面对九泉下那位收藏家？张胜本人几年前就办了退休手续，事实上他退而未休，至今还在上班。县博物馆人员编制少，专业人员不足，因此到龄后还继续留用他，没多给钱，领的还就是那几个养老金。为什么他愿意白干？因为他学考古，一辈子干的就是这个。他是老单身，没有老婆孩子，不上班还能干些啥？只想活到老干到老。近些时他不断找上边领导反映问题，弄得像个老上访户，上上下下领导都烦了。博物馆头头已经找过他，拉下脸让他收手，别再多管闲事，还通知他把自己的东西收拾清楚，以后不要上班了，安心养老去。

“看起来你没收手。”詹一骥说，“让张老师收手也难。”

在找张胜谈话之前，詹一骥已经向分管县领导了解过情况，知道这个张胜是个地方专家，喜欢在山野孤坟间打转，眼光独到，县博物馆馆藏文物多为他收集。但是为人执着，近乎偏执，按照其业务能力和资历，早该让他当博物馆馆长，却因为个性让人不放心，因此只给他安一个“负责人”，没给他真正的名分。结果负责了六七年，始终没当上馆长，直到退休。博物馆设施确实不足，问题是周边县级博物馆情况都差不多，目前还没有哪一家建起什么珍品馆，也没有哪一家搞什么恒温恒湿收藏室，哪怕建得起也供不起。相比起若干字画，眼下民生方面的一些问题还更突出，更迫切需要解决，张胜这件事只能待日后再说。

詹一骥说：“张老师，我要给你一点阳光。”

他允诺重视张胜反映的这件事，一旦条件具备，即想办法予以解决。但是目前还不是时候，只能留待日后。

张胜即显失望，话也直："詹书记就是给个气泡。"

詹一骥称自己给的是阳光，阳光与气泡不是一回事。气泡终究要破，而阳光戳不破，它是希望。张胜可以相信，珍品馆、恒温恒湿终究会有的，只是不在现在而已。

"等到终于有了，藏品只怕已经让书虫啃光了。"张胜道。

詹一骥让他想一想办法，千方百计尽人事吧。樟脑丸不行，除虫剂怎么样？总有对付的办法。另外，所谓"给点阳光"也不意味只是空等，如果能够有其他办法，例如通过社会公益捐助方式筹集资金，那也不失为一条路子。

当着他的面，詹一骥给县文化局局长打了个电话，称张胜老师是个专家，虽然已经退休，其专业作用还可以发挥。请文化局局长通知博物馆要重视，不许拉脸赶人。

张胜道谢，还说了一句："詹书记确实跟以前那位不大一样。"

詹一骥问："哪里不一样？"

张胜称詹一骥真是有点阳光，不像原来那位领导牛烘烘，一脸冰霜。

詹一骥自嘲道："那个我也会，只是没到季节。"

虽然问题没有解决，詹一骥一番谈话竟让张胜有所开窍。后来有一天，他兴冲冲前来报喜，称珍品馆有望大功告成。

詹一骥吃惊："张老师得天助了？"

其实竟还是"詹助"。上一次交谈，詹一骥提到可以争取公益捐赠，那其实只是一种安慰性说法，力求不让张胜太失落，号称阳光，其实跟气泡差不多。没料到人家当真了。张胜跟詹一骥谈过话后，明白靠县里立项出资目前无望，于是就琢磨其他路径。时下什么人有一掷千金捐建珍品馆的能力？当然只有大老板。张胜恰好认识一位大老板，他就是陈克。张胜怎么会跟陈克有涉呢？时下有不少大老板除了能赚钱，亦附庸风雅，玩点古董字画。但是老板们会忽悠业主，自己也容易被假古董冒牌书画大师忽悠，因为于此行非专业。他们便需要一些可靠的专业人员提供意见。陈克在本县拿大石坑聚宝，打听到这里有一位张老师是专业人员，于是欣然结识，一起吃过几次饭，张胜亦为陈克鉴定过几个古董，彼此便有了联系渠道。张胜跟詹一骥谈过话后找个机会自费旅行，乘大巴前往省城，直接去陈克公司叩门。陈克一听张老师来了，很高兴，拨冗共进晚餐。席间张胜提出珍品馆这件事，陈克竟丝毫没有推托，一口应允，答应支持此项公益事业，一掷三百万元。

“回去告诉你们县领导，请他们出面谈，可以先签一个意向。”陈克说。

张胜喜出望外，即找詹一骥报喜。詹一骥心里虽有疑问，却也表示重视，马上安排分管副县长与陈克联络，落实此事。双方很快谈妥。恰逢本县筹备举办第三届“兰花博览会”，推销本县花农种植的花卉产品，并借以组织招商，陈克答应前来参加活动，届时与本县签署若干项目合作意向，把这项捐助也列进去。

那个时点距陈克后来的跑路已相距不远。从各种迹象分析，当时陈克的资金链已经扯得非常之紧，咯嘣咯嘣的断裂之声开始响。难得陈总裁在如此非常时刻，还能煞有介事开出如此大的一个价码，给了张胜和本县一个大气泡。或许陈克如此热心当地公益，其实只是他的又一策略。高调大手笔支持本地公益事业，表明于他来说几百万不算什么，实力依旧强劲。或许陈克打算以此暂充一粒安心丸，供此间中央商务圈的众多业主服用，有助于稳定他们的情绪。

然后他就跑路了。

3

局面暂时控制下来。

陈克拔腿开溜的消息一传开，众多业主非常紧张，都怕血本无归，但是心里也都怀有侥幸，希望不是真的，或属猜测或谣传，有如寒流突袭，刮风下雨，几天后自当阳光再现。此刻他们需要证实情况，从开发商那里讨个说法。如果让业主们没头苍蝇般四处乱窜，无处讨需要的说法，他们很快就会陷于真正的恐慌。而陈克失踪，他的公司已经乱成一团，他的售楼部没有谁能回答业主的任何问题，如果听任他们一问三不知，局面很快便会失控。必须有人给个说法，陈克给不了，那么就得詹一骥给。

幸亏詹一骥防范及时，安排到位，当业主们纷纷拥到大石坑售楼部时，詹一骥派去的人员已经提前赶到，楼外有警察维持秩序，楼内有工作人员指挥应对。陈克的雇员们被临时接管，奉命必须按照规定的口径回答业主的质询。关于陈克的去向，必须称还在联系之中，很快会有消息。关于大石坑中央商务圈，必须称目前并没有接到公司总部的变更通知，一切应该都按原计划进行。关于不能如期交房怎么办？必须斩钉截铁，保证按照合同规定执行，延期交房将给业主所承诺的补偿。如果企业违背承诺将如何处置？政府将加强监督，直至问题得到合理解决，不相信企业，也应该相信政府。谁说政府不会来擦这个屁股？人家已经来了，此刻建设局、执法局等部门人员已经在大厅里实施监督。心乱如麻的业主们抬眼四望，发现果然政府人员这里一个那里一个已经介入，于是多少松了口气。

实际上，除了前台那些工作人员，还有人位于后台做现场调度指挥，是相关部门的负责官员，由县政府一位分管副县长统一指挥，驻守于售楼部二层办公室，密切关注楼下前台动态，并同詹一骥保持热线联系，随时准备应急处置。

由于乱流初起，暂时只是微风小雨，属于可控范围。业主们虽感觉不安，却因有政府官员的介入与安抚，感觉有所依靠。大石坑没有发生骚乱，聚集者渐次散去。詹一骥的及时应对，让这块骨牌在经历最初震撼之后没有即刻倾倒。

这时不敢掉以轻心，事情刚刚开始，冲击还会一波波接踵而来。

几天后各种信息纷纷传来。陈克失联后，他在各地开发的中央商务圈都陷入困境。他的公司总部已经大门紧闭，没有谁出来收拾残局。其公司的账面只剩下一堆债务。所有迹象都表明陈克彻底丢弃一切，在可以预见的将来，别指望他能回来重整烂摊子。业主们交付的大笔资金填进大石坑，如果没有被他挥霍一尽，就是被他席卷而去。欺瞒与洗劫已成事实，钱无处讨，房连个影子都没有，众业主已血本无归。

接下来事态将如何发展？业主与开发商之间原有买卖合同，业主们可以依法对违约开发商提起诉讼，寻求法律保护。问题是陈克跑了，如果从此人间蒸发，再也找不到，即便业主们提出诉讼，法院做出判决也无法执行，这笔账有可能永远搁置。但是没有谁会心甘情愿自认倒霉，业主们不可能坐视自己的利益蒙受重大损失，必定要千方百计挽回。他们会这里找那里找，极力扩大影响，寻求同情与帮助，事情有可能演变成一个社会事件，一个群体性事件，这就是下一个可能倒下的骨牌。

由于牵涉的人员如此之多，利益损失如此之大，中央商务圈迅速成为本地当下最突出的不稳定因素，一旦失控必造成混乱，足以令詹一骥万分担心，因此才需要他迅速派员前去处置。作为地方领导，此刻除了设法控制局面，不要造成混乱外，似乎很难更多介入干预，因为究其根本，事情毕竟是开发商陈克与业主间的买卖，其纠纷得由他们自己解决或者诉诸法律，地方领导无法替代。

詹一骥却断言不行："咱们不能让自己总坐在火山口上。"

他认为应急控制只能维持一时，事情得到根本解决之前，随时还可能出乱子，因此还必须有一个根本之策，把屁股底下的火山口移除。人哪里移得走火山？要是真的碰上某个山口喷火，唯一办法就是赶紧拔腿开溜，逃之夭夭，跑得快或还有救，绝无其他生存之道。别指望往火山口浇水，或者画符念咒可以劝说岩浆止步。这是常识。

詹一骥却坚持必须主动出击，找到一个解决办法，这让人感觉有些错位。所谓"冤有主债有头"，中央商务圈里的冤主是把钱填进大石坑的业主们，债头则是那位特别擅长忽悠的陈克总裁。哪怕跑路了，债头还是陈克，不是地方领导，詹一骥有什么必要把陈克欠的债视同自己所欠，把不可能解决的问题揽到自己身上？

詹一骥说：“要是弄出乱子，我们承受不起。”

如果处置不力酿成群体性事件，地方官员是要承担责任的。如果事情闹大了，其后果地方官员确实很难承受。对相关官员来说，这关乎自身，最具痛感，他们其实也是一块骨牌，弄不好会给砸倒，因而自当格外重视。深入解读一下，詹一骥说的“我们”其实只是对各位领导表示客气，实际上他该说的是“我”，出乱子是他所不能承受的。之所以需要如此深刻认识，除了他是县委书记，第一责任人，本县刮风下雨无不与他有涉外，显然也还有其个人原因。该原因不是秘密，众所周知。詹一骥竭尽全力要控制住事态，奋不顾身似乎要拿自己去填火山口，那是可以理解的。

张胜给詹一骥打来一个电话，就县博物馆的蠹鱼继续请求帮助。

詹一骥答复：“看起来咱们都被陈老板忽悠了，你那个事还得另想办法。”

张胜锲而不舍，称每进博物馆，想起好不容易征集来的珍贵藏品正在成为书虫的美味，胸中就阵阵发紧，像是书虫也把心啃出破洞。陈克的捐赠已经无望，他只能再转求詹一骥。领导曾经表态要给他一点阳光，现在只能指望领导了。

詹一骥还是那句话：“我答应过，一定重视。”

詹一骥把张胜的请求拿到会议上说，表示对自己启发很大。启发什么呢？陈克跑了，所谓公益捐赠成为泡沫，人家张老师没有放弃，继续想办法努力推进事业。张老师想到什么高招呢？就是找个接盘手。陈总裁指靠不了了，能不能请詹书记接走这个盘？咱们为什么不能学习张老师，想办法找一个人接走大石坑这个盘子？

詹一骥其实只是拿张胜的电话做个话题而已，所谓接盘并不是什么新花样，早都屡见不鲜。陈克的中央商务圈因资金链断裂难以为继，如果地方政府能够辅以更多利益与优惠条件，吸引另一位开发商接管这个项目，注入资金重新启动，那么项目还可以继续推进，业主们的利益还可以得到保障，乱子便不会出，问题便从根本处得到解决。但是这件事说起来很容易，做起来很不容易，涉及方方面面，其中最关键的是有谁愿意来接一个烂摊子。这种事怎么说怎么可疑，表面看是请君救场，弄不好其实就是把人拉来做冤大头。

詹一骥说："无论如何，咱们得先有一些人选。"

很快地便有一份名单提交到詹一骥手上。其中有当年对大石坑感兴趣，或者参加过招标，却败在陈克手下的企业，近年间曾参与本县其他地段开发的企业，历年招商活动中到本县考察过但最终没有落地的企业，以及各个渠道可以联系上的开发商，只要具有足够实力，都列于名单之中。这份名单被分解成若干组，交相关部门人员分头落实，县领导们亦分别联络其中重点客商，从中寻找可进一步接触的合适对象。

有三个重点客商在几轮筛选中出线。三位客商与本县或深或浅都有关系，其中两位在省城，一位在深圳，他们的企业实力都强，发展均较稳健，企业主目前均在岗，没有如陈克般跑得不知去向。从若干迹象上分析，他们都有争取的可能。

詹一骥带着几位得力干部和大包相关资料，分别走访了三位客商。根据客商各自方便的时间，先跑省城，再飞深圳，然后再杀回省城，马不停蹄，穿梭来去，闪电出击，跑得汗如雨下，手指颤抖，脸色发白。结果令人遗憾：三位客商无一例外，同样婉言谢绝，有如事前串通。

应当说这样的结果并不出人意料。人家凭什么要来当接盘手？这件事涉及两个开发商之间的转让，还涉及众多业主和当地政府的利益，需要面对的问题多如牛毛，麻烦无尽，更主要的还要考虑大石坑目前的地位。如果说这个坑依然如当初那样引人注目，炙手可热，好比香喷喷刚出炉的一块蛋糕，或许还会有人不计较陈克那家伙曾在蛋糕上啃过几口，愿意接过去继续往下啃，只要滋味尚可。问题是情况已经变了，大石坑已经退热还寒，高铁线路暂缓，高铁站不知在哪儿，陈克自己混不下去了，拍拍屁股走人。此刻谁去接手，岂不是自己去跳坑找死？

詹一骥却不感觉沮丧，锲而不舍，屡败屡战，如他表扬过的张老师。头一轮三个客商没拿下来，那么就再筛选出三个，不行再三个，直到拿下其中一个为止。詹一骥强调，不要认为屡败屡战没有意义，事情做成，便是解决了根本问题，即使一时没有做成，只要继续坚持，对陷于焦灼中的众多业主来说，依然是给了他们一点阳光。

于是大家心领神会。领导果然有见地，进退都有所得。詹一骥所称的阳光其实就是信心，对陷于困境的众多业主而言，此刻信心最重要，人失去信心便会崩溃，有信心就有希望，就不会铤而走险冒失作乱。詹一骥率本县领导们千方百计寻找接盘手，节奏很快，动作很大，外界自有传闻，该消息对大石坑的业主们相当于一颗定心丸，于稳定他们的信心大有作用。如果接盘手找到了，众业主便有救了。即使一时找不到，只要领导们还在努力，那就尚可期待，信心还可维持。詹一骥给一点阳光，从增强信心谨防崩溃入手，果然精到。理论上说，哪怕一直没有找到接盘手，只要持续不断地寻找下去，业主们就没有理由完全丧失信心。这是不是说事情因此便可无限期拖延，永远“在路上”，不用真正去解决？恐怕也不行，那样的话，所谓阳光真的就成了气泡。

在大家持续的努力中，一个意外情报由县人大常委会主任传递到詹一骥耳朵里。

“听说涂志强明天回来。”主任说。

詹一骥问：“准确吗？”

“应当不错。”

詹一骥情不自禁，抬起手掌在办公桌上用力一拍道：“抓住他！”

涂志强是什么人？开发商，上市公司老板，第一轮三个接盘候选人之一，詹一骥专程前往深圳拜访过的那一位。迄今为止，此人从未在本县投资搞项目，之所以被挑选出来，因为他是本县人，出生、成长在本县，考上大学才远走高飞。近十年来其企业发展迅速，已成为本县籍在外商人中实力较强的几位之一。此人其实才四十来岁，属年轻有为一类，以往他曾数次应邀返乡参加本县招商活动，似有兴趣在家乡做点事，对项目却颇挑剔，不见兔子不撒鹰。前些时詹一骥亲自去求贤招募，邀请其前来接盘跳坑，他对父母官客气有加，但是拒绝得非常干脆，提到他认识陈克，两人不对路，陈克目中无人，夸夸其谈，浑身冒泡，他早说过，尿都不跟那家伙尿在一起。眼下他更不会去替那家伙擦屁股。詹一骥反复争取无效。没料不过几天，忽报这位涂志强返乡。涂的父母早被涂接到深圳生活，亲朋中走得近的大多也跑去投奔了，他在本县没有太多牵挂。詹一骥刚去招募未果，他即突然归来，无疑意味深长，于跑得浑身是汗依然在隧道中的詹书记，有如见到一道阳光。事实上人都需要阳光，业主们需要，开发商需要，詹一骥同样也需要。

县人大常委会主任是本地人，曾任县委副书记，与涂志强是同乡同宗，辈分还要高一点，因此被詹一骥指定为联络人，负责联系涂志强，一起做工作。他传递的情报非常及时，詹一骥即做紧急调整，推掉原有的一切日程安排，全力对付涂志强。

第二天上午，涂志强带着两个随员悄然光临。

他也不绕弯，承认自己就是要来看看大石坑。他老家村子距大石坑不远，他光屁股的时候就常跑到那边玩，对那里的一个大水塘印象很深。但是离开家乡之后他再也没去过大石坑，直到詹一骥来深圳谈起，他才突然记起，便非常想回来看一看。

詹一骥说："来得好。"

詹一骥不记得工地里有什么大水塘，却坚持亲自陪同，与县人大常委会主任一起，带着涂志强一行考察大石坑工地。这是第一步，非常重要。没有谁会闭着眼睛就去跳坑，无论那里有没有水塘，现场考察都是必需的。

他们走进公路边的中央商务圈售楼部。此刻该售楼部门可罗雀，楼边空地杂草丛生，周边非常安静，有如一片墓地。尽管早已不能卖房，不能退房，无法回答问询，完全无事可干，该售楼部内依然有人值班。值班人员基本都是陈克的原雇员，但是他们已经无法从前老板处领取薪水，目前其工资由本县建设局以临时项目安排发放。建设局奉詹一骥之命接管该售楼部后，留用了若干原雇员，让他们维持售楼部日常运转，搞卫生，接电话，接访客，按照规定的口径回答问题，并报告情况。这种安排同样意在稳定人心，如果吝惜几个临时工工资，任售楼部自然关张，肯定会造成业主们更大的心理压力，酿造出更大的恐慌。

涂志强对售楼部当前运转状态不感兴趣，不闻不问。詹一骥也不做解释。一行人穿过空空荡荡的售楼大厅，走进办公区，再到后门。工地就在眼前，被一圈一眼望不到边的长长围墙圈起来，这就是所谓的中央商务圈。涂志强没再往前，他站在门边，抬头张望了好一会儿，摇头称不对，即转身离开。

詹一骥说："这里就是大石坑。"

涂志强说："水塘不在这里。"

他们上车继续前进，转来转去，一路打电话询问。好一会儿问清楚了，原来果然有一个大水塘，位于山边，离工地直线距离其实也就几百米。但是水塘已经没有了，早些年机械采石时，磨石污水排入水塘，石粉沉淀塘底，渐渐就把整个塘填满。眼下那里没有水，只剩下一塘石粉和碎石渣。

涂志强在一个破损的石砌堤岸处找到了感觉。他记得这个堤岸，当年就是这个样子。当年水塘里好大一片水面，他就站在这个位置，扑通往塘里跳了下去。

"下去就上不来了。"詹一骥打趣。

涂志强很吃惊："詹书记哪里听说的？"

无须提前打听。涂老板这么在乎一个水塘，一定有过深刻记忆，肯定是历过险。

涂志强承认，当年他跟着几个大孩子从堤岸跳入水塘，人家眨眼间从水里冒出来，他却被塘底的水草缠住，甩也甩不脱，当场就吓昏了。还好岸上有一个大人发觉不对劲，跳下塘把他拖出水，他已经不省人事，大家都以为他死了。等一肚子水给挤出来，他才哇一下起死回生。从此他再也不敢下水，直到现在。

“我知道这种感觉。”詹一骥调侃，“我管它叫暗自颤抖。”

他宣布要给涂志强一点阳光，保证涂此生不再恐水。那是什么呢？詹一骥把陈克的大石坑项目作为“阳光”奉送给涂志强，外加附送这一塘石渣。他说，可以考虑在昔日水塘处建一座“水立方”，不妨命名为涂志强游泳馆，可以在游泳馆旁立个纪念碑，找个著名书法家写八个字刻上去：“大难不死，必有后福。”或者只刻“必有后福”四个字，前四字省略，那就更加含蓄，意味深长。

涂志强嘿嘿着，说了一句：“我还需要一个天大的理由。”

话题悄然从水塘转向接盘。无论是谁，要接手一个烂摊子都需要足够的理由，仅凭思念一个当年的水塘不足以成事。詹一骥早已准备了若干重要理由，双方在深圳时已经交流过，此刻继续宣讲。詹一骥强调大石坑的发展前景并未根本改变，本县行政中心北移规划已经在步步实施，而新高铁线建设只是暂缓，并非取消，随着经济形势变化和各方努力争取，可能很快又被提上建设日程，届时大石坑炙手可热程度或许会比前几年更甚十倍。等大家蜂拥而至时再跟着来，只怕已经无处立足，难以分一杯羹。现在恰逢低潮，在陈克倒台之际接手，有如炒股票逢低买进，这是最有利的。涂志强是成功开发商，对此自然非常有数。

涂志强道：“我感觉詹书记厉害，陈克碰上了也得甘拜下风。”

詹一骥称跟陈克仅通过一次电话，无缘相见，尚未比画过，不知高下。以他自己认识，陈克这种不负责任的跑路老板，跟他这个坚守岗位的县委书记没有可比性。陈克本质上是忽悠，他本质上是务实。陈克吹的都是气泡，他给的是阳光。

“感觉还是有点像。”涂志强笑。

“本质上不一样。”詹一骥坚持。

涂志强一行来去匆匆，在大石坑走一圈，中午在县宾馆吃顿饭，下午即起程赶班机回深圳。詹一骥全程陪，与县人大常委会主任一起，亲自送涂志强去省城机场，三人坐一辆车，一路深谈，探讨合作条件与各种问题如何解决。涂志强显然有所动心，否则他不会专程前来看点，与詹一骥的进一步接触和深入了解情况显然有助于他下决心。类似事情当然不可能一蹴而就，涂志强提出还要考虑考虑，詹一骥表示认可。

他提议："涂老板再考虑一下，可以先签一个意向。"

"需要吗？"

"我们很需要。"

意向不像协议有约束力，未必签了就是，但是有一个意向，有利于进一步往下谈，用一个意向书显示取得进展，于外有安定人心的作用，对詹一骥本人也大有意义。所谓"我们很需要"所言不虚。

涂志强答应考虑。

事情至此似逢转机，曙光隐约浮现。不料恰在此时出了事，一出就是大事。

詹一骥在机场接到县委办主任赵光储的告急电话。

"售……售楼部，"赵光储一急便口吃，"骚乱。火……火。"

那时涂志强还在贵宾室等候登机，詹一骥带着县人大常委会主任送客。当着客商的面，詹一骥不能在电话里多问，以防惊动客商，节外生枝。

"回头我给你电话。"詹一骥只跟赵光储说一句，即挂了手机。

十几分钟后，涂志强及其随员登机离开。

那时县里已经乱成一团。

说来可叹。仅仅数小时前，当天上午，詹一骥领着涂志强到大石坑看点时曾亲自走进原中央商务圈售楼部，当时那里门可罗雀。哪里知道下午三点多钟时，忽然有十来部车辆会集到该售楼部前，哗哗哗下来四五十号不速之客。当时该售楼部大门紧闭，值班人员脱岗，不知去向。不速之客不得其门而入，大家情绪冲动，拼命打门、喊叫，四处打电话。恰好天下小雨，不速之客们不愿上车离开，加之有人急着要进厕所方便，乱哄哄中有人兴起，拿砖头打碎一面窗玻璃，从窗子进入大厅，从里边把大门打开，大家蜂拥而入。二十几分钟后，警察闻讯赶来维持秩序，那时售楼部上上下下有许多房间已经如同被洗劫过，房门被撞开，桌椅被推倒，一片狼藉。警察命不速之客离开，对方却要警察把能解决问题的人叫来，售楼的人、公司老板、政府负责官员，统统叫来，不解决问题他们不走。双方对峙中，忽有浓烟腾起，然后火光熊熊，竟是楼房着火。这时不用劝说了，不速之客们慌不择路，或夺门，或越窗，争相从大厅逃出。逃命过程中发生推搡踩踏，有数人倒在大门边，头破血流惨不忍睹。而后消防车、救护车鸣笛赶来，场面恐怖如末世灾难。

詹一骥马不停蹄，从省城飞车赶回县城。

他一路手抖，恐惧如乌云笼罩，心知大事不好。

4

“骥”是个啥呢？其意为马。不是一般的马，是良马。“詹一骥”这三字的通俗解释就是这位姓詹的是一匹好马。

此话为詹一骥自嘲。詹一骥不是新手，是所谓的“二进宫”，也就是当过两回县委书记了。詹一骥到本县任职前是市发改委主任，其实他在那个位子上才待了一年多，此前已经在本市另外一个县当过一年县长、两年县委书记。詹一骥在早先那块地盘上干得风生水起，颇有影响，俨然确乎“一骥”。那年恰逢市级班子换届，詹一骥是众人眼中的热门人选，都说这回轮到他了，马上就会闪耀上升。不料他忽然碰上了一件意外事情，用他私下里的话，叫作：“一棵树绊了马脚。”

有一天詹一骥下乡，路过一段县道时遇到堵车，他的轿车被拦在路中，动弹不得。眼见前边都给车堵上了，还有一团团人影晃动，陪同詹一骥下乡的县委办主任着急，下车跑到前边查看情况，打电话急令县交警大队立刻通知人员赶来处置。主任回车向詹一骥报告，称前边并非交通事故，是发生一起民间纠纷，有一辆卡车被两辆皮卡堵在路中，卡车上载着一棵树。据称堵车双方纠纷是因为车上那棵树。

詹一骥听罢，决定下车去亲自处置。主任紧张地将他一把拉住。

“詹书记可不能去！”

詹一骥张嘴批：“詹书记只会在车上干等，不作为？”

“情况复杂，还是……”

“县委书记连一棵树都对付不了？”

于是无话可说，一行人下车奔前边而去。

办公室主任的考虑有其道理。詹一骥是县委书记，需要管的事多，一棵树的纠纷不需要他亲自过问。前头两伙人相争，情况不明，弄不好陷入群体性事件出不来，岂不非常被动？问题是詹一骥身份意识很强，自认为是县委书记，所谓第一责任人，管着一个县的事，群众纠纷交通阻塞这种事平时不需要他亲自过问，一旦亲自碰上，什么都不做也不可以。如果只知道静悄悄蛰伏于车，等着交警前来疏导解困，岂不显得太无能太不敢担当了？当时詹一骥还比较不知恐惧，敢往事里凑，说起来他是本地老大，在自己地盘上一言九鼎，什么事他不能管？因此就一头撞了上去。

那件事也不算太复杂：车上拉的是棵铁树，原长在附近村庄边一个山坳里，据称已经有几百年，是该村的风水树。这棵树已经被挖起来，连根带土包扎好，用吊车放到卡车拖斗上拉出现场。当地村民开着皮卡追上来，把卡车拦阻于半道，不让卡车把铁树拉走。一起追出来的还有上百村民，所以道路给围得水泄不通。卡车上有一个人表示这棵树已经不属于那些村民，因为村主任把它出售给他们了。这个人颇目中无人，口气很大，声称来自省城一家大公司，他们有来头，谁敢找麻烦，让谁吃不了兜着走。詹一骥在一旁听了恼火，在这里他算老几？他也不跟对方说话，只命办公室主任给乡书记打电话，命乡书记立刻了解情况。几分钟后乡书记的电话来了，称已经紧急查问村主任，村主任承认铁树确实是卖掉了。前些时候对方找到村主任，称看中了这棵树，要买。上边还有人给村主任打电话交代，因此村主任就个人做主同意卖，事前没跟村委会其他人商量，也没有向上报告。

詹一骥问："卖了多少钱？"

"一千块。"

詹一骥说："这棵树不需要钱，它需要一点阳光。"

那时交警来了，派出所民警也到了。詹一骥即下令警察把卡车押回村里，把那棵树拉回去，栽进原来的树坑里，哪里来回哪里去。一千块钱退还，买卖作废。就这样。

车上那个人大叫："我都告诉你了！"

詹一骥没有理会，掉头走回自己的车。

当天晚间他接到报告，铁树已经重新栽回山坳。

事情却没有到此结束。第二天下午，市里一位领导给詹一骥打来电话，查问那棵树怎么回事？詹一骥一问，原来省城那家公司果然有来头，曾经承接省城几大绿化工程，目前在做省城湿地公园绿化。该公园为新建，是省政府今年为民办实事的一大项目，省长亲自挂钩，要求做成美化环境的一个样板。该公司在全省各地寻找树木移栽，是落实省长的要求，本县的铁树是其中一株。

"让你那山沟里的树到省城去美化环境，也不错。"领导说。

"还是自然环境好。人家在山沟里长几百年了。"詹一骥回答。

领导让他眼睛里不要只看着一棵树。对方那家公司很有分量。

"也不能就欺负人。百年铁树，弄那么一点钱强买。"詹一骥说。

"价钱可以跟他们再谈。"

詹一骥提出当地那么多村民反对，这棵树不动为好。公司有钱，上别处去买吧。

"人家就要那一棵。"领导说，"你做做工作。"

詹一骥没吭声。树是他下令栽回去的，转眼又去说服村民卖掉，他这个县委书记算什么了？但是上级领导亲自过问了，硬顶也不行，怎么办呢？也不难，拖就是了。詹一骥答应让双方自己去谈，谈得拢是他们的事，谈不拢就知难而退吧。不料这事始终谈不拢，对方始终不退，志在必得，事情越发显得棘手。闹到末了，市委书记贺新亲自给詹一骥打电话，问他："你那棵树是金子打的吗？"

詹一骥说："主要不是钱的问题。"

"不管什么问题，把它解决掉。"

贺新命詹一骥必须做通村民工作，把树交出去。

"非得交出去？"

"必须。"

贺新直截了当，斩钉截铁，没有提及为什么必须这么做，原因不言而喻。如果没有上级重要领导过问，人家无须这么干预。詹一骥没有退路了，他得知道利害，不能因小失大。对基层官员来说，一棵树并不见得比一座坟墓、一间屋子或者一片土地更难对付，多大的征地拆迁都做过，何况一棵树。事情总是有办法，关键是愿不愿意去做。此刻不愿意不行了，只能服从。

詹一骥给乡书记打了个电话。几天后那棵铁树第二次出土，随即运往省城。

不久省里考核组来到本市，出乎预料，公示的考核名单里没有詹一骥。几个月后詹一骥离开县委书记岗位，平调到市直机关任职。外界风言风语，说他"可能有点事"，省领导那里有关于他的"不良反映"和举报。究竟是什么事，反映些什么不得而知。人们记起前些时候的那棵树，觉得问题可能出在那里。尽管属于猜测，无从证实，大家却都那么传。无论是不是给一棵树绊倒，詹一骥颇受伤，也很无奈。说到底他是自找的，如果那天他"不作为"，待在车上不下来管闲事，那就什么事都不会有。人家办公室主任提醒他"情况复杂"，他根本没当回事，以为自己地盘上的事自己就能掌控，实际上哪里是啊。毕竟天外有天，领导上边有领导，"自然环境"之上有"美化环境"。身处如此环境，很多情况难以料想。

一年多后，詹一骥时来运转，再给派到县里任职。这次机会有一点偶然：原本准备用的是另一个人，程序还在走时，突然有举报信，情况比较复杂，必须立刻更换人选，于是提名了詹一骥。于詹一骥而言，这也算一次补偿，给一个新的机会。通常情况下，县级主官日后提升的机会比较大。

履新前，市委书记贺新亲自找詹一骥谈话，称决定詹一骥下去任职是几经斟酌，充分考虑了詹本人情况以及工作需要。强调新任用表明信任，要求詹“放下包袱，轻装上阵”。詹一骥表示感谢，保证一定接受经验教训，认真履职，决不辜负，等等，都是该场合应当讲的话。这些话初一看寻常，其实颇可深入解读。所谓“几经斟酌”，显然詹一骥“二进宫”并不是那么顺畅，需要领导们反复斟酌才下决心。所谓“考虑了詹本人情况”，当然不是指考虑他颜值不错，而是他曾经的际遇。当初他没给提起来，原因究竟是“有点事”还是“不良反映”或者其他？不需要多做解释，没有就是没有了。但是显然那时候确实有点委屈，难得詹一骥本人不吭声，没有捶胸顿足喊冤叫屈，到处申诉辩解讨公道，调到市直部门后尚能认真工作，这就让人家领导认为可取，感觉同情，于是时候到了又想起这匹马。同情当然是需要的，但是并非最重要，贺新整个谈话里，最含蓄的应当是“考虑到工作需要”，那是什么意思呢？某个县缺一位书记，当然需要派一个人去接手工作，问题是有的地方好接手，有的地方未必。本县情况比较特殊，前任会折腾，搞得表面灿烂辉煌，暗中留下不少潜在问题，后任接手不那么容易。外界对此有议论，领导也清楚。因而需要找一位稳健一点，比较有经验，对付得了复杂情况的人上阵，于是才有了詹一骥的“二进宫”。詹一骥本人意外得获新机会，自会格外珍惜、格外努力，他曾经的起落亦成为经验教训，有助于他认真履新。

谈话期间，詹一骥拿个本子记录，他的笔不时发抖，被贺新注意到了。

“那手怎么啦？”贺新问。

詹一骥放下笔，伸出手掌让贺新看，他的十个手指头都在发抖，情不自禁。

“这么紧张？”

詹一骥自嘲：“平时暗自颤抖，今天明目张胆。”

他做了解释，称自己不是紧张，是很激动，也感觉有压力，此刻想起很多。

贺新看着他，好一会儿：“记住那棵树。”

“我知道。”

詹一骥表示那棵树一直都在他心里。据他所知，几百岁的铁树没有经受住几番折腾，移种到省城湿地公园后不久就死掉了。得知情况后他心里很不是滋味，情不自禁总是尽量绕开当年遇到那棵树的路段，不往那边走，一直到现在都这样。这一次下去履新，既感觉振奋，也有担心，想起那棵树，自知要非常努力，也要非常小心。

贺新说：“必须这样。”

詹一骥只讲担心，没有提到恐惧。那个感觉不能公开，只属自知。人为什么会恐惧？因为把握不住，不知道会遇到些什么。环境这么复杂，到处都是树，上一回是一棵铁树，这一回莫非是一棵杧果树？或者是其他什么？无从料想，只能走着瞧。

人们都认为詹一骥“二进宫”的时间不会太长，作为资深县委书记，干个一年半载，机会一到，顺理成章就上去了，前提是一切顺利，不要出事，特别是别出乱子。詹一骥果然“运气好”，没绊到一棵树，却陷进一个坑，上任不久就遇上陈克跑路，中央商务圈溃败。詹一骥竭尽全力，一边维稳一边给阳光，千方百计防止出乱子，如他所说：“我们承受不起。”偏偏怕什么来什么，乱子说出就出。

大石坑事件属于突发性群体事件，詹一骥全力防控之下居然还出这种事，有其特殊原因：那一天聚集冲击中央商务圈售楼部的人员非本土，都是外来者，大部分来自省城。当年陈克开发大石坑时忽悠力度强劲，广告铺天盖地，优惠折扣活动一波接一波，除本县被他搅得人心浮动外，全省各地特别是省城亦有不少人动心，组成炒房团前来扔钱跳坑，订购店面，视这笔投资为一本万利，包赚不赔。陈克消失后，本县业主们为受骗上当焦虑不已，本县外的业主们也好不到哪里去。省城有一批业主找到陈克的公司总部，该总部已经大门紧闭，粘上封条，里边空无一人，没有谁来理会各位受害者。义愤填膺之际，受害者们联络聚集，以秋游为名，驱车从省城冲到了本县大石坑中央商务圈售楼部，因为此处依然有人值班，尽管也清楚该售楼部已经被地方当局接管，不再代表陈克，毕竟也是个出气口。大家冲到这个坑人之地闹一闹，在力争引起外界注意和政府重视以助解决问题之余，也表示一点愤慨，出一口恶气。岂料一闹腾就收不住，搞出了乱子。当天事件造成售楼部焚毁，六人受伤，其中两人重伤。两个重伤员均有一点年纪，身体本就不好，反应比较迟钝，逃离售楼大厅过程中手脚错乱摔倒于地，惨遭踩踏，抬上救护车时已经不省人事，命悬一线。县医院奉命不惜一切代价抢救，最终都保住性命，也算不幸中的万幸。

事件发生后，现场起火原因成为调查焦点。起初曾怀疑是人为纵火，故意焚楼以泄愤。经调查该怀疑被排除，调查人员倾向于是意外失火。根据调查，最先烧起来的是售楼部一楼大厅西侧，那里是值班人员的生活区，有电热水壶、电茶盘等家用电器，其中若干电器常接入电源。出事当时，值班人员因拉肚子，骑自行车到附近村庄药铺买药，离开售楼部，导致聚集人员到达时大门紧锁，无人接待。聚集人员强行进入大厅后，有人推开值班人员所居房间，掀翻床铺，推倒桌椅以宣泄愤怒，可能是该行为造成了某个电器摔坏破损，电线短路引燃屋里纸张、衣物等易燃物，继而烧及家具，导致火灾发生。该售楼部装修豪华，外观堪比西洋皇宫，实则只是一幢临时建筑，大量使用轻质材料，引火柴般非常好烧，一旦着火即发展迅速，难以控制。

陈克跑路后，詹一骥千方百计防止事端，占比为绝大多数的本县业主基本稳住，没有生事。詹一骥对来自县外的袭扰并非完全没有防备，却鞭长莫及，难以像本县人员那样有效掌握情况并及时管控。事件发生前，由于情况持续平稳，相关部门与具体值班人员有所懈怠，詹一骥本人的注意力集中于寻找接盘手，对发生乱子的警惕亦有所放松。出事当天上午，詹一骥陪同客商涂志强到大石坑看点，曾亲自在售楼部转了一圈，那里安静得像一片墓地，丝毫没有骚动迹象，岂料几小时后就成了火场。

那天詹一骥从省城机场奔回，直接去了火灾现场。他到达的时候，现场已经做了初步清理，除了维持秩序人员，没有其他无关者。詹一骥站在变成遗址废墟的原售楼部一地灰烬旁看了好一会儿，一声不吭。他把双手插在夹克口袋里，任那十个指头在衣袋里不停地颤抖。

赵光储赶来汇报情况，一二三四，这个那个，情况紧张，他又显得口吃。

詹一骥问：“谁来给点阳光？”

赵光储张口结舌。

“没用了，准备后事吧。”詹一骥说。

赵光储大吃一惊。

他不知道詹一骥其实是自说自话。

比较而言，本次事件参与人数不是特别多且尽是外来人员，矛头焦点是无良企业家，不是地方政府，本不至于对地方负责官员造成太大伤害。问题是该事件中的烧楼、踩踏伤人以及远距离飞车聚集袭击等情节极其吸引眼球，影响必定成倍放大。且它发生的时间非常不凑巧，恰如老天爷特意安排前来绊马：两天之后，中央巡视组将莅临本市。本市市委书记贺新在年初省两会期间升任省人大常委会副主任，由于接任人选尚未确定，目前他暂以省领导身份继续兼任市委书记。作为省级班子成员，他是本次被巡视对象。在中央巡视组隆重到达前夕，本县以如此亮眼的一起突发性群体事件，为该领导献上一份大礼，反应可想而知。这一原本只具地方影响的事件，必然也会因发生时机引起中央巡视组注意，本省形象将受到伤害，省主要领导的反应同样可想而知。

上一次詹一骥让一棵铁树绊了，这回他是陷进了大石坑。什么中央商务圈啊，那分明就是个套马圈、陷马坑。在乱子发生之后，下一块骨牌倒地已经没有疑问，剩下的悬念只是詹一骥将在哪个时间点上被如何放倒。

5

下午三时，詹一骥在办公室接到紧急报告，打电话的是县公安局副局长。

所报情况为突发：又有不速之客冲到大石坑，开来两部车，省城的车牌，停在路边。该副局长接到前方人员急报，感觉情况重大，赶紧打电话向詹一骥报告。

詹一骥问："有什么异常？"

目前所知是车牌令人担心。两辆车与前些时跑来烧楼的那些车辆一样来自省城，但是所挂车牌有别，是省直机关车牌。根据前方人员报告，为首一辆是奥迪，牌号非常靠前，是"002"，也就是二号车。

詹一骥不觉一惊："确切吗？"

确切无误，他们拍了照片通过手机传给副局长，绝对不会搞错。据报告，有四个人从车上下来，越过缺口走进大石坑工地。副局长已经指示前方人员跟上去，保证安全，有什么新情况要及时报告。

"好。"詹一骥回答。

副局长请示是否需要他本人或者加派干警到现场查看一下。詹一骥没有马上回答，停了片刻才说："做好准备，等我通知。"

"明白。"

放下手机，詹一骥一声不吭坐在椅子上思忖。一屋子的人看着他，谁都没敢出声。

在本省，没有哪个县委书记不知道二号车是什么，那其实就是一号，省委书记范世杰的用车。范世杰任省长时开始用二号车，接任书记后还用那部车，车号不变。在本省范围内，不可能有谁胆敢冒用这个车牌，如果停在大石坑边的果然是二号车，那么就是范世杰驾到。大石坑有什么特殊之处，足以吸引范世杰前来视察？昔日五光十色的中央商务圈，日后突然发生的陈克跑路，在县里可称大事，在省里就不算什么了，唯一值得一提的可能只有那一把火，在中央巡视组到来的敏感时候它烧了起来，让领导很不高兴，因此便记住了。无论范世杰有多恼火，他也不太可能专程前来视察一个无足轻重的大石坑售楼部废墟，很大可能是他恰巧路过或者从附近经过，突然注意到了，记起前些时候那把火，感觉不痛快，特意停下来看一看。情况是这样吗？或者还有其他原因？

不得而知。只有一点可以肯定：那个坑不是什么好地方，那把火不是什么好事情，范世杰出现在那里，对詹一骥不是什么好消息。

那时候会议刚开个头，詹一骥看着办公室一屋子人，拍了一下桌子。

“咱们暂停。”他说，“先散会。”

大家面面相觑，詹一骥也不解释，拿手一指赵光储，命赵跟随自己前往大石坑。

赵光储诧异：“这么急，发生什么了？”

詹一骥没吭声。

他们匆匆下楼，上了车。轿车开出机关大院，詹一骥才把情况告诉赵光储。赵一听是省委书记驾到，一时大张嘴巴。

“怎么……连个电话都没有？”

他的意思是领导应当事前给个通知。问题是从来没有哪条规定要求大领导不得微服私访，对下属小领导实施突然袭击。人家有权想来就来，无须客气。

詹一骥伸手往口袋里掏，并非拿手机什么的，是下意识动作。他一边看车窗外闪过的街道、楼房，一边情不自禁掏身上的口袋，夹克口袋、裤子口袋，逐一掏，左掏右掏都是无用功，什么都没掏出来。

如赵光储所说，范世杰驾到，事前连个电话都没有，表明至少到目前为止，他没打算召见当地领导。人家或许只是下车瞄一眼，看看这个影响恶劣的大石坑长得怎么倾国倾城，转身就离开了。詹一骥冒冒失失赶去大石坑，别说很大可能是根本够不着，只能扑个空，万一居然碰上了，可能反而坏事。领导不见也就算了，一见这个玩忽职守的下属不请自来，没准更觉反感，倍觉恼火，那岂不是詹一骥自己找死，往枪口上撞？以安全计，此刻詹一骥远远躲开最好，他完全可以权当不知，留在办公室继续开他的会，至少等现场传来新消息再做定夺。

但是他决意追过去，哪怕白忙活。

大石坑售楼部被一把火烧毁那时，事件几乎在发生的同时就被传到网络上，有微信视频到处转发、传播。由于牵涉房地产开发、群体性事件和安全事故，三位一体，几方面都来过问，领导批示接连传递下来，措辞一个比一个严厉，一时雷声隆隆。几乎在那把火刚刚熄灭的时候，省里相关部门领导就到达现场，事故调查迅速展开。陈克的中央商务圈在各种媒体中被描绘成骗局，詹一骥到本县任职不久，骗局与他无关，但是售楼部事件是在他到任后发生的，他必须承担责任。事故调查人员对他未能有效防止事件发生，以及处置上的一些细节问题提出了疑问。例如为什么人员车辆突然聚集之际，现场没人值班？所谓“拉肚子买药”是允许出现的吗？为什么聚集人员闹腾了好长一段时间，警察才赶来维持秩序？意外发生时，为什么詹一骥不在自己的岗位上，要跑到省城机场去给一个开发商送行，以致未能及时处置突发事件？类似调查最后都要处分一批负责官员，事情越大，处分的官员就越多，处分也越重。大石坑这件事就规模和后果而言不算太大，但是情节新，影响坏，以上级领导的重视程度，人们都知道詹一骥插翅难逃。身为第一责任人，必首当其冲，不抓起来就好，撤职还算客气。事关自身安危，詹一骥当然不会轻易放弃，他多方说明情况，找上级领导申诉，希望念及基层工作之复杂与不易，不至于弄得太糟糕。但是他心知肚明，事情好不到哪里去，这时还能有什么妙计？“谁来给点阳光”？

范世杰恰在这个时候光临，如天上一颗巨大陨石扑通砸在大石坑边。无论人家是有意微服私访，或者偶然路过，于詹一骥而言都属非常突然、非常意外。目前在本省，说话分量最重的无疑就是范世杰，他的态度和意见将决定詹一骥的命运。他对大石坑事件以及对詹一骥的恼火可想而知，对事件的前因后果以及詹一骥这个人却未必了解充分，如果能有机会当面申诉、解释，会不会让他的看法有所改变？那样的话，结果可能就很不一样。这当然是从美好的方向设想，事情真的会那么美好吗？范世杰个性极强，精明强悍，喜怒难以捉摸，大家很怕他，詹一骥虽暂无直接领教，却早有耳闻。细论起来，詹一骥与范世杰也不是毫无瓜葛，其实早有前科。当年詹一骥被一棵树绊了脚时，范世杰刚刚调来本省当省长，省城湿地公园建设是他亲自抓，要走那棵树很可能是他直接下的命令。据说该领导记性超强，弄不好人家还耿耿于怀呢。詹一骥不知深浅跑过去，别说申诉辩解，说不定突然人家就发作了，让詹一骥像是一脚踏在地雷上。他能不害怕，或称能不恐惧吗？为什么还要一头撞上去？所谓“是福不是祸，是祸躲不过”，无论是福是祸，省委书记光临本县的机会不常有，詹一骥这样的基层官员面见省委书记的机会也不常有。对詹一骥而言，这也是一次意外机会。

从县委大院到大石坑车程大约二十分钟，詹一骥命司机加快速度，像救护车送急诊，不要耽误了。司机听命，握着方向盘，全神贯注，车子开得飞快。

途中赵光储请示：“是不是该给市里报告一下？”

詹一骥道：“确定了再说。”

范世杰光临本县，市里肯定不知道，否则事前会通知本县做好安排。范世杰到来属重大事项，按规定县里必须主动向市里汇报情况，赵光储是县委办主任，他不能不注意这个。问题是还没见到范世杰真身，仅凭一个电话消息，詹一骥不敢贸然行事。也可能范世杰真的来了，只是下车晃一晃又走了，詹一骥必须到现场确定情况再向市领导报告。与范世杰有关的事项可不敢马虎。

也就十六七分钟，他们赶到大石坑。售楼部烧毁后的残缺部分已经清理干净，只是地面上依然存有大片黑迹，遗址只存遗迹。有一个集装箱放置在一旁，那是火灾后詹一骥命人紧急安放的，略加改造，充当临时值班所。远远地，只见两辆轿车一前一后停靠在集装箱边，空荡荡静悄悄两部车，车边未见人影。

他们尚未离开。詹一骥放心了，额头上的汗也冒将出来。

詹一骥命司机靠上前。果然不错，是省直车牌，打头的为二号车。

司机在车里，见詹一骥的车到，他从里边摇下玻璃，问了句：“干什么？”

赵光储忙介绍：“这是我们县委詹书记。”

司机伸手指着那片黑迹：“领导从那里进去了。”

詹一骥带着赵光储匆匆踩过售楼部遗址进入工地。工地空空荡荡，一眼望去满地狼藉，布满破石烂土，到处坑坑洼洼，泥塘一个连着一个。远远只见几个人站在前方一排塌毁殆尽的简易工棚边，对着满圈泥坑。一共有五人，站在中间者个不高，略胖，正是范世杰，正在跟一旁一个着协警制服者交谈。

售楼部出事后，詹一骥命亡羊补牢，加强防范，县公安局特安排若干名协警加强本处值班，虽然值班人员在此早已无事可干。现在看来弄几个人在这里值班也不是毫无作用，今天范世杰等四人到来，便是值班协警发现并报告的。事后得知，如果不是他，范世杰一行可能已经离开了：协警奉命保证安全，因此他跟着客人进了工地。客人在工地上看了看，抬腿要走，范世杰忽然对跟过来的协警感兴趣，询问该年轻人身上的制服是谁给的，在一个人都没有的大坑边晃来晃去究竟是干什么，捉鬼吗？而后两人攀谈。范打听协警是哪里人，文化程度如何，干了几年，拿多少工资，家里几个老小，收入如何，等等。于是便意外拖了点时间，供詹一骥飞车赶到。

詹一骥凑上前时，范世杰已经伸出手跟年轻协警握别，说是要走了，不打扰年轻人捉鬼。他看到了匆匆赶到的詹一骥二人，却视而不见，只管自己掉头，带着身边随员往回走。在此之前，詹一骥仅仅在电视新闻里和大会场上远远见过范世杰，范世杰身边的几个随员则一个也不认识，对方当然就更不认识突然冒出来的这位詹书记。

不料赵光储认出了其中一位，即低声招呼："纪主任！"范世杰身后一个人停下脚步，扭头看一眼："你是？"

赵光储赶紧介绍："这位是我们县詹一骥书记。"

詹一骥赶紧上前与那位握手。

"好像在哪里见过。"对方说。

詹一骥回答："纪主任多关心。"

这个人叫纪明，省委办公厅副主任，曾任省政府办公厅处长，是范世杰省长的秘书。范世杰当书记后他依然跟随，人称大秘。赵光储在省里参加办公室系统会议时跟纪明接触过，所以认出来了。詹一骥不记得以前见过纪明。数年前詹一骥当县长时，经常因跑项目叨扰省政府办公厅，或许与他亦曾有一面之缘。难得纪主任跟所跟随的范世杰一样记性好。

纪明有意放慢步伐，与前边的范世杰拉开一段距离，既听詹一骥说，又替范世杰挡驾。两人交谈几句，詹一骥明白了，原来不是微服私访，也不是突然袭击，是出于意外。范世杰到下边调研，今天返回省城，在高速公路上遇到阻塞，一了解是前方发生严重车祸影响了交通，所以下高速改道从这边走。途经本县时，范世杰注意到路边那个集装箱，问那是怎么回事，结果又发现地上焚烧的痕迹，知道就是那个搞得沸沸扬扬被烧掉的售楼部，因此下车来看一看。

詹一骥提议："范书记难得光临，可不可以到县宾馆喝一杯茶？"

"不要。"

"或者就到前边集装箱，在值班室喝点水？哪怕停留几分钟。"詹一骥请求。

纪明问："你有什么事？"

詹一骥称自己一听说范世杰到达，没有丝毫耽搁，丢下所有事情立刻就赶了过来。因为机会实在难得，基层干部见省领导很不容易，特别希望领导关怀。

纪明说："如果有什么个人诉求，你还是通过正常途径反映好。"

詹一骥称自己确实有很多个人诉求想要反映，特别是刚刚发生这起火灾事件，很想让领导深入了解一些情况。但是那不是最重要的。他保证不拿个人事项麻烦领导，只想就本县眼下最急迫的工作请求支持。

"那是个什么事？"

詹一骥指着身边的工地说，这里刚刚发生过一起火烧事件，造成不良影响。如果不把问题从根本上解决掉，不知道还会闹出些什么，影响到哪里去。一段时间以来，县里已经做了很多工作，至今还在不懈努力。近日县里重提一个交通建设项目，提供了一个比较圆满的解决方案，不仅能解决当前急迫问题，又有促进经济发展的长远效应，可以提振各方面信心。由于涉及修筑一条隧道，需要省领导的重视支持。

"项目的事情你按照程序报送吧。"纪明说。

"我担心自己没有时间了。"詹一骥说。

纪明不问为什么没有时间，显然他心里很有数。他只是说，如果事情非常急迫，可以马上寄一份报告给他，他先看看，合适的话他会转交给范世杰，或者直接交办给有关部门。詹一骥表示非常感谢，回头他马上寄。但是恰好范世杰光临，还是非常希望能够直接跟领导报告，哪怕只提一句。

“纪主任，你看我。”

詹一骥向纪明展示他的额头，那里汗津津湿成一片。詹一骥说，小领导追大领导，心里七上八下很恐惧，紧张之至，真是没有办法。

纪明不吭声，好一会儿，他摆摆手示意詹一骥不急，自己抬腿快步趋前，几步到了范世杰身边与之低语。那时候范世杰等几人已经踏过售楼部废墟走出工地，前方就是充当临时值班室的集装箱，旁边停着他们那两部车。

纪明显然是在向范世杰报告情况。看来范世杰不感兴趣，没打算停下来喝一口水，也没打算听詹一骥哪怕汇报一句。他径直走到轿车边，身旁另有个年轻人身手敏捷拉开后排右侧车门，范世杰坐进车里。

那时詹一骥也快步赶到车边。纪明朝他举手摆了摆，示意他不要多嘴了，到此为止。詹一骥无奈，止步不前。

从头到尾，范世杰没跟詹一骥说一句话。比较起来，他在工地上对那位年轻协警要亲切得多，见面问制服，告别讲捉鬼，真是区别大了。大领导不认识小领导，见面之初不理会无可厚非，待到纪明向他报告，知道这个跑得满头大汗的下属原来是此方土地，那时他不吭声就是有意给脸色了，表示强烈不满。考虑到前些时候这个地方突然有一把火热烈燃烧，制造出好多动静。此刻身临其境，他没劈头盖脸把詹一骥狠狠训斥一顿，已经算是亲切关怀了。

就在这个时候，突然传来一声高叫：“范世杰！你是范世杰！”

众人大惊。詹一骥扭头去看，不觉心里一紧。

竟是张胜，骑着一辆自行车，晃着一头白鸟窝，一头撞了进来。张老师一如既往地不修边幅，今天的衣着格外奇怪，没穿外衣，内衣外套着一件毛背心，就这么骑自行车招摇过市。他一眼认出范世杰，情不自禁跳下车，大声叫唤，非常兴奋。本省范围内，当面直呼范世杰名字的人恐怕不多，即便是省领导们，不称范书记，也得称范世杰同志，尊敬有加。张胜应当不是有意不敬，只是高兴加上意外，这么大的领导，居然让他给见着了、认出了。作为一个老在古坟旧宅转来转去的退休专业人员，他对机关那一套确实也比较不在行，换上别个，打死了也不会这么当面大叫。

不料如此直呼竟让领导有感觉。范世杰按下车窗回答："我是那个人，你是谁？"

"我是张胜。我在电视上见过你。"张胜大声道。

詹一骥赶紧向赵光储摆手，示意赵把张胜挡开，只怕张不懂轻重，说出什么让范世杰不高兴的。不料赵光储刚凑上前，范世杰就把眼睛一瞪，命赵走开。

人家有兴趣跟张胜聊聊。

张胜身上背着一个大挎包，跟他矮小的个头不成比例。范世杰称那个包为大麻袋，问张胜有啥好东西装了一麻袋？张胜也不多说，即把挎包放在地上，蹲下身子打开，从里边掏出了一个旧锡罐，不算大，表面看去灰不溜秋。

"这是什么宝贝？"范世杰打听。

张胜称算不上宝贝，不过也有一点价值。这个锡罐是旧日大户人家装茶叶用的，应当是民国初年的东西。这东西从哪儿来的呢？前些时候山边村有一个大墓被人挖了，张胜听到消息，知道有些东西流散在附近村庄里，特意前去寻访。今天在一户村民家访到这个锡罐，便买了过来。钱没带够，他把身上穿的上衣脱下来给了人家。

范世杰大笑："我说怎么穿得不三不四。"

张胜向范世杰自我介绍，称自己住在县博物馆宿舍，他的屋子里头，包括床铺底下堆满了四乡里访来的东西，旧石碑破陶壶什么的，其中很多比这个锡罐年代更久，更有收藏和研究价值。他们博物馆公开展出的展品中，至少有八成是他征集到的，包括一批明清字画，那是他争取一位民间收藏家捐赠的。

"有好东西吗？"范世杰问。

张胜称尽管良莠不齐，但其中确实有几个精品，不输省博物馆藏品。

“我可以偷看一眼吗？”

“求之不得啊。”

范世杰即打开门命张胜上车，带上他的大麻袋和小宝贝，以及不三不四全副行头。

“你那个豪车就不要了。我这个车太小，装不下。”范世杰说。

张胜果真把自行车一丢，拎着他的大挎包喜滋滋上了轿车，就坐在范世杰身旁。一直守候在轿车旁的纪明对詹一骥指了指那辆自行车。

詹一骥会意：“我处理。”

省里来的两部车发动，一前一后驶离。詹一骥命一旁的协警把张胜那辆自行车骑到县博物馆，自己与赵光储匆匆上车，追赶前边的轿车，直奔县城。

那时詹一骥心里有一种奇异感，几乎不敢相信范世杰真的就这么留下来了。“谁来给点阳光？”想不到竟是这位张老师。

他的手却还在暗自颤抖。

6

他们看了县博物馆的展品，那些明清字画，最后进了张胜的宿舍。

张胜无家无室，一辈子只干一件事，可称以馆为家。他住在博物馆内一个偏房里，其宿舍紧挨着本馆库房。据他自称，从他大学毕业分配到馆起，他就住在那个房间里，他当了博物馆负责人后依然不变，退休后还是原地不动。新领导曾打算赶人，要他另找地方安身，让他很发愁，因为人好动，一屋子破烂却不好搬，在他看都是宝贝，在别人看都是垃圾。还好后来不赶人了，相安无事。他愿意在这个屋子终老，一生只待这么屁大一块地方，眼睛一闭去住骨灰盒，全部身后之物上交本馆收藏，也算各得其所。

范世杰板起脸道："你还得多活几年，你这个床铺底下还没填满。"

本馆前负责人的居所被范世杰称之为"充满历史空气"，其实就是堆满了各种破烂。房间不大，约有二十来平方米，有床有桌有橱有沙发，所有物件上无不堆满东西，包括床铺底下。当着众人的面，张胜从床铺下拉出一个竹筐，筐里叮叮当当是半筐子旧陶器。他拿出筐里一个物件请范世杰欣赏，据称那是一个明代茶壶。赵光储赶紧清理沙发，让范世杰有个地方坐。

范世杰说："你们都出去，站在这里影响呼吸。"

屋里空间小，破烂多，大家只能站着，影响呼吸倒不至于，连个坐的地方都没有却是不虚。范世杰发话当然得听从，詹一骥即遵命，带着本县所有人员退出屋子，来到外边的小天井。范世杰的随员也都出来，仅留下纪明坚守岗位，陪同领导身陷陋室，深入调研，呼吸历史空气。里边堆积太多，空间狭小，容三个人就座已经显得拥挤。

詹一骥一出门就抓住时机紧急部署，命赵光储通知办公室火速送材料。刚才在路上，赵光储已经按詹一骥要求打过电话，让办公室紧急准备那个交通项目的材料。当时还不清楚范世杰会在县博物馆待多久，不知道是否来得及，此刻看来领导对张胜的破烂有兴趣，估计再待个十来分钟半小时没有问题，送材料应当有时间。因此詹一骥急催，要求尽快送两份来，一份拟直接送给范世杰。

"一定要在范书记离开前送到。"他下令。

赵光储问："是不是让宾馆也做点准备？"

詹一骥点头："也对。"

此刻已经是下午四点半，如果范世杰有兴趣，与张胜再多聊一会儿，差不多就到了晚餐时间。如果能把范世杰留下来吃一顿饭，那当然更好。

詹一骥命赵光储赶紧准备，他自己则跑到一旁，亲自给贺新去了个电话。贺新一听说范世杰突然视察大石坑，顿时警觉。

"他有什么指示？"贺新问。

詹一骥报称还未能与范直接交谈。

得知范世杰意外邂逅县博物馆前负责人，目前到馆做考古发现方面的调研，待在一间满是破烂的小屋子里，贺新沉吟许久。

“没听说他喜欢收藏啊。”贺新道。

詹一骥说，看起来范世杰像是兴趣很广泛。

“大概还可能待多久？”贺新问。

无法推测。范世杰从大石坑工地出来后，已经上车准备离开，想不到被一头白鸟窝缠住，一直待到这个时候，也不知道他还会再跟张胜聊多久。詹一骥已经让县宾馆做了准备，一旦需要，请领导留下来用工作晚餐。

“好。”贺新指示，“有情况随时报告。”

“我知道。”

打完电话，詹一骥回到小天井，博物馆人员已经搬来几张折叠椅，供领导们就近于天井小坐，稍事休息，等待范世杰调研结束。还有人在一旁沏茶接待。詹一骥坐下来，看了前方屋子一眼。天色还不晚，那屋里却已经亮了灯，从窗户透过来的灯光很强。或许这是必需的，看清破烂需要借助强光。

十几分钟后，材料送到博物馆。送材料的是小林，县委办一个科长，平时跟随詹一骥下乡，配合工作，此刻留守于詹一骥办公室。

小林请示：“还有什么需要处理吗？”

詹一骥下意识地伸手往口袋里掏了掏，问道：“我那个包在桌上吧？”

小林点头：“需要送过来吗？”

詹一骥想了想：“算了。”

然后等待，一等居然一个多小时，范世杰始终待在那屋子里呼吸，没有离开迹象。这期间纪明曾走出房间接电话，詹一骥看到纪明便站起身，抓着那份材料打算借机送交。纪明一边听电话一边朝詹一骥摆手，表示不急，接完电话转身又走回房间里。

晚间六点一刻，贺新到达县博物馆，范世杰还没有离开迹象。

贺新说：“没关系，咱们等。”

詹一骥没估计到贺新会专程赶来。市区到本县县城有一个小时的车程，贺新驱车前来的每一分钟，范世杰都可能上车走人，让贺新只追到一个影子。得到詹一骥报告后，贺新本可给纪明打个电话了解情况，甚至也可以提出赶来面见范世杰，纪明必定让他不要来，那就顺水推舟，问一问领导有何指示就可以了。但是贺新放下电话就上了车，与詹一骥如出一辙。大石坑那起风波发生在本县，本县归本市管辖，查了县委书记的责任，是不是也要查一查市委书记？大家都知道不会，特别是贺新本人已经提任省领导，那场风波实在不足以卷走那么大的官。因此听说范世杰光临大石坑，詹一骥顿时一头汗，贺新则无须，不必专程跑来负荆请罪，不想他还是迅速到达。

已经到了晚餐时间，不说守候在外头小天井里的市、县两级领导肚子饿了，屋子里的范世杰本人应当也会有感觉。此时有必要稍事提醒，请示下一步安排，可视为下属关心上级领导身体健康，该任务当然必须由詹一骥承担。

詹一骥得到贺新认可，起身前去请示。推开房门时，他看到范世杰与张胜两人并排坐在沙发上，低着脑袋看茶几，那里摆着一个破陶片。两人都戴上眼镜，范世杰手持放大镜，正看得津津有味。詹一骥注意到茶几下边乱七八糟胡乱堆着些东西，大约便是这一个来小时里范世杰看过的古旧物品，只有一样不是：一个玻璃盒子。詹一骥记得这个东西，里边装有一只当代书虫。张胜没忘记抓住机会向省委书记展示它。

詹一骥开口道："范书记，我们贺新书记……"

他本想先报告贺新来了，然后再请范世杰离开。不料没待说完，范世杰即发声制止，不容置喙："安静。"

詹一骥只得住嘴。一旁纪明把他一拉，低声道："不急，再等会儿。"

詹一骥悄悄抽身，返回小天井。

贺新听罢情况，一耸肩道："领导不急，咱们当然不能急。"

他吩咐詹一骥跟他来。两人走到一旁，贺新问一个情况："你好像要送什么材料？"

估计他是听赵光储提起。詹一骥承认确有打算，他也刚想向贺新汇报。七八年前，本省山海高速通道建设中，本县曾经建议配套一条高速公路连接线，从县城北部延伸出去，穿过一条隧道，用一个互通与主通道连接。这条连接线当年曾经立过项，因为资金原因没有弄下来，终未能实施。后来有了新高铁线路规划，这个项目就被搁置。现在县里准备旧案重提，作为新举措来提振信心。这个旧案如果能成，所建连接线会成为一条便捷通道，确立城北一带未来交通枢纽地位，对解决相关问题大有好处。就眼下让人头痛的中央商务圈，目前拟接盘开发商还在犹豫，信心不足，既纠结于新高铁线建设的暂缓，又担心火烧售楼部的后续影响。此刻提出连接线项目，无论对开发商还是业主都是利好，有助于问题根本解决。如果考虑到未来形势发展，新高铁线还能恢复开建，那就锦上添花。

贺新质疑："项目现实可能性如何？"

詹一骥承认实现有难度，如果好办当年也就办成了。目前形势相对较紧，实现的难度无疑更大，但是与高铁线相比，可能性又会大一些，主要问题在省内就能解决，所以值得努力。最近一段时间他为此全力以赴，今天下午还在开会讨论。原来打算准备充分再向市里报，一级一级走程序。不想范世杰突然光临，他觉得机会难得，打算提前直接报送范世杰，如果能得到重视、支持，那就事半功倍。

贺新看着詹一骥，好一会儿不说话，末了问："除了这份材料，没有别的吗？"

"没有了。"

"确实？"

詹一骥告诉贺新，他已经向纪明保证过，只报告工作，不谈个人。说心里话，到本县任职之后，感受很复杂，不作为心里过不去，想作为又感觉恐惧，内心深处一直有一种担忧，怕出事，怕自己有麻烦。待到那把火一烧，果然出事了，感觉反而放了下来，现在只担心时间不够，想做的事做不了。

"有个情况我先告诉你，你得有个思想准备。"贺新说。

他把詹一骥叫到一旁，实际上是因为这个情况不容旁听。什么情况呢？竟是对詹一骥的处理。鉴于火烧风波的恶劣影响，以及詹一骥应负的责任，市委领导已经研究，提议免掉詹一骥县委书记一职，按规定报请省委决定。此刻处分程序已经启动。贺新原本打算近日召见詹一骥个别谈话交底，今天就在这里先通气。贺新说，詹一骥应当清楚，所谓“壮士断腕”虽属不得已，却是必需的，以免发生更严重的情况。詹一骥亦曾经历过波折，当知道如何正确对待。

当着贺新的面，詹一骥身子开始发抖，嗦嗦嗦抖个不停，贺新察觉到了。

“怎么啦？”

詹一骥丝丝抽气，回答：“没事。”

现在清楚了。为什么贺新需要从市里赶来面见范世杰。实际上牵扯到对詹一骥的处置。范世杰视察大石坑，不论有意无意都会让贺新有压力，提醒他这件事还在关注中。贺新需要向范世杰表明本市并未懈怠，绝不姑息，他匆匆赶来当是出于这一意识，要报告相关处理意见，包括如何处分责任人。他提到的“壮士断腕”有多重含义，一方面为詹一骥可惜，一方面也表示，此刻当机立断主动给詹一骥一个处理，对他可能更好。通常情况下，有这么一个处分，看起来也够重，上级便不会再多加追究。如果迟迟不办，或者过于轻描淡写，上级不满意，决定严肃查办，后果就会严重得多。

“来日方长，挺过去，还有机会。”贺新说。

他声音很低，听起来像是连他自己都不相信。

詹一骥还是发抖不止，丝丝抽气。

贺新低喝：“别这样！”

詹一骥咬着牙表示只是情不自禁，实际上他心中有数。发抖中他还调侃了一句：“感谢领导关心，给我一点阳光。”

这话听起来更像是自嘲。

贺新没弄明白：“说什么？”

詹一骥平静下来，称自己会正确对待。记得他向贺新报告过，自从出了铁树那件事，每次经过那条路他都设法让自己绕道走。现在他只担心日后自己得怎么绕开大石坑。他父亲两年前去世时，骨灰葬在南山墓园，从市区到南山墓园必经大石坑这条路，日后每年清明他得怎么办？难道弄个直升机？

“说怪话了？”

詹一骥又发起抖：“贺书记别见怪。”

贺新一声不吭，好一阵才说：“材料什么的，你不必给他了。”

“我知道。”

他们一前一后从角落里走出来，回到小天井，坐回各自的座位上，继续等待。

那以后他们没再说话，在小天井等待的所有人都没说话。偶尔似有咕一响，声音比较可疑，那当是肠鸣，有人饥肠辘辘了。难得范世杰有定力，不计较这边众多下属等得焦虑不已，也不在乎自己饿肚子，始终坚持在那间堆积着无数破烂，或称充满了历史空气的陋室里呼吸。詹一骥坐在他的折叠椅上，表面看已经基本恢复正常，实际上还时而暗自颤抖。他还曾下意识去掏口袋，自然什么都没掏出来。考虑到他刚刚得知的处理消息，尽管所谓“心里有数”，毕竟还是一个重大打击，这个时候他还能坚持坐在那里等待，已属很不容易。

漫长等待终有结束之时。待那间屋子忽然传出动静，范世杰与张胜走出门时，大家终于松了口气。感觉上似乎等待了足足一个世纪之久，实际上也不算太长，不外也就是熬到晚七点一刻。

贺新立刻迎上前去：“范书记，我来了。”

范世杰跟他握手，批评：“是哪一个多事的叫你来？”

詹一骥在一旁自认：“是我。”

范世杰看了他一眼。詹一骥忽然伸出手，手上抓着一份材料。

“范书记，我们这个交通项目非常需要领导关心。”他说。

贺新明确要求詹一骥不要送材料，作为一个已经出局的人，詹一骥送这份材料确实已经没有意义。日后谁来接手，人家自有人家的考虑，未必认为有必要去推进什么连接线。詹一骥自己非常明白，却不愿放弃最后的机会，硬是当着贺新的面把材料递上去。贺新试图制止已经来不及。一旁纪明不动声色，一伸手当即把材料接走。

这时范世杰一瞪詹一骥，指着他的脸问：“怎么回事？”

詹一骥说：“没事。谢谢。”

范世杰抬腿往前走。刚走出几步，忽然听到身后传出奇怪的杂乱声响。他扭头回看，却见那里有个人整个儿摔倒在地上。

竟是詹一骥，骤然昏迷，人事不省。

7

詹一骥血糖低，时有发作。通常情况下多于下午时段发作，那时他会出汗，发抖，脸色苍白。低血糖综合征又称晚期倾倒综合征，这种毛病只要心里有数，不难对付，未必就要倾倒，发作时赶紧补充糖分即可。因此詹一骥的包里总是装有若干甜食，巧克力、奶糖或者夹心饼干什么的。有时候夹克口袋里也塞上几块。对他来说，那些甜食好比心脏病患者随身包里的救心丹。身为领导，当众吃零食有损形象，詹一骥服用詹氏救心丹从来都很隐蔽，悄悄自我独用，谢绝分享，有如其暗自颤抖，不太为人所知。据称低血糖往往比高血糖危险，高血糖不外就是糖尿病，那是一种慢性病，可通过服药、打胰岛素等等控制。低血糖不一样，那玩意儿来得急，一旦发作且处理不及，会导致思维与语言迟钝、行为怪异，严重者出现惊厥、昏迷甚至死亡。

那一天也算运气好，詹一骥在办公室接到电话，得知范世杰光临，即紧急前去迎接，急切中没把他的包带上，身上口袋里恰好也弹尽粮绝，因此便处于不设防状态。这种状态并不意味着就有麻烦，通常情况下，哪怕发几个抖出几身汗，只要坚持到晚饭时间，几口米饭也就解决问题了。因此在县博物馆小天井等待之际，小林曾请示是否把詹一骥那个包带过来，詹一骥没要求。他怎么也没估计到范世杰时间到了不吃饭，如此有耐力。等待中詹一骥的血糖便一点一点地低下去，超过了临界点。难得他也很有耐力，居然一边经受严厉处分打击，一边颤抖，一边恐惧，一边坚守岗位，一直坚持到把那份与他实已无关的材料送到范世杰眼前，然后才倒地不起。他那一摔吓坏了不少人，包括贺新，唯有范世杰泰山压顶不弯腰，没有丝毫慌乱。此前他已经发现詹一骥神色不对，追问他“怎么回事”，出事后他喝了一声：“给他叫救护车！”

詹一骥给送到医院抢救。万幸，他没有死，没有半身不遂，也没有就此痴呆。半小时后他给弄醒过来，第二天一早他就自己走出了医院。

半个月后他得到一次严重警告，作为工作失职的处分，但是却给继续留在县委书记岗位上去解决各种棘手问题，继续想方设法“给点阳光”。有人调侃这一结果要归功于他的低血糖。如果他没有倒在那个地方，估计已经跟那个地方“拜拜”了。重要之处在于血糖必须低得足以让上级领导留下印象，结果便很不一样。詹一骥昏倒于地，却让那块已经摇摇欲坠的骨牌奇迹般没有倒下。

他依然颤抖、出汗。现在知道那是低血糖。当然也不全是。

草青青，麦黄黄

刘　汀*

草色遥看近却无

苏途从来都没想过，自己一个南方人，竟然会跑到这么北的地方来生活。

他此时所在之处，是内蒙古北部的山区。据当地人说，翻过前面那道大坝，再向北走五百里，就到蒙古国了。童年时，他总是在中央电视台的天气预报图上看到这块地方，还由此知道，经常有一股来自西伯利亚的冷空气，从这里吹过，然后用不了一天的时间，北方就会下雪或下雨。

他并不像大多数南方人那样，对雪抱有很多美好的幻想，甚至把看一场鹅毛大雪作为自己的人生追求之一。对他来说，北方或者所有家乡之外的地方都是模糊的，他已经彻底稀释在南方的潮湿、炎热中。童年时满眼所见都是绿色，长大后又多了工厂的浓烟造成的灰色，打工的地方常年阴沉着天气，也是灰的，反正不是什么雪白。他曾经以为，自己的一生大概都会在南方或者比南方更南的地方生活，比如镇上很多人去打工的广州、汕头，或者泰国、菲律宾等，总之都是整年可以在夜晚喝冰镇啤酒的地方。

---

* 刘汀，男，1981 年生于内蒙古赤峰市，现供职于某杂志社。出版有长篇小说《布克村信札》，散文集《浮生》《老家》，小说集《中国奇谭》，诗集《我为这人间操碎了心》等。曾获新小说家大赛新锐奖、第三十九届香港文学奖小说组亚军、第二届华语青年作家奖非虚构提名奖、《诗刊》2017 年度陈子昂诗歌奖青年诗人奖等。

他有一个高中同学，大学考到了哈尔滨，开学不久就遇到了第一场雪，特意拍了照片发到同学群里。苏途看见那个平时瘦猴子一样的同学，穿着厚厚的棉服，站在一个憨态可掬的雪人旁边，脸颊红彤彤的，感到有点好笑。他大致了解，东北人或者整个北方的人都有一种奇怪的乐观精神，像春晚小品里演的那样，同学到那里就被这种东西给浸染了。他几乎能从他发的语音信息里听出东北口音。

苏途只在群里回了一个微小的表情符号。他跟群里的大部分同学都不怎么联系了，但也下不了决心退群。有时候，特别是上工特别累游戏也打烦了的时候，他会翻翻同学群里的聊天记录，从零零碎碎的对话中拼凑出一些人的生活梗概。比如乔薇——他高中时偷偷喜欢过的那个女孩，全国英语演讲比赛高中组冠军，保送北京外国语学院，当了系学生会主席，是世博会的志愿者……她到了大学仍然是风云人物，经常看见她分享跟很多外国人在一起或参加各种高大上活动的照片。他知道，乔薇已经成了和自己完全不一样的人了，他可能一生都不会再跟她相遇，再像高中时候那样挨得很近地聊天。在班里，他是她的定点帮扶对象，每天她都要用标准的美国发音教他学英语，而他嘴里蹦出来的单词总是听得她一愣一愣的。她会怔怔地看着他，眼神里是一种强压着烦躁的不解：世界上怎么会有这么笨的人？但她从来不会把这种想法表达出来，总是微笑着说：我们再来一遍。苏途肯定自己从未让任何人感觉到他对乔薇的喜欢，他很清楚，这事一旦说出来，就会是一个笑话。他的自尊比精美的瓷器还要脆弱，他保护它的唯一方式就是不去触碰任何有危险的事。

冷空气的尾巴吹透略显单薄的夹克衫，让苏途感觉到，自己仿佛身处另一个国家。他站在一条春天的河边。因为地气上升，远处山峦冬雪化尽，小河里的水渐渐涨起来。偏低的河滩上，隐隐约约可以看见一层雾气样的嫩绿色，可走近了，脚下还只是黑褐色的土和去年干枯的草根，还有稀稀拉拉的牛羊粪便。他忽然间明白了小学时背诵的那句诗，“草色遥看近却无”。他成长的地方，常年都是绿草如茵，即便有些草茎枯萎，但还没等干瘪，就被另一层更新鲜的绿覆盖了，哪里见到过这种朦胧淡薄的绿。

苏途不是来看风景的，他哆哆嗦嗦站在河边，是为了把憋了半天的一泡尿撒出去。他是一个司机，开着一辆两挂斗的东风大卡车，车斗里是从两百里外的铅锌矿拉来的矿石，要送到几十里外的选厂去。高中毕业，没有考上大学，他跟村里的其他年轻人一样出来打工。几年来，他流浪于南方的各类工厂——在电子厂里盯手机、电视机、电脑配件，在流水线上焊电路板、拧螺丝。每天工作十二个小时，下工后，眼睛和脑袋都是木的，但年轻的身体一呼吸到工厂外的空气，立刻会涌起莫名的冲动和活力。他通常都是跟工友们去夜市吃烧烤，喝廉价的扎啤，然后醉醺醺地哼着“命运就算颠沛流离，命运就算曲折离奇”回集体宿舍，倒在雨季发霉的床铺上睡去。第二天，刺耳的闹铃把他从乱梦中叫醒，洗脸刷牙，带着轻微的宿醉继续上工。日复一日，像车间墙壁上挂着的电子钟，毫无意外地旋转在自己的轮回里。

刚过去的那个春节，他们没有休班，一直在赶一批台湾老板的货。到了元宵节，任务完成，工厂才放假一天。他们无处可去，就叫了外卖，在宿舍里打游戏喝酒。夜幕降临后，有人嚷嚷着去街上看花灯，据说今年的烟花特别多，说不定还能碰见好看的姑娘。他们便合上已经发烫的笔记本，伸伸腰背，叫喊着走出寂静的宿舍楼。

街灯红红绿绿，姑娘们也红红绿绿，白日里显得乱糟糟的街面，在霓虹灯和女孩子的笑声里，充满异样的魅力。他们能很容易区分出哪些是本地女人，哪些是跟他们一样的打工妹，后者的衣服总是更夸张些，描眉画眼，而且大声地说笑。她们整日在机械声嘈杂的工厂里，已经习惯了大声讲话。苏途和几个工友互相搭着肩膀，踩浮船一样摇摇晃晃地走，向穿着暴露的女孩吹口哨，心里充满一种说不清道不明的痛快感。

有人说，再喝点啤酒吧，他们又坐到了露天烧烤摊上。冰凉的冒着气泡的扎啤咕咚咕咚灌进胃里，打两个饱嗝，身体瞬间又松弛了不少。苏途发现旁边一桌里有个人一直在看他，他在逆光的位置，他看不太清是谁。等服务员过来送烤串，把头顶的灯光挡住，他心里咯噔一下。看他的那个人脸上的疤瘌像条蚯蚓一样在他心里爬，他跟同伴说，走吧，咱们去看灯，别喝了。那几个人刚喝到兴头上，哪里肯走。苏途坐立不安，心跳加速。没错，就是这个疤瘌脸。苏途刚出来打工时，跟他在一个厂子一个车间里，他有次看见疤瘌脸偷偷地把手机电路板装在鞋底的夹层里。那时的苏途还保有少年时期的正义感，偷偷跟经理举报了，疤瘌脸被当场抓获，罚款开除。疤瘌脸被赶走那天，高声喊着要报仇。苏途心里害怕，也辞职换了个厂子。

这地方聚集了上百家各式各样的工厂，十几万打工仔和居民，苏途以为自己再也不会碰见疤瘌脸。谁想到竟然在这里坐到了隔壁，他隐隐地感到要出事了。疤瘌脸拎着一瓶啤酒站起来，向他们这方向走，苏途腿打哆嗦，他准备好了随时逃走。他用酒瓶子指着苏途说，小子，终于让我逮着你了。还没等疤瘌脸的酒瓶子摔下来，苏途工友里脾气最火爆的邵阳仔已经把拳头挥了出去。然后就是两伙人厮打。疤瘌脸冲向苏途，苏途情急之下，抄起桌上的烧烤扦子，直直刺入对方的胸口。眼看着那个人一点一点地瘫倒在地上，血殷殷流出，他吓得酒醒了大半。有人喊了一声杀人了，打架的人都停了手脚，然后就听见了刺耳的警笛声穿过斑斓的灯光而来。他们都慌忙逃走。上元节的月亮虽然大，好在灯多人更多，逃掉很容易。

这一晚，苏途翻来覆去在床上烙饼，他想跟大家道个歉，说一下缘由，但不知如何开口。邵阳仔鼻青脸肿，但却只有他睡着了，其他几个人都清醒而静默着。他们心里都想着一件事：死了人。一大早，他们刷网上的本地新闻，说疤瘌脸送到医院抢救，保住了性命，伤势也不算重。但是他们逃跑的时候，扯断了某家店的电线，引发了一场中型火灾，损失不小。几个人商量着这个地方不能待了，反正春节的加班费已经拿到手，本来也要换地方的。大家于是分头跑路，其他人都向老家的方向去，只有他不想回整日阴雨的小镇，怕很容易被找到，他想自己应该反其道而行，一路向北，去这些人永远找不到的地方。

浅草才能没马蹄

苏途先是坐火车到徐州，然后坐汽车到大连，又坐火车到赤峰。之所以去赤峰，是因为打电话回家里，姐夫说他有个朋友在那儿的矿上，让他去投奔。姐夫说，矿都在山区，离城市远，才没有人查你干过什么呢。等过段时间事情平息了，你再回来。

他按照姐夫给的地址去找那座矿时，才发现赤峰大得超乎他想象，而且那时候天还冷着。北方天冷他知道，但等他看见整个大地都是一片灰褐色，没有一点绿，风把沙尘扬得漫天遍野，树木像野狗啃过的骨头，还是惊愕地张大了嘴。他那身在徐州火车站小摊买的棉夹克，瞬间就被冻透了。他不得不把包里所有的衣服都穿在身上，像一个肉粽子。花了两天时间，他才找到大山里的铅锌矿，跟姐夫的朋友韩大哥接上头。

无论如何，他暂时落了脚。韩大哥四十多岁，眉毛一条高一条低，看起来有种天生的喜感，再加上他的脸是那种猪肝色的鞋拔子脸，化化妆的话，还真有点像赵本山。只是，他的眼神要深沉得多，可能是常年下井的缘故，总是藏有心事的样子。韩大哥在矿上是个小班长，挣的是下井的搏命钱，三班倒。他陪苏途喝了两顿大酒，吃了两顿羊肉。

苏途跟韩大哥和他的几个工友在一个小饭馆里，桌上是几个大盆菜，小鸡炖蘑菇，汆羊肉，土豆炖牛肉。苏途从来没见过那么大的菜盘，简直跟洗脸盆差不多。酒是当地的小烧，装在一个足有二十升的塑料桶里，每个人面前一个大碗。第一碗酒下肚子，苏途觉得自己快着火了，那股热几秒钟就从腹部烧到了全身，特别是脑袋。他感到自己的头像气球一样，突然变大了好几倍，晃一晃甚至能听见里面脑浆浮动的声音。在这一刻，他有点后悔，开始想念南方的啤酒的温和，想念那种在湿答答的空气中把冰凉、冒着气泡的啤酒灌进胃里的感觉。

几大盆菜竟然被吃光了，一塑料桶酒也喝掉了五分之一，韩大哥他们好像除了脸黑里泛出一种紫红，手脚仍然利索。苏途不知道自己怎么回的韩大哥宿舍。第二天醒来时，发现宿舍就自己一个人，他们都正常下井去了。他简直无法想象这些看起来并不强壮的黑汉子，前一天晚上喝了那么多酒，竟然还有力气去挖矿。而他，头昏昏沉沉，身上酸软无力，像是重感冒高烧四十度一样。他挣扎着起床，看到地上一片狼藉，应该是自己吐的。苏途从公共卫生间里找到一把已经快掉光头的黝黑的拖把，把宿舍的地拖了一遍，又把每个人的被子整理了一下，然后走出宿舍。

宿舍楼对面，有一个篮球场，水泥地面已经凹凸不平，篮筐也像人的帽檐一样低低的。篮球架子下面，摆着一只篮球，球是全新的。苏途捡起球，拍拍投投，随着血液运转，身体缓慢恢复。他的心思却陷入了挣扎，他想离开这儿，觉得自己根本适应不了这里，可是又没有地方去。他放下球，在宿舍周围的矿区瞎转。这里街道的两边都是低矮的平房，用木桩子围起来的院子里堆满了煤块，很多家的堂屋里伸出一根炉筒，浓黑的烟从里面滚滚而出。苏途找到一家小商店，里面都是些简单的日杂。他看见地上摆着四五桶昨天喝的那种酒，就问老板多少钱一桶。老板说三十，他掏钱，说要两桶。他又买了一盒泡面准备当午餐。

苏途把两桶酒拎回宿舍，竟然出了一身汗。泡了面吃掉后，困意袭来，他又倒在床上睡过去了。再醒时太阳偏西了，韩大哥他们下工回来。吃饭去，韩大哥说。苏途指了指酒，说我买了两桶酒给你。韩大哥鼻子扑哧了一下，瞎整，还用你买酒。

他们又去了昨天那家饭馆，还坐那张桌子。今天我来请客吧，苏途说。韩大哥说，怎么能让你请。苏途说，韩大哥你给我个机会。韩大哥说，喝你买的酒，菜还是算我们的。苏途只好同意，依然点了昨天的几样菜之后，他问老板娘：有什么青菜？老板娘被他问得一愣，青菜？旁边几个人都笑了，说小子我们这里可是内蒙古，你当是南方啊，大冬天的哪儿来的青菜。韩大哥说，老板娘你给他来个炖酸菜吧，在这就这道菜像青菜。他们又喝酒，他却不敢再喝了，他们也不劝他。他意外地喜欢猪肉酸菜炖粉条，特别是菜汤，他兑着开水，加了点辣椒，喝了好几碗，身上立时出了透汗。到这一刻，昨天的宿醉才彻底过去。

吃了一会儿，韩大哥说：这里的好处是，只要你肯下力气，总饿不死。又问他会干什么。他发现自己前两年在工厂的那点经验，完全派不上用场。韩大哥捏了捏他的胳膊，软绵绵，没一点肌肉，龇着紫红的牙花子说，你这小身板，下井没戏，开车会不会？车他会开，但只开过小车，没有大车驾照。韩大哥说，没事，能开就行。我们矿山的矿石都不出左旗，没人查。也好，他想，干几天再说。

来矿上的时候，他搭的就是一辆拉矿石的车。从大钟镇到百诺铅锌矿，走了四个多小时。进矿时，刚好赶上山上放炮。他正在汽车的颠簸中迷迷糊糊，一声巨响，吓得他腾一下站起来，头撞到了车顶棚。司机一阵大笑。怎么回事？他捂着脑袋，扭头看向窗外，山坳处烟尘滚滚。

矿井放炮，司机说，听一段时间你就习惯了。

他揉了揉脑袋，坐直了身子。周围的山和南方的山很不一样，跟他到北方后平常所见的山也不一样，一般的山都是不规则的，起起伏伏，而这里的小山都是挖出来的砂石堆起来的，看上去是规律的圆锥形。

百诺铅锌矿是一个露天矿。砂石山的旁边，常常是巨大的矿坑，路在矿坑边上蜿蜒向上，到了斜坡又开始螺旋着向下，一直延伸到矿坑底部。矿坑底部有几个足球场那么大，上面各种卡车、钩机、铲车挥舞着钢铁手臂在装卸矿石，机器轰鸣，空气中是浓重的柴油味。苏途被眼前的景象彻底震撼了，这里简直是电影中的外星球。

司机停在一个岔路口，告诉他再往西走五百米，就能到居住区。他要找的韩大哥今天休班，正在那儿一个叫红火火饭馆的地方等他。他下了车，看着卡车屁股喷了股黑烟向矿坑进发。苏途四下望了望，到处都是被挖开的山体，到处都是卡车和各种机械，穿着橘黄色工作服的矿工像蚂蚁，在蠕动着。但是更远处，他又看见了那种嫩黄的绿，他以为自己看错了，揉揉眼睛再看，那些没有被挖掘的山坡，确实笼罩着一层嫩绿，像浓雾下的南方茶园。

绿雾下，有一片灰灰白白的房子，依地势散落，应该就是司机说的矿工生活区。他迈步向那里走去，心里有种奇怪的感觉，仿佛自己走在遥远的月亮上。他对即将面临的生活没有什么明确的期待，但陌生感本身还是让他有点激动。他心里暗暗想，在这里，外人绝对不可能找到自己。

苏途就这样半情愿半糊涂地开始了他的矿山司机生涯。他先是和之前搭车的司机跟了三天车，熟悉了从矿山到选厂的道路和工作流程，很快就自己出车了。两百多公里的路，算不上长途，司机不需要倒班，大家都是各自跑。有的人为了多赚点钱，早起晚归，每天能比其他人多跑一趟车。

第一次开大车，苏途坐在驾驶楼，手死死攥着方向盘，因为路不平，汽车载重又大，每辆车都超载，方向盘不使劲，车轮就打滑。才开一个多小时，两个胳膊就酸痛，这活儿比他想象的更累人。这种累和流水线上的累不一样，它折腾的是身体。等晚上交了车，去小饭店吃一碗羊肉面或者炖酸菜，喝一瓶赤峰啤酒，往宿舍的床上一倒，几秒钟就能睡过去，一觉无梦到天亮。

一切还好，他只是不太适应北方气候的干燥，特别是矿区的暖气，一直烧到清明节。晚上入睡的时候，他把还滴水的衣服搭在暖气片上给空气加湿，但还是常常让干燥弄得半夜醒来，喝一大茶缸子凉茶也不行，他的鼻子开始隔三岔五流鼻血。每次用卫生纸把鼻孔塞住，不习惯地用嘴呼吸时，他总是想起南方潮湿的空气，想起吸进口腔和鼻腔里带着水珠的空气。

他很快对这份工作熟络起来，路上也放松了，透过车窗，他眼看着青草冒芽、长高，梨花也打了花苞。他初来时那一片灰突突的大地，几乎是一夜之间就变得青葱起来，初春的绿永远是嫩绿，像是婴儿。风吹在身上，有一种说不出来的舒服，苏途开爽了的时候，会把车楼两边的窗子都摇下，让暖洋洋的风吹他。在南方，他可从来没体验过这种感受。现在，他唯一需要提防的，就是村路上突然跑出来的一只鸡或一头驴。苏途前几天就轧死了一只鸡。他开车过一个村子，一群鸡从院子里叽叽喳喳跑出来，他猛打方向盘躲，还是有只鸡被后轮轧断了脖子。苏途停下车，看着车轮上的血迹、鸡毛，还有地上没有头的鸡，胃里一阵恶心。他愣愣地在那儿站了半天，直到院子里出来一个女人，叫嚷着让他赔钱。多少钱？他问。女人说，给五十块钱，鸡他可以拎走。苏途给了她钱，但是没有要那只鸡，它的血让他想起疤瘌脸胸口的血。

他回到矿上，跟韩大哥他们说起这事，他们都笑话他傻脑壳。韩大哥说，轧死只鸡鸭太正常了，你这孩子死脑筋，轧死了拎上车就走，回来炖一锅吃，竟然还站在那里等人来找，竟然还给人钱，给了钱竟然还不拿鸡。他讪讪地笑一下，说，我们那儿老人说，吃轧死的东西不吉利。韩大哥说，死就是死，有什么吉利不吉利。他不太懂韩大哥说的，但觉得他说这句的时候面色有些凝重。后来他才知道，韩大哥他们常年下井，总是会见到各种各样的事故。有时候看电视上播某处矿难的新闻，他们都会停下手里的事，静静地看，旱烟卷烧到手指才惊醒，赶紧放到嘴边吸最后一口。苏途不理解，他们满可以回避这些压抑的新闻的。后来有一次，韩大哥拎着几张花花绿绿的保险宣传单来，问他这上面的具体项目到底咋回事，他才略略明白他的心事。那几张宣传单已经沾满了泥垢，显然放了好久了，他凭着自己并不确信的理解，一条一条地给韩大哥解释。韩大哥听完，叹口气说，一只鸡死了，值五十,一个人死了，有时候并不比鸡更值钱。

独怜幽草涧边生

不久之后，春汛就来了，今年的雨水似乎比往年多，竟然还发了一次洪水。

他们常跑的那条路被水冲坏，一时半会儿修不好，只能绕路。这一绕就一百多里地，平常一天能跑两个来回，这回紧赶慢赶也就一趟半。卸了车，他们就住在选矿厂旁的小旅店里，有时候甚至借住在半路的农民家。

他们绕的那条路，沿着木伦（河）的河岸，弯弯曲曲，经过一片半农半牧区。路上有一段，需要过木伦（河），河两岸是浩尔吐村和海力图村。两个村子只隔着这条并不宽的河，但河西的浩尔吐村是牧民，属于红塔苏木，河东岸的海力图村是农区，属于大钟镇。海力图村虽然也养牛羊，但主要收入还是靠种田，小麦、黄豆、玉米。这里是木伦（河）整个河道最窄的地方，架着一座坚固的石桥，据说是多年前百诺铅锌矿修建的，那时还没有修公路，这是运送矿石的唯一路线。

前年的时候，内蒙古政府推行了村村通计划，就是村村通水泥路、通电、通有线电视。水泥路修到了每家每户的门口，人们出行方便了很多，苏途他们跑车也方便了。

有一天晚上，苏途在选矿卸了矿石，看着天色还早，就想尽早赶回去，住下的话就要耽误半天。因为天色渐晚，路上人车稀少，他开得很快。快到木伦（河）桥的时候，迎面过来一辆绿色的三轮车，会车时他的车轮越过了水泥路面，轧在了沙石路边上。哪知道这条路的沙石都不瓷实，瞬间碎裂，整个车一下子就翻到了路沟里。幸好回矿山是空车，如果拉满了矿石，后果不堪设想。

水泥路的规划是十米，但是这里的旗长在修路的时候，把一部分修路款挪用去盖政府办公楼了，路修好只剩下八米宽。两辆大车会车时，都得小心翼翼，以防剐蹭。苏途从驾驶室里爬出来，动动胳膊腿，好像除了一点擦伤，没什么大事。一转头，看见三轮车翻到了对面的路沟里，开车的也刚从车斗里爬出来，竟然是一个年轻女子。

女子也没受伤，冲过马路，指着苏途大声说：你怎么开车的啊？眼睛长到脚底板了？苏途一听，也火了，说：你好意思说我？路就这么宽，你看看车辙，我要不是为了躲你，能掉到沟里吗？对方愣了一下，可能是听见苏途的南方普通话有点吃惊。她说：你……你，你胡搅蛮缠。苏途说，咱俩谁也别埋怨谁，都怪这破路，太窄了。女孩突然冲上来，苏途吓一跳，以为她要打自己，赶紧躲。女孩说别动，用袖子在他脸颊上抹了一把，袖子成了红的。苏途蓦然感到脸一阵火辣辣，原来这里被碎玻璃划了一道口子。女孩没说话，匆匆跑到对面翻倒的三轮车那儿，扯出一卷卫生纸，递给苏途。苏途胡乱抽了一段，捂住了脸，卫生纸瞬间被血浸红了。

月亮升起来，他看清了那辆三轮车，车头栽倒，车斗侧翻。让他意外的是，车斗和路沟里竟然是牛羊粪。他不明白，一个年轻女孩拉这些干什么。

女孩看他的脸还是在流血，又到三轮车那里，拿出了一包卫生纸。脸色红红地递给苏途，说，血止不住，你用这……这个吧。苏途接过来，心里想，我的脸流血，你脸红什么。等他拆开包装，才看出来，这一包是卫生巾，他浑身都火烧起来，仿佛血液都涌到了受伤的脸上。女孩突然抢过卫生巾，打开一条，给他贴在了脸上，然后哈哈大笑起来。

女孩说，你这车太大了，你得叫人帮你才能拖出来。我的三轮车小，要不咱俩试试，看能不能翻过来？

苏途点点头，说试试吧。我这车得打电话喊矿上的人来弄了。

他俩用光了全身的劲儿，才把三轮车车头扶正，又从矿石车上扯下铁锹，垫了半天土。女孩摇响了三轮车，坐在驾驶室里，苏途在后面推，终于挪到了马路上。他们又一点一点把路沟里的牛羊粪装到车斗里。

女孩说：那我就先回去了。

苏途说，哦，好。他心里想，这人怎么这么不厚道，刚帮你把车弄出来，就丢下我一个人跑了。

他挥挥手。三轮车冒了一股烟，突突突开走，留给他一片夜的黑影。眼前的水泥路在月光的照耀下，像一条白色的蛇，蜿蜒伸向不远处灯火渐起的村庄。

苏途坐在翻倒的车旁，又累又饿，车楼里除了半玻璃瓶子凉开水，什么都没有。矿里刚才回了电话，说工程车都派出去了，在抢修被雨水冲坏的路，等着其他拉矿石的车明天路过，再帮他把车拖出来。苏途知道自己今天回不去了。这时候是四月初，在南方老家已经特别暖和了，北方的白日也暖洋洋的，可太阳一落山，冷意仍然很足。还有风，这些风像是某些胆小的人，躲着白天的太阳，天一黑，就跑出来撒欢。风不大，吹在身上却像是洗冷水澡，一点一点地往骨头里渗。

苏途牙齿打战，歪在驾驶室里，迷迷糊糊，半睡半醒。他脑海里是那次元宵灯会红红绿绿的街，还有熙熙攘攘的人。他记得自己逃走时回了一次头，看见了一家店铺腾起的火光。火光越来越耀眼，直到他眼前一片空白。他睁开眼，确实有一束亮光，又被晃得迅速闭上。谁？那人没说话，晃了晃手电，光影浮动里，黑色的夜趁机进入他的瞳孔。

苏途从驾驶室里钻出来，终于看清就是刚才开三轮的女孩。

你怎么来了？

女孩扬了扬手里的一件羊皮大衣，说，我不来，你不冻死也得饿死。

苏途哼了一声，小声嘟哝说，算你还有良心。

怎么，不想穿啊？不想穿我拿回去了。女孩说着转身就走，苏途赶紧拉住她，抢过大衣披在身上，立刻就感到暖和多了。女孩胳膊上还挎着一个柳条编的筐，筐里摆着两只大碗，碗上用一层塑料薄膜覆着。苏途闻到了羊肉的味道，忙问，有吃的？女孩让他坐下，她把筐放下，撕开塑料，是一碗白面条和一碗羊肉汤。女孩把羊肉汤浇在面条上，又拿出筷子搅拌了一下，端给苏途。

苏途捧起大碗，挑起一筷子面条塞到嘴里，只一口就把他眼泪吃出来了。掉眼泪，是因为感动，又冷又饿的时候有人给送来了羊肉面条，更是因为这面条太好吃了。他自小吃的都是南方的阳春面，细细的，汤汁也比较清淡。女孩端来的面条很粗，筋道，有一种纯粹的清香。羊肉汤更是大块的肉、鲜浓的汤，满嘴都是香味。

苏途几分钟就把一大碗面吃个精光，胃部温暖后，浑身热乎起来。谢谢，他打着嗝说，谢谢，太感谢了。

女孩说，我本来想喊你去我家将就一晚上，但你车在这里，也离不了人，只能做点饭给你送来。

苏途不知该说什么好，就抬手指了指天空说，看，今天的月亮真亮。北方的天空辽阔高远，深夜并不是纯粹的黑，而是一种特殊的蓝，尤其是有月亮的夜晚。月亮并不是满月，但因为空气好，特别明亮，几乎能看见里面的桂花树。

女孩说，你不是这里人吧？

嗯，南方，很南的南方。

女孩说，你叫什么？

我？苏途，江苏的苏，路途的途。你呢？

田晓，田地的田，春眠不觉晓的晓。

你赶紧回去吧，苏途说，很晚了，天又冷。

田晓没说话，突然捂住了肚子，龇牙咧嘴。

怎么了？苏途说，刚才翻车的时候伤着了？

田晓摇摇头，没事，浅表性胃炎，饮食一不规律就犯。有烟吗？

苏途摸了摸身上，摸出一个瘪烟盒，里面刚好还有两支烟。他递给田晓一支，自己也叼上一支，又掏出打火机，给她点着。

田晓深吸了一口，闭着眼沉默了几秒钟，像深呼吸那样吐出来。整个人瞬间精神了些，说，我得走了，家里的鸡还没喂。你一个人没问题吧？

没事，我一个大男人，怕什么。苏途心里竟然生出一点依恋感，希望她能再陪自己一会儿，但这话他可说不出来。

田晓把碗筷装到筐里，说，再见，你自己小心啊。

她是骑电动车来的。几分钟后，她的身影和微弱的车灯消失在那条窄小的水泥路尽头。在月光下，这条弯弯曲曲的水泥路，变成了一条银鱼，浮游在大地和天空之间。苏途裹紧羊皮大衣，想这个女孩真是有意思，看起来一点也不像农民，倒像一个城里坐办公室的。带着暖意和好奇，这一次，他踏踏实实地睡着了。

草木知春不久归

田晓对着手机镜头说：亲爱的朋友们早上好，今天又是新的一天，蓝天白云，太阳明亮。晓晓绿色农场在这里给您请安啦。今天给大家看一下我们农场的土肥灌溉，熟悉农场的朋友一定都知道，晓晓从来不用任何化肥和农药，所有的肥都是土肥。也就是猪狗牛羊鸡的各种粪便发酵之后的肥料，天然有机，没有一点化学污染。

她一边说着，一边举着手机向院子外走去。

在电脑另一端的人们会看到，镜头晃来晃去，拍到了一个土粪坑。粪坑里堆满了黑褐色的土肥。

看看，看看，亲爱的朋友们，这就是我的农场里用的土肥了。这可不是简单的牛羊鸡鸭粪，这些肥料要堆在这里，等天气再暖和些，温度升高，它们就会发酵，动物粪便里那些植物会变成非常有营养的有机肥。当然，我还会用锄头把它们全部翻一遍，好让肥料蓬松透气，这样空气中的氮气才能进入肥料里。希望大家此刻没有在吃早餐哦，来，我给大家翻一下看看。

说着，田晓把手机放在支架上，戴上塑胶手套，开始翻昨天才拉回来的牛羊粪。

镜头突然聚焦到了一个黑色物体上，田晓拿起来，竟然是一个皮质的钱包，表面有明显的磨损痕迹，看来用了挺长时间了。她翻看了一下，里面掉出一张身份证，上面的名字是：苏途。苏途？田晓突然想起昨晚跟自己撞车的人，看来是他帮忙装车时，不小心把钱包掉在了粪堆里。

亲爱的朋友们，为了这点儿牛羊粪，晓晓我昨天差点出了车祸，跟一辆大卡车撞在了一起，惊险啊。不过一切都是为了咱们的绿色农场，好啦，今天的直播就到这里，请大家持续关注哦，我会让大家看见晓晓农场绿色农业的每一个环节。朋友们，再见。

晓晓关掉屏幕，正想着该怎么联系这个偶遇的陌生人，胃又疼起来。昨晚做的面，都让苏途吃了，她回来之后没再起火，只喝了杯热水，吃了几块饼干。早晨起来，又忙着今天的直播，还没吃早餐。她的胃时时刻刻提醒着她从北京回到老家的初衷。

就在一年多前，田晓还是中关村附近一家校外培训机构的金牌讲师。他们那个培训机构很大，但进入市场晚，所以主要项目不是最热的英语、奥数，而是这两年缓慢升温的作文教学。也是奇怪，之前语文是学生和家长最不重视的一个科目，这两年不但社会上各种公众号每天发文章，就连高校也是一个接着一个开创意写作课、作家班。一叶落而知天下秋，一草发而知春意发，嗅觉敏感的人总能从一点一滴的社会表征里闻到商机，闻到金钱的味道。

田晓从大学中文系毕业，先在昌平的一所区重点教学，还要当班主任，每天累得要死。中学里最难干的两个活，一个是班主任，第二个就是语文老师，问题是校长们又总是觉得语文老师天生适合当班主任，年轻语文老师就更是责无旁贷了。语文老师们有一句自嘲的话，叫上辈子杀了人，这辈子教语文。

这个机构是比她高几届的一个师兄开的，师兄在校友群里发招聘信息。她那天被一个学生家长气到，去教务主任那里吐槽，教务主任却告诉她忍辱负重、息事宁人，这个家长是个什么什么局长，惹不起。她心里愤愤，撂下一句这活真不是人干的，然后就看到了师兄发的信息，就跟师兄联系了一下。师兄当然喜欢她这样的一线教师，不谈不知道，一谈吓一跳，去校外教课，她一个月能赚以前半年的钱。虽然跟学校签的服务期限还有两年，但她真心等不及也干不动了，就去校长那里辞职。校长先是劝说，老师是人类灵魂的工程师，是蜡烛，是园丁。但田晓态度坚决，说你见过我们这么悲催的工程师吗？开学才三个月，我们语文组接到的各种乱七八糟和教学无关的任务、文件、表格就有两百多个。我也不当蜡烛不当园丁，我就想干点物有所值的事，干吗老让我们奉献，你们咋不奉献呢。校长威胁她说，现在辞职，按协议她要赔偿学校五万块钱。她一咬牙，扔出一张银行卡，这两年攒下来的工资都在这里，赔。校长还说，你的档案可是在市教育局，没有学校同意，你拿不走。她被逼急了，说，那我也得走，我死了心了。你如果压着，我就去网上给你爆学校的料。任凭校长软硬兼施，她是纹丝不动，最后，她赔了两万块钱赎身。

跟校长辞别那天，她最后说：何校长，我当老师的时间不长，我给您提一个真心的建议，学校最重要的就是教学，不能让什么德育、教务各种行政部门整天使唤一线老师，你得让老师们把时间和精力花在备课和上课上。校长说，学校的大门始终向你敞开，欢迎你随时回来。田晓挥挥手说，人不能两次踏入同一条河流。

田晓只用了半年时间，就成了培训机构的金牌老师。每次看着家长从群里发来的孩子们作文进步的消息，还有新年之类的节日时，孩子们发来的自己写的祝福，当然更是银行卡里不断增长的存款，她都觉得自己这一步真是走对了。按她的规划，再干两年，她完全可以在北京五环外买一个小房子，那时候，眼看满三十岁，找个人嫁了，生儿育女，相夫教子。

只是，她的计划被一个狂欢的夜晚彻底改变。

学期末，一切工作结束，全公司的人去郊区团拜。老总比较大方，他们住的是一个庄园，伙食好，还有各种健身、游泳、打牌的地方，大家能狂欢三天两夜。第二天晚上，她们几个女同事吃腻了饭店里的自助和桌餐，竟然半夜躲在宾馆里就着辣鸭脖煮泡面。吃完不到十分钟，田晓的胃就疼得浑身直冒汗。本来很多同事开车来的，可都喝了酒，没法送她去医院。打 120，赶过来也很久。情急之下，老总找到饭店协调，他们派了一个司机，又跟了人力资源的一个同事，把她送到了昌平医院。胃穿孔，住了半个月院，打了一周营养液，喝了一周的小米粥。

出院后，田晓发现自己似乎一夜之间变成婴儿了，吃东西得特别谨慎，凉一点，热一点，酸一点，辣一点，胃都会有反应。住院期间，她妈过来照顾了她一段时间，带了一些老家的小米。每天她就喝小米粥，连咸菜都不敢多吃。后来，她自己在超市里买了小米再煮，吃了胃还是会有反应，一阵阵抽搐。她知道这不科学，可能就是一种心理后遗症。住院那几天，同病房的一个姐姐，只比她大四五岁，胃癌，切除了三分之二的胃才活下来。姐姐跟她说，当你的身体提醒你的时候，就是你该做出改变的时候了，否则它就会用更猛烈的方式来报复你。我现在最后悔的就是没在两年前好好调整生活状态。

田晓看着病房雪白的天花板，心里想，自己是不是不能再这样生活下去了。只是要放弃眼下的一切，真的需要足够的决心才行。就在这种犹犹豫豫里，她学会了吸烟，她知道吸烟对自己的胃没有好处，但有根烟夹在手指间的感觉，让她多了种依靠感。她一边想象自己可以做什么改变，一边吞云吐雾。

有一天，在厨房里熬粥的时候，她看着锅里翻滚的金色的小米，忽然想自己也许可以回老家去，就种这种纯天然的粮食。她早就在生活里感觉到了，越来越多的人希望吃到绿色食物，超市货架上那些打了纯天然标签的蔬菜和粮食，都比其他同类贵一倍以上，但依然能卖出去。这就说明，市场巨大，前景可期。

想到这里，田晓有点小小的激动，她觉得自己终于知道该做什么了。田晓多年养成的利落劲，让她快速地在网上做了前期功课，网店怎么开，物流怎么走，人们最渴望买哪种粮食，心里都大致有了谱。她从北京回去的时候，带着一整份四五十页的项目计划书，几乎把自己能想到的所有情况，都做了预案。

晴日暖风生麦气

第二天一早，从选矿返回来的一辆车经过，帮苏途把卡车牵引到路面。幸好除了挡风玻璃碎了，别的地方都没坏，他在越来越暖的春风中，把车开回了矿里。

因为这次翻车事故，苏途被扣了半个月的工资。这倒没什么，他更担心的是自己的钱包丢了，而钱包里有身份证。这个很麻烦，如果被人捡到交给警察，警察随便上网核实一下，就可能发现自己是一个“逃犯”。他也没办法补办身份证，那得回老家，去派出所，等于是自投罗网。

他到小卖部的公用电话给之前的工友打了个电话，他们本来商量好，没有特殊情况，绝不联系。工友告诉他一个好消息，其实警察并没有通缉他们，疤瘌脸已经痊愈出院。而火灾后来被定性为意外事故，承担责任的是当地一家商店的负责人，他违规私拉电线，占用了公路。苏途心里放松下来，开始犹豫要不要回南方，他留在这里的理由似乎一下子消失了。

他去找韩大哥讨主意，韩大哥说我没啥主意，就是觉得北方的冬天你都熬过了，开春天暖和了却跑了，不合算。他想想也是，就说，我现在也不能开车了。韩大哥说，你没有别的技术，开不了车了，想在矿上混口饭，只能下井。一听下井，他头皮发麻，他有幽闭恐惧症，小时候玩捉迷藏，都不敢整个藏在被子里，下到几百米深的矿井里还不得要了他的命。他摇头，说自己下不了。韩大哥说，你试试。这里的矿工，一开始都不敢下井，可下了几次就习惯了。

苏途想了想，说，那试试吧。

下井那天，韩大哥亲自带着他，坐着摇摇晃晃的升降机，吱吱呀呀往地底下沉。苏途的两条腿像煮过头的面条一样，根本站不直，气喘得特别长。升降机那么吵，他都能听见自己的心跳，其实不是听见，是感觉得到胸膛里跳得怦怦怦的，好像一个巨人在那里拍皮球。等升降机终于在井道停下，苏途拽着韩大哥说，我……我不行了。韩大哥拿手电对着他照了照，发现他的脸白得像张纸，嘴唇却是紫茄子样，叹口气说，真是完犊子。挥了挥手，升降机又升了上去。

苏途在宿舍的床上躺了一天，他没想到自己真这么完犊子。还有更丢人的，韩大哥和工友不知道，在矿井里，他尿裤子了。当初把人捅了，他都没有这么害怕过。升降机嘎吱嘎吱的声音始终在耳畔回旋，幽深窄小的矿井坑没有尽头，几乎能直接走到地心去。整个过程中，他脑子里一直有一个画面，就是通向地面的道路被突然封堵住了，他再也回不去了。

晚上，韩大哥拎着一小桶散装白酒、两个猪蹄和一包花生米来找他，说给他压压惊。苏途说，真丢人。韩大哥说，没啥，你天生就不是吃这碗饭的料，不下井更好，跟我一样天天下井，说不定哪天就埋在里面了。韩大哥喝了一大口酒，眼神里有着他从未见过的伤感。他听说了，旁边一个矿井里，昨天塌方，埋了三个人，救出两个重伤，另一个根本没挖出来，永远躺在矿山下了。

死了屌朝上，不死又一年，天无绝人之路，别想这些了，喝酒。两个人就着猪蹄子花生米，喝了两斤白酒。才几个月的时间，他没想到自己已经适应了这种散装的高度白酒，他不再轻易醉掉了。最初，下班之后累了，他都是喝一两瓶啤酒，但很快就觉得啤酒不给劲儿了，慢慢跟周围的人一样，改喝白酒。他渐渐喜欢上了把一团火灌进肚子里，然后等着它把全身的血液都点燃的感觉。

韩大哥说，要不到镇子去看看有什么活儿？苏途说，没事，你忙你的，我在这转悠几天，看看能不能干点小买卖，我还不想这么灰头土脸地回南方。韩大哥说，行吧，天无绝人之路，你年轻，脑子活泛，说不定能琢磨出什么发财之道。

苏途在矿区转了两天，没发现什么可干的事。他蹲在一堆矿石上，随手捡起块石头扔到远处，那块矿石瞬间就消失在矿石山中。他突然想起田晓来。现在没事，不如去看看她，那件羊皮大氅还没还给人家。虽然不太清楚她具体在哪个村子，但肯定离撞车的地方不远。

他搭了一辆车到木伦（河）桥附近，打听来打听去，问出田晓就住在河东岸的海力图村。村人说，你要找那个女疯子？疯子？苏途不解。可不是疯子么，放着北京一年几十万的钱不挣，跑回农村来种地，还不是疯子？她爹都快被她气死了。

还真是个城里人，苏途心里想，放着大城市办公室的工作不干，跑回这里来种地，确实够奇怪的。她还是从北京来的，乔薇也在北京，不晓得她们会不会见过。苏途转瞬就被自己的想法逗笑了。

苏途找到田晓时，她正在给麦田浇水。这地方不像南方，水多，而且到处打了井。这里只有一条木伦（河），从西北边的雪山上流下来，上游有个小水库，秋天蓄水，冬天冰冻三尺，开春时冰化了，河里的水才大起来。这条河前前后后路过七八个村子，每个村子都得浇地，水流到海力图这儿，量就小了。如果上游的村民心坏，悄悄把河道堵上一多半，这边就只能看见毛线细的一条溪水了。为了抢水浇地，田晓凌晨三点多就穿了水鞋雨衣去排队。天透亮的时候，眼看着排到自己了，胃又疼起来，她喝了点保温杯里的小米粥，吃了两片去痛片，扛着铁锨下了田。水量不大，水势又弱，她得随时跑着挖挖这儿、垒垒那儿，好让每一滴水都能蓄在自己的几亩地里，好让每一粒土都浸透春水。去年的麦田，就因为吃水不透，麦子长势比旁边的矮半头，当然也是因为人家上了化肥，她上的土肥。去年的土肥也没沤透，肥力不足。看来什么东西都得透了才行。

尽管穿着水鞋，可踩在泥水里，还是觉得腿脚一片冰凉。麦田土的黏性大，站一会儿再往外拔脚，要费好大力气。田晓累得气喘吁吁。她浇得细致，排着下一家的人不干了，觉得她太耽误时间，跟她嚷起来。就这会儿，她感到脚底下一凉，水鞋被一块碎玻璃划破，进了水，整个右脚渐渐冰麻，一屁股坐到了泥水坑里。

她挣扎着站起时，看到了田埂上一脸惊诧的苏途。

你怎么来了？

我……苏途说不出自己为什么来，我……路过。

田晓笑一下说，路过你还带着我的羊皮大氅？不真诚。

苏途脸腾地红了。

田晓往前走，不想脚出来了水鞋没出来，又一屁股坐到地上。苏途赶忙过去扶她，田晓没扶起来，自己也摔倒了，两个人一脸泥水，看着彼此，哈哈大笑。他们终于搀扶着站起来，田晓说，快，那边跑水了。苏途拎了铁锨跑过去，堵住跑水的田埂。他的运动鞋浸透了水，脚丫子像两块冬天的铁砣，又麻又沉。可他心里却生出一种欢快感，自打逃亡以来，他还从未这么畅快过。在南方的时候，他经常跟伙伴们下河游水，但是从未有过在北方的浅水里这种感觉。可能不是水，是因为田晓。真奇怪，在她头发和脸上沾了泥点的时候，他才真正看清她的模样。田晓皮肤有点黑，像这个地方大多数人，但又比当地的妇女白些，也细腻些。她的眼睛好看，有一种倔强和凌厉，一看就是个很果断的人。

终于把五亩麦田浇透了，两个人裤子已经湿到了膝盖，脚几乎冰得全无知觉，凭着本能走回田晓家。

田晓给苏途打了一盆热水，让他洗洗脚，她自己则躲到了简易的卫生间里。苏途能听见里面哗哗的撩水声，猜测她可能在洗澡。这地方可没有热水器，也没有浴霸，她怎么洗的澡？

苏途趿拉着一双粉红的女士拖鞋，到院子里转转，看到了两个大园子。园子里一畦一畦的菜畦，有的已经冒出了细小的嫩芽，更多的是耙得细细的土，正等着播种。他又想起老家，在南方，人们总是随意在房前屋后撒一些菜籽，用不了一个月，那些蔬菜都会长得能掐来吃。菜畦旁立着小牌子，写着：茄子、青椒、黄瓜、小白菜……有十几种之多。

田晓在门口招呼他：苏途。

他回头，看到她换了一身衣服，头发还在滴水。她一边擦头发一边说，没时间做饭，我半夜出门的时候，电饭煲里熬了小米粥，喝点粥吧。

苏途点点头。

他们坐在堂屋的方桌旁，就着一碟咸菜喝粥。苏途喝了一口就惊呼：哇，这粥真香，能喝出粮食的味道。

田晓说，是吧？我就是要种出这种天然的粮食来，如果是你，你会买的吧？

我？苏途说，应该会吧。其实他心里想，自己现在连工作都没有了，即便有，能是去挑拣什么绿色食品不绿色食品的人吗？

一边吃，田晓一边告诉他，自己找朋友建了一个小网站，全程直播粮食和蔬菜的种植，等种子全部种下去，她就会开始在网上预售。他看了她的网站，很简单。还看了她在网上开的直播号，粉丝还不少，有几万人，很多人留言说，一定会买她的产品。

你真厉害，敢辞掉工作自己创业。苏途由衷地赞叹。

田晓说，其实不是勇敢，反而是害怕，害怕自己陷在无休无止的工作中，然后身体垮掉了。

苏途的粥见了底，田晓连忙又给他盛了一碗。

你呢？还拉矿石吗？田晓递给他，问。

苏途摇摇头，那次翻了车，矿里不让干了，现在没事，瞎转悠，不知道干点啥好。如果没什么可做的，我打算还回南方老家去找活。

田晓说，时兴啥干啥呗。像我这个绿色农产品，搁前几年肯定不行，现在物流发达了，大家都注重吃得营养健康了，才可能有市场。就是有一点麻烦，村子还是太偏，我网上买点东西，都只能送到镇子上，我过段时间再去取，或者找人给捎回来。将来我的产品如果往外寄，也是个麻烦。

快递只能到大钟镇？

嗯，还只有有限的几个公司。现在我最愁的就是这个，好多东西发不出去，我在网上买一些东西，也要不时地跑到镇子里去取，麻烦得要命。

苏途脑子里有道光闪过，他兴奋地说：你说我干快递咋样？

快递？那都是大公司，你一个人怎么干。

不是，我是说，我当个中转，我从镇上去拿快递，然后送到各个村子去，大包裹一个一块钱，小包裹五毛钱。

田晓愣了一下，想了想说，还真行，每天能挣一百块钱。可你拿啥跑？

苏途一下泄了气，他总不能走着去，要做快递中转，至少得有辆车。

田晓说，要不这样，你先开我的三轮车，等你筹到钱，自己买一辆二手皮卡，也就一万多。条件嘛，一是得免费给我送快递，二就是有啥重活你也得帮我搭个手，我爸妈年纪大了，他们也不赞成我干这个，不愿意帮我。

行行行，苏途赶忙答应，我一会儿就回去让韩大哥帮忙问问有没有二手车，他认识人多，我自己有点儿钱，再跟他借点，买辆二手车不难。哎呀，我突然觉得自己发现了一个大商机，不是，是你提醒了我一个大商机。我在广州打工的时候，光我们一个厂，每天就有上千个快递，最近我胡乱转，看到农村的快递也越来越多了。

你还在广州待过啊？

待过几年，也不是城里啦，就是城边的工厂里打工嘛。

我听你口音也不是北方人，咋跑到内蒙古来了？在我的印象里，来我们这边的南方人不是倒爷就是人贩子，真是很少有南方人来这儿打工。

苏途干咳了一声，说，读万卷书行万里路嘛，祖国大好河山，走走看看。

田晓笑了，没再追问下去。

喝完粥，苏途说，我不能白吃饭，我帮你刷碗吧。

田晓摁住他说，这活儿哪儿是男同志干的，我给你看样东西。

啥？

田晓掏出一个钱包，说：眼熟不？

苏途一看，正是自己的，说：怎么在你这儿？我还以为再也找不见了。

田晓说，我捡的，本来想今天还给你，不过你既然要借我的三轮车，身份证就押在这儿吧，银行卡给你。

苏途接过她递过来的银行卡，说，行，那我走了，你可得在村里帮我宣传宣传，就说以后这片的快递我都帮忙取了，然后寄的也是我送到镇上。

苏途到院子里，摇了半天，才把三轮车摇响。

田晓问，你会开吗？

他坐上去摆弄摆弄，说，没事，天下的车都一个样，摆弄几下就可以了。

田晓说，你等会儿，转身回了屋，拎了一瓶酒出来，递给苏途。

啥意思？苏途问。

我又不喝酒，我爸高血压也不喝，给你吧。

苏途拿着酒瓶看了看，呵，宁城老窖，好酒啊。

他给车加油，三轮车突突突开动，但这种车的方向全靠车把调整，不像汽车那样有方向盘。车把又跟后面的车厢之间形成张力，劲儿一大了，车就要翻。苏途开得左右乱晃，差一点撞到田晓院子的土墙。出了一身大汗，苏途终于把三轮车开出了院子，行驶在了村道上。他没敢回头，他知道田晓肯定一直在看着自己。

绿阴幽草胜花时

事情既比想象的顺利，又比想象的困难。

苏途的想法得到了韩大哥的支持，他愿意借给他钱，也帮他打听谁卖二手皮卡。韩大哥说，但凡有其他出路，就别下井挖矿，这不是人干的营生。在矿山这种地方，二手车还是挺多的，就看价格是否合适。很快就有了卖家，韩大哥领着他去看车，谈来谈去，价钱差五百没谈拢。韩大哥说别急，你先开着三轮跑，皮卡咱们慢慢挑。让苏途感到困难的是，咋让十里八乡的人都相信他。他毕竟是个外地人，要做的事又是没先例的。矿上倒没问题，他在这干过，海力图村也没问题，田晓能给他担保，但就在跟海力图村一河之隔的浩尔吐，他却遭到了阻碍。

这个村只有十几户牧民，其他人都好说，他们很少从网上买东西，也很少寄快递，要寄就骑马到乡里的邮局，觉得绿皮包裹才有保障。苏途来说代收代送快递的事，他们用半通不通的汉语嗯嗯啊啊点着头，心里没当回事。因为跟汉人挨着住，牧民们都会点汉语，但又都不太精通，只有老酒鬼巴塔说得溜，比汉人还汉人。他整天酒瓶子不离手，不过喝醉了不耍酒疯也不瞎闹，就是躺在自己的马槽里睡觉，要么就骑在墙头上唱曲子。

老巴塔稀罕马，觉得马比人亲，再生个子的马到他手里都能服服帖帖，所以牧民们都服他。有汉人和牧民进行牛羊交易，都找他做中间人，他能估出牛羊的好坏，说一个价，双方就都不还价了。好多大牯牛，看着膘肥体壮，巴塔说，这牛有病。果不其然，不到一个月，牛死了。原来是在草原上吃草的时候，误食了手机电池，电池里的矿物质把胃给腐蚀了，外面看不出来，等溃疡扩散成穿孔，已经回天无力。死了的牛剥皮剔肉，老巴塔拿了一挂牛下水，还有那块锈迹斑斑的手机电池，伤心地说：多好的一头牛啊，就让这么个小东西给害了。他再去草原上的时候，看见各种破电池、破手机、快递的塑料包装袋，就捡起来，可这些东西越捡反而越多。

老巴塔不愿意让苏途收寄东西，一是因为他是个南方人，汉语说得还没他这个蒙古人好，听着像骗子。他对南方人有意见，他儿媳妇就是南方人，结婚后跟着儿子回来一趟，嫌弃这里脏乱，跟他闹了别扭，后来儿子和孩子再没回来过。还有就是，整个牧民村，只有他经常收到包裹，据说是那个不敢回家的儿子定期寄来孝敬他的。他自己有马，用不着别人代取。

苏途被他养的那条狗追出了院子。他捡起几块石头打狗，有一块打在了狗头上，狗疼得打了几个转，龇着牙叫唤。见狗被打，老巴塔身上的袍子还没穿好，就从院子里蹿出来，手里握着马鞭。老巴塔手一挥，马鞭在空中打了一个响亮的鞭哨。苏途赶紧逃走。

他的代收代寄业务，磕磕绊绊地开展起来了。第一个星期免费，为的是跟人混个脸熟，摸清楚这几个村子的情况。算下来，东西最多的还是田晓家，她买了各种绿植和花。苏途开着三轮车给她送过去，有点不解。田晓说，我在网上全程直播绿色农业，人家每天上网来看，可整天看庄稼蔬菜，肯定会审美疲劳，我得把院子弄得漂亮点，种些花花草草。苏途说，你可真会整事。田晓说，你的南方口音都快没了，一嘴大碴子味。苏途说，我这都是为了事业。

田晓留苏途吃晚饭，苏途说来不及，他还得去西沟村送东西，镇上代收点的老板说，这个快递是救命药。西沟有一个老人马上要断药了，必须赶紧送过去。田晓就从碗橱子里找了两个剩包子，又给他的杯子灌满水，一并递给他。

苏途接过来说，谢谢。田晓一笑，说，你是十里八乡唯一一个说谢谢的人。

她还保留着在北京养成的习惯，每天在朋友圈里转发各种新闻，哪儿又有非洲猪瘟啦，某地的幼儿园又虐待儿童啦，多少年前的案子是个冤案啦……这些跟她没半毛钱关系，可她得靠这些维持住自己和原来的世界的联系。这么说吧，她辞了城里的工作跑回来种田，是那次生病改变的，又不全是，也包含着某种反抗原来生活的冲动。她需要不断寻找各种理由来说服自己，来证明这个决定是对的，她得自我催眠。乡下比城市好的地方就是安静，最让人难熬的也是安静，每当夜深，狗都睡了，她还醒着。过度的安静让她耳朵里生出一种嗡嗡声，这种感觉在城里从未有过。城里永远不缺少声音，哪怕是凌晨三点钟，你也能听见小区里醉酒的人在喊叫，还有夜归的刹车声。现在她只能听见嗡嗡的耳鸣和心脏怦怦跳动的声音，除此之外，就是黑色的寂静。

或许，这就是她莫名对苏途感到亲切的原因，她觉得他和自己某些地方有点像。他们都是善良的普通人，都想做点事，这事不是什么宏图大业，但也不是光吃饱了饭为算。她觉得世界上大多数都是这样的人，但大家从来不承认这一点，中国人都是走三步退一步，这样才安全。她不，她想走三步就三步，不到万不得已绝对不退。尽管，这么多年的摸爬滚打让她干任何事，都会给自己留一步退路。

他们加了微信之后，她想翻看一下他以前的生活，但他朋友圈里什么都没有。她想起他的身份证，找出来，对着名字和上面的地址在网上搜。还真让她搜到不少信息。

他比她小四岁，生于九十年代初，天蝎座，老家在南方的一个小镇。有一条河穿过镇子，河上是典型的南方石桥。她想，他小时候一定经常从这里跑过。她还找到一张他初中的照片，是一个网站里，他初中同学发的。那时候他还没发育，个头小，但脸形和现在没任何区别。她也偶尔会想，我是不是有点喜欢上他了？再想呢，又似乎不是，只是想找个朋友，而不是男朋友，更不是老公。那，他是不是有点喜欢我呢？也说不准。

她又看看手机屏幕自拍框里的自己，一个典型的三十多岁女人的模样，不难看，在老家这种地方甚至可以说是个美女。前两年，爸妈当然跟所有的爸妈一样，时不时地催婚，说人差不多就行，关键是能让你在北京站住脚。哪承想，田晓不但没扎根北京，还扔了工作跑回来种地。她跟父亲摊牌说这事那天，老爷子一口假牙，愣是把抽了几十年的烟袋嘴给咬断了，断口处是黑黄的烟袋油渍，涂了满嘴。他忍着没当场发火，差点憋出心脏病。等田晓出去，老人才把憋着的那口气吐出来，跟她妈说：这孩子，怕是脑子出问题了。她妈皱着鸡皮样的脸，说，那咋办呢？老头说，先让她折腾两天，不行，你得请孙大娘来给念叨念叨。

田晓照常吃喝拉撒，看不出有啥病，每天还挺忙，打电话、弄电脑。花了好几千块装上了网线，然后就开始收拾门前的两个园子，原来堆的乱七八糟的东西全都清理了，土翻了一遍，耙碎了，浇水。还有村子前头最好的几亩地，不让父亲种大豆，说她要留着种麦子。接着自学开三轮车，去镇里的改良站买种子，去牧民家里买牛羊粪沤肥。

折腾了半个月，她爸跟她妈说，去请孙大娘吧，我看不是脑子的问题，可能是碰着啥邪性物了。她妈说，要碰见也是在城里，孙大娘一个乡下的大神，能管得了城里的事？她爹说，管不管的先来一趟再说，哪儿的小鬼不怕神？她娘就去西沟村请方圆最有名的大神孙大娘。

孙大娘其实不是什么大娘，也才五十多岁，一辈子没嫁人。二十多岁时，据说有一天睡觉起来，就狐仙上身。她跟人说，她是个仙体，不能嫁凡人，嫁给谁就是害谁，她这辈子天生就是要帮助人的。人们都信她。有治不了的病，就找她去下仙。她下完仙，有的人死了，有的又活了好几年。死了的，自认命不好；活着的，就说灵验。

孙大娘给田晓下仙的时候，田晓很配合，她琢磨着，一是得了了父母的心病，再者自己要在老家做这个，怎么也得入乡随俗，不能拿城里那套来办事。孙大娘一通念叨，又是公鸡血、又是手指头粗的香烧的灰撒了一屋地，完了悄悄跟田晓说，丫头，大娘知道你不信这个，但你爸妈信。你给我五百块钱，我一定让他们不再找你麻烦。田晓掏了掏衣服兜，找出两百多，孙大娘却把手机拿出来说，扫码也行。田晓给她微信又转了三百，说，你们仙界也用这个？大娘说，我们也得与时俱进嘛。

孙大娘跟爸妈说，田晓在城里确实碰见不该碰的东西了，但没大事，她回来得正好，只要在老家这里待上几年，不好的东西就会被地吸收干净了，再往后她就一帆风顺。老头老太太半信半疑，但既然孙大娘说了，也就认了，从此再不管她的事。

田晓的农场这才开起来。她的计划书修修改改，每天都会面临新问题，网速太慢，直播老是卡；想找没有经过改良的非转基因种子，可到处都买不到；种田的技术按说最简单了，但等她去跟村里的农民请教，他们却说不出所以然来，都只会讲：就是这样的嘛，凭经验就知道。可她没有这么多经验。她一样样克服，一样样解决，这种集中精神过关斩将的感觉让她获得了成就感，她想起自己在北京的课堂上跟孩子们讲的课文：不积跬步，无以至千里。她觉得自己就算用脚尖走，只要不停下来，也能走到目的地。

麦花雪白菜花稀

木伦（河）已经很多年没有这么大的水了，因为这里已经很多年没有这么大的雨了。

大雨下了四天四夜，常年干燥的北方大地和很能蓄水的草地，已经被浸透。许多山坡踩一脚，土坑就会汩汩往外冒水，好像整座山是一个灌满了水的气球。山杏树露出了树根，疤疤瘌瘌，倒是那些最细小的根须，仍紧紧地抓着小块的石头，才让整棵树不被水冲走。

河水漫过了河岸，继而漫过了人们连夜垒起来的防洪堤，附近的农田全都被淹，绿色的庄稼泡在浑黄的泥水里，看着让人心疼。田晓的五亩麦田虽然离木伦（河）有段距离，但地势比较低，现在也是半尺深的水，而麦苗只比水高了几厘米。好在这里的水是慢慢积蓄起来的，麦苗还勉强挺着身子没倒。她急得起了一嘴火泡，整天泡在地里疏导水，可她哪有天上的雨快啊?

节令刚进农历五月，她的菜园子里下来了黄瓜和青椒，黄瓜脆甜，青椒香辣，但在网上卖得一般，因为量小，也不太方便远途运输。就算有想要的网友，也犯不着从这么老远的地方买几根黄瓜，运费是菜价的好几倍。不过田晓找到了买主，就是镇上新开的一家西餐厅，他们主打的就是绿色有机招牌。不知道从哪一天开始，大钟镇上的饭馆悄悄地更新了。之前，这里大都是一些馅饼店、面馆、汤饺馆、羊肉馆，后来有了火锅、烧烤，再然后有了过桥米线和沙县小吃。也就是全国人民都用上智能手机，快递开始从城市向农村蔓延的这两年，大钟镇又开起了自助餐厅、海鲜餐厅，也就有了西餐厅。人们不但很少再喝散装白酒了，甚至开始喝红酒了。这些变化跟田里的麦子一样，春天种下去，一晃眼就冒了芽，再一晃眼就是两拃高的青苗了。

苏途的代收代寄业务开展得不错，一个月后就把三轮还给了田晓，自己开着二手皮卡跑活了。就连当初放狗咬他的老巴塔，也跟他成了好朋友，但凡杀羊炖肉，总招呼他去吃。有段时间，附近几个村的代收代寄都拿下，只剩下老巴塔时，他去找了一次田晓。他问田晓，怎么才能把老巴塔拿下。

田晓一边在院子里侍弄蔬菜，一边跟苏途说：他就是爱喝个酒，你去跟他喝，只要喝好了，肯定就成了。苏途说，这么简单？田晓说，蒙古人都是直性子、真性情，我听我爸说，老巴塔年轻的时候养马，爱惜马比爱惜自己还厉害。有一年，有匹马让狼掏了肚子，搁别人就不要这马了，但老巴塔竟然找了一辆车，把那匹血肉模糊的马拉回家里来，让它一定死在自己的马圈里。苏途一阵唏嘘，说，没想到。

傍晚的时候，太阳落下西山，可光芒仍在人间。苏途拎着两瓶六十度的老白干、一包花生米、几条风干牛肉去找他。老巴塔看在酒的分儿上，把狗拴起，让他进了屋。俩人就着花生米和风干牛肉，把两瓶酒喝见了底。这一天之后，老巴塔虽然还是不用他代收东西，但两个人成了酒友。

老巴塔跟苏途吐槽自己的儿子儿媳妇，他们已经好几年没回家了。他用智能手机，全都是被逼的，他想看孙子，又去不了城里，只能跟孩子视频。老巴塔说，我老婆死得早，儿子自小没妈，长大了就容易是个妻管严，我不怪他。他也经常给我寄这个寄那个，不信你可村里打听打听，我每个月都能收到儿子寄来的吃的用的。每个月总有几天，两个村的人们都会看见老巴塔穿上他那件蓝色的蒙古袍，骑上他那匹高头大马，嘚嘚嘚，嘚嘚嘚，马蹄急急地去镇子上。他的快递，从来都是自己拿，他炫耀般地带着大包小裹，骑着马慢悠悠地过木伦（河）桥。

但是没人知道，老巴塔的一切，都是在演戏。

苏途也是无意中撞破的。有一次，他在镇上快递点库房里找一个压了好几天的包裹，听见进来个人，跟快递员说事。再一细听，竟然是老巴塔，刚要出去打个招呼，就听见老巴塔说，这事千万不能让苏途知道。苏途赶紧停住脚。等老巴塔走了，他问快递员刚才是不是巴塔。快递员打哈哈说，不是，一个寄快递的。苏途说，我刚才翻出一个快递来，就是他老人家的，没必要让他再跑一趟，我给他捎回去。快递员犹豫了一下，答应了。

苏途载着东西走，最后回到牧民村。进老巴塔家的时候，他习惯性地瞅了一眼快递上的单子，忽然发现，发件人的手机号跟收件人是一样的。苏途进屋时，老巴塔正在捣鼓手机找信号。他把快递给老巴塔，老巴塔看了，惊了一下，说咋在你这？苏途说他翻积压的包裹偶然看见的，就帮他带回来了。老巴塔说了句受累了，就往外送苏途。苏途靠着门框不走，掂了掂中午买的一挂羊盘肠，说，老巴塔，我听说做这玩意儿，就你手艺最好，我这还有一瓶好酒，咱俩整点不？老巴塔看见盘肠和宁城老窖，吧嗒吧嗒嘴，他好这口，馋虫勾得他忘了快递的事。

一个小时后，老巴塔把盘肠端上桌，苏途给俩玻璃杯倒满了酒，端起一杯递给他。老巴塔说，不急，你先尝尝盘肠咋样。苏途夹了一筷子塞嘴里，吃得满嘴油，带着轻微的羊膻味儿，但不腻不冲，香。老巴塔也吃，边吃边说，羊身上都是宝，但这个是宝中宝。吃盘肠，喝烧酒，喝着喝着把老巴塔喝多了。

苏途问他，老巴塔，你就不想你儿子孙子？

老巴塔说，想啊，咋不想呢。

那你咋不去找他们？

远，太远了。

现在交通方便得很，我可以帮你在网上订票。

老巴塔仰脖干了一杯酒，就不说话了。沉默了好长时间，他突然呜呜哭起来。哭着哭着，用蒙古语唱起了歌。苏途听不懂什么意思，但老巴塔唱得沧桑极了，他感觉自己好像在一片阔大的草原上，百草衰落，牛羊离去，孤独一人对着萧瑟天地。

老巴塔唱完，又喝酒，然后告诉了苏途他从未向人透露的秘密。

老巴塔说，儿子大学毕业后，跟着单位外派到非洲去援建，一年能挣三年的钱。买了房子，结了婚，有了孩子。可就在即将回国前三个月，却在街头被人抢劫时开枪打了，没抢救回来。本来儿媳妇就不待见他，儿子死后，儿媳妇带着孙子又嫁人，他现在都不知道在哪个城市。

苏途听得目瞪口呆，他难受极了，想不到老巴塔心里藏着这么重的事。

可你不是说，你儿子总给你寄东西吗？而且，你也确实是经常收到包裹啊？

老巴塔叹口气，拿出自己的手机，打开给苏途看。网上所有订单都在那里。苏途终于明白了，原来这一年多来，老巴塔收到的所有东西，都是他自己买给自己的。他一直守着这个秘密，不想让人知道儿子没了，孙子找不见了。

从这天起，苏途一有空就去陪老巴塔喝酒，不过老巴塔再也不给自己买东西了。他说累了，也不想再骗自己了，反正他很快就会去另一个世界见到儿子。

大雨在第五天下午小了些，苏途冒着小雨给几户人家送了东西，正好晚饭时间，就到老巴塔家里。老巴塔煮了一锅奶茶，把昨天剩的羊骨热了热，两个人就围着茶炉喝了起来。

这塑料桶白酒，还是苏途前些天给老巴塔从镇上打回来的，有十多斤，他已经喝掉了一多半。他们俩对着一大盆羊骨，可谁都没怎么吃，虽然是夏天，但连续的阴雨让气温很低，油脂都凝固在粉红色的肉和白白的骨头上。他们喝酒时，只吃那种袋装的腌辣椒，辣椒就酒，越喝越辣，整个口腔都像着了火。然后再用奶茶去浇灭那火，如此循环往复，水深火热。

老巴塔说，你们南方人有那种说法不？苏途说，什么说法？老巴塔说，就是人死后还能见面。苏途想不起来老家是否有过这种讲法，但是说，对，活着走散见不着的人，死了肯定都会见着的。老巴塔说，我呀，就想着快点死，快点去见老太婆和儿子，可是怪呀，人越想死就越死不了。说完，他眯起眼睛，又开始哼唱蒙古歌。苏途还是听不懂，但老巴塔歌声里的悲伤却比酒还让他迷醉，他感到自己的心被浸泡在歌声里，那里面不是酒精，是咸涩的泪水和汗水。

屋子外的雨似乎更小了些，还是淅淅沥沥不停，像一个前列腺有问题的人永远也滴不完的尿。老巴塔喝醉了，脑袋耷在胸口，打起了呼噜。苏途没有扶他躺下，他知道他习惯这样睡，有时候，他坐在马背上都能睡着，任凭马儿慢悠悠地把他从牧场驮回家。苏途也有些醉，看了看手机，有好几个人问快递到了没，急着用。他看看外面的雨，穿上雨衣，冲了出去。

肚里的酒和辣椒烧着，还有几大碗热乎乎的奶茶，苏途觉得自己浑身充满力气。他发动了皮卡车，车轮甩起一阵泥点，车滑出了老巴塔家的院子。苏途想趁着热乎劲，把就近几家人的东西送过去，何况那其中还有田晓的一个箱子。

皮卡车在泥泞的路上扭秧歌一样行驶着，车的下半身被泥水糊住，苏途又醉了酒，开得更是歪歪斜斜。正在麦田里疏水的田晓，从蒙蒙雨雾里看见一辆车像个醉汉，先是往道路的下坡滑，然后司机打轮，车又猛地向高处冲去。冲到路基上突然停住了，过了半分钟，整个车滑向了车头的侧面，而且越滑越快。

田晓眼瞅着那辆车滑到了低洼处的大水淀子，猛地扭头，撞在一块石头上，车身倾斜，车斗里的东西全部翻倒在水淀子里。就是这一刻，田晓看清了那辆车，也明白了车里的人是谁，她扔下手里的铁锨，磕磕绊绊地跑过去。

等田晓跑到那儿，苏途已经爬了出来，他正蹚进水淀子，往外捞那些落水的快递。很多没有塑料包装的纸盒箱，已经泡得软烂，里面的东西零零散散地漂浮在水面上，衣服、鞋子、书包、手机壳等等。

一个粉色的箱子在微风中慢慢地向深水处漂去，苏途拼命去追，他认出了，那就是田晓的包裹。他越走越深，眼看水面要淹到脖子，他听到了田晓的喊声。

回来，苏途，快回来，你不要命了！

苏途回头，看见岸边田晓一边招手一边大喊。

他没听见一样，转过身继续往前走，他的手已经够到箱子边了，可是抓不牢，手指一碰，箱子反而更往前漂了一下。苏途又往前迈了一步，脚下一空，整个人向水底沉去。他开始挣扎，可是不管手脚都找不到任何凭靠，然后口鼻中涌进污浊的水，在一阵昏暗和闷而钝的水声里，他昏了过去。

小麦吐秀南风凉

小麦开始抽穗了，麦穗的绿里透着轻轻的白，好像在预示着若干日子后它会化成面粉，再变成雪一样的馒头。麦穗在烈日下微微摇动着稚嫩的脑袋，它们为自己挺过了那场大雨而得意。雨停后，没有被淹毁的庄稼都吃饱了水，迎着晴天大太阳疯长。

田晓蹲在田埂上，手机的摄像头对着麦田，屏幕那一端的网友在惊呼：哇，我还是第一次看见麦田，真漂亮啊。还有人说，田晓姐，我预订你家的面粉啊，你一定要给我留，我马上生宝宝了，赶明给宝宝做辅食就用你家的面粉。田晓说，好嘞，你在网上给我留好地址，等麦子黄了，我通知你。开镰收割的时候，我也会直播的，那才叫热闹呢。

还没等麦子泛黄，她这块麦田的面粉已经被全部预订出去了。第一年试验，种植面积小，总共也打不了多少麦子，磨不了多少面。她已经计划好，这一茬麦子割倒，就跟父亲去村里承包地，明年的麦田至少要增加到二十亩。按照原来的想法，她计划扩大菜园子，很多蔬菜能一年种几季，土地利用率高，只是长途运输成本也高，保鲜困难，而自己的产量又不够大，能保证跟镇上的西餐厅对接就可以了。还有就是，在乡下很多人都自己种菜，一入伏天，各家各户菜园里的黄瓜、茄子、角瓜、辣椒吃不完，笨黄瓜挂在藤蔓上，里面的瓜子都满仁儿了，只能摘下来腌咸菜，或者切丝晒干。还是粮食作物更有市场，明年扩大麦田，还要试验几亩谷子和大豆。她在北京的时候，经常去一家早餐店喝豆浆，超市里也有卖的。如今豆浆已经成了跟牛奶二分天下的早餐饮品了，据说还有降血压的效果，豆浆机几百块一台，便宜得很，哪家都买得起，所以有机大豆肯定有市场。

田晓把镜头转向远方，青山绿水，那条通往村外的公路，小汽车一辆过去不久，又来了一辆。她心里想，有些变化看着慢，但其实挺快。她前年回来的时候，公路上哪有这么多小汽车呢。可现在，每隔几分钟就能看见一辆，到过年的时候，木伦（河）桥上说不定得堵车。她也考虑买一辆车了。

再往远一点儿，修路的工人正在补修公路。这条水泥路之前因为前任领导挪用公款而窄了几米，去年年底上面来检查，有人举报，现在又开始在两边各补一米左右。那些刚补完的路，看起来像是一宽两窄拼起来的，颜色也不一样，新的泛青，旧的泛白。她忍不住想起自己第一次跟苏途碰见，就是因为路窄，两辆车互相躲，才翻了车的。

那次溺水，让苏途彻底戒酒。他不但差点死在水里，还因为毁了几十个包裹，赔了人家三四千块钱。只有田晓的没有赔。从医院出来，他第一个去找田晓，问她那个包裹是什么，多少钱，自己赔给她。但田晓死活不让，就说都是些不重要的东西。其实，那个箱子里是她最重要的东西，曾经。

大四的时候，她谈了一个男朋友，两个人在一起四五年，可一直没结婚。直到田晓回老家的前一年，他们才彻底分开。他爱她，她也一心要跟他过一辈子。分开的原因是男孩的家里不同意。男孩是一个妈宝，对家里人言听计从。男孩曾想着把家里的户口本偷出来，跟她去领证，先斩后奏。不想偷的时候刚好被母亲发现，母亲大怒，把他关在家里一个星期。等他再出来时，母亲已经私下跟田晓谈过了：她死也不会同意这门婚事，早断早好。尽管充满了委屈和不舍，田晓还是果断地分手了，大哭一场之后，成了学校的工作狂。

分开之后，他们再没有联系过。田晓回家种田，男孩从同学群里知道了，在网上给她发消息：好久不见，你还好吗？他还没结婚，只要他妈妈还活着，他估计结不成婚了。他又谈过两个女朋友，但最后都被母亲否决了。男孩说，他还想着田晓，可田晓发现自己对那段感情彻底释然了，尤其是在那场大病之后，很多以前觉得重如泰山的事，如今想来都轻如鸿毛。

那些年，她给他写过很多信，哪怕两个人都在一个学校，哪怕是他们同居，她也经常用写信来跟他沟通。这些信，都保留在男孩那里。青草泛绿的时候，她打电话给他，请他把所有信还给她。男孩一直拖着，直到前一段时间，他终于死心，才把东西寄回来。

那个箱子，就是她当年全部的感情和记忆，已经沉入水中。她觉得这种告别很好。

他们一起去了趟镇上，田晓联系自己的客户，苏途去拿快递。临近中午时，两个人事情都办完了，约好了一起吃饭。田晓找的地方，是一家西餐厅。

坐在餐桌旁，苏途对面前的刀叉有点不知所措，田晓就一样一样告诉他怎么用。她还点了一瓶红酒，喝起来酸酸的，不像啤酒更不像白酒。整顿饭苏途都恍恍惚惚，他真是不适应在这种地方吃东西，沙拉没有味道，牛排不够熟，红酒劲儿小。

饭终于吃完，苏途开车，田晓坐在副驾驶座。田晓吐了吐舌头，说我真晕，忘了你开车了，还让你喝了酒。没事，苏途说，这个季节没人查车，而且红酒度数那么低，放心吧。田晓还是很担心，说，要不我们过几个小时再回去吧。苏途已经发动了车，发动机轰鸣起来，二手皮卡略带颠簸地驶上了路。苏途看出来，田晓有点醉了，始终是一种微笑的表情。

开到木伦（河）边的时候，田晓让他停车。

车停下，田晓下车，走到河边说：我好想下去洗个澡。

苏途吓一跳。她沿着河边走，摇摇晃晃，他怕她掉进河里，只好拉住她一只手。

你是不是喜欢我？她突然转脸说。他心里一惊，手松了一下又赶紧抓紧。

我……他不晓得该怎么回答。不用他回答，她已经继续说了起来。

我明天要去相亲了。

什么？

明天，我要去相亲了。

他心里有个特别轻薄的东西，啵的一声破掉了。恭喜你呀，苏途说，是什么人？你爸妈介绍的？

不是，她说。也许她并没有喝醉，只是想借着酒把这些话说出来。是一个网上认识的人，他在赤峰郊区，也是做绿色农业的。

哦。

他没什么可说的了，而她说完了想说的话，醉意才真正袭来，靠着他睡着了。他把她扶上车，系上安全带，往前开去。

压车麦穗黄云重

连绵的阴雨过后，是一段长长的晴朗天气，温度持续走高，水淀子里的水面持续下降。水终于降到薄薄的一层时，苏途身上拴着一根绳子，绳子那头绑住岸上的车轮，下水去找那个粉色的箱子。在一堆树枝杂草和淤泥之中，他找到了已经泡烂的箱子，箱子里几乎没剩下任何东西。他又在附近的淤泥杂物中翻找，找到了一张照片，尽管被浸泡很久，画面模糊，他还是能认出上面的人就是田晓。她站在颐和园的十七孔桥上，张着手，应该是在笑。

但苏途没有跟田晓提这件事，晾干后皱巴巴的照片一直存在他钱包的夹层里。

代收代寄快递，苏途其实没赚多少钱。前几日，他去镇上拉快递，看见快递站点正在装修，一打听，说是要扩大门面。汽车站附近，他还看到最大的那家快递公司顺丰的站点也开张了，他们打出的广告是：上门收货，送货上门。他们还给他发了个传单，单子上显示，顺丰不但能快递衣物，还能做牛羊肉的冷鲜速递，也就是说，你在这里买了新鲜的牛羊肉，他们能在几天之内送到全国各处了。

他早在一个月前就隐约感觉到自己这事干不长了。首先是，他再去一些乡下人家收件代寄，人家说不用了，有快递员过来拿走了，代收的当然也一样。除了两个特别偏的、人口少的村子，他几乎没什么业务。只有田晓还是一如既往地把要寄的东西让他帮忙寄。

前天，田晓发微信说，苏途，眼瞅着麦子第一次灌浆了。

苏途说，我想去看看。

田晓说，那你明天来。

第二天，他的皮卡冒了一股浓浓的黑烟，停在田晓家的院子里。园子中各色蔬菜正长得疯，果实累累，他经常从这里拿走一兜黄瓜、一兜茄子什么的。两人对那次喝酒之后的谈话只字不提，但苏途从蛛丝马迹中感觉到了，田晓的相亲很顺利。她经常抱着手机回微信，或者跟人视频。更主要的是，她显现出了从未有过的活泼和积极。

田晓在浴室里洗头。端午节的时候，她找人用板子隔了一个小浴室。苏途坐在她的卧室里等她，看见她桌子上放着一本书，书上画了不少横线，空白处还有娟秀的笔记，知道是她平时认真读的。他翻看了几页，字倒是都认识，但一句话也没看懂。

田晓拧着头发上的水出来，看见他翻那本书，说：你也喜欢看吗？苏途悻悻地把书合上，说，没，我看不明白。田晓说，那你喜欢看什么书？苏途晃了晃手机，说，我就喜欢看网络小说，《盗墓笔记》《诛仙》什么的。田晓拧了拧鼻子，说，太没品位了，你应该看点有营养的书。苏途说，我就是营养过剩，消磨时间。田晓放下毛巾，开始往脸上敷面膜，面膜有点紧，她张不开嘴，就小声说，你看的书和我看的书，就是那些农药化肥种出来的粮食跟我的天然有机农作物的区别，不对，你那都不能叫粮食。苏途闻到她身上好闻的洗发水、沐浴液的味道。他有点疑惑，这一年他在这边接触过的人身上，很少闻到这么清香的味道，尽管他们也用洗发水、沐浴液。他能记起的上一个这么香的人，还是在广州打工时，理发店里的洗头小妹。他觉得那是一种城里人的味道，乡下人就算用同样的洗发水、沐浴液，出来的味道也是不同。

麦子黄了吗？他赶紧收了收心思。

一天深一层，这几天太阳毒得很。田晓揭开面膜。

两人相跟着走出院子，田晓又突然转身跑回去，把自己直播用的自拍杆和架子拿上。

他们步行到麦田。一路上，村子安静极了，鸡闲散着步子，寻找散落的粮食，狗懒炟炟地躲在阴凉处，猪躺在粪坑的灰堆里。田晓的高跟鞋走在水泥路上，发出轻轻的笃笃声，好像在敲击苏途的心。出了村口就是木伦（河），河边的水草长到了一米高，车前子也已经开始泛黄了。再过一个月，孩子们就会把已经干燥的车前子撸下来，送到供销社收药材的人那里换钱，然后买几根奶油冰糕吃。

两个人沿着河岸慢慢走，田晓随手扯了一根水稗子草，叼在嘴上。苏途想起春天时河岸慢慢泛绿的样子，才过了几个月，大地就完全不同了，人们似乎也是。田野里，玉米正在抽穗，嫩嫩的苞谷已经成形，更嫩的玉米须长到一寸多长，少年老成。谷子还绿着，黄豆也绿着，它们离成熟都还早。然后眼前就是一片麦黄色，田晓的几亩地到了。

田晓把手机架在自拍杆上，开了上网。她每次来都会直播，网友们每次看见麦田的变化也都会惊叹，这些麦子，仿佛就是在他们家里渐渐黄起来的。

麦子垂着头，秸秆已经褪去了绿意，几乎全黄了，但仍能感觉到纤维里还含着水分。麦穗要更干爽些，麦芒尖利，麦粒圆鼓鼓的。田晓一边跟网友聊着天，一边掐了一穗麦子，递给苏途，示意他尝尝。苏途从麦穗里剥出一粒麦子，颜色是褐色，但还很饱满，带着一种温润感。他放进嘴里嚼了嚼，立刻满嘴都是麦香味。田晓突然把镜头对准了他，问：这位朋友，请跟大家说一下，新鲜的麦子什么味道？

苏途满脸通红，想躲避，可又怕匆忙间踩到麦子，只是愣在那里。

说呀。田晓的镜头又近了些。

特别香，是一种我从来没……没尝过的香味。苏途磕磕巴巴地说。

田晓大笑起来，转过镜头，跟网友说：只有亲自尝了才知道。我想过了，今年购买了我的面粉的顾客，我都会赠送一小包原粒麦子，大家收到了一定别忘了尝尝哦。

他们一起吃了晚饭。田晓烙了几张饼，凉拌了一个黄瓜，还用排骨炖了豆角。苏途吃得很饱，他几次想跟田晓说自己可能要走了，几次都没开得了口。饭后，苏途说了句谢谢，就离开了。离开时，趁田晓不注意，把那张照片偷偷夹在了她床头那本书里。

之前，苏途对自己的离开心存犹豫，但下午在麦田时，特别是尝到那粒麦子之后，他下定了决心。他终于清醒地认识到，自己和田晓之间的那层隔膜在哪儿了，那就是他们本是完全不同的人。对她来说，这儿是家，是回归，而他来到此地，则是一场逃亡。现如今，他已经没有了逃亡的理由，也没有了留下的借口。更何况，他还在她家看见了一大摞顺丰快递单子，她的面粉，只能走这家快递才能送到那些期盼了很久的买主手里。

麦子一天比一天成熟，田晓到了最忙的时候，她得统计之前要买面粉的人的信息，要找邻村的康拜因给麦子脱粒，要找靠谱的加工厂磨面粉，更要紧盯着天气。如果这时候来了阴雨天或一场大风，麦子就会“扑秧”，整片地倒伏在地上，不好收割不说，麦子的质量也会受损。所以，她根本无暇顾及苏途，更不会注意到他正准备离开这儿。

苏途是在一个月夜离开的。

他卖掉了皮卡，还了韩大哥的钱，买了一辆摩托，兜里是剩下的全部积蓄，一万多块钱。他准备一路骑行回到家乡去，从北方到南方，沿途走走看看。第一站，他想先到北京去，至少去天安门和北京外国语学院转转，至于是否去找乔薇，他还没想好。北京之后再去哪儿、干什么，他来不及思考，这漫漫几千里路，有足够的时间给他去想这件事。他这几十年的生活都差不多是这样，来不及细想或者想不明白便不去想。他凭着心里的冲动，去打工，去逃亡。如果没什么大的意外，他之后的生活应该也是这样。他不具备改变自己性格的能力，那些看不懂的书，永远都不会看懂，他不强求自己去看。

矿山放晚炮时，他骑着摩托出发，路过木伦（河）时，月亮升到了天上。

田晓家的院子外，远远地，他看见屋子里坐满了人。他知道，田晓的麦子第二天开镰，那些都是她找来帮忙割麦子的人。她也告诉了他，没说帮忙，说是让他看看热闹。他答应了，说第二天一早来。

他看见她的身影，蛾子一样在玻璃窗里飘来飘去。他还看见一个穿着迷彩装的男子，像一盏灯，在吸引着那些趋光的蛾子们。

苏途的摩托，把他带到了那片麦田那儿。他停好车，用他早早准备好的、那把还没有开刃的镰刀，割了一把麦穗，装在兜里。

苏途的摩托沿着水泥路右侧窄窄的一条行驶，月亮上到了中天，大地如此安静。麦田在微风中波浪一样起伏，一波赶着一波，也像是在远行。苏途没有找田晓要回身份证，他想留给她，留给这个地方。迎着摩托带起的风他泪流满面，他永远地告别了北方。

他来的时候，草青青；他走的时候，麦黄黄。

请为我喝彩

孟小书 *

我叫孙闯闯

北京三月的某个午后，天阴森森的，号称今天有雪，没有霾。但事实恰好相反，这又有什么关系呢，谁会在乎今天有雪或有霾。会议结束后，《摩登音乐》的姚小瑶在办公室里攥着手机徘徊。她在脑子里构思着五个应如何向孙闯闯老师催稿的说辞，片刻后，终于给他打了电话。

“喂？”

听上去，孙老师心情还不错。

“喂，孙老师您好。请问您什么时候能交稿？”说罢，姚小瑶脑袋一下炸开了。刚才组织好的五套说辞，一个字也没说出来。

“哪位呀？”

“对不起孙老师，我是《摩登音乐》的小姚儿。我的意思是……”

“哦，知道了，明天给你稿子。”

“太谢谢您的配合了……”

没等姚小瑶说完，孙闯闯就把电话挂断了。

“什么玩意儿啊，会写几个字就不知道自己姓什么了！”

---

* 孟小书，女，1987 年出生于北京，加拿大约克大学毕业，《当代》杂志编辑。出版有小说集《满月》、长篇小说《走钢丝的女孩》。获第六届“西湖·中国文学新锐奖”。

“小姚儿！”办公室主任隔墙叫她。

“在！”姚小瑶丧着脸去了主任办公室。

“给孙闯闯打电话了吗？”主任问。

“打过了。”

“怎么说的？”

“说是明天交稿。”

“好。晚上再打电话催一下。”

“主任……他这人……”

“我知道，毕竟在圈子里混那么多年了，难免会有点自我膨胀。”

“这也太膨胀了。”

“现在满世界都在要他的乐评，多亏咱们老总跟他关系好。懂了吧？”

姚小瑶在走出办公室的这几步里，又构思出了晚上与孙闯闯通话的几套说辞。她在街上觅食，看着来来往往的路人，开始幻想孙闯闯的面容——胖、丑、矮，蒜头鼻上夹着一副眼镜。她越来越好奇，拿出手机来在网上搜他的照片。谁想到，孙闯闯长得居然还挺像个人，符合姚小瑶百分之五十的择偶标准。她走进一家饭馆，坐下，点了碗面，在脑子里演练着晚上的对话，最后决定“跟丫死磕”！

傍晚，孙闯闯把家里的背景音乐调大些。他面对着文档呆坐了整个下午，他又望了望窗外的晚霞，忽然间，无比伤感。觉得似乎自己等不到大红大紫的那天，就已江郎才尽了。他站起身来，关上文档。那位《摩登音乐》编辑的电话，被他忘在了脑后。他打开电视，拿出一张没有封面的CD，开始播放。电视荧幕上“大闹天宫”几个大字浮出。业余演员拙劣演技和个别处的穿帮，让整部影片看起来更真实也更有棱角。这是他最享受的时光，《大闹天宫》是早期炎雅伦导的一个短片，孙闯闯和几个当时也同样在圈里混得不错的朋友都有参演。短片里没有孙悟空也没有玉皇大帝。是讲一个歌手如何被唱片公司捧红，又如何被抛弃，最后又如何东山再起的励志故事。孙闯闯能在主人公的身上找到炎雅伦的影子，也能找到自己的影子。在温故一遍影片后，烦躁和焦虑逐渐退散。他又坐回到了书桌前，打开文档。这会儿电话又来了，还是《摩登音乐》那位编辑姑娘。

“喂？孙老师您好。”

“哪位啊？”

“我是给您打过电话，《摩登音乐》的小姚儿。”

“哦，稿子是吧？一会儿给你。”

孙闯闯关了电脑，起身去了卫生间。他的灵感像龟裂的老树皮。待他沐浴更衣后，照着镜子，怒视着自己：“妈的，这孙子今天居然三十七了。”他突然做了一个重大决定，算是给自己未来的若干年人生做一个计划——再也不写乐评了。他哆嗦着从洗手间里出来，想给费主席打电话，叫他来家里喝酒。毕竟是生日，一个人过还是有些凄凉。费主席本名叫费乐乐，四川孩子，比孙闯闯小两岁。之所以叫他孩子，是因为他是一名玩具设计和插画师。号称自己有一颗永葆童趣、不会衰老的心。孙闯闯的三次婚礼，都是他当伴郎。民间有个说法，当伴郎不得超过三次，否则孤老终生。费主席至今没有女朋友，可能也是因为这个。每当他抱怨时，孙闯闯就道：“刚三次，你还有机会。为了你的幸福，我下次绝不让你再当伴郎。”

费主席就回：“你还有下回？”

“也就这么一说，我决定了，下半辈子只要流氓。”

孙闯闯只有他这么一个朋友，他视费主席为唯一的挚友。他甚至想过这辈子凑合跟他过也行。但费主席不这么认为，他四处是朋友，北京到处都是他熟章儿。他之所以叫主席，是因为他身边有一票做玩具的朋友，他们志同道合，臭味相投，都有一颗稚嫩的心和一个空空如也的钱包儿。他们在圈内互称对方为某某艺术家、某某设计师，互捧臭脚，在外他们就是臭屌丝。费主席的名字是孙闯闯起的，也只有孙闯闯叫他主席，意思是屌丝协会的主席——费主席。孙闯闯特别讨厌那些臭屌丝，但除了费主席。费主席爱看书，从前也是孙闯闯的粉丝。可就这一点，费主席否认，那完全是孙闯闯的一厢情愿。

费主席的电话那端吵吵闹闹，一猜就是屌丝协会的聚会。

“吗呢？”孙闯闯道。

“吃饭呢。”

“来我这儿一趟。”

“哟，今晚不行啊，我喝酒了，骑不了车。”

“找个代驾过来，我给你付钱。”

“人家没有代驾摩托的，再说万一给我摔了怎么办？”

“那你打车过来，我给你报销。”

“那也不行，我在五道营呢，摩托不能停这儿。”

“我今天生日，爱来不来。”孙闯闯挂了电话，把手机往床上扔了去。

过了会儿，费主席带着酒气到了孙闯闯家里。

“你去冰箱里拿两罐啤酒过来。”孙闯闯坐在地上翻DVD，挑片子。

“不用，今天我请。”费主席背了一个巨大、印着卡通图案的环保帆布袋，放在茶几上，逐一向外摆着啤酒及鸭脖子、鸭掌、鸭舌头。

“怎么过来的？”

“骑过来的。”

“酒驾……不要命了？”

“命当然要，但摩托也得要。今天看什么？”

“看一个前些天刚淘回来的吧，商业爱情片，怎么样？”

“不是你风格啊？”费主席把包装袋用牙撕开。

“人民艺术家要雅俗共赏，偶尔也得接接地气儿。”

两人横坐在沙发上，都把自己调整到了舒服的姿势，各握一听啤酒。

“对不起啊，今天忘了你生日了，生日快乐。”

费主席够着孙闯闯的啤酒，往上凑着，和他碰了一下。

“没事，其实叫你来就是想让你陪我看看电影。”

电影开始了，字幕上滚动着主演、导演、监制等等的名字。

两人有一搭无一搭，电影成了他们聊天的背景乐。

孙闯闯道："你说，这种电影有人喜欢看吗？"

"那肯定的。"

孙闯闯又说："我想写一个关于炎雅伦的电影，你说靠谱吗？"

"她都死了那么多年了……"费主席小心翼翼地，没敢再多说什么。

"七年。"两人沉默许久，电影中的对白与音乐此起彼伏，但谁都无心看下去。

"我还是想把她的故事写下来，我觉得她是一个传奇，值得我去写。我想把它以电影的形式记录下来。你觉得这事可行吗？"

"电影圈可不好混。我认识一个制片人，不过他是制作动画的，我可以帮你问问他该怎么操作这事。"

"不好混？说得跟你门儿清似的。"

费主席没再说话……

"算了，我自己想办法，回头写完了剧本你帮我看看。"

孙闯闯的大脑开始飞速运转，搜索着人脉。终于，在联系人名单的角落里发现了一位许久不联系的电影编剧，他曾是孙闯闯的粉丝，两年前在一次摇滚乐的演出上遇见的。

第二天，由于宿醉，头痛欲裂。孙闯闯勉强站起身来，迅速洗漱完毕，换上了一身干净的衣服，出门了。今天，他要参加一支摇滚乐队的新专辑首发仪式。仪式上，粉丝们霸占了场地内的所有空间，其中孙闯闯的粉丝占据了一半。孙闯闯在一名保安的带领下，穿过粉丝群，来到了休息区。

该乐队主唱在介绍完专辑后，说："今天还请到了我们的好朋友，也是整张专辑的作词人孙闯闯，孙老师。没有他，就没有我们这张专辑。他给予了我们很大的帮助。"

台下一片欢呼，孙闯闯闪亮登场。在他登台的瞬间，昨夜的啤酒和鸭脖子在胃里翻江倒海。他吞了下口水，拿起话筒，迟迟说不出话来。

许久，他说了一句“谢谢”，便下台了。

不知从哪个方向，冒出了一句：“装什么孙子。”

孙闯闯权当没听见，绕过休息区，从后门打了个车，回家睡觉了。台上的乐队及经纪人颇为尴尬。孙闯闯认为，这样不入流的乐队不值得自己多说什么。今天去，算是给足了面子。

孙闯闯要跨界

其实，自昨晚与费主席聊完，心中一直揣着那件事——拍电影。他又琢磨了一番，猛然道：“说干就干。”他终于拨通了那位编剧朋友的电话，但听语气，对方已将孙闯闯忘记了。电话中，编剧朋友为了避免尴尬，还是热情地与孙闯闯寒暄着，并故做惊喜状。这使孙闯闯那高傲的姿态又无意间流露了出来。

两人在电话里一问一答，孙闯闯问一句，编剧朋友答一句，绝不多说。孙闯闯没觉出对方的冷淡，反而急躁了：“你现在有没有时间，咱们见面聊。”

“现在可不行，我人不在北京。”编剧朋友一口回绝。

“那你什么时候回来？”孙闯闯追问。

“可能一时半会儿回不去，我在跟组写剧本。”编剧朋友的理由让孙闯闯挑不出毛病。

“不然这样，我再给你介绍一个人，他是金辉影业的老总，叫他何总就行。他一直在找好的剧本，你去找他聊聊。”

编剧朋友向孙闯闯念着电话号码，挂下电话，他长舒口气：“真是难缠。”

“何总”，听着像个大人物。他在网上查了查此人资料，金辉影业可以查到，确实参与了不少的影视剧项目，有几部剧还是一线明星主演的。可何总这人，却查不到半点资料。尽管这样，孙闯闯仍然觉得何总的来头不小。他觉得与何总这样，常与一线明星打交道的人相比，自己立刻矮了一头。他踌躇片刻，按照号码，给何总打了过去。在等电话的这几分钟里，他紧张了，出汗了。嘟声持续一分钟后，无人接听，反倒松口气。他头脑发木，如果何总刚才接了电话，我要跟他说什么？剧本也没写，大纲也没有，拿什么和他聊？孙闯闯心跳加快，脑子里闪出了无数个剧本中的人物对白，并且感到十指发胀。他立刻打开了电脑，在文档里飞快地打字，无比酣畅。数小时过后，已是夜里，他突然又想起了那位何总，电话再次拨了过去。

“喂，哪位？”

“您好，我是孙闯闯。”

“孙闯闯？打错了。”何总挂了电话。

孙闯闯愤怒了：“敢挂我电话？”可又一想，人家毕竟是影视圈的，对音乐圈的人应该不熟悉。

电话又拨了过去。“不是告诉你打错了吗！”

“何总，我是 ×× 的朋友，孙闯闯。”这次他的态度客气了些。

“哦，想起来了。×× 和我说了。”何总热情许多，两人寒暄一阵后，孙闯闯终于急切地将话题引入正轨，道：“我听说您在找好的剧本。”

何总：“没错，现在本子倒是很多，但就是没有好的，让人眼前一亮的。”

孙闯闯：“您说的好的本子，是指什么类型的？”

何总：“也没什么具体的类型，就是好的故事。有新意的。”

孙闯闯想，这不是废话吗？

何总又道：“他说你自己在写一个本子，是什么题材的？”

孙闯闯：“是关于一个明星悲喜人生的故事。”

何总：“听着还不错，剧本完成了吗？”

孙闯闯：“还没有，只完成了大纲。”

何总：“这样吧，你明天有时间的话，可以先到我公司里来，咱们见面聊。”

一个星期后，孙闯闯将大纲整理妥当，自认为这是一部上乘之作，一定不会令何总失望的。他开始幻想起影片上映结束时，定会掌声雷鸣。闭关写作让他头重脚轻。当迈出家门，踏进阳光里时，他一阵恍惚，车辆行人像是缥缈的幻影。他低着头，看向远处，许久打不到车。他一步步向前走，每一步都是沉重的。先前的自信，在明媚的阳光中神秘地挥发了，消失得无影无踪。见到何总应该说什么？他知道炎雅伦是谁吗？可他转念又一想，我是孙闯闯，我可是孙闯闯呀。

金辉影业隐藏在创意文化产业园区里。孙闯闯曾经来过一次，是作为斑马乐队新专辑发布会的特邀嘉宾。但具体是哪一年，他已经想不起来了。只是隐约记得，那天很热闹，发布会上来了很多歌迷和孙闯闯的粉丝，并且那天穿的衣服好像也是这一身。他顺着园区里的内部道路终于摸索到了金辉影业。他推开玻璃大门，空调的冷气令他瞬间冰爽。里面是一个大开间，所有的门都是透明玻璃的，这是一个毫无隐私的空间。三五个员工对着电脑，个个都萎靡不振。公司墙上贴着诸多电影海报，没有一个是他熟悉的。

孙闯闯见无人理睬他，主动问了句：

“请问，何总在吗？”

“哦，在里面呢。”终于，一个戴眼镜的小姑娘说话了。

何总果然在办公室，他正靠在沙发椅上，打一个看似比较重要的电话。声音透过这扇沉重的玻璃门，时不时会飘出“几千万”“张艺谋”“华谊兄弟”“档期”等词汇。这些词汇忽然令孙闯闯对何总肃然起敬。他小心翼翼地敲了下玻璃门，何总示意他稍等。孙闯闯紧张了，不知自己该去哪儿等，站在门口，就像是在偷听人家打电话；可回到那个大开间的办公室，又不知该坐哪儿。曾经习惯了被人接待的他，顿时不知所措了。庆幸的是，何总的电话很快打完，热情地将他招待进了办公室。

“快请坐。”何总也站起来，准备与孙闯闯握手。

“我年轻的时候也是摇滚青年，还组过乐队。你的名字我听过，著名乐评和作词人。”

听何总这样一说，孙闯闯心里就有了底，既然是摇滚青年，那就一定知道炎雅伦。

何总又说：“怎么突然想搞电影了？”

“兴趣……兴趣。”孙闯闯没有直接说出自己要拍这部戏的真正原因。

“那你说说你有什么想法，看看有没有机会合作。”

“您知道炎雅伦吗？”

“知道，一个歌星。是不是前几年死了？”

孙闯闯的心紧了一下，觉得何总对炎雅伦极为不尊重，但还是将那份不满咽了回去。另一方面，他又觉得何总的言语间，透露了他对炎雅伦是不熟悉的。

“没错，我想写一部关于她的电影。”

何总双手交叉在额下，似乎在等待接下来的一番精彩演说。

孙闯闯鼻尖冒汗，在来这里之前，他心里装满了对这部电影，以及对炎雅伦的期待。他自信满满，以至于没有任何准备。此刻，当他面对何总这副精明、期许的眼神时，有了一种似曾相识的恐慌。他突然感到自己无从开始，从哪里开始都是错的。关于炎雅伦的电影，他想要说的太多太多。何总给他充裕的时间整理思路。办公室里寂静了，过了若干分钟。孙闯闯终于开了口。

“炎雅伦是一个传奇，值得我们去纪念她。”

他的开头不错，何总点点头，表达了对这个开场白的肯定。何总继续看着孙闯闯，继续等待接下来的演说。

“大纲我写完了，不然您先看看？”

“能先大概给我讲讲吗？”

孙闯闯从头讲起……

“你先等等。”何总听得不耐烦了，“你能用一句话概括你的大纲吗？”

又是一阵沉默。何总把孙闯闯难住了，许久没有开口。何总终于又说：“我想，你还没有捋清楚思路，对吗？这样吧，这个事情不着急，你先回去把剧本大纲再改改，捋清楚思路，咱们再来谈。你说呢？”何总站起身，逼迫着孙闯闯也起了身，意思是要送客了。何总又客套了几句，把孙闯闯送出了门。

走出金辉影业，外面的阳光把柏油路面照得明晃晃的。孙闯闯看不清远处的景物，眯缝着眼睛摸索着前行。他摸不清何总的意思，只知道自己的下一项工作是先捋清楚思路。这是他第一次接触“电影人”，他不懂“电影人”的套路。何总算是“电影人”吗？他再一次回想刚才与何总的对话，心中燃起了一股怒火：大纲岂是能用一句话概括的！大纲都不看，也太不尊重人了。孙闯闯到家后，一屁股坐进沙发里。他闭上双眼，心脏像是停止了跳动，久久地闷了一口气在胸口。他不知道以这样的姿势保持了多久，直到天色渐渐暗下来，他的双腿发麻，腰椎酸痛。缓慢地从沙发中立起。他活动这紧而发涩的关节，骨骼发出了几下清脆的声音。他打开灯，房间亮堂了，心也亮堂了。日子还得继续过下去，大纲也还要继续改下去。更何况，人家又没完全否定。他把自己劝到书桌前。面对已完成的大纲，无从下手，该从哪里改起呢？

与炎雅伦有关的日子

二〇〇六年，炎雅伦首张专辑问世。在专辑上市之前，经纪团队首先将专辑寄给了孙闯闯。作为国内首屈一指的媒体记者、乐评人、作词人孙闯闯，第一时间拿到了专辑。炎雅伦的名字孙闯闯听说过，当年是台湾著名的音乐制作人，幕后人。当他拿到专辑时，心中一阵激动。炎雅伦第一时间把专辑寄给我，证明什么？证明他们对我是尊重的，并且认可我在大陆的江湖地位。

与此同时，他还收到了一笔数目不小的稿费，是他给炎雅伦写乐评的稿费。他知道，无论专辑如何，都要赞美它。孙闯闯将 CD 插入播放器中，开始翻看最近的音乐杂志，炎雅伦的歌声变成了背景乐。他被自己曾经写过的一篇乐评吸引住了。他反复感叹自己的文笔和对音乐的感受力，完全陷入了自我陶醉中。当他看完这篇乐评时，炎雅伦已经唱完了两首。他继续翻阅，忽然看见了炎雅伦的一组时装照片。忘记了是哪一年，孙闯闯刚进入媒体圈的时候，曾去过台湾一次，与炎雅伦做过一次面对面的访谈。那时，能与她面对面访谈的大陆记者不多，能让炎雅伦记住的记者也不多，可她记住了孙闯闯。炎雅伦的姿态很高，通常与她访谈对话的记者都会收敛些。但孙闯闯的问题却犀利、尖锐，直逼炎雅伦要害。那次访谈结束，报社主编将孙闯闯痛批一顿，但鉴于他刚入行，经验少，就没做过多惩罚。谁知，事后炎雅伦亲自往报社打去了电话，说以后凡是关于她的采访都要让孙闯闯去。孙闯闯一下子在报社受起了重用。或者说，一个娱记是否能受到重用，都要看人家明星的喜好。

如今，杂志上的炎雅伦瘦了很多，眼神也柔和了。照片旁边附上了一段首张专辑的创作谈，作为歌坛新人，她变得谦逊、和善了些。他忽然放下手中的音乐杂志，开始聆听。她还是那个她，即便作为歌坛新人，嗓音中也有属于她自己的桀骜不驯。孙闯闯喜欢这张专辑，是发自内心的喜欢。他迅速坐在电脑前，用最快的速度写完了乐评，发给了主编。

炎雅伦上了《音乐风尚》的头条，半个版面都是她的照片与孙闯闯写的乐评。她的专辑正式上市，新闻也出现在了大小媒体上。经过一星期的发酵时间，她的专辑迅速一扫而空，并且在华语音乐榜上位居第一。评弹与摇滚乐的撞击，中西合璧，并加入了自己的演绎特色，在那个时代，她的音乐是独具一格的。她不是传统意义上的美女，大眼睛单眼皮，国字脸粗眉毛，高个子。由于眼睛大，眉毛粗，高兴的时候也看着像不高兴。总体来说，她的外形与音乐都自成一派，不能简单地用美、丑及好听、难听这些简单粗暴的词语来评判。她是另类的，前所未有的（至少在中国），横空出世的，大张旗鼓地出现。瞬间，她的乐迷为她而疯狂。据说，后来她开演唱会的时候，晕死过去好几个粉丝。

后来炎雅伦来北京，成了北漂。当他们成为密友后，炎雅伦说，她觉得自己在某些层面上，和孙闯闯是一种人，都是那种自以为是、无比自恋、愚蠢和孤独的人。那时候孙闯闯还年轻，不知道她为什么会这么总结，他说，我觉得你对我可能有所误解，我不是这样的人，我也从没感到过孤独。再后来，炎雅伦消沉了很久，她的走红可以说是昙花一现，人生中只出了那一张专辑，可她的妆容和那股自命不凡和桀骜不驯的态度却久久地影响着那个时代的年轻人。炎雅伦死了，死在了自己家的厕所里，吸毒过量。死得很平静也很低调，没有任何报道。炎雅伦有一首很红的歌叫作《我不要孤独地死去》，靠这首歌，她买了一套两室一厅的房子。身边也围着许多朋友。她死在了自己家中，除了尸体，只剩下了孤独。孙闯闯收到消息，是在她死后的一个月。她的死对孙闯闯打击很大。她曾经对孙闯闯的总结与评价，一直徘徊在孙闯闯心里。

炎雅伦在北京那些年一直在尝试编曲，所创作出的曲风，大家闻所未闻，但她仍坚持铤而走险。她在苏州评弹里不仅要混入摇滚，还要混入爵士及雷鬼元素。她不仅编曲，还要作词，决定亲自演唱，执着与信念是不容任何人置疑的。炎雅伦在巅峰时攒了些钱，可以任性几年，但在经纪公司和制作人来看，她的所作所为就是一种自负与不负责任的表现。经纪公司一再告诫她，只给一年时间，如果一年后失败了，就要与公司解约。

她喜欢北京，也喜欢北京的这帮朋友。他们曾是她的粉丝，后来慢慢才成朋友的。这些朋友做的音乐在主流媒体看来都是“地下”的，所谓“地下”就是小众的。小众音乐也没什么不好，毕竟真正的艺术都是给少部分人欣赏的。再伟大的艺术家也得吃饭，做一个愤世嫉俗的艺术家是有前提的，前提就是衣食无忧。这导致其中一部分音乐人想要转型，转成“地上”的。但如何才能跑去“地上”，就要靠孙闯闯的乐评了。

在此期间，孙闯闯走到哪儿都被人捧着，但凡自己搞点音乐创作的年轻人都会慕名而来。有些人千里迢迢来了都不见得能见上一面，北京城那么大，没有认识的人介绍，是找不到他的。但在这些为他慕名而来的人里面，除了热爱音乐的，也有猎奇和想跟他交朋友的。有一次，孙闯闯应邀参加一个唱歌的选秀比赛，在海选中，有一个男孩在唱歌之前说："孙老师，我前天到北京，露宿街头两个晚上，昨天夜里还下雨，就为了见您一面。"男孩眼睛直勾勾地盯着孙闯闯，完全忽视其他两位评审老师。论年头，那两位要比孙闯闯更资深，且比他年长。孙闯闯真心地被感动了，但还是有点不好意思，挠了挠头，说："谢谢你……"别的话也不好多说。最后，那个男孩还是被淘汰了。隔天，孙闯闯在一个演出上，又遇见了这个男孩。男孩主动和他搭讪："孙老师，我是昨天……"孙闯闯说："我记得你，你其实唱得挺好的。"男孩说："孙老师，我三天没吃饭了，能借我一百块钱吗？"没想到，孙闯闯很大方地借给了他，但他知道这钱肯定是要不回来了。

这事一直流传了很久，大家经常用这事拿孙闯闯来打镲。很多人一没钱，就会想到孙闯闯。他富裕的时候很慷慨，穷的时候也从不会管人家借钱。总之，那段时间他身边总是围着一群人，日子过得很热闹。热闹到他已经逐渐淡忘了炎雅伦，炎雅伦也逐渐淡出了人们的视野。后来，孙闯闯在与费主席的一次聊天中说，其实，我一直都知道，是炎雅伦成就了今天的我。她死了，我很孤独。

孙闯闯准备东山再起

新一版大纲完成了，又迅速地发了一封电子邮件给何总。两天后，何总有了回复。何总在邮件里没有发表自己对大纲的看法，但提出了第二次见面的要求。

孙闯闯自信满满地再次进了金辉影业。既然要求再次会面，那定是对新版大纲有了兴趣。

何总很激动地说："大纲我们公司的策划都已经看过了，觉得很好。"何总露出了一个惋惜的神情："炎雅伦……这么有才华，真是可惜。"何总又说："剧本你需要多久可以完成？”孙闯闯心里犯起了嘀咕，大纲过了，那自然而然就是剧本阶段。事情进展得如此之快，总觉得有点不对劲，但又不知道是哪里出了问题。难不成是“快”出了问题？

他说：“我也不清楚，可能需要一个月？”

“一个月，好。我等着！对了，我们签署一份保密协议吧？”

“保密协议？”

“对，就是你这个剧本不要再透露给别人了。”

孙闯闯没想到，事情会进展得如此顺利。他立刻给费主席打电话，把他约到了家里。孙闯闯买了箱啤酒，准备庆祝一番。两人像往常一样，由孙闯闯挑一张电影 DVD，有一搭无一搭地看电影。他把脚跷得高高，不停抖动。

“给你高兴的，说给你多少稿费了吗？”费主席问。

“谈钱多俗。”

“得，我俗。合同怎么签的？”

“我说你能不能别总聊什么钱呀合同的？”

“合着你跟他什么都没签，就要给人家写剧本了？”

“签了一个保密协议。人家何总还是很值得信任的。他没你想的那么坏。”

“那你这大纲写完了，是不是得让我看看？”费主席道。

“跟你说了，签了保密协议。”

“跟真的似的，保密协议又不是防我的。”

两人话不投机，费主席把喝剩下的啤酒放到了茶几上，号称“有事”，甩门走了。他骑着摩托穿梭在寒风里，被一团永不散去的雾霾围绕着。这气味潜伏在白日的喧嚣中，到了夜晚便悄然爆发，并带一股狠劲儿覆盖全城。费主席在这股迷幻般的雾气中，飞奔。借着刚刚的酒劲，很想冲回去给孙闯闯一拳。他觉得他变了，希望一拳下去，能够让他清醒点。他继续前行，眼前的灯光变得飘忽不定，光晕愈发模糊。费主席终于把自己摔成了骨折。遵医嘱，须卧床一个月。

一个月后，剧本也完成了。自从两人那晚不欢而散后，就再也没联系了。孙闯闯一心扎在剧本中，与炎雅伦并肩前行。而那晚的事，他早已抛在脑后，更不知费主席骨折的事。费主席的身边总是围聚着一帮设计玩具和画漫画的朋友。但即便如此，他的心里还是挂念着孙闯闯。

孙闯闯最终还是告诉了他剧本完成的事，约他一起喝酒。费主席一口回绝，态度极为冷淡。孙闯闯突然想起了那一晚的事，埋怨他心眼小。费主席终于绷不住了："你写完了，碍着我什么事？你就是这么自以为是，觉得整个世界都是为你准备的，所有人都得围着你转。你是不是觉得自己特别牛×？"孙闯闯举着电话，目瞪口呆。过了会儿，他缓过神来：

"你是不是吃错药了？"

"你才吃错药了。"说罢便把电话挂断了。孙闯闯将手机摔到沙发上，用力过猛，手机又弹到了地上。

"这孙子疯了吧，还是嫉妒我？"

待他冷静下来，又回想着方才费主席的态度，他怀疑，有可能是费主席最近遇着过不去的坎儿了，而自己最近又一帆风顺，疏于对他关心。他决定过几天去一趟费主席家里，真诚地慰问。孙闯闯将完整的电子版剧本发给了何总，他长舒口气，心里空荡荡的。他决定再打给费主席，不知那孙子气消了没有。可连续打了几通，一直关机……

孙闯闯终于等来了何总的电话，说要面谈。面谈，意味着何总有很多话是不方便在电话里说的，或是他对剧本还有别的想法，需要再次修改。那面谈，意味着事要成了？也许吧，他不敢轻易断定。第二天，何总态度依旧。在很多年后，每当孙闯闯想起何总的时候，眼前总是会出现《电锯惊魂》里面那个带着笑脸面具的木偶，让他不寒而栗。何总见到孙闯闯，并没有直接聊剧本，而是绕过剧本和他谈论起了音乐，谈起了炎雅伦。何总对炎雅伦感兴趣了，孙闯闯很高兴，和他说起了与炎雅伦相处的那些日子，还说了一些就连费主席也不知道的秘密。一个小时过去了，还是没有聊到剧本，孙闯闯着急了，终于按捺不住问了句："何总，您觉得剧本怎么样？"何总顿了顿："剧本我们都看过了，觉得拍成电影还是有问题的……"孙闯闯脑袋嗡了一下，耳朵突然失聪了。

从这以后，孙闯闯生了一场病，得了急性阑尾炎。孙闯闯住进了医院，手术结束，借着麻醉剂睡了一天一夜。他睡得很沉，梦见了费主席，梦见了炎雅伦，他们又回到了过去，回到了他曾辉煌过的少年时期。在梦里，他与炎雅伦和费主席依依惜别，像是自己要去远方，再也见不到他们了一样。醒来的时候，他泣不成声，把围在他身边的费主席吓坏了。孙闯闯用那只插了针头的手握住了费主席的胳膊，哭得一发不可收。费主席说："就是个小手术，不要搞得这么悲壮。"孙闯闯似乎竭尽了全力，从干燥的嗓子里发出了几个音："我觉得我完了。"费主席不再说什么，就这样坐在他身边，无能为力地看着他。

费主席知道他指的是什么，剧本的事估计泡汤了。他从没见过孙闯闯如此痛苦，甚至绝望。费主席安静地坐在他身边思索着：这一切，对于他来说未尝不是一件好事。你终于在三十七岁的时候，认清了这个世界的真实面目。

在住院期间，费主席、冯煜和小芒（小芒是费主席的徒弟，跟着他学过几年的素描。同时也是孙闯闯的粉丝）对他进行轮流照顾。孙闯闯萎靡不振，整日瘫在床上。在临出院的前一天，冯煜突然对孙闯闯说："孙老师，我有个朋友也是做影视的，也是个制片人，不然你找他聊聊？但……"

"但什么？"

"但就是不知道是否靠谱。其实，您遭遇的这事也没什么的，可以说根本就不叫个事。"冯煜一开始说得小心翼翼，但见孙闯闯的态度是谦逊的，就试探性地将说辞加大了力度。

冯煜又说："这剧本通不过是再正常不过的事了。说实话，炎雅伦后期就不再做音乐了，她的那些所谓的创新根本就不被世人接受，毫无市场。经纪公司都要跟她解约了。她曾经确实有一批铁粉，但那才区区几个人？你要写一部关于她的传记拍成电影，受众群太有限了。别说影视公司老板了，就连我也觉得得赔钱。”

孙闯闯无力反驳，只是目光呆滞地盯着床脚，过了会儿说：“所以，我是白写了么？”

“也不能这么说，你去找这个人聊聊。他叫张静兰，是一个制片人。他做商业电影，也做纪录片。他曾做的两个纪录片都拿到过国际奖项。看看他有什么想法？”

“但你不是说没有市场吗？”

“纪录片和电影不一样，可以参加个欧洲某国的电影节，拿个奖。得奖后，你的身价就不同了。”

“算了，爱谁谁吧。”

孙闯闯出院了，医生千叮咛万嘱咐，以后千万不能喝酒。费主席替他答应了。

为了表示感谢，孙闯闯决定请他们三人吃饭。如今的孙闯闯“没落”了，谁都能跟他一起吃饭，谁都可以跟他开玩笑，褪去那层光环，他就是个不太随和的中年人。饭馆在孙闯闯家旁边的胡同里，是一家小而干净的馆子。孙闯闯和费主席都喜欢这儿。晚饭时，孙闯闯故作兴奋状，频频举杯，说必须要庆祝自己“大难不死”。费主席劝不住，冯煜和小芒更是不敢“轻举妄动”，一不留神，又喝多了。

回到家，冯煜收到了孙闯闯的信息：把那位制片人朋友的电话发我。

冯煜所给出的电话号码并不是该制片人的，是他的助理。有了上一次与何总的沟通经验，这次就自如、从容了许多。助理与孙闯闯约好了时间，是下星期一的下午。距离赴约还有四天时间。他决定再将剧本进行一次修改，并且做一份演讲稿，这次要做好充分的准备。毕竟机会是留给有准备的人的。而自己要做的就是要抓住每一次机会，说不定哪次就成功了。

这天，阳光明媚，长时间的雾霾被一夜春风吹散了。孙闯闯抱着电脑，迈着矫健而又稳重的步伐到了该制片人的公司。前台姑娘给他用一次性纸杯接了水，放到茶几上，道：

“张总在开电话会议，您稍等一下。”

“可她跟我约的就是现在，怎么又开会了？”

“实在抱歉，临时有个急事。应该快了。您坐下休息会儿。”

孙闯闯见小姑娘挺客气，没再为难她。他走向接待室的落地窗前，风景很美。可以俯瞰整个奥林匹克森林公园，以及大半个亚运村和小半个北京城。他思索着该如何向张静兰阐释他剧本中所想表达的寓意，如何讲述那交错的剧情，如何描绘剧本亮点。只要剧本会进行顺利，电影就可以拍出，观众们一定不会失望的。他面对小半个北京城，望着堵得水泄不通的四环路，他忽然觉得自己是幸运的那一个。他感谢上天赐予自己的才华，感谢父母又给了一张不太会让别人嫌弃的面容。他激动了，兴奋了，眼前的道路一片光明。

二十分钟过去了，仍是静悄悄。孙闯闯推门而出，吓了前台小姑娘一跳。

“你能催催她吗？都这么长时间了。”

“您看，张总完事了她肯定就来找您了。”

孙闯闯往张总办公室看了一眼，门依然紧闭着。

“您再等一会儿，张总完事了，第一时间通知您。实在抱歉啊。”

孙闯闯想走，可这步子就是迈不开。原地踟蹰片刻后，又回到了接待室，坐下了。好事多磨，不要因为这几分钟而错过一次机会。他背靠着落地玻璃窗，阳光烘烤着后背，暖洋洋的。透过接待室的落地窗，可以俯瞰亚运村，鸟巢窝在一汪绿色中，像是刚被生出来的恐龙蛋。想到恐龙，忽然想到了他的前妻。他前妻是恐龙博物馆的管理员，每逢周末，博物馆都会被小朋友们所占据。她曾说，等他们有了孩子，也带来这里看恐龙。她最得意的事就是可以背出上百种恐龙名称。她的世界里只有恐龙和孙闯闯。她现在一定在忙着擦拭恐龙骨架模型和展窗的玻璃。想到这儿，孙闯闯的鼻头忽然酸了。

一个小时又过去了，孙闯闯心头突然喷出了一团怒火，正要冲出接待室时，和前台小姑娘撞了一个正脸。

“张总刚开完了会，您可以进去了。”

孙闯闯咬着下嘴唇，硬是让自己冷静下来。

会议室的玻璃墙上，贴满了演员、导演的照片。这些是他们下一部戏的主创候选人。孙闯闯被归到了导演一列。在会上，张静兰坐在了王总的位置上。今天王总出差，会议自然就让张静兰主持。张静兰是一个让人看不出年纪的女人。他忘记是谁说过，看不出年纪的女人最可怕。会议桌上除了张静兰，还有五个公司同事和一个中年男人。在孙闯闯眼里，他们都是一些长得很好看的年轻小朋友。

张静兰：“小雯儿，今天你做会议记录。”她又说：“给大家介绍一下，这是著名的填词人、乐评人孙闯闯。在音乐圈很厉害的。”

张静兰又指了下那位中年男人：“这位是邓科，著名制片人。我想你应该听说过他吧？《盗宝奇缘》《星际穿越 2》，还有好多票房过二十亿的片子，都是他负责制片。”孙闯闯心里琢磨着，难道冯煜给我介绍的人就是他？可张静兰说的这些片子都是好莱坞的，难道这孙子是好莱坞的制片人？

邓科与张静兰客套两句后，与孙闯闯互递了一个敬意的微笑。

“我听《摩登音乐》的苏总提起过你。”

孙闯闯有些惊喜。

“您也认识苏总？”

“当然了，我们认识十几年了，他还是独立音乐人的时候，我们就认识了。你怎么想起写剧本了？填词和写乐评不是挺赚钱的吗？”

“是前些年，程晓刚想让我帮他填电影主题曲的歌词，我们聊得挺高兴的，给他的电影也提了点建议，他就忽悠我跟着他一起写剧本。就这样开始写了。”

孙闯闯不知道自己为什么会这样说。他曾经确实给程导的电影主题曲填过词，但一起写剧本的事绝对是虚构出来的。然而，这虚构出来的事，就那么自然而然地脱口而出了，且言之凿凿，跟真的一样。孙闯闯没有故意欺骗张静兰的意思，当他自己讲完这些时，就连自己也惊呆了。

“程晓刚？我们太熟了。”张静兰一下子感兴趣了，开始讲述她和晓刚导演相识的过程。孙闯闯屁股在椅子上挪了挪，下意识地看了一眼手机。张静兰滔滔不绝，毫无要将话题收尾的架势。五位年轻小朋友，认真听讲。邓科看上去倒也是津津有味。

“张总……”孙闯闯突然打断了张静兰，其中两位小朋友相互交换了下眼神。

“您看，我们是不是可以聊下剧本了？”

张静兰似乎刚要讲到与晓刚导演的高潮部分，但突然被打断，面显尴尬。她拢了一下头发，将一边的头发别在了耳后，露出了一个夸张而闪亮的耳环。

“那好，你开始吧。”

孙闯闯舔了下嘴唇，半天说不出话来。那只在心中准备膨胀得要爆炸的气球，瞬间蔫扁了一半。会议室里的冷空气仿佛凝结住了时间，所有人都在等待孙闯闯的“开始”。然而，此刻的他，忽然觉得他的剧本，以及剧本中交错的剧情以及他心中的表达，在这个珠光宝气、八面玲珑的张静兰面前，完全不值一提，甚至感到自己是如此卑微。可是此刻的他又能怎么办？

从孙闯闯开口讲述剧本，张静兰开始低头摆弄手机的这一刻起，他就是已经败了。他花了大概十分钟，前言不搭后语地讲完了。从始至终，张静兰安静地低头摆弄手机，没有打断他。直到再次沉默，张静兰才猛然抬起头，道：“你这个剧本太套路了，之前看老汪也写过一个类似的。老汪你认识吗？我们很熟的，也是一个有名的编剧，《大上海》就是他写的。”

孙闯闯没有为自己辩护。

“我知道你的写作功底不错。你认识晓刚导演，他也赏识你，那就证明你还是有才华的。我们公司现在需要一个写手，你看你要是愿意的话，可以来我们这里上班。”张静兰倒是很客气，面面俱到，也很真诚地邀请他。

孙闯闯站了起来，将电脑扣上，抱起：“张总，您的好意，心领了。”话音刚落，便大步迈出了会议室。

会议室里那五个长得很好看的小朋友，各自低头。小雯儿依旧在打字。

“行了，别再记了。把今天的会议记录删了吧。”张静兰又说，“这个人脾气太大，又不是什么知名导演编剧的，耍什么大牌。”

邓科说：“这个人不太适合团队合作。”

张静兰将自己挪到了会议桌旁边的沙发上，摆弄着茶几上那套功夫茶茶具。

“但这个人似乎应该还有点才华，我以前听说过他。”

“才华？他拍过什么？不就是写写歌词吗？”

“倒也没拍过什么特别有名的电影，就是得过几个港台的音乐奖项。他大学没毕业就去《音乐风尚》工作了，那边的主编特别看好他。算是有点才吧？”

“这些跟电影有什么关系？”

“您听着呀，他跟炎雅伦的关系特别好，炎雅伦在当年可是叱咤风云的。”

“那跟电影也没关系呀。他这跳来跳去的，就说明他不是一个能长期合作的人。这人一看就是性格有问题。邓科，你不会是炎雅伦的粉丝吧？”

“算是尊敬吧，崇拜谈不上。”但实际上，邓科那时确实是炎雅伦的粉丝，同时也是孙闯闯的粉丝。那些千里迢迢，为了追星而来北京的人群里，就有邓科。

“那你就是那小子的粉丝！”

“怎么可能！我还没那么低级趣味。”

“小雯儿，过来一下。”张静兰对邓科的陈述已经失去了兴趣，确切地说，他是对孙闯闯这个人失去了兴趣。张静兰又说：“把这个人的照片摘下来吧，再联系联系剩下的四个人。”小雯儿踮着脚，把孙闯闯连带个人简介的照片摘了下来，团成一个纸球，扔进垃圾桶里。

从张静兰的公司出来，孙闯闯接到了《摩登音乐》的来电，是小姚儿。

“孙老师，您写的歌词我们苏总很满意。但唯一有个小小要求，您看看能不能再稍做改动，具体的改动要求已经发到您邮箱里了。”

“我觉得我写的没问题，一个字儿都不改！”孙闯闯气愤地挂下电话。

他走进了一条胡同里的公共厕所，粪便大肆喷射在蹲坑周围。人们毫不掩饰地将肠胃里的排泄物暴露在外，再精神抖擞地迈出这一肮脏之地。这股骚味使孙闯闯的尿急感加剧，膀胱的酸胀让他一下子也喷射到了别人的粪便之上。孙闯闯屏了一口真气，一边提裤子，一边跑出了厕所，狼狈地就好像刚被强奸了一样。

从厕所里出来后，徘徊在大街上，无处可去。他忽然觉得自己贱。为什么要撒谎？而且是那么低级、廉价的谎。他恨张静兰更恨自己。顺着路走，就走到了费主席家里。他不知费主席是否在家，但也无所谓，爱在不在，反正无处可去。他推开费主席家门，果然在家。他戴着副硕大的透明眼镜和口罩，身体被另一个巨大的塑料身体遮挡住，那是费主席新设计出来的“大玩具”。他在为它喷彩漆。

孙闯闯到了费主席家里，直奔冰箱。

“我说你进来能不能吱一声，以为进贼了。”费主席叼着烟，口齿不清。

“你家里怎么连冰可乐都没有？混成你这样，也够惨了。”

“是挺惨，不然你给我介绍个妞儿得了。”

孙闯闯没搭理他，假装参观费主席收集的玩具。

“说吧，又出什么事了？”

“也没什么事，就是今天又去见了一个什么总儿。”

“冯煜给你介绍的那位？”

“嗯。”

“他给你介绍的人能靠谱吗？别搭理他们丫的。”

“她叫张静兰，除了跟我盘道儿，就没聊别的。”

“她多大岁数？”费主席问。

“这种人不好猜，模样看着跟我差不多，但气质像四十多的，气场像五十多的。”

“这么邪乎。你们都聊什么了？”

“本来我是要跟她聊我剧本的，可后来满嘴跑火车，好像整个娱乐圈都是她朋友，范冰冰是她姐，王中磊是她哥，七大姑八大姨的都认全了。到聊剧本的时候，她出去了，派了一帮小孩儿跟我聊。”孙闯闯又撒了另一个谎。

“那这不挺好的，能把剧本聊上就行。我对你绝对有信心。那后来呢？聊得怎么样？”

“没什么后来。他们连……”孙闯闯把后面的话咽回去了。他的脸开始扭曲，生气中好像还夹带着一丝委屈。

“连……什么？”

“不知道，他们既没肯定，也没否定。最后我一气之下走了，老子还不跟他们玩了。”

“这倒是也正常，他们就是这样，在知道你的来头之前，绝不会轻易得罪任何一个人，即便人家把你底细摸清了，人家即使看不上你，也绝不会当面讽刺数落，与你发生正面冲突。你和人家拍桌子叫板，他们就把你当猴儿看，等你耍够了，没准还得好心地劝上你两句。可你想过事后吗？说句不好听的，你就是被惯的。脾气大，还……”费主席突然住了嘴。这一段话，让孙闯闯很不爽，他有什么资格来教育我？可思来想去，他说的好似又有几分道理，找不出可以反击的缺口。这感觉就像那天在医院，和冯煜聊天一样。他不懂两件事，其一，为什么现在谁都可以对自己说教，然而自己又无力反驳？其二，为什么一聊到跟电影沾边的事，就爱撒谎呢？

“还什么呀？”半晌后，孙闯闯说。

“没什么，反正以后你得注意点。”

“我还有事，先走了。”孙闯闯站起来，走出了费主席家。

其实费主席还想说他幼稚，但这个词不能说，即便事实如此也不能说。

费主席听了孙闯闯刚刚经历的，为他心疼。他说的张静兰，费主席太熟悉了，他们曾经有过密切的合作，但费主席不想将这些告诉他。

我叫费乐乐

费主席原名叫费乐乐，出生在四川大凉山。在他之前，家里已经有了三个孩子。费乐乐纯粹是个意外。可能是因为从他一出生，到现在都不太会乐。家里怕他是个傻子，总盼着他能笑一下，就取名为费乐乐。小时候，父母都很忙，四个孩子照顾不过来。在费乐乐出生时，老大费英雄已经十岁，可以照顾弟弟妹妹了。费乐乐主要是费英雄照顾的。但费英雄并不喜欢这个弟弟，父母也不喜欢。怀疑他是自闭症，不喜欢和小朋友玩，也不喜欢说话，只喜欢拿着粉笔到处画。家里除了天花板，哪哪儿都有他的画迹。为此，费英雄总是打他。可父母在暗地里告诉费英雄，别拦着他，你这弟弟怕是自闭症，好不容易有个爱好，就不要再阻拦了。回头再出个什么意外，咱这辈子都得沾一身腥。费乐乐从没有感受过家庭的温暖，父母和几个兄弟姐妹虽然不打他，也不骂他，但却是因为都不敢招惹他。怕他自杀，死了。只有一次，他发了高烧，晚上母亲抱着他睡了一晚。那晚上，费乐乐才感受到一丝丝母亲的温度。她对母亲美好的回忆，也停留在了那一个晚上。直到近些年，他有时候依然做梦能梦到这个夜晚。在他十岁的时候，父母告诉费英雄，等弟弟高中毕业，上了大学就让他走吧，以后不要再回来了。

费乐乐真的考到了北京，还考上了美术学院。二〇〇六年时的费乐乐刚从美院毕业，那时候的他戴着一副厚片眼镜，从侧面看，镜片会折射出无数个圈圈来，在那副镜片的后面，是一双总也睁不开的眼睛。看人的眼神也是游离不定，走路有点跛脚，满口乡音，说不上来是哪里的话。反正对于孙闯闯来说，外地口音听着都一样，孙闯闯也很嫌弃他，倒不是因为他的口音，是他一副永远睡不醒，且萎靡不振的屌丝样儿。后来，费乐乐的跛脚好了，但具体是什么时候好的，大家谁都记不清，连他自己也不知道。费乐乐的双腿其实很健康，是自己故意跛脚的，他觉得这看上去很可怜，像个弱者，可以引得别人的同情。

当时的费乐乐不知道，他的毕业约等同于失业。他从被学校“哄”出来，被宿舍“踢”出的那一瞬间才意识到，自己无处可去了。他卷着铺盖卷儿和画夹，痴痴地望着美院校门口，推了下眼镜，终于瞪大了眼睛说：“完了。”但即便如此，他也没想着要回家，眼睛还是看着朦朦胧胧的前方，从没想过要回头。他丝毫没有恐惧感，一无所有的他对一切都是麻木的、迟缓的。他坐在校门口，直到深夜。费乐乐终于开始思索自己下一步该去哪里。夜里两点，他毫无困意，站起来活动下锁死的关节，在大街上溜达着。走到了一家网吧，停下来。网吧门口挂着一块半闪不亮的企鹅，企鹅在这条被暗黄色路灯照耀的夜路上，显得很不起眼。费乐乐进去了，里面一片嘈杂，烟雾弥漫，方便面和烟味混在一起。他仿佛又回到了大学宿舍，又回到了那个温暖的子宫里。他去前台交了包夜的钱，选中一个角落的位置，逛荡在美院论坛上，他有点喜欢这个地方了。角落里的小沙发，让他感到无限的安全感，他想留在这里。

天亮了，他睡着了，包夜的时间也到了。他被店伙计拍醒，恍恍惚惚睁开眼睛：“我想来这儿打工，我干什么都行，我没地方去了。”

“我们这儿又不是收容所，赶紧走人。”

“我干什么都行，工钱少都没关系。”

费乐乐虽是迟钝的，天真的，但也是随意的。自从那晚他听见母亲对费英雄说考上大学就让他走吧以后，他对生活就没什么指望了。除了画画，什么都不喜欢，在哪儿画不都一样吗？

就这样，他留在了网吧里，负责晚班。包住不包吃。白天在十个人的宿舍里睡觉，睡醒了就画画，再传到美院论坛里。在论坛里，他算是个“大神”，有很多“粉丝”，他在论坛里，也卖了一些画，赚点外快。他的开销不多，赚的钱除了吃饭，就是买点美术用具，其余的钱全存在了卡里，他也不知道这些钱留着有什么用。

费乐乐在网吧耗了一年，说是耗着，其实是画了一年。画完了就登在网上，有人喜欢就将其买走，他所有的画只有最低价，没有最高价，给多少就看买主自己觉得这画值多少钱了。费乐乐觉得这样很有意思，他想知道自己的画到底在别人心里值多少。他除了自己特别喜欢的两幅不卖。那两幅一直藏在画夹的内衬里，从未展示过，谁也不知道画的是什么。

就连他自己也从没想到，在这一年里，他的银行卡里已经有一笔非常可观的钱。这钱有多少呢，在南四环租一间屋子，以他的消费水平，可以够他闲待着五六年的。

终于有一天，论坛上，有一个号称是他粉丝的人想见见他。一开始费乐乐拒绝了他，后来，他禁不住粉丝的各种骚扰，终于在这间网吧门口会面了。这个人就是冯煜。

约的是晚上六点，七点费乐乐要上班。冯煜五点半到了，坐在网吧门口的台阶上，靠着墙，头顶上就是那个闪烁微光的企鹅。他紧张，怕不知道见了费乐乐该怎么说。他知道费乐乐这人有点怪，从画上就能看出来，他的内心住着两只相互厮杀的猛兽。疯狂和病态中夹杂着忧伤和孤独。

六点钟，费乐乐走出了网吧，像是一个发霉的人，像是从地下管道里爬出来的人。冯煜咽下口水，有点蒙，但还是向他伸出手，介绍自己。

“我叫冯煜，比你小两届的学弟。”

“你好。”费乐乐舔了下干燥的嘴唇。

“我今年毕业了，准备成立一个自己的工作室，想邀请你来。”费乐乐眼神游离不定，始终没有看冯煜一眼，总是绕着他转悠。

“不然，咱们换一个地方聊聊？”

“就在这儿吧，我七点上班了。”

“你在这儿上班？”

“嗯。”

复杂的情绪使冯煜的脸变得扭曲。他想哭，想抱着费乐乐哭，并下定决心，无论用什么办法，都要让他离开这儿。

“费老师，您听我说。开工作室这事，您一定得听我的。我们工作室需要您……”

冯煜对费乐乐没有功利之心，是纯粹的欣赏与怜惜。他觉得像费乐乐这样的人可称之为大师，大师不应该被淹没，更不应该在这种地方。冯煜从如何变成费乐乐的粉丝开始讲起，又讲了费乐乐在圈子里的江湖地位。天色渐渐暗下来，两人从网吧聊到了路边摊。费乐乐被冯煜打开了人生中的另一道门。冯煜畅想着未来，他的未来包括了很多，其中就有费乐乐。路灯照亮了整条街，费乐乐觉得眼前一片金灿灿的，仿佛自己已经置身于冯煜的未来之中。仿佛那个有着理想、才华以及整天和一群气味相投的朋友聊天画画的那个人，就是现在的他。他忽然明白，原来人生还有另一种可能性。

冯煜知道费乐乐动心了，没再往下说。他看了一眼表：“哎呀，都这么晚了。费老师您是不是要回去上班了？”

“不去了，你的工作室什么时候开？”

冯煜心里乐开了花，觉得费乐乐身上也散发了一团金灿灿的光芒。

“费老师，我和几个同学得商量下资金的事情。”

“需要多少钱？”

冯煜琢磨着，还没等他开口，费乐乐就说：

“我这儿有五万，够吗？”

冯煜惊呆了，这远远超出了他的预估。其实两万就够，包括交房租和置办家具和绘画工具。

这天夜里。费乐乐和网吧老板坦白了自己的想法，老板很支持他。虽然他不是一个勤快的人，对于老板也不是一个称职的员工。但他很老实，从不迟到早退。对于黑白颠倒这事，也没什么怨言。由于工作室还要简单装修，他又在网吧里住了两个星期。在网吧里待了一年的时间，老板对他还是有感情的。走的时候，老板对他说，以后要是有什么困难，随时欢迎他回来，并且祝他在艺术的道路上，取得成功。

费乐乐离开网吧，住进了工作室。起初敞亮开阔的生活环境让他不适应，他害怕晚上，害怕黑夜。他觉得一到晚上，他笔下的那些妖魔鬼怪就活了。他突然无比想念网吧的宿舍，闭塞狭小的空间给予他无限的安全感，就像是躺在母亲的怀抱中。在工作室的第一个夜晚，他居然哭了。

不久，费乐乐就接到了人生中的第一个“大单”。是给一个香港影视公司驻京的发行公司设计电影宣传海报。联系他的人就是张静兰，张静兰那时候还是一名电影发行人员，需要设计一款电影海报。为了省钱，该发行公司就从美院找到了毕业不久的费主席。费主席日夜加班，一个星期后交出了海报，但张静兰百般挑剔、为难。那时的费主席尚且年少轻狂，骨子里算是个艺术家，艺术家都有自己的脾气，起初不愿妥协，但被折磨了一个月后，终于放弃了，不再和张静兰较劲，也不和自己较劲了，爱谁谁。但张静兰还是不依不饶，最后，费主席说，我不要你钱了，你饶了我吧，这活我不干了。再后来，费主席所设计出的第一款海报问世了（当然了，钱还是没给）。从电影上映前到下映后，总共两个月的时间，费主席无论走到哪儿，都能看见自己设计出的那第一款电影海报。他咬牙切齿，决定给予打击报复。

他在工作室里发了疯似的转悠，愤怒的情绪充满了整个大脑，他甚至想要暗杀张静兰。杀死张静兰的画面一遍遍重复着。后来，冯煜知道了此事，安慰费乐乐说：“这事你不能生气，他们之所以对你要求这么苛刻其实就是不想给钱，但结果他们还是用了，这说明什么呢？”

费乐乐说：“说明他们该死！”

冯煜："错了，你要端正自己的态度。"

费乐乐愤怒地看着冯煜，很想给他两拳。

冯煜："说明他们对你的才华还是认可的。这就是好事，你等着，他们下次有活儿还会找你的。"

"还敢找我？我弄死他们！"

"你这人怎么这么轴？下次找你，你就得让他们先给你钱，跟他们摆架子，懂吗？"

"先给钱？"

"对，不给钱，你就不给他们干。这话要先说在前面，这就是传说中的话语权。"

费乐乐眼神疑惑了，也柔和了。

果不其然，正如冯煜所言，张静兰果真又找到了费乐乐，费乐乐按冯煜的路数，成功掌握了话语权，顺利地拿到了一笔设计费。费乐乐的名气与身价瞬间又提升了一个档次，这多亏张静兰的赏识。他忽然觉得张静兰是他的恩人，也觉得张静兰这人特仗义。但这些事，费乐乐谁都不想告诉，尤其不想告诉孙闯闯，怕他会看不起自己。

费乐乐遇到孙闯闯是他提高了身价以后的事，冯煜带他见的。孙闯闯像一团明晃晃的光，照进了费乐乐的世界。那时候孙闯闯刚结婚，和新媳妇儿一起搬到了二手的新房里。客厅的墙纸被前主人撕去，露出丑陋的墙皮。为省钱，孙闯闯叫来了一帮朋友给他刮大白，这其中就有冯煜，冯煜是带着费主席来的。两天的努力，大白算是凸凹不平地刷完了。新媳妇儿撇嘴不满，刚结婚，为了省钱，把客厅地搞成了这个样子。后来费乐乐说，你不嫌弃的话，我帮你在墙上画点装饰吧？费乐乐声音小，口音又重，孙闯闯又不认识他，道："你说什么？"

冯煜连忙解释："哦，这事怪我，都来了两天了，也没给你介绍。这位是费乐乐，特别有才的插画师。也是电影海报设计师，那个《天才魔术团》的电影知道吧？海报就是他设计的。我给你看看他的作品啊。”

孙闯闯并不知道那个电影，但他看到费主席画的插画作品时，眉飞色舞：“真不错，这事就交给你了。”

一个星期后，孙闯闯与媳妇儿再进客厅，惊呆了。客厅的一面墙连着房顶都被费乐乐的画占据了。是一个头发开满了曼陀罗的女人，女人半裸，伸出来的四只手捧着自己的心脏。孙闯闯喜欢极了，立刻要与费乐乐做朋友。但孙闯闯一定不知道，他媳妇觉得那画恶心。

后来，费乐乐进入了孙闯闯的圈子里，孙闯闯去哪儿都带着他。费乐乐喜欢这些时髦、有朝气、漂亮的年轻朋友。再后来，孙闯闯给他介绍了很多音乐圈的朋友，包括炎雅伦。在那段时间里，市面上很多的专辑封面都是费乐乐设计的。时间久了，费乐乐已经成为大师级别的设计师，很多玩具厂商和漫画制作公司就找上门来了，他和冯煜又进入了另一个圈子——地下漫画圈。从这以后，费乐乐逐渐将身上那股“霉味”和浓重的口音褪去了，费乐乐也被孙闯闯改名成了费主席。

多年后的今天，费乐乐已经成了费主席，张静兰也由一个电影发行，成了一个电影公司八面玲珑的“总儿”。费主席感叹着，这个世界可真小，转来转去，她又让孙闯闯给碰见了。真有意思。

孙闯闯又栽了

邓科很快就和孙闯闯成了朋友，这不是孙闯闯想要的结果。但邓科身上有一种让人难以拒绝的魔力。谁都能成为他的朋友，谁也都不是他的朋友。很多年后，每当孙闯闯看到邓科的名字出现在片头或是片尾的时候，总会打个冷战。按理说，他应该恨邓科，可回想起来的全部是与他在一起那些美好的回忆。孙闯闯也总是在想，到底是从什么时候，从哪一件具体的事开始，他们成为朋友的？换句话说，自己是具体因为什么把他当成朋友的，他想不起来了。这个世界上，孙闯闯只服邓科一个人。

“在哪儿？”邓科问。

“在家。”

“晚上来浮云会一趟。”

“没空。”

“是正事。”

“……”

“艾娱乐影视公司的老板要找编剧，我就推荐了你。”

“行，几点，在哪儿？”

“稍后告诉你。”

挂下电话，孙闯闯立刻从被窝里跳出来，挑了一身体面的衣服，出门了。浮云会，他在心里盘算着，听着像是夜总会。

果然，当出租车停稳后，他犹豫了两秒。金碧辉煌的浮云会像是一座充满魔法的宫殿，在夜晚显得如此虚幻。他给邓科发去信息：是浮云会吗？我在门口，你在哪儿？

孙闯闯下车，便站在路边等待邓科的回信。十分钟过去了，邓科杳无音信。208 房间，他盯着这个数字好一会儿，硬着头皮进去了。服务生的周到让他无所适从，他透过 208 房间门缝，看到了邓科与几个中年男子碰杯，两个中年妇女在唱歌，并无小姐。

孙闯闯推开包房的门，邓科赶紧迎了上去。

“咱们不是聊剧本吗？怎么聊到夜总会来了？”孙闯闯说。

“聊剧本还挑地方？跟哪儿谈不一样？”

两位唱歌的妇女闭嘴了，瞬时静了些。

“这位就是著名的孙闯闯。”邓科向几位中年男子介绍。

孙闯闯面显尴尬，向几位中年男子点头示意。可那几位的表情木讷，对他的到来丝毫提不起兴趣。待孙闯闯坐稳后，服务员为他倒上了酒。邓科贴着旁边男人的耳朵，喊着介绍孙闯闯。那男人瘦脸，油头，脸颊上有颗硕大凸起的痣，像是趴了一只苍蝇。小手指上留着长长的指甲，看上去五十岁上下。出于礼貌，孙闯闯端着酒杯对着瘦脸男人一饮而尽。瘦脸继续和身边几人谈着业务。孙闯闯仔细听了听，瘦脸就是邓科说的影视公司老板，而他身边那几位似乎是做地产的，如今地产业不景气，瘦脸一直劝说他们进军影视业，以及分析影视行业的大好形势。几人聊得热火朝天，两位妇女一首接一首地唱八十年代的港台流行曲。孙闯闯捅了一下邓科，叫他出去一趟。两人一前一后，去了洗手间。

"你今晚叫我来干吗？耍我是不是！跟这帮土老帽有什么可聊的？"孙闯闯扭头便走。

邓科拉住他胳膊说："当然有得聊，你可别看不起他们。这帮人不懂剧本，就是有钱。你先别急，谈事都是看时机。"

邓科见孙闯闯情绪稳定了又说："是这样，我手里有一些国外的剧本，到时候我找人翻译好了给你，你再稍加创作。我等你的剧本出来后，再找屋里那几位土老板投资……"

"邓科，你还是人吗？这事你都干得出来？"

"告诉你个秘密，我是制片，不是人。你脑袋别那么死性，这可是好事。钱多，活少，最后署名还是你的。多好，说不定你就一举成名了，这以后机会还不多了去了？别说写剧本了，你就自己当导演都行。多少人都想揽这活呢，可他们没资源啊。哥们儿有好事，都想着你呢。"

孙闯闯不说话了，安静地回到了包房里。他被邓科的话动摇了，但直到后半夜，邓科仍没有和那几位土老板谈到剧本。这件事过了以后，就再没动静了，邓科也联系不上了。

转眼到了冬天，《摩登音乐》的小姚儿给孙闯闯寄来了专辑，在填词人那一项后面，孙闯闯的后面又加了一个人。孙闯闯气急败坏地给小姚儿打了电话。

“为什么我的名字后面又加了一个人？”

“我们老大觉得您写的词还是有些问题，例如那些敏感的词汇，歌里面是用不了的。之前也跟您沟通过这个问题，您不愿意改，就让别人改了一下。所以……”

“好，知道了。”

孙闯闯平静地又看了看专辑，平静地将CD塞进了架子里。

最近，费主席一直忙于个人展览的筹备，与冯煜和小芒几人忙得不可开交，但还是抽空与孙闯闯见了一面。孙闯闯很颓废，像个野人，在与费主席聊天时语无伦次，或是安静地嗑瓜子。最后他忽然说：

“我以前觉得处处可能都有机会，不要轻易放弃任何一个。但我错了，不是所有的都是机会。那些我原来想要拼命抓住的，都不是。机会是给像张静兰和邓科那些人准备的，不是我这样的。主席，说句实在话，我觉得你有一天，可能会成为像他们那样的人。但这不是什么坏事。”

孙闯闯躺在沙发上。

费主席没承认也没有否认，他又想起了当年与张静兰，以及许多像张静兰那样的人“合作”过的事。过了阵他又说：“你那个剧本我能看看吗？”

“看吧，随便看。想怎么看就怎么看。”

夜深了，孙闯闯在沙发上，轻轻打鼾。费主席看得入迷，从客厅的沙发看到了孙闯闯的书桌上。他一页页地翻，用笔圈圈点点。像个精神上出了问题的人，在深夜中自言自语。下雨了，风中夹杂着雨水，从纱窗溅到了窗台，又从窗台蹦到了剧本上。他终于看到了最后一页，又看了看睡相丑陋的孙闯闯。他双手压在脑后，一只脚垂放在地上，另一只横在沙发垫子上。忘了从哪本心理学的书上看到，喜欢将双手垫在头下睡觉的人，都是单纯且阳光的。费主席忽然心生怜悯，也让他想起了小时候，无意中听到母亲悄悄对哥哥说的话。想起了曾经那些窝在肮脏狭小的床铺上，就像一只臭虫，在网吧黑白颠倒的日子。往事使他后脖子发凉。他发誓自己再也不要过那样的日子了。回忆点滴成河，将他淹没。命，是什么，现在的费主席也大概知其一二了。雨停了，阳光从云层中射出了一道光。他望着逐渐透亮的天空，做出了一个重大决定。他拍醒孙闯闯："别睡了！"

孙闯闯睡觉轻，立刻便醒了："你怎么还没走？"

"剧本看完了，牛 × ！"

"这还用你说？"

"我有一想法，想听吗？"

"不想听，我再睡会儿。"

"咱自己把剧本拍出来吧？"

孙闯闯翻了个身，果真又睡了过去。

孙闯闯要单干

孙闯闯骑着摩托车，车把上挂着七个盒饭，到了费主席家里。今天是孙闯闯当导演的第一个日子，准备宴请全体剧组。

费主席的家在南二环，老小区，六层，没电梯。孙闯闯把摩托停放妥当，拎着七个盒饭爬上了楼。楼道里弥漫着股烂香蕉和鱼腥味儿，他觉得很亲切，想起了小时候。

孙闯闯爬到四层半就爬不动了。他把七个盒饭撂在地上，双手撑膝，大口喘气，眼睛向上抬了抬，还有一层半，但他无力再向前迈动一步，他觉得自己永远也到不了费主席家了。五层有人下到了四层半，倒垃圾。是个年纪大约五十的中年人。

"你去哪儿呀？"

孙闯闯还是说不上话来，向上指了指。

“现在你们年轻人真是欠练。”

孙闯闯还在用力喘气，但他很高兴，自己被一个五十左右的人称之为“年轻人”，无论自己是否年轻，但至少看上去还算是个年轻人。他忽然浑身又充满了力气，两步一个台阶，一口气冲到了费主席家门口。他把两只手的盒饭，并到一只手上，推门进去了。费主席的家永远不锁门。原因有两个，第一是他记性差，永远忘记带钥匙。曾经叫过五次开锁的人，为此，至少花过小三千块钱。第二，因为家里也没什么值得一偷的，除了玩具就是书、CD 和四五盆高大而茂密的木本植物。

费主席此刻正和小芒、冯煜窝在沙发里讨论费主席的新作和嗑瓜子。沙发的凹陷程度，远处看，他们就像坐在地上。小芒是孙闯闯电影里的女一，冯煜是男一，费主席是摄影兼走过场的。还有斑马乐队的三个人，也会扮演部分角色。他们见孙闯闯进来，都很高兴，起立迎接。费主席迅速接过他手中的盒饭，小芒和冯煜立刻将茶几上的玩具、杂志、瓜子皮、烟灰缸收到了一边，他们对费主席的家很熟悉，知道这些杂物该如何安置。这一举动，莫名地让孙闯闯感到了一丝妒忌。

“这都什么年代了，叫个外卖就好了，何必自己拎过来呢？”费主席道。

“这家馆子不送外卖，还没有菜单，老板做什么你就吃什么的。但每道菜都会惊艳到你们。真的，你们尝尝就知道了。”孙闯闯一边说着，一边将塑料盒子打开。

饭菜摆好，几人围坐下来。

“斑马乐队那三个人呢？”费主席问。

“他们今晚有演出，排练去了。”

几个人沉默了，这个开机仪式并没有大家想的那么隆重，甚至有点凄凉。

“不管他们了，反正今天也没他们的戏。吃完咱们就开干。”费主席又张罗着碰杯缓解尴尬的气氛。

但无论怎样，尴尬的气氛就是挥之不去。孙闯闯曾经那“呼风唤雨”的能力没有了，那些围着他团团转的音乐人也不见了。没想到，最后靠谱的居然是冯煜和小芒。孙闯闯感谢他们，但感谢并不代表着欣赏。

饭后，孙闯闯从塑料袋里又掏出了一袋炒瓜子，两斤的量。冯煜和小芒忽然觉得他变得随和、亲民、接地气儿。两斤的瓜子，一下子把他们的距离拉近了。

费主席讨厌瓜子，他总觉得瓜子是小啮齿类动物吃的，并且这一举动特别地不艺术家范儿。他拿着剧本，又将自己的台词背了一遍。

“待会儿，第一场戏的时候，你就坐在沙发上，和小芒聊天。你俩聊的时候自然一点，就当正常聊天，也不用非得按照剧本上的背。别紧张，打个磕巴什么的，都无所谓。”孙闯闯说。费主席把大灯和遮光板调整了位置。

小芒还是紧张，她只要面对镜头就紧张，包括照相。她走到了窗边，外面白茫茫的一片。

“下雪了。”小芒说。

“眼花了吧？”冯煜说。

“真的下雪了，真的下了！”费主席激动地叫了起来。

孙闯闯趴在窗边，雪花如指甲盖般大小，纷纷扬扬地落在树叶上、房顶上和他的摩托车上。四个人趴在窗户上，欣赏这全市人民盼了一年的雪，终于在这天——他们开机的日子里，落下了。

这是好兆头吗？孙闯闯思索着。

几个人痴痴地望着窗外的雪，恍神了。孙闯闯很久没有看过雪了。去年的北京也仅下了一场，但他错过了，他仔细思索着，到底是因为什么事情错过了？他的记性不好，过去发生过的事情总是被周围的人提起，才能想起来。但这次，他想起来了，是陪着斑马乐队走穴去了。北京下雪的那天，他们正在成都。成都的冬天很冷，室内没暖气。当晚演出现场，一个可以容纳二百人的场地，却挤了快三百人，挤不进来的就在酒吧门口站着听。到后来，老板索性不售票了。孙闯闯能跟着斑马去走穴演出，有一半原因是自己应邀（硬要）去的。他说自己可以掏全程的机票和住宿费，原因是他想离开北京一阵子，散散心。

斑马在成都的乐迷最多，是整个巡演中最重要的一场，所以他们演得格外卖力气。他们想让孙闯闯在演出的中段做一个演说。主要原因是他们可以在后台休息片刻，顺带着再让孙闯闯吹捧一下他们的新专辑。孙闯闯很激动，他很重视这在台上的半小时。演出的前一个晚上，他在简陋的旅馆里认真地写下了演讲稿。他已经许多年没站在台上，在众粉丝面前讲话，也许久没被如此多的人所注视了。他有太多的话想说，但又无从说起。孙闯闯不抽烟，去年戒掉了，他攥着一支铅笔，只好静静地望着嘈杂的窗外。

演出当天，孙闯闯用心将自己打扮了一番。现场，偶有认识他的人对他指指点点，也有粉丝要求合影。但他顾不上沾沾自喜，胃里阵阵痉挛使他表情僵硬，肢体迟钝。这让人误以为，他还是多年前那个红遍江南、桀骜不驯的孙闯闯。可孙闯闯深知，如今的他已被大家遗忘，是一个挣扎在泥沼里的人。当斑马主场准备介绍孙闯闯时，他在台下立刻灌了一瓶冰镇啤酒，好让自己冷静。他终于上场了，成都的粉丝还是报以了热烈的掌声。孙闯闯拿着话筒，面对着一张张期待的面孔，竟一个字也说不上来。心中的大石头堵在了嘴巴里，也许是因那瓶啤酒，他左摇右晃，小动作令人眼花缭乱。台下有一个男声嚷着："说话啊！"孙闯闯把麦放在了嘴边："嗯……今晚很荣幸……"后面他又说了些什么，就连他自己也忘记了。后来演出结束，他回到旅馆房间，失声痛哭。

后来斑马乐队没有责怪他，称他们永远都是孙闯闯的哥们儿，只要有需要，他们随叫随到。可今天，他们三人并没有出现，也许以后也不会出现了。

想到这里，孙闯闯突然缓过神来了。冯煜、小芒和费主席已经准备就绪，收拾好了残羹剩饭，并已各就各位，等待孙导的"开机"。

孙闯闯依旧望着窗外，突然开口："咱们今天拍个外景吧？"

"外景？"费主席蒙了，冯煜和小芒也蒙了。

“好不容易下一场雪，不能就这么浪费了。”孙闯闯说。

“可是咱们没有雪景的戏呀。”冯煜说。

“把剧本给我看看。”孙闯闯说。

小芒赶紧递上了剧本，孙闯闯翻看着。

“就把第六十四场的外景改为雪景，挺好，还有助于煽动气氛。”孙闯闯说。

“六十四场？那不是最后一场了吗？”费主席说。

“是啊，咱还得快点，不然雪估计一会儿就化了。”孙闯闯说着就穿上了外套。

其余三人只好也跟着穿上外套，出门。

从楼上粗略地放眼望去，整个城市似乎是洁白的一片，但实际上，无论是那条具体的街道还是树坑都无比肮脏。雪花洋洋洒洒地从天而降，落在地面上，消失在泥泞中。

费主席也拿出手机，调制到拍摄模式，有限的手机画面中，确实脏兮兮一片。费主席努力寻找有雪的地方，但无济于事。

“你确定今天要拍外景吗？”费主席道。

孙闯闯犹豫了，但依然坚持说：“拍！”

“主席，你就一直往前走，走到前面那根电线杆子前，停下。自己酝酿酝酿，停下的时候你得泪流满面啊。”

“这哪儿酝酿得出来？一下蹦到最后一场，完全进入不了角色。”

“别废话了，趁着现在雪大，赶紧拍。”

费主席面有难色。

孙闯闯将手机设置到专业拍摄模式，镜头对准了费主席的背影。雪花一片片落在费主席的头上和肩膀上，左手边是泥泞的小路，右手边是一排违章建筑的小商小铺。画面中的费主席，略显凄凉。他径直向前走着。

“走慢点！”孙闯闯喊了一声。

费主席回到原地，重走一遍。他一边走，一边酝酿着。他走到了电线杆旁，驻足了。孙闯闯用手机对着他，惊呆了。费主席已泪流满面，他的身体一抽一抽的，无法控制。冯煜和小芒也傻了，不知道是不是应去安慰他。

开机的第一天，就把最后一场戏拍完了，但这并不影响后面的进度。所有人上楼，继续第一场戏。回去的路上，费主席和孙闯闯虽默默地并肩前行，但都听不出彼此的沉默。费主席情绪已然平复，他对孙闯闯说：

“怎么样？刚才表现不错吧？”

“吓我一跳，你这是想起什么了？哭得也太惨了。”

“惨吗？我怎么觉得恰到好处呢，就凭最后这一镜头，咱们可以去参加威尼斯国际电影节了。”

冯煜和小芒在后面走着。

小芒：“我猜他是想起他小时候了。”

冯煜：“我也这么觉得。”

小芒：“不然也没什么事让他哭得这么惨啊。”

几人回到了费主席家里，家里还有一股子没散去的菜味儿。

孙闯闯又翻了翻剧本：“我突然想到一个问题，你们都知道这短片儿的意思吗？”

“知道啊。”费主席不假思索。

“那你说说。”苏闯闯道。

“就是一个我跟小芒去寻找偶像的故事，但最后才得知偶像死了。”

“我觉得不止这些，孙老师可能想讲一个寻找死去的艺术家的故事。”小芒说。

“没事啊，你们自由讨论，怎么理解都行，没有正确答案。”孙闯闯又说。

冯煜、费主席、小芒开始了一场激烈的“厮杀”，都觉得自己的想法特别对。并且还以场次举例，证明自己是正确的。

孙闯闯抓起一把瓜子，边嗑边听，听着听着就笑了。忽然觉得眼前的几人特别可爱，虽然他们的理解与自己的想法有着天壤之别，但这又有什么关系呢？

“孙老师，咱们开始第一场戏吧？”

“好！开始！”孙闯闯把手里的瓜子皮扔进垃圾桶，起身。

他又说：“其实你们说的都对，刚才的激烈讨论让我特别感动。真的，我要感谢你们。”

“别煽情了。我已经准备好了，已经进入人物的悲伤情绪中了。”费主席说。

在剧中，冯煜饰演现实版的孙闯闯，小芒饰演孙闯闯的搭档。原本计划斑马乐队三人跑过场，但目前来看，需要另找演员。剧本大致内容如下：炎雅伦的去世震惊了全国，关于她的消息连续刷屏了一个星期。并且纷纷传来有人因悲伤过度而轻生的消息。孙闯闯带着搭档及一名炎雅伦的粉丝去“寻找炎雅伦”。他们会采访炎雅伦的母亲，从她的童年时代开始谈起。将她所有的人生的转折点或是“第一次”记录在影片中。炎雅伦在整部影片中会出现三次，分别以短视频的形式呈现。这三段短视频分别是在演唱会的后台和现场；炎雅伦家中的聚会以及她自己的一段新专辑的解说，那张新专辑是她此生最后一张专辑，是评弹和爵士乐的混搭。这些都是炎雅伦生前，孙闯闯为她录制的。

尾声

在孙闯闯和费主席等人忙于拍摄的这些日子里，邓科消失了，消失得如此彻底，就像是从未出现过一样。孙闯闯有点恍惚，自己是否真的认识过一个叫邓科的人。

一个月后，孙闯闯等人的剧组算是杀青了。又过了半个月，冯煜负责找的剪辑师将成片交活了。剪辑师与冯煜关系要好，没收钱。费主席开始了后续工作——准备将影片拿到多伦多电影节参展，他说“那边”有熟人，这事肯定没问题。按费主席的意思，只要影片和孙闯闯能在这种国际影展上走上一圈，最好再能得个奖，哪怕是入围也行，身价就不同凡响了。但这事，半年过去了，仍是杳无音信。就连费主席也很少再见到了，即便孙闯闯堵到家门口，他也是大门紧闭。影片参展的事没人再提起，孙闯闯并没有怪费主席，不埋怨任何人。孙闯闯也无所谓了。准确地说，他对任何事都无所谓了。三十八岁的生日，他和冯煜一起去了泰国帕岸岛，而费主席从此就这样不见了。帕岸岛每逢月圆之际都会在沙滩上举行派对，称作“满月派对”，一群世界各地的年轻背包客会聚此狂欢。他们都是一群长得很漂亮的年轻人，他们阳光、热情、奔放。孙闯闯喜欢这儿，也喜欢这帮年轻人。孙闯闯和冯煜两人躺在繁星下的海滩上，冯煜说起了参展的事。孙闯闯说：“其实主席没必要躲起来，我知道参展的事不好弄，即使弄不成，朋友还是可以做的。”冯煜犹豫了片刻说：“我不想再瞒你了，其实他自己拿着片子去影展了……”孙闯闯半天没说出话来，海浪声此起彼伏，十分吵闹。不知道过了多长时间，孙闯闯说：“聊点别的吧。”冯煜又问孙闯闯：“以后准备干点什么？还继续写吗？”孙闯闯说：“写还是得写，不然也不知道自己能干吗。可能继续写乐评，写歌词，或许没准还会再写一个剧本。”

回京之后，孙闯闯突然在网上看到了一条关于新片发布会的新闻。该影片的剧情与《寻找炎雅伦》的如出一辙，新闻快照中，邓科站在靠边的位置，与女演员和导演一起剪彩。邓科笑得是如此灿烂，如此发自肺腑。该片的名字叫《鸟儿人》，这鸟儿人大抵是对炎雅伦的人生总结，是个褒义词。孙闯闯以极为平和的心情关上了电脑。念叨着：月底上映，应该去看看。

今天是《鸟儿人》的首映，这一刻，他还是想起了费主席，决定去他家里，邀请他一并去观看电影首映。费主席家的两道大门锁得严严实实的。他有种预感，这道门也许再不会为谁肆敞了。即便如此，他还是敲了敲，门开了，是一个女的。那女人说，原先住这儿的人搬走了。

当天，他没有约任何人，孑身坐在漆黑的影院中，等待影片开始。他激动不已，影片中的炎雅伦很美，导演不知从哪里调来了很多炎雅伦珍贵的视频，这些视频他从未见过，因为孙闯闯也是那些视频中的当事人。他在影院里，重温着那些再也回不去了的时光，与那些再也无法见到的人。孙闯闯终于流了泪，水坝崩塌般，一发不可收。他顾不得坐在他旁边的一对情侣，用力抽搐着身体。那些他以为不重要或是想通了的事，原来一直被他埋藏在心底，从未消失过，哪怕一瞬间。他无法再自欺欺人，委屈、愤怒、思念、妒忌和感伤等情绪，同时迸发而出……孙闯闯终于承认，这软弱的泪水，使曾经那个高傲与不可一世的他，瞬间瓦解了。他感叹着：拍得真好！

电影结尾处的字母，滚动着“制片：邓科”几个字样，孙闯闯突然想起了邓科的一句名言——我是制片，不是人。孙闯闯嘀咕了一句：“这孙子给自己的定位还真有点儿准确。”

孙闯闯离开了影院，被人群淹没得不留一丝痕迹。他陡然想起邓科，想起和邓科那一晚在通州某个烤串店里，邓科喝醉了，跑到树坑儿里疯狂呕吐。那个晚上，邓科聊到了自己刚来北京闯荡的事，诸事不顺让他很痛苦。邓科在还没喝醉时，拍着孙闯闯的肩膀，说，你以后就是我哥们儿了。你一定能红，我欣赏你。别人不懂你，我懂。孙闯闯走在大街上，乐了。他已经分不出哪句是真，哪句是假。也许，至少在那一刻，邓科说的是真话，但也许全是假话。他又想，也许，从某种层面上来说，邓科其实和费主席是一类人。他们都能成功。孙闯闯哼唱着炎雅伦的《星期天的早晨》——“星期天的早上，赞美拂晓黎明，我只想忘记这苍凉岁月，在不远的身后……”循环哼唱，他把自己放在人群当中，脑子里凌空出现了一个新的故事。他阔步前行，又充满斗志，满血复活了。

红灯笼

周建新*

1

就从孩子他爸出事那天说起吧。

三十年过去了，薛七婆依然觉得，仿佛就在昨天，梦里她经常看到，雷电交加，丈夫郑阿大骑着三轮车，冒着滂沱大雨，驮着双胞胎郑小灯、郑小龙，艰难地跋涉在归家的山路上。漆黑的夜里，两盏红灯笼，透过斜刺的雨丝，鲜明地亮着。

这条路熟得不能再熟，一天两遍，闭着眼睛也能骑到家，不该有事儿的。可是，雨把路拉出了一道道沟，突然一个大颠簸，郑小灯的书包甩出了三轮车。郑小灯嗜书如命，惊叫声打雷一样，跳下车去追。

郑阿大宠孩子，含在嘴里怕化了，塑料棚罩在车上，还怕漏雨，干脆把自己穿的雨衣又绑在棚顶，怎能忍心孩子被雨浇？他强行把老大抱回车里，卸下一只红灯笼，跑下路旁的沟，寻找书包。

山洪刚刚下来，书包裹挟进了河水，眼瞅着往下滚。郑阿大手疾眼快，一

---

* 周建新，男，满族，1963年生，现供职于辽宁省作家协会。著有长篇小说《老滩》《王的背影》《锦西卫》等10余部，中短篇小说集《分裂的村庄》《平安稻谷》等。曾在《当代》《十月》等文学期刊发表中短篇小说百余篇，作品多次被《小说选刊》《小说月报》等选载，多次入选中国年度小说选本，曾获得全国少数民族文学创作“骏马奖”和百花文学奖等。

把捞出书包。然而，脚下踩的草湿滑得要命，无法止住身体，他栽入河中，用尽最后的力气，把老大的书包甩了上去。

书包回来了，可郑阿大不见了。

闻讯而来的薛七婆带着两个孩子，找到了天亮，才在三里外的下游找到郑阿大，死了还在死死地攥着那盏红灯笼。

灯笼真是百年不遇的好灯笼，居然丝毫未损，可惜百年不遇的好人郑阿大没有灯笼结实，在河水里滚成了千疮百孔，最终裹了一身烂柴杂草，卡在了一棵树杈上。若不是若隐惹现的红灯笼提醒了薛七婆，依然尸骨难寻。

薛七婆没有哭得死去活来，平静地安葬了丈夫，她哭出个好歹，俩孩子咋办？从此，晚上她不再当洗衣婆围着锅台转，学着丈夫的样子，端着一本书，陪儿子灯下苦读。只不过，她无法像丈夫那样，给俩孩子指点迷津。

这是她一生的秘密，直至三十年后，老二锒铛入狱，她才哭着讲出。她没念过书，识不了几个字，伴读是装的，监督学习才是真。俩孩子谁溜一下号，谁多眨巴一下眼皮，都逃不过她的眼睛。

死鬼哪儿都好，就是给她起的名字不好，薛鹤舞，弄得她一生不会写。好在他给她留下了一方篆刻，需要签字时，盖下印就结了。

从此，薛七婆替代丈夫，蹬着三轮车，点着红灯笼，披星戴月地接送俩孩子上下学。

薛七婆的村子出过状元，姓张，所以叫张相公。张相公的后人都很有出息，搬走了，只剩下个村名。也难怪，张相公村位于辽西走廊的最深处——大小虹螺山之间，虽说山清水秀，却是三面环山，八山一水一分田，只有一条崎岖的小路翻出山外。村人出村，辈辈靠毛驴，后来虽说修了路，每逢雨季，山上的洪水像犴牛，道路豁出一条一道的。直到俩儿子上了大学，才有了柏油路，新千年后，每场雨都贵比黄金了，路才平展得像炕头，可惜世间已无郑阿大，他走了十年出头了。

郑阿大一生最大的夙愿是想让张相公村改名为郑家村。可他终其一生，依然面朝黄土背朝天，还是个乡巴佬，改村名是蚍蜉撼树。不过，他有愚公一般的毅力，双胞胎儿子又聪明绝顶，改村名那是早晚的事儿。

两个儿子一直是郑阿大的骄傲，天生聪明，那是遗传好，后天的努力，那是他教得好。念村小时，他给儿子定的目标是：老大能教老师的算术，老二能教老师的语文。他确实做到了，老师见到他，比见校长还亲，问他，你的俩孩子，咋教的？堪比凤雏与卧龙。

薛七婆听不懂，却知道是好话，喜滋滋的，站在村里的十字路口，目送丈夫怀里抱着一个，身上背着一个，走向村旁的学校。这番情景，成了村里的一道风景，被议论了许多年。

好了，这些都是旧事，不提也罢，反正张相公村的人从来没欺负过郑家人，包括孩子他爷爷的丧事，孩子他奶奶的后事，孩子他爸爸的早逝，操办时，全村人都出面焚香烧纸，送路出殡。

现在，咱们就说那对红灯笼，绝对的举世无双。这不是村里人说的，许多年后，当薛七婆的脸老成核桃皮时，一位省城来的文化学者登门造访，呆愣愣地瞅着两盏红灯笼，自言自语。

灯笼是恢复高考那年郑阿大做的，用了整整两张羊皮，花了整整一年的工夫，为的是迎接两个未出世的孩子。羊皮是他自己熟的，收拾到最后，纸一样薄，绢一般柔，通透得铺上能读报纸。

既然是做灯笼，要的就是喜庆劲儿，给灯笼染红，且不褪色，相当地难。可这难不住无所不会的郑阿大，他把朱砂泡在酒里，研成粉末，直至浮出一层朱磦，用小勺一点儿一点儿地撇出，收纳进小瓶，敞口晾放。反反复复，天天如此，直至攒够了朱磦。

染色的那天，郑阿大神圣如祭祖，他取过盘子，从小瓶中舀出朱磦，一点一滴地调入蒸馏水，直到细腻润滑。抱着透明的大灯笼，郑阿大拿着毛笔，蘸着朱磦开始在上面描龙画凤。然而，不知描过了多少天，也不知描过了多少遍，最后朱磦用光了，灯笼上还是空空如也。

郑阿大郑重其事地说，这叫打底色。

有一天，郑阿大突然间兴奋得手舞足蹈，挥起粗毛笔，饱蘸曙红，瞬间涂满了灯笼。平静了好几天，才操起狼毫，在灯笼上寻找出朱磦的浅痕，一笔接一笔，慢慢地描摹。大功告成，灯笼点亮时，薛七婆才看明白，红彤彤的灯笼上，藏着一幅浅黑色的画——喜鹊登枝。

那一年，郑阿大提着那对红灯笼，翻山越岭，送走了好几个拜自己为师的弟兄，而他自己却黯然神伤地提着灯笼回来。原因是，政审没通过，他成了全县唯一一个没有资格报考大学的人。

不过，一个传奇却留在了村里，谁在红灯笼下苦读，谁就能考上名牌大学。

两个孩子得名于红灯笼，自然，从懂事开始，最有资格在灯下苦读的，还是郑小灯和郑小龙。双胞胎兄弟相貌相似，性格却迥异。小灯平静安稳，如同女孩；小龙生龙活虎，无所畏惧。

兄弟俩只在村小读三年，直接跳学，满分考上了虹螺镇中学。满打满算十岁刚出头，镇中学校长陆纯坦惊喜之余，又生出担心，毕竟孩子太小，才十岁，不能像别人家的野孩子，骑着自行车满山跑。

陆校长是十年前翻山越岭求教于郑阿大，在红灯笼下苦读者之一，既是郑阿大的兄弟，更是郑阿大的学生。他再次翻山越岭，来到张相公村，抱起两个孩子，欢喜得不得了。他叮嘱郑阿大，学校里的事儿他全包了，可每天的上下学，必须父母接送。

其实，不必陆校长叮嘱，郑阿大早就做好了准备。从此，他大悬着两盏红灯笼，骑上三轮车，驮着两个儿子，一起融入虹螺山如画的风景中。

三轮车挂灯笼，并非整景儿，大小虹螺山方圆近百里，林密谷深，野狼常见，真的被盯上，两个孩子就麻烦了。

郑阿大活着的时候，遇到过一次狼，是匹孤狼。狼最怕红色，越红越怕，两盏灯笼，在狼的眼里就是两团燃烧的火焰，即使是群狼，也会远远地绕过去。一般情况下，狼不会与人斗，它们也需要繁衍族群，不会冒着断子绝孙的危险。

可孤狼就不同了，狼是集体狩猎，孤狼很难独自捕到猎物，会变得穷凶极恶，眼光贪婪地盯在弱小的孩子身上，哪怕是火中取栗。

那匹孤独的公狼一直跟在郑阿大的三轮车后，郑小灯和郑小龙一直以为是只离家出走的狗，不曾想孤狼想跳上车，吃掉他俩。郑小龙还伸出手，大声地召唤着，想要把它带回家。

郑阿大回过身一看，吓得浑身是汗，俩儿子毫无防备，到时候咋被咬死的都不知道。他操起身后背着的连珠炮大爆竹，点燃，瞄准孤狼放出去，其中有一粒正炸在孤狼的屁股旁，吓得它打了个滚，一声狼嗥，逃之夭夭。

他平生第一次打儿子，把儿子打得哇哇大哭，打他俩放松警惕，莫说是狼，就是狗，也要操起车里的红缨枪。他告诉儿子，狼并不可怕，可怕的是放松警惕，世道艰难，人心叵测，到处是披着羊皮的狼，只有足够强大，才没有人敢欺负你。

哥俩记住了，只有知识能够让他们足够强大。

薛七婆第一次骑三轮车接儿子，就遇到了孤狼，可见孤狼觊觎他们很久了，只是恐惧红灯笼，或者是郑阿大，不敢下嘴。看见薛七婆又矮又瘦，觉得机会终于来了，按捺不住了，从虹螺山的密林间蹿出来，凶狠地扑上去，一下子扯掉了蒙在三轮车上的塑料布。

两个孩子吓傻了，忘了操起身旁的红缨枪，只顾抱成一团。一只红灯笼从三轮车上摇晃下来，差一点儿砸在孤狼的头上，它吓得嗷地叫了声，发现红灯笼被甩在后边，丝毫没有伤害到它，反而熄灭在漆黑的夜里，胆子一下子更壮了，再一次追赶上来。

眼看身后丈夫留下的连珠炮已经没有机会点燃了，薛七婆就拿它当棒子使，与孤狼近身搏斗。孤狼闪展腾挪，连珠炮的棒子把儿走空，它本想绕到薛七婆的身后，咬她的脖子。可薛七婆怒视孤狼的眼睛，决不转身，她把胸中所有的恐惧都发泄在了孤狼的身上，最后和孤狼滚打在一起。

孤狼没有咬到薛七婆的脖子，薛七婆的胳膊却牢牢地卡住了孤狼的脖子，直至孤狼伸出了长长的舌头，脑袋有气无力地垂下，她那遍体鳞伤的胳膊还没有松开，嘴里咬满了狼毛。俩儿子这才如梦初醒，操起红缨枪，扎向孤狼的胸脯。

重新点燃红灯笼，真切地看到了孤狼横在路上的尸体，蜷成了很小的一团，小得连一只蚂蚁都打不败，远不及进攻时那么凶悍。哥俩心里同时涌上一种感觉，世界上所有的失败者，都是如此可怜，他们决不能沦为失败者。

母子三人惊魂未定，虹螺山上突然传来此起彼伏的狼嗥，凄凉悲壮中含有恐怖。他们以为，狼群要报复了。绝望中，他们鼓起勇气，准备与群狼殊死搏斗。然而，狼嗥消失时，除了微风摇动树叶，山野寂静得很。原来，狼群目睹了它们曾经的狼王与一个小妇人搏斗的失败，用它们的方式，给孤狼送葬。从此，不再出现在人类的视野。

那一夜，他们没有回村，返回到虹螺镇，进了医院。丈夫生前告诉过她，无论被什么动物抓了咬了，必须打狂犬疫苗。

校长陆纯坦听到消息，也像被狼咬了一样急三火四地追过来，和薛七婆商量，别让孩子来回跑了，就住他们家，他管孩子吃住。

薛七婆不同意，别人家再好，也是寄人篱下，孩子不会专心学习。况且，她听说过，校长的媳妇是母老虎，哪能容下别人的孩子？更不用说陆校长怕媳妇像老鼠见猫，怎能如自己天天看护妥当。

2

两个儿子读满了初中三年，薛七婆起早贪黑地接送了三年。三年间，每一天的规律几乎雷打不动。

不等鸡叫，薛七婆起床，做好早饭，装好午饭，才唤醒两个儿子起来洗漱。她到院子里，把红灯笼挂在三轮车上，点燃灯芯，然后检查车胎、车链子、车轴，保证儿子顺利出行。

把儿子送到学校，天也快亮了，镇里的露水集人声鼎沸，薛七婆开始逛集市，买些针头线脑、油盐酱醋、米面糖茶、鱼肉菜蔬，给村里人捎回去。好多村里人，不愿意起早奔波，委托薛七婆买回来。薛七婆也乐在其中，不图谁可怜她孤儿寡母，给个仨瓜俩枣的跑腿钱，只图和村里人处得融洽。

村里人特别佩服薛七婆的记忆力，不管带回多少东西，谁是谁家的，分毫不差，账也算得笔笔有宗，不多不少。

傍晚，薛七婆去接孩子时，从不空车。薛七婆的承包田，与别人家大有不同，不是千篇一律的苞米，五谷杂粮、花生芝麻、土豆地瓜，适合啥种啥，人是累些，可收获也颇为满意，每天都能满满地载上一车，送到镇里的各家食堂、饭店，或者商店。

有人说，薛七婆像个陀螺，瘦小的身子，有使不完的劲儿。她一笑，回答说，死鬼在那头儿帮我呢，为俩孩子。

当然，死鬼的教训，薛七婆牢牢记住，打开收音机，必听的是天气预报，一旦有疾风暴雨，她不再惦记送货，而是驮上被褥，甚至干柴锅灶，送到学校，和俩儿子一块儿睡在教室。哪怕天气预报是谎报军情，她也是照信不误。不怕一万，就怕万一。

不管多忙，有一点薛七婆雷打不动，每天吃完晚饭，她都让俩儿子绕村走一圈儿，不管见到谁，哪怕是个智力障碍者，也要打一声招呼，让他俩边消食，边联络村里人的感情，让人们像不忘张相公那样，时时念叨郑家人。

儿子回到家，红灯笼已经悬在了檩子上，炕桌早已放好，二十五瓦的灯泡垂在炕桌上方，亮在两盏红灯笼之间。孩子上炕，立马就进入学习状态。薛七婆也端起了一本书，装模作样地看。

世界在那一刻安静成了空灵。

直至时钟敲响了十下，薛七婆坚决地按下儿子手中的书，督促孩子入睡。孩子钻进被窝，她便抱起他俩脱下的内衣内裤，睁大双眼，逐一寻找深藏的虱子，恐怕孩子被虱子咬，无法专心学习。最后，她还要用牙齿把裤缝咬个遍，不能放过任何漏掉的虱子。

薛七婆用牙齿阻拦住了虱子最后的反扑，直至在他们家绝迹。

初中毕业时，兄弟俩再也没有课业的负担，快活地挥起镐，帮薛七婆起院子里的土豆。薛七婆不许，哥俩虽然长高了，也是豆芽菜，手嫩得土豆秧子能划出血，撵他俩回屋，坐到炕桌旁，继续心无旁骛地自学高中课程。高中的课程，比初中的要深，哥俩边学习，边交流心得。毕竟是新知识，哥俩看法不同，偶尔还会有些争执。

正是暑热难消时，哥俩每天的讨论就像这天一般热烈。

忽然有一天，外边锣鼓喧天，人声鼎沸，热闹非凡。哥俩不为所动，依旧热烈地讨论，不知外边的热闹正是因为他俩。中考的成绩下来了，陆纯坦校长带着虹螺中学所有的任课老师敲锣打鼓地来到张相公村，奔走相告，郑小灯和郑小龙以全县第一第二的成绩，刷新了全县的中考纪录，哥俩的每一科几乎都得了满分。

村里人都到家里祝贺，办喜事儿一样，站了一院子人，喝水的碗都不够了。郑家没权没势又没钱，能得到这样的厚爱，已经是烧高香了。

薛七婆欢喜得不知怎么做才好，一个劲儿地给陆校长作揖。陆校长也作揖，冲着红灯笼说，没有大哥的指点，我还在垄沟里累弯了腰。

大家看他们作揖，都笑了，都啥年代了，还用古礼。

村支书张守成也来了，觉得郑家太窄了，把大家领到村部，让郑家高兴的事儿变成了全村的喜事儿。

招待老师，少不了茶水、喜糖和水果，自然，都由村上担负。张守成说，村里又要出相公了。

县重点高中开学的前一天，薛七婆骑着三轮车，把郑小灯和郑小龙送到虹螺镇。她没有能力骑上一百里，把儿子送到县城，镇里有直通县城的长途客车。虽说那是个大白天，薛七婆依然坚持挂上两个红灯笼，喜庆。

长途客车人满了才能走，过了中午，还没上足一半人，薛七婆带着俩儿子进了车站旁的小面馆，要了碗荞麦饸饹。这是母子三人第一次下饭馆，也是他们第一次吃荞麦面。家里种遍五谷，薛七婆坚决不种荞麦，荞麦的根儿扎得太狠，收割完地就板结了，第二年种啥啥不长，除非撂荒两年。土里刨食的薛七婆舍不得。

饸饹在凉水中渐渐地软了，软成柔软的面条，正适合暑天吃。面馆的老板娘认识薛七婆，也知道俩孩子成为全县中考榜首，特意多赠送了一碟肉末卤。她把一大碗饸饹分成了两碗，给老大老二。

饸饹掺了榆树汁，既滑又黏还筋道，郑小龙吃得爽口，几大口就扒拉光了。他抬头看到哥哥吃得很小心，还一个劲儿地让母亲也尝尝，母亲的眼光眺望在窗外，盯着长途客车，一个劲儿地摇头。

郑小龙不好意思了，薛七婆从兜里摸出手帕，一层层打开，里面只剩下三块硬币，这是母亲送他们上学剩下最后的钱。老板娘收下了钱，让他们等一等，再给他们泡一碗，赠送的。

虽说是赠送的，按丈夫的说法，这也叫嗟来之食，薛七婆以车不等人为由，推着两个孩子出了面馆，上了车。

哥俩足足等了半个时辰，车才开走，薛七婆冲着排气筒子冒出的黑烟摆手，她的眼泪流下来了。面馆的老板娘包着两个馒头走出来，塞进薛七婆的手，对她说，偏晌了，回去还要蹬那么远的路，不能饿着。

薛七婆说，我会给你钱的。

送走了儿子，薛七婆心里空落落的，尽管不停地劳作挤占了她所有的时间，还是填不满她那种无言的空荡。思念无时无刻不在，劳累也赶不走她头脑中的念想，郑小灯、郑小龙的名字时常顺嘴溜出。她讪然一笑，俩儿子在百里外的课堂上琅琅读书呢，哪能出现在自己面前呢？要紧的是赚钱，给儿子攒学费。

薛七婆蹲在井旁，清洗着堆积如山的土豆，用挑剔的眼神，逐个挑出一尘不染的土豆，装进筐里。偶遇有疤疖、有溃烂的，她就会像遇到苍蝇般，毫不留情地用刀子剜掉。这也是郑阿大留给她的生活态度，任何事情都不能让坏的和错的混进来，她也是这样教育儿子的。

土豆一个接一个摞下去，直至把筐摞满，薛七婆才拎起筐，走进堂屋，将土豆倒入粉碎机里，推上电闸。机器轰鸣地响起，她这才得空儿，抹了下额头的汗水。接着，她还要将打出的土豆浆舀入滤包，滤出渣滓，将淀粉沉淀进滤包下的大缸里。

取出缸底的淀粉，与清净的水搅拌成黏稠的浆，拿过粉瓢，薛七婆就可以在烧得热气腾腾的大锅上漏粉了。她漏出的粉，清爽滑润筋道，嚼不出一丝沙尘，虹螺镇上的人进了食杂店，只要买粉，就会大着嗓门问，是薛七婆家的吗？

薛七婆成了镇里的品牌。

另一个有关薛七婆的品牌，是不久后形成的。那天，村支书张守成牵着孙女张小芳的手，突然来到郑家，他们的身后，跟着六个小孩，背着大大的书包。那是个傍晚，浑圆的日头被虹螺山抱走，昏暗的光线中，张守成敲响了郑家的门。从此，她空落的心被七个小孩子填满了。

张守成的要求不高，只是让七个一年级的小孩在红灯笼下读书，还送来了七个小桌子、小板凳。从此，每逢夜深时刻，总能看到薛七婆提着红灯笼，一个接一个地将七个小矮人送回家。

此刻，陪着孩子们回家的还有张守成，他把薛七婆看成了神圣的白雪公主。

或许红灯笼有神奇的魔力，七个小孩子在灯下学习，谁也不敢多言，谁也不敢溜号。一旦有谁不会了，问薛七婆，把薛七婆当老师，薛七婆就说，问班长。孩子们不知道，薛七婆除了会教孩子们口算，书上的东西薛七婆看不懂。她不能瞎说，误人子弟，她的责任就是看护。

班长张小芳和她爷爷一样，长着一双机灵的大眼睛。一旦班长不会了，薛七婆也不作答，她的活儿堆积成山，总也干不完，该忙啥还忙啥，头也不回地说，问老师。

薛七婆心里很清楚，张守成把孙女送来，除了望孙成凤，还有另一层含义。

他的老婆死了，想找薛七婆续弦。薛七婆在郑阿大的坟前起过誓，守着俩孩子，一辈子不改嫁。

正是因为张守成知道薛七婆的誓言，不敢轻易地捅破这层窗户纸。另外，他还有个心理障碍，虽说他比薛七婆大十几岁，从村中论，还得管薛七婆叫七姑，即使没有血缘关系，也会被人误解为乱了辈分，除非他不想当村支书了。

张守成相信滴水穿石，他才五十多岁，再等她十年。即使他们不成，还有孙女呢，只要孙女成才，嫁郑家双胞胎哪个都行。

三年的时间很快过去了，郑家再次创造奇迹。老大郑小灯全省理科状元，考取了清华大学。老二郑小龙虽说逊色一些，也不简单，中国矿业大学。

喜讯是镇中学校长陆纯坦带来的。高考前哥俩填写联络地址，不约而同地想到了住在虹螺镇的陆校长，怕的是张相公村地偏路远，邮递员不愿意来，耽误了事儿。

正是暑假，邮递员找到陆校长家，已日薄西山。展开一看，陆校长笑得蹦了起来，吓得媳妇骂他吃错了药。他等不到第二天了，怀揣着喜帖，雇了一辆拖拉机，扔掉拖斗，迎着虹螺山上黄澄澄的夕阳，分秒必争地赶到张相公村。

拖拉机停在郑家门口时，天已黑，两盏红灯笼耀眼的亮着，哥俩正在给孩子们讲一道题的多少种算法，孩子们惊呆了。原来数字是如此奇妙，就像魔方，答案虽然简单，却有无数个解法，妙不可言。

薛七婆也在一旁听着，虽然不懂，也听得个热泪盈眶，儿子出息成学问家了。张小芳吊在郑小灯脖子上，摇着羊角辫，非要亲下腮帮不可。

拖拉机的轰鸣声已经震得鸡犬不宁了，谁想到马达声刚停，鞭炮却震天动地地响了。乡下习俗，不年不节的家门口放炮，不是娶媳妇就是生孩子这般特大喜事儿。然而，喜事都在早上，谁家会在晚上放炮呢?

好奇心驱使着人们走出家门，看到爆竹炸在郑家门口，不言而喻了，郑家的儿子肯定考上了好得不能再好的大学了。果然，是镇中学的校长报喜来了，一个喜从天降的特大喜事儿，看来村支书张守成的预言一点儿不错，张相公村又出相公了。

张守成听说自己的预言成真，高兴得像自己的儿子中了榜首，大声喊着，我家祖上显灵了。张守成总是自诩为张相公的后代，外迁了三百年后，又回来了。只是人们不信，因为张守成拿不出家谱。他冲天发誓，祖宗神灵在上，主持村子期间，必出相公。

偏僻的村落出了状元，盖过了全省那么多名校，这就是事实，人们相信了张守成为张相公的根脉。张守成自诩为功德无量，破天荒地张罗，村里要请一次大客，把镇中学所有的老师都请到村里来，不但要大吃一顿，每人还发一把绑着红绸子的粉儿，那粉儿是薛七婆漏的，村里买单，做礼品赠送，让所有老师都沾上一份喜气。

宴席多做了一道菜，红烧燕鱼，是全须全尾的一条，张支书说，这条鱼不上桌，拿回你们家，留晚上吃，取意为知识无限，学业有余。

午宴时，母亲只顾一个人一个人地敬酒感谢，基本上没吃几口，晚上吃饭时，母亲抢先吃了鱼头，等到哥俩吃鱼肉时，母亲已经放下了饭碗。郑小龙说，妈，你吃鱼肉啊？薛七婆说，我只爱吃鱼头，不爱吃鱼肉。

哥俩想起了，每逢过年时，母亲总是这样，先把鱼头吃了。他们记住了，母亲爱吃鱼头。

只有薛七婆自己清楚，鱼头能有几口肉？她是想让儿子多吃一些。

送郑小灯、郑小龙上大学那天，校长陆纯坦又来了，这回坐的是带拖斗的拖拉机，车头上还戴着一朵大红花，他要把哥俩的行李物品一块儿带走。薛七婆不同意儿子坐拖拉机出村，她还要像三年前那样，蹬着三轮车，悬着红灯笼，送俩孩子去虹螺镇。

和三年前完全不同的是，县长早就等在镇里了。他是坐着越野吉普车来的，陪同的有主管教育的副县长、教育局局长、民政局局长、高中校长，甚至还有财政局局长。总之，镇政府的院里，像是举办车展，排满了各种型号的轿车。

薛七婆并不理会陆校长的催促，也不明白县领导都在镇里等着是啥概念，反正才日上三竿，离中午还早着呢！她有自己的打算，不紧不慢地收拾，不紧不慢地走，等到中午时，赶到面馆，要两碗荞麦饸饹，三年前，孩子们没吃饱，她到现在还在自责。

艳阳高照，三轮车挂上两盏红灯笼，出发了。薛七婆骑得很慢，恐怕给儿子颠坏了，她觉得，只有这样慢慢地走，走在郑阿大曾经走过的路上，丈夫的在天之灵才能看到，这么多年的含辛茹苦没有白费，他的夙愿在她的努力下实现了。

路还是三年前的路，颠簸摇晃，伴随着红灯笼欢喜的跳跃，薛七婆泪流满面。她心里默念，阿大，你看到了吗？你的大儿子考上了清华，你的二儿子考上了中国矿大，都是重点大学，还有啥未了心愿，你就托梦给我吧。

拖拉机跟在三轮车的后边，蜗牛般地走，好像山上的每一棵树都是人，向披红戴花的拖拉机致敬。松涛阵阵，发出海一般的呼啸，像是无边无际的掌声。

磨磨蹭蹭快到了中午，才到了镇上，薛七婆却不肯随同陆校长去镇政府。她带着俩孩子，进了镇里的面馆。三年前，娘仨进来时，门斗离孩子的头还挺远呢，这次进来，俩孩子的脑袋差一点儿撞上了。

进了面馆，在条形椅上坐稳，薛七婆给儿子一人点了一碗荞麦饸饹，郑小龙再也不狼吞虎咽了，要给母亲拨出一些，三个人一块儿吃。薛七婆说，小时候吃伤了，胃疼。

哥俩相信了，不知道母亲从来没吃过荞麦饸饹，只是听镇上人说好吃，奢侈地带儿子下一顿馆子。

看着儿子吃完了荞麦饸饹，薛七婆交了六块钱，这是她留出的最后一笔钱，幸亏全村人祝贺郑家，每家每户都随了份子，才没让她为凑不足学费而尴尬。老板娘接过六块硬币，在手中掂量了几下，她想说，荞麦饸饹价儿涨了，需要十块钱，可她最终还是没开口。

事情过去了好久，薛七婆偶然得知，少给了人家四块钱，脸涨得像红布，低着头要补上，老板娘死活不收，还怪罪自己，本来不应该收钱，全省的状元郎在她家吃面，是她的福分，也是给她家的饸饹做了活广告。

那天交完钱，薛七婆本该和儿子一块儿走出面馆，她却迟迟不肯站起来，她看到郑小灯剩下一根荞麦饸饹，粘在碗口，心中升起粒粒皆辛苦的恻隐之心。她以自己要上趟厕所为由，支出了儿子，低下头，连同碗底剩下的汤一同舔下去。

仅短短的一根，就品足了滋味，爽滑韧香俱全，味道绝美，薛七婆觉得，掏净了兜儿也值得，等到孩子们赚了钱，一定要美美地吃上一顿。

幸亏薛七婆舔得快，难堪的一幕没有被人看到，县长、镇长、局长们听校长说薛七婆不肯进镇政府的食堂，呼啦一声，全出来了，向着面馆，蜂拥而至。

迎接郑小灯，庆祝全省高考状元诞生在张相公村的大会，就在镇政府举行。会议时间比预定的晚了三个小时，陆校长一个劲儿地道歉，路太不好走。县长并没责怪校长，操起镇书记办公室的电话，打给交通局局长，把公路修到村里，就叫状元路。

庆祝会上，教育局局长表态，奖励郑小灯一万元，民政局局长不甘落后，补贴状元的母亲两万元，财政局局长干脆拿出十万元，做全县高考状元的奖励基金。

整个庆祝过程，没有郑小龙的事儿，他就是个陪衬，只有陆校长说了句公道话，郑小龙也很优秀，中国矿大也不简单，却被欢笑声淹没了。郑小龙很失落，和哥哥差在哪儿了？不就是一道题没答好吗？至于差别对待吗？

郑小龙暗下决心，一定要当上管县长的官。

庆祝会上，薛七婆坐立不安，攒足万元，一直是她遥不可及的梦，现在这么多钱摆在她面前，她真的手足无措了，一辈子没见过这么多钱呀！知道会有人送钱，早点儿来就好了，开完会再吃面，何苦舍不得那一碗荞麦饸饹呢？

陆纯坦校长终于抢到了发言的机会，他讲起了红灯笼的神奇，讲起了薛七婆与狼的英勇搏斗，讲起了两个孩子在灯下的苦读。他只顾在会场上慷慨陈词了，忽略了另一个人的感受，那就是他的老婆。那天晚上，堂堂校长被老婆挠了个满脸花，原因是对一个寡妇的赞美。

庆祝会结束时，人们从一排排轿车间鱼贯而过，拥向孤零零靠在大院一角的三轮车，欣赏起了那两盏别具一格的红灯笼。

有县长陪着，薛七婆没有送儿子到县城。分别的时候终于来了，两个儿子从县长的越野车窗挤出脑袋，向母亲挥手。薛七婆眼里噙着泪，也和儿子挥手，她只喊出半句话：孩子，给妈——。她本来想说写信，自己认不得几个字，看得磕磕绊绊的，岂不是白写，想说打电话，村里只有村部有电话，等到她跑到村部，得浪费多少长途话费？她心疼啊。

车队浩浩荡荡地开走了，那半句话永远留在了薛七婆的肚子里。

3

孩子去了北京，薛七婆的心像断了线的风筝，空落落的。每每想到俩孩子一块儿拱进怀里的情景，她就止不住地落泪。

上高中时，还有个期盼，逢月末假日，她骑着三轮车，欢天喜地去镇里，接他俩回家。上了大学，课业更忙，音信时断时续，过节也不回来，更别说见上一面，薛七婆的心猫挠了一般。俩孩子的信都寄给陆校长了，对妈妈的思念写在给校长的信里，她想听，只能去镇里。

村里人教育孩子，常拿郑家的双胞胎说事儿，你看人家郑小灯、郑小龙，咱就不能长点儿志气？他们亲眼看到郑家兄弟在红灯笼下成才，也亲眼看到七个小矮人在红灯笼下成绩出类拔萃，也想把孩子送给薛七婆。村支书张守成守在郑家大门外，像座门神，决不许有人破坏红灯笼下的学习环境，直至红灯笼熄灭。

村里人都说，郑阿大是文曲星下凡，没得到施展，就归天了，红灯笼聚着郑阿大的精气神，谁在灯下，谁就能沾到仙气，得文曲星的庇护。于是，村里人撺掇薛七婆，点上红灯笼，骑上三轮车，一块儿送村里的孩子们上镇中学。

薛七婆爽快地答应了，同时她可以卖掉家里产的农副产品，给孩子攒念书钱，可以听陆校长给她念俩孩子的信，以解思念之苦，更重要的是，她还在村里收获了尊严。况且，这条路走熟了，习惯成自然，不走上几趟，心里也痒痒。

于是，每天天不亮，薛七婆骑着三轮车，悬着红灯笼，走在最前头，身后跟着十几辆三轮车或者自行车，他们或持着手电筒，或拎着小灯笼，在路上形成了一道灯的游龙，而薛七婆的红灯笼，成了鲜亮的龙头。

那时，公路段的人奉县长之命，正不分昼夜抢筑状元路，远远地看到这道灯的游龙，工人们纷纷让路，站到高处，目送着这道蔚为壮观的风景线。

状元路修好后，这道游龙如鱼得水，畅快地流向虹螺镇。每次路过郑阿大遇难的地方，薛七婆的心都被撞击一下，假若当年不是土路，有柏油护着，雨水就拉不出那么深的沟，哪能要了他的命？

把村里的孩子们送到镇中学，薛七婆总是不由自主地向陆校长的办公室望一望，看到校长在，她就进去聊几句，聊的话题都是俩孩子。陆校长很享受地打开信封，抽出郑小灯或者郑小龙写给他的信，深情地念上几段。那副样子，像慈祥的父亲。

薛七婆在一旁痴痴地听。

这种节奏，后来被陆校长的老婆打破了。那天早晨，陆纯坦校长抱头鼠窜地跑在虹螺镇的大街上。他被老婆挠了，满脸是血，堪比红灯笼。他没头没脑地跑着，蓦然看到薛七婆带着骑三轮车的大军，流向镇中学，便急忙拐进一条胡同。

陆校长的本意是把老婆拐带向别处，可事与愿违，他老婆看到了两盏红灯笼过来了，丢下了原本穷追猛打的校长，突然间脚下踩了风火轮，一直向前扑去。有好心人喊了一嗓子，薛七婆，快躲开。

这一嗓子，跑得比校长的老婆快得多了。薛七婆看到了，也听懂了，三轮车一拐弯，就扭进了另一条巷子。身材瘦小的薛七婆，力气大得很，没多久就彻底地甩开了校长的老婆。可是，她不能走远，车上还有俩别人家的孩子，还有没有卖掉的东西，她要守信用，东西和孩子都要送到位。

俩孩子等不及了，下了车，跑向学校。薛七婆卸下两盏醒目的红灯笼，藏好了三轮车，钻进了面馆里，抚着扑通扑通乱跳的心，替陆校长哀叹，被母老虎追一次就吓成这样了，陆校长天天挨着母老虎睡，那日子是咋熬过来的？

母老虎没有追到薛七婆，又迷失了陆校长，干脆守在镇中学的校门口，凭空捏造陆校长和寡妇薛七婆的奸情。镇里的商铺都在一条大街上，骑三轮车上大街，就是招摇过市，等着挨校长老婆袭击呢。薛七婆干脆不走了，就守在面馆。

面馆的客人一拨接一拨地走了，薛七婆这才发现，客人给老板娘支付饸饹钱时，每碗都是五块钱。儿子上学那次，两碗才给人家六块钱，少了四块。她的脸扑地一下红到耳根，比被校长的老婆追一顿还难受。母老虎骂她，那是无中生有，她不放在心里，可少给人家钱，那是真真切切的事实。

薛七婆想把钱补上，可她的兜比脸还干净，卖掉三轮车里的货，才有钱。客人走得差不多的时候，她央求老板娘，找个人，替她把该送的货给人家送去，人家还等着她的货做生意呢。

面馆老板娘人缘好，很快拽来一个可靠的人跑腿。跑腿的人利利索索地办完了事儿，薛七婆抽出几块钱，想给点儿跑腿钱，跑腿人却一溜烟地跑远了。最后，薛七婆执意给老板娘补上四块钱，如果不收，比挨了校长老婆侮辱还要让她难受。

老板娘只好收下。

街上又乱了，事情发生了逆转，为人师表的陆纯坦校长，被老婆毁了面子，气极之下，绝地反击，不知从哪里弄来两把菜刀，愤怒得眼珠子都努了出来，一路狂舞，向着老婆砍杀过来，一副鱼死网破的样子。

母老虎服软了，变成了纸老虎，兔子一般撒腿就跑，钻进家门，插死屋门，说啥也不出来。陆校长把自己家的门砍成了烂鸡叨，直至派出所所长怕出人命，拦下了他。

两口子冷战数月，在双方亲属的说合下，陆校长终于告别了以校为家的日子，和老婆一个炕上睡、一个灶上吃了。他们有共同的孩子，有撇不清的亲属，离婚就是一场闹剧，日子还得过下去。尽管母老虎不会改掉坏脾气，毕竟服软了。

别的事情受气，陆校长都忍了，谁让自己没钱上大学，是老丈人家供他呢？只有当众污辱薛七婆，他是忍无可忍。从某种意义上讲，薛七婆是自己的师母，是他这辈子最敬重的人，这件事如果纵容了老婆，他便成了忘恩负义的小人。

尽管薛七婆渡过了这个坎儿，还是心有余悸，一生清白，无故地被玷污了，哪怕有人在背后指指点点，她也受不了。本来，她不想带队骑三轮车，奔向镇中学了，可是，村里有孩子的人家，把所有的寄托和希望，都交给了薛七婆，孩子们期待着轮番坐上她的三轮车，享受红灯笼的照耀和文曲星的滋润，哪能少得了薛七婆的陪护？于是，孩子们哭得翻天动地。

她无法推掉，只好硬着头皮，骑上三轮车，悬着红灯笼，向镇中学进发。孩子们下了车，她不再和陆校长照面，头也不回地蹬着三轮车，奔向镇中心的各家商铺。

陆校长不可能把发生的变故告诉郑小灯和郑小龙，薛七婆再也听不到俩儿子的消息了，好在她门下有小芳。小芳有一堆奇思怪想要请教他们哥俩呢，她鼓励小芳给他俩写信，顺便捎几句她的唠叨。

俩儿子的回信开始频繁地通向小芳了，每逢遇到儿子有说给自己的话，小芳总是把信送过来，让薛七婆自己读。薛七婆以老眼昏花为由，每次都是让小芳代读。

薛七婆也想让儿子直接给她写信，可拿到信又能怎样？她读不下来，看不懂孩子们说了些啥，只是她不肯公开承认罢了，总以村部人多眼杂，没有规矩，信报常被人当成擦屁股纸为由，不让儿子邮到村上，还是学校有素质，最为稳妥。她不知道，俩孩子在上高中时，已经识破了母亲不识字。

窥破这个秘密的，只是一个细节。母亲陪读时，一直很认真，他俩不敢正视母亲，头也不抬地读自己的书。偶然一次，郑小灯猛然发现母亲把书拿反了，刚想提醒，郑小龙捅了下哥哥。

显而易见，母亲的失误，弟弟第一眼就扫到了，只是装糊涂。初中时，教辅书的封面图文并茂，薛七婆看得明白，高中就不一样了，经常有一张牛皮纸的书皮，就印上几个字。不识字的母亲，把书拿反了，再平常不过了。

从此，哥俩心照不宣，共同保护着这个秘密。

薛七婆心如明镜，却不想说破，儿子不给她写信，不是不惦记她，是担心她读不明白。现在，有了小芳，一切都迎刃而解了。

远在京城，虽说没有红灯笼的督促，可红灯笼已印在他们脑海，成了他们的魂灵，时刻挂在头顶。他们不会像别的同学，高考结束，就像砸开镣铐的奴隶，把高中教材撕碎，扬到天空，天女散花。上了大学，常喊六十分万岁，懒觉睡到早上八点半。他俩认为，大学，才是系统学习知识的真正开始，四年时间，依然苦读。即使是寒暑假，也没停下进实验室，解习题，帮教授研究重要课题。

苦的是薛七婆，寒来暑往，一次次期盼与儿子相聚，一次次地落空，只能暗抹袖子偷洒泪。

红灯笼成了小芳的动力。从张相公村到虹螺镇，三轮车的游龙游了三年之后，张守成的孙女张小芳也坐进了薛七婆的三轮车，在两只红灯笼的照耀下，升入镇中学，接着当班长，接着在学习上遥遥领先。其他六个孩子，也不甘示弱，每次考试，都能进入全校的前三十名。

村里人都说，红灯笼的仙气不是吹的，只要挨上它，就挨近了状元桥。

苦读四年，哥俩向母亲交给出了骄傲的答卷，老大郑小灯考上了美国斯坦福大学的研究生，公派的，全国就录取他一个人，不用母亲花一分钱。老二郑小龙也不简单，考进国家机关，成了国家煤矿安全生产监督的公务员，端上了铁饭碗。

这是分别四年后，母子三人第一次相聚。郑小灯怀揣着国家助学金和奖学金，文质彬彬地返回。郑小龙也是拿着实习的工资，意气风发地出现在虹螺镇。哥俩是县长派专车接来的，这一次，县长对郑小龙比郑小灯还亲热，因为郑小龙是从中央来的，相府的奴才还七品官呢，况且郑小龙还是国家部委的支柱。

这种场合，薛七婆很不舒服，本来就是风里长土里爬的，县城又不是没有通往镇里的长途车，讲这些排场干啥？她把挂着红灯笼的三轮车靠在面馆，安静地坐在窗边，等着，她不信儿子不来找她。

最先找到薛七婆的，真不是她的儿子，而是镇里的文书，随后秘书来了，书记镇长们都来了，请薛七婆到镇里的食堂，那里已经摆下了盛宴。唯一没来的，就是镇中学校长陆纯坦。

薛七婆生气了，她说，郑小灯郑小龙是我的儿子，不是你们的儿子，我还没请他俩吃第一顿饭呢，你们倒抢了先，告诉俩犊子，他俩不陪我吃第一顿面，就一辈子别见我。

俩儿子规规矩矩地来了，薛七婆倔强地撵走了所有陪同的人，断然拒绝了到镇里食堂吃大鱼大肉，她要安安静静地和儿子舒舒服服地吃一顿荞麦饸饹。这一次，薛七婆兜里揣足了钱，足足二百块，两个儿子不是助学金就是奖学金，还兼职带学生赚额外的钱，四年大学，基本上没让母亲寄钱，所以母亲不再囊中羞涩。

母亲对老板娘说，每一种饸饹都要来一点儿，娘儿仨要吃个遍。

一只接一只的小碗端上来，每只碗小得像茶碗，一只接一只的小碟也上来了，里面装着不同的酱卤。娘仨第一次成了真正的吃主，而不是单纯地为喂饱肚子。榆树汁、桦树汁、南瓜汁、绿茶汁、松茸汁，甚至鲍鱼的汁、红景天的汁和成的饸饹，一碗接一碗，整整齐齐排一溜，每一碗都是不同的滋味，搭配着不同的酱卤，滑爽、清香、滋补，越品越有味儿，苦辣酸甜咸，人生百味，同聚一桌。

老板娘微笑地服侍在一旁，薛七婆记得第一次在面馆吃一碗面时，老板娘还是个没结婚的姑娘，第二次吃两碗面时，她已经有了鱼尾纹。七年过去了，她已经发福成中年女性了，只是风韵犹存。七年过去了，郑家再也不是娘儿仨吃一碗面都发愁的郑家。七年不变的是老板娘家的招牌，还有老板娘恒定的微笑。

在两个儿子的劝说下，薛七婆第一次放开筷子，品尝个够。她第一次知道，不过是个普通的面馆，竟然能做出百家的风味，难怪长久不衰。

结账的时候，薛七婆很奢侈地拿出二百块钱，结果，却是三百出头了。郑小龙大方地结了账。老板娘歉意地说，贪心了，这次赚了你们的钱。

郑小龙说，不多，不多，我们单位旁边，这样一桌，起码两千，肉山酒海吃够了，谁都想换个清爽的口味，到北京开店，你找我。

老二这话，不是吹牛，刚刚入职，全国各地许多煤矿的安全生产，煤矿的支撑设计，煤电转化的技术要领，他都能脱口而出，部长、司长的验收检查汇报整顿治理，都离不开他。下边的人到北京办事，请他们出去吃饭，让老二帮助安排饭店已经习以为常，给老板娘找个开店的地方，一顺手的事儿。

老板娘动了心思，没过多久，真的去了北京，老二郑小龙轻而易举地给找了个地方。面馆的幌子挂起来，就贵客满堂，一直火了近二十年，即使郑小龙出事儿了，也没断了宾客盈门。

老大郑小灯出国五年后，回来一趟，带给薛七婆两件大礼，同贺千禧之年，一件是他从美国买回了一辆小中巴，另一件是书记、镇长才配得起的手机。中巴车是郑小灯从首都国际机场开回来的，接机的弟弟郑小龙陪同回家。

中巴车停到了家门口，薛七婆不敢相信是自己的儿子开回来的，尽管状元路修好了八年多，却很少有车开进村里。这一次，状元路承载起了它真正的主人，留美博士郑小灯。

郑小灯下车了，西装革履，戴着隐形镜框的眼镜，无论见到谁，都彬彬有礼地点头致意。戴眼镜的老二，穿着夹克衫，不管见到谁，都挥洒自如地挥手。

虽说俩儿子容貌依然相似，她却一眼分辨清楚了。不像小时候，她也会偶尔叫错。

薛七婆喜得满脸是泪，她没想到老大还在念书呢，一个月就能赚上好几千美元了，村里的好多人家，一辈子也攒不够这么多钱。看来，死鬼给她留下的红灯笼，确实有着神奇的魔力，莫说是她的俩儿子，就连张小芳也考入了北京的重点大学，其他六个小矮人虽说不是重点，也都成了人五人六的大学生。

张相公村接二连三地出相公。

薛七婆抹了把泪水，左手牵着大儿子郑小灯，右手牵着二儿子郑小龙，一块儿走进了屋。边走，薛七婆边不无担忧地说，孩子，钱来得水似的，可别干对不起良心对不起国家的事儿。

郑小灯说，妈，您多心了，我的导师是诺贝尔物理学奖的获得者，辅助导师做项目，经费多得您一辈子都数不清。

薛七婆问，啥项目这么贵？

郑小灯说，研究半导体。

薛七婆似乎明白些，家里有台半导体收音机，天气预报都是从那里听到的。

郑小灯苦笑一下，他永远也无法向母亲解释清楚什么是半导体，只好含糊地说，把世界上所有的书都装进指甲盖那么大的地方，谁想读，打开电脑就可以了。

薛七婆瞅着自己的指甲盖，她真的不明白了，不过，她很自豪，孙悟空也没这个本事啊，我儿子比孙悟空厉害。

在夸奖老大的同时，薛七婆绝不会忽视老二，手心手背都是肉，她捏着郑小龙的手说，老二上班才几年，已经是处长了，放在县里，就是县太爷。县里就那几把交椅，多少人熬白了头，也熬不上，老二一步就迈上那个台阶，还是念书好哇，能上大衙门。

娘儿仨唯一的遗憾是面馆搬走了，让郑小龙给鼓捣进了北京，吃不成荞麦饸饹了。不过，郑小龙拿起哥哥送给母亲的手机，打通了面馆老板娘的电话。

老板娘说，她把饸饹做成了挂面，从北京邮到张相公村，让薛七婆可够吃。

薛七婆说，一把就够了，啥事儿多了，就是累赘，留个念想最好。

状元路终于跑上了状元车，一天两趟，风雨无阻。

那辆被称为状元车的中巴，与其说是状元郑小灯买给母亲的，倒不如说是送给张相公村的，它成了名副其实的校车。郑小灯心疼母亲，母亲身体再好，毕竟年过半百，骑三轮车送村里的孩子到镇上，劳累不说，还危险。

父亲的悲剧是郑小灯一生的阴影。

他有心劝母亲，把三轮车和红灯笼都借出去，和弟弟一商量，弟弟的头摇成了拨浪鼓。母亲视红灯笼为父亲的存在，是她一生的伴儿，莫说借出去，就是在家中，眼神离开片刻就去寻找。

郑小灯恨不得把自己的脑袋变成半导体，除了科学，什么都装不下，生活琐事儿，人情世故，一点儿都不懂。买中巴车的主意是弟弟郑小龙灵机一动提出的，哥俩通电话时，弟弟说美国的车那么便宜，随便带回来一辆，啥都解决了。

校车启动那天，郑小灯和郑小龙陪着母亲，带着村里十几个孩子，一块儿行驶向镇中学。路过父亲出事的那个地方，哥俩同时闭上了眼睛。假若当年有这么好的条件，他们也不会失去父亲。

村里人不断地称赞郑小灯的善举，郑小灯在胸前画着十字，称自己是救赎，为父亲，也为母亲。

开校车的司机，是镇上最好的司机，长途大货车跑了十几年，从没出过事故，郑小灯雇他时，直接用美元给司机开工资。司机谢绝了郑小灯的好意，常年奔波，他也厌倦了，开校车守家待地多好，只要同意他送完孩子可以自由拉活儿，比给他工资还高兴。

郑小龙替哥哥做主，同意了司机的方案，附加的条件是，司机除了保障用车，还要负责修车加油。司机满口答应，这样的话，就谁也不欠谁的了。

从此，村里的中学生们，每天舒舒服服地坐在车里，司机油门一加，沿着状元路，风驰电掣，窗外的风景一眨眼就过去了，没等孩子们背会几道题，车已穿过街巷的人群，从容不迫地停在镇中学的校门口。往常骑三轮车差不多一个小时，被中巴车一下子缩短成了不到十分钟。

有时，陆校长出神地望着校车，似乎要说很多话，郑小灯和郑小龙给他写的信越来越稀了，电话也是越打越少，他也关心这俩孩子，很想问几句他俩的现状。薛七婆不会犹豫，更不给陆校长机会，她不允许自己下车，也不会在车里向陆校长挥手，让司机立马开走。

她不想给陆校长找麻烦，谁摊上了那个母老虎媳妇，谁就得当小绵羊，任人宰割。生命只有一次，谁也开不起玩笑。她不想因为自己，再次弄出流言蜚语，招惹母老虎跟陆校长玩命。

薛七婆把校车装扮得热热闹闹的，让孩子们每天都有个好心情，还有那两盏红灯笼，醒目地挂在车厢里，她要让村里每一个孩子都享受到红灯笼的照耀，让全村每一户人家都把郑家当成精神寄托。

有一天，薛七婆坐在车里，望着红灯笼，突然想起了丈夫生前教俩孩子背《三字经》，不由自主地顺嘴溜了出来。她虽然不太懂，却背得特别流畅。有意思的是，孩子们马上学会了，每天车一驶离张相公村，孩子们就开始齐声背诵，一直背到校门口，背得山路旁的那株老油松，瞅着他们，天天目瞪口呆。

背诵的声音结束后，《三字经》还留在薛七婆的耳中，她患了耳鸣，时常听到丈夫郑阿大对她说，把张相公村改成郑家村。她瞅着红灯笼，心里对丈夫说，别急，老大把世界都能装进指甲里，那得多大的本事，莫说是改村名，就是改县名，也不会太遥远。

4

俩儿子一个远在千里之外，一个远在万里之外，有了手机，薛七婆觉得，儿子就在身边，再也不需要给别人写信捎话了，再也不用担心母亲识字太少，误读了儿子们的本意，电话一通，不管啥事，马上就说清楚了。高科技真好，只要活着，就没有距离。

每天早晨七点整，郑小灯准会打来电话。那时，薛七婆已经莳弄完了庄稼，浇罢了园田，洗漱得干干净净，一个接一个把孩子们接到车里，准备去镇中学。电话铃声响了，喧闹的孩子们立刻闭嘴，聆听来自大洋彼岸的声音。

母子的对话，成了孩子们早晨的第一课，也是督促他们学习的动力，接下来伴随中巴车的马达声，才是郑阿大留下的《三字经》。

严谨的郑小灯，把时间计算到了秒，早七点和母亲通电话二十二秒，已经成了铁律，哪怕天天重复一样的话。

其实，薛七婆每天都想说一句话，那就是问，和张小芳处得咋样？进展到啥程度了？啥时能结婚？她知道，小芳崇拜老大，就像自己崇拜郑阿大。夫妻间能崇拜，就能好成一个人。可是，和老大通电话，恰恰全村的初中生都能听见，家里的私事，她没办法拿到面儿上追问。

娶小芳为儿媳，成了薛七婆的心病，毕竟，老大在美国，远在天边，牛郎织女都当不成，万一老大不成，还有老二呢！

和老大一样，小芳也是天天和薛七婆通电话，时间也是特别准，晚上六点，只不过两个人的话题特腻，说村里的事儿，说大学的事儿，还说女人间的悄悄话，和母女没啥差别，可就是不说和老大的事儿。其实，在薛七婆的心目中，小芳已经是她的闺女，或者是儿媳了。

没过多久，小芳放假回家，带着薛七婆去了趟沈阳，坐着出租车，七扭八拐在楼群里钻，最后来到了四周围罩着电网的院子，那便是美国领事馆，门口还有武警站岗。小芳替薛七婆递交了各种证明，顺利地办下了护照。

薛七婆对护照不感兴趣，不过是个小本本，除了照片，她啥也瞅不明白。她感兴趣的是和小芳一块儿出门，两个人依在一块儿，那个亲昵劲儿，超过儿媳，胜过闺女。一路上，小芳一个劲儿地劝她去美国，你不想儿子，还不想孙子吗？等到小灯哥有了儿子，你不带谁带？

薛七婆被小芳说服了，才珍惜起了那个小本本，她的孙子是谁？那也是小芳的儿子呀！小芳这么上心地帮她跑护照，还不是帮他们解除后顾之忧？

然而，直到小芳大学毕业，到了民办大学当了老师，也没有一丝出国的念头，薛七婆给她打了多少次电话，她一个字也不提美国。直至此时，薛七婆才明白，小芳帮助她跑护照，仅仅是帮助她而已，没有其他的意思，是她想多了。两个人天各一方，长久下去，恐怕再也无缘分了，她必须把这层窗户纸捅破。

思前想后，薛七婆终于忍不住了，一天中午，她终于拨通远在美国的大儿子电话，和郑小灯郑重其事地谈起了郑张两家的婚事。那时，正是美国时间后半夜两点，薛七婆不懂得时差，不知道儿子睡得正香，硬让她吵醒了。

儿子嘀里嘟噜地说着她听不懂的话，她大声地告诉儿子，我是你妈。郑小灯这才改成了正常说话，不再用英语抱怨，忙向母亲道歉。

薛七婆没再顾及节省电话费，向儿子讲起了张小芳。讲起了张小芳送给她的一摞照片，女大十八变，张张都好看，像电影明星，一点儿也找不到当年村妞的模样。薛七婆对老大说，你也老大不小了，小芳年龄正当，你俩赶快把婚事办了吧，来年，我好替你俩抱孩子，红灯笼给别人挂了这么多年，该回来给咱家挂了。

电话里传来一个女声的插话，满嘴的“嘀里嘟噜”，薛七婆虽然听不懂，感觉到语气充满不耐烦，儿子却耐心地用“嘀里嘟噜”安抚。薛七婆敏感地意识到了什么，警惕地问，是谁？郑小灯很坦率，我妻子，美国人，给我当助手呢，形影不离。

薛七婆当时就火了，儿子结婚，居然没告诉她，眼里还有没有她这个妈？！小芳那么好，长相脾气和能耐千里挑一，哪里配不上老大了？况且，人家小芳早在少女时代就向老大表明了心意，她都允许小芳叫她妈了，咋一出国，成了陈世美，心就变了，枉费了小芳对他的一片痴情。

撂下了电话，薛七婆气得呼呼直喘，晚上接孩子们时，她一言不发。

她不再搭理老大，即使老大依然准时打来电话，她坚决不接。一连七天，孩子们望着满脸怒气的薛七婆，大气也不敢喘，谁也不敢提他们崇拜的郑小灯。接电话那天，是周末，孩子们休息，没来坐中巴车，她拿着手机，没说话，先哭了。张家恩惠郑家三代人，没有张家的庇护，他们孤儿寡母咋在村里活？十几年前她拒绝了小芳的爷爷张守成，现在，儿子又毫无道理地拒绝了小芳。拒绝张守成，情有可原，谁都知道，她发过誓，一女不侍二夫，更不用说张守成比她大那么多，通情达理的人都会谅解。张家把结亲的希望都寄托在下一代了。

老大在美国突然娶了妻，不但是抛弃了小芳，事实上也是抛弃了她这个母亲。薛七婆泣不成声。

郑小灯说，妈，我接你到美国生活。

薛七婆说，我不稀罕。

老大哪儿都好，每月准时给薛七婆邮钱，准到连时辰都不会差，镇邮政局长说，她养这一个儿子，比别人养十个儿子都强，每月一千美金，就是八千块人民币，让虹螺镇的人们好羡慕啊。薛七婆取了钱，一分不花，马上变成存款，她是给老大攒结婚钱呢。可是老大不要小芳了，娶了美国的骚狐狸，她的希望破灭了。

薛七婆把希望转给了她的二儿子郑小龙。虽说小龙不及老大优秀，国家机关干部也是属于一个国家的精英，年纪轻轻就当了处长，现在已经是副司长了，再过几年就能提司长。司长是啥官，她不清楚，可市长官有多大，她知道，县长熬到头发白，顶头熬个副市长，儿子满头黑发，司长就快到手了。

郑小龙淡然一笑，这才哪到哪儿，儿子的奋斗目标是活着进海里，死了进八宝山。

薛七婆愕然，她听不懂儿子说的是啥，可她知道八宝山不是个好地方，年轻轻地说啥死了的事儿，连连呸了好几口。

有一点，薛七婆很清楚，老二郑小龙喜欢小芳。小龙曾经贪图小芳的美貌，挑逗过小芳，她正言警告过老二，小芳早晚是你嫂子，不许轻佻。小龙以哪有小叔子不逗嫂子为由，给遮挡过去了。

现在，能给薛七婆台阶下的，只有郑小龙了。小龙虽说没有老大优秀，好歹也属于国家的人，地位不算低了，七品知县只配给他提鞋。小芳在北京当大学老师，虽说是民办的，可工资高啊，月薪过万了，配给小龙，不算低就。

给小龙打电话，不是国际长途，花费不了太多，薛七婆舍得出。再者说，孩子们都出息了，她没有花销，园田庄稼照旧给她出钱，村里有孩子的人家，把最好的东西都送给了她，推都推不出去，她要是拒收，人家就会坐在炕沿上哭，好像她给人家孩子气受了。她只好接纳了，自己一个人吃不了，又送不出，天天坐着中巴车，捎到镇上，卖出个好价钱。

小龙给母亲打电话，不像哥哥准时准点儿，刻板得雷打不动。他想起来就给母亲打，天南海北地说一顿，想不起来，一星期也不打一个，有时，说半截子就被别人打断了。

有一次接电话，薛七婆开口的第一句话就是夸小芳，夸小芳的人品、模样、性格，夸得天上没有，地下找不着。郑小龙一边听，一边咯咯地笑，笑得薛七婆直毛愣。她问儿子，你笑啥？儿子说，小芳就在他身边，再夸她就飞起来了。

薛七婆放心了。

本来，接下来的话，薛七婆就该劝小龙追求小芳。没想到小芳抢过了电话，和薛七婆腻起来了，她告诉薛七婆，正在给小龙当参谋，小龙苦苦追求部长的闺女，好几年了，她在帮助小龙制定方案，一举拿下部长家的千金。

薛七婆的心掉进了冰窖里，小芳真是没心没肺呀，真把自己当妹妹了，还帮助老二追别人。两个儿子彻底指不上了，想和张家结亲，只能豁出自己的这张老脸了。她出神地望着红灯笼，仿佛郑阿大能从灯笼里走出来，她的心都被红灯笼装满了，容不下别人。

出门上山，料理那片芝麻地时，薛七婆看到了张守成。十几年过去，张守成不再是村支书了，他的腰弓成了虾米，拄着棍子，很艰难地往山上走。他转回头，看到了薛七婆，停在那里，笑了，满脸的核桃，一嘴的黄牙。

薛七婆心里打了个寒战，岁月不饶人啊，张守成甘当桑叶，把岁月的精华都喂给了他的孙女张小芳这个蚕宝宝。

郑小灯说话，向来是板上钉钉。他说接母亲到美国居住，真的万里迢迢，不辞辛苦地从美国赶回村子，执意带母亲出国。薛七婆说，金窝银窝不如土窝，我哪儿也不去。儿子说，他要在美国补办一个中国式的婚礼，他感恩母亲的养育之恩，他要向美国公众和美国科学界讲述一对儿红灯笼、一碗荞麦饸饹、一个母亲和孤狼搏斗的故事。

红灯笼浸润着她对丈夫一生的思念，荞麦饸饹揉进了她对俩儿子的一往情深，打败孤狼是当母亲的一种责任和勇气，薛七婆恨不得把自己的故事讲给全天下人听，怎能拒绝讲给美国人听？答应儿子，也就顺理成章了。

郑小灯回国，请的是月末假，往返只有三天，直接从市里打出租车回家，停留的时间还没超过一个小时，忙得母亲不知道拿啥是好。小灯说，啥也不用带，揣上护照就行。整个行程，连到镇中学，向恩师陆纯坦校长行礼鞠躬的时间都没挤出来，匆匆忙忙地坐出租车赶到了葫芦岛火车站，坐上了赶往北京的列车，睡觉都选在了旅途。

车票是预先买的，软卧车厢，比家里的炕头暄软多了，薛七婆没感觉到舒服，咣当咣响不说，还摇晃，根本睡不着。更要命的是，老大的电话没断过，叽里咕噜没完没了，边说边耸肩端胛，那副做派，根本就不像她儿子，她觉得儿子陌生了。

薛七婆实在忍不住了，问儿子，啥大不了的事儿，电话没完，半夜三更的，他们不睡觉啊？

郑小灯笑了，耐心地说，妈，美国和中国是反着的，咱们睡觉的时候，正是美国的工作时间。

薛七婆咕哝一句，我看也是，这美国就是和咱反着来。

郑小灯说，地球是圆的。

薛七婆说，不用你教，你没出生时，你爸就告诉我了，我比你懂得早。

不知为什么，从一出发，薛七婆总是和儿子较劲儿，说话也戗着来。热土难离，一天也舍不得，她总有一种被拔掉了老根的感觉，去了别人说的天堂，她也不舒服。

郑小灯小心地向母亲赔不是，电话不能不接，都是大事儿，我耽误一天，人类耽误一年。

薛七婆说，你不管，天塌下来不成？

郑小灯说，真让您说对了，小行星撞击地球，天就塌了，我带着的团队，研究出的东西，能避免小行星撞地球。

薛七婆闭上了眼睛，虽说睡不着，但可以闭目养神，她不再管儿子的事情了，别耽误儿子拯救地球。老大识趣地出了车厢，到外边打电话。她又心疼起了儿子，上一趟虹螺山，都会累得歇半天，儿子这是跑了半个地球，能不累吗？躺着也是歇着呀。她拉开车厢的门，把儿子往车厢里扯。儿子边打电话边摆手，两个电话的间歇间，他才和母亲说，车厢还有别人，不能打扰别人的休息。

善良的儿子，不管到了哪国，依然是善良。

天亮时再也听不到电话声了，火车也进了北京站，儿子在外边站了一宿。出车站时，人都像从天上掉下来的，挤成了蚂蚁窝，一直到大街上，人还不见少，薛七婆像进了人的迷宫，不是儿子拉着她，她早就走丢了。

坐地铁，挤，进机场，挤，过安检、查护照，还是挤，挤得她好心焦，幸亏儿子应对自如。一直挤上了飞机，薛七婆还像是云里雾里，身体咋安置进座位的，她都不知道，反正一坐下，拥挤就停止了。

即使到了座位，郑小灯还没稳定下来，求空姐给他的手机充电，他要给弟弟打个电话。薛七婆这才想起，自己也有手机呀，掏出来一看，满屏幕都是红色。她知道，那是未接电话，老二一直给她打电话，只是手机压在包底，没听见。电话拨回，老二焦急地说，知道哥哥回来了，他和小芳都到机场送了，咋就见不到人呢？

郑小灯拿过电话，抱歉地对弟弟说，手机没电了，只顾照顾老妈了，没和你们联系。

弟弟说了句，美国真牛逼，就把手机关了。

真正的云里雾里，还是在飞机起飞那一刻，她仿佛登上虹螺山顶，瞬间大雾弥漫。舷窗外的迷雾中，有红灯在闪，好像是红灯笼跟着她一块儿来了。她知道，红灯笼她交给了中巴车司机保管，让它天天陪着村里的孩子们上学，不可能跟随她上天呀！

想一想，她突然明白了，红灯笼是啥？是郑阿大的魂灵。郑阿大的魂灵在天上呢，能不陪着她飞舞吗？直到飞机飞过云层，跃上蓝得发紫的天空，她才看明白，红灯是飞机带来的，闪在翅膀上，和郑阿大的魂灵没啥关系。

飞机嗡嗡地飞着，除了空姐按部就班地送餐送饮料，单调极了，连个说话声都听不见，虽说有电视屏幕，没有声音，上面的文字也不是方块的，弯弯扭扭的，像是池塘里的蝌蚪。

难怪人们说，月宫里的嫦娥寂寞着呢！还没到月宫呢，满飞机的人，全成了哑巴。偶尔扬声器里传来“嘀里嘟噜”声，吓了薛七婆一跳，像是阎罗殿里牛头马面传唤死人。坐飞机真是太恐怖了，她是不想给儿子丢脸，才没敢喊出来。

白天漫长得无边无际，好像一辈子没黑过天。满飞机的人都像海盗，戴着眼罩，他们把两只眼睛都蒙上了，包括她的儿子郑小灯也不例外。薛七婆的眼睛瞪得像铃铛，咋也睡不着，儿子给她套上眼罩也不好使，说啥也当不成海盗。

整个飞机，除了机组人员，不睡觉的只剩下薛七婆一个人，或者说，只有她一个人第一次坐飞机。

折腾到了美国加州，薛七婆散了架子，眼皮都睁不开了。金发碧眼的儿媳妇飞奔过来，拥抱她，亲吻她的脸，她把儿子教给她的礼仪全忘了。薛七婆傻傻地站着，对儿媳妇的热情没有任何反馈，对方好像抱块儿木头。

就连她身上掉下来的肉，都不会有这些亲热动作，薛七婆从心里往外不接受这种礼仪。她还嗅到了一股浓重的狐臭味儿，比羊圈还膻，心里翻了个，儿子怎么能和妖精生活在一块儿呢？

薛七婆没有拒绝孙女的拥抱，她把孙女搂在怀里，扬着脸，等着孙女的亲吻。孙女长得真好看，深眼窝，蓝眼珠儿，鼻子没那么高，嘴也没那么敞，和商店里卖的洋娃娃一个模样。更让她喜欢的是，孩子身上一股她爸爸小时候的那股奶香味儿，不像她妈。

是郑家的种儿，薛七婆满心欢喜。

薛七婆在美国的日子，只高兴了一天，那就是儿子的婚礼，特意给她办的，孙女成了伴娘。婚礼上来了一群华人，甚至担任过美国什么部长的大人物也来了，薛七婆不知道大人物叫啥名，只记住了姓莫，获得过什么贝尔奖，大家都叫他教授。她看得出，那个人不仅仅是教授那么简单，大到了不管是谁，人见人敬。儿子郑小灯还是教授呢，自己的婚礼，被莫教授抢了主角，一点儿也不介意，反倒是满面春风。

这一天，薛七婆穿着红彤彤的唐服，一个华人主持人，冲着她含泪讲述，尽管嘀里嘟噜，她只听懂了自己的名字薛鹤舞，其他的一句也听不懂，但她知道，都是溢美之词，就连那个人人敬仰的莫教授，也走到她面前，抱着她，和她贴脸，亲她的手背。

薛七婆不习惯这种礼节，可她享受这个过程。薛七婆不喜欢没有汉语的环境，可她喜欢拜高堂的过程。最后，儿子儿媳还有孙女都来贴她的脸，亲她的老脸。她除了掉泪，啥也说不出来。

其实，她也很清楚，儿子的婚礼不需要她说话，只需要她偶像一般坐下。

高潮退却，是无边的寂寞，每天每天，儿子和儿媳回家都很晚，晚到了夜半时分，进屋就睡。早晨呢，俩人睁开眼睛就洗漱，叽里咕噜说英语，她一句也听不懂，末了，儿子只对她说一句汉语，吃的都在冰箱里，想吃啥，微波炉里热一下。随后，匆匆忙忙地走了。

薛七婆满脸木木的，她不是听不懂，微波炉咋用，儿子示范一遍她就懂了，否则，不得天天挨饿？她用无声抗议儿子，不能像拴个小猫小狗一样，把她拴在屋子里，她需要儿子陪她，不需要花花绿绿的美元，她把存折给儿子带回来了。

她也想和洋娃娃的孙女说话，可孙女的中国话说得磕磕绊绊，常常和薛七婆的意思南辕北辙。比如，她想教孙女用筷子，孙女却没完没了地教她用刀叉。刀是凶器，怎能摆在餐桌上，一言不合，那就会闹出人命的，薛七婆百思不得其解。

喜欢归喜欢，所有的习惯都不一样，况且，孙女到了点儿，有校车接，准时去幼儿园，只有每天分别时亲吻她的那一刻，她才温暖一下，整整一白天，屋子里只有她一个人，冷冰冰的。

她不喜欢一个冷冰冰的国度，更不爱吃美国的东西。

有一次，薛七婆胸前挂着钥匙，终于大胆地走出了家门，可在小区里没走出几百米，回头一看，就蒙了，楼房都是一样，她弄不清自己住的是哪幢楼了。好在她有手环，遇到谁示意一下，会有人帮她的，况且，手机也能打，儿子告诉她，打 911 什么困难都能解决。她说，我不会说洋话。儿子教她，就当东西丢了，忘了揣哪儿，喊几声揣哪儿就行了。

薛七婆不想这么快地解决，揣哪儿能怎样？就这么一圈儿，还能真的丢了？连家都找不回，那不是真的老了吗？可是，事实证明，她真的找不回去了。反正太阳老高呢，小区里的风景也不错，忙着找回那个牢笼干啥？

小区里有树林，有草坪，树上有鸟叫，林间有花开，美国的鸟不怕人，甚至跳到她的肩头。草坪呢？浓密得像韭菜，她真想割下一把，炒菜吃，可她知道，割下来也不能吃，只能喂牛。薛七婆抬头看天，天蓝得透彻，太阳很慈祥，云比棉花白。

这么好的天气，正好坐在长椅上晒太阳。长椅设计得很独特，很适合人躺下休息，薛七婆想起丈夫哄她开心时讲的故事，安静地闭上眼睛，让太阳和故事一道温暖她的心。

丈夫讲过一个故事，和她今天的情形差不多。一个夏天，有一个贼，偷了银子，埋在一棵红树叶的树下，整座林子，都是绿树。等到他回来时，已近秋天，满林子都是红树叶。他想找不到不怕，还有第二年呢，整个林子还会只有一棵是红树叶。第二年夏天再来时，小偷发现，山都是一样，莫说是找不到埋银子的林子，山也找不到了。

小偷不再找银子了，脚踏实地在家里开荒种地，植树造林。他种出的树长成了一片大树林，突然有一年，树林子里有一棵树叶子变红了。他以为生病了，挖开树根旁的土，准备围成一个坑，给树浇灌施肥。挖着挖着，结果挖出了银子，小偷看呆了，他不明白，石头怎么变成了银子？

从此，每隔十年，他种出的每一片树林子，都会有一棵粗壮的树在夏天变红，都会有一摞银子等他。小偷终于明白了，银子是劳动赐予他的，绝对不是偷来的。

薛七婆品味着这个故事，她觉得，自己对美国没有丝毫的贡献，肯定找不回属于她的那株红树，她不想当儿子的寄生虫，不劳而获地待下去，会把她的身子待烂。儿子呢，也不是当年那个唯一考入斯坦福大学的留学生，美国把他这棵红树变成了绿树，儿子忘本了，忘了国，忘了家。

她想家了，家里有等她侍候的庄稼，园田里有被荒草欺负的蔬果，虽说鸡鸭委托邻居照管了，她也担心变成野鸡野鸭。更何况，她想红灯笼了，巴不得马上飞回去。

整个上午，薛七婆就这么呆呆地坐着，想着自己的心事。郑小灯气喘吁吁地赶回来，看见老妈安然无恙地躺着，一脸的无奈。母亲的手环和手机，连在郑小灯的电脑上呢，他是搞尖端科技的，安个监控母亲的设备，还不是易如反掌？母亲每天的一举一动，在屏幕上都有雷达显示，即使工作再忙碌，他也要扫上一眼，知道母亲的现状。这一天，是母亲第一次走到户外，居然很久很久地一动不动。他以为母亲出事了，才会如此慌乱地赶回。

薛七婆抱歉地对儿子说，耽误你拯救地球了。

郑小灯不知道母亲说的是真话，以为母亲是调侃他呢，一时间不知如何应答。

薛七婆说，我要回家。

郑小灯预料到母亲会找不到家，扶起母亲，就要往回走。

薛七婆很坚决地说，不是你的家，我要回的家是张相公村。

郑小灯耸肩摊手又摇头，表示出满脸的遗憾。薛七婆说，我最烦的就是你这一套，能不能不整洋景？郑小灯呆呆地站着，他不知道怎么才能让母亲高兴。

只一个星期，薛七婆就非走不可了，再待下去，非憋出病来不可。

美国的机场，不很拥挤，儿子郑小灯携带洋媳妇洋孙女，很从容地来送行，薛七婆的心情一下子就晴朗了，好像张相公村就在眼前，虽然低矮破旧，却温馨亲切。快过安检了，她瞅着儿子，眼泪簌地一下子，掉下来了，她一个劲儿地盼儿子好，结果培养给了别人。

薛七婆不由自主地捧起儿子的脸，对儿子说，你吃了两个国的饭，不能偏向这个慢待那个。

洋孙女用结结巴巴的汉语替父亲回答，我还有一个家，在中国。

5

舷窗外，夜黑得透彻，比锅底还黑，奇怪的是，繁星如海，却颗颗晶亮，不懂得眨眼睛。飞机在漫漫长夜中飞行，无边无际，白天仿佛丢了，期盼不来。举目无亲的薛七婆，一直瞅着窗外，呆呆地坐着。不知过了多久，困意袭上眼皮，她忽然看到郑阿大了，他也长了一双翅膀，在窗外伴她飞行。迷迷糊糊中，她和郑阿大会合了，村旁的小河，虹螺山上的千年古松，山坳里的寺院，都成了他们嬉笑的场所。

阳光在梦里出现了。

这是一个漫长的梦，长得几乎是薛七婆的一生，空姐送了四次餐，她一次都没醒。等到第一缕阳光撕破地平线，射入舷窗，飞机已进入中国领空，梦中的郑阿大突然吹灭了红灯笼，薛七婆骤然醒来。她睡得腰酸脖子疼，直至飞机降落，都没揉过来。

郑小龙调动了一切社会资源，带着张小芳，到首都机场接母亲，走的是贵宾通道，陪护的是外国机组人员，所有的服务都参照外交礼仪。鱼贯而出的贵宾们，谁都会多瞅一眼这位相貌平平，衣着简单的干巴小老太太。她是何方的神圣，动了这么大的干戈？

薛七婆一贯内敛，老二这么招摇，她有点儿承受不起了。可她不认识路，看不懂路标，没人领着寸步难行，只得接受了。

坐在超长的林肯车里，她对儿子说，这么奢侈，不是孝顺我，是折我的阳寿呢！你哥都是科学家了，在美国也是人上人，连一片菜叶都不浪费。

郑小龙没想到会惹得母亲不高兴，想了想，拿起手机，忍痛退了定在王府的酒宴，转而联络家乡的饸饹面馆。

薛七婆说，不去面馆，大宾馆的客房也退了，我累了，小芳住哪儿我住哪儿，买一把荞麦饸饹挂面，凉水泡开了就够了。

郑小龙本想把母亲捧成皇太后，没料到母亲坚决地抵制，还放出折寿的狠话，再坚持就是忤逆了。有钱难买高兴，他只得顺从了母亲，只孝不顺，不算孝顺。在和小芳的婚事上，他已经让母亲不高兴了，好在母亲的初衷是哥哥，没和他计较。

小芳的家离机场不算太远，朝阳区三环外，只是车太长，转弯难，才开得慢了些。薛七婆进了小芳的家，就把郑小龙撵走了，小龙是国家的人，国家的事儿那么多，每一分钟都是民生，别耽误事儿。

临分手时，薛七婆正告小龙，人这一辈子，都是磕磕绊绊过来的，你不过是个农家的孩子，太顺了，不能一步登天，小心驶得万年船，记住没？

郑小龙讪讪地离开。

或许早就预感到薛七婆会和她住在一块儿，张小芳居然存了好几把荞麦饸饹挂面，打开一把，放入盆中，接了半盆桶装水，泡上饸饹，她就回到床上，趴在薛七婆的身旁，两个人便腻在一起聊天。

别看小芳满脸阳光，其实是个苦命的孩子。念高中时，小芳的花销大了，她父母想多赚几个钱，跑长途货运去了，彻底把家丢给了爷爷。爹妈常年以车为家，在车轱辘上过日子，人困马乏时，突发一场车祸，两个人全没了，还要赔偿车祸的损失。幸亏张守成见多识广，多年的村支书工作锤炼了他的抗打击能力，居然装成啥也没发生过，不但瞒住了小芳，还瞒住了村里所有的人。直到小芳考入北京的重点大学，爷爷才道出真相。

这时，薛七婆才恍然大悟，难怪张守成衰老得这么快，谁能承受得起老年丧子的打击？张守成不但承受住了，还满面春风地面对孙女，唯恐孙女留下心里阴影，影响了高考成绩。

薛七婆抚着小芳的脸说，该把爷爷接来了，享几年清福吧，他这一辈子不容易。

小芳摇了摇头说，爷爷找了后老太太，不想来北京。

薛七婆吃了一惊，离开村子，到美国才几天，张守成居然找伴儿了？

小芳说，爷爷身体差，没人陪护怎能行？

薛七婆的心弦拨动了一下，肯定是看到自己去了美国，张守成绝望了，才这么快地找了女人。不用猜，薛七婆也知道，张守成包括他后老伴儿的赡养费，注定是小芳掏的，她养着爷爷呢！

她的手继续抚在小芳的脸上，夸小芳是乖孩子，懂事儿，善解人意。想想自己的儿子，她自言自语道，多好的一对儿呀，就不成。小芳哭了，扑在薛七婆的怀里，泣不成声地说，妈，你是我的亲妈。

摸着小芳的脸，薛七婆渐渐地摸出了疑问，北京的房子那么贵，小芳没上几年班，怎么买得起房子？虽然面积不算大，也够得上温馨，这需要一大笔钱呀，听别人说，在北京买套房子，得奋斗一辈子。还有，她摸到了小芳的眉毛，眉梢居然是翘起的，不再老老实实地趴着，显而易见经历过男人了，别是被人包养了？

薛七婆试探着问，有男朋友了吗？

小芳说，我叫您妈，您还不明白吗？我把初夜给了小龙，我是小龙的人。

薛七婆生气了，你傻呀，为啥不嫁给他？还帮他找别的女人，小龙这么不负责，还是人吗，我去找他。

小芳扯住了薛七婆，央求道，小龙是所在机关中最年轻的司局级干部，还是专家型的，前程不可限量，再想进一步，不能没有后台。

薛七婆生气地说，没有后台就不能活了？当官先做人，前程再重要也不能当畜生，不能无情无义。

小芳耐心地说，小龙哥最讲情义，咋到机场接的您，您也看到了，就连这套房子，也是小龙哥给出钱买的，小龙没有对不起我。

薛七婆呆愣愣地瞅着小芳，虽说北京的房价掉下来了，可再贱也得一百多万，小龙哪儿来的钱？

小芳安抚着薛七婆，小龙凭的是本事，给多家煤矿当安全顾问，起五更爬半夜地给人家设计图纸，帮助整改危险巷道，都是熬心血熬来的，合理合法，不是赃钱。况且，小龙交的钱，只是首付，她每个月还要还按揭贷款呢。

薛七婆这才长舒一口气，她太害怕孩子走歪门邪道了，万一孩子们出个一差二错，她对不起早逝的郑阿大，对不起那对儿红灯笼。

从北京回到张相公村，薛七婆家的院子里长满了荒草，快追上院墙边上拔节的苞米了。这是她嫁到郑家从未有过的，不管儿子有了多大的出息，家也得有个家样。她放下行装，第一件事儿就是拔草。接下来，挥锹舞镐，整理园田，播下白菜籽，种下几畦秋豆角，还有晚黄瓜、秋菠菜，离中秋节只剩下两个月的光景，再不种点儿啥，就辜负了院子。

挂锄的季节，大田里没那么忙碌，薛七婆还是不放心，扛着锄头下了地。苞米和花生地，撒过百草枯，看不到荒草，长得一片茂盛。地头上种的芝麻就不行了，没打过药，荒草正在和芝麻秧纠缠，薛七婆挥起锄头，将荒草逐一连根清除。

干了小半晌，薛七婆干不动了，毕竟年近花甲了，体力不支，况且一趟美国，不但很累，一点儿也不快乐，时差还没倒过来，她想回家补个觉。

回村的途中，薛七婆遇到了张守成，拄着拐棍，一副老态龙钟的样子，后娶的寡妇，一步一步地搀扶着他。

张守成问，回来了？

薛七婆答，回来了。

张守成问，还走不？

薛七婆说，不走了，故土难离，乡亲难舍。

寡妇扯着张守成的胳膊，不想让他们继续唠下去。薛七婆识趣地走开，刚进村子时，她就听说了，寡妇把社保局每月给张守成八百块钱的养老金没收了，卡直接交给了她儿子。和她猜测的一样，张小芳给了爷爷一张卡，月月往里打钱，供他俩过日子用。

寡妇改嫁，多少也得图点儿啥。薛七婆理解。

擦肩而过，走出了好几十米，薛七婆回头望了眼，张守成也回头望了她一眼，眼光中有哀怨，有无奈，更有惦记，一切老感情，尽在不言中。

听说薛七婆回来了，中巴车司机专程跑趟张相公村，送红灯笼来了。马上就要开学了，张相公村的孩子们离不开红灯笼。薛七婆捧着两盏红灯笼，像捧着郑阿大的脸，她仔细地擦着红灯笼上的尘土，直至一尘不染，又用手指在灯笼上揉羊脂油，让油把灯笼浸透。

经过一番调理，红灯笼仿佛是招回了魂儿，又成了崭新的一对儿。晚上，她会把红灯笼点亮，这就是信号，孩子们很快就会汇聚她家。薛七婆不怕孩子多，村里的人越来越稀，孩子也是越来越少，小学都取消了，得去镇里念，孩子们全到她家也装得下。

红灯笼炫亮地耀起时，村里响起了孩子们无拘无束的欢笑，小燕子般飞进了薛七婆的院落，琅琅的读书声也重新回到这个院落。薛七婆哭了，她不再孤独。

薛七婆一生与人为善，没和任何人结怨，可和二儿媳妇一碰面，就觉得不舒服。那是到北京参加儿子的婚礼，儿子引见时，她怔了下，没有想到，费了九牛二虎之力娶来的媳妇，眼角布满鱼尾纹不说，眼袋大得能装下二两豆油，一看就知道是个二婚婆，和小芳没法比。

失望的薛七婆没有失去礼节，把小灯媳妇不肯收的彩礼——美元存折，递给了二媳妇。二媳妇满不在乎地把存折丢在茶几上，居然说了句，还不够买个包。

薛七婆惊得张口结舌，把全村的庄稼全卖了，也不值存折里的钱，那是啥包呀？金子做的也没那么贵。她把不悦写在了脸上，训斥着儿子，别忘了，当年咱连一碗荞麦饸饹都吃不起呢。

儿媳妇没和婆婆计较，对郑小龙说，你是一夜之间成为贵族啊。

郑小龙说，我是你的渔夫，永远做仆人。

薛七婆听过这个故事，郑阿大讲的，是老毛子那边一个作家写的，说的是一个渔夫的老太婆，没完没了地向神奇的小金鱼索要，当了女皇还不知足。听这个故事时，薛七婆对丈夫说，你别担心，我一辈子不当那个贪心不足的老太婆。儿子也听过这个故事，回答得很机智，既没伤害媳妇，也警告了媳妇不要过分。

这个插曲，没有影响婚礼，薛七婆被小芳扶着到现场时，仿佛来到了天上人间。婚礼仪式的后半段，主角转换成了部长夫妇，薛七婆不过是个陪衬。她不在乎，反正谁也不能把她儿子改成新娘子，部长再荣光，也是嫁闺女。

薛七婆索性转移了注意力。现场是旋转的舞台，她觉得好像来到了太虚幻境，彩虹灯光，云腾雾绕，群仙聚会，眼花缭乱。如此繁华，过眼烟云罢了，远不及家中那一排向日葵真实，起码谁都明白，就是简简单单地围着太阳转，枯萎了也能给人们带来香香的瓜子。

儿子在婚礼上讲些啥，薛七婆一句也没记住，没讲啥，她记得很清楚，红灯笼、饸饹面、孤狼这三件事儿，他一件也没说，好像他是部长养大的，和张相公村没一点儿关系。老大在美国的婚礼，尽管用的是英语，她听不懂，也是给足了她尊严。老二的婚礼，生他养他的妈居然无足轻重了。从婚礼现场出来，薛七婆的耳根子才清净下来。她找到了小芳，说啥也不在北京待了，不辞而别，直接到火车站，买票回家。

一路上，薛七婆抱着小芳，痛哭流涕，捶着小芳的后背说，你为啥不当我的儿媳妇？

薛七婆第二次去北京小龙的家，已是两年后的光景了，小龙的媳妇生了孩子，男孩，她当奶奶了，郑家有后了。她虽然喜欢洋娃娃的孙女，但毕竟是女孩，还是个外国人，不能延续郑家的香火。

那时，四万亿拉动如火如荼，小龙忙得不但休不成假，反倒家都回不来，煤矿开工立项审批报告、煤矿安全整改报告，在他办公桌上堆积如山，需要他逐一核实、勘察。都是投资过亿的大项目，都是人命关天的大改造，他疏忽不得。

就像不懂老大研究的是啥，薛七婆也不懂老二忙的是啥，她只知道老大忙的是地球上的大事儿，老二忙的是国家发展的大事儿。能替他们分忧，那是理所应当。

这一次去北京，老二交代得很清楚了，就是接母亲和他一块儿生活。说是接她，可自始至终不见老二的影子，他一个电话，县政府接待办全给包了。眼见得就要离开生活了一辈子的热土，薛七婆舍不得，她恨不得把家压缩成老大说的指甲那么大，背在身上，一块儿去北京，可这是怎样的妄想啊。

家可以放下，锅碗瓢盆可以放下，几亩承包田也可以放下，薛七婆唯一放不下的是那对红灯笼。红灯笼通着郑阿大的魂呢，千里迢迢拿到北京，魂儿能不能续上，还不知道呢，更何况村里的孩子一拨接一拨地长大，谁都渴望在红灯笼下苦读，谁都想成为郑家哥俩，光宗耀祖，不能让村里人失望。

薛七婆想让陆纯坦校长替她看管红灯笼，装在校车里，每天伴随孩子们上下学，毕竟陆校长是最早在红灯笼下苦读的，能够珍惜它。可她担心，陆校长家的母老虎，一时怒起，将红灯笼烧了，郑阿大就真的没魂了。

事实证明，薛七婆的担心纯属多余，莫说是让陆校长看管红灯笼，陆校长这个人都找不到了，母老虎找疯了，连影子都没摸到，惊动了派出所也没用。从退休的第一天起，陆纯坦就动真格的了，玩起了失踪，宁死不和母老虎在一起。

思考再三，薛七婆觉得，还是老支书张守成最可靠，索性把家和红灯笼都托付给了他，让他继续带着村里的孩子们，在红灯笼下苦读。

临出发前，薛七婆拎着手提箱在院里转了好几圈儿，最后猛然钻回屋子，趴在灶台下，刮下了一瓶子锅底灰。从嫁给郑阿大那天起，直到离开，三十几年过去，锅底积累着她所有的日子。思乡了，就尝一尝锅底灰，那里浓缩着家乡所有的滋味。

县里的专车载着薛七婆，开到了虹螺镇，她让司机把车拐到镇中学，停在校园外，她要看一眼陪着自己十几年的中巴车。那辆中巴车太老了，不允许上路，摆在校园里，成为陈列品，激励学生们向郑小灯学习。替代中巴车的是真正的校车，学校统一管理。

专车沿着高速公路，直接把薛七婆送到北京郑小龙的家，司机从后备厢里卸下的东西，在客厅里堆成了一座小山，说是送给郑家添丁进口的礼物。坐月子的儿媳妇望着客厅里的那些芝麻、小米、小杂粮、小咸菜、土特产品，不悦地说，有那份心事，折合成钱比什么都强，东西往哪儿撂？

司机奉命行事，一脸的无奈，赶忙告辞。

侍候儿媳妇月子的，除了薛七婆，还请了月嫂，月嫂受过专业训练，又经历了无数个人家，见过世面，勤快得无可挑剔，月子餐做得花样翻新。孙子呢，没继承他妈的眼袋，眼睛大得像灯笼，机灵鬼儿似的，比他爸爸小时候还可爱。

儿媳妇终于管她叫妈了，吩咐她的第一件事儿就是把客厅里堆积如山的东西卖了。薛七婆当时就傻了，北京不是虹螺镇，人生地不熟的，上哪儿找买主？倒是月嫂机灵，打了个电话，就有人上门收货。

别的薛七婆不懂，可那些土特产品能值多少钱，她很清楚，便宜了人家一大半。她忍住了，没有说破，好歹不能让坐月子的儿媳妇心烦。

同样是带孩子，三十几年过去，薛七婆带郑小灯、郑小龙的经验早就过时，况且大城市和小山沟有着天壤之别，一个是照书养，一个是照猪养，还能培养出一样的孩子吗？三十年过去，鸿沟已然成了楚河汉界，郑小龙的孩子是部长的外孙子。

薛七婆突然涌出一种担心，她不知道红灯笼能否照耀她孙子。

有着月嫂的耳濡目染，即使不看书，薛七婆也很快学会了怎样给孙子喂奶、洗澡、换尿布，学会了小儿推拿，给儿媳妇做月子餐，帮儿媳妇做产后康复按摩。等到孙子百日后，月嫂辞别，所有的本事都没带走，薛七婆样样学会了，小孙子在她怀里睡得比摇篮里还香。

薛七婆唯一的遗憾是孙子都一百多天了，和儿子还没照上几回面。

郑小龙说他忙，忙的理由是，全国都在用煤，所有的煤矿都在肥水快流，上边指示，即使煤挖得堆成了喜马拉雅山，也不能出安全事故。薛七婆拍着儿子的肩膀说，难为你了。

虽说二儿子家啥也不缺，薛七婆总是觉得缺点儿啥，慢慢地她就琢磨出来了，缺的是家乡的味道。偏巧儿媳妇月经不调，流血不止，还伴随着痢疾，喂完孙子奶，拐带孙子也屙肚子了。

郑阿大活着的时候，曾教过她，锅底灰就是百草霜，能治百病，尤其是例假太多和屙肚子，立竿见影。薛七婆心想，正巧也治一治自己的思乡病，煮饭的时候，就在电饭锅里加上了一羹匙锅底灰。

儿媳妇吃饭时，以为加了黑米，没当回事儿，吃完病就好了，还夸奖了黑米的功效。薛七婆本想告诉儿媳妇真相，可儿媳妇娇贵得没边儿，万一嫌锅底灰脏，恶心吐了，就糟了。话到唇边，她又咽了回去。

从此，每次做饭，薛七婆总是捏上几耳勺，放入电饭煲，锅底灰太少，影响不了白米饭的颜色，儿媳妇也会不知不觉。吃完这样的饭，她那颗无处安置的心总算安定了下来，全家人也不再闹肚子了。

直至孙子两岁时，儿媳妇发现薛七婆把黑黢黢的东西放入锅中，勃然大怒，抢了下来，不由分说地扔进厕所的下水道里，还大声呵斥薛七婆，不讲卫生。

抽水马桶旋转着，冲走了锅底灰，薛七婆的根儿就这样被儿媳妇掐断了。

受了多少委屈，挨了多少白眼，薛七婆都能忍，人家给郑家生了孙子，劳苦功高，她心甘情愿地在儿子家当老妈子。可抢下她视为珍宝的锅底灰，连一个解释的机会都不给，当成粪便给冲走了，她实在承受不了。锅底灰再贱，学名不贱，百草霜，那是聚集一个个月夜的天地精华呀，也治过儿媳妇的病，扔掉了锅底灰，就等于扔掉了她这个婆婆。

薛七婆也是个有脾气的人，忍了两年多了，牢笼般锁在屋里带孩子，无法再忍下去，况且儿媳妇动不动就呵斥她，怎么带的孩子，书上写得很清楚嘛。她不会告诉儿媳妇，书上的字，她认识不了多少，以眼花了掩饰过去。反正孙子会吃会拉，知道的比她还多，也该去托儿所了，她二话没说，拎起自己的手提箱，头也不回地走了。

6

回到老家，薛七婆是做落叶归根打算的，土埋半截子的人，眼瞅着要和郑阿大会合了，一口气扔在外边不值得，还是家好，四周是熟悉的虹螺山，井里是甘甜的矿泉水，出门遇到的都是一辈子的熟人，沾亲带故的，问候声暖着人心呢！唯一的缺憾就是村里几乎见看不到几个年轻人，孩子们也越来越少，在红灯笼下读书的，凑不齐七个小矮人了。

庄稼地转包出去了，手再痒痒，也不归她种，孙子奶声奶气的十万个为什么听不到了，欢快的笑声只是她的回忆，薛七婆闲得五脊六兽，她觉得，自己就像蒲公英的种子，被风揪着，漫天飞舞，找不到落地扎根的地方。明明就在自己的家里，怎么会有这种感觉？她突然明白了，两个儿子，一个在美国，一个在北京，抛下两根相思的绳子，把她悬在了半空中。

家里的炕头刚刚烧热没几个月，张小芳风风火火地赶回村里，到家里给后奶奶扔下了一笔钱，嘱咐照顾好爷爷，便一头扎进薛七婆的家，劝她不能待在村里，必须回到北京。小芳的口气，不容置疑，好像张相公村根本不是她的家。

薛七婆拒绝得很坚决，不管二儿子雇谁来当说客，她坚决不和二儿媳妇生活在一块儿。小芳哭着说，你是我的妈，住在我的家，我的家不就是你的家吗？

儿子家都不能住，薛七婆怎能住别人家？她还是摇头。小芳说，难道说您不想见大儿子郑小灯了？

薛七婆怔了下，老大给她打电话了，说出了思乡之苦，想回国效力，这才几天呀，能说回来就回来？

小芳说，小灯哥回母校讲演，不想陪几天？

一句话说动了薛七婆，她想老大呀，老大端装，细致，体贴入微，自己的亲生儿子，见一次面咋就比登天还难，难得一辈子也见不上几次面，钱给得再多，也解不了思念之苦呀。就这样，薛七婆随着小芳回到了北京。

她特别想老大，哪怕就那么待着，一句话也不说。

小芳的家在哪儿，薛七婆大体是知道的，北京城方方正正，方向不错，终究错不到哪儿去，带孙子让她长了心眼儿，不能像在美国，出了家门居然丢了。

然而，下了火车，薛七婆就觉得方向不对，出租车把她们送到了一家急救中心。薛七婆疑惑不解，小芳抱住薛七婆，哭得个稀里哗啦。薛七婆突然意识到，肯定出事儿了，是不是小龙出车祸了，或者是病了，否则怎能来到急救中心？

小芳说，妈，我是怕您出事儿，我告诉您，您可要挺住。小芳瞅着薛七婆，停顿了片刻，才接着说，二哥被纪委带走了，他买了个房子，装了一屋子的钱，恐怕命都保不住了。

薛七婆闭上了眼睛，脸白得像纸，过了好久，才缓了过来，她说，他娶了个坏媳妇，不变坏才怪了呢。

小芳说，这事儿不能怪二嫂，另买的房子，老楼小屋高屋，隐蔽得很，二嫂不知道，那一屋子的钱，二嫂也不知道，山西腐败案牵扯到了二哥，纪委盯梢给盯出来的。

薛七婆终于哭出了声，不管不顾地说，他若是娶了你，能出这么大的事儿吗？家有贤妻，男人不做横事。

小芳抱住了薛七婆，干妈能瞬间爆发出来，就不会有危险了。

薛七婆说，闺女，你知道妈是要脸的人，坏事儿没传来之前，你带妈出了村子，没让妈在乡亲们的面前丢脸，妈谢谢你。她擦了把眼泪，又说，没关系，妈还有老大呢，老大始终是妈的骄傲，自打老二没想娶你那天起，妈就当他死了。

那一夜，薛七婆住进了小芳的家，和小芳睡在一张床，小芳把丈夫撵到了小房间。小芳的先生是大学的副教授，两个人结婚比小龙没晚几天，只是他们想当丁克一族，不要孩子。小芳依偎在薛七婆的怀里，陪着薛七婆彻夜未眠。

郑小灯回来了，西装革履，戴着无框眼镜，风度翩翩，站在大礼堂的讲台上，给他的学弟学妹们讲美国与中国的高端科学。台下的人黑压压的，走廊过道都站满了。黑压压的人群中，只有一排居中而坐的薛七婆，一句也听不懂。

讲到最后，郑小灯不再讲他的专业，而是讲生命、讲哲学、讲人类、讲社会、讲国家，这回薛七婆虽然有些懵懂，最终还是听懂了。儿子大概这样说的，科学是把双刃剑，比如他研究的芯片，植入人脑，几近成功，他却放弃了。人脑的活跃细胞只占百分之五，假如每个人头脑中成功植入芯片，那就能激活人类百分之五十的脑细胞，人类就不必上学了，所有的知识都无师自通。那么会有什么结果呢？每个人都想以自我为中心，每个人私欲都会膨胀到无法限制。假若没有研究出有效的控制办法，每个人都想占有世界上所有的财富。

这些话说完后，儿子又说了一番题外话，薛七婆感动得满脸是泪，儿子再一次讲起了神奇的红灯笼，讲起了爽口的荞麦饸饹，还有母亲和孤狼搏斗的故事。

演讲结束后，郑小灯推辞掉了母校校长的宴请，陪着母亲，唤来张小芳，一块儿去了小龙从虹螺镇带到北京的饸饹面馆。

面馆还在小龙单位的附近，可那里已经没有小龙了，楼里清算小龙恶劣影响的运动如火如荼。坐在这家面馆，薛七婆心情复杂极了，透过包房窗户，就能看到楼里电子屏幕打出的内容。别的薛七婆不认识，郑小龙三个字，早就刻在她的脑子里了。

小芳说，咱们换个地方吧。

薛七婆坚持到底，说啥也不挪动身子，这么多年过去了，老板娘早就赚鼓了腰包，不再出现在前台，雇来的员工，谁也不认识薛七婆，她可以放心地坐着，不必担心家乡的人看到她。

呆呆地望着窗外的那幢办公大楼，薛七婆泪眼婆娑，她对郑小灯说，救救你弟弟吧，他快没命了，你和大人物能说上话。

大儿子没有回话，好像没听见，也像从来没有过这个弟弟。荞麦饸饹面上来了，郑小灯居然独自香甜地吃，称赞道，还是那个味儿。

薛七婆的泪掉在了荞麦饸饹里，她说，不是了，不是从前的味儿了，从前是你们哥俩吃一碗面，现在，你把你弟弟的那一半也吃了，我想你弟弟，想和他一块儿吃饸饹面。

郑小灯哽咽了，突然跪在薛七婆的面前，他说，妈，你不用想他，任何国家都不会容忍贪污腐败，我不会替他说一句话。他抱着母亲的双膝接着说，妈，我决定了，不管多难，哪怕放弃美国的妻女，也要回到祖国，这样，既能尽忠，又能全心全意地孝顺您。

薛七婆抚着儿子的头，咱不回去好不？直接留下吧。

郑小灯摇头，说，人是要讲信誉的，课程安排完了，那么多学生等着他去讲课，助手还有许多疑问，他要一一解答清楚，还有妻儿，只要有一线希望，还是带到中国来。更重要的是，不回去，会引起麻烦，还是走正常渠道好。

依依不舍地将郑小灯送到首都机场，薛七婆做梦也不会想到，这一别居然是生死两茫茫。她肠子都悔青了，假如她扯住大儿子的衣襟，不管国家之间的纠纷，死活不让老大走，哪儿会有后来的灾祸？

没过多久，美国传来噩耗，郑小灯自杀身亡。薛七婆打死也不会相信，这是真的，因为几个小时前小灯给她打电话，还告诉她一个喜讯，国内一家企业花重金为他设立了实验室，由他组成一个研发团队，成员任他在全世界随便选。

一个喜上眉梢的人，突然选择自杀，怎么可能呢？稍有一点儿常识的人都知道，小灯是被全世界关注的人，他的死非比寻常。

运送郑小灯遗骨的，是一架专机，降落在锦州湾国际机场，薛七婆没有想到，机上一百多个座位全坐满了，都来护送郑小灯的遗骨。孙女第一个下了飞机，她已经长高了，飞也般地跑下舷梯，黄头发随着海风飘扬，扑进薛七婆的怀里，抓心挠肝地哭，一声接一声地唤着奶奶。

风再大，薛七婆也要挺直腰身，她要从洋儿媳妇手中接过儿子的骨灰，不能让儿媳妇看到她的脆弱。同机的，大多是科学界的华人，也有一小部分黄发碧眼的白人，还有一个黑人，他们一律穿着黑西服，白衬衫扎着黑领带。很多人都认识薛七婆，那场别具一格的婚礼，让他们都记住了这个不平凡的母亲。

走下舷梯的人们，一个接一个地拥抱薛七婆，悲伤地拍着她的后背。薛七婆居然没闻到他们身上的狐臭味儿，接受了他们的安慰。

追悼会安排在县里，英汉双语的悼词中没有溢美之词，很中性。很多中外记者嗜血的鲨鱼般闻风而动，长枪短炮瞄准了追悼会，每一句话，都有可能引起国际上的轩然大波，所以，悼词中最有分量的一句话只剩下，一位即将捧得诺贝尔物理学奖的科学家陨落了。

出殡的队伍浩浩荡荡地开进了张相公村，郑小灯葬礼掩盖住了郑小龙的丑事，村里没人敢对薛七婆指指点点。

墓地不需要另选，祖父的坟就在上头，下面顶着父亲郑阿大，郑小灯就葬在郑阿大的脚下，郑家的坟一字排下，就不孤单了。薛七婆哀叹，祖孙三代，命运何其相似，都是死于非命，就让他们这样相逢吧，互相倾诉着人生苦短吧。

洋儿媳妇坚持用西方的安葬方式，不起坟土，花岗岩的墓，花岗岩的碑，墓碑上刻上中英两种文字。

人家是大老远地从美国来，又是丧夫之痛，尽管不是薛七婆想要的安葬方式，她也默许了。

等到送走了洋儿媳妇和洋孙女，薛七婆回到郑小灯的墓前，她发了疯一般挖土，谁劝也劝不住，将花岗岩的墓和碑统统埋掉，堆成一座土坟。村里的人们抢过薛七婆手里的锹，替她一锹接一锹地填坟。

薛七婆不怕洋儿媳妇不满意，洋人不会像她那样，为郑阿大守一辈子，儿媳妇早晚会是别人的媳妇，不可能再来中国了。洋孙女呢，名字长得薛七婆都记不住，只是夹个郑字罢了，今后能和郑家有多大的瓜葛？

坟堆好了，薛七婆点燃了烧纸，长长地哭号一声，儿啊，你死得不明不白，冤啊！喊声在虹螺山里久久回荡，山中的野兔、土拨鼠、雉鸡都静默了，抻长脖子，伫立向郑小灯的坟墓。

安葬罢郑小灯，薛七婆没有在家停留，随着小芳回到了北京。没过多久，有几个西装革履的人找上门来，薛七婆以为又是为郑小龙的事儿来的，非常反感，再次强调，我没拿郑小龙一分赃钱，老大在美国卖了命养我，我不欠谁的。

来人很客气，对薛七婆毕恭毕敬，她这才弄清楚，他们是为郑小灯来的，称郑小灯是爱国的科学家，生前他有一项特别重要的科研成果，无偿地转让给了他们的企业，让他们在高科技领域，领先国际。

薛七婆终于知道来人是谁了，是小灯活着时提到的那家肯出巨资为他建实验室的企业。

临走时，来人给薛七婆留下一百万的支票，薛七婆拒绝了，让他们把这笔钱捐给家乡的中学，设立个郑小灯基金会，奖励学习好的穷学生。

来人应诺了，薛七婆心想，要是陆纯坦校长接下这笔捐款该多好啊，他是小灯成长的见证人。可惜的是，镇中学的校长不再姓陆了。

郑小龙的案子终于判下来了，案情一点儿也不复杂，一屋子的钱和行贿的都对上了账，最小的数额是上千万，谁都怕转账露出马脚，一律是现金支付，每一次都会装满小龙那辆奥迪车的后备厢。从楼下把那些装钱的箱子搬到楼上的那间屋子，都会累得郑小龙一身的汗，然后，若无其事地离开。

然而，马脚还是露了，郑小龙付出沉重的代价，死刑，缓期两年执行。

宣判之后，入狱服刑，就可以探视了，毕竟只剩下这一个儿子了，薛七婆再不想见，也要见上一眼，谁身上掉下的肉，谁心疼。

薛七婆得到了和儿子独处的机会。薛七婆没有责怪儿子，责怪了能有什么用？已经发生了，无法挽回。郑小龙告诉了母亲，他也不想这么贪，这些钱，他推也推不掉，习惯了就成了自然。他还告诉母亲为什么要收这么多钱，那是给他哥哥攒的，他知道哥哥的本事，他想用这笔钱在国内给哥哥建个实验室，让哥哥回国内发展，成为中国第一个拿到诺贝尔奖的物理学家。

面对着二儿子喋喋不休的倾诉，薛七婆哭了，很显然，狱中的老二，与世隔绝，还不知道他哥哥已经遭遇到的不幸，直至薛七婆狠狠地捶着老二的胸脯，哭泣着说，你攒多少钱能有什么用，就算是你不出事儿，你哥哥永远也用不着了。

郑小龙怔了片刻，说，有一段日子，我抓心挠肝地难受，不是怕判我死，那是说不出来的疼，我哥他怎么了？

双胞胎真是心有灵犀呀，郑小龙在看守状态中，没有任何人告诉他外边发生了什么，他居然能预感到哥哥出事儿了。

薛七婆只得告诉了儿子，你哥他没了。

郑小龙闭上了眼睛，居然没有问哥哥是怎么没的，或者说，他只想知道结果，不想知道过程。等到郑小龙睁开眼睛时，已经是以泪洗面了。

一阵长久的沉寂，薛七婆按响了狱警教给她的铃，不是结束探视，而是向狱警申请，要来了几张纸和两支笔。

薛七婆说，你活着，妈就有个念想，妈也是快古稀的人了，早晚要见阎王爷，到阴曹地府，需要签名报到，妈连自己的名字都不会写，牛头马面传不上报号，阎王爷不让我见你爸，那该咋办？儿啊，你教妈写名字，一笔一画地教，别让妈写错了。

在监狱的探视室，母子二人孩子一般，一笔一画地写着，薛鹤舞，就差头顶上悬着一对红灯笼了。面对着儿子，薛七婆终于默写下了自己的名字，这是她这一辈子不用印章，第一次写下自己的名字，尽管是歪歪斜斜的。

薛七婆抱着儿子，眼眶里悲伤与喜悦的泪一块儿流下来。

分手的时刻不可避免地到了，郑小龙飞快地写下一行字，告诉母亲，这是陆纯坦校长的地址，你去找他，从今以后，陆校长就是我的父亲。

捏着郑小龙写下的字条，在张小芳的陪护下，薛七婆终于找到了陆纯坦的家。那是仅有六十多平方米的小房子，很紧凑却不显拥挤。薛七婆蓦然发现，那对红灯笼赫然地挂在他家的客厅，不是仿造，绝对出自郑阿大的手。

陆纯坦有一点赧然，瞅了张小芳一眼，不好意思地说，回了趟老家，扯了离婚书，打着你们的旗号，从小芳爷爷的手里接过来了这对儿红灯笼。

薛七婆说，没关系，本来就想让你保管的。说着，她摘下红灯笼，细致入微地擦拭起来，那副样子，像是回到了久违的家。她又吩咐小芳，到市场买点羊肉，捎几两羊油回来，灯笼该擦油了。

小芳知趣地走了，临走时说了句，过几天送来。

薛七婆没搭理小芳。

陆纯坦说，小龙不是坏孩子，知道感恩，这房子我没退休时，他就买了，写的是我的名字，让我有了个避难所，那时还不贵，用的是合法收入，不脏。

薛七婆照样没搭理陆校长，擦完了红灯笼，说了句，我累了。

陆纯坦小心翼翼地问，今晚就睡在这儿？

薛七婆说，这辈子。

编后记

2019 年涌现的中短篇小说，与往年一样，佳作纷呈，风格多样，题材上或者美学取向上没有呈现潮流性的趋势，不拘一格多元并存。

入选作品的作者中，有在新中国建立七十周年之际获得“人民艺术家”国家荣誉称号的王蒙老先生。八十岁以后的文坛老将王蒙，雄风不减宝刀不老，他修改的旧作《这边风景》获得了第九届茅盾文学奖，近四五年每年又都有数篇中短篇小说发表、获奖。入选作品《生死恋》，依旧洋溢着青春的气息，洋溢着对生活的热情。

莫言先生获得诺贝尔文学奖之后，居高声自远，他的一举一动一言一行都成为文学界乃至新闻媒体关注的焦点，读者对于他的新作自然也充满期待。莫言深知其中玄奥，从容不迫，沉潜近五年，然后一年内在几家大刊发表了多篇题材各异的短篇小说，读者大呼过瘾。《一斗阁笔记》承继中国笔记小说的传统，谈天说地不拘一格，简笔勾勒即能穷形尽相，充分展示了中国传统文学的简约含蓄之美。

此外，杨少衡、李佩甫两位成名已久的老作家，愈老愈纯粹，对生活的理解更具穿透力，小说艺术也更加炉火纯青。

2019 年年选的作者主力，是有着多年写作历练、创作成果丰硕、创作潜力如泉水汩汩而出的中青年作家。其中邵丽、胡学文、陈应松、徐则臣、马晓丽、陆颖墨诸位，都是历届鲁迅文学奖小说奖的获得者，徐则臣还是最新一届茅盾文学奖的获奖者。

海外华文文学是近年来值得关注的文学现象，被称为“新移民文学”，其中尤以女性作者居多。严歌苓、张翎之后，张惠雯、凌岚、二湘、曾晓雯等，已经成为在国内重要文学期刊经常亮相的小说作者。入选本书的是张惠雯今年发表在《文学港》杂志的短篇小说佳作《天使》。

新人作品之中，获得第九届“包商银行杯”全国高校征文小说类作品一等奖的《猪嗷嗷叫》，堪称一篇奇文。大山深处 23 岁的傣族青年作家李司平，以这篇奇文登上文坛。这篇小说处女作戏谑、跌宕，文字跳逐山野，目光洞穿世事。小说中贫困山村的地理坐标“中国南方高原”，一语定位，道出新一代写作者胸中的海拔和气象。小说写了四条懒汉与一头扶贫种猪，一个驻村干部与他们斗智斗勇以及由此表现出来的隐忍勤苦，故事跌宕起伏，波澜横生，幽默诙谐，谑浪笑傲。对现实的正面强攻，对政策的准确理解和把握，对人性的洞幽烛微，对底层的悲悯与宽怀，都证明了李司平的才华和小说品质的优异。

老中青作家齐头并进佳作不断，新人辈出亮点频现，海内海外花开两朵争奇斗艳，显示了中国当代小说（包括海外华文文学界）园地良好的生态。走过一百年历史的中国新文学，已经到了硕果挂枝的丰收季节。

《小说选刊》编辑部

附 录

［上］

杏的眼 ……………………………李佩甫（2019.1《小说月报原创版》 2019.1《小说选刊》）

双河 ……………………………………………班宇（2019.1《青年作家》 2019.2《小说选刊》）

生死恋 ……………………………………………王蒙（2019.1《人民文学》 2019.3《小说选刊》）

上官之眼 ………………………………………老藤（2019.2《广州文艺》 2019.3《小说选刊》）

幻想故事集 ……………………………………张柠（2019.1《花城》 2019.3《小说选刊》）

猪嗷嗷叫 ………………………………李司平（2019.5《中国作家》 2019.5《小说选刊》）

点唱机 ……………………………………郑在欢（2019.5《青年文学》 2019.5《小说选刊》）

去过康巴诺尔吗 ………………………… 胡学文（2019.5《芒种》 2019.6《小说选刊》）

手臂上的蓝玫瑰 ……………………… 马晓丽（2019.4《人民文学》 2019.6《小说选刊》）

前程似锦 ……………………………………………陶纯（2019.6《北京文学》 2019.7《小说选刊》）

［下］

后遗症生活 ……………………………………樊健军（2019.7《芒种》 2019.7《小说选刊》）

我就不相信找不到你 ……………………李治邦（2019.7《四川文学》 2019.8《小说选刊》）

前方一百米 …………………………………吴君（2019.6《北京文学》 2019.8《小说选刊》）

来访者 ……………………………………………蔡东（2019.7《长江文艺》 2019.8《小说选刊》）

失联 ……………………………………………………周鸣（2019.8《人民文学》 2019.9《小说选刊》）

张飞老师 ……………………………………林那北（2019.8《上海文学》 2019.9《小说选刊》）

暗自颤抖 ……………………………………杨少衡（2019.9《北京文学》 2019.10《小说选刊》）

草青青，麦黄黄 ……………………………刘汀（2019.9《草原》 2019.10《小说选刊》）

请为我喝彩 ……………………………………孟小书（2019.5《十月》 2019.11《小说选刊》）

红灯笼 ………………………………………周建新（2019.12《民族文学》 2019.12《小说选刊》）

2019年选系列封面绘图画家介绍

杨锋 1960年出生于浙江嵊州。1984年毕业于西安美术学院版画系。中国美协版画艺术委员会委员，陕西美协版画艺术委员会主任。现任西安美术学院版画系主任、教授、博士研究生导师。

2000年，荣获授予20世纪80—90年代优秀版画家的“鲁迅版画奖”；在国内外多次举办个人画展；作品被中国美术馆、上海美术馆、江苏美术馆、大英图书馆等收藏。

出版有《综合材料版画技法》《杨锋作品集》等。

《正午》综合版 杨锋 60.5cm×57cm 2016年

杨锋版画短评

对于杨锋来说，胶砂、木板、实物印痕等物质材料，在他的作品中就像是油彩、水墨一样的存在，他不断驯服材料，不断探索版画表现的边界。那些工业化的物料，经过版画的印痕，便优雅地符合了绘画的规范秩序，体现出绘画性的存在。他的版画，非常恰切地使材料的特性发挥到了极致，其语言以一种中国画笔墨风格般的个性特质归属于杨锋，使他的追随者成为他个人版画成就的注脚。他的木刻版画同样也具有这种尽显个性特征的视觉风范，语言也具有浓烈的、从属于个人化的性格特质。杨锋的版画在复数性的版画特质下，总是具有“亲笔书写”的特质。他的版画以物质印痕的不确定性、绘画的思想性、语言的个性化使产生绘画的原境得以在作品中留存，为机械复制时代的版画拓展了新的边界。

——刘坚《原境、模仿、物性、符号、语词——论杨锋的版画》